OSCAR
DRAGHI

DALL'AUTRICE MEGLIO NOTA COME

Agatha Christie®

The MARY WESTMACOTT Collection

I edizione Oscar Draghi agosto 2025

ISBN 978-88-04-80617-2

Questo volume è stato stampato
su carta HOLMEN
con fibra vergine proveniente da foreste sostenibili holmen.com/paper
presso ELCOGRAF S.p.A.
Stabilimento - Cles (TN)
Stampato in Italia. Printed in Italy

www.oscarmondadori.it

OSCAR VAULT

OSCARVAULT
OSCARMONDADORI VAULT
OSCAR VAULT è la community delle collane Oscar Fantastica, Fabula, Draghi e Ink

AGATHA CHRISTIE LTD
www.agathachristie.com

L'Editore ha cercato con ogni mezzo i titolari dei diritti di traduzione di Hilia Brinis per *Ritratto incompiuto* e *Il deserto del cuore* senza riuscire a reperirli; è ovviamente a piena disposizione per l'assolvimento di quanto occorra nei loro confronti. La traduzione di *Nell e Jane* è di Bruno Oddera; la traduzione di *Rosa d'autunno* è di Giulia Failla; le traduzioni di *Una figlia è per sempre* e di *Ti proteggerò* sono di Lorenzo Flabbi.

COPERTINA
Cover design e risguardi: Chiara Brambilla
Illustrazioni: simboli e carta da parati © Adobe Stock

mondadori.it

Un nome tutto per sé

di Marco Amici e Davide Astegiano

> Eppure non conosco l'intera Agatha;
> l'intera Agatha credo che solo Dio la conosca.
>
> AGATHA CHRISTIE, *La mia vita*, 1976

In seguito alla morte della madre, Clarissa Boehmer, avvenuta nell'aprile 1926, e alla separazione dal primo marito, che sceglie di andarsene con la giovane segretaria Nancy Neele, Agatha Christie decide di lanciarsi in una nuova impresa letteraria. Qualcosa di particolare e intenso deve essere scattato dentro di lei, al punto da indurla ad abbandonare, seppur momentaneamente, la strada ormai aperta nella *detective fiction*, per scrivere sotto pseudonimo il primo di quei romanzi che anni dopo sua figlia Rosalind Hicks avrebbe definito «storie dolceamare sull'amore». E decide inoltre di adottare il nome Mary Westmacott, nel tentativo di rimanere nell'anonimato e di tutelare la propria creatività di narratrice. Non è tuttavia la prima volta che ricorre a uno pseudonimo: ha già firmato alcuni racconti e *play* teatrali mai pubblicati come Daniel Miller, Mac Miller, Martin West, Nathaniel Miller e Sydney West. Tutti pseudonimi maschili che avrebbero facilitato la pubblicazione, ispirati alla genealogia familiare – e che in qualche modo tornano anche nelle sue opere (celebre è, per esempio, il nipote dell'amata Miss Marple, Raymond West, guarda caso scrittore modernista sposato con un'artista). D'altronde anche la sorella Madge e la madre avevano pubblicato racconti rispettivamente con i nomi di penna Mostyn Miller e Callis Miller.

Ma chi è Mary Westmacott? All'anagrafe Mary è il secondo nome di Agatha Christie; Westmacott è il cognome di alcuni parenti alla lontana. L'uso di uno pseudonimo femminile – come fa notare anche Jamie Bernthal-Hooker nel suo *Agatha Christie: A Companion to the Mystery Fiction* – è rivelatorio: Christie si sente finalmente sicura del suo successo e della sua posizione come scrittrice. Potremmo aggiungere che, con la nascita di questo pseudonimo, la scrittrice battezza se stessa, autodeterminandosi: il nome con cui è conosciuta ancora oggi è legato al primo marito, Archibald Christie, e poche sono le circostanze in cui si firma Agatha Christie Mallowan, adottando il cognome del secondo marito. Mary Westmacott è invece libero da influenze maschili, è solo suo, tutto per sé.

Per lungo tempo i sei romanzi riuniti in questo volume sono stati pubblicizzati come *romance*, generico corrispettivo dei "romanzi rosa" dell'epoca. L'elemento amoroso è indubbiamente rilevante, ma non è il punto focale di queste storie, che si distaccano dai *trope* del genere. Sulla scia della madre Rosalind, ovvero in un allargamento di prospettiva, Mathew Prichard più di recente ha dichiarato in diverse occasioni che queste storie consentissero alla nonna di esplorare liberamente la psicologia umana, cosa che i gialli non le permettevano di fare.[1] Nel suo *Agatha Christie: An English Mystery*, Laura Thompson ha inoltre ipotizzato che scrivere sotto pseudonimo le permettesse di esplorare mondi metanarrativi come mai le era riuscito prima. Agli occhi del lettore comune, il primo aspetto a risultare evidente è che i romanzi di Westmacott sono, variamente, ricchi di elementi autobiografici.

Il primo romanzo a vedere la luce è *Giant's Bread*, arrivato in Italia nel 1975 per Cino del Duca con il titolo *Passione d'altri tempi*, poi edito da Mondadori nel 2012 con il titolo *Nell e Jane*. Quando Collins dà alle stampe il volume è il 1930, la *detective fiction* è al massimo del suo splendore e Agatha Christie è un'affermata scrittrice di romanzi gialli.

Nella sua autobiografia l'autrice racconta:

> Basta romanzi polizieschi, volevo cambiar genere. Così, con qualche senso di colpa e una buona dose di compiacimento, mi accinsi a scrivere un romanzo che intitolai *Giant's Bread*. La musica era il tema del libro, e questo faceva affiorare a tratti la mia scarsa conoscenza specialistica nel campo. Comunque fu accolto favorevolmente dalla critica e, per essere un'opera prima, perché tale risultava, ebbe un certo successo di vendita. Lo firmai col nome di Mary Westmacott e per quindici anni riuscii a tenere nascosta la mia identità.[2]

E quando Christie sostiene che il tema portante è la musica rivela il nucleo centrale del romanzo. Il protagonista, Vernon Deyre, sin dalla più tenera età nutre un'avversione per la musica e gli strumenti, che trova impossibili. Ma, da adulto, sviluppa una potente passione per la sperimentazione musicale, cosa che lo mette sulla buona strada per diventare un compositore e un visionario. Agatha Christie, che molto ingenerosamente dice di avere scarsa conoscenza in questo campo, in realtà ha sempre avuto una passione per la musica, in particolare per il pianoforte e il canto d'opera.

> Poco dopo il nostro ritorno dall'estero, l'incontro con Fräulein Uder mi dischiuse le delizie del mondo della musica. La signorina Uder era una tedesca formidabile, piccola e muscolosa. Non so perché insegnasse musica a Torquay, non ho mai saputo nulla della sua vita privata. Un giorno mia madre comparve nella Classe con Fräulein Uder dietro di lei e annunciò che voleva cominciassi lo studio del pianoforte. [...] Le lezioni di musica mi piacevano enormemente. Tanto mio padre che mia madre suonavano il pia-

[1] AA.VV., *Agatha Christie: 1890-1990*, a cura di Lynn Underwood, HarperCollins, 1990.

[2] Agatha Christie, *La mia vita*, Oscar Mondadori, 2024, p. 551.

no. Mia madre eseguiva le *Romanze senza parole* di Mendelssohn e altri pezzi che aveva appreso in gioventù. Non suonava male, ma non impazziva per la musica. Mio padre, invece, aveva una grande musicalità. Suonava a orecchio qualsiasi cosa, deliziose canzoni americane, spiritual e altro.[3]

La scelta della madre Clarissa di mandare a scuola di pianoforte e canto la piccola Agatha, al punto di invitarla a studiare in Francia in alcuni collegi à la Olivia di Dorothy Strachey,[4] dipende da una concezione tutta personale dell'educazione femminile: ai suoi occhi, una bambina non necessitava di un classico percorso di studi, ma piuttosto di avere gli strumenti fondamentali che le garantissero il futuro da donna sposata. Resta il fatto che Christie, infatuata della musica, arriva a contemplare l'idea di farne una professione. Queste sue velleità artistiche vengono tuttavia ben presto deluse dai risultati mediocri e dai suoi maestri di canto, che la scoraggiano in maniera fattiva dall'intraprendere questa carriera: il suo punto debole sarebbe il carattere, troppo schivo per il palco e per le attenzioni di un pubblico.

Continuai a studiare ma, prima di tornare a casa, chiesi a Charles Fürster se riteneva che, lavorando sodo e applicandomi molto, sarei riuscita a diventare una professionista. Anche lui fu gentile ma sincero. Mi disse che, secondo lui, non avevo il temperamento per suonare in pubblico. Sapevo che aveva ragione e gli fui grata per avermi detto la verità. Per un po' ci rimasi male, ma poi cercai di mettermi il cuore in pace.

Se qualcosa che si desidera disperatamente si dimostra impossibile da raggiungere, è meglio riconoscerlo e andare avanti piuttosto che fermarsi a piangere sui propri rimpianti e sulle illusioni perdute. Questa delusione precoce non fu del tutto negativa; mi aiutò, anzi, a capire che non ero fatta per esibirmi. Quello che mi capitava in quei momenti era di non riuscire a controllare le mie reazioni fisiche.[5]

Come testimonianza del suo interesse resta oggi il valzer *One Hour with Thee*, una composizione che realizzò a diciassette anni, successivamente pubblicato sotto lo pseudonimo A.M.C. Miller e per molto tempo suonato durante le festività nella casa di Greenway, dove c'è un pianoforte con lo spartito che riproduce il valzer.

La musica, e il canto, fanno spesso capolino anche nel suo stile di scrittura: in più romanzi, specialmente quelli della sua produzione degli anni Venti, Trenta e Quaranta, il modo in cui certi personaggi si comportano o parlano viene descritto con termini presi in prestito dal mondo musicale. C'è chi parla con la sua *staccato voice*, come il Maggiore Metcalf in *Tre topolini ciechi* non appena viene nominata la polizia, e chi, come nel romanzo *L'uomo vestito di marrone*, urla in modo

[3] *Ibid.*, p. 111.

[4] Olivia è anche lo pseudonimo utilizzato da Strachey per pubblicare il romanzo.

[5] Agatha Christie, *La mia vita*, cit., p. 189.

fortissimo, ma anche chi, è il caso del dottore di Jerry Burton, narratore di *Il terrore viene per posta*, intima a un paziente di prendersela con calma: «"Qualunque cosa facciate, 'non abbiate fretta'. Dovete prendere la vita in modo piano e senza scosse, a tempo 'lento' e 'legato'."».[6]

A ogni modo, le somiglianze tra Vernon Deyre e Agatha Christie iniziano e finiscono con la passione per la musica e l'infanzia. Sotto svariati punti di vista, Vernon ricorda più Archie Christie: quando la scrittrice diventa infermiera volontaria durante la Prima guerra mondiale, Archie, insieme a Clarissa, esprime apertamente il suo disgusto per una carriera così poco adatta a una "ragazza perbene". Oltre a dover eseguire un lavoro "sporco", Agatha era costretta a tornare a casa da sola la sera, cosa ritenuta sconveniente per una donna sposata. La stessa esperienza è vissuta da Nell, uno dei grandi amori della vita di Vernon: Nell diventa infermiera volontaria e il ragazzo, via lettera, ribadisce aspramente il suo dissenso.

Come dicevamo, Vernon Deyre vive un'infanzia molto simile a quella di Christie. Mentre Agatha si inventa degli amici immaginari – bambine, che crescono insieme a lei e dei piccoli animali –, Vernon gioca con Scoiattolo, il signor Green e Albero. Per lui sono persone vere tanto quanto lo erano i "micetti" per la piccola Agatha. Allo stesso tempo, come Agatha da piccola era terrorizzata dal Bandito – il losco figuro dagli occhi azzurri che minacciava di farle del male –, così Vernon ha paura della Bestia, un pianoforte che si tramuta in creatura malvagia pronta a inseguirlo per i boschi intorno a Abbots Puissant.

> Il mio incubo ricorrente aveva come protagonista un individuo che io chiamavo «Il Bandito». Il Bandito era un prodotto esclusivo della mia fantasia. L'avevo battezzato così solo perché portava una pistola, anche se non avevo mai pensato che potesse rivolgerla contro di me. L'arma, comunque, faceva parte del suo abbigliamento che, a quanto mi ricordo, aveva un'aria tipicamente francese e consisteva in un'uniforme blu-grigia, completata da una specie di tricorno appoggiato sui capelli incipriati e raccolti in un codino.[7]

Altro elemento ricorrente nel romanzo è indubbiamente l'antisemitismo. Sebastian Levinne, amico di Vernon sin da quando si trasferisce vicino alla sua casa di Abbots Puissant, è di discendenza ebraica. Christie qui evita una rappresentazione troppo caricaturale e, anche dagli altri personaggi, Sebastian viene visto come un uomo di successo, e viene apprezzato e difeso dai propri amici. L'immagine che ne emerge è relativamente positiva e in contrasto con lo spirito di quegli anni.

Dall'altra parte, Jane è una donna indipendente, un'attrice e cantante straordi-

[6] Tutti termini che negli originali inglesi risultano in italiano.

[7] Agatha Christie, *La mia vita*, cit., p. 36.

naria, ma è considerata una gatta morta, proprio perché non risponde alle convenzioni e alle aspettative della società. Spesso a farsi portavoce di questi sentimenti negativi nei suoi confronti è Nell, che apparentemente incarna la perfezione della fanciulla inglese, anche se in realtà è una donna avida e manipolatrice.

Nell e Jane sono, in definitiva, l'una l'antitesi dell'altra e rappresentano le due facce di una medesima medaglia. Un po' come Agatha Christie e Mary Westmacott.

Nel 1934, esce per Collins *Unfinished Portrait*, pubblicato in Italia per Mondadori nel 1982 col titolo *Ritratto incompiuto*.

> Un paio d'anni più tardi, con lo stesso pseudonimo, scrissi un altro romanzo, *Unfinished Portrait*. Nan Watts, ora Nan Kon, fu l'unica a intuire il mio segreto. Nan, dotata di un'ottima memoria, fu colpita da qualche osservazione sui bambini e da una poesia presenti nel primo libro, che la indussero a ritenere che io ne fossi l'autrice.
>
> Un giorno, dandomi una piccola gomitata d'intesa, esordì con voce affettata: «Oh, sai, ho letto un libro molto interessante l'altro giorno; aspetta... qual è il titolo? Ah, sì, *Dwarf's Blood*, ecco qual è!». Poi mi strizzò l'occhio con aria maliziosa. Riaccompagnandola a casa le chiesi: «Di' un po', come hai fatto a capire che *Giant's Bread* l'ho scritto io?».
>
> «Sapevo benissimo che eri tu... ho riconosciuto il tuo modo di parlare» mi rispose Nan.[8]

Ritratto incompiuto è la storia di Celia, raccontata in una forma, quella retrospettiva, molto cara alla scrittrice. Un giorno, Celia sale su una scogliera, pronta a porre fine alla propria vita e alla propria infelicità, ma in quell'esatto momento la raggiunge uno sconosciuto che le impedisce di compiere il gesto estremo. È a quel punto che scatta lo stratagemma narrativo del "*let me tell you a story*": l'uomo decide di scrivere quello che Celia gli racconta, della sua infanzia, del suo matrimonio e delle sue disgrazie. Così scopriamo che Celia è un po' Agatha: trascorre la sua infanzia tra amici immaginari, immersa nelle storie inventate dalla madre – come succede alla madre di Agatha, anche la madre di Celia, Miriam, si scorda sempre quelle che le ha già raccontato, per cui ogni volta si inventa una storia nuova; Celia, da piccola, sogna dell'Uomo col Fucile che ricorda, nuovamente, il già menzionato Bandito.

Sono molte le esperienze che le due donne, quella di carta e la sua autrice, condividono. Come Agatha Christie, che si trasferisce insieme ai genitori per poter affittare la casa di famiglia di Ashfield, in modo da rimediare agli sperperi paterni, Celia parte con la madre, il padre e il fratello per la Francia, per Pau. La bambina, durante una gita in montagna con il padre, il fratello e una guida, rimane traumatizzata perché quest'ultima cattura per lei una farfalla e, ancora viva, gliela appunta sul cappello con uno spillone. Il gesto la fa scoppiare in un pianto a

[8] *Ibid.*, pp. 551-552.

dirotto. Padre e fratello non capiscono il motivo di questo sfogo. L'unica a comprenderlo, nella finzione come nella realtà, è la madre, nei confronti della quale Celia/Agatha nutriva un profondo sentimento di affetto.

L'intero romanzo è, a tutti gli effetti, un inno all'amore filiale: parla di una figlia che ama perdutamente la propria madre, proprio come Christie amava la sua, e dello stretto legame che le unisce.

> Non riuscivo a parlare. La guardai in silenzio, con le lacrime che mi scorrevano lungo le guance. Lei mi fissò, pensierosa, per qualche istante, poi domandò:
>
> «Chi le ha messo quella farfalla sul cappello?»
>
> Mia sorella le spiegò che era stata la guida.
>
> «Ah» commentò mia madre. Poi, rivolgendosi a me: «Ti è dispiaciuto, vero? Era viva e tu non volevi che le facessero del male?»
>
> Oh, il meraviglioso senso di sollievo che si prova quando qualcuno capisce cosa ci affligge e lo dice per noi, liberandoci così dalla lunga schiavitù del silenzio. Mi lanciai verso di lei, travolta da una specie di frenesia, le buttai le braccia al collo e proruppi: «Sì, sì, è così. Continuava a sbattere le ali, ma lui era stato così gentile. Credeva di farmi piacere, non potevo dirlo».
>
> La mamma mi accarezzò con dolcezza e tutta la faccenda diventò improvvisamente remota.[9]

C'è poi un altro evento che accomuna Celia e Agatha, ed è l'incontro con quello che diventerà il primo marito di Celia, Dermot. L'incontro avviene quando Celia è ancora fidanzata con l'amico di famiglia Peter, a un ballo, proprio come Agatha incontra Archie durante una festa a Ugbrooke Hall. La storia romanzata è parzialmente sovrapponibile a quella reale.

Infanzia, amore, tragedie, tutto si intreccia, e quello che ne emerge sono i sentimenti di una donna che si avvia verso la propria indipendenza e verso un futuro di sicuro successo.

A distanza di dieci anni, nel 1944, mentre è impegnata come infermiera volontaria (come già durante la Prima guerra mondiale) esce, sempre per Collins, *Absent in the Spring*. Nella traduzione italiana del titolo, *Il deserto del cuore*, si perde la citazione diretta del primo verso dal sonetto 98 di Shakespeare («From you have I been absent in the spring»),[10] riportandoci invece a una dimensione biblica e al tempo stesso romantica. Christie stessa, per il suo primo romanzo, tuttora inedito, sceglie un titolo anche più melodrammatico: *Snow Upon the Desert*, una commedia romantica ambientata al Cairo, che prova a pubblicare con lo pseudonimo Monosyllaba. Questo romanzo non vedrà mai la luce, ma il titolo verrà rici-

[9] *Ibid.*, p. 88.

[10] «Sono stato assente da te nella primavera.»

clato da Christie per uno pseudobiblium: *Neve sul volto del deserto* (*Snow Upon the Desert Face*) è il titolo del romanzo della celebre Salomé Otterburn di *Assassinio sul Nilo*, che i più ricordano interpretata magistralmente da Angela Lansbury nel film omonimo del 1978. Anche se il riferimento a Shakespeare è andato *lost in translation*, il titolo italiano attuale risulta comunque azzeccato, un bel caso di serendipità.

Christie scrive *Il deserto del cuore* di getto, in una sorta di trance mistica, e finisce per diventare il romanzo Westmacott a cui la scrittrice tiene di più:

> Impiegai tre giorni a scrivere il libro. Il terzo giorno, un lunedì, non andai all'ospedale perché non osavo interromperlo, dovevo continuare fino alla fine. Non era lungo, soltanto cinquantamila parole, ma era stato con me per molto tempo.[11]

Sempre nell'autobiografia, racconta che l'esperienza della scrittura le era venuta per una volta facile, e che l'unico sforzo che aveva compiuto era di tipo fisico.

Nel libro, Joan Scudamore, di ritorno da Baghdad – dove ha fatto visita alla figlia – rimane bloccata in una stazione di sosta, impossibilitata a proseguire il viaggio a causa delle piogge abbondanti. È in queste circostanze, sola e senza possibilità di svaghi, spinta dal breve incontro con la vecchia amica Blanche Haggard, che inizia a ripercorrere mentalmente la propria vita, il rapporto con il marito Rodney, il suo ruolo di madre e la relazione con i figli Tony, Barbara e Averil. In questo lungo *stream of consciousness*, Joan si vede travolta da una serie di epifanie, tra cui quella di aver ostacolato i sogni del marito e di averlo reso infelice, costringendolo a entrare nello studio di famiglia. Ma come tutte le epifanie, si tratta di improvvisi momenti di rivelazione che sfumano nel candore, della neve o del deserto. Come nel finale di *Gente di Dublino* di Joyce.

Così comprende anche di aver dominato e soffocato i propri figli. Joan sa, ma preferisce chiudere gli occhi di fronte alla verità, e vivere in un mondo fatto di ombre in una caverna di Platone di pizzi e merletti, tra ricevimenti e buone maniere. Il suo soggiorno in Medio Oriente, la sua fascinazione per il deserto e per il paesaggio esotico del Tell Abu Hamid, dove rimane intrappolata, rappresentano un'eco degli interessi di Agatha Christie per l'archeologia e per il viaggio, le avvisaglie di quello che sarà poi il suo futuro. Una passione per l'esplorazione e l'apertura al mondo cui si lascerà andare soltanto con il divorzio dal primo marito. Ma mentre Agatha si libera di queste sue preoccupazioni e abbraccia la vera se stessa, Joan non sembra in grado di farlo, nonostante l'analisi introspettiva e l'affetto che nutre per i propri cari.

[11] Agatha Christie, *La mia vita*, cit., p. 585.

Rifiutato da Collins e pubblicato dall'editore Heinemann, nel 1948 esce il quarto romanzo pubblicato come Mary Westmacott: *The Rose and The Yew Tree*. Il titolo è una citazione dai *Four Quartets* di T.S. Eliot («The moment of the rose and the moment of the yew-tree / Are of equal duration»)[12] e in italiano viene tradotto col titolo *L'ultima volta che vidi Isabella...* per Fratelli Fabbri, nel 1975, poi uscito per Mondadori come *Rosa d'autunno* nel 2015, ma esiste anche una versione Garzanti del 1990, uscita come *La rosa e il tasso* (titolo col quale è presente nel volume *Fiabe Gialle* della collana dei Meridiani).

La storia si svolge nella fittizia cittadina di St Loo (omaggio alla città di Torquay che ha dato i natali a Christie), che compare anche in *Verso l'ora zero* e in *Il pericolo senza nome*. Come in *Ritratto incompiuto*, è un uomo a raccontare la storia di una donna: Hugh Norreys rammenta la storia d'amore tra John Gabriel, pronto a diventare membro del parlamento inglese per i tories, e Isabella Charteris, personaggio dalle tinte fiabesche, legato al vecchio mondo aristocratico di St Loo dominato dall'anziana Lady Tressilian.

Rispetto ad altri romanzi di Agatha Christie, inclusi quelli scritti sotto pseudonimo, questa storia presenta una complessità più spiccata. Nel libro si parla in modo piuttosto franco di violenza domestica, di politica e di religione. Qui traspare chiaramente la visione del mondo di Christie, profondamente legata alla sfera religiosa, così come era stato per la madre Clarissa, persona dotata di forte spiritualità. Il destino delle persone è predeterminato ed è impossibile sfuggirgli. E anche le tragedie più grandi hanno un loro significato, perfino quando non è chiaro all'occhio umano. Il romanzo è peraltro popolato di figure religiose evocate dai nomi dei personaggi: John Gabriel (Giovanni e l'Arcangelo Gabriele); Teresa, la sorella di Hugh (santa Teresa d'Avila); Isabella (la santa omonima); ma anche fiabesche, in lotta col mondo moderno della politica. John Gabriel si fa portavoce di una nuova generazione di politici che, piuttosto che radicarsi in valori specifici e nella tradizione, si muove sullo scenario globale secondo il principio dell'opportunismo.

Rosa d'autunno è indubbiamente uno dei romanzi-Westmacott meno autobiografici e rappresenta quasi un unicum nell'opera della sua autrice.

Come per *Il deserto del cuore*, l'idea alla base del libro è stata coltivata a lungo:

> Anche in questo caso, però, l'idea del libro aveva covato in me per parecchi anni e precisamente dal 1929. Allora non era che un abbozzo, ma sapevo che un giorno sarebbe uscito allo scoperto.
>
> Mi chiedo da dove nascano questi impulsi interiori a creare e a volte penso che ci siano momenti in cui ci si sente più vicini a Dio, perché ci è stato concesso di provare la

12 «Il momento della rosa e il momento del tasso sono di uguale durata.»

gioia della creazione. Siamo riusciti a fare qualche cosa di diverso da noi, in una specie di unione ideale con l'Onnipotente perché, arrivati alla fine, al nostro settimo giorno, possiamo anche noi dire che quello che abbiamo fatto è buono.[13]

Dopo la pubblicazione, un giornalista fa l'impensabile e rivela l'identità che si cela dietro lo pseudonimo Mary Westmacott. Nonostante le carte siano ormai in tavola, Christie decide di scrivere altri due romanzi "sull'amore", anche se non superò mai la rivelazione di questo suo segreto al grande pubblico. Come riportato da Gillian Gill nel suo *Agatha Christie: una donna in giallo*, la scrittrice confessa al suo agente, Edmund Cork, di esserci rimasta male: «Si insiste sempre sullo stesso argomento... i desideri di un autore dovrebbero essere rispettati».[14]

Entrambi i romanzi vengono pubblicati dall'editore Heinemann, con la clausola che non vengano pubblicizzati utilizzando il vero nome della scrittrice. Il vero nome compare comunque in quarta, con una fotografia che occupa quasi l'intera pagina, con la scritta:

MARY WESTMACOTT
known to a large public as
AGATHA CHRISTIE

dissipando definitivamente l'alone di mistero che circondava la figura della scrittrice.

Il primo di questi due romanzi viene pubblicato nel 1952 con il titolo *A Daughter's a Daughter* (in Italia arriva nel 1974 con il titolo *Il destino degli altri* per Fratelli Fabbri, poi per Mondadori nel 2012 col titolo attuale, *Una figlia per sempre*). In realtà, *Una figlia per sempre* nasce nel 1939 come spettacolo teatrale, anche se non verrà mai rappresentato a causa dello scoppio della Seconda guerra mondiale.

Christie torna a esplorare il rapporto madre-figlia, esaminando una relazione tossica, quasi tragica, di co-dipendenza. Ann Prentice vive con la figlia Sarah e la governante Edith a Londra. La vita familiare sembra procedere serenamente fino a quando Sarah non decide di partire per una settimana bianca in Svizzera. Rimasta sola (come era successo a Joan Scudamore), la madre inizia a riflettere sulla propria vita e su quello che accadrà quando Sarah deciderà di lasciare il nido. Ma a destabilizzare l'ordine "naturale" delle cose è, invece, la stessa Ann. La donna incontra un uomo, abbastanza ordinario e per certi versi prepotente, Richard Caulfied – sopravvissuto alla perdita della prima moglie e del figlio –, e se ne in-

[13] Agatha Christie, *La mia vita*, cit., p. 586.

[14] Gillian Gill, *Agatha Christie: una donna in giallo*, PGreco Edizioni, 2019.

namora perdutamente. I due contano di sposarsi nel giro di poche settimane ma Ann non riesce a forzarsi a scrivere una lettera a Sarah spiegandole i suoi piani. Quando la figlia torna, inizia un lungo e stancante tira e molla che vede ai lati opposti del ring Sarah e Richard, in perfetto antagonismo. Ann ama Richard ma è consapevole, nel profondo, di amare molto di più la figlia.

Il romanzo gioca sullo stereotipo che vuole le madri sempre troppo attaccate ai figli, tanto da limitarne la libertà e la crescita personale, e lo ribalta. È la figlia in questo caso a impedire alla madre di conquistare la felicità, e ciò comporta frustrazione, risentimento e odio. Lo scontro generazionale tra le due donne è rappresentato da due mentalità in contrasto tra loro: quella ante-guerra di Ann, posata, attaccata alla tradizione e alla famiglia, e l'altra al passo coi tempi di Sarah, indipendente, attaccata alla vita e al raggiungimento della realizzazione personale.

In tutto questo, voce della ragione e arbitro morale della situazione è Dame Laura Whitstable, madrina di Sarah e donna di mondo. Conosce bene la psicologia, e viene coinvolta spesso dal governo in missioni diplomatiche. Laura non è solo la voce della coscienza di Ann e Sarah, ma rappresenta una saggezza ben più antica di quella delle due guerre, la saggezza vittoriana in cui è stata immersa Agatha Christie da bambina, circondata com'era dalle nonne e dalla madre.

L'ultimo libro pubblicato sotto pseudonimo è *The Burden* (1956), edito da Mondadori soltanto nel 2013 col titolo *Ti proteggerò*. Se in *Una figlia per sempre* Christie approfondisce il legame madre-figlia, in questo ultimo, caotico romanzo esplora il legame che unisce due sorelle.

La sorella maggiore di Agatha, Margaret Watts, affettuosamente chiamata col nomignolo Madge, era, almeno inizialmente, considerata la vera scrittrice in famiglia. Molte delle sue storie furono pubblicate su «Vanity Fair» sotto lo pseudonimo Callis Miller e fu la prima in famiglia a scrivere uno spettacolo per il West End (*The Claimant*). Tra lei e Agatha scorreva una sana rivalità e un grande affetto. È la Christie stessa a rivelare che fu questa rivalità a spingerla a scrivere seriamente per la prima volta:

> In preda all'esaltazione, dissi a Madge che anch'io avrei voluto cimentarmi in un romanzo poliziesco.
>
> «Non so se ci riuscirai» mi rispose. «Anch'io ci ho pensato, ma mi sono scoraggiata di fronte alla difficoltà.»
>
> «Vorrei provarci lo stesso.»
>
> «Be', scommetto che non ci riuscirai» disse Madge.
>
> La cosa rimase lì, senza che i termini della scommessa venissero stabiliti con precisione. Ma in quel momento presi la decisione di scrivere un racconto poliziesco. Non mi misi subito all'opera, ma il seme era stato gettato. L'idea si era depositata nel fon-

do della testa, là dove gli intrecci dei miei libri trovano una loro collocazione ben prima che io pensi a scriverli. Sapevo che un giorno avrei scritto un romanzo poliziesco.[15]

Il frutto di questa celebre scommessa è il giallo *Poirot a Styles Court*, prima avventura del piccolo investigatore belga con la testa a forma d'uovo e inizio di un lungo percorso di incredibile successo.

In *Ti proteggerò* le due sorelle, Laura e Shirley, sono unite da un profondo vincolo di affetto. Laura si sente in obbligo nei confronti di Shirley a causa di alcuni avvenimenti consumatisi quando ancora erano bambine. La piccola Laura, appena saputo che la madre era incinta di Shirley spera che la sorellina possa morire, proprio com'era successo al fratello maggiore. Il suo sentimento è tanto forte che arriva a esprimerlo in preghiera in chiesa. Poi a seguito di ciò accade l'imprevedibile: nella nursery scoppia un incendio, provocato da un attacco di epilessia della «nannie» di turno. Si tratta di un momento di epifania per Laura, che coltiva nel profondo un senso di devozione completo per la sorella.

Ognuna delle quattro parti in cui è diviso il romanzo propone una tappa dell'evoluzione del rapporto tra le due ragazze: Shirley, con i suoi due matrimoni; Laura con la sua missione e il lavoro in un'associazione votata alla cura dei bambini bisognosi.

Ancora una volta, come per Celia in *Ritratto incompiuto*, è uno sconosciuto a liberare simbolicamente Laura dalla co-dipendenza e dal peso del senso di colpa nei confronti della sorella: Llewellyn è un ex predicatore dotato, per discendenza paterna, della capacità di prevedere il proprio futuro tramite provvide e oscure visioni.

Questo ultimo romanzo è contraddistinto da toni decisamente più tragici e fatalistici. Henry, il primo marito di Shirley, è una persona manipolatrice, che la tradisce sistematicamente e le fa fare quello che, sostanzialmente, vuole lui. Laura e Shirley arrivano a soffrire profondamente, e finiscono sulla strada di un'apparente autodistruzione. Questa filosofia deterministica è anche alla base dei romanzi gialli di Christie, per esempio in *Verso l'ora zero*, dove il signor Treves, parlando di un celebre caso, ci ricorda:

> «Mi piacciono i romanzi gialli» continuò. «Peccato che comincino dal punto sbagliato! Cominciano dall'omicidio, ma l'omicidio è la fine. La storia ha inizio molto prima – anni prima, talvolta – con tutte le cause e gli episodi che portano certe persone in un certo luogo, in un certo momento, un certo giorno. [...] Tutti che convergono verso un punto preciso... E poi, al momento giusto... i nodi vengono al pettine! L'ora zero. Sì, tutti che convergono verso l'ora zero... verso l'ora zero...»[16]

[15] Agatha Christie, *La mia vita*, cit., pp. 245-246.

[16] Agatha Christie, *Verso l'ora zero*, in *Fiabe Gialle*, Meridiani Mondadori, 2024 pp. 537-538.

Come in *Rosa d'autunno*, centrale nella storia è l'idea che ogni persona abbia un destino particolare, cui è bene attenersi. Se ci si allontana da questo destino il risultato è una condanna all'infelicità perpetua. Perfino un destino di dolore, secondo la visione della scrittrice, sarebbe preferibile a un cammino che ci è estraneo.

Riassumendo i temi principali che Christie introduce nei romanzi scritti sotto pseudonimo, emerge una visione della vita alquanto fatalista, costellata da dolore e rimpianto. Una delle forze motrici capaci di dare speranza all'individuo è indubbiamente l'amore. Sono romanzi maturi, sui sentimenti, sulle esperienze di vita umana e sugli affetti che ci circondano; sono a tutti gli effetti un valido strumento se si vuole definire una chiara poetica letteraria della scrittrice più celebre di tutti i tempi. Purtroppo, la critica non si è mai soffermata più di tanto ad analizzarli, ma quando lo ha fatto è riuscita a metterne in chiaro gli elementi che conferiscono loro piena dignità, al di fuori della chiave di lettura autobiografica. Da citare sono gli studi di Merja Makinen, che con i suoi saggi *Agatha Christie: Investigating Femininity* e *Hiding in Plain Sight: Mary Westmacott* (incluso in *The Bloomsbury Handbook to Agatha Christie* a cura di Jamie Bernthal-Hooker e Mary Ann Evans) trova notevoli punti d'incontro e di paragone tra le opere di Mary Westmacott e il modernismo di Virginia Woolf – Joan Scudamore non è forse una Mrs Dalloway nel deserto? Vernon Deyre non ha in sé lo stesso spirito di Lily Briscoe?

Per concludere, i romanzi di Mary Westmacott consentono di sbirciare nella psiche di Christie, osservando la scrittrice "libera" dalle convenzioni del genere. Raccoglierli qui insieme per la prima volta in Italia, in un unico volume – e in ordine cronologico, per valutarne i mutamenti di temi e stile –, è motivo e occasione per tornare a illuminare quell'altro volto della scrittrice ancora troppo spesso sconosciuto e, talvolta, accuratamente tenuto in disparte.

Torino, aprile 2025

The MARY WESTMACOTT Collection

Nell e Jane

Alla memoria
della migliore e più sincera amica
che abbia avuto, mia madre

Prologo

ERA LA SERATA INAUGURALE del nuovo Teatro nazionale dell'opera di Londra: un evento importante, quindi. Spiccava la presenza della famiglia reale, dei rappresentanti della stampa e degli esponenti del bel mondo. Persino i patiti della musica erano riusciti, in un modo o nell'altro, a essere presenti: e si trovavano quasi tutti molto in alto, in piccionaia, subito sotto il soffitto.

Il lavoro che si rappresentava era intitolato *Il gigante*, una novità di un compositore, Boris Groen, fino a quel momento sconosciuto. Durante l'intervallo, dopo la prima parte dello spettacolo, era possibile cogliere i seguenti brandelli di conversazione:

«Davvero divino, tesoro.» «Dicono che si tratta, né più né meno, dell'ultimissimo grido! Tutto è stonato, volutamente... E bisogna aver letto Einstein per poterla capire, questa musica...» «Sì, cara, dirò a tutti che è anche troppo meravigliosa. Ma, rimanga tra noi, fa venire il mal di capo!»

«Possibile che in Inghilterra non riescano a inaugurare un teatro dell'opera con qualche lavoro di un compositore inglese decente? Sempre queste scempiaggini russe!» Così si espresse un irascibile colonnello.

«Giustissimo» disse il suo compagno, strascicando la voce. «Ma vedi, compositori inglesi non ce ne sono. Triste, eppur vero!»

«Assurdo! Non venire a raccontarlo a me. Non vogliono offrire loro alcuna possibilità, ecco come stanno le cose. Chi è questo tizio, questo Levinne? Un sudicio ebreo, uno straniero. Ecco chi è!»

Lì accanto un uomo, appoggiato alla parete e seminascosto da un tendaggio, si consentì di sorridere. Era Sebastian Levinne, il proprietario del Teatro nazionale dell'opera, familiarmente noto con il titolo di "Il Più Grande Impresario Teatrale del Mondo".

Era un uomo grande e grosso, abbondantemente rivestito di ciccia. Aveva un volto giallognolo e impassibile, occhi piccoli e neri e due orecchie enormi che gli sporgevano ai lati della testa e facevano la felicità dei caricaturisti.

Il fiume delle conversazioni continuò a scorrergli accanto...

«Decadente, morbosa... nevrotica... infantile...»

Questi giudizi da parte di critici musicali.

«Devastante... troppo divina... meravigliosa, mia cara...»

Queste lodi da parte di due signore.

«Non si tratta d'altro che di una rivista in grande stile.» «Effetti stupefacenti nella seconda parte, credo. Congegni. La prima parte che abbiamo visto, "Pietra", è soltanto una sorta di introduzione. Dicono che il vecchio Levinne ci abbia perduto la testa né più né meno. Non è mai esistito niente di simile.» «La musica è alquanto strana e misteriosa, vero?» «Un'idea bolscevica, credo. Orchestre dei rumori, non le chiamano così?»

Questi ultimi erano giovanotti, più intelligenti delle due signore, meno prevenuti dei critici.

«Non attaccherà. È soltanto una bizzarria e nient'altro.» «Eppure, non saprei... questa roba cubista va di moda.» «Levinne è scaltro.»

Costoro erano della sua stessa razza. Sebastian Levinne sorrise.

Un campanello squillò. La folla rientrò e tutti ripresero i loro posti.

Vi fu un'attesa colma di mormorii e di risatine. Poi le luci si attenuarono e si spensero. Il direttore d'orchestra risalì sul podio. Dinanzi a lui v'erano gli orchestrali, sei volte più numerosi che in qualsiasi orchestra del Covent Garden, e con strumenti completamente diversi da quelli di un'orchestra normale. Strumenti strani, di metalli lucenti, simili a mostri deformi, e, in un angolo, un inconsueto luccichio di cristallo. La bacchetta del direttore d'orchestra era tesa a mezz'aria. Poi si abbassò e immediatamente si udì un sommesso battere ritmico, come di magli su incudini – di quando in quando un colpo veniva a mancare... perduto... ma poi tornava indietro galleggiando nell'aria e riprendeva il proprio posto fuori tempo, scombussolando il ritmo degli altri.

Il sipario si alzò.

In fondo a un palco di seconda fila, Sebastian Levinne, in piedi, seguiva lo spettacolo.

Non si trattava di un'opera nella comune accezione del termine. Non narrava alcuna vicenda, non aveva protagonisti. Poteva, piuttosto, essere considerata un gigantesco balletto russo. Comprendeva effetti spettacolari, strani e magici effetti di luce: effetti escogitati da Levinne. Le sue riviste, per lungo tempo, erano state acclamate e considerate l'ultimo grido in fatto di pure sensazioni spettacolari. In questo spettacolo – più artista che produttore – egli si era impegnato con tutta la sua immaginazione e la sua esperienza.

Il prologo del balletto aveva rappresentato l'età della pietra, l'infanzia dell'uomo.

Ora il nocciolo dell'opera era una suprema parata di meccanismi fantastici, quasi spaventosi. Centrali elettriche, dinamo, ciminiere di fabbriche, gru, tutto questo si confondeva e fluiva. E uomini – eserciti di uomini dalle facce cubiste di robot – sfilavano inquadrati.

La musica saliva in crescendo e turbinava: un profondo e sonoro clamore scaturiva dai nuovi strumenti metallici stranamente foggiati. Una bizzarra nota, acuta e soave al contempo, dominava su ogni altro suono, simile al tintinnio di innumerevoli calici di cristallo...

V'era un episodio dei grattacieli – New York veduta capovolta, come da un aereo che volasse circolarmente nella prima luce dell'alba. E lo strano ritmo disarmonico pulsava ancor più insistentemente, con una monotonia sempre più minacciosa. Continuava, durante altri episodi, verso il proprio momento culminante – l'assemblamento di una gigantesca struttura d'acciaio, si sarebbe detto –, migliaia di uomini dal volto d'acciaio fusi insieme a formare un gigantesco uomo collettivo...

Seguì immediatamente l'epilogo. Non vi fu alcun intervallo, le luci non si accesero.

Soltanto una parte dell'orchestra si fece sentire. Quella che, con la nuova terminologia moderna, viene definita "il cristallo".

Note squillanti di chiarina.

Il sipario si dissolse in nebbia... la nebbia si dischiuse... L'improvviso, vivido bagliore destò l'istinto di farsi schermo agli occhi.

Ghiaccio... nient'altro che ghiaccio... grandi iceberg e ghiacciai... splendenti...

E, alla sommità di un immenso pinnacolo, una piccola sagoma, di spalle al pubblico, voltata verso l'insopportabile bagliore che rappresentava il sorgere del sole...

La ridicola, minuscola sagoma di un uomo...

Il bagliore si intensificò – fino al biancore abbacinante del magnesio. Le mani scattarono istintivamente agli occhi e si udì un grido di sofferenza.

Il cristallo vibrava, acuto e soave, poi si infranse ed esplose – esplose letteralmente – in frammenti tintinnanti.

Calò il sipario e le luci si accesero.

Sebastian Levinne, con un volto impassibile, ascoltò numerose congratulazioni e alcune stoccate.

«Be', ci è riuscito, questa volta, Levinne. Niente mezze misure, eh?»

«Uno splendido spettacolo, vecchio mio. Il diavolo mi porti, però, se ho capito che cosa significa.»

«Il gigante, eh? Be', è vero, viviamo in un'era di macchinari, eccome.»

«Oh, signor Levinne, è indicibilmente spaventoso! Me lo sognerò, quell'orrido gigante d'acciaio.»

«Le macchine sarebbero il gigante che divora, eh? Non è poi tanto lontano dal vero, Levinne. Vogliamo tornare alla natura. Chi è Groen? Un russo?»

«Già, chi è Groen? Chiunque sia, è un genio. I bolscevichi possono vantarsi di aver prodotto un compositore, finalmente.»

«Male, male, Levinne. È passato al bolscevismo. L'uomo collettivo. E anche la musica collettiva.»

«Be', Levinne, le auguro buona fortuna. Non posso dire di apprezzare i dannati miagolii che al giorno d'oggi chiamano musica, ma lo spettacolo è bello.»

Quasi per ultimo passò un vecchietto, lievemente curvo, con una spalla più alta dell'altra. Disse, pronunciando le parole molto distintamente:

«Mi offrirebbe qualcosa da bere, Sebastian?»

Levinne annuì. Il vecchietto era Carl Bowerman, il più illustre fra i critici musicali inglesi. Si recarono insieme nel *sancta sanctorum* di Levinne.

Qui si accomodarono in poltrona e Levinne offrì all'ospite un whisky con seltz. Poi lo scrutò interrogativamente. Era ansioso di conoscere il verdetto di quell'uomo.

«Ebbene?»

Bowerman non rispose per un minuto o due. Infine disse, lentamente:

«Io sono ormai vecchio. Vi sono cose che mi danno piacere... Ve ne sono altre, come la musica del giorno d'oggi, che non mi danno piacere. Ciò nonostante, riconosco il genio quando mi imbatto in esso. Vi sono cento ciarlatani, cento demolitori della tradizione persuasi, facendo questo, di aver compiuto qualcosa di meraviglioso. E v'è il centunesimo: un creatore, un uomo che entra audacemente nel futuro...»

Si interruppe, poi continuò:

«Sì, riconosco il genio quando mi capita di incontrarlo. Può anche non piacermi, ma lo riconosco. Groen, chiunque egli sia, è geniale... *La musica di domani...*»

Di nuovo si interruppe, e di nuovo Levinne non parlò, ma aspettò.

«Non so se la sua iniziativa riuscirà o fallirà. Penso che riuscirà. Ma questo soprattutto grazie alla sua personalità. Lei è capace di costringere il pubblico ad accettare quello che vuole venga accettato. Lei possiede il talento del successo. Ha creato un mistero intorno a Groen. E questo fa parte della sua campagna di stampa, presumo.»

Scrutò Sebastian con uno sguardo penetrante.

«Non voglio immischiarmi nella sua campagna di stampa, ma mi dica una cosa... Groen è inglese, vero?»

«Sì. Come lo ha capito, Bowerman?»

«La nazionalità, nella musica, è inequivocabile. Questo Groen si è fatto le ossa nella scuola rivoluzionaria russa, sì... ma... be', come ho detto, la nazionalità è inequivocabile. Vi sono stati pionieri prima di lui, persone che hanno tentato, sperimentalmente, le cose compiute da lui. Abbiamo avuto una nostra scuola inglese. Holst, Vaughan-Williams, Arnold Bax. In tutto il mondo i musicisti si sono avvicinati al nuovo ideale. L'assoluto nella musica. Quest'uomo è il diretto successore del ragazzo che perdette la vita in guerra, come si chiamava? Deyre... Vernon Deyre... Prometteva bene.» Sospirò. «Mi domando, Levinne, quanto abbiamo perduto nella guerra.»

«È difficile dirlo, signore.»

«Non si sopporta di pensarvi. No, non lo si sopporta.» Si mise in piedi. «Ma non devo trattenerla. Lei ha un'infinità di cose da fare, lo so.» Un sorriso lieve gli apparve sulla faccia. «*Il gigante!* Lei e Groen dovete riderci su, immagino. Tutti danno per certo che il gigante è il Moloch delle macchine. Non capiscono che il vero gigante è quel pigmeo, l'uomo. L'individualista che resiste durante l'età della pietra e del ferro e che, sebbene le civiltà si sgretolino e muoiano, lotta e si apre un varco attraverso una nuova era glaciale per emergere in un'altra civiltà che neppure possiamo sognare...»

Il sorriso di lui si accentuò.

«Man mano che invecchio mi convinco sempre più che non esiste nulla di tanto patetico, ridicolo, assurdo, e di tanto assolutamente meraviglioso quanto l'uomo.»

Si soffermò sulla soglia, una mano sulla maniglia della porta.

«Vien fatto di domandarsi» soggiunse «che cosa abbia contribuito a creare un essere come il gigante. Che cosa lo produce? Che cosa lo alimenta? L'ereditarietà foggia lo strumento. L'ambiente lo leviga e lo affila. Il sesso lo indebolisce. Ma v'è qualcosa di più. V'è il suo cibo.

Imi, ami, emi, ane
dell'uomo mortale il sangue io fiuto,
sia egli vivo, oppure deceduto
ne macinerò le ossa per farmi il pane.

«Un gigante crudele, il genio, Levinne! Un mostro che si nutre di carne e di sangue. Non so niente di Groen, eppure giurerei che abbia nutrito il suo gigante con la propria carne e il proprio sangue e forse anche con la carne e il sangue di altre persone. Macinandone le ossa per ricavarne il pane da dare alla sua creatura.

«Io sono vecchio, Levinne. Ho le mie fantasticherie. Questa sera abbiamo visto la fine... Ora mi piacerebbe sapere quale è stato l'inizio.»

«Ereditarietà... ambiente... sesso» disse Levinne adagio.

«Già. Per l'appunto. Non che sperassi di saperlo da lei.»

«Crede che io sia... informato?»

«Sono certo che sa.»

Seguì un silenzio.

«Sì» disse Levinne, infine. «So. Se potessi, le racconterei tutta la storia... Ma non posso. Vi sono motivi...»

Poi ripeté, adagio: «Vi sono motivi...».

«È un peccato. Sarebbe stata interessante.»

«Me lo domando...»

Libro primo

ABBOTS PUISSANTS

1

ESISTEVANO SOLTANTO TRE PERSONE IMPORTANTI nel mondo di Vernon: la Tata, Dio e il signor Green. V'erano, naturalmente, le cameriere. Winnie, quella attuale, e prima di lei Jane e Annie e Sarah e Gladys. Vernon riusciva a ricordare soltanto queste, ma ve n'erano state molte di più. Le cameriere addette alla stanza dei bambini non rimanevano mai a lungo perché non riuscivano ad andare d'accordo con la bambinaia. E non contavano quasi nulla nel mondo di Vernon.

Esisteva anche una sorta di duplice divinità denominata mammina-paparino; veniva menzionata da Vernon nelle sue preghiere e inoltre era collegata allo scendere al pianterreno per il dessert. Trattavasi di personaggi vaghi, piuttosto belli e meravigliosi – specie mammina –, ma anch'essi non facevano parte del mondo reale, del mondo di Vernon.

Le cose che facevano parte del mondo di Vernon erano davvero molto reali. La moquette al piano della camera dei bambini, per esempio. Era a strisce verdi e bianche, alquanto ruvida per le ginocchia nude, e in un angolo vi si trovava un buco che Vernon soleva allargare di nascosto facendovi scorrere le dita in tondo in tondo. V'erano le pareti della camera dei bambini, con i giaggioli color malva intrecciati insieme all'infinito dal basso in alto, formando un disegno che a volte sembrava essere una fila di rombi e a volte, se lo guardavi abbastanza a lungo, una fila di croci. Questo sembrava a Vernon molto interessante e alquanto magico.

Contro una delle pareti si trovava un cavallo a dondolo, ma Vernon lo cavalcava di rado. V'erano una locomotiva di vimini e alcuni autocarri anch'essi di vimini con i quali giocava moltissimo. V'era una bassa credenza piena di giocattoli più o meno rotti. Su una mensola si trovavano le cose più divertenti, quelle con le quali si giocava nelle giornate di pioggia o quando la bambinaia era insolitamente di buonumore. La scatola dei colori figurava tra gli oggetti sulla mensola, insieme ai pennelli di vero pelo di cammello e a una pila di giornalini illustrati da ritagliare. In effetti, tutte le cose che, secondo la bambinaia, erano "quei pasticci che non sopporto di vedermi intorno". In altre parole le cose migliori.

E, al centro di quel realistico universo che era la camera dei bambini, dominando ogni cosa, campeggiava la bambinaia stessa. Il Personaggio n° 1 della Trinità di Vernon. Molto grande e grossa, molto inamidata e frusciante. Onnisciente e onnipotente. Non riuscivi mai a prevalere sulla bambinaia. Lei la sapeva più lunga di tutti i bimbetti, e lo diceva spesso. Aveva trascorso tutta la sua esistenza badando ai bambini (e, tra parentesi, anche alle bambine, ma queste ultime non interessavano a Vernon), e tutti, dal primo all'ultimo, erano cresciuti in modo da farle onore, anche se, a volte, la cosa non sembrava probabile. V'era un qualcosa che incuteva timore nella bambinaia, ma che, al contempo, riusciva a essere infinitamente consolante. Lei sapeva rispondere a ogni interrogativo. Per esempio, quando Vernon prospettò l'enigma dei rombi e delle croci sulla carta da parati.

«Ah, be'!» fece la bambinaia. «Vi sono due modi di vedere ogni cosa. Devi averlo sentito dire.»

E siccome Vernon le aveva sentito dire press'a poco la stessa cosa a Winnie, un giorno, si ritenne soddisfatto. Quell'altra volta, la bambinaia aveva soggiunto che ogni domanda presentava sempre due aspetti e, da quel momento in poi, Vernon si era sempre raffigurato una domanda come qualcosa di simile alla lettera A con croci che si arrampicavano su per un suo lato e rombi che scendevano lungo quello opposto.

Dopo la bambinaia veniva Dio. Dio era sempre molto reale per Vernon, soprattutto perché figurava in misura così massiccia nella conversazione della bambinaia. La bambinaia sapeva quasi tutto quello che tu facevi, ma Dio sapeva *tutto*, e Dio era, se possibile, più meticoloso della bambinaia. Dio era invisibile e questo, pensava sempre Vernon, gli assicurava un vantaggio alquanto sleale su di te, perché lui poteva vederti. A volte, quando Vernon si trovava a letto, la notte, l'idea che Dio lo stesse guardando attraverso le tenebre soleva fargli correre un brivido lungo la spina dorsale.

Ma, complessivamente, Dio era un essere intangibile in confronto alla bambinaia. Potevi dimenticarti di lui quasi sempre. Fino a quando, cioè, la bambinaia non lo tirava deliberatamente in ballo nella conversazione.

Una volta Vernon tentò la ribellione.

«Senti, Tata, lo sai che cosa farò quando sarò morto?»

La bambinaia, che stava lavorando a maglia una calza, disse: «Uno, due, tre, quattro, ecco, ho lasciato cadere un punto. No, padroncino Vernon, non lo so di sicuro».

«Andrò in paradiso. Sì, andrò in paradiso. E mi avvicinerò subito a Dio. Andrò a mettermi proprio di fronte a lui, e gli dirò: "Sei un uomo orribile, e io ti odio!".»

Silenzio. Era fatta. Lo aveva detto. Un'audacia incredibile, senza precedenti! Che cosa sarebbe accaduto? Quale castigo spaventoso, terrestre o celeste, sarebbe calato su di lui? Aspettò, trattenendo il respiro.

La bambinaia era riuscita a riprendere la maglia. Sbirciò Vernon al di sopra degli occhiali. Era serena... imperturbabile.

«È improbabile» osservò «che l'Onnipotente badi a quello che pensa un bimbetto cattivo. Winnie, dammi quelle forbici, per piacere.»

Vernon batté in ritirata mortificato. Niente da fare. Non si poteva avere la meglio con la bambinaia. Avrebbe dovuto saperlo.

E poi c'era il signor Green. Il signor Green era come Dio, in quanto non potevi vederlo, ma per Vernon rappresentava qualcosa di molto reale. Vernon sapeva esattamente, per esempio, qual era l'aspetto del signor Green: statura media, corporatura robusta, una lieve somiglianza con il droghiere del villaggio che cantava – incerto baritono – nel coro, gote di un bel rosso vivido e favoriti. Aveva gli occhi azzurri, di un azzurro molto luminoso. La gran cosa del signor Green consisteva nel fatto che giocava, che gli piaceva giocare. Qualsiasi gioco potesse venire in mente a Vernon, si trattava proprio del gioco che al signor Green piaceva fare. Ma v'erano anche altri punti a suo favore. Egli aveva, per esempio, cento figli. Più altri tre. I cento, nell'immaginazione di Vernon, rimanevano tutti uniti, una turba gioiosa che correva lungo i viali fra i tassi, dietro a Vernon e al signor Green. Ma gli altri tre erano diversi. Si chiamavano con i tre più bei nomi che Vernon conoscesse, Barboncino, Scoiattolo e Albero.

Vernon era forse un bimbetto solitario, ma non se ne accorgeva mai. Perché, vedete, aveva il signor Green e Barboncino e Scoiattolo e Albero con cui giocare.

Per molto tempo, Vernon non seppe con certezza dove si trovasse la casa del signor Green. Poi gli accadde di pensare, del tutto all'improvviso, che il signor Green dovesse certo abitare nella foresta. La foresta aveva sempre affascinato Vernon. Un lato del parco confinava con essa. V'era un alto steccato verde e Vernon soleva strisciare lungo lo steccato sperando in uno spiraglio che gli consentisse di vedere dall'altro lato. Si continuava a udire bisbigli e sospiri e fruscii, come se gli alberi si stessero parlando a vicenda. A metà strada v'era una porta, ma, ahimè, rimaneva sempre chiusa a chiave, per cui Vernon non riusciva mai a vedere come fosse realmente la foresta.

La bambinaia, naturalmente, non lo conduceva mai là. Era come tutte le bambinaie e preferiva una passeggiata piacevole e tranquilla lungo la strada, senza sporcarsi le scarpe con tutte quelle brutte foglie umide. Così, a Vernon non veniva mai consentito di andare nella foresta; e questo faceva sì che pensasse a essa come non mai. Un giorno o l'altro vi sarebbe andato a prendere il tè dal signor Green. Barboncino, Scoiattolo e Albero avrebbero dovuto mettersi un vestito nuovo per l'occasione.

La camera dei bambini stancò Vernon. Era troppo piccola. Lui sapeva ormai tutto quello che v'era da sapere di essa. Il giardino era diverso; si trattava di un giardino davvero entusiasmante. Vi si trovavano tanti di quei posticini diversi. I lunghi vialetti tra le siepi di tasso potate, con gli uccelli ornamentali, la vasca con i grossi pesci rossi, il frutteto cintato da un muro, il tratto abbandonato, con i fiori di mandorlo in primavera, e il boschetto di betulle argentee sotto le quali crescevano le campanule; ma, più bello d'ogni altro, il tratto recintato, dove si trovavano le rovine dell'antica abbazia. Quello era il posto in cui a Vernon sarebbe piaciuto sfrenarsi, arrampicarsi ed esplorare. Ma non vi riusciva mai. Nel resto del giardino faceva quasi tutto quello che gli piaceva. Winnie veniva sempre mandata con lui, ma siccome, in seguito a coincidenze davvero strane, sembravano imbattersi sistematicamente nell'aiutogiardiniere, Vernon poteva dedicarsi ai suoi giochi senza essere ostacolato da un'eccessiva sorveglianza da parte di lei.

A poco a poco, il mondo di Vernon si ampliò. La stella doppia, mammina-paparino, si separò, tramutandosi in due singole persone. Papi rimase nebuloso, mentre mammina divenne un vero e proprio personaggio. Lei veniva spesso a fargli visitine nella camera dei bambini "per giocare con il mio tesoruccio". Vernon sopportava quelle visite con gravità e cortesia, sebbene di solito lo costringessero a rinunciare al gioco al quale si stava dedicando e a gradirne un altro che, a parer suo, non era altrettanto divertente. A volte accompagnavano la mamma signore venute a trovarla, e allora lei stringeva a sé forte forte Vernon (cosa che lui non poteva soffrire) ed esclamava:

«È talmente meraviglioso essere mamma! Non sono mai riuscita ad abituarmici. Avere un tesoruccio di bambino tutto mio!»

Molto rosso in viso, Vernon si districava da quell'abbraccio. Perché lui non era affatto un bambino. Aveva tre anni, ormai.

Un giorno, mentre si guardava intorno nella stanza, subito dopo una scenetta come quella descritta sopra, scorse suo padre che, in piedi accanto alla porta, lo osservava con occhi sardonici. I loro sguardi si incrociarono. Una sorta di messaggio parve passare tra l'uno e l'altro... comprensione... una sensazione di affinità di carattere.

Le amiche di sua madre stavano conversando.

«È un vero peccato, Myra, che non somigli a te. I tuoi capelli sarebbero stati meravigliosi su un bambino.»

Ma Vernon venne pervaso da un'improvvisa sensazione d'orgoglio. Somigliava a suo padre.

Vernon ricordava sempre il giorno in cui era venuta a pranzo la signora americana. Tanto per cominciare, a causa delle spiegazioni della bambinaia sull'America che, come Vernon si rese conto in seguito, lei confondeva con l'Australia.

Discese al momento del dessert in preda a uno stato d'animo di timore reverenziale. Se quella signora si fosse trovata a casa sua, nel proprio paese, avrebbe camminato capovolta, a testa in giù. La cosa era più che sufficiente per indurlo a guardare l'ospite con gli occhi spalancati. E poi, oltretutto, risultò che la signora si serviva delle parole più bizzarre per dire le cose più semplici.

«Ma è carinissimo! Guarda, dolcezza mia, ho qui una scatola di caramelle per te. Non vuoi venire a prenderla?»

Vernon si avvicinò guardingo e accettò il dono. La signora, evidentemente, non sapeva quel che diceva. Non si trattava di caramelle, ma di buon croccante di Edimburgo.

Si trovavano lì anche due signori, uno dei quali era il marito dell'americana. Quest'ultimo disse:

«Sai riconoscerla una mezza corona, bambino mio, quando la vedi?»

E, subito dopo, risultò che la mezza corona era sua e poteva tenersela. Una giornata meravigliosa, tutto sommato.

Vernon non aveva mai pensato molto alla propria casa. Sapeva che era più grande della canonica, dove andava a volte a prendere il tè; ma giocava di rado con altri bambini e ancor più di rado si recava a casa loro. E pertanto, quel giorno, la vastità della dimora fu per lui una sorpresa che lo meravigliò. Gli ospiti vennero accompagnati dappertutto nella casa e la voce della signora americana continuò a levarsi senza posa.

«Santo cielo, ma è davvero stupenda! Avevate mai visto qualcosa di simile? Cinquecento anni, dice? Frank, hai sentito? Enrico VIII... non è come seguire un corso di storia inglese? E l'abbazia è ancora più antica, dice?»

Andarono dappertutto, percorsero la lunga galleria dei ritratti, dove facce simili a quella di Vernon, con gli occhi scuri ravvicinati e la testa stretta, ti guardavano, dalle tele dipinte, con arroganza o con fredda sopportazione. V'erano anche mansuete dame, con gorgiere o con fili di perle che passavano tra i capelli – le donne dei Deyre avevano sempre fatto del loro meglio per essere mansuete, sposate com'erano con sfrenati lord che non conoscevano né la paura né la compassione –, e sembravano guardare con apprezzamento Myra Deyre, l'ultima delle consorti, mentre passava sotto di loro. Dalla galleria dei ritratti si portarono nel salone quadrato e di là nella camera del prelato.

Vernon era già stato condotto via da un pezzo dalla bambinaia. Gli ospiti lo ritrovarono nel giardino, intento a dar da mangiare ai pesci rossi. Suo padre era rientrato in casa per prendere le chiavi delle rovine dell'abbazia. Nemmeno la mamma si trovava lì e gli ospiti erano soli.

«Santo cielo, Frank,» disse la signora americana «non è anche *troppo* meraviglioso? Tutti questi anni! Una dimora tramandata di padre in figlio. Romantica, ecco come definisco io la situazione, più romantica di ogni altra cosa immaginabile! Tutti questi anni. Pensa un po'! Come è possibile?»

Quello fu il momento in cui l'altro gentiluomo parlò. Non era un gran parlatore e, fino a quel momento, Vernon non lo aveva mai sentito pronunciare una parola. Ma a questo punto dischiuse le labbra e ne pronunciò una: una parola talmente incantevole, talmente misteriosa, talmente deliziosa che Vernon non doveva dimenticarla mai più.

«Vistosità» disse l'altro gentiluomo.

Ma, prima che Vernon potesse domandargli (com'era nelle sue intenzioni) che cosa significasse la parola meravigliosa, accadde qualcos'altro.

Sua madre uscì dalla dimora. V'era il tramonto alle sue spalle: un tramonto che sembrava dipinto di ori e rossi accesi. Contro questo sfondo Vernon vide sua madre; la vide sul serio per la prima volta: una donna magnifica, dalla carnagione bianca e dai capelli rosso dorati, una creatura che ricordava le illustrazioni del suo libro di fiabe. La vide all'improvviso come un qualcosa di meraviglioso e di splendido.

Non avrebbe mai più dimenticato quello strano momento. Lei era sua madre, una creatura bellissima, e lui l'amava. Un qualcosa lo ferì dentro, come un dolore, solo che non si trattava proprio di un dolore. E aveva, dentro il capo, uno strano suono rimbombante, un suono tonante che terminò con una nota acuta e dolce, come il verso di un uccello. Fu un momento davvero meraviglioso.

E del momento faceva parte anche quella magica parola, *vistosità*.

2

WINNIE, LA CAMERIERA, SE NE ANDAVA. Tutto era accaduto all'improvviso. Gli altri della servitù che bisbigliavano insieme. Winnie in lacrime. Winnie che piangeva a non finire. La bambinaia le aveva fatto quello che lei chiamava una ramanzina, dopodiché Winnie si era più che mai sciolta in lacrime. V'era un qualcosa di terribile nella bambinaia, lei sembrava ancor più grossa del solito e faceva schioccare la voce più del consueto. Winnie, Vernon lo sapeva, se ne andava a causa del babbo. E il bambino accettava tale circostanza senza esserne particolarmente interessato o incuriosito. Le cameriere se ne andavano, a volte, a causa del babbo.

La mamma si era chiusa a chiave in camera sua. Anche lei stava piangendo. Vernon poteva udirla singhiozzare attraverso la porta. Non lo aveva mandato a chiamare e a lui non era venuto in mente di andare a consolarla; anzi, aveva provato una vaga sensazione di sollievo. Odiava i piagnistei, i singhiozzi, i lunghi respiri attraverso il naso, e per giunta succedeva sempre vicino a lui. Le persone che piangono invariabilmente ti abbracciano. Vernon odiava quel genere di suoni così vicino all'orecchio. Non esisteva niente al mondo che odiasse più dei singhiozzi e dei pianti. Gli facevano arricciare la pelle dappertutto come una foglia secca. Questo era il bello del signor Green. Lui non emetteva mai suoni fastidiosi.

Winnie stava facendo le valigie. La bambinaia si trovava con lei: una bambinaia meno terrificante, adesso, una bambinaia quasi umana.

«Bene, che questo ti serva di lezione, ragazza mia» disse la bambinaia. «Niente tresche nella famiglia che ti assumerà.»

Winnie piagnucolò qualcosa dicendo che non aveva fatto nulla di grave.

«E niente di più faresti, voglio sperare, se ti sorvegliassi io» dichiarò la bambinaia. «Molto dipende, direi, dall'avere i capelli rossi. Le ragazze dai capelli rossi sono sempre frivole, così soleva dire la mia povera mamma. Non sto affermando che tu sia una poco di buono. Ma quello che hai fatto è sconveniente. Sconveniente... non voglio dire di più.»

E, come Vernon aveva già avuto modo di notare altre volte, dopo aver pronunciato questa particolare frase, continuò, dicendo molto di più. Ma lui non le diede ascolto perché stava riflettendo sulla parola "sconveniente". Conveniente, lo sapeva, era qualcosa che costava poco. Ma che c'entrava questo?

«Che cosa significa sconveniente, Tata?» domandò qualche ora dopo, quel giorno.

La bambinaia, con la bocca piena di spilli, poiché stava tagliando un vestitino di lino per Vernon, rispose:

«Indecoroso.»

«Che cosa vuol dire indecoroso?»

«I bimbetti fanno sempre domande stupide» disse la bambinaia, con la scaltrezza di una lunga carriera professionale alle spalle.

Quel pomeriggio, il padre di Vernon entrò nella camera dei bambini. Aveva una strana aria furtiva, come se fosse triste e al contempo spavaldo. Trasalì appena sotto lo sguardo fisso, interrogativo, di Vernon.

«Ciao, Vernon.»

«Ciao, babbo.»

«Parto per Londra. Arrivederci, vecchio mio.»

«Vai a Londra perché hai baciato Winnie?» domandò Vernon curioso.

Suo padre pronunciò una di quelle parole che Vernon sapeva di non dover udire – e tanto meno ripetere. Si trattava, lo sapeva, di una parola della quale si servono i gentiluomini, ma non i bimbetti. Il divieto in questione esercitava un fascino tale che Vernon aveva preso l'abitudine di addormentarsi ripetendo tra sé e sé quella parola insieme a un'altra parola proibita. Quest'altra era la parola "corsetti".

«Chi diavolo te lo ha detto?»

«Non me lo ha detto nessuno» rispose Vernon, dopo aver riflettuto un momento.

«Allora come lo hai saputo?»

«Dunque l'hai baciata?» domandò Vernon.

Suo padre attraversò la stanza senza rispondere.

«Winnie a volte mi bacia» osservò Vernon. «Ma non mi è mai piaciuto un granché. Devo baciarla anch'io. Il giardiniere la bacia moltissimo. Sembra che gli piaccia. Secondo me, baciarsi è una cosa stupida. Se fossi grande mi piacerebbe di più baciare Winnie, babbo?»

«Sì» rispose lui, con decisione. «Credo che ti piacerebbe. I figli maschi, sai, a volte crescendo somigliano molto ai loro padri.»

«Mi piacerebbe diventare come te» disse Vernon. «Sei un bravissimo cavallerizzo. Lo ha detto Sam. Ha detto che non ti uguaglia nessuno in tutta la contea e che non è mai esistito un miglior giudice di cavalli.» Vernon pronunciò rapidamente le ultime parole: «Preferirei somigliare a te invece che a mammina. Mammina fa venire il mal di schiena ai cavalli, lo ha detto Sam».

Seguì un nuovo silenzio.

«Mammina ha mal di capo e si è coricata» continuò Vernon.

«Lo so.»

«Sei passato a salutarla?»

«No.»

«Passerai da lei? Perché dovrai sbrigarti. Il calesse sta arrivando adesso.»

«Credo che non ne avrò il tempo.»

Vernon annuì con un'aria assennata.

«Credo che sarebbe una buona idea. Non mi piace dover baciare la gente quando piange. E, in ogni modo, non mi garba che mammina mi baci troppo. Stringe troppo forte e parla all'orecchio. Credo che quasi quasi preferirei baciare Winnie. Tu quale preferiresti, babbo?»

Rimase sconcertato vedendo suo padre uscire bruscamente dalla stanza. La bambinaia era entrata un momento prima. Si scostò rispettosa per lasciar passare il padrone e Vernon pensò che forse era riuscita a far sentire a disagio suo padre.

Katie, l'aiutocameriera, venne ad apparecchiare per il tè. Vernon fece costruzioni con i cubetti, in un angolo. La consueta, serena atmosfera della camera dei bambini tornò a chiuderglisi intorno.

Vi fu un'improvvisa interruzione. Sua madre si profilò sulla soglia. Aveva gli occhi gonfi a furia di piangere. Se li asciugò con un fazzoletto. Poi rimase lì, teatralmente infelice.

«Se n'è andato» esclamò. «Senza dirmi una parola. Senza una parola. Oh, bambino mio. Piccolo mio.»

Si fece avanti rapidamente e prese Vernon tra le braccia. La torre, per lo meno di un piano più alta di ogni altra che lui avesse mai costruito, crollò in rovina. La voce di sua madre, acuta e disperata, gli trapanò l'orecchio.

«Bambino mio, piccolo mio, giura che non mi abbandonerai mai. Giuralo... giuralo...»

La bambinaia andò verso di loro.

«Suvvia, signora, suvvia, non faccia così, signora. Farebbe meglio a tornare a letto. Edith le porterà una buona tazza di tè bollente.»

Il tono di lei era autoritario, severo.

La mamma continuò a singhiozzare e a stringerlo sempre più forte. Vernon cominciò a irrigidirsi in tutto il corpo, resistendole. Sarebbe riuscito a sopportare ancora per poco... ancora per pochissimo. E avrebbe fatto qualsiasi cosa mammina volesse, purché lo lasciasse andare.

«Devi compensarmi, Vernon, compensarmi per le sofferenze che mi ha causato tuo padre. Oh, Dio mio, che cosa farò?»

In qualche punto, nel fondo della mente, Vernon divenne consapevole del fatto che Katie, silenziosa ed estatica, si stava godendo la scena.

«Suvvia, signora» disse la bambinaia. «Non farà altro che turbare il bambino.» Il tono autoritario nella sua voce era talmente accentuato, questa volta, che la madre di Vernon cedette. Appoggiandosi debolmente al braccio della bambinaia, si lasciò condurre fuori dalla stanza.

La bambinaia tornò pochi minuti dopo, molto rossa in viso.

«Mamma mia!» esclamò Katie. «Come se l'è presa! Isterismi veri e propri. È così che li chiamano! Be', è stato un bel fatto! Lei non pensa che possa nuocere a se stessa? Tutte quelle vasche pericolose, in giardino... Il padrone è un bel tipo. Non che non debba sopportare parecchio da lei. Tra scenate e bizze...»

«Basta così, ragazza mia» disse la bambinaia. «Puoi tornare al tuo lavoro. Mi risulta che nella dimora di un gentiluomo le aiutocameriere non abbiano mai commentato un episodio come questo con le loro superiori. Tua madre avrebbe dovuto educarti meglio.»

Alzando di scatto il mento in aria, Katie se ne andò. La bambinaia girò intorno al tavolo della camera dei bambini, spostando tazze e piattini con gesti involontariamente bruschi. Muoveva le labbra, borbottando tra sé e sé.

«Ficcare certe idee nella testa di un bambino. Non lo sopporto...»

3

ARRIVÒ UNA NUOVA CAMERIERA, una ragazza magra, pallida, dagli occhi sporgenti. Si chiamava Isabel, ma veniva chiamata Susan, questo nome essendo ritenuto “più opportuno”. La cosa lasciò molto interdetto Vernon e il bambino chiese una spiegazione alla bambinaia.

«Vi sono nomi che si addicono ai signori, padroncino Vernon, e nomi che si addicono alla servitù. Tutto qui.»

«Ma allora perché il suo vero nome è Isabel?»

«Vi sono persone che, quando danno un nome ai loro figli, vogliono scimmiottare chi sta più in alto di loro.»

Il verbo scimmiottare confuse le idee nella mente di Vernon. Scimmiottare... scimmie. La gente battezzava forse i propri figli nel giardino zoologico?

«Credevo che i bambini venissero battezzati in chiesa.»

«Infatti è così, padroncino Vernon.»

Che confusione! Perché tutto era così confuso? Perché le cose sembravano più confuse di quanto lo fossero state prima? Perché qualcuno ti diceva una cosa e qualcun altro qualcosa di completamente diverso?

«Tata, come nascono i bambini?»

«Questo me lo hai già domandato, padroncino Vernon. Li portano gli angioletti durante la notte, passando dalla finestra.»

«Quell'am-am-am...»

«Non balbettare, padroncino Vernon.»

«Quella signora americana che è venuta... ha detto che sono stato trovato sotto un arbusto di uvaspina.»

«In questo modo nascono i bambini americani» disse la bambinaia, placidamente.

Vernon emise un sospiro di sollievo. Ma sicuro! Vi fu in lui uno slancio di gratitudine nei confronti della bambinaia. Lei sapeva sempre tutto. Riusciva sempre a stabilizzare di nuovo l'universo vacillante. E non rideva mai. Sua madre invece rideva. L'aveva udita dire ad altre signore: «Mi fa le domande più bizzarre. Sentite questa... Non sono buffi e adorabili i bambini?».

Ma a Vernon non sembrava affatto di essere buffo e adorabile. Voleva soltanto sapere. Bisognava *sapere*. Faceva parte della crescita. Una volta cresciuto e diventato grande sapevi tutto e avevi sterline d'oro nel borsellino.

Il mondo continuava ad ampliarsi.

V'erano, per esempio, gli zii e le zie.

Zio Sydney era il fratello di mammina. Basso di statura e tarchiato, aveva una faccia piuttosto rossa. Era solito canticchiare motivetti e far tintinnare monetine nella tasca dei calzoni. Gli piaceva scherzare, ma non sempre Vernon trovava divertenti le sue facezie.

«Supponiamo» diceva zio Sydney «che mi mettessi il tuo cappello. Eh? Che cosa sembrerei, secondo te?»

Curiose, le domande che ponevano le persone adulte! Curiose, ma anche imbarazzanti perché, se esisteva un insegnamento che la bambinaia continuava a inculcare a Vernon, era che i bimbetti non dovevano mai fare osservazioni di carattere personale.

«Su, sentiamo» diceva lo zio Sydney, insistente. «Che cosa sembrerei? Ecco...» E afferrava il cappellino di lino in questione e se lo piazzava in precario equilibrio sul cocuzzolo della testa. «Che cosa sembro... eh?»

Be', se proprio si deve rispondere, si risponde. Vernon disse, compito, con una lieve nota di stanchezza nella voce:

«Secondo me hai un aspetto piuttosto stupido.»

«Questo tuo bambino non ha alcun senso dell'umorismo, Myra» disse lo zio Sydney alla mamma. «Proprio nessun senso dell'umorismo. Che peccato.»

Zia Nina, la sorella del babbo, era completamente diversa.

Aveva un buon odore, come il giardino nelle giornate estive, e parlava con una voce sommessa che piaceva a Vernon. Possedeva anche altre virtù: non ti baciava quando non ti andava di essere baciato, e non voleva a tutti i costi scherzare. Però non si faceva vedere molto spesso a Abbots Puissants.

Doveva essere, pensava Vernon, molto coraggiosa, perché era stata lei la prima a fargli capire che si poteva padroneggiare la Bestia.

La Bestia dimorava nel salotto grande. Aveva quattro gambe e un corpo lucido e marrone. E possedeva una lunga fila di quelli che Vernon, quando era molto piccolo, aveva creduto fossero denti. Grossi denti gialli e luccicanti. Sin dai suoi primissimi ricordi, Vernon era stato affascinato e terrorizzato dalla Bestia. Infatti, se irritavi la Bestia, essa emetteva strani suoni, un ringhio iroso oppure un gemito stridulo e furente – e, in qualche modo, quei suoni ti facevano più male di quanto potesse farti male qualsiasi cosa al mondo, ti tormentavano dentro, nel profondo di te. Ti facevano rabbrividire, ti sconvolgevano, facevano sì che ti bruciassero gli occhi; eppure, per qualche strano incantesimo, non riuscivi ad allontanarti.

Quando Vernon si faceva leggere fiabe che parlavano di draghi, immaginava sempre questi ultimi simili alla Bestia. E i giochi più divertenti con il signor Green erano quelli nei quali uccidevano la Bestia. Vernon le affondava una spada nel corpo lucente e marrone, mentre i cento bambini facevano baldoria e gridavano.

Adesso che era più grande... la sapeva più lunga, naturalmente. Sapeva che il nome della Bestia era Pianoforte a coda e che, quando le aggredivi volutamente i denti, questo si chiamava "suonare il piano"! Una cosa che le signore facevano dopo cena per i gentiluomini. Ma, nel profondo di se stesso, Vernon continuava ad aver paura e sognava a volte di essere inseguito dalla Bestia su per le scale che conducevano alla camera dei bambini; dopodiché si destava urlando.

Nei sogni di Vernon la Bestia dimorava nella foresta ed era selvaggia e feroce ed emetteva suoni troppo terribili per poter essere sopportati.

Mammina, a volte, "suonava il piano", e questo Vernon riusciva a malapena a sopportarlo. La Bestia, lo sentiva, non veniva realmente destata da quanto lei le stava facendo. Ma il giorno in cui fu zia Nina a suonare, tutto parve diverso.

Vernon si stava dedicando a uno dei suoi giochi immaginari in un angolo. Lui e Scoiattolo e Barboncino facevano un picnic e mangiavano aragosta e cioccolatini.

Zia Nina non si era nemmeno accorta che il bambino si trovasse nella stanza. Si era messa a sedere sullo sgabello del pianoforte e aveva cominciato a suonare pigramente.

Affascinato, Vernon si fece, adagio, sempre e sempre più vicino. Nina infine alzò gli occhi e lo vide intento a fissarla, le gote striate di lacrime mentre irreprimibili singhiozzi gli scuotevano tutto il piccolo corpo. Si interruppe.

«Che cosa c'è, Vernon?»

«Lo odio» singhiozzò Vernon. «Lo odio. Lo odio. Mi fa dolere *qui.*» E si premette le mani sullo stomaco.

Myra entrò nel salotto proprio in quel momento. Rise.

«Non è strano? Questo bambino odia, né più né meno, la musica. È davvero stranissimo.»

«Perché non se ne va, se la odia?» domandò Nina.

«Non posso» singhiozzò Vernon.

«Non è ridicolo?» disse Myra.

«A me sembra piuttosto interessante.»

«Quasi tutti i bambini vogliono strimpellare sul pianoforte. L'altro giorno ho cercato di insegnare a Vernon *Bastoncini d'avorio*, ma non si è divertito affatto.»

Nina continuava a fissare pensierosa il suo nipotino.

«Stento a credere che mio figlio possa non amare la musica» disse Myra, in tono afflitto. «Suonavo pezzi molto difficili quando avevo appena otto anni.»

«Oh, be'!» commentò Nina. «Vi sono modi diversi di amare la musica.»

Un'asserzione, pensò Myra, tipica delle sciocchezze che gli appartenenti alla famiglia Deyre solevano dire. O si amava la musica e si suonavano pezzi difficili, oppure non la si amava. Vernon, ovviamente, non l'amava.

La madre della bambinaia era malata. Strana catastrofe, senza precedenti nella camera dei bambini. La bambinaia, molto rossa e torva in viso, stava facendo le valigie aiutata da Susan-Isabel. Vernon, turbato, comprensivo, ma soprattutto interessato, rimaneva in piedi lì accanto e, essendo interessato, poneva domande.

«È molto vecchia tua madre, Tata? Ha cento anni?»

«Macché, padroncino Vernon. Cento anni, figuriamoci!»

«Credi che morirà?» continuò Vernon, anelando a essere gentile e comprensivo.

La madre della cuoca si era ammalata ed era morta. La bambinaia non rispose. Disse invece, in tono aspro: «Togli i sacchetti delle scarpe dall'ultimo cassetto, Susan. Suvvia, sbrigati, ragazza mia!».

«Tata, tua madre sarà...?»

«Non ho il tempo di rispondere alle domande, padroncino Vernon.»

Vernon sedette su un angolo dell'ottomana rivestita di chintz e si dedicò alle riflessioni. La bambinaia aveva detto che sua madre non era una donna di cento anni, tuttavia doveva essere vecchissima. Lui aveva sempre considerato tremendamente vecchia la stessa bambinaia. Il solo pensare che potesse esistere una creatura più anziana e più saggia della bambinaia faceva vacillare la mente, né più né meno. In uno strano modo, riportava la bambinaia alle dimensioni di un mero essere umano. Lei non era più una creatura inferiore solo a Dio.

L'universo cambiava, i valori si modificavano. La Tata, Dio e il signor Green... indietreggiavano tutti e tre, divenivano più vaghi e più offuscati. Mammina, il babbo, persino zia Nina... sembravano contare di più. Specie mammina. Mammina era come le principesse dai lunghi e splendidi capelli d'oro. A lui sarebbe piaciuto battersi contro un drago, per mammina... un drago marrone e lucente come la Bestia.

Com'era la parola... la parola magica? Vistosità... sì, era questa... vistosità. Una parola incantevole! La principessa vistosità! Una parola da ripetere tra sé e sé, sommessamente e di nascosto, la notte, come le parole "maledizione" e "corsetti".

Però la mamma non doveva mai, mai, mai udirla: perché lui sapeva anche troppo bene che si sarebbe messa a ridere... Rideva sempre, la mamma, il genere di risatina che ti faceva raggrinzire dentro, che ti faceva venir voglia di contorcerti. E diceva cose... diceva sempre cose, proprio il genere di cose che odiavi: «Non sono *ridicoli* i bambini?».

E Vernon sapeva di non essere ridicolo. Non gli piacevano le cose buffe. Lo aveva detto lo zio Sydney. Se soltanto mammina non avesse...

Seduto sul chintz scivoloso, si accigliò, perplesso. All'improvviso, intravide confusamente due mammine. L'una era la principessa, la bellissima mammina che sognava e che si accomunava nei suoi sogni ai tramonti e alla magia e all'uccisione dei draghi... e l'altra... quella che rideva e diceva "non sono ridicoli i bambini?". Solo che, naturalmente, si trattava della stessa persona...

Si agitò, sospirò. La bambinaia, accesa in viso a causa della fatica fatta per chiudere il baule, si voltò, affabile, verso di lui.

«Che cosa c'è, padroncino Vernon?»

«Niente» rispose Vernon.

Bisognava sempre dire "niente". Non si poteva mai sapere. Perché, se parlavi, nessuno capiva mai quello che volevi dire...

Durante il regno di Susan-Isabel, la camera dei bambini fu completamente diversa. Potevi essere, e lo eri molto frequentemente, cattivo. Susan ti diceva di non fare certe cose e tu le facevi lo stesso! Susan minacciava: «Lo dirò a tua madre», ma non glielo diceva mai.

Susan a tutta prima si era goduta la posizione e l'autorità che le spettavano durante l'assenza della bambinaia. A dire il vero, se non fosse stato per Vernon, avrebbe continuato a godersele. Era solita scambiare confidenze con Katie, l'aiutocameriera.

«Non lo so che cosa gli abbia preso, questo è certo. A volte si comporta come un piccolo demonio. E dire che era così buono e così compito con la signora Pascal.»

Al che Katie rispose:

«Ah! Quella sì che è un bel tipo! Ti tratta come una pezza da piedi, eh?»

Dopodiché le due ragazze bisbigliarono e ridacchiarono.

«Chi è la signora Pascal?» domandò Vernon un giorno.

«Ah, questa, poi, padroncino Vernon! Non sai come si chiama la tua bambinaia?»

Sicché la bambinaia era la signora Pascal. Un'altra sorpresa spiacevole. Era sempre stata per lui semplicemente la bambinaia. Era un po' come se ti avessero detto che Dio si chiamava signor Robinson.

Signora Pascal! La bambinaia! Quanto più ci pensava, tanto più la cosa gli sembrava straordinaria. Signora Pascal... proprio come mammina era la signora Deyre e il babbo il signor Deyre. Strano a dirsi, Vernon non aveva mai pensato alla possibilità dell'esistenza di una signora Pascal. (Non che non potesse esistere una persona simile. Quel "signora" era un tacito riconoscimento della posizione e dell'autorità della bambinaia.) La bambinaia campeggiava sola, con la stessa magnificenza del signor

Green, che, nonostante i cento figli (e Barboncino, Scoiattolo e Albero), non veniva mai immaginato da Vernon con una signora Green al fianco!

La mente inquisitiva di Vernon seguì un'altra direzione. «Susan, ti piace essere chiamata Susan? Non ti piacerebbe di più se ti chiamassero Isabel?»

Susan (o Isabel) ridacchiò, come al solito.

«Non ha importanza quello che piace a me, padroncino Vernon.»

«Perché?»

«Le persone devono fare quello che gli viene detto, a questo mondo.»

Vernon tacque. L'aveva pensata nello stesso modo fino a pochi giorni prima. Ma stava cominciando a rendersi conto che non era vero. Uno non deve fare quello che gli dicono. Tutto dipende da chi glielo dice.

Non era una questione di punizioni. Lui veniva continuamente fatto sedere su determinate sedie, lasciato in piedi in un angolo e privato dei dolciumi da Susan. Alla bambinaia, invece, bastava guardarlo con severità attraverso gli occhiali, con una certa espressione sul viso, perché l'immediata capitolazione fosse fuori discussione.

Susan non possedeva alcunché di autoritario nella propria indole, e Vernon lo sapeva. Aveva scoperto il fremito elettrizzante della disubbidienza riuscita. Inoltre, gli piaceva tormentare Susan. Quanto più la ragazza si crucciava e diventava agitata e infelice, tanto più Vernon ci provava gusto. Si trovava ancora – come si addiceva ai suoi pochi anni – nell'età della pietra. E gustava appieno il piacere della crudeltà.

Susan aveva preso l'abitudine di consentire a Vernon di andare a giocare da solo nel giardino. Essendo una ragazza bruttina, non aveva i motivi di Winnie per apprezzare l'aria aperta. E del resto, che cosa sarebbe potuto accadere di male al bimbetto?

«Non ti avvicinerai ai laghetti, vero, padroncino Vernon?»

«No» rispose Vernon, e all'istante, nella sua mente, scaturì l'intenzione di fare proprio questo.

«Giocherai con il cerchio, da bravo bambino?»

«Sì.»

Nella camera dei bambini dilagarono il silenzio e la tranquillità. Susan emise un sospiro di sollievo. Tolse da un cassetto un libro in brochure intitolato *Il duca e la lattaia*.

Battendo il bastone sul cerchio, Vernon fece il giro del frutteto delimitato da un muro. Il cerchio si sottrasse al suo controllo e finì a balzi su un piccolo tratto di terreno che in quel momento stava ricevendo le cure meticolose di Hopkins, il capogiardiniere. Hopkins, con fermezza e autorevolezza, ordinò a Vernon di allontanarsi, e lui se ne andò. Rispettava Hopkins.

Abbandonato il cerchio, il bambino si arrampicò su un albero o due. O meglio, raggiunse l'altezza di forse un metro e ottanta dal livello del suolo, adottando tutte le debite precauzioni. Poi, stancatosi di quello sport pericoloso, si mise a cavalcioni su un ramo e rifletté su quello che avrebbe potuto fare dopo.

Tutto sommato, pensò ai laghetti. Siccome Susan glieli aveva proibiti, esercitavano su di lui un fascino considerevole. Sì, sarebbe andato ai laghetti. Si drizzò, accingendosi a scendere, e in quel momento gli venne in mente un'altra idea, suggerita da una vista inconsueta.

La porta che dava sulla foresta era aperta!

Una cosa simile non si era mai verificata nell'esperienza di Vernon. Più e più volte egli aveva furtivamente provato ad aprire quella porta. Ma l'aveva trovata sempre chiusa a chiave.

Si avvicinò con cautela. La foresta! Distava appena pochi passi dalla porta. Avresti potuto tuffarti subito nelle sue verdi e fresche profondità. Il cuore di Vernon prese a battere più in fretta.

Aveva sempre desiderato addentrarsi nella foresta. Ed ecco ora la sua grande occasione. Quando la bambinaia fosse tornata, una cosa simile sarebbe stata esclusa.

Eppure esitò ancora. Non era un qualsiasi timore di disubbidire a trattenerlo. A rigor di termini, non gli avevano mai proibito di recarsi nella foresta. E la sua scaltrezza infantile era già preparata ad accampare questo pretesto.

No, si trattava di qualcos'altro. La paura dell'ignoto... di quelle scure e fronzute profondità. Reminiscenze ancestrali lo trattenevano...

Voleva andare, e al contempo non voleva. Potevano esservi cose, laggiù, cose come la Bestia. Cose che si avvicinavano alle tue spalle, e ti inseguivano urlando...

Inquieto, spostò il proprio peso da un piede all'altro.

Ma le cose non ti inseguivano in pieno giorno. E nella foresta abitava il signor Green. Non che il signor Green continuasse a essere reale come soleva esserlo prima. Eppure, sarebbe stato alquanto divertente esplorare e trovare un posto dove poter fingere che abitasse il signor Green. Barboncino, Scoiattolo e Albero avrebbero avuto ognuno una propria casa... una piccola casa coperta di foglie.

«Su, vieni, Barboncino» disse Vernon a un compagno invisibile. «Hai portato l'arco e la freccia? Bravo. Troveremo Scoiattolo nella foresta.»

E uscì, baldanzoso. Accanto a lui, visibilissimo nella sua immaginazione, v'era Barboncino, vestito come Robinson Crusoe nel libro illustrato.

Era meraviglioso trovarsi nella foresta, nella foresta ombrosa e verde. Uccelli cantavano e svolazzavano di ramo in ramo. Vernon continuò a conversare con il suo amico: un lusso che non osava permettersi frequentemente, in quanto qualcuno avrebbe potuto udirlo e dire: "Non fa morire dal ridere? Sta fingendo di avere con sé un altro bimbetto". A casa bisognava essere sempre prudentissimi.

«Arriveremo al castello per l'ora di pranzo, Barboncino. Vi saranno leopardi arrostiti. Oh! Ciao, ecco Scoiattolo. Come stai, Scoiattolo? Albero dov'è?

«Ti dirò una cosa. A camminare ci si stanca alquanto, secondo me. Penso che sarà meglio proseguire a cavallo.»

I destrieri erano legati a un albero lì accanto. Quello di Vernon bianco latte, quello di Barboncino nero come il carbone... Quanto al colore del cavallo di Scoiattolo, il bambino non riuscì a decidersi.

Si lanciarono al galoppo tra gli alberi. V'erano tratti mortalmente pericolosi, paludi. Serpenti li minacciavano sibilando e leoni balzavano contro di loro. Ma i fedeli destrieri ubbidivano in tutto e per tutto a chi li cavalcava.

Quanto era stato stupido giocare in giardino, o giocare in qualsiasi altro luogo, *tranne lì*! Aveva dimenticato che cosa volesse dire giocare con il signor Green e con Barboncino, Scoiattolo e Albero. Come si poteva fare a meno di dimenticare, quando la gente continuava a rammentarti che eri un bimbetto buffo sempre pronto a giocare con le finzioni?

Vernon proseguì a cavallo, impettito, con il destriero che ora caracollava, ora incedeva con solenne dignità. Era grande, era meraviglioso! Gli mancava soltanto, sebbene egli stesso non lo sapesse, un tam-tam da suonare mentre cantava le proprie lodi.

La foresta! Aveva sempre saputo che sarebbe stata così, come per l'appunto era! Di fronte a lui apparve all'improvviso un muro in rovina rivestito di muschio. Il muro del castello! Sarebbe mai potuto esistere qualcosa di più perfetto? Cominciò a scalarlo.

L'ascesa era in realtà abbastanza facile, sebbene ricca delle più piacevoli ed elettrizzanti possibilità di pericolo. Vernon non aveva ancora deciso se questo fosse il castello del signor Green o se vi dimorasse un orco che si nutriva di carne umana. Entrambe le possibilità erano affascinanti. Tutto sommato, lui era propenso per la seconda, essendo il suo, in quel momento, uno stato d'animo bellicoso. Acceso in viso, raggiunse la sommità del muro e guardò dall'altra parte.

E a questo punto si inserisce nel racconto, per un breve paragrafo, la signora Somers West, la quale amava la solitudine romantica (soltanto per brevi periodi) e aveva acquistato Woods Cottage perché si trattava di «un villino deliziosamente remoto da tutto e situato davvero, non so se mi spiego, nel cuore stesso della foresta... in comunione perfetta con la natura!». E la signora Somers West, siccome oltre a possedere un temperamento artistico possedeva altresì un temperamento musicale, aveva fatto abbattere una parete divisoria, ricavando così da due stanze un unico grande ambiente e assicurandosi lo spazio sufficiente per contenere un pianoforte a coda da concerto.

E, nello stesso preciso momento in cui Vernon raggiungeva la sommità del muro, numerosi uomini sudati e barcollanti stavano spingendo adagio il predetto pianoforte a coda verso la finestra, in quanto dalla porta non poteva passare. Il giardino di Woods Cottage era tutto un intrico di vegetazione di sottobosco – natura selvaggia, come lo definiva la signora Somers West. E pertanto Vernon non vide altro che la Bestia! La Bestia, viva e tenace, che, adagio, strisciava verso di lui, malevola e vendicativa...

Per un momento rimase immobile dove si trovava. Poi, con un grido selvaggio, fuggì. Fuggì lungo la sommità dello stretto muro in rovina. La Bestia gli era alle calcagna, lo inseguiva. Stava per raggiungerlo, lui lo sapeva. Corse. Corse ancora più in fretta. Il piede gli rimase impigliato in un intrico d'edera. Lui piombò giù... cadendo... cadendo...

4

VERNON SI DESTÒ, dopo molto tempo, e constatò di trovarsi in un letto. Era, naturalmente, il posto naturale in cui trovarsi quando ci si destava, ma a non sembrargli naturale fu la grossa gobba che sporgeva davanti a lui sul letto. Mentre stava fissando la gobba, qualcuno gli rivolse la parola. Questo qualcuno era il dottor Coles, che Vernon conosceva benissimo.

«Bene, bene,» disse il dottor Coles «come ci sentiamo?»

Vernon non sapeva come si sentisse il dottor Coles. Quanto a lui, si sentiva piuttosto male, e lo disse.

«È possibile, è possibile» mormorò il dottor Coles.

«E credo di sentire un dolore in qualche punto» disse Vernon. «Credo che sia un dolore molto forte.»

«È possibile, è possibile» ripeté il dottor Coles, senza giovare un granché, pensò Vernon.

«Forse mi sentirei meglio se mi alzassi» osservò Vernon. «Posso alzarmi?»

«Non subito, temo» rispose il dottore. «Vedi, sei caduto.»

«Sì» disse il bambino. «La Bestia mi inseguiva.»

«Eh? Come hai detto? La bestia? Quale bestia?»

«No, niente» disse Vernon.

«Un cane, presumo» disse il dottore. «Si è lanciato contro il muro, latrando. Non devi aver paura dei cani, ragazzo mio.»

«Non ho paura dei cani» disse Vernon.

«E che cosa stavi facendo così lontano da casa, eh? Non ti saresti dovuto trovare dov'eri.»

«Nessuno mi aveva detto di non trovarmici» disse Vernon.

«Hmm, hmm, mi piacerebbe sapere se è vero. Be', ho paura che adesso dovrai subire il castigo. Sai che ti sei rotto una gamba, ragazzo mio?»

«Davvero?» Vernon era soddisfattissimo, incantato. Si era rotto una gamba. E si sentiva importantissimo.

«Eh, sì, dovrai startene qui immobile per un po'. E poi, per qualche tempo, dovrai camminare con le grucce. Lo sai cosa sono le grucce?»

Sì, Vernon lo sapeva. Il signor Jobber, il padre del fabbro, camminava con le grucce. E ora anche lui avrebbe dovuto camminare con le grucce! Che meraviglia!

«Posso provarle subito?»

Il dottor Coles rise.

«Ah, sicché l'idea ti va a genio, eh? No, temo che dovrai aspettare un po'. E devi cercare di fare il bravo bambino. Così guarirai prima.»

«Grazie» disse Vernon, compito. «Non credo di sentirmi molto bene. Può togliere questo buffo aggeggio dal letto? Credo che dopo starei più comodo.»

Ma, a quanto parve, il buffo aggeggio si chiamava alzacoperte e non poteva essere tolto. E parve, inoltre, che Vernon non potesse muoversi nel letto perché aveva la gamba legata da cima a fondo a un lungo pezzo di legno. A un tratto non gli sembrò più una cosa molto piacevole essersi rotto una gamba, tutto sommato.

Il labbro inferiore di Vernon tremava un poco. Lui non si sarebbe messo a piangere. No, era un bambino grande, ormai, e i bambini grandi non piangono. Lo diceva la bambinaia... e in quel momento si rese conto che desiderava la bambinaia... che la desiderava moltissimo. Aveva bisogno della sua presenza rassicurante, della sua onniscienza, della sua frusciante maestosità.

«Tornerà presto» disse il dottor Coles. «Sì, presto. Nel frattempo, sarà questa infermiera a occuparsi di te, l'infermiera Frances.»

L'infermiera Frances entrò nel campo visivo di Vernon e il bambino la studiò in silenzio. Anche lei era inamidata e frusciante, meglio così. Ma non era alta e grassa come la bambinaia. Era più magra di mammina, magra come la zia Nina. Lui non sapeva bene se...

Ma poi incrociò lo sguardo di lei... lo sguardo di quegli occhi fermi, più verdi che grigi, e sentì, come lo sentiva la maggior parte delle persone, che con l'infermiera Frances tutto sarebbe andato "a meraviglia".

L'infermiera gli sorrise, ma non come sorridevano le persone che venivano a far loro visita. Il suo era un sorriso grave, amichevole, ma contegnoso.

«Mi dispiace che tu non stia bene» gli disse. «Gradiresti una spremuta d'arancia?»

Vernon ci pensò su, poi disse che pensava di gradirla. Il dottor Coles uscì dalla stanza e l'infermiera Frances portò la spremuta d'arancia in una curiosissima tazza dal lungo becco. E risultò che Vernon avrebbe dovuto bere da quel becco.

Questo lo fece ridere, ma quando rideva sentiva una fitta di dolore, e pertanto smise. L'infermiera Frances gli consigliò di riaddormentarsi, ma lui rispose che non voleva dormire.

«Non dormire, allora» disse l'infermiera Frances. «Mi domando se sapresti contare quanti giaggioli ci sono su quella parete. Puoi cominciare dal lato destro e io comincerò dal lato sinistro. Sei capace di contare, vero?»

Vernon rispose, molto orgoglioso, che sapeva contare fino a cento.

«È moltissimo» esclamò l'infermiera Frances. «Non vi saranno nemmeno cento giaggioli. Secondo me ce ne sono settantanove. E secondo te?»

Vernon disse che, secondo lui, ce n'erano cinquanta. Non potevano essercene, ne era sicuro, più di così. Cominciò a contare, ma in qualche modo, senza che se ne accorgesse, le palpebre gli si chiusero e si addormentò...

Rumore... Rumore e dolore... Si destò con un sussulto. Si sentiva ardere, dappertutto, e aveva un dolore lungo l'intero fianco. Il rumore si stava avvicinando. Era il rumore che lui collegava sempre a mammina.

Lei entrò nella stanza simile a un turbine di vento, con una sorta di mantello, che indossava, fluttuante alle sue spalle. Era come un uccello – un grosso, un enorme uccello – e, simile a un uccello, calò su di lui.

«Vernon, tesoro mio, tesoruccio di mammina, che cosa ti hanno fatto? È spaventoso. È terribile... Oh, bambino mio!»

Stava piangendo. E Vernon si mise a piangere a sua volta. All'improvviso si era spaventato. Myra stava proprio piangendo.

«Bimbetto mio. Non ho altri che te, al mondo. Dio, non me lo togliere. Non togliermelo! Se muore, morirò anch'io!»

«Signora Deyre...»

«Vernon... Vernon... Piccolo mio...»

«Signora Deyre, la prego...»

V'era un brusco tono di comando, anziché di esortazione, in quella voce.

«Non lo tocchi, per favore. Gli farà male.»

«Fargli male? Io? Sua madre?»

«Lei non sembra rendersi conto, signora Deyre, che ha una gamba fratturata. Devo chiederle di uscire, per favore, dalla stanza.»

«Mi sta nascondendo qualcosa. Mi dica, mi dica, la gamba dovrà essere amputata?»

Da Vernon scaturì un gemito. Il bambino non aveva la più vaga idea di quello che significasse la parola "amputata"... ma sembrava che implicasse sofferenze, o peggio... era terrificante. Il gemito si tramutò in un urlo.

«Sta morendo» gridò Myra. «Sta morendo... e non vogliono dirmelo. Ma si spegnerà fra le mie braccia.»

«Signora Deyre...»

In qualche modo, l'infermiera Frances si era frapposta tra la mamma e il letto. Stava tenendo la mamma per una spalla. Aveva lo stesso tono di voce della bambinaia quando si era rivolta a Katie, l'aiutocameriera.

«Signora Deyre, mi ascolti. Deve dominarsi. *Deve!*» Poi alzò gli occhi. Sulla soglia si trovava il padre di Vernon. «Signor Deyre, la prego, conduca via sua moglie. Non posso consentire che il paziente venga turbato e sconvolto.»

Il babbo annuì, silenziosamente, con un cenno del capo comprensivo. Si limitò a rivolgere uno sguardo a Vernon ed esclamò: «Hai avuto sfortuna, vecchio mio. Anch'io mi sono rotto un braccio, una volta».

Il mondo divenne all'improvviso meno terrificante. Anche altre persone si rompevano gambe e braccia. Il babbo aveva posto una mano sulla spalla della mamma e la stava conducendo verso la porta, parlandole a voce bassa. Lei protestava, discuteva, la voce resa acuta e stridula dall'emozione.

«Come puoi capire? Tu non hai mai voluto bene al bambino quanto gliene voglio io. Soltanto una madre sa... Come posso consentire che il mio bambino venga curato da un'estranea? Ha bisogno di sua madre... Tu non capisci... Io gli *voglio bene*. Non c'è niente che uguagli l'affetto di una madre, lo dicono tutti.»

«Vernon, tesoro...» Si sottrasse alla stretta del marito, e tornò indietro, verso il letto. «Tu mi vuoi, non è vero? Vuoi la tua mammina?»

«Voglio la mia Tata!» singhiozzò Vernon. «Voglio la mia Tata!»

Voleva la sua bambinaia, non l'infermiera Frances.

«Oh!» disse Myra. E rimase dove si trovava, tremando.

«Vieni, cara» disse il padre di Vernon, con dolcezza. «Vieni via.»

Myra si appoggiò a lui e, insieme, uscirono. Fiocamente, nella stanza, si udirono ancora alcune parole.

«La mia creatura, preferire un'estranea a me!»

L'infermiera Frances lisciò il lenzuolo e propose al bambino di bere un sorso d'acqua.

«La tua bambinaia tornerà prestissimo» disse. «Le scriveremo oggi stesso, vuoi? Tu mi dirai che cosa vorrai scriverle.»

Un bizzarro, nuovo sentimento scaturì in Vernon, una sorta di strana gratitudine. Qualcuno aveva capito davvero...

Quando Vernon, in seguito, avrebbe rievocato la sua infanzia, questo periodo sarebbe riemerso dal passato più chiaramente di ogni altro. "La volta che mi ruppi una gamba" caratterizzava un'era a sé.

Egli doveva apprezzare, inoltre, numerosi piccoli episodi che, sul momento, erano stati considerati da lui del tutto ovvi. Per esempio, un colloquio alquanto tempestoso svoltosi tra il dottor Coles e sua madre. Naturalmente, non aveva avuto luogo nella camera dove giaceva Vernon invalido, ma la voce più alta di tono di Myra penetrava anche le porte chiuse. Vernon udì frasi indignate come: «Non so che cosa intenda dicendo di non turbarlo... Ritengo di avere il diritto di curare il mio bambino... Naturalmente ero sgomenta... Non sono una di quelle persone che non hanno assolutamente cuore... Non una briciola di compassione. Come Walter, per esempio: non ha battuto ciglio!».

Vi erano state molte schermaglie, inoltre, per non dire accese battaglie, tra Myra e l'infermiera Frances. L'infermiera prevaleva, invariabilmente, ma pagando un certo scotto. Myra Deyre era selvaggiamente e furiosamente gelosa di quella che definiva "l'infermiera pagata". Non poteva fare a meno di eseguire gli ordini del dottor Coles, ma li eseguiva di mala grazia e con una scoperta villania della quale, ciò nonostante, l'infermiera Frances sembrava non accorgersi mai.

Più avanti negli anni, Vernon non avrebbe ricordato più nulla della sofferenza e del tedio che certo erano esistiti. Ricordava soltanto i giorni felici nei quali aveva giocato e parlato come non gli era accaduto mai, in passato, di giocare e parlare. Infatti, nell'infermiera Frances trovava una persona adulta che non giudicava certe cose "buffe" o "bizzarre". Trovava in lei qualcuno che ascoltava con interessamento e che faceva osservazioni serie e ragionevoli. Con l'infermiera Frances, Vernon riusciva a parlare di Barboncino, Scoiattolo e Albero, nonché del signor Green e dei cento bambini. E invece di dire: "Che gioco *ridicolo*!", l'infermiera Frances si limitava a domandare se i cento bambini erano femminucce o maschietti – un aspetto della situazione al quale, prima di allora, Vernon non aveva mai pensato. Comunque, lui e l'infermiera Frances decisero che v'erano cinquanta femminucce e cinquanta maschietti, un accomodamento ritenuto da entrambi molto equo.

Se a volte, distratto, Vernon si divertiva con i suoi giochi immaginari parlando a voce alta, l'infermiera Frances sembrava non accorgersene o non ritenere affatto insolita la cosa. Possedeva la stessa calma rasserenante della bambinaia, ma possedeva anche qualcos'altro che contava di gran lunga di più per Vernon, il dono di rispondere alle domande... E lui sapeva, per istinto, che le risposte erano sempre sincere. A volte l'infermiera diceva: «Non lo so nemmeno io», oppure: «Dovrai domandarlo a qualcun altro. Non sono abbastanza intelligente per poterti dire questo». Non pretendeva in alcun modo di essere onnisciente.

A volte, dopo il tè, raccontava fiabe a Vernon. Le fiabe non erano mai le stesse per due giorni di seguito – ora parlavano di bimbette e di bimbetti cattivi, ora di principesse incantate. A Vernon piacevano di più queste ultime. Una, in particolare, gli piaceva più di tutte le altre, quella di una principessa dai capelli dorati rinchiusa in una torre e di un principe vagabondo dal malconcio berretto verde. La fiaba terminava in una foresta e forse per questo piaceva tanto a Vernon.

A volte v'era un ascoltatore in più. Myra soleva venire a tener compagnia a Vernon nel primo pomeriggio, durante le ore di libertà dell'infermiera Frances, ma talora il padre di Vernon veniva dopo il tè, quando Frances narrava le fiabe. A poco a poco la cosa divenne un'abitudine. Walter Deyre si metteva a sedere nella penombra, immediatamente dietro la sedia dell'infermiera, e di là guardava non già il bambino ma la narratrice. Un giorno Vernon scorse la mano di suo padre protendersi furtivamente e chiudersi con dolcezza intorno al polso dell'infermiera Frances.

E poi accadde qualcosa che lo stupì moltissimo. L'infermiera Frances si alzò dalla sedia.

«Temo che dobbiamo scacciarla, per questa sera, signor Deyre» disse sommessamente. «Vernon e io abbiamo delle cose da fare.»

Questo stupì moltissimo Vernon, perché non riusciva a immaginare di quali cose potesse trattarsi. Rimase ancor più interdetto quando il babbo si alzò a sua volta e disse, a voce bassa:

«Le chiedo scusa.»

L'infermiera Frances fece un cenno d'assenso con il capo, ma rimase in piedi. Non abbassò mai gli occhi e continuò a fissare Walter Deyre. Lui disse, sommessamente:

«È disposta a credere che sono sinceramente dispiaciuto, e a consentirmi di venire domani?»

Dopo quella volta, in un certo qual modo che Vernon non avrebbe saputo definire, suo padre si comportò diversamente. Parlava di più con lui e, di quando in quando, giocavano a carte tutti e tre: di solito all'uomo nero, un gioco per il quale Vernon aveva una vera e propria passione. Vi furono serate felici che si godettero tutti e tre.

Un giorno, mentre Frances non si trovava nella stanza, Walter Deyre domandò, bruscamente:

«Ti piace questa tua infermiera, Vernon?»

«L'infermiera Frances? Mi piace moltissimo. A te no, papà?»

«Sì,» rispose Walter Deyre «mi piace.»

Vi fu un tono triste, nella sua voce, che non sfuggì a Vernon.

«C'è qualcosa che non va, papi?»

«Niente che non possa essere sistemato. Il cavallo che rimane sulla linea di partenza non ha la possibilità di dimostrare quanto vale e il fatto che la colpa sia sua non migliora affatto la situazione. Ma questo è greco per te, vecchio mio. In ogni modo, goditi la tua infermiera Frances finché rimarrà con te. Non ce ne sono molte come lei, in giro.»

E poi Frances tornò e giocarono a Prendi l'animale.

Ma le parole di Walter Deyre avevano messo una pulce nell'orecchio a Vernon. La mattina dopo affrontò l'infermiera.

«Non resterai qui per sempre?»

«No. Soltanto fino a quando sarai guarito... o quasi guarito.»

«Non rimarrai per sempre? A me piacerebbe che tu restassi.»

«Ma, vedi, non sarebbe il mio lavoro. Il mio lavoro è quello di occuparmi delle persone malate.»

«E ti piace fare questo?»

«Sì, moltissimo.»

«Perché?»

«Be', vedi, tutti fanno qualche particolare lavoro che amano svolgere e per il quale sono tagliati.»

«La mia mammina non fa nessun lavoro.»

«Oh, sì, invece. Il suo lavoro consiste nel badare a questa grande casa, nel fare in modo che tutto corra via liscio e nell'aver cura di te e di tuo padre.»

«Il babbo un tempo è stato militare. Mi ha detto che se dovesse esserci una guerra tornerebbe a fare il soldato.»

«Vuoi molto bene a tuo padre, Vernon?»

«Voglio più bene a mammina, naturalmente. Mammina dice che i bimbetti vogliono sempre più bene alla loro mamma. A me piace stare con il babbo, sicuro, ma è una cosa diversa. Forse perché lui è un uomo. Che cosa diventerò quando sarò grande, secondo te? Vorrei fare il marinaio.»

«Forse scriverai libri.»

«Su che cosa?»

L'infermiera Frances sorrise appena.

«Forse sul signor Green e Barboncino, Scoiattolo e Albero.»

«Ma direbbero tutti che sono stupidaggini.»

«I bambini non penserebbero niente di simile. E del resto, quando sarai cresciuto, avrai in mente personaggi diversi... personaggi come il signor Green e i bambini, ma adulti. E allora potrai scrivere di loro.»

Vernon rifletté a lungo, poi scosse la testa.

«Credo che farò il soldato come il babbo. Quasi tutti i Deyre sono stati soldati, dice la mamma. Naturalmente, bisogna essere molto coraggiosi per fare il soldato, ma io credo che lo sarei abbastanza.»

L'infermiera Frances tacque per un momento. Stava pensando a quello che Walter Deyre aveva detto del suo figliolo.

«È un bimbetto ardito... assolutamente impavido. Non sa che cosa sia la paura! Dovrebbe vederlo sul suo pony.»

Sì. Vernon era abbastanza impavido, per lo meno in un senso. Possedeva inoltre la capacità di sopportazione. Per essere un bambino così piccolo aveva tollerato le sofferenze e i disagi della gamba fratturata insolitamente bene.

Ma esisteva un altro genere di paura. Gli disse, dopo qualche momento:

«Raccontami di nuovo come cadesti dal muro, quel giorno.»

Sapeva tutto della Bestia ed era stata bene attenta a non porre mai l'accento sugli aspetti ridicoli della cosa. Ascoltò Vernon, poi, dopo che il bambino terminò di raccontare, disse con dolcezza:

«Ma tu sai già da un pezzo che non si tratta di una Bestia vera, non è così? Che è soltanto un oggetto fatto di legno e di corde metalliche?»

«Sicuro che *lo so*» disse Vernon. «Ma non me lo sogno così. E, quando l'ho visto nel giardino venire verso di me...»

«Sei fuggito ed è stato un vero guaio, non è così? Sarebbe stato di gran lunga meglio se fossi rimasto *a guardare*. In tal caso avresti visto gli uomini e ti saresti reso conto di quello che stava succedendo. *Guardare* bene è sempre una buona cosa. Si fa sempre in tempo a fuggire dopo, volendo... ma di solito non si fugge. E, Vernon, ti dirò un'altra cosa.»

«Quale?»

«Le cose non sono mai tanto spaventose davanti a te quanto lo sono alle tue spalle. Rammentalo. Tutto sembra orribile quando lo hai alle spalle e non puoi vederlo. Ecco perché è sempre preferibile voltarsi e affrontare le cose. In tal caso, il più delle volte puoi renderti conto che non c'è proprio niente.»

Vernon disse, pensieroso: «Se mi fossi voltato non mi sarei rotto la gamba, vero?».

«No.»

Il bambino sospirò.

«Non mi dispiace poi tanto, di essermi rotto una gamba. È stato molto bello poter giocare con te.»

Gli parve che l'infermiera Frances avesse mormorato "povera creatura" appena percettibilmente, ma questo, certo, era assurdo. Lei disse sorridendo:

«È stato piacevole anche per me. Ad alcuni miei pazienti non piace giocare.»

«A te invece piace molto, vero?» disse Vernon. «E anche al signor Green.»

Poi soggiunse, in un tono di voce alquanto imbarazzato, perché era stato preso dalla timidezza:

«Ti prego, non andartene tanto presto, vuoi?»

Ma, in realtà, l'infermiera Frances se ne andò molto prima di quanto sarebbe potuto accadere. Tutto avvenne all'improvviso, come sempre succedevano le cose nell'esperienza di Vernon.

Cominciò molto semplicemente... con qualcosa che Myra si era offerta di fare per Vernon e che lui aveva detto di preferire venisse fatto dall'infermiera Frances.

Camminava con le grucce, ormai, per brevi e dolorosi momenti ogni giorno, e trovava piacevolissima la novità della cosa. Si stancava presto, però, e allora voleva tornare a letto. Quel giorno sua madre gli aveva proposto di fare per l'appunto questo, offrendosi di aiutarlo. Ma Vernon era stato aiutato altre volte dalla madre. Le mani grandi e bianche di lei erano stranamente goffe e, quando cercavano di aiutarlo, facevano male. Il bambino si guardò bene dall'accettare l'amorevole offerta di aiuto. Disse che avrebbe aspettato l'infermiera Frances, la quale non gli faceva mai male.

Le parole gli uscirono di bocca con la franchezza e il tatto dei bambini e, in un lampo, Myra Deyre si infuriò.

L'infermiera Frances entrò due o tre minuti dopo e venne accolta con un fiume di rimproveri.

Mettere il bambino contro sua madre: quale perfida crudeltà. Erano tutti uguali, tutti contro di lei. Non aveva nessuno al mondo all'infuori di Vernon e ora le mettevano contro anche lui.

E continuò in questo modo: un fiume che non finiva mai di scorrere. L'infermiera Frances ascoltò alquanto paziente, senza stupirsi né provare rancore. La signora Deyre, lo sapeva bene, era quel tipo di donna. Le scenate costituivano un sollievo per lei. E le parole crudeli, rifletté Frances con tetro umorismo, possono nuocere soltanto se chi le pronuncia è caro. Compativa Myra Deyre perché si rendeva conto di quanto fossero reali l'infelicità e la sofferenza che si celavano dietro quegli sfoghi isterici.

Walter Deyre scelse quel momento quanto mai inopportuno per entrare nella camera dei bambini. Per un momento o due rimase immobile, sorpreso, poi si fece rosso in viso per l'ira.

«Questa, poi! Myra, mi vergogno di te. Non sai quello che dici.»

Lei si voltò, infuriata, verso il marito.

«So anche troppo bene quello che dico. E so quello che stai facendo tu. Vieni qui, di soppiatto, ogni giorno... ti ho visto. Devi sempre fare all'amore con una donna o con l'altra. Bambinaie o infermiere per te fa lo stesso.»

«Myra... finiscila.»

Walter era proprio infuriato, adesso. Myra Deyre provò un fremito di paura. Ma scagliò lo stesso l'ultima invettiva.

«Siete tutte uguali, voi infermiere d'ospedale. Sempre pronte a flirtare con i mariti altrui. Lei dovrebbe vergognarsi: alla presenza di un bambino innocente, per giunta... mettergli in mente ogni sorta di cose. Ma se ne andrà da casa mia. Sì, se ne andrà immediatamente. E dirò al dottor Coles quello che penso di lei.»

«Ti spiacerebbe continuare altrove questa scena edificante?» Il tono di suo marito era quello che lei odiava di più, gelido e beffardo. «Non direi che tu sia giudiziosa, alla presenza di un bambino innocente. Mi scuso con lei, infermiera, per quello che ha detto mia moglie. Vieni, Myra.»

Myra uscì... cominciando a piangere... sconvolta e spaventata da quello che aveva fatto. Come sempre, aveva detto più di quanto fosse stato nelle sue intenzioni.

«Sei crudele» singhiozzò. «Crudele. Mi vorresti morta. Mi odi.»

Si allontanarono insieme. L'infermiera Frances mise Vernon a letto. Il bambino avrebbe voluto farle delle domande, ma lei parlò di un cane, di un grosso San Bernardo che aveva avuto quando era una bimbetta, e la cosa interessò Vernon a tal punto da fargli dimenticare tutto il resto.

Molto più tardi, quella sera, il padre di Vernon tornò nella camera dei bambini. Era pallido e aveva l'aria di essere sconvolto. L'infermiera Frances si alzò e si avvicinò a lui, che rimaneva ritto sulla soglia.

«Non so che cosa dirle... come potrei scusarmi... le cose che ha detto mia moglie...»

L'infermiera Frances rispose con serena praticità.

«Oh, non si preoccupi. Capisco. Ritengo, però, che farò meglio ad andarmene non appena sarà possibile. La mia presenza qui rende infelice la signora, che si turba e si innervosisce.»

«Se sapesse quanto sono ingiustificate le sue assurde accuse! Come ha potuto insultare *lei*...?»

L'infermiera Frances rise, anche se, forse, in un modo non molto persuasivo.

«Quando la gente si lamenta per essere stata insultata, io trovo sempre assurda la cosa» disse allegramente. «Si tratta di una parola così pomposa... non le sembra? Non si preoccupi, la prego, e non pensi che io me la sia presa. Vede, signor Deyre, sua moglie è...»

«Sì?»

Il tono della sua voce mutò, divenne grave e triste.

«È una donna sola e molto infelice.»

«E lei crede che la colpa sia tutta mia?»

Seguì un silenzio. Frances alzò gli occhi, quei fermi occhi verdi.

«Sì» rispose. «Lo credo.»

«Soltanto lei poteva dirmi questo. Lei... presumo di ammirare soprattutto il suo coraggio... la sua assoluta, impavida franchezza. Mi spiace che Vernon debba perderla prima di quanto sarebbe stato necessario.»

Frances disse, seria:

«Non si rimproveri per cose delle quali non è responsabile. Tutto questo non è accaduto per colpa sua.»

«Infermiera Frances.» Fu Vernon a parlare, in tono ansioso, dal letto. «Non voglio che tu te ne vada. Non te ne andare, ti prego... non questa sera.»

«No, certo» disse lei. «Dobbiamo prima parlarne con il dottor Coles.»

Frances se ne andò tre giorni dopo. Vernon pianse disperatamente. Aveva perduto la prima, vera amica della sua vita.

5

IL PERIODO DAI CINQUE AI NOVE ANNI di età rimase alquanto offuscato nei ricordi di Vernon. Le cose cambiarono, ma tanto lentamente da far sì che quasi non se ne accorgesse. La bambinaia non tornò a regnare nella camera dei bambini. Sua madre aveva avuto un colpo, rimanendo del tutto paralizzata, per cui lei era stata costretta a restarle accanto e a provvedere a tutte le sue necessità.

La bambinaia venne sostituita da una certa signorina Robbins, assunta come governante. Si trattava di una creatura così straordinariamente scialba che Vernon, in seguito, non riuscì neppure a ricordare che aspetto avesse. Sotto il suo regime doveva essere diventato alquanto ribelle, poiché venne mandato in collegio subito dopo l'ottavo compleanno. Durante il primo periodo di vacanza trovò, sistemata in casa, sua cugina Josephine.

In occasione delle poche visite a Abbots Puissants, Nina non aveva mai portato con sé la figlioletta. Anzi, quelle sue visite si erano fatte sempre più rare. Vernon, che sapeva le cose, ma non ci pensava, come tutti i bambini, era perfettamente consapevole di due fatti. Primo: suo padre non aveva alcuna simpatia per lo zio Sydney, eppure era davvero gentile con lui. Secondo, a sua madre non andava a genio zia Nina, e lo lasciava capire chiaramente.

A volte, quando Nina, seduta in giardino, stava conversando con Walter, Myra li raggiungeva e, nel momentaneo silenzio che seguiva quasi sempre, diceva:

«Presumo che farò meglio a rientrare di nuovo in casa, vedo che vi infastidisco. No, grazie, Walter,» (quest'ultime parole rispondendo a una protesta mormorata con dolcezza da suo marito) «quando non sono desiderata lo capisco benissimo.»

E tornava indietro, mordendosi il labbro, chiudendo a pugno e riaprendo nervosamente le mani, con gli occhi castani pieni di lacrime. E Walter Deyre, senza più dire una parola, inarcava le sopracciglia.

Un giorno, Nina era esplosa:

«È una creatura impossibile! Non posso parlare con te per dieci minuti senza che vi sia una scenata assurda. Walter, perché lo hai fatto? *Perché* lo hai fatto?»

Vernon ricordava come si fosse voltato suo padre, contemplando la casa, per poi guardare altrove, più lontano, là dove si intravedevano appena le rovine dell'antica abbazia.

«Mi piaceva il posto» aveva risposto adagio. «Mi era entrato nel sangue, presumo. Non volevo perderlo.»

Dopo un breve silenzio, Nina aveva riso. Una risatina bizzarra.

«Non siamo una famiglia come si deve» così si era espressa. «Abbiamo combinato un bel disastro, tu e io.»

Di nuovo un silenzio, poi il babbo aveva osservato:

«La situazione è davvero così grave?»

Nina aveva risucchiato il respiro con un sibilo acuto, annuendo.

«Press'a poco. Non credo, Walter, di poter continuare a lungo. Fred mi odia a morte. Oh, ci comportiamo benissimo in pubblico... Nessuno riuscirebbe mai a indovinarlo. Ma, Dio mio, quando siamo soli!»

«Sì, però, cara la mia figliola...»

E poi, per qualche momento, Vernon non aveva udito altro. Le loro voci erano sommesse, suo padre sembrava discutere con la zia. Infine aveva alzato di nuovo la voce.

«Non puoi fare un passo avventato come questo. Non sei nemmeno innamorata di Anstey. Non lo ami.»

«Presumo di no. Ma lui è pazzo di me.»

Il commento di suo padre era stato qualcosa come "Struzzi della società". Nina aveva riso di nuovo.

«Questo? Ce ne infischieremmo tutti e due.»

«Anstey, in ultimo, non se ne infischierebbe.»

«Fred divorzierebbe da me... Sarebbe anche troppo contento di un'occasione simile. E allora potremmo sposarci.»

«Ma anche così...»

«Walter preoccupato delle convenzioni sociali! La cosa ha un lato umoristico!»

«Gli uomini sono molto diversi dalle donne» osservò in tono asciutto il padre di Vernon.

«Oh! Lo so, lo so. Ma qualunque cosa sarebbe preferibile a questa eterna infelicità. Naturalmente, al fondo di tutto v'è il fatto che io continuo a voler bene a Fred. Gli ho sempre voluto bene. Mentre a lui sono sempre stata indifferente.»

«C'è la bambina» disse Walter Deyre. «Non puoi andartene e abbandonarla.»

«Non posso? Non valgo un granché come madre, lo sai. In ogni modo, la prenderei con me. Fred se ne infischierebbe. La odia tanto quanto odia me.»

Seguì un nuovo silenzio, questa volta lungo. Poi Nina disse, adagio:

«In quali spaventose complicazioni possono cacciarsi gli esseri umani. E nel tuo caso come nel mio, Walter, la colpa è tutta nostra. Siamo davvero una bella famiglia! Portiamo sfortuna a noi stessi e a tutti coloro con i quali abbiamo a che fare.»

Walter Deyre si alzò. Riempì la pipa, poi si allontanò adagio. Soltanto in quel momento Nina notò Vernon.

«Ciao, piccolo» disse. «Non ti avevo visto. Di' un po', quanto hai capito di tutto questo?»

«Non lo so» rispose Vernon, vagamente, spostando il peso da un piede all'altro.

Nina aprì la borsetta, ne tolse un portasigarette di tartaruga e sfilò una sigaretta che si accinse poi ad accendere. Vernon stette a guardarla affascinato. Non aveva mai visto una donna fumare.

«Che cosa c'è?» domandò Nina.

«Mammina sostiene» rispose Vernon «che le donne perbene non fumano. Lo ha detto alla signorina Robbins.»

«Oh, be'!» fece Nina. E soffiò fuori uno sbuffo di fumo. «Penso che abbia ragione. Vedi, Vernon, io non sono una donna perbene.»

Vernon la fissò, vagamente sgomento.

«Ma, secondo me, tu sei molto carina» disse con timidezza.

«Non è la stessa cosa.» Il sorriso di Nina si accentuò. «Vieni qui, Vernon.»

Il bambino si avvicinò, obbediente. Nina gli mise le mani sulle spalle e lo scrutò attenta. Lui sopportò pazientemente. Non gli dispiaceva mai essere toccato dalla zia Nina; lei aveva mani dal tocco leggero... non mani che si aggrappavano convulsamente come quelle di sua madre.

«Sì» disse Nina. «Sei un Deyre... tantissimo. Mi spiace per Myra, ma è così.»

«Che cosa significa questo?» domandò Vernon.

«Significa che hai ereditato le caratteristiche della famiglia di tuo padre e non di quella di tua madre... tanto peggio per te.»

«Perché tanto peggio per me?»

«Perché i Deyre, Vernon, non sono felici e non riescono ad avere successo. Non fanno carriera nella vita.»

Che buffe cose diceva zia Nina! Le diceva quasi ridendo e pertanto, forse, non parlava sul serio. Eppure, in qualche modo... V'era un qualcosa adesso, nelle parole di lei, che, sebbene non le capisse, lo spaventava.

«Sarebbe meglio» domandò a un tratto «essere come lo zio Sydney?»

«Meglio. Molto meglio.»

Vernon rifletté.

«Ma allora,» disse adagio «se fossi come lo zio Sydney...»

Si interruppe, cercando di tradurre in parole i propri pensieri.

«Ebbene?»

«Se fossi lo zio Sydney dovrei abitare a Larch Hurst... e non qui.»

Larch Hurst era una villa di mattoni rossi solidamente costruita vicino a Birmingham, dove Vernon era stato condotto una volta per trascorrere qualche giorno con zio Sydney e con zia Carrie. Era circondata da un superbo parco di tre acri, con un roseto e un pergolato, e nella casa v'erano una vasca con pesci rossi e due bagni splendidamente attrezzati.

«E questo non ti piacerebbe?» domandò Nina, sempre scrutandolo.

«No!» esclamò Vernon. Poi il gracile torace del bambino si sollevò ed egli emise un gran sospiro. «Voglio abitare *qui*... sempre, sempre, sempre!»

Quasi subito dopo accadde qualcosa di strano che concerneva zia Nina. La mamma cominciò a dire qualcosa di lei e il babbo riuscì a tacitarla gettando un'occhiata in tralice a Vernon. Così lui udì solo un paio di frasi. «Mi cruccio tanto per quella povera bambina. Quanto a Nina, basta guardarla per rendersi conto che è una poco di buono e che sempre lo sarà.»

La povera bambina, Vernon lo sapeva, era sua cugina Josephine, che lui non aveva mai visto, ma alla quale mandava regali a Natale, ricevendone in cambio degli altri. Si domandò perché Josephine fosse una "povera bambina", e anche perché zia Nina fosse una poco di buono, qualsiasi cosa potessero voler dire queste parole. Interpellò la signorina Robbins, la quale diventò molto rossa in faccia e gli rispose che non doveva parlare "di cose simili". Di quali cose? si chiese lui.

Tuttavia, non ci pensò più molto fino a quattro mesi dopo, quando si tornò a parlare della cosa. Questa volta, nessuno si accorse della presenza di Vernon – le passioni erano troppo accese perché questo potesse accadere. Sua madre e suo padre stavano avendo una discussione veemente. La mamma, come sempre, parlava concitatamente ad alta voce. Il babbo, invece, era controllatissimo.

«Scandaloso!» stava dicendo Myra. «Tre mesi dopo essere fuggita con un uomo, andarsene con un altro! Questo la pone nella sua vera luce. Io ho sempre saputo che tipo fosse. Uomini, uomini, uomini, nient'altro che uomini!»

«Tu puoi esprimere tutti i pareri che vuoi, Myra. Non è questo il punto. Sapevo benissimo come avresti giudicato la cosa.»

«E come l'avrebbe giudicata chiunque altro, direi! Non riesco a capirti, Walter! Tu che ti vanti di appartenere a una famiglia di antiche origini, e via dicendo...»

«*Siamo* una famiglia di antiche origini» la interruppe lui, sommessamente.

«Credevo che ti saresti preoccupato almeno un poco per l'onore del vostro nome. Lei lo ha disonorato. E se tu fossi un vero uomo la scacceresti definitivamente, come merita.»

«Sì, la scena tradizionale dei melodrammi.»

«Tu sai soltanto burlarti di tutto e ridere! La moralità non significa niente per te, assolutamente niente.»

«In questo momento, come ho cercato di farti capire, non si tratta di moralità, si tratta del fatto che mia sorella è priva di mezzi. Devo recarmi a Montecarlo e vedere che cosa si può fare. Credevo che ogni persona sensata se ne sarebbe resa conto.»

«Grazie. Non sei molto cortese, no? E di chi è la colpa, mi piacerebbe sapere, se è priva di mezzi? Aveva un buon marito...»

«No... questo proprio no.»

«In ogni modo, l'aveva sposata.»

Toccò al babbo arrossire di rabbia, questa volta. E le disse, molto sommessamente:

«Non riesco a capirti, Myra. Sei una brava donna, una donna gentile, onorata, onesta: eppure puoi abbassarti fino a perfidi sarcasmi di questo genere.»

«Ma sì, bravo! Maltrattami! Ci sono abituata. Tu sei capace di dirmi qualunque cosa!»

«Questo non è vero. Cerco di essere il più cortese possibile.»

«Già. E in parte è questa la ragione per cui ti odio. Non dici mai quello che pensi realmente. Sempre compito e beffardo, sempre ironico. Tutto questo voler mantenere le apparenze. Perché si dovrebbe mantenerle, mi piacerebbe sapere! Perché dovrei preoccuparmi se tutti in casa sanno come la penso?»

«Non dubito affatto che lo sappiano tutti. Grazie alla capacità di penetrazione della tua voce.»

«Ecco che ricominci. Di nuovo lo scherno! A ogni modo, è stato un piacere per me dirti quello che penso della tua preziosa sorella. Prima fugge con un uomo, poi se ne va con un altro... E perché, poi, il secondo non è in grado di mantenerla? Mi piacerebbe proprio saperlo. Forse si è già stancato di lei?»

«Te l'ho già detto, ma tu non mi sei stata a sentire. È minacciato dalla tisi galoppante. Ha dovuto rinunciare all'impiego. E non ha i mezzi personali.»

«Ah! Nina ha fatto un cattivo affare, questa volta!»

«Nina ha un merito. Non è mai stata indotta ad agire dalla speranza di vantaggi materiali. È una sciocca... una maledettissima sciocca, altrimenti non si sarebbe cacciata in questo pasticcio. Ma sono sempre gli affetti a prevalere sul suo buonsenso. È un diavolo di pasticcio. Da Fred non vuole un solo penny. Anstey è disposto a passarle un assegno mensile, ma lei non vuole saperne. E, bada, io sono d'accordo. Certe cose non si possono fare. In ogni modo, devo assolutamente andare a vedere com'è la situazione. Mi spiace se la cosa ti infastidisce, ma non posso farne a meno.»

«Non fai mai quello che voglio io! Mi odi! Fai questo volutamente per rendermi infelice. Ma una cosa è certa. Non porterai la tua preziosa sorella sotto questo tetto finché io rimarrò qui. Non sono abituata a frequentare donne di quel genere.»

«Ti esprimi in un modo quasi offensivamente chiaro.»

«Se la porti qui, io torno a Birmingham.»

Vi fu un tenue baluginio negli occhi di Walter Deyre, e a un tratto Vernon si rese conto di qualcosa che passò inosservato a sua madre. Il significato di gran parte delle parole pronunciate nel corso della discussione gli era sfuggito, ma ciò nonostante era riuscito ad afferrare i fatti essenziali. Zia Nina era malata, o infelice, in qualche posto, e mammina si infuriava per questo. Aveva detto che, se zia Nina fosse venuta a Abbots Puissants, lei sarebbe tornata dallo zio Sydney a Birmingham. Nelle sue intenzioni questa era una minaccia, ma Vernon sapeva che suo padre sarebbe stato contentissimo se lei si fosse recata a Birmingham. Lo sapeva con assoluta certezza, sebbene senza capire perché. Era come uno dei castighi della signorina Robbins, quale per esempio quello di non parlare per mezz'ora. La signorina Robbins credeva che lui ci patisse tanto come a non avere la marmellata con il tè e, per fortuna, non si era mai accorta che in realtà se ne infischiava: e, anzi, starsene zitto gli faceva piacere.

Walter Deyre iniziò un andirivieni nella stanza. Vernon stette a guardarlo interdetto. Sapeva che suo padre lottava mentalmente. Ma non riusciva a spiegarsi il perché.

«Ebbene?» disse Myra.

Era piuttosto bella in quel momento, una donna robusta e alta, magnificamente proporzionata, con il capo reclinato all'indietro e la luce del sole che sembrava scorrerle sui capelli rosso dorati. La compagna ideale di qualche navigatore vichingo.

«Ho fatto di te la padrona di questa casa, Myra» disse Walter Deyre. «Se ti opponi al fatto che mia sorella venga qui, naturalmente non verrà.»

Si diresse verso la porta. Poi si soffermò sulla soglia e si voltò a guardarla. «Se Llewellyn morirà – come sembra essere quasi certo – Nina dovrà cercare di trovarsi una qualche sorta di occupazione. Poi bisognerà pensare alla bambina. Le tue obiezioni valgono anche per lei?»

«Credi che voglia in casa mia una bambina che risulterà essere come sua madre?»

Il padre di Vernon disse, sommessamente: «Sì o no sarebbero stati una risposta più che sufficiente».

Uscì. Myra, in piedi, lo seguì con lo sguardo. Aveva gli occhi pieni di lacrime, che cominciarono a cadere. A Vernon le lacrime non piacevano. Si spostò adagio verso la porta, ma non fece in tempo.

«Tesoro, vieni qui da me.»

Dovette andare. Venne fagocitato, abbracciato. Frammenti di frasi gli si ripeterono nelle orecchie.

«Tu mi ricompenserai, tu, bambino mio, non sarai come loro, perfido, sarcastico. Non mi verrai meno, non mi verrai meno; non è vero? Giuralo, bimbo mio, soltanto mio.»

Lui conosceva così bene la tiritera! Disse quello che sua madre voleva sentirgli dire: sì e no nei momenti giusti. Quanto odiava tutta quella faccenda. Lei gli parlava sempre in quel modo sfiorandogli con la bocca l'orecchio.

Quella sera dopo il tè Myra pareva essere di umore completamente diverso. Stava scrivendo una lettera, seduta al suo scrittoio, e alzò gli occhi tutta allegra quando Vernon entrò.

«Sto scrivendo a papà. Forse, molto presto, tua zia Nina e tua cugina Josephine verranno ad abitare con noi. Non sarà bellissimo?»

Ma non vennero. Myra si disse che Walter era davvero incomprensibile. Soltanto perché lei aveva detto alcune cose che in realtà non pensava...

Vernon, in qualche modo, non si stupì molto. Non aveva mai creduto che sarebbero venute.

Zia Nina aveva detto di non essere una donna perbene, però era molto graziosa...

6

SE VERNON FOSSE STATO IN GRADO di compendiare gli eventi dei primi anni che seguirono, avrebbe potuto riuscirvi meglio con una sola parola: scenate! Incessanti e periodiche scenate.

Inoltre, cominciò a notare un fenomeno curioso. Dopo ogni scenata, sua madre sembrava più grossa e suo padre sembrava più piccolo. Le tempeste emotive di rimproveri e di ingiurie giovavano a Myra mentalmente e fisicamente. Lei ne emergeva riposata, placata, colma di buona volontà nei confronti del mondo intero.

Ma nel caso di Walter Deyre era tutto l'opposto. Lui si ritraeva in se stesso, ogni sensibile fibra della sua indole si ritraeva dall'attacco. Il lieve e compito sarcasmo che costituiva la sua arma difensiva non mancava mai di provocare la moglie, portandola al culmine della furia. Il suo placido e fastidioso autocontrollo l'esasperava come nessun'altra cosa sarebbe riuscita a fare.

Non che le mancassero motivi concreti per lagnarsi. Walter Deyre trascorreva sempre meno tempo a Abbots Puissants. Quando tornava, aveva borse sotto gli occhi e gli tremavano le mani. Quasi non si accorgeva della presenza di Vernon, eppure il bambino era consapevole di questa sua segreta simpatia. Era tacitamente inteso che Walter non dovesse "intromettersi" nell'educazione del bambino. Soltanto la madre aveva il diritto di occuparsene. A parte il seguire le lezioni di equitazione del bambino, Walter si teneva in disparte. Non regolarsi in questo modo avrebbe dato adito a nuove discussioni e ad altri rimproveri. Egli era pertanto disposto a riconoscere che Myra possedeva tutte le virtù ed era una madre quanto mai sollecita e premurosa.

Eppure a volte sentiva che avrebbe potuto dare al bambino qualcosa che la madre non poteva dargli. Il guaio stava nel fatto che erano entrambi timidi l'uno nei confronti dell'altro. Per nessuno dei due era facile manifestare quel che provavano... la qual cosa sarebbe stata incomprensibile per Myra. Ognuno si limitava a essere gravemente compito nei confronti dell'altro.

Ma quando era in corso una "scenata", Vernon si sentiva colmare di silenziosa comprensione. Sapeva esattamente quel che provava suo padre... Sapeva fino a qual punto quella voce alta e arrabbiata ferisse le orecchie e rintronasse il cervello. Sapeva anche, naturalmente, che mammina doveva aver ragione: mammina aveva sempre ragione; era, questo, un articolo di fede che non poteva essere discusso. Ma, ciò nonostante, inconsciamente, lui stava dalla parte di suo padre.

Le cose andarono di male in peggio e si arrivò a una crisi. Mammina rimase chiusa a chiave in camera sua per due giorni – le cameriere bisbigliavano deliziate negli angoli – e zio Sydney giunse sul posto del litigio per vedere che cosa avrebbe potuto fare.

Lo zio Sydney riusciva senza dubbio a calmare Myra con la sua sola presenza. Andò avanti e indietro nella stanza, facendo tintinnare gli spiccioli che aveva in tasca come soleva fare in passato, corpulento e rubicondo come non mai.

Myra gli espose tutte le sue afflizioni.

«Sì, sì, lo so» disse lo zio Sydney, facendo tintinnare ancor più forte le monetine. «Lo so, cara la mia figliola. Non dico che tu non abbia dovuto sopportare parecchio. Hai sopportato eccome. Nessuno lo sa meglio di me. Ma, sai, bisogna fare concessioni reciproche. Concessioni reciproche. A questo si riduce, in sostanza, la vita coniugale, a concessioni reciproche.»

Vi fu un nuovo sfogo da parte di Myra.

«Non è che io voglia prendere le parti di Deyre» disse lo zio Sydney. «Niente affatto. Mi limito semplicemente a prospettare l'intera situazione da uomo di mondo. Le donne conducono esistenze protette e non hanno gli stessi punti di vista degli uomini a proposito di certe cose: ed è un'ottima cosa che sia così. Tu sei una brava donna, Myra, ed è sempre difficile per una brava donna capire queste cose. Carrie è proprio come te.»

«Che cosa deve sopportare Carrie? Mi piacerebbe saperlo!» gridò Myra. «*Tu* non vai a fare baldoria con donne disgustose. *Tu* non fai l'amore con le cameriere.»

«Nn-no» disse suo fratello. «No, certo che no. Quello di cui sto parlando è il principio che regola la faccenda. E, bada bene, non è che Carrie e io andiamo perfettamente d'accordo su tutto. Abbiamo anche noi i nostri diverbi. Figurarsi, a volte non ci rivolgiamo la parola per uno o due giorni di seguito. Ma poi, Dio sia benedetto, facciamo pace e tutto continua meglio di prima. Un buon litigio schiarisce l'atmosfera. Così dico io. Ma devono esservi concessioni reciproche. E nessun rimbrotto in seguito. Anche l'uomo migliore del mondo non sopporta i rimbrotti.»

«Io non brontolo mai» disse Myra, in lacrime, e credette sul serio alla sua asserzione. «Come puoi dire una cosa simile?»

«Su, su, non inalberarti, mia cara. Non sto dicendo che tu abbia l'abitudine di brontolare. Mi limito a stabilire alcuni principi generali. E rammenta, Deyre non è della nostra stessa pasta. È intrattabile, un tipo permaloso e ipersensibile. I tipi così basta un'inezia a farli esplodere.»

«Come se io non lo sapessi!» esclamò Myra, in tono aspro. «È impossibile. Perché mai l'ho sposato?»

«Be', sai, sorellina, non si può avere tutto. Era un buon matrimonio. Eccoti qui ad abitare in una dimora di gran lusso, conosci tutti nella contea, conduci un'esistenza quasi da regina. Parola mia, il nostro povero papà, se fosse ancora vivo, sarebbe orgogliosissimo. Insomma, quello che voglio dimostrare è questo: ogni medaglia ha il suo rovescio. Non si può avere la carezza senza beccarsi anche uno o due calci. Sono decadenti, queste famiglie di antico lignaggio, ecco cosa sono. Decadenti, e tu devi rassegnarti alla realtà. Devi riassumere la situazione metodicamente: i vantaggi sono questi e questi altri. Idem per gli svantaggi. Non c'è altro da fare. Credi a me, è l'unica soluzione possibile.»

«Non l'ho sposato per i "vantaggi", come li definisci tu» disse Myra. «Odio questa dimora. L'ho sempre odiata. Lui mi ha sposato per Abbots Puissants, non per me.»

«Assurdo, sorellina, eri una ragazza graziosa... e continui a esserlo» soggiunse galante zio Sydney.

«Walter mi ha sposata per Abbots Puissants» insistette Myra, cocciuta. «Ti dico che lo so.»

«Bene, bene» disse suo fratello. «Lasciamo stare il passato.»

«Non saresti così calmo e indifferente al riguardo se ti trovassi nei miei panni» disse Myra, amareggiata. «Non lo saresti se dovessi vivere con lui. Faccio tutto quello che riesco a escogitare per piacergli e lui si limita a sogghignare e a trattarmi in questo modo.»

«Lo tormenti con i tuoi rimbrotti» disse Sydney. «Oh, sì, eccome. Non puoi farne a meno.»

«Se soltanto mi rispondesse! Se dicesse qualcosa. Invece di limitarsi a tacere.»

«Già, ma è un uomo fatto così. Non puoi modificare la gente, a questo mondo, come piacerebbe a te. Non posso dire di averlo in gran simpatia io stesso... è troppo effeminato per i miei gusti. Perdiana, se gli si affidasse la direzione di un'azienda, la manderebbe in bancarotta dopo quindici giorni! Ma devo riconoscere che è sempre stato molto compito e generoso con me. Un vero gentiluomo. Ogni volta che l'ho incontrato a Londra, mi ha invitato a pranzo in quel suo elegante club e, se non mi ci sono sentito troppo a mio agio, la colpa non è stata sua. No, ha i suoi meriti.»

«Tu ragioni proprio come un uomo» disse Myra. «Carrie capirebbe! Mi è stato infedele, ti dico. Infedele!»

«Be', be'» fece lo zio Sydney, con un gran tintinnare di spiccioli, gli occhi alzati verso il soffitto. «Gli uomini sono uomini.»

«Ma, Syd, tu non hai mai...»

«Certo che no» si affrettò a dire zio Sydney. «Certo che no. No di certo. Sto parlando in generale, Myra, in generale, capisci.»

«È tutto finito» disse Myra. «Nessuna donna riuscirebbe a sopportare quanto ho sopportato io. E adesso basta. Non voglio rivederlo mai più.»

«Ah!» disse zio Sydney. Accostò una sedia al tavolo e vi si sedette con l'aria di uno che si accinga a parlare di affari. «Allora veniamo al sodo. Hai deciso? Cos'è che vuoi fare?»

«Ti dico che non voglio rivedere mai più Walter!»

«Sì, sì» disse zio Sydney paziente. «Questo lo diamo per scontato. Sicché che cosa vuoi? Il divorzio?»

«Oh!» Myra era stata colta di sorpresa. «Non avevo pensato...»

«Be', dobbiamo porre la cosa su un piano pratico. Dubito che riusciresti a ottenere il divorzio. Dovresti provare la crudeltà mentale, e temo che non ci riusciresti.»

«Se tu sapessi quali sofferenze mi ha causato.»

«Lo credo. Non lo nego. Ma occorre qualcosa di più di questo per soddisfare la legge. E non c'è abbandono. Se gli scrivessi di tornare, tornerebbe, no?»

«Non ti ho appena detto che non voglio rivederlo mai più?»

«Sì, sì, sì. Voi donne battete sempre lo stesso tasto! Stiamo esaminando la situazione da un punto di vista pratico, adesso. Non credo che il divorzio possa essere ottenuto.»

«Non lo voglio, il divorzio.»

«E allora che cosa vuoi, la separazione?»

«Affinché lui possa andare a convivere con quella creatura abbandonata a Londra? A vivere per sempre con lei? E che cosa sarebbe di me, mi piacerebbe sapere!»

«Ci sono molte belle case vicino a dove abitiamo io e Carrie. Avresti il bambino quasi sempre con te, presumo.»

«E dovrei consentire a Walter di portare donne disgustose in questa casa, magari? No di certo, non intendo fare il suo gioco in questo modo!»

«Be', per tutti i diavoli, Myra, che cosa vuoi?»

Myra ricominciò a piangere.

«Sono così infelice, Syd, sono così infelice. Se soltanto Walter fosse diverso.»

«Be', non lo è, e non lo sarà mai. Devi soltanto rassegnarti, Myra. Hai sposato un uomo che tende a essere un Don Giovanni, e devi cercare di dimostrarti tollerante. Tu gli vuoi bene. Baciatevi e ridiventate amici, ecco qual è il mio consiglio. Nessuno di noi è perfetto. Concessioni reciproche: questa è la cosa importante da tener presente... concessioni reciproche.»

Sua sorella continuò a piangere sommessamente.

«Il matrimonio è una faccenda delicata» continuò lo zio Sydney, in tono riflessivo. «Le donne valgono troppo per noi, non c'è dubbio.»

«Suppongo» disse Myra, con il pianto nella voce «che si dovrebbe perdonare e perdonare, ancora e ancora.»

«Sì, questo è il giusto atteggiamento» disse zio Sydney. «Le donne sono angeli, ma gli uomini non lo sono e perciò le donne devono tenere la cosa nel debito conto. Si sono sempre regolate così e si regoleranno così sempre.»

I singhiozzi di Myra divennero meno violenti. Lei si stava vedendo, adesso, nella parte dell'angelo che perdona.

«Non è che non faccia tutto il possibile» singhiozzò. «Mando avanti la casa e sono certa che nessuna donna potrebbe essere una madre più devota di me.»

«Certo che sei una madre devota» disse zio Sydney. «E il tuo è uno splendido bambino. Vorrei che anche Carrie e io avessimo avuto un maschio. Quattro femmine... è un po' troppo. A ogni modo, continuo a dirle: "Avremo più fortuna la prossima volta, vecchia mia". Siamo certi tutti e due che stavolta sarà un maschio.»

Myra si distrasse.

«Non lo sapevo. Quando sarà?»

«In giugno.»

«Carrie come sta?»

«Ha qualche disturbo alle gambe... gonfiori. Ma riesce a girare parecchio. Ehi, ciao, ecco lo sbarbatello. Da quanto tempo sei qui, figliolo mio?»

«Oh, da un pezzo» rispose Vernon. «Ero già qui quando tu sei entrato.»

«Sei così silenzioso» si lagnò suo zio. «Non come le tue cugine. Il baccano che fanno è quasi insopportabile, a volte, questo è certo. Cos'è che hai lì?»

«Una locomotiva» disse Vernon.

«Ma no» disse lo zio Sydney. «Quello è un furgone del latte.»

Vernon tacque.

«Ehi,» disse lo zio Sydney «non è un furgone del latte?»

«No» disse Vernon. «È una locomotiva.»

«Nemmeno per sogno. È un furgone del latte. Buffo, no? Tu dici che è una locomotiva e io dico che è un furgone del latte. Mi domando chi di noi due abbia ragione.»

Poiché aveva ragione lui, a Vernon parve che non fosse affatto necessario rispondere.

«È un bambino solenne» disse lo zio Sydney, rivolgendosi alla sorella. «Non si rende mai conto di una facezia. Sai, ragazzo mio, dovrai abituarti a essere preso in giro a scuola.»

«Davvero?» disse Vernon, il quale non riusciva a capire che cosa c'entrasse questo.

«Un ragazzo che riesce ad accettare le prese in giro con una risata è il tipo che fa strada nella vita» disse lo zio Sydney, e di nuovo fece tintinnare gli spiccioli, stimolato da una logica associazione di idee.

Vernon lo fissava pensieroso.

«A che cosa stai pensando?»

«A niente» rispose il bambino.

«Porta la locomotiva sulla terrazza, caro» disse Myra.

Vernon obbedì.

«Mi domando che cosa abbia capito, il tuo bimbetto, di quello che stavamo dicendo» mormorò Sydney alla sorella.

«Oh, non può aver capito. È troppo piccolo.»

«Hmm» fece Sydney. «Non saprei. Certi bambini capiscono molte cose... la mia Ethel, per esempio. Ma, d'altro canto, è una bambina molto, molto sveglia.»

«Credo che Vernon non si accorga mai di niente» disse Myra. «Sotto certi aspetti è quasi una benedizione.»

«Mammina?» domandò Vernon, in seguito. «Che cosa succederà in giugno?»

«In giugno, tesoro?»

«Sì. Ne parlavate tu e lo zio Sydney.»

«Oh!» Myra rimase momentaneamente sconcertata. «Ecco, vedi, è un gran segreto...»

«Davvero?» disse Vernon, avidamente.

«Lo zio Sydney e la zia Carrie sperano di avere, nel mese di giugno, un caro piccolo bimbetto. Sarà tuo cugino.»

«Oh» fece Vernon, deluso. «È tutto qui?»

Dopo un minuto o due, domandò:

«Perché a zia Carrie si sono gonfiate le gambe?»

«Oh, be', sai: in questi ultimi tempi si è stancata troppo.»

Myra paventò altre domande. Cercò di ricordare che cosa si fossero detti lei e Sydney.

«Mammina...»

«Dimmi, caro.»

«Zio Sydney e zia Carrie vogliono davvero avere un bambino?»

«Ma sì, certo.»

«Allora perché aspettano fino a giugno? Perché non lo prendono subito?»

«Perché, Vernon, è Dio a disporre. E Dio vuole che lo abbiano a giugno.»

«Devono aspettare per un bel pezzo» osservò Vernon. «Se io fossi Dio, le manderei subito, le cose alle persone, non appena le vogliono.»

«Non devi essere blasfemo, caro» disse Myra, con dolcezza.

Vernon tacque. Ma era interdetto. Che cosa voleva dire blasfemo? Propendeva a ritenere che si trattasse della stessa parola di cui si era servita la cuoca parlando di suo fratello. Aveva detto che si trattava dell'uomo più... qualcosa... del mondo, che non beveva quasi mai un goccio! Si era espressa come se si fosse trattato di una cosa molto lodevole. Ma evidentemente mammina non sembrava pensarla nello stesso modo.

Vernon aggiunse una preghiera in più, quella sera, alla consueta invocazione: «Dio, benedici mammina e papà e fa' di me un bravo bambino, amen».

«Buon Dio,» pregò «mi manderesti un cucciolo nel mese di giugno? Ma anche in luglio farebbe lo stesso, se sei molto occupato.»

«Ma perché proprio in giugno?» domandò la signorina Robbins. «Sei *davvero* uno strano bambino. Credevo che il cucciolo lo volessi subito.»

«Volerlo subito sarebbe blasfemo» disse Vernon, e le rivolse uno sguardo di rimprovero.

Tutto a un tratto il mondo divenne molto appassionante. C'era una guerra in Sudafrica, e il babbo stava per andarci!

Tutti erano eccitati e turbati. Vernon aveva sentito parlare per la prima volta di un certo popolo chiamato i Boeri. Erano gli uomini contro i quali il babbo stava per andare a combattere.

Suo padre tornò a casa per alcuni giorni. Sembrava più giovane, più traboccante di vita e di gran lunga più allegro. Lui e mammina erano molto gentili l'uno con l'altra e non accadevano più scenate né litigi.

Una o due volte, parve a Vernon, il babbo sembrò sulle spine e innervosito da certe cose dette dalla mamma. Una volta esclamò, irritato:

«Per l'amor di Dio, Myra, non continuare a parlare di coraggiosi eroi che sacrificano la vita per il loro paese. Non riesco a sopportarlo, questo genere di retorica.»

Ma la mamma parve non adirarsi. Si limitò a dire:

«Non ti piace che dica questo, lo so. Ma è *vero*.»

L'ultima sera prima della partenza, il padre di Vernon invitò il suo figlioletto a fare una passeggiata con lui. Si incamminarono, a tutta prima silenziosi, ma poi Vernon trovò il coraggio di porre qualche domanda.

«Sei contento di andare a fare la guerra, papà?»

«Molto contento.»

«È divertente?»

«Non come tu pensi che sia il divertimento. Ma, in un certo senso, lo è. È entusiasmante. E poi ti allontana dalle cose di ogni giorno, subito.»

«Immagino» osservò Vernon pensoso «che non ci siano signore a fare la guerra.»

Walter Deyre lanciò un'occhiata penetrante a suo figlio e un lieve sorriso gli aleggiò sulle labbra. Era fantastico il modo con il quale a volte il bambino colpiva nel segno, del tutto inconsapevolmente.

«Per questo si sta in pace, senza dubbio» disse, serio.

«Credi che ucciderai molti uomini?» domandò curioso Vernon.

Suo padre rispose che era impossibile dirlo con precisione in anticipo.

«Spero di sì» disse Vernon, desideroso che suo padre si coprisse di gloria. «Spero che ne ucciderai cento.»

«Grazie, vecchio mio.»

«Immagino...» prese a dire Vernon, ma poi si interruppe.

«Sì?» lo incoraggiò Walter Deyre.

«Immagino... che a volte... la gente venga uccisa in guerra.»

Walter Deyre afferrò il significato della frase ambigua.

«A volte» disse.

«Tu non credi che verrai ucciso, vero?»

«Potrebbe darsi. Può capitare a tutti.»

Vernon rifletté. Poi, confusamente, afferrò il significato nascosto della frase.

«Ti spiacerebbe se capitasse a te, babbo?»

«Potrebbe essere la soluzione migliore» mormorò Walter Deyre, più a se stesso che al bambino.

«Io spero che non ti capiti» disse Vernon.

«Grazie.»

Suo padre sorrise lievemente. Il desiderio espresso da Vernon era sembrato così educatamente convenzionale! Ciò nonostante, egli non commise l'errore che avrebbe commesso Myra, quello di giudicare il bambino incapace di sentimenti.

Erano arrivati alle rovine dell'abbazia. Il sole stava tramontando. Padre e figlio si guardarono intorno e Walter Deyre trattenne il respiro con una lieve sensazione di sofferenza. Forse non sarebbe mai più tornato lì.

"Ho fatto della mia vita un disastro" pensò. Poi disse:

«Vernon?»

«Sì, papà?»

«Se sarò ucciso, Abbots Puissants apparterrà a te. Questo lo sai, vero?»

«Sì, papà.»

Di nuovo il silenzio. Walter Deyre avrebbe voluto dire tante cose, ma non era abituato a dirle. Si trattava delle cose che non si traducono in parole. Strano, quanto si sentisse a suo agio con quel bimbetto, con suo figlio. Forse era stato uno sbaglio non conoscere meglio il bambino. Avrebbero potuto trascorrere bei momenti insieme. Si sentiva timido con Vernon, e Vernon era intimidito da lui. Eppure, in qualche modo, si sentivano stranamente in armonia. A entrambi non piaceva rivelare quello che provavano...

«Sono affezionato a questa antica dimora» disse Walter Deyre. «Spero che ti ci affezionerai anche tu.»

«Sì, babbo.»

«È strano pensare a quei monaci dei tempi antichi, grassi monaci, che si procuravano il pesce pescandolo essi stessi. Uomini tranquilli...»

Indugiarono lì ancora per qualche minuto.

«Bene,» disse Walter Deyre «ora dobbiamo tornare a casa. È tardi.»

Girarono sui tacchi. Walter Deyre raddrizzò le spalle. V'era un addio da superare, un addio emotivo, se conosceva bene Myra... e lo temeva parecchio. Be', presto tutto sarebbe finito. Gli addii erano situazioni penose. Meglio non abbandonarsi troppo alle smancerie; ma, d'altro canto, Myra non sarebbe mai stata di questo parere, naturalmente.

Povera Myra. Non era stata fortunata, tutto sommato. Una bella donna, ma lui l'aveva sposata, in realtà, per Abbots Puissants; mentre lei si era sposata per amore. Ecco la radice vera di tutte le complicazioni.

«Bada a tua madre, Vernon» disse a un tratto. «È stata molto buona con te.»

E, in un certo senso, sperò di non tornare mai più. Sarebbe stato preferibile. Vernon aveva sua madre.

Eppure, mentre faceva questa riflessione, provò una bizzarra sensazione di tradimento. Come se stesse abbandonando il bambino.

«Walter,» esclamò Myra «non hai salutato Vernon!»

Walter guardò suo figlio, che rimaneva lì in piedi con gli occhi spalancati.

«Arrivederci, vecchio mio. Divertiti.»

«Arrivederci, babbo.»

Tutto si ridusse a questo. Myra era scandalizzata... non voleva bene al bambino? Non lo aveva nemmeno baciato. Quanto erano bizzarri i Deyre! Così noncuranti. Strano il modo con il quale i due si erano salutati, limitandosi a un cenno del capo, da un lato all'altro della stanza. Si somigliavano tanto...

"Ma Vernon" si disse Myra "non crescerà come suo padre."

Dalle pareti intorno a lei, altri Deyre la guardarono e sorrisero sardonicamente...

7

DUE MESI DOPO che la nave sulla quale si trovava suo padre era salpata per il Sudafrica, Vernon andò in collegio. Così desiderava Walter Deyre, così egli aveva deciso, e Myra, momentaneamente, era disposta a considerare legge ogni suo desiderio. Walter combatteva, era il suo eroe, e lei aveva dimenticato tutto il resto. In quel periodo si sentiva completamente felice. Lavorava a maglia confezionando calze per i soldati, partecipava con veemenza alle campagne contro la "viltà" e frequentava altre donne i cui mariti erano andati a loro volta a battersi contro i perfidi e ingrati Boeri.

Separandosi da Vernon provò una sofferenza squisita. Il suo tesoro, il suo bimbetto, andare così lontano da lei! Quali sacrifici devono compiere le madri! Ma così aveva voluto il padre del bambino.

Povero tesoro, Vernon sarebbe stato tormentato di certo da una terribile nostalgia della casa. Lei non sopportava neppure di pensarvi.

Ma Vernon non provò alcuna nostalgia della casa. Non era legato alla madre in modo davvero appassionato. Per tutta la vita le avrebbe voluto più bene nei periodi in cui le fosse stato lontano. Sottrarsi all'atmosfera emotiva che la circondava era per lui un sollievo.

Aveva un carattere che ben si adattava alla vita in collegio. Era portato per gli sport, aveva modi tranquilli e possedeva una dose inconsueta di ardimento fisico. Dopo la monotonia tediosa della vita durante il regno della signorina Robbins, il collegio gli sembrava una deliziosa novità. Come tutti i Deyre, era assai abile nell'andare d'accordo con i suoi simili. Faceva amicizia facilmente.

Ma continuava ad avere la reticenza del bambino che così spesso rispondeva "niente". Tranne che con una o due persone, quella reticenza lo avrebbe accompagnato per tutta la vita. I suoi amici a scuola erano ragazzi insieme ai quali "faceva cose". I propri pensieri li teneva per sé e li condivideva con una sola persona. Questa persona entrò prestissimo nella sua vita.

Conobbe Josephine durante il suo primissimo periodo di vacanze.

Vernon venne accolto da sua madre con un'esplosione di affetto. Malgrado queste cose lo mettessero in imbarazzo, sopportò con coraggio. Infine, superate le prime manifestazioni di rapimento, Myra disse:

«C'è una sorpresa meravigliosa per te, tesoro. Indovina chi si trova qui? Tua cugina Josephine, la figlioletta di zia Nina! È venuta a stare con noi. Non è meraviglioso?»

Vernon non ne era del tutto certo. Avrebbe dovuto pensarci su. Per guadagnare tempo, disse:

«Perché è venuta a stare con noi?»

«Perché sua madre è morta. Si tratta di una situazione terribilmente triste per lei e dobbiamo essere molto molto gentili e buoni con Josephine, per compensarla della perdita.»

«È morta zia Nina?»

Gli spiaceva che zia Nina fosse morta. La graziosa zia Nina, con il fumo che usciva a spirale dalla sigaretta.

«Sì. Naturalmente non puoi ricordarti di lei, tesoro.»

Non le confessò che la ricordava alla perfezione. Perché si dovrebbero dire certe cose?

«Josephine è nella stanza di studio, caro. Va' a cercarla e a fare amicizia con lei.»

Vernon si incamminò adagio. Non sapeva se fosse contento o no. Una bambina! Aveva l'età nella quale si disprezzano le bambine. Considerava quasi una seccatura avere tra i piedi una bimbetta. D'altro canto, avrebbe potuto essere divertente avere la compagnia *di qualcuno*. Dipendeva da com'era la bambina. Avrebbe dovuto essere gentile con lei, se aveva appena perduto la madre.

Aprì la porta della stanza di studio ed entrò. Josephine sedeva sul davanzale della finestra facendo dondolare le gambe. Lo fissò, e Vernon dimenticò il proprio atteggiamento di cortese condiscendenza.

Era una bambina tarchiatella, all'incirca della sua stessa età. Aveva capelli nerissimi tagliati a frangetta sulla fronte e faceva sporgere un poco la mascella, con un'aria decisa. La carnagione era bianchissima e le ciglia erano molto lunghe. Sebbene avesse appena due mesi meno di Vernon v'era in lei un che di sofisticato, una sorta di aria annoiata e al tempo stesso di sfida, come se avesse avuto il doppio dei suoi anni.

«Ciao» lo salutò.

«Ciao» rispose Vernon, fiocamente.

Continuarono a fissarsi, sospettosi, come sono soliti fare i bambini e i cani.

«Immagino che tu sia mia cugina Josephine» disse Vernon.

«Sì, ma sarà meglio che mi chiami Joe. Mi chiamano tutti così.»

«D'accordo... Joe.»

Seguì un silenzio. Per riempirlo, Vernon fischiettò.

«È piuttosto piacevole tornare a casa» osservò infine.

«È una casa terribilmente allegra» disse Joe.

«Oh! Ti piace?» domandò Vernon, cominciando a trovare simpatica la bambina.

«Mi piace moltissimo. Più di tutti gli altri posti nei quali sono stata.»

«Hai abitato in tanti posti?»

«Oh, sì. Prima a Coombes, quando eravamo con il babbo. E poi a Montecarlo, con il colonnello Anstey. Quindi a Tolone, con Arthur... e poi in un mucchio di posti in Svizzera, a causa dei polmoni di Arthur. Infine sono stata per un po' in convento, dopo la morte di Arthur. La mamma non poteva essere infastidita da me, in quel periodo. Non mi piaceva molto, il convento... Le suore erano così stupide! Mi facevano fare il bagno con la camicia. Ma poi, dopo la morte della mamma, zia Myra è venuta a prendermi e mi ha portata qui.»

«Mi spiace moltissimo... per tua madre, voglio dire» mormorò Vernon, goffamente.

«Sì,» disse Joe «è brutto, in un certo senso... anche se per lei è stato meglio così.»

«Oh!» esclamò Vernon, colto alquanto di sorpresa.

«Non dirlo a zia Myra» disse Joe. «Credo infatti che si lasci scandalizzare facilmente dalle cose... un po' come le suore. Bisogna stare attenti a quello che le si dice. La mamma non mi voleva un gran bene, sai? Era terribilmente gentile e così via, ma aveva sempre una cotta per un uomo o per l'altro. L'ho sentito dire da qualcuno all'albergo, ed era verissimo. Lei non poteva farne a meno, naturalmente. Ma è una cosa molto brutta. Io non avrò niente a che fare con gli uomini, quando crescerò.»

«Oh!» fece Vernon. Continuava a sentirsi un bimbetto, e per giunta molto goffo, accanto a quella creatura stupefacente.

«Quello che mi piaceva di più era il colonnello Anstey» disse Joe, rievocando il passato. «Ma naturalmente la mamma fuggì con lui soltanto per allontanarsi dal babbo. Con il colonnello Anstey alloggiavamo in alberghi molto più belli, mentre Arthur era poverissimo. Se mai mi prenderò una cotta per un uomo, quando crescerò, starò bene attenta che sia ricco. Tutto diventa molto più facile.»

«Tuo padre non era buono?»

«Oh! Il babbo era un demonio... così diceva la mamma. Ci odiava tutte e due.»

«Ma perché?»

Perplessa, Joe corrugò le lisce sopracciglia nere.

«Non lo so bene. Credo... credo che c'entrasse, in qualche modo, il *mio* arrivo. Credo che avesse dovuto sposare la mamma perché lei stava per avere me... qualcosa del genere. E questo lo rendeva furioso.»

Si guardarono a vicenda, solenni e perplessi.

«Zio Walter si trova in Sudafrica, non è vero?» continuò Joe.

«Sì. Ho ricevuto tre lettere da lui, in collegio. Lettere divertentissime.»

«Zio Walter è una cara persona. Gli volevo bene. Venne a trovarci a Montecarlo.»

Una vaga reminiscenza si agitò in Vernon. Poi egli ricordò; ma certo: fu quando suo padre voleva che Joe venisse a Abbots Puissants.

«Fu lui a prendere gli accordi perché potessi andare in convento» disse Josephine. «Secondo la Reverenda Madre era delizioso. "Il vero tipo del gentiluomo inglese di nobile nascita." Che buffo modo di esprimersi.»

Risero entrambi un poco.

«Andiamo in giardino, vuoi?» propose Vernon.

«Sì, andiamo. Pensa, so dove si trovano quattro nidi diversi. Ma gli uccelli sono volati via tutti.»

Uscirono parlando amichevolmente di uova d'uccelli.

Secondo Myra, Joe era una bambina che lasciava perplessi. Aveva bei modi, rispondeva prontamente e educatamente quando le si rivolgeva la parola e accettava le carezze senza ricambiarle. Era molto indipendente e faceva ramanzine alla cameriera se le sbrigava le piccole faccende. Sapeva rammendarsi i vestiti e mantenersi in ordine e pulita senza che nessuno dovesse dirglielo. Era, in realtà, la bambina sofisticata abituata ai grandi alberghi, una creatura che Myra non aveva mai conosciuto. La portata delle sue conoscenze avrebbe inorridito e scandalizzato la zia.

Ma Joe era scaltra e di intelligenza pronta, abituata a giudicare le persone con le quali aveva a che fare. Ed evitava accuratamente di "scandalizzare zia Myra". Provava, nei suoi confronti, qualcosa di simile a un cortese disprezzo.

«Tua madre» disse a Vernon «è molto buona... ma anche un pochino stupida, non è vero?»

«È bellissima» disse Vernon, con foga.

«Sì, è vero» riconobbe Joe. «Bella in tutto tranne le mani. I capelli sono splendidi. Vorrei averli anch'io i capelli rosso dorati.»

«Le arrivano fin sotto la vita» disse Vernon.

Trovava che Joe fosse una compagna meravigliosa, completamente diversa dall'idea che si era fatto in precedenza delle "ragazze". Odiava le bambole, non piangeva mai, era forte quanto lui, se non di più, e sempre pronta a fare tutto ciò che fosse pericoloso. Insieme si arrampicavano sugli alberi, andavano in bicicletta, cadevano riportando tagli e bernoccoli e, durante le vacanze estive, si impadronirono insieme di un nido di vespe, un successo dovuto più alla fortuna che all'abilità.

Con Joe, Vernon riusciva a parlare e parlava. Lei gli schiudeva un mondo nuovo e strano, un mondo dove la gente fuggiva con i mariti o le mogli altrui, un mondo di danze, di gioco d'azzardo e di cinismo. Joe aveva voluto bene a sua madre con una tenerezza protettiva e focosa, tale da invertire, quasi, le parti.

«Era troppo dolce e gentile» diceva. «Io non sarò dolce. La gente è perfida con te, se lo sei. Gli uomini sono tutti bestie, ma se tu sei bestia prima di loro, allora rigano dritti. Sì, gli uomini sono tutti bestie.»

«Questa è una cosa stupida a dirsi e non credo che sia vera.»

«Già, perché anche tu diventerai un uomo.»

«No, non per questo. E in ogni modo non sono una bestia.»

«Non lo sei, ma credo che lo sarai una volta cresciuto.»

«Ma senti, Joe, dovrai pure sposare qualcuno, un giorno, e certo non penserai che tuo marito sia una bestia.»

«Perché dovrei sposare qualcuno?»

«Be', le ragazze si sposano. Non vorrai diventare una vecchia zitella come la signorina Crabtree?»

Joe titubò. La signorina Crabtree era un'anziana zitella molto attiva nel villaggio; voleva un gran bene ai "cari bambini".

«Non diventerei una vecchia zitella come lo è la signorina Crabtree» disse, senza molta convinzione. «Farei... oh, farei altre cose. Suonerei il violino, o scriverei libri, oppure dipingerei quadri meravigliosi.»

«Spero che non suonerai il violino» disse Vernon.

«Invece è proprio quello che mi piacerebbe fare di più. Perché odi tanto la musica, Vernon?»

«Non lo so. La odio e basta. Mi fa sentire orribilmente, dentro.»

«Che strano. A me dà una sensazione piacevole. Che cosa farai quando sarai grande?»

«Oh, non lo so. Mi piacerebbe sposare una donna bellissima e abitare a Abbots Puissants e avere tanti cavalli e tanti cani.»

«Che barba» disse Joe. «Credo che non sarebbe affatto eccitante.»

«Non so se vorrei che tutto fosse molto eccitante» osservò Vernon.

«Io sì!» esclamò Joe. «Voglio che tutto sia eccitante continuamente, senza un momento di sosta.»

Josephine e Vernon potevano giocare con ben pochi altri bambini. Il vicario, con i cui figli Vernon aveva giocato quando era più piccolo, non risiedeva più lì, e il suo successore non era ammogliato. Quasi tutti i rampolli delle famiglie nella stessa posizione sociale dei Deyre abitavano troppo lontano e dovevano limitarsi a qualche visita occasionale.

Faceva eccezione soltanto Nell Vereker. Suo padre, il capitano Vereker, era l'agente di Lord Coomberleigh. Si trattava di un uomo alto, curvo, dagli occhi di un color azzurro molto chiaro e dai modi esitanti. Aveva ottime conoscenze, ma in genere era un incapace. Sua moglie compensava l'inefficienza di lui. Alta e imperiosa, si manteneva ancora bella. Aveva i capelli di un color oro intenso e gli occhi di un azzurro scuro. Era riuscita a spingere il marito fino alla posizione che occupava adesso e, con gli stessi sistemi, aveva saputo introdursi nelle migliori famiglie del vicinato. Era nobile di nascita, ma, come il marito, squattrinata. Ciò nonostante, intendeva avere a ogni costo successo nella vita.

Nell Vereker annoiava a morte sia Vernon sia Joe. Era una bambina magra e pallida, dai capelli biondi e radi. Aveva le palpebre lievemente colorate di rosa, come la punta del naso. Non era capace di far niente, non sapeva correre e nemmeno arrampicarsi. Indossava sempre vestitini di mussola bianca inamidati e il suo gioco prediletto era il tè delle bambole.

Myra era molto affezionata a Nell. «Una piccola dama così compita!» diceva di lei. Vernon e Joe si dimostravano cortesi e bene educati quando la signora Vereker veniva per il tè insieme a Nell. Cercavano di escogitare giochi che potessero piacere alla bambina e solevano gridare di gioia quando infine se ne andava, sedendo molto impettita accanto alla madre, sulla carrozza presa a nolo.

Le prime voci a proposito di Deerfields giunsero durante il secondo periodo di vacanze di Vernon, subito dopo il famoso episodio del nido di vespe.

Deerfields era la proprietà adiacente a Abbots Puissants. Apparteneva all'anziano Sir Charles Alington. Alcuni amici della signora Deyre vennero a pranzo e si parlò della cosa.

«È verissimo. L'ho saputo da una fonte assolutamente sicura. La proprietà è stata venduta a quelle persone. Sì, *ebrei*. Oh, naturale, immensamente ricchi. Sì, a un prezzo fantastico, credo. Levinne, si chiamano. No, ebrei russi, così ho sentito dire. Oh, naturalmente, una cosa *del tutto* impossibile. Un vero guaio per Sir Charles, dico io. Sì, certo, v'è anche la proprietà nello Yorkshire, ma mi risulta che lui ha perduto denaro a mucchi, di recente. No, nessuno andrà a far loro visita. Naturale.»

Joe e Vernon erano piacevolmente eccitati e ascoltavano avidi tutti i pettegolezzi concernenti Deerfields. Infine gli sconosciuti arrivarono e si sistemarono nella proprietà. Vi furono altre conversazioni simili alla prima.

«Oh, una situazione assolutamente impossibile, signora Deyre. Proprio come pensavamo noi. Vien fatto di domandarsi che cosa credono di fare... Cosa si aspettano? Secondo me, venderanno e se ne andranno. Sì, è una coppia sposata. Hanno un bambino. Press'a poco della stessa età di Vernon, credo.»

«Mi domando come siano gli ebrei» disse Vernon a Joe. «Perché tutti li hanno in antipatia? In collegio credevamo che un ragazzo fosse ebreo, ma a colazione mangiava la pancetta, e quindi non poteva esserlo.»

I Levinne risultarono essere un tipo di ebrei molto cristiani. Vennero in chiesa, la prima domenica; un intero banco era stato riservato a loro. I fedeli trattennero il respiro, tanto erano curiosi. Anzitutto entrò il signor Levinne, un uomo molto corpulento e tondeggiante. Indossava un'attillata finanziera e aveva un naso enorme e la faccia lucida. Poi ecco la signora: una visione sorprendente. Maniche colossali! Corpo a clessidra! Collane di diamanti! Un cappello immenso guarnito di piume e, sotto a esso, neri e compatti boccoli. Insieme a loro v'era un ragazzetto più alto di statura di Vernon, dalla faccia allungata e giallognola e dalle orecchie a sventola.

Una carrozza con tiro a due li aspettava al termine della funzione. Vi salirono e se ne andarono.

«Bene!» disse la signorina Crabtree.

Si formarono capannelli; tutti parlottavano.

«Secondo me è disgustoso» disse Joe.

Lei e Vernon si trovavano insieme in giardino.

«Che cosa è disgustoso?»

«Il modo di trattare quella gente.»

«I Levinne, vuoi dire?»

«Sì. Perché sono tutti così orribili nei loro riguardi?»

«Be',» disse Vernon, sforzandosi di essere del tutto imparziale «avevano un aspetto davvero bizzarro.»

«Se vuoi saperlo, secondo me le persone sono bestie.»

Vernon tacque. Josephine, una ribelle a causa delle circostanze, continuava a presentargli punti di vista originali.

«Quel ragazzo, per esempio» continuò Joe. «Secondo me è simpatico da matti, anche se ha le orecchie a sventola.»

«Chissà» disse Vernon. «Sarebbe bello poter giocare con qualcun altro. Kate dice che stanno costruendo una piscina a Deerfields.»

«Devono essere terribilmente, terribilmente ricchi» mormorò Joe.

Le ricchezze significavano poco per Vernon. Non aveva mai pensato a queste cose. I Levinne continuarono a essere, per qualche tempo, l'argomento di conversazione più interessante. Ah, i miglioramenti che stavano apportando a Deerfields! E quanti operai avevano fatto venire da Londra!

Un giorno la signora Vereker portò Nell al tè. Nell, non appena venne a trovarsi in giardino con loro due, diede notizie di grande interesse.

«Hanno un'automobile!»

«Un'automobile?»

Le automobili erano, allora, qualcosa di quasi inaudito. Non se ne era mai vista una da quelle parti. Tempeste di invidia squassarono Vernon. Un'automobile!

«L'automobile *e* la piscina» mormorò.

Era troppo.
«Non si tratta di una piscina» disse Nell. «È un giardino sommerso.»
«Kate dice che è una piscina.»
«Il nostro giardiniere dice che è un giardino sommerso.»
«Che cos'è un giardino sommerso?»
«Non lo so» confessò Nell. «Ma si tratta di questo.»
«Non ci credo» disse Joe. «Chi la vorrebbe una cosa stupida come questa, potendo avere invece una piscina?»
«Be', il nostro giardiniere dice così.»
«So io cosa fare» disse Joe, e negli occhi le brillò una luce maliziosa. «Andiamo a vedere.»
«Cosa?»
«Andiamo a vedere con i nostri occhi.»
«Oh, ma non possiamo» disse Nell.
«Perché no? Possiamo passare attraverso i boschi.»
«Ottima idea» approvò Vernon. «Andiamo.»
«No, io non voglio venire» disse Nell. «Mia madre disapproverebbe, lo so.»
«Oh, non fare la guastafeste, Nell. Su, vieni.»
«Mia madre non vorrebbe» ripeté Nell.
«E va bene. Allora aspettaci qui. Non ci metteremo molto.»
Gli occhi di Nell si riempirono adagio di lacrime. Non sopportava di essere piantata in asso. Rimase lì in piedi, imbronciata, spiegazzando il vestito tra le dita.
«Non ci metteremo molto» ripeté Vernon.
Lui e Josephine corsero via. Nell sentì che non sarebbe riuscita a sopportare la solitudine.
«Vernon!»
«Eh?»
«Aspettami. Vengo anch'io.»
Si sentì eroica, facendo questo annuncio. Joe e Vernon non parvero particolarmente colpiti; aspettarono, con manifesta impazienza, che lei li raggiungesse.
«Oh, dunque,» disse Vernon «il capo sono io. Tutti devono fare quello che dico io.»
Scavalcarono la recinzione del parco e si portarono al riparo degli alberi. Parlando a bisbigli, corsero tra la vegetazione di sottobosco, avvicinandosi sempre e sempre più alla casa. Poi, eccola profilarsi davanti a loro, a una certa distanza sulla destra.
«Dobbiamo andare più avanti e tenerci un po' più in alto sul pendio» disse Vernon.
Lo seguirono, obbedienti. E poi, all'improvviso, una voce giunse alle loro orecchie, da un punto situato più indietro e più a sinistra.
«Siete in una proprietà privata» disse la voce.
Si voltarono, spaventati. Era il ragazzo dal viso giallognolo e dalle grandi orecchie a sventola. Teneva le mani in tasca e li osservava con un'espressione arrogante.

«Siete in una proprietà privata» ripeté.

Un qualcosa nei modi di lui destava un immediato antagonismo. Anziché dire, come era stato nelle sue intenzioni: "Mi dispiace", Vernon disse: «Oh!».

Lui e l'altro ragazzo si squadrarono: lo sguardo gelido e valutativo di due avversari in un duello.

«Veniamo dalla proprietà confinante» disse Joe.

«Ah sì?» fece il ragazzo. «Be', fareste bene a tornarci. Mio padre e mia madre non vi vogliono qui.»

Pronunciando queste parole riuscì a essere intollerabilmente offensivo. Vernon, sgradevolmente consapevole di essere dalla parte del torto, arrossì di rabbia.

«Potresti esprimerti in un modo più cortese» disse.

«Perché dovrei?» disse il ragazzo.

Si voltò, udendo dei passi avvicinarsi nel folto.

«Sei tu, Sam?» disse. «Scaccia questi marmocchi che hanno oltrepassato il confine della proprietà, ti spiace?»

Il guardiano, che lo aveva raggiunto mettendoglisi al fianco, sorrise e si toccò la fronte. Il ragazzo si allontanò, come se la cosa non rivestisse più alcun interesse per lui. Il guardiano si voltò verso i bambini e assunse un cipiglio feroce.

«Fuori di qui, piccoli furfanti! Vi sguinzaglio dietro i cani se non filate via subito.»

«Non abbiamo paura dei cani» disse Vernon, altezzosamente, mentre si voltava per andarsene.

«Ah, non ne avete paura, eh? Allora io ho qui un rinoceronte. Lo libero e ve lo mando dietro seduta stante.»

Si allontanò a gran passi. Nell, terrorizzata, diede uno strattone al braccio di Vernon.

«È andato a liberarlo» strillò. «Oh, presto! Presto...»

Il suo allarmismo fu contagioso. Sul conto dei Levinne erano state raccontate tante di quelle cose che la minaccia del guardiano parve plausibilissima ai bambini. Corsero via tutti insieme. Si gettarono uno dietro l'altro tra i cespugli, aprendosi un varco. Vernon e Joe erano in testa. Un grido implorante si levò da Nell.

«Vernon, Vernon... Oh! Aspettami, per favore! Sono rimasta impigliata!»

Che piaga era, quella Nell! Non sapeva correre, non riusciva a far niente. Vernon tornò indietro, diede un energico strattone al suo vestitino per liberarlo dai rovi nei quali era rimasto impigliato (non senza gravi conseguenze per lo stesso vestito) e la rimise in piedi.

«Su, avanti, vieni.»

«Mi manca il respiro, non riesco più a correre. Oh! Vernon, sono così spaventata!»

«Vieni, *su*.»

Tenendola per mano, la trascinò con sé. Giunsero davanti alla recinzione e la scavalcarono.

«Ah, be'» disse Joe, facendosi vento con un berretto di lino molto sudicio. «Questa *sì* che è stata un'avventura.»
«Ho il vestitino tutto strappato» disse Nell. «Adesso che cosa faccio?»
«Lo odio, quel ragazzo» disse Vernon. «È una bestia.»
«È una bestia bestiale» riconobbe Joe. «Gli dichiareremo guerra. Che ne dici?»
«Ma sì!»
«Come faccio, adesso, con questo vestitino?»
«È molto imbarazzante il fatto che abbiano un rinoceronte» disse Joe, pensierosa. «Credi che Tom Boy lo attaccherebbe, se lo allenassimo?»
«Non vorrei che Tom Boy rimanesse ferito» disse Vernon.
Tom Boy era il cane della scuderia, un suo grande beniamino. La mamma aveva sempre posto il veto su un cane in casa e pertanto Tom Boy costituiva il massimo che Vernon potesse avere come cane tutto suo.
«Chissà che cosa dirà la mamma del mio vestitino.»
«Oh, che barba con questa storia del vestito, Nell. Non è il genere di vestito con il quale si possa giocare in giardino, del resto.»
«Dirò a tua madre che la colpa è stata mia» esclamò Vernon, spazientito. «Non fare la bambina.»
«Ma io sono una bambina» disse Nell.
«Be', anche Joe è una bambina, ma non si comporta mica come te. Lei vale sempre quanto un ragazzo.»
Nell parve sul punto di piangere, ma, proprio in quel momento, vennero chiamati dalla casa.
«Mi dispiace, signora Vereker» disse Vernon. «Ho paura di aver strappato il vestito di Nell.»
Vi furono rimproveri da parte di Myra e cortesi proteste da parte della signora Vereker. Quando Nell e sua madre se ne furono andate, Myra disse:
«Non devi essere così violento, Vernon, tesoro. Quando una bimbetta viene da noi a prendere il tè, devi trattarla con molta dolcezza.»
«Perché dobbiamo invitarla a prendere il tè? Non ci piace. Rovina tutto.»
«Vernon! Nell è una così cara bimbetta!»
«Non è vero, mamma. È orribile.»
«Vernon!»
«Be', è così. E non mi piace neppure sua madre.»
«La signora Vereker non è molto simpatica nemmeno a me» disse Myra. «Ho sempre l'impressione che sia una donna molto crudele. Però non riesco a immaginare perché a voi bambini non piaccia Nell. La signora Vereker mi dice che ti è affezionatissima, Vernon.»

«Già, ma io non voglio che lo sia.»

E scappò fuori con Joe.

«Guerra» disse. «Ecco che cos'è... la guerra! Secondo me, quel ragazzo, quel Levinne, è in realtà un boero camuffato. Dobbiamo pianificare la nostra campagna militare. Perché è venuto ad abitare vicino a noi e a rovinare tutto?»

La sorta di guerriglia che seguì tenne occupati Vernon e Joe nel modo più piacevole. Escogitarono ogni sorta di sistemi per molestare il nemico. Nascosti tra gli alberi, lo bersagliarono con castagne. Lo colpirono di nascosto, servendosi di cerbottane. Dipinsero una mano con la vernice rossa e si avvicinarono di nascosto alla dimora, una sera, dopo che era discesa l'oscurità, lasciando la mano dipinta sulla soglia di casa con la parola VENDETTA scritta in stampatello in fondo al foglio.

A volte il loro avversario effettuava rappresaglie dello stesso genere. Anche lui possedeva una cerbottana e, un giorno, tese loro un agguato con la canna per annaffiare il giardino.

Le ostilità erano in corso da quasi dieci giorni quando Vernon si avvicinò a Joe che sedeva, con un'aria insolitamente sconsolata, su un ceppo d'albero.

«Ciao, che cos'hai? Credevo che avessi teso un agguato al nemico con quei pomodori troppo maturi che ci ha dato la cuoca.»

«Volevo. Voglio dire, ci ho provato.»

«Che cosa c'è, Joe?»

«Mi sono arrampicata su un albero e lui è passato proprio là sotto. Avrei potuto colpirlo in pieno.»

«Vorresti dirmi che non lo hai colpito?»

«No.»

«E perché mai, si può sapere?»

Joe diventò molto rossa in viso e prese a parlare rapidamente.

«Non ho potuto. Vedi, lui non sapeva che mi trovavo lì, e sembrava... oh, Vernon! Sembrava così terribilmente *solo*... come se odiasse, né più né meno, ogni cosa. Sai, dev'essere proprio orribile non avere nessuno con cui divertirsi.»

«Sì, ma...»

Vernon tacque per mettere ordine nelle proprie idee.

«Avevamo detto – non te ne ricordi? – che era tutto uno schifo» continuò Joe. «Il fatto che la gente fosse così brutale con i Levinne, e adesso anche noi siamo brutali come tutti gli altri.»

«Sì, ma è stato lui a essere brutale con *noi*!»

«Forse non ne aveva l'intenzione.»

«Questo è assurdo.»

«No, non lo è. Pensa ai cani, come ti mordono se hanno paura o se sospettano di te. Lui si aspettava, immagino, che saremmo stati brutali nei suoi riguardi, e ha voluto cominciare per primo. Diventiamo suoi amici.»

«Non è possibile, nel bel mezzo di una guerra.»

«Sì che si può. Prepareremo una bandiera bianca e poi tu andrai avanti con la bandiera chiedendo di parlamentare e vedrai se è possibile metterci d'accordo su condizioni di pace onorevoli.»

«Be',» disse Vernon «non mi dispiacerebbe se ci riuscissimo. Sarebbe un cambiamento, in ogni modo. Che cosa adoperiamo come bandiera di tregua, il mio fazzoletto o il tuo grembiulino?»

Marciare con la bandiera di tregua fu alquanto eccitante. Di lì a non molto, si imbatterono nel nemico. Il quale li fissò al colmo dello stupore.

«Che cosa c'è?» domandò.

«Vogliamo parlamentare» rispose Vernon.

«Bene, io sono d'accordo» disse il ragazzo, dopo un momentaneo silenzio.

«Vogliamo dire questo» continuò Joe. «Se tu sei d'accordo, ci piacerebbe diventare amici.»

Si guardarono l'un l'altro.

«Perché volete che diventiamo amici?» domandò il nemico, sospettoso.

«Sembra una cosa piuttosto stupida» disse Vernon «essere vicini di casa e non fare amicizia, non ti sembra?»

«Chi è stato, di voi due, a pensarlo per primo?»

«Io» disse Joe.

Sentì quei piccoli occhi, neri come giaietto, trapanarla. Che ragazzo strano era. Le grandi orecchie sembravano sporgere più che mai.

«Va bene» disse. «Piacerebbe anche a me.»

Seguì, per un minuto, un silenzio imbarazzato.

«Come ti chiami?» domandò Joe.

«Sebastian.»

Parlava con una pronuncia appena percettibilmente blesa, tanto che quasi non lo si notava.

«Che nome buffo. Io mi chiamo Joe, e lui Vernon. Studia al collegio. Ci vai anche tu in collegio?»

«Sì, in seguito andrò a Eton.»

«Anch'io» disse Vernon.

Di nuovo una lieve ondata di ostilità si gonfiò tra loro. Poi scomparve, per non tornare mai più.

«Venite a vedere la nostra piscina» disse Sebastian. «È riuscita piuttosto bene.»

8

L'AMICIZIA CON SEBASTIAN LEVINNE SI RAFFORZÒ e crebbe rapidamente. Per una buona metà, tanto entusiasmo era dovuto alla segretezza che bisognava adottare. La madre di Vernon sarebbe rimasta inorridita se avesse supposto una cosa simile. Quanto ai Levinne, senza dubbio la cosa non li avrebbe inorriditi, ma la loro soddisfazione avrebbe potuto causare conseguenze altrettanto disastrose.

Quando Vernon si trovava in collegio, il tempo passava con ali di piombo per la povera Joe, rinchiusa con una governante che veniva tutte le mattine e disapprovava in modo sottile la sua schietta e ribelle allieva. Joe viveva soltanto per i periodi di vacanza. Non appena cominciavano, lei e Vernon si incamminavano verso un segreto luogo di riunione, laddove nella siepe si trovava un comodo varco. Avevano inventato tutto un codice formato da fischi e da molti inutili segnali. A volte Sebastian arrivava prima dell'ora stabilita e li aspettava disteso sulle felci: la faccia giallognola e le orecchie sporgenti in strano contrasto con il vestito sportivo e i pantaloni alla zuava.

Giocavano insieme, ma parlavano, anche. Quanto parlavano! Sebastian raccontava loro episodi della Russia. E così loro due vennero a sapere delle persecuzioni degli ebrei... dei pogrom! Anche Sebastian non era mai stato in Russia, ma aveva vissuto per anni tra altri ebrei russi e suo padre era riuscito miracolosamente a salvare la pelle in un pogrom. A volte Sebastian diceva frasi in russo, per far piacere a Vernon e a Joe. Tutto era affascinante.

«Qui ci odiano tutti» disse un giorno Sebastian. «Ma non importa. Non riusciranno a scacciarci, perché mio padre è ricchissimo. Con il denaro si può comprare tutto.»

V'era in lui una certa strana arroganza.

«No, non si può comprare tutto» lo contraddisse Vernon. «Il figlio del vecchio Nicoll è tornato dalla guerra senza una gamba. Il denaro non potrebbe fargliela ricrescere.»

«No,» riconobbe Sebastian «ma non mi riferivo a cose di questo genere. Il denaro, comunque, ti procurerebbe una bellissima gamba di legno e il tipo migliore di grucce.»

«Una volta io ho dovuto camminare con le grucce» disse Vernon. «Era piuttosto divertente. E mi curava un'infermiera simpaticissima.»

«Vedi? Non avresti potuto avere tutto questo se non fossi stato ricco.»

Era davvero ricco? Supponeva di sì. Non ci aveva mai pensato.

«Io vorrei essere ricca» disse Joe.

«Potrai sposarmi, una volta cresciuta,» disse Sebastian «e allora lo sarai.»

«Non sarebbe piacevole per Joe se nessuno volesse più andare a trovarla» obiettò Vernon.

«A me questo non importerebbe affatto» disse Joe. «Né mi curerei di quello che potrebbero dire zia Myra e tutti gli altri. Se volessi, sposerei Sebastian.»

«Allora la gente verrebbe a trovarla» disse Sebastian. «Voi non ve ne rendete conto. Gli ebrei sono enormemente potenti. Mio padre dice che la gente non può fare a meno di loro. Ecco perché Sir Charles Alington ha dovuto venderci Deerfields.»

Un improvviso brivido percorse Vernon. Egli sentì, senza tradurre in parole la riflessione, che stava parlando con l'appartenente a una stirpe nemica. Ma non provò alcun antagonismo nei confronti di Sebastian. L'ostilità tra loro due apparteneva al passato. Lui e Sebastian erano amici e, in qualche modo, aveva la certezza che sarebbe stato così per sempre.

«Il denaro» disse Sebastian «non serve solo a comprare cose. È di gran lunga più utile. E non esercita solo potere sulle persone. È... è in grado di mettere insieme molta bellezza.»

Fece un bizzarro gesto, non da inglese, con le mani.

«Che cosa intendi» domandò Vernon «con "mettere insieme"?»

Sebastian non sapeva che cosa intendesse. Le parole gli erano salite spontaneamente alle labbra.

«A ogni modo,» disse Vernon «le cose non sono belle.»

«Sì che lo sono. Deerfields è bellissima... anche se certo non bella come Abbots Puissants.»

«Quando Abbots Puissants apparterrà a me» disse Vernon «potrai venire ad abitarvi per tutto il tempo che vorrai. Rimarremo sempre amici, non è così? Qualsiasi cosa gli altri possano dire?»

«Rimarremo sempre amici» disse Sebastian.

A poco a poco i Levinne si fecero apprezzare. La chiesa aveva bisogno di un nuovo organo, e il signor Levinne lo donò. I cancelli di Deerfields vennero spalancati in occasione della scampagnata dei ragazzi del coro, ai quali furono offerte fragole con panna. Una somma ingente fu destinata all'associazione sportiva Primrose.

Da qualsiasi parte ci si voltasse, si finiva con l'imbattersi nell'opulenza e nella generosità dei Levinne.

La gente cominciò a dire: «Sì, certo, sono impossibili, però la signora Levinne è straordinariamente *gentile*».

E la gente disse anche altre cose.

«Oh, naturalmente sono *ebrei*! Ma è forse assurdo avere dei pregiudizi. Vi sono state alcune ottime persone tra gli ebrei.»

Correva voce che il vicario avesse detto, in risposta: «Compreso Gesù Cristo». Ma nessuno ci credeva sul serio. Il vicario era scapolo – una situazione del tutto inconsueta –, aveva idee bizzarre per quanto concerneva la santa comunione. E a volte teneva sermoni del tutto incomprensibili; ma nessuno pensava che potesse aver detto qualcosa di realmente sacrilego.

Fu il vicario a presentare la signora Levinne al circolo del cucito, le cui socie si riunivano una volta alla settimana per mandare generi di conforto ai prodi soldati inglesi in Sudafrica. E il trovarsi con lei due volte alla settimana fece sì, senza dubbio, che la situazione diventasse imbarazzante.

In ultimo, Lady Coomberleigh, raddolcita dall'immensa donazione fatta all'associazione sportiva Primrose, si decise a saltare il fosso e andò a farle visita. E dove Lady Coomberleigh si recava, tutti la seguivano.

Non che i Levinne venissero mai considerati intimi amici. Ma erano stati accettati ufficialmente e si sentiva la gente dire:

«Lei è una donna molto *gentile*, anche se indossa abiti impossibili qui in campagna.»

Ma poi accadde anche questo. La signora Levinne era adattabile. Trascorse pochissimo tempo e si mostrò vestita ancor più alla buona dei suoi vicini.

Joe e Vernon furono invitati solennemente a prendere il tè con Sebastian Levinne.

«Almeno questa volta dobbiamo andare, suppongo» disse Myra, sospirando. «Ma non saremo mai tenuti ad avere con loro stretti rapporti d'amicizia. Che aspetto strano ha quel ragazzo! Non sarai mai villano con lui, vero, Vernon caro?»

I bambini fecero solennemente la conoscenza ufficiale di Sebastian. La cosa li divertì moltissimo.

Ma la scaltra Joe pensava che la signora Levinne la sapesse più lunga della zia Myra, per quanto concerneva la loro amicizia. La signora Levinne non era una sciocca. Somigliava a Sebastian.

Walter Deyre cadde in battaglia alcune settimane prima che la guerra terminasse. La sua fine fu prode. Venne colpito mentre tornava indietro per soccorrere un compagno rimasto ferito sotto il violento fuoco nemico. Si meritò la Victoria

Cross alla memoria e la lettera che il suo colonnello scrisse a Myra venne conservata da lei come l'oggetto che le era più caro.

«Non ho mai conosciuto nessuno» scriveva il colonnello «che affrontasse così impavidamente il pericolo. I suoi uomini lo adoravano e lo avrebbero seguito ovunque. Ha posto ripetutamente a repentaglio la vita nel modo più prode. Lei può davvero esserne fiera.»

Myra lesse più volte quella lettera. Poi la lesse a tutte le sue amiche. In questo modo dimenticò il lieve risentimento dovuto al fatto che suo marito non aveva lasciato né una lettera né un'ultima parola per lei.

"Ma, essendo un Deyre, non avrebbe mai fatto niente di simile" disse a se stessa.

Eppure Walter Deyre aveva lasciato una lettera «nell'eventualità che dovessi perdere la vita». Ma non era indirizzata a Myra e lei non lo seppe mai. Era straziata dal dolore, eppure felice. Suo marito le apparteneva nella morte come non le era mai appartenuto nella vita e, grazie alla facilità con la quale immaginava che le cose fossero come lei le voleva, Myra cominciò a tessere una versione persuasiva e romantica della loro vita coniugale mirabilmente felice.

È difficile dire fino a qual punto Vernon fosse stato colpito dalla morte del padre. Non provò alcuna vera sofferenza. Anzi, venne reso ancor più indifferente dal manifesto desiderio di sua madre di vederlo ostentare la commozione. Era fiero di suo padre. Tanto fiero da soffrirne, quasi, eppure capiva quello che aveva inteso dire Joe dichiarando di ritenere preferibile che sua madre fosse morta. Ricordava con estrema chiarezza quell'ultima passeggiata serale con suo padre, le cose che lui aveva detto, i sentimenti che erano venuti a determinarsi tra loro.

Il babbo, lo sapeva, non aveva mai realmente desiderato tornare dalla guerra. E lui lo compativa. Lo aveva sempre compatito. Non sapeva perché.

Non era dolore quello che provava per suo padre. Si trattava, più che altro, di una sorta di sensazione di solitudine che gli stringeva il cuore. Il babbo era morto. Zia Nina era morta. Rimaneva la mamma, naturalmente, ma si trattava di una cosa diversa.

Non riusciva a soddisfare sua madre; non vi era mai riuscito. Lei non faceva che abbracciarlo, piangergli addosso, dirgli che dovevano appartenere l'uno all'altra sotto ogni aspetto, ormai. E lui non poteva confidarle – non ne era semplicemente capace – le cose che la mamma voleva sentirsi dire. Non riusciva nemmeno a gettarle le braccia intorno al collo e a ricambiare i suoi abbracci.

Non vedeva l'ora che le vacanze terminassero. Sua madre, con gli occhi rossi e in gramaglie... il lutto più stretto che si potesse portare: opprimeva, in qualche modo.

Il signor Flemming, l'avvocato di Londra, venne per essere temporaneamente loro ospite, e lo zio Sydney arrivò da Birmingham. Si trattenne per due giorni. Al termine di quel breve periodo di tempo, Vernon fu chiamato in biblioteca.

I due uomini sedevano al lungo tavolo. Myra occupava una sedia bassa accanto al fuoco, il fazzoletto premuto sugli occhi.

«Bene, ragazzo mio,» disse lo zio Sydney «dobbiamo parlarti di qualcosa. Ti piacerebbe venire ad abitare vicino alla zia Carrie e a me, a Birmingham?»

«Grazie,» rispose Vernon «ma preferirei restare qui.»

«È un po' tetra questa dimora, non ti sembra?» disse lo zio. «Be', io ho messo gli occhi su una graziosa casa... non troppo vasta, ma comoda sotto ogni punto di vista. Avrai vicino a te le tue cugine con le quali giocare durante le vacanze. A me sembra un'ottima idea.»

«Lo è senz'altro» rispose Vernon, compito. «Ma, davvero, preferirei restare qui, grazie.»

«Ah? Hmm» disse zio Sydney. Si soffiò il naso e sbirciò, interrogativamente, l'avvocato, il quale rispose a quello sguardo con un lieve cenno d'assenso.

«Non è affatto così semplice, vecchio mio» disse zio Sydney. «Penso che tu sia grande abbastanza, ormai, per capirmi se ti spiegherò come stanno le cose. Adesso che tuo padre è morto... ehm... che ci ha lasciati, Abbots Puissants appartiene a te.»

«Lo so» disse Vernon.

«Eh? Come lo sai? Le cameriere hanno parlato?»

«Me lo ha detto il babbo prima di partire.»

«Oh!» fece lo zio Sydney, colto alquanto di sorpresa. «Oh, capisco. Bene, come dicevo, Abbots Puissants appartiene a te, ma una dimora come questa richiede molto denaro per essere mantenuta. Occorre pagare il personale di servizio e così via, capisci? E poi esistono quelli che vengono denominati diritti di successione. Quando qualcuno muore, bisogna versare un sacco di quattrini al governo.

«Orbene, tuo padre non era un uomo ricco. Quando suo padre morì ed egli venne ad abitare in questa dimora, disponeva di così poco denaro che temette di doverla vendere.»

«Venderla?» esclamò Vernon, incredulo.

«Sì, non è inalienabile.»

«Che cosa vuol dire inalienabile?»

Il signor Flemming glielo spiegò con accuratezza e chiarezza.

«Ma... ma... non si vorrà venderla adesso?»

Vernon fissò l'avvocato con occhi addolorati e imploranti.

«No di certo» rispose il signor Flemming. «La proprietà è stata lasciata a te, e nulla potrà essere fatto finché non avrai raggiunto la maggiore età, vale a dire i ventun anni.»

Vernon emise un sospiro di sollievo.

«Però, vedi,» continuò zio Sydney «non c'è denaro a sufficienza per continuare a vivere qui. Come ti dicevo, tuo padre sarebbe stato costretto a vendere. Ma conobbe tua madre, e la sposò, e, fortunatamente, lei disponeva di denaro a sufficienza per mantenere la dimora. Tuttavia la morte di tuo padre ha cambiato molto le cose. In primo luogo egli ha lasciato certi... ehm... debiti che tua madre vuole a tutti i costi pagare.»

Myra tirò su con il naso. Lo zio Sydney assunse un tono di voce imbarazzato e si affrettò a continuare.

«La cosa sensata da fare è affittare Abbots Puissants per un certo numero di anni... finché tu non avrai compiuto ventun anni, in effetti. Nel frattempo, chissà? La situazione potrebbe... ehm... cambiare per il meglio. Naturalmente, tua madre sarà più felice se abiterà vicino ai suoi parenti. Devi pensare a tua madre, sai, ragazzo mio.»

«Sì» mormorò Vernon. «Il babbo me lo ha detto.»

«Allora è deciso, eh?»

Quanto erano crudeli, pensò Vernon. Domandarglielo... mentre, come aveva potuto rendersi conto, non v'era niente da domandargli. Potevano fare come più piaceva loro. E ne avevano tutte le intenzioni. Perché, allora, farlo andare lì, e *fingere*?

Degli sconosciuti sarebbero venuti ad abitare a Abbots Puissants.

Ma non importava! Un giorno o l'altro avrebbe compiuto ventun anni.

«Tesoro,» disse Myra «sto facendo tutto questo per te. Vivere qui senza il babbo sarebbe molto triste, non ti sembra?»

Gli tese le braccia, ma Vernon finse di non essersene accorto. Uscì dalla stanza mormorando, a stento:

«Grazie, zio Sydney, grazie tante per avermelo detto...»

Uscì in giardino e camminò finché non arrivò all'antica abbazia. Là sedette, il mento poggiato sulle mani.

"La mamma *potrebbe*" si disse. "Se volesse, *potrebbe*! Ma preferisce andare ad abitare in un'orrida casa di mattoni rossi con tubazioni esterne, come quella di zio Sydney. Abbots Puissants non le piace, non le è mai piaciuta. Ma non deve fingere che stia facendo questo per me. Non è vero. Dice cose che non sono vere. Le ha sempre dette..."

Continuò a starsene seduto lì, pervaso dall'indignazione.

«Vernon, Vernon, ti ho cercato dappertutto. Non riuscivo a immaginare dove ti fossi cacciato. Che cos'hai?»

Era Joe. A lei lo disse. Joe avrebbe capito e sarebbe stata comprensiva con lui. Ma Joe lo sconcertò.

«Be', perché no? Perché zia Myra non dovrebbe trasferirsi a Birmingham, se così vuole? Secondo me, ti stai comportando irragionevolmente. Perché dovrebbe continuare ad abitare qui soltanto perché tu possa venirci durante le vacanze? Il denaro è *suo*. Perché non dovrebbe spenderlo facendo quello che *le piace*?»

«Ma, Joe, Abbots Puissants...»

«Be', che cos'è Abbots Puissants per zia Myra? Nel profondo del cuore lei è affezionata a questa dimora press'a poco come lo sei tu alla casa di zio Sydney a Birmingham. Perché dovrebbe tirare la cinghia per abitare qui, se non le va? Se tuo padre l'avesse resa più felice, qui, forse vorrebbe restarci, ma non è stato così. Me lo disse la mamma, una volta. Non è che zia Myra mi piaccia molto. So che è buona e così via, ma non le voglio molto bene. Però *posso* essere giusta. Il denaro è *suo*. Questo non puoi ignorarlo.»

Vernon la fissò. Erano antagonisti. Ognuno aveva il suo punto di vista e nessuno dei due riusciva a capire quello dell'altro. In entrambi ardeva l'indignazione.

«Secondo me le donne sono trattate schifosamente» disse Joe. «E io sto dalla parte di zia Myra.»

«E va bene!» esclamò Vernon. «Sta' dalla sua parte! Me ne infischio.»

Joe si allontanò. Lui rimase lì, seduto sul muro in rovina dell'antica abbazia.

Per la prima volta, dubitò della vita. Le cose non erano *certe*. Come si poteva sapere che cosa sarebbe accaduto?

Al compimento del ventunesimo anno.

Sì, ma non si poteva essere *sicuri*! Non si poteva stare *tranquilli*!

Bastava pensare a quando era stato bambino. La Tata, Dio, il signor Green. Come erano sembrati tutti immutabili ed eterni. E adesso erano tutti scomparsi.

Dio, per lo meno, esisteva ancora, presumeva. Ma non si trattava dello stesso Dio. Non era affatto lo stesso Dio.

Che cosa sarebbe accaduto a tutto il resto, prima che lui compisse ventun anni? *Che cosa – l'idea più strana di ogni altra – sarebbe accaduto a lui stesso?*

Si sentì terribilmente solo. Il babbo, zia Nina, morti entrambi. Restavano soltanto zio Sydney e mammina... e non erano... non facevano parte... del suo vero mondo. Confuso, interruppe il corso dei propri pensieri. V'era Joe! Joe capiva. Ma Joe era bizzarra in certe cose.

Poi strinse le mani a pugno. No, tutto sarebbe andato benissimo.

Quando avrebbe compiuto i ventun anni...

Libro secondo

NELL

1

LA STANZA ERA SATURA DI FUMO di sigarette. Il fumo formava mulinelli e si spostava qua e là, formando una tenue bruma azzurrognola. Attraverso la bruma giungeva il suono di tre voci impegnate in una discussione concernente il miglioramento del genere umano e l'incoraggiamento dell'arte: specie dell'arte che sfidava tutte le convenzioni note.

Sebastian Levinne, addossato alla mensola di marmo scolpito del caminetto nella casa di città di sua madre, parlava in modo didattico, gesticolando con la lunga mano gialla che stringeva la sigaretta. La tendenza alla pronuncia blesa esisteva ancora, ma si era di gran lunga attenuata. Quel suo lungo viso giallo e mongolico, quelle orecchie dall'aria stupita, continuavano a essere all'incirca uguali a com'erano stati all'età di undici anni. A ventidue anni egli era lo stesso Sebastian, sicuro di sé, percettivo, con lo stesso amore per la bellezza e lo stesso freddo e infallibile senso di valori.

Davanti a lui, adagiati su due immense poltrone rivestite in cuoio, si trovavano Vernon e Joe. Molto somiglianti, questi due, con lo stesso accentuato contrasto bianconero. Ma, come in passato, quella di Joe era la personalità più aggressiva, energica, ribelle, veemente. Vernon, immensamente alto di statura, si appoggiava pigramente all'indietro sulla poltrona. Le sue lunghe gambe poggiavano sullo schienale di un'altra poltrona. Soffiava fuori anelli di fumo, sorrideva, pensieroso, tra sé e sé. Di tanto in tanto contribuiva alla conversazione con grugniti o con una frase breve e pigra.

«Questo non renderebbe» aveva appena detto Sebastian in tono decisivo.

Come si era aspettato, Joe si sentì subito provocata fino alla virulenza.

«E chi vuole che una cosa *renda*? È così... così *putrido*... questo punto di vista! Considerare ogni cosa sotto la prospettiva commerciale! Non lo sopporto.»

Sebastian disse, placido: «Questo perché hai una concezione della vita inguaribilmente romantica. A te piace che i poeti muoiano di fame nelle soffitte, che gli artisti fatichino senza essere riconosciuti e che gli scultori vengano ammirati soltanto dopo la loro morte».

«Be', è quello che succede. Sempre!»

«No, non *sempre*. Molto frequentemente, forse. Ma non è necessario che succeda così spesso. Questo è il mio punto di vista. Il mondo non apprezza mai nulla che sia nuovo. Ma io dico che si potrebbe fargli apprezzare le novità. Prendendolo dal verso giusto, vi si potrebbe riuscire. Però bisogna sapere esattamente che cosa passerà e che cosa resterà.»

«Questo è un compromesso» mormorò Vernon, in modo appena percettibile.

«È buonsenso! Perché dovrei perdere denaro puntando sul mio giudizio?»

«Oh, Sebastian!» gridò Joe. «Tu... tu...»

«Ebreo!» disse Sebastian, placido. «È questo che intendevi. Be', noi ebrei abbiamo buon gusto. Sappiamo quando una cosa è bella e quando non lo è. Non ci basiamo sulle mode. Ci basiamo sul nostro giudizio, e risulta che abbiamo *ragione*! La gente vede sempre l'aspetto finanziario della cosa, ma c'è anche l'altro.»

Vernon grugnì. Sebastian continuò.

«Quello di cui stiamo parlando ha due aspetti – vi sono persone che stanno pensando a cose nuove, a modi nuovi di fare le cose di un tempo, a teorie completamente nuove... e che non riescono ad affermarsi perché la gente ha paura di tutto ciò che costituisce una novità. E vi sono altre persone... quelle che sanno cosa ha sempre voluto il pubblico e continuano a darglielo, perché è più sicuro e consente un guadagno certo. Ma esiste anche un terzo aspetto: trovare cose che siano nuove e belle e puntare su di esse. Questo è quanto farò. Dirigerò una galleria di dipinti in Bond Street – ho firmato ieri gli atti – e un paio di teatri... E in seguito voglio dirigere un qualche tipo di settimanale, su basi completamente diverse da tutto ciò che è stato fatto fino a ora. Non solo, ma farò in modo che tutto *renda*. Ammiro ogni sorta di cose, cose che soltanto poche persone colte ammirerebbero... ma non mi occuperò di esse. Tutto quello di cui mi occuperò dovrà avere un successo popolare. Perdiana, Joe, non ti rendi conto che una metà dello spasso della cosa consiste nel *farla* rendere? Nel giustificare te stesso con il successo?»

Joe scosse la testa, per nulla persuasa.

«Ti occuperai davvero di tutte queste cose?» domandò Vernon.

Entrambi i cugini guardarono Sebastian con una sfumatura di invidia. Strano, e alquanto meraviglioso, trovarsi nella situazione del buon Sebastian. Suo padre era morto alcuni anni prima. E Sebastian, a ventidue anni, possedeva tanti di quei milioni da togliere il respiro soltanto a pensarvi.

L'amicizia con Sebastian, iniziata tutti quegli anni prima a Abbots Puissants, era continuata divenendo ancora più salda. Lui e Vernon avevano continuato a essere amici a Eton, per poi studiare nello stesso collegio universitario a Cambridge. Durante le vacanze, erano riusciti a trascorrere parecchio tempo insieme tutti e tre.

«E la scultura?» domandò Joe a un tratto. «È compresa?»

«Naturale. Ci tieni ancora a imparare a scolpire?»

«Eccome. È la sola cosa che mi stia realmente a cuore.»

Vi fu, da parte di Vernon, un beffardo scoppio di ilarità.

«Già. E di che cosa si tratterà, l'anno prossimo? Sarai una delirante poetessa o che altro?»

«Occorre un po' di tempo per scoprire la propria vera vocazione» disse Joe, dignitosamente. «Ma questa volta dico proprio sul serio.»

«Dici sempre sul serio» ribatté Vernon. «In ogni modo, grazie al cielo, hai rinunciato a quel maledetto violino.»

«Perché odi tanto la musica, Vernon?»

«Non lo so. L'ho sempre odiata.»

Joe tornò a voltarsi verso Sebastian. Inconsapevolmente, la sua voce assunse un tono diverso. Suonò, sia pure appena, forzata.

«Che cosa pensi del lavoro di Paul La Marre? Vernon e io ci siamo recati nel suo studio, domenica scorsa.»

«Non ha nerbo» fu la succinta risposta di Sebastian.

Un lieve rossore affluì alle gote di Joe.

«La pensi così solo perché non capisci quello cui sta mirando. Secondo me è meraviglioso.»

«Anemico» disse Sebastian, imperturbabile.

«Sebastian, secondo me a volte sei semplicemente odioso. Soltanto perché La Marre ha il coraggio di discostarsi dalla tradizione...»

«Non si tratta affatto di questo» disse Sebastian. «Uno scultore può discostarsi dalla tradizione modellando una forma di formaggio Stilton e sostenendo che si tratta del suo concetto di una ninfa al bagno. Ma, se non riesce a convincere e a colpire te, così facendo, ha fallito. Limitarsi a fare le cose in modo diverso da chiunque altro non è genialità. Nove volte su dieci si tratta semplicemente del tentativo di arrivare a una facile notorietà.»

La porta si aprì e la signora Levinne fece capolino nella stanza.

«Il tè è pronto, miei cari» disse, e rivolse loro un sorriso radioso.

Una perla nera di giaietto le ciondolava e scintillava sull'immenso petto. Sulla sua complicata acconciatura troneggiava un grande cappello nero guarnito con piume. Lei sembrava il simbolo perfetto della prosperità materiale. Il suo sguardo indugiò adorante su Sebastian. I giovani si alzarono e si accinsero a seguirla. Sebastian disse, a voce bassa, a Joe:

«Joe... non sei arrabbiata con me, vero?»

Improvvisamente vi fu qualcosa di giovanile e di patetico nella sua voce: un tono di supplica che lo rivelava immaturo e vulnerabile. Un momento prima egli era stato il dominatore che imponeva la legge con assoluta sicurezza.

«Perché dovrei esserlo?» disse Joe, gelida.

Andò verso la porta senza degnarlo di uno sguardo. Gli occhi di Sebastian indugiarono ansiosi su di lei. Lei possedeva quella bellezza bruna e magnetica che matura presto. Aveva la pelle di un bianco spento e le ciglia erano così folte e scure da sembrare di giaietto contro il colore delicato delle gote. V'era un qualcosa di magico nel suo modo di muoversi, un che di languido e di appassionato ancora del tutto inconsapevole del proprio fascino. Sebbene lei fosse la più giovane dei tre, avendo appena compiuto vent'anni, era al contempo la più matura. Ai suoi occhi Vernon e Sebastian continuavano a essere due ragazzi, e lei disprezzava i ragazzi. La bizzarra dedizione di Sebastian, simile a quella di un cane, la irritava. Le piacevano gli uomini esperti, gli uomini capaci di dire cose eccitanti, non del tutto comprensibili. Per un attimo, abbassò le bianche palpebre, ricordando Paul La Marre.

Il salotto della signora Levinne era un curioso miscuglio di pura e vistosa opulenza e di un buon gusto quasi austero. L'opulenza la si doveva a lei – le piacevano i tendaggi di velluto, i cuscini vistosi, i marmi e le dorature –, il buon gusto era di Sebastian. Era stato lui a togliere dalle pareti una miscellanea di "croste" e a sostituirle con due dipinti di sua scelta. Sua madre si era riconciliata con la loro semplicità (come la definiva lei) grazie alle somme enormi che erano costati. L'antico paravento spagnolo di cuoio era uno dei doni fattile dal figlio, come lo squisito vaso *cloisonné.*

Seduta dietro un vassoio d'argento insolitamente massiccio, la signora Levinne sollevò la teiera con entrambe le mani e diede l'avvio alla conversazione ponendo una domanda con la sua pronuncia appena blesa.

«Come sta la tua cara mamma? Non viene mai in città, da qualche tempo. Dille da parte mia che finirà per arrugginire.»

Rise, una risatina allegra e nasale.

«Non mi sono mai pentita di avere questa casa di città, oltre alla dimora di campagna. Deerfields è perfetta, ma ci vuole anche un po' di vita. E, tra non molto, Sebastian tornerà a casa definitivamente. E ne ha di progetti! Bene, bene, suo padre era tale e quale. Concludeva affari sconsigliati da tutti e, anziché perdere quattrini, raddoppiava o triplicava ogni volta le somme investite. Era un uomo scaltro, il mio povero Yakob.»

Sebastian pensò:

"Vorrei che non dicesse queste cose. Sono proprio le osservazioni che Joe invariabilmente odia. Joe ce l'ha sempre con me, in questo periodo."

La signora Levinne continuò:

«Ho un palco per la rappresentazione di *Re in Arcadia*, mercoledì sera. Che cosa ne dite, miei cari? Verrete?»

«Sono spiacentissimo, signora Levinne» disse Vernon. «Vorrei che ci fosse possibile. Ma domani andiamo a Birmingham.»

«Oh! Tornate a casa.»

«Sì.»

Perché non aveva detto "torniamo a casa"? Perché la cosa suonava così bizzarra alle sue orecchie? Esisteva una sola casa, naturalmente, Abbots Puissants. La casa! Una strana parola, così carica di tanti significati. Gli ricordò le parole ridicole di una canzone che uno degli ammiratori di Joe soleva ragliare (che orrenda melodia era quella!) tastandosi il colletto e contemplandola con un'aria sentimentale. "La casa, amore, è dove si trova il cuore, ovunque il cuore possa essere..."

Ma in tal caso la sua casa avrebbe dovuto essere a Birmingham, dove si trovava la mamma.

Provò quella vaga sensazione di inquietudine che sempre lo pervadeva quando pensava a sua madre. Le voleva un gran bene, naturalmente. Le madri, inutile dirlo, erano creature alle quali non si potevano spiegare le cose, non capivano mai. Ma lui le voleva ugualmente un gran bene – sarebbe stato contro natura non volergliene. Come lei diceva così spesso, non aveva altri che lui.

A un tratto, un minuscolo folletto parve balzare nella mente di Vernon. Il folletto disse, all'improvviso e inaspettatamente: "Che idiozie vai contando? Lei ha la casa e le cameriere con le quali parlare e da tiranneggiare; e le amiche con cui pettegolare, e i suoi parenti. Tutto questo le mancherebbe di gran lunga più di quanto potresti mancarle tu. Ti vuole bene, ma prova una sensazione di sollievo quando torni a Cambridge. E il suo sollievo non è mai tanto grande quanto il tuo!".

«Vernon!» Era la voce di Joe, resa tagliente dall'irritazione. «A che cosa stai pensando? La signora Levinne ti ha posto una domanda su Abbots Puissants. Vuole sapere se è ancora affittata.»

Era una fortuna il fatto che, quando la gente domandava: "A cosa stai pensando?", non avesse la benché minima intenzione di volerlo sapere davvero! Ciò nonostante, potevi sempre rispondere: "A niente di importante", proprio come, da piccolo, avevi risposto: "A niente".

Rispose alle domande della signora Levinne e le promise di riferire da parte sua varie cose alla madre.

Poi Sebastian li accompagnò fino alla porta di casa, si scambiarono un ultimo saluto e uscirono nelle vie di Londra. Joe fiutò l'aria con un'espressione estatica.

«Quanto mi piace Londra! Sai, Vernon, ho deciso. Verrò a studiare a Londra. Questa volta punterò i piedi con zia Myra. E nemmeno andrò a stare con zia Ethel. Avrò un alloggio tutto mio.»

«Non puoi far questo, Joe. Le ragazze non si comportano così.»

«*Sì*, invece. Potrei coabitare con un'altra ragazza o con altre ragazze. Ma stare con zia Ethel, che continua a domandarmi dove vado, e con chi... No, proprio non riesco a sopportarlo. E, in ogni modo, lei non mi può soffrire perché dice che sono una suffragetta.»

La zia Ethel alla quale si riferivano era la sorella di zia Carrie, una zia d'acquisto. Per il momento alloggiavano in casa sua.

«Oh, a proposito,» continuò Joe «devi farmi un favore, Vernon.»

«Quale?»

«Domani nel pomeriggio la signora Cartwright vuole condurmi a un concerto, il "concerto titanico", credendo di farmi chissà quale piacere.»

«Ebbene?»

«Ebbene, io non voglio andarci, ecco tutto.»

«Be', potresti addurre qualche pretesto.»

«Non è così facile. Vedi, la zia Ethel deve credere che io mi sia recata al concerto. Non voglio che riesca a scoprire dove sono andata.»

Vernon fischiò.

«Oh! Sicché le cose stanno in questo modo? Cosa vuoi combinare in realtà, Joe? Di che si tratta, questa volta?»

«Si tratta di La Marre, se proprio ci tieni a saperlo.»

«Quel fanfarone.»

«Non è un fanfarone. È meraviglioso. Tu non sai quanto sia meraviglioso.»

Vernon sorrise.

«No, non lo so proprio. I francesi non mi piacciono.»

«Sei così orribilmente insulare! Ma non importa se ti piace o meno. Mi porta con l'automobile in campagna, nella casa di un amico dove si trova il suo *chef d'oeuvre*. Ci tengo tanto ad andare e tu sai benissimo che zia Ethel non me lo consentirebbe mai.»

«Non dovresti andartene a zonzo in campagna con un tipo simile.»

«Non fare lo sciocco, Vernon. Non lo sai che sono capace di badare a me stessa?»

«Oh, presumo di sì.»

«Non sono una di quelle stupidelle che non sanno niente di niente.»

«Non capisco, però, come potrei esserti utile *io*.»

«Ecco, vedi,» nella voce di Joe affiorò una traccia d'ansia «tu devi andare al concerto.»

«No, questo proprio no. Lo sai che odio la musica.»

«Oh, devi andarci, Vernon. È l'unica soluzione possibile. Se le dicessi che non posso andare, lei telefonerebbe alla zia Ethel per invitare una delle ragazze, e allora tutto salterebbe fuori. Ma se andrai tu all'appuntamento al posto mio – devo incontrarmi con lei all'Albert Hall – ed escogiterai un pretesto qualsiasi, tutto filerà liscio. La zia ti vuole un gran bene. Tu le piaci molto più di me.»

«Ma non posso soffrire la musica.»

«Lo so. Però puoi sopportarla almeno per un pomeriggio. Per un'ora e mezzo. Tutto si ridurrà a questo.»

«Oh, al diavolo, Joe, non voglio andarci.»

Gli tremò la mano, tanto era irritato. Joe lo fissò meravigliata.

«Sei davvero *buffo* per quanto concerne la musica, Vernon! Non ho mai conosciuto nessuno che... be', sì, che la odi come te. La maggior parte delle persone si limita a essere indifferente nei riguardi della musica. Però penso proprio che *dovresti* andare... sai bene che io faccio sempre piaceri *a te*.»

«E va bene» disse Vernon, brusco.

Niente da fare. Bisognava che andasse. Lui e Joe si spalleggiavano sempre. In fin dei conti, come Joe aveva detto, si sarebbe trattato soltanto di un'ora e mezzo. Perché invece aveva l'impressione di aver preso una decisione difficile? Il cuore gli pesava come piombo. Sembrava sprofondargli dentro, fino alle scarpe. Non voleva andare... Oh! Proprio non voleva andare...

Meglio non pensarci... come quando ci si deve recare dal dentista. Costrinse la propria mente a pensare ad altro. Joe alzò gli occhi di scatto, udendolo ridacchiare.

«Che cosa c'è?»

«Stavo pensando a te quando eri bambina. Così enfatica nel dichiarare che non avresti mai avuto niente a che fare con gli uomini. E adesso sei sempre in compagnia di uomini, uno dopo l'altro. Ti innamori e ti disamori circa una volta al mese.»

«Non essere così sgradevole, Vernon. Quelle erano soltanto fantasie di una stupida bimbetta. La Marre dice che, se si ha del temperamento, succede sempre così... ma la vera, grande passione è qualcosa di completamente diverso, quando arriva.»

«Be', non farti prendere da una grande passione per La Marre.»

Joe non rispose. Di lì a poco, disse:

«Io non sono come mia madre. La mamma era... be', così *malleabile* con gli uomini. Cedeva sempre, con loro... avrebbe fatto qualsiasi cosa per gli uomini dei quali si innamorava. Io non sono così.»

«No» disse Vernon, dopo aver riflettuto un momento. «Non credo che tu sia come lei. Non ti rovinerai la vita come fece tua madre. Ma potresti rovinartela in un altro modo.»

«In quale modo?»

«Non saprei. Sposando qualcuno persuasa di avere una grande passione per lui, soltanto perché tutti gli altri lo hanno in antipatia, e poi litigando per tutta la vita. Oppure decidendo di andare a vivere con un uomo soltanto perché persuasa che il libero amore sia una bella idea.»

«Lo è.»

«Oh, non sto dicendo che non lo sia... anche se, in effetti, personalmente penso sia antisociale. Ma è inutile, tu sei sempre la stessa. Se qualcuno ti proibisce qualcosa, la vuoi immancabilmente fare, anche se in realtà non desideri affatto farla. Non ho saputo esprimermi bene, ma tu sai quello che voglio dire.»

«Il mio solo, vero desiderio è *fare* qualcosa! Diventare una grande scultrice...»

«Questo perché ti sei presa una cotta per La Marre...»

«Niente affatto. Oh! Vernon, perché sei sempre così insopportabile? Io ho *sempre* voluto fare qualcosa... sempre... sempre! Lo dicevo anche a Abbots Puissants.»

«È strano,» osservò Vernon, pensieroso «anche il buon Sebastian diceva allora quasi le stesse cose che dice adesso. Forse non si cambia tanto quanto si crede.»

«Tu sostenevi che avresti sposato una donna bellissima per poi restare sempre a Abbots Puissants» osservò Joe, con un lieve tono di scherno nella voce. «Questa non continuerà a essere l'ambizione della tua vita, vero?»

«Si potrebbe fare di peggio» rispose Vernon.

«Pigrizia... vera e propria pigrizia!»

Joe lo fissò, manifestamente spazientita. Lei e Vernon erano così simili sotto certi aspetti, e così diversi sotto altri!

Vernon stava pensando: "Abbots Puissants. Tra un anno, avrò compiuto i ventun anni".

Passarono accanto a un comizio dell'esercito della salvezza. Joe si fermò. Un uomo magro, pallido in viso, si trovava in piedi su una cassa. La sua voce, acuta e rauca, giungeva fino a loro echeggiando.

«Perché non volete essere salvati? Perché non volete? Gesù vi vuole! Gesù vi *vuole*!» L'uomo sottolineava in modo tremendo quel *vuole*. «Sì, fratelli e sorelle, e vi dirò un'altra cosa. *Voi volete Gesù.* Non siete disposti ad ammetterlo con voi stessi, gli voltate le spalle, avete paura – ecco di che si tratta, avete paura perché lo volete così fortemente –, lo volete e non lo sapete!» L'uomo agitava le braccia e il suo volto pallido sembrava radioso d'estasi. «Ma lo saprete... lo *saprete*... vi sono cose alle quali non si può sfuggire per sempre.» Parlò più adagio, quasi minacciosamente. «*Io ti dico che questa notte stessa l'anima tua ti sarà richiesta...*»

Vernon si allontanò, percorso da un lieve brivido. Una donna, ai margini della ressa, si lasciò sfuggire un singhiozzo isterico.

«Disgustoso» fece Joe, il naso in aria, con un'inclinazione sprezzante del capo. «Indecente e isterico! Per quanto mi concerne, non vedo come ogni essere razionale non possa non essere ateo.»

Vernon sorrise, ma non disse nulla. Ricordava il periodo – anni prima – durante il quale Joe si era alzata presto ogni giorno per andare ad assistere alla prima funzione in chiesa e, ogni venerdì, si era limitata a mangiare un uovo sodo, con una certa ostentazione, e nella chiesa di San Bartolomeo era rimasta immobile e come affascinata ascoltando i sermoni assai poco interessanti, ma severamente dogmatici, dell'avvenente padre Cuthbert.

«Mi domando» parlò a voce alta «che cosa si possa provare venendo "salvati".»

Erano le sei e mezzo del pomeriggio dell'indomani quando Joe tornò dalla sua furtiva gita di piacere. La zia Ethel le si fece incontro all'ingresso.

«Dov'è Vernon?» domandò Joe, temendo che le venisse domandato se il concerto le era piaciuto.

«È tornato circa mezz'ora fa. Ha detto di star bene, ma mi è sembrato indisposto.»

«Oh!» Joe sgranò gli occhi. «Dov'è? In camera sua? Vado subito a vedere come sta.»

«Sì, vorrei proprio che andassi da lui, cara. Aveva davvero una brutta cera.»

Joe salì di corsa le scale, bussò appena alla porta di Vernon ed entrò. Egli sedeva sul letto e un qualcosa nel suo aspetto spaventò la ragazza. Non aveva mai visto Vernon con quella faccia.

«Vernon, che cosa c'è?»

Lui non le rispose. Aveva l'espressione stordita di chi ha subito uno shock terribile. Si sarebbe detto che fosse troppo lontano per poter essere raggiunto da mere parole.

«Vernon.» Joe lo scrollò per la spalla. «Che cos'hai?»

Egli la udì, questa volta.

«Niente.»

«Deve esserti accaduto qualcosa. Hai l'aria... hai l'aria...»

Le parole non sarebbero riuscite a descrivere l'aspetto che aveva. Joe rinunciò.

«Niente» ripeté lui, stancamente.

Lei gli sedette accanto sul letto.

«Raccontami» fece con dolcezza, ma anche con decisione.

Vernon emise un lungo e tremulo sospiro.

«Joe, ti ricordi l'uomo che abbiamo visto ieri?»

«Quale uomo?»

«Quel tipo dell'esercito della salvezza... le frasi trite che pronunciava. E quella bella citazione della Bibbia: "*Io ti dico che questa notte stessa l'anima tua ti sarà richiesta!*". E io, in seguito, ho detto che mi domandavo cosa si potesse provare venendo salvati. Così, tanto per dire. Be', ora *lo so*!»

Joe lo fissò. *Vernon.* Ah, ma questo era impossibile!

«Vuoi dire, vuoi dire...» In qualche modo, le riuscì difficile trovare le parole. «Vuoi dire che sei "diventato religioso", improvvisamente, come succede a certe persone?»

Nel momento stesso in cui la pronunciava, sentì che la frase era ridicola. Provò una sensazione di sollievo quando lui scoppiò improvvisamente a ridere.

«*Religioso?* Buon Dio, no! O forse si tratta di religiosità, per certe persone? Mi domando... No, voglio dire...» Esitò, poi mormorò la parola molto sommessamente, come se non osasse pronunciarla. «È la musica...»

«La musica?» Lei continuava a essere del tutto in alto mare.

«Sì. Joe, ricordi l'infermiera Frances?»

«L'infermiera Frances? No, non credo. Chi era?»

«Ma certo che non puoi ricordarla. Non eri ancora arrivata. Fu quando mi ruppi una gamba. Ho sempre ricordato qualcosa che mi disse. Che non si deve aver fretta di fuggire le cose prima di averle osservate bene. Be', è quello che è accaduto a me oggi. Non sono più potuto fuggire. Sono stato costretto a osservare e ascoltare. Joe, la musica è la cosa più meravigliosa del mondo...»

«Ma... ma... hai sempre detto...»

«Lo so. Ecco perché è stato per me uno shock così terribile. Non voglio dire che la musica sia meravigliosa già *adesso*, ma *potrebbe* esserlo... se fosse come deve essere! Le piccole componenti di un brano musicale sono laide. È come avvicinarsi a un dipinto e vedere una brutta chiazza grigia di colore. Ma allontanati ed essa assume il giusto posto e il giusto valore, come l'ombra più meravigliosa che si possa immaginare. La musica deve essere un *insieme* di suoni. Continuo a pensare che un violino sia orribile e un pianoforte bestiale. Ma in un certo senso, sono utili, presumo. In ogni modo... oh! Joe, la musica potrebbe essere assolutamente meravigliosa... so che potrebbe esserlo.»

Josephine tacque, disorientata. Capiva, adesso, che cosa aveva inteso dire Vernon con le sue prime parole. Sul volto di lui era dipinta la bizzarra e sognante esultanza che si accomuna al fervore religioso. Eppure Joe si sentiva un po' impaurita. Il volto di Vernon aveva sempre espresso ben poco. Ma ora, lei pensò, esprimeva troppo. Era un volto peggiorato o migliorato, a seconda di come si sceglieva di guardarlo.

Vernon continuava a parlare, non tanto rivolgendosi a lei quanto a se stesso.

«V'erano nove orchestre. Tutte insieme! Il suono può essere maestoso se ce n'è abbastanza. Non mi riferisco soltanto all'intensità sonora. La cosa diventa più manifesta quando la musica è sommessa. Ma deve esserci abbastanza suono. Non so che cosa abbiano suonato: credo niente che fosse vera musica. Ma lasciava capire... lasciava capire...»

Volse verso di lei gli occhi luminosi, entusiasti.

«Vi sono tante cose da sapere, da imparare. Non voglio suonare strumenti, questo mai. Ma voglio sapere tutto il possibile di ogni strumento. Che cosa può fare, quali sono i suoi limiti, quali le sue possibilità. E le note, anche. Vi sono note che nessuno impiega. Note che si dovrebbero impiegare. Esistono, lo so. Lo sai che cos'è attualmente la musica, Joe? È come i piccoli e tozzi pilastri normanni nella cripta della cattedrale di Gloucester. È ai suoi inizi, ecco tutto.»

Poi sedette silenzioso, proteso in avanti con un'aria sognante.

«Be', io penso che tu sia completamente impazzito» disse Joe.

Cercò, volutamente, di far sì che la sua voce suonasse pratica e decisa. Ma, pur non volendolo, era colpita. Quella convinzione così ardente, così incandescente.

E lei che aveva sempre giudicato Vernon piuttosto retrogrado, reazionario, pieno di pregiudizi, privo di immaginazione.

«Devo cominciare a imparare. Al più presto possibile. Oh, è terribile avere sprecato vent'anni!»

«Assurdo» disse Joe. «Non avresti potuto studiare musica quando eri un poppante nella culla.»

Lui sorrise di queste parole. A poco a poco stava emergendo dallo stato di trance.

«Credi che sia impazzito? Immagino di dare questa impressione. Ma non sono pazzo. E... oh, Joe! È un *sollievo* meraviglioso. Come se avessi simulato per anni e ora non dovessi più fingere. Ho avuto una paura terribile della musica, sempre. Ora...»

Sedette più impettito, raddrizzò le spalle.

«Ora lavorerò, lavorerò come un cane. Imparerò a conoscere a menadito ogni strumento. A proposito, devono esservi più strumenti al mondo, molti di più. Dovrebbe esservene uno che emette un suono lamentoso. L'ho udito in qualche posto. Ce ne vorrebbero dieci, o quindici. E una cinquantina di arpe...»

Sempre seduto sulla sponda del letto, pianificò con compostezza particolari che a Joe sembravano pure assurdità. Eppure, risultava manifesto che, nell'immaginazione di lui, un certo evento appariva con assoluta chiarezza.

«Tra dieci minuti sarà l'ora di cena» gli rammentò Joe, timidamente.

«Oh! Davvero? Che seccatura! Voglio restare qui e riflettere e udire cose nella mia mente. Di' a zia Ethel che ho il mal di capo o che ho avuto il voltastomaco. In effetti, credo di essere sul punto di vomitare.»

E, in qualche modo, questo colpì Joe più di ogni altra cosa. Era, questa, una circostanza familiare. Quando qualcosa ti sconvolgeva moltissimo, o piacevolmente, o dolorosamente, ti prendeva sempre la nausea. Era capitato anche a lei molte volte.

Indugiò sulla soglia, esitando. Vernon era scivolato di nuovo nella sua astrazione. Che aria strana aveva, sembrava completamente diverso. Come se... come se... Josephine cercò le parole adatte. Come se, improvvisamente, fosse diventato vivo.

Era un po' spaventata.

2

CAREY LODGE ERA IL NOME DELLA DIMORA DI MYRA. Si trovava a una dozzina di chilometri da Birmingham. Una sottile sensazione di sconforto gravava invariabilmente su Vernon quando si avvicinava a Carey Lodge. Odiava quella casa, ne odiava le opulente comodità, la spessa moquette di un rosso acceso, il vestibolo, le stampe sportive scelte con cura che adornavano la sala da pranzo, la sovrabbondanza di ninnoli che riempiva il salotto. Ma odiava davvero questi oggetti, oppure i fatti che si celavano dietro a essi?

Si interrogò, sforzandosi, per la prima volta, di essere sincero con se stesso. Non era forse vero che non sopportava di vedere sua madre così a suo agio, così placidamente soddisfatta lì? Gli piaceva pensare a lei nei termini di Abbots Puissants. Amava pensarla una profuga, come lui stesso.

Ma Myra non lo era! Abbots Puissants era stata per lei quello che potrebbe essere un regno straniero per la consorte del sovrano. Si era sentita importante, là, e compiaciuta di se stessa. Tutto, in quella dimora, era stato nuovo ed eccitante. Ma non si trattava della casa.

Myra accolse il figlio con una affettuosità stravagante, come sempre. Lui si augurò che non fosse così. Sotto certi aspetti, la cosa gli rendeva difficile come non mai ricambiare. Quando si trovava lontano da lei, immaginava di essere affettuoso con sua madre. Quando era con lei, questa fantasia si dileguava.

Myra Deyre era parecchio cambiata da quando aveva lasciato Abbots Puissants. Era molto ingrassata. Aveva striature grigie sugli splendidi capelli rosso dorati. Anche l'espressione del viso era diversa, al contempo più soddisfatta e più placida. Si notava adesso una netta somiglianza tra lei e suo fratello Sydney.

«Ti sei divertito a Londra? Mi fa molto piacere. È così eccitante riavere con me il mio bel figliolone! Ho continuato a dire a tutti quanto ero ansiosa di riaverti qui. Le madri sono creature sciocche, vero?»

Vernon pensò che, sì, lo erano alquanto. Poi si vergognò di se stesso.

«È un gran piacere rivederti, mamma» farfugliò.

Joe disse:

«Hai una cera splendida, zia Myra.»

«In realtà, non mi sono sentita troppo bene, mia cara. Credo che il dottor Grey non si renda ben conto di quello che ho. Mi risulta che un nuovo medico – il dottor Littleworth – ha appena sostituito il dottor Armstrong. Dicono che è straordinariamente abile. Io sono certa che i miei disturbi dipendano dal cuore... E quando il dottor Grey afferma che si tratta di indigestione, dice soltanto assurdità.»

L'argomento l'aveva colmata di animazione. La propria salute era sempre importantissima per Myra.

«Mary se n'è andata... la cameriera. Mi ha davvero delusa molto, quella ragazza. Dopo tutto quello che avevo fatto per lei!»

Il cicaleccio continuò e continuò. Joe e Vernon ascoltavano distrattamente. La mente di entrambi era colma della consapevolezza della loro superiorità. Grazie al cielo, appartenevano a una nuova generazione, più illuminata, di gran lunga estranea a quell'importanza attribuita ai particolari domestici. Per loro si spalancava un mondo nuovo e splendido. E compativano profondamente e con tutto il cuore la soddisfatta creatura che se ne stava lì a cicalare.

Joe pensò:

"Povera, povera zia Myra. Così terribilmente femmina! È logico che zio Walter non la sopportasse. Ma lei non ne ha colpa. Ha ricevuto un'educazione sbagliata, le hanno insegnato a credere che conti soltanto la vita domestica. E ora eccola qui, ancora giovane, in realtà – o per lo meno non terribilmente vecchia –, incapace di fare qualsiasi cosa tranne che starsene in casa a pettegolare e pensare alla servitù e preoccuparsi per la propria salute. Se soltanto fosse venuta al mondo vent'anni dopo, avrebbe potuto essere felice e libera e indipendente per tutta la vita."

E, siccome provava un'intensa compassione per l'inconsapevole zia, rispondeva con dolcezza e fingeva un interessamento che non provava davvero.

Vernon pensò:

"Ma la mamma è sempre stata come adesso? In qualche modo non sembrava così a Abbots Puissants. O forse io ero troppo bambino per potermene accorgere? È vergognoso da parte mia criticarla, dopo che è sempre stata così buona con me. Vorrei soltanto che non continuasse a trattarmi come se avessi sei anni. Oh, be', presumo che non possa farne a meno. Credo che non mi ammoglierò mai..."

E a un tratto, indotto a ciò da un intenso nervosismo, proruppe:

«Senti, mamma, sto pensando di iscrivermi alla facoltà di musica, a Cambridge.»

Ecco, la verità era saltata fuori! Lo aveva detto.

Myra, distolta dal suo racconto concernente la cuoca degli Armstrong, disse, vagamente:

«Ma, caro, hai sempre avuto così poca tendenza per la musica! Sei sempre stato del tutto irragionevole, al riguardo.»

«Lo so» disse Vernon, brusco. «Ma a volte si cambia idea sulle cose.»

«Bene, mi fa molto piacere, caro. Quando ero una ragazza suonavo anch'io pezzi molto brillanti. Ma, una volta sposate, non si continua mai niente.»

«Sì. Ed è una vergogna» esclamò Joe, con fervore. «Io non ho intenzione di sposarmi. Ma se dovessi prendere marito, non rinuncerei mai alla mia carriera. E questo mi ricorda, zia Myra, che devo assolutamente andare a studiare a Londra se voglio imparare a scolpire.»

«Sono certa che il signor Bradford...»

«Oh, all'inferno il signor Bradford! Scusami, zia Myra, ma tu non capisci. Devo studiare, moltissimo. E devo essere indipendente. Potrei condividere un alloggio con qualche altra ragazza...»

«Joe, tesoro, non essere assurda.» Myra rise. «Ho bisogno della mia piccola Joe, qui. Per me tu sei sempre una figlia, sai, Joe cara.»

Josephine stava fremendo.

«Sto dicendo sul serio, zia Myra. Si tratta di tutta la mia vita.»

Questa tragica asserzione riuscì soltanto a far ridere più che mai la zia.

«Le ragazze la pensano spesso così. Suvvia, non roviniamo questa lieta serata litigando.»

«Ma prenderai in seria considerazione la cosa?»

«Dobbiamo sentire che cosa ne dice zio Sydney.»

«Ma lui non c'entra affatto! Non è *mio* zio. Certo, se voglio posso prendere il mio denaro...»

«Il denaro non è precisamente tuo, Joe. Tuo padre lo manda a me per le spese di mantenimento – anche se sarei dispostissima a tenerti qui senza alcun assegno –, e sa che tu sei trattata come si deve e al sicuro, in casa mia.»

«Allora farei meglio a scrivere al babbo, presumo.»

Lo disse coraggiosamente, ma le si strinse il cuore. In dieci anni, aveva visto suo padre due volte, e l'antagonismo di un tempo continuava tra loro. L'attuale sistemazione faceva senza dubbio comodo al maggiore Waite. Con poche centinaia di sterline l'anno egli si liberava del problema di sua figlia. Ma Josephine non possedeva denaro suo. E dubitava molto che suo padre le avrebbe passato un assegno qualora lei, decisa a condurre un'esistenza indipendente, avesse rinunciato all'ospitalità di zia Myra.

Vernon le mormorò:

«Non essere così impaziente, accidenti, Joe. Aspetta che io abbia compiuto i ventun anni.»

Questo la rasserenò un poco. Poteva sempre contare su Vernon.

Myra domandò a Vernon come stessero i Levinne. Era migliorata l'asma della signora Levinne? Era vero che ormai rimanevano quasi sempre a Londra?

«No, non credo» rispose lui. «Naturalmente, non vanno quasi mai a Deerfields durante l'inverno, ma hanno trascorso là tutto l'autunno. Sarà bello averli come vicini di casa quando torneremo a Abbots Puissants, no?»

Sua madre trasalì, e disse con una nota di agitazione nella voce:

«Oh, sì. Sarà bellissimo.»

Poi aggiunse, quasi immediatamente:

«Tuo zio viene qui a prendere il tè. Porta Enid con sé. A proposito, io non ceno più; credo proprio che giovi alla mia salute limitarmi a uno spuntino alle sei.»

«Oh!» fece Vernon, colto alquanto di sorpresa.

Era irragionevolmente prevenuto contro gli spuntini. Non gli piaceva che al tè si accompagnassero uova strapazzate e nutriente plumcake. Perché sua madre non poteva consumare pasti normali come tutti gli altri? D'altro canto, zio Sydney e zia Carrie sostituivano sempre la cena con il tè. Accidenti allo zio Sydney! La colpa era tutta sua.

A questo punto vi fu un intoppo nelle sue riflessioni. La colpa di che cosa? Non riuscì a rispondere a se stesso... proprio non lo sapeva. Ma, in ogni modo, quando lui e sua madre fossero tornati a Abbots Puissants, tutto sarebbe stato diverso.

Lo zio Sydney arrivò molto presto: cordiale, espansivo e un po' più grasso di un tempo. Lo accompagnava Enid, la terza delle sue figliole. Le due maggiori erano maritate e le due minori studiavano in casa.

Lo zio Sydney traboccava di lazzi e di spiritosaggini. Myra contemplò ammirata suo fratello. Davvero non esisteva nessuno come lui. Syd sapeva mettere le cose in moto.

Vernon rise educatamente dei lazzi dello zio, che in cuor suo giudicava al contempo stupidi e noiosi.

«Mi domando da chi lo compri il tabacco, a Cambridge» disse zio Sydney. «Da qualche bella ragazza, scommetto. Ah-ah! Il ragazzo è arrossito. È diventato proprio rosso.»

"Stupido vecchio idiota" pensò Vernon, sdegnosamente.

«E *tu* da chi lo compri il tabacco, zio Sydney?» domandò Joe, entrando validamente in lizza.

«Ah-ah» sghignazzò zio Sydney «questa è buona! Sei una ragazza in gamba, Joe. Ma non riferiremo la risposta a tua zia Carrie, eh?»

Enid parlava pochissimo, ma ridacchiava molto.

«Dovresti scrivere a tuo cugino» disse zio Sydney. «Gli piacerebbe ricevere una lettera da te, non è vero, Vernon?»

«Alquanto» disse Vernon.

«Ecco, vedi?» disse zio Sydney. «Che cosa ti dicevo, signorinella mia? La bambina avrebbe voluto scriverti, ma è timida. Ha sempre pensato molto a te, Vernon. Però io non devo rivelare segreti, eh, Enid?»

In seguito, una volta terminato il pesante ed eterogeneo pasto, lo zio parlò a lungo con Vernon della prosperità della sua azienda.

«È in pieno boom, ragazzo mio, in pieno boom.»

Si addentrò in lunghe spiegazioni di carattere finanziario. Gli utili erano raddoppiati, stava ampliando la sede, e così via.

Vernon preferiva di gran lunga questo genere di conversazione. Poiché non era minimamente interessato, poteva distrarsi e pensare ad altro. Bastava solo un monosillabo incoraggiante di tanto in tanto.

Lo zio Sydney continuò a parlare, sviluppando il tema affascinante del potere e della gloria della sua azienda, la Bent. Amen.

Vernon pensò al libro sugli strumenti musicali che aveva acquistato quel mattino e letto durante il viaggio in treno. V'era una tremenda infinità di cose da sapere. Gli oboi... sentiva già che avrebbe avuto idee nuove per quanto concerneva gli oboi. E le viole. Sì, senza dubbio anche per quanto concerneva le viole.

La parlantina di zio Sydney serviva da piacevole accompagnamento, come un remoto sottofondo di contrabbassi.

Infine zio Sydney disse che doveva andare. Seguirono altre facezie. Avrebbe dovuto, o no, Vernon, dare a Enid il bacio della buonanotte?

Quanto era stupida, la gente, pensò Vernon. Grazie a Dio, di lì a poco sarebbe potuto salire in camera sua.

Myra emise un sospiro di lieta soddisfazione mentre la porta di casa si chiudeva.

«Santo cielo,» mormorò «vorrei che tuo padre fosse stato qui. Abbiamo trascorso una serata talmente piacevole! Se la sarebbe goduta.»

«Per fortuna non poteva esserci» disse Vernon. «Non mi sembra di ricordare che lui e zio Sydney andassero molto d'accordo.»

«Eri appena un bimbetto. Non avrebbero potuto essere più amici di così, e tuo padre era sempre felice quando lo ero io. Oh, buon Dio, come eravamo felici insieme.»

Si portò il fazzoletto agli occhi. Vernon la fissò. "Questo è uno splendido esempio di lealtà." Ma poi, a un tratto, cambiò idea: "No, non lo è. Lei crede sul serio a quello che dice".

Myra continuò in tono sognante, rievocando il passato.

«Tu non hai mai voluto bene a tuo padre, Vernon. E credo che questo lo abbia addolorato, a volte. In cambio eri devotissimo a me. In modo addirittura ridicolo.»

Vernon disse a un tratto, con violenza, e con la strana sensazione di difendere suo padre, esprimendosi in questo modo:

«Il babbo era un bruto con te.»

«Vernon, come osi dire una cosa simile? Tuo padre era l'uomo migliore del mondo.»

Lo fissò con un'aria di sfida. E lui pensò: "Sta vedendo se stessa come un'eroina. 'Fino a qual punto può essere meraviglioso l'amore di una donna... capace di proteggere i defunti'... qualcosa del genere. Oh! Odio tutto questo. Lo odio".

Farfugliò qualcosa, baciò sua madre e salì per andare a coricarsi.

Più tardi, quella sera, Joe bussò alla porta della sua camera e venne invitata a entrare. Vernon si trovava allungato su una poltrona. Il libro degli strumenti musicali era sul pavimento accanto a lui.

«Ciao, Joe. Dio, che serata bestiale.»

«Te la sei presa tanto?»

«Tu no? Era tutto falso. Che somaro è lo zio Sydney. Quelle battute idiote! Tutte così volgari.»

«Hmm» fece Joe. Sedette pensierosa sul letto e accese una sigaretta.

«Non sei d'accordo?»

«Sì... o almeno lo sono sotto un aspetto.»

«Sputa fuori» disse Vernon, incoraggiante.

«Ecco, voglio dire questo, *loro* sono felici.»

«Chi?»

«Zia Myra. Zio Sydney. Enid. Sono uniti e felici, completamente soddisfatti l'uno dell'altro. Siamo noi a sbagliare, Vernon. Tu e io. Abbiamo vissuto qui per tutti questi anni, ma non apparteniamo a questo ambiente. Ecco perché dobbiamo andarcene.»

Vernon annuì distratto.

«Sì, Joe, hai ragione. Dobbiamo tirarcene fuori.»

E sorrise, felice, perché la strada era così chiara.

Ventun anni... Abbots Puissants... La musica...

3

«LE SPIACEREBBE RIPETERE, avvocato Flemming?» «Volentieri.» Precise, asciutte, monotone, le parole scaturirono, una dopo l'altra, dalle labbra dell'anziano avvocato. Il loro significato era chiaro e inequivocabile! Anche troppo! Non lasciavano adito ad alcun dubbio.

Vernon stette ad ascoltare. Pallidissimo in viso, si afferrava con le mani ai braccioli della poltrona sulla quale sedeva.

Non poteva essere vero. *Non era possibile!* Eppure, in fin dei conti, il signor Flemming non aveva detto quasi esattamente le stesse cose anni prima? Sì, però allora vi erano state le parole magiche "ventun anni" alle quali avvinghiarsi. I ventun anni che, grazie a un benedetto miracolo, avrebbero sistemato ogni cosa. E invece:

«Badi, la situazione è infinitamente migliorata rispetto a com'era quando mancò suo padre; ma è inutile fingere che siamo fuori dai guai. L'ipoteca...»

Senza dubbio, senza alcun dubbio, non gli avevano mai menzionato un'ipoteca. D'altro canto, non sarebbe servito a un granché, riteneva, parlarne a un bambino di nove anni. Inutile, comunque, tentar di aggirare l'ostacolo. La pura e semplice verità era che non avrebbe potuto permettersi di risiedere a Abbots Puissants.

Aspettò che l'avvocato Flemming terminasse, poi disse:

«Ma se mia madre...»

«Ah, certo, se la signora Deyre fosse disposta a...» L'avvocato lasciò la frase incompiuta; poi, dopo un breve silenzio, soggiunse: «Tuttavia, se mi è consentito dirlo, ogni qualvolta ho avuto il piacere di parlare con la signora Deyre, lei mi ha dato l'impressione di essersi sistemata... sistemata definitivamente. Presumo lei sappia che, due anni or sono, ha acquistato Carey Lodge?».

Vernon non lo aveva mai saputo. E si rese chiaramente conto di quello che significava. Perché sua madre non glielo aveva detto? Non era riuscita a trovarne il coraggio? Lui aveva sempre dato per certo che sarebbe tornata a Abbots Puissants, non tanto perché anelasse ad averla laggiù, quanto perché si trattava, ovviamente, della sua vera casa.

Avrebbe potuto esortarla, naturalmente. Supplicarla, nel proprio interesse, perché ci teneva tanto.

Ma no, mille volte no! Non si possono mendicare favori dalle persone cui non si vuole bene davvero. E lui non voleva davvero bene a sua madre. Riteneva di non avergliene mai voluto. Strano, e triste, e anche un po' spaventoso, eppure così era.

Se non avesse dovuto rivederla mai più, gli sarebbe dispiaciuto? Non proprio. Avrebbe voluto sapere che stava bene ed era felice, che qualcuno provvedeva alle sue necessità. Ma non ne avrebbe sentito la mancanza, non avrebbe mai anelato alla sua presenza. Perché, in un modo bizzarro, in realtà lei *non gli piaceva*. Non sopportava il contatto delle mani di lei e sempre doveva sforzarsi per darle il bacio della buonanotte. Non era mai riuscito a confidarle niente. Lei non aveva mai capito, né intuito, quello che lui sentiva. Era stata una madre buona e affettuosa, e non riusciva nemmeno ad averla in simpatia! La maggior parte delle persone, riteneva, avrebbe giudicato tutto questo alquanto orribile...

Disse in tono sommesso all'avvocato Flemming:

«Ha perfettamente ragione. Sono certo che mia madre non vorrebbe mai andarsene da Carey Lodge.»

«Be', lei ha un paio di possibili scelte, signor Deyre. Il maggiore Salmon, che come lei ben sa ha avuto in affitto la dimora ammobiliata per tutti questi anni, ci terrebbe molto ad acquistarla...»

«No!» La negazione irruppe da Vernon come un colpo di pistola.

L'avvocato Flemming sorrise.

«Ero certo che si sarebbe opposto. E, devo confessarglielo, ne sono lieto. I Deyre hanno dimorato a Abbots Puissants... ehm... vediamo... per quasi cinquecento anni. Ciò nonostante, verrei meno ai miei doveri se non le facessi rilevare che il prezzo offerto è buono e che, se lei dovesse decidere, in seguito, di vendere, potrebbe non essere facile trovare un acquirente.»

«È assolutamente escluso.»

«Benissimo. Allora la cosa migliore da fare, ritengo, consiste nel tentar di affittare, una volta di più, la dimora. Il maggiore Salmon è fermamente deciso ad acquistarne una, e pertanto bisognerà trovare un nuovo inquilino. Ma presumo che non incontreremo grandi difficoltà. Si tratta ora di stabilire: per quanto tempo vuole affittarla? Dare in affitto la dimora per un altro lungo periodo di anni non è, direi, molto consigliabile. È tutto così incerto, nella vita. Chissà, tra qualche anno la situazione potrebbe... ehm... cambiare radicalmente, e lei sarebbe allora in grado di andare ad abitare personalmente nella dimora.»

"Così sarà, infatti, ma non come pensi tu, vecchio tonto" si disse Vernon. "Accadrà perché sarò riuscito a farmi un nome nel campo della musica. E non in seguito alla morte della mamma. Spero davvero che possa vivere fino a novant'anni."

Scambiò ancora qualche parola con l'avvocato Flemming, poi si alzò per andare.

«Temo che questo sia stato un duro colpo per lei» disse l'anziano avvocato, stringendogli la mano.

«Sì, alquanto. Avevo costruito castelli in aria, presumo.»

«Andrà a trascorrere il giorno del suo ventunesimo compleanno con sua madre, suppongo?»

«Infatti.»

«Potrebbe parlare della situazione con suo zio, il signor Bent. Un uomo d'affari molto scaltro. Ha una figlia all'incirca della sua stessa età, se non sbaglio?»

«Sì, Enid. Le due maggiori sono maritate e le due minori studiano. Enid ha circa un anno meno di me.»

«Ah! È molto piacevole avere una cugina della stessa età. Immagino che la frequenterà molto.»

«Oh, non credo proprio» disse perplesso Vernon.

Perché avrebbe dovuto frequentare molto Enid? Era una ragazza stupida. Ma, naturalmente, l'avvocato Flemming questo non lo sapeva.

Che buffo vecchio. Perché mai, in nome del cielo, aveva assunto un'espressione così furbesca e allusiva?

«Bene, mamma. A quanto pare sembra che non sia precisamente il giovane erede.»

«Oh, be', caro, non devi stare a crucciarti. Le cose si sistemano da sole. Devi parlare a lungo con lo zio Sydney.»

Sciocchezze! A che cosa gli sarebbe servito parlare a lungo con lo zio Sydney?

Per fortuna, lei non tornò più su quell'argomento. La sorpresa straordinaria consistette nel fatto che a Joe era stato consentito di fare a modo suo. Si trovava già a Londra: alquanto tenuta d'occhio e sorvegliata, è vero, ma pur sempre vittoriosa.

La madre di Vernon pareva non facesse altro che bisbigliare misteriosamente con le amiche. Un giorno, inosservato, egli la sentì dire:

«Sì, erano proprio inseparabili. E così ho ritenuto più opportuno... Sarebbe stato un tale peccato...»

E quella che Vernon definiva "l'altra pettegola" disse qualcosa come "cugini in primo grado... è quanto mai sconsigliabile"; dopodiché Myra, con un rossore improvviso sulle gote e la voce più acuta, esclamò:

«Oh! Non in *tutti* i casi, credo.»

«Chi erano i cugini in primo grado?» le domandò, in seguito, Vernon. «Che cos'era tutto quel mistero?»

«Mistero, tesoro? Non so che cosa tu voglia dire.»

«Be', quando sono entrato hai taciuto, improvvisamente. Non ho potuto fare a meno di domandarmi di che cosa steste parlando.»

«Oh, non era niente di interessante. Parlavamo di certe persone che tu non conosci.»

Sembrava alquanto rossa in viso e confusa.

Vernon non era curioso. E non pose altre domande.

Sentiva terribilmente la mancanza di Joe. Senza di lei Carey Lodge era un vero mortorio. In primo luogo, Enid veniva lì più frequentemente di quanto avesse mai fatto in passato. Faceva continue visite a Myra, e Vernon si ritrovava a doverla accompagnare alla nuova pista per pattini a rotelle, o all'uno o all'altro ricevimento mortalmente noioso.

Myra disse a Vernon che sarebbe stato bello se avesse invitato Enid a Cambridge per la settimana di maggio. E insistette a tal punto che Vernon finì con il cedere. In fin dei conti, la cosa non rivestiva alcuna importanza. Sebastian avrebbe avuto Joe, e, quanto a lui, una ragazza o l'altra non faceva differenza.

Ballare era un divertimento alquanto stupido. Era stupido tutto ciò che gli impediva di dedicarsi totalmente alla musica.

La sera prima della sua partenza, lo zio Sydney venne a Carey Lodge e Myra spinse Vernon nello studio insieme a lui dicendo: «Tuo zio è venuto per farti un discorsetto, Vernon».

Il signor Bent si raschiò la gola per un minuto o due, tossicchiò, poi, cosa alquanto sorprendente, arrivò subito al sodo. A Vernon suo zio non era mai riuscito così simpatico: aveva completamente accantonato i modi faceti.

«Ti dirò subito quello che devo dirti, ragazzo mio... ma non voglio essere interrotto finché non avrò finito. È chiaro?»

«Sì, zio Sydney.»

«A farla breve, si tratta di questo: *voglio che tu entri a far parte della mia azienda, la Bent.* E ora rammenta quello che ho detto, nessuna interruzione! So che non hai mai pensato a una simile possibilità e ritengo che, per il momento, la cosa non ti sembri molto congeniale. Io sono un uomo di media intelligenza, ma so rendermi conto delle situazioni quanto chiunque altro. Se tu avessi un reddito cospicuo e potessi risiedere da gentiluomo a Abbots Puissants, di questo non si parlerebbe neppure. Me ne rendo conto. Tu sei della razza di tuo padre. Ma, ciò nonostante, hai anche buon sangue Bent nelle vene, e il sangue non mente.

«Io non ho figli maschi. Sono disposto – se tu lo vorrai – a considerarti mio figlio. Le ragazze hanno la loro dote, e una dote cospicua, quanto a questo. E bada bene, non si tratterà di dover sgobbare per tutta la vita. Non sono irragionevole e mi rendo conto quanto te di quello che rappresenta quella tua dimora. Tu sei giovane. Potrai entrare nell'azienda una volta terminati gli studi a Cambridge... Bada, ci entrerai incominciando dalla gavetta. Comincerai con uno stipendio modesto e man mano salirai più in alto. Se vorrai ritirarti prima dei quarant'anni, be', padronissimo di farlo. Sarai diventato ricco, nel frattempo, e potrai tenere Abbots Puissants come dovrebbe essere tenuta.

«Ti sposerai giovane, spero. È un'ottima cosa sposarsi giovani. Il maggiore dei tuoi figlioli prende il tuo posto, gli altri trovano un'occupazione di prim'ordine, in modo da poter dimostrare di che stoffa sono fatti. Io sono fiero della Bent – tanto fiero della Bent quanto tu lo sei di Abbots Puissants –, ecco perché capisco quello che provi nei riguardi dell'antica dimora. Non voglio che tu sia costretto a venderla. A consentire che non appartenga più alla famiglia, dopo tanti anni. Sarebbe una vergogna. Bene, questa è la mia offerta.»

«È infinitamente gentile da parte tua, zio Sydney...» prese a dire Vernon.

Suo zio alzò una grossa e tozza mano e lo tacitò.

«Non diremo altro, se non ti dispiace. Non voglio una risposta subito. E, in effetti, non mi occorre. C'è tutto il tempo. Quando tornerai da Cambridge...»

Si alzò.

«Sei stato gentile a invitare Enid per la settimana di maggio. Enid è eccitatissima. Se tu sapessi che cosa pensa di te quella ragazza, Vernon, ti inorgogliresti. Oh, be', le ragazze sono ragazze.»

Ridendo clamorosamente, sbatté la porta di casa.

Vernon rimase nell'ingresso, accigliato. Era stato davvero gentile, lo zio Sydney... *davvero* gentile.

Non che lui avesse intenzione di accettare. Nemmeno tutto il denaro del mondo sarebbe riuscito a strapparlo alla musica...

E, in qualche modo, avrebbe avuto ugualmente Abbots Puissants.

La settimana di maggio!

Joe e Enid si trovavano a Cambridge. A Vernon era stata appioppata anche Ethel, come *chaperon*. Il mondo sembrava essere abitato in prevalenza da ragazze Bent, in quel momento.

Joe era subito saltata su a dire: «Perché, in nome del cielo, hai invitato Enid?».

Lui aveva risposto: «Oh, la mamma ci teneva tanto. La cosa non ha nessuna importanza, in realtà».

Niente rivestiva importanza per Vernon, tranne uno scopo. Joe ne parlò confidenzialmente con Sebastian.

«Vernon sta facendo realmente sul serio con questa storia della musica? Riuscirà a essere davvero bravo? O forse si tratta soltanto di una mania passeggera?»

Ma Sebastian si mostrò inaspettatamente serio.

«La cosa riveste uno straordinario interesse» disse. «A quanto posso capire, quello cui sta mirando Vernon è qualcosa di completamente rivoluzionario. Ora cerca di padroneggiare quelli che si potrebbero definire gli elementi principali, e li controlla con una straordinaria rapidità. Il vecchio Coddington lo ammette, sebbene, naturalmente, irrida le idee di Vernon. O meglio, le schernirebbe se Vernon fiatasse al riguardo. La persona più interessata è l'anziano Jeffries, il professore di matematica! Dice che le idee di Vernon sulla musica sono quadrimensionali.

«Non so se Vernon riuscirà mai ad affermarsi. O se sarà considerato un innocuo lunatico. Il margine tra le due cose è molto stretto, presumo. Il vecchio Jeffries è entusiasta. Ma non lo incoraggia minimamente. Fa rilevare, e a ragione, che tentar di scoprire qualcosa di nuovo e di imporlo al mondo è sempre un compito ingrato e che, con ogni probabilità, le verità che Vernon sta scoprendo non verranno accettate per almeno altri duecento anni. È un originale, un vecchio strambo. Non fa altro che riflettere sulle curve immaginarie nello spazio... cose del genere.

«Ma capisco la sua tesi. Vernon non sta creando qualcosa di nuovo. Sta scoprendo qualcosa che esiste già. Un po' come uno scienziato. Jeffries dice che l'avversione di Vernon per la musica, da bambino, è comprensibilissima. Al suo orecchio la musica suona incompleta. È come un'immagine distorta. L'intera prospettiva è sbagliata. A Vernon deve sembrare, presumo, quello che sembrerebbe a noi una musica selvaggia... per la maggior parte, dissonanze insopportabili.

«Jeffries trabocca di idee strambe. Toglilo dai suoi quadrati e cubi, dalle sue figure geometriche e dalla velocità della luce, e impazzisce completamente. Scrive a un certo tedesco a nome Einstein. Lo strano è che, sebbene non sia affatto portato per la musica, riesce a capire esattamente – o almeno così afferma – quello cui sta mirando Vernon.»

Joe rifletté intensamente.

«Bene» disse infine. «Non ho capito una parola di tutto quello che hai detto. Ma sembra che Vernon potrebbe riuscire.»

Sebastian fu scoraggiante.

«Questo proprio non lo direi. Vernon può anche essere un genio, ma si tratta di tutto un altro paio di maniche. Nessuno gradisce i geni. D'altro canto, potrebbe anche essere un pochino matto. Si esprime come se fosse matto, a volte, quando parte in quarta. Eppure, non so come, provo sempre, in qualche modo, la sensazione che non si sbagli, che, in qualche modo bizzarro, sappia quel che dice.»

«Hai saputo della proposta di zio Sydney?»

«Sì. Sembra che Vernon sia deciso molto disinvoltamente a rinunciare, eppure, sai, è una buona proposta.»

«Non vorresti che accettasse, per caso?» si inalberò Joe, lancia in resta.

Sebastian conservò provocatoriamente la calma.

«Non lo so. Bisogna pensarci su. Vernon può avere teorie meravigliose a proposito della musica, ma niente dimostra che possa riuscire un giorno a metterle in pratica.»

«Sei esasperante» disse Joe, voltandogli le spalle.

Sebastian la irritava, ormai. A prevalere su tutto, in lui, sembravano essere le sue fredde capacità analitiche. Anche se qualcosa lo entusiasmava, badava bene a non darlo a vedere.

E in quel periodo l'entusiasmo sembrava essere, per Josephine, la cosa più necessaria del mondo. Lei aveva una vera passione per le cause perse, per le minoranze. Difendeva in modo appassionato i deboli e gli oppressi.

A Sebastian, sembrava a lei, stavano a cuore soltanto i successi. In cuor suo, lei lo accusava di giudicare tutto e tutti dal punto di vista del denaro. Quasi sempre, quando si trovavano insieme, non facevano che discutere e litigare senza posa.

Anche Vernon sembrava lontano da lei. La musica era il solo argomento del quale volesse parlare, e, per giunta, ne parlava in modi che non le erano familiari. Si occupava esclusivamente degli strumenti – del loro scopo e delle loro possibilità – e il violino, che Joe suonava, sembrava essere lo strumento che lo interessava di meno. Joe era del tutto impreparata a parlare di clarinetti, tromboni e fagotti. La massima ambizione di Vernon, nella vita, sembrava essere quella di stringere amicizia con suonatori di questi strumenti, così da poter acquisire qualche nozione pratica, oltre a quelle teoriche.

«Non conosci nessun suonatore di fagotto?»

Joe rispose negativamente.

Vernon le disse che avrebbe potuto rendersi utile e cercare di farsi amico qualche musicista. «Anche un corno francese andrebbe bene» soggiunse, suasivo.

Fece scorrere, sperimentalmente, un polpastrello sull'orlo della vaschetta lavadita. Joe rabbrividì e si piazzò entrambe le mani sulle orecchie. Il suono aumentava di volume. Vernon sorrideva, sognante e in estasi.

«Si dovrebbe poter catturare questo suono e imbrigliarlo. Mi domando come si potrebbe fare. È un bellissimo suono pieno e tondo, non ti sembra? Come un circolo.»

Sebastian gli strappò a forza la vaschetta lavadita, e lui allora si aggirò nella sala e fece vibrare sperimentalmente vari calici.

«Che bello. C'è un gran numero di bicchieri in questa sala» disse in tono soddisfatto.

«Bella scoperta» osservò Joe.

«Non ti bastano le campane e il triangolo?» domandò Sebastian. «E magari un piccolo gong da far vibrare...»

«No,» rispose Vernon «mi servono i bicchieri. Mettiamo insieme i calici veneziani e i calici Waterford. Mi fa piacere che tu abbia questi gusti estetici, Sebastian. Non hai per caso un bicchiere da poco che io possa frantumare... tutti quei frammenti tintinnanti. Una sostanza meravigliosa, il vetro.»

«La sinfonia dei calici» disse Joe, caustica.

«Be', perché no? Immagino che qualcuno, a un certo momento, abbia teso un tratto di budella e constatato che emetteva un suono schioccante, e che qualcun altro abbia soffiato entro una canna e gli sia piaciuto il suono che emetteva. Mi domando quando abbiano pensato per la prima volta di costruire strumenti in ottone e in altri metalli... presumo che qualche libro lo dica...»

«L'uovo di Colombo. Tu e i calici di cristallo di Sebastian! Perché non una lavagna e un gessetto?»

«Se hai l'una e l'altro...»

«Non è spassoso?» ridacchiò Enid. E questo pose termine alla conversazione. Per il momento, almeno.

Non che Vernon si curasse, in realtà, della presenza delle ragazze. Era di gran lunga troppo calato nelle proprie idee perché potesse risentirsi. Ridessero pure quanto volevano, Enid e Ethel.

Ma lo turbava lievemente l'assenza di armonia tra Joe e Sebastian. Loro tre erano sempre stati così uniti!

«Non credo che la bravata "vivere la propria vita" si addica a Joe» osservò Vernon con il suo amico. «Sembra, la maggior parte delle volte, una gatta infuriata. Non riesco a capire perché la mamma l'abbia accontentata. Circa sei mesi fa era contrarissima. Non so davvero immaginare che cosa possa averle fatto cambiare idea. E tu?»

Un sorriso increspò la faccia allungata e giallognola di Sebastian.

«Potrei fare una supposizione» egli disse.

«E cioè?»

«Preferisco non dirtelo. In primo luogo, potrei sbagliarmi; e, in secondo luogo, non mi piacerebbe interferire con il corso normale degli eventi.»

«Questa è la tua mentalità russa tipicamente tortuosa.»

«Può darsi.»

Vernon non insistette. Era di gran lunga troppo pigro per sondare motivi che non gli venissero spiegati.

I giorni si susseguivano gli uni agli altri. Loro ballarono, organizzarono pranzetti, percorsero in automobile, a velocità pazzesche, le strade di campagna, fumarono e conversarono nell'alloggio di Vernon, andarono di nuovo a ballare. Era un punto d'onore non dormire. Alle cinque del mattino si recarono al fiume.

A Vernon doleva il braccio destro. Doveva fare da cavaliere a Enid, che era una compagna di danze assai poco agile. Ma non importava. Lo zio Sydney era sembrato soddisfatto e si trattava di un brav'uomo. Era stato davvero generoso a fargli quella proposta. Peccato che lui, Vernon, non fosse molto di più un Bent e molto di meno un Deyre.

Una vaga reminiscenza si agitò nella sua mente... qualcuno aveva detto: "I Deyre, Vernon, non sono felici e non riescono ad avere successo. Non fanno carriera nella vita...". Chi era stato a dire questo? Una voce di donna... in un giardino... e il fumo di una sigaretta che si arricciolava nell'aria.

La voce di Sebastian disse: «Si sta addormentando. Svegliati, buono a niente! Dagli un cioccolatino, Enid!».

Un cioccolatino gli saettò accanto, sfiorandogli la faccia. La voce ridacchiante di Enid disse:

«Non ho mai avuto mira.»

Ridacchiò di nuovo, come se la cosa le sembrasse esilarante. Che ragazza noiosa, sempre ridacchiante. E per giunta aveva i denti sporgenti.

Si sollevò sul fianco. Sebbene di solito non apprezzasse molto le bellezze della natura, quel mattino rimase colpito dalla beltà del mondo. Il fiume chiaro che baluginava... e, qua e là, lungo le rive, un albero in fiore.

La barca scivolava adagio sul filo della corrente... un mondo bizzarro, silenzioso, incantato. Per il fatto, egli suppose, che non si vedevano esseri umani lì attorno. A ben pensarci, era un eccesso di esseri umani a rovinare il mondo. La gente non faceva che ciarlare e parlare e ridacchiare... e seguitava a domandarti a che cosa stavi pensando, mentre tu volevi solo essere lasciato in pace.

Ricordava di averla sempre pensata così, anche da bambino. Se soltanto lo avessero lasciato in pace! Sorrise tra sé e sé, ricordando i giochi ridicoli che aveva avuto l'abitudine di inventare. Il signor Green! Ricordava perfettamente il signor Green. E quei suoi tre compagni di giochi... come li aveva chiamati?

Il buffo mondo di un bimbetto, un mondo di draghi e di principesse con il quale si mescolavano realtà stranamente concrete. V'era una fiaba che qualcuno gli aveva narrato... quella di un lacero principe dal piccolo berretto verde e di una principessa rinchiusa nella torre, i cui capelli, quando li pettinava, erano così dorati e splendenti da poter essere visti in quattro regni.

Alzò un poco la testa e sbirciò la riva del fiume. C'era un barchino ormeggiato sotto alcuni alberi. Sul barchino si trovavano quattro persone, ma Vernon ne vide soltanto una.

Una ragazza dal vestito da sera rosa, dai capelli simili a oro filato, ritta sotto un albero carico di fiori rosei.

Lui la guardò e la guardò.

«Vernon...» Joe lo richiamò all'ordine toccandolo con un piede. «Non stai dormendo perché hai gli occhi spalancati. Ti è stata rivolta la parola quattro volte.»

«Scusami. Stavo guardando quel gruppetto laggiù. La ragazza è alquanto graziosa, non ti sembra?»

Cercò di esprimersi con disinvoltura... con noncuranza. Dentro di lui una voce ribelle stava dicendo:

"Graziosa? È adorabile. È la ragazza più adorabile del mondo. Voglio conoscerla. Devo conoscerla. La sposerò..."

Joe si sollevò sui gomiti, guardò ed emise uno strillo.

«Oh bella» esclamò. «Credo... ma sì, ne sono sicura... Quella è Nell Vereker...»

Impossibile! Non poteva essere. Nell Vereker? La pallida e magra Nell, con il naso roseo e gli inadatti vestitini inamidati. Di certo non poteva trattarsi di lei. O era, il tempo, capace di una burla simile? In tal caso, non si poteva più essere sicuri di niente. La Nell di tanto tempo prima... e questa Nell... erano due creature diverse.

Il mondo intero sembrava un sogno. Joe stava dicendo:

«Se quella è Nell, devo assolutamente parlarle. Andiamo là.»

E poi seguirono i saluti, le esclamazioni, lo stupore.

«Oh, ma certo. Josephine Waite. E Vernon! Ne sono passati di anni, vero?»

Aveva una voce molto dolce. Gli occhi fissavano i suoi, ridenti, un po' timidamente. Adorabile... adorabile... ancor più bella di quanto gli fosse parsa. Idiota dalla lingua legata, perché non riusciva a dire una parola? Qualcosa di brillante, di arguto, qualcosa che facesse colpo. Che occhi azzurri aveva lei, con quelle lunghe, soffici ciglia bruno dorate. Era come il fiore che portava tra i capelli, intatta, primaverile.

Una grande ondata di sconforto gli dilagò dentro. Non lo avrebbe mai sposato. Era mai possibile che lo sposasse? Uno spilungone goffo, dalla lingua legata, come lui. Gli stava parlando... santo cielo, doveva sforzarsi di ascoltare quanto gli veniva detto... di rispondere in modo intelligente.

«Partimmo quasi subito dopo di voi. Il babbo lasciò il posto.»

Vi fu, nella sua mente, un'eco di remoti pettegolezzi.

"*Vereker è stato licenziato. È un incapace... doveva succedere.*"

La voce di Nell continuava a parlare... una così bella voce. Volevi ascoltare la voce, anziché le parole.

«Ora abitiamo a Londra. Il babbo è morto cinque anni fa.»

Lui esclamò, sentendosi idiota: «Oh, mi dispiace, mi dispiace moltissimo».

«Ti darò il nostro indirizzo. Devi venire a trovarci.»

Le disse, balbettando, che sperava di rivederla quella sera stessa. A quale ballo sarebbe andata? Lei glielo spiegò. Niente da fare. Ma la sera seguente, grazie al cielo, sarebbero andati allo stesso ballo. Vernon si affrettò a dirle:

«Senti... devi riservarmi una o due danze... devi assolutamente... non ci vediamo da anni.»

«Oh! Ma posso?» Il suo tono divenne dubbioso.

«Ci penserò io, in qualche modo. Lascia fare a me.»

Poi tutto finì, troppo presto. Vennero scambiati i saluti. E ora stavano di nuovo risalendo il fiume.

Joe disse, in un tono di voce incredibilmente pratico:

«Be', non è strano? Chi avrebbe mai creduto che Nell Vereker sarebbe diventata così bella? Chissà se continua a essere una buona a niente come allora?»

Sacrilegio! Lui si sentì lontanissimo da Joe, a oceani di distanza da lei. Joe non capiva proprio niente.

Sarebbe mai stata disposta, Nell, a sposarlo? Lo *avrebbe* voluto? Con ogni probabilità non lo avrebbe mai degnato di uno sguardo. Chissà quanti giovanotti erano innamorati di lei.

Si sentì in preda a un avvilimento terribile. La disperazione più nera lo pervase.

Stava ballando con lei. Non aveva mai immaginato che si potesse essere così felici. Nell era leggera come una piuma, come un petalo di rosa tra le sue braccia. Indossava di nuovo un vestito rosa... un altro vestito. Le turbinava tutto attorno.

Se soltanto la vita avesse potuto essere così per sempre... per sempre.

Ma, naturalmente, questo non accadeva mai. Dopo quello che a Vernon parve appena un secondo, la musica cessò. Ora sedevano uno accanto all'altra.

Avrebbe voluto dirle mille cose... ma non sapeva come cominciare. Udì se stesso dire cose stupide a proposito della pista da ballo e della musica.

Idiota... indicibile idiota! Di lì a pochi minuti sarebbe cominciata una nuova danza. E qualcuno gli avrebbe sottratto Nell. Doveva escogitare un qualche piano... un qualche modo per rivederla.

Lei stava parlando... chiacchiere sconnesse, tra un ballo e l'altro. Londra... la stagione mondana. Cosa orribile a pensarsi... andava a ballare una sera dopo l'altra... anche a tre balli nella stessa sera, a volte. Ed ecco che lui era come impastoiato. Nell avrebbe sposato qualcun altro... sarebbe stato qualche uomo ricco, arguto, divertente a rapirla.

Farfugliò qualcosa dicendo che sarebbe andato a Londra. E lei gli diede l'indirizzo. Disse che sua madre sarebbe stata lieta di rivederlo. Vernon annotò l'indirizzo.

La musica ricominciò. Vernon disse, disperatamente:

«Nell... senti, posso chiamarti Nell, vero?»

«Ma certo.» Lei rise. «Ricordi che mi sollevasti oltre la recinzione il giorno in cui credevamo di essere inseguiti da un rinoceronte?»

E dire, egli ricordò, che l'aveva giudicata una scocciatrice. Nell! Una scocciatrice!

Nell continuò: «Pensavo, allora, che eri meraviglioso, Vernon».

Davvero? Davvero aveva pensato questo? Ma ora non poteva più credere che fosse meraviglioso. E di nuovo affondò nella disperazione.

«Dovevo... dovevo essere, presumo, un orribile furfantello» farfugliò.

Perché non riusciva a essere intelligente e spiritoso e a dire cose argute?

«Oh, eri un tesoro. Sebastian non è cambiato molto, vero?»

Sebastian. Lo chiamava Sebastian. Be', era naturale, pensò... dato che chiamava lui Vernon. Quale fortuna che Sebastian avesse occhi soltanto per Joe. Sebastian, con tutto il suo denaro e la sua intelligenza. Si domandò se piacesse a Nell.

«Le sue orecchie si riconoscerebbero ovunque!» disse Nell, con una risatina.

Vernon si sentì più tranquillo. Aveva dimenticato le orecchie di Sebastian. Nessuna ragazza che notasse le orecchie di Sebastian avrebbe potuto innamorarsi di lui. Povero, buon Sebastian: una vera iella avere l'handicap di quelle orecchie.

Vide il successivo cavaliere di Nell avvicinarsi. Si affrettò a dire, tutto d'un fiato: «Oh, senti, è stato meraviglioso rivederti, Nell. Non dimenticarti di me, vuoi? Verrò a Londra. È... è stato terribilmente bello rivederti.» (Oh, maledizione, questo l'ho già detto!) «Sì, dico... splendido, né più né meno. Tu non puoi sapere. Ma non dimenticherai, vero?»

Si era già allontanata da lui. La vide piroettare tra le braccia di Barnard. Certo, non avrebbe potuto innamorarsi di Barnard, quell'assoluto idiota.

Lo sguardo di lei incrociò il suo oltre la spalla di Barnard. Poi Nell gli sorrise.

Vernon tornò a essere in paradiso. Le piaceva, sapeva di piacerle. Nell gli aveva sorriso...

La settimana di maggio era trascorsa. Seduto a un tavolino, Vernon stava scrivendo.

> Caro zio Sydney,
> ho riflettuto sulla tua proposta e mi piacerebbe entrare nella Bent, se ancora mi vuoi. Temo che sarò alquanto incapace, ma cercherò senz'altro di fare del mio meglio. Continuo a pensare che sia stata un'offerta infinitamente generosa da parte tua.

Si interruppe. Sebastian stava camminando avanti e indietro, irrequieto. E quel suo andirivieni disturbava Vernon.

«Per amor del cielo, mettiti a sedere» gli disse, con l'irritazione nella voce. «Che diavolo hai?»

«Niente.»

Sebastian sedette, insolitamente remissivo. Caricò e accese la pipa. Poi, da dietro il riparo di una nuvola di fumo, parlò.

«Ehi, senti Vernon, ho chiesto a Joe di sposarmi, quell'ultima sera. Ha rifiutato.»

«Oh! Che iella!» esclamò Vernon, cercando di distogliere i propri pensieri dalla lettera e di essere comprensivo. «Forse cambierà idea» soggiunse, vagamente. «Dicono che le ragazze si comportano così.»

«Colpa dei maledetti quattrini» disse Sebastian, irosamente.

«Quali maledetti quattrini?»

«I miei. Quando eravamo bambini, Joe diceva sempre che mi avrebbe sposato. Le piaccio, sono sicuro di piacerle. Ma ora, tutto quello che dico, e faccio, le sembra sempre sbagliato. Se soltanto fossi perseguitato, o trattato con disprezzo, o se fossi socialmente indesiderabile, allora credo che mi sposerebbe subito. Deve sempre stare dalla parte perdente, lei. In un certo senso si tratta di un merito straordinario; ma si può portarlo a un eccesso che lo rende maledettamente illogico. Joe è illogica.»

«Hmm» fece Vernon, piuttosto vago.

Era egoisticamente calato nelle proprie vicende. Gli sembrava curioso che Sebastian dovesse tenerci tanto a sposare Joe. V'erano innumerevoli altre ragazze che sarebbero andate altrettanto bene per lui. Rilesse la lettera e aggiunse un'altra frase.

«Lavorerò come un cane.»

4

«CI OCCORRE UN ALTRO UOMO» disse la signora Vereker. Le sue sopracciglia, poste lievemente in risalto dal trucco, formarono un'unica linea dritta, mentre lei si accigliava.

«È davvero seccante che il giovane Wetherill ci stia venendo meno» soggiunse.

Nell annuì, apatica. Sedeva, non ancora vestita, sul bracciolo di una poltrona. I suoi capelli dorati ricadevano sul kimono rosa chiaro che indossava. Aveva un aspetto adorabile e sembrava giovanissima e indifesa.

La signora Vereker, seduta allo scrittoio intarsiato, si accigliò ulteriormente mentre mordicchiava, pensierosa, l'estremità della penna. La durezza di carattere che era sempre stata percettibile sembrava adesso essersi accentuata e, per così dire, cristallizzata. Si trattava di una donna che aveva lottato disperatamente e ininterrottamente per tutta la vita e che adesso era impegnata in una suprema battaglia. Abitava in una casa la cui pigione non poteva permettersi di pagare, e vestiva la figlia con abiti che non poteva permettersi di acquistare. Otteneva ogni cosa a credito non già, come alcune altre donne, con le lusinghe, ma con la pura forza di carattere. Non supplicava mai i suoi creditori, li intimidiva.

E il risultato era che Nell andava dappertutto e faceva tutto quello che facevano le altre ragazze, oltre a essere vestita meglio di loro.

«*Mademoiselle* è adorabile» dicevano le sarte, e i loro occhi incontravano quelli della signora Vereker con uno sguardo di intesa.

Una ragazza così bella, così elegante, si sarebbe maritata probabilmente sin dal primo anno della sua presentazione in società, e senza dubbio nel secondo, dopodiché sarebbe stato possibile mietere una ricca messe. Erano abituate a correre rischi del genere. *Mademoiselle* era adorabile, *madame* sua madre era una donna di mondo e una donna – potevano constatarlo – assuefatta al successo delle sue iniziative. Senza dubbio, lei si sarebbe accertata che la figlia facesse un buon matrimonio e non sposasse un signor nessuno.

Soltanto la signora Vereker conosceva le difficoltà, i contrattempi, le brucianti sconfitte delle campagne che aveva intrapreso.

«C'è il giovane Earnescliff» disse, pensierosa. «Ma in realtà è un po' troppo un outsider e non è neppure tanto ricco da essere raccomandabile.»

Nell si contemplò le unghie rosa verniciate.

«Che ne dici di Vernon Deyre?» propose. «Ha scritto che verrà a Londra questo fine settimana.»

«Si può stare certi che verrà» disse la signora Vereker. Lanciò alla figlia un'occhiata penetrante. «Nell, non sarai... non vorrai consentire a te stessa di infatuarti di quel giovanotto, vero? Sembra che si sia fatto vedere molto frequentemente in questi ultimi tempi.»

«Balla bene» disse Nell. «E sa rendersi terribilmente utile.»

«Già» disse la signora Vereker. «Già. È un peccato.»

«Che cosa è un peccato?»

«Che non abbia qualcosa di più al sole, a questo mondo. Dovrà sposare una donna ricca se vorrà essere in grado di mantenere Abbots Puissants. La dimora è ipotecata, vedi. L'ho saputo. Naturalmente, alla morte di sua madre... Ma è una di quelle donne robuste e sane che campano fino a ottanta o novant'anni. E, a parte questo, potrebbe rimaritarsi. No, come partito Vernon Deyre è impensabile. E dire che è innamoratissimo di te, povero figliolo.»

«Tu credi?» disse Nell, a voce bassa.

«Chiunque può accorgersene. Glielo si legge in faccia. Succede sempre così con i giovani della sua età. Be', devono passare per lo stadio della passione adolescente, presumo. Ma tu, Nell, non devi commettere sciocchezze.»

«Oh, mamma, è soltanto un ragazzo... un ragazzo simpaticissimo, ma pur sempre un ragazzo.»

«È un bel ragazzo» disse sua madre, in tono asciutto. «Mi limito a metterti in guardia. Innamorarsi è doloroso quando non si può avere l'uomo che si vuole. Ed è peggio ancora...»

Si interruppe. Nell sapeva anche troppo bene che cosa stesse pensando. Il capitano Vereker era stato un tempo uno splendido, giovane subalterno dagli occhi azzurri, ma squattrinato. Sua madre era colpevole della follia di averlo sposato per amore. Ed era stata costretta a pentirsi amaramente del suo errore. Un uomo debole, un fallito, un alcolizzato.

«Una persona devota è sempre utile» disse la signora Vereker, tornando al punto di vista utilitaristico. «Non deve, naturalmente, compromettere le tue possibilità con altri uomini. Ma tu sei troppo assennata per consentirgli di monopolizzarti fino a questo punto. Sì, scrivigli e invitalo a venire in macchina a Ranelagh e a cenare con noi laggiù domenica prossima.»

Nell annuì. Si alzò, andò in camera sua, si sfilò il kimono e cominciò a vestirsi. Passò la spazzola sui lunghi capelli dorati prima di avvolgerli intorno alla sua graziosa testolina.

La finestra era spalancata. Un fuligginoso passero londinese cinguettava con tutta l'arroganza della sua specie.

Qualcosa fece sì che a Nell si stringesse il cuore. Oh, perché era tutto così... così... Così cosa? Non lo sapeva. Non riusciva a tradurre in parole lo stato d'animo che stava dilagando in lei. Perché le cose non potevano essere belle anziché orribili? Per il buon Dio tutto sarebbe stato ugualmente facile.

Nell non pensava mai molto a Dio, ma sapeva, naturalmente, che esisteva. Forse, in un modo o nell'altro, Dio avrebbe fatto sì che tutto andasse bene per lei.

V'era un qualcosa di infantile in Nell Vereker, quel mattino d'estate, a Londra.

Vernon si trovava al settimo cielo. Aveva avuto la fortuna di incontrare Nell nel parco, quel mattino, e ora stava per trascorrere un'intera, meravigliosa serata di rapimento! Era tanto felice da sentirsi quasi affettuoso nei confronti della signora Vereker.

Invece di dire a se stesso: "Quella donna è una Gorgone", come era solito fare, si sorprese a pensare: "Può darsi che non sia così perfida, tutto sommato. In ogni caso, vuole un gran bene a Nell".

A cena studiò gli altri del gruppo. V'era una ragazza bruttina, vestita di verde, una creatura che non meritava di essere menzionata insieme a Nell, e v'era un uomo alto, scuro di carnagione, un maggiore Vattelappesca il cui vestito da sera lasciava molto a desiderare, e che parlava moltissimo dell'India. Un individuo insopportabilmente presuntuoso. Vernon non lo poteva soffrire. Non faceva che vantarsi e pavoneggiarsi ed esibirsi! Una mano gelida gli si chiuse intorno al cuore. Nell avrebbe sposato quel buono a niente e sarebbe partita per l'India. Lui lo sapeva; lo sapeva, ecco tutto. Rifiutò una pietanza che gli venne offerta e fece penare la ragazza vestita di verde tanto furono monosillabiche le sue risposte ai tentativi di lei di fare conversazione.

L'altro invitato era più anziano, vecchissimo agli occhi di Vernon. Una sagoma piuttosto legnosa, molto impettita. Capelli grigi, occhi azzurri, volto quadrato e deciso. Risultò che si trattava di un americano, anche se nessuno avrebbe mai potuto accorgersene poiché nella sua pronuncia non c'era la benché minima traccia di accento.

Parlava con affettazione e un po' puntigliosamente. Aveva l'aria di essere ricco. Un compagno molto adatto alla signora Vereker, pensò di lui Vernon. Chissà, lei avrebbe anche potuto sposarlo e allora, forse, si sarebbe decisa a smetterla di tormentare Nell e di farle condurre quella vita pazzesca.

Il signor Chetwynd sembrava ammirare moltissimo Nell, la qual cosa era soltanto naturale, e le fece uno o due complimenti piuttosto antiquati. Sedeva tra lei e sua madre.

«Deve portare la signorina Nell a Dinard quest'estate, signora Vereker» disse. «Deve, assolutamente. Saremo una bella comitiva, là. Il posto è meraviglioso.»

«È una proposta deliziosa, signor Chetwynd, ma non so se ci sarà possibile. Abbiamo già promesso a troppe persone di far loro visita, e tra una cosa e l'altra...»

«Siete sempre tanto richieste, lo so, che è difficile avervi. Spero che sua figlia non mi stia ascoltando mentre mi congratulo con lei per essere la madre della bellezza dell'anno.»

«E io dissi al servo indigeno...»

Questi era il maggiore Dacre.

Tutti i Deyre erano stati militari. Perché non aveva fatto il militare anche lui, pensò Vernon, invece di mettersi negli affari a Birmingham? Poi rise di se stesso. Assurdo essere così geloso. Che cosa poteva esservi di peggio di un ufficialetto subalterno squattrinato? In quel caso non avrebbe potuto avere alcuna speranza per quanto concerneva Nell.

Gli americani erano piuttosto prolissi. Lui stava cominciando a essere stanco del suono della voce di Chetwynd. Se soltanto avessero terminato di cenare. Se lui e Nell avessero potuto passeggiare insieme sotto gli alberi!

Passeggiare con Nell non risultò facile. La signora Vereker glielo impedì. Gli pose domande su sua madre e su Joe, costringendolo a rimanere seduto al suo fianco. E lui non era in grado di tenerle testa in fatto di tattica. Dovette restare dove si trovava, rispondere, fingere di trovare piacevole la conversazione.

Gli rimase una sola briciola consolatoria. Nell stava passeggiando con il vecchio, non con Dacre.

A un tratto sopraggiunsero altri amici. Tutti si alzarono, conversando. Era la sua occasione propizia. Riuscì ad arrivare al fianco di Nell.

«Vieni con me, ti prego. Presto.»

Ci era riuscito! L'aveva allontanata dagli altri. Stava allungando il passo, per cui lei fu quasi costretta a mettersi a correre per restargli accanto, ma non disse nulla, non protestò né commentò la cosa scherzosamente.

Le voci risuonavano sempre più lontane alle loro spalle. E lui poté ora udire un suono diverso, il respiro ansimante e disuguale di Nell. Stava respirando in quel modo perché aveva camminato troppo in fretta? In qualche maniera lui non ritenne che fosse questo il motivo.

Rallentò il passo. Erano soli, adesso, soli al mondo. Non avrebbero potuto essere più soli, pensò Vernon, su un'isola deserta.

Doveva dire qualcosa, qualcosa che fosse normale e banale. Altrimenti lei avrebbe potuto decidere di tornare indietro, dagli altri, e questo egli non avrebbe potuto sopportarlo. Per fortuna Nell non sapeva come gli stesse martellando il cuore: a tonfi violenti, come se ogni volta gli balzasse in gola.

Disse, bruscamente:

«Sono entrato nell'azienda di mio zio, sai?»

«Sì, lo so. E ti trovi bene?»

Una voce fresca, soave. Senza alcuna traccia di agitazione, adesso.

«Non troppo, per il momento, ma prevedo che in seguito mi piacerà.»
«Ti sembrerà più interessante, presumo, quando capirai meglio il lavoro.»
«Non vedo come potrebbe essere possibile. Sai, si tratta di rifinire i bottoni.»
«Oh, capisco. No, la cosa non sembra molto appassionante.»
Seguì un silenzio, poi Nell disse, molto sommessamente:
«Lo odi proprio tanto quel lavoro, Vernon?»
«Ho paura di sì.»
«Mi spiace moltissimo. Io... capisco quello che provi.»
Se qualcuno capiva, tutto assumeva un aspetto diverso. Adorabile Nell! Disse, con la voce malferma:
«Ehi, senti, questo è davvero gentile da parte tua.»
Ancora un silenzio, uno di quei silenzi saturi di emozione latente. Nell parve spaventarsi. Disse, parlando piuttosto in fretta:
«Non dovevi...? Voglio dire, credevo che tu stessi studiando musica.»
«Infatti. Ma ho... ho rinunciato.»
«E perché mai? Non è un vero peccato?»
«Era la cosa che volevo fare più di qualsiasi altra al mondo. Ma è impossibile. Devo guadagnare del denaro, in qualche modo...» Doveva dirglielo? Era questo il momento? No, non osò. Semplicemente, non osò. Si affrettò a dire, confusamente: «Vedi, Abbots Puissants... ti ricordi di Abbots Puissants?».
«Ma certo. Figurarsi, Vernon, ne stavamo parlando proprio l'altro giorno.»
«Scusami. Questa sera sono stupido. Be', vedi, ci tengo enormemente ad abitare là, un giorno.»
«Secondo me tu sei meraviglioso.»
«Meraviglioso?»
«Sì. Rinunciando a tutto quello che ti stava a cuore e decidendo di metterti a lavorare come hai fatto. È splendido!»
«È fantastico che tu dica questo. Fa... oh! Tu non sai che differenza fa!»
«Davvero?» disse Nell, quasi in un bisbiglio. «Sono contenta.»
Tra sé e sé pensò: "Dovrei tornare indietro! Oh! Dovrei proprio tornare. La mamma si adirerà molto per questo. Che cosa sto facendo? Dovrei tornare indietro e stare a sentire George Chetwynd, ma è così *noioso*! Oh, Dio, fa' che la mamma non si infuri troppo!".
E continuò a passeggiare al fianco di Vernon. Le mancava il respiro. Strano. Che cosa le stava succedendo? Se soltanto Vernon avesse detto qualcosa! A che cosa stava pensando?
Domandò, in un tono di voce che voleva essere distaccato:
«Joe che cosa fa di bello?»
«È tutta per l'arte, in questo periodo. Credevo che vi foste frequentate, trovandovi entrambe a Londra.»

«L'ho vista una volta, se non sbaglio. Tutto qui.» Si interruppe; poi soggiunse, con una certa diffidenza nella voce: «Non credo di essere simpatica a Joe».

«Assurdo. Ma certo che le sei simpatica!»

«No, lei mi giudica frivola, crede che mi piacciano soltanto le mondanità, i balli, i ricevimenti.»

«Nessuno che ti conosca sul serio potrebbe pensare una cosa simile.»

«Non lo so. Mi sento terribilmente... sì, stupida a volte.»

«Tu? Stupida?»

Quella voce appassionata, incredula. Caro Vernon. La trovava interessante, allora. Sua madre aveva avuto ragione.

Giunsero davanti a un piccolo ponte che attraversava un ruscello. Si portarono al centro del ponte, poi rimasero fianco a fianco appoggiati al parapetto, contemplando l'acqua sottostante.

Vernon disse, con una strana voce soffocata:

«È bello, qui.»

«Sì.»

Si stava avvicinando... il momento si stava avvicinando. Lei non avrebbe saputo definire quello che intendeva, ma questa era la sensazione. Il mondo immobilizzato, come se si stesse preparando a un balzo.

«Nell...»

Perché le tremavano tanto le ginocchia? E perché la sua voce suonò così remota?

«Dimmi?»

Lo aveva pronunciato lei quel bizzarro, sommesso "Dimmi?".

«Oh, Nell...»

Non poteva fare a meno di dirglielo. Doveva dirglielo.

«Ti amo tanto... Ti amo tanto...»

«Davvero?»

Poteva mai essere stata lei a parlare? Che cosa idiota a dirsi! "Davvero?" La sua voce era sembrata affettata e innaturale.

Egli le cercò la mano e la trovò. Aveva la mano ardente, mentre la sua era gelida. Ma stavano tremando entrambi.

«Potresti... Credi... credi che potresti riuscire ad amarmi?»

Lei gli rispose senza quasi rendersi conto di quel che diceva. «Non lo so.»

Continuarono a rimanere appoggiati al parapetto, come bambini storditi, la mano nella mano, smarriti in una sorta di rapimento che era quasi paura.

Qualcosa doveva accadere di lì a poco. Non sapevano che cosa.

Dall'oscurità emersero due sagome. Si udì una risata rauca, poi una risatina femminile.

«Sicché siete qui! Che posto romantico!»

La ragazza vestita di verde e quel somaro di Dacre. Nell disse qualcosa, qualcosa di impertinente: e lo disse con la massima disinvoltura. Le donne erano meravigliose. Poi si spostò nel chiaro di luna: calma, distaccata, disinvolta. Si incamminarono tutti insieme, chiacchierando, prendendosi in giro. Trovarono George Chetwynd in compagnia della signora Vereker sul prato. L'americano sembrava molto accigliato, pensò Vernon.

La signora Vereker fu decisamente ostile con lui. I suoi modi, quando lo salutò, parvero del tutto offensivi.

Vernon se ne infischiò. Voleva soltanto andarsene e smarrirsi in un'orgia di reminiscenze.

Glielo aveva detto... lo aveva detto a Nell. Le aveva domandato se lo amasse... Sì, aveva osato far questo; e, anziché ridere di lui, lei aveva risposto «Non lo so».

Ma questo significava... questo significava... Oh! era incredibile! Nell, Nell simile a una fata, così meravigliosa, così inaccessibile. Lo amava, o, per lo meno, era disposta ad amarlo.

Avrebbe voluto continuare a camminare e a camminare nella notte. Ma invece doveva prendere il treno di mezzanotte diretto a Birmingham. Maledizione! Se soltanto avesse potuto camminare, camminare fino all'alba.

Con un berretto verde e un flauto magico, come il principe di quella fiaba!

A un tratto vide l'intera fiaba tradotta in musica: l'alta torre e la cascata di capelli d'oro della principessa... e il motivo magico e ossessivo del flauto del principe che invitava la principessa a uscire dalla torre.

In modo appena percettibile, questa musica rispettava i canoni riconosciuti più di quanto li rispettassero le concezioni originali di Vernon. Si adattava ai limiti delle dimensioni note, sebbene la visione interiore rimanesse intatta.

Lui udì la musica della torre, la musica rotonda e globulare dei gioielli della principessa, e l'allegro, sfrenato, ribelle motivetto del principe vagabondo. "Vieni fuori, amor mio, vieni fuori..."

Percorse le solitarie e squallide vie di Londra come se stesse attraversando un mondo incantato. Poi dinanzi a lui si profilò la nera massa della stazione di Paddington.

Sul treno non dormì. Scrisse invece appunti microscopici sul retro di una busta. «Trombe... Corni francesi... Cor anglais...» e, accanto a questi appunti, linee e curve che, ai suoi occhi, rappresentavano quanto aveva udito.

Era felice...

«Mi vergogno di te. Che cosa ti è saltato in mente?»

La signora Vereker era adiratissima. Nell rimaneva in piedi dinanzi a lei, silenziosa e adorabile.

Sua madre pronunciò alcune altre parole violente e taglienti, poi girò sui tacchi e uscì dalla stanza senza augurarle la buonanotte.

Dieci minuti dopo, la signora Vereker, mentre terminava di prepararsi per la notte, rise a un tratto tra sé e sé. Una risatina torva...

"Potevo fare a meno di prendermela tanto con la bambina. In realtà, la cosa gioverà a George Chetwynd. Lo sveglierà. Ha bisogno di essere pungolato."

Poi spense la luce e si addormentò, soddisfatta.

Nell giaceva a occhi aperti. Più e più volte rievocò la serata, cercando di rivivere ogni stato d'animo, di ricordare ogni parola che era stata pronunciata.

Che cosa aveva detto Vernon? Che cosa gli aveva risposto lei? Strano che non riuscisse a ricordare.

Vernon le aveva domandato se lo amasse... E lei, come aveva risposto? Non riusciva a ricordarlo. Ma, nel buio, la scena le ricomparve dinanzi agli occhi. Risentì la propria mano in quella di Vernon, riudì la voce di lui, rauca e incerta. Chiuse gli occhi, smarrita in un sogno nebuloso, delizioso.

La vita era talmente bella... Talmente bella...

5

«ALLORA NON MI PUOI AMARE!»

«Oh, ma ti amo, Vernon. Se soltanto tu cercassi di capire.» Si fronteggiavano disperatamente, sconcertati da quell'improvvisa incrinatura tra loro... dai bizzarri e inattesi capricci della vita. Un momento prima erano stati talmente vicini che ogni pensiero dell'uno sembrava essere condiviso dall'altra, e ora si trovavano agli antipodi, irritati e offesi dalla mancanza di comprensione dell'altro.

Nell si voltò con un lieve gesto di disperazione e si lasciò cadere su una sedia. Perché tutto andava in questo modo? Perché le cose non potevano restare come avrebbero dovuto essere, come avevi creduto che sarebbero state per sempre? Quella sera a Ranelagh... E la sera dopo, quando lei era rimasta desta, avvolta in un bel sogno. Quella sera le era bastato sapere di essere amata. Persino le parole sferzanti di sua madre non erano riuscite a turbarla. Sembravano giungere da così lontano. Non potevano penetrare quel velo splendente di sogni nebulosi.

La mattina dopo si era destata felice. Sua madre, amabile, non le aveva detto altro. Assorta nei propri segreti pensieri, Nell aveva ingannato il tempo, quel giorno, facendo tutte le solite cose, chiacchierando con le amiche, passeggiando nel parco, pranzando, prendendo il tè, danzando. Nessuno, ne era certa, avrebbe potuto accorgersi che c'era in lei qualcosa di diverso, eppure, in ogni momento, lei stessa era consapevole di quella profonda corrente di pensieri sotto ogni altra cosa. Soltanto per un attimo, a volte, perdeva il filo di quello che stava dicendo, e ricordava: "Oh, Nell, ti amo tanto...". Il chiaro di luna sull'acqua scura. La mano di lui nella sua... Un lieve fremito e si affrettava a rientrare in se stessa, a chiacchierare, a ridere. Oh, quanto si poteva essere felici, quanto era stata felice.

Poi si era domandata se, forse, egli le avrebbe scritto. Aveva tenuto d'occhio il cancello e sentito battere un po' più forte il cuore ogni qual volta il postino si avvicinava. La lettera arrivò il secondo giorno. Lei la nascose sotto una pila di altra corrispondenza e ve la lasciò fino all'ora di andare a coricarsi, poi aprì la busta, il cuore martellante.

Oh Nell, oh Nell, tesoro! Hai detto davvero sul serio? Ti ho scritto tre lettere e le ho strappate. Ho una tal paura di dire qualcosa che potrebbe farti adirare. Perché forse tu non volevi affatto dirlo. Ma lo hai detto, non è vero? Sei così adorabile, Nell, e io ti amo terribilmente. Non faccio che pensare a te, per tutto il tempo. Commetto sbagli spaventosi in ufficio proprio perché sto pensando a te. Ma... oh, Nell, lavorerò moltissimo. Desidero terribilmente rivederti. Quando posso venire a Londra? Devo vederti. Nell, tesoro, tesoro, voglio dirti un'infinità di cose, e non posso in una lettera, e in ogni modo forse ti annoierei. Scrivimi e dimmi quando posso vederti. Prestissimo, ti prego. Impazzirò se non potrò rivederti al più presto.

Tuo per sempre,

Vernon

Lei rilesse la lettera più volte, la mise sotto il guanciale prima di addormentarsi, la rilesse la mattina dopo. Era così felice, così terribilmente felice. Gli scrisse soltanto il giorno dopo. Quando ebbe la penna in mano, si sentì impacciata e goffa. Non sapeva cosa dire.

«Caro Vernon...»

Era sciocco, questo? Avrebbe dovuto dirgli "Carissimo Vernon"? Oh, no... non poteva, non poteva.

Caro Vernon, grazie per la tua lettera.

Una lunga pausa. Nell mordicchiò l'estremità della penna e contemplò, con un'espressione sofferente, la parete davanti a lei.

Andremo in comitiva al ballo degli Howard, venerdì. Vuoi venire prima a cena da noi e poi accompagnarci? Alle otto.

Una pausa ancora più lunga. Bisognava che dicesse qualcosa di più. Voleva dire qualcosa di più. Si chinò sul foglio e scrisse, frettolosamente.

Anch'io desidero vederti, moltissimo.

Tua Nell

Lui rispose:

Sarò lieto di venire venerdì. Grazie infinite.

Tuo Vernon

Una lieve sensazione di panico dilagò in lei quando lesse il biglietto. Lo aveva offeso. Egli riteneva forse che avrebbe dovuto scrivergli qualcosa di più? La felicità si dileguò. Giacque desta, infelice, incerta, odiandosi mentre pensava all'eventualità che la colpa fosse stata sua.

Poi giunse la sera di venerdì. Non appena lo vide, si rese conto che tutto andava bene. I loro sguardi si incrociarono nella sala. Il mondo cambiò, tornando a colmarsi di una felicità radiosa.

A cena sedettero l'uno accanto all'altra. E soltanto al terzo ballo in casa Howard furono in grado di parlarsi davvero. Danzando un valzer armonioso e sentimentale, piroettarono nel salone gremito. Lui le bisbigliò:

«Non ti ho chiesto troppe danze, vero?»

«No.»

Strano il fatto che, trovandosi con Vernon, si sentisse la lingua completamente inceppata. Lui la strinse a sé ancora per qualche momento dopo che la musica era cessata. Strinse le dita intorno alle sue. Nell lo fissò e sorrise. Erano entrambi in preda a una felicità delirante. Pochi minuti dopo, Vernon stava danzando con un'altra ragazza, parlandole gaiamente all'orecchio, mentre Nell ballava con George Chetwynd. Una o due volte lo sguardo di lei incrociò quello di Vernon ed entrambi sorrisero appena. Il loro segreto era così meraviglioso!

Vernon, quando ballò di nuovo con Nell, aveva cambiato umore.

«Nell, tesoro, non c'è un posto dove possa parlarti? Voglio dirti un'infinità di cose. Che casa ridicola è questa... non si sa dove andare.»

Provarono a salire le scale e vennero a trovarsi sempre più in alto e più in alto, come accade nelle case di Londra. Ciò nonostante, parve impossibile sottrarsi alla gente. Poi scorsero una scaletta di ferro che conduceva al tetto.

«Nell, vogliamo salire lassù? Te la sentiresti? O ti si rovinerebbe il vestito?»

«Non me ne importa nulla del vestito.»

Vernon salì per primo, fece scorrere il chiavistello della botola, si issò sul tetto, poi si inginocchiò per aiutare Nell. Lei riuscì a salire a sua volta.

Adesso erano soli e potevano vedere Londra dall'alto. Impercettibilmente, si avvicinarono l'uno all'altra. La mano di lei finì in quella del giovane.

«Nell, tesoro...»

«Vernon...» La voce della fanciulla non riuscì ad andare più in là di un bisbiglio.

«È *proprio* vero? Mi ami?»

«Sì, ti amo.»

«È troppo meraviglioso per poter essere vero. Oh, Nell, desidero tanto baciarti.»

Lei voltò il viso verso il suo. Si baciarono, alquanto tremanti, timidamente.

«Hai un viso così morbido e bello» mormorò Vernon.

Noncuranti della sporcizia e della fuliggine, sedettero su una piccola sporgenza. Egli la cinse con entrambe le braccia e la strinse a sé. Lei voltò il viso verso i suoi baci.

«Ti amo tanto, Nell... Ti amo tanto che ho quasi paura di toccarti.»

Nell queste parole non le capì, le parvero bizzarre. Gli si strinse contro un poco di più. L'incanto della notte si completò con i loro baci.

Si destarono da un bel sogno. «Oh, Vernon, temo che siamo rimasti qui per *un'eternità*!»

In preda a rimorsi di coscienza, si affrettarono verso la botola. Sul sottostante pianerottolo, Vernon osservò Nell ansiosamente.

«Temo che tu ti sia messa a sedere su uno strato di fuliggine, Nell.»

«Oh, davvero? Che guaio.»

«La colpa è mia, tesoro. Ma, oh, Nell! Ne è valsa la pena, non ti sembra?»

Lei gli sorrise, soavemente, traboccante di felicità.

«Ne valeva la pena» disse in un bisbiglio.

Mentre scendevano le scale, soggiunse, con una risatina: «E tutte quelle cose che mi volevi dire? Un'infinità di cose».

Risero insieme, nella loro perfetta intesa. Poi rientrarono, piuttosto imbarazzati, nel salone dove si ballava; avevano perduto sei danze.

Una serata meravigliosa. Nell andò a coricarsi e sognò altri baci.

Poi, il sabato mattina, Vernon telefonò.

«Voglio parlarti. Posso venire?»

«Oh, Vernon, caro, no, non puoi. Sto per uscire; devo incontrarmi con certe persone. Non posso esimermi.»

«Perché no?»

«Ecco, non saprei che cosa dire alla mamma.»

«Non le hai detto niente?»

«Oh, *no*!»

La veemenza di quell'"Oh, *no*!" calmò Vernon. Egli si disse: "Povero, piccolo tesoro. Naturale che non ha detto niente". Soggiunse: «Non sarebbe preferibile se le parlassi io? Vengo subito».

«Oh, no, Vernon, non finché non ne avremo parlato noi due.»

«Sì, ma quand'è che possiamo parlare?»

«Non lo so. Devo pranzare con certe persone, poi andare a una *matinée* e di nuovo a teatro questa sera. Se soltanto tu mi avessi detto che saresti venuto per il weekend, avrei potuto escogitare qualcosa.»

«Se ci vedessimo domani, allora?»

«Be', c'è la funzione in chiesa...»

«Benissimo! Non andare in chiesa. Di' che hai il mal di capo, o inventa qualche altro pretesto del genere. Io verrò lì. Così potremo parlare e, quando tua madre tornerà, dopo essere stata in chiesa, le dirò tutto.»

«Oh, Vernon, non credo che mi sia possibile...»

«Sì, che ti è possibile. Adesso interrompo la comunicazione, prima che tu possa escogitare altri pretesti. A domani alle undici.»

Riattaccò. Non aveva nemmeno detto a Nell dove alloggiasse. Lei lo ammirò per quella sua decisione virile, anche se la rendeva ansiosa. Temeva che egli potesse rovinare tutto.

E poi, ecco che stavano avendo un'accesa discussione. Nell lo aveva esortato a non dire niente a sua madre.

«Rovinerai tutto. Non ci sarà più consentito...»

«Non ci sarà più consentito che cosa?»

«Di incontrarci, di vederci.»

«Ma Nell, tesoro, io voglio sposarti. E anche tu vuoi sposarmi, non è così? Io voglio che ci sposiamo il più presto possibile.»

Per la prima volta, allora, lei si sentì in preda all'esasperazione. Possibile che Vernon non capisse come stavano le cose? Stava parlando come un ragazzo adolescente.

«Ma Vernon, non abbiamo denaro.»

«Lo so. Però io lavorerò come un pazzo. E non ti dispiacerà essere povera, non è vero, Nell?»

Gli rispose negativamente, perché lui si aspettava questo, ma sentì di non avergli risposto con tutto il cuore. La miseria era spaventosa. Vernon non sapeva fino a qual punto potesse esserlo. All'improvviso si sentì di anni e anni più grande e più esperta di lui. Egli si stava esprimendo come un ragazzo romantico... Non sapeva come stessero realmente le cose.

«Oh, Vernon, non possiamo semplicemente continuare così? Siamo tanto felici, adesso!»

«Certo che siamo felici; ma potremmo esserlo ancora di più. Io voglio fidanzarmi ufficialmente con te... Voglio far sapere a tutti che mi appartieni.»

«Non vedo quale differenza possa fare.»

«Presumo che non faccia alcuna differenza. Ma voglio avere il diritto di vederti invece di soffrire perché tu te ne vai a spasso con tipi come quel somaro di Dacre.»

«Oh, Vernon, non sarai geloso, per caso?»

«Non dovrei esserlo, lo so. Ma tu non sai quanto sei bella, Nell. Tutti gli uomini devono essere innamorati pazzi di te. Credo che lo sia anche quel vecchio e solenne americano.»

Nell arrossì lievemente.

«Be', io credo che rovinerai tutto» mormorò.

«Credi che tua madre si infurierà con te per questo? Mi spiace moltissimo. Le dirò che la colpa è tutta mia. E, in fin dei conti, dovrà pure venirlo a sapere. Sarà una delusione per lei, presumo, perché, con ogni probabilità, voleva farti sposare qualche riccone. È del tutto naturale. Ma, in realtà, essere ricca non può renderti più felice, vero?»

Nell disse a un tratto, con una vocetta tagliente e disperata:

«È facile per te parlare così, ma sai che cosa significa essere poveri?»

Vernon era sbalordito.

«Ma io sono povero.»

«No, non lo sei. Hai studiato, hai frequentato l'università, e le vacanze le hai sempre trascorse con tua madre, che è ricca. Tu non sai proprio niente della miseria. Non sai...»

Si interruppe, in preda alla disperazione. Non era abile nel servirsi delle parole. Come avrebbe potuto descrivere la situazione che conosceva così bene? I sotterfugi, le battaglie, le scappatoie, gli sforzi disperati per mantenere le apparenze? La facilità con la quale gli amici ti abbandonavano se non riuscivi a "essere all'altezza", le offese, le mortificazioni e, peggio ancora, l'esasperante condiscendenza? Sia quando il capitano Vereker era ancora in vita, sia dopo la sua morte, lei aveva sempre sofferto gli stessi tormenti. Naturalmente, potevi abitare in un cottage in campagna e non frequentare mai nessuno, non andare ai balli come le altre ragazze, non avere mai bei vestiti, tirare avanti con il poco di cui disponevi e marcire pian piano. Entrambe le situazioni erano orribili. Sembrava così ingiusto... Tutti avrebbero dovuto disporre di denaro. E sempre v'era dinanzi a te la prospettiva del matrimonio, considerata, ovviamente, l'unica via di scampo. Basta con le continue lotte, con le umiliazioni, con i sotterfugi.

Non pensavi che ti saresti sposata per il denaro. Nell, con lo sconfinato ottimismo della gioventù, aveva sempre immaginato di sposare un uomo bello e ricco. E adesso si era innamorata di Vernon Deyre. Ma i suoi pensieri non si erano spinti fino al matrimonio. Era solo felice... meravigliosamente felice.

Ma ora odiava, quasi, Vernon per averla trascinata giù dalle nuvole. E ce l'aveva con la disinvoltura di lui nel dare per certa la sua prontezza ad affrontare la povertà per amore. Se soltanto si fosse espresso diversamente! Se avesse detto: "Non dovrei chiedertelo; ma credi che *potresti*, per amor mio?". O qualcosa di simile.

Per poter sentire che il suo sacrificio veniva apprezzato. Perché, in fin dei conti, *era* un sacrificio! Non voleva essere povera. Odiava la possibilità di diventare povera. Aveva paura della povertà. L'atteggiamento sprezzante e disinteressato di Vernon la esasperava. Era così facile dimostrarsi noncuranti nei confronti del denaro, quando non se ne era mai sentita la mancanza! E Vernon non l'aveva mai sentita. Non se ne rendeva conto, ma le cose stavano in questo modo. Aveva sempre vissuto piacevolmente e comodamente e bene.

Ora egli disse, in un tono di voce stupefatto:

«Oh, Nell, non ti importerebbe essere povera, vero?»

«Sono sempre stata povera, ti dico. So che cosa vuol dire.»

Si sentì di anni e anni più anziana di Vernon. Lui era un bambino, un poppante! Che cosa sapeva della difficoltà di ottenere credito? Delle somme di denaro che lei e sua madre già dovevano? A un tratto si sentì tremendamente sola e infelice. A che cosa servivano gli uomini? Ti dicevano cose meravigliose, ti amavano, ma si sforzavano mai di cercar di capire? Vernon non ci stava provando affatto. Si limitava a dire cose offensive, dimostrandole fino a qual punto lei fosse caduta nella sua stima.

«Se dici questo, vuol dire che non puoi amarmi.»

Gli rispose, indifesa:

«Tu non capisci...»

Si guardarono a vicenda, disperati. Che cosa era accaduto? Perché esisteva una situazione simile tra loro?

«Tu non mi ami» ripeté Vernon, con rabbia.

«Oh, Vernon, ti amo, ti amo...»

All'improvviso, come un incantesimo, la passione li travolse una volta di più. Si avvinghiarono, baciandosi. Furono pervasi dall'eterna illusione degli innamorati e si persuasero che tutto *doveva* finir bene perché si amavano. E questa volta Vernon risultò vittorioso. Continuò a insistere affinché lo dicessero alla signora Vereker. Nell non si oppose più. Le sue braccia la cingevano, le sue labbra erano sulle sue. Non poteva continuare a discutere. Meglio arrendersi alla felicità di essere amata, meglio: «Sì... sì, tesoro, se vuoi... tutto quello che vuoi...».

Eppure, senza che quasi se ne rendesse conto, sotto l'amore si celava un vago risentimento...

La signora Vereker era una donna scaltra. Venne colta di sorpresa, ma non lo diede a vedere e adottò una linea di condotta diversa da tutto ciò che Vernon aveva immaginato. Si mostrò vagamente e sarcasticamente divertita.

«Sicché voi bambini credete di essere innamorati l'una dell'altro? Bene, bene!»

Ascoltò Vernon con un'espressione talmente intensa di cortese ironia che lui, suo malgrado, si sentì la lingua inceppata e balbettò.

La signora Vereker emise un lieve sospiro mentre Vernon taceva.

«Quanto è bello essere giovani! Vi invidio moltissimo. E ora, caro il mio figliolo, si limiti a starmi a sentire. Non vieterò il matrimonio, né farò altro di melodrammatico. Se davvero Nell vuole sposarla, la sposerà. Non dico, però, che in tal caso non rimarrò molto delusa. È la mia unica figliola e spero, logicamente, che sposi qualcuno che sia in grado di darle il meglio di tutto e di circondarla con ogni lusso e ogni agio. Questo, ritengo, è del tutto naturale.»

Vernon fu costretto a convenirne. La ragionevolezza della signora Vereker era sconcertante all'estremo, in quanto del tutto inattesa.

«Ma, come dicevo, non vieterò il matrimonio. Impongo una sola condizione, che Nell sia certa di sapere quello che fa. Lei, ne sono sicura, questa condizione l'accetta, vero?»

Vernon rispose di sì, con la sensazione inquietante di essere rimasto impigliato in una rete alla quale non avrebbe più potuto sottrarsi.

«Nell è giovanissima. È stata appena presentata alla società. Voglio che abbia ogni possibilità di essere sicura di preferire lei a ogni altro uomo. Se rimanete d'accordo tra voi di essere fidanzati, questo è un conto... ma annunciare pubblicamente il vostro fidanzamento è tutta un'altra cosa. Questo non potrei accettarlo. Ogni intesa tra voi due deve restare segreta. Lei si renderà conto, presumo, che questo è più che giusto. A Nell deve essere offerta ogni possibilità di cambiare idea, qualora lo desiderasse.»

«Non lo desidera!»

«Allora non avrà di certo alcun motivo per obiettare. In quanto gentiluomo, difficilmente potrebbe agire in modo diverso. Se accetta queste condizioni, non le impedirò in alcun modo di frequentare Nell.»

«Ma signora Vereker, io voglio sposare Nell al più presto.»

«E con quali mezzi, precisamente, si propone di affrontare il matrimonio?»

Vernon le disse quale stipendio percepiva dallo zio e spiegò qual era la situazione per quanto concerneva Abbots Puissants.

Quando ebbe terminato, parlò la madre di Nell. Gli fece un breve e succinto compendio, precisandogli a quanto ammontavano la pigione della casa, le paghe della servitù, le spese per l'abbigliamento; alluse il più delicatamente possibile alle carrozzelle per bambini e poi contrappose a questi dati l'attuale posizione di Nell.

Vernon era ormai come la regina di Saba... completamente svuotato del coraggio. La logica implacabile dei fatti lo aveva sconfitto. Una donna terribile, la madre di Nell... Spietata. Ma lui si rese conto che non aveva torto. Loro due avrebbero dovuto aspettare. Bisognava, come si era espressa la signora Vereker, che concedesse a Nell ogni possibilità di cambiare idea. Non che lei, adorabile creatura, ne fosse capace.

Fece un ultimo, disperato tentativo.

«Mio zio potrebbe aumentarmi lo stipendio. Più volte mi ha parlato dei vantaggi dei matrimoni conclusi in giovane età. Questo sembra essere un suo chiodo fisso.»

«Oh!» La signora Vereker parve pensierosa per qualche momento. «Ha figlie?»

«Sì, ne ha cinque, e le due maggiori sono già maritate.»

La signora Vereker sorrise. Che ragazzo ingenuo. Aveva del tutto frainteso il motivo della sua domanda. Comunque, lei era riuscita ugualmente a sapere quello che le interessava.

«Lasceremo le cose come stanno, allora» disse.

Una donna scaltra!

Vernon uscì da quella casa in preda a uno stato d'animo di irrequietudine. Desiderava parlare con qualcuno che fosse comprensivo. Pensò a Joe, poi scosse la testa. Lui e Joe avevano già quasi litigato a causa di Nell. Joe disprezzava Nell e la definiva "una vera e propria ragazza sventata dell'alta società". Era ingiusta e prevenuta. Per ottenere il passaporto che ti assicurava il favore di Joe, dovevi avere i capelli corti, indossare grembiuli da pittore o da scultore e abitare a Chelsea.

Sebastian, tutto sommato, era la persona più adatta. Sebastian era sempre disposto a rendersi conto del tuo punto di vista e di tanto in tanto si rendeva insolitamente utile con i suoi punti di vista fondati sulla praticità e sul buonsenso. Un giovane davvero giudizioso, Sebastian.

E ricco, per giunta. Quanto era bizzarra la vita! Se soltanto lui avesse avuto il denaro di Sebastian, gli sarebbe stato possibile sposare Nell sin dall'indomani. Eppure, nonostante tutta la sua ricchezza, Sebastian non riusciva ad avere la fanciulla che amava. Un vero peccato. E Vernon si augurò che Josephine sposasse Sebastian anziché quel fallito che si autodefiniva un artista.

Risultò, ahimè, che Sebastian non si trovava in casa. Vernon venne intrattenuto dalla signora Levinne. Strano a dirsi, trovò in qualche modo consolante la voluminosa presenza di lei. La buffa, obesa, anziana signora Levinne, con il suo giaietto e i brillanti e gli unti capelli neri, riuscì a essere più comprensiva di sua madre.

«Non devi essere addolorato, mio caro,» disse «e io vedo che lo sei. Si tratta di qualche ragazza, immagino? Ah, bene, bene, Sebastian si comporta proprio nello stesso modo a causa di Joe. Io seguito a dirgli che deve essere paziente. Joe è recalcitrante, in questo momento. Ma presto si calmerà e comincerà a rendersi conto di quello che realmente vuole.»

«Sarebbe meraviglioso se sposasse Sebastian. Vorrei che lo facesse. Continueremo a essere tutti uniti.»

«Sì... anch'io sono molto affezionata a Joe. Non che la consideri la moglie realmente adatta per Sebastian... sarebbero di idee troppo diverse per riuscire a capirsi. Io sono una donna all'antica, mio caro. Vorrei che mio figlio sposasse qualcuna della nostra stessa stirpe. I matrimoni tra ebrei sono sempre i più riusciti. Entrambi i coniugi hanno gli stessi interessi e gli stessi istinti, e inoltre le ebree sono buone madri. Bene, bene, sarà quel che sarà, se Joe si dimostrerà davvero decisa a non volerlo sposare. E così anche nel tuo caso, Vernon. Esistono cose peggiori del matrimonio con una cugina.»

«Io? Io sposare Joe?»

Vernon la fissò completamente allibito. La signora Levinne rise, una risata piena e allegra che le fece tremolare i vari doppi menti.

«Joe? No davvero. Mi riferivo a tua cugina Enid. È questa l'intenzione a Birmingham, no?»

«Oh, no... almeno... sono certo che non lo sia.»

La signora Levinne scoppiò di nuovo a ridere.

«Vedo che tu, per lo meno, non ci hai mai pensato fino a questo momento. Ma sarebbe un'idea assennata, sai... se l'altra ragazza, cioè, non ti vuole... I quattrini rimarrebbero in famiglia.»

Vernon se ne andò con i pensieri in tumulto. Particolari di ogni sorta venivano spiegati. Le facezie e le allusioni dello zio Sydney. Il modo con il quale Enid continuava a essergli appioppata. A questo, naturalmente, aveva alluso la signora Vereker. Volevano che sposasse Enid! Enid!

Un altro ricordo gli tornò alla mente. Sua madre e una vecchia amica di lei che parlottavano insieme. Dicendo qualcosa a proposito dei cugini di primo grado. Un'idea improvvisa gli balenò nella mente. Ecco perché a Joe era stato consentito di trasferirsi a Londra. Sua madre aveva temuto che lui e Joe potessero...

A un tratto scoppiò a ridere. Lui e Joe! Dimostrava quanto poco avesse sempre capito sua madre. Non gli sarebbe mai stato possibile, in nessun caso, immaginare di innamorarsi di Joe. Loro due erano né più né meno come fratello e sorella, e sempre lo sarebbero stati. Avevano le stesse simpatie, le stesse nette divergenze di pareri. Erano fatti della stessa stoffa, nessuno dei due poteva affascinare l'altro e tra loro non poteva sorgere alcunché di romantico.

Enid! Sicché zio Sydney mirava a questo. Povero, vecchio zio Sydney, destinato a una delusione... Ma non avrebbe dovuto essere così sciocco.

Forse, però, stava arrivando a conclusioni affrettate. Forse, a volere quel matrimonio non era lo zio Sydney, ma soltanto sua madre. Le donne, nei loro pensieri, non fanno altro che unirti in matrimonio con qualcuna. In ogni modo, lo zio Sydney sarebbe subito venuto a conoscenza della verità.

Il colloquio tra Vernon e suo zio non fu molto soddisfacente. Zio Sydney parve al contempo irritato e turbato, sebbene cercasse di nasconderlo a Vernon. A tutta prima non seppe bene quale atteggiamento assumere e tentò una o due vaghe battute in direzioni diverse.

«Assurdo, tutto assurdo, sei di gran lunga troppo giovane per pensare al matrimonio. È tutto un monte di assurdità.»

Vernon rammentò allo zio le sue stesse parole.

«Puah, non mi riferivo a un matrimonio di questo genere. Le ragazze dell'alta società... so bene come sono fatte.»

Vernon protestò, punto sul vivo.

«Scusami, ragazzo mio. Non avevo intenzione di ferire i tuoi sentimenti. Ma le ragazze di quella specie vogliono sposare la ricchezza. Non farai al caso suo ancora per molti anni.»

«Pensavo che, forse...»

Vernon si interruppe. Si vergognava e si sentiva a disagio.

«Pensavi che avrei potuto corrisponderti un lauto stipendio, eh? È questa l'idea che ti ha suggerito la signorina? Ma lo domando a te, ragazzo mio, sarebbe questo il modo di comportarsi in affari? No, non lo è, e vedo che te ne rendi conto.»

«Sento di non meritare nemmeno lo stipendio attuale, zio Sydney.»

«Via, via, non intendevo dir questo. Te la stai cavando benissimo per essere un principiante. Mi spiace per tutta questa faccenda... Ti turberà. Il consiglio che posso darti è questo: rinunciaci e mettiti il cuore in pace. È di gran lunga la cosa migliore da fare.»

«Questo non è possibile, zio Sydney.»

«Be', non è affar mio. A proposito, ne hai parlato con tua madre? No? Be', vedi di parlarne a lungo con lei. Vedi se ti dirà le stesse cose che ti ho detto io. Sarà così, scommetto. E rammenta l'antico adagio: il migliore amico di un ragazzo è sua madre... eh?»

Perché lo zio Sydney diceva simili idiozie? Le aveva sempre dette, a quanto Vernon riusciva a ricordare. Eppure si trattava di un uomo scaltro, abile negli affari.

Pazienza, non c'era niente da fare. Doveva rassegnarsi e aspettare. Il primo nebuloso incantesimo dell'amore si stava già dileguando. Sì, l'amore poteva essere un inferno, oltre che un paradiso. Desiderava Nell così intensamente... così intensamente!

Le scrisse:

> *Tesoro...* Non c'è niente da fare. Dobbiamo essere pazienti e aspettare. In ogni modo, ci vedremo spesso. Tua madre è stata davvero molto buona al riguardo, molto più di quanto io pensavo che sarebbe stata. Mi rendo perfettamente conto della validità di tutto ciò che ha detto. È soltanto giusto che tu debba essere in grado di renderti conto se preferisci a me qualcun altro. Ma non sarà così, non è vero, amor mio? So che non preferirai a me nessun altro. Continueremo ad amarci per sempre e per sempre. E non avrà alcuna importanza se saremo poveri... la casetta più minuscola con te...

6

L'ATTEGGIAMENTO DELLA MADRE fu motivo di sollievo per Nell. Aveva temuto recriminazioni, rimproveri. Quasi senza rendersene conto, rifuggiva dalle parole aspre o da ogni sorta di scenata. A volte pensava con amarezza tra sé e sé: sono vile. Non riesco a sopportare nulla.

Era senza dubbio intimorita da sua madre. Ne era sempre stata dominata, da quanto poteva rammentare risalendo ai suoi primissimi ricordi. La signora Vereker possedeva quel carattere duro e imperioso che può dominare quasi tutte le creature più deboli con le quali viene a contatto. E Nell era tanto più soggiogabile in quanto si rendeva conto che sua madre l'amava e che, proprio perché le voleva un gran bene, era così fermamente decisa ad assicurarle nella vita quella felicità che a lei era stata negata.

Pertanto Nell provò un sollievo sconfinato quando la madre non le fece alcun rimprovero e si limitò a osservare:

«Se sei così decisa a essere sciocca, va bene, sia pure! Quasi tutte le ragazze hanno qualche amoruccio che finisce in una bolla di sapone. Per quanto mi concerne, non le sopporto queste assurdità sentimentali. Il ragazzo non potrà permettersi il matrimonio ancora per anni e tu riuscirai soltanto a renderti molto infelice. Ma puoi fare quello che ti pare.»

Pur non volendolo, Nell si lasciò influenzare da questo atteggiamento sprezzante. Sperò l'impossibile, e cioè che lo zio di Vernon potesse forse fare qualcosa. Ma la lettera di Vernon frantumò le sue speranze.

Dovevano aspettare. E forse aspettare per molto, molto tempo.

Nel frattempo, la signora Vereker si attenne ai propri sistemi. Un giorno esortò Nell ad andare a far visita a una sua vecchia amica, una ragazza maritatasi alcuni anni prima. Amelie King era una creatura brillante e impetuosa che Nell, da studentessa, aveva ammirato. Le sarebbe stato facile trovare un ottimo partito e invece, provocando lo stupore generale, aveva sposato un giovane che tirava avanti alla meno peggio ed era scomparsa dal loro ambiente particolarmente allegro e animato.

«Mi sembra poco gentile dimenticare le vecchie amicizie» disse la signora Vereker. «Amelie sarebbe felice, ne sono certa, se tu andassi a farle visita, e oggi pomeriggio non hai nessun impegno.»

Così Nell si recò, remissiva, a far visita alla signora Horton, al numero 35 di Glenster Gardens, Ealing.

Era una giornata molto calda. Nell prese il treno e, una volta arrivata alla stazione di Ealing Broadway, domandò da quale parte dovesse dirigersi.

Risultò che Glenster Gardens si trovava a circa un chilometro e mezzo dalla stazione, una lunga e deprimente strada dove si allineavano piccole case, tutte identiche. La porta del numero 35 venne aperta da una sciatta cameriera il cui grembiule era sudicio e Nell fu fatta accomodare in un salottino. Vi si trovavano uno o due bei mobili d'antiquariato e le tende di cretonne erano di un disegno grazioso, anche se sbiadite, ma la stanza sembrava trovarsi in un gran disordine, con giocattoli sparsi dappertutto e, qua e là, biancheria da rammendare. In qualche punto della casa si udì il pianto stizzoso di un bambino mentre la porta della stanza veniva aperta e Amelie entrava.

«Nell, quanto sei stata gentile! Non ci siamo incontrate per anni!»

Vedendo l'amica, Nell provò un vero e proprio shock: poteva mai essere, costei, la ben fatta e attraente Amelie? Si era sformata, indossava una blusa ridicola, evidentemente tagliata e cucita in casa, e aveva il viso stanco e preoccupato sul quale tutta l'animazione e l'allegria di un tempo sembravano essersi spente.

Sedette e conversarono. Di lì a non molto, Nell venne portata a vedere i due bambini, un maschietto e una femminuccia, la più piccola ancora nella culla.

«Dovrei portarli fuori, adesso,» disse Amelie «ma questo pomeriggio proprio non me la sento. Tu non puoi immaginare quanto sia spossante spingere una carrozzina da casa nostra ai negozi e ritorno, come ho fatto stamane.»

Il maschietto era un bel bambino, la bimba aveva un'aria malaticcia e stizzosa.

«In parte è indisposta perché sta mettendo i denti» disse Amelie. «E inoltre non digerisce bene, a quanto afferma il dottore. Vorrei proprio che non strillasse tanto di notte. È esasperante per Jack, che ha bisogno di dormire dopo aver lavorato tutto il giorno.»

«Non hai una bambinaia?»

«Non posso permettermela, mia cara. Abbiamo la "mezza stupida"... chiamiamo così la ragazza che è venuta ad aprirti la porta. È completamente idiota, ma si accontenta di poco e inoltre ce la mette tutta e qualcosa fa, forse anche meglio di tutte le altre. Le donne tuttofare non vogliono saperne di andare a servizio dove ci sono bambini.»

Gridò: «Mary, porta il tè», e precedette Nell tornando in salotto.

«Oh, Nell cara, vuoi saperlo? Vorrei quasi che tu non fossi venuta a trovarmi. Sei così elegante e serena. Mi ricordi tutti i divertimenti che ci concedevamo ai bei tempi. Il tennis, i balli, il golf, i ricevimenti.»

Nell disse, timidamente: «Ma sei felice...».

«Oh, certo. Mi limito a consentirmi il lusso di borbottare un po'. Jack è un caro uomo, e poi ci sono i bambini, solo che a volte... be', ecco, finisci con l'essere davvero troppo stanca per poterteli godere. A volte sento che venderei anche l'anima per un bagno piastrellato, per i sali da bagno e una cameriera che mi spazzoli i capelli e bella biancheria di seta nella quale infilarmi. E poi capita di sentire qualche ricco idiota sostenere che il denaro non dà la felicità. Pazzo!»

Scoppiò a ridere.

«Dammi qualche notizia, Nell. Non so più niente di niente, ormai. Non ci si può tenere al corrente se non si ha denaro. Non vedo mai nessuno della compagnia di un tempo.»

Pettegolarono un poco, la tal dei tali si era maritata, la talaltra aveva litigato con il marito; una loro comune amica aveva appena avuto un bambino e, a proposito di un'altra, era scoppiato un terribile scandalo.

Il tè venne servito, piuttosto male, con un servizio d'argento mal lucidato e tartine imburrate troppo spesse. Stavano terminando di prendere il tè, quando la porta di casa venne aperta con la chiave e una voce di uomo risuonò nell'ingresso, stizzosa, irritata.

«Amelie... Ehi, dico, questo proprio non va. Ti chiedo di fare un'unica cosa, e te ne dimentichi. Il pacco non è stato portato a Jones. Mi hai assicurato che avresti provveduto.»

Amelie corse incontro al marito. Vi fu un concitato scambio di bisbigli. Poi lei lo portò in salotto, dove lui salutò Nell. La bambina ricominciò a strillare nella nursery.

«Devo andare da lei» disse Amelie, e si affrettò a uscire.

«Che razza di vita!» disse Jack Horton. Era ancora molto avvenente, sebbene indossasse un abito molto gualcito e avesse pieghe di irascibilità intorno alla bocca. Rise come se avesse detto qualcosa di molto spiritoso. «Ci trova un po' scombussolati, signorina Vereker. Lo siamo sempre. Fare il pendolare in treno con questo tempo è spossante. E, quando uno arriva a casa, non ha pace!»

Rise di nuovo, e Nell rise a sua volta, compita. Amelie tornò in salotto con la bambina in braccio e Nell si alzò per congedarsi. L'accompagnarono fino alla porta di casa, Amelie la pregò di porgere i suoi omaggi alla signora Vereker e salutò con la mano.

Una volta arrivata al cancello, Nell voltò la testa e sorprese l'espressione sul viso di Amelie. Un'espressione avida, invidiosa.

Per quanto fosse innamorata, Nell si sentì stringere il cuore. Era questa la fine inevitabile? La povertà uccideva l'amore?

Giunse sulla via principale e la stava percorrendo verso la stazione, quando una voce inaspettata la fece trasalire.

«Signorina Nell! Questo è davvero un incontro prodigioso!»

Una grossa Rolls-Royce si era fermata contro la cordonatura del marciapiede e al volante sedeva George Chetwynd, sorridendole.

«Troppo bello per essere vero! Mi è sembrato di scorgere una ragazza che le somigliava in modo incredibile – per lo meno vista di spalle – e così ho rallentato per vederla in viso e ho constatato che si trattava proprio di lei. Sta tornando in città? Perché, se è così, salti su!»

Nell saltò su, remissiva, e si sistemò beatamente accanto al guidatore. La macchina scivolò avanti silenziosa, acquistando velocità. Una sensazione celestiale, pensò Nell, deliziosa... correre senza fatica.

«E che cosa ci sta facendo a Ealing?»

«Sono venuta a trovare certi amici.»

Indotta a questo da un qualche oscuro impulso, descrisse la visita. Chetwynd stette ad ascoltarla con attenzione, scuotendo di tanto in tanto la testa mentre continuava a guidare con una assoluta padronanza del mezzo.

«È un vero guaio» disse, comprensivo. «Sa, non sopporto di pensare a quella povera figliola. Le donne dovrebbero essere protette. Si dovrebbe rendere loro comoda la vita. Dovrebbero essere circondate da tutto ciò che desiderano.»

Sbirciò Nell e disse, benevolo:

«Vedo che è rimasta sconvolta. Lei deve avere un cuore molto tenero, signorina Nell.»

Nell lo fissò e provò un improvviso slancio di affetto. George Chetwynd le riusciva simpatico. V'erano in lui una gentilezza e una forza che ispiravano fiducia. Le piaceva quella sua faccia legnosa e il modo con il quale i capelli brizzolati gli crescevano dietro le tempie. Le piaceva la sua posizione eretta nel guidare la macchina e la ferma precisione delle sue mani sul volante. Aveva l'aria dell'uomo capace di affrontare qualsiasi emergenza, di un uomo sul quale si sarebbe potuto *contare*. Il peso degli eventi avrebbe gravato sempre sulle sue spalle, non sulle tue. Oh, sì, George le piaceva. Era una persona piacevole da incontrare quando ti sentivi stanca al termine di una giornata noiosa.

«Ho la cravatta di traverso?» domandò lui, a un tratto, senza voltarsi.

Nell rise.

«La stavo fissando? Temo di sì.»

«Ho sentito il suo sguardo. Che cosa stava facendo: mi valutava?»

«Credo di sì.»

«E mi avrà trovato, immagino, quanto mai manchevole.»

«No, anzi, proprio tutto l'opposto.»

«Non dica queste cose gentili: che, ne sono certo, non pensa sul serio. Mi ha emozionato a tal punto che per poco non sono andato a finire contro il tram.»

«Non dico mai cose che non penso.»

«Ah no? Mi domando se...» Gli si alterò la voce. «C'è qualcosa che desidero dirle da molto tempo. Questo è il posto meno adatto per riferirla, ma sono deciso a spiccare il salto qui e subito. Vuole sposarmi, Nell? Io la desidero moltissimo.»

«Oh?» Nell era stupita. «Oh, no. Non potrei.»

Egli le rivolse una rapida occhiata prima di tornare a dedicarsi al compito di guidare nel traffico. Rallentò un poco.

«Mi domando se voglia dire... so di essere troppo anziano per lei...»

«No, non lo è... Voglio dire, non si tratta di questo...»

Un sorrisetto gli stirò la bocca.

«Devo avere vent'anni più di lei, Nell, come minimo. È molto, lo so. Ma credo sinceramente di poterla rendere felice. Strano a dirsi, ne sono sicuro.»

Nell tacque per un minuto o due. Poi disse, alquanto fiocamente:

«Oh, ma sul serio, non potrei...»

«Splendido. Questa volta è stata molto meno decisa.»

«Ma, davvero...»

«Non la infastidirò più per il momento. Resta inteso che questa volta ha detto no. Ma non dirà sempre no, Nell. Posso permettermi di aspettare molto a lungo quello che voglio avere. Un giorno o l'altro lei si sorprenderà a rispondere sì.»

«No, non lo dirò.»

«Lo dirà, invece, cara. Non c'è nessun altro, vero? Ah! Ma lo so che non c'è nessun altro.»

Nell non rispose. Pensò che non sapeva cosa rispondere. Aveva tacitamente promesso a sua madre che nulla sarebbe stato rivelato a proposito del fidanzamento con Vernon.

Eppure, in qualche punto nel profondo di se stessa, si sentì in preda alla vergogna.

George Chetwynd cominciò a parlare allegramente di vari altri argomenti.

7

AGOSTO FU UN MESE DIFFICILE per Vernon. Nell e sua madre si trovavano a Dinard. Le scriveva, e Nell scriveva a lui, ma le sue lettere gli dicevano poco o niente di quello che voleva sapere. Si stava divertendo, egli poteva desumere, e si godeva la vacanza sebbene desiderasse averlo vicino.

Il lavoro che Vernon stava svolgendo era una pura routine. Richiedeva ben poca intelligenza. Bisognava soltanto essere cauti e metodici, tutto lì. La sua mente, libera da altre distrazioni, tornò alla sua passione segreta, la musica.

Si era proposto di comporre un'opera e aveva scelto come tema la fiaba quasi dimenticata della sua infanzia. Essa si accomunò ora, nei suoi pensieri, a Nell... e tutto l'impeto dell'amore che provava per la ragazza prese a scorrere in questo nuovo canale.

Lavorò in modo febbrile. L'osservazione di Nell riguardo al fatto che egli viveva, disponendo di ogni agio, con sua madre, lo aveva punto sul vivo, per cui si era impuntato, deciso a trovare a ogni costo un alloggio tutto suo. Quello che aveva trovato era molto economico, ma gli dava una inaspettata sensazione di libertà. A Carey Lodge non sarebbe mai riuscito a concentrarsi. Sua madre, lo sapeva, avrebbe continuato a preoccuparsi per lui e a infastidirlo, esortandolo ad andare a dormire. Lì, in Arthur Street, poteva, volendo, lavorare fino alle cinque del mattino, e non di rado faceva proprio questo.

Dimagrì molto e assunse un'aria sparuta. Myra si crucciò per la sua salute e insistette affinché prendesse ricostituenti. Lui le assicurò, in tono brusco, che si sentiva benissimo. Non le rivelò quello che stava facendo. A volte si sentiva colmare dalla disperazione per quanto concerneva il suo lavoro; poi, in altri momenti, lo colmava un'improvvisa sensazione di potenza, quando si rendeva conto che qualche infinitesimale frammento della sua fatica era valido.

Di tanto in tanto andava in città a trascorrere il fine settimana con Sebastian, e Sebastian venne due volte a Birmingham. In questo periodo Sebastian era il più stimato sostenitore di Vernon. Il suo apprezzamento era reale, non simulato, e presentava un duplice aspetto. Egli era interessato sia come amico sia da un punto di vista professionale. Vernon rispettava i giudizi di Sebastian nel campo dell'arte. Gli suonava brani dell'opera sul pianoforte che aveva noleggiato e gli spiegava quale avrebbe dovuto essere la giusta orchestrazione. Sebastian lo ascoltava annuendo; e parlava poco. Infine diceva:

«Sarà una buona cosa, Vernon. Continua.»

Non pronunciava mai una sola parola che fosse di critica demolitrice perché, a parer suo, questo avrebbe potuto essere fatale. Vernon aveva bisogno di incoraggiamento, soltanto di incoraggiamento.

Un giorno gli domandò: «È questo che ti proponevi di fare a Cambridge?».

Vernon rifletté per un interminabile minuto.

«No» rispose infine. «O almeno non mi riferivo a questo all'inizio. Dopo quel concerto, ricordi? È scomparsa di nuovo... la cosa che vidi allora. Forse tornerà, qualche volta. Questa è, presumo, soltanto la musica consueta, convenzionale... E così via. Ma, qua e là, sono riuscito a immettervi quello che intendo io.»

«Capisco.»

A Joe, Sebastian disse chiaro e tondo quello che pensava.

«Vernon la definisce "la musica consueta, convenzionale", ma in realtà non lo è. È del tutto inconsueta. L'intera orchestrazione è svolta su un piano insolito. C'è una cosa, però: è immatura. Brillante, ma immatura.»

«Glielo hai detto?»

«Buon Dio, no. Una sola parola sprezzante e lui si scoraggerebbe e getterebbe tutto nel cestino della carta straccia. Li conosco, i geni come lui. Per il momento gli somministro lodi a cucchiaini; in seguito verrà il momento delle forbici per potare. La metafora non è proprio esatta, ma tu mi hai capito.»

Ai primi di settembre, Sebastian offrì un ricevimento in onore di Herr Radmaager, il celebre compositore. Vernon e Josephine furono invitati.

«Saremo soltanto una dozzina» disse Sebastian. «Anita Quarll, il cui modo di danzare mi interessa... È un piccolo demonio corrotto, però; poi Jane Harding... vi piacerà. Canta al Teatro dell'opera, ma ha sbagliato vocazione; è un'attrice nata, non una cantante. Poi tu e Vernon... Radmaager... e altri due o tre. Radmaager si interesserà a Vernon... è ben disposto nei confronti della giovane generazione.»

Sia Joe sia Vernon erano esultanti.

«Credi che riuscirò mai a combinare qualcosa, Joe? A combinare qualcosa sul serio, voglio dire?»

Vernon parve scoraggiato mentre poneva questa domanda.

«Perché no?» rispose Joe, animosamente.

«Non saprei. Tutto quello che ho fatto in questi ultimi tempi non vale niente. Avevo cominciato bene. Ma adesso non sono più capace di niente. Mi sento stanco prima ancora di cominciare.»

«Questo, presumo, perché lavori tutto il giorno.»

«Già, forse.»

Tacque per uno o due minuti, poi disse:

«Sarà meraviglioso conoscere Radmaager. È uno dei pochi uomini che compongono quella che io considero musica. Vorrei potergli parlare, dirgli che cosa penso realmente... ma darei prova di una tale faccia tosta!»

Il ricevimento risultò essere alla buona. Sebastian aveva un vasto studio, vuoto tranne una pedana, un pianoforte a coda da concerto e una immensa quantità di cuscini sparpagliati a caso sul pavimento. A un lato della stanza era stato improvvisato un lungo tavolo di cavalletti, e vi si trovavano vivande di ogni genere.

Gli invitati sceglievano quello che volevano, poi si sistemavano su un cuscino. Quando Joe e Vernon arrivarono, una ragazza stava danzando... era una ragazza piccoletta, dai capelli rossi, dal corpo snello e guizzante di muscoli. I suoi movimenti, sebbene non belli, erano seducenti.

Terminò la danza tra entusiastici applausi e balzò giù dalla pedana.

«Brava, Anita» disse Sebastian. «E voi due, Vernon e Joe, vi siete serviti di quello che vi andava? Benissimo. Allora fareste meglio a sedervi con grazia accanto a Jane. Vi presento Jane.»

Si sedettero, come erano stati invitati a fare. Jane era alta di statura, con un corpo splendido e una massa di capelli castano scuri raccolti sulla nuca. Aveva il viso un po' troppo largo e il mento un po' troppo aguzzo per poter essere considerata bella. Gli occhi erano verdi ma infossati. Doveva avere circa trent'anni, pensò Vernon. La trovava sconcertante, ma attraente.

Joe cominciò a conversare avida con lei. Di recente il suo entusiasmo per la scultura si era andato dileguando. Aveva sempre avuto una voce acuta, da soprano, e ora civettava con l'idea di diventare una cantante d'opera.

Jane Harding stette ad ascoltarla alquanto comprensiva, limitandosi a un monosillabo piuttosto divertito di tanto in tanto. Infine disse:

«Se vorrà fare un salto fino a casa mia, ascolterò la sua voce e sarò in grado di dirle in due minuti di che cosa potrà essere capace.»

«Farebbe davvero questo? È infinitamente gentile da parte sua.»

«Oh, niente affatto. Di me può fidarsi. Non può invece contare sulla sincerità di chi si guadagna da vivere insegnando a cantare.»

Sebastian si avvicinò e disse:

«Vuoi esibirti adesso, Jane?»

Lei si mise in piedi, con un movimento pieno di grazia. Poi, guardandosi attorno, disse, nel tono di voce brusco e imperioso con il quale ci si potrebbe rivolgere a un cane:

«Signor Hill.»

Un ometto alquanto simile a un verme bianchiccio si affrettò a farsi avanti con un movimento servile del corpo e la seguì sulla pedana.

Jane cantò una canzone francese che Vernon non aveva mai udito prima di allora.

J'ai perdu mon amie – elle est morte
Tout s'en va cette fois pour jamais
Pour jamais, pour toujours elle emporte
Le dernier des amours que j'aimais.

Pauvres nous! Rien ne m'a crié l'heure
Ou là-bas se nouait son linceul
On m'a dit «Elle est morte!». Et tout seul
Je répète «Elle est morte!». Et je pleure...

Come quasi tutti coloro che udivano cantare Jane Harding, Vernon fu incapace di criticarne la voce. Lei creava un'atmosfera emotiva: la voce era soltanto uno strumento. Creava il senso di una perdita irrimediabile, del dolore che stordisce, del sollievo ultimo delle lacrime.

Scrosciarono applausi. Sebastian mormorò:

«Enorme potenza emotiva... ecco di che si tratta.»

Lei cantò di nuovo. Una canzone norvegese, questa volta, che descriveva una nevicata. Non c'era alcuna commozione nella sua voce: lei era come i bianchi fiocchi di neve: monotona, squisitamente limpida, per dileguarsi infine, all'ultimo verso, nel silenzio.

Per ringraziare degli applausi, Jane si esibì con una terza canzone. Vernon si drizzò a sedere, tutt'a un tratto attento.

Ho veduto una creatura fatata laggiù
dalle lunghe, bianche mani e dai capelli come onde
e, oh!, dolce e selvaggio era il suo viso,
dolce e selvaggio, selvaggio e strano e bello...

Fu come se un incantesimo fosse stato creato nella sala. La sensazione della magia, di un terrorizzato incantesimo. Jane protendeva il viso in avanti. I suoi occhi guardavano lontano, molto lontano, contemplando: spaventati e al contempo affascinati.

Si udì un sospiro collettivo quando terminò. Un uomo robusto e tarchiato, con i capelli bianchi *en brosse*, si diresse verso Sebastian.

«Ah, mio buon Sebastian! Sono arrivato. Voglio parlare con quella signorina... subito, immediatamente.»

Sebastian attraversò la sala al suo fianco verso Jane. Herr Radmaager le afferrò entrambe le mani, fissandola negli occhi.

«Sì,» disse infine «lei gode di buona salute. Direi che sia la digestione sia la circolazione sono eccellenti. Mi darà il suo indirizzo e io verrò a vederla. Non è vero?»

Vernon pensò: "Costoro sono pazzi".

Ma non gli sfuggì il fatto che Jane Harding sembrava considerare del tutto normale la cosa. Scrisse il proprio indirizzo, conversò con Radmaager ancora per qualche minuto, poi tornò accanto a Joe e a Vernon.

«Sebastian è un buon amico» osservò. «Sa che Herr Radmaager sta cercando una Solveig per la sua nuova opera, *Peer Gynt*. Ecco perché mi ha invitata a venire qui questa sera.»

«Mi dica,» disse Vernon, balbettando un poco «la canzone che ha cantato poco fa...»

«Neve gelata?»

«No, l'ultima. L'ho... l'ho udita anni fa, quando ero bambino.»

«Che strano. Credevo si trattasse di un segreto di famiglia.»

«Un'infermiera d'ospedale me la cantava quando ero immobilizzato da una frattura alla gamba. Mi è sempre piaciuta... ma non credevo che l'avrei riascoltata.»

Jane Harding mormorò, pensierosa:

«Mi sto domandando se non possa essersi trattato di mia zia Frances.»

«Sì, si chiamava così, infermiera Frances. Era sua zia? Che cosa ne è stato di lei?»

«È morta parecchi anni fa. Di difterite, contagiata da un paziente.»

«Oh! Mi dispiace.» Tacque un momento, esitò, poi proruppe: «L'ho sempre ricordata. Fu... fu un'amica meravigliosa per me, da bambino».

Sorprese gli occhi verdi di Jane intenti a fissarlo, con uno sguardo fermo e dolce, e a un tratto capì chi lei gli avesse ricordato non appena l'aveva vista. Somigliava all'infermiera Frances.

Jane mormorò:

«Compone musica, vero? Sebastian mi ha parlato di lei.»

«Sì. O almeno, ci provo.»

Si interruppe, di nuovo esitante. Pensò: "È tremendamente attraente. Mi piace? Perché ho paura di lei?".

A un tratto si sentì eccitato, colmo di esaltazione. Era capace di creare, *sapeva* di poter creare.

«Vernon!»

Sebastian lo stava chiamando. Si alzò. Sebastian lo presentò a Radmaager. Il grand'uomo fu gentile e attento.

«Mi interessa» disse «quello che sento del suo lavoro dal mio giovane amico, qui.» Mise una mano sulla spalla di Sebastian. «È molto astuto, il mio giovane amico. Sebbene sia molto giovane, si sbaglia di rado. Combineremo un incontro e lei mi farà sentire il suo lavoro.»

Andò oltre. Vernon rimase lì in piedi, vibrante di eccitazione. Radmaager aveva detto sul serio? Tornò da Jane. Lei stava sorridendo. Vernon le sedette accanto. Un'improvvisa ondata di sconforto si sostituì all'esultanza. A che serviva, tutto questo? Era legato, mani e piedi, allo zio Sydney e a Birmingham. Non si poteva comporre musica senza dedicare a questo tutto il proprio tempo, tutti i propri pensieri, con tutta l'anima.

Si sentì ferito, infelice, anelante a un po' di comprensione. Se soltanto Nell si fosse trovata lì. Nell, il suo tesoro, sempre comprensiva.

Alzò gli occhi e sorprese Jane Harding intenta a osservarlo.

«Che cosa c'è?» gli domandò.

«Vorrei essere morto» disse lui, amareggiato.

Jane inarcò appena le sopracciglia.

«Bene,» disse «se sale fino al tetto di questo palazzo e si getta giù, può morire.»

Non si trattava certo della risposta che Vernon si era aspettato. Alzò gli occhi, risentito, ma lo sguardo freddo e al contempo cortese di lei lo disarmò.

«Una sola cosa al mondo mi sta a cuore» disse appassionatamente. «Voglio comporre musica. *Potrei* comporre musica. E invece sono costretto a un lavoro bestiale, che odio. Devo sgobbare un giorno dopo l'altro! È troppo rivoltante.»

«Perché fa questo lavoro, se non le piace?»

«Perché vi sono costretto.»

«Immagino che voglia farlo, in realtà, altrimenti se ne guarderebbe bene» rispose lei, indifferente.

«Non le ho detto che più di ogni altra cosa al mondo voglio comporre musica?»

«E allora perché non la compone?»

«Perché non posso, le dico!»

Era esasperato. Lei sembrava non capire affatto. Si sarebbe detto che, secondo lei, se si voleva creare qualcosa, bastava mettersi lì e fare.

Cominciò a sfogarsi spifferando ogni cosa. Abbots Puissants, il concerto, la proposta di suo zio e, poi, Nell...

Quando ebbe terminato, lei esclamò:

«Si aspetta che la vita sia un po' come una fiaba, vero?»

«Che cosa vuol dire?»

«Proprio questo. Vuole poter vivere nella dimora dei suoi antenati, sposare la ragazza che ama, diventare immensamente ricco ed essere un grande compositore. Io credo che lei riuscirebbe a realizzare uno di questi quattro desideri, se si impegnasse a fondo. Ma è improbabile che possa realizzarli tutti. La vita non è un romanzetto rosa.»

In quel momento la odiò. Eppure, nel momento stesso in cui la odiava, si sentì attratto. Percepì, una volta di più, la curiosa atmosfera emotiva che lei aveva determinato cantando. Pensò: "Un campo magnetico, ecco di che si tratta". E poi, di nuovo: "Non mi piace. Ho paura di lei".

Un giovanotto dalla lunga chioma si avvicinò e si unì a loro. Era uno svedese, ma parlava l'inglese impeccabilmente.

«Sebastian mi dice che lei comporrà la musica del futuro» dichiarò, rivolto a Vernon. «Io ho le mie teorie per quanto concerne il futuro. Il tempo è soltanto un'altra dimensione dello spazio. Ci si può spostare avanti e indietro nel tempo né più né meno come ci si sposta nello spazio. Per una buona metà, i nostri sogni sono soltanto confuse reminiscenze del futuro. E come si può essere separati dai nostri cari nello spazio, si può esserne separati anche nel tempo, e questa è la più grande tragedia che possa esistere.»

Poiché era ovviamente pazzo, Vernon non gli diede retta. Le teorie sullo spazio e sul tempo non lo interessavano. Ma Jane Harding si protese in avanti.

«Essere separati nel tempo» mormorò. «Non ci avevo mai pensato.»

Così incoraggiato, lo svedese continuò. Parlò del tempo e dello spazio ultimo e del tempo primo e del tempo secondo. Vernon non sapeva se Jane fosse interessata o meno. Fissava il vuoto dinanzi a sé, inespressiva come se non lo stesse ascoltando. Lo svedese continuava a parlare a tutto spiano e Vernon tagliò la corda.

Si unì a Joe e a Sebastian. Joe stava parlando con ammirazione di Jane Harding.

«Secondo me è meravigliosa. Non lo pensi anche tu, Vernon? Mi ha invitata ad andare a trovarla. Vorrei poter cantare come lei.»

«È un'attrice, non una cantante» disse Sebastian. «Una brava figliola, Jane. Ha avuto un passato alquanto tragico. Per cinque anni ha vissuto con Boris Androv, lo scultore.»

Joe sbirciò dalla parte di Jane, più interessata che mai. Vernon si sentì a un tratto giovane e rozzo. Gli parve di vedere ancora quegli enigmatici occhi verdi, lievemente beffardi. Gli parve di udire ancora quella voce divertita e ironica. "Si aspetta che la vita sia un po' come una fiaba, vero?" Accidenti, gli bruciavano, quelle parole!

Eppure provava un desiderio immenso di rivederla.

Non avrebbe dovuto domandarle se gli sarebbe stato possibile?

No, non poteva...

E del resto, veniva in città così di rado...

Udì alle proprie spalle la voce di lei, una voce da cantante, lievemente rauca.

«Buonanotte, Sebastian. Grazie.»

Lei si diresse verso la porta, poi voltò la testa sbirciando Vernon.

«Venga a trovarmi, qualche volta» disse in tono noncurante. «Sua cugina ha il mio indirizzo.»

Libro terzo

JANE

1

JANE HARDING ABITAVA IN UN APPARTAMENTO all'ultimo piano di un palazzo che dominava il fiume a Chelsea. Lì, la sera dopo il ricevimento, si recò Sebastian Levinne.

«Ho sistemato tutto, Jane» fece. «Radmaager verrà qui da te, domani. A quanto pare preferisce regolarsi così.»

«*Suvvia, ditemi come vivete, esclamò lui*» citò Jane. «Be', vivo molto onestamente e rispettabilmente, del tutto sola! Ti va di mangiare un boccone, Sebastian?»

«C'è qualcosa?»

«Ci sono uova strapazzate con funghi, tartine alla pasta di acciughe e caffè forte, se te ne starai tranquillamente seduto qui mentre io preparerò ogni cosa.»

Mise accanto a lui una scatola di sigarette e i fiammiferi, poi uscì dalla stanza. Un quarto d'ora dopo, la cenetta era pronta.

«Mi piace venire a farti visita, Jane» esclamò Sebastian. «Non mi tratti mai come un tronfio giovane ebreo che può trovare appetibile soltanto la vita lussuosa e dispendiosa del Savoy.»

Dopo qualche momento lei disse: «Mi piace la tua ragazza, Sebastian».

«Joe?»

«Sì, Joe.»

Sebastian domandò, bruscamente: «Che cosa... che cosa pensi realmente di lei?».

Jane si concesse di nuovo un breve silenzio prima di rispondere.

«È così giovane» esclamò infine. «Così terribilmente giovane.»

Sebastian ridacchiò.

«Andrebbe su tutte le furie, se ti udisse.»

«È probabile.» Dopo qualche momento, Jane soggiunse: «L'ami molto, non è vero, Sebastian?».

«Sì. È strano – non è così, Jane? – quanto contino poco tutte le cose che uno ha già. Io ho in pratica tutto ciò che voglio, eccetto Joe, e Joe è la sola a contare per me. Mi rendo conto di quanto sono stupido, ma questo non fa nessunissima differenza! Che differenza c'è tra Joe e cento altre ragazze? Poco o niente. Eppure lei è la sola creatura al mondo che conti per me in questo momento.»

«In parte perché non puoi averla.»

«Forse. Ma non credo che sia soltanto per questo.»

«Nemmeno io.»

«Che cosa pensi di Vernon?» domandò Sebastian, dopo qualche momento.

Jane cambiò posizione, sottraendo il viso ai riflessi del fuoco.

«È un giovane interessante» disse adagio. «In parte, credo, perché così completamente privo di ambizione.»

«Privo di ambizione, tu pensi?»

«Sì. Vuole che tutto gli sia facile.»

«Se è così, non combinerà mai niente nel campo musicale. Ci vuole forza motrice per riuscire.»

«Sì, ci vuole forza motrice per riuscire. Ma la musica sarà la forza che muoverà *lui*!»

Sebastian alzò gli occhi, con un'espressione rasserenata e di apprezzamento sul viso.

«Sai una cosa, Jane?» disse. «Credo che tu abbia ragione.»

Lei sorrise, ma non disse nulla.

«Vorrei sapere che cosa pensare della ragazza con la quale è fidanzato» disse Sebastian.

«Com'è?»

«Carina. Certuni potrebbero definirla adorabile, ma io mi limiterei a definirla carina. Fa le cose che fanno tutte le altre e le fa molto soavemente. Ma non è una gattina. Temo... Sì, comincio a temerlo, ormai... che sia realmente innamorata di Vernon.»

«Non hai nulla da temere. Il genio tuo beniamino non si lascerà distrarre né trattenere. Queste cose non succedono. Ogni giorno che passa sono sempre più certa che non succedono.»

«Niente riuscirebbe a distogliere *te*, Jane; ma, d'altro canto, tu *hai* forza motrice.»

«Eppure, vuoi sapere una cosa, Sebastian? Credo che mi lascerei "distogliere", come dici tu, più facilmente del tuo Vernon. Io so quello che voglio e lotto per averlo... Lui non sa quello che vuole, o piuttosto non lo vuole... Ma è *la cosa* ad andare *a lui*, quale che sia *trionferà*... a qualsiasi costo.»

«A qualsiasi costo per chi?»

«Ah! Me lo domando...»

Sebastian si alzò.

«Devo andare. Grazie per avermi sfamato, Jane.»

«Grazie per quello che hai fatto per me con Radmaager. Sei un ottimo amico, Sebastian. E credo che il successo non ti guasterà mai.»

«Oh, il successo...» Egli le porse la mano.

Lei gli mise entrambe le mani sulle spalle e lo baciò.

«Mio caro, spero che avrai la tua Joe. Ma se non sarà così, avrai ogni altra cosa, ne sono certa!»

Herr Radmaager non si fece vivo con Jane Harding per quasi quindici giorni. Poi, un giorno, arrivò senza alcun preavviso, alle dieci e mezzo del mattino. Si fece avanti nell'appartamento senza una parola di scusa e osservò, intorno a sé, le pareti del salotto.

«È stata lei ad arredarlo e a scegliere la carta da parati? Sì?»

«Sì.»

«Abita qui sola?»

«Sì.»

«Ma non ha sempre vissuto sola?»

«No.»

Radmaager disse, inaspettatamente:

«Questa è una buona cosa.»

Poi soggiunse, imperiosamente:

«Venga qui.»

La prese per entrambe le braccia e l'avvicinò alla finestra. Lì, la scrutò dalla testa ai piedi. Le pizzicò, tra pollice e indice, la carne del braccio, le fece aprire la bocca e le esaminò la gola; infine, piazzò una grossa mano su ciascun lato della sua vita.

«Respiri profondamente! E adesso espiri, con forza!»

Si tolse di tasca un metro a nastro e le fece ripetere respirazione ed espirazione, passandole ogni volta il metro a nastro intorno alla vita. Infine si rimise il metro in tasca. Né lui né Jane parvero vedere qualcosa di curioso in tutto ciò.

«Bene, bene» disse Radmaager. «Lei è sana di petto e sana di gola. Inoltre è intelligente, dato che non mi ha impedito di procedere. Posso trovare facilmente molte cantanti con una voce più bella della sua; la sua voce è naturalissima, molto bella... molto limpida, come un filo d'argento. Ma, se la forza, scomparirà. E che ne sarà di lei, allora, le domando io? I brani che canta adesso sono assurdi. Se lei non fosse cocciuta come il demonio, non si sognerebbe mai di interpretare queste parti. Ciò nonostante, io la rispetto perché è un'artista.»

Riprese fiato per un momento, poi continuò.

«E ora mi stia a sentire. La mia musica è bella e non le rovinerà la voce. Quando Ibsen creò Solveig, creò il più meraviglioso personaggio femminile che sia mai stato immaginato. Sarà Solveig a far trionfare o fallire la mia opera. E non è sufficiente disporre di una cantante. Vi sono la Cavarossi, Mary Wontner, Jeanne Dorta... sperano tutte e tre di avere la parte di Solveig. Ma io non le voglio. Che cosa sono? Animali privi di intelligenza, anche se dotati di meravigliose corde vocali. Per la mia Solveig devo disporre di uno strumento perfetto, di uno strumento dotato di intelligenza. Lei è una giovane cantante, ancora sconosciuta. L'anno prossimo canterà al Covent Garden nel mio *Peer Gynt*, se mi soddisferà. E ora ascolti...»

Sedette al pianoforte di Jane e cominciò a suonare. Note bizzarre, ritmiche e monotone.

«È la neve, capisce? La neve del nord. Ecco che cosa dovrà essere la sua voce, come la neve. La neve è bianca come damasco, e attraverso essa corrono ricami. Ma i ricami sono nella musica, non nella sua voce.»

Continuò a suonare. Note interminabilmente monotone, ripetitive... Eppure, a un tratto, il qualcosa che era intessuto in esse ti giungeva all'orecchio... Quello che lui aveva definito i ricami.

Radmaager smise di suonare.

«Ebbene?»

«Sarà molto difficile da cantare.»

«Giustissimo. Ma lei ha un orecchio eccellente. Vuole cantare la parte di Solveig, eh?»

«Naturale. È l'occasione che capita una volta nella vita. Se riuscirò ad accontentarla...»

«Credo che ci riuscirà.» Balzò in piedi e di nuovo le mise le mani sulle spalle. «Quanti anni ha?»

«Trentatré.»

«Ed è stata molto infelice. È così?»

«Sì.»

«Con quanti uomini ha vissuto?»

«Soltanto con uno.»

«E non era un brav'uomo?»

Jane rispose, placida:

«Era un mascalzone.»

«Capisco. Sì, lo ha scritto in faccia. Ora mi stia a sentire, tutto quello che ha sofferto, tutto quello che ha goduto, lo immetterà nella mia musica, non con abbandono, non senza alcun freno; ma con una energia controllata e disciplinata. Lei possiede intelligenza e possiede coraggio. Senza il coraggio nulla può mai essere compiuto. Coloro che sono privi di coraggio voltano le spalle alla vita. Lei non volterà mai le spalle alla vita. Qualsiasi cosa possa accadere, l'affronterà a testa alta, con gli occhi molto fermi. Ma io spero, bambina mia, che non debba soffrire troppo.»

Si allontanò da lei.

«Le manderò lo spartito» disse, voltando la testa. «E lei lo studierà.»

Uscì a passi pesanti dalla stanza, poi la porta dell'appartamento sbatté.

Jane si mise a sedere accanto al tavolo. Fissò, senza vederla, la parete che aveva di fronte. La sua grande occasione era giunta.

Mormorò, molto sommessamente, tra sé e sé:

«Ho paura.»

Per un'intera settimana, Vernon continuò a domandarsi se avrebbe dovuto o meno prendere in parola Jane. Avrebbe potuto recarsi a Londra durante il fine settimana... ma allora, forse, Jane sarebbe stata via. Si sentiva miseramente impacciato e timido. Forse lei si era già dimenticata di averlo invitato.

Lasciò passare il fine settimana. Era sicuro che lei lo avesse ormai dimenticato. Poi ricevette una lettera di Joe, nella quale sua cugina diceva di essersi incontrata due volte con Jane. Questo lo decise. Alle sei del pomeriggio del sabato successivo suonò il campanello dell'appartamento di Jane.

Fu Jane stessa ad andargli ad aprire. Spalancò un poco i grandi occhi quando vide chi era; a parte questo, non tradì alcun stupore.

«Entri» disse. «Sto terminando di allenarmi, ma non le dispiacerà, vero?»

Lui la seguì in una lunga stanza le cui finestre davano sul fiume. Era quasi completamente vuota. Un pianoforte a coda, un divano, un paio di poltrone e le pareti rivestite di carta da parati che era tutta un tumulto di campanule e narcisi. Una sola parete era rivestita di sobria carta da parati verde scuro e su di essa figurava un singolo dipinto. Uno studio bizzarro di nudi tronchi d'albero. Un qualcosa di quel quadro ricordò a Vernon le sue avventure infantili nella foresta.

Sullo sgabello del pianoforte sedeva l'ometto simile a un verme bianchiccio.

Jane spinse verso Vernon una scatola di sigarette, disse con la sua voce brutale e imperiosa: «Avanti, signor Hill», e cominciò ad andare su e giù per la stanza.

Il signor Hill si gettò sul pianoforte. Le sue mani si spostarono sulla tastiera con una rapidità e una destrezza meravigliose. Jane cantò. Quasi sempre *sottovoce*, e quasi in un bisbiglio. Ma di quando in quando cantava una frase a voce spiegata. Una o due volte si interruppe con un'esclamazione che pareva di furente impazienza e ordinò al signor Hill di ricominciare tornando indietro di parecchie battute.

Poi, del tutto all'improvviso, smise di cantare e batté le mani. Si avvicinò al caminetto, suonò il campanello e poi, voltando la testa, si rivolse per la prima volta al signor Hill come ci si rivolge a un essere umano:

«Si tratterrà per una tazza di tè, non è vero, signor Hill?»

Il signor Hill disse di temere che non gli sarebbe stato possibile. Svariate volte si inchinò, come per scusarsi, poi uscì di sbieco dalla stanza. Una cameriera servì caffè forte e crostini abbrustoliti e imburrati ancora caldi; a quanto parve, questa era l'idea che aveva Jane del tè pomeridiano.

«Che cosa stava cantando?»

«L'*Elettra*, di Richard Strauss.»

«Oh! Mi piaceva. Sembrava una zuffa di cani.»

«Strauss sarebbe lusingato da questo suo giudizio. In ogni modo, so che cosa vuole dire. È una musica combattiva.»

Spinse verso di lui i crostini imburrati e soggiunse:

«Sua cugina è stata qui due volte.»

«Lo so. Mi ha scritto e me lo ha detto.»

Vernon aveva la lingua legata e si sentiva a disagio. Ci aveva tenuto moltissimo a venire ma, ora che si trovava lì, non sapeva che cosa dire. Un qualcosa di Jane lo faceva sentire a disagio. Infine proruppe:

«Mi dica sinceramente, mi consiglierebbe di rinunciare completamente all'impiego e di dedicarmi alla musica?»

«Come potrei dirglielo? Non so che cosa voglia fare.»

«L'altra sera si è espressa così. Come se ognuno potesse fare soltanto quel che gli piace.»

«Infatti è così. Non proprio sempre, naturalmente, ma quasi sempre. Se lei volesse assassinare qualcuno, niente potrebbe impedirglielo, in realtà. Ma in seguito verrebbe impiccato, naturalmente.»

«Io non voglio assassinare nessuno.»

«No, lei vuole che la sua fiaba sia a lieto fine. Lo zio muore e le lascia tutto il suo patrimonio. Lei sposa la fanciulla della quale è innamorato e va a risiedere a Abbots Puissants dove sarà felice per sempre.»

Vernon disse, in tono iroso:

«Vorrei che non mi si deridesse.»

Jane tacque per un lungo minuto; poi disse, in un tono di voce diverso:

«Non la stavo deridendo. Stavo facendo una cosa che non mi riguarda... cercavo di intromettermi.»

«Intromettersi? Che cosa intende dire?»

«Cercavo di farle affrontare la realtà e dimenticare che lei ha... quanti? almeno otto anni meno di me, e che il suo momento per questo non è ancora giunto.»

Vernon pensò a un tratto: "Potrei dirle qualsiasi cosa, proprio qualsiasi cosa. Ma non sempre risponderebbe come io vorrei".

A voce alta disse: «Continui, la prego. Temo che sia molto egocentrico da parte mia parlare di me in questo modo, ma sono molto preoccupato e infelice. Voglio sapere che cosa intendeva l'altra sera, quando ha affermato che delle quattro cose che io voglio potrei ottenerne una qualsiasi, ma non tutte».

Jane rifletté per un momento.

«Che cosa intendevo precisamente? Be', soltanto questo: per ottenere quello che si vuole bisogna di solito pagare un prezzo o correre un rischio. A volte occorrono entrambe le cose. Per esempio, a me piace la musica, un certo tipo di musica. Ma la mia voce è adatta a un genere di musica completamente diverso. È una voce da concerto insolitamente buona, non una voce da opera lirica, tranne forse l'opera molto leggera. Eppure ho cantato Wagner, Strauss, tutte le parti che mi piacciono. Non ho pagato precisamente uno scotto, ma mi espongo a un rischio enorme. La voce potrebbe venirmi a mancare da un momento all'altro, lo so. Ho guardato in faccia questa possibilità e ho deciso che il gioco vale la candela.

«Orbene, nel suo caso, lei ha accennato a quattro possibilità. Per quanto concerne la prima, presumo che se restasse nell'azienda di suo zio per un sufficiente numero di anni diventerebbe ricco senza altre difficoltà. Ma questo non è molto interessante. In secondo luogo, lei vuole risiedere a Abbots Puissants. Potrebbe riuscirci sin da domani, se sposasse una ragazza ricca. Poi c'è la ragazza che ama, la ragazza che vuole sposare...»

«Posso avere anche lei sin da domani?» domandò Vernon. Si espresse con una sorta di furente ironia.

«Direi di sì, molto facilmente.»

«In quale modo?»

«Vendendo Abbots Puissants. Le appartiene, la dimora, e può venderla, no?»

«Sì, ma non potrei mai fare questo. Non potrei, non potrei...»

Jane si reclinò sulla poltrona e sorrise.

«Preferisce continuare a credere che la vita sia una fiaba?»

«Deve esservi qualche altra soluzione.»

«Sì, ce n'è un'altra, naturalmente. La più semplice, con ogni probabilità. Niente può impedire a entrambi di recarvi all'ufficio di stato civile più vicino. Siete tutti e due in grado di camminare.»

«Lei non capisce. Vi sono difficoltà a centinaia. Non potrei mai chiedere a Nell di affrontare una vita di stenti. Lei non vuole essere povera.»

«Forse non può.»

«Che cosa intende dire con *non può*?»

«Semplicemente questo. Non può. Certe persone non possono essere povere.»

Vernon balzò in piedi e per due volte andò avanti e indietro nella stanza. Poi tornò accanto a Jane, si lasciò cadere sul tappeto vicino alla poltrona di lei e alzò gli occhi.

«E per quanto concerne la quarta possibilità? La musica? Crede che potrei riuscire?»

«Questo non sono in grado di dirlo. Volere può non servire a niente in questo caso. Ma se accadrà, prevedo che fagociterà tutto il resto. Ogni cosa scomparirà: Abbots Puissants, il denaro, la ragazza. Mio caro, sento che la vita non sarà facile per lei. Ma ora mi dica qualcosa di quest'opera che, secondo Sebastian Levinne, lei sta componendo.»

Quando Vernon ebbe terminato di dirglielo, erano le nove. Si lasciarono sfuggire entrambi un'esclamazione di stupore e si recarono insieme in un piccolo ristorante. In seguito, mentre si salutavano, il lieve timore iniziale di Vernon tornò.

«Penso che lei sia una delle... persone più simpatiche ch'io abbia mai conosciuto. Mi consentirà di tornare a parlarle, vero? Se non l'ho troppo annoiata.»

«Tutte le volte che vorrà. Buonanotte.»

Myra scrisse a Joe:

Carissima Josephine...

Sono tanto preoccupata per Vernon e per la donna cui egli continua ad andare a far visita in città, una cantante d'opera o qualcosa di simile. Di anni e anni più anziana di lui. È spaventoso il modo con il quale le donne di quel genere si avvinghiano ai giovanotti. Mi cruccio terribilmente e non so che cosa fare al riguardo. Ho parlato con tuo zio Sydney ma non mi è stato di grande aiuto e si è limitato a dire che i giovani sono giovani. Ma io non voglio che il *mio* ragazzo si comporti così. Mi domando, Joe cara, se potrebbe servire a qualcosa ch'io mi rechi da questa donna e la esorti a lasciare in pace il mio ragazzo. Anche una donna di *malaffare* dovrebbe essere disposta ad ascoltare un madre, credo. Vernon è troppo giovane per rovinarsi la vita. Non so proprio che cosa fare. Sembra che non abbia più alcun ascendente su di lui.

Con tanto affetto, la tua affezionata

zia Myra

Joe mostrò la lettera a Sebastian.

«Presumo che si riferisca a Jane» disse lui. «Mi piacerebbe assistere al colloquio tra loro. Francamente, credo che Jane si divertirebbe.»

«Che sciocchezze!» esclamò Joe, inviperita. «Vorrei proprio che Vernon *si innamorasse* di Jane. Per lui sarebbe cento volte meglio che essere infatuato di quella sciocca di Nell.»

«Nell non ti piace, vero, Joe?»

«Non piace nemmeno a te.»

«Oh, sì, invece, sì che mi piace. Non che mi interessi moltissimo, ma riesco senz'altro a rendermi conto delle sue attrattive. A modo suo è davvero adorabile.»

«Sì, allo stesso modo di una scatola di cioccolatini.»

«Non mi attrae perché, a mio modo di vedere, non v'è ancora in lei alcunché di attraente. La vera Nell non si è ancora formata. Forse non si formerà mai. Presumo che questo attragga moltissimo alcune persone, perché dischiude ogni sorta di possibilità.»

«Be', secondo me Jane vale dieci Nell! Quanto prima Vernon si libererà della sua stupida infatuazione per Nell e si innamorerà invece di Jane, tanto meglio sarà.»

Sebastian accese una sigaretta e parlò adagio: «Non sono sicuro di trovarmi d'accordo con te».

«Perché?»

«Be', non è molto facile spiegarlo. Ma, vedi, Jane ha una forte personalità, fortissima. Innamorarsi di Jane potrebbe monopolizzare tutto il tempo di cui si dispone. Ci troviamo d'accordo, non è vero, nel ritenere che Vernon sia, con ogni probabilità, un genio? Bene, non credo che un genio voglia essere sposato con una donna dalla forte personalità. Preferisce essere sposato con una creatura alquanto trascurabile: con qualcuna la cui personalità non ostacoli la sua. Potrò sembrarti cinico, ma questo è probabilmente quanto accadrà se Vernon sposerà Nell. In questo momento lei rappresenta... non so bene in qual modo definirla... com'è che dice quel verso? "Il melo, il canto e l'oro..." Qualcosa del genere. Una volta che l'avrà sposata, tutto questo scomparirà. Lei sarà soltanto una graziosa e simpatica ragazza di indole mite alla quale, naturalmente, egli vorrà un gran bene. Ma non *interferirà*. Non si intrometterà mai tra lui e il suo lavoro. Non ha una personalità sufficientemente forte per poter fare questo. Mentre Jane potrebbe; forse vorrebbe evitarlo, ma potrebbe. Non è la bellezza di Jane ad attrarre: è lei stessa. Potrebbe essere assolutamente fatale per Vernon...»

«No, non sono d'accordo con te» affermò Joe. «Penso che Nell sia una sciocca stupidella e mi spiacerebbe moltissimo se Vernon la sposasse. Spero che tutto finisca in una bolla di sapone.»

«Come molto probabilmente accadrà» disse Sebastian.

2

NELL TORNÒ A LONDRA. Vernon si recò a trovarla il giorno dopo che era arrivata. Lei notò subito il cambiamento intervenuto in lui. Era sparuto, eccitato. Disse, bruscamente:

«Nell, sto per mandare al diavolo Birmingham.»

«*Cosa?*»

«Ascolta, lascia che ti spieghi...»

Parlò con avidità ed eccitazione. La sua musica: si sarebbe dedicato esclusivamente alla musica. Le parlò dell'opera.

«Sta' a sentire, Nell. Questa sei tu, nel torrione, con i capelli d'oro sciolti che splendono nella luce del sole.»

Andò al pianoforte e cominciò a suonare, spiegando mentre suonava: «Violini, capisci... E queste battute vengono suonate soltanto dalle arpe. E queste sono le tonde pietre preziose».

Suonò quella che parve a Nell tutta una serie di accordi discordanti. In cuor suo, lei li giudicò orrendi. Ma forse, suonati da un'orchestra, sarebbero sembrati diversi.

Tuttavia lo amava. E siccome lo amava, tutto quello che faceva doveva essere ben fatto. Gli sorrise e disse:

«È splendida, Vernon.»

«Ti piace davvero, Nell? Oh, dolcezza, sei davvero meravigliosa. Tu capisci sempre. Sei così cara in ogni cosa...»

Si avvicinò a lei, si inginocchiò e le affondò il viso nel grembo.

«Ti amo tanto. Ti amo tanto.»

Lei gli accarezzò il capo bruno.

«Raccontami la trama dell'opera.»

«Devo proprio? Ecco, vedi, c'è, in un torrione, una principessa dai capelli d'oro e re e cavalieri giungono da ogni parte del mondo e cercano di convincerla a sposarli. Ma lei è troppo altezzosa per degnarli di uno sguardo, come succede nei veri racconti di fate. Ma finalmente giunge qualcuno, una specie di zingaro molto lacero, con un berretto verde sul capo e con una sorta di flauto che egli suona. Suona e canta e afferma di possedere il regno più vasto d'ogni altro, perché il suo regno è il mondo intero. E sostiene che non esistono pietre preziose simili alle sue, perché le sue pietre preziose sono gocce di rugiada. E tutti dicono che è pazzo e lo scacciano. Ma quella notte la principessa, giacendo a letto, lo ode suonare e cantare la canzone nel giardino del castello, e sta ad ascoltare.

«Poi c'è un vecchio venditore ambulante ebreo, nella cittadina, e costui offre all'uomo oro e ricchezze con le quali conquistare la principessa, ma lo zingaro ride e dice: che cosa potrebbe mai dare in cambio? E il vecchio gli chiede in cambio il berretto verde e il flauto con il quale sta suonando, ma lo zingaro risponde che non si separerà mai né dall'uno né dall'altro.

«Continua a suonare ogni sera nel giardino del palazzo: *Vieni fuori, amor mio, vieni fuori!* E ogni sera la principessa giace a occhi aperti e ascolta. Nel palazzo v'è un anziano bardo ed egli narra che, cent'anni prima, un principe della famiglia reale, ammaliato da una fanciulla zingara, se n'era andato per non tornare mai più. La principessa ascolta il racconto e infine, una notte, si alza e si affaccia alla finestra. E lo zingaro le dice di abbandonare tutte le sue vesti e i suoi gioielli e di uscire dal palazzo con una semplice veste bianca. Ma lei pensa che è meglio stare sul sicuro e pertanto cuce una perla nell'orlo della veste, e poi viene fuori, e si allontanano insieme nel chiaro di luna mentre il giovane canta. Ma la perla cucita nell'orlo della veste appesantisce la principessa, che non riesce a tenere il passo di lui. E lo zingaro prosegue senza rendersi conto del fatto di essersela lasciata indietro.

«L'ho raccontata molto male, la trama; questa, comunque, è la fine del primo atto, con lui che si allontana nel chiaro di luna e lei che resta indietro, piangendo. Vi sono tre scene. Il salone del castello, la piazza del mercato e il giardino del palazzo, sotto la finestra della principessa.»

«Non sarà molto costosa... la messa in scena, voglio dire?» domandò Nell.

«Non lo so. Non ci avevo pensato. Oh! È una difficoltà che potrà essere risolta, presumo.» Vernon era irritato da un particolare così prosaico.

«Dunque, il secondo atto si svolge nei pressi della piazza del mercato. V'è una ragazza, là, che ripara bambole con i capelli corvini che le spiovono intorno al viso. Lo zingaro si avvicina, le domanda che cosa stia facendo e lei risponde che sta riparando bambole. Dispone dell'ago e del filo più meravigliosi del mondo. Lui le parla della principessa, dice che l'ha perduta di nuovo e che andrà dal vecchio venditore ambulante ebreo a vendergli il berretto e il flauto; la ragazza lo esorta a non farlo, ma lo zingaro dice di esservi costretto.

«Vorrei saper raccontare meglio la vicenda. Adesso mi sto limitando alla trama. Non posso dirti come verrà rappresentata sulla scena perché ancora non lo so bene io stesso. La musica l'ho già composta: è questa la gran cosa... La musica greve nel palazzo deserto, e la musica frastornante nella piazza del mercato... E il motivo che caratterizza la principessa... come quel verso, sai... "un ruscello canoro nella valle silente"... E poi la musica della ragazza che ripara bambole, tutta scuri boschi e alberi, la stessa voce che aveva la foresta a Abbots Puissants; una musica, sai, incantata e misteriosa e un po' paurosa... Credo che ci vorranno degli strumenti particolari per renderla bene. Ma non mi addentrerò in queste minuzie, non ti interesserebbero. Sono troppo tecniche.

«Dove ero arrivato? Oh, sì, lui si presenta al palazzo – come un grande sovrano, questa volta – tra un gran tintinnio di spade, con destrieri splendidamente bardati e fulgori di pietre preziose e la principessa è sopraffatta dalla gioia poiché si sposeranno e tutto finirà bene. Ma lui comincia a diventare pallido e smunto, peggiora di giorno in giorno e, quando gli domandano che cos'abbia, risponde: "Niente".»

«Come facevi tu quando eri un bimbetto a Abbots Puissants» disse Nell, sorridendo.

«Rispondevo così? Non me ne ricordo. Bene; poi, la sera che precede il giorno delle nozze, lui non riesce più a resistere, si allontana non visto dal palazzo, si reca al mercato, desta il vecchio ebreo e gli dice che deve riavere il berretto e il flauto. È disposto a restituire tutto quello che ha ottenuto in cambio. Il vecchio ebreo ride e getta ai piedi del principe il berretto lacerato in due e il flauto spezzato.

«Il principe ha il cuore infranto. È come se gli fosse franato il terreno sotto i piedi. Si allontana con il berretto e il flauto in mano e giunge davanti alla ragazza che se ne sta accosciata, intenta a riparare bambole; le racconta quello che gli è accaduto e lei gli dice di coricarsi e di dormire. Il principe si addormenta, e quando si desta, al mattino, ecco il berretto verde e il flauto riparati così mirabilmente da sembrare intatti agli occhi di chiunque.

«Egli ride allora di felicità e lei si avvicina a una credenza e ne toglie un berretto verde quasi identico all'altro e un flauto. Poi i due si incamminano insieme nella foresta e, proprio mentre il sole sta sorgendo, al di là degli alberi, lui guarda la fanciulla e ricorda. Dice: "Oh bella, cent'anni or sono abbandonai il mio palazzo e il trono per amor tuo". E la fanciulla risponde: "Sì, ma siccome avevi paura nascondesti un pezzo d'oro sotto la fodera del tuo farsetto, e il bagliore del metallo ti incantò gli occhi e non riuscimmo più a ritrovarci. Ma ora il mondo intero è nostro e noi ci aggireremo insieme in esso per sempre e per sempre".»

Vernon si interruppe. Voltò verso Nell il viso illuminato dall'entusiasmo. «Dovrebbe essere bello, il finale, molto bello. Se riuscirò a immettere nella musica quello che vedo e sento: loro due con i berrettini verdi, intenti a suonare il flauto, e la foresta e il sole che sorge...»

Assunse un'espressione sognante ed estatica. Parve essersi dimenticato di Nell.

Nell, quanto a lei, si sentì pervadere da sensazioni indescrivibili. Vernon così strano, così rapito, la spaventava. Altre volte aveva parlato di musica con lei, mai però con una passione così strana e intensa. Sapeva che, secondo Sebastian Levinne, Vernon avrebbe potuto un giorno creare cose meravigliose, ma aveva letto le biografie di alcuni geni della musica, ricordava come avessero vissuto, e all'improvviso desiderò con tutto il cuore che Vernon non possedesse quel dono meraviglioso. Lo voleva come era sempre stato, il suo appassionato e fanciullesco adoratore, entrambi calati nel loro sogno.

Aveva letto da qualche parte che le mogli dei musicisti erano sempre infelici. Non voleva che Vernon diventasse un grande musicista. Voleva che guadagnasse il prima possibile del denaro e andasse a vivere con lei a Abbots Puissants. Voleva un'esistenza felice, sana, normale. L'amore, e Vernon...

Quest'altra cosa: questa sorta di ossessione era *pericolosa*. Lei aveva la certezza che fosse pericolosa.

Ma non poteva scoraggiare Vernon, smorzarne l'entusiasmo. Lo amava di gran lunga troppo per questo. Disse, cercando di esprimersi con un tono di voce comprensivo e interessato:

«Che insolita fiaba! Vorresti dirmi di averla sempre ricordata, sin da quando eri bambino?»

«Più o meno. Ci ho ripensato quel mattino sul fiume, a Cambridge, subito prima di vederti in piedi sotto quell'albero. Tesoro, eri così adorabile. Rimarrai sempre adorabile, non è vero? Non sopporterei che tu non lo fossi. Che idiozie sto dicendo! E poi, dopo quella sera a Ranelagh, la sera meravigliosa in cui ti dissi che ti amavo, la musica si riversò tutta nella mia mente. Ma non riuscivo a ricordare con chiarezza la fiaba... ricordavo bene soltanto il particolare del torrione.

«Ma poi ho avuto una fortuna fantastica. Ho conosciuto una ragazza, la nipote dell'infermiera che mi raccontò la fiaba. E questa ragazza la ricordava perfettamente e mi ha aiutato a ricostruirla nei minimi particolari. Non è straordinario il modo con il quale accadono le cose?»

«Chi è questa donna?»

«È davvero una creatura meravigliosa, secondo me. Simpaticissima e straordinariamente intelligente. È una cantante: si chiama Jane Harding. Canta le parti di *Elettra* e di *Brunilde* e di *Isotta* nella nuova Compagnia dell'opera inglese, e l'anno prossimo potrebbe cantare al Covent Garden. L'ho conosciuta a un ricevimento offerto da Sebastian. Voglio che la conosca anche tu. Ti piacerebbe moltissimo, ne sono sicuro.»

«Quanti anni ha? È giovane?»

«Piuttosto giovane, sulla trentina, direi. Ha un effetto straordinariamente strano sulle persone. In un certo qual modo, desta quasi antipatia, ma al contempo ti fa sentir capace di fare qualcosa. È stata molto buona con me.»

«Lo credo bene.»

Perché aveva detto questo? Perché avrebbe dovuto sentirsi prevenuta contro quella donna, contro Jane Harding?

Vernon la stava fissando con un'espressione alquanto interdetta.

«Che cosa c'è, tesoro? Lo hai detto in un modo così strano.»

«Non lo so.» Nell si sforzò di ridere. «Mi è venuta la pelle d'oca.»

«Strano» mormorò Vernon, accigliandosi. «Ho sentito dire la stessa cosa da qualcun altro, di recente.»

«È una frase comunissima» disse Nell, ridendo. Tacque per un momento, poi soggiunse: «Mi piacerebbe molto conoscere questa tua amica, Vernon».

«Lo so. Ci tengo a fartela conoscere. Le ho parlato molto di te.»

«Vorrei che tu non lo avessi fatto. Parlarle di me, dico. In fin dei conti, avevamo promesso a mia madre che nessuno sarebbe venuto a saperlo.»

«Nessun estraneo... Ma Sebastian lo sa, e Joe anche.»

«Questo è un altro paio di maniche. Li conosci sin da quando erano bambini.»

«Sì, certo. Scusami. Non ci ho pensato. Ma non le ho detto che siamo fidanzati. Né ho rivelato il tuo nome o altro. Non sei arrabbiata, vero, Nell cara?»

«No, naturalmente.»

Il tono della risposta suonò aspro alle sue stesse orecchie. Perché la vita era così orribilmente difficile? La musica la spaventava. Già aveva fatto sì che Vernon rinunciasse a un buon impiego. Ma era stata *davvero* la musica? O, forse, Jane Harding?

Si disse, disperatamente:

"Vorrei non aver mai conosciuto Vernon. Vorrei non essermi mai innamorata di lui. Vorrei... oh! Vorrei non amarlo tanto. Ho paura. Ho paura..."

Era fatta! Aveva spiccato il salto! Non senza conseguenze sgradevoli, naturalmente. Zio Sydney era infuriato, e non a torto, Vernon doveva ammetterlo. Vi erano state scenate con sua madre: lacrime, recriminazioni. Una dozzina di volte aveva quasi deciso di cedere, eppure, in qualche modo, non aveva ceduto.

Provava, continuamente, uno strano senso di desolazione. Nessuno lo spalleggiava, in quella decisione. Nell, poiché lo amava, approvava tutto ciò che lui affermava, ma Vernon era spiacevolmente consapevole del fatto che la sua decisione l'aveva addolorata e turbata e addirittura avrebbe potuto scuotere la sua fiducia nel futuro. Quanto a Sebastian, giudicava la mossa prematura. Per il momento lo avrebbe consigliato di tenere i piedi in due staffe. Naturalmente, si sarebbe guardato bene dal dirlo. Sebastian non dava mai consigli a nessuno. Persino la leale Joe era dubbiosa. Si rendeva conto che per il suo amico troncare i rapporti con i Bent era una cosa seria e non riponeva, nell'avvenire di Vernon come musicista, quella salda fiducia che le avrebbe consentito di approvare sinceramente la sua decisione.

Fino a quel momento, nel corso della propria esistenza, Vernon non aveva mai avuto il coraggio di agire opponendosi a tutti. Quando tutto finì e venne a trovarsi sistemato nel modestissimo alloggio che poteva permettersi a Londra, si sentì come chi avesse sormontato ostacoli insuperabili. Allora, e soltanto allora, si recò ancora a far visita a Jane Harding.

Mentalmente, aveva avuto con lei conversazioni immaginarie e fanciullesche.

"Ho fatto quello che lei mi aveva detto di fare."

"Splendido! Sapevo che ne avrebbe avuto davvero il coraggio!"

Si mostrava modesto e Jane lo lodava. Le sue lodi lo incoraggiavano e lo rendevano esultante.

La realtà, come sempre, risultò del tutto diversa. Accadeva sempre così nei suoi rapporti con Jane. Nell'immaginazione, egli aveva sempre colloqui con Jane che poi, nella realtà, si svolgevano ben diversamente.

In questo caso, quando, con la debita modestia, le rese noto quello che aveva fatto, lei parve considerare la cosa del tutto ovvia, senza alcunché di particolarmente eroico. Disse:

«Bene, doveva essere quello che voleva fare, altrimenti non lo avrebbe fatto.»

Vernon si sentì deluso, quasi irritato. Sempre, alla presenza di Jane, provava una sensazione curiosa, di soggezione. Con lei non riusciva a essere del tutto spontaneo. Voleva dirle un'infinità di cose... ma gli era difficile parlare. Aveva la lingua inceppata, si sentiva in preda all'imbarazzo. Poi, all'improvviso, senza alcun motivo, si sarebbe detto, la nube si dileguava ed ecco che parlava allegramente e con disinvoltura, esprimendo qualsiasi cosa gli saltasse in mente.

Pensò: "Perché mi sento così imbarazzato con lei? Eppure è abbastanza spontanea".

La cosa lo preoccupava... Sin dal primo momento in cui l'aveva conosciuta si era sentito turbato, impaurito. Lo stupiva l'effetto che lei aveva su di lui, eppure non era disposto ad ammettere quanto fosse forte.

Il tentativo di far nascere un'amicizia tra Jane e Nell fallì. Vernon sentì che dietro la cordialità esteriore, imposta dalla cortesia, esisteva assai poco di spontaneo.

Quando domandò a Nell che cosa pensasse di Jane, lei rispose:

«Mi piace moltissimo. Secondo me è una donna molto interessante.»

Allorché volle saperlo da Jane fu più goffo, ma lei gli venne incontro:

«Vuole che le dica cosa penso della sua Nell? È graziosa, molto cara.»

Le chiese: «E pensa che diventerete vere amiche?».

«No, naturalmente no. Perché dovremmo?»

«Be', ecco...»

Balbettò, colto di sorpresa.

«L'amicizia non è una sorta di triangolo equilatero. Se A vuol bene a B e ama C, allora C e B, eccetera... Non abbiamo niente in comune, la sua Nell e io. Anche lei si aspetta che la vita sia una fiaba, e sta cominciando appena adesso a temere, povera bambina, che possa non essere così, tutto sommato. È come una bella addormentata che si desta nella foresta. L'amore, per lei, è qualcosa di davvero meraviglioso e di splendido.»

«E per lei non lo è?»

Dovette domandarglielo. Ci teneva troppo a saperlo. Cento, mille volte, si era domandato che cosa fosse accaduto con Boris Androv, si era posto interrogativi su quei cinque anni.

Lei lo fissò con un viso nel quale ogni espressione si era spenta.

«Un giorno glielo dirò.»

Avrebbe voluto esortarla... "Me lo dica subito", ma tacque. Mormorò invece: «Jane, ma che cos'è la vita per lei?»

Lei fece una lunga pausa, poi rispose:

«Un'avventura difficile, pericolosa, ma interessante a non finire.»

Finalmente, poteva lavorare. Cominciò ad apprezzare appieno le gioie della libertà. Non c'era niente che gli logorasse i nervi, niente che disperdesse le sue energie. Potevano scorrere, un fiume ininterrotto, e sfociare nel suo lavoro. Di distrazioni ne aveva ben poche. Momentaneamente, disponeva del necessario per non morire di fame. Abbots Puissants non era stata ancora affittata...

L'autunno trascorse e trascorse la maggior parte dell'inverno. Vedeva Nell una o due volte la settimana, incontri furtivi, insoddisfatti. Entrambi erano consapevoli del fatto che il primo, splendido rapimento non esisteva già più. Lei gli poneva domande insistenti sui progressi dell'opera lirica. Come stava procedendo? Quando contava di terminarla? Quali probabilità esistevano che venisse messa in scena?

Vernon era vago per quanto concerneva tutti questi aspetti pratici. Per il momento gli premeva soltanto l'aspetto creativo. L'opera stava prendendo forma, adagio, con innumerevoli difficoltà e sofferenze, con cento impedimenti causati dalla mancanza di tecnica e di esperienza. Vernon parlava quasi esclusivamente delle difficoltà o delle possibilità strumentali. Si accompagnava a bizzarri musicisti che suonavano nelle orchestre. Nell andava a molti concerti e amava la musica, ma è probabile che non sapesse distinguere un oboe da un clarinetto. Aveva sempre pensato che un corno e un corno francese fossero proprio la stessa cosa.

Le conoscenze tecniche che occorrevano per scrivere una partitura la sgomentavano e l'indifferenza di Vernon riguardo a quando e a come l'opera sarebbe stata messa in scena la faceva sentire a disagio.

Lui quasi non si rendeva conto di quanto le sue incerte risposte sconfortassero Nell e gliela alienassero. Rimase stupito, un giorno, quando lei disse, o meglio gemette:

«Oh, Vernon, non mettermi troppo alla prova. È così difficile, così difficile... Devo avere qualche speranza. Tu non capisci.»

Egli la contemplò, sbalordito.

«Ma, Nell, va tutto bene, *davvero*. Si tratta soltanto di essere pazienti.»

«Lo so, Vernon. Non avrei dovuto parlare così, ma vedi...»

Si interruppe.

«La cosa diviene di gran lunga più difficile per me, tesoro,» disse lui «se sento che tu sei infelice.»

«Oh, non lo sono, non lo sarò...»

Ma nel profondo, per quanto soffocato e represso, il solito risentimento tornò ad alzare la testa. Vernon non capiva quanto fosse difficile la situazione per lei, o non se ne curava. Non aveva mai avuto la più pallida idea delle sue difficoltà. Forse le avrebbe definite sciocche o insignificanti. Lo erano, in un certo senso, ma, in un altro senso, non lo erano affatto, in quanto, nel loro insieme, costituivano la sua vita stessa. Vernon non si accorgeva, o non si rendeva conto, del fatto che lei stava combattendo una battaglia, che la combatteva continuamente. E non riusciva mai a rilassarsi. Se soltanto si fosse reso conto di questo, se le avesse detto una parola di incoraggiamento, dimostrandole che capiva la difficile situazione nella quale era stata posta! Ma non se ne accorgeva mai.

Una devastante sensazione di solitudine dilagò in Nell. Gli uomini erano fatti così: non capivano o non si curavano di nulla. L'amore, sembrava che l'amore dovesse risolvere tutto. Ma in realtà non risolveva un bel nulla. Lei quasi odiava Vernon. Egocentricamente calato nel proprio lavoro, irritato dalla sua infelicità perché infastidiva *lui*...

Nell pensò: "*Qualsiasi* donna capirebbe".

E, sospinta da un qualche oscuro impulso, si recò di sua iniziativa a far visita a Jane Harding.

Jane era in casa e, se si stupì vedendo Nell, non lo dimostrò. Parlarono per qualche tempo di cose insignificanti. Ciò nonostante Nell sentì che Jane aspettava e la osservava, preparandosi al momento propizio.

Perché era venuta lì? Non lo sapeva. Temeva e diffidava di lei... Forse era questo il perché! In Jane aveva una nemica. Sì, ma temeva che la sua nemica possedesse una saggezza a lei negata. Jane, pensò tra sé, era scaltra. Ed era pure perfida. Sì, aveva la certezza che Jane fosse perfida, ma, in un modo o nell'altro, poteva esservi qualcosa da imparare da lei.

Cominciò alquanto goffamente. Riteneva, Jane, che la musica di Vernon potesse avere successo? O meglio, che potesse avere successo *presto*? E invano cercò di escludere il tremito dalla propria voce.

Sentì su di sé i freddi occhi verdi di Jane.

«La situazione sta diventando difficile?»

«Sì, vede...»

La verità si riversò da lei, gran parte della verità, i sotterfugi, le difficoltà, la forza delle pressioni silenziose esercitate da sua madre, la velata allusione a qualcuno, del quale non venne fatto il nome, qualcuno che capiva, ed era generoso, ed era ricco.

Com'era facile dire queste cose a una donna, sia pure a una donna come Jane, che non poteva saperne niente. Ma le donne capivano, non disprezzavano certe cose considerandole inezie, non le sottovalutavano ritenendole prive di importanza.

Quando ebbe terminato, Jane disse:

«La situazione è un po' difficile per lei. Quando incontrò Vernon non aveva idea di questa faccenda della musica.»

«Non pensavo che sarebbe stato così» disse Nell, amareggiata.

«Be', è inutile tornare su quello che non pensava, le sembra?»

«Presumo di sì.» Nell era vagamente irritata dal tono di Jane. «Oh!» proruppe poi. «Lei ritiene, naturalmente, che tutto dovrebbe cedere il passo alla sua musica, che egli sia un genio, e che io dovrei essere lieta di compiere qualsiasi sacrificio...»

«No, niente affatto» disse Jane. «Non penso alcuna di queste cose. Non so a che cosa servano i geni, o anche le opere d'arte. Certe persone nascono persuase che contino più di ogni altra cosa, mentre altre non lo pensano affatto. È impossibile dire chi abbia ragione. La soluzione migliore, per lei, consisterebbe nel persuadere Vernon a rinunciare alla musica, a vendere Abbots Puissants e a sbarcare il lunario con il ricavato della vendita della dimora. Ma io sono certa di una cosa: che lei non ha la benché minima probabilità di convincerlo a rinunciare alla musica. Queste cose, il genio, l'arte, o comunque voglia chiamarle, sono molto più forti di lei. È come se fosse re Canuto sulla sponda del mare. Non può distogliere Vernon dalla musica.»

«Che cosa posso fare?» domandò Nell, sgomenta.

«Be', può sposare quell'altro uomo al quale ha accennato ed essere felice, oppure può sposare Vernon ed essere infelice con qualche periodo di beatitudine.»

Nell la fissò.

«Lei che cosa farebbe?» bisbigliò.

«Oh! Io sposerei Vernon e sarei infelice; ma, d'altro canto, alcune di noi amano godersi malinconicamente i piaceri.»

Nell si alzò. Indugiò poi sulla soglia, voltandosi a guardare Jane che non si era mossa. Si appoggiava alla parete, fumando una sigaretta, gli occhi socchiusi. Ricordava in qualche modo una gatta, o un idolo cinese. Un'ondata improvvisa di furia dilagò in Nell.

«La odio!» le gridò. «Sta allontanando Vernon da me. Sì, *proprio lei.* È malvagia, perfida, lo so, lo sento. È una donnaccia.»

«Lei è gelosa» disse Jane, sommessamente.

«Ammette, allora, che ho motivo di esserlo? Non che Vernon sia innamorato di lei. Non l'ama. Non l'amerebbe mai. È lei a volerlo accalappiare.»

Seguì il silenzio, un silenzio vibrante. Poi, senza muoversi, Jane rise. Nell uscì di corsa dall'appartamento, senza quasi sapere che cosa stesse facendo.

Sebastian andava molto frequentemente a fare visita a Jane. Di solito arrivava dopo cena, telefonando prima per sapere se lei si sarebbe trovata in casa. Entrambi ricavavano un curioso piacere dalla reciproca compagnia. A Sebastian Jane riferiva le proprie battaglie con la parte di Solveig, le difficoltà della musica, la difficoltà di piacere a Radmaager, la difficoltà ancor più grande di piacere a se stessa. A Jane Sebastian parlava delle sue ambizioni, dei progetti attuali, dei vaghi ideali concernenti l'avvenire.

Una sera, quando entrambi avevano taciuto dopo aver parlato a lungo, egli osservò:

«Mi è più facile parlare con te che con chiunque altro io conosca, Jane. E non so davvero perché.»

«Be', in un certo senso, abbiamo entrambi lo stesso carattere. Non è così?»

«Davvero?»

«Credo di sì. Non in superficie, ma in profondità. Amiamo tutti e due la verità. Io credo, per quanto sia possibile dir questo di se stessi, che entrambi vediamo le cose quali sono.»

«E tu credi che la maggior parte delle persone non le veda quali sono?»

«Naturale che non le vedono come sono. Nell Vereker, per esempio. Vede le cose come le sono state mostrate, come spera che siano.»

«È una schiava delle convenzioni, vuoi dire?»

«Sì, ma il principio è valido anche all'estremo opposto. Joe, per esempio, si vanta di essere anticonformista, ma questo equivale ad altrettanta ristrettezza mentale e ad altrettanti pregiudizi.»

«Sì, se ci si oppone a tutto indipendentemente da quello che è. Joe è fatta così. *Deve* essere una ribelle. Non esamina mai una cosa in base ai suoi meriti. Ed è questo a condannarmi così irrimediabilmente ai suoi occhi. Io sono un uomo arrivato. E lei ammira i falliti. Sono ricco, e pertanto si avvantaggerebbe anziché rimetterci, se mi sposasse. E l'essere ebreo non è più un grosso svantaggio al giorno d'oggi.»

«È addirittura di moda» disse Jane, ridendo.

«Eppure, vuoi saperlo, Jane? Ho sempre la strana sensazione di piacere, in realtà, a Joe.»

«Forse le piaci. Ha l'età sbagliata per te, Sebastian. Quello svedese al tuo ricevimento ha detto qualcosa di mirabilmente vero: che l'essere separati nel tempo è peggio dell'essere separati nello spazio. Niente divide più irrimediabilmente del non avere l'età giusta per una persona. Si può essere fatti l'uno per l'altra, ma essere nati nel momento sbagliato ai fini dell'uno per l'altra. O questo suona assurdo? Io credo che sui trentacinque anni Joe potrebbe amarti, amare la vera essenza di te, alla follia. Occorre una donna per amare te, Sebastian, non una ragazza.»

Sebastian stava contemplando il fuoco. Era una gelida giornata di febbraio e v'erano ceppi ammonticchiati sulle braci. Jane non poteva soffrire i caminetti a gas.

«Ti sei mai domandata, Jane, perché non ci innamoriamo, l'una dell'altro, tu e io? Le amicizie platoniche di solito non reggono. E tu sei molto attraente. Vi è molto della sirena, in te: del tutto inconsapevolmente, ma c'è.»

«Forse in condizioni normali ci innamoreremmo.»

«Non ci troviamo in condizioni normali? Oh! Aspetta un momento, so che cosa vuoi dire. Vuoi dire che "la linea è già occupata".»

«Sì. Se tu non fossi innamorato di Joe...»

«E se tu...»

Sebastian si interruppe.

«Ebbene?» disse Jane. «Sapevi, vero?»

«Sì, presumo di sì. Non ti dispiace parlarne?»

«Niente affatto. Se una cosa esiste, che importa se ne parli o non ne parli?»

«Sei una di quelle persone, Jane, che credono che se si vuole abbastanza fortemente una cosa si può farla accadere?»

Jane rifletté.

«No, non ritengo di esserlo. Accadono già tante di quelle cose di loro iniziativa, in numero sufficiente per tenerti occupato... senza be', senza andartele a cercare, per giunta. Quando una cosa ti viene offerta, devi decidere se accettarla o rifiutarla. Questo è quello che chiamiamo destino. E, una volta fatta la tua scelta, devi attenerti a essa senza più guardarti indietro.»

«Questo è lo spirito della tragedia greca. Tu hai Elettra nelle ossa, Jane.» Tolse dal tavolino un libro. «*Peer Gynt?* Ti stai calando nel personaggio di Solveig, vedo.»

«Sì. L'opera appartiene più a lei che a Peer. Sai, Sebastian, Solveig è un personaggio meraviglioso e incantevole. Così impassibile, così calma, eppure così assolutamente certa che il suo amore per Peer sia l'unica cosa esistente nel cielo o sulla terra. Sa che egli la vuole e ha bisogno di lei, sebbene non glielo dica mai; viene lasciata e abbandonata da lui, eppure riesce a tramutare quell'abbandono in una prova decisiva del suo amore. A proposito, la musica della settimana di Pentecoste composta da Radmaager è assolutamente stupenda. Sai... "Benedetto sia colui che ha reso benedetta la mia vita!" Dimostrare che l'amore di un uomo può tramutarti in una sorta di suora appassionata è difficile, ma alquanto meraviglioso.»

«Radmaager è contento di te?»

«A volte lo è. Ieri, invece, ha mandato all'inferno l'anima mia e mi ha scrollata fino a farmi battere i denti. Ma aveva perfettamente ragione. Avevo sbagliato tutto cantando... come una ragazzetta melodrammatica patita del palcoscenico. Deve trattarsi di pura forza di volontà. Ci si deve controllare. Solveig deve essere tenera e dolce, ma anche, in realtà, terribilmente forte. È come Radmaager disse sin dal primo giorno. Neve, neve liscia e bianca, ma sulla quale si susseguono ricami mirabilmente limpidi.»

Continuò, poi, parlando del lavoro di Vernon.

«Sai, l'opera è quasi finita. Voglio che la faccia sentire a Radmaager.»

«E gliela farà ascoltare?»

«Credo di sì. Tu l'hai mai sentita?»

«Soltanto alcune parti.»

«Che cosa ne pensi?»

«Voglio prima sapere che cosa ne pensi tu, Jane. Il tuo parere vale quanto il mio per ciò che concerne la musica.»

«Secondo me è rozza. Contiene troppe cose... troppe cose buone. Vernon non ha ancora imparato a maneggiare il proprio materiale, ma il materiale c'è... in enorme quantità. Sei d'accordo?»

Sebastian annuì.

«Assolutamente. Sono più che mai sicuro che Vernon stia per... rivoluzionare la musica. Ma lo aspettano momenti difficili. Dovrà affrontare il fatto che quanto ha composto non è, tutto considerato, qualcosa di commerciale.»

«Vuoi dire che l'opera non potrebbe essere messa in scena?»

«Sì, è proprio quello che voglio dire.»

«Potresti realizzarla *tu*.»

«Per amicizia, intendi?»

«Sì, è quello che intendo.»

Sebastian balzò in piedi e iniziò un andirivieni.

«A mio modo di vedere, questo non sarebbe etico» disse infine.

«E inoltre non ti piace perdere denaro.»

«È verissimo.»

«Ma potresti permetterti di perdere una certa somma senza... be', sì, senza neppure accorgertene?»

«Quando perdo denaro me ne accorgo sempre. Ferisce... be', il mio orgoglio.»

Jane annuì.

«Questo lo capisco. Ma non credo, Sebastian, che tu debba rimetterci del denaro.»

«Mia cara Jane...»

«Non discutere con me finché non avrai saputo che cosa voglio dire. Tu stai per produrre un certo numero di quelli che la gente chiama spettacoli "intellettuali" nel piccolo teatro Holborn, non è così? Bene, questa estate, diciamo all'inizio di luglio, metti in scena *La principessa nella torre*... diciamo per due settimane. Non metterla in scena come un'opera lirica (questo non dirlo a Vernon, a proposito, ma ovviamente non glielo diresti. Non sei uno stupido), bensì come una spettacolare commedia musicale. Scenari inconsueti e magici effetti di luce... Tu sei un entusiasta degli effetti luminosi, lo so. Qualcosa di simile al balletto russo. È questo che devi tenere presente. È questo il tono giusto. Scegli buone cantanti, ma anche belle a vedersi. E ora, mettendo da parte la modestia, ti dirò una cosa: ne farò un successo per te.»

«Tu, nella parte della principessa?»

«No, caro il mio bambinone, nella parte della riparatrice di bambole. È un personaggio misterioso, un personaggio che attira e colpisce. Il motivo della donna che ripara bambole è la cosa migliore che Vernon abbia mai composto. Sebastian, tu hai sempre detto che potrei recitare. La prossima stagione mi faranno cantare al Covent Garden perché so recitare. Ne farò un successo. So di saper recitare. E la recitazione conta molto in un'opera lirica. Posso... posso commuovere il pubblico, posso renderlo *partecipe*. L'opera di Vernon avrà bisogno di essere rifinita dal punto di vista drammatico. Questo compito affidalo a me. Dal punto di vista musicale, tu e Radmaager sarete in grado di dare suggerimenti, se Vernon li accetterà. I musicisti sono intrattabili, come sappiamo tutti quanti. La cosa è fattibile, Sebastian.»

Si protese in avanti, il viso vivido e solenne. Quanto al volto di Sebastian, divenne più impassibile, come sempre accadeva quando egli rifletteva intensamente. Poi il giovane osservò Jane, valutandola, soppesandola, non dal punto di vista personale, ma da quello impersonale. Credeva in lei, nella sua dinamica energia, nel suo magnetismo, nella sua meravigliosa capacità di comunicare emozioni al di là delle luci della ribalta.

«Ci penserò» disse sommessamente. «C'è qualcosa nella tua proposta.»

A un tratto Jane rise.

«Inoltre potrai avermi per pochissimo, Sebastian» soggiunse.

«È quello che mi aspetto» disse Sebastian, serio. «I miei istinti ebraici devono pur essere placati in qualche modo. Tu me lo stai appioppando, questo spettacolo, Jane. Non credere che non lo sappia.»

3

FINALMENTE *LA PRINCIPESSA NELLA TORRE* ERA TERMINATA. La reazione di Vernon fu come un'ondata tremenda che minacciò di travolgerlo. Tutta la sua fatica era abominevole. Non valeva niente. Meglio gettare lo spartito nel fuoco.

La dolcezza e l'incoraggiamento di Nell furono come manna per lui, in questo periodo. Grazie a un istinto meraviglioso, ella diceva sempre le parole che lui più anelava a udire. Se non fosse stato per Nell, come Vernon le diceva di continuo, la disperazione lo avrebbe sopraffatto già da un pezzo.

Aveva visto poche volte Jane, nel corso dell'inverno. Lei era stata in tournée con la Compagnia dell'opera inglese per una parte della stagione. Quando aveva cantato nell'*Elettra*, a Birmingham, lui si era recato ad assistere allo spettacolo, rimanendo immensamente colpito. Gli erano piaciute sia la musica sia l'interpretazione di Jane nella parte di Elettra. Quella spietata forza di volontà, quel deciso: "Non dir nulla e continua a danzare!". Lei dava l'impressione di esser più uno spirito che una creatura di carne e ossa. Vernon era consapevole che la sua voce non possedeva la potenza sufficiente per quella parte, ma, in qualche modo, la cosa sembrava non rivestire importanza. Lei *era davvero* Elettra... la fanatica e focosa personificazione di un'inesorabile condanna.

Si trattenne alcuni giorni con sua madre. Giorni che trovò penosi e difficili. Si recò a far visita allo zio Sydney e venne accolto con freddezza. Enid era fidanzata con un avvocato, ma suo padre non sembrava essere molto soddisfatto di quel matrimonio.

Nell e la madre partirono per le ferie pasquali. Al loro ritorno, Vernon telefonò e disse a Nell che doveva parlarle immediatamente. Arrivò sbiancato in viso, con gli occhi rossi.

«Nell, lo sai cosa mi è stato detto? Tutti sostengono che sposerai George Chetwynd. *George Chetwynd!*»

«Chi lo dice?»

«Moltissime persone. Dicono che vai in giro con lui dappertutto.»

Nell parve impaurita e sgomenta.

«Vorrei che tu non credessi a certe cose. E, Vernon, non assumere quell'aria così accusatrice. È verissimo che egli mi ha chiesto di sposarlo: due volte, in effetti.»

«Quel vecchio?»

«Oh, Vernon, non essere ridicolo. Ha appena quarantuno o quarantadue anni.»

«Quasi il doppio della tua età. Figurarsi. Credevo che volesse sposare tua madre.»

Nell non poté fare a meno di ridere.

«Oh, santo cielo, vorrei che fosse così. La mamma è ancora una bellissima donna, del resto.»

«Così pensai, per l'appunto, quella sera a Ranelagh. Non mi passò mai per la mente... Non mi sognai mai di pensare che si trattasse di *te*! O forse allora la cosa non era cominciata?»

«Oh, sì, era cominciata... come ti esprimi tu. Ecco perché la mamma si adirò, quella sera. Perché mi ero allontanata da sola con te.»

«E io non mi sognai nemmeno di supporlo! Nell, avresti potuto dirmelo!»

«Dirti che cosa? Non c'era niente da dire, allora!»

«Già, presumo di no. Mi sto comportando da idiota. Ma so con certezza che lui è enormemente ricco. E questo a volte mi spaventa. Oh, Nell, tesoro, è stato orribile da parte mia dubitare di te, sia pur soltanto per un minuto. Come se potesse importarti fino a qual punto è ricco un uomo.»

Nell esclamò, con irritazione:

«Ricco, ricco, ricco! Continui a battere su questo tasto. È anche gentilissimo e simpaticissimo.»

«Oh, me lo immagino.»

«Lo è, Vernon. Sul serio.»

«È bello da parte tua prendere le sue difese, tesoro, ma dev'essere una specie di bruto privo di ogni sensibilità se continua a starti dietro dopo che gli hai opposto per due volte un rifiuto.»

Nell non rispose. Lo sbirciò in un modo che lui non capì. Uno sguardo in qualche maniera supplichevole; eppure, in quegli occhi stranamente limpidi, si poteva intravedere una sfida. Era come se lei lo stesse contemplando da un mondo infinitamente lontano dal suo, quasi si fossero trovati in due sfere diverse.

Egli disse:

«Mi vergogno di me stesso, Nell. Ma sei così adorabile che tutti devono volerti...»

A un tratto lei crollò; si mise a piangere. Vernon era spaventato. Nell continuò a piangere, singhiozzando contro la sua spalla.

«Non so che cosa fare! Sono tanto infelice. Se almeno potessi parlarti...»

«Ma puoi parlarmi, tesoro. Sono qui e ti sto ascoltando.»

«No, no, no... Non riesco mai a parlarti. Tu non mi capisci. È inutile...»

Piangeva sempre. Egli la baciò, le prodigò tutto il suo amore, la calmò...

Quando se ne fu andato, la signora Vereker entrò nella stanza con una lettera aperta in mano.

Parve non accorgersi che il viso di Nell era striato dalle lacrime.

«George Chetwynd parte per l'America il 30 maggio» disse, e andò a sedersi allo scrittoio.

«Non m'importa di sapere quando parte» esclamò Nell, in tono ribelle.

La signora Vereker non rispose.

Quella sera, Nell rimase inginocchiata più a lungo del solito accanto al proprio letto.

"Oh, Dio, ti prego, fammi sposare Vernon. Lo desidero tanto. Lo amo tanto. Ti prego, fa' che le cose si mettano bene e consentici di sposarci. Fa' che accada qualcosa... Ti prego, Dio..."

Alla fine di aprile, Abbots Puissants venne affittata. Vernon si precipitò da Nell, alquanto eccitato.

«Nell, vuoi sposarmi, adesso? Riusciremmo a tirare avanti. Il contratto d'affitto è pessimo, per nulla vantaggioso, ma non ho potuto fare a meno di firmare. Vedi, è stato necessario pagare gli interessi dell'ipoteca e tutte le spese di manutenzione, fino a oggi, e io ho dovuto farmi prestare tutto questo denaro, che ora, naturalmente, va restituito. Dovremo fare molta economia per un anno o due, ma in seguito la situazione non sarà più tanto difficile...»

Continuò, spiegandole i particolari di carattere finanziario.

«Ho già fatto tutti i conti, Nell. Davvero. Ragionevolmente. Potremmo permetterci un minuscolo appartamento e una cameriera e ci resterebbe ancora qualcosa per i divertimenti. Oh, Nell, non ti spiacerebbe essere povera accanto a me, vero? Dicesti una volta che non sapevo che cosa significasse esser povero, ma ora questo non puoi più dirlo. Ho vissuto con poco da quando sono venuto a Londra, e la cosa mi è stata del tutto indifferente.»

No, Nell sapeva che non gli era stata indifferente. In un certo qual modo, l'asserzione era un rimprovero mosso a lei. Eppure, anche se non sarebbe riuscita a esprimersi, Nell sentiva che le due situazioni non erano paragonabili. Era di gran lunga più importante per le donne essere allegre e graziose e ammirate, e divertirsi. Tutte queste cose non toccavano gli uomini. Loro non dovevano risolvere l'eterno problema dei vestiti. Nessuno si curava se avevano un aspetto sciatto.

Ma come spiegare queste cose a Vernon? Impossibile. Lui non era come George Chetwynd. George Chetwynd le capiva, certe cose.

«Nell...»

Lei rimaneva lì, indecisa, allacciata alla vita dal braccio di Vernon. Doveva decidere. Immagini le passarono dinanzi agli occhi. Amelie, il piccolo appartamento soffocante, la bambina che strillava. George Chetwynd e la sua automobile. Un appartamento minuscolo che sapeva di chiuso. Una cameriera sudicia e incapace.

I balli. I vestiti. Le somme che sua madre e lei dovevano alle sarte. La pigione della casa di Londra, non pagata... Lei a Ascot, sorridente, intenta a conversare con un vestito all'ultima moda. Poi, in preda a una improvvisa ripugnanza, si ritrovò a Ranelagh, sul ponte, intenta a contemplare l'acqua con Vernon.

Quasi nello stesso tono di voce con il quale si era espressa quella sera, disse:

«Non lo so. Oh, Vernon, non lo so.»

«Oh, Nell, tesoro, dimmi di sì, dimmi di sì...»

Lei si liberò dall'abbraccio, si mise in piedi.

«Ti prego, Vernon... devo riflettere... Sì, riflettere. E non ci riesco quando sono con te.»

In seguito, quella sera stessa, gli scrisse:

> Vernon carissimo,
>
> aspettiamo ancora un po', diciamo per sei mesi. In questo momento sento di non volermi maritare. E inoltre, nel frattempo, qualcosa potrebbe accadere con la tua opera lirica. Tu credi che io abbia paura di essere povera, ma non è affatto così. Ho conosciuto persone... persone che si erano amate e non si amavano più a causa di tutti i crucci e le preoccupazioni. Sento che, se aspetteremo e saremo pazienti, tutto andrà per il meglio. Oh, Vernon, so che sarà così e che in seguito tutto diventerà bellissimo. Se soltanto aspetteremo e avremo pazienza...

Vernon si infuriò quando ricevette questa lettera. Non la mostrò a Jane, ma si lasciò andare con lei a discorsi sufficientemente rivelatori, facendole capire come stavano le cose. Subito lei disse, alla sua maniera sconcertante:

«Credi di essere un trofeo più che sufficiente per qualsiasi ragazza, vero, Vernon?»

«Che cosa vuoi dire?»

«Be', credi che sarà una cosa splendida, per una ragazza che è sempre andata ai balli e ai ricevimenti e si è divertita moltissimo ed è stata ammirata da tutti, finire in un buco di appartamentino e non avere più distrazioni di sorta?»

«Ci avremmo a vicenda.»

«Non puoi far l'amore con lei per ventiquattr'ore di seguito. Mentre lavorerai, lei che cosa farà?»

«Non credi che una donna possa essere povera e felice?»

«Ma certo, se esistono le doti necessarie.»

«E quali sarebbero? L'amore e la fiducia?»

«No, stupido bamboccio. Sono il senso dell'umorismo, la pelle dura e la preziosa capacità di essere autosufficienti. Tu ti ostini a credere che l'amore in una casupola sia un problema sentimentale e dipenda dall'intensità del reciproco affetto. Invece è, di gran lunga di più, un problema di prospettive mentali. Tu ti troveresti benissimo ovunque – tanto a Buckingham Palace quanto nel Sahara – perché hai la tua occupazione mentale, la musica. Ma Nell dipende da circostanze esterne. Sposare te, la taglierebbe fuori da tutti i suoi amici.»

«E perché mai?»

«Perché è la cosa più difficile del mondo che le persone con redditi diversi continuino a essere amiche. Logicamente, non fanno le stesse cose.»

«Tu riesci sempre a mettermi dalla parte del torto» disse Vernon, con una foga selvaggia. «O, per lo meno, ci provi.»

«Be', mi infastidisce vedere che ti piazzi su un piedistallo e continui ad ammirare te stesso senza alcun motivo» replicò Jane, placida. «Ti aspetti che Nell sacrifichi le sue amicizie e il suo modo di vivere per te, ma per lei non saresti disposto a compiere alcun sacrificio.»

«Quale sacrificio? Sarei disposto a tutto.»

«Tranne che vendere Abbots Puissants!»

«Tu non capisci...»

Jane gli rivolse uno sguardo soave.

«Forse sì. Oh, sì, mio caro, ti capisco benissimo. Ma non atteggiarti a essere nobile. Mi esaspera sempre vedere le persone che si atteggiano a essere nobili! Parliamo piuttosto della *Principessa nella torre*. Voglio che tu la faccia ascoltare a Radmaager.»

«Oh, è un tale disastro. Non potrei. Sai, non mi sono reso conto di quale disastro fosse finché non ho terminato.»

«Già» disse Jane. «Nessuno se ne rende mai conto. Per fortuna, altrimenti niente verrebbe mai portato a termine. Fa' ascoltare l'opera a Radmaager. Quello che lui dirà sarà interessante in ogni caso.»

Vernon cedette alquanto a malincuore.

«Penserà che do prova di una spaventosa sfrontatezza.»

«No, niente affatto. Tiene in gran conto quello che dice Sebastian, e Sebastian ha sempre creduto in te. Radmaager dice che Sebastian, per essere così giovane, ha una capacità di giudizio stupefacente.»

«Caro, buon Sebastian. È meraviglioso!» esclamò Vernon con sincera convinzione. «Quasi tutto quello che ha fatto ha avuto successo. Gli *shekel* gli piovono addosso.[1] Dio, come lo invidio, a volte.»

«Puoi farne a meno. In realtà non è poi così felice.»

«Alludi a Joe? Oh, finirà tutto bene.»

«Me lo domando. Vernon, la vedi di frequente Joe?»

«Abbastanza, non più come un tempo. Non sopporto la stramba cerchia artistica della quale è entrata a far parte. Hanno tutti i capelli troppo lunghi, l'aria di non lavarsi e la loro conversazione mi sembra un monte di stupide ciarle. Non somigliano affatto alle persone che frequenti tu, alle persone che creano davvero qualcosa.»

[1] *Shekel* qui nel significato di "soldi", "quattrini". (*NdT*)

«Noi siamo quelli che Sebastian definirebbe "i possibili affari riusciti". In ogni modo, Joe mi preoccupa. Temo che possa commettere qualche sciocchezza.»

«Con quel mascalzone di La Marre, vuoi dire?»

«Sì, mi riferisco proprio a quel farabutto, La Marre. È scaltro con le donne, sai, Vernon. Certi uomini sanno esserlo.»

«Pensi che possa fuggire con lui, o qualcosa del genere? Certo, Joe, sotto alcuni aspetti, è un'ingenua allocca.» Scrutò Jane in un modo curioso. «Ma avrei creduto che tu...»

Si interruppe e all'improvviso arrossì. Jane parve soltanto lievemente divertita.

«Puoi fare a meno di sentirti imbarazzato dalla mia moralità.»

«Non è che mi sia sentito imbarazzato. Voglio dire, mi sono sempre domandato... Oh! Mi sono domandato tante di quelle cose...»

La sua voce si perdette nel silenzio. E il silenzio continuò. Jane sedeva molto impettita. Non guardava Vernon; guardava dritto dinanzi a sé. Di lì a poco, con una voce sommessa e pacata, cominciò a parlare. Si espresse senza alcuna emotività, e placidamente, come se stesse raccontando qualcosa che era accaduto a qualcun altro. La sua fu una fredda e concisa descrizione di orrori e, a Vernon, la cosa più spaventosa d'ogni altra parve essere quella distaccata calma. Parlava come potrebbe parlare uno scienziato, impersonalmente.

Lui nascose il viso tra le mani.

Jane finì di raccontare. La sua voce sommessa non si udì più.

Vernon disse, con una voce bassa e tremula:

«E tu hai vissuto tutto *questo*? Non sapevo che succedessero certe cose.»

Jane disse, placida:

«Era russo ed era un degenerato. Riesce difficile, a un anglosassone, capire una brama così singolare e raffinata di crudeltà. Gli anglosassoni capiscono la brutalità, ma non capiscono altro.»

Vernon disse, sentendosi infantile e goffo mentre poneva la domanda:

«Lo... lo amavi molto?»

Lei scosse la testa adagio. Prese a parlare, poi subito si interruppe.

«Perché dissezionare il passato?» disse dopo qualche momento. «Creava alcune belle cose. C'è un'opera sua al South Kensington. Macabra, ma buona.»

Poi ricominciò a parlare della *Principessa nella torre*.

Vernon si recò al South Kensington due giorni dopo. Trovò abbastanza facilmente l'unico esemplare dell'opera di Boris Androv. Una donna affogata... Il volto era orribile, gonfio, deformato, decomposto, ma il corpo era splendido... Un corpo adorabile. Vernon si rese conto, istintivamente, che si trattava del corpo di Jane.

In piedi, contemplò la nuda figura in bronzo, con le braccia aperte e i madidi capelli luttuosamente sparsi.

Un corpo così splendido, il corpo di Jane. Androv si era servito di lei nuda come modella.

Per la prima volta dopo anni gli tornò il ricordo bizzarro della Bestia. E si sentì impaurito.

Rapidamente si allontanò dallo splendido bronzo e uscì in fretta, quasi correndo, dall'edificio.

Stava per aver luogo la prima della nuova opera di Radmaager, il *Peer Gynt*. Vernon avrebbe assistito alla rappresentazione ed era stato invitato da Radmaager a un banchetto dopo lo spettacolo. Ma doveva cenare prima con Nell, in casa di sua madre; Nell non sarebbe andata con lui a teatro.

Con vivo stupore di entrambe, Vernon non arrivò all'ora di cena. Aspettarono per qualche tempo, poi cominciarono senza di lui. Egli giunse mentre veniva servito il dessert.

«Sono desolatissimo, signora Vereker. Non so dirle quanto mi dispiaccia. Ma è accaduto qualcosa di molto, di molto inaspettato. Ne parlerò dopo.»

Era tanto sbiancato in viso e così ovviamente sconvolto che la signora Vereker dimenticò la propria irritazione. Era una donna di mondo piena di tatto e affrontò la situazione dimostrandosi discreta, come sempre.

«Bene,» disse, alzandosi «ora che è qui, Vernon, può parlare con Nell. Se deve andare al Teatro dell'opera non le rimane molto tempo.»

Uscì dalla stanza. Nell volse lo sguardo verso Vernon, interrogativamente. Lui rispose alla domanda silenziosa.

«Joe se n'è andata con La Marre.»

«Oh, Vernon, non è possibile!»

«È così.»

«Vuoi dire che è fuggita? Che lo ha sposato? Che sono fuggiti insieme per sposarsi?»

Vernon disse, torvo:

«La Marre non può sposarla. Ha già una moglie.»

«Oh, Vernon, ma è terribile! Come ha potuto?»

«Joe è sempre stata ostinata nell'errore. Questa volta si pentirà. So che sarà così. Non credo che sia realmente innamorata di lui.»

«E Sebastian? Non è un dispiacere terribile per lui?»

«Sì, povero diavolo. Vengo adesso da casa sua. È assolutamente distrutto. Non avevo idea che amasse Joe fino a questo punto.»

«Io so quanto l'ama.»

«Vedi, siamo sempre stati insieme, noi tre. Joe e io e Sebastian. Ognuno apparteneva agli altri.»

Nell provò una lieve fitta di gelosia. Vernon ripeté:

«Noi tre! E... oh! Non saprei: mi sembra di essere in colpa in qualche modo. Mi sono allontanato da Joe. La cara, buona Joe, sempre così leale... migliore di quanto avrebbe potuto esserlo una sorella. È doloroso per me ricordare le cose che diceva da bambina... Diceva che non avrebbe mai voluto aver niente a che fare con gli uomini. E ora si è cacciata in un guaio come questo.»

Nell disse, in tono scandalizzato:

«Un uomo sposato. È questo a rendere la cosa orribile. Ha figli, lui?»

«Come posso sapere qualcosa dei suoi bestiali rampolli?»

«Vernon, non essere così infuriato.»

«Scusami, Nell, sono sconvolto, ecco tutto.»

«Come ha potuto fare una cosa simile?» disse Nell. Si era sempre risentita a causa del silenzioso disprezzo di Joe, che inconsciamente sentiva. Non sarebbe stata umana se ora non avesse provato una vaga sensazione di superiorità. «Fuggire con un uomo sposato! È spaventoso!»

«Be', per lo meno ha dato prova di coraggio» disse Vernon.

Venne pervaso dal desiderio appassionato di difendere Joe... Joe che apparteneva a Abbots Puissants e ai bei tempi passati.

«Coraggio?» disse Nell.

«Sì, coraggio!» si impuntò Vernon. «In ogni caso, ha ignorato la prudenza. Non ha pensato a quello che le sarebbe costato. Per amore, ha ignorato ogni altra considerazione al mondo. Questo è più di quanto certe persone siano capaci di fare.»

«Vernon!» Nell balzò in piedi, respirando a fatica.

«Be', è vero.» Tutto il risentimento represso in lui proruppe. «Tu non vuoi affrontare nemmeno qualche disagio per me, Nell. Seguiti a dire "Aspettiamo" e "Siamo prudenti". Non sei capace di rinunciare a tutto per amore di qualcuno.»

«Oh, Vernon, quanto sei crudele... quanto sei crudele...»

Egli vide gli occhi di lei riempirsi di lacrime e immediatamente fu tutto rimorso e pentimento.

«Oh, Nell, non avevo intenzione di dire questo. Non volevo dirlo, tesoro.»

La cinse con le braccia, la strinse a sé. I singhiozzi di Nell cominciarono a placarsi. Lui consultò l'orologio.

«Santo cielo, devo andare. Buonanotte, Nell cara. Mi ami, non è vero?»

«Sì, certo... certo che ti amo.»

La baciò ancora una volta, e si affrettò a uscire. Lei sedette di nuovo alla tavola apparecchiata e in disordine. E lì rimase seduta, smarrendosi nei propri pensieri.

Vernon giunse in ritardo al Covent Garden. Il *Peer Gynt* era già cominciato. Sulla scena si stava celebrando il matrimonio di Ingrid e Vernon arrivò proprio nel momento del primo breve incontro di Peer e Solveig. Si domandò se Jane fosse nervosa. Lei riusciva a sembrare meravigliosamente giovane con le trecce bionde e il suo comportamento innocente e sereno. Dimostrava diciannove anni. L'atto terminò con Peer che portava via Ingrid.

Vernon si sorprese a essere più interessato a Jane che alla musica. Quella serata era il grande cimento di Jane. Lei doveva trionfare o fallire. Vernon sapeva quanto le premesse – più di ogni altra cosa al mondo – giustificare la fiducia riposta in lei da Radmaager.

Di lì a poco si rese conto che tutto andava bene. Jane era una Solveig perfetta. La sua voce, limpida e intonata – il filo di cristallo, come l'aveva definita Radmaager –, non aveva mai una esitazione e inoltre ella recitava mirabilmente bene. La personalità calma e ferma di Solveig dominava l'opera.

Vernon constatò che, per la prima volta, si stava interessando alle vicende del debole e tempestoso Peer, il codardo che, a ogni possibile occasione, si sottraeva alla realtà. La musica che commentava il conflitto di Peer con il grande Boyg lo sconvolse, ricordandogli i suoi terrori infantili della Bestia. Erano le stesse paure informi e fantomatiche della fanciullezza. La voce limpida di Solveig invisibile lo liberò dall'incubo. La scena nella foresta, dove Solveig vede Peer, fu infinitamente bella e si concluse con Peer che invitava Solveig a restare mentre lui sarebbe andato ad assumersi il suo fardello. La risposta di lei: «Se è così greve, meglio reggerlo in due». E poi la partenza di Peer, il suo ultimo sotterfugio. «Far soffrire Solveig? No. Sii tortuoso, Peer, sii tortuoso.»

La musica della Pentecoste era splendida, ma molto tipica di Radmaager come atmosfera, pensò Vernon. Conduceva all'effetto dell'ultima scena e lo preparava. Lo stanco Peer, addormentato con il capo sul grembo di Solveig, dai capelli inargentati, avvolta in un mantello blu da Madonna al centro del palcoscenico, il capo profilato sullo sfondo del sole nascente mentre cantava, animosa, contro il Fonditore di bottoni.

Era un duetto splendido: Chavaranov, il celebre basso russo, la cui voce diveniva sempre e sempre più profonda, e Jane, i cui acuti argentei salivano sempre e sempre più, finché l'ultima nota fu soltanto sua: altissima e incredibilmente pura. E il sole spuntò...

Vernon, sentendosi fanciullescamente importante, si recò, in seguito, dietro le quinte. La rappresentazione aveva avuto un successo strepitoso. Gli applausi erano stati prolungati ed entusiastici. Egli trovò Radmaager che teneva Jane per mano e la baciava con fervore e un abbandono da artista.

«Sei un angelo. Sei magnifica. Sì, magnifica! Sei un'artista... Ah!» e prorruppe in un torrente di parole nella sua lingua materna, poi tornò all'inglese. «Ti ricompenserò, sì, mia piccola, ti ricompenserò. So benissimo come fare. Persuaderò quello spilungone di Sebastian. Insieme noi due...»

«Zitto» disse Jane.

Vernon si fece avanti goffamente e, timido, mormorò: «È stato uno spettacolo splendido!».

Strinse la mano di Jane e lei gli rivolse un sorriso fuggevole e affettuoso.

«Dov'è Sebastian? Non era qui un momento fa?»

Sebastian sembrava diventato introvabile. Vernon si offrì di andarlo a cercare e di portarlo al banchetto. Disse, vagamente, che riteneva di sapere dove si trovasse. Jane non sapeva niente delle notizie concernenti Joe e lui non ritenne opportuno dirglielo in quel momento.

Prese un tassì e si fece portare alla casa di Sebastian, ma non lo trovò. Si domandò allora se egli non potesse essere tornato nel suo modesto alloggio, dove lo aveva lasciato qualche tempo prima quella sera. Subito si fece portare là. Si sentiva a un tratto esultante e trionfante. Improvvisamente, si era persuaso della validità della sua musica. O meglio, si era persuaso che sarebbe stata valida un giorno. E inoltre sentiva che, in un modo o nell'altro, le cose si stavano mettendo bene con Nell. Lei gli si era avvinghiata in un modo diverso dal solito, quella sera, più appassionatamente, quasi come se non sopportasse di vederlo andar via. Sì, ne era sicuro. Tutto stava andando nel migliore dei modi.

Salì di corsa le scale fino alla sua camera. Era immersa nell'oscurità. Sebastian, dunque, non si trovava lì. Accese la luce e si guardò attorno. Sul tavolo si trovava un biglietto, portato da qualcuno. Lo prese. Era indirizzato a lui con la scrittura di Nell. Lacerò la busta.

A lungo rimase immobile in piedi. Poi, con cautela e metodicità, accostò una sedia al tavolo, in modo che venisse a trovarsi esattamente parallela a esso, come se la cosa rivestisse importanza, e sedette tenendo il biglietto in mano. Lo rilesse per la decima o l'undicesima volta:

Vernon carissimo,

perdonami, te ne prego, perdonami. Sposerò George Chetwynd. Non lo amo quanto amo te, ma con lui mi sentirò sicura. Ancora una volta, perdonami, ti prego.

La tua per sempre innamorata,

Nell

A voce alta egli disse: «*Con lui mi sentirò sicura.* Che cosa intende dire con questo? Sarebbe stata al sicuro anche con me. *Al sicuro con lui?* È straziante...».

Continuò a rimanere seduto. Trascorsero minuti... Trascorsero ore. Sempre sedeva al tavolo, immobile, quasi incapace di pensare. A un certo momento, una riflessione gli si formò, confusa, nella mente. "Era questo che provava Sebastian? Non potevo capire..."

Quando udì un fruscio sulla soglia, non alzò gli occhi. Vide Jane per la prima volta soltanto quando lei girò intorno al tavolo e gli si inginocchiò dinanzi.

«Vernon, mio caro, che cosa c'è? Ho intuito che era accaduto qualcosa quando non ti sei fatto vivo al banchetto. Sono venuta per sapere...»

Adagio, come un automa, egli le porse il biglietto. Lei lo prese e lo lesse. Poi lo rimise sul tavolo.

Vernon disse, con una voce opaca, smarrita: «Avrebbe potuto fare a meno di scrivere questo: che con me non si sarebbe sentita al sicuro. Sarebbe stata al sicuro con me».

«Oh, Vernon, mio caro...»

Lo cinse con le braccia. Lui le si avvinghiò all'improvviso, abbracciandola spaventato, come un bambino potrebbe abbracciare sua madre. Un singhiozzo gli scaturì dalla gola. Poi appoggiò il viso sulla pelle bianca e splendente del collo di lei.

«Oh, Jane, Jane...»

Lo strinse a sé. Gli accarezzò i capelli. Vernon mormorò:

«Resta con me. Resta con me. Non lasciarmi...»

Lei rispose:

«Non ti lascio, stai tranquillo...»

La sua voce era tenera, materna. Qualcosa si ruppe in Vernon, come una diga che crolli. Idee e immagini gli turbinarono nella mente. Suo padre che baciava Winnie a Abbots Puissants... La statua nel museo South Kensington... il corpo di Jane... Il suo splendido corpo.

Disse, rauco:

«Resta con me...»

Cingendolo con le braccia, premendogli le labbra sulla fronte, Jane mormorò:

«Rimarrò con te, caro.»

Come una madre rivolta al proprio bambino.

All'improvviso lui si strappò alla sua stretta.

«Non così. Non così. In questo modo.»

Premette la bocca contro quella di lei, con ardore, avidamente, la mano a coppa intorno alla rotondità del suo seno. L'aveva sempre desiderata, sempre, ora lo sapeva. Voleva il suo corpo, quel corpo splendido che Boris Androv aveva conosciuto così bene.

Ripeté:

«Resta con me...»

Seguì un lungo silenzio. A lui parve che fossero trascorsi minuti, ore, anni, quando udì la risposta.

Jane disse: «*Resterò...*».

4

UN GIORNO DI LUGLIO, Sebastian Levinne percorse il lungofiume nella direzione dell'appartamento di Jane. Era una giornata primaverile, più che estiva. Un vento freddo gli soffiava polvere in faccia, costringendolo a battere le palpebre.

In Sebastian si poteva notare un sensibile cambiamento. Era visibilmente invecchiato. Rimaneva pochissimo del ragazzo, in lui, ormai. Non che vi fosse mai stato molto. Aveva sempre avuto quella curiosa maturità dell'aspetto che sembra essere un retaggio semitico. E ora, mentre camminava, accigliato e riflessivo, avrebbe potuto essere scambiato facilmente per un uomo più che trentenne.

Fu Jane stessa ad aprirgli la porta dell'appartamento. Gli parlò con una voce sommessa e rauca.

«Vernon è fuori. Non ha potuto aspettarti. Avevi detto alle tre, sai, e adesso sono le quattro passate.»

«Sono stato trattenuto. Meglio così, forse. Non so mai bene come reagire ai nervi di Vernon.»

«Non dirmi che vi sono state nuove crisi! Non lo sopporterei.»

«Oh, finirai con l'abituartici. Io non ho potuto farne a meno. Che cos'ha la tua voce, Jane?»

«Un raffreddore. Piuttosto di gola. Ma non preoccuparti. Mi sto curando.»

«Dio mio! E domani sera si rappresenta *La principessa nella torre*. Se non potessi cantare?»

«Oh, canterò. Non temere. Non devi preoccuparti se bisbiglio. Voglio soltanto risparmiare il più possibile la voce.»

«Naturale. Ti sei fatta visitare da qualcuno, immagino?»

«Dal mio solito medico di Harley Street.»

«E che cosa ha detto?»

«Le solite cose.»

«Ti ha proibito di cantare domani?»

«Oh, no.»

«Sei un'abile bugiarda, non è così, Jane?»

«Volevo soltanto evitarti preoccupazioni. Ma dovevo immaginare che con te non ci sarebbe stato niente da fare. Sarò schietta. Mi ha avvertita che sto forzando la voce da anni. Ha detto che cantare domani sera sarebbe una follia. Ma me ne infischio.»

«Mia cara Jane, non intendo correre il rischio di perdere la tua voce.»

«Bada agli affari tuoi, Sebastian. La mia voce riguarda me. Io non mi immischio nelle tue faccende, tu non immischiarti nelle mie.»

Sebastian sorrise.

«La tigre nella tana» disse. «Ma, Jane, ciò non toglie che non devi cantare. Vernon lo sa?»

«No, naturalmente. Come puoi pensarlo? E non glielo dirai, Sebastian.»

«Non voglio intromettermi, in realtà» disse Sebastian. «Non l'ho mai fatto. Ma, Jane cara, sarebbe un peccato mortale. L'opera non lo merita. E non lo merita nemmeno Vernon. Prenditela pure con me, se vuoi, perché l'ho detto.»

«Perché dovrei prendermela con te? È la verità, e lo so. Ciò nonostante, canterò. Dammi della vanitosa e dell'egocentrica, se ti fa piacere, ma *La principessa nella torre* non avrà successo senza di me. Ho trionfato nella parte di Isotta e ho furoreggiato in quella di Solveig. È il mio momento. E sarà anche il momento di Vernon. Posso fare almeno questo per lui.»

Egli sentì la passione profonda – non gli sfuggì l'inconscio tradimento di quell'"almeno", ma non un muscolo sul suo volto lasciò capire che se ne fosse reso conto. Si limitò a ripetere, con molta dolcezza: «Lui non lo merita, Jane. Limitati a spingere la tua canoa con la pagaia. Non c'è altro da fare. Tu sei arrivata. Vernon non è arrivato e forse non arriverà mai».

«Lo so, lo so. Non c'è nessuno che "lo merita" come dici tu, tranne forse una persona.»

«Chi?»

«*Tu*, Sebastian. *Tu* lo meriti. Eppure non lo faccio per te!»

Sebastian era sorpreso e commosso. Una nebbia improvvisa gli calò davanti agli occhi. Allungò la mano e prese quella di Jane. Per uno o due minuti tacquero.

«È gentile da parte tua, Jane» egli disse infine.

«Be', è vero. Tu vali una dozzina di Vernon. Possiedi intelligenza, spirito di iniziativa, forza di carattere...»

La voce rauca si perdette nel silenzio. Dopo un'altra lunga pausa, egli disse con molta dolcezza:

«Come stanno andando le cose? Più o meno al solito?»

«Sì, credo di sì. Sai che è venuta a trovarmi la signora Deyre?»

«No, non lo sapevo. Che cosa voleva?»

«È venuta a supplicarmi di renderle il suo ragazzo. Mi ha fatto rilevare che sto rovinando la sua esistenza. Soltanto una donna di malaffare potrebbe comportarsi come mi sto comportando io. E così via. Puoi facilmente supporre che altro ha detto.»

«E tu che cosa le hai risposto?» domandò Sebastian, incuriosito.

Jane si strinse nelle spalle.

«Che cosa avrei potuto rispondere? Che per Vernon una sgualdrina vale quanto un'altra?»

«Oh, mia cara» disse Sebastian, con dolcezza. «La situazione è davvero così grave?»

Jane si alzò, accese una sigaretta e iniziò un irrequieto andirivieni nella stanza. Sebastian notò quanto fosse diventata smunta in viso.

«Vernon è... normale?» si azzardò a domandare.

«Beve troppo» rispose Jane, brusca.

«E tu non puoi impedirglielo?»

«No, non posso.»

«È strano. Ho sempre creduto che tu avessi un grande ascendente su Vernon.»

«Be', non ce l'ho. Non più adesso.» Jane tacque per un momento, poi soggiunse: «Nell si sposerà in autunno, vero?».

«Sì. Credi che la situazione migliorerà, dopo?»

«Non ne ho la più pallida idea.»

«Vorrei, in nome di Dio, che si dominasse» disse Sebastian. «Se non riesci tu a farlo rigare dritto, Jane, non può riuscirci nessuno. Naturalmente lo ha nel sangue.»

Lei gli tornò accanto e si rimise a sedere.

«Dimmi, dimmi tutto quello che sai. Della sua famiglia, di suo padre, di sua madre.»

Sebastian le parlò brevemente dei Deyre. Jane stette ad ascoltarlo attenta.

«Sua madre l'hai vista» egli concluse. «Strano, non è vero, che Vernon sembri non somigliarle proprio in niente? È un Deyre al cento per cento. Hanno tutti tendenze artistiche... La passione per la musica... Possiedono scarsa forza di volontà, tendono alla mollezza e attraggono le donne. L'ereditarietà è una strana cosa.»

«Non sono completamente d'accordo con te» disse Jane. «Vernon non somiglia a sua madre, ma ha *ereditato* qualcosa da lei.»

«Che cosa?»

«La vitalità. È una creatura straordinariamente vitale... Non hai mai pensato a lei sotto questo punto di vista? Be', Vernon ha ereditato parte di questa vitalità. Senza di essa non sarebbe mai diventato un compositore. Se fosse soltanto un puro e semplice Deyre, si sarebbe limitato a *gingillarsi* con la musica. È l'energia dei Bent a dargli la capacità di creare. Tu dici che suo nonno creò da solo la loro azienda. Ebbene, in Vernon vi è la stessa energia.»

«Mi domando se tu abbia ragione.»

«Sono certa di averla.»

Sebastian rifletté, silenzioso, per qualche momento.

«Si tratta soltanto del bere?» domandò infine. «O vi sono... Sì, ecco, voglio dire... Vi sono altre donne?»

«Oh! Sì, vi sono altre donne.»

«E non ti dispiace?»

«Se mi dispiace? Se mi dispiace? Naturale che mi dispiace. Di che cosa credi che sia fatta, Sebastian? Il dispiacere mi ha quasi uccisa... Ma che cosa posso fare? Fargli scenate? Tempestare, andare su tutte le furie e allontanare Vernon, completamente, da me?»

La sua voce bellissima e rauca dimenticò di limitarsi a bisbigliare. Sebastian fece un rapido gesto e lei tacque.

Poi disse: «Hai ragione. Devo essere prudente».

«Non riesco a capire» mormorò Sebastian. «Persino la musica sembra non significare più nulla per Vernon, ormai. Ha accettato tutti i suggerimenti di Radmaager e si è comportato come un agnello. Non è normale!»

«Dobbiamo aspettare. La foga tornerà. La sua è una reazione, una reazione causata da Nell. Sento che se *La principessa nella torre* avrà successo, Vernon riuscirà a ritrovare se stesso. Ha bisogno di poter provare un certo orgoglio... di una sensazione di conseguimento.»

«Me lo auguro» disse Sebastian, tetro. «Ma mi preoccupa alquanto l'avvenire.»

«In che senso? Di che cosa hai paura?»

«Della guerra.»

Jane lo fissò attonita. Stentava a credere alle proprie orecchie. Pensò di aver capito male.

«*Della guerra?*»

«Sì. Le conseguenze di quell'attentato a Sarajevo.»

La cosa continuò a sembrare a Jane alquanto assurda e ridicola.

«La guerra contro chi?»

«Contro la Germania... principalmente.»

«Oh, suvvia, Sebastian. Per un episodio che ha avuto luogo così... così lontano?»

«Che importanza ha il pretesto?» disse Sebastian, spazientito. «Quello che conta è dove finisce il denaro. Il denaro parla. Io maneggio denaro. I nostri parenti in Russia maneggiano denaro. Noi sappiamo. Da come si sta comportando il denaro, da qualche tempo a questa parte, possiamo supporre che cosa porta il vento. La guerra si sta avvicinando, Jane.»

Jane lo fissò e cambiò idea. Sebastian stava parlando sul serio e Sebastian sapeva, di solito, quello che diceva. Se asseriva che stava per scoppiare la guerra, allora, per quanto la cosa potesse sembrare fantastica, la guerra sarebbe scoppiata.

Sebastian sedeva immobile, assorto nei propri pensieri. Denaro, investimenti, vari prestiti, responsabilità finanziarie che si era assunto, l'avvenire dei suoi teatri, la politica che avrebbe adottato il settimanale del quale era il proprietario. Poi, naturalmente, sarebbe stato necessario combattere. Era figlio di un inglese naturalizzato. Non ci teneva affatto ad andare a battersi, ma supponeva che sarebbe stato necessario. Tutti coloro che avevano meno di una certa età avrebbero dovuto combattere, naturalmente. Non che lui temesse il pericolo, lo preoccupava soltanto dover affidare a qualcun altro i propri affari. "Combineranno dei disastri, questo è certo" pensò amaramente. Riteneva che la guerra sarebbe durata a lungo, per due anni, forse più. In ultimo, non si sarebbe stupito se anche l'America fosse stata coinvolta nel conflitto.

Il governo avrebbe emesso prestiti. I prestiti di guerra sarebbero stati un buon investimento. Nei teatri non si sarebbero dovute rappresentare cose serie... i soldati in licenza avrebbero voluto commedie divertenti: belle ragazze, gambe nude, danze. Egli rifletté attentamente su tutto. Era piacevole avere la possibilità di riflettere senza essere disturbato. Trovarsi con Jane era come essere soli. Jane capiva sempre quando non volevi che ti si rivolgesse la parola.

La sbirciò. Anche lei stava riflettendo... Si domandò a che cosa stesse pensando; con Jane non si poteva mai sapere. Probabilmente pensava a Vernon. Se Vernon fosse dovuto andare a battersi e fosse caduto in battaglia! Ma no, una cosa simile non doveva accadere. L'anima artistica di Sebastian si ribellò. Vernon non doveva essere ucciso.

Le rappresentazioni della *Principessa nella torre* erano state ormai dimenticate. Avevano avuto luogo in un periodo poco propizio, dal momento che la guerra era scoppiata appena tre settimane dopo.

Sul momento l'opera aveva ricevuto quelle che vengono definite "buone accoglienze". Alcuni critici erano stati un po' sarcastici a proposito della "nuova scuola dei giovani musicisti", persuasi di poter rivoluzionare tutte le idee esistenti. Altri avevano lodato con sincerità un lavoro molto promettente, anche se immaturo. Ma tutti avevano parlato con entusiasmo della bellezza e della perfezione artistica dello spettacolo nel suo insieme. Ognuno "andava a Holborn", «è fuori mano di chilometri, cara, ma vale proprio la pena di assistere a quel fantastico dramma e di ammirare la nuova, meravigliosa cantante, Jane Harding. Ha un *volto*, cara, semplicemente stupendo... proprio medioevale. L'opera non sarebbe la stessa senza di lei!». Si era trattato di un trionfo, per Jane, anche se di un trionfo di breve durata. Il quinto giorno, lei era stata costretta a rinunciare alla parte.

Sebastian venne chiamato per telefono a casa sua, a un'ora nella quale Vernon non sarebbe stato là. Jane gli si fece incontro con un sorriso così radioso da fargli pensare, a tutta prima, che i suoi timori non si sarebbero realizzati.

«Non c'è niente da fare, Sebastian. Dovrà essere Mary Lloyd a continuare. Non è male, tutto sommato. In effetti, ha una voce migliore della mia, ed è graziosa, molto graziosa.»

«Hmm. Temevo che Hershall si sarebbe pronunciato in questo senso. Vorrei parlargli io stesso.»

«Sì, anche lui desidera parlarti. Non che ci sia qualcosa da fare, temo.»

«Che cosa vuoi dire? Come, non che ci sia qualcosa da fare?»

«La voce se n'è andata, bambino mio. Se n'è andata per sempre. Hershall è troppo sincero per poter alimentare false speranze. Dice, naturalmente, che non si può mai essere del tutto certi. La voce potrebbe tornare dopo un periodo di riposo, eccetera eccetera. Lo ha detto con molta disinvoltura, ma io l'ho guardato e mi sono messa a ridere. Dopodiché gli si è letto in viso che si vergognava e ha confessato. Credo che abbia provato un gran sollievo, constatando come io non me la prendessi affatto.»

«Ma Jane, Jane cara...»

«Oh, non te la prendere così a cuore, Sebastian. Ti prego, no. Sarà molto più facile per me se non te la prenderai. È stato un gioco d'azzardo, sai, sempre... La mia voce non è mai stata forte abbastanza. Ho giocato d'azzardo con essa... Fino a ora sono riuscita a vincere... Ma adesso... ho perduto. Bene, è fatta. Bisogna dimostrare di essere buoni giocatori e non consentire alle mani di tremare. Non dicono così, a Montecarlo?»

«Vernon lo sa?»

«Sì, è tremendamente sconvolto. Gli piaceva la mia voce. Ha davvero il cuore spezzato.»

«Ma non sa che...»

«... se avessi aspettato due giorni, evitando di cantare per la prima della sua opera, tutto sarebbe andato bene? No, non lo sa. E se tu sei leale nei miei confronti, Sebastian, non lo saprà mai.»

«Non ti prometto niente. Credo che dovrebbe saperlo.»

«No, perché quello che ho fatto è davvero ingiustificabile! Gli ho imposto un obbligo nei miei riguardi senza che lui ne sapesse niente. Questa è una cosa che non si dovrebbe fare. Non è giusta. Se io avessi riferito a Vernon quello che mi aveva detto Hershall, credi che mi avrebbe mai consentito di cantare? Me lo avrebbe impedito addirittura con la forza! Sarebbe la cosa più meschina e più crudele del mondo andare da Vernon, adesso, e dirgli: "Ecco che cosa ho fatto per te!". Piagnucolando e chiedendo che mi vengano scodellate comprensione e gratitudine.»

Sebastian taceva.

«Suvvia, mio caro, riconosci che ho ragione.»

«Sì» disse Sebastian, infine. «Hai ragione. Quello che hai fatto non è tanto etico. Lo hai fatto senza che Vernon ne fosse a conoscenza, e adesso bisogna nasconderglielo. Ma, oh, Jane cara, perché lo hai fatto? Lo giustificava la musica di Vernon?»

«Lo giustificherà un giorno.»

«Lo hai fatto per questo?»

Jane scosse la testa.

«Lo immaginavo.»

Seguì un silenzio. Poi Sebastian soggiunse:

«Che cosa farai adesso, Jane?»

«Forse insegnerò. Forse reciterò. Non lo so. Nel peggiore dei casi, so cucinare.»

Risero entrambi, ma Jane era sull'orlo delle lacrime.

Guardò Sebastian al di là del tavolo, poi, a un tratto, balzò in piedi e andò a inginocchiarsi accanto a lui. Gli appoggiò il capo sulla spalla ed egli la cinse con un braccio.

«Oh, Sebastian, Sebastian...»

«Povera cara Jane.»

«Fingo che non me ne importi, ma mi importa, eccome. Mi piaceva cantare. Mi piaceva, mi piaceva, mi piaceva... Quello splendido motivo della Pentecoste di Solveig. Non lo canterò mai più.»

«Già. Perché sei stata così sciocca, Jane?»

«Non lo so. Pura idiozia.»

«Se tu potessi di nuovo decidere...»

«Farei di nuovo la stessa cosa.»

Un silenzio. Poi Jane alzò la testa e bisbigliò:

«Ricordi di aver detto, Sebastian, che io possedevo una grande "forza motrice"? Che niente sarebbe riuscito a distogliermi? E io dissi che avrei potuto essere distolta più facilmente di quanto tu pensassi. E che, tra Vernon e me, sarei stata io a cedere per prima.»

Sebastian disse: «La vita è strana».

Jane si lasciò scivolare sul pavimento accanto a lui, sempre abbandonandogli la mano nella mano.

«Puoi essere scaltro» disse Sebastian, rompendo il silenzio. «Puoi essere tanto intelligente da prevedere le cose e tanto abile da pianificarle e tanto forte da riuscire, ma, nonostante tutta l'intelligenza di questo mondo, non puoi evitare di soffrire, in un modo o nell'altro. Ecco quello che è tanto strano. Io so di essere intelligente. So che riuscirò, qualsiasi cosa intraprenda. Non sono come Vernon. Vernon sarà o un genio inviato dal cielo, oppure un giovane ozioso e vizioso. Ha un dono di natura, se possiede qualcosa; mentre io ho l'abilità. Eppure, nonostante tutta l'abilità del mondo, non posso impedire a me stesso di soffrire.»

«Nessuno può.»

«Ci si potrebbe riuscire, forse, dedicando a questo tutta la propria vita. Se si cercasse la sicurezza, e nient'altro che la sicurezza, forse ci si brucerebbero le ali, ma tutto si limiterebbe a questo. Si costruirebbe un bel muro liscio intorno a se stessi per andare poi a nascondersi all'interno.»

«Stai pensando a qualcuno in particolare? A chi?»

«È soltanto una fantasticheria. Alla futura consorte di George Chetwynd, se proprio vuoi saperlo.»

«A Nell? Tu credi che Nell abbia tanta forza di carattere da riuscire a escludersi dalla vita?»

«Oh, Nell ha una capacità enorme di proteggersi mimetizzandosi. La posseggono alcune specie.» Si interruppe, poi soggiunse:

«Jane, hai mai avuto notizie da Joe?»

«Sì, mio caro, due volte.»

«Che cosa ti diceva?»

«Pochissimo. Soltanto quanto tutto fosse piacevole, e quanto si divertisse, e come ci si sentisse splendidamente avendo il coraggio di sfidare le convenzioni.» Jane si interruppe un momento, poi soggiunse: «Non è felice, Sebastian».

«Tu credi che non lo sia?»

«Ne sono certa.»

Seguì un lungo silenzio. Due volti afflitti contemplarono il caminetto spento. Fuori, dei tassì facevano squillare i clacson percorrendo rapidamente il lungofiume. La vita continuava.

Era il 9 agosto. Nell Vereker uscì dalla stazione di Paddington e si diresse adagio verso il parco. Le passavano accanto carrozze sulle quali si trovavano anziane signore cariche di prosciutti. A ogni angolo di strada si vedevano manifesti con volti che ti fissavano. In ogni negozio c'era una coda di persone ansiose di acquistare generi alimentari.

Nell si era detta molte volte:

"Siamo in guerra, effettivamente in guerra", ma senza mai riuscire a crederlo. Quel giorno, per la prima volta, sembrava potersi convincere. Un viaggio in treno e l'impiegato della biglietteria che si era rifiutato di cambiarle una banconota da cinque sterline avevano costituito il punto di svolta. Ridicolo, ma era così.

Passò un tassì libero e Nell lo fermò. Salì e diede l'indirizzo dell'appartamento di Jane a Chelsea. Sbirciò l'orologio. Erano appena le dieci e mezzo. Impossibile che Jane fosse uscita così di buon'ora.

Nell salì con l'ascensore e rimase in piedi davanti alla porta dopo aver suonato il campanello. Il cuore le stava martellando nervosamente. Da un momento all'altro la porta le sarebbe stata aperta. Il visetto di lei si sbiancò e assunse un'espressione tesa. Ah, ecco che la porta si stava aprendo. Lei e Jane vennero a trovarsi faccia a faccia.

Le parve di vedere Jane trasalire appena. Tutto qui.

«Oh!» lei disse. «È lei.»

«Sì» fece Nell. «Posso entrare, se non le dispiace?»

Le parve che Jane avesse esitato per un attimo prima di scostarsi e di consentirle di entrare. Jane indietreggiò poi nel corridoio, chiuse una porta in fondo e aprì quella del soggiorno per far passare Nell. Infine la seguì e si chiuse la porta alle spalle.

«Ebbene?»

«Sono venuta a domandarle, Jane, se sa dove si trova Vernon.»

«Vernon?»

«Sì. Mi sono recata nel suo alloggio, ieri. Se n'è andato. La portinaia non sapeva dove. Ha detto che la sua corrispondenza viene inoltrata a lei. Sono tornata a casa e le ho scritto una lettera, chiedendole il suo indirizzo. Ma poi ho temuto che non me lo avrebbe detto, che, forse, non mi avrebbe neppure risposto, e ho pensato di venire qui, invece.»

«Vedo.»

Il tono era vago e indifferente. Nell si affrettò a soggiungere:

«Ero certa che sapesse dove si trova. Lo sa, non è vero?»

«Sì, lo so.»

Una risposta che tardò, inutilmente lenta, pensò Nell. O Jane lo sapeva, oppure no.

«Ebbene?»

Di nuovo un silenzio. Poi Jane disse:

«Perché vuole vedere Vernon, Nell?»

Nell alzò verso di lei il viso pallido.

«Perché sono stata talmente stupida, talmente stupida! Ora lo capisco, ora che è scoppiata questa guerra spaventosa. Sono stata una così miserabile codarda. Mi odio, sì, odio me stessa, né più né meno. Soltanto perché George era gentile e buono, e, sì, ricco! Oh, Jane, quanto deve disprezzarmi. So che mi disprezza. E ne ha tutte le ragioni. In qualche modo, questa guerra ha reso tutto chiaro, non trova?»

«Non particolarmente. Vi sono state guerre in passato e ve ne saranno ancora. In realtà non cambiano niente nel profondo.»

Ma Nell non le stava prestando attenzione.

«È perfido non sposare l'uomo che si ama. Io amo Vernon. Ho sempre saputo di amarlo, ma non ho avuto, semplicemente, il coraggio. Oh, Jane, pensa che sia troppo tardi? Forse è così. Forse non mi vorrà più, ormai. Ma *devo* parlargli. Anche se non mi vuole, devo dirgli...»

Rimaneva lì in piedi, guardando, supplichevole, Jane. L'avrebbe aiutata? Se non fosse stata disposta ad aiutarla, lei avrebbe dovuto tentare con Sebastian. Ma Sebastian la intimoriva. Avrebbe potuto rifiutare nettamente di fare qualsiasi cosa.

«Potrei farglielo incontrare» disse Jane adagio, dopo qualche momento.

«Oh, grazie, Jane. E, Jane, mi dica... la guerra?»

«Ha fatto domanda come volontario... se si riferisce a questo.»

«Sì. Oh, è terribile... se dovesse perdere la vita. Ma la guerra non potrà durare a lungo... finirà entro Natale... lo dicono tutti.»

«Sebastian dice che durerà due anni.»

«Oh, ma Sebastian non può saperlo. Non è realmente inglese, lui. È russo.»

Jane scosse la testa. Poi disse:

«Vado» fece una breve pausa «a telefonare. Aspetti qui.»

Uscì, chiudendosi la porta alle spalle. Percorse il corridoio ed entrò nella camera da letto. Vernon alzò la bruna testa arruffata dal guanciale.

«Alzati» disse Jane, brusca. «Lavati, raditi e cerca di renderti ragionevolmente presentabile. Nell è qui e vuole parlarti.»

«Nell. Ma...»

«Crede che io ti stia telefonando. Quando sarai pronto, potrai uscire dall'appartamento, suonare il campanello e... che Dio possa avere pietà dell'anima di entrambi.»

«Ma, Jane. Nell... che cosa vuole?»

«Se desideri ancora sposarla, Vernon, questa è la tua occasione.»

«Ma dovrò dirle...»

«Che cosa? Che ti sei dato alla "bella vita"? Che ti sei "sfrenato"? Tutti i soliti eufemismi! Non si aspetterà altro, e ti sarà grata se sorvolerai il più possibile. Ma dille di te e di me... scendi dal generale al particolare... e condannerai la bambina all'inferno. Metti il bavaglio a quella tua nobile coscienza e pensa a lei.»

Vernon si alzò adagio dal letto.

«Non ti capisco, Jane.»

«No. Probabilmente non mi capirai mai.»

Egli domandò: «Nell ha mollato George Chetwynd?».

«Non le ho chiesto particolari. Ora torno da lei. Sbrigati.»

Uscì dalla camera e Vernon pensò: "Non ho mai capito Jane e non la capirò mai. È così sconcertante, accidenti. Bene, immagino di essere stato una sorta di distrazione passeggera per lei. No, pensando questo do prova di ingratitudine. È stata proprio generosa con me. Nessuna donna avrebbe potuto esserlo più di Jane. Ma questo a Nell non riuscirei mai a farlo capire. Giudicherebbe Jane una donnaccia...".

Mentre si radeva e faceva rapidamente le abluzioni, si disse:

"In ogni modo, non c'è niente da fare. Nell e io non potremmo mai rimetterci insieme... Oh! Ma non credo si tratti di questo. Probabilmente è venuta soltanto per chiedermi di perdonarla, così da sentirsi tranquilla nell'eventualità che io possa lasciare la pelle in questa maledetta guerra. È proprio quello che potrebbe fare una ragazza. In ogni modo, credo che non mi importi più nulla di lei."

Un'altra voce, nel profondo, disse ironicamente: "Oh, no, non è affatto così. Perché, allora, il cuore ti sta martellando e la mano ti trema? Maledetto somaro, eccome se ti preme ancora!".

Era pronto. Uscì dall'appartamento e suonò il campanello. Un sotterfugio meschino, abietto... Si sentì colmare di vergogna. Jane aprì la porta. Disse, quasi come se fosse stata una cameriera: «Avanti», e con un gesto gli indicò la porta del salotto. Lui entrò, chiudendosi la porta alle spalle.

Nell era balzata in piedi vedendolo entrare. Tenne le mani intrecciate dinanzi a sé. La sua voce suonò fioca e debole, come quella di una bambina che si senta in colpa.

«Oh, Vernon...»

Il tempo saettò indietro. Vernon si trovava sulla barca a Cambridge... sul ponte a Ranelagh. Dimenticò Jane, dimenticò tutto. Lui e Nell erano le uniche persone che esistessero al mondo.

«Nell.»

Si stavano avvinghiando l'uno all'altra, ansimanti come se avessero corso. Le parole proruppero dalle labbra di Nell.

«Vernon... se vuoi... ti amo tanto... Oh! Davvero... Ti sposerò non appena vorrai... anche subito... oggi stesso. Non m'importa di essere povera né di *qualsiasi altra cosa*!»

Lui la sollevò di peso, la baciò sugli occhi, sui capelli, sulle labbra.

«Tesoro... Oh, tesoro! Non perdiamo un solo minuto, nemmeno un minuto. Non so come ci si sposa. Non ci ho mai pensato. Ma andiamo a informarci. Ci rivolgeremo all'arcivescovo di Canterbury... non è così che si fa?... per ottenere un permesso speciale? Come diavolo *si fa* per sposarsi?»

«Non potremmo domandarlo a un ecclesiastico?»

«Oppure c'è l'ufficio di stato civile. Sì, è questa la soluzione.»

«Non credo di volermi sposare in un ufficio di stato civile. Mi sembrerebbe di essere una cuoca, o una cameriera.»

«Penso che sia una cosa ben diversa, tesoro. Ma, se preferisci sposarti in chiesa, ci sposeremo in chiesa. Vi sono migliaia di chiese a Londra, e tutte quante non hanno niente da fare. Sono certo che una di esse sarà ben lieta di unirci in matrimonio.»

Uscirono insieme, ridendo felici. Vernon aveva dimenticato tutto, il rimorso, la voce della coscienza, Jane...

Alle due e mezzo di quel pomeriggio, Vernon Deyre e Eleanor Vereker furono uniti in matrimonio nella chiesa di St Ethelred, a Chelsea.

Libro quarto

GUERRA

1

SEBASTIAN LEVINNE ricevette, sei mesi dopo, un biglietto di Joe.

St George Hotel, Soho

Caro Sebastian,
mi trovo in Inghilterra per alcuni giorni. Gradirei molto vederti.

Tua Joe

Sebastian lesse e rilesse il breve scritto. Si trovava in casa della madre per alcuni giorni di licenza e pertanto il biglietto gli era pervenuto senza ritardi. Seduto a tavola di fronte alla signora Levinne per la colazione, divenne consapevole degli occhi di lei che lo scrutavano, e si meravigliò, come tante altre volte in passato, constatando quanto fosse pronta la sua apprensione materna. Lei gli leggeva in viso, un viso che la maggior parte delle persone trovava così imperscrutabile, con la stessa facilità con la quale lui leggeva il biglietto che aveva in mano.

Quando parlò, si espresse in un tono di voce normalissimo.

«Non gradiresti ancora un po' di marmellata, caro?» domandò.

«No, grazie, mamma.» Rispose dapprima alla domanda che lei gli aveva rivolto, poi passò a quella inespressa, della quale era acutamente consapevole. «È di Joe.»

«Joe» disse la signora Levinne. La sua voce fu del tutto inespressiva.

«È a Londra.»

Seguì un silenzio.

«Capisco» disse la signora Levinne.

La sua voce continuò a essere inespressiva. Ma Sebastian era consapevole di un interno tumulto di sentimenti. Per lui fu come se sua madre avesse gridato: "Figlio mio, figlio mio! Proprio adesso che stavi cominciando a dimenticarla! Perché torna qui? Perché non può lasciarti in pace? Questa ragazza che non ha niente a che fare con noi o con la nostra stirpe. Questa ragazza che non è mai stata la moglie adatta per te e mai lo sarà".

Sebastian si alzò.

«Credo di dover andare da lei.»

Sua madre disse, nello stesso tono di voce: «Presumo di sì».

Non dissero altro. Si erano capiti. Ognuno rispettava il punto di vista dell'altro.

A un tratto, a Sebastian, mentre si incamminava rapidamente lungo la strada, accadde di pensare che Joe non gli aveva lasciato capire in alcun modo con quale nome alloggiasse in albergo. Si chiamava signorina Waite o Madame La Marre? La cosa era priva di importanza, naturalmente, ma si trattava di una di quelle stupide assurdità convenzionali che ti facevano sentire in imbarazzo. Doveva chiedere di lei chiamandola in un modo o nell'altro? Com'era tipico di Joe aver completamente ignorato la cosa!

Ma si diede poi il caso che egli si evitò ogni imbarazzo in quanto la prima persona che vide, dopo essere passato per la porta girevole, fu proprio Joe. Lei lo accolse con una lieta esclamazione di stupore.

«Sebastian! Non avevo idea che tu potessi ricevere così presto il mio biglietto.»

Lo precedette verso un angolo appartato del vestibolo e lui la seguì.

La sua prima sensazione fu che lei fosse cambiata. Era andata così lontano da sembrare quasi una straniera. In parte, pensò, a causa di come era vestita. Indossava un modello ultrafrancese. Molto sobrio e scuro e discreto, ma assolutamente non inglese. Anche il viso, inoltre, era truccatissimo. Il pallore cremoso veniva sottolineato artificiosamente dalle labbra di un rosso impossibile; inoltre aveva ritoccato in qualche modo gli angoli degli occhi.

"Mi sembra un'estranea," pensò lui "eppure è Joe! È sempre la stessa Joe, ma si è recata molto lontano... Tanto lontano che è appena possibile mettersi in contatto con lei."

Ma parlarono abbastanza disinvolti, ognuno dei due protendendo, si sarebbe detto, piccole antenne esplorative come per sondare la distanza che li separava. E, all'improvviso, quella distanza si ridusse e l'elegante forestiera parigina si tramutò in Joe.

Parlarono di Vernon. Dove si trovava? Non scriveva mai e non diceva mai niente a nessuno.

«Si trova a Salisbury Plain, vicino a Wiltsbury. Potrebbe partire per la Francia da un momento all'altro.»

«E Nell ha sposato lui, tutto sommato! Sebastian, sento di essere stata davvero ingiusta per quanto riguarda Nell. Non credevo che ne sarebbe stata capace. E credo che non ne sarebbe stata capace se non fosse scoppiata la guerra. Sebastian, non è meravigliosa la guerra? A causa di quello che fa per la gente, voglio dire.»

Sebastian rispose, asciutto, di ritenere che quella guerra fosse come tutte le altre. Joe gli replicò con veemenza.

«Non lo è. Non lo è. È proprio qui che ti sbagli. Avremo un mondo nuovo, in seguito. La gente sta cominciando a vedere cose... cose che non ha mai visto prima. Tutta la crudeltà e la perfidia e lo sperpero di una guerra. E si unirà compatta affinché una cosa simile non si ripeta mai più.»

Aveva il viso acceso ed esultante. Sebastian si rese conto che la guerra aveva, come si esprimeva lui, "dato alla testa" a Joe. La guerra dava alla testa alla gente. Aveva parlato della cosa con Jane, deplorandola. Gli dava la nausea leggere o udire le cose che venivano stampate o dette della guerra. «Un mondo fatto per gli eroi.» «La guerra per porre termine alle guerre.» «La battaglia per la democrazia.» E, in realtà, la guerra era sempre lo stesso sanguinoso disastro di ogni altra volta. Perché la gente non poteva dire la verità al riguardo?

Jane non si era trovata d'accordo con lui. Sosteneva che gli sproloqui scritti e detti a proposito della guerra (poiché riconosceva che si trattava di sproloqui) erano inevitabili, una sorta di fenomeno parallelo inseparabile da essa. Era l'espediente della natura per offrire una via di scampo... Dovevi avere quelle illusioni e quelle menzogne che ti aiutavano a sopportare le realtà concrete. Per lei si trattava di qualcosa di pietoso e di quasi bello... Tutte quelle cose nelle quali si voleva credere e che, così capziosamente, ci si raccontava a vicenda.

Sebastian aveva detto: «Può darsi, ma in seguito sarà un inferno per la nazione».

Ora l'acceso entusiasmo di Joe lo rattristava e lo sconfortava un poco. Eppure, in fin dei conti, era tipico di lei. I suoi entusiasmi erano sempre incandescenti. Non potevi mai sapere in quale campo l'avresti trovata schierata, tutto si riduceva a questo. Lei avrebbe potuto essere altrettanto facilmente un'accesa pacifista, pronta ad accettare con fervore il martirio.

Disse a Sebastian, in tono di accusa:

«Non sei d'accordo! Pensi che tutto continuerà a essere immutato.»

«Le guerre sono sempre esistite e non hanno mai causato grandi mutamenti.»

«Sì, ma questa è una guerra completamente diversa.»

Sebastian sorrise. Non poté farne a meno.

«Mia cara Joe, le cose che accadono a noi personalmente sono sempre diverse.»

«Oh! Non ti sopporto. Sono le persone come te...»

Poi si interruppe.

«Sì?» disse Sebastian, incoraggiante. «Le persone come me...?»

«Un tempo non eri così. Un tempo avevi idee. Adesso...»

«Adesso» disse Sebastian, con gravità «affondo nei quattrini. Sono un capitalista. E tutti sanno che creatura bestiale sia un capitalista.»

«Non essere assurdo. Ma credo proprio che il denaro sia alquanto... be'... soffocante.»

«Sì,» disse Sebastian «questo è abbastanza vero. Ma si tratta del suo effetto sui singoli individui. Concordo pienamente con te e riconosco che la povertà è una condizione benedetta. Parlando in termini d'arte, è utile, probabilmente, quanto il concime in un orto. Ma è assurdo affermare che, siccome ho denaro, non sono in grado di fare previsioni per quanto concerne l'avvenire, specie sulla situazione dopo la guerra. Proprio perché ho quattrini, anzi, è tanto più probabile che io possa essere un buon giudice. Il denaro ha molto a che vedere con la guerra.»

«Sì, ma siccome pensi a ogni cosa in termini di denaro, affermi che vi saranno sempre guerre.»

«Non ho affermato alcunché di simile. Penso che, in ultimo, la guerra verrà abolita... Grosso modo, direi che dovranno passare altri duecento anni.»

«Ah! Allora ammetti che tra duecento anni potremo avere ideali più puri.»

«Non credo che in questa faccenda c'entrino gli ideali. Probabilmente sarà una questione di mezzi di trasporto. Quando i voli si espanderanno su scala commerciale, i paesi si fonderanno gli uni con gli altri. Torpedoni aerei per il Sahara, tutti i mercoledì e i sabati. Una cosa di questo genere. I paesi collegati gli uni agli altri e in rapporti di amicizia. Il commercio rivoluzionato. A tutti i fini pratici, il mondo viene reso più piccolo. Lo riduci, temporalmente, allo stesso livello di una nazione suddivisa in regioni. Non credo che ciò cui si è sempre alluso come alla fratellanza dell'uomo possa mai derivare dalle nobili idee... Sarà, semplicemente, una questione di buonsenso.»

«Oh, Sebastian!»

«Ti sto irritando. Mi dispiace, Joe cara.»

«Non credi in niente.»

«Be', veramente sei tu l'atea. Sebbene, in effetti, questa parola non sia ormai più di moda. Al giorno d'oggi diciamo di credere in *Qualcosa*! Personalmente, sono del tutto soddisfatto di Jehovah. Ma so a che cosa ti riferivi dicendo che non credo in niente, e ti sbagli. Credo nella bellezza, nella creatività, in cose come la musica di Vernon. Economicamente, non vedo proprio come si possa difenderle, eppure ho l'assoluta certezza che contino più di ogni altra cosa al mondo. Sono persino disposto, a volte, a sganciare quattrini per esse. È molto, questo, da parte di un ebreo!»

Joe rise, nonostante se stessa. Poi domandò:

«Com'era realmente *La principessa nella torre*? In tutta sincerità, Sebastian.»

«Oh, un po' come un gigante che barcolli. Un'opera non persuasiva e, ciò nonostante, un'opera su scala diversa da ogni altra.»

«Pensi che un giorno...»

«Ne sono sicuro. Non vi è nulla di cui sia altrettanto certo. A meno che Vernon non lasci la pelle in questa guerra sanguinosa.»

Joe rabbrividì.

«È talmente orribile» mormorò. «Ho lavorato negli ospedali di Parigi. Le cose che si vedono!»

«Lo so. Anche se dovesse restare mutilato non avrebbe importanza. Non è come un violinista finito se perde la mano destra. No, possono rovinargli il corpo quanto vogliono, purché il cervello rimanga intatto. È brutale a dirsi, ma tu sai che cosa intendo...»

«Lo so. Ma a volte... anche in questo caso...» Joe si interruppe, poi continuò, parlando con un nuovo tono di voce. «Sebastian, mi sono sposata.»

Se anche qualcosa in lui trasalì, non lo diede a vedere.

«Davvero, mia cara? La Marre ha ottenuto il divorzio?»

«No, l'ho lasciato. Era una bestia, una bestia, Sebastian.»

«Posso immaginare facilmente che lo fosse.»

«Non che mi penta di niente. Ognuno deve vivere la propria vita, avere esperienze. Qualsiasi cosa è preferibile al sottrarsi alla vita. Ed è proprio questo che le persone come zia Myra non riescono a capire. Non tornerò mai da loro a Birmingham. Non mi vergogno né mi pento di niente di quello che ho fatto.»

Lo fissò con un'aria di sfida e i pensieri di lui tornarono a Joe nei boschi, a Abbots Puissants. Pensò: "È sempre la stessa. Ostinata nell'errore, ribelle, adorabile. Si sarebbe potuto capire sin da allora che avrebbe fatto cose di questo genere".

Disse, con dolcezza: «Mi dispiace soltanto che tu sia stata infelice. Perché sei stata infelice, non è così?».

«Orribilmente. Ma ora ho trovato la mia vera vita. In ospedale v'era un ragazzo orribilmente ferito. Gli somministravano morfina. Adesso è stato dimesso: guarito, anche se, naturalmente, non può più combattere. Ma la morfina... vi è stata assuefazione. Ecco perché... ci siamo sposati. Quindici giorni fa. Lotteremo insieme contro la droga.»

Sebastian non disse nulla. Joe in tutto e per tutto. Ma perché, in nome del cielo, non si era accontentata di una inabilità fisica? Un morfinomane. Una situazione spaventosa.

E, all'improvviso, il dolore gli saettò dentro. Era come se avesse rinunciato all'ultima speranza per quanto concerneva lei. Le loro strade conducevano in direzioni opposte, portando Joe tra le sue cause perse e i suoi cani azzoppati, e lui su per una strada in salita. Avrebbe potuto naturalmente lasciare la pelle nella guerra, ma, in qualche modo, non lo credeva. Era quasi certo che non sarebbe neppure rimasto ferito in modo pittoresco. Lo dominava una sorta di certezza che sarebbe riuscito a farla franca, probabilmente anche distinguendosi con moderazione in battaglia, che sarebbe tornato alle sue imprese, per riorganizzarle e rivitalizzarle e per avere successo – un successo considerevole – in un mondo che non avrebbe più tollerato gli incapaci. Ma, quanto più in alto fosse salito, tanto più si sarebbe allontanato da Joe.

Pensò, amaramente: "C'è sempre qualche donna disposta a toglierti da un pozzo, ma nessuno vuole venire a tenerti compagnia sulla cima di una montagna e puoi restare maledettamente solo, lassù".

Non sapeva proprio che cosa dire a Joe. Sarebbe stato del tutto inutile scoraggiarla, povera figliola. Mormorò:

«Come ti chiami adesso di cognome?»

«Valnière. Devi conoscere François, una volta o l'altra. Sono venuta soltanto per sistemare alcune seccature giuridiche. Sai, il babbo è morto un mese fa.»

Sebastian annuì. Ricordava di aver saputo della morte del colonnello Waite.

Joe continuò:

«Voglio rivedere Jane. E voglio rivedere Vernon e Nell.»

Stabilirono che lui l'avrebbe accompagnata in automobile a Wiltsbury il giorno dopo.

Nell e Vernon abitavano in un appartamento di una piccola casa ben tenuta nei dintorni di Wiltsbury. Vernon, abbronzato, con l'aria di essere in ottima salute, corse verso Joe e l'abbracciò con foga.

Poi entrarono tutti in una stanza piena di coprischienali e pranzarono con montone lesso e salsa di capperi.

«Vernon, hai una cera splendida. E sei quasi bello. Non è così, Nell?»

«Merito dell'uniforme» disse Nell, con un'aria pudica.

Era cambiata, pensò Sebastian, osservandola. Non l'aveva più vista dopo il matrimonio, celebrato quattro mesi prima. Per lui era sempre rientrata in una determinata categoria, in un certo tipo di ragazza incantevole. Ora la vedeva come un individuo... La vera Nell sbocciata dalla crisalide.

C'era in lei una sorta di attenuata radiosità. Sembrava più tranquilla che in passato, ma al contempo era più viva. Lei e Vernon dovevano essere felici insieme. Nessuno che li guardasse avrebbe potuto dubitarne. Si sbirciavano di rado, ma, quando i loro sguardi si incrociavano, te ne rendevi conto... Un qualcosa passava tra loro, un qualcosa di delicato, di evanescente, ma anche di inequivocabile.

Fu un pasto allegro. Parlarono dei bei tempi, di Abbots Puissants.

«E ora eccoci qui, di nuovo insieme tutti e quattro» disse Joe.

Una calda sensazione parve avvolgere il cuore di Nell. Joe aveva incluso anche lei. Tutti e *quattro*, aveva detto. Nell ricordò che una volta Vernon aveva detto "Noi tre..." e ricordò quanto quelle parole l'avessero addolorata. Ma adesso tutto questo sembrava finito. Era una di loro. Ecco la sua ricompensa... una delle sue ricompense. La vita, in quel momento, sembrava colma di ricompense.

Lei era contenta... infinitamente contenta, eppure le sarebbe stato così facile non esserlo. Quando era scoppiata la guerra, avrebbe potuto davvero sposare George. Come poteva essere stata così incredibilmente sciocca da pensare che potesse esservi qualcosa di più importante del matrimonio con Vernon? Quanto era straordinaria la loro felicità e quanto aveva avuto ragione lui, dicendo che la povertà non rivestiva importanza.

Non che fossero i soli. Molte ragazze stavano facendo la stessa cosa, rinunciavano a tutto e sposavano l'uomo del quale erano innamorate; per quanto povero potesse essere. Dopo la guerra, qualcosa sarebbe accaduto. Questo era il modo di pensare. E dietro questo modo di pensare si celava la paura spaventosa e segreta che non si affrontava mai per esaminarla fino in fondo. Tutt'al più si diceva, in tono di sfida: «E, *qualsiasi* cosa possa accadere, *un po'* di felicità l'avremo avuta».

Nell pensò: "Il mondo sta cambiando. Tutto è diverso, ormai. E lo sarà per sempre. Non si tornerà più indietro...".

Guardò, al lato opposto del tavolo, Joe. Joe sembrava diversa in qualche modo, molto *strana*. Prima della guerra si sarebbe detto... be'... che *non c'era proprio tutta*. Che cosa aveva cambiato, Joe? Quell'uomo odioso, La Marre... Oh, be', meglio non pensarci. Di quei tempi non v'era più niente che importasse.

Joe era così gentile con lei, così diversa da com'era sempre stata in passato, quando Nell aveva sempre avuto la sgradevole sensazione che la disprezzasse. Forse non senza motivo. Perché da bambina era stata davvero una piccola codarda.

La guerra era spaventosa, naturalmente, ma aveva semplificato le cose. Sua madre, per esempio, si era affrettata a cambiare atteggiamento. Sebbene dispiaciuta per George Chetwynd (povero George, *era davvero* una cara persona e lei lo aveva trattato malissimo), aveva fatto buon viso a cattiva sorte, dando prova di un ammirevole buonsenso.

«Questi matrimoni di guerra!» Pronunciava queste parole con una breve scrollatina delle spalle. «Poveri figlioli, non si può rimproverarli. Non saranno assennati, forse, ma a che serve il senno in un periodo come questo?» La signora Vereker aveva avuto bisogno di tutta la sua abilità e di tutta la sua astuzia per tener testa ai creditori e se l'era cavata molto bene. Alcuni di essi provavano addirittura compassione per lei.

Se anche lei e Vernon non simpatizzavano, in realtà, riuscivano a nasconderlo assai bene, e in effetti si erano rivisti una sola volta dopo il matrimonio. Insomma, tutto era stato facile.

Forse, se si aveva coraggio, le cose erano sempre facili. Forse il grande segreto della vita consisteva proprio in questo.

Nell rifletteva; poi, ridestandosi dai suoi pensieri, tornò a seguire la conversazione. Stava parlando Sebastian.

«Andremo da Jane, una volta tornati in città. Sono secoli che non ho più sue notizie. Tu sai qualcosa di lei, Vernon?»

Vernon scosse la testa.

«No,» disse «non so niente.»

Cercò di parlare con naturalezza, ma non vi riuscì affatto.

«È molto simpatica» disse Nell. «Ma... be', alquanto difficile da capire, non vi sembra? Voglio dire che non si sa mai bene a che cosa stia pensando.»

«Sì, a volte può anche essere sconcertante» ammise Sebastian.

«È un angelo» dichiarò Joe, con veemenza.

Nell stava osservando Vernon. Pensò: "Vorrei che dicesse qualcosa... una cosa qualsiasi... Ho paura di Jane. Ho sempre avuto paura di lei. È un demonio...".

«Probabilmente,» disse Sebastian «sarà andata in Russia o a Timbuctù o nel Mozambico. Non ci si può stupire di niente con Jane.»

«Quanto tempo è passato dall'ultima volta che l'hai vista?» domandò Joe.

«Precisamente? Oh! Un tre settimane.»

«Tutto qui? Credevo che davvero non la vedessi da secoli.»

«Ma sembra che siano secoli» disse Sebastian.

Poi presero a parlare dell'ospedale dove aveva lavorato Joe a Parigi. Quindi parlarono di Myra e dello zio Sydney. Myra stava benissimo, cuciva un numero incredibile di spalline e inoltre andava a servire due volte alla settimana in uno spaccio militare. Zio Sydney aveva già quasi accumulato un secondo patrimonio dopo essersi messo a produrre esplosivi.

«È partito con tempismo» disse Sebastian, in tono di apprezzamento. «Questa guerra durerà almeno tre anni.»

Discussero a questo riguardo. I tempi della previsione ottimistica di "sei mesi" erano ormai tramontati, ma una durata di tre anni venne considerata un punto di vista troppo pessimistico. Sebastian parlò di esplosivi, delle condizioni della Russia, del problema "viveri" e dei sommergibili. Fu un po' dittatoriale, in quanto era sicurissimo di avere ragione.

Alle cinque, Sebastian e Joe risalirono in macchina e tornarono a Londra. Vernon e Nell li salutarono con la mano dal margine della strada.

«Bene,» disse Nell «ecco fatto.» Prese Vernon sottobraccio. «Sono contenta che tu sia riuscito a ottenere un permesso, oggi. Joe sarebbe rimasta delusa di non vederti.»

«Ti sembra che sia cambiata?»

«Un po'. A te no?»

Stavano passeggiando lungo il margine della strada, poi voltarono in un sentiero che conduceva alle colline.

«Sì» rispose Vernon, con un sospiro. «Era inevitabile, presumo.»

«Mi fa piacere che si sia maritata. Secondo me è stato un gran bel gesto da parte sua. Non lo pensi anche tu?»

«Oh, sì. Joe ha sempre avuto buon cuore, che Dio la benedica.»

Rispose distrattamente. Nell lo sbirciò alzando gli occhi. Si rese conto, in quel momento, che era stato piuttosto taciturno per tutto il giorno. Avevano parlato quasi sempre gli altri.

«Sono contenta che siano venuti» tornò a dire lei.

Vernon non rispose. Nell premette il braccio contro quello di lui e sentì che egli lo premeva a sua volta contro il proprio fianco. Ma il silenzio continuò.

Cominciava a far buio e l'aria divenne pungente e gelida, ma, anziché tornare indietro, loro due proseguirono ancora, senza parlare. Molte altre volte avevano passeggiato in quel modo, silenziosi e felici. Ma questo silenzio sembrava diverso. Era greve e sembrava contenere una minaccia.

A un tratto Nell capì...

«Vernon! È arrivato l'ordine! Devi partire...»

Lui le strinse più forte la mano, ma ancora non parlò.

«Vernon... quando?»

«Giovedì prossimo.»

«Oh!» Si fermò. Una sofferenza lancinante la pervase. Il momento era giunto. Aveva sempre saputo che sarebbe arrivato, ma non aveva immaginato – affatto – quanto grande sarebbe stata la sofferenza.

«Nell. Nell... Non prendertela così. Ti prego, non prendertela così.» Le sue parole si susseguirono rapidamente, adesso. «Andrà tutto bene. So che andrà tutto bene. Non ci lascerò la pelle. Non potrei morire adesso che tu mi ami... Adesso che siamo tanto felici. Certi uomini sentono che la loro sorte è decisa, quando partono... Ma io non sento nulla di simile. Sono sicuro, anzi, che me la caverò. E voglio che anche tu ne sia sicura.»

Lei rimaneva lì irrigidita. Ecco che cos'era la guerra, in realtà. Ti strappava il cuore dal petto, ti toglieva il sangue dalle vene. Si avvinghiò a lui con un singhiozzo. Vernon la strinse a sé.

«Va tutto bene, Nell. Lo sapevamo che doveva accadere presto. E io in realtà non vedo l'ora di partire... O meglio, non vedrei l'ora di andare a combattere se non fosse che devo separarmi da te. Ma tu non vorresti che per tutta la durata della guerra sorvegliassi un ponte in Inghilterra, vero? E poi ci saranno le licenze da aspettare con ansia... Ci godremo dei meravigliosi periodi di vacanza. Avremo un mucchio di soldi da spendere e li scialacqueremo tutti. Oh, Nell, tesoro, adesso che tu mi vuoi bene, niente potrà accadermi, lo so.»

Lei si dichiarò d'accordo.

«Non potrà accaderti nulla... Dio non può essere così crudele...»

Ma Dio, pensò in quello stesso momento, stava consentendo che accadessero molte cose crudeli.

Disse, ricacciando indietro le lacrime:

«Andrà tutto bene, tesoro. Lo so anch'io.»

«E anche se... Anche se non dovesse essere così, devi ricordare quanto è stata perfetta la nostra felicità. Tesoro, sei stata felice, non è vero?»

Nell avvicinò le labbra a quelle di lui. Si avvinghiarono, incapaci di parlare, soffrendo; mentre l'ombra della loro prima separazione gravava su entrambi.

Nessuno dei due seppe mai per quanto tempo fossero rimasti così abbracciati.

Quando furono tornati nella stanza piena di coprischienali, parlarono allegramente del più e del meno. Vernon accennò una sola volta all'avvenire.

«Nell, quando sarò partito tornerai con tua madre o no?»

«No, preferirei restare qui. Ci sono tante cose da fare a Wiltsbury: l'ospedale, lo spaccio militare.»

«Sì, ma io voglio che tu non faccia niente. Credo che potresti trovare distrazioni migliori a Londra; vi saranno ancora rappresentazioni teatrali e divertimenti di questo genere.»

«No, Vernon, devo fare qualcosa. Devo lavorare, voglio dire.»

«Bene, se proprio vuoi lavorare devi rammendarmi i calzini. La odio tutta questa faccenda delle infermiere. Sarà anche necessaria, ma non mi piace. Non vorresti proprio andare a Birmingham?»

Nell ripeté, con molta decisione, che non voleva andare a Birmingham.

La vera separazione, quando il momento giunse, fu meno penosa. Vernon baciò sua moglie quasi distrattamente.

«Bene, arrivederci. Sta' allegra. Andrà tutto bene. Ti scriverò ogni volta che mi sarà possibile, ma presumo che non ci sarà consentito dire cose molto interessanti. Abbi cura di te, Nell cara.»

La stretta delle sue braccia si intensificò quasi involontariamente intorno a lei, poi egli la scostò quasi a forza da sé.

E scomparve.

Nell pensò: "Non riuscirò mai a addormentarmi, questa sera... mai...".

E invece dormì, un sonno greve, profondo. Scivolò nel sonno come in un abisso. Un sonno pieno di incubi, di terrori e di apprensioni, che a poco a poco si dileguarono nello stato di incoscienza della spossatezza.

Si destò con l'impressione che una spada affilata le stesse trapassando il cuore.

Pensò: "Vernon è andato in guerra. Devo trovare qualcosa da fare".

2

NELL ANDÒ A PARLARE CON LA SIGNORA CURTIS, comandante della Croce Rossa. La signora Curtis fu benevola e affabile. Si stava godendo la propria importanza ed era persuasa di essere un'organizzatrice nata. In realtà non sapeva organizzare un bel niente, ma tutti dicevano che aveva modi meravigliosi. Si mostrò con Nell gentile e condiscendente.

«Vediamo, signora... ah, sì! Deyre. Ha il certificato di infermiera diplomata?»

«Sì.»

«Ma non fa parte di alcuna delle sezioni locali?»

L'esatta posizione di Nell venne esaminata a lungo.

«Bene, dobbiamo vedere che cosa si può fare per lei» disse la signora Curtis. «In questo momento l'ospedale è al completo di infermiere, ma, naturalmente, ce n'è sempre qualcuna che lascia. Due giorni dopo l'arrivo del primo convoglio, avemmo diciassette dimissioni. Tutte di donne di una certa età. Non trovavano di loro gradimento il modo con il quale venivano interpellate dalle caporeparto. Personalmente, penso che le caporeparto siano state, forse, un po' brutali, ma, è superfluo dirlo, la Croce Rossa suscita molte gelosie. E quelle erano tutte signore benestanti alle quali non garbava di essere "comandate a bacchetta". Lei non è per caso ipersensibile sotto questo aspetto, signora Deyre?»

Nell rispose che non se ne curava minimamente.

«Questo è il giusto atteggiamento» disse la signora Curtis, in tono di approvazione. «Personalmente» continuò «mi prospetto la cosa alla luce di una ferma disciplina. Dove andremmo a finire tutti quanti, senza la disciplina?»

Nell si disse che la signora Curtis non doveva subire alcuna disciplina, la qual cosa rendeva molto meno persuasiva la sua solenne tesi. Tuttavia continuò a mostrarsi attenta e debitamente colpita.

«Ho un elenco di aspiranti di riserva» continuò la signora Curtis. «Vi aggiungerò il suo nome. Per due giorni alla settimana lei sarà di servizio nella corsia pazienti esterni dell'ospedale municipale, e in questo modo farà un po' di pratica. Sono a corto di personale, là, e disposti ad accettare il nostro aiuto. Inoltre, lei e la signorina...» a questo punto consultò un elenco «... la signorina Gardner, credo... sì, proprio la signorina Gardner... accompagnerete l'infermiera distrettuale nei suoi giri tutti i martedì e tutti i venerdì. Lei dispone dell'uniforme, naturalmente? Bene, allora è tutto stabilito.»

Mary Gardner risultò essere una ragazza simpatica e grassoccia il cui padre era un macellaio in pensione; fu molto cordiale con Nell e le spiegò che i loro giorni erano il mercoledì e il sabato e non il martedì e il venerdì. «Ma la vecchia Curtis sbaglia sempre qualcosa.» E soggiunse che l'infermiera distrettuale era una cara persona, che non ti rimproverava mai, mentre la caporeparto Margaret, all'ospedale, era insopportabile.

Il mercoledì successivo, Nell fece il primo giro con l'infermiera distrettuale, una donnetta dinamica e indaffaratissima. Al termine della giornata, l'infermiera le batté amichevolmente la mano sulla spalla.

«Sono lieta di constatare che lei ha la testa a posto, mia cara. Alcune delle ragazze che vengono con me sembrano quasi deficienti, glielo assicuro. Eppure si presentano così bene... Lei non immagina quanto! Non che siano nobili di nascita, non dico questo. Si tratta di ragazze abbastanza colte, eppure credono che, per fare l'infermiera, basti sprimacciare un guanciale o dare chicchi d'uva ai pazienti. Ma lei riuscirà a cavarsela a meraviglia in men che non si dica.»

Incoraggiata da queste parole, Nell si presentò senza troppa trepidazione, all'ora stabilita, al reparto pazienti esterni. Venne accolta da un'infermiera alta e magra, dagli occhi malevoli.

«Un'altra principiante buona a niente» borbottò. «L'ha mandata la signora Curtis, suppongo? Sono stufa di quella donna. Mi ci vuole più tempo e più fatica per insegnare a sciocche ragazze, convinte di sapere tutto, del tempo e della fatica che mi occorrerebbero per sbrigare tutto da sola.»

«Mi dispiace» disse Nell, mansueta.

«Vi procurate un paio di certificati, andate a una dozzina di lezioni e credete di essere onniscienti» disse la caporeparto Margaret, in tono amareggiato. «Ecco che arrivano. Non mi venga tra i piedi se proprio non è indispensabile.»

Un tipico gruppo di pazienti si era già messo in coda. Un adolescente dalle gambe infestate di ulcere, una bambina che era stata ustionata alle gambe dall'acqua bollente di una pentola rovesciata, una ragazza che si era conficcata un ago nel dito, varie persone che si lamentavano di aver "male alle orecchie", "male alle gambe", "male alle braccia".

La caporeparto Margaret disse, in tono aspro, a Nell:

«Sa siringare un orecchio? Lo immaginavo. Guardi come faccio io.»

Nell rimase a guardare.

«La prossima volta potrà farlo lei» disse l'infermiera Margaret. «Tolga la medicazione dal dito di quel ragazzo e glielo faccia immergere in acqua tiepida e borace finché non potrò intervenire io.»

Nell si sentiva innervosita e goffa. La caporeparto Margaret la stava paralizzando. Quasi immediatamente, o così le parve, la donna arrivò al suo fianco.

«Non abbiamo mica tutta la giornata a disposizione per fare le cose, qui» osservò. «Basta, lasci fare a me. Lei sembra essere tutta pollici. Bagni con acqua tiepida le bende sulle gambe di quella bambina e gliele tolga.»

Nell riempì un catino con acqua tiepida e si inginocchiò davanti alla bambina, che era in realtà una bimbetta di tre anni. Aveva riportato ustioni gravi e le bende aderivano alle gambette minuscole. Nell passò la spugna sulle bende, imbevendole con la massima delicatezza, ma la bimba strillò. Il suo fu un grido acuto e prolungato, di terrore e di strazio, e paralizzò del tutto Nell.

Lei si sentì a un tratto sconvolta e fiacca. Non poteva fare quel lavoro. Non ce la faceva, semplicemente. Indietreggiò e, in quel momento, alzò gli occhi e vide l'infermiera Margaret intenta a osservarla, con un bagliore di maligna esultanza negli occhi.

"Lo immaginavo che non ce l'avrebbe fatta" diceva il suo sguardo.

Questo ridiede coraggio a Nell come nessun'altra cosa sarebbe riuscita a fare. Chinò il capo e, digrignando i denti, continuò a fare quel che doveva, sforzandosi di ignorare gli strilli della bimbetta. Infine riuscì a terminare e si rimise in piedi sbiancata in viso, tremante e in preda alla nausea.

La caporeparto Margaret tornò ad avvicinarsi. Sembrava delusa.

«Oh, ci è riuscita» disse. Poi si rivolse alla madre della bimbetta. «Starei un po' più attenta, in avvenire, e non consentirei alla bambina di avvicinarsi alle pentole, signora Somers.»

La signora Somers protestò, dichiarando che non si poteva essere dappertutto contemporaneamente.

Nell ricevette l'ordine di applicare impacchi caldi a un dito infettato. Subito dopo aiutò la caporeparto a siringare la gamba ulcerata e in seguito stette a guardare un giovane medico che estraeva l'ago dal dito della ragazza. Mentre il medico sondava e incideva, la ragazza trasalì, cercò di tirare indietro la mano, e lui le disse, in tono aspro:

«Vuoi stare ferma?»

Nell pensò: "Nessuno vede mai questo aspetto delle cose. Siamo assuefatti soltanto ai medici dai modi affabili: 'Temo che sarà un pochino doloroso. Stia ferma il più possibile'.".

Il giovane medico estrasse poi un paio di denti, gettandoli con noncuranza sul pavimento, quindi curò la mano fratturata di qualcuno che aveva appena avuto un incidente.

Non che non fosse abile, rifletté Nell. Era l'assenza di buone maniere a riuscire così sconvolgente per le idee preconcette. Qualsiasi cosa egli facesse, la caporeparto Margaret gli restava al fianco e rideva con sfacciata adulazione di ogni spiritosaggine che egli si compiacesse di dire. Della presenza di Nell il medico parve non accorgersi neppure.

Giunse infine il termine dell'orario e Nell trasse un sospiro di sollievo. Salutò timidamente la caporeparto Margaret.

«Le è piaciuto?» domandò l'infermiera con un sorriso demoniaco.

«Temo di essere molto stupida» disse Nell.

«Come potrebbe non esserlo?» dichiarò la caporeparto. «Quelle della Croce Rossa non sono altro che un mucchio di dilettanti come lei. Ma persuase di essere onniscienti. Be', forse la prossima volta riuscirà a essere un po' meno goffa!»

Questo fu l'incoraggiante debutto di Nell all'ospedale.

Con il trascorrere del tempo, tuttavia, la prova divenne meno terribile. La caporeparto Margaret si raddolcì e rinunciò in parte al proprio atteggiamento di feroce difensiva. Arrivò persino al punto di rispondere alle domande.

«Lei non è goffa come quasi tutte le altre» ammise, benevola.

Nell, a sua volta, era colpita dall'enorme lavoro che Margaret riusciva a sbrigare in pochissimo tempo. E capì, almeno in parte, il rancore di lei nei riguardi delle dilettanti.

A colpire soprattutto Nell era il numero enorme di "gambe malate" e delle relative complicanze, tutte, evidentemente, diffuse da tempo. Si informò al riguardo, rivolgendosi alla caporeparto Margaret.

«Non c'è un granché da fare al riguardo» rispose l'infermiera. «Si tratta, nella maggior parte dei casi, di malattie ereditarie. Dipendono dal sangue cattivo. Non si può guarirle.»

Un'altra cosa colpì Nell: l'eroismo dei poveri, che non si lamentavano mai. Si presentavano al reparto pazienti esterni, venivano curati, sopportavano grandi sofferenze, e poi se ne tornavano a casa percorrendo a piedi svariati chilometri come se niente fosse.

Notò lo stesso silenzioso eroismo nelle loro case. Lei e Mary Gardner avevano sostituito l'infermiera distrettuale in alcuni dei suoi giri. Lavavano povere vecchie immobilizzate a letto, curavano "gambe malate" e, occasionalmente, lavavano e sfamavano bambini le cui madri erano troppo inferme per poter fare qualsiasi cosa. Le casupole erano piccole, con le finestre chiuse, e ognuna di esse pullulava di tesori cari ai proprietari. L'aria, in quegli alloggi, era non di rado irrespirabile.

Lo spavento peggiore lo provarono circa due settimane dopo aver cominciato, quando trovarono un vecchio infermo morto nel proprio letto e dovettero vestirlo. Nell sentì che, se non fosse stato per la disinvolta praticità di Mary Gardner, non ne sarebbe mai stata capace.

L'infermiera distrettuale le lodò.

«Siete due brave figliole. E il vostro aiuto è davvero prezioso.»

Tornarono a casa raggianti e soddisfatte. In vita sua, Nell non aveva mai apprezzato tanto un bagno caldo e una prodiga dose di sali.

Le erano pervenute due cartoline da Vernon. Poche righe scarabocchiate per dirle che stava benissimo e che tutto era splendido. Lei gli scriveva ogni giorno, dicendogli delle sue avventure e sforzandosi di farle sembrare il più divertenti possibile. Vernon rispose:

Da una località della Francia

Nell, tesoro, sto benissimo. Mi sento proprio in forma. È tutta una grande avventura, ma anelo a rivederti. Vorrei sinceramente che tu non ti recassi in quelle bestiali casupole e non avessi niente a che fare con persone malate. Temo qualche possibile contagio. Perché tu voglia far questo, non riesco a capirlo. Secondo me, non è assolutamente necessario. Rinuncia, ti prego.

Pensiamo soprattutto alla cucina inglese, qui, e i Tommies non hanno in mente altro che il tè. Sarebbero disposti a correre il rischio di saltare in aria per una tazza di tè bollente. Devo censurare le loro lettere. C'è un uomo che le conclude sempre dicendo: tuo finché l'inferno gelerà, e io voglio dire altrettanto a te.

Vernon

Un mattino, Nell ricevette una telefonata della signora Curtis.

«Si è reso libero un posto di inserviente di corsia, signora Deyre. Turno di servizio pomeridiano. Veda di trovarsi all'ospedale per le due e mezzo.»

Il municipio di Wiltsbury era stato trasformato in ospedale. Si trattava di un nuovo e grande edificio nella piazza della cattedrale, dominato dall'alto campanile di quest'ultima.

Uno splendido giovane in uniforme, mutilato di una gamba e decorato con medaglie al valore, l'accolse cortesemente nell'ingresso principale.

«Si è presentata alla porta sbagliata, signorina. Il personale deve entrare passando per la porta del commissariato. Il boy-scout l'accompagnerà.»

Un ragazzetto la precedette giù per una rampa di gradini e poi in una sorta di cripta in penombra dove una signora anziana, con l'uniforme della Croce Rossa, sedeva circondata da balle di camici; si era messa parecchi scialli, ma rabbrividiva ugualmente di freddo. Percorsero ancora corridoi lastricati in pietra ed entrarono infine in un buio locale sotterraneo dove Nell venne accolta dalla signorina Curtain, la direttrice delle inservienti di corsia, una signora alta e magra, con un viso sognante da duchessa e con modi affabili e incantevoli.

Nell ricevette istruzioni per quanto concerneva le sue incombenze, che erano alquanto semplici. Implicavano un lavoro faticoso, ma non vi sarebbero state difficoltà di sorta da sormontare. Un certo tratto di corridoi lastricati in pietra e di gradini da lavare. Avrebbe poi dovuto preparare e servire il tè delle infermiere, e poi sparecchiare. Quindi sarebbe toccato alle inservienti prendere il tè. La stessa routine si ripeteva all'ora di cena.

Nell si rese conto ben presto di come andavano le cose. Gli aspetti critici della nuova vita erano: primo, la guerra con la cucina, e, secondo, la difficoltà di servire alle caporeparto il giusto tipo di tè.

C'era un lungo tavolo al quale sedevano le infermiere, giungendo di corsa, freneticamente affamate, e sempre il cibo sembrava esaurirsi prima che le ultime tre avessero preso posto. Ti rivolgevi allora alla cucina attraverso un tubo portavoce e ottenevi una risposta tagliente. La cucina aveva mandato su le giuste porzioni di pane e burro, tre fette di pane e tre pezzetti di burro per ciascuna infermiera. Qualcuna doveva aver mangiato più della parte che le spettava. Dopodiché le infermiere protestavano a gran voce. Cicalavano l'una con l'altra con disinvolta franchezza, chiamandosi per cognome.

«Non l'ho mangiata io la tua fetta di pane, Jones! Non farei mai una così brutta cosa!» «Mandano sempre su le porzioni sbagliate!» «Ehi, sentite, la Catford deve avere qualcosa da mangiare. Ha un intervento chirurgico tra mezz'ora.» «Sbrigati, Cicciotta,» (un affettuoso nomignolo, questo) «abbiamo tutti quei teli gommati da lavare.»

Molto diverso il comportamento alla tavola delle caporeparto, all'altro lato della sala. La conversazione, là, si svolgeva in modo compito, a sommessi bisbigli. Di fronte a ogni caporeparto si trovava un piccolo bricco marrone di tè. Il compito di Nell consisteva nel sapere quanto forte gradisse il tè ciascuna caporeparto. Non si trattava mai di sapere quanto lo gradisse debole! Servire tè "acquoso" a una caporeparto significava cadere in disgrazia per sempre.

La conversazione a bisbigli continuava senza posa.

«Le ho detto: "Naturalmente i casi che richiedono interventi chirurgici hanno la precedenza".» «Io mi sono limitata a riferire l'osservazione, diciamo così.» «Cerca di farsi largo a spallate, è sempre la solita storia.» «Lo credereste? Ha dimenticato di porgere la salvietta per le mani del dottore!» «Stamane ho detto al dottore...» «Ho riferito l'osservazione all'infermiera...»

Questa frase era come un ritornello. "Ho riferito l'osservazione." Quando Nell si avvicinava al tavolo delle caporeparto i bisbigli diventavano ancor più sommessi e le donne la sbirciavano sospettosamente. La loro conversazione aveva un carattere riservato ed era sommamente dignitosa. Le donne si offrivano a vicenda il tè, cerimoniose all'estremo:

«Gradirebbe un po' del mio, caporeparto Westhaven? Ce n'è ancora in abbondanza nel bricco.» «Sarebbe così cortese da passarmi lo zucchero, caporeparto Carr?» «Le chiedo perdono.»

Nell aveva appena cominciato a rendersi conto dell'atmosfera dell'ospedale – le faide, le gelosie, gli intrighi, e le cento e una manovre segrete – quando venne promossa alla corsia, essendosi ammalata una delle infermiere.

Doveva occuparsi di una fila di dodici letti, nella maggior parte dei casi pazienti operati. La sua compagna era Gladys Potts, una creatura piccoletta e ridacchiante, intelligente ma pigra. La corsia veniva diretta dalla caporeparto Westhaven, una donna alta, magra, bisbetica, con un'aria di eterna disapprovazione. Nell si sentì stringere il cuore quando la vide, ma in seguito si congratulò con se stessa.

La caporeparto Westhaven era di gran lunga la persona più amabile dell'ospedale ai cui ordini lavorare.

Le caporeparto erano cinque. La caporeparto Carr, rotondetta e dai modi amabili. Gli uomini l'avevano in simpatia e lei ridacchiava e scherzava molto con loro, dopodiché si accorgeva di essere in ritardo con le medicazioni e faceva tutto frettolosamente. Si rivolgeva alle infermiere della Croce Rossa chiamandole "care" e batteva loro affettuosamente la mano sulle spalle, ma era d'indole mutevole. E talmente incapace di puntualità che tutto andava storto, dopodiché la colpa ricadeva sulle "care" infermiere. Lavorare ai suoi ordini era esasperante.

La caporeparto Barnes era impossibile. Lo dicevano tutte. Brontolava e rimproverava dalla mattina alla sera. Odiava le crocerossine e lo diceva apertamente. «Glielo insegnerò io a venire qui persuase di sapere tutto» era la sua costante dichiarazione. A parte il sarcasmo mordace, si trattava di un'abile infermiera e ad alcune delle ragazze piaceva lavorare ai suoi ordini, nonostante la sua lingua tagliente.

La caporeparto Dunlop era una frana. Buona e placida, ma assolutamente pigra. Ingurgitava moltissimo tè e lavorava il meno possibile.

La caporeparto Norris era l'infermiera della sala operatoria. Abile nel proprio lavoro, si metteva il rossetto sulle labbra ed era dispettosa con le sue subordinate.

La caporeparto Westhaven era di gran lunga la migliore infermiera dell'ospedale. Appassionata del proprio lavoro, sapeva valutare bene le sottoposte. Se dimostravano di essere promettenti, era con loro ragionevolmente amabile. Se le giudicava stupide, erano condannate a condurre una misera esistenza.

Il quarto giorno, lei disse a Nell:

«A tutta prima ho ritenuto che lei non valesse un granché, come infermiera. Ma sa sbrigare parecchio lavoro.»

Nell era ormai talmente imbevuta della mentalità dell'ospedale che tornò a casa felice come se si trovasse al settimo cielo.

A poco a poco si abituò alla routine. All'inizio aveva sofferto in modo lacerante alla vista dei feriti. La prima medicazione di ferite gravi a cui aveva assistito le era riuscita quasi intollerabile. Le donne che "anelavano a fare l'infermiera" affrontavano di solito il compito con una certa emotività. Ma ben presto se ne liberavano. Sangue, ferite, sofferenze diventavano una routine quotidiana.

Nell era benvoluta dagli uomini. Durante l'ora non molto impegnativa dopo il tè, lei scriveva lettere per loro, andava a prendere negli scaffali, in fondo alla corsia, libri che riteneva potessero essere graditi e ascoltava i feriti parlare delle loro famiglie e delle loro fidanzate. Insieme alle altre infermiere, divenne zelante nel difenderli dalle crudeltà e dalle stupidità dei sedicenti generosi.

Nei giorni di visita, arrivavano in gran numero signore anzianotte. Si mettevano a sedere accanto ai lettori e facevano del loro meglio per "rallegrare i nostri coraggiosi soldati".

Certe domande erano convenzionali. «Non vede l'ora di tornare al fronte, immagino?» E, invariabilmente, i feriti rispondevano: «Sì, signora».

Venivano inoltre dati concerti. Alcuni erano bene organizzati e i feriti se li godevano a fondo. Ma altri!... Vennero concisamente definiti dall'infermiera della fila di letti subito dopo quella di Nell, Phillis Deacon:

«Chiunque immagina di saper cantare, ma ne è sempre stato impedito dalla sua famiglia, ha adesso la sua grande occasione!»

Venivano anche gli ecclesiastici. Mai, pensava Nell, le era capitato di vedere tanti ecclesiastici. Uno o due di loro erano apprezzati. Si trattava di uomini in gamba, dotati di sensibilità e di comprensione; sapevano quali erano le cose giuste da dire e non sottolineavano troppo l'aspetto religioso della loro presenza lì. Ma ne venivano tanti altri...

«Infermiera.»

Nell si fermò mentre percorreva frettolosamente la corsia, essendole appena stato detto, in tono aspro, da una caporeparto: «Infermiera, i suoi letti non sono allineati. Il numero sette sporge».

«Sì?»

«Non potrebbe lavarmi adesso, infermiera?»

Nell fissò il ferito, sorpresa dall'inconsueta richiesta.

«Non sono ancora le sette e mezzo.»

«Si tratta del pastore. Insiste affinché mi faccia cresimare. Sarà qui da un momento all'altro.»

Nell ebbe compassione di lui. E il reverendo Edgerton venne a trovarsi isolato dal suo possibile convertito da uno sbarramento di paraventi e di catini colmi d'acqua.

«Grazie, infermiera» disse il paziente, rauco. «È un po' crudele continuare a insistere con uno che non ha la possibilità di tagliare la corda, no?»

Lavare: non si finiva mai di lavare. I pazienti venivano lavati, la corsia veniva lavata, e a ogni ora del giorno c'erano teli di impermeabile da lavare.

E poi l'eterno assillo dell'ordine.

«Infermiera... i suoi letti. Le coperte del numero nove stanno pendendo. Il numero due ha spinto il letto di traverso. Che cosa penserà il dottore?»

Il dottore, il dottore, il dottore. Mattina, mezzogiorno e sera, il dottore! Il dottore era un Dio. Da parte di una mera crocerossina rivolgere la parola al dottore costituiva un reato di lesa maestà e attraeva sul suo capo le ire delle caporeparto. Alcune infermiere si macchiavano di una colpa simile innocentemente. Conoscevano i medici. Li conoscevano come normali esseri umani. E avevano cominciato ad augurare loro, allegramente, il buongiorno. Non lo avessero mai fatto! Si erano rese colpevoli di quel peccato spaventoso che era il "volersi mettere in mostra". Mary Gardner "cercò di mettersi in mostra". Il dottore chiese le forbici e lei, senza riflettere, gli passò quelle che aveva in mano. La caporeparto le spiegò a lungo quale reato avesse commesso. Concluse come segue:

«Non dico che non avrebbe potuto regolarsi in questo modo. Dato che era in possesso precisamente dell'oggetto richiesto, avrebbe potuto domandare a me – in un bisbiglio, s'intende – "Sono queste le forbici che occorrono?". E io le avrei tolto di mano le forbici e le avrei consegnate al dottore. In questo caso nessuno avrebbe avuto da ridire.»

Si finiva con lo stancarsi della parola "dottore". Ogni frase delle caporeparto ne era punteggiata, anche quando si rivolgevano direttamente a lui.

«Sì, dottore.» «Il 102 sta male, dottore.» «No, non credo, dottore.» «Come, scusi, dottore? Non ho capito bene.» «Infermiera, porga la salvietta affinché il dottore possa asciugarsi le mani.»

E tu mestamente porgevi la salvietta, restando lì immobile come un porta asciugamani vivente. E il dottore, dopo essersi asciugato le sacre mani, gettava la salvietta sul pavimento, dal quale tu, umilmente, la raccattavi. Versavi l'acqua per il dottore, porgevi la saponetta al dottore e in ultimo ti veniva impartito l'ordine:

«Infermiera, apra la porta al dottore.»

«E quello che temo è che, in seguito, non riusciremo a toglierci queste abitudini» disse irosamente Phillis Deacon. «Io non mi sentirò mai più la stessa con i dottori. Sarò servile anche con i più modesti dottorucoli, e, quando verranno a cena a casa mia, mi sorprenderò a precipitarmi per aprire loro la porta, lo so che finirà così.»

Nell'ospedale regnava un'atmosfera molto socialisteggiante. Le distinzioni di classe appartenevano al passato. La figlia del preside, la figlia del macellaio, la signora Manfred, che aveva sposato il commesso di un negoziante di tessuti, e Phillis Deacon, figlia di un baronetto, si davano tutte del tu ed erano tutte ugualmente interessate ai pasti: «Che cosa ci somministreranno a cena e ce ne sarà abbastanza per tutte?». Indubbiamente, qualcuna frodava. Gladys Potts, la ragazza dalle risatine sciocche, era stata smascherata: precedeva le altre per impadronirsi di nascosto di una fetta in più di pane imburrato o di una porzione extra di riso.

«Volete sapere una cosa?» diceva Phillis Deacon. «Ora capisco e compatisco la servitù. Tutti pensano sempre che le persone di servizio siano ingorde. Ed ecco che noi, qui, ci comportiamo nello stesso modo. Poco è mancato che mi mettessi a piangere quando le uova strapazzate non sono bastate per tutte, ieri sera.»

«Non dovrebbero servire uova strapazzate» disse Mary Gardner, irosamente. «Le uova dovrebbero essere servite una per ciascuna di noi, in camicia o sode. Le uova strapazzate offrono troppe buone occasioni alle persone senza scrupoli.»

E sbirciò in modo significativo Gladys Potts, che ridacchiò con nervosismo e si allontanò.

«Quella ragazza è una scansafatiche» disse Phillis Deacon. «Ha sempre qualche altra cosa da fare quando si tratta di assegnare il lavoro. E inoltre fa la leccapiedi con le caporeparto. Con la Westhaven non serve a niente. La Westhaven è imparziale. Ma ha adulato la piccola Carr finché è riuscita a ottenere tutte le incombenze meno faticose.»

Avevano tutte in antipatia Gladys Potts. A volte venivano compiuti strenui sforzi per costringerla a sbrigare i lavori più sgradevoli, ma la Potts era astuta. Soltanto Phillis Deacon, ricca di risorse, riusciva a tenerle testa.

Poi v'erano le immancabili gelosie tra gli stessi medici. Naturalmente, tutti volevano gli interventi chirurgici più interessanti. L'assegnazione dei vari casi alle diverse corsie dava luogo a risentimenti.

Nell conobbe ben presto tutti i medici e le peculiarità di ognuno di essi. C'era il dottor Lang, alto di statura, sciatto, dinoccolato, con lunghe dita nervose. Era il chirurgo di gran lunga più abile di tutti. Aveva una lingua sarcasticamente sferzante ed era spietato negli interventi, ma si trattava di un uomo intelligente. Tutte le caporeparto lo adoravano.

C'era poi il dottor Wilbraham, che aveva l'elegante condotta di Wiltsbury. Un uomo grande e grosso e florido, cordiale quando le cose andavano bene e con i modi di un bimbetto viziato quando lo contrastavano. Se era stanco o irritato diventava villano, e Nell lo odiava.

C'era il dottor Meadows, un tranquillo e abile medico generico. Era ben contento di non dover operare e si impegnava a fondo con ogni paziente. Parlava sempre in modo compito con le infermiere della Croce Rossa ed evitava di gettare le salviette sul pavimento.

Poi v'era il dottor Bury, ritenuto in genere poco capace, ma persuaso di essere onnisciente. Voleva sempre mettere alla prova straordinari nuovi sistemi e non continuava mai la stessa terapia per più di un paio di giorni. Se uno dei suoi pazienti moriva, tutti solevano dire: «Te ne stupisci, con il dottor Bury?».[2]

Poi c'era il giovane dottor Keen, che era rientrato in patria dal fronte perché invalido. Valeva poco più di uno studente di medicina, ma si credeva importantissimo. Si degnava di conversare con le infermiere, per spiegare l'importanza di un intervento chirurgico appena effettuato. Un giorno Nell disse alla caporeparto Westhaven: «Non sapevo che fosse stato il dottor Keen a operare. Credevo che avesse operato il dottor Lang». La caporeparto rispose, torva: «Il dottor Keen si è limitato a tenere la gamba, tutto qui».

Gli interventi chirurgici erano stati un incubo per Nell, inizialmente. Durante il primo al quale assistette, si sentì svenire e un'altra infermiera la condusse fuori. Lei non osava quasi guardare negli occhi la caporeparto, ma la caporeparto fu inaspettatamente gentile.

[2] *To bury* in inglese significa "seppellire". (*NdT*)

«In parte è accaduto a causa della mancanza di aria pura e dell'odore di etere, infermiera» disse cortesemente. «La prossima volta assista a un intervento più breve. Si abituerà.»

La volta successiva Nell si sentì svenire di nuovo, ma non fu costretta a uscire; la terza volta provò soltanto un po' di nausea; e, in seguito, non si sentì più male affatto.

Una o due volte venne incaricata di aiutare l'infermiera della sala operatoria a far pulizia dopo un intervento insolitamente difficile e lungo. La sala sembrava un mattatoio e v'era sangue dappertutto. L'infermiera era una ragazza appena diciottenne, una creatura esile e minuta, ma decisa. Confessò a Nell di avere odiato inizialmente quel lavoro.

«Il primo intervento al quale assistetti» disse «fu l'amputazione di una gamba. E, dopo l'operazione, la caporeparto mi lasciò sola a ripulire e dovetti portar giù io stessa la gamba nel forno crematorio. Fu orribile.»

Nei giorni liberi, Nell andava a prendere il tè con certe sue amiche, alcune delle quali erano buone signore anziane che la compativano sentimentalmente e la lodavano per i suoi splendidi sacrifici.

«Non lavorerà anche le domeniche, vero, cara? No, sul serio? Ah, ma non è giusto! La domenica dovrebbe essere una giornata di riposo.»

Nell faceva rilevare, con dolcezza, che i soldati dovevano essere lavati e nutriti anche le domeniche, come ogni altro giorno, e le anziane signore lo riconoscevano, ma sembravano essere del parere che si sarebbero dovute organizzare meglio le cose. Inoltre, le turbava parecchio l'idea che Nell dovesse tornarsene a casa a piedi, tutta sola, a mezzanotte.

Altre signore facevano anche di più le difficili.

«Ho sentito dire che le caporeparto in ospedale si danno un mucchio di arie e comandano a bacchetta tutte le infermiere. Io una situazione di questo genere non la sopporterei. Sono pronta a fare tutto il possibile per rendermi utile in questa guerra spaventosa, ma l'impertinenza non sono disposta a sopportarla. L'ho detto alla signora Curtis e lei ha riconosciuto che sarebbe preferibile per me non lavorare in ospedale.»

A queste signore Nell non rispondeva affatto.

La voce concernente "i russi" stava dilagando in Inghilterra, in quel periodo. Tutti li avevano visti: o, se proprio non li avevano visti con i loro occhi, era stato il cugino in secondo grado della loro cuoca a vederli, e in pratica si trattava della stessa cosa. La diceria risultò dura a morire: era troppo piacevole ed eccitante.

Un giorno, una signora molto anziana venuta all'ospedale si appartò con Nell.

«Mia cara,» disse «non creda alla storia che raccontano. È vera, ma non come pensiamo noi.»

Nell la guardò interrogativamente.

«Si tratta di uova!» disse la vecchia signora, bisbigliando misteriosamente. «Uova russe! Parecchi milioni di uova, per evitarci di morire di fame...»

Nell scriveva tutte queste cose a Vernon. Si sentiva terribilmente separata da lui, le cui lettere erano concise e un po' forzate; sembrava che continuasse a essere contrario al suo lavoro in ospedale. La esortava ripetutamente a recarsi a Londra... a divertirsi...

Quanto erano bizzarri gli uomini, pensava Nell. Si sarebbe detto che non riuscissero a capire. Lei non sopportava l'idea di far parte della brigata "mantenetevi allegre per i reduci". Come si andava presto alla deriva, lontani uno dall'altra, quando si facevano cose diverse! Lei non poteva condividere la vita di Vernon ed egli non poteva condividere la sua.

Il primo strazio della separazione, quando aveva avuto la certezza che Vernon sarebbe caduto in battaglia, era passato. Ormai aveva finito con l'adattarsi alla routine delle mogli dei combattenti. Erano passati quattro mesi senza che lui fosse stato nemmeno ferito. Non avrebbe riportato ferite neppure in seguito. Tutto andava bene.

Cinque mesi dopo essere partito per il fronte, Vernon telegrafò di aver ottenuto una licenza. Il cuore di Nell smise quasi di battere. Una sconfinata felicità la pervase. Si recò dalla capoinfermiera e ottenne un permesso.

Partì per Londra sentendosi strana e insolita nei vestiti di un tempo. La prima licenza di entrambi!

Era vero, proprio vero! Il treno dei militari in licenza arrivò e da esso si riversò la moltitudine dei combattenti. Nell scorse Vernon. Si trovava proprio lì. Egli le strinse la mano con frenesia. Lei capì allora quanto avesse avuto paura.

Quei cinque giorni passarono in un lampo. Furono come un sogno bizzarro e delirante. Nell adorò Vernon ed egli adorò lei, eppure, in qualche modo, erano come estranei. Lui era sbrigativo quando parlava della Francia. Andava tutto bene, tutto benissimo. Meglio scherzarci su e rifiutarsi di prendere la cosa sul serio. «Per amor del cielo, Nell, non fare del sentimentalismo. È spaventoso tornare in patria e trovare tutti con la faccia lunga. E non parlare in modo sdolcinato dei nostri coraggiosi soldati che sacrificano la vita, eccetera. Questo genere di retorica mi dà la nausea. Andiamo piuttosto a prendere i biglietti per un altro spettacolo.»

Qualcosa nella sua assoluta insensibilità la turbava... sembrava alquanto orribile, in qualche modo, prendere ogni cosa tanto alla leggera. Quando egli le domandò che cosa avesse fatto, poté parlargli soltanto dell'ospedale, e questo non gli andò a genio. La esortò, una volta di più, a rinunciare.

«È un lavoro sudicio, quello delle infermiere. Non sopporto di pensare che tu lo stia facendo.»

Lei si sentì raggelare essendo stata rimproverata, poi rimproverò se stessa. Erano di nuovo insieme. Che importava ogni altra cosa?

Si divertirono freneticamente, alla follia. Ogni sera andavano a uno spettacolo e poi ballavano fino alle ore piccole. Durante il giorno facevano acquisti. Vernon le comprava qualsiasi cosa della quale lei si incapricciasse. Si recarono in una grande sartoria parigina e assistettero alla sfilata di giovani e belle ragazze dal portamento di duchesse che passavano indossando modelli di chiffon, e Vernon scelse il più costoso. Si sentirono terribilmente perversi, ma anche enormemente felici quando Nell lo indossò, quella sera.

Poi Nell gli disse che sarebbe dovuto andare a trovare sua madre, e Vernon si ribellò.

«Oh, tesoro, non voglio andarci! Il tempo di cui disponiamo è troppo breve e prezioso. Non posso perderne nemmeno un minuto.»

Nell lo supplicò. Per Myra si sarebbe trattato di un dolore e di una delusione terribili.

«Be', allora devi venire con me.»

«No, non è assolutamente il caso.»

In ultimo, egli si recò a Birmingham per una fuggevole visita. Sua madre lo accolse con tremende smancerie e con fiumi di quelle che definiva "lacrime di felicità e di orgoglio"... poi lo condusse in fretta e furia dai Bent. Vernon tornò a Londra sentendosi molto virtuoso.

«Sei una perfida creatura dal cuore crudele, Nell! Ci siamo perduti un giorno intero! Dio, quanto mi ha sbavato addosso!»

Subito dopo averlo detto, si vergognò. Perché non poteva essere più affettuoso con sua madre? Perché lei riusciva sempre a irritarlo, per quanto buone potessero essere le sue intenzioni? Abbracciò Nell.

«Non dicevo sul serio. Sono contento che tu mi abbia convinto ad andare. Sei così cara, Nell. Non pensi mai a te stessa. È meraviglioso essere di nuovo con te. Tu non immagini quanto...»

E lei indossò il vestito da sera francese e andarono fuori a cena con la ridicola sensazione di essere stati dei bambini modello e di avere meritato un premio.

Avevano quasi terminato di cenare quando Nell vide Vernon cambiare espressione. Il suo viso si irrigidì e divenne ansioso.

«Che cosa c'è?»

«Niente» egli si affrettò a dire.

Ma Nell si voltò per guardare alle proprie spalle. A un piccolo tavolo contro la parete sedeva Jane.

Un qualcosa di gelido parve, per un momento, posarsi sul cuore di Nell. Poi ella esclamò, disinvolta:

«Ma è Jane! Andiamo a salutarla.»

«No. Preferisco evitarlo.» Lei rimase un po' stupita dalla veemenza di queste parole. Vernon se ne accorse e soggiunse: «Sono stupido, tesoro. Voglio avere te e nient'altro che te... nessun altro deve intromettersi. Hai finito di cenare? Andiamo, allora. Non voglio perdermi l'inizio dello spettacolo».

Pagò il conto e uscirono. Jane li salutò con un noncurante cenno del capo e Nell la salutò con la mano. Arrivarono a teatro con dieci minuti di anticipo.

In seguito, mentre Nell si faceva scivolare il vestito intorno alle spalle candide, Vernon domandò a un tratto:

«Nell, credi che comporrò ancora musica?»

«Ma certo. Perché no?»

«Oh, non saprei. Non credo di volerlo fare.»

Lei lo fissò stupita. Lui sedeva su una poltrona fissando accigliato il vuoto.

«Credevo che fosse la sola cosa a starti a cuore.»

«A starmi a cuore... a starmi a cuore... Queste parole non corrispondono affatto alla situazione. Non sono le cose che ci stanno a cuore a contare. Sono le cose delle quali non riusciamo a liberarci. Le cose che ci perseguitano, come un volto che non si può fare a meno di vedere anche quando si vorrebbe...»

«Vernon, tesoro, non dire così...»

Si avvicinò e gli si inginocchiò accanto. Lui la strinse a sé convulsamente.

«Nell, Nell, tesoro. Niente conta all'infuori di te... Baciami...»

Ma, subito dopo, tornò all'argomento della musica. Disse, inaspettatamente: «I cannoni creano un ritmo. Un ritmo musicale, voglio dire. Non si tratta dei rombi che si odono. Mi riferisco al disegno che il suono crea nello spazio. Presumo che possa sembrare assurdo... ma io so quello che voglio dire».

E ancora, uno o due minuti dopo:

«Se soltanto fosse possibile catturarlo nel modo giusto.»

Sia pure in maniera appena percettibile, Nell scostò il proprio corpo da lui. Fu come se avesse voluto sfidare la propria rivale. Non lo ammetteva mai apertamente, eppure, in cuor suo, temeva la musica di Vernon. Se solo lui non ci avesse tenuto tanto...

Ma quella sera, per lo meno, fu lei a trionfare. Egli la trasse su di sé, stringendola forte e coprendola di baci.

Tuttavia, molto tempo dopo che Nell si era addormentata, Vernon giacque immobile fissando l'oscurità e rivedendo, sebbene non lo volesse, il viso di Jane e il profilo del suo corpo nella guaina di seta color verde scuro, come lo aveva visto contro i tendaggi cremisi del ristorante.

Disse a se stesso, molto sommessamente, in un bisbiglio:

«All'inferno Jane.»

Ma sapeva che non avrebbe potuto liberarsi di lei così facilmente.

Si augurò di non rivederla.

V'era un qualcosa, in Jane, che lo sconvolgeva.

Ma, il giorno dopo, la dimenticò. Era il loro ultimo giorno e trascorse con una rapidità terribile.

Troppo presto, di gran lunga troppo presto, tutto finì.

Sembrava che avessero sognato. E adesso il sogno era finito. Nell si trovava di nuovo all'ospedale e aveva l'impressione di non essersene mai allontanata. Aspettò disperatamente l'arrivo della posta, l'arrivo della prima lettera di Vernon. E la lettera le pervenne, più ardente e meno sorvegliata del solito, come se persino la censura fosse stata dimenticata. Nell la tenne contro il cuore e le parole scritte con una matita copiativa le si impressero sulla pelle. Quando rispose, lei glielo disse.

La vita continuava come sempre. Il dottor Lang partì per il fronte e venne sostituito da un dottore anziano, con la barba, il quale diceva: «Grazie, grazie infermiera», ogni qual volta gli porgevano una salvietta o lo aiutavano a infilare il camice bianco. Vi fu un periodo di scarso lavoro, con quasi tutti i letti liberi, e Nell constatò che quell'ozio forzato era per lei un cimento.

Un giorno, non senza stupore e gioia da parte sua, vide Sebastian venire verso di lei. Si trovava in patria in licenza ed era venuto a farle visita. Glielo aveva chiesto Vernon.

«Lo hai visto, allora?»

Sì, rispose Sebastian, il reparto di Vernon aveva sostituito il suo.

«E sta bene?»

«Oh, sì, sta *benissimo*!»

Un qualcosa nel modo con il quale erano state pronunciate queste parole l'allarmò. Insistette per saperne di più. Sebastian si accigliò, perplesso.

«È difficile spiegare, Nell. Vedi, Vernon è uno strano tipo. Lo è sempre stato. Non gli piace guardare in faccia le cose.»

Poi si affrettò a parare la replica risentita che le vide salire alle labbra.

«Non mi riferisco nemmeno lontanamente a quello che credi tu. Non è che abbia *paura*. Fortunato individuo, credo che non sappia neppure cosa sia la paura. Vorrei che fosse così anche per me. No, si tratta di tutt'altra cosa. È l'intera situazione, la vita che si conduce, davvero spaventosa. Sangue, sporcizia, frastuono, soprattutto frastuono! Frastuono ricorrente, a ore fisse. Dà ai nervi a me. E pertanto chissà quale effetto può avere sui nervi di Vernon!»

«Sì, ma perché hai detto che non gli piace guardare in faccia le cose?»

«Semplicemente perché non vuole ammettere che vi sia qualcosa da guardare in faccia. Teme di poterne aver paura e pertanto dice che non vi è niente da temere. Se soltanto ammettesse che si tratta di una faccenda sanguinosa e sudicia, come faccio io, non vi sarebbero problemi. Ma è come quella vecchia storia del pianoforte... non vuole vedere le cose obiettivamente, come stanno. E non serve a niente dire "non esiste alcunché di simile", quando invece esiste, eccome. Ma Vernon è sempre stato così. Adesso è su di morale. Trova tutto piacevole, e non è naturale. Ho paura del suo... Oh! Non so di che cosa ho paura. Ma so che raccontare fiabe a se stessi è la cosa peggiore che si possa fare. Vernon è un musicista e ha i nervi di un musicista. La cosa peggiore di lui consiste nel fatto che non sa niente di se stesso. Non ha mai saputo niente di se stesso.»

Nell parve turbata.

«Sebastian, che cosa accadrà, secondo te?»

«Oh, niente, probabilmente. Una cosa mi piacerebbe che accadesse... Vernon dovrebbe fermare una pallottola – con un punto del proprio corpo il meno pericoloso possibile –, così da poter tornare in patria a farsi curare per un po'.»

«Come vorrei anch'io che potesse accadere questo!»

«Povera Nell. È un guaio per tutte voi donne. Sono contento di non aver moglie.»

«Se tu l'avessi...» Nell si interruppe un momento, poi continuò: «... vorresti che lavorasse in un ospedale, o saresti più contento se non facesse niente?».

«Tutti dovranno lavorare, prima o poi. Tanto vale cominciare il più presto possibile, direi.»

«A Vernon non piace quello che faccio.»

«È, una volta di più, il suo comportamento da struzzo, oltre allo spirito reazionario che ha ereditato e che non riuscirà mai a superare. Prima o poi dovrà affrontare la realtà delle donne che lavorano, ma non vorrà ammetterlo fino all'ultimo momento.»

Nell sospirò.

«Com'è tutto difficile.»

«Lo so. E io ho peggiorato ulteriormente le cose per te. Ma sono affezionatissimo a Vernon. È il mio unico vero amico. E speravo che, se ti avessi detto come la penso, tu lo avresti incoraggiato a... be'... a cedere un poco... almeno nei tuoi confronti. Ma forse con te si lascia andare?» Nell scosse la testa.

«Non fa altro che scherzare per quanto concerne la guerra.»

Sebastian emise un sibilo.

«Be', la prossima volta vedi di farlo parlare. Insisti.»

Nell domandò a un tratto, e in tono aspro: «Credi che parlerebbe meglio con... con Jane?».

«Con Jane?» Sebastian parve alquanto imbarazzato. «Non lo so. Forse. Dipende.»

«Tu sei persuaso di sì! Perché? Dimmelo, perché? Jane è forse più comprensiva, o che altro?»

«Oh, buon Dio, no. Jane non è precisamente comprensiva. Sarebbe più giusto dire provocante. Ti esaspera. Ed ecco che salta fuori la verità. Ti rende consapevole di te stesso come non vorresti esserlo. Nessuno più di Jane riesce a farti smettere di darti delle arie.»

«Credi che eserciti un forte ascendente su Vernon?»

«Oh, non direi. E in ogni modo, anche se così fosse, la cosa non rivestirebbe più alcuna importanza. Sta dedicandosi ad attività assistenziali in Serbia. È partita una quindicina di giorni fa.»

«Oh» fece Nell. Trasse un profondo respiro e sorrise.

In qualche modo, si sentiva più serena.

Nell, tesoro... lo sai che ti sogno ogni notte? Di solito sei gentile con me; ma a volte ti comporti come una bestiolina. Fredda e crudele e remota. Non potresti mai essere davvero così, vero? Non adesso. Tesoro, verrà mai via la matita copiativa?

Nell, dolcezza mia, non riesco mai a credere di poter essere ucciso; ma, anche se dovesse accadere, che importerebbe? Abbiamo già avuto tanto. Tu penseresti sempre a me come a un uomo felice che ti ama, non è vero, tesoro? So che continuerei ad amarti anche dopo morto. È questo l'unico aspetto di me che non potrebbe morire. Ti amo... ti amo... ti amo...

Non le aveva mai scritto in quel modo prima di allora. Lei mise la lettera nel solito posto.

Quel giorno, all'ospedale, era distratta. Dimenticava questo e quello. I pazienti se ne accorsero.

«L'infermiera sta sognando a occhi aperti.» La presero in giro con qualche bonaria facezia e lei rise.

Era così meraviglioso, così straordinariamente meraviglioso essere amata! La caporeparto Westhaven aveva i nervi, l'infermiera Potts batteva la fiacca più del solito, ma non importava. Niente rivestiva importanza.

Persino la monumentale caporeparto Jenkins, che faceva il turno di notte e traboccava sempre di pessimismo, non riuscì in alcun modo a renderla malinconica.

«Ah!» disse la caporeparto Jenkins, aggiustandosi i polsini e spostando circolarmente i tre doppi menti entro il colletto, nel tentativo di alleviarne la massa. «Il numero tre è ancora vivo? Mi stupisce. Credevo che non sarebbe arrivato più in là di questa sera. Be', se ne andrà domani, povero giovane.» (La caporeparto Jenkins seguitava a profetare la morte dei pazienti per l'indomani e il fatto che le sue profezie non si avveravano mai sembrava non indurla a un atteggiamento più ottimistico.) «L'aspetto del numero diciotto non mi piace... l'ultimo intervento al quale lo hanno sottoposto è stato peggio che inutile. E anche il numero otto, a meno che non mi sbagli di grosso, peggiorerà. L'ho detto al dottore, ma non mi ha dato retta. Oh, senta, infermiera,» (passando improvvisamente a un tono aspro) «può anche fare a meno di continuare a ciondolare qui. Quando una è fuori servizio è fuori servizio.» Nell accettò il benevolo permesso di andarsene, ben sapendo che, se non avesse indugiato, la caporeparto Jenkins le avrebbe detto: "Che cosa le salta in mente? Scappar via così in fretta! Senza aspettare nemmeno un minuto in più dell'orario!".

Impiegava venti minuti per arrivare a piedi fino a casa. La notte era limpida e stellata e Nell si godette la passeggiata. Se soltanto Vernon avesse potuto trovarsi al suo fianco!

Entrò in casa silenziosamente, servendosi della chiave. La proprietaria dell'alloggio si coricava sempre presto. Sul vassoio nell'ingresso si trovava una busta color arancione scuro.

Lei seppe, allora...

Dicendosi che non era vero, che non poteva essere vero, che forse era ferito... che senza dubbio era stato soltanto ferito... Ciò nonostante seppe...

Una frase della lettera ricevuta quel mattino le balenò nella mente. "Nell, dolcezza mia, non riesco mai a credere di poter essere ucciso; ma, anche se dovesse accadere, che importerebbe? Abbiamo già avuto tanto..."

Non le aveva mai scritto niente di simile in passato... Doveva aver intuito... aver saputo. Le persone sensibili lo sapevano a volte prima.

Rimase lì in piedi, con il telegramma in mano. Vernon, suo adorato, suo marito... A lungo rimase lì, immobile...

Infine aprì il telegramma. La informava, con profondo rincrescimento, che il tenente Vernon Deyre era caduto combattendo.

3

UNA FUNZIONE FUNEBRE PER VERNON VENNE CELEBRATA nella piccola e antica chiesa di Abbotsford, nelle immediate vicinanze di Abbots Puissants, così come era avvenuto per suo padre. Gli ultimi due Deyre erano destinati a non giacere nella tomba di famiglia. Uno in Sudafrica e uno in Francia.

In seguito, nei ricordi di Nell, la funzione parve essere stata dominata dalla mole monumentale della signora Levinne, un personaggio enorme e matriarcale al cui confronto tutto sembrava minuscolo. Persino Nell dovette mordersi il labbro per non ridere istericamente. L'intera faccenda era, in qualche modo, così ridicola, così lontana da Vernon.

Erano presenti la madre di Nell, elegante e dignitosa, e lo zio Sydney, vestito di nero; non senza fatica cercava di astenersi dal far tintinnare le monetine che aveva in tasca e di mantenere un'espressione luttuosa. Myra Deyre era coperta da un fitto velo nero e piangeva a dirotto. Ma a dominare la scena fu la signora Levinne, che in seguito seguì gli altri fino al salone della locanda e si fece riconoscere dalla famiglia.

«Povero, caro ragazzo. Povero caro e prode figliolo. Io l'ho sempre considerato un mio secondo figlio.»

Era assai addolorata. Le lacrime le cadevano sul vestito a lutto. Mise con dolcezza la mano sulla spalla di Myra.

«Su, su, mia cara, non deve abbattersi così. Non deve, davvero. Il nostro dovere, il dovere di noi tutti, è quello di sopportare. Lei lo ha dato alla patria. Non avrebbe potuto fare di più. Guardi Nell, non potrebbe essere più coraggiosa di così.»

«Tutto quello che avevo al mondo,» singhiozzò Myra «prima il marito, poi il figliolo. Non mi resta più nessuno.»

Fissò il vuoto dinanzi a sé con gli occhi iniettati di sangue, in preda a una sorta di estasi del lutto.

«Il figliolo più buono del mondo... Eravamo tutto l'uno per l'altra.» Afferrò la mano della signora Levinne. «Si accorgerà di quello che si prova se Sebastian...»

Uno spasmo di terrore passò sul viso della signora Levinne, che strinse a pugno le mani.

«Vedo che hanno portato panini e un po' di porto» disse lo zio Sydney, creando un diversivo. «Sono premurosi. Molto premurosi. Un goccio di porto, Myra cara. Sei passata attraverso una grande prova.»

Myra scostò il porto con un gesto inorridito della mano, facendo sentire allo zio Sydney di aver dato prova di insensibilità.

«Dobbiamo continuare a vivere tutti quanti» egli disse. «È un nostro dovere.» Furtivamente affondò la mano nella tasca e cominciò a far tintinnare gli spiccioli.

«Syd!»

«Scusami, Myra.»

Una volta di più, Nell venne pervasa dall'impulso pazzesco di ridacchiare. Non voleva piangere. Voleva ridere e ridere e ridere... Spaventoso, quel suo stato d'animo.

«Mi sembra che tutto si sia svolto con molta dignità» disse zio Sydney. «Proprio con molta dignità. Ha partecipato un numero impressionante di abitanti del villaggio. Non vorreste fare un giro intorno a Abbots Puissants? È stata davvero gentile la lettera che ha posto la casa a nostra disposizione per oggi.»

«Odio quella dimora» disse Myra, con veemenza. «L'ho sempre odiata.»

«Presumo, Nell, che tu abbia parlato con gli avvocati. Vernon, mi risulta, prima di partire per la Francia, ha scritto un testamento chiarissimo che lascia tutto a te. Abbots Puissants è pertanto tua, adesso. Non era inalienabile, e, in ogni modo, non rimane più alcun Deyre.»

Nell disse: «Grazie, zio Sydney. Ho parlato con uno degli avvocati, sì. È stato molto gentile e mi ha spiegato ogni cosa».

«È più di quanto i legali facciano di norma» disse zio Sydney. «Fanno sembrare difficili anche le cose più semplici. Non spetta a me darti consigli, ma so che nella tua famiglia non vi sono uomini in grado di consigliarti. La cosa di gran lunga più saggia che tu possa fare consiste nel vendere. Mancano i mezzi per la manutenzione della dimora. Te ne rendi conto, vero?»

Nell se ne rendeva conto. E si rendeva conto, inoltre, di quello che zio Sydney le stava facendo capire molto chiaramente: da parte dei Bent non le sarebbe stato dato un soldo. Myra avrebbe lasciato il suo denaro alla propria famiglia. Questo, ovviamente, era del tutto naturale. Nell non si sarebbe mai sognata qualcosa di diverso.

In effetti, zio Sydney aveva, a un certo momento, sondato Myra per sapere se vi fosse un erede in arrivo. Myra non riteneva che così fosse e dallo zio Sydney le era stato detto che avrebbe fatto bene ad accertarsene. «Non so esattamente che cosa disponga la legge, ma, se non sbaglio, qualora tu dovessi andartene domani lasciando il tuo patrimonio a Vernon, il denaro potrebbe passare a lei. Non è il caso di correre rischi.»

Myra, in lacrime, gli aveva fatto osservare che era molto crudele da parte di lui supporre la sua morte.

«Niente affatto. Voi donne siete tutte uguali. Carrie ha tenuto il broncio per una settimana quando ho insistito affinché facesse un testamento in piena regola. Non voglio che il denaro finisca fuori dalla famiglia.»

Soprattutto, non voleva che il denaro finisse a Nell. Aveva Nell in antipatia perché riteneva che avesse soppiantato Enid. E odiava la signora Vereker, che riusciva sempre a farlo sentire in imbarazzo e goffo al punto da non saper che cosa fare delle mani.

«Nell, naturalmente, si atterrà ai consigli dei legali» osservò la signora Vereker, soavemente.

«Non creda che *io* voglia intromettermi» disse zio Sydney.

Nell si sentì trafitta da un lancinante rammarico. Se soltanto fosse stata in attesa di un bambino! Ma Vernon aveva trepidato troppo per lei. «Sarebbe spaventoso per te, tesoro, se io dovessi morire e a te restassero tutte le complicazioni e le preoccupazioni di un bambino, con scarsissimi mezzi finanziari. Inoltre, non si sa mai, il parto può essere pericoloso. Non sopporterei di correre un rischio simile.»

E, in effetti, era sembrato davvero preferibile e più prudente aspettare.

Ma adesso se ne pentiva. Le parole consolanti di sua madre le erano sembrate freddamente brutali.

«Non stai per avere un bambino, vero, Nell? Be', devo dire che mi fa piacere. Ti rimariterai, naturalmente, ed è di gran lunga più facile quando non vi sono impedimenti.»

Rispondendo a un'appassionata protesta di lei, la signora Vereker aveva sorriso. «Non avrei dovuto dirti questo proprio adesso. Ma sei ancora una bambina. Vernon stesso avrebbe voluto che tu fossi felice.»

Nell si era detta: "Mai! Non capisce!".

«Bene, bene, questo è un brutto mondo» disse lo zio Sydney, prendendo di nascosto un sandwich. «Il fiore dei nostri giovani viene falciato. Ma, ciò nonostante, sono fiero dell'Inghilterra. Sono fiero di essere inglese. E mi piace avere la certezza che sto facendo la mia parte, qui in patria, come quei ragazzi stanno facendo la loro parte al fronte. Il mese prossimo raddoppieremo la produzione di esplosivi. Grazie ai turni notturni oltre a quelli diurni. Posso dirvi che sono fiero della Bent.»

«Dev'essere straordinariamente redditizia» osservò la signora Vereker.

«Non è questo il punto di vista dal quale mi piace prospettare la situazione» disse lo zio Sydney. «Mi piace pensare, piuttosto, che sto servendo il mio paese.»

«Be', cerchiamo tutti, mi auguro, di fare la nostra parte» disse la signora Levinne. «Io organizzo una riunione di lavoro due volte alla settimana e mi sto interessando a tutte le povere ragazze che sono state rese incinte da militari.»

«Sta dilagando la permissività» osservò il signor Bent. «Non dobbiamo diventare permissivi. L'Inghilterra non è mai stata permissiva.»

«Be', in ogni modo dobbiamo provvedere ai bambini» disse la signora Levinne. Poi soggiunse: «Joe come sta? Credevo che l'avrei rivista qui, oggi».

Tanto zio Sydney quanto Myra parvero imbarazzati. Ovviamente Joe veniva considerata quel che si dice "un argomento delicato". E sorvolarono il più possibile. Compiti di guerra a Parigi. Era indaffaratissima. Non aveva potuto assolutamente partire.

Zio Sydney consultò l'orologio.

«Myra, non abbiamo molto tempo per prendere il treno. Dobbiamo essere di ritorno questa sera stessa. Carrie, mia moglie, sapete, non si sente affatto bene. Per questo non le è stato possibile venire oggi qui.» Sospirò. «È strano come, non di rado, il peggio risulti poi essere il meglio. È stata una grande delusione per noi non avere un figlio maschio. Eppure, in un certo senso, ci sono state evitate molte sofferenze. Pensate all'ansia che potremmo provare adesso! Le vie della provvidenza sono infinite.»

Quando si furono congedate dalla signora Levinne, che le aveva riaccompagnate a Londra in automobile, la signora Vereker disse a Nell:

«Una cosa spero vivamente, bambina mia: che tu non ritenga doveroso frequentare molto i tuoi parenti acquisiti. Odio più di quanto sarei capace di dirti il modo con il quale quella donna sguazzava nella sofferenza. Se la stava godendo un mondo.»

«Oh, mamma...! Era davvero addolorata. Voleva un gran bene a Vernon. Come ha detto, non aveva altri che lui al mondo.»

«Questa è una frase che le donne come lei amano molto pronunciare. Non significa un bel niente. E tu non puoi sostenere con me che Vernon adorasse sua madre. Si limitava a tollerarla. Non avevano niente in comune. Lui era un Deyre in tutto e per tutto.»

Nell questo non poté negarlo.

Si trattenne nell'appartamento in città di sua madre per tre settimane. La signora Vereker fu molto buona con lei, entro i suoi limiti. Non era mai una donna comprensiva, ma rispettò il dolore di Nell e la lasciò in pace. Per quanto concerneva le questioni pratiche, i suoi consigli furono eccellenti, come lo erano sempre stati. Vi furono vari colloqui con gli avvocati e la signora Vereker non mancò mai di essere presente.

Abbots Puissants era ancora affittata. Il contratto sarebbe scaduto l'anno successivo e gli avvocati consigliarono vivamente di vendere la dimora anziché di tornare ad affittarla. La signora Vereker, e questo stupì Nell, non parve essere dello stesso parere. Suggerì di affittare ancora la dimora, ma con un contratto di breve durata.

«In pochi anni» disse «possono accadere molte cose.»

L'avvocato Flemming la soppesò con lo sguardo e parve intuire che cosa lei stesse pensando. Lo sguardo di lui si portò appena per un momento su Nell, bionda e teneramente giovane nel nero del lutto.

«Già, come dice lei» approvò. «Molte cose possono accadere. In ogni modo, per un anno ancora non sarà necessario prendere alcuna decisione.»

Una volta sistemate tutte le questioni legali, Nell tornò nell'ospedale di Wiltsbury. Sentiva che lì, e soltanto lì, le sarebbe stato possibile continuare a vivere. La signora Vereker non si oppose. Era una donna ragionevole e aveva i suoi progetti.

Un mese dopo la morte di Vernon, Nell si trovava, una volta di più, nella corsia. Nessuno accennò mai al suo lutto, e lei ne fu grata. Continuare come sempre era la parola d'ordine del momento.

Nell continuò come prima.

«Qualcuno chiede di lei, infermiera Deyre.»

«Di me?» Nell era stupita.

Doveva essere Sebastian. Soltanto lui sarebbe potuto venire a cercarla lì. Le faceva piacere vederlo, o no? Quasi non lo sapeva.

Ma, con suo vivo stupore, il visitatore risultò essere George Chetwynd. Egli le spiegò che era di passaggio a Wiltsbury e che aveva fatto un salto sin lì per vedere se gli sarebbe stato possibile parlarle. Le domandò se sarebbe stata disposta a pranzare con lui.

«Credevo che tu fossi di turno nel pomeriggio» le spiegò.

«Mi è toccato ieri il turno mattutino. Ma chiederò il permesso alla capoinfermiera. Non abbiamo molto lavoro.»

Il permesso le venne accordato e, mezz'ora dopo, sedeva di fronte a George Chetwynd al County Hotel, davanti a un piatto di roast-beef, mentre un cameriere si chinava al suo fianco porgendo un vassoio con cavoli.

«La sola verdura che il County Hotel conosca» osservò Chetwynd.

Parlò di argomenti interessanti e non alluse mai una sola volta al suo lutto. Si limitò a dire che la decisione di Nell di continuare a lavorare nell'ospedale era il gesto più coraggioso di cui avesse mai sentito parlare.

«Non so dirti quanto ammiro tutte voi donne. Continuate coraggiosamente, affrontando un compito dopo l'altro. Niente storie. Niente atteggiamenti eroici. Vi limitate ad andare avanti come se fosse la cosa più naturale del mondo. Secondo me, le donne inglesi sono in gamba.»

«Bisogna pur fare qualcosa.»

«Lo so. Posso capire questo atteggiamento. Qualsiasi cosa è preferibile allo starsene sedute con le mani in grembo, eh?»

«Infatti.»

Gli era grata. George capiva sempre. Le disse che sarebbe partito per la Serbia, di lì a un paio di giorni, per andare a organizzare soccorsi.

«A dire il vero» soggiunse «mi vergogno del mio paese, che non è ancora entrato in guerra. Ma interverrà, ne sono persuaso. È soltanto una questione di tempo. Intanto, facciamo tutto il possibile per alleviare gli orrori del conflitto.»

«Hai una splendida cera.»

Sembrava più giovane di come lo ricordava: bene in carne, abbronzato, e i capelli brizzolati erano un mero tocco di distinzione anziché un indizio dell'età.

«Mi sento bene. Non c'è niente di meglio dell'essere occupatissimi. Il lavoro assistenziale è molto faticoso.»

«Quando parti?»

«Dopodomani.» Tacque per un momento, poi soggiunse, con un diverso tono di voce: «Senti, non ti dispiace che sia venuto a cercarti qui? Non pensi che non avevo il diritto di venirti tra i piedi all'improvviso?».

«No, no. È stato molto gentile da parte tua. Specie dopo che io, dopo che...»

«Sai, non ti ho mai portato rancore per questo. Ti ammiro, anzi, perché hai ascoltato la voce del cuore. Amavi lui e non amavi me. Ma non v'è motivo per cui non dovremmo essere amici, ti sembra?»

La guardava così amichevolmente, senza alcun sentimentalismo, che Nell disse, allegra, di essere d'accordo.

Lui disse: «Benissimo. E mi consentirai di fare per te tutto quello che può fare un amico? Mi consentirai, voglio dire, di consigliarti in ogni situazione difficile che dovesse presentarsi?».

Gli sarebbe stata anche troppo grata, rispose Nell.

Nient'altro venne detto al riguardo. George ripartì con la sua macchina poco dopo aver pranzato, stringendole la mano, affermando che sperava di rivederla di lì a circa sei mesi ed esortandola di nuovo a consigliarsi con lui se, in qualsiasi momento, fosse venuta a trovarsi in una situazione difficile.

Nell promise che così avrebbe fatto.

Quell'inverno fu difficile per Nell. Si buscò un raffreddore, omise di curarsi a dovere e si ammalò gravemente, con febbri altissime per circa una settimana. Dopo, non si sentì in grado di riprendere il lavoro in ospedale e la signora Vereker la condusse nel suo appartamento a Londra. Là, lei recuperò adagio le forze.

Le seccature parvero susseguirsi a non finire. A Abbots Puissants risultò necessario rifare completamente il tetto. Dovettero essere installate nuove tubazioni dell'acqua. Anche la recinzione era in pessimo stato.

Nell si rese conto, per la prima volta, dello spaventoso drenaggio di denaro che può essere imposto dalle proprietà immobiliari. L'importo dell'affitto venne divorato svariate volte dalle riparazioni necessarie e la signora Vereker dovette ogni volta aiutare Nell a superare momenti difficili, impedendole di indebitarsi troppo. Stavano tirando avanti il più parsimoniosamente possibile. Erano tramontati i tempi delle esteriorità e dei crediti facili. La signora Vereker riusciva a malapena a far quadrare il bilancio e difficilmente vi sarebbe riuscita se non fosse stato per quello che vinceva giocando al bridge. Era una giocatrice di prim'ordine e con le partite a bridge accresceva in misura sostanziale i propri redditi. Trascorreva quasi tutto il proprio tempo in un circolo del bridge che ancora sopravviveva.

Era una vita tediosa e malinconica per Nell. Assillata dalle preoccupazioni finanziarie, non ancora abbastanza in forze per iniziare un nuovo lavoro, non faceva altro che starsene seduta a meditare. La povertà compensata dall'amore in una modesta casetta era un conto. La povertà senza l'amore che la rendesse sopportabile era tutt'altra cosa. Nell si domandava come avrebbe potuto sopportare un'esistenza che sembrava estendersi all'infinito, squallida e triste, dinanzi a lei. Il solo pensarvi le riusciva intollerabile. Non resisteva più.

Poi l'avvocato Flemming la esortò a prendere una decisione per quanto concerneva Abbots Puissants. Il contratto d'affitto sarebbe scaduto di lì a un mese o due. Bisognava fare qualcosa. Lui non poteva alimentare alcuna speranza di affittare la dimora in modo più redditizio. Nessuno voleva più saperne di grandi dimore prive del riscaldamento centrale e di altre comodità moderne. Le consigliava vivamente di vendere.

Sapeva bene quanto il marito di lei fosse stato affezionato a Abbots Puissants. Ma poiché era escluso che lei potesse mai permettersi di abitarvi...

Nell ammirò la saggezza del consiglio, ma lo esortò a concederle ancora un po' di tempo per decidere. Era riluttante a vendere; eppure, ciò nonostante, non poteva fare a meno di ritenere che, liberandosi delle preoccupazioni causatele da Abbots Puissants, si sarebbe tolta di dosso il fardello più pesante. E poi, un giorno, l'avvocato Flemming telefonò e disse di aver ricevuto un'ottima offerta per la dimora. E menzionò una somma che superava di gran lunga le aspettative di entrambi. Le consigliava di concludere senza indugi.

Nell esitò ancora per qualche momento, poi disse: «Sì».

Fu straordinario quanto si sentì subito più felice. Libera da quell'incubo terribile. Non era più come quando Vernon viveva. Quando non si possedeva il denaro necessario per mantenerle in buon stato, case e tenute erano soltanto elefanti bianchi.

Non la turbò neppure una lettera che Joe le scrisse da Parigi.

«Come *puoi* vendere Abbots Puissants sapendo quanto era affezionato Vernon alla dimora? Credevo che non avresti mai fatto una cosa simile.»

Lei pensò: "Joe non capisce".

Le rispose:

«Che cosa potevo fare? Non so dove trovare il denaro. È stato necessario sostituire il tetto, cambiare le tubazioni dell'acqua. I lavori di riparazione non hanno fine. Non posso continuare a indebitarmi. Tutto è così spossante che vorrei essere morta...»

Tre giorni dopo, ricevette una lettera di George Chetwynd, il quale le chiedeva se potesse andare a farle visita. Aveva, diceva, qualcosa da confessarle.

La signora Vereker era uscita. Nell si trovava sola in casa quando lo ricevette. Egli le rivelò, con una certa apprensione, come stavano le cose. Era stato lui ad acquistare Abbots Puissants.

A tutta prima, l'idea le ripugnò. Non George. Non George a Abbots Puissants! Poi, dando prova di ammirevole buonsenso, egli sostenne le sue tesi.

Senza dubbio, era preferibile che la dimora passasse a lui, anziché a un estraneo. Sperava che qualche volta Nell e sua madre avrebbero accettato di essere sue ospiti.

«Vorrei ti persuadessi che la casa di tuo marito è aperta per te in qualsiasi momento. Voglio apportare là il minor numero possibile di cambiamenti. Tu mi consiglierai. Senza dubbio, preferirai che la dimora appartenga a me anziché a qualche individuo volgare che la riempirebbe di dorature e di falsi di antichi maestri.»

In ultimo, lei si domandò perché avesse trovato qualcosa da obiettare. Meglio George di chiunque altro. E per giunta, egli era così gentile e comprensivo in ogni cosa. Lei si sentiva sfinita e assillata dai crucci. A un tratto crollò e gli pianse sulla spalla mentre George la cingeva con un braccio e le diceva che andava tutto bene e che si sentiva in preda alla malinconia soltanto perché era stata malata. Nessuno avrebbe potuto essere più gentile o più fraterno.

Quando lei lo riferì a sua madre, la signora Vereker disse:

«Sapevo che George stava cercando una casa. È una fortuna che abbia scelto Abbots Puissants. Probabilmente non ha tirato sul prezzo soltanto perché un tempo era innamorato di te.»

Il modo remoto con il quale disse "un tempo era innamorato di te" tranquillizzò Nell. Aveva immaginato che sua madre potesse ancora avere "idee" per quanto concerneva George Chetwynd.

Nel corso di quell'estate, andarono a trascorrere qualche tempo a Abbots Puissants. Erano le sole ospiti. Nell non era più stata lì dopo la fanciullezza. Si sentì pervadere da un profondo rammarico perché non avrebbe mai più potuto abitare in quella casa con Vernon. La dimora era davvero splendida e altrettanto splendidi erano i maestosi giardini con le rovine dell'abbazia.

George stava rimettendo a nuovo la casa e consultava lei, confidando nel suo buon gusto, a ogni momento. Nell cominciò a provare un interessamento da proprietaria. Era di nuovo quasi felice, si stava godendo gli agi, il lusso e la liberazione dalle ansie.

Una volta incassato e investito il ricavato della vendita di Abbots Puissants avrebbe potuto contare su un reddito abbastanza cospicuo, questo sì, ma paventava la responsabilità di dover decidere dove stabilirsi e che cosa fare. Non era felice con sua madre, e tutte le amiche che aveva avuto sembravano essersi allontanate. Quasi non sapeva dove andare o che cosa fare della propria vita.

Abbots Puissants le offriva per l'appunto la serenità e il riposo di cui aveva bisogno. Lì si sentiva protetta e al sicuro. Paventava il ritorno in città.

Era l'ultima sera. George aveva insistito affinché si trattenessero più a lungo, ma dalla signora Vereker gli era stato risposto che non potevano approfittare oltre della sua ospitalità.

Nell e George passeggiarono insieme sul lungo viale lastricato. Era una serata senza vento, satura di profumi.

«È stato bello trovarsi qui» disse Nell, con un lieve sospiro. «Non sopporto l'idea di partire.»

«Anch'io non sopporto l'idea che tu parta.» Egli si interruppe per un momento, poi bisbigliò: «Presumo che non vi sia alcuna possibilità per me, vero, Nell?».

«Non so che cosa tu voglia dire.»

Ma lo sapeva, se ne era resa conto immediatamente.

«Ho acquistato questa dimora perché speravo che un giorno saresti venuta a vivere qui. Volevo darti la casa che ti appartiene di diritto. O vuoi trascorrere tutta la tua esistenza vivendo di ricordi, Nell? Credi che lui, Vernon, vorrebbe questo? Io non penso mai ai morti in questo modo... come se invidiassero la felicità dei vivi. Credo che lui vorrebbe saperti protetta e amata, ora che non è più qui.»

Lei disse, in un bisbiglio: «Non posso... Non posso...».

«Vuoi dire che non puoi dimenticarlo? Questo lo so. Ma sarei molto comprensivo con te, Nell. Ti sentiresti circondata dall'amore e dalle premure. Credo che potrei renderti felice, più felice, in ogni caso, di quanto lo saresti affrontando la vita da sola. Sono convinto che Vernon approverebbe...»

Approverebbe davvero? pensò lei. E si disse che George aveva ragione. La gente poteva considerare la cosa una slealtà, ma non lo era. La vita che lei aveva vissuto con Vernon costituiva un qualcosa a sé – niente avrebbe mai potuto toccarla...

Ma, oh! essere coccolata, protetta, ammirata e compresa. Aveva sempre provato dell'affetto per George.

Rispose, molto sommessamente: «Sì...».

Chi si infuriò fu Myra. Scrisse a Nell lunghe lettere piene di rimproveri. «Non puoi dimenticare così presto. Vernon ha una sola dimora, nel mio cuore. Tu non lo hai mai amato.»

Lo zio Sydney fece rigirare i pollici e disse: «Quella donnina sa da quale parte è imburrato il pane». E le scrisse una lettera convenzionale di congratulazioni.

Un'alleata inattesa fu Joe, che si trovava a Londra di passaggio e che andò a far visita a Nell nell'appartamento di sua madre.

«Sono molto felice per te» disse, baciandola. «E ho la certezza che lo sarebbe anche Vernon. Tu non sei il tipo che può affrontare la vita da sola. Non lo sei mai stata. Non badare a quello che dice zia Myra. Le *parlerò* io. La vita è difficile per le donne. Credo che sarai felice con George. E Vernon vorrebbe che tu fossi felice, lo so.»

L'appoggio di Joe rincuorò Nell più di ogni altra cosa, Joe era sempre stata la persona più vicina a Vernon. La sera prima delle nozze, Nell si inginocchiò accanto al letto e alzò gli occhi verso la spada di Vernon, che aveva appeso alla parete.

Si premette le mani sugli occhi chiusi.

"Capisci, amor mio? Davvero? Davvero? Amo soltanto te e ti amerò sempre... Oh, Vernon, se almeno potessi essere certa che hai capito..."

Si sforzò di cercarlo con tutta l'anima sua. Doveva... *doveva*... sapere e capire...

4

NELLA CITTADINA DI A..., in Olanda, non lontano dalla frontiera tedesca, in una modesta locanda. Là, una certa sera del 1917, un giovane bruno, dal viso scavato, entrò e, in un olandese molto incerto, chiese una camera per quella notte. Anna Schlieder, la grassa proprietaria della locanda, lo squadrò da capo a piedi, alla sua solita maniera molto decisa, prima di rispondere. Poi disse di avere una camera libera. Sua figlia Freda accompagnò il giovane di sopra. Quando ridiscese, la madre disse, laconicamente: «Inglese... prigioniero in fuga».

Freda annuì, ma tacque. I suoi occhi, di un azzurro porcellana, erano teneri e sentimentali. Aveva le sue buone ragioni per interessarsi dell'inglese. Di lì a poco, risalì al piano di sopra e bussò alla porta della camera. Entrò subito dopo aver bussato, e del resto il giovane non l'aveva udita. Era talmente stordito dalla spossatezza che suoni e movimenti quasi non rivestivano più alcun significato per lui. Da giorni, da settimane, si trovava sul chi vive, aveva miracolosamente evitato i pericoli, senza mai lasciarsi sorprendere fisicamente o mentalmente impreparato. Adesso subiva tutte le conseguenze della reazione. Giaceva immobile dove si era lasciato cadere, sdraiato di traverso sul letto. Freda, rimanendo in piedi, lo osservò. Infine disse:

«Le ho portato un po' d'acqua calda.»

«Oh!» Lui si drizzò di scatto. «Mi scusi. Non l'avevo sentita.»

La ragazza disse, adagio e con chiarezza, nella propria lingua:

«Lei è inglese, vero?»

«Sì. Sì, cioè...»

A un tratto si interruppe, dubbioso. Bisognava essere cauti. Ma il pericolo era cessato. Si trovava fuori dalla Germania. Si sentiva stordito. Una dieta di patate crude, scavate nei campi, non era stimolante per la mente. Comunque, continuava a essere persuaso della *necessità* della cautela. Ma era talmente difficile... Si sentiva strano. Sentiva di voler parlare e parlare, di volersi sfogare e raccontare tutto, adesso che, finalmente, quella spaventosa e lunga tensione non esisteva più.

La ragazza olandese stava facendo di sì, stava annuendo con un'aria grave e assennata.

«Lo so» disse. «Viene da quella parte...»

E indicò, con la mano, la direzione della frontiera.

Lui la fissò, sempre indeciso.

«È fuggito, sì. Abbiamo già avuto qui uno come lei.»

Egli si sentì rassicurato, come se un'ondata di tranquillità lo stesse percorrendo. Stava dalla sua parte, quella ragazza. Le gambe, all'improvviso, gli cedettero. Di nuovo si lasciò cadere sul letto.

«È affamato? Sì, lo vedo. Vado a prenderle qualcosa.»

Era affamato? Supponeva di sì. Da quanto tempo non aveva più toccato cibo? Un giorno? Due giorni? Non riusciva a ricordare. All'ultimo, era stato come un incubo... semplicemente continuare a camminare, alla cieca. Disponeva di una carta e di una bussola. Sapeva in quale punto voleva attraversare la frontiera, il punto che gli sembrava offrisse le migliori possibilità. Esistevano mille probabilità contro una che non riuscisse ad attraversare la frontiera... eppure era riuscito a passare. Gli avevano sparato contro, mancandolo. O era stato tutto un sogno? Aveva disceso a nuoto il fiume... Sì, era andata così... O forse no, si sbagliava. Oh, be', non voleva pensarci. Era riuscito a fuggire, questo soltanto contava.

Si chinò in avanti, reggendosi con le mani il capo che gli doleva.

Freda tornò quasi subito, reggendo un vassoio con cibi e un alto boccale di birra. Egli mangiò e bevve mentre lei, in piedi, lo guardava. L'effetto fu magico. La mente gli si schiarì. Si rese conto soltanto adesso di aver quasi delirato. Sorrise a Freda.

«Splendido» disse. «Grazie infinite.»

Incoraggiata dal sorriso, si sedette.

«Conosce Londra?»

«Sì, la conosco.» Di nuovo sorrise, appena. La ragazza gli aveva posto la domanda in un modo così bizzarro.

Freda non sorrise. Era serissima.

«Conosce un soldato, là? Un... com'è che si dice? Un caporale. Il caporale Green.»

Lui scosse la testa, un po' commosso.

«Temo di no» disse con dolcezza. «Sa a quale reggimento apparteneva?»

«Era un reggimento di Londra... I Fucilieri di Londra.»

Non sapeva altro che questo. Le disse, con dolcezza:

«Quando tornerò a Londra cercherò di rintracciarlo. Se vuole darmi una lettera...»

La ragazza lo osservò dubbiosa, ma al contempo con una certa aria di fiduciosa supplica. In ultimo i dubbi vennero sconfitti.

«La scriverò, sì» gli disse.

Si alzò per uscire dalla stanza, poi disse, a un tratto: «Abbiamo un giornale inglese, qui... due giornali inglesi, anzi. Li ha portati mio cugino dall'albergo. Le piacerebbe vederli, sì?».

Lui la ringraziò; la ragazza uscì e tornò con due numeri malconci di «Eve» e di «Sketch» che gli porse con una certa soddisfazione.

Quando fu uscita di nuovo dalla stanza, lui posò accanto a sé le riviste e accese una sigaretta, l'ultima sigaretta. Come avrebbe fatto senza quelle sigarette, che aveva rubato? Forse Freda gliene avrebbe procurate un po'... era in grado di pagargliele. Una cara ragazza, Freda, anche se aveva le caviglie troppo grosse e un aspetto scialbo.

Si tolse di tasca un minuscolo taccuino. Le pagine erano bianche e in una di esse scrisse: «Caporale Green, Fucilieri di Londra». Avrebbe fatto tutto il possibile per la ragazza. Pigramente, si domandò quale vicenda si celasse dietro la richiesta. Che cosa ci aveva fatto, lì in Olanda, il caporale Green?... Povera Freda. Doveva essersi trattato della solita storia, suppose.

Green, quel cognome gli ricordava la sua fanciullezza, *il signor Green*. L'onnipotente e delizioso signor Green, il suo compagno di giochi e protettore. Buffe, le cose che si escogitano da bambini!

Non aveva mai parlato a Nell del signor Green. Forse anche lei aveva avuto un signor Green. Forse lo avevano tutti i bambini.

Pensò: "Nell... Oh, Nell...". E il cuore gli si fermò per un istante. Poi, risolutamente, distolse da lei i propri pensieri. Di lì a pochissimi giorni, ormai... Povero tesoro, quanto doveva aver sofferto sapendolo prigioniero in Germania! Ma ormai era tutto finito. Prestissimo sarebbero stati di nuovo insieme. Prestissimo. Oh, non doveva pensarci, non doveva anticipare il momento.

Prese la rivista «Sketch» e, pigramente, ne sfogliò le pagine. Sembrava che venissero rappresentati molti nuovi spettacoli. Quale piacere andare di nuovo a teatro! V'erano fotografie di generali, tutti con un'aria molto bellicosa e guerresca. V'erano fotografie di persone che stavano per sposarsi. Sposine mica male. Questa... *cosa*?

Non era vero... Non poteva essere vero... Un'altra visione... un incubo...

«La signora Deyre, che sta per unirsi in matrimonio con il signor George Chetwynd. Il primo marito della signora Deyre è caduto in combattimento oltre un anno fa. Il signor George Chetwynd è americano e ha svolto una preziosissima attività assistenziale in Serbia.»

Caduto in combattimento. Sì, supponeva che potesse succedere. Nonostante tutte le precauzioni possibili, errori di quel genere venivano commessi. Un uomo che Vernon conosceva era finito nell'elenco dei caduti. Un caso su centomila, ma poteva accadere.

Naturalmente, Nell avrebbe creduto vera la notizia... e naturalmente, del tutto naturalmente, si sarebbe rimaritata.

Ma quali assurdità andava pensando! Nell, rimaritarsi! Così presto! E sposare George... *George*, con i capelli brizzolati...

Un'improvvisa e lancinante fitta di dolore lo attraversò. Si era figurato George con eccessiva chiarezza. Accidenti a George... che il diavolo si portasse George.

Ma non poteva essere vero. No, non era vero!

Si alzò, facendosi forza per non cadere mentre si metteva in piedi. A chiunque lo avesse visto sarebbe sembrato un pochino brillo.

Si sentiva calmissimo. Sì, perfettamente calmo. La cosa non era credibile, era impensabile. Dimenticala, dimenticala subito. Non era vero. Non poteva essere vero. Se ammettevi, anche soltanto per un momento, che potesse essere vero, eri finito.

Uscì dalla camera, discese le scale. Passò davanti alla ragazza, Freda, che lo fissò con gli occhi spalancati. Disse calmo (era meraviglioso che riuscisse a essere così calmo!):

«Vado a fare due passi.»

Uscì, ignaro degli occhi di Anna Schlieder che lo scrutarono di spalle mentre se la lasciava indietro. La ragazza, Freda, disse alla madre:

«Mi è passato accanto, sulle scale, come... come... Che cosa gli è successo?»

Anna si batté la mano sulla fronte, un gesto significativo. Niente riusciva mai a stupirla.

Vernon stava camminando lungo la strada. Camminava molto in fretta. Doveva allontanarsi, allontanarsi dalla cosa che lo seguiva. Se si fosse voltato... Se ci avesse ripensato... Ma non voleva pensarci.

Tutto andava bene, *tutto*.

Soltanto, non doveva pensare. Quella cosa bizzarra e scura che lo seguiva... che continuava a seguirlo... Se non ci avesse pensato, tutto sarebbe andato bene.

Nell... Nell con i capelli dorati e il sorriso soave. La sua Nell. Nell e George... No, no! Non era così, avrebbe fatto in tempo.

E poi, all'improvviso, lucidissima, nella sua mente si formò la riflessione: "Quella rivista era di almeno sei mesi fa. Sono sposati da cinque mesi".

Vacillò. Si disse: "Non posso sopportarlo. No, questo non posso sopportarlo. *Qualcosa deve accadere...*".

Qualcuno lo avrebbe aiutato. Il signor Green. Cos'era l'essere spaventoso che lo stava seguendo? Ma certo, la Bestia, la Bestia.

Poteva udirla sopraggiungere. Gli occhi colmi di panico, si guardò rapidamente alle spalle. Era ormai fuori dall'abitato e stava percorrendo una strada dritta tra le dighe. La Bestia si avvicinava pesantemente, a un passo assai rapido, rumorosa, sobbalzante.

La Bestia... Oh! Se soltanto avesse potuto tornare indietro, ritrovarsi con la Bestia e con il signor Green... con i terrori di un tempo e le consolazioni di un tempo. Non ti ferivano come i nuovi eventi, come Nell e George Chetwynd. George... Nell che apparteneva a George...

No. No, non era vero. Non doveva essere vero. Lui non avrebbe più potuto resistere. Non questo, non questo...

Esisteva una sola via d'uscita da tutto ciò, per poter essere in pace... Una sola via d'uscita... Vernon Deyre aveva fatto della sua vita un disastro... Meglio rinunciare a vivere...

Un'ultima, fiammeggiante ondata di sofferenza gli si scatenò nella mente... Nell... George... No! Li scacciò entrambi con un ultimo, estremo sforzo. Il signor Green, il buon signor Green.

Arrivò sulla strada maestra proprio davanti all'autocarro traballante che invano, e troppo tardi, tentò di evitarlo e lo scaraventò indietro a terra...

Un urto orribile, dilaniante... grazie a Dio, questa era la morte...

Libro quinto

GEORGE GREEN

1

NEL CORTILE DELL'HOTEL COUNTY, a Wiltsbury, due autisti erano alle prese con le loro automobili. George Green terminò il lavoro che stava eseguendo all'interno della grossa Daimler, si pulì le mani con uno straccio imbrattato di grasso, poi si raddrizzò con un sospiro di soddisfazione. Era un giovanotto allegro e in quel momento stava sorridendo perché l'aver trovato il guasto e l'essere riuscito a ripararlo lo rendeva esultante. Adagio si avvicinò al suo collega, l'autista che stava completando la pulizia di una Minerva.

Quest'ultimo alzò gli occhi.

«Salve, George... hai finito?»

«Sì.»

«Il tuo padrone è uno yankee, vero? Che tipo è?»

«È un uomo a posto. Pignolo, però. Non vuole che superi i sessantacinque all'ora.»

«Be', ringrazia gli astri perché non sei l'autista di una donna» disse l'altro. Si chiamava Evans. «Cambiano idea continuamente. E non sanno quale sia l'ora giusta per i pasti. Il più delle volte si accontentano di uno spuntino. E tu sai che cosa significa questo, un uovo sodo e una foglia di lattuga.»

Green sedette su un barile che si trovava lì accanto.

«Perché non ti licenzi?»

«Non è mica facile trovare un altro posto, di questi tempi.»

«Già, è vero» disse Green, e parve pensieroso.

«Inoltre io ho moglie e due marmocchi» continuò l'altro. «Che balle ci avevano raccontato a proposito di un paese fatto per gli eroi? Storie: se hai un lavoro, un lavoro qualsiasi, è meglio tenerselo caro, nel 1920.»

Tacque per un momento, poi continuò.

«Una strana faccenda, la guerra. Io sono stato ferito due volte, dagli shrapnel. In seguito si diventa un po' strambi. Mia moglie dice che la spavento, che a volte mi comporto proprio da picchiato. Mi capita di svegliarmi nel cuore della notte urlando, senza rendermi conto di dove mi trovo.»

«Lo so» disse Green. «Succede la stessa cosa anche a me. Quando il mio padrone mi prese con sé... mi trovavo in Olanda... non riuscivo a ricordare assolutamente niente di me stesso, tranne le mie generalità.»

«Quando fu? Dopo la guerra?»

«Sei mesi dopo l'armistizio. Lavoravo là, in un'autorimessa. Alcuni tizi ubriachi mi avevano investito, una notte, con un autocarro. Lo spavento era riuscito a fargli passare la sbornia. Mi avevano preso su e portato via con loro. Sanguinavo da un'enorme ferita alla testa. Ero stato fatto curare da loro, che poi mi avevano trovato un lavoro. Lavoravo là già da due anni quando passò da quelle parti il signor Bleibner. Una o due volte noleggiò una macchina da noi e io gli feci da autista. Parlò a lungo con me e infine propose di assumermi come suo autista personale.»

«Vuoi dire che prima di allora non avevi mai pensato di tornartene a casa?»

«No. Chissà perché, non ci tenevo affatto. Non riuscivo a ricordare di avere parenti da quelle parti e ho in mente che ci fossero stati guai di qualche genere in famiglia, per me.»

«Non mi sembri proprio il tipo da poter avere guai, amico mio» disse Evans, con una risata.

George Green rise a sua volta. Era, in effetti, un giovanotto dall'aria quanto mai allegra, alto e bruno, con larghe spalle, e sempre pronto a sorridere.

«Di crucci non ne ho quasi mai» si vantò. «Credo di essere venuto al mondo spensierato.»

Si allontanò, poi, sorridendo allegramente. Pochi minuti dopo, riferì al suo padrone che la Daimler era pronta.

Il signor Bleibner era un americano alto di statura, magro, dall'aria dispeptica; parlava con un accento purissimo.

«Benissimo. Vado a pranzare da Lord Datcher, Green. A Abingworth Friars. È a una decina di chilometri da qui.»

«Sissignore.»

«Dopo pranzo devo recarmi in una dimora denominata Abbots Puissants. Si trova in un villaggio chiamato Abbotsford. Lo conosci?»

«Mi sembra di averne sentito parlare, signore. Ma non so dove si trovi esattamente. Lo cercherò sulla carta.»

«Sì, fa' così, per piacere. Credo che non possa distare più di una trentina di chilometri... nella direzione di Ringwood, presumo.»

«Benissimo, signore.»

Green portò la mano al berretto e se ne andò.

Nell Chetwynd passò per la portafinestra del salotto e uscì sulla terrazza a Abbots Puissants.

Era una di quelle giornate di inizio autunno nelle quali tutto sembra immobile e privo di vita, come se la natura stessa simulasse uno stato di incoscienza. Il cielo, anziché azzurro scuro, era di un color celeste chiaro, e l'aria sembrava essere brumosa.

Nell si appoggiò a una grossa urna in pietra e contemplò la scena silenziosa. Tutto era molto bello e molto inglese. Il giardino veniva curato alla perfezione e, quanto alla dimora stessa, era stata riparata in modo accurato e avveduto.

Sebbene non portata di solito all'emotività, Nell, alzando gli occhi verso i mattoni rosso chiari dei muri, si sentì a un tratto colmare il cuore di commozione. Era tutto così perfetto. E si augurò che Vernon potesse sapere, potesse vedere.

Quattro anni di matrimonio non avevano pesato su Nell, ma erano riusciti a cambiarla. Ora lei non aveva più l'aspetto di una ninfetta; era una splendida donna anziché un'adorabile fanciulla. Una donna equilibrata, sicura di sé. La sua era una bellezza molto definita. Non variava né si modificava mai. Nell aveva ora movimenti più decisi e sicuri di quelli di un tempo e si era arrotondata un poco, senza più alcuna traccia di immaturità. Era la rosa perfetta, completamente sbocciata.

Una voce chiamò dall'interno della casa.

«Nell!»

«Sono qui, George, sulla terrazza.»

«Bene, ti raggiungo tra un momento.»

Che caro uomo era George! Un lieve sorriso le increspò le labbra. Il marito perfetto! Questo, forse, perché era americano. Si sentiva dire continuamente che gli americani erano mariti perfetti. Senza dubbio, George lo era; il loro matrimonio aveva pieno successo. Era vero che lei non provava per George quel che aveva provato per Vernon, ma, quasi con riluttanza, aveva finito con l'ammettere che questo era forse un vantaggio. Le passioni tempestose che ti dilaniavano e ti sconvolgevano non potevano durare. Ogni giorno avevi la prova del fatto che *non* duravano.

Tutte le sue ribellioni di un tempo erano ormai domate. Non contestava più, appassionatamente, il motivo per cui Vernon le era stato tolto. Dio sapeva quel che faceva. Ci si ribellava, sul momento, ma in ultimo si finiva con il rendersi conto che, qualsiasi cosa accadesse, era in realtà per il meglio.

Avevano conosciuto la felicità suprema, lei e Vernon, e nulla avrebbe mai potuto oscurare quella felicità, o togliergliela. La possedeva per sempre: un tesoro prezioso e segreto, un gioiello nascosto. Poteva pensare a lui, adesso, senza rammarico e senza brama. Si erano amati a vicenda e avevano rischiato tutto pur di stare insieme. Poi vi era stata la sofferenza spaventosa della separazione. E infine... la pace.

Sì, questo era il fattore dominante della sua vita attuale: la pace, la serenità. George le aveva dato questo. L'aveva circondata di agi, di lusso, di tenerezza. Nell sperava di essere per lui una buona moglie, anche se non lo amava quanto aveva amato Vernon. Ma gli *voleva* bene – naturale che gliene volesse! I placidi e affettuosi sentimenti che provava per lui erano di gran lunga le emozioni più sicure con le quali si potesse vivere.

Proprio così, queste parole esprimevano esattamente quello che sentiva – si sentiva sicura e felice. E si augurava che Vernon potesse saperlo. Era sicura che ne sarebbe stato lieto.

George Chetwynd la raggiunse sulla terrazza. Vestiva alla buona, come usano fare gli inglesi fuori città, e aveva senz'altro l'aspetto del signorotto di campagna. Non era invecchiato affatto. Anzi, sembrava più giovane. Aveva in mano alcune lettere.

«Ho accettato di organizzare quella partita di caccia con Drummond. Credo che ci divertiremo.»

«Mi fa molto piacere.»

«Dobbiamo decidere chi vogliamo invitare.»

«Sì, ne parleremo questa sera. Tutto sommato, sono contenta che gli Hays non siano potuti venire a cena. Sarà piacevole avere una serata tutta per noi.»

«Temevo che tu stessi esagerando, in città, Nell.»

«In effetti abbiamo condotto una vita un po' frenetica. Ma in realtà credo che giovi alla salute. E, in ogni modo, qui si gode una pace splendida.»

«È meraviglioso.» George osservò con apprezzamento il paesaggio. «Preferisco Abbots Puissants a ogni altra località inglese. C'è un'atmosfera tutta particolare qui.»

Nell annuì.

«So che cosa vuoi dire.»

«Non sopporterei di pensare la dimora nelle mani di... be', di persone come i Levinne, per esempio.»

«Lo so. Sarebbe esasperante. Eppure Sebastian è una cara persona... E il suo gusto, in ogni caso, è perfetto.»

«Conosce i gusti del pubblico, senz'altro» disse George, asciutto. «Un successo dopo l'altro. E, di quando in quando, un *succès d'estime*, tanto per dimostrare che non si limita a essere un affarista. Sta cominciando ad avere l'aspetto della parte, però... diventa non precisamente grasso, ma tondeggiante. E adotta ogni sorta di affettazioni. C'è una caricatura di lui, nel "Punch" di questa settimana. Riuscitissima.»

«Sebastian si presta alle caricature» disse Nell sorridendo. «Con quelle orecchie enormi, e quei buffi zigomi alti. Da ragazzo aveva un aspetto davvero particolare.»

«Sembra strano pensare che da bambini giocavate insieme. A proposito, ho una sorpresa per te. Un'amica che non vedi da qualche tempo verrà oggi a pranzo da noi.»

«Josephine?»

«No, Jane Harding.»

«Jane Harding! Oh, bella, ma come mai...?»

«L'ho incontrata per caso a Wiltsbury, ieri. Recita in non so quale compagnia ed è in tournée.»

«Jane! Oh bella, George, non sapevo neppure che tu la conoscessi!»

«La conobbi quando ci occupavamo entrambi di opere assistenziali in Serbia. La frequentavo molto, allora. E te lo scrissi.»

«Davvero? Non me ne ricordo.»

Un qualcosa, nel tono di lei, parve colpirlo, ed egli disse, ansiosamente:

«Non ti dispiace, vero, cara? Credevo di farti una sorpresa gradita. Ho sempre creduto che Jane fosse una tua grande amica. Ma posso disdire subito l'invito, se...»

«No, no. Sarò felicissima di rivederla, naturalmente. Ero proprio sorpresa.»

George si tranquillizzò.

«Benissimo, allora. A proposito, mi ha detto che un certo Bleibner, un signore che conobbi molto bene a New York, si trova a sua volta a Wiltsbury. Mi piacerebbe fargli visitare le rovine dell'abbazia. Ha la passione delle antichità. Ti spiace se invito a pranzo anche lui?»

«No, certo che no. Invitalo senz'altro.»

«Vedrò se mi riuscirà di parlargli subito al telefono. Volevo telefonargli ieri sera, ma mi è passato di mente.»

Rientrò in casa e Nell rimase sulla terrazza, appena accigliata.

George non si era sbagliato. Per un qualche motivo, non gradiva l'idea che Jane venisse a pranzo. Sentiva, anzi, molto chiaramente, che non voleva rivedere Jane. Già quel semplice accenno all'ex cantante sembrava aver turbato la serenità del mattino. Pensò: era tutto così tranquillo, e adesso...

Seccante. Sì, era seccante. Temeva, e aveva sempre temuto, Jane. Jane era una di quelle persone delle quali non si può mai essere sicure. Era... come ci si poteva esprimere? Era sconvolgente. Ti turbava, sì, e Nell non voleva essere turbata.

Pensò, irragionevolmente: "Perché, in nome del cielo, George doveva conoscerla in Serbia? Come sono insopportabili, a volte, le coincidenze".

Ma era assurdo aver paura di Jane. Jane non poteva più nuocerle, ormai. Povera Jane. Le cose dovevano esserle andate molto male se adesso recitava in una compagnia ambulante.

Ma bisogna mantenersi fedeli ai vecchi amici, e Jane era una vecchia amica. Avrebbe constatato fino a qual punto lei sapeva essere fedele. E, compiaciuta di sé, Nell salì al piano di sopra e si cambiò, indossando un vestito di georgette color tortora e mettendosi al collo un filo di perle d'una mirabile perfezione, donatole da George per l'ultimo anniversario del loro matrimonio. Curò in modo particolare il proprio aspetto, soddisfacendo così un qualche oscuro istinto femminile.

"In ogni modo," pensò "avremo a pranzo anche quel Bleibner e la sua presenza faciliterà le cose."

Anche se non avrebbe saputo spiegarsi perché mai si aspettava che le cose potessero essere difficili.

George venne ad avvertirla proprio mentre si stava applicando l'ultimo velo di cipria.

«Jane è arrivata» disse. «Si trova in salotto.»

«E il signor Bleibner?»

«Sfortunatamente aveva già un impegno per il pranzo, ma verrà nel pomeriggio.»

«Oh!»

Discese adagio lo scalone. Assurdo sentirsi in preda a un'apprensione simile. Povera Jane. Doveva semplicemente essere gentile con lei. Era stata una sfortuna tremenda aver perduto la voce, aver dovuto ridursi a fare l'attricetta.

Jane, tuttavia, non sembrava affatto ritenersi sfortunata. Se ne stava comodamente adagiata sul divano, in un atteggiamento disinvolto e noncurante, osservando il salotto con vivo apprezzamento.

«Buongiorno, Nell» disse. «Bene, sembra che lei sia riuscita a sistemarsi molto comodamente.»

Era una frase offensiva. Nell si irrigidì. Per un momento non le venne in mente nulla da dire. Guardò Jane negli occhi, che erano colmi di beffarda malizia. Poi si strinsero la mano e, contemporaneamente, Nell disse: «Non so a che cosa si riferisca».

«Mi riferisco a tutto questo. Una dimora imponente, valletti dal portamento maestoso, un cuoco assai ben pagato, servi dai passi felpati, con ogni probabilità una cameriera francese, il bagno preparato con gli unguenti e i sali più in voga, cinque o sei giardinieri, lussuose berline, vestiti costosi e, come posso vedere, perle autentiche! Si sta godendo enormemente tutto questo? Sono sicura di sì.»

«Mi parli di lei» disse Nell, sedendo sul divano accanto a Jane.

«È una risposta molto scaltra, questa. E la merito pienamente. Mi scusi, Nell. Sono stata odiosa. Ma aveva un'aria così regale e benevola! Non riesco mai a sopportare la benevolenza.»

Si mise in piedi e iniziò un andirivieni nella stanza.

«Sicché questa è la dimora di Vernon» disse sommessamente. «Non l'avevo mai vista. Ne avevo soltanto sentito parlare da lui.»

Tacque per un lungo momento; poi domandò, bruscamente:

«Quanti cambiamenti avete apportato?»

Nell le spiegò che tutto era stato lasciato il più possibile com'era. Avevano rinnovato invece tutti i tendaggi, i tappeti, le passatoie. E aggiunto alcuni mobili di antiquariato dal valore inestimabile. Ogni volta che George trovava qualcosa risalente alla stessa epoca della dimora, si affrettava ad acquistarlo.

Jane continuò a fissarla mentre le dava queste spiegazioni e Nell si sentì a disagio perché non riuscì a interpretarne l'espressione.

Poi George entrò, interrompendola, e andarono a tavola.

Parlarono anzitutto della Serbia e di alcuni comuni amici conosciuti laggiù. Poi passarono alla situazione di Jane. George accennò, con delicatezza, alla sua voce, al dispiacere che doveva aver provato, e che tutti dovevano provare. Jane vi sorvolò con noncuranza.

«Colpa mia» disse. «Mi ostinavo a cantare un certo genere di musica che non era adatto alla mia voce.»

Sebastian Levinne, continuò, aveva dimostrato di essere un amico meraviglioso. Voleva lanciarla a Londra, ma lei aveva preferito imparare prima a recitare.

«Cantare in un'opera significa, naturalmente, anche recitare. Ma bisogna ancora imparare ogni sorta di cose... a servirsi della propria voce parlando, per esempio. E poi gli effetti sulla scena sono tutti diversi... devono essere più sottili, meno accentuati.»

Quell'autunno, spiegò, doveva esibirsi a Londra in una versione teatrale della *Tosca*.

Poi, accantonando se stessa, prese a parlare di Abbots Puissants. E fece sì che George esponesse i propri progetti e le proprie idee sulla proprietà. Lo indusse a esibirsi come un autentico signorotto di campagna.

Non v'era, apparentemente, alcuno scherno negli occhi di Jane o nel tono della sua voce, ma, ciò nonostante, Nell si sentì a disagio. E si augurò che George smettesse di parlare. Era un po' ridicolo il suo modo di esprimersi, come se lui, e tutti i suoi antenati prima di lui, avessero vissuto per secoli a Abbots Puissants.

Dopo il caffè, uscirono di nuovo sulla terrazza e, mentre si trovavano lì, George venne chiamato al telefono e le lasciò sole con una parola di scusa. Nell propose una passeggiata in giardino e Jane acconsentì.

«Vorrei vedere tutto» disse.

Nell pensò: "Vuole vedere la dimora di Vernon. È venuta per questo. Ma Vernon non ha mai significato per lei quello che significava per me!".

Provava un desiderio appassionato di vendicarsi, di far capire a Jane... Capire cosa? Non lo sapeva lei stessa, ma sentiva che Jane la stava giudicando, e persino condannando.

Si fermò, a un tratto, mentre stavano passeggiando lungo un bordo erboso, ravvivato da aster che risaltavano contro gli antichi mattoni rosa del muro retrostante.

«Jane, voglio dirle... spiegarle...»

Si interruppe mentre cercava di dominarsi. Jane si limitò a sbirciarla, interrogativamente.

«Deve pensare... che è stato terribile da parte mia... rimaritarmi così presto.»

«Niente affatto» disse Jane. «È stata una cosa molto assennata.»

Nell non voleva sentirsi dire questo. Non era affatto questo il punto di vista.

«Adoravo Vernon... lo *adoravo*. Quando cadde in combattimento per poco non mi si spezzò il cuore. Dico sul serio. Ma sapevo anche troppo bene che lui non avrebbe voluto vedermi addolorata. I morti non vogliono che ci affliggiamo.»

«Ah no?»

Nell la fissò.

«Oh, lo so che si sta riferendo al detto popolare» disse Jane. «I morti vogliono che siamo coraggiosi e sopportiamo e tiriamo avanti come sempre. Non tollerano che siamo infelici a causa loro. Questo è quanto vanno dicendo tutti. Ma io non ho mai potuto constatare che una così consolante convinzione abbia qualche fondamento. Credo che la gente se la sia inventata per facilitarsi la situazione. I vivi non vogliono tutti esattamente la stessa cosa, e pertanto non vedo perché dovrebbero volerla i defunti. Devono esservi defunti egoisti a mucchi... e se, in qualche modo, esistono, devono comportarsi esattamente come si comportavano da vivi. Non è possibile che, di colpo, divengano traboccanti di splendidi e altruistici sentimenti. A me vien sempre da ridere quando vedo un vedovo afflitto ingozzarsi, il giorno dopo il funerale, e dire, solennemente: "Mary non vorrebbe che mi affliggessi!". Come fa a saperlo? Può darsi che Mary non faccia altro che piangere e digrignare i denti (i denti astrali, naturalmente) vedendo suo marito continuare come sempre, quasi che lei non fosse mai esistita. Innumerevoli donne amano essere colmate di smancerie. Perché mai dovrebbero cambiare carattere una volta defunte?»

Nell tacque. Non riuscì, per il momento, a chiamare a raccolta i propri pensieri.

«Non voglio dire con questo che Vernon fosse così» continuò Jane. «Può avere realmente desiderato che lei non si affliggesse. Lei deve saperlo meglio di chiunque perché lo ha conosciuto meglio di chiunque altro.»

«Sì» disse Nell, con fervore. «È proprio così. Avrebbe voluto che io fossi felice, lo so. E volle che io avessi Abbots Puissants. So che sarebbe felice di sapermi qui.»

«Voleva vivere qui con lei. Non è proprio la stessa cosa.»

«No, ma vivere qui con George non è come... come sarebbe stato se avessi vissuto qui con lui. Oh, Jane, voglio farle capire, George è un caro uomo, ma non è... non potrà mai essere... quello... quello che Vernon era per me.»

Seguì un lungo silenzio. Poi Jane disse: «Lei è fortunata, Nell».

«Se crede che ci tenga davvero a tutto questo lusso! Figurarsi, per Vernon vi rinuncerei in un attimo!»

«Me lo domando.»

«Jane! Lei...»

«Crede che saprebbe rinunciarvi... ma io... me lo domando.»

«L'ho già fatto una volta.»

«No. Si limitò a rinunciare alla prospettiva del lusso. È diverso. Non era penetrato in lei come adesso.»

«Jane!»

Gli occhi di Nell si riempirono di lacrime. Voltò le spalle.

«Mia cara, mi sto comportando in modo odioso. Non c'è niente di male in quello che ha fatto. Credo che abbia ragione... Sì, Vernon lo avrebbe voluto. Lei ha bisogno di bontà e protezione. Ma, ciò nonostante, un'esistenza di lussi finisce con il corrodere. Un giorno capirà quello che intendo dire. A proposito, non intendevo quello che ha creduto quando ho detto, un momento fa, che è fortunata. Volevo dire soltanto che ha avuto il meglio di entrambe le cose. Se avesse sposato il suo George quando si proponeva di sposarlo la prima volta, sarebbe vissuta con un segreto rammarico, con il desiderio di Vernon, con la sensazione di essere stata defraudata della felicità dalla sua stessa viltà. E, se Vernon avesse continuato a vivere, forse vi sareste allontanati l'una dall'altro, avreste litigato, finendo con l'odiarvi. Stando così le cose, invece, lei ha avuto Vernon, ha compiuto il sacrificio... L'amore sarà per lei una cosa splendida in eterno. E per giunta ha avuto tutto il resto.»

Spostò il braccio circolarmente, come nel gesto improvviso di un abbraccio.

Nell quasi non aveva ascoltato le ultime parole. Il suo sguardo era divenuto tenero e sognante.

«Lo so. Tutto finisce per il meglio. Ti dicono così, nella fanciullezza, e in seguito puoi constatarlo personalmente. Dio dispone per il meglio.»

«Che cosa sa lei di Dio, Nell Chetwynd?»

Vi fu, nella domanda, un qualcosa di selvaggio che indusse Nell a volgere, attonita, lo sguardo su Jane. Lei aveva un'aria minacciosa, come se la stesse accusando con ferocia. La dolcezza di un momento prima era scomparsa.

«La volontà di Dio! Riuscirebbe a dire la stessa cosa se per caso la volontà di Dio non coincidesse con gli agi di Nell Chetwynd, mi domando? Lei non sa niente di Dio, altrimenti non avrebbe parlato così, dando un colpetto di approvazione sulla schiena di Dio perché le ha reso l'esistenza comoda e piacevole. Conosce le parole della Bibbia che un tempo mi terrorizzavano? *Questa notte verrà richiesta l'anima tua.* Quando Dio chiederà l'anima *sua*, sia certa di averne una da dargli!»

Si interruppe; poi soggiunse, sommessamente:

«Ora me ne vado. Non sarei dovuta venire. Ma volevo vedere la dimora di Vernon. Mi scuso per quello che ho detto. Lei, però, è così maledettamente presuntuosa, Nell. Non se ne rende conto, ma lo è. Presuntuosa, è il termine esatto. La vita, per lei, significa lei stessa e soltanto lei stessa. Ma che dire di Vernon? È stato per il meglio anche per lui? Crede che *volesse* morire proprio all'inizio di tutto ciò cui teneva?»

Nell reclinò il capo all'indietro con un'aria di sfida.

«L'ho reso felice.»

«Non stavo pensando alla sua felicità. Stavo pensando alla sua musica. Lei e Abbots Puissants... che cosa possono contare? Vernon era un genio. Ma questo è il modo sbagliato di esprimersi: *apparteneva* alla propria genialità. E la genialità è il padrone più esigente che esista. Tutto deve esserle sacrificato. Anche la sua illusoria felicità avrebbe dovuto essere sacrificata, se si fosse posta di mezzo. La genialità deve essere servita. La musica aveva bisogno di Vernon. Ed egli è morto. Questa è la vera vergogna, la sola cosa che conta, la cosa che lei non ha mai neppure preso in considerazione. E io so perché, perché ne aveva paura, Nell. Non può offrire serenità e felicità e sicurezza. Ma io le dico che la genialità *deve essere servita...*»

A un tratto, il viso le si rilassò e la solita luce beffarda, che Nell odiava, le tornò negli occhi. Disse:

«Non stia a crucciarsi, Nell! Lei è molto più forte di tutti noi. Mimetismo protettivo! Me lo disse Sebastian, molto tempo fa, e aveva ragione. Lei resisterà ancora quando saremo tutti periti. Arrivederci, mi spiace di essere stata così spietata, ma sono fatta così.»

Nell seguì con lo sguardo la sagoma di Jane che si allontanava. Strinse le mani a pugno e disse, in un bisbiglio:

«Ti odio. Ti ho sempre odiata...»

La giornata aveva avuto inizio così serenamente... e adesso era rovinata. Gli occhi di Nell si riempirono di lacrime: perché la gente non poteva lasciarla in pace? Jane e i suoi orridi sarcasmi! Jane era una bestia, una bestia inquietante. Sapeva dove ferirti più dolorosamente.

Figurarsi, persino da Joe le era stato detto che aveva fatto benissimo a sposare George! Joe l'aveva capita perfettamente. E ora Nell si sentiva addolorata e offesa. Perché Jane doveva essere così perfida? Perché aveva detto quelle cose dei morti – cose irreligiose – mentre tutti sapevano come ai defunti piacesse che i vivi fossero coraggiosi e allegri?

E quale impertinenza, da parte di Jane, venire a citarle la Bibbia! Una donna come Jane, che aveva vissuto con uomini e fatto ogni sorta di cose immorali! Nell si sentì incoraggiata dal possesso di grandi virtù. Nonostante tutto quello che ormai si diceva, esistevano due tipi diversi di donne. Lei apparteneva a uno di essi, Jane a quell'altro. Jane era attraente: le donne di quel tipo sono sempre attraenti. Ecco perché in passato lei l'aveva temuta. Jane esercitava un qualche strano potere sugli uomini. Era malvagia fino in fondo.

Ruminando questi pensieri, Nell passeggiò irrequieta avanti e indietro. Non si sentiva affatto propensa a rientrare in casa. E, in ogni modo, non aveva niente di particolare da fare quel pomeriggio. Doveva scrivere, prima o poi, alcune lettere, ma davvero non se la sentiva di scriverle subito.

Aveva dimenticato completamente l'amico americano di suo marito e rimase del tutto stupita quando George la raggiunse con il signor Bleibner a rimorchio. L'americano era un uomo alto e magro, molto pignolo. Le rivolse con gravità i suoi complimenti per la dimora. Ora, spiegò, sarebbero andati a vedere le rovine dell'abbazia. George le propose di accompagnarli.

«Precedetemi» disse Nell. «Io vi raggiungo subito. Devo andare a mettermi un cappello, il sole è così cocente...»

«Vuoi che vada io a prendertelo, cara?»

«No, grazie. Tu e il signor Bleibner andate avanti. Vi aggirerete intorno a quelle rovine per secoli, lo so.»

«Ah, direi che sarà senz'altro così, signora Chetwynd. Mi risulta che suo marito si propone di restaurare l'abbazia. Questo è davvero interessante.»

«È uno dei nostri tanti progetti, signor Bleibner.»

«Siete fortunati a essere i proprietari di questa dimora. A proposito, spero che lei non abbia niente in contrario. Ho detto al mio autista (con l'assenso di suo marito, naturalmente) che poteva passeggiare nel giardino. È un giovane intelligentissimo e di prim'ordine.»

«Ma senz'altro. E se gradisse visitare la casa, potrà accompagnarlo il maggiordomo, più tardi.»

«Ah, lei è di una cortesia davvero squisita, signora Chetwynd. Io sono del parere che la bellezza debba essere apprezzata da tutte le classi sociali. La stessa idea che consentirà la compattezza della Società delle nazioni...»

Nell sentì a un tratto che non sopportava di stare ad ascoltare i punti di vista del signor Bleibner sulla Società delle nazioni. Dovevano essere di certo ponderosi e prolissi. Si scusò, pertanto, adducendo a pretesto il sole cocente.

Certi americani potevano essere molto noiosi. Grazie al cielo, George non era così. Caro George, davvero era quasi perfetto. Di nuovo si sentì pervadere dallo stato d'animo affettuoso e sereno che era scaturito in lei quel mattino.

Quanto era stata sciocca lasciandosi turbare da Jane! Proprio da *Jane* tra tutti? Che cosa poteva importare quello che diceva o pensava Jane? Non rivestiva alcuna importanza, naturalmente. Ma v'era un qualcosa, in quella donna... possedeva la capacità di... be', di turbarti profondamente.

Ormai, comunque, era tutto passato. La disinvoltura e la sensazione di sicurezza di sempre erano tornate in lei! Abbots Puissants, George, il tenero ricordo di Vernon. Tutto era perfetto.

Corse felice giù per lo scalone, con il cappello in mano, indugiò un momento per aggiustarselo davanti allo specchio. Ora avrebbe raggiunto i due uomini all'abbazia e sarebbe stata incantevolmente affabile con il signor Bleibner.

Discese i gradini della terrazza e percorse il viale del giardino. Era più tardi di quanto avesse creduto. Non mancava ormai molto al tramonto, uno splendido tramonto nel cielo purpureo.

Accanto alla vasca dei pesci rossi si trovava in piedi, voltato di spalle rispetto a lei, un giovane autista in livrea. Si girò, udendola avvicinarsi e, compito, portò la mano alla visiera del berretto.

Nell si immobilizzò e adagio, a sua insaputa, una mano le si chiuse intorno al cuore, mentre fissava lo sconosciuto.

George Green la fissò a sua volta.

Poi disse a se stesso: “Ah, be’, che tipo strambo”.

Quando erano arrivati sul posto, il padrone gli aveva detto:

«Questa è una delle località più antiche e più interessanti dell’Inghilterra, Green. Mi tratterrò qui almeno per un’ora, forse di più. Chiederò al signor Chetwynd se ti è consentito fare un giro in giardino.»

Un affabile, vecchio balordo, aveva pensato Green, indulgente, ma con il chiodo fisso di quello che lui chiamava “elevarsi socialmente”. Non ti lasciava mai in pace. E aveva quello straordinario rispetto americano per tutto ciò che fosse santificato dall’antichità.

Senza dubbio, però, questa era davvero una splendida e antica dimora. George l’aveva contemplata apprezzandola, con la certezza di averne già viste delle fotografie. Si sarebbe aggirato con piacere lì attorno, come gli era stato detto di fare.

Il posto era ben tenuto, notò. Chi poteva esserne il proprietario? Qualche americano? Quegli americani, i quattrini li avevano tutti loro. Si domandò a chi potesse essere appartenuta prima la dimora. Chiunque fosse stato, doveva aver provato una stretta al cuore, privandosene.

Pensò, malinconicamente: “Vorrei essere venuto al mondo ricco. Mi piacerebbe possedere un posto come questo”.

Si aggirò per qualche tempo nel vasto giardino. In lontananza aveva notato un cumulo di rovine e tra le rovine due sagome, riconoscendo in una di esse il suo padrone. Buffo vecchio, sempre a frugare tra muri diroccati.

Il sole stava tramontando, nel cielo di un rosso stupendo contro il quale si profilava Abbots Puissants in tutta la sua bellezza.

Strano, come accadeva a volte di pensare che le cose fossero già avvenute! Per un momento appena, Green avrebbe giurato di essersi già trovato lì dove si trovava adesso, di aver già visto la dimora profilata contro il cielo fiammeggiante. E avrebbe giurato, inoltre, di aver sentito un dolore acuto, come se fosse stato trafitto da qualcosa. Ma nella scena mancava un ultimo tocco: una donna dai capelli rossi come il tramonto.

Udì un passo dietro di sé, trasalì e si voltò. Per un momento provò un vago senso di delusione. Infatti, là in piedi si trovava una donna giovane e snella i cui capelli, che ricadevano per ciascun lato sotto il cappello, erano di un biondo dorato e non rossi.

Rispettosamente, portò la mano alla visiera del berretto.

Una signora alquanto strana, si disse. Lo fissò, e ogni traccia di colorito le scomparve adagio dal viso. Sembrava in preda al più assoluto terrore.

Poi, con un ansito improvviso, girò sui tacchi e quasi corse via lungo il viale.

E a questo punto egli si disse: "Ah, be', che tipo strambo".

Quella donna, decise, doveva essere alquanto picchiatella.

Poi ricominciò a passeggiare senza meta.

2

SEBASTIAN LEVINNE SI TROVAVA NEL SUO UFFICIO ed esaminava i particolari di un contratto complicato, quando gli venne consegnato un telegramma. Lo aprì con noncuranza poiché ne riceveva trenta o quaranta al giorno. Dopo averlo letto, lo tenne in mano e lo fissò.

Infine lo accartocciò, se lo ficcò in tasca e si rivolse a Lewis, il suo braccio destro.

«Vedi di andare avanti con questo come meglio potrai» disse, brusco. «Mi chiamano fuori città.»

Non badò affatto alle proteste e uscì dalla stanza. Sì soffermò per dire alla segretaria di annullare vari appuntamenti, poi si recò a casa, riempì una valigia e si fece portare da un tassì alla stazione di Waterloo. Là riaprì il telegramma e lo rilesse:

Pregoti venire subito se puoi è urgentissimo Jane Wilts Hotel Wiltsbury.

Il fatto che non avesse avuto alcuna esitazione dimostrava quanta fiducia riponesse in Jane e quanto la rispettasse. Si fidava di Jane più che di chiunque altro al mondo. Se Jane asseriva che una cosa era urgente voleva dire che lo era davvero. E lui si era affrettato ad ascoltare l'esortazione senza un solo rammarico per le complicazioni che, inevitabilmente, vi sarebbero state. E questo non lo avrebbe fatto per nessun'altra persona al mondo.

Una volta arrivato a Wiltsbury si recò subito all'albergo e chiese di lei. Jane aveva preso una camera e gli si fece incontro a mani tese.

«Sebastian, mio caro, hai fatto meravigliosamente presto.»

«Sono venuto subito.» Si tolse il soprabito e lo gettò sulla spalliera di una sedia. «Di che si tratta, Jane?»

«Si tratta di Vernon.»

Sebastian parve interdetto. «Come, di Vernon?»

«*Non è morto. L'ho visto.*»

Sebastian la fissò a lungo, poi accostò una sedia al tavolo e vi si lasciò cadere.

«Non è da te, Jane, ma credo che, per una volta tanto in vita tua, tu debba esserti sbagliata.»

«Non mi sono sbagliata. È possibile, presumo, che abbia commesso uno sbaglio il ministero della Guerra, no?»

«Sbagli di questo genere sono stati commessi più di una volta. Ma di solito li si è scoperti quasi subito. La logica stessa vuole che sia così. Se Vernon è vivo, che cosa ha fatto per tutto questo tempo?»

Lei scosse la testa.

«Questo non posso dirlo. Ma sono certa di aver visto Vernon come lo sono che tu ti trovi qui in questo momento.»

Lo disse in tono brusco, ma molto sicuro.

Lui la fissò intensamente, poi annuì.

«Raccontami» disse.

Jane parlò sommessamente:

«C'è qui un americano, un certo signor Bleibner. Lo avevo conosciuto in Serbia. Ci siamo riconosciuti a vicenda per la strada. Mi ha detto che alloggiava al County Hotel e mi ha invitata a pranzo per oggi a mezzogiorno. Ho accettato. Dopo che avevamo pranzato si è messo a piovere. Lui non ha voluto a nessun costo che tornassi qui a piedi. Aveva l'automobile e mi avrebbe fatta accompagnare in macchina. Sono tornata con la sua macchina. Sebastian, l'autista era Vernon... *e non mi ha riconosciuta.*»

Sebastian rifletté. «Sei sicura di non essere stata tratta in inganno da qualche spiccata somiglianza?»

«Sicurissima.»

«Allora perché Vernon non ti ha riconosciuta? Ha finto di non riconoscerti, immagino.»

«No, non credo. In effetti, sono sicura che non mi abbia riconosciuta. Si sarebbe tradito in qualche modo, trasalendo, o in un'altra maniera. Non poteva *essersi aspettato di vedermi.* E non sarebbe riuscito a dominare lo stupore del primo momento. Inoltre, sembrava diverso.»

«Diverso come?»

Jane rifletté.

«È difficile spiegarlo. Piuttosto sereno e allegro e... in modo appena vago... somigliante a sua madre.»

«Straordinario» disse Sebastian. «Sono contento che tu mi abbia telegrafato. Se si tratta *davvero* di Vernon... Be', sarà un diavolo di situazione. Con Nell che si è rimaritata e tutto il resto. Non vogliamo che i giornalisti si precipitino qui come lupi nell'ovile. Immagino che non si potrà tacere *del tutto* la cosa.» Balzò in piedi e iniziò un andirivieni. «Anzitutto bisogna mettersi in contatto con Bleibner.»

«Gli ho telefonato, pregandolo di venire qui alle sei e mezzo. Non ho osato rinunciare, sebbene temessi che tu non saresti potuto arrivare così presto. Bleibner sarà qui da un momento all'altro.»

«Brava Jane. Dobbiamo sapere che cos'ha da dire.»

Bussarono alla porta e il signor Bleibner venne annunciato. Jane si alzò per farglisi incontro.

«È stato davvero gentile a venire, signor Bleibner» gli disse.

«Niente affatto» rispose l'americano. «È sempre un piacere per me favorire una signora. E, inoltre, lei mi ha detto che la questione della quale voleva parlarmi era urgente.»

«Lo è. Le presento il signor Sebastian Levinne.»

«Il *famoso* Sebastian Levinne? Lietissimo di conoscerla, signore.»

I due uomini si strinsero la mano.

«E ora, signor Bleibner,» disse Jane «arriverò subito a ciò di cui voglio parlarle. Da quanto tempo ha alle sue dipendenze l'autista e che cosa può dirci di lui?»

Il signor Bleibner era molto sorpreso e lo lasciò capire.

«Green? Vuole informazioni sul conto di Green?»

«Sì.»

«Be'...» L'americano rifletté. «Non ho niente in contrario a dirle quello che so. Presumo che non mi chiederebbe questo senza un valido motivo. La conosco abbastanza bene per esserne certo, signorina Harding. Conobbi Green in Olanda, non molto tempo dopo l'armistizio. Lavorava in un'autorimessa. Venni a sapere che era inglese e cominciai a interessarmi a lui. Gli posi domande sul suo passato e fu molto vago in proposito; a tutta prima pensai che avesse qualcosa da nascondere; ma ben presto mi persuasi che era abbastanza sincero. Sembrava immerso in una sorta di nebbia mentale. Sapeva come si chiamava e da dove veniva, ma ben poco di più.»

«Perdita della memoria» disse Sebastian, sommessamente. «Capisco.»

«Suo padre era caduto nella guerra contro i Boeri, mi disse. Ricordava che il padre aveva cantato nel coro del villaggio e si rammentava di un fratello che era solito chiamare Scoiattolo.»

«Ed era assolutamente sicuro per quanto concerneva le proprie generalità?»

«Oh, sì. In effetti le aveva annotate su un piccolo taccuino. Vi era stato un incidente, vede: un autocarro lo aveva investito. Grazie al taccuino, erano venuti a sapere chi egli fosse. Gli avevano domandato se il suo cognome fosse Green e lui aveva risposto affermativamente, asserendo inoltre di chiamarsi di nome George. Godeva delle simpatie di tutti, nell'autorimessa, tanto era allegro e spensierato. Credo di non aver mai visto Green in preda all'ira.

«Bene... mi affezionai a quel giovanotto. Avevo visto alcuni casi di shock da granata e il suo stato non costituiva un mistero per me. Egli mi mostrò l'annotazione sul taccuino, e io feci qualche ricerca. Ben presto scoprii la ragione – vi è sempre una ragione, sapete – della perdita della memoria. Il caporale George Green, dei Fucilieri di Londra, era un disertore.

«Ecco il vero motivo. Era stato vile e, siccome si trattava in realtà di un giovane onesto e perbene, non aveva potuto affrontare la realtà. Gli spiegai come stavano le cose e lui disse, alquanto meravigliato: "Non avrei mai creduto di poter disertare... non di *disertare*". Gli spiegai che quel suo punto di vista era per l'appunto il motivo per il quale non riusciva più a ricordare il proprio passato. Non ci riusciva perché *non voleva* ricordare.

«Rimase ad ascoltarmi, ma non mi parve molto persuaso. Provavo moltissima compassione, e continuo a provarne, per lui. Non ritenni che vi fosse l'obbligo, da parte mia, di riferire il suo caso alle autorità militari. Lo assunsi al mio servizio e gli offrii la possibilità di rifarsi una vita. Non ho mai avuto motivo di pentirmene. È un abilissimo autista... è puntuale, intelligente, un bravo meccanico, ed è sempre allegro e servizievole.»

Il signor Bleibner si interruppe e fissò, interrogativamente, Jane e Sebastian. I loro volti, pallidi e seri, lo colpirono.

«È spaventoso» disse Jane, con la sua voce bassa. «È una delle cose più orribili che potrebbero accadere.»

Sebastian le prese la mano e gliela strinse.

«Calmati, Jane.»

Lei si riscosse, dopo un lieve brivido, e si rivolse all'americano:

«Credo che tocchi a noi, ora, spiegare. Vede, signor Bleibner, nel suo autista io ho riconosciuto un vecchio amico; mentre lui non mi ha riconosciuta affatto.»

«Davvero?»

«Ma non si chiamava Green» disse Sebastian.

«Ah no? Vuol dire che venne arruolato con un altro nome?»

«No. A questo proposito c'è qualcosa che sembra incomprensibile. Presumo che un giorno riusciremo a risolvere il mistero. Nel frattempo, la pregherei, signor Bleibner, di non riferire questa conversazione *ad anima viva*. C'è di mezzo una moglie... e... e vi sono... oh... molte altre considerazioni.»

«Mio caro signore,» disse il signor Bleibner «lei può far conto sul mio più assoluto silenzio. Ma adesso che cosa si propone di fare? Vuole parlare con Green?»

Sebastian sbirciò Jane e lei chinò il capo.

«Sì» rispose Sebastian, adagio. «Credo che questa sia forse la cosa migliore da fare.»

L'americano si alzò.

«Green si trova al pianterreno. Mi ha portato qui lui. Lo mando su immediatamente.»

George Green salì le scale con il suo solito allegro slancio. E intanto si domandò che cosa potesse essere accaduto per turbare tanto il buon vecchio, come lui soleva riferirsi al suo padrone. Gli era sembrato che avesse un'aria sconvolta.

«La porta in cima alle scale» aveva detto il signor Bleibner.

George Green bussò in modo deciso con le nocche e aspettò. Una voce disse: «Avanti», e lui entrò.

C'erano due persone nella stanza: la signora che aveva riaccompagnato in macchina il giorno prima (e che gli era sembrata di una bellezza superlativa) e un uomo robusto e piuttosto grasso, dal viso giallognolo e dalle orecchie a sventola. La sua faccia parve vagamente familiare all'autista. Per un momento rimase interdetto mentre i due lo fissavano. Pensò: "Che cosa gli prende a tutti quanti, questa sera?".

Disse: «Sì, signore?», in tono rispettoso, al gentiluomo giallognolo. Poi continuò: «Il signor Bleibner mi ha detto di salire...».

Il gentiluomo giallognolo parve riprendersi.

«Sì, sì» disse. «Certo. Si accomodi... ehm... Green. Si chiama così, vero?»

«Sì, signore. George Green.»

Sedette, rispettosamente, sulla poltrona che gli era stata indicata. Il gentiluomo giallognolo gli porse un portasigarette e disse: «Prego», senza mai distogliere, nemmeno per un momento, i piccoli occhi dal suo viso. Quello sguardo insistente e penetrante fece sentire a disagio l'autista. Che cosa gli aveva preso a tutti quanti, quella sera?

«Volevo porle alcune domande. Tanto per cominciare, mi ha mai visto prima d'ora?»

Green scosse la testa.

«No, signore.»

«Ne è sicuro?» insistette l'altro.

Una lieve traccia di incertezza si insinuò nella voce di Green.

«Non... non credo» disse, dubbioso.

«Mi chiamo Sebastian Levinne.»

Il volto dell'autista si illuminò.

«Ah, ma certo, signore, ho visto la sua fotografia sui giornali. Mi sembrava, in qualche modo, familiare.»

Seguì un silenzio, poi Sebastian Levinne domandò, con disinvoltura:

«Ha mai sentito fare il nome di Vernon Deyre?»

«Vernon Deyre» Green lo ripeté, pensieroso. Perplesso, si accigliò. «Questo nome mi suona in qualche modo familiare, ma non riesco a situarlo.» Si interruppe, ancor più accigliato. «Mi sembra di averne sentito parlare.» E poi soggiunse: «Quel signore è morto, vero?».

«Ah, sicché è questa la sua impressione? Che il signor Deyre sia morto?»

«Sì, signore, ed è stato meglio...»

Si interruppe di colpo e arrossì.

«Continui,» disse Levinne «che cosa stava per dire?»; poi soggiunse, scaltro, essendosi reso conto del motivo dell'inciampo: «Può esprimersi pure con franchezza. Il signor Deyre non era un mio parente».

L'autista parve persuaso.

«Volevo dire che è stato meglio così, ma non so se dovrei dirlo, in quanto non riesco a ricordare niente di lui. Tuttavia ho, in qualche modo, la sensazione che... be', sì, che sia stato un bene se si è tolto di mezzo, in un certo qual modo. Aveva combinato un bel disastro, non è così?»

«Lo conosceva?»

Il cipiglio si accentuò mentre si sforzava dolorosamente di ricordare.

«Sono spiacente, signore» si scusò l'autista. «Dopo la guerra le cose sembrano essere diventate un po' confuse per me. Non sempre riesco a ricordare con chiarezza. Non so dove conobbi il signor Deyre, né perché mi riuscì odioso, ma so di essere lieto di sapere che è morto. Era un poco di buono, potete credermi.»

Seguì il silenzio interrotto soltanto da qualcosa di simile a un singhiozzo dell'altra persona presente nella stanza. Levinne si rivolse a quest'ultima.

«Telefona al teatro, Jane» disse. «Avvertili che questa sera non puoi recitare.»

Lei annuì e uscì dalla stanza. Levinne la seguì con lo sguardo, poi disse, bruscamente:

«Ha mai visto prima d'ora la signorina Harding?»

«Sì, signore. L'ho accompagnata qui oggi.»

Levinne sospirò. Green lo fissò, interrogativamente.

«È... è tutto, signore? Mi spiace di essere stato ben poco utile. So di essere un po'... be', strano dopo la guerra. Colpa mia. Forse il signor Bleibner glielo ha detto... Io... non feci il mio dovere come avrei dovuto.»

Arrossì, ma pronunciò queste parole con risolutezza. Il vecchio aveva parlato o no? Meglio dire la verità, comunque. Al contempo, la sofferenza causata dalla vergogna lo trafisse in modo lancinante. Era un disertore, un uomo fuggito dal fronte! Una macchia odiosa.

Jane Harding rientrò nella stanza e sedette di nuovo al tavolo. Sembrava più pallida di quando era uscita, pensò Green. Che occhi strani aveva, così profondi e tragici. Si domandò a che cosa stesse pensando. Forse era stata fidanzata con quel signor Deyre. No, il signor Levinne non avrebbe cercato di farlo parlare, se fosse stato così. Probabilmente si trattava soltanto di una questione di denaro. Un testamento o qualcosa del genere.

Il signor Levinne ricominciò a interrogarlo. Non si riferì affatto all'ultima frase.

«Suo padre cadde combattendo nella guerra contro i Boeri, se non sbaglio.»

«Sì, signore.»

«Si ricorda di lui?»

«Oh, sì, signore.»

«Che aspetto aveva?»

Green sorrise. Quei ricordi gli erano cari.

«Un uomo robusto, tarchiato. Baffoni. Occhi celesti molto vividi. Lo ricordo molto chiaramente mentre cantava nel coro. Aveva una voce da baritono.»

Sorrise felice.

«E venne ucciso nella guerra contro i Boeri?»

Sul viso di Green apparve un'improvvisa espressione di dubbio. Egli parve crucciato, sgomento. Guardò il suo interlocutore all'altro lato del tavolo con un'aria patetica, come un cane che si senta in colpa.

«È strano» disse. «Non ci avevo mai pensato. Sarebbe stato troppo vecchio. Lui... eppure giurerei... sono sicuro...»

Lo sgomento nei suoi occhi era tanto intenso che Levinne disse: «Non importa». Poi continuò: «È sposato, Green?».

«No, signore.»

La risposta venne data con pronta certezza.

«Sembra molto sicuro di questo» osservò Levinne, sorridendo.

«Lo sono, signore. Mettersi con le donne non può causare altro che guai.» Si interruppe bruscamente e disse, rivolto a Jane: «Mi scusi».

Lei sorrise appena e rispose: «Non importa».

Seguì un silenzio. Levinne si rivolse a lei e disse qualcosa talmente in fretta che Green non riuscì ad afferrare bene le parole. Gli parve che avesse detto:

«Una somiglianza straordinaria a Sydney Bent. Mai immaginato che esistesse.»

Poi tornarono entrambi a fissarlo.

E all'improvviso egli ebbe paura. Si sentì decisamente e infantilmente spaventato, come ricordava di aver avuto paura al buio da bambino. V'era in ballo qualcosa – così egli disse a se stesso – e quei due sapevano. Qualcosa che lo concerneva.

Si protese in avanti, in preda a una viva apprensione.

«Che cosa c'è?» domandò in tono aspro. «C'è qualcosa...»

Non lo negarono. Continuarono soltanto a fissarlo.

E il suo terrore crebbe. Perché non parlavano? Sapevano qualcosa che lui ignorava. Qualcosa di spaventoso... Disse di nuovo, e questa volta con una voce acuta e stridula:

«*Che cosa c'è?*»

La donna si alzò. E lui registrò, in un angolo della sua mente, il modo splendido con il quale lei si muoveva. Era come una statua che aveva visto in qualche posto. Girò intorno al tavolo e venne a mettergli una mano sulla spalla. Disse, in tono consolante e rassicurante: «Va tutto bene. Non deve assolutamente spaventarsi».

Ma gli occhi di Green continuarono a fissare, interrogativi, Levinne. Quell'uomo sapeva... quell'uomo stava per dirglielo. Qual era la cosa orribile che i due sapevano e lui no?

«In questa guerra sono accadute cose stranissime» prese a dire Levinne. «Certe persone hanno talora dimenticato il loro stesso nome.»

Fece una pausa significativa, ma Green non capì. Disse, con un ritorno momentaneo all'allegria:

«Io non sono ridotto a questo punto. Non ho mai dimenticato il mio nome.»

«Sì che *lo ha* dimenticato, invece.» Levinne si interruppe... poi continuò: «Il suo vero nome è Vernon Deyre».

L'annuncio avrebbe dovuto essere drammatico, ma non lo fu. Quelle parole parvero a Green semplicemente ridicole. Egli assunse un'espressione divertita.

«Io sarei il signor Vernon Deyre? Il suo sosia, vuol dire, o qualcosa del genere?»

«Voglio dire che *è* lui.»

Green rise apertamente.

«Non posso scimmiottare un uomo come quello, signore. Nemmeno se ci fossero di mezzo un titolo nobiliare o un patrimonio! Quale che potesse essere la somiglianza, mi smaschererebbero.»

Sebastian Levinne si protese in avanti, oltre il tavolo, e martellò con enfasi ogni parola:

«Tu... sei... Vernon... Deyre...»

Green lo fissò con gli occhi spalancati. Quell'enfasi lo aveva colpito.

«Mi sta prendendo in giro?»

Levinne scosse adagio la testa. Green si voltò a un tratto verso la donna. I suoi occhi, molto gravi e colmi di un'assoluta certezza, sostennero il suo sguardo. Gli disse, sommessamente:

«Tu sei Vernon Deyre. Lo sappiamo entrambi.»

Seguì nella stanza un silenzio totale. A Green sembrava che il mondo intero stesse ruotando. Tutto ciò era come una fiaba, fantastica e impossibile. Eppure un qualcosa, in quei due, sembrava costringerlo a credere. Disse, con l'incertezza nella voce:

«Ma... ma queste cose non possono accadere. Non è possibile dimenticare le proprie generalità!»

«Eppure sì... dato che tu le hai dimenticate.»

«Ma... ma... mi stia a sentire, signore... io *so* di essere George Green... *Lo so*, ecco tutto.»

Li fissò trionfante ma, adagio e inesorabilmente, Sebastian Levinne scosse la testa.

«Non so come possa essere accaduto» disse. «Un medico, probabilmente, sarebbe in grado di spiegartelo. Ma una cosa so con assoluta certezza... che tu sei il mio amico Vernon Deyre. Al riguardo non può sussistere alcun dubbio.»

«Ma... ma... se questo fosse vero, dovrei saperlo!»

Era sbalordito, in preda a un'orribile incertezza. Un mondo strano e sconvolgente quello nel quale non potevi essere certo di niente. Le persone che aveva di fronte erano gentili e sane di mente. Riponeva fiducia in esse. Quello che dicevano doveva essere vero. Eppure un qualcosa in lui si rifiutava di convincersi. Erano addolorati per lui, di questo si rendeva conto. E la cosa lo spaventava. Doveva esservi qualcos'altro... qualcosa che ancora non gli era stato detto.

«Chi è?» domandò in tono aspro. «Questo Vernon Deyre, voglio dire.»

«Tu sei di questa parte del mondo. Sei nato e hai trascorso quasi tutta la tua fanciullezza in una dimora denominata Abbots Puissants...»

Green interruppe Levinne stupefatto.

«Abbots Puissants? Oh bella, ho portato là in macchina il signor Bleibner proprio ieri. Secondo lei sarebbe la mia casa e io non l'avrei riconosciuta!»

Si sentì a un tratto rianimato e beffardo. Tutta quella faccenda era un mucchio di menzogne! Ma certo! Lo aveva sempre saputo. Quei due erano sinceri, ma si sbagliavano. Era in preda al sollievo.

«In seguito andasti ad abitare vicino a Birmingham» continuò Levinne. «Studiasti a Eton e di là passasti a Cambridge. Poi ti trasferisti a Londra per studiare musica. Hai composto un'opera lirica.»

Green scoppiò a ridere.

«In questo si sbaglia di grosso, signore. Io non so distinguere una nota dall'altra.»

«Poi scoppiò la guerra. Ottenesti la nomina a ufficiale nella guardia nazionale. Prendesti moglie...» si interruppe, ma Green non tradì in alcun modo di ricordarlo «... e partisti per la Francia. Nella primavera dell'anno seguente, il ministero della Guerra comunicò che eri "caduto in azione".»

Green lo fissò incredulo. Che razza di tiritera era quella? Lui non ricordava un bel niente.

«Deve esserci uno sbaglio» disse fiduciosamente. «Il signor Deyre deve essere stato il mio "sosia", come si dice.»

«Non c'è nessuno sbaglio, Vernon» disse Jane Harding.

Green passò lo sguardo da lei a Sebastian. La fiduciosa intimità del tono di voce di quella donna era riuscita a persuaderlo più di ogni altra cosa. Pensò: "Ma tutto questo è spaventoso. Un incubo. Cose simili non possono accadere". Cominciò a tremare in tutto il corpo e non riuscì a dominarsi.

Levinne si alzò, si avvicinò al vassoio sul tavolino in un angolo della stanza, versò qualcosa di forte e gli porse il bicchiere.

«Manda giù questo e ti sentirai meglio» gli disse. «È stato uno shock per te.»

Green buttò giù il liquore. L'alcol lo calmò. I tremiti cessarono.

«In nome di Dio, signore,» disse «è vero tutto questo?»

«In nome di Dio, è vero» rispose Sebastian.

Accostò una sedia e sedette vicino al suo amico.

«Vernon, vecchio mio, proprio non ti ricordi di me?»

Green lo fissò con uno sguardo tormentato. Qualcosa parve agitarsi in lui, molto, molto vagamente. Come era doloroso, quello sforzo di ricordare. Un *qualcosa* esisteva. Di che si trattava? Disse, dubbioso:

«Sei... sei cresciuto.» Tese la mano e toccò un orecchio di Sebastian. «Mi sembra di ricordare...»

«Ricorda le tue orecchie, Sebastian» esclamò Jane e, avvicinatasi alla mensola del caminetto, vi appoggiò contro la testa e cominciò a ridere.

«Smettila, Jane.» Sebastian balzò in piedi, riempì di liquore un altro bicchierino e glielo portò. «Una medicina per te.»

Lei bevve, gli ridiede il bicchiere, gli rivolse un'ombra di sorriso e disse:

«Scusami, non lo farò più.»

Green stava continuando a fare scoperte.

«Tu non sei... non sei mio fratello, vero? No, abitavi nelle vicinanze... Cioè, abitavi nella dimora adiacente...»

«Esatto, vecchio mio.» Sebastian gli batté la mano sulla spalla. «Non sforzarti di pensare... presto ricorderai tutto. Vacci piano.»

Green sbirciò Jane. Domandò, timidamente, educatamente:

«Eri... sei... mia sorella? Mi sembra di ricordare qualcosa a proposito di una sorella.»

Jane scosse la testa, incapace di parlare. Green arrossì.

«Chiedo scusa. Non avrei dovuto...»

Sebastian lo interruppe.

«Non avevi una sorella. C'era tua cugina che abitava con te. Si chiamava Josephine. Noi la chiamavamo Joe.»

Green rifletté.

«Josephine... Joe. Sì, mi sembra di ricordare qualcosa del genere.» Si interruppe; poi ripeté, accorato: «Ma sei proprio *sicuro* che il mio cognome non sia Green?».

«Sicurissimo. Continui a ritenere che lo sia?»

«Sì... E dici che compongo musica, musica creata da me? Musica seria, non canzonette?»

«Sì, musica seria.»

«Mi sembra tutto, be', pazzesco. Proprio così, pazzesco!»

«Non devi stare a tormentarti» disse Jane, con dolcezza. «Temo che abbiamo sbagliato dicendoti tutte queste cose come abbiamo fatto.»

Green passò di nuovo lo sguardo dall'una all'altro. Si sentiva stordito.

«Che cosa devo fare?» domandò, indifeso.

Sebastian gli rispose con decisione:

«Devi restare qui con noi. Per te è stato uno shock grave. Andrò a chiarire le cose con il vecchio Bleibner. È un gran brav'uomo, e capirà.»

«Non vorrei fargli torto in alcun modo. È stato per me il migliore dei padroni.»

«Capirà. Gli abbiamo già detto qualcosa.»

«E l'automobile? Non mi va a genio l'idea che sia qualcun altro a fargli da autista. Ho messo a punto quell'automobile in modo perfetto...»

Era, una volta di più, l'autista personale, deciso a servire bene il suo padrone.

«Lo so, lo so.» Sebastian era spazientito. «Ma l'importante, mio caro, è rimetterti in sesto il più presto possibile. Dobbiamo farti curare da un medico di prim'ordine.»

«Che cosa c'entra il medico?» Green divenne ostile. «Sto benissimo.»

«Forse, ma un medico dovrebbe visitarti ugualmente. Non qui, a Londra. Non vogliamo che si chiacchieri, qui.»

Un qualcosa, nel tono della sua voce, destò l'attenzione di Green. Il sangue gli affluì al viso.

«Per la faccenda della diserzione...?»

«No, no. A dire il vero non so proprio che cosa pensarne. No, mi riferisco a qualcosa di completamente diverso.»

Green lo fissò, interrogativamente.

Sebastian pensò: "Oh, be', dovrà pur venire a saperlo, prima o poi". A voce alta, disse:

«Vedi, credendo che tu fossi morto, tua moglie si è... be', si è risposata.»

Temeva alquanto l'effetto di queste parole. Ma Green parve prospettarsi la situazione da un punto di vista umoristico.

«Oh-oh, questo è imbarazzante» disse con un sorriso.

«Non ti turba in alcun modo?»

«Non si può essere turbati da qualcosa che non si ricorda.» Si interruppe, come se stesse prendendo realmente in considerazione la cosa per la prima volta. «Il signor Deyre... io, voglio dire... l'amavo?»

«Be', sì.»

Ma sul volto di Green apparve di nuovo il sorriso.

«E io che ero così sicuro di non essere sposato! In ogni modo...» La sua espressione mutò: «È alquanto spaventoso, tutto questo!».

A un tratto guardò Jane, come se volesse essere rassicurato.

«Vernon caro,» disse lei «andrà tutto bene.»

Si interruppe; poi, con un tono di voce sereno e disinvolto, aggiunse:

«Dici di aver portato in macchina il signor Bleibner a Abbots Puissants. Hai... hai visto qualcuno, là? Qualcuna delle persone che abitano nella dimora?»

«Ho visto il signor Chetwynd... e, nel giardino, ho visto una signora. Ho pensato che fosse la signora Chetwynd... era bionda e bella.»

«E lei... lei ti ha visto?»

«Sì. Sembrava... be', spaventata. Si è sbiancata in viso ed è scappata via come un coniglio.»

«Oh, Dio!» esclamò Jane, poi si morse il labbro quasi fosse pentita di essersi lasciata sfuggire quelle parole.

Green, silenzioso, stava riflettendo.

«Forse le è sembrato di conoscermi» mormorò. «Deve essere una delle persone che lo conoscevano, che mi conoscevano... un tempo, e questo l'ha sconcertata. Sì, deve essere stato così.»

Parve molto soddisfatto della spiegazione che aveva escogitato.

A un tratto domandò:

«Mia madre aveva i capelli rossi?»

Jane annuì.

«Allora deve essere stato così.» Alzò gli occhi con un'aria di scusa. «Spiacente. Mi era venuta in mente qualche cosa.»

«Ora vado a parlare con Bleibner» disse Sebastian. «Jane ti terrà compagnia.»

Uscì dalla stanza. Green si sporse in avanti sulla sedia, tenendosi il capo tra le mani. Si sentiva infelice e molto a disagio, specie con Jane. Ovviamente, avrebbe dovuto conoscerla, e invece era un'estranea per lui. Appena un momento prima gli aveva dato del tu, gli aveva detto "Vernon". Ci si sentiva imbarazzati quando persone che per te erano degli estranei affermavano di conoscerti. Suppose che, rivolgendole la parola, avrebbe dovuto continuare a darle del tu, chiamarla per nome, ma non poteva. Era un'estranea per lui. Eppure, si disse, avrebbe dovuto abituarcisi. Tra loro si sarebbero dati del tu, si sarebbero chiamati per nome, Sebastian e George e Jane... anzi no... non George... Vernon. Che nome stupido, Vernon. Probabilmente era stato un tipo fatuo e idiota.

"O meglio, voglio dire" pensò, cercando di costringere se stesso a rendersene conto "che io devo essere stato un tipo fatuo e idiota."

Si sentì orribilmente solo, tagliato fuori dalla realtà. Alzò gli occhi, vide Jane intenta a osservarlo, e la compassione e la comprensione nei suoi occhi lo fecero sentire un po' meno sperduto.

«È piuttosto terribile a tutta prima, non è vero?»

Le rispose, compito:

«È una situazione piuttosto difficile. Non... non si sa in quale posizione si è rispetto alla cosa.»

«Capisco.»

Jane non disse altro. Si limitò a starsene seduta, silenziosa, accanto a lui. La testa cominciò a ciondolargli. Si appisolò. In realtà, dormì soltanto per pochi minuti, ma gli parve che fossero state ore. Jane aveva spento tutte le lampade, tranne una. Egli si destò trasalendo e lei si affrettò a dirgli:

«Va tutto bene.»

La fissò, respirando affannosamente. Stava ancora avendo un incubo, allora, non si era destato. E stava per accadere qualcosa di peggio, qualcosa che ancora ignorava. Ne era sicuro. Ecco perché lo guardavano tutti con tanta compassione.

A un tratto Jane si mise in piedi. Incontrollatamente, lui gridò:

«Rimanga con me. Oh! La prego, rimanga con me!»

Non riuscì a capire il perché dell'improvvisa espressione di sofferenza sul viso di lei. Che cosa aveva detto per far sì che sembrasse così addolorata? Ripeté: «Non mi lasci. Resti con me».

Jane tornò a sedergli accanto e gli prese la mano tra le sue. Disse, con molta dolcezza: «Non me ne andrò.»

Lui si sentì più calmo, rassicurato. Dopo un minuto o due, si appisolò di nuovo. Questa volta si destò tranquillo. Niente era cambiato nella stanza e aveva ancora la mano in quella di Jane. Le disse, esitante: «Lei non è mia sorella? Era... è, voglio dire... una mia amica?».

«Sì.»

«Una grande amica?»

«Una grande amica.»

Tacque per qualche momento. Ma il convincimento stava divenendo sempre e sempre più saldo nella sua mente. A un tratto proruppe:

«Lei è... mia moglie, non è vero?»

Ne era sicuro.

Jane tirò indietro la mano. Egli non riuscì a interpretare l'espressione sul suo viso. Lo spaventava. Jane si alzò.

«No,» disse «non sono tua moglie.»

«Oh! Mi scuso. Credevo...»

«Non importa.»

E, in quel momento, Sebastian rientrò. Volse lo sguardo verso Jane. Lei disse, con un sorrisetto amaro:

«Sono contenta che tu sia qui... Sono *contenta* che tu sia qui...»

Jane e Sebastian parlarono a lungo, fino a notte fonda. Che cosa si doveva fare? Chi dovevano avvertire?

C'era Nell e bisognava tener conto della situazione di Nell. Presumibilmente a lei si sarebbe dovuto dirlo prima che a chiunque altro. Era la persona interessata nel modo più vitale.

Jane lo riconobbe, ma soggiunse: «Se non lo sa già».

«Credi che lo sappia?»

«Be', evidentemente ha incontrato Vernon faccia a faccia, quel giorno.»

«Sì, ma deve aver ritenuto che si trattasse di una somiglianza straordinaria.»

Jane tacque.

«Non credi che sia così?»

«Non lo so.»

«Ma, per tutti i diavoli, Jane, se lo avesse riconosciuto avrebbe fatto qualcosa... avrebbe parlato con lui e con Bleibner. Sono passati due giorni, ormai.»

«Lo so.»

«Non può averlo riconosciuto. Ha visto semplicemente l'autista di Bleibner e la sua somiglianza straordinaria con Vernon l'ha sconvolta a tal punto che non è riuscita a dominarsi ed è corsa via.»

«Può darsi.»

«Che cos'hai in mente, Jane?»

«*Noi* lo abbiamo riconosciuto, Sebastian.»

«Lo hai riconosciuto tu. Sei stata tu a dirmelo.»

«Ma anche tu lo avresti riconosciuto ovunque, non è forse vero?»

«Sì, lo avrei riconosciuto. Ma, d'altro canto, lo conosco così a fondo...»

Jane disse, con una nota aspra nella voce: «Lo conosce a fondo anche Nell...».

Sebastian le rivolse un'occhiata penetrante e domandò: «Dove vuoi arrivare, Jane?».

«Non lo so.»

«Sì che lo sai. Che cosa è realmente accaduto, secondo te?»

Jane tacque per qualche momento prima di parlare.

«Credo che Nell lo abbia incontrato improvvisamente in giardino e abbia pensato che fosse Vernon. Soltanto in seguito deve essersi persuasa che a turbarla tanto era stata semplicemente una somiglianza casuale.»

«Be', è all'incirca la stessa cosa che ho detto io.»

Si sorprese un poco quando lei riconobbe, mansueta:

«Sì, all'incirca.»

«Qual è la differenza?»

«In pratica non c'è alcuna differenza, solo che...»

«Sì?»

«Tu e io avremmo voluto credere che si trattasse di Vernon anche se non si fosse trattato di lui.»

«E Nell no? Senza dubbio non ha finito con l'innamorarsi fino a questo punto di George Chetwynd...»

«Nell vuole molto bene a George, ma Vernon è il solo uomo del quale sia mai stata innamorata.»

«Allora tanto meglio. O forse è peggio? È un diavolo di dilemma... E i parenti di lui, poi? La signora Deyre e i Bent?»

Jane disse, in tono deciso: «Nell deve essere avvertita prima di loro. La signora Deyre lo comunicherà all'intera Inghilterra non appena lo avrà saputo e questo sarà molto ingiusto, sia nei confronti di Nell, sia nei confronti di Vernon».

«Sì, credo che tu abbia ragione. Dunque, il mio piano è questo. Portare Vernon a Londra, domani, e farlo visitare da uno specialista. Poi regolarci in base ai consigli di quest'ultimo.»

Jane approvò. Sì, riteneva che questa fosse la cosa migliore da fare. Poi si alzò per andare a coricarsi. Sulla soglia si soffermò e disse a Sebastian:

«Mi domando se facciamo bene. Riportandolo a quello che era prima, voglio dire. Sembrava così felice. Oh, Sebastian, sembrava così felice...»

«Come George Green, vuoi dire?»

«Sì. Sei sicuro che stiamo facendo la cosa giusta?»

«Certo. Sono sicurissimo. Non può essere giusto per nessuno venirsi a trovare in una condizione innaturale.»

«Sì, presumo che la sua condizione fosse innaturale. Lo strano è che sembrava così normale e banale. Ma anche felice... ed è questo a non convincermi, Sebastian... era *felice*... Mentre nessuno di noi è molto felice, no?»

A questo interrogativo lui non seppe dare una risposta.

3

DUE GIORNI DOPO, Sebastian arrivò a Abbots Puissants. Il maggiordomo disse di non sapere se la signora Chetwynd potesse riceverlo. Stava riposando.

Sebastian diede il proprio nome e disse di essere certo che la signora Chetwynd lo avrebbe ricevuto. Venne pregato di aspettare in salotto. La stanza gli parve deserta e silenziosa, ma anche insolitamente lussuosa, molto diversa dall'aspetto che aveva avuto ai tempi della sua fanciullezza. Pensò, tra sé e sé: "Era una casa *vera*, allora". E si domandò che cosa avesse voluto dire, precisamente, con quelle parole. Poi ci arrivò. Adesso il salotto ricordava, sia pure molto vagamente, un museo. Tutto vi era mirabilmente disposto e si armonizzava in modo perfetto; ogni mobile che non fosse stato perfetto era stato sostituito da un altro, la quintessenza della perfezione. Tutti i tappeti e i rivestimenti e i tendaggi erano nuovi.

"E devono essere costati parecchio" pensò Sebastian, non senza apprezzamento, valutandone il valore con una considerevole precisione. Sapeva sempre il prezzo di tutto.

Venne interrotto, in questo salutare esercizio, dalla porta che si apriva. Nell entrò, con un bel colore roseo sulle gote e con la mano tesa.

«Sebastian! Che sorpresa! Ti credevo troppo occupato per poterti allontanare da Londra tranne che nei fine settimana... e nemmeno molto frequentemente!»

«Sono dimagrito di nove chili esatti negli ultimi due giorni» disse Sebastian, brusco, stringendole la mano. «Semplicemente spostandomi qua e là e lasciando perdere tutto quanto. Come stai, Nell?»

«Oh, mi sento splendidamente bene.»

Non aveva una gran bella cera, però, pensò lui, adesso che il rossore della sorpresa era defluito dalle gote. E inoltre, non gli era stato detto dal maggiordomo che lei stava riposando? Forse perché non si sentiva bene? Gli parve che avesse il viso un po' teso e stravolto.

Nell continuò:

«Accomodati, Sebastian. Hai l'aria di chi stia per andare a prendere un treno. George non è qui. Si trova in Spagna. È dovuto partire per affari. Rimarrà via per una settimana come minimo.»

«Davvero?»

Questa almeno era una buona cosa. Che situazione imbarazzante! Nell era lontanissima dall'immaginare...

«Hai un'aria molto tetra, Sebastian. C'è qualcosa che non va?»

Gli pose la domanda quasi scherzosamente, ma lui si affrettò ad approfittare dell'appiglio. Era lo spunto che gli occorreva.

«Sì, Nell» rispose in tono grave. «In effetti qualcosa c'è.»

La udì risucchiare all'improvviso il respiro. I suoi occhi si fecero attenti.

«Di che si tratta?» domandò.

Lo disse con una voce diversa, dura e insospettita.

«Temo che quanto sto per dirti sarà un duro colpo per te. Si tratta di Vernon.»

«Che cosa hai da dirmi di Vernon?»

Sebastian esitò per qualche momento, poi rispose:

«Vernon... è vivo, Nell.»

«Vivo?» bisbigliò lei. E si portò una mano al cuore.

«Sì.»

Nell non fece nessuna delle cose che lui si aspettava. Non svenne, non pianse, non pose affannosamente domande. Si limitò a fissare il vuoto dinanzi a sé. E un improvviso, rapido sospetto si affacciò nella scaltra mente ebraica di Sebastian.

«Lo sapevi?»

«No, no.»

«Pensavo che forse tu potessi averlo visto, l'altro giorno, quando è venuto qui.»

«Allora era *davvero lui*, Vernon?»

Queste parole le proruppero dalle labbra come un grido. Sebastian annuì. Era accaduto quello che aveva immaginato e detto a Jane. Nell non era riuscita a credere ai propri occhi.

«Che cosa hai pensato, che si trattasse di un'incredibile somiglianza?»

«Sì, sì, è quello che ho pensato. Come avrei potuto pensare che si trattasse di Vernon? Mi guardava e non mi riconosceva.»

«Ha perduto la memoria, Nell.»

«Ha perduto la memoria?»

«Sì.»

Le raccontò la storia, riferendole i particolari con tutta la cautela possibile. Lei lo ascoltò, ma prestandogli meno attenzione di quanto Sebastian si sarebbe aspettato. Quando ebbe concluso, gli disse: «Sì, ma che cosa si dovrà fare in tutta questa situazione? Vernon ritroverà la memoria? Che cosa dobbiamo fare?».

Egli le spiegò che Vernon andava già da uno specialista. E che già, in stato di ipnosi, aveva ritrovato in parte la memoria perduta. La guarigione completa non avrebbe richiesto molto tempo. Non si addentrò nei particolari tecnici, ritenendo, giustamente, che non l'avrebbero interessata.

«E poi saprà... tutto?»

«Sì.»

Nell si riappoggiò allo schienale della poltrona. Sebastian provò uno slancio improvviso di compassione.

«Non può rimproverarti in alcun modo, Nell. Tu non sapevi... nessuno poteva sapere. L'annuncio della sua morte era stato perentorio e assoluto. È un caso quasi unico; a quanto mi risulta, ve n'è stato soltanto un altro. Quasi sempre, in situazioni del genere, la notizia della morte è stata smentita, come è logico, quasi immediatamente dopo. Vernon ti ama abbastanza per capire e perdonare.»

Lei non disse nulla, ma si coprì il viso con entrambe le mani.

«Noi siamo del parere – sempre che tu sia d'accordo – che sarebbe preferibile tacere la cosa, per il momento. Lo dirai a Chetwynd, naturalmente. E tu e lui e Vernon potrete... be', risolvere la situazione insieme.»

«No, ti prego! No! Non entrare in particolari. Evitalo per il momento, finché non avrò parlato con Vernon.»

«Vuoi vederlo subito? Vuoi venire a Londra con me?»

«No. Questo non lo posso fare. Venga lui qui, a parlarmi. Nessuno lo riconoscerà. Il personale di servizio è cambiato completamente.»

Sebastian disse, adagio: «Benissimo... glielo riferirò».

Nell si alzò.

«Io... io... devi andartene, adesso, Sebastian. Non resisto più. Non resisto, davvero. È tutto così spaventoso. E dire che appena due giorni fa ero tanto felice e serena...»

«Ma, Nell... senza dubbio, riavere Vernon...»

«Oh, sì, non mi riferivo *a questo*. Tu non capisci. Il fatto che lui sia vivo è meraviglioso, naturalmente. Oh, va', ti prego, Sebastian, va'. È orribile da parte mia congedarti in questo modo, ma, davvero, non posso sopportare di più. Devi andartene.»

Sebastian se ne andò. Mentre tornava a Londra non poté evitare di porsi molti interrogativi.

Rimasta sola, Nell tornò in camera sua e si distese sul letto avvolgendosi nella trapunta di seta.

Sicché era vero. *Aveva* visto realmente Vernon. Si era detta che non poteva essere, che certo si trattava di un ridicolo abbaglio. Ma, da quel momento in poi, aveva continuato a sentirsi a disagio.

Che cosa sarebbe accaduto? Che cosa avrebbe detto George della situazione? Povero George. Era stato così buono con lei.

Naturalmente, esistevano altre donne che si erano rimaritate, per poi constatare che i loro primi mariti vivevano ancora. Una situazione alquanto orribile. Lei non era mai stata davvero la moglie di George.

Oh! Non poteva essere vero. Certe cose non succedono. Dio non può consentirle...

Ma forse avrebbe fatto meglio a non pensare a Dio. Pensare a Dio le ricordava una delle cose sgradevolissime dette da Jane l'altro giorno. Proprio lo stesso giorno in cui...

Pensò, subito pervasa dall'autocompatimento: "Ero così felice...".

Avrebbe capito, Vernon? O, forse, sarebbe stato propenso a incolparla? Avrebbe voluto, naturalmente, che tornasse con lui. O forse no, ora che lei e George... Che cosa *pensavano* gli uomini?

Le sarebbe stato possibile divorziare, naturalmente, dopodiché avrebbe potuto sposare George. Ma questo avrebbe causato commenti malevoli a non finire. Come era tutto difficile!

Improvvisamente sconvolta, pensò: "Ma io *amo* Vernon. Come posso pensare di divorziare e di sposare George, se amo Vernon? Egli mi è stato restituito. È tornato dal regno dei morti".

Si rigirava, irrequieta, sul letto. Era uno splendido letto stile Impero. George lo aveva acquistato in un antico *château* in Francia. Era perfetto, un pezzo assolutamente unico. Si guardò attorno nella stanza. Una stanza incantevole, dove tutto si armonizzava con un gusto perfetto, con un lusso perfetto, non ostentato.

A un tratto ricordò il divano imbottito con crine di cavallo e i coprischienale nell'appartamento ammobiliato a Wiltsbury... Spaventoso! Eppure erano tanto felici, là.

Ma ora? Si guardò attorno, nella stanza, con occhi nuovi. Naturalmente, Abbots Puissants apparteneva a George. O forse non più, adesso che Vernon era tornato? In ogni caso, Vernon sarebbe stato povero come sempre. Non avrebbero potuto permettersi di abitare lì. E poi c'erano tutti i lavori che George aveva fatto fare alla dimora. I pensieri si susseguivano confusamente, uno dopo l'altro, nella sua mente.

Doveva scrivere a George, esortarlo a tornare a casa. Dirgli soltanto che si trattava di una cosa urgente, niente di più. George era intelligentissimo. Avrebbe trovato una via d'uscita.

Ma forse era preferibile non scrivergli. Non, almeno, prima di aver parlato con Vernon. Si sarebbe adirato molto, Vernon? Oh, quanto era terribile l'intera situazione!

Gli occhi le si riempirono di lacrime. Singhiozzò: «È ingiusto. È ingiusto. Non ho mai fatto niente di male. Perché doveva capitarmi questo? Vernon incolperà me, ma io non potevo sapere. Come avrei potuto sapere?».

E di nuovo le balenò nella mente la riflessione:

"*Ero* così felice!"

Vernon ascoltava, sforzandosi di capire quello che il medico gli diceva. Lo osservò, all'altro lato del tavolo. Era un uomo alto di statura, con occhi che sembravano vedere il centro stesso del tuo essere e leggervi cose che tu stesso ignoravi.

E, per giunta, ti costringeva a contemplare tutte le cose che non volevi vedere. Ti costringeva a fare emergere cose dal profondo. Stava dicendo:

«Ora che ha ricordato, mi dica di nuovo esattamente come vide l'annuncio del matrimonio di sua moglie.»

Vernon gridò:

«Dobbiamo proprio tornarci su ancora e ancora? È stato tutto così orribile! Non voglio pensarci più!»

E allora il dottore spiegò, con gravità e gentilezza, in modo quanto mai persuasivo. Tutto questo era accaduto proprio a causa del desiderio di "non pensarci più". Adesso la verità doveva essere affrontata, discussa a fondo. Altrimenti sarebbe potuta tornare la perdita della memoria.

Ricominciarono tutto daccapo.

E poi, quando Vernon sentì di non poter più sopportare, gli venne detto di sdraiarsi su un lettino. Il medico gli mise la mano sulla fronte e gli palpò le membra, gli disse che stava riposando, che si era riposato, e che sarebbe tornato a essere forte e felice...

Una sensazione di pace si diffuse in Vernon.

Egli chiuse gli occhi...

Vernon giunse a Abbots Puissants tre giorni dopo. Arrivò sull'automobile di Sebastian Levinne. Al maggiordomo disse di essere il signor Green. Nell lo stava aspettando nella piccola stanza a pannelli bianchi dove la madre di lui era stata solita trascorrere le mattinate. Gli si fece incontro costringendosi ad avere un sorriso convenzionale sulle labbra. Il maggiordomo chiuse la porta alle spalle di lui giusto in tempo perché lei si fermasse prima di tendergli la mano.

Si guardarono, poi Vernon disse:

«Nell...»

Lei gli si gettò tra le braccia. Vernon la baciò, la baciò... la baciò...

Infine la lasciò andare. Sedettero tutti e due. Dopo quel primo, frenetico abbraccio, lui divenne taciturno, con un'aria piuttosto tragica, chiuso in se stesso. Ne aveva passate tante, tante in quegli ultimi giorni...

A volte pensava che sarebbe stato meglio se lo avessero lasciato in pace... come George Green. Era stato bello credersi George Green.

Disse, farfugliando:
«Non stare a crucciarti, Nell. Non devi credere che io ti biasimi. Capisco... Solo che è doloroso. Mi fa soffrire da matti. Logicamente.»
Lei disse: «Non avevo intenzione di...».
Vernon la interruppe.
«Lo *so*, ti dico... lo *so*! Non parlarne. Non voglio saperne niente. Non voglio nemmeno pensarci...» Soggiunse, in un tono di voce diverso: «Dicono che è un guaio nel quale mi sono cacciato io. Ecco com'è accaduto».
Lei disse, con fervore: «Parlamene... dimmi tutto».
«Non c'è un granché da dire.» Si espresse con svogliatezza, distrattamente. «Fui fatto prigioniero. Perché dissero che ero caduto in combattimento, non lo so. Ne ho soltanto una vaga idea. C'era un tale che mi somigliava molto... uno dei tedeschi. Non voglio dire proprio un sosia, o qualcosa di simile... Era soltanto una somiglianza superficiale. Il tedesco lo parlo molto male, ma in ogni modo li udii commentare la cosa. Presero il mio zainetto e la mia medaglietta di riconoscimento. L'intenzione, credo, era quella di penetrare le nostre linee facendosi passare per me... stavamo per essere sostituiti da truppe coloniali, e loro lo sapevano. L'uomo sarebbe riuscito a passare inosservato per un giorno e a procurarsi le informazioni che volevano. È soltanto una mia ipotesi, questa... ma spiega perché non figurai nell'elenco dei prigionieri e fui mandato in un campo di concentramento nel quale si trovavano, in pratica, soltanto francesi e belgi. Ma tutto questo non riveste alcuna importanza, no? Presumo che il tedesco venne ucciso mentre attraversava le linee e poi scambiato per me e seppellito. In Germania me la passai molto male. Per poco non morii perché, oltre a essere ferito, mi prese una specie di febbre. Infine fuggii... oh! È una storia lunga. Non voglio stare a rievocarla adesso. Fu terribile. A volte, per giorni e giorni di seguito, senza cibo e senz'acqua. Soltanto per una sorta di miracolo potei farcela, ma ci riuscii. Arrivai in Olanda. Ero spossato, ma al contempo avevo tutti i nervi tesi. E una sola idea fissa nella mente, tornare da te.»
«E poi?»
«E poi lo vidi... in una lurida rivista illustrata... l'annuncio del tuo matrimonio. Questa, questa era la fine per me. Ma non volli affrontare la realtà. Seguitai a dirmi che non poteva essere vero. Uscii, non so dove andai. Tutto si confuse, nella mia mente.
«Un grosso autocarro si stava avvicinando lungo la strada. Pensai che era l'occasione propizia... per farla finita... per dimenticare tutto. Mi gettai sotto le ruote.»
«Oh, Vernon.» Nell rabbrividì.
«E quella fu *davvero* la fine. Di me come Vernon Deyre, cioè. Quando ripresi i sensi, c'era un solo nome nella mia mente... George. Quel tipo fortunato, George. George Green.»
«Ma perché Green?»

«Una sorta di mia fantasticheria di quando ero bambino. E inoltre la ragazza olandese della locanda mi aveva chiesto di cercare un suo amico che si chiamava Green e io me n'ero annotato il nome sull'agendina.»

«E non ricordavi più niente?»

«No.»

«E non eri spaventato?»

«No, affatto. Non avevo crucci e preoccupazioni di alcun genere.» Soggiunse, con indugiante rammarico: «Ero infinitamente felice e allegro».

Poi la fissò.

«Ma questo non riveste alcuna importanza, adesso. Nulla conta... tranne te.»

Lei gli sorrise, ma fu un sorriso esitante, incerto. Vernon quasi non lo notò, sul momento, e continuò:

«È stato un inferno... tornare indietro. Ricordare le cose. Tutte quelle cose orribili. Tutte le cose che, in realtà, non volevo affrontare. A quanto pare, sono stato un codardo spaventoso per tutta la vita. Non ho fatto che voltare le spalle alle cose che non volevo vedere. Mi sono sempre rifiutato di ammetterle...»

A un tratto balzò in piedi, si avvicinò, si accosciò davanti a lei e le appoggiò il capo sulle ginocchia.

«Nell, tesoro... ora va tutto bene. So di essere il primo nel tuo cuore. È così, non è vero?»

Lei disse: «Certo».

Perché la sua voce le sembrava così meccanica? Vernon veniva per primo, certo. Quando aveva avuto le labbra di lui sulle sue, era stata riportata indietro nel tempo, ai giorni meravigliosi dei primi tempi della guerra. Con George non aveva mai provato niente di simile... la sensazione di essere sommersa, trascinata via...

«Lo dici in un modo così strano, come se non lo pensassi davvero.»

«Certo che lo penso.»

«Mi dispiace per Chetwynd. Ha avuto una sfortuna nera. Come l'ha presa? Molto male?»

«Non gliel'ho detto.»

«Cosa?»

Lei ritenne di doversi giustificare.

«È all'estero, in Spagna, non ho il suo indirizzo.»

«Oh, capisco...»

Si interruppe un momento.

«Sarà alquanto imbarazzante per te, Nell. Ma non lo si può evitare. Apparterremo di nuovo l'uno all'altra.»

«Sì.»

Vernon si guardò attorno.

«A Chetwynd rimarrà questa dimora, comunque. Sono talmente ingeneroso da invidiargli anche questo. Ma, maledizione, è la *mia* casa. È rimasta alla famiglia per cinquecento anni. Ah! Che importanza ha tutto questo? Jane mi ha detto, un giorno, che non si può avere tutto. Io ho te, e questa è la sola cosa che conti. Troveremo un alloggio qualsiasi, anche se sarà di due sole stanze ci basterà.»

Alzò le braccia, passandole intorno a lei. Perché si era sentita pervadere da un gelido sgomento, udendo quelle parole... "due sole stanze"!

«Al diavolo questa collana! Si mette di mezzo!»

Impetuosamente, quasi ridendo, Vernon prese tra le dita la collana di perle che lei aveva al collo. Gliela sfilò, la gettò sul pavimento. Le sue splendide perle! Nell pensò: "In ogni modo, dovrò restituirle, credo". Un'altra sensazione di gelo. Tutti i gioielli meravigliosi che George le aveva donato.

Che donna spregevole era, continuando a pensare a cose simili!

Vernon si era accorto di qualcosa, finalmente. Si stava raddrizzando, la fissava.

«Nell... c'è... c'è qualcosa che non va?»

«No... no, certo.»

Non riusciva a sostenere il suo sguardo. Si vergognava troppo.

«Qualcosa c'è... dimmelo...»

Lei scosse la testa.

«No, niente...»

Ma non poteva tornare a essere povera, non poteva, non poteva...

«Nell, devi dirmi che cosa c'è...»

Vernon non doveva sapere, non avrebbe mai dovuto sapere com'era lei realmente. Si vergognava tanto.

«Nell, mi ami, non è vero?»

«Oh, sì!» Le parole le salirono alle labbra impetuosamente. *Questa*, almeno, non era una menzogna.

«Allora che cosa c'è? So che c'è qualcosa... Ah!»

Balzò in piedi. Si era sbiancato in viso. Nell alzò gli occhi su di lui, interrogativamente.

«È questo, allora?» le domandò Vernon, in un bisbiglio. «Sì, dev'essere questo... Stai per avere un bambino...»

Lei continuava a sedere immobile, come scolpita nella pietra. A questo non aveva mai pensato. Se fosse stato vero, avrebbe risolto ogni cosa. Vernon non sarebbe mai venuto a sapere...

«Si tratta *di questo*?»

Di nuovo parve che trascorressero ore. Pensieri si susseguirono turbinando nella mente di Nell. E non fu lei, ma un qualcosa fuori di lei, a far sì che in ultimo chinasse il capo, sia pure in modo appena percettibile...

Vernon si scostò un poco. Parlò con una voce aspra e asciutta.

«Questo cambia tutto... Mia povera Nell... Non puoi... non *possiamo*... Ascolta, nessuno lo sa... nessuno sa di me, voglio dire... tranne il medico e Sebastian e Jane. Loro non parleranno. Sono stato dato per morto... *sono* morto...»

Nell fece un gesto, ma Vernon alzò una mano per fermarla e indietreggiò verso la porta.

«Non dire niente, per amor di Dio, non parlare. Le parole possono soltanto peggiorare la situazione. Me ne vado. Non oso toccarti né baciarti. Io... addio...»

Lei udì la porta aprirsi. Si mosse come per gridare qualcosa, ma non un suono le scaturì dalla gola. La porta venne chiusa.

C'era ancora tempo. L'automobile non era partita.

Ma ancora lei non si mosse.

Affrontò un momento di dilaniante amarezza quando guardò dentro di sé e pensò: "Sicché ecco quello che sono, in realtà...".

Ma non pronunciò una parola, né si mosse.

Quattro anni di vita comoda le avevano inceppato la volontà, spento la voce, paralizzato il corpo...

4

«LA SIGNORINA HARDING, SIGNORA.» Nell trasalì. Erano trascorse ventiquattr'ore dal colloquio con Vernon. Aveva pensato che tutto fosse finito. E ora Jane!

Temeva Jane...

Avrebbe potuto rifiutarsi di riceverla.

Disse invece: «La faccia salire qui».

Sarebbe stato tutto più confidenziale lì, nel suo salottino...

Che lunga attesa! Jane se n'era forse andata? No, eccola.

Sembrava più alta del solito. Nell si fece piccola sul divano. Jane aveva un viso maligno: lei lo aveva sempre pensato. E ora su quel viso sembrava esservi un'espressione di furia vendicatrice.

Il maggiordomo uscì dalla stanza. Jane rimase in piedi torreggiando su Nell. Poi reclinò il capo all'indietro e rise.

«Non dimentichi di invitarmi al battesimo» disse.

Nell trasalì. Poi rispose, altezzosa:

«Non so che cosa voglia dire.»

«È un segreto di famiglia per il momento, vero? Nell, maledetta, piccola bugiarda. Lei non sta per avere un bambino. Credo che non lo avrà mai, un bambino. È troppo pericoloso e si soffre troppo. Che cosa l'ha indotta a dire a Vernon una bugia così vergognosa?»

Nell mormorò, imbronciata: «Non gliel'ho mai detto. Lo ha... lo ha supposto lui».

«Questo è ancora più odioso.»

«Non capisco per quale motivo sia venuta qui a... a dirmi queste cose.»

Le sue parole di protesta suonarono fiacche, senza nerbo. Pur volendolo con tutta se stessa, non riuscì a immettervi la necessaria indignazione. Con chiunque altro vi sarebbe riuscita, ma non con Jane. Jane era sempre stata sgradevolmente perspicace. Una situazione spaventosa. Se soltanto se ne fosse andata!

Si alzò in piedi, cercò di dire qualcosa di decisivo.

«Non so per quale motivo sia venuta qui. Se è soltanto per fare una scenata...»

«Senta, Nell, lei sta per ascoltare la verità. Respinse Vernon già un'altra volta. E lui venne da me. Sì, da me. Visse con me per tre mesi. Si trovava in casa mia quando lei venne nel mio appartamento, quel giorno. Ah! Questo le brucia, eh...? Sono lieta di constatare che in lei rimane ancora un briciolo di femminilità.

«Quella volta riuscì a togliermelo. Venne da lei e non mi degnò nemmeno più di un pensiero. Ed è ancora suo adesso, se lo vuole. Ma le dico questo, Nell: se lo respinge una seconda volta, tornerà da me. Oh, sì, lo farà. Lei ha pensato certe cose di me... mi ha guardata con disprezzo, considerandomi "una certa specie di donna". Bene, proprio per questo, forse, io ho potere. Conosco gli uomini più di quanto possa mai imparare a conoscerli lei. Posso avere Vernon, se lo voglio. E lo voglio. L'ho sempre voluto.»

Nell rabbrividì. Voltò la testa dall'altra parte, affondandosi le unghie nel palmo delle mani.

«Perché mi dice tutte queste cose? È perfida.»

«Gliele dico per ferirla! Per ferirla fino in fondo, prima che sia troppo tardi. No, non volterà la testa dall'altra parte. Non rifuggirà da quello che sto per dirle. Deve guardarmi e vedere, sì, vedere, con gli occhi e con il cuore e con il cervello. Lei ama Vernon con l'ultimo lembo residuo della sua miserabile, piccola anima. Pensi a lui tra le mie braccia; pensi alle labbra di lui sulle mie, ai suoi baci brucianti sul mio corpo. Sì, deve pensarci...

«Presto non le importerà nemmeno questo. Ma per il momento le importa... Non è nemmeno abbastanza femmina per recalcitrare all'idea di consegnare l'uomo che ama a un'altra donna? A una donna che odia? Un dono a Jane, con affetto, da Nell...»

«Se ne vada» disse Nell, fiocamente. «Se ne vada...»

«Me ne vado. Ma non è ancora troppo tardi. Lei può smentire la menzogna che ha raccontato.»

«Se ne vada. Se ne vada...»

«E lo faccia subito, o non lo farà mai più.» Jane si soffermò sulla soglia, voltando la testa per guardarla. «Sono venuta nell'interesse di Vernon, non nel mio. Io lo rivoglio con me. E lo avrò...» Si interruppe un momento. «A meno che...»

Uscì.

Nell sedette, le mani strette a pugno.

Mormorò, quasi con ferocia: «Non lo avrà. Non lo avrà...».

Voleva Vernon. Lo voleva. Egli aveva amato Jane, un tempo. L'avrebbe amata ancora. Che cosa aveva detto, Jane... "... le labbra di lui sulle mie... i suoi baci brucianti..." Oh, Signore Iddio, non poteva sopportarlo. Balzò in piedi, si diresse verso il telefono.

La porta venne aperta. Lei si voltò adagio e vide entrare George. Sembrava del tutto sereno e allegro.

«Ciao, dolcezza.» Attraversò la stanza e la baciò. «Eccomi qui, di ritorno. Una traversata orribile. Preferirei attraversare l'Atlantico anziché il canale della Manica.»

Nell aveva completamente dimenticato che George doveva tornare quel giorno! Ma non poteva dirgli tutto subito; sarebbe stato troppo crudele. E, a parte questo, era così difficile rivelargli a un tratto la tragica notizia nel bel mezzo di una sequela di banalità. Forse più tardi, quella sera... Nel frattempo avrebbe recitato la sua parte.

Ricambiò l'abbraccio come un automa, si mise a sedere e lo ascoltò mentre parlava.

«Ho un regalo per te, tesoro. Qualcosa che mi ha ricordato te.»

Si tolse di tasca un astuccio di velluto.

Dentro l'astuccio, disposto su velluto bianco, si trovava un grosso diamante rosa, raffinato, perfetto, appeso a una lunga catenina. Nell non riuscì a trattenere un piccolo sospiro di gioia.

George tolse la catenina dall'astuccio e gliela passò intorno al collo. Lei abbassò gli occhi. La pietra raffinata, di color rosa, parve fissarla ammiccando dal suo nido, il solco tra i seni. Un qualcosa in essa la ipnotizzò.

George la condusse davanti allo specchio e Nell vi scorse una splendida donna dai capelli d'oro, molto serena ed elegante. Vide i capelli ondulati e tagliati alla *garçonne*, le mani ben curate, il soffice négligé di morbido pizzo, le calze di seta sottili come una ragnatela e le pantofoline ricamate. Vide la dura e fredda bellezza del diamante rosa.

E, dietro di sé, vide George Chetwynd, benevolo, generoso, deliziosamente fedele.

Caro George, non poteva ferirlo...

Baci... Che cos'erano i baci, in fin dei conti? Si poteva fare a meno di pensarvi. Meglio non pensare ai baci...

Vernon... Jane...

Non avrebbe pensato a loro. Per il meglio o per il peggio, la sua decisione era presa. Vi sarebbero stati brutti momenti, a volte, ma complessivamente era meglio così. Meglio anche per Vernon. Se non fosse stata felice non avrebbe potuto renderlo felice.

Disse, con dolcezza: «Sei stato davvero caro a portarmi un così bel dono. Suona per il tè. Lo prenderemo qui».

«Benissimo. Ma non stavi per telefonare a qualcuno? Te l'ho impedito entrando proprio in quel momento...»

Lei scosse la testa.

«No,» disse «ho cambiato idea.»

LETTERE DI VERNON DEYRE A SEBASTIAN LEVINNE

Mosca

Caro Sebastian, lo sai che un tempo esisteva in Russia una leggenda a proposito di una "bestia senza nome" sul punto di giungere?

Accenno a questo non perché abbia una qualsiasi rilevanza politica (a proposito, l'isterismo dell'Anticristo è curioso, non ti sembra?), ma perché mi ha ricordato il mio terrore della "Bestia". Ho pensato molto alla "Bestia" da quando mi trovo in Russia... cercando di pervenire al suo vero significato.

Perché v'è qualcosa di più dell'aver semplicemente paura di un pianoforte. Il dottore di Londra mi ha aperto gli occhi su un gran numero di cose. Ho incominciato a rendermi conto del fatto che, per tutta la vita, sono stato un codardo. Penso che questo tu lo abbia sempre saputo, Sebastian. Pur senza esprimerti in un modo così offensivo, me lo lasciasti capire, una volta. Io sono fuggito via dalle cose. Sempre sono fuggito via dalle cose.

E adesso, ripensando a tutto questo, vedo la Bestia come qualcosa di simbolico: non come un mero mobile fatto di legno e di corde metalliche. Non dicono, i matematici, che il futuro esiste contemporaneamente al passato, che noi stiamo viaggiando nel tempo come viaggiamo nello spazio: da una cosa che esiste a un'altra cosa che esiste? E taluni non sostengono addirittura che ricordare è una mera abitudine della mente... che potremmo ricordare il futuro bene come ricordiamo il passato, se soltanto avessimo scoperto il trucco? Sembra assurdo mentre lo scrivo, eppure ritengo che esista qualche teoria di questo genere.

Credo che esista una qualche parte di noi la quale *conosce* il futuro, ne è sempre intimamente consapevole.

Questo spiega – non è vero? – perché indietreggiamo, a volte. Il fardello del nostro destino sta per diventare greve e noi rifuggiamo dalla sua ombra... Io ho cercato di sottrarmi alla musica... ma essa mi ha catturato. Mi ha catturato a quel concerto... così come la religione catturava la gente a quel comizio dell'esercito della salvezza.

È una cosa demoniaca, o divina? Se è divina, si tratta di un Dio geloso, di un Dio dell'Antico Testamento. Tutte le cose alle quali ho cercato di avvinghiarmi sono state spazzate via. Abbots Puissants... Nell...

E, maledizione, che cosa resta? Niente. Nemmeno la stessa, maledetta musica. Non ho più alcun desiderio di comporre. Non odo nulla. Non "sento" nulla. Tornerà mai a me, la musica? Jane dice che tornerà... Sembra esserne certissima. E, a proposito, ti manda il suo affetto.

Tuo Vernon

Mosca

Sei un comprensivo demonio, Sebastian. Non ti lagni dicendo che avrei dovuto descriverti i samovar, nonché la situazione politica e la vita in Russia in generale. Il paese, naturalmente, è in preda a un sanguinoso disordine. Come potrebbe essere diversamente? Ma si tratta di un paese interessantissimo... Affettuosità da Jane.

Vernon

Mosca

Caro Sebastian,

Jane ha avuto ragione a condurmi qui. Punto primo, è improbabile che qualcuno mi incontri per caso in Russia e annunci gioiosamente la mia resurrezione dal regno dei morti. Punto secondo, questo è, si può dire, dal mio punto di vista, il paese più interessante del mondo nel quale trovarsi. Una sorta di libero e comodo laboratorio nel quale tutti stanno tentando esperimenti del tipo più pericoloso. Il mondo intero sembra interessato alla Russia dal punto di vista puramente politico. Situazione economica, fame, moralità, assenza di libertà, bambini malati e corrotti... eccetera...

Ma a volte, dal vizio, dal sudiciume e dall'anarchia scaturiscono cose stupefacenti. L'intera tendenza del pensiero russo nel campo dell'arte è straordinaria... in parte le ciance più stupide e più inutili che si siano mai sentite... eppure, attraverso esse filtrano bagliori meravigliosi, come carne che splende tra gli stracci di un mendicante...

La "Bestia senza nome"... l'uomo collettivo... Hai mai visto il progetto di un monumento alla rivoluzione comunista? Il Colosso di ferro? Te lo assicuro, stimola l'immaginazione.

Macchinari... un'era di macchinari... Come adorano, i bolscevichi, tutto ciò che abbia a che vedere con le macchine, e quanto poco ne sanno! Per questo, immagino, le macchine sembrano loro così meravigliose. Figurati un vero meccanico di Chicago che componga una poesia dinamica per descrivere la sua città come *costruita su una vite! Città elettro-dinamo-meccanica! A forma di spirale... su un disco d'acciaio. Un disco che gira su se stesso a ogni battere dell'ora... Cinquemila grattacieli...* Tutto ciò che è più alieno dallo spirito dell'America!

Eppure riesci mai a vedere una cosa quando sei troppo vicino? Sono le persone che non conoscono i macchinari a vederne l'anima e il significato... La "Bestia senza nome"... La mia Bestia?... Me lo domando...

L'uomo collettivo, che si forma a turno in una enorme macchina... Lo stesso istinto del gregge che ha salvato la razza in passato si fa sentire di nuovo in forma diversa...

La vita sta diventando troppo difficile, troppo pericolosa per l'individuo. Che cosa dice Dostoevskij, in uno dei suoi libri?

«Il gregge si formerà di nuovo e si sottometterà una volta di più, e poi continuerà a sottomettersi per sempre e per sempre. Gli daremo una tranquilla, modesta felicità.»

L'istinto del gregge... me lo domando...

Tuo Vernon

Mosca

Ho trovato l'altro brano in Dostoevskij. Credo sia quello al quale ti riferisci tu.

«E noi soli, noi che custodiamo il mistero, noi soli saremo infelici. Esisteranno migliaia di milioni di fanciulli felici e soltanto centomila martiri che si saranno assunti la maledizione del bene e del male.»

Tu intendi dire, e Dostoevskij intendeva dire, che devono sempre esistere individualisti. Sono gli individualisti a reggere la torcia. Gli uomini saldati per formare un'enorme macchina devono in ultimo perire. Poiché la macchina non ha un'anima e finirà come rottame di ferro.

Gli uomini adorano la pietra ed eressero Stonehenge – e oggi gli uomini che la eressero sono periti e sconosciuti, mentre Stonehenge rimane. Eppure, paradossalmente, quegli uomini sono vivi in te e in me, i loro discendenti, mentre Stonehenge, e quello che rappresentava, è morta. Le cose che muoiono durano, e le cose che durano periscono.

È l'uomo a continuare in eterno. (Ma è vero? Non si tratta di ingiustificabile arroganza? Eppure lo crediamo!) E così, devono esservi individualisti dietro la macchina. Questo dice Dostoevskij e questo dici tu. Ma, d'altro canto, siete entrambi russi. In quanto inglese, io sono più pessimista.

Lo sai che cosa mi ricorda quel brano di Dostoevskij? La mia fanciullezza. I cento figli del signor Green... *e* Barboncino, Scoiattolo e Albero. Rappresentanti dei centomila...

Tuo Vernon

Mosca

Caro Sebastian,

presumo che tu abbia ragione. Non ho mai pensato molto prima d'ora. Mi sembrava un'esercitazione poco proficua. E, in effetti, non sono sicuro di non considerarla tale tuttora.

Il guaio è, vedi, che non posso "dirlo in musica". Accidenti a tutto, perché *non possiamo* dirlo in musica? La musica è il mio mestiere. Di questo sono più che mai sicuro. Eppure, niente da fare... È un inferno...

Vernon

Caro Sebastian,

non ho mai accennato a Jane? Che cosa posso dire di lei? È splendida. Questo lo sappiamo entrambi. Perché non le scrivi tu stesso?

Tuo per sempre,

Vernon

Caro, buon Sebastian,

Jane dice che potresti venire qui. Vorrei, in nome di Dio, che tu venissi davvero. Mi spiace di non averti scritto per sei mesi – non sono mai stato tra i più pronti del mondo nel rispondere alle lettere.

Hai mai visto Joe? Sono contento perché, passando per Parigi, Jane e io siamo andati a trovarla. Joe è leale. Non ci tradirà mai, e mi fa piacere che lei, almeno, lo sappia. Non ci scriviamo mai, lei e io, non ci siamo mai scritti. Ma mi domando se tu abbia avuto sue notizie. Non mi è sembrata particolarmente in buona salute. Povera cara Joe... Ha rovinato la sua vita.

Hai saputo qualcosa del progetto di Tatlin per un monumento alla Terza Internazionale? Dovrebbe consistere in un insieme di tre grandi camere di cristallo collegate mediante un sistema di assi verticali e di spirali. Mediante uno speciale meccanismo, verrebbero mantenute in moto perpetuo, ma a velocità diverse.

E all'interno, presumo, canterebbero inni in onore di un Sacro cannello ossidrico.

Ricordi che una sera stavamo tornando in macchina a Londra e sbagliammo a voltare in qualche punto, tra i binari dei tram di Lewisham, e anziché dirigerci verso i covi della civiltà finimmo in qualche punto dei moli Surrey e, attraverso un varco nelle sudice case, vedemmo una strana sorta di dipinto cubista con gru e sbuffi di vapore e travature di ferro. E immediatamente la tua anima artistica si impadronì della scena per un fondale... o comunque possa chiamarsi nella terminologia tecnica.

Dio mio, Sebastian! Che magnifico spettacolo di macchinari sapresti realizzare... con effetti di trasparenza e luminosi – e masse di umani dai volti disumani... masse... non individui. Hai in mente qualcosa del genere, non è vero?

L'architetto, Tatlin, ha detto qualcosa che, secondo me, è valido e, al contempo, un monte di assurdità.

«Soltanto il ritmo della metropoli, delle fabbriche e delle macchine, insieme all'organizzazione delle masse, può dare impulso alla nuova arte...»

Poi continua parlando del "monumento della macchina", l'unica espressione adeguata del presente.

Tu sai, naturalmente, tutto del moderno teatro russo. Si tratta del tuo lavoro. Presumo che Mayerhold sia meraviglioso come dicono. Ma è possibile mescolare il dramma con la propaganda?

In ogni modo, è eccitante arrivare a teatro ed essere subito costretti a unirsi a una folla in marcia – avanti e indietro – e a passo cadenzato – fino all'inizio dello spettacolo – e poi lo scenario... formato da sedie a dondolo e cannoni e torrette girevoli e Dio solo sa di che altro! È bambinesco, è assurdo. Eppure si intuisce che quel bambino si è impadronito di un giocattolo pericoloso e piuttosto interessante che in altre mani...

Le *tue* mani, Sebastian... Tu sei russo. Ma, grazie al cielo e alla geografia, non un propagandista... ma semplicemente un uomo di spettacolo puro e semplice...

Il ritmo della metropoli – reso pittorico...

Dio mio, se potessi darti la musica. Quello che occorre è la musica.

Santo cielo, le loro "Orchestre di rumori", le loro sinfonie di sirene delle fabbriche! Vi è stato uno spettacolo a Baku nel 1922... batterie d'artiglieria... mitragliatrici, cori, corni da nebbia. Ridicolo! Sì, ma... se avessero un compositore...

Nessuna donna ha mai anelato ad avere un figlio tanto quanto io anelo a produrre musica... E invece sono arido... sterile...

Vernon

Caro Sebastian,

sembra un sogno il fatto che tu sia venuto e ripartito... Realizzerai davvero *Il racconto del furfante che giocò in astuzia tre altri furfanti*, mi domando?

Sto appena incominciando a rendermi conto del successo strepitoso che hai ottenuto in ogni cosa. Ho finalmente capito che tu sei semplicemente *il successo* al giorno d'oggi. Sì, fonda pure un tuo Teatro nazionale dell'opera – Dio solo sa se sarebbe ora che ne avessimo uno –, ma che cosa ti aspetti dall'opera lirica? È arcaica, morta, si riduce a ridicoli amori personali...

La musica fino a questo momento mi sembra simile a una casa disegnata da un bambino... quattro pareti – una porta, due finestre e un comignolo. Eccoti servito... e che altro vuoi?

In ogni modo, Feinberg e Prokofiev fanno più di questo.

Ricordi che solevamo schernire i Cubisti e i Futuristi? O almeno li prendevo in giro io... ora che ci penso non credo che tu fossi d'accordo.

E poi, un giorno – in un cinematografo – vidi una grande città ripresa dall'alto. Campanili che ruotavano, edifici che si piegavano... tutto si comportava come si sapeva benissimo che il cemento, l'acciaio e il ferro non potevano comportarsi! E, per la prima volta, io mi feci un barlume di idea di quello cui si riferiva il vecchio Einstein parlando della relatività.

Non sappiamo niente della forma della musica. Non sappiamo niente della forma di niente, d'altro canto... Perché vi è sempre un lato aperto allo spazio...

Un giorno capirai che cosa intendo dire... che cosa può significare la musica... quello che io ho sempre saputo essere il significato della musica...

Quale disastro era quella mia opera! Ogni opera lirica è un disastro. La musica non è mai stata concepita per essere rappresentativa. Prendere una vicenda e comporre intorno a essa musica descrittiva è sbagliato come comporre un brano musicale – in astratto, per così dire – e poi trovare uno strumento in grado di suonarlo! Quando Stravinsky compone un brano per clarinetto, non è nemmeno concepibile che esso possa essere suonato da qualsiasi altro strumento!

La musica dovrebbe essere come la matematica, una scienza pura, non toccata né dal dramma né dal romanticismo né da qualsiasi altra emozione che non sia la pura emozione – risultato del *suono* divorziato dalle idee.

Io questo l'ho sempre saputo nel profondo del cuore... La musica deve essere assoluta.

Non che io sia in grado, naturalmente, di realizzare il mio ideale. Creare il suono puro, non toccato dalle idee, è un ideale difficile da conseguire.

La mia musica sarà la musica delle macchine. Lascio a te il compito di vestirla. Questa è l'era della coreografia e la coreografia raggiungerà vertici che noi non possiamo nemmeno sognarci. Posso fidarmi di te per quanto concerne l'aspetto visivo del mio capolavoro non ancora composto, e che, con ogni probabilità, non verrà composto mai.

La musica deve essere quadri-dimensionali-timbro, tonalità, velocità relativa e periodicità.

Credo che ancor oggi non apprezziamo sufficientemente Schönberg. Quella pulita e spietata logica che è lo spirito d'oggi. Lui, e lui soltanto, ha avuto il coraggio di non tener conto della tradizione, di scendere in profondità fino allo strato roccioso e di scoprire la verità.

A mio modo di vedere, egli è il solo che conti. Anche il suo schema di partitura dovrà essere adottato universalmente. Questo è indispensabile se si vuole che le partiture siano intelligibili.

La cosa che disapprovo di lui è il disprezzo degli strumenti. Egli ha paura di divenirne schiavo. E li costringe a servirlo, lo vogliano o no.

Io glorificherò invece gli strumenti... Darò loro quello che vogliono... quello che hanno sempre voluto...

Al diavolo, Sebastian, *che cos'è questa strana cosa, la musica?* Lo so sempre e sempre meno...

Tuo Vernon

So di non averti più scritto. Sono stato occupato. Facendo esperimenti. Mezzi espressivi per la Bestia Senza Nome. In altri termini la costruzione di strumenti. I metalli sono interessantissimi... in questo momento sto lavorando con le leghe metalliche.

Che cosa affascinante è il suono...

Jane ti manda il suo affetto.

Per rispondere alla tua domanda... No, credo che non mi allontanerò mai dalla Russia – nemmeno per essere presente, camuffato dalla barba, all'inaugurazione del tuo nuovo Teatro dell'opera.

La mia barba, adesso, è ancora più bella e più barbara di quando la vedesti tu! Folta e fluente, da perfetto e suscettibile slavo barbuto!

Ma, nonostante il mascheramento tipo foresta, qui sono e qui resterò finché non mi sterminerà una delle bande di ragazzi ribelli.

Tuo per sempre

Vernon

TELEGRAMMA DI VERNON DEYRE A SEBASTIAN LEVINNE

Ho appena saputo che Joe gravemente malata potrebbe morire a New York. Jane e io partiamo con nave *Resplendent* speriamo di vederti a Londra.

5

«SEBASTIAN!» Joe si sollevò dal letto, poi ricadde giù, debolmente. Lo fissò con gli occhi spalancati, incredula. Sebastian, enorme, avvolto in una pelliccia, calmo e onnisciente, le sorrideva, placido.

Nulla si leggeva sul suo volto del dolore improvviso causatogli dall'aspetto di lei. Joe, povera piccola Joe.

I capelli, diventati lunghi, erano avvolti in due piccole trecce, una su ciascuna spalla. Il viso era smunto, con un rossore intenso e febbrile su ciascuno zigomo. Le ossa sporgenti delle spalle erano visibili attraverso la camicia da notte trasparente.

Joe sembrava una bambina febbricitante. C'era un qualcosa di infantile nel suo stupore, nel suo piacere, nell'avidità delle domande che poneva. L'infermiera era uscita, lasciandoli soli.

Sebastian sedette accanto al letto e prese la mano scarna di Joe tra le sue.

«Vernon mi ha telegrafato, ma non ho potuto aspettarlo. Mi sono imbarcato sul primo piroscafo.»

«Per venire da me?»

«Naturale.»

«Caro Sebastian!»

Gli occhi le si riempirono di lacrime. Sebastian si allarmò e si affrettò a continuare:

«Non che non possa occuparmi anche di affari, mentre sarò qui. Vengo spesso negli Stati Uniti per ragioni di lavoro e, in effetti, potrò concludere uno o due buoni affari anche questa volta.»

«Non rovinare tutto.»

«Ma è vero» disse Sebastian, sorpreso.

Joe si mise a ridere. E invece tossì. Sebastian la osservò ansiosamente, pronto a chiamare l'infermiera. Era stato avvertito. Ma l'accesso di tosse passò.

Joe giaceva sul letto con un'aria soddisfatta, e di nuovo insinuò la mano in quelle di Sebastian.

«La mamma è morta in questo modo» bisbigliò. «Povera mamma. Credevo che sarei stata molto più assennata di lei, e invece ho combinato tanti di quei disastri in ogni cosa... Oh, tanti di quei disastri in ogni cosa...»

«Povera cara Joe.»

«Tu non sai quali disastri ho combinato, Sebastian.»

«Posso immaginarlo» disse Sebastian. «Ho sempre pensato che sarebbe finita così.»

Joe tacque per qualche momento, poi disse:

«Tu non sai quanto sia consolante vederti, Sebastian. Ho visto e conosciuto tanti di quei farabutti. Non mi andava a genio che tu fossi forte e così sicuro di te e avessi sempre successo... Mi irritava, ma adesso... Oh, è meraviglioso!»

Lui le strinse la mano.

«Nessun altro al mondo avrebbe affrontato subito – come hai fatto tu – un viaggio di migliaia di chilometri. Vernon sì, naturalmente, ma lui è un parente... una sorta di fratello. Ma tu...»

«Io sono un fratello per te quanto lui... più che un fratello. Sin dai tempi di Abbots Puissants sono stato... be', pronto a trovarmi al tuo fianco se tu mi avessi voluto...»

«Oh, Sebastian.» Joe spalancò gli occhi, felice. «Non mi ero mai sognata che tu potessi ancora pensarla così.»

Egli trasalì, sia pure in modo appena percettibile. Non aveva inteso dire precisamente questo. Aveva voluto dire qualcosa che non poteva spiegare, non a Joe, in ogni modo. Si trattava di un sentimento peculiarmente ed esclusivamente ebraico. La gratitudine imperitura dell'ebreo che non dimentica mai un favore resogli. Da bambino era stato un fuoricasta e Joe gli era rimasta al fianco, pronta a sfidare il mondo. Il bambino Sebastian non aveva mai dimenticato, non avrebbe mai dimenticato. Sarebbe stato disposto, come aveva detto, ad arrivare in capo al mondo se lei lo avesse voluto.

Joe continuò.

«Mi hanno trasferita in questa camera... da quell'orribile corsia... Sei stato tu?»

Lui annuì.

«Ho telegrafato.»

Joe sospirò.

«Sei di un'efficienza tremenda, Sebastian.»

«Temo di sì.»

«Ma non c'è nessuno come te, nessuno. Ti ho pensato tante di quelle volte, di recente.»

«Davvero?»

Lui pensò agli anni di solitudine, di desiderio doloroso, di desiderio inappagato. Perché le cose si ottenevano sempre nel momento sbagliato?

Joe continuò:

«Non mi ero mai sognata che tu pensassi ancora a me. Avevo sempre immaginato che un giorno tu e Jane...»

Una strana fitta di dolore gli saettò dentro. *Jane*...

Lui e Jane...

Disse, brusco:

«Jane, a parer mio, è una delle più splendide creature che Dio abbia mai messo al mondo. Ma appartiene, corpo e anima, a Vernon, e sempre gli apparterrà.»

«Penso di sì. Ma è un peccato. Tu e lei siete i caratteri forti. Voi state bene insieme.»

Era vero, curiosamente. Lui sapeva che cosa voleva dire Joe.

Joe soggiunse, con un tremulo sorriso:

«Questo mi ricorda i libri che si leggono da bambini. Scene edificanti intorno al letto di morte. Amici e parenti riuniti attorno. Languidi sorrisi dell'eroina.»

Sebastian aveva deciso. Perché si era persuaso che questo non fosse amore? Lo era. Questa passione di pura, disinteressata pietà e tenerezza... questo affetto profondo protrattosi attraverso gli anni. Valeva mille volte di più delle tresche tempestose o tiepide che si ripetevano con monotona regolarità e punteggiavano la sua esistenza senza mai toccare qualcosa di davvero profondo.

Il suo cuore andò alla figuretta da fanciulla. In qualche modo sarebbe arrivato al dunque.

Disse, con dolcezza:

«Non vi saranno scene intorno al letto di morte, Joe. Tu guarirai e mi sposerai.»

«Sebastian, tesoro... legato a una compagna malata di tisi? No di certo.»

«Assurdo. Possono capitarti soltanto due cose... o ti ristabilisci o muori. Se muori, muori ed è tutto finito. Se ti ristabilisci, mi sposi. E non si baderà a spese per guarirti.»

«Sono ridotta molto male, Sebastian caro.»

«Può darsi. Ma non vi è niente di più incerto della tubercolosi, qualsiasi medico può dirtelo. Tu ti sei semplicemente lasciata andare. E io sono sicuro che ti ristabilirai, sarà una cosa lunga e noiosa, ma possibile.»

Lei lo fissò. Sebastian vide il colore salirle alle gote smunte e defluire. Seppe allora che Josephine lo amava e una strana, calda eccitazione parve agitarglisi intorno al cuore. Sua madre era morta due anni prima. Da quel giorno, più nessuno gli aveva voluto bene davvero.

Joe disse, in un bisbiglio:

«Sebastian, hai davvero bisogno di me? Ho... ho combinato tali disastri in ogni cosa...»

Le rispose, sinceramente: «Se ho bisogno di te? Sono l'uomo più solo della terra».

E all'improvviso crollò. Fece qualcosa che non aveva mai fatto in vita sua, che non aveva mai pensato di poter fare. Si inginocchiò davanti al letto di Joe, la faccia contro le coperte, le spalle sussultanti.

La mano di Joe gli accarezzò il capo. Egli si rese conto che lei era felice, che il suo fiero spirito era placato. Cara Joe, così impulsiva, così di buon cuore, così scervellata. Gli era più cara di chiunque altro al mondo. Avrebbero potuto aiutarsi a vicenda.

L'infermiera entrò, il visitatore si era trattenuto abbastanza a lungo. Ma uscì di nuovo per consentire a Sebastian di congedarsi.

«A proposito...» disse lui. «Quel francese, come si chiamava?»

«François? È morto.»

«È tutto a posto, allora. Avresti potuto ottenere il divorzio, naturalmente. Ma il fatto che tu sia vedova facilita le cose...»

«Credi *davvero* che guarirò?»

Struggente... il modo in cui lo aveva detto!

«Ma certo.»

L'infermiera ricomparve e lui si congedò. Telefonò al medico, e fu un lungo colloquio. Il dottore non nutriva grandi speranze. Ma riconobbe che una possibilità di guarigione esisteva. Decisero per la Florida.

Sebastian uscì dalla clinica. Si incamminò lungo la strada. Scorse un manifestino con la scritta: «Disastro terribile toccato al *Resplendent*», ma queste parole non gli dissero nulla.

Era troppo assorto nei propri pensieri. Che cosa sarebbe stato davvero meglio per Joe? Vivere o morire? Se lo domandava...

Aveva avuto un'esistenza così infelice. Lui voleva che avesse il meglio di tutto.

Quando si coricò, dormì profondamente.

Si destò in preda a una vaga sensazione di disagio. V'era qualcosa, qualcosa... Ma, per quanto si sforzasse, non riusciva a individuare che cosa lo assillasse.

Non si trattava di Joe. Joe campeggiava in primo piano nella sua mente. Era qualcosa che restava sullo sfondo, qualcosa che aveva accantonato. Qualcosa che, sul momento, non era stato in grado di prendere in considerazione.

Pensò: "Tra poco me ne ricorderò...". E invece non ricordò.

Mentre si vestiva, rifletté sul problema di Joe. Era deciso a portarla in Florida il prima possibile. E in seguito, forse, in Svizzera. Joe si trovava in uno stato di grande debolezza, ma non era così debole da non poter viaggiare. Subito dopo l'arrivo di Vernon e di Jane...

Sarebbero arrivati, quando? Viaggiavano sul *Resplendent*, no? Il *Resplendent*...

Il rasoio che stava adoperando gli cadde di mano. Ora ricordava! Rivide il manifestino che annunciava la notizia sul giornale.

Il *Resplendent*... Disastro terribile...

Vernon e Jane si trovavano sul *Resplendent*!

Suonò, furiosamente, il campanello. Pochi minuti dopo, stava scorrendo il giornale del mattino. Si era a conoscenza, ormai, di tutti i particolari. Il suo sguardo li divorò rapidamente. Il *Resplendent* aveva urtato un iceberg... «Ecco gli elenchi dei morti, dei superstiti...»

Una sequela di nomi. I sopravvissuti. Vi trovò quello di Green: Vernon, almeno, era vivo. Poi cercò sull'altro elenco e trovò quello che temeva... il nome di Jane Harding.

Rimase del tutto immobile, fissando il giornale che aveva tra le mani. Di lì a poco lo piegò con cura su un tavolinetto e di nuovo suonò il campanello. Dopo qualche minuto, un brusco ordine impartito al fattorino fece sì che il suo segretario accorresse.

«Ho un appuntamento alle dieci al quale non posso mancare. Deve accertare per me alcune cose. Faccia in modo che le informazioni siano pronte al mio ritorno.»

Elencò, in modo succinto, quel che voleva. Bisognava ottenere tutti i particolari sul naufragio del *Resplendent* e trasmettere via radio alcuni dispacci.

Sebastian telefonò poi, personalmente, all'ospedale, avvertendo che la paziente non doveva venire a sapere nulla del disastro toccato al *Resplendent*. Scambiò, quindi, qualche parola con la stessa Joe e riuscì a dirle alcune banalità in tono normale.

Si fermò poi da un fiorista per ordinare di mandarle dei fiori e infine incominciò una lunga giornata di appuntamenti e riunioni di affari. È dubbio che qualcuno potesse notare qualcosa di diverso nel grande Sebastian Levinne, sia pure nei minimi particolari. Egli non era mai stato più scaltro nel portare a termine una trattativa e la sua capacità di ottenere i massimi vantaggi non era mai stata più manifesta.

Erano le sei del pomeriggio quando tornò al Biltmore.

Il suo segretario gli riferì tutte le informazioni disponibili. I superstiti erano stati presi a bordo di una nave norvegese. Sarebbero arrivati a New York di lì a tre giorni.

Sebastian annuì, inespressivo. E impartì ulteriori istruzioni.

Tre giorni dopo, nel tardo pomeriggio, rientrò in albergo e gli venne riferito che il signor Green era arrivato e si trovava nell'appartamento adiacente al suo.

Sebastian vi si recò a gran passi.

Vernon era in piedi davanti alla finestra. Si voltò.

E Sebastian provò qualcosa di simile a uno shock. In un certo qual modo, non riconobbe più il suo amico. Qualcosa gli era accaduto.

Restando in piedi, si fissarono. Sebastian fu il primo a parlare. Disse la cosa che, per tutto il giorno, aveva campeggiato nella sua mente.

«Jane è morta» disse.

Vernon annuì con gravità.

«Sì» disse, sommessamente. «Jane è morta, l'ho uccisa io.»

Il freddo Sebastian di sempre rivisse e protestò.

«Per amor di Dio, Vernon, non prendertela così. Viaggiava con te, e naturalmente... Non essere morboso al riguardo.»

«Tu non capisci» disse Vernon. «Tu non sai che cosa è accaduto.»

Si interruppe; poi continuò, parlando con molta calma e compostezza.

«Non posso descrivere la tragedia. È accaduta del tutto all'improvviso, sai, nel cuore della notte. C'è stato pochissimo tempo. La nave si è inclinata, vedi, con una angolazione spaventosa. Loro due sono apparse insieme, scivolando, slittando sul ponte... non sarebbero riuscite a salvarsi.»

«Loro due chi?»

«Nell e Jane.»

«Che cosa c'entra Nell?»

«Si trovava a bordo...»

«Cosa?»

«Sì. Io lo ignoravo. Jane e io viaggiavamo in seconda classe, naturalmente, e non abbiamo mai dato un'occhiata all'elenco dei passeggeri... È stato una specie di incubo. È mancato il tempo di mettersi i giubbotti di salvataggio, di fare qualsiasi cosa... Io mi ero avvinghiato a un montante... o comunque si chiami... per non cadere in mare.

«E sono piombate giù lungo il ponte, loro due... proprio accanto a me, scivolando, slittando, sempre e sempre più rapidamente, con il mare, là sotto, che le aspettava.

«Non avevo idea che Nell si trovasse a bordo finché non l'ho vista precipitare verso la distruzione, urlando "*Vernon!*"

«Manca il tempo per pensare, in queste situazioni, te lo assicuro. Si può soltanto fare un gesto istintivo. Avrei potuto afferrare l'una o l'altra di loro... Nell o Jane...

«Ho afferrato Nell e l'ho trattenuta, con la forza della disperazione.»

«E Jane?»

Vernon disse, sommessamente:

«Vedo ancora il suo viso. Mi fissava, scivolando, precipitando in quel gorgo verde...»

«Dio mio» mormorò Sebastian, rauco.

Poi, all'improvviso, l'impassibilità lo abbandonò. La sua voce risuonò come il muggito di un toro.

«Hai salvato Nell? Maledetto idiota! Salvare Nell... e lasciar affogare Jane! Ma Nell non vale neppure la parte del dito mignolo di Jane! Maledizione a te!»

«Lo so.»

«Lo sai? Ma allora...»

«Non si tratta di quello che *sai*, ti dico... è una sorta di cieco istinto a impadronirsi di te...»

«Maledizione a te... maledizione a te...»

«Lo sono già, maledetto. Non temere. Ho lasciato affogare Jane... e l'amo.»

«L'ami?»

«Sì. L'ho sempre amata. Ora me ne rendo conto. Ho sempre, sin dall'inizio, avuto paura di lei perché l'amavo. Sono stato un codardo anche in questo, come in ogni altra cosa. Cercavo di sottrarmi alla realtà. Lottavo contro di lei. Mi vergognavo del potere che esercitava su di me. Le facevo vivere una vita d'inferno...

«E ora la voglio, la voglio... Oh! Dirai che è tipico, da parte mia, volere una cosa non appena non mi è possibile averla... forse è vero... forse sono fatto così...

«So soltanto che amo Jane, che l'amo, e che l'ho perduta per sempre...»

Si lasciò cadere su una sedia; poi soggiunse, nel suo tono di voce normale:

«Voglio lavorare. Vattene di qui, Sebastian, da bravo.»

«Dio mio, Vernon, non mi sarei mai sognato che sarei arrivato a odiarti...»

Vernon ripeté: «Voglio lavorare...».

Sebastian si voltò e uscì dalla stanza.

Vernon rimase seduto e del tutto immobile. Jane...

Era orribile soffrire in quel modo, desiderare tanto una persona... Jane, Jane...

Sì, l'aveva sempre amata. Dopo quel primo incontro non era più riuscito a starne lontano... Si era sentito attratto verso di lei da qualcosa di più forte di lui stesso...

Sciocco e vile temere... sempre temere. Aver paura di ogni realtà profonda... di ogni emozione violenta.

E lei aveva saputo... lo aveva sempre saputo... e non era stata in grado di aiutarlo. Che cosa gli aveva detto... "Divisi nel tempo"? Quella prima sera, al ricevimento di Sebastian, quando aveva cantato.

Ho veduto una creatura fatata laggiù
dalle lunghe, bianche mani e dai capelli come onde...

Dai capelli come onde... oh, no no. Strano che avesse cantato proprio quella canzone. E la statua della donna affogata... anche questo era veramente strano. Che altro aveva cantato, quella sera?

J'ai perdu mon amie... elle est morte
Tout s'en va cette fois pour jamais
Pour jamais, pour toujours elle emporte
Le dernier des amours que j'amais...

Aveva perduto Abbots Puissants, aveva perduto Nell... Ma, perdendo Jane, aveva perduto davvero "*le dernier des amours que j'aimais*".

Per tutto il resto della sua esistenza non avrebbe mai visto che una donna... Jane.

Amava Jane... l'amava...

E l'aveva torturata, l'aveva offesa, per abbandonarla, in ultimo, a quel perfido mare verde...

La statua nel museo South Kensington...

Dio, non doveva pensare a questo...

E invece sì, avrebbe pensato a tutto. Questa volta non si sarebbe limitato a voltare le spalle...

Jane, Jane, Jane...

La voleva... Jane...

Non l'avrebbe rivista mai più...

Aveva perduto tutto, ormai... tutto...

Quei giorni, quei mesi, quegli anni in Russia... anni sprecati...

Pazzo... viverle accanto, tenerne il corpo fra le braccia e sempre aver paura... Paura della propria passione per lei...

Quell'antico terrore della Bestia...

E all'improvviso, mentre pensava alla Bestia, seppe...

Seppe che infine era entrato in possesso del suo retaggio...

Era come il giorno in cui aveva fatto ritorno a casa dopo il "concerto titanico". Era la visione che aveva avuto allora. La chiamò visione perché sembrava essere più che puro suono. Vedere e udire coincidevano. Curve e spirali di suono, che salivano, scendevano, tornavano.

E ora *sapeva*, possedeva le conoscenze tecniche.

Afferrò un foglio di carta, vi tracciò brevi, scarabocchiati geroglifici, una sorta di frenetica stenografia. Lo aspettavano anni di lavoro, ma sapeva che non avrebbe potuto catturare mai più quella prima freschezza e limpidezza di visione...

Doveva essere così, e così, un'intera massa di metallo, ottoni, tutti gli ottoni del mondo.

E quei nuovi suoni come di cristallo, tintinnanti, limpidi...

Era felice...

Trascorse un'ora. Ne trascorsero due...

Per un momento emerse dalla frenesia... ricordò... Jane!

Si sentì sconvolto, in preda alla vergogna... Non riusciva a piangerla nemmeno per una sera? C'era qualcosa di indegno, di crudele nel modo con il quale stava utilizzando il proprio dolore, il proprio desiderio... tramutandoli in termini di suono.

Ecco che cosa significava essere un creatore... significava essere spietati, sfruttare ogni esperienza...

E le creature come Jane erano le vittime...

Jane...

Si sentì lacerato in due... sofferenza e selvaggia esultanza.

Pensò: "Forse le donne provano qualcosa di simile quando hanno un bambino...".

Di lì a poco si chinò di nuovo sui fogli di carta, scrivendo freneticamente, gettandoli sul pavimento man mano che li aveva riempiti.

Quando la porta venne aperta, non udì. Era sordo al fruscio di un vestito femminile. Soltanto quando una voce esile e spaventata disse: «Vernon», alzò gli occhi.

Compiendo uno sforzo, si costrinse a cancellare l'astrazione dalla propria faccia.

«Ciao,» disse «Nell.»

Lei gli rimase dinanzi torcendosi le mani, il viso pallido, devastato. Parlò ad ansiti, come se le mancasse il respiro.

«Vernon, ho saputo... mi hanno detto... dove ti trovavi e sono venuta...»

Egli annuì.

«Sì» disse. «Sei venuta?»

Oboi... no, meglio eliminarli gli oboi... sarebbe stato un suono troppo dolce. Doveva essere un suono stridulo, metallico. Ma le arpe sì, voleva il suono liquido delle arpe, come d'acqua. L'acqua era necessaria quale fonte di potere.

Che seccatura... Nell stava parlando. Avrebbe dovuto ascoltarla.

«Vernon... dopo essere sfuggita così spaventosamente alla morte... ho capito... C'è una sola cosa che conti... l'amore. Io ti ho sempre amato. Sono tornata da te... per sempre.»

«Oh!» fece lui, con stupore.

Nell gli si era fatta più vicina, gli stava tendendo le mani.

Vernon la guardò come se fosse stata lontanissima. Nell era davvero straordinariamente graziosa. Ora poteva rendersi ben conto del perché si era innamorato di lei. Strano che adesso non l'amasse più, minimamente. Com'era imbarazzante, tutta quella situazione. Si augurò che Nell se ne andasse, consentendogli di continuare quello che stava facendo. Forse i tromboni? Sarebbe stato possibile arrivare al suono che voleva con i tromboni...

«Vernon...» La voce di Nell divenne aspra, spaventata. «Non mi ami più?»

Era davvero preferibile essere sincero. Le disse con una bizzarra cortesia formale:

«Sono dolentissimo. Temo di no. Vedi, amo Jane.»

«Sei adirato con me... a causa di quella menzogna... a proposito del bambino...»

«Quale menzogna? A proposito di quale bambino?»

«Non te ne ricordi nemmeno? Ti dissi che dovevo avere un bambino, e non era vero... Oh, Vernon, perdonami, perdonami...»

«Va tutto bene, Nell. Non stare a crucciarti. Sono certo che tutto sia per il meglio. George è una bravissima persona e tu sarai più felice con lui, in realtà. E adesso, per amor del cielo, vattene. Non voglio essere scortese, ma sono occupatissimo. Si perderà tutto nel nulla, se non lo fermo sulla carta...»

Lei lo fissò con gli occhi spalancati.

Poi, adagio, si diresse verso la porta. Si fermò, si voltò, tese le braccia verso di lui.

«Vernon...»

Era un'ultima, disperata supplica.

Egli non alzò neppure gli occhi, si limitò a scuotere la testa, spazientito.

Nell uscì e si chiuse la porta alle spalle.

Vernon emise un sospiro di sollievo.

Niente, ora, poteva più interporsi tra lui e il suo lavoro...

Si chinò sul tavolo...

Ritratto incompiuto

Prefazione

CARISSIMA MARY, questo lo mando a te, perché non so che cosa farne. Vorrei, te lo confesso, che vedesse la luce. È umano, suppongo. Probabilmente, un vero genio conserva i suoi ritratti nel chiuso del suo studio e non li mostra mai a nessuno. Io non l'ho mai fatto, ma non sono mai stato un genio: ero soltanto Larraby, un pittore ritrattista giovane e promettente.

Bene, mia cara, tu sai meglio di chiunque altro cosa voglia dire essere tagliato fuori da quello che amavi fare, e che facevi bene proprio perché amavi farlo. Per questo eravamo amici, tu e io. E tu conosci l'arte di scrivere: io no.

Se leggerai questo manoscritto, vedrai che ho seguito il consiglio di Barge. Ricordi? Diceva: "Prova un altro mezzo espressivo". Questo è un ritratto: un pessimo ritratto, probabilmente, perché questo mezzo espressivo non mi è familiare. Se mi dirai che non vale niente, mi accontenterò del tuo giudizio. Se invece pensi che abbia, sia pure in minimo grado, quella forma significativa che entrambi consideriamo come la base fondamentale dell'arte... be', allora non vedo perché non dovrebbe essere pubblicato. Ho usato i nomi veri, ma tu puoi cambiarli. A chi può dispiacere? Certo non a Michael. Quanto a Dermot, non si riconoscerebbe mai! La storia di Celia, comunque, è una storia molto banale. Lei stessa l'ha detto. Potrebbe riguardare chiunque. Si ripete spesso, anzi. Non è la sua storia a interessarmi. Fin dal primo momento, è stata lei, Celia. Sì, lei in persona.

Volevo fissarla sulla tela; poiché questo era impossibile, ho tentato di ritrarla in un altro modo. Ma il mezzo, ripeto, non mi è familiare: tutte queste parole, frasi, punti e virgole... non sono il mio mestiere. Tu dirai, scommetto, *que ça se voit*!

L'ho osservata, ti dirò, da due punti di vista diversi. Prima, dal mio. In secondo luogo, a causa delle particolari circostanze di quelle ventiquattr'ore, ho potuto, a tratti, mettermi nei panni di lei. E non sempre i due punti di vista collimano. Ecco cos'è che tanto mi affascina e mi tormenta! Vorrei essere Dio e conoscere la verità.

Ma un romanziere può essere Dio per le creature a cui dà vita. Le ha in suo potere, può farne ciò che vuole... o almeno lo crede. Ma queste gli riservano delle sorprese. Mi domando se accade anche al vero Dio... Già, sarei curioso di saperlo...

Bene, mia cara, non voglio indugiare oltre. Fai per me quello che puoi.

Per sempre tuo,

J.L.

Parte prima

L'ISOLA

C'è un'isola solitaria,
sperduta
in mezzo al mare
dove sostano un poco gli uccelli
nel loro lungo volo verso il Sud.
Poi riprendono il viaggio

verso i mari meridionali...
Io sono un'isola sperduta
in mezzo al mare
un uccello venuto dal continente
si posò su di me...

1

La donna nel giardino

TI È FAMILIARE LA SENSAZIONE che si prova quando si è certi di conoscere qualcosa a fondo e tuttavia non c'è modo di venirne a capo?

Io la provai per tutto il percorso, mentre scendevo lungo la strada bianca e tortuosa per tornare in città. Mi accompagnava fin da quando avevo lasciato il belvedere affacciato sul mare, là nei giardini della villa. A ogni passo che facevo, diventava più forte e – chissà perché – più pressante. E alla fine, proprio dove il viale delle palme scende verso la spiaggia, mi fermai. Perché, vedi, quell'ombra che incombeva in fondo alla mia mente doveva essere isolata e portata alla luce, doveva essere sondata, esaminata e inchiodata, affinché potessi capire cos'era. Dovevo identificarla subito: altrimenti, sarebbe stato troppo tardi.

Feci quello che sempre si fa quando si tenta di ricordare. Passai in rassegna i fatti.

La salita dalla città, tra la polvere e con il sole che mi batteva sulla nuca. Niente di particolare.

Il parco intorno alla villa: fresco e riposante, con i grandi cipressi che si stagliavano contro il cielo. Il verde sentiero erboso che conduceva al belvedere dove la panchina era collocata in modo da affacciarsi sul mare. La sorpresa e il lieve disappunto nel trovarla già occupata da una donna.

Per un attimo mi ero sentito in imbarazzo. Lei aveva voltato la testa e mi aveva fissato. Un'inglese. Avevo sentito il bisogno di dire qualcosa: una frase che mascherasse il mio battere in ritirata.

«Che splendida vista, da quassù.»

Avevo detto proprio così: la solita, sciocca frase convenzionale. E lei mi aveva risposto con le parole e con il tono che avrebbe usato qualsiasi signora a modo.

«Deliziosa» aveva detto. «E la giornata è bellissima.»

«Ma salire fino a qui dalla città è una bella tirata, vero?»

Ne aveva convenuto, aggiungendo che la strada era lunga e polverosa.

La conversazione era finita lì. Un semplice scambio di educate banalità tra due inglesi all'estero, che non si erano mai incontrati prima né si aspettavano di avere occasione di rivedersi. Tornato sui miei passi, avevo fatto un giro attorno alla villa, ammirando le aiuole fiorite, poi mi ero incamminato per tornare in città.

Non c'era stato proprio nient'altro: e tuttavia, qualcosa c'era. Ed era la mia sensazione di conoscere bene qualcosa e non essere in grado di individuarla.

Forse, qualcosa nei modi di lei? No, erano stati del tutto normali e amabili. Si era comportata come avrebbero fatto novantanove signore su cento.

Tranne che... ecco, non aveva guardato le mie mani.

Proprio così. Che strano avere scritto una cosa simile. Mi stupisce quando la leggo. Una vera assurdità. Eppure una descrizione dettagliata non esprimerebbe ciò che intendo dire.

Sono abituato, sai, al fatto che le donne guardino le mie mani. Le donne sono così rapide nell'afferrare le situazioni, e sono così tenere di cuore, anche, tanto che ho finito per abituarmi all'espressione che appare sui loro volti – siano benedette e maledette –, alla loro comprensione, e discrezione, e volontà di non far vedere che hanno notato. E all'immediato cambiamento nei loro modi: alla loro gentilezza.

Ma quella donna non aveva guardato nemmeno di sfuggita.

Cominciai a pensare a lei con maggiore attenzione. Mi accorsi di una cosa strana: dal momento in cui le avevo voltato le spalle, non avrei più saputo descriverla. Avrei detto che era bionda, più o meno, e che aveva superato i trenta: nient'altro. Ma durante tutta la discesa, l'immagine di lei si era progressivamente arricchita di particolari... Come una lastra fotografica, quando la sviluppi in una camera oscura. È uno dei miei primi ricordi, questo: sviluppare negativi con mio padre, nella nostra cantina.

Non ho mai dimenticato l'emozione che si prova. La bianca distesa immersa nel suo bagno di sviluppo e, all'improvviso, la macchiolina che appare, scurendosi e allargandosi rapidamente. Il brivido, l'incertezza di quegli istanti! La lastra si annerisce rapidamente, ma ancora non riesci a distinguere bene. È solo una confusione di chiaro e di scuro. E poi, cominci a riconoscere le cose, vedi che quello è il ramo di un albero, o la faccia di qualcuno, o la spalliera della sedia, e sai se il negativo è capovolto o meno – e se lo è, lo giri – e infine osservi l'immagine completa emergere dal nulla, finché comincia ad annerirsi, e allora la perdi di nuovo.

Bene, questa è la migliore descrizione possibile di quanto mi stava accadendo. Durante il cammino che mi riportava in città, avevo visto in modo sempre più chiaro la faccia di quella donna. Prima le orecchie piccole, aderenti alla testa, e i lunghi orecchini di lapislazzuli che pendevano dai lobi, e l'onda curva dei capelli di un biondo lucido e intenso che lambiva la parte superiore dell'orecchio. Poi, i contorni del volto, e lo spazio tra gli occhi: occhi di un azzurro pallido e limpido. Le ciglia scure, corte ma folte, e le sopracciglia – una linea sottile tracciata a matita – che sembravano esprimere una vaga sorpresa. E infine la faccia minuta, quadrata, e la linea piuttosto dura della bocca.

Quei lineamenti mi tornavano davanti non all'improvviso, ma a poco a poco: esattamente, te l'ho detto, come quando si sviluppa una lastra fotografica.

Quello che accadde dopo, non posso spiegarlo. Lo sviluppo dell'immagine, capisci, era compiuto. Ero arrivato al punto in cui questa cominciava ad annerirsi.

Ma non si trattava, vedi, di una lastra fotografica, bensì di un essere umano. E così lo sviluppo continuava. Dall'immagine esterna, si spingeva *dietro*, o forse *dentro*, come preferisci. Almeno, questo è il meglio che io possa fare per cercare di spiegarmi.

La verità, suppongo, l'avevo saputa fin dal primo momento, dall'istante stesso in cui avevo visto la donna. Lo sviluppo stava avvenendo in *me*. La fotografia affiorava dal mio subconscio alla mia mente...

Sapevo, ma non potevo spiegarmi che cosa sapessi finché, improvvisamente, non affiorò! Dal bianco nulla dell'inconscio, là! Una macchiolina, poi un'immagine.

Ripartii di corsa su per la strada polverosa. Ero discretamente in forma, eppure mi sembrava di non riuscire a essere veloce quanto avrei voluto. Su, su, attraverso i cancelli della villa, oltre i cipressi e lungo il sentiero erboso...

La donna era seduta esattamente dove l'avevo lasciata.

Ero senza fiato. Ansimando, mi lasciai cadere sulla panchina, accanto a lei.

«Senta,» dissi «non so chi lei sia né altro che la riguardi. Ma non deve farlo. Ha capito? Non deve farlo.»

2

Invito all'azione

CREDO CHE LA COSA PIÙ STRANA – ma soltanto nel ripensarci, in seguito – fu il modo in cui lei non tentò nemmeno di difendersi. Poteva dire: "Che diavolo sta dicendo?" oppure: "Lei non sa quello che dice". O avrebbe potuto semplicemente esprimersi con uno sguardo. Impietrirmi con un'occhiata.

Ma la verità, naturalmente, era che si trovava ormai al di là di tutto. Era proprio arrivata all'essenziale. In quel momento, niente di quello che un altro poteva dire, o fare, avrebbe potuto sorprenderla.

Era molto calma e ragionevole; ed era proprio questo che mi agghiacciava. Si può venire a patti con uno stato d'animo: è destinato a passare e, quanto più è violento, tanto più completa sarà la reazione. Ma una determinazione calma e ragionevole è qualcosa di ben diverso, perché è subentrata lentamente e non si lascia smuovere con tanta facilità.

Mi osservava, pensosa, ma non diceva niente.

«Se non altro,» dissi «vuole spiegarmi perché?»

Chinò la testa, come ad ammettere che la mia richiesta era giusta.

«Semplicemente» disse «perché mi sembra la cosa migliore.»

«Ed è qui che si sbaglia» replicai. «Si sbaglia nel modo più assoluto.»

Quelle parole, dette con violenza, non la turbarono. Era troppo calma e distaccata per offendersi.

«Ci ho riflettuto molto» disse. «Ed è senz'altro la soluzione migliore. Semplice, facile e... rapida. E non sarà d'incomodo a nessuno.»

Mi resi conto, da quell'ultima frase, che era stata, come si dice, "ben educata". La "considerazione per gli altri" le era stata inculcata come una virtù.

«E riguardo... al dopo?» domandai.

«È un rischio da correre.»

«Crede nell'aldilà, lei?» domandai, incuriosito.

«Temo proprio di sì» mi rispose lentamente. «Il niente assoluto... sarebbe troppo bello per essere vero. Semplicemente addormentarsi, in pace, e non svegliarsi più. Sarebbe davvero meraviglioso.»

Socchiudeva gli occhi, con aria sognante.

«Di che colore era la tappezzeria della sua cameretta, quando era piccola?» domandai all'improvviso.

«C'erano iris color malva, che si attorcigliavano attorno a un pilastro...» Trasalì. «Come ha capito che stavo pensando proprio a questo?»

«Non lo so, ma l'ho pensato. E come se lo immaginava il paradiso, da bambina?» continuai.

«Verdi pascoli: una verde vallata, con le pecore e un pastore. L'inno, lo conosce?»

«Chi glielo aveva letto? Sua madre o la sua bambinaia?»

«La bambinaia.» Abbozzò un sorriso. «Il Buon Pastore. Sa, non credo di averlo mai visto, un pastore. Ma c'erano due agnelli, in un campo poco distante da noi.» Tacque, poi aggiunse: «Ora hanno costruito dappertutto».

E io pensai: "Curioso. Se su quel campo non avessero costruito, chissà, forse lei, ora, non sarebbe qui". E domandai: «Era felice, da piccola?».

«Oh, sì!» Non c'era da dubitare della piena sicurezza del suo assenso. «Troppo felice» soggiunse.

«È possibile?»

«Penso di sì. Vede, non si è preparati alle cose che accadono. Non si concepisce che possano accadere.»

«Ha avuto un'esperienza tragica» provai a indovinare.

Ma lei scosse la testa.

«No, non direi. Non credo proprio. Quanto è accaduto a me non è per niente fuori dall'ordinario. È la solita, stupida cosa che accade a una quantità di donne. Non sono stata particolarmente disgraziata. Sono stata... stupida. Sì, semplicemente stupida. E non c'è posto, al mondo, per la gente stupida.»

«Mia cara,» dissi «mi ascolti. So quello che dico. Mi sono trovato nella sua stessa situazione, e ho provato quello che prova lei: la sensazione che la vita non meriti di essere vissuta. Ho conosciuto la cieca disperazione che contempla una sola via d'uscita, e posso assicurarle, bambina mia, che *passa*. Il dolore non dura in eterno. Niente dura. È uno solo il vero consolatore e guaritore: il tempo. Dia al tempo la possibilità di agire.»

Avevo parlato con grande serietà, ma subito mi accorsi di avere commesso un errore.

«Lei non capisce» mi rispose. «So a che cosa allude. L'ho provato. Anzi, feci anche un tentativo, che non riuscì. E in seguito fui contenta che non fosse riuscito. Stavolta, è diverso.»

«Mi dica» la esortai.

«Stavolta è cominciato molto lentamente. Vede, è difficile esprimersi in modo chiaro. Ho trentanove anni: sono molto forte e sana. Tutto fa presagire che camperò fino a settant'anni, se non oltre. E io proprio non posso affrontare un pensiero simile. Ancora trenta o trentacinque anni lunghi e vuoti.»

«Ma non saranno vuoti, mia cara. Ecco dove si sbaglia. Qualcosa tornerà a fiorire, e a riempirli.»

Mi guardò.

«Ed è proprio quello che mi fa paura» disse, quasi a fior di labbra. «È il pensiero di un'eventualità del genere che non mi sento di affrontare.»

«Insomma, lei è una codarda.»

«Sì.» Non tentò neppure di negare. «Sono sempre stata una codarda. A volte mi è sembrato strano che altri non l'abbiano visto con la chiarezza con cui lo vedo io. Sì, ho paura, ho paura, ho paura.»

Calò il silenzio.

«Del resto è naturale» continuò. «Se un tizzone salta fuori dal camino, scoppiettando, e finisce addosso a un cane, in futuro il cane avrà paura del fuoco. Non sa mai quando un altro tizzone potrebbe arrivargli addosso. È una forma di intelligenza, se vogliamo. Il perfetto idiota pensa a un caminetto come a qualcosa di caldo e di confortevole: non sa niente, lui, di braci e di scottature.»

«In conclusione,» dissi «è la possibilità di... essere felice, quella che lei non si sente di affrontare.»

Suonava bizzarro mentre lo dicevo, eppure non era affatto strano come poteva sembrare. Ho qualche conoscenza in fatto di problemi nervosi e psicologici. Tre dei miei migliori amici erano affetti da psicosi traumatica da guerra. So per esperienza che cosa significa per un uomo venire fisicamente menomato: conosco l'effetto che può fargli. So, inoltre, che è possibile rimanere menomati nell'anima. Il danno non si vede più, una volta rimarginata la ferita, ma c'è. C'è un punto debole, una pecca: sei storpiato, non sei più integro.

Le dissi: «Le passerà, col tempo». Ma lo dicevo con una certezza che non provavo affatto. Perché una guarigione superficiale non avrebbe risolto niente. La ferita aveva inciso in profondità.

«Non vuole correre quel rischio,» continuai «ma ne correrà un altro. E questo è a dir poco colossale.»

Reagì con minore distacco e con una punta di impazienza:

«Ma è diverso, è completamente diverso. È quando si sa com'è una cosa, che non si vuole rischiare. In un rischio ignoto, be', c'è qualcosa di affascinante, in un certo senso, il fascino dell'avventura. La morte, in fondo, potrebbe essere qualsiasi cosa...»

Per la prima volta quella parola era stata pronunciata, tra noi. Morte...

Poi, come se per la prima volta una naturale curiosità si ridestasse in lei, voltò la testa e domandò: «Lei come lo sa?».

«Non pretendo di essere in grado di dirlo» confessai. «Sono stato, ecco... Be', ho attraversato qualcosa di simile anch'io. E devo averlo scoperto così.»

Disse soltanto: «Capisco».

Non mostrava alcun interesse per quella che poteva essere stata la mia esperienza, e probabilmente fu in quel momento che mi votai completamente al suo servizio. Avevo avuto fin troppo dell'inverso, mi spiego? Comprensione femminile, simpatia... Invece avevo bisogno – sebbene non lo sapessi – non di ricevere, ma di dare.

Non c'era nessuna tenerezza in Celia, nessuna comprensione. Le aveva profuse a piene mani ed erano andate sprecate. Era stata, così si vedeva lei, una stupida. Era stata troppo infelice, perché le fosse rimasta un po' di pietà per gli altri. Quella nuova linea dura delle sue labbra era un tributo alla quantità di sofferenza che aveva sopportato. Capiva al volo, questo sì: in un attimo si era resa conto che anche a me "era successo qualcosa". Eravamo pari. Non aveva pietà per se stessa, non ne sprecava per me. La mia disgrazia era, per lei, semplicemente la ragione per cui intuivo, così d'acchito, ciò che non sembrava intuibile a prima vista.

Era, lo capivo in quel momento, una bambina. Il suo mondo reale era quello di cui si era circondata. Era tornata deliberatamente a un mondo infantile, per cercarvi rifugio dalla crudeltà umana.

E per me quell'atteggiamento era incredibilmente di stimolo. Proprio quello di cui avevo sentito il bisogno ormai da una decina d'anni. Era, come dire?, un richiamo ad agire.

Bene, agii. Il mio unico timore era di lasciarla a se stessa. Così, non la lasciai. Mi attaccai letteralmente a lei. Di buon grado, acconsentì a tornare con me giù in città. Aveva molto buonsenso. Si rendeva conto che il suo proposito era, per il momento, frustrato. Non lo abbandonava: si limitava a rinviarlo. Lo capivo senza bisogno che dicesse una parola.

Non entrerò nei particolari: questa non è una cronaca dettagliata. Non c'è motivo di descrivere la pittoresca cittadina spagnola, o il pasto che consumammo insieme al suo albergo, o il modo in cui, segretamente, avevo disposto perché il mio bagaglio venisse portato dal mio albergo a quello dove soggiornava lei.

No, mi limiterò all'essenziale. Sapevo di doverle rimanere accanto fino a che non fosse accaduto qualcosa: finché, in qualche modo, non fosse crollata, dandosi per vinta.

Come vedi, rimasi con lei, sempre al suo fianco. Quando salì in camera sua, dissi: «Le concedo dieci minuti... poi, la raggiungo».

Non osavo dargliene di più. La sua stanza era al quarto piano, e c'era il rischio che lei superasse quella "considerazione per gli altri" che faceva parte della sua educazione e mettesse in imbarazzo il direttore dell'albergo saltando da una delle finestre invece di buttarsi dalla rupe.

Quindi, la raggiunsi. Era a letto, seduta più che distesa, i capelli biondi raccolti in modo da lasciare scoperto il viso. Non credo trovasse qualcosa di strano in quello che stavamo facendo. Anzi, ne sono sicuro. Cosa ne pensassero quelli dell'albergo, non lo so. Se si accorsero che, entrato in camera sua quella sera alle dieci, ne uscii alle sette del mattino seguente, saranno balzati, immagino, alla sola conclusione possibile. Ma non avevo avuto il tempo di preoccuparmene.

Dovevo salvare una vita, non potevo preoccuparmi di una semplice reputazione.

Dunque, sedetti là, sul suo letto, e parlammo.

Parlammo per tutta la notte.

Una notte strana: non avevo mai vissuto una notte così.

Non parlai con lei dei suoi dispiaceri, quali che fossero. Invece, cominciammo da principio: dagli iris color malva sulla tappezzeria, dagli agnelli nel campo e dalla vallata dove crescevano le primule...

Di lì a un po', fu soltanto lei a parlare, non io. Per lei avevo cessato di esistere, se non come una sorta di magnetofono umano al quale si rivolgeva.

Parlava come si potrebbe parlare con se stessi, o con Dio. Non con calore o con passione, capisci? Soltanto un mero rimembrare, un saltare da un episodio all'altro senza che vi fosse alcun nesso. Il susseguirsi dei fatti di una vita: una sorta di raccordo tra eventi significativi.

È una questione curiosa, se ci pensi bene, quella delle cose che decidiamo di ricordare. Una scelta da parte nostra ci deve pur essere, anche se inconscia finché vuoi. Prova a ripensare al passato, a un anno qualsiasi della tua infanzia. Ricorderai cinque o sei episodi. Non erano importanti, probabilmente; perché, su trecentosessantacinque giorni, avrai ricordato proprio quelli? Alcuni non avranno significato molto per te, neppure al momento. Eppure, chissà perché, ti sono rimasti impressi. Hanno resistito dentro di te in tutti questi anni...

È da quella notte che dico di avere una mia visione interna di Celia. Come ti ripeto, posso scrivere di lei dal punto di vista di Dio... o tentare di riuscirci.

Mi riferì, vedi, tutte le cose che avevano importanza e quelle che non ne avevano. Non stava cercando di ricavarne una storia.

Lei no, ma io volevo ricavarla! Avevo l'impressione di cogliere i barlumi di un disegno che lei non poteva vedere.

Erano le sette quando la lasciai. Si era girata su un fianco, alla fine, e si era addormentata come una bambina. Il pericolo era passato.

Era come se il fardello fosse stato scaricato dalle sue spalle e posato sulle mie. Era salva.

Più tardi, quella stessa mattina, l'accompagnai alla nave e le augurai buon viaggio.

E fu allora che accadde. Alludo a qualcosa che mi sembra sia la chiave dell'intera faccenda.

Forse mi sbaglio. Forse si trattò soltanto di un banalissimo particolare...

Sia come sia, per ora non ne parlerò.

Non prima di avere tentato di mettermi al posto di Dio, per riuscirci o fallire.

Non prima di avere tentato di ritrarla con questo mezzo espressivo per me nuovo e poco familiare.

Parole...

Parole messe in fila...

Niente pennelli, niente tubetti di colori: nessuna delle care cose a me familiari.

Ritratto a quattro dimensioni perché, cara Mary, nella tua arte c'è il tempo, oltre che lo spazio...

Parte seconda

TELE

"Prepara le tele. Ho un soggetto per le mani."

1

La casa

CELIA ERA NEL SUO LETTINO e guardava gli iris lilla sulla tappezzeria della nursery. Si sentiva felice e assonnata.

C'era un paravento ai piedi del lettino. Serviva per non farle arrivare la luce della lampada della nannie. Invisibile a Celia, dietro quel paravento, la nannie leggeva la Bibbia. La lampada della nannie era un lume speciale: pesante, di ottone, con un paralume di porcellana rosa. Non mandava mai odore o fumo, perché Susan, la cameriera, era molto scrupolosa. Susan era una brava ragazza, Celia lo sapeva, anche se a volte aveva il difetto di "agitarsi". Quasi sempre, quando lo faceva, buttava a terra qualche ninnolo nelle immediate vicinanze. Era una ragazzona con i gomiti del colore della carne cruda. Celia li associava vagamente alle misteriose parole "olio di gomito".

C'era un lieve bisbigliare. La nannie ripeteva le parole tra sé, mentre leggeva. Per Celia era un mormorio rassicurante. Le palpebre le si appesantivano...

La porta si aprì e Susan entrò con un vassoio. Si sforzava di muoversi senza fare rumore, ma le sue scarpe glielo impedivano, scricchiolando.

Sottovoce, disse: «Mi spiace, nurse, sono un po' in ritardo stasera».

L'altra disse soltanto: «Ssh! Si è addormentata».

«Oh, non vorrei certo svegliarla, allora.» Susan, un po' ansante, sbirciò al di là del paravento.

«Che tipino, eh? La mia nipotina non è in gamba come questa qui.»

Nello scostarsi dal paravento, Susan urtò contro il tavolino. Un cucchiaio cadde a terra.

Pazientemente, la nurse disse: «Dovresti cercare di essere più attenta, Susan».

Mortificata, Susan si scusò: «Non lo faccio apposta».

Lasciò la stanza in punta di piedi, il che fece scricchiolare le sue suole più che mai.

«Nannie» chiamò Celia cautamente.

«Sì, cara, che c'è?»

«Non dormo mica, nannie.»

La nannie rifiutava di capire l'allusione. Disse soltanto: «No, cara».

Seguì una pausa.

«Nannie?»

«Sì, cara?»

«È buona la tua cena, nannie?»

«Buonissima.»

«Che cos'è?»

«Pesce lesso e crostata.»

«Oh!» sospirò Celia estasiata.

Un'altra pausa. Poi, la nannie apparve da dietro il paravento: una donnetta anziana, con i capelli grigi e una cuffia di batista annodata sotto il mento. In mano aveva una forchetta. Sulla punta della forchetta c'era un piccolo pezzo di crostata.

«Ora devi fare la brava e fare subito la nanna» disse la bambinaia, in tono di ammonizione.

«Oh! Sì» disse Celia con fervore.

Gaudio! Felicità! Il pezzetto di crostata era tra le sue labbra. Incredibile delizia.

La nannie sparì di nuovo al di là del paravento. Celia si rannicchiò su un fianco. Gli iris color malva danzavano nel chiarore del fuoco. Sapore gradevole di crostata ancora in bocca. Fruscio rassicurante di Qualcuno-nella-Stanza. Indicibile benessere.

Celia si addormentò...

Era il terzo compleanno di Celia. Stavano prendendo il tè in giardino. C'erano i bignè al cioccolato. A lei ne era stato concesso uno solo. Cyril ne aveva avuti tre. Cyril era suo fratello. Era grande, lui: aveva quattordici anni. Ne voleva un altro, ma la mamma diceva: «Ora basta, Cyril».

Seguì poi il solito genere di conversazione. Cyril chiedeva "perché?" di continuo.

Un ragnetto rosso, un cosino microscopico, correva attraverso la tovaglia bianca.

«Guarda,» disse la mamma «c'è un ragnetto portafortuna. Sta andando da Celia perché è lei che compie gli anni. È proprio di buon augurio, sai?»

Celia si sentì emozionata e importante. Cyril indirizzò la sua insaziabile curiosità su un altro argomento.

«Mamma, perché i ragni portano fortuna?»

Poi Cyril alla fine se ne andò, e Celia rimase con la mamma. Ora aveva la sua mamma tutta per sé. La madre le sorrideva attraverso la tavola. Era un bel sorriso, non di quelli che sembravano dire: "Che buffa bambina!".

«Mamma,» pregò Celia «raccontami una storia.»

Adorava le storie di sua madre: non erano come quelle degli altri. Gli altri, quando glielo chiedeva, raccontavano di Cenerentola, di Pollicino e di Cappuccetto Rosso. La nannie parlava di Giuseppe e i suoi fratelli, di Mosè tra i papiri – i papiri venivano sempre visualizzati da Celia come dei paperi molto magri e altezzosi –; ogni tanto, raccontava dei bambini del capitano Stretton, in India. Ma la mamma!

Per cominciare, non sapevi mai, ma proprio mai, quale sarebbe stato l'argomento della storia. Potevano essere i topi, o i bambini, o una principessa. Poteva essere su qualsiasi cosa... L'unico difetto delle storie della mamma era che non le raccontava mai una seconda volta. Diceva – cosa assolutamente incomprensibile per Celia – di non riuscire a ricordarsele.

«Va bene» concesse la mamma. «Quale raccontiamo?»

Celia tratteneva il respiro.

«Quella di Occhi Neri» suggerì. «Oppure quella di Coda Lunga e il formaggio.»

«Ah! No, quelle non me le ricordo più. Aspetta, ne racconteremo una nuova.» Fissava attraverso la tavola, ora, ma come se non vedesse niente, i grandi occhi castani in continuo movimento, l'ovale lungo e delicato del viso serissimo, il piccolo naso un po' arcuato puntato verso l'alto. Tutta tesa nello sforzo di concentrarsi.

«Ecco, sì...» Improvvisamente, sembrava tornare da chissà dove. «La storia è intitolata "La candela curiosa"...»

«Oh!» Celia tratteneva il respiro. Era tutta orecchi, incantata. La candela curiosa!

Celia era una bambina molto seria. Pensava molto a Dio e a essere buona e virtuosa. Quando esprimeva un desiderio, era sempre quello di essere brava. Indubbiamente, ahimè, era una saputella, ma se non altro la sua pedanteria la teneva per sé.

A volte era presa dal timore orribile di essere "mondana": parola misteriosa, che dava turbamento! Le capitava soprattutto quando era tutta vestita di mussola inamidata, con un gran fiocco rosa alla vita, e in attesa di scendere per il tè. Ma nel complesso era piacevolmente soddisfatta di se stessa. Faceva parte degli eletti. Era *salva*.

La sua famiglia, però, era causa per lei di orribili patemi d'animo. Era spaventoso ma... non era affatto sicura sul conto di sua madre. E se mamma non fosse andata in cielo? Pensiero angoscioso che la torturava.

Le leggi erano molto chiare. Giocare a croquet la domenica era peccato. Anche suonare il piano, a meno che non fossero inni. Celia sarebbe morta, martire volontaria, piuttosto che toccare una mazza da croquet nel "Giorno del Signore", sebbene poter colpire palle a casaccio, sul prato, ogni altro giorno della settimana, fosse per lei un grande godimento.

Ma sua madre giocava a croquet la domenica, e anche suo padre. E suo padre suonava anche il piano e cantava canzoni, su un tale che "... andò a trovarla il lunedì, quando il marito era in città". Decisamente, non era un inno sacro!

La cosa preoccupava Celia immensamente. Interrogava la nannie: la povera donna, buona e sincera, non sapeva come rispondere.

«Tuo padre e tua madre sono tuo padre e tua madre» diceva la nannie. «Tutto quello che fanno è giusto e ben fatto, e tu non devi trovarci niente da ridire.»

«Ma giocare a croquet la domenica è proibito» diceva Celia.

«Sì, cara. Vuol dire non santificare la festa.»

«Ma allora... ma allora...»

«Non tocca a te preoccuparti per queste cose, cara. Tu pensa soltanto a fare il tuo dovere.»

Così Celia continuava a scuotere la testa quando si vedeva offrire una mazza da croquet "per giocare".

«Perché diavolo...?» si meravigliava il padre.

E la madre mormorava: «È la nurse. Le ha detto che non si deve, la domenica». E poi, a Celia: «Non importa, cara, non giocare se non ti va».

Ma altre volte osservava gentilmente: «Sai, tesoro, il Signore ha fatto per noi un mondo bellissimo, e vuole che siamo felici. Il suo giorno è un giorno tutto speciale, un giorno in cui possiamo concederci cose speciali. Solo, non dobbiamo far lavorare gli altri: i domestici, per esempio. Ma divertirsi è assolutamente lecito».

Celia, però, strano a dirsi, per quanto profondamente amasse sua madre, non si lasciava smuovere. Le cose stavano così perché lo diceva la nannie.

Tuttavia, a un certo punto smise di preoccuparsi per sua madre. La mamma aveva sulla parete un'immagine di san Francesco, e un libriccino intitolato *L'imitazione di Cristo* sul tavolino accanto al letto. Dio, secondo Celia, forse avrebbe chiuso un occhio sul fatto di giocare a croquet la domenica.

Ma il padre era motivo di gravi perplessità. Spesso scherzava sulle cose sacre. A pranzo, una volta, aveva raccontato una storiella buffa su un curato e un vescovo. A Celia non era sembrata divertente: era semplicemente terribile.

Alla fine, un giorno, era scoppiata in singhiozzi e aveva confidato tutti i suoi timori alla madre.

«Ma, cara, il tuo papà è un uomo buonissimo. Ed è anche molto religioso. Si inginocchia e dice le preghiere tutte le sere, proprio come te. È uno degli uomini migliori del mondo.»

«Ride dei vescovi» piagnucolò Celia. «E la domenica gioca a croquet e canta delle canzoni: canzoni mondane. E io ho tanta paura che finirà nel fuoco dell'inferno.»

«Cosa ne sai, tu, di cose come il fuoco dell'inferno?» domandò la madre, e ora la sua voce era irritata.

«È lì che vanno quelli che peccano» rispose Celia.

«Chi ti ha spaventata con tutte queste sciocchezze?»

«Non sono spaventata» rispose Celia, meravigliandosi. «Io non ci vado all'inferno. Ho intenzione di essere sempre buona e di andare in paradiso. Ma...» le labbra le tremavano «voglio che anche papà venga in cielo.»

E allora la mamma prese a farle un lungo discorso: sull'amore e sulla misericordia di Dio e sul fatto che il Signore non sarebbe mai stato così crudele da far bruciare qualcuno in eterno.

Ma Celia non ne fu minimamente convinta. C'era l'inferno e c'era il paradiso, e c'erano pecore e caproni. Se soltanto... se soltanto avesse potuto essere certa che papà non era un caprone!

Certo che esistevano l'inferno e il paradiso! Era uno dei fatti incontrovertibili della vita, una realtà come il budino di riso, lavarsi dietro le orecchie e dire "sì, per piacere" e "no, grazie".

Celia sognava molto. Alcuni dei suoi sogni erano soltanto buffi e strani: cose accadute davvero, ma che si mescolavano. E poi c'erano quelli speciali: Celia allora sognava luoghi conosciuti che, nei sogni, erano diversi.

Difficile spiegare perché questo fosse tanto emozionante, eppure nel sogno lo era.

C'era quella vallata giù vicino alla stazione. Nella vita reale ci passava la linea ferroviaria; in quei bei sogni, invece, là c'era un fiume, e primule che punteggiavano le rive e i boschi. Ogni volta lei diceva con gioiosa sorpresa: «Che bello... io credevo che qui ci fosse una ferrovia». E invece c'era la bella vallata verde e il fiume d'argento.

Poi c'erano campi meravigliosi in fondo al giardino, dove nella vita vera c'era la brutta casa di mattoni rossi. E, più emozionante di tutto, le stanze segrete dentro la sua stessa casa. A volte ci arrivavi attraverso la dispensa; oppure, nel modo più inaspettato, portavano fuori dallo studio di papà. Ma c'erano sempre, anche se per tanto tempo le avevi dimenticate. Ogni volta provavi una deliziosa sorpresa nel rivederle; eppure, erano ogni volta completamente diverse. Ma c'era sempre quella strana, segreta gioia nel ritrovarle...

Poi, c'era quel sogno orribile: l'Uomo col Fucile, con i capelli impolverati e l'uniforme rossa e blu. E – cosa più tremenda di tutte – dove le mani sarebbero dovute spuntare dalle maniche, non c'erano *mani*, ma soltanto due *moncherini*. Ogni volta che lui veniva in sogno, ti svegliavi urlando. Era la cosa più saggia da fare. E ti ritrovavi al sicuro nel tuo letto, e la nannie era nel letto accanto e tutto era a posto.

Non c'era una ragione speciale per la quale l'Uomo col Fucile dovesse essere così spaventoso. Non c'era pericolo che potesse spararti. Il suo fucile era un simbolo, non una minaccia diretta. No, era qualcosa nella sua faccia, nei duri, fissi occhi azzurri, nella malignità dello sguardo che ti rivolgeva. Ti faceva stare male dalla paura.

E poi c'erano le cose alle quali pensavi durante il giorno. Nessuno lo sapeva ma, quando Celia camminava composta lungo la strada, in realtà si trovava in groppa a un palafreno bianco. Le sue idee su un palafreno erano piuttosto vaghe. Immaginava un supercavallo delle dimensioni di un elefante. Quando invece camminava lungo il muretto di mattoni che delimitava l'orto, stava procedendo sull'orlo di un pauroso precipizio. A seconda delle occasioni era una duchessa, una principessa, una guardiana delle oche o una piccola mendicante. Tutto questo rendeva la vita molto interessante, per Celia, e perciò lei era quel che si dice "una brava bambina", nel senso che era molto tranquilla, era felice di giocare da sola e non importunava i grandi perché la facessero divertire.

Le bambole che le venivano regalate non facevano davvero parte del suo mondo. Ci giocava docilmente, quando la nannie glielo suggeriva, ma senza vero entusiasmo.

«È una cara bambina» diceva la nannie. «Non ha molta fantasia, ma non si può avere tutto. Il signorino Tommy – il maggiore dei figli del capitano Stretton – non la smetteva mai di tormentarmi con le sue domande.»

Celia raramente faceva domande. Il suo mondo era quasi tutto dentro di lei. Quello esterno non suscitava la sua curiosità.

Un aprile accadde qualcosa che l'avrebbe resa timorosa del mondo esterno.

Era andata con la nannie a raccogliere primule. Era una giornata di primavera limpida e soleggiata, con piccole nuvole che si rincorrevano nel cielo terso. Erano scese lungo la ferrovia – proprio dove c'era il fiume, nei sogni di Celia – e poi si erano spinte su per la collina, addentrandosi in un boschetto dove le primule formavano addirittura un tappeto giallo. Ne avevano raccolte tante. Era proprio una giornata splendida, e le primule avevano un profumo lieve, vagamente di limone, che a Celia piaceva tanto.

Ed ecco – un po' come nel sogno dell'Uomo col Fucile – che una voce forte e aspra le aveva investite all'improvviso.

«Ehi» diceva. «Che cosa fate qui?»

Era un uomo, un omone con la faccia rossa, vestito di fustagno. Le guardava accigliato.

«Questa è proprietà privata. Chi sconfina viene denunciato.»

La nurse disse: «Oh, scusi. Proprio non lo sapevo».

«Andatevene subito, allora. Forza, muovetevi!» E mentre loro si avviavano per allontanarsi, la voce gridò: «Vi farò bollire vive. Sì, proprio così. Bollirete vive, se in tre minuti non sarete fuori dal mio bosco».

Celia incespicava in avanti, trascinandosi disperatamente dietro la nannie. Perché non cercava di affrettarsi? Quell'uomo le avrebbe rincorse. Le avrebbe messe a bollire vive in un gran pentolone. Si sentiva male dalla paura... Continuava ad arrancare, disperata, il piccolo corpo tremante invaso dal terrore. L'uomo si avvicinava, stava per raggiungerle, le avrebbe messe a bollire... Si sentiva atterrita, raggelata. Presto... oh, presto!

Erano di nuovo sulla strada. Ansimando, Celia emise un gran sospiro.

«Ora... non può più prenderci» mormorò.

La nurse la guardava, sorpresa dal pallore di quel faccino.

«Cara, ma che cos'hai?» Un dubbio l'aveva colpita. «Non ti sarai spaventata per quello che ha detto quell'uomo, vero? Voleva soltanto scherzare... Lo sai, vero?»

E, ubbidiente allo spirito di remissiva falsità che ogni bambino possiede, Celia mormorò: «Sì, certo, nannie. Lo sapevo che era uno scherzo».

Ma c'era voluto molto tempo prima che potesse rimettersi dal terrore di quegli istanti. Non li aveva più dimenticati, nemmeno da adulta.

Il terrore era stato orribilmente *reale*.

Per il suo quarto compleanno, a Celia regalarono un canarino. Gli venne dato il nome poco originale di Goldie. In poco tempo fu addomesticato e si posava sul ditino della bambina. Lei lo adorava. Era il suo uccellino che nutriva con semi di miglio, ma era anche il suo compagno di avventure. Lei era una regina e lui era il principe Dicky, suo figlio: insieme giravano il mondo in cerca di nuove imprese. Il principe Dicky era bellissimo e indossava vestiti di velluto color oro.

Tempo dopo, quello stesso anno, a Dicky venne data una moglie di nome Daphne. Daphne era molto grossa e con tante piume scure. Era goffa e pesante. Versava l'acqua e rovesciava le cose sulle quali si posava. Non si addomesticò mai come Dicky. Il padre di Celia la chiamava Susan, perché "si agitava".

Susan aveva la mania di solleticare i due uccelletti con un fiammifero "per vedere che cosa fanno", diceva lei. I canarini ne avevano paura, e quando la vedevano avvicinarsi si aggrappavano alle sbarre e sbattevano le ali. Susan trovava buffe le cose più curiose. Aveva riso tanto quando era stata trovata una piccola coda nella trappola per topi.

Susan voleva molto bene a Celia. Giocava con lei a nascondersi dietro le tende e poi a saltare fuori dicendo "Bu!". Celia non era davvero affezionata a Susan: la trovava troppo grossa e rumorosa. Voleva molto più bene alla signora Rouncewell, la cuoca. Rouncy, come la chiamava Celia, era una donna enorme, monumentale, ed era la calma personificata. Non si affrettava mai. Si muoveva per la cucina in modo lento e dignitoso, compiendo il rituale delle preparazioni culinarie.

Non era mai affannata o nervosa. Serviva i pasti sempre con lodevole puntualità. Rouncy non aveva fantasia. Quando la madre di Celia le domandava: «Bene, che cosa consiglia per il pranzo, oggi?», lei dava immancabilmente la stessa risposta: «Be', signora, potremmo fare un bel pollastrino e poi un pudding allo zenzero». La signora Rouncewell sapeva preparare sufflè, *vol-au-vent*, creme, salmì, torte di ogni genere e i più elaborati piatti della cucina francese, ma non suggeriva mai altro all'infuori di un pollastrino e di un pudding allo zenzero.

A Celia piaceva andare in cucina. Era un po' come la stessa Rouncy: molto grande, molto ampia, pulitissima e molto tranquilla. In mezzo a quel lindore e a quello spazio c'era Rouncy, la bocca sempre in movimento. Mangiava in continuazione. Pezzettini di questo, di quello e di quell'altro.

Diceva: «Allora, signorina Celia, desidera qualcosa?».

E poi, con un lento sorriso che si apriva nel faccione roseo, andava verso un credenzino, apriva un barattolo e versava una manciata di uva passa o di pinoli nelle manine a coppa di Celia. A volte le dava una fetta di pane con la melassa, o un bel triangolino di crostata, ma qualcosa c'era sempre.

E Celia si portava il suo tesoro in giardino, nel posto segreto presso il muraglione di cinta e, al riparo tra i cespugli, diventava una principessa che si nascondeva ai suoi nemici e alla quale i devoti seguaci avevano portato provviste nel cuore della notte...

Su nella nursery, la nannie sedeva a cucire. Era una bella cosa che la signorina Celia avesse un così bel giardino dove giocare: un giardino sicuro, senza stagni o altre cose pericolose. Quanto a lei, stava diventando vecchia, le piaceva starsene seduta a cucire e a ripensare a tante cose: i piccoli Stretton, tutti cresciuti ormai, maschi e femmine. Perfino la piccola Lilian stava per sposarsi, il signorino Roderick e il signorino Phil, che vivevano entrambi a Winchester... La sua mente riandava dolcemente al passato.

Accadde qualcosa di tragico. Goldie scomparve. Era così addomesticato che la sua gabbia veniva lasciata aperta. Lui soleva svolazzare libero per la nursery. Si appollaiava in cima alla testa della nannie e si puliva il becco sulla cuffia, e lei diceva bonariamente: «Andiamo, andiamo, signor Goldie, le proibisco di fare certe cose». Si posava sulla spalla di Celia e prendeva un seme di avena dalle labbra di lei. Era come un bambino viziato. Se non gli prestavi attenzione, si arrabbiava e protestava, col becco aperto.

E, in quell'orribile giornata, Goldie si perse.

La finestra era aperta. Goldie doveva essere volato via.

Celia piangeva, piangeva. La madre e la nannie tentavano invano di consolarla.

«Tornerà, vedrai, non piangere.»
«È andato soltanto a fare un giro. Appenderemo la sua gabbia fuori dalla finestra.»
Ma Celia piangeva, disperata. Gli altri uccelli beccavano i canarini a morte: lei l'aveva sentito dire da qualcuno. Goldie era sicuramente morto: morto da qualche parte, sotto gli alberi. Lei non avrebbe più alimentato quel beccuccio vorace. Ebbe continue crisi di pianto per tutta la giornata. Non volle mangiare, né a pranzo né all'ora del tè. La gabbia di Goldie, fuori dalla finestra, rimaneva vuota.

Finalmente, venne l'ora di andare a letto. Celia era coricata nel suo lettino bianco. A tratti singhiozzava, automaticamente. Stringeva forte forte la mano della mamma. Più che la nannie, voleva la mamma. La nannie aveva detto che forse il papà avrebbe comperato a Celia un altro canarino. La mamma si guardava bene dal dire una cosa del genere. Non era un canarino, quello che Celia voleva – in fin dei conti, aveva ancora Daphne – era *Goldie*. Oh, Goldie... Goldie... Goldie... Lei voleva bene a *Goldie*, e ora lui non c'era più, l'avevano ucciso a forza di beccate. Disperata, Celia stringeva forte la mano della mamma. E la mamma ricambiava la stretta.

E a un tratto, nel silenzio rotto soltanto dal respiro pesante di Celia, si udì un lieve rumore: il *cip-cip* di un uccellino.

Il caro "signor Goldie" scese svolazzando dall'asta della tenda, dov'era rimasto tranquillamente appollaiato per tutta la giornata.

Per tutta la sua vita, Celia non avrebbe mai dimenticato l'incredula, meravigliosa gioia di quel momento...

Era diventato un detto, in famiglia, quando si cominciava a stare in ansia per qualche cosa: «Su, coraggio, ricordati di Goldie e dell'asta della tenda».

Il sogno dell'Uomo col Fucile cambiò. Diventò, in un certo senso, ancora più spaventoso.

Di solito cominciava bene. Era un sogno bello: c'era sempre un picnic o una festa. E all'improvviso, proprio mentre ti stavi divertendo, cominciavi a provare una strana sensazione. C'era qualcosa che non andava... Cos'era? Ma sì, certo, l'Uomo col Fucile era lì. Ma non era lui. Uno degli ospiti era l'Uomo col Fucile...

La cosa orribile era che poteva trattarsi di chiunque. Li guardavi. Tutti erano allegri, parlavano e ridevano. E all'improvviso capivi. Poteva essere la mamma, o il papà, o la nannie: qualcuno con cui stavi parlando. Guardavi la faccia della mamma – era certamente la mamma – e le vedevi gli occhi freddi come l'acciaio, e dalle maniche del vestito – che orrore! – spuntava quell'atroce moncherino. Non era la mamma, era l'Uomo col Fucile... E ti svegliavi, urlando.

Non potevi spiegarlo a nessuno, né alla mamma né alla nannie; a raccontarlo non sembrava molto spaventoso. Ti dicevano: «Su, su, cara, hai fatto soltanto un brutto sogno», e ti facevano una carezza. Dopo un po' ti riaddormentavi, ma non ti andava di lasciarti andare al sonno perché *il sogno poteva ritornare*.

Celia diceva disperatamente a se stessa, nel buio della notte: "Mammina non è l'Uomo col Fucile. Non lo è. Io lo so che non lo è. È la mia mamma".

Ma di notte, quando le ombre e il sogno ti stavano ancora intorno, non potevi essere sicura di niente. Forse niente era ciò che sembrava e tu l'avevi sempre saputo, in fondo.

«Signora, stanotte la bambina ha fatto un altro brutto sogno.»

«Cos'ha sognato, nurse?»

«Mah, non so, un uomo con un fucile, signora.»

Celia diceva: «No, mamma, non un uomo con un fucile. L'Uomo col Fucile. Il mio Uomo col Fucile».

«Temevi che ti sparasse, cara? Di questo avevi paura?»

Celia scuoteva la testolina rabbrividendo.

Non poteva spiegare.

Sua madre non tentava di forzarla. Dolcemente, diceva: «Sei qui con noi, tesoro mio, non hai niente da temere. Nessuno può farti del male».

Lei si sentiva confortata.

«Nannie, che parola è quella? Quella lunga, sul manifesto?»

«"Ristoratrice", cara. "Fatevi una tazza di tè ristoratrice."»

Questo si ripeteva ogni giorno. Celia mostrava un'insaziabile curiosità per le parole. La madre, però, era contraria al fatto che i bambini imparassero a leggere troppo presto.

«Aspetterò che Celia abbia sei anni, prima di insegnarle a leggere.»

Ma non sempre le teorie sull'educazione risultano applicabili alla realtà. A cinque anni e mezzo, Celia era in grado di leggere tutti i libri di favole della nursery, e praticamente tutte le parole dei manifesti. A volte, però, faceva confusione tra una parola e l'altra. Allora andava dalla nannie e diceva: «Nannie, per favore, questa parola è "avaro" o "avido"? Non mi ricordo più». Dato che riconosceva la parola nell'insieme, ma non sapeva compitare, in avvenire avrebbe sempre avuto problemi di ortografia.

Celia trovava la lettura meravigliosa. Le apriva un mondo nuovo, un mondo di fate, streghe, gnomi, folletti. Le storie di fate erano la sua passione, quelle sui bambini come lei la lasciavano piuttosto indifferente.

Aveva pochi amichetti della sua età con cui giocare. La sua casa era piuttosto isolata e le automobili erano rare, a quei tempi. C'era una bimbetta maggiore di lei di un anno: Margaret McCrae. Ogni tanto, Margaret veniva invitata per il tè, oppure era Celia a essere invitata dall'amica. Ma in quelle occasioni, Celia chiedeva ardentemente di non andare.

«Perché, tesoro, non ti piace Margaret?»

«Sì, mi piace.»

«Perché, allora?»

Celia poteva soltanto scuotere la testa.

«È timida» sentenziava Cyril, in tono di scherno.

«È innaturale non voler vedere altri bambini» diceva il padre.

«Forse Margaret le fa i dispetti?» chiedeva la madre.

«No» gridava Celia, e scoppiava in pianto.

Non sapeva spiegare. Proprio non le riusciva. Eppure, i fatti erano semplicissimi. Margaret aveva perso tutti i dentini davanti. Le parole le uscivano rapidissime, sibilando, e Celia non riusciva a capire bene quello che l'altra diceva. Il peggio era stato quando insieme avevano fatto una passeggiata. Margaret aveva detto: «Ti racconto una bella storia, Celia» e immediatamente si era messa a dire, fischiando e sibilando, di una "Prinscipescia e gi un giolsce velenoscio". Celia ascoltava, ed era una tortura. Di tanto in tanto Margaret si fermava e domandava: «Sci piascie quescia scioia?». Celia, nascondendo eroicamente il fatto di non avere la più pallida idea di quello che la storia raccontasse, tentava di dare risposte intelligenti. E intimamente, com'era sua abitudine, faceva ricorso alla preghiera:

"Signore, ti prego, ti prego, fammi tornare a casa presto: non farle capire che non capisco. Voglio tornare a casa, Signore, ti prego!"

In modo oscuro, sentiva che far capire a Margaret che il suo modo di parlare era incomprensibile sarebbe stato il colmo della crudeltà. Margaret non doveva saperlo.

Ma lo sforzo era tremendo. Celia arrivava a casa pallida e quasi in lacrime. Tutti pensavano che Margaret non le fosse simpatica. In realtà, era l'opposto. Proprio perché Margaret le piaceva tanto, non sopportava il pensiero che si accorgesse di non essere capita perché biascicava.

E nessuno capiva: nessuno! Celia provava un orribile senso di panico e di solitudine.

Il giovedì c'era il corso di ballo. La prima volta che Celia vi andò era terrorizzata. La stanza era piena di bambini, e c'erano bambine grandi, che l'abbagliavano con i loro tutù di raso.

Al centro della sala, nell'atto di infilarsi un lungo paio di guanti bianchi, c'era la signorina Mackintosh, ossia la persona più imponente – ma al tempo stesso la più affascinante – che Celia avesse mai visto. La signorina Mackintosh era altissima: secondo Celia, la persona più alta del mondo. Anni dopo, fu uno shock per lei rendersi conto che la signorina Mackintosh era di statura poco superiore alla media. Otteneva quell'effetto grazie alla gonna vaporosa, al portamento incredibilmente eretto e alla sua grande personalità.

«Ah!» disse con grazia la signorina Mackintosh. «Così, questa è Celia. Signorina Tenterden?»

La signorina Tenterden, una creatura dall'aria ansiosa che danzava in modo squisito ma non aveva carattere, accorse come un cagnolino ubbidiente.

Celia venne consegnata a lei e, poco dopo, si ritrovò in fila con altre bambine molto piccole che manipolavano "estensori": pezzi di elastico blu con una maniglia a ciascuna estremità. Dopo gli estensori passarono ai segreti della polka, e poi i più piccoli si misero a sedere e guardarono gli esseri lucenti in tutù di raso eseguire una fantasiosa danza con i tamburelli.

Finita quella, venne annunciata la quadriglia dei lancieri. Un bambino con gli occhi neri e maliziosi si affrettò ad avvicinarsi a Celia.

«Senti... vuoi essere la mia dama?»

«Non posso» rispose lei, con dispiacere. «Non so come si fa.»

«Oh, che peccato.»

Ma poco dopo piombò su di lei la signorina Tenterden.

«Non sai come si fa? Be', cara, non importa se non lo sai, sei qui per imparare. Ecco, questo sarà il tuo compagno.»

Celia si trovò accoppiata con un bambino biondiccio con le efelidi. Di fronte a loro, c'era il ragazzino con gli occhi neri, con la sua dama. Quando si incontrarono al centro, lui disse a Celia, in tono di rimprovero: «Ecco, non hai voluto ballare con me. È proprio un peccato».

Una fitta dolorosa, che negli anni a venire avrebbe finito col conoscere molto bene, investì per un attimo Celia. Come spiegare? Come dire: "Ma io volevo ballare con te. Avrei preferito ballare con te. C'è stato un errore".

Per la prima volta sperimentava una delle tragedie dell'adolescenza di una ragazza: il compagno sbagliato!

Ma le esigenze della quadriglia li separarono. Si ritrovarono ancora una volta nella grande catena, ma quel bambino si limitò a rivolgerle un'occhiata di profondo rimprovero e a stringerle la mano.

Lui non tornò più alle lezioni di ballo, e Celia non seppe mai come si chiamasse.

Quando Celia aveva sette anni, la sua cara nannie se ne andò. Aveva una sorella ancora più vecchia di lei, e quella sorella aveva ormai problemi di salute; la nannie doveva andare a stare con lei e averne cura.

Celia era davvero inconsolabile e pianse amaramente. Quando la nannie partì, Celia prese a scriverle ogni giorno, letterine illeggibili e dall'impossibile ortografia, che le costavano uno sforzo considerevole.

Gentilmente, la madre osservò: «Sai, cara, non occorre scrivere tutti i giorni alla nannie. Lei non pretende tanto. Un paio di volte alla settimana sarà più che sufficiente».

Ma Celia scosse la testa, con decisione.

«La nannie penserebbe che l'ho dimenticata. Io non la dimenticherò, invece: mai.»

Rivolta al marito, la madre commentò: «La piccola è molto tenace nei suoi affetti. Troppo, forse».

E lui rise: «Un bel contrasto con il nostro signorino Cyril».

Cyril non scriveva mai a casa dalla scuola in cui si trovava, a meno che non gli venisse imposto o non gli servisse qualcosa. Ma il fascino dei suoi modi era tale che tutti quei piccoli misfatti gli venivano perdonati.

L'ostinata fedeltà di Celia al ricordo della nannie preoccupava la madre.

«Non è logico» diceva. «Alla sua età, dovrebbe dimenticare più facilmente.»

Nessuna nuova bambinaia venne a sostituire l'altra. Si occupava Susan di Celia, nel senso che le faceva il bagno la sera e l'aiutava a prepararsi al mattino. Una volta pronta, Celia andava nella camera della mamma. Sua madre faceva sempre colazione a letto. Celia riceveva una fettina di pane tostato con la marmellata, poi faceva galleggiare nel lavabo della camera della mamma un'ochetta di porcellana celeste. Il padre a quell'ora era nel suo spogliatoio, lì accanto. Qualche volta chiamava Celia e le dava un penny, che lei infilava dentro un piccolo salvadanaio di legno dipinto. Quando la cassettina-salvadanaio era piena, tutti quei soldini venivano messi in banca, su un libretto di risparmio, e una volta che la somma risparmiata fosse stata sufficiente, Celia si sarebbe comperata qualcosa di molto bello col suo denaro. Che cosa dovesse essere quel "qualcosa", era una delle preoccupazioni principali della vita di Celia. Gli oggetti favoriti variavano da una settimana all'altra. Prima, ci fu un elegante pettine di tartaruga ricoperto di brillantini per la mamma, da usare per fermare i capelli sulla nuca. Un pettine simile era stato indicato a Celia da Susan, in una vetrina. «Una signora importante potrebbe portarlo, un pettine così» aveva detto Susan in tono riverente. Poi c'era un vestito da ballo di seta bianca con la gonna plissettata: anche quello faceva parte dei sogni di Celia... ma era un vestito "da grande", che indossavano soltanto le bambine che danzavano con il tutù. E c'era anche un paio di pantofole d'oro vero – Celia non aveva dubbi sull'esistenza di cose del genere – e poi un pony.

Una di queste bellissime cose – e anche altre – era in serbo per lei il giorno in cui vi fosse stato "abbastanza sul libretto di risparmio".

Di giorno Celia giocava in giardino, facendo correre un cerchio – che poteva essere qualsiasi cosa, da una diligenza a un treno espresso –, arrampicandosi sugli alberi e creandosi nascondigli nel mezzo di folti cespugli, dove starsene in segreto a inventare storie. Se il tempo era piovoso, leggeva nella nursery o colorava con i pastelli vecchi numeri del «Queen». Tra il tè e la cena c'erano giochi meravigliosi da fare con la mamma. A volte, con gli asciugamani sorretti dalle sedie, costruivano delle case da cui entravano e uscivano camminando a quattro zampe. Oppure facevano le bolle di sapone. Non sapevi mai quale sarebbe stato, ma era sempre un gioco delizioso e divertente: il genere di gioco che non saresti mai riuscita a inventare da sola, il genere di gioco che si poteva fare soltanto con la mamma.

Ora al mattino c'erano le "lezioni", che facevano sentire Celia molto importante. C'era l'aritmetica, che imparava col padre. Le piaceva l'aritmetica, e le piaceva sentire papà dire: «Questa bambina ha un'ottima mente matematica. Lei non conterà sulle dita come fai tu, Miriam». Al che la mamma rideva e diceva: «Io non ho mai avuto testa per i numeri». Celia imparò dapprima le addizioni e le sottrazioni, poi a moltiplicare, che era molto divertente, e infine a fare le divisioni, una cosa piuttosto difficile e da grande. Alla fine, vennero i "problemi". Celia adorava i problemi. Parlavano di bambini e di mele, di pecore in un campo oppure di torte o di uomini al lavoro, e sebbene in fondo si trattasse soltanto di addizioni, sottrazioni, moltiplicazioni o divisioni camuffate, le risposte erano sempre in bambini, mele o pecore, il che rendeva tutto molto più interessante. Dopo l'aritmetica c'era la "copia", da fare in un quaderno di esercizi. La mamma scriveva una frase sulla prima riga in alto e Celia doveva copiarla e ricopiarla finché arrivava in fondo alla pagina. A Celia copiare non piaceva molto, ma a volte la mamma scriveva una frase molto buffa, tipo "Scimpanzé scimuniti non possono scegliere con coscienza", che faceva tanto ridere la bambina. Poi doveva esercitarsi a compitare: erano paroline brevi e semplici, ma le creavano molti problemi. Ansiosa di fare bene, inseriva lettere in più nelle parole tanto da renderle irriconoscibili.

La sera, dopo che Susan le aveva fatto il bagno, Celia aspettava la mamma che veniva a darle "un'ultima rimboccatina": "la rimboccatina della mamma", la chiamava Celia, e cercava di rimanere immobile nel suo letto, perché "la rimboccatina della mamma" fosse tale e quale al suo risveglio. Ma, chissà perché, non era mai così.

«Vuoi che ti lasci una luce accesa, tesoro? O la porta socchiusa?»

Ma Celia non voleva mai la luce accesa. Le piaceva la calda, confortevole oscurità in cui lasciarsi sprofondare a poco a poco. L'oscurità le era amica.

«Be', non sei una che ha paura del buio» le diceva Susan. «La mia nipotina... oh!, quella urla come una pazza, se la lasciano al buio.»

La nipotina di Susan – Celia in cuor suo lo pensava da un pezzo, ormai – doveva essere una bambina odiosa, e anche molto stupida. Che ragione c'era di avere paura del buio? La sola cosa che poteva fare paura erano i sogni. Quelli erano spaventosi perché mettevano sottosopra la realtà. Se lei si svegliava urlando per avere sognato l'Uomo col Fucile, saltava dal letto, orientandosi perfettamente anche al buio, e correva lungo il corridoio fino alla camera della mamma. La mamma allora la riaccompagnava e rimaneva un po' con lei, dicendo: «Non c'è nessun Uomo col Fucile, cara. Stai tranquilla: non c'è nessuno». E Celia si riaddormentava, sapendo che la mamma le era accanto, e che di lì a qualche istante si sarebbe ritrovata a cogliere primule nella valle in riva al fiume, dicendo trionfante tra sé: "Lo sapevo, io, che qui non c'era la ferrovia: c'è sempre stato il fiume".

2
All'estero

LA SUA NANNIE SE NE ERA ANDATA da sei mesi quando Celia seppe dalla mamma una novità molto emozionante. Stavano per andare all'estero: in Francia.

«Anch'io?»

«Sì, tesoro, anche tu.»

«E Cyril?»

«Anche lui.»

«E Susan e Rouncy?»

«No. Papà, io, Cyril e te. Papà non è stato bene, e il dottore vuole che passi l'inverno in un luogo più caldo.»

«È calda la Francia?»

«Il Sud, sì.»

«Com'è, mamma?»

«Be', ci sono le montagne. Montagne con la neve in cima.»

«Perché hanno la neve in cima?»

«Perché sono molto alte.»

«Alte quanto?»

E la mamma cercava di spiegarle quanto fossero alte le montagne, ma a Celia riusciva difficile immaginarle.

Conosceva Woodbury Beacon. Ci voleva mezz'ora di cammino per arrivare in cima, ma Woodbury Beacon non era granché come montagna.

Era tutto molto emozionante: in particolare la valigia. Una vera valigia tutta per lei, di cuoio verde scuro, e dentro c'erano delle boccette, e il posto per la spazzola dei capelli, il pettine e la spazzola per i vestiti, e c'era perfino una sveglietta da viaggio e un piccolo calamaio!

Era la cosa più splendida che Celia avesse mai posseduto. Il viaggio fu una vera avventura. Per cominciare, la traversata della Manica. La mamma andò a distendersi, e Celia rimase sul ponte con papà, il che la fece sentire adulta e importante.

La Francia, quando finalmente la videro, fu un po' deludente. Sembrava un posto come tutti gli altri. Ma i facchini con l'uniforme blu che parlavano francese erano entusiasmanti, e anche quel buffo treno alto in cui bisognava prendere posto. Avrebbero dormito sul treno, e anche questo sembrava a Celia un fatto elettrizzante.

Lei e la mamma avrebbero avuto uno scompartimento, papà e Cyril quello accanto.

Cyril, naturalmente, prendeva tutto con aria di sufficienza. Aveva sedici anni ed era per lui un punto d'onore non mostrarsi mai entusiasta o interessato. Faceva domande con aria indolente, ma perfino lui nascondeva a stento la curiosità per la grande locomotiva francese.

Celia domandò alla madre:

«Ci saranno davvero le montagne, mamma?»

«Sì, cara.»

«Ma proprio altissime altissime?»

«Sì.»

«Più alte di Woodbury Beacon?»

«Molto più alte. Talmente alte che in cima c'è la neve.»

Celia chiudeva gli occhi e tentava di immaginare. Montagne. Grandi colline che andavano su, su, su: così alte che forse la cima non la vedevi nemmeno. Celia piegava la testina all'indietro, sempre di più: con la fantasia, stava guardando i ripidi versanti delle montagne.

«Che c'è, cara? Ti fa male il collo?»

Celia scuoteva la testa con enfasi.

«Sto pensando alle montagne.»

«Che bambina sciocca» fu il bonario commento di Cyril.

Poco dopo, ci fu l'eccitante esperienza di mettersi a letto in treno. Al mattino, quando si sarebbero svegliati, sarebbero stati nel Sud della Francia.

Erano le dieci del mattino seguente, quando arrivarono a Pau. Vi fu una grande confusione per radunare tutto il bagaglio: nientemeno che tredici bauli e innumerevoli valigie.

Finalmente, si ritrovarono fuori dalla stazione e si diressero verso l'albergo. Celia scrutava intorno, in tutte le direzioni.

«Dove sono le montagne, mamma?»

«Laggiù, tesoro. La vedi quella fila di picchi nevosi?»

Quelli! Contro l'orizzonte c'era una linea bianca a zigzag, sembrava una fila di colline ritagliate da un foglio di carta. Una linea bassa. Dov'erano quegli enormi e torreggianti monumenti di pietra che si levavano fino al cielo, su su, sopra la testa di Celia?

«Oh» disse Celia.

Un amaro senso di delusione la investì. Le montagne, bella roba!

Una volta superata la delusione riguardo alle montagne, Celia scoprì che era bellissimo vivere a Pau. I pasti erano entusiasmanti. A una lunga tavolata, si consumavano piatti sconosciuti e interessanti. C'erano altre due bambine nell'albergo, due gemelle di un anno più grandi di Celia. Lei, Bar e Beatrice stavano praticamente sempre insieme. Celia, per la prima volta nei suoi solenni otto anni, scopriva le gioie della monelleria. Le tre bambine mangiavano arance sul balcone e gettavano i semi addosso ai soldati che passavano, così gai, nella loro uniforme blu e rossa. Quando i soldati guardavano in su, irritati, le tre bambine si erano già abbassate, rendendosi invisibili. Mettevano mucchietti di sale e di pepe nei piatti preparati per la tavolata e facevano disperare Victor, il vecchio cameriere. Si nascondevano in una nicchia sotto le scale e, con una lunga piuma di pavone, solleticavano le gambe degli ospiti che scendevano a cena. Compirono la loro ultima prodezza un giorno in cui avevano infastidito la cameriera dell'ultimo piano tanto da farle perdere la pazienza. L'avevano seguita in uno sgabuzzino dove venivano tenuti secchi, scope e spazzoloni. Giratasi di scatto, la donna aveva rovesciato loro addosso un torrente di parole incomprensibili – ossia, in francese – e poi era uscita, furente, sbattendo la porta dietro di sé e chiudendola a chiave. Le tre bambine erano prigioniere.

«Ce l'ha fatta» fu l'amaro commento di Bar.

«Quanto tempo passerà prima che ci faccia uscire?»

Si guardavano, preoccupate. Ma gli occhi di Bar lampeggiavano, ribelli.

«Non sopporto di dargliela vinta. Dobbiamo fare qualcosa.»

Bar era sempre il capobanda. I suoi occhi andarono a una finestrella, unica apertura della stanza.

«Chissà se riusciremmo a passare di là. Siamo tutt'e tre piuttosto magre. Che cosa c'è all'esterno, Celia, vedi qualcosa?»

Celia riferì che c'era un cornicione.

«È abbastanza grande per camminarci sopra» disse.

«Bene, gliela faremo vedere a Suzanne. Le verrà un colpo, quando le salteremo addosso all'improvviso.»

Riuscirono, con difficoltà, ad aprire la piccola finestra, e una alla volta vi si insinuarono, sbucando all'esterno. Il cornicione era largo circa trenta centimetri, e aveva uno spessore forse di cinque. Sotto c'era un precipizio di ben cinque piani.

La signora belga della camera 33 mandò un cortese biglietto alla signora inglese della camera 54. Era al corrente, madame, del fatto che la sua bambina e le due bambine di Madame Owen passeggiavano lungo il parapetto del quinto piano?

La sgridata che seguì fu per Celia del tutto inspiegabile e ingiusta. Nessuno le aveva mai detto di non camminare sui cornicioni.

«A rischio di cadere e ammazzarti!»

«Eh? Ma mamma, c'era tanto di quel posto: perfino per mettere giù tutti e due i piedi.»

L'incidente rimase uno di quegli episodi inspiegabili, in cui gli adulti fanno una gran confusione per cose da nulla.

Celia, naturalmente, doveva imparare il francese. Cyril disponeva di un giovanotto del luogo che veniva ogni giorno. Per Celia era stata assunta una signorina che la portasse ogni giorno a passeggio e le parlasse in francese. In realtà era un'inglese, figlia del proprietario della libreria inglese, ma aveva vissuto sempre a Pau e parlava con la stessa facilità le due lingue.

La signorina Leadbetter era una giovane quanto mai raffinata. Pronunciava l'inglese in maniera impeccabile. Parlava lentamente, con paziente gentilezza.

«Vedi, Celia, quello è un negozio dove infornano il pane. Una *boulangerie.*»

«Sì, signorina Leadbetter.»

«Guarda, Celia, c'è un cagnolino che attraversa la strada. *Un chien qui traverse la rue. Qu'est-ce qu'il fait?* Significa: che cosa sta facendo?»

Quell'ultimo esempio della signorina Leadbetter non era stato molto felice. I cani sono creature indelicate, tendenti a fare arrossire le guance di giovani donne raffinatissime. Quel particolare cane smise di attraversare la strada per dedicarsi ad altre attività.

«Non so come dirlo in francese, quello che sta facendo» rispose Celia.

«Guarda da un'altra parte, cara» raccomandò la signorina Leadbetter. «È meglio. C'è una chiesa di fronte a noi. *Voilà une église.*»

Le passeggiate erano lunghe, noiose e monotone.

Dopo una quindicina di giorni, la madre di Celia si sbarazzò della signorina Leadbetter.

«Una ragazza impossibile» spiegò al marito. «Riesce a far sembrare noiose perfino le cose più interessanti.»

Il padre di Celia era d'accordo. Disse che la bambina non avrebbe mai imparato il francese se non da una francese. A Celia l'idea di una francese non sorrideva molto. Aveva una istintiva, insulare diffidenza verso tutti gli stranieri. D'altronde, se era soltanto per qualche passeggiata... La madre assicurò che Mademoiselle Mauhourat le sarebbe piaciuta di certo. A Celia quel nome sembrò davvero incredibile.

Mademoiselle Mauhourat era alta e grossa. Portava abiti composti da un gran numero di mantelline che ondeggiavano urtando oggetti ovunque.

Celia era dell'opinione che la nannie l'avrebbe definita "una che si agita".

Mademoiselle Mauhourat era molto loquace ed espansiva.

«*Oh, la chère mignonne!*» continuava a ripetere. «*La chère petite mignonne.*» Poi s'inginocchiò davanti a Celia, ridendole in faccia in maniera accattivante. Celia rimaneva molto britannica e impassibile. La cosa non le piaceva affatto: la faceva sentire in imbarazzo.

«*Nous allons nous amuser. Ah, combien nous allons nous amuser!*»

Ricominciarono le passeggiate. Mademoiselle Mauhourat non taceva un istante, e Celia sopportava educatamente quel fiume di parole incomprensibili. Mademoiselle Mauhourat era molto gentile: più era gentile, meno Celia la poteva soffrire.

Dopo una decina di giorni, Celia si prese un raffreddore. Aveva anche qualche linea di febbre.

«Meglio che tu non esca, oggi» disse la madre. «Mademoiselle può farti compagnia qui.»

«No» proruppe Celia. «No. Mandala via. Mandala via.»

La madre la fissava. Era uno sguardo che Celia conosceva bene: luminoso, attento, penetrante. Poi disse, tranquillamente:

«Va bene, tesoro mio. Lo farò.»

«Non farla neppure entrare qui» implorò Celia.

Ma in quel momento la porta si aprì e mademoiselle, avvolta nelle sue mille mantelline, entrò.

La madre di Celia le parlò in francese. Mademoiselle emetteva esclamazioni di costernata comprensione.

«*Ah, la pauvre mignonne*» gridò poi, quando la signora tacque. Cadde in ginocchio davanti a Celia. «*La pauvre, pauvre mignonne.*»

Celia lanciò uno sguardo supplichevole alla madre, facendo poi delle smorfie terribili. "Mandala via" dicevano quelle smorfie. "Mandala via."

Per fortuna, in quel momento una delle tante mantelline di mademoiselle rovesciò un vasetto di fiori, e tutta la sua attenzione venne assorbita dalla necessità di scusarsi.

Quando finalmente furono sole, la mamma di Celia redarguì la bambina.

«Cara, non avresti dovuto fare quelle smorfie. Mademoiselle intendeva soltanto essere gentile. Sarebbe rimasta male, se se ne fosse accorta.»

Celia guardò meravigliata la madre.

«Ma, mamma,» protestò «erano smorfie in inglese.»

Non capì perché la mamma ridesse tanto. Quella sera, Miriam disse al marito: «Nemmeno quella donna va bene. Celia non la sopporta. Chissà se...».

«Cosa?»

«Niente» disse Miriam. «Pensavo a una ragazza che ho visto oggi dal parrucchiere.»

Quando tornò a farsi pettinare, la signora parlò con la ragazza. Era soltanto una delle apprendiste: al momento il suo incarico consisteva nel porgere le forcine. Aveva circa diciannove anni, i capelli neri ordinatamente raccolti in uno chignon, un nasetto all'insù e una faccia rosea e allegra.

Jeanne rimase molto sorpresa quando la signora inglese si rivolse a lei per domandarle se le sarebbe piaciuto andare in Inghilterra. Rispose che dipendeva da ciò che ne pensava *maman*. Miriam le chiese allora l'indirizzo della madre. I genitori di Jeanne avevano un piccolo caffè, molto grazioso e pulito. Madame Beaugé ascoltò, altrettanto sorpresa, la proposta della signora inglese. Andare in Inghilterra per occuparsi di una ragazzina? Jeanne aveva pochissima esperienza, era piuttosto maldestra e impacciata. Berthe, piuttosto, la figlia maggiore... ma era Jeanne che la signora voleva. Venne chiamato a consulto Beaugé padre. Disse che non dovevano ostacolare l'avvenire di Jeanne. Lo stipendio era buono, migliore di quello che la ragazza prendeva dal parrucchiere.

Tre giorni dopo Jeanne, nervosissima e fiera, si presentò per prendere servizio. Era molto preoccupata dall'impressione che avrebbe fatto sulla ragazzina di cui doveva occuparsi. Non sapeva una parola di inglese. Aveva imparato una frase e la disse, sperando per il meglio. «Buongiorno, *mizz.*»

Ahimè, l'accento di Jeanne era così particolare che Celia non capì. In silenzio, Jeanne aiutò la bambina a vestirsi, e intanto si scrutavano a vicenda. Jeanne spazzolò i riccioli di Celia, attorcigliandoli attorno alle dita. Celia non smetteva di osservarla.

«Mamma,» disse a colazione «Jeanne non sa dire nemmeno una parola in inglese?»

«No.»

«Che buffo.»

«Ti piace Jeanne?»

«Ha una faccia divertente» disse Celia. Ci pensò su e aggiunse: «Dille di spazzolarmi i capelli con più forza».

In capo a tre settimane, Celia e Jeanne erano in grado di comprendersi. Al termine della quarta, incontrarono una mandria di mucche mentre erano fuori per la solita passeggiata.

«*Mon Dieu!*» gridò Jeanne. «*Des vaches... des vaches! Maman, maman!*»

«Che succede?» domandò Celia.

«*J'ai peur des vaches.*»

Celia la guardò benignamente.

«Se incontriamo altre vacche,» disse «mettiti dietro di me.»

Da quel momento, diventarono grandi amiche. Celia trovava che Jeanne fosse una compagna divertente. Jeanne fece i vestiti ad alcune bamboline che erano state regalate a Celia e in seguito mise in scena alcuni siparietti ben riusciti. Jeanne era, di volta in volta, *la femme de chambre* – molto impertinente –, *la maman*, *le papa* – che era un tipo militaresco e non faceva che lisciarsi i baffi – e le tre bambine cattive. Una volta, fece addirittura la parte di *Monsieur le Curé*, ascoltò le confessioni delle tre bambine e impose a tutte terribili penitenze. Celia era incantata, e continuava a chiedere una ripetizione.

«*Non, non, mizz, c'est trés mal ce que j'ai fait là.*»

«*Pourquoi?*»

Jeanne spiegò.

«Ho preso in giro *Monsieur le Curé*. È peccato!»

«Oh, non potresti farlo ancora una volta? Era così divertente!»

La compiacente Jeanne mise a repentaglio la sua anima immortale e rifece la scena in modo ancora più comico.

Celia sapeva tutto della famiglia di Jeanne. Di Berthe che era *très sérieuse*, di Louis che era *si gentil*, di Edouard che era *spirituel* e della *petite* Lise che aveva appena fatto la prima comunione, e del gatto, così abile che riusciva ad accoccolarsi in mezzo ai bicchieri, nel bar, senza romperne neanche uno.

Celia, a sua volta, raccontava a Jeanne di Goldie, di Rouncy e di Susan, e del giardino, e di tutte le cose che avrebbero fatto in Inghilterra. Jeanne non aveva mai visto il mare. Il pensiero di prendere una nave dalla Francia all'Inghilterra l'atterriva.

«*Je me figure*» diceva «*que j'aurais horriblement peur. N'en parlons pas! Parlez-moi de votre petit oiseau.*»

Un giorno, mentre Celia era a spasso con il padre, una voce arrivò da un tavolino all'esterno di uno degli alberghi.

«John! Ma sì che è lui. John!»

«Bernard!»

Un pezzo d'uomo dall'aria cordiale era balzato in piedi e ora stringeva freneticamente la mano del papà di Celia.

Si trattava di un certo signor Grant, un vecchio amico del babbo. Non si vedevano da alcuni anni, e nessuno dei due sospettava minimamente che anche l'altro si trovasse a Pau. I Grant soggiornavano in un altro albergo, ma le due famiglie presero l'abitudine di riunirsi dopo il *déjeuner* per prendere il caffè insieme.

La signora Grant, secondo Celia, era la donna più bella che si fosse mai vista. Aveva i capelli di un biondo argentato, pettinati in modo squisito, meravigliosi occhi di un azzurro intenso, lineamenti bellissimi e una voce limpida e calda. Celia inventò immediatamente un nuovo personaggio, che chiamò "la regina Marise". La regina Marise aveva tutti gli attributi personali della signora Grant ed era adorata dai suoi devoti sudditi. Per tre volte era vittima di attentati, ma veniva salvata da un devoto giovane di nome Colin, che lei faceva subito cavaliere. I suoi abiti per l'incoronazione erano di velluto verde e la corona era d'argento tempestata di diamanti.

Il signor Grant non veniva fatto re. Celia trovava che fosse simpatico, ma che avesse una faccia troppo grossa e troppo rossa: non era simpatico come papà, con la sua barba castana e quel modo speciale di gettare indietro la testa quando rideva. Celia era del parere che suo padre fosse proprio come un padre deve essere: sempre pronto a scherzare ma non in modo da farti sentire sciocca, cosa che capitava invece col signor Grant.

Con i Grant c'era il loro figlio Jim, un simpatico studentello con le efelidi. Era sempre sorridente e di buonumore, e aveva gli occhi tondi tondi, il che gli dava un'aria vagamente meravigliata. Adorava sua madre.

Lui e Cyril si scrutavano con diffidenza. Jim era molto rispettoso nei confronti di Cyril, perché aveva due anni in più e frequentava una scuola pubblica. Nessuno dei due badava a Celia perché, si sa, Celia era soltanto una bambina.

I Grant ripartirono per l'Inghilterra dopo circa tre settimane. Celia udì per caso il signor Grant dire alla mamma: «Ho provato uno shock nel rivedere John, ma lui mi assicura che da quando è qui sta molto meglio».

Più tardi, Celia domandò alla madre: «Mamma, papà è ammalato?».

La mamma sembrava un po' strana mentre rispondeva.

«No, no, non è ammalato. Ora sta benissimo. Era soltanto la pioggia e il clima umido dell'Inghilterra.»

Celia era contenta che il suo papà non fosse ammalato. Ma già, era impossibile che lo fosse: non rimaneva mai a letto, non starnutiva, non aveva mal di stomaco. Qualche volta tossiva, ma solo perché fumava molto. Celia lo sapeva, perché glielo aveva detto proprio lui.

Ma si domandava perché la mamma avesse quell'aria... be', strana...

Quando arrivò il mese di maggio, lasciarono Pau e andarono prima ad Argelès, ai piedi dei Pirenei, e subito dopo a Cauterets, su in montagna.

Ad Argelès, Celia s'innamorò. L'oggetto della sua passione era il lift: Auguste. Non Henry, l'altro lift piccolo e biondo che qualche volta scherzava con lei e con Bar e Beatrice – erano venute anche loro ad Argelès–, ma Auguste. Auguste aveva diciotto anni, era alto, bruno, olivastro e sembrava molto triste.

Non si interessava affatto alle persone che accompagnava su e giù. Celia non trovava mai il coraggio di rivolgergli la parola. Nessuno, nemmeno Jeanne, sapeva della sua passione romantica. A letto, la sera, Celia immaginava scene in cui salvava la vita ad Auguste afferrando la briglia del cavallo lanciato in un folle galoppo; oppure, in un naufragio, si salvavano soltanto loro due, ed era lei a trarlo in salvo, nuotando fino a riva e tenendogli la testa fuori dall'acqua. Qualche volta Auguste salvava lei da un incendio, ma tutto sommato la cosa non era altrettanto soddisfacente. La conclusione che lei preferiva era quella in cui Auguste, con le lacrime agli occhi, diceva: "Mademoiselle, vi devo la vita. Come potrò mai ringraziarvi?".

Fu una passione breve ma violenta. Un mese più tardi si trasferirono a Cauterets, e Celia s'innamorò invece di Janet Patterson.

Janet aveva quindici anni. Era una ragazza simpatica, con i capelli castani e gli occhi azzurri e ridenti. Non era per niente bella o fuori dal comune. Era gentile con quelli più piccoli e giocava con loro senza mostrare di annoiarsi.

L'unica gioia a cui Celia aspirava era di poter crescere e assomigliare al suo idolo. Un giorno anche lei avrebbe indossato una camicetta a righe con collettino bianco e cravatta e avrebbe portato i capelli intrecciati, legati con un nastro nero. Avrebbe avuto, inoltre, quella cosa misteriosa: il seno. Janet ce l'aveva: molto vistoso, anche, e sporgente ai lati della camicetta a righe. Celia – una bambina magrissima, descritta anzi dal fratello Cyril, quando voleva farla arrabbiare, come "un pollastrino striminzito" (cosa che non mancava mai di ridurla in lacrime) – era innamoratissima delle curve. Un giorno, un glorioso giorno, sarebbe stata grande anche lei, sporgente e rientrante nei punti giusti.

«Mamma,» domandò una volta «quando avrò anch'io un petto che sporge in fuori?»

La madre la guardò e replicò: «Perché, ci tieni tanto?».

«Oh, sì» assicurò Celia trepidante.

«Quando sarai sui quattordici o quindici anni: l'età di Janet.»

«Potrò avere una camicetta a righe, allora?»

«Forse, ma non mi sembra che siano tanto belle.»

Celia la guardò con aria di rimprovero.

«Sono bellissime. Oh, mamma, dimmi che potrò averne una anch'io, quando avrò quindici anni.»

«Potrai averla... se ancora la vorrai.»

Certo che l'avrebbe voluta.

Celia si allontanò per andare a contemplare il suo idolo. Con suo grande disappunto, Janet stava passeggiando con la sua amica francese Yvonne Barbier. Celia la odiava e ne era gelosa. Yvonne era molto carina, molto elegante, molto sofisticata. Sebbene avesse appena quindici anni, ne dimostrava diciotto. Il braccio infilato sotto quello di Janet, le stava parlando con voce svenevole.

«*Naturellement, je n'ai rien dit à maman. Je lui ai répondu...*»

«Corri a giocare, cara» disse gentilmente Janet. «Yvonne e io abbiamo da fare, ora.»

Celia si ritirò rattristata. Come detestava quell'orribile Yvonne Barbier.

Ahimè, due settimane più tardi, Janet e i suoi partirono da Cauterets. L'immagine di lei svanì rapidamente dalla mente di Celia, che rimase comunque in estatica attesa del giorno in cui avrebbe avuto "un bel seno".

Cauterets era molto divertente. Era proprio sotto le montagne. Nemmeno da lì, comunque, erano come Celia se le era immaginate. Per tutta la vita non avrebbe mai veramente ammirato lo scenario dei monti. In fondo alla sua mente, rimaneva un vago senso di delusione. Ma le delizie di Cauterets erano di vario genere. C'era la passeggiata mattutina fino a La Raillière, dove la madre e il padre bevevano bicchieri d'acqua dal sapore pessimo. E dopo la bevuta d'acqua c'era l'acquisto di bastoncini di *sucre d'orge*. Erano piccoli tortiglioni di sapore e colore differenti. Celia di solito sceglieva l'ananas, mentre alla mamma piaceva quello verde, all'anice. Al papà, strano ma vero, non ne piaceva nessuno. Sembrava però più vivace e di buonumore da quando erano a Cauterets.

«Quest'aria mi si confà, Miriam» diceva. «Qui mi sento diventare un altro.»

«Ci resteremo il più a lungo possibile» rispondeva la moglie.

Anche lei sembrava più allegra: rideva più spesso. La ruga di ansia tra le sopracciglia le si era spianata. Stava poco con Celia. Soddisfatta di sapere la bambina affidata alla custodia di Jeanne, si dedicava anima e corpo al marito.

Dopo l'escursione mattutina, Celia tornava a casa con Jeanne attraverso i boschi, seguendo sentieri che andavano su e giù a zigzag, e a volte lasciandosi scivolare giù per quei ripidi pendii con risultati disastrosi per la biancheria intima. Da Jeanne si levavano gemiti di protesta.

«*Oh, mizz... ce n'est pas gentil ce que vous faites là. Et vos pantalons. Que dirait madame votre mère?*»

«*Encore une fois, Jeanne. Une fois seulement.*»

«*Non, non. Oh, miiizz!*»

Dopo pranzo, Jeanne era sempre occupata a cucire. Celia andava a giocare con qualche altra bambina. Una certa Mary Hayes era stata particolarmente designata come compagna adatta per lei. «Una bambina così graziosa» diceva la mamma di Celia. «E poi, così educata e composta. Proprio l'amichetta ideale per Celia.»

Celia giocava con Mary Hayes quando non poteva evitarlo, ma la trovava terribilmente noiosa. Mary era gentile e paziente ma, secondo Celia, del tutto priva di fantasia. La bambina che le piaceva davvero era un'americana di nome Marguerite Priestman. Veniva da uno degli Stati occidentali e aveva un accento spaventoso che affascinava la bambina inglese. Sapeva fare giochi che per Celia erano una novità. Era accompagnata dalla sua nurse, una straordinaria donna anziana con un enorme cappello nero, la cui frase preferita era: «E ora rimanete vicino a Fanny, capito?».

A volte, quando sorgeva una discussione, Fanny interveniva a mettere pace. Un giorno, trovò entrambe le bambine quasi in lacrime tanto era accesa la disputa.

«Su, dite a Fanny di che cosa si tratta» ordinò.

«Stavo raccontando una storia a Celia, e lei dice che non è così... mentre è proprio così.»

«Racconta a Fanny cosa dice la storia.»

«Era proprio una bella storia. Parlava di una bambina che cresceva tutta sola in un bosco, perché nessun dottore era mai andato a prenderla con la sua borsa nera...»

Celia interruppe.

«Ecco, non è così. Marguerite dice che i bambini vengono trovati nei boschi dai dottori e portati alle mamme. Non è vero. Li portano gli angeli durante la notte, e li mettono nelle culle.»

«I dottori!»

«Gli angeli!»

Fanny alzò la sua manona. «Ascoltate me.»

Ascoltarono. I piccoli occhi neri di Fanny scintillavano perspicaci mentre lei rifletteva e poi risolveva il problema.

«Non avete motivo di riscaldarvi, nessuna delle due. Marguerite ha ragione e anche Celia. Uno è il modo in cui portano i bambini americani, l'altro quello in cui portano i bambini inglesi.»

Più semplice di così! Celia e Marguerite si sorrisero e fecero la pace.

«Date sempre retta a Fanny» mormorò la nurse, e riprese placidamente a sferruzzare.

«Vado avanti con la storia?» domandò Marguerite.

«Sì, certo» rispose Celia. «E dopo te ne racconto una io, su un opale fatato che era uscito da un nocciolo di pesca.»

Marguerite riprese a raccontare, per essere interrotta poco dopo ancora una volta.

«Che cos'è uno *scarpiune*?»

«Uno *scarpiune*? Ma Celia, non sai cos'è uno *scarpiune*?»

«No, cos'è?»

Era piuttosto difficile. Dal succo delle spiegazioni di Marguerite, Celia afferrò soltanto il fatto che uno *scarpiune* era in sostanza uno *scarpiune*! Lo *scarpiune* rimase per lei un animale leggendario legato in qualche modo al continente americano.

Soltanto quando era ormai adulta, un giorno la scoperta le balenò improvvisa alla mente.

«Eh, già! Lo *scarpiune* di Marguerite era uno *scorpione*.»

E provò un fuggevole ma acuto senso di rimpianto.

Si cenava molto presto a Cauterets, verso le sei e mezzo. A Celia era permesso rimanere alzata. Dopo, tutti sedevano intorno ai tavolini, all'aperto, e una o due volte la settimana c'erano i giochi di prestigio.

Celia adorava assistervi. L'uomo che li faceva, così le aveva detto il padre, era un *prestidigitateur*.

Quel nome l'affascinava. Ripeteva le sillabe tra sé, lentamente.

Il prestigiatore era alto, con una gran barba nera. Faceva le cose più affascinanti, servendosi di nastri colorati: metri e metri di nastro, che gli uscivano improvvisamente dalla bocca. Alla fine dello spettacolo, annunciava "una piccola lotteria". Prima, faceva girare un gran piatto di legno nel quale ognuno metteva un contributo. Poi venivano annunciati i numeri vincenti e distribuiti i premi: un ventaglio di carta, un palloncino colorato, un vaso di fiori di carta. Sembrava che i bambini fossero i più fortunati alla lotteria: erano quasi sempre loro a vincere i premi. Celia aveva un gran desiderio di vincere il ventaglio. Non lo vinse mai, però, sebbene avesse vinto due volte un palloncino colorato.

Un giorno, il papà domandò a Celia: «Ti piacerebbe arrivare in cima a quel monte là?». Indicava una delle montagne dietro l'albergo.

«Io, papà? Fino in cima?»

«Sì. Ci si arriva a dorso di mulo.»

«Che cos'è un mulo, papà?»

Lui le spiegò che un mulo era una via di mezzo tra un asino e un cavallo. Celia era elettrizzata al pensiero dell'avventura. La madre sembrava un po' in dubbio. «Sei sicuro che non ci sia pericolo, John?»

Il padre di Celia rise di quei timori. La bambina non avrebbe corso nessun rischio.

Sarebbero andati lei, papà e Cyril. In tono sprezzante, Cyril commentò: «Come, viene anche la bambina? Sarà una seccatura per tutti». In realtà voleva un gran bene a Celia, ma la presenza della sorellina feriva il suo orgoglio di maschio. Aveva creduto si trattasse di una spedizione da uomini: donne e bambini si dovevano lasciare a casa.

Di buon'ora, il giorno della grande avventura, Celia era pronta e aspettava, sul balcone, l'arrivo dei muli. Sbucarono al trotto dall'angolo: animali grandi e grossi, più simili a cavalli che ad asini. Celia corse giù, in preda a una gioiosa impazienza. Un omino dal viso scuro, con il berretto, stava parlando con papà. Stava dicendogli che la *petite demoiselle* non aveva niente da temere. Lui stesso si sarebbe fatto un dovere di averne cura. Il padre e Cyril montarono; poi la guida sollevò Celia da terra e la mise in sella. Com'era alto lassù! Ma molto, molto emozionante!

Si avviarono. Dal balcone, la mamma di Celia li salutava. Celia non stava in sé dall'orgoglio. Si sentiva praticamente adulta. La guida camminava accanto a lei. Chiacchierava, anche, ma lei capiva ben poco di quello che l'uomo diceva, a causa del forte accento spagnolo.

Fu una gita meravigliosa. Salivano lungo sentieri tortuosi che diventavano sempre più ripidi. Ora procedevano proprio lungo il versante della montagna, una parete di roccia da un lato e uno strapiombo vertiginoso dall'altro. Nei punti più pericolosi il mulo di Celia si fermava con fare meditabondo sull'orlo del precipizio e scalciava oziosamente con un piede. Gli piaceva anche camminare proprio sull'orlo. Celia trovava che fosse un cavallo molto simpatico. Sembrava che il suo nome fosse Anisette, e Celia era del parere che fosse molto strano per un cavallo.

Era mezzogiorno quando arrivarono in vetta. Lassù c'era una casetta di legno con un tavolo davanti. Presero posto e, poco dopo, una donna servì il pranzo: e che pranzo! Omelette, trota, e poi pane e ricotta. C'era un grosso cane lanoso col quale Celia si mise a giocare.

«*C'est presque un anglais*» disse la donna. «*Il s'appelle Milor.*»

Milor aveva un buon carattere e lasciava che Celia gliene facesse di tutti i colori.

Infine, il padre di Celia guardò l'orologio e disse che era ora di rimettersi in cammino. Chiamò la guida.

Quest'ultima si avvicinò, sorridendo. Aveva qualcosa tra le mani.

«Guardate che cos'ho preso» disse.

Era una bella farfalla, molto grande.

«*C'est pour mademoiselle*» disse.

E rapidamente, con molta destrezza, prima che lei potesse prevederne le intenzioni, aveva estratto uno spillo e trafitto la farfalla per appuntarla alla falda del cappello di paglia di Celia.

«*Voilà que mademoiselle est chic*» disse, indietreggiando per ammirare il suo operato.

Poi vennero portati i muli, il gruppo rimontò in sella e cominciò la discesa.

Celia era disperata. Sentiva le ali della farfalla sbattere contro il suo cappello. Era viva: *viva*! Infilzata su uno spillo! Si sentiva infelice e in preda a un senso di malessere. Grandi lacrimoni si raccoglievano nei suoi occhi, rotolando giù per le guance.

Finalmente, il padre se ne accorse.

«Che c'è, topolino?»

Celia scosse la testa. I singhiozzi aumentarono.

«Hai male da qualche parte? Sei stanca? Ti fa male la testa?»

Celia, a ogni ipotesi, si limitava a scuotere la testa sempre più forte.

«Hai paura del mulo» sentenziò Cyril.

«No» protestò Celia.

«Allora cos'hai da frignare?»

«*La petite demoiselle est fatiguée*» fu il parere della guida.

Le lacrime di Celia scorrevano sempre più copiose. Ora tutti la guardavano, interrogandola: e lei come poteva dire quello che aveva? Sarebbe stato come offendere i sentimenti della guida. L'uomo aveva creduto di farle una gentilezza. Aveva catturato la farfalla appositamente per lei. Era parso così fiero della sua idea di appuntargliela al cappello. Come poteva dire a voce alta che ne era inorridita? E ora nessuno avrebbe mai, *mai* capito! Il vento faceva sbattere ancora di più le ali della povera farfalla. Celia piangeva senza potersi frenare. Nessuno era mai stato più infelice di così, ne era convinta.

«Sarà meglio affrettarci il più possibile» disse il padre. Appariva contrariato. «Dobbiamo riportarla dalla mamma. Aveva ragione lei. È troppo piccola, si è stancata.»

Celia avrebbe voluto urlare: "Non è vero, non è vero. Non si tratta di questo!". Ma non poteva, perché si rendeva conto che gli altri allora le avrebbero chiesto di nuovo: "E allora, perché piangi?". Si limitava a scuotere il capo, in silenzio.

Pianse per tutta la strada del ritorno. La sua infelicità diventava via via più cupa. Stava ancora piangendo quando la sollevarono dal mulo e il padre la trasportò di sopra, dove la mamma li stava aspettando. «Avevi ragione, Miriam» disse il padre. «È stata una fatica eccessiva, per la piccola. Non so se abbia qualcosa che le fa male o se sia soltanto stanchezza.»

«Non sono stanca» disse Celia.

«Aveva paura di venire giù da quei sentieri così ripidi» disse Cyril.

«Non avevo paura» protestò Celia.

«Allora cos'hai?» si spazientì il padre.

Celia fissava la mamma, in silenzio. Sapeva, ora, che non avrebbe mai potuto rispondere. La causa della sua disperazione sarebbe rimasta chiusa dentro il suo petto per sempre. Voleva dirlo – oh, lo voleva disperatamente –, ma non poteva. Una sorta di misteriosa inibizione sembrava sigillarle le labbra. Se almeno la mamma avesse saputo. Lei avrebbe compreso di certo. Ma dirglielo era impossibile. Tutti la fissavano, aspettavano che lei parlasse. Una sofferenza terribile le stringeva la gola. Muta, disperata, fissava sua madre. "Aiutami" sembrava dire quello sguardo. "Ti prego, aiutami."

Miriam la fissava a sua volta.

«Credo che sia per quella farfalla sul cappello» disse. «Chi l'ha appuntata là?»

Oh, che sollievo: che meraviglioso, doloroso, tormentoso sollievo!

«Sciocchezze» stava già dicendo il padre, ma Celia lo interruppe. Le parole proruppero da lei come acqua da una diga divelta.

«È orribile! È orribile!» gridò. «Batte le ali. È viva. Sta soffrendo.»

«Perché diavolo non l'hai detto subito, sciocchina?» disse Cyril.

Rispose la mamma al suo posto: «Probabilmente non voleva mortificare la guida».

«Oh, mamma!» disse Celia.

E c'era tutto, in quell'esclamazione. Il sollievo, la gratitudine... e un immenso slancio d'amore.

La mamma aveva capito.

3
La nonna

L'INVERNO SUCCESSIVO il padre e la madre di Celia andarono in Egitto. Non ritennero opportuno portare anche la bambina, che andò invece a stare dalla nonna, con Jeanne.

La nonna viveva a Wimbledon, e a Celia piaceva molto stare da lei. Una delle caratteristiche della casa della nonna era il giardino: un fazzoletto di prato, circondato da piante di rose che Celia conosceva perfettamente, una a una, al punto da ricordarsele perfino d'inverno. «Questa rosa è rosa e si chiama France: Jeanne, a te piacerebbe.» Ma la vera gloria del giardino era un frassino sotto il quale, con dei sostegni, era stata creata una pergola. Non c'era niente di simile a casa, e Celia lo considerava come una delle meraviglie del mondo. Poi c'era l'antiquato sedile di mogano del water, che era molto alto. Celia, ritirandosi là al mattino, fantasticava di essere una regina sul trono e, al riparo della porta chiusa a chiave, tendeva la mano a immaginari cortigiani per farsela baciare e prolungava la scena per quanto era possibile. E c'era la dispensa della nonna, che si apriva di fianco alla porta che dava sul giardino. Ogni mattina, facendo tintinnare il grosso mazzo di chiavi, la nonna faceva una capatina in dispensa, e Celia, con la puntualità di un bambino, di un cane o di un leone all'ora del pasto, era là anche lei. La nonna prendeva dalla dispensa zucchero, burro, uova, o un vasetto di marmellata. Teneva lunghe, astiose discussioni con Sarah, la vecchia cuoca. Molto diversa da Rouncy, la vecchia Sarah. Magra quanto Rouncy era grassa, e con una faccetta grinzosa come una noce. Per cinquant'anni, la sua vita si era svolta al servizio della nonna, e durante quei cinquant'anni, le discussioni erano state sempre le stesse. Si consumava troppo zucchero. Come mai era finita così presto l'ultima scatola di tè? Era, ormai, una specie di rituale: la nonna recitava quotidianamente la scena dell'accorta padrona di casa. I domestici erano così spreconi! Bisognava tenerli d'occhio. Terminato il rito, la nonna fingeva di accorgersi soltanto allora di Celia.

«Oh bella, che cosa fa qui questa bambina?»

E simulava una grande sorpresa.

«Bene, bene» diceva. «Non vorrai qualcosa, vero?»

«Oh, sì, nonna.»

«Be', vediamo.» La nonna pescava con calma nelle profondità della dispensa.

Qualcosa trovava di sicuro: delle prugne secche, un bastoncino di angelica candita, della conserva di cotogne. C'era sempre qualcosa per una bambina.

La nonna era una vecchia signora molto bella. Aveva la pelle bianca e rosea, due bande di capelli candidi ai lati della fronte e la bocca grande e pronta al riso. Era maestosamente solida, indossava vestiti di velluto o di raso con la gonna lunga e ampia e ben stretti in vita.

«Ho sempre avuto una bella figura, mia cara» raccontava a Celia. «Fanny, mia sorella, aveva un gran bel visetto, ma non aveva presenza per niente. Secca come due tavole inchiodate insieme. Nessun uomo la guardava a lungo, quando c'ero io. Agli uomini importa la figura, non la faccia.»

"Gli uomini" erano largamente presenti nella conversazione della nonna. Era stata allevata in un'epoca in cui gli uomini erano considerati il perno dell'universo. Le donne esistevano unicamente per il benessere di quegli esseri meravigliosi.

«Non c'era un uomo più bello di mio padre. Alto, sai? Tutti noi figli lo temevamo. Era severissimo.»

«La tua mamma com'era, nonna?»

«Ah, povera donna. Aveva soltanto trentanove anni quando morì. Eravamo dieci, noi figli. Un bel numero di bocche da sfamare. Dopo che era nato un bambino, quando lei rimaneva a letto...»

«Perché rimaneva a letto, nonna?»

«È l'usanza, carina.»

Celia accettava tranquilla quella spiegazione.

«Se lo prendeva sempre, il suo mese» continuava la nonna. «Era il solo riposo che avesse, poveretta. Se lo godeva. Faceva colazione a letto e prendeva un uovo sodo. Non che gliene toccasse molto. Noi bambini andavamo a darle fastidio. "Posso assaggiare il tuo uovo, mamma? Posso avere la parte in cima?" Dopo che tutti avevano assaggiato, non avanzava un granché. Era troppo buona, troppo mite. Morì quando avevo quattordici anni. Ero la più grande. Povero papà, era inconsolabile. Erano molto uniti, loro due. Sei mesi dopo, la seguì nella tomba.»

Celia assentiva. Ai suoi occhi, tutto questo era giusto e logico.

«Di che cosa morì?»

«Di consunzione galoppante» rispose la nonna.

«E tua madre?»

«Di deperimento, mia cara. Morì di mal sottile. Avvolgiti sempre una sciarpa intorno al collo quando vai fuori e c'è vento. Ricordatelo, Celia. Il vento di levante uccide. La povera signorina Sankey... pensa che venne qui a prendere il tè appena un mese fa. Poi andò a quegli stupidi bagni di mare... uscì dall'acqua col vento e senza il suo boa intorno al collo, e una settimana dopo era morta.»

Quasi tutte le storie e i ricordi della nonna terminavano così. Persona gaia e sanissima, provava un gran gusto a discorrere di mali incurabili, morti improvvise e malanni misteriosi. Celia ci era talmente abituata che nel bel mezzo di uno di quei racconti s'informava con interesse: «E poi morì, nonna?». E la nonna rispondeva: «Ah, sì, poveretto». O poveretta, o povero piccolo... a seconda dei casi. Nessuna delle storie della nonna era a lieto fine. Forse, era una reazione naturale al fatto di essere così sana e vigorosa.

La nonna dava anche una quantità di misteriosi avvertimenti.

«Se qualcuno che non conosci ti offre dei dolci, cara, tu non accettarli. E quando sarai più grande, ricordati di non salire mai in uno scompartimento dove c'è un uomo solo.»

Quell'ultima ingiunzione lasciava Celia piuttosto sgomenta. Solo in che senso? Scapolo? Se non si poteva salire in treno con uno scapolo, bisognava domandargli se era sposato. Gli uomini sposati non si riconoscevano a colpo d'occhio, e il solo pensiero di dover fare una domanda del genere le metteva la tremarella.

Non capì di essere il soggetto di un commento mormorato da una signora in visita.

«Non so se sia saggio... metterle certe idee in testa.»

La risposta della nonna suonò ben chiara.

«Essere avvisati in tempo evita molti guai. La gioventù dovrebbe saperle, certe cose. E c'è una cosa che forse lei non ha mai saputo, cara signora. Me la disse mio marito: il mio primo marito.» La nonna aveva avuto tre mariti – tanto era stata attraente la sua bella figura – e li aveva seppelliti tutti e tre: il primo in lacrime, il secondo con rassegnazione, l'ultimo con decoro. «Lui diceva che le donne dovrebbero saperle, certe cose.»

Abbassò la voce, bisbigliando sussurri sibilanti.

Quel poco che udì sembrò a Celia privo di interesse. Si allontanò alla chetichella, per andarsene in giardino...

Jeanne era infelice. Sentiva sempre più nostalgia della Francia e dei suoi. Le domestiche inglesi, diceva a Celia, non erano gentili con lei.

«La *cuisinière*, Sarah, è *gentille*, anche se mi chiama "papista". Ma le altre, Mary e Kate, ridono di me perché non spendo lo stipendio in vestiti, e mando tutto a casa a *maman*.»

La nonna tentava di consolarla.

«Continua a comportarti da ragazza di buonsenso. Non è mettendosi addosso inutili stracci che troverai un uomo per bene. Continua a mandare i soldi a tua madre, e avrai una piccola somma per quando ti sposerai.»

Ma di tanto in tanto Jeanne scoppiava a piangere, quando Mary o Kate erano state particolarmente scortesi. Le inglesi non avevano simpatia per le straniere, e Jeanne per giunta era cattolica.

Non sempre le rudi parole incoraggianti della nonna bastavano a rimarginare le ferite.

«Fai benissimo ad attenerti alla tua religione, ragazza mia. Non che io abbia simpatia per i cattolici, perché non ce l'ho. Quasi tutti quelli che ho conosciuto erano bugiardi. Li stimerei di più se i loro preti si sposassero. E quei conventi! *Tutte quelle belle ragazze rinchiuse nei conventi senza che se ne sappia più niente.* Che fine faranno, vorrei sapere. È una domanda alla quale i preti potrebbero rispondere, scommetto.»

Per fortuna l'inglese di Jeanne non era all'altezza di quel fiume di commenti.

Jeanne rispondeva soltanto che madame era tanto gentile, e che si sarebbe sforzata di non badare a quello che dicevano le due ragazze.

La nonna chiamò Mary e Kate e le accusò senza mezzi termini di cattiveria verso una povera ragazza straniera. Le due domestiche si mostrarono molto sorprese, costernate e compite. Loro non le avevano detto niente! Jeanne era proprio brava a immaginare cose inesistenti.

La nonna si prese una piccola rivincita col rifiutare a Mary il permesso di tenere la bicicletta.

«Mi meraviglio di te, Mary, che osi fare una richiesta del genere. Una mia domestica non farà mai una cosa tanto sconveniente.»

Mary, immusonita, mormorò che a sua cugina, a Richmond, era permesso.

«Non voglio più sentirne parlare» disse la nonna. «E poi, sono cose pericolose, per le donne. Molte non hanno potuto avere figli per essere andate su quegli orribili velocipedi.»

Mary e Kate si ritirarono, scontente. Avevano una gran voglia di licenziarsi, ma sapevano che il posto era buono. Si mangiava bene – non si faceva cucina a parte, per le persone di servizio – e il lavoro non era faticoso. La vecchia signora era una tiranna, ma a modo suo era gentile e nessuno era più generoso di lei, a Natale. La vecchia Sarah aveva la lingua tagliente, d'accordo, ma bisognava solo sopportarla. In compenso, cucinava benissimo.

Come tutti i bambini, Celia ronzava spesso attorno alla cuoca. Sarah era molto più severa di Rouncy, ma d'altronde era vecchissima. Se qualcuno avesse detto a Celia che Sarah aveva centocinquant'anni, non se ne sarebbe affatto meravigliata. Secondo Celia, non c'era mai stato nessuno vecchio come Sarah.

La cuoca era inspiegabilmente suscettibile sulle cose più straordinarie. Un giorno, per esempio, Celia era entrata in cucina per domandarle che cosa stesse cucinando.

«Zuppa di rigaglie, signorina Celia.»

«Che cosa sono le rigaglie, Sarah?»

La donna aveva sporto le labbra in fuori.

«Hmm. Cose sulle quali non è bello che una signorina faccia domande.»

«Ma cosa sono?» La curiosità di Celia si era risvegliata.

«Su, basta così, signorina Celia. Non sta bene che le signorine come lei facciano domande su certe cose.»

«Sarah...» Celia saltellava per la cucina. I riccioli biondissimi sussultavano. «Che cosa sono le rigaglie? Rigaglie... rigaglie... rigaglie...»

L'infuriata Sarah fece l'atto di minacciarla con una padella e Celia si ritirò, ma qualche minuto dopo fece capolino, petulante: «Sarah, cosa sono le rigaglie?».

Poi ripeté la domanda attraverso la finestra della cucina.

Sarah, molto contrariata, non rispondeva, limitandosi a brontolare tra sé.

Alla fine, stancatasi all'improvviso di quel gioco, Celia se ne andò in cerca della nonna.

La nonna se ne stava sempre nella sala da pranzo, che si affacciava sul breve vialetto davanti alla casa. Anche a vent'anni di distanza, Celia avrebbe potuto dare di quella stanza una descrizione minuziosa. Le tende di pesante pizzo di Nottingham, la tappezzeria amaranto e oro, l'atmosfera tetra, un vago odore di mele e ancora una traccia, nell'aria, del pasto di mezzogiorno. Il largo tavolo vittoriano con il copritavolo di ciniglia, la massiccia credenza di mogano, le pile di giornali sul tavolino accanto al caminetto, i pesanti bronzi sulla mensola del camino – «Tuo nonno li pagò settanta sterline all'Esposizione di Parigi» –, il sofà imbottito, in lucido cuoio rossiccio – Celia a volte faceva lì il suo riposino, ma il cuoio era talmente scivoloso che era difficile rimanere nel centro del sedile –, lo scialle a uncinetto gettato sopra lo schienale, i servi muti – sovraccarichi di piccoli oggetti – sotto le finestre, la libreria girevole sul tavolino rotondo, la poltrona a dondolo di velluto rosso sulla quale Celia, una volta, si era data la spinta con tanta forza da cadere all'indietro e farsi un bel bernoccolo sulla testa, la fila di sedie di pelle contro una parete e, per finire, la grande bergère di cuoio dove la nonna usava sedersi per svolgere le sue svariate attività.

La nonna non stava mai in ozio. Scriveva lettere: lunghe lettere scritte con una grafia alta e appuntita, quasi tutte su fogli di carta tagliati a metà in modo da usarli per intero. La nonna era contraria a qualsiasi spreco: «Chi non spreca non elemosina, Celia». Poi lavorava all'uncinetto, facendo graziosi scialli viola, azzurri e lilla. In genere erano per le parenti delle domestiche. Oppure, sferruzzava con grandi gomitoli di morbida lana d'angora, di solito per qualche bambino. E poi faceva il filet: una delicata spuma di filet attorno a un piccolo tondo di damasco. All'ora del tè, biscotti e torte venivano collocati su quei centrini spumosi. Infine c'erano i panciotti per i vecchi signori che rientravano tra le conoscenze della nonna. Si facevano con strisce di tela operata, su cui si ricamava usando del filo di cotone colorato. Quello, forse, era il lavoro che la nonna preferiva. Sebbene ottantunenne, aveva ancora un occhio di riguardo per "gli uomini". Sferruzzava per loro anche calzini da notte.

Sotto la guida della nonna, Celia stava ricamando un set di asciugamani come sorpresa per la mamma, al suo ritorno. Si prendevano salviette di spugna di diversa grandezza, poi si faceva tutt'attorno un giro di asole, e in quelle asole si lavorava poi all'uncinetto. Celia stava orlando il suo set con della lana celeste, e tanto lei che la nonna erano entusiaste del risultato. Una volta sparecchiata la tavola, dopo il tè, la nonna e Celia giocavano a *cribbage*, le facce serie e attente. «Sai, cara, perché il *cribbage* è un ottimo gioco?» «No, nonna.» «Perché ti insegna a contare.»

La nonna non mancava mai di fare quel discorsetto. Era stata educata a non ammettere il piacere come fine a se stesso. Si mangiava un certo cibo perché faceva bene alla salute. Le ciliegie cotte, di cui la nonna andava pazza, venivano servite molto spesso perché "erano ottime per i reni". Il formaggio, altra cosa che alla nonna piaceva, "faceva digerire", il bicchiere di porto servito con il dessert le era stato "ordinato dal dottore". In particolare per una donna era necessario giustificare l'assunzione di alcolici. «Non ti piace, nonna?» domandava Celia. «No, cara» replicava la nonna, facendo una smorfia nell'assaggiare il primo sorso. «Lo bevo per la mia salute.» Poi, poteva finire il suo bicchiere e mostrare di apprezzarlo, dal momento che la formula d'uso era stata pronunciata. Il caffè era la sola cosa per la quale la nonna ammetteva di avere un debole. «Più ne bevo, più ne berrei» diceva. E ridendo se ne versava un'altra tazza.

Dall'altro lato c'era il soggiorno, dove sedeva la Povera Signorina Bennett, la cucitrice. Non si alludeva mai alla signorina Bennett senza mettere quel "povera" davanti al nome.

«Povera Signorina Bennett» diceva la nonna. «È un'opera buona darle lavoro. Temo proprio che la poverina non abbia da mangiare a sufficienza.»

Se in tavola veniva servita qualche particolare ghiottoneria, una porzione veniva data anche alla Povera Signorina Bennett.

Era una donnetta minuta, con una massa di capelli grigi avvolti intorno alla testa in modo da sembrare un nido di uccelli. Non che fosse deforme, ma in qualche modo lo sembrava. Parlava con voce raffinatissima, chiamando la nonna *madame*. Era del tutto incapace di confezionare un indumento che andasse bene. I vestitini che faceva per Celia erano sempre così grandi che le maniche coprivano le mani, e le cuciture delle spalle erano poco più su del gomito.

Bisognava stare bene attenti a non urtare la suscettibilità della Povera Signorina Bennett. Bastava un nonnulla per ferirla, dopodiché si rimetteva a cucire quasi con violenza, con le guance chiazzate di rosso e scuotendo meccanicamente la testa.

La Povera Signorina Bennett aveva avuto una storia disgraziata. Suo padre, come lei non si stancava di ripetere, era stato un uomo altolocato. «Anzi, forse non dovrei dirlo ma, in via confidenziale, era quel che si dice "un gran signore". Mia madre lo diceva sempre. Io ho preso da lui. Avrà notato le mie mani e le mie orecchie: sono un segno di nascita, pare. Sarebbe un vero colpo per lui, ne sono certa, se sapesse che mi guadagno da vivere in questo modo. Non lo dico per lei, *madame*, ma sapesse quello che devo sopportare da *certa gente*. Trattata quasi come *una serva*. Lei, *madame*, mi capisce.»

Così, la nonna stava sempre attenta affinché la Povera Signorina Bennett venisse trattata con tutti i riguardi. La Bennett, in compenso, trattava le domestiche dall'alto in basso, dando ordini, col risultato di rendersi odiosa.

«Darsi simili arie» udì borbottare Celia dalla vecchia Sarah. «Lei che non è altro che un'illegittima, con un padre che non si sa neppure chi sia.»

«Cos'è un'illegittima, Sarah?»

La cuoca avvampò.

«Niente che si debba sentire dalle labbra di una signorina come lei.»

«È una rigaglia?» domandò Celia, in tono speranzoso.

Kate, che era presente, cominciò a ridere a più non posso, e si sentì ingiungere irosamente da Sarah di tenere la lingua a freno.

Dopo il soggiorno, c'era il salotto. Sempre in penombra, fresco e appartato, veniva usato soltanto quando la nonna dava un ricevimento. Era zeppo di poltroncine di velluto, tavolini e divani di broccato, aveva grandi cristalliere con un'infinità di ninnoli di porcellana. In un angolo c'era un pianoforte un po' scordato. Le portefinestre davano su una veranda dalla quale si usciva in giardino.

Al piano superiore c'era la nursery, una stanza lunga e bassa che si affacciava sul giardino; sopra quella una soffitta che ospitava Mary e Kate e, tre gradini più su, le tre camere da letto padronali e una specie di cella senz'aria che apparteneva a Sarah.

La camera da letto della nonna si trovava sopra la sala da pranzo. Aveva un gran letto a baldacchino, un immenso guardaroba di mogano che occupava un'intera parete, un portacatino e un tavolino da toilette, e infine un cassettone, anche quello enorme. Ogni cassetto era stracolmo di indumenti, in perfetto ordine. Tutto era sotto chiave. All'interno della porta, oltre alla serratura c'erano un solido lucchetto e due ganci di ottone. Una volta al sicuro nel suo appartamento, la nonna si coricava tenendo a portata di mano un rumoroso campanello e un fischietto da poliziotto, per poter dare subito l'allarme qualora i ladri avessero tentato di assalire la sua fortezza.

In cima al guardaroba, protetta da una scatola di vetro, c'era una grande corona di fiori di cera, tributo floreale in occasione della morte del primo marito della nonna. Sulla parete a destra era incorniciata la fotografia del servizio funebre del secondo marito. Su quella di sinistra, un'altra foto riproduceva la grande tomba di marmo eretta al terzo marito della nonna.

Il letto era di piume, e le finestre non venivano mai aperte.

L'aria della notte, a sentire la nonna, faceva malissimo. Anzi, considerava un rischio l'aria in sé e per sé. Se non nelle giornate più calde, raramente stava in giardino, e quando usciva di casa lo faceva soltanto per recarsi ai magazzini dell'Esercito e della Marina: in carrozza fino alla stazione locale, in treno fino alla Stazione Vittoria, ancora in carrozza fino ai magazzini militari. In simili occasioni, era bene avvolta nel "mantello" e ulteriormente protetta da un boa di piume girato diverse volte intorno al collo.

La nonna non andava mai a trovare qualcuno. Venivano tutti da lei. Quando i visitatori arrivavano, venivano serviti biscottini, torte e diversi liquori fatti in casa dalla nonna. Chiedeva prima di tutto agli uomini che cosa preferissero: «Dovrebbe assaggiare il mio sherry brandy: i signori uomini lo gradiscono molto, in genere». Poi, toccava alle signore venire sollecitate: «Soltanto un goccetto, tanto per combattere il freddo». La nonna era convinta, infatti, che nessuna donna potesse ammettere apertamente di gradire un liquore. Oppure, se era pomeriggio: «L'aiuterà a digerire, mia cara».

Se un vecchio signore in visita non era già in possesso di un panciotto, la nonna mostrava quello che aveva al momento per le mani, aggiungendo poi con vivace malizia: «Mi offrirei di fargliene uno, se fossi sicura che sua moglie non abbia niente da ridire». La moglie allora assicurava: «Ne sarò felicissima. Sì, la prego, glielo faccia». «Non vorrei turbare la pace familiare» osservava scherzosamente la nonna, e allora il vecchio signore diceva qualcosa di galante sull'indossare un panciotto "ricamato dalle sue dita di fata".

Dopo una visita, le guance della nonna erano doppiamente rosee e la sua figura più che mai eretta. Adorava dare ospitalità, sotto qualsiasi forma.

«Nonnina, posso stare un po' qui con te?»

«Perché? Non trovi niente da fare di sopra, con Jeanne?»

Celia esitò per un istante, in cerca di una frase adatta. La disse, alla fine:

«Oggi le cose non vanno troppo per la quale, su nella nursery.»

La nonna rise e commentò: «Be', è indubbiamente un modo di presentare la questione, questo».

Nelle rare occasioni in cui litigava con Jeanne, Celia si sentiva infelice e a disagio. Quel giorno, lo screzio si era verificato in modo del tutto inaspettato.

Stavano discutendo sulla disposizione dei mobili per la bambola, e Celia, nel ribadire il suo punto di vista, aveva esclamato: «*Mais, ma pauvre fille*...». Era bastato. Jeanne era scoppiata in lacrime e aveva dato il via a un fiume di proteste in francese.

Sì, senza dubbio lei era una *pauvre fille*, come diceva Celia, ma la sua famiglia, sebbene povera, era onesta e rispettabile. Suo padre era stimato in tutta Pau. Perfino *Monsieur le Maire* era in rapporti di amicizia con lui.

«Ma io non ho mai detto...» aveva tentato di dire Celia.

Certamente la *petite mizz*, così ricca, così ben vestita, con i genitori che viaggiavano e tutti i suoi abitini di seta, considerava lei, Jeanne, come l'equivalente di una mendicante...

«Ma io non ho mai detto...» tentava di protestare Celia, sempre più disorientata.

Ma anche *les pauvres filles* avevano dei sentimenti. Lei, Jeanne, li aveva. Era ferita. Era terribilmente offesa.

«Ma Jeanne, io ti voglio bene!» aveva gridato Celia, disperata.

Ma Jeanne non voleva saperne di placarsi. Si era messa a cucire in silenzio, scuotendo la testa e rifiutando di rispondere agli appelli di Celia.

Di fronte a quella situazione incomprensibile, Celia aveva pensato bene di svignarsela e di cercare rifugio nella sala da pranzo.

«E che cosa vuoi fare, ora?» s'informò la nonna, scrutandola al di sopra degli occhiali e lasciando cadere un grosso gomitolo di lana. Celia lo raccolse.

«Raccontami di quando eri una bambina: di quello che dicevi quando scendevi a salutare i tuoi dopo cena.»

«Scendevamo sempre tutti insieme e bussavamo alla porta del salotto. Mio padre diceva: "Avanti". Noi allora entravamo, chiudendo la porta dietro di noi. Pian pianino, bada, ricordati sempre di chiudere le porte con garbo. Una vera signora non sbatte mai la porta. Anzi, ai miei tempi una signora non la chiudeva neppure, una porta. Sciupava le mani. Sulla tavola c'era del vino di zenzero e a ciascuno di noi bambini ne veniva fatto assaggiare un poco.»

«E poi dicevate...» sollecitò Celia, che conosceva la storia per filo e per segno.

«Dicevamo, a turno: "Con rispetto, Padre mio e Madre mia".»

«E loro?»

«Loro dicevano: "Con affetto, bambini".»

«Oh!» Celia andava in estasi ogni volta. Non avrebbe saputo dire perché quella particolare storia le piacesse tanto.

«Dimmi degli inni in chiesa» pregò. «Di te e zio Tom.»

Lavorando energicamente di uncinetto, la nonna ripeté per l'ennesima volta la storia.

«C'era un gran cartello che riportava i numeri degli inni. Toccava al sagrestano indicarli. Aveva una bella voce, forte e rimbombante. "Cantiamo ora in onore e gloria di Dio. Inno numero..." e poi s'interruppe, perché il cartello era stato appeso alla rovescia. Ricominciò: "Cantiamo ora in onore e gloria di Dio. Inno numero...". Poi, ricominciò per la terza volta: "Cantiamo ora in onore e gloria di Dio. Inno numero... Eddai, Bill, e gira 'sto cartello".»

La nonna era un'ottima attrice. Quell'inciso dialettale veniva imitato alla perfezione.

«E tu e zio Tom vi siete messi a ridere» suggerì Celia.

«Sì, ridemmo tutti e due. E mio padre ci guardò. Ci guardò e basta. Ma una volta a casa venimmo mandati a letto senza mangiare. Ed era la festa di San Michele, veniva servita l'anatra.»

«E rimaneste senza» disse Celia, sbigottita.

«Già, rimanemmo senza.»

Celia meditò un poco su quella calamità. Poi, con un profondo sospiro, disse: «Nonna, fammi fare il pollo».

«Sei troppo grande, ormai.»

«Oh, no, nonna, giochiamo.»

La nonna mise da parte l'uncinetto e gli occhiali.

La commedia veniva recitata fin dal primo momento, ossia l'entrata nel negozio del signor Whitely con una richiesta per il signor Whitely in persona: un bel pollo speciale, per un pranzo speciale. Il signor Whitely doveva usare la cortesia di sceglierlo personalmente. La nonna interpretava a turno se stessa e il signor Whitely. Il pollo veniva incartato – grandi manovre con Celia e un giornale –, portato a casa, farcito, legato, infilzato sullo spiedo – grida divertite di Celia –, messo nel forno, servito su un piatto, e poi arrivava la tragica scoperta: «Sarah... Sarah, vieni qui, questo pollo è *vivo!*».

Ah, indubbiamente poche compagne di gioco potevano stare alla pari della nonna. La verità era che la nonna era la prima a divertirsi giocando. Era gentile, anche. Più della mamma, in un certo senso. Bastava insistere, e finiva sempre per cedere. Finiva perfino per darti "le cose che facevano male a una bambina".

Arrivarono lettere da mamma e papà: scritte belle chiare, in stampatello.

Cocchina patatina adorata,

come sta la mia piccolina? Jeanne ti porta a fare delle belle passeggiate? E le lezioni di ballo vanno bene? Qui tutti hanno le facce quasi nere. So che la nonna ti porterà a vedere la Pantomima. Non è un angelo? Sono certo che gliene sarai molto grata e farai tutto il possibile per essere una brava nipotina ubbidiente. Sono sicuro che vuoi tanto bene alla tua nonnina, che è così buona con te. Dai a Goldie un seme di miglio da parte mia, il tuo affezionatissimo

papà

Mio carissimo, prezioso tesoro,

mi manchi tanto, ma sono certa che stai passando giorni bellissimi con la nonna che è così buona con te, e che ti stai comportando con lei come una brava bambina. Qui c'è sempre un bellissimo sole caldo e i fiori sono splendidi. Vuoi essere così brava da scrivere a Rouncy da parte mia? La nonna ti metterà l'indirizzo sulla busta. A Rouncy dirai di raccogliere le rose di Natale e di mandarle alla nonna. Dille anche di dare a Tommy uno speciale piattino di panna, il giorno di Natale.

Tanti baci, pulcino mio, bambolina mia bella,

mamma

Due belle lettere. Due belle, bellissime lettere Perché si formava un nodo nella gola di Celia? Le rose di Natale, nell'aiuola sotto la siepe... la mamma che le disponeva in un vaso, col muschio... la mamma che diceva: «Guarda come sono belle, così aperte». La voce della mamma...

Tommy, il grosso gatto bianco. Rouncy che masticava, masticava di continuo.

A casa, voleva andare a casa.

A casa, con la mamma... «Pulcino mio, bambolina mia bella»: così la chiamava sempre la mamma, col riso nella voce e un abbraccio improvviso, forte forte.

Oh, mamma, mamma...

La nonna, che stava salendo le scale, si meravigliò.

«Che c'è? Perché piangi? Non hai mica affettato una cipolla.»

Era un modo di scherzare della nonna, quello. Lo diceva sempre.

Celia lo detestava. Le faceva venire voglia di piangere ancora di più. Quando era infelice, non voleva la nonna. Non la voleva affatto. La nonna, chissà perché, peggiorava le cose.

Sgattaiolò giù per le scale, oltre la nonna, e andò a rifugiarsi in cucina. Sarah stava facendo il pane.

La cuoca la guardò.

«Hai ricevuto una lettera dalla tua mamma?»

Celia assentì. Le lacrime ripresero a scorrere. Oh, mondo crudele!

Sarah continuò a impastare.

«Tornerà a casa presto, tesoro, vedrai. Tu tieni d'occhio gli alberi, e le prime foglie che spuntano.»

Cominciò ad arrotolare la pasta. La sua voce era rassicurante.

Staccò un pezzetto di pasta dal rotolo.

«Fatti qualche panino tutto per te, gioia. Te li infornerò insieme ai miei.»

Le lacrime di Celia cessarono.

«Trecce e casette?»

«Trecce e casette.»

Celia si mise al lavoro. Per le trecce si facevano tre rotolini sottili e poi si intrecciavano, strizzandoli bene alle due estremità. Le casette erano formate da una palla rotonda con una pallina più piccola sopra, e poi – momento di estasi – bisognava conficcarvi energicamente il pollice, per fare un bel buco rotondo. Celia fece cinque trecce e sei casette.

«Non è bello per una bambina avere la mamma lontana» mormorò Sarah tra sé. Anche a lei si riempirono gli occhi di lacrime.

Soltanto quando Sarah morì, quattordici anni dopo, si scoprì che la nipote istruita e raffinata che veniva ogni tanto a trovare la zia era in realtà la figlia di Sarah, "il frutto del peccato", secondo il termine in uso quando Sarah era giovane. La signora che aveva servito per oltre sessant'anni non aveva idea di quel fatto, che le era stato tenuto disperatamente nascosto. La sola cosa che riusciva a ricordare era una malattia di Sarah, che ne aveva ritardato il rientro da una delle rare vacanze. E anche che, al ritorno, Sarah le era parsa insolitamente magra. Le torture morali e fisiche, la disperazione intima che Sarah aveva dovuto patire dovevano rimanere nascoste per sempre. Sarah aveva conservato il segreto fino alla morte.

È strano come le parole – casuali, sconnesse – possano rendere viva una cosa nella tua fantasia. Sono convinto di vedere tutte queste persone in modo assai più chiaro di come le vedeva Celia mentre me ne parlava. Mi vedo davanti la nonna: vigoroso esempio della sua generazione, per il modo in cui si imponeva con le domestiche o si mostrava benigna verso la povera cucitrice. Riesco a vedere ancora più in là, fino alla madre di lei: quella delicata, amabile creatura che "si godeva il suo mese". Da notare, anche, la differenza di descrizione tra il maschio e la femmina. La moglie muore di mal sottile, il maschio di consunzione galoppante. La parola sinistra, tubercolosi, non appare mai. Le donne deperiscono, gli uomini galoppano verso la morte. Nota, inoltre, perché è divertente, il vigore di questa progenie di genitori malati. Di quei dieci figli, così mi disse Celia quando glielo domandai, tre soltanto erano morti presto e tutti per cause accidentali: un marinaio di febbre gialla, una delle sorelle di parto, un'altra in un incidente di carrozza. Gli altri erano arrivati tutti a settant'anni. Sappiamo davvero qualcosa di ereditarietà?

Mi piace, inoltre, l'immagine di quella casa con i suoi pizzi di Nottingham, le bordure a uncinetto e il solido, lucente mobilio di mogano. Ha carattere. Sapeva quello che voleva, quella generazione. Lo otteneva e se lo godeva, e traeva un piacere attivo, acuto e sanguigno dall'arte dell'autoconservazione.

Noterai che Celia descrive la casa della nonna in modo molto più preciso della sua. Deve esserci vissuta nell'età in cui si osserva tutto. La sua casa più che di luoghi è fatta di persone: la nannie, Rouncy, la maldestra Susan, Goldie nella sua gabbia.

Poi, la scoperta che fa della madre: è curioso che non l'abbia scoperta prima.

Perché Miriam, penso, aveva una personalità molto vivida. Gli squarci che ho avuto di lei mi incantano. Credo che avesse un fascino che Celia non ha ereditato. Perfino tra le righe convenzionali della lettera alla bambina – così "datate", quelle lettere, così piene di enfasi sull'atteggiamento morale –, perfino lì, dico, si scorge la vera Miriam. I vezzeggiativi – pulcino mio, bambolina mia bella – e l'abbraccio, una stretta forte, improvvisa. Non una donna sdolcinata o espansiva: un'impulsiva, con strani lampi di intuizione e di comprensione.

Il padre è più vago. Appariva a Celia come un gigante dalla barba castana: pigro, allegrone, divertente. E diverso dalla madre: probabilmente aveva preso dal proprio padre, che nel racconto di Celia è rappresentato da una corona di fiori di cera sotto vetro. Era, secondo me, un'anima cordiale che piaceva a tutti – forse più popolare di Miriam –, ma senza le incantevoli qualità di lei. Celia, credo, aveva preso da lui. La sua placidità, il suo temperamento tranquillo, la sua dolcezza.

Ma qualcosa aveva ereditato anche da Miriam: una pericolosa intensità nel voler bene.

Ecco come vedo le cose. Ma forse invento... Questi personaggi, dopo tutto, diventano mie creazioni.

4
Morte

CELIA STAVA TORNANDO A CASA! Che emozione!

Il viaggio in treno sembrava non finire mai. Celia aveva un bel libro da leggere, e lo scompartimento era tutto per loro, ma la sua impazienza le faceva sembrare l'attesa interminabile.

«E allora, topolino,» domandò il padre «sei contenta di tornare a casa?»

Le diede un pizzicotto scherzoso, nel dirlo. Come sembrava grande e abbronzato: molto più grande di come Celia lo ricordava. La mamma, in compenso, era molto più piccola. Strano il modo in cui forme e dimensioni sembravano alterarsi.

«Sì, papà, contentissima» disse Celia.

Parlava molto compunta. Una sensazione strana, quasi dolorosa, sembrava gonfiarsi dentro di lei, impedendole di dire altro.

Il padre sembrava un po' deluso. La cugina Lottie, che viaggiava con loro e sarebbe stata ospite per qualche tempo, osservò: «Ma che bambina solenne!».

«Oh, be',» disse il padre «i bambini dimenticano presto...» Sembrava malinconico.

«Non ha dimenticato affatto» intervenne Miriam. «Sta solo ribollendo internamente.»

E si protese a dare a Celia una piccola stretta, mentre i suoi occhi sorridevano in quelli della bambina: come se loro due avessero un segreto comune.

La cugina Lottie, che era grassottella e graziosa, commentò: «Non ha molto senso dell'umorismo, vero?».

«Non ne ha affatto» rispose Miriam. «Come non ne ho io» aggiunse, con rammarico. «Per lo meno, John dice che non ne ho.»

«Mamma,» mormorò Celia «lo vedremo presto?»

«Che cosa, amore mio?»

«Il mare.»

«Questione di pochi minuti, ormai.»

«Probabilmente, le piacerebbe vivere in riva al mare e giocare con la sabbia» disse Lottie.

Celia non parlava. Come spiegare? Il mare era il segno che ormai si stava per arrivare a casa.

Il treno imboccò un tunnel e ne uscì. Ah, eccolo là, azzurro cupo e sfavillante, dal lato sinistro del treno. Stavano correndo proprio lungo la costa, ora, entrando e uscendo dalle gallerie. Caro mare azzurro, così sfavillante da indurre Celia a chiudere involontariamente gli occhi.

Poi, il treno deviò di nuovo verso l'entroterra. Prestissimo, ormai, sarebbero arrivati *a casa*!

Com'era enorme la casa! Enorme, sì. Stanze immense con pochissimi mobili: o così sembrava a Celia, dopo la casa di Wimbledon. Era tutto talmente elettrizzante che non sapeva da dove cominciare...

Il giardino: sì, prima di tutto il giardino. Si mise a correre lungo il vialetto in salita. C'era il faggio: buffo, finora non aveva mai pensato al faggio. Era quasi la parte più importante della casa. E c'era la piccola pergola con la panca... oh, ora era quasi del tutto coperta dai rami! E adesso più su, verso il bosco. Forse le campanule erano in fiore. No, non ce n'erano, forse erano già sfiorite. Là c'era l'albero con il ramo biforcuto sul quale giocare alla Regina-in-esilio. Oh, che meraviglia! E c'era il Bambino Bianco.

Il Bambino Bianco stava sotto un'altra pergola, nel bosco. Tre gradini rustici conducevano fino a lui. Portava un cesto sulla testa, e in quel cesto si poteva mettere un'offerta ed esprimere un desiderio. Solo che non doveva essere più di un desiderio alla settimana. Celia aveva sempre espresso lo stesso desiderio, ispirato dalla sua nannie: essere buona! Non era bello, diceva la nannie, desiderare *cose*. Il Signore mandava già quanto era necessario, e poiché Dio si era mostrato molto generoso – attraverso nonna, mamma e papà –, Celia si atteneva onorevolmente al suo pio desiderio.

Quel giorno pensò: "Devo, devo, devo, assolutamente devo portargli un'offerta...". Ma, ahimè, nel deporre alcuni fiorellini nel cesto Celia dimenticò la pia aspirazione che aveva mantenuto per tanto tempo.

«Voglio essere sempre felice» fu il suo desiderio.

Poi, nell'orto. Ah, ecco Rumbolt, il giardiniere: sempre molto cupo e scontroso.

«Salve, Rumbolt. Sono tornata.»

«Sì, lo vedo, signorina. E la prego di non camminare sulle piantine di lattuga, come sta facendo in questo momento.»

Celia si spostò.

«C'è un po' di ribes da mangiare, Rumbolt?»

«Non ce n'è più. Ce ne è stato poco, quest'anno. Ci sarà qualche lampone, forse...»

«Oh!» Celia corse a vedere.

«Ma non se li mangi tutti!» le gridò dietro Rumbolt. «Ne vorrei qualcuno anch'io.»

Celia si muoveva tra gli arbusti, mangiando allegramente. Qualche lampone... ce n'erano a centinaia!

Alla fine, con un sospiro di sazietà, Celia abbandonò i lamponi. Prossima visita, la sua nicchia privata lungo il muro di cinta, da dove si poteva vedere la strada. Era difficile trovarla, ormai, con la siepe così incolta, ma alla fine Celia ci riuscì...

Infine, in cucina, da Rouncy. La cuoca appariva più linda e più larga che mai, con la bocca in movimento, come sempre. Cara, cara Rouncy, con un sorriso che sembrava dividerle la faccia in due, e quella risatina lieve lieve, proprio in gola...

«Mamma mia, signorina Celia, quant'è cresciuta!»

«Che cosa stai mangiando, Rouncy?»

«Ho appena finito di preparare un po' di brutti-e-buoni per il tè dei domestici.»

«Oh! Rouncy, dammene uno!»

«Le guasterà il suo tè.»

La protesta era soltanto formale. Già Rouncy muoveva la sua mole in direzione del forno. Ecco che apriva lo sportello.

«Sono appena fatti. Stia attenta, signorina Celia, *scotta*.»

Oh, casa adorata! Di nuovo giù per i freschi corridoi in penombra, ed ecco, attraverso la finestra del pianerottolo, il verde splendore del faggio.

La madre, uscendo dalla sua camera, trovò Celia estaticamente immobile in cima alle scale, le mani premute con forza sullo stomaco.

«Che c'è, piccola? Perché ti tieni il pancino?»

«È il faggio, mamma. È talmente bello.»

«Io credo che tu senta tutto nel pancino, Celia.»

«Mi viene una specie di dolore strano, proprio qui. Non un dolore vero, mamma, una specie di dolore piacevole.»

«Allora sei contenta di essere tornata a casa?»

«Oh, *mamma*!»

«Rumbolt è più tetro che mai» disse il padre di Celia durante la prima colazione.

«Oh, quanto lo detesto, quell'individuo» dichiarò Miriam. «Vorrei che non lo avessimo mai assunto.»

«Be', mia cara, è un giardiniere di prim'ordine. Il migliore che abbiamo mai avuto. Ricordi l'ultimo raccolto di pesche?»

«Sì, lo so. Ma io non lo volevo, dal primo momento.»

Celia non aveva mai sentito sua madre parlare con tanta veemenza. Il padre la guardava con indulgenza, con uno sguardo simile a quello che a volte rivolgeva a Celia.

«Be', io ti avevo accontentata» osservò, quasi divertito. «L'avevo rifiutato, nonostante le sue ottime referenze, per assumere invece quel lazzarone di Spinaker.»

«È stata proprio una strana storia» disse Miriam. «La mia antipatia istintiva, ma poi partiamo per Pau, e il signor Roger ci scrive che Spinaker si è licenziato e che lui ha assunto un altro giardiniere con ottime referenze. Torniamo a casa, ed ecco che trovo quell'uomo installato qui, quasi per farmi un dispetto.»

«Non capisco perché non ti piace, Miriam. È un po' lugubre, come uomo, però è una bravissima persona.»

Miriam rabbrividì.

«Non saprei spiegartelo. C'è... *qualcosa*.»

Fissava davanti a sé, nel vuoto.

Entrò la cameriera.

«Scusi, signore, la signora Rumbolt vorrebbe parlarle. È in anticamera.»

«Che cosa vorrà mai? Be', sarà meglio andare a sentire.»

Il padre posò il tovagliolo, lasciò la stanza. Celia fissava sua madre. Che espressione curiosa aveva la mamma: come se fosse terrorizzata.

Il padre ritornò.

«Pare che Rumbolt non sia rincasato, stanotte. Brutta faccenda. Penso che abbiano avuto diverse liti, ultimamente.»

Si rivolse alla cameriera, che era ancora nella stanza.

«Rumbolt è qui stamattina?»

«Io non l'ho visto, signore. Se vuole domando alla signora Rouncewell.»

Il padre di Celia lasciò di nuovo la stanza. Passarono cinque minuti, prima che tornasse. Appena aprì la porta ed entrò, Miriam mandò un grido e perfino Celia rimase impressionata.

Papà sembrava così strano, così... sembrava un vecchio. E faceva fatica a trovare il respiro.

In un lampo, la mamma si era alzata per correre da lui.

«John, cos'hai? Siediti. Devi avere avuto un terribile shock.»

Papà era diventato di uno strano colore azzurrognolo. Ansimava, articolando le parole con difficoltà.

«Appeso... nella stalla... L'ho tirato giù ma non c'è... deve averlo fatto ieri sera...»

«Che shock, e tu devi evitare ogni emozione...» La mamma di Celia era corsa a prendere il brandy sulla credenza.

«Lo sapevo,» ripeteva intanto «lo sentivo, io, che c'era *qualcosa*...»

Si inginocchiò accanto al marito, accostandogli il brandy alle labbra. Il suo sguardo incontrò quello di Celia.

«Corri di sopra, cara, resta con Jeanne. Non c'è motivo di spaventarsi, sai? Papà non si sente molto bene.» Poi rivolta a lui, in tono sommesso: «Non voglio che sappia. Una cosa del genere, alla sua età, potrebbe ossessionarla per tutta la vita».

Molto perplessa, Celia lasciò la stanza. Sul pianerottolo di sopra, Doris e Susan stavano parlando.

«Aveva una relazione con quella là, dicono, e la moglie era venuta a saperlo. Le acque chete, eh? È proprio vero.»

«L'hai visto, tu? Aveva la lingua di fuori?»

«No, il signore ha detto che nessuno doveva entrare là dentro. Chissà se potrei avere un pezzetto della corda? Dicono che porta fortuna.»

«Poveretto, il signore, ha avuto un brutto shock. Lui col suo cuore così malato.»

«Be', certo, è davvero una cosa terribile.»

«Che cos'è successo?» domandò Celia.

«Il giardiniere si è impiccato nella stalla» disse Susan, con una sorta di voluttà.

«Oh!» disse Celia, non molto impressionata. «Perché vuoi un pezzo della corda?»

«Se hai un pezzo della corda con cui un uomo si è impiccato, ti porta fortuna per tutta la vita.»

«È proprio così» confermò Doris.

«Oh!» disse di nuovo Celia.

Accettava la morte di Rumbolt come una delle tante cose che accadono ogni giorno. Non voleva bene a Rumbolt, che non era mai stato particolarmente gentile con lei.

Quella sera, quando la mamma andò a rimboccarle le coperte, Celia domandò: «Mamma, posso avere un pezzetto della corda con cui si è impiccato Rumbolt?».

«Chi ti ha detto di Rumbolt?» La mamma aveva un tono adirato. «Avevo dato ordini precisi.»

Celia sgranava gli occhi.

«Me l'ha detto Susan. Posso averla, mamma, un po' di quella corda? Susan dice che porta fortuna.»

Improvvisamente la madre sorrise: poi, il sorriso si trasformò in una risata.

«Cos'hai da ridere, mamma?» domandò Celia insospettita.

«Rido perché è passato tanto tempo da quando avevo anch'io nove anni, che ho dimenticato che cosa si prova.»

Celia continuò un poco a lambiccarsi, prima di addormentarsi. Una volta Susan per poco non era annegata, quando era andata al mare per una vacanza. Le altre persone di servizio avevano riso e qualcuno aveva detto: «Sei nata per finire impiccata, ragazza mia».

Impiccato e annegato: doveva esserci un legame tra le due cose...

"Io preferirei molto, ma proprio molto, annegare" pensò Celia, ormai quasi addormentata.

Il giorno dopo scrisse una lettera.

Cara nonna,

ti ringrazio tanto di avermi mandato il libro della fata Rosellina. Sei stata molto gentile. Goldie sta bene e ti saluta tanto. Salutami Sarah, Mary, Kate e la Povera Signorina Bennett. Nel mio giardino è fiorito un papavero. Ieri il giardiniere si è impiccato nella stalla. Papà è a letto ma la mamma dice che non è tanto malato. Anche Rouncy mi lascerà fare trecce e casette.

Tanti e poi tanti abbracci e baci,

Celia

Il padre di Celia morì quando lei aveva dieci anni. Morì in casa di sua madre, a Wimbledon. Era rimasto a letto per diversi mesi e nella casa c'erano due infermiere. Celia si era abituata all'idea che il papà fosse ammalato. La mamma parlava sempre di quello che avrebbero fatto appena papà si fosse sentito meglio.

Che papà potesse morire non le era mai passato per la testa. Stava salendo le scale, quando la porta della stanza del malato si era aperta e ne era uscita la mamma. Una mamma che lei non aveva mai visto prima...

Per lungo tempo, in seguito, l'associò all'immagine di una foglia trasportata dal vento. La madre, con le braccia levate al cielo, gemeva, poi aveva spalancato la porta della propria stanza ed era sparita all'interno. Un'infermiera l'aveva seguita sul pianerottolo, dove Celia era rimasta a bocca aperta.

«Che cos'è successo alla mia mamma?»

«Buona, cara. Il tuo papà... il tuo papà è andato in cielo.»

«Papà? Papà è morto ed è andato in cielo?»

«Sì, ma ora tu dovrai essere una bambina tanto buona. Ricordati che devi consolare la tua mamma.»

L'infermiera era scomparsa nella stanza di Miriam.

Celia, ammutolita e sgomenta, era andata in giardino. Aveva impiegato un bel pezzo a capire. Papà. Papà andato... morto...

Il suo mondo era momentaneamente in frantumi.

Papà... eppure tutto sembrava come sempre. Rabbrividì. Era come l'Uomo col Fucile: tutto andava bene, ed ecco che arrivava lui... Celia guardava il giardino, gli alberi: tutto era uguale eppure, in qualche modo, era diverso. *Le cose potevano anche cambiare...*

Papà dov'era, adesso: in paradiso? Era felice?

Oh, papà...

Celia cominciò a piangere.

Ritornò in casa. C'era la nonna: era seduta nella sala da pranzo; le tende erano tutte chiuse. La nonna scriveva delle lettere. Ogni tanto una lacrima le scorreva lungo una guancia, e lei l'asciugava col fazzoletto.

«Sei qui, povera bambina mia?» disse, nell'accorgersi di Celia. «Su, su, cara, non devi disperarti. È la volontà di Dio.»

«Perché ci sono le tende chiuse?» domandò Celia.

Non le piaceva che le tende fossero chiuse: la casa sembrava buia e strana, come se anche quella fosse diversa.

«È un segno di rispetto» spiegò la nonna.

Cominciò a frugarsi in tasca e tirò fuori un fruttino al ribes. A Celia piacevano tanto. Celia lo prese e ringraziò, ma senza mangiarlo. Sentiva che non sarebbe riuscita a mandarlo giù. Seduta là, col fruttino in mano, guardava la nonna. La nonna continuava a scrivere, una lettera dopo l'altra, su carta bianca listata di nero.

La mamma di Celia stette malissimo per due giorni. L'infermiera dal grembiule inamidato mormorava frasi alla nonna.

«Il lungo sforzo... non voleva crederci... lo shock, alla fine, è anche più grave... bisogna scuoterla.»

Dissero a Celia che poteva andare un momento a vedere la mamma.

La stanza era quasi buia. La mamma era distesa su un fianco, i capelli castani striati di bianco sparsi disordinatamente sul cuscino. Gli occhi avevano un'espressione strana, erano molto lucidi e fissavano qualcosa: qualcosa al di là di Celia.

«C'è qui la sua cara bambina» disse l'infermiera in tono saccente, con la sua voce acuta e irritante.

La mamma allora sorrise a Celia, ma non era un vero sorriso. Sembrava un sorriso per lei, sì, ma come se la bambina non fosse presente.

L'infermiera aveva parlato a Celia, in precedenza. E anche la nonna.

Celia parlò con la sua vocetta compunta, di bambina.

«Mammina cara, papà è felice: è in cielo. Non potresti mai desiderare di richiamarlo qui.»

Improvvisamente, la madre rise.

«Oh, sì, lo farei! Se potessi richiamarlo indietro, non smetterei più di chiamarlo – mai –, giorno e notte. John... John, torna da me.»

Si era sollevata su un gomito, la sua faccia appariva bella, ma disperata e inquietante.

L'infermiera sospinse Celia fuori dalla stanza. La bambina la sentì tornare vicino al letto e dire: «Si ricordi, cara, deve vivere per i suoi figli».

E udì la madre rispondere, in tono stranamente docile: «Sì, devo vivere per i miei figli. Non occorre che me lo dica lei. Lo so».

Celia scese e andò nel salotto, verso un punto dove, sulla parete, erano appese due stampe colorate. Si intitolavano *La madre disperata* e *Il padre felice*. Di quest'ultima, Celia non aveva un grande opinione. L'effeminata figura della stampa non corrispondeva affatto all'idea di padre che lei aveva. Ma la donna sconvolta, con i capelli al vento e le braccia spasmodicamente tese verso i figli, sì, corrispondeva a come le era sembrata la mamma. *La madre disperata.* Celia assentiva, con una specie di strana soddisfazione.

Le cose si succedevano rapidamente, e alcune erano piuttosto eccitanti, come essere accompagnata dalla nonna ad acquistare dei vestiti neri.

Celia non poteva fare a meno di apprezzarli, quegli abiti neri. In lutto! Era in lutto! Suonava importante e da adulta. Si immaginava i commenti della gente, per la strada. "Vedi quella bambina tutta vestita di nero?" "Sì, ha appena perduto il padre." "Oh, poverina, che cosa triste." E si pavoneggiava un po' nel camminare, rimanendo tristemente a testa china. Anche se si vergognava di quei sentimenti, non poteva fare a meno di sentirsi una figura interessante e romantica.

Cyril era a casa. Era molto cresciuto, ma a volte la voce gli faceva strani scherzi, e lui allora arrossiva. Era scontroso e a disagio. In certi momenti aveva gli occhi lucidi, ma guai ad accorgersene, lui si infuriava subito. Una volta, colse Celia nell'atto di guardarsi allo specchio nei suoi vestiti nuovi, e si mostrò apertamente sprezzante.

«È tutto quello che una bambina come te riesce a capire. I vestiti! Ma già, forse sei troppo piccola per capire qualcos'altro.»

Celia pianse e pensò che Cyril era molto cattivo.

Il ragazzo evitava la madre. Si trovava meglio con la nonna. Con la nonna recitava la parte dell'uomo di casa, e lei lo incoraggiava. Lo consultava sulle lettere che scriveva e si rimetteva al parere di lui per tante piccole cose.

A Celia non venne concesso di assistere al funerale, cosa che le sembrò molto ingiusta. Neppure la nonna ci andò. Andò Cyril, con la mamma.

La mamma era scesa per la prima volta il mattino del funerale. A Celia non sembrava più la stessa con quei veli da vedova: aveva un aspetto piuttosto dolce e fragile e... sì, indifeso.

Cyril si mostrava molto virile e protettivo.

La nonna disse: «Ho dei garofani bianchi, Miriam. Ho pensato che forse ti farebbe piacere gettarli sul feretro, prima che venga interrato».

Ma Miriam scosse la testa, e disse sottovoce: «No. Preferirei non fare una cosa del genere».

Dopo il funerale, le persiane vennero riaperte e la vita riprese come al solito.

Celia si domandava se la nonna volesse davvero bene alla mamma e se la mamma volesse davvero bene alla nonna. Non sapeva dire da dove le fosse venuta quell'idea.

Si sentiva molto infelice per sua madre. La vedeva muoversi per casa sempre silenziosa, sempre taciturna. Non parlava quasi mai.

La nonna passava gran parte delle sue giornate a ricevere lettere e a leggerle. Diceva: «Miriam, sono sicura che questa ti farà piacere. Il signor Pike parla in modo molto sentito di John».

Ma la mamma trasaliva e rispondeva: «Ti prego, no, non ora».

Al che la nonna inarcava lievemente le sopracciglia e ripiegava la lettera, dicendo seccamente: «Come vuoi».

Ma quando arrivava dell'altra posta, la scena si ripeteva.

«Il signor Clark è proprio una cara persona» diceva la nonna, tirando un po' su col naso mentre leggeva. «Dovresti proprio sentire quello che scrive, Miriam. Ti farebbe bene. Parla con tanta finezza dei nostri morti, che sono sempre con noi.»

E Miriam, improvvisamente scossa dal suo torpore, gridava: «No, no!».

Era quel grido improvviso che faceva comprendere a Celia che cosa provasse sua madre. Desiderava essere lasciata in pace.

Un giorno arrivò una lettera con un francobollo straniero. Miriam l'aprì e si mise a leggerla: quattro fogli coperti da una grafia minuta e inclinata. La nonna la osservava.

«È di Louise?» domandò.

«Sì.»

Silenzio. La nonna guardava avidamente la lettera.

«Che cosa dice?» domandò alla fine.

Miriam stava piegando la lettera.

«Non credo sia destinata ad altri che a me» rispose tranquillamente. «Louise... capisce.»

Stavolta le sopracciglia della nonna arrivarono a sfiorare l'attaccatura dei capelli.

Alcuni giorni dopo, la mamma di Celia partì con la cugina Lottie per cambiare aria. Celia rimase con la nonna per un mese.

Quando Miriam tornò, lei e Celia se ne tornarono a casa.

E la vita ricominciò: una vita nuova. Celia e la mamma sole nella grande casa dal vasto giardino.

5
Madre e figlia

LA MAMMA SPIEGÒ A CELIA che d'ora in poi le cose sarebbero state piuttosto diverse. Finché papà era vivo, avevano creduto di essere relativamente ricchi. Ma ora che lui era morto, gli avvocati avevano scoperto che di denaro ne era rimasto ben poco.

«Dovremo vivere in modo molto, molto modesto. In verità farei bene a vendere questa villa e a prendere una casetta da qualche parte.»

«Oh, no, mamma... no.»

Miriam sorrise della veemenza della figlia.

«Ti è così cara?»

«Oh, sì.»

Celia era terribilmente in ansia. Vendere *casa*? Oh, non poteva sopportarlo.

«Cyril dice la stessa cosa, ma non so se sia saggio. Significherà fare molta, molta economia...»

«Ti prego, mamma. Ti prego, ti prego!»

«Va bene, tesoro. In fin dei conti, è una casa felice.»

Sì, era una casa felice. Anni dopo, volgendosi al passato, Celia avrebbe riconosciuto la verità di quell'osservazione. Quella casa aveva una sua atmosfera. Una casa felice, sì, e felici erano stati gli anni trascorsi là.

Vi furono dei mutamenti. Jeanne se ne tornò in Francia. Veniva un giardiniere soltanto un paio di volte la settimana, tanto per tenere in ordine il giardino, e la serra finì un po' alla volta per cadere a pezzi. Susan e l'altra cameriera se ne andarono. Rouncy rimase. Si mostrò ferma, sebbene per nulla sentimentale.

La madre di Celia tentò di farla ragionare. «Ma sarà un lavoro molto più duro. Sarò in grado di darle soltanto una domestica tuttofare, e nessun altro aiuto.»

«Non importa, signora. Cambiare a me non piace. Sono abituata alla mia cucina, qui, e mi trovo bene.»

Nessun accenno a una forma di lealtà, o di affetto. Il solo nominare cose del genere avrebbe messo Rouncy terribilmente in imbarazzo.

Così, la cuoca rimase a salario ridotto, e a volte, Celia se ne rese conto in seguito, proprio il fatto che fosse rimasta metteva in difficoltà Miriam assai più che se fosse andata via. Perché Rouncy era stata addestrata a fare le cose in grande.

Per lei le ricette cominciavano più o meno così: "Prendete mezzo litro di panna e una dozzina di uova fresche". Cucinare in modo semplice ed economico, fare piccole ordinazioni ai bottegai andava al di là delle possibilità di comprensione di Rouncy. Continuava imperterrita a fare sfoglie e biscotti per il tè del personale e a gettare interi filoni di pane solo perché era diventato un po' raffermo. Fare ordinazioni in grande era per lei una specie di vanto, qualcosa che dava credito alla casa. Soffrì enormemente quando Miriam le tolse l'incarico di pensare alla spesa.

Come domestica tuttofare venne una donna matura di nome Gregg. Gregg era stata cameriera di Miriam quando questa si era sposata.

«E appena ho letto la sua inserzione, signora, mi sono licenziata e sono corsa qui. Da nessun'altra parte sono stata bene come in casa sua.»

«Ora sarà molto diverso, Gregg.»

Ma Gregg era decisa a prendere servizio. Come cameriera era bravissima, ma le sue capacità in quel senso non erano più richieste. Grandi pranzi non se ne davano più. Come donna delle pulizie, era sciatta, indifferente alle ragnatele e indulgente verso la polvere.

Faceva a Celia lunghi racconti sulle glorie dei giorni passati.

«Per ore e ore sedevano a tavola, il suo papà e la sua mamma. Due minestre, due piatti di pesce, quattro piatti principali... e poi due tipi di dolce, insalata di aragosta, gelato!»

"Quelli erano tempi" sembrava sottintendere Gregg quando, a malincuore, portava in tavola dei *macaroni au gratin* che rappresentavano la cena di Miriam e Celia.

Miriam s'interessava al giardino. Non sapeva niente di giardinaggio e non si prendeva il disturbo di imparare. Faceva soltanto esperimenti: e quegli esperimenti erano coronati da un successo enorme e del tutto ingiustificabile. Metteva a dimora i bulbi nel periodo sbagliato e a un'errata profondità, seminava a casaccio. Ma tutto quello che lei toccava fioriva e diventava rigoglioso.

«La sua mamma ha il pollice verde» diceva con un po' di invidia il vecchio Ash.

Ash era il giardiniere a giornata. Lui s'intendeva di giardinaggio, ma in compenso non aveva il pollice verde. Niente di quel che seminava o piantava riusciva ad attecchire. Quando non capitava altro, veniva una brinata fuori stagione. Dava a Miriam consigli che lei non seguiva affatto.

Celia e Miriam "provvedevano" ai fiori per la casa, rivaleggiando tra loro. Componevano grandi mazzi di alti fiori bianchi, con tralci di gelsomino, fiori d'arancio e quant'altro era possibile trovare. Miriam aveva inoltre una vera passione per le rose rosa, spampanate e dal profumo dolcissimo.

Per tutta la vita, il profumo di quel fiore un po' fuori moda avrebbe ricordato a Celia la madre.

Celia si risentiva del fatto che, per quanta cura lei vi dedicasse, il suo modo di disporre i fiori non riusciva mai a uguagliare quello di sua madre. Miriam sapeva fare accostamenti con una sorta di grazia selvaggia. Le sue composizioni riuscivano sempre originali, per niente in accordo con il modo di disporre i fiori in uso in quell'epoca.

Le lezioni avvenivano in modo molto caotico. Miriam diceva che, per l'aritmetica, Celia doveva cercare di arrangiarsi da sé. Lei non ne capiva niente. Celia vi si applicava coscienziosamente, studiando sul piccolo testo marrone dove aveva iniziato insieme al padre. Di tanto in tanto, si impantanava nell'incertezza: non sapeva più, in un problema, se la risposta dovesse essere in pecore o in pastori. Se poi il problema verteva su cose come: "Per tappezzare una stanza..." lo saltava addirittura, tanto l'argomento la disorientava.

Miriam aveva teorie tutte sue sull'istruzione. Era una buona insegnante, chiara nello spiegare e in grado di suscitare entusiasmo su qualsiasi argomento.

Aveva una passione per la storia, e sotto la sua guida Celia veniva trascinata da un evento all'altro della storia mondiale. La progressione regolare della storia inglese annoiava Miriam, ma Elisabetta, l'imperatore Carlo V, Francesco I di Francia, Pietro il Grande, tutti costoro diventavano per Celia personaggi viventi. Lo splendore di Roma riviveva, Cartagine tornava a essere distrutta, Pietro il Grande si sforzava di sollevare la Russia dalla barbarie.

A Celia piaceva sentir leggere a voce alta, e Miriam sceglieva libri che trattassero dei vari periodi storici. Saltava senza ritegno interi paragrafi: mal sopportava tutto ciò che era tedioso. La geografia era in qualche modo collegata con la storia. Non affrontavano altre materie; tuttavia Miriam faceva quel che poteva per migliorare l'ortografia di Celia, che per una ragazzina di quell'età era quasi vergognosa.

Era stata assunta una tedesca per insegnare a Celia il pianoforte, e lei mostrò subito attitudine e amore per lo studio, esercitandosi assai più a lungo di quanto la *fräulein* avesse indicato.

Margaret McCrae non stava più nel vicinato, ma una volta la settimana le Maitland venivano a prendere il tè: Ellie e Janet. Ellie era più grande di Celia, Janet più piccola. Giocavano, e avevano anche fondato una società segreta chiamata Edera. Dopo avere inventato parole d'ordine e una particolare stretta di mano, e dopo avere scritto alcuni messaggi con l'inchiostro invisibile, lasciarono rapidamente languire la società segreta.

C'erano anche le piccole Pine.

Erano bambine tozze, dalle voci nasali, più piccole di Celia. La vita, per loro, consisteva nel mangiare. Mangiavano sempre troppo e in genere stavano male prima di andarsene. A volte Celia andava a colazione da loro. Il signor Pine era un omone con la faccia rossa. La signora Pine era alta e angolosa, con una gran frangetta nera. Erano molto affettuosi, e a loro volta devoti al cibo.

«Percival, questo montone è delizioso: veramente delizioso.»

«Ancora un po', amore mio. Dorothy, ancora un po'?»

«Sì, grazie, papà.»
«Mabel?»
«No, grazie, papà.»
«Come? Andiamo, su, ancora un pochino. È squisito.»
«Dobbiamo congratularci con Giles, amore mio.» Giles era il macellaio.

Né le Pine né le Maitland avevano molta importanza nella vita di Celia. Per lei, i veri giochi erano quelli che faceva da sola.

Via via che faceva progressi con il pianoforte, passava lunghe ore nella grande stanza dedicata allo studio e alla musica, a esplorare polverose pile di spartiti. Vecchie canzoni che lei intonava con una voce che si levava limpida e pura.

Era piuttosto fiera della sua voce.

Da piccola, aveva dichiarato la sua intenzione di sposare un duca. La nannie aveva approvato, a condizione che Celia imparasse a mangiare un po' più alla svelta.

«Perché, mia cara, nelle grandi case arriva il maggiordomo e si porta via i piatti di tutti, che abbiano finito oppure no.»

In seguito Celia arrivava quasi a ingozzarsi per essere pronta ad affrontare un'esistenza ducale.

Ora, per la prima volta, la sua intenzione vacillava. Forse non avrebbe sposato un duca. No, sarebbe diventata una prima donna, come la Melba.

Passava ancora gran parte del suo tempo da sola. Sebbene frequentasse le Maitland e le Pine, per lei non erano affatto reali quanto "le ragazze".

"Le ragazze" erano una creazione della fantasia di Celia. Sapeva tutto di loro, com'erano, che cosa indossavano, quello che provavano e quello che pensavano.

Una era Ethelred Smith: alta, bruna e tanto, tanto intelligente. Brava nei giochi, anche. Insomma, era brava in tutto. Aveva le curve al posto giusto e portava camicette a righe. Ethel era tutto quello che Celia non era e rappresentava ciò che Celia desiderava diventare. Poi c'era Annie Brown. Grande amica di Ethel, era bionda e "delicata". Ethel l'aiutava nelle lezioni, e Annie l'ammirava molto. E c'era poi Isabella Sullivan, che aveva capelli rossi, occhi castani ed era bella. Era anche ricca, superba e antipatica. Pensava sempre di poter battere Ethel a croquet, ma Celia faceva in modo che non ci riuscisse. Aveva una cugina, Elsie Green: una cugina povera. Elsie aveva riccioli neri, occhi azzurri, ed era sempre allegra. Ella Graves e Sue de Vete erano molto più piccole: avevano solo sette anni. Ella era molto seria e laboriosa, aveva folti capelli castani e un viso schietto. Vinceva spesso il premio in aritmetica perché studiava molto. Aveva un carattere volubile. Vera de Vete, la sorellastra di Sue, era la figura più romantica della "scuola". Aveva quattordici anni, capelli del colore del grano e profondi occhi blu simili a nontiscordardimé. Il suo passato era avvolto nel mistero e infine Celia venne a sapere che era stata scambiata ancora in culla e che in realtà era lady Vera, la figlia di uno dei più grandi nobili del paese. Da poco, poi, si era aggiunta una ragazza nuova, Lena, e uno dei giochi preferiti di Celia era di interpretare Lena che arrivava per la prima volta a scuola.

Miriam sapeva vagamente delle "ragazze", ma non faceva mai domande in proposito; Celia gliene era enormemente grata. Nei giorni di pioggia, "le ragazze" davano un concerto nella stanza del pianoforte, dove venivano assegnati loro pezzi diversi. A Celia dispiaceva molto che le sue dita incespicassero sul pezzo di Ethel, che era ansiosa di eseguire bene, e anche che, sebbene avesse assegnato a Isabella il pezzo più difficile, quello arrivasse in fondo senza inciampi. "Le ragazze" giocavano anche a *cribbage* tra loro, e anche in questo Isabella sembrava essere assistita in modo irritante dalla fortuna.

A volte, quando passava un periodo dalla nonna, Celia veniva accompagnata a una commedia musicale. Con una carrozza andavano alla stazione, poi in treno fino alla Stazione Vittoria, ancora in carrozza per andare ai magazzini militari, dove la nonna faceva una spesa interminabile, aiutata da un vecchio attendente che era sempre a sua disposizione. Finita la spesa, andavano su nel ristorante per fare colazione, terminando con "una tazzina di caffè dentro una tazza grande", affinché fosse possibile aggiungere tanto latte. Poi, andavano al reparto dolci, e comperavano tre etti di cremini al caffè, e infine, con un'altra carrozza, si facevano portare a teatro, dove la nonna si divertiva tanto quanto Celia.

Spesso, dopo lo spettacolo, la nonna prendeva per Celia gli spartiti delle musiche di scena. Questo apriva un nuovo campo di attività per "le ragazze" che ora si trasformavano in stelle della commedia musicale. Isabella e Vera avevano voci da soprano: Isabella era più potente, ma Vera era più dolce. Ethel era uno splendido contralto ed Elsie aveva poca voce. Annie, Ella e Sue avevano parti di poco conto, ma gradualmente Sue arrivò a interpretare ruoli da soubrette.

Miriam, che soffriva di mal di testa e che aveva la camera da letto proprio sotto la stanza del pianoforte, alla fine dovette proibire a Celia di suonare per più di tre ore consecutive.

Finalmente la grande ambizione di Celia si era realizzata: aveva un vestito da ballo con la gonna plissettata e si fermava alla lezione delle allieve con il tutù. Ora era una delle elette.

Miriam era coinvolta quanto Celia nel decidere di quale colore dovesse essere il vestito plissettato. Ebbero una lunga e accesa discussione, considerando quello che indossavano le altre ragazze, e alla fine decisero per un rosso fiamma. Nessun'altra aveva mai avuto un vestito di quel colore. Celia ne era incantata.

Dalla morte di suo marito, Miriam usciva e riceveva pochissimo. Frequentava soltanto le persone che avevano figli dell'età di Celia, e pochi vecchi amici. Ciò nonostante, la facilità con cui stava uscendo di scena l'amareggiava un po'. Che differenza faceva l'avere o non avere denaro! Tutta quella gente che prima non sapeva più come prodigarsi per lei e John, oggi a malapena si ricordava della sua esistenza. Per sé, non gliene importava: era sempre stata piuttosto schiva. Soltanto per amore di John si era mostrata socievole. A lui piaceva tanto ricevere gente e frequentare salotti e ritrovi. Non aveva mai sospettato che a Miriam non piacesse affatto tanto lei aveva recitato bene la sua parte. Ora, Miriam provava un senso di sollievo ma, al tempo stesso, anche un certo rancore, per via di Celia. Una volta cresciuta, la bambina avrebbe desiderato partecipare alla vita di società.

Le serate erano forse i momenti più felici che madre e figlia trascorrevano insieme. Cenavano presto, alle sette, e poi salivano nello studio, dove Celia faceva qualche lavoretto, mentre la madre leggeva per lei ad alta voce. Leggere ad alta voce faceva venire sonno a Miriam. La sua voce si faceva a poco a poco confusa, la testa le ciondolava...

«Mamma,» diceva Celia in tono di accusa «ti stai addormentando.»

«Non è vero» dichiarava Miriam, indignata. Si metteva bene eretta e leggeva con voce chiara e scandita un altro paio di pagine. Poi, diceva all'improvviso: «Credo che tu abbia ragione» e, chiudendo il libro, in pochi istanti si addormentava.

Dormiva pochi minuti soltanto. Si svegliava e riprendeva a leggere con rinnovato vigore.

A volte, invece di leggere, Miriam raccontava episodi della sua vita passata. Di come, essendo una lontana parente, fosse andata a vivere con la nonna.

«Mia madre era morta, e non c'era denaro, così tua nonna si offrì molto gentilmente di adottarmi.»

Si manteneva un po' fredda, forse, a proposito di quella gentilezza: era una freddezza che traspariva dal tono, più che dalle parole, e mascherava un ricordo di solitudine infantile, di desiderio della propria madre. Si era ammalata, alla fine, ed era stato chiamato il dottore. Aveva detto: «Questa bambina si tormenta per qualcosa». «Oh, no» aveva risposto in tono categorico la nonna. «È una bambina allegra e felice.» Il dottore non aveva replicato ma, appena la nonna era uscita dalla stanza, si era seduto sul letto e aveva parlato a Miriam in un tono gentile e confidenziale, e all'improvviso lei era crollata e aveva confessato che, la notte, veniva presa da lunghe crisi di pianto.

La nonna era rimasta molto sorpresa quando lui glielo aveva riferito.

«Ma come, a me non lo ha mai detto!»

E, da quel momento, le cose erano andate meglio. Il solo fatto di averne parlato sembrava avere alleggerito un po' la tristezza.

«E poi, c'era tuo padre.» Come si addolciva la voce di Miriam. «Lui era sempre così gentile con me.»

«Raccontami di papà.»

«Era grande, lui: aveva diciotto anni. Tornava a casa molto di rado. Non aveva molta simpatia per il suo patrigno.»

«E tu gli hai voluto bene subito?»

«Sì, dalla prima volta che l'ho visto. Sono cresciuta, sempre volendogli bene... e senza mai sperare che un giorno potesse pensare a me.»

«Davvero?»

«Certo. Lui, vedi, era sempre in giro con belle ragazze già grandi. Corteggiava tutte, e poi era considerato un ottimo partito. Io mi aspettavo continuamente di vedergli sposare questa o quella. Con me, quando veniva a casa, era sempre gentile: mi portava fiori, dolci, regalini. Per lui, ero soltanto "la piccola Miriam". Credo che fosse compiaciuto del fatto che gli ero molto devota. Una volta mi raccontò che una signora, madre di uno dei suoi amici, gli aveva detto: "Io credo, John, che tu finirai per sposare la cuginetta". E lui aveva riso, dicendo: "Chi, Miriam? Ma via, è una bambina". In quel periodo era molto innamorato di una ragazza bellissima. Ma per un motivo o per l'altro, la cosa non andava mai in porto. Io sono stata l'unica donna alla quale abbia mai chiesto di sposarlo... Pensavo, ricordo, che se lui si fosse sposato io mi sarei distesa su un divano e a poco a poco mi sarei lasciata morire, e nessuno avrebbe capito di che cosa stavo morendo! Un po' alla volta, mi sarei consumata di dolore! Era una delle idee romantiche di moda ai miei tempi, questa: l'amore infelice e il morire di languore. Sarei morta e nessuno avrebbe mai saputo perché, finché un giorno avrebbero ritrovato il pacchetto delle sue lettere con in mezzo dei nontiscordardimé e tutte ben legate con un nastro azzurro. Tutte sciocchezze ma... non so, in un certo modo, quel fantasticare mi aiutava.

«Ricordo il giorno in cui tuo padre disse, all'improvviso: "Che occhi splendidi ha questa bambina". Rimasi talmente sorpresa. Avevo sempre pensato di essere terribilmente brutta. Così mi arrampicavo su una sedia per guardarmi negli specchi e vedere che cosa avesse voluto dire. Alla fine, mi convinsi che forse i miei occhi non erano male...»

«Quando papà ti chiese di sposarlo?»

«Avevo ventidue anni. Lui era rimasto assente per un anno. Gli avevo mandato gli auguri di Natale e una poesia che avevo scritto per lui. John, quella poesia, la teneva sempre nel portafoglio. L'aveva anche quand'è morto... Non so dirti come rimasi sorpresa quando me lo chiese. Dissi di no.»

«Ma mamma, perché?»

«È difficile spiegarlo... Ero cresciuta senza avere fiducia in me stessa. Mi trovavo piccola e tozza. Vedevo le altre così belle, così slanciate. Chissà, forse ero convinta che, una volta sposati, sarebbe rimasto deluso di me. Ero incredibilmente modesta, riguardo a me stessa.»

«E poi lo zio Tom...» sollecitò Celia, che conosceva quella parte della storia quasi quanto Miriam.

La madre sorrise.

«Lo zio, sì. Eravamo nel Sussex con lo zio Tom, in quel periodo. Lui era un vecchio, ormai: ma molto saggio, molto caro. Stavo suonando il piano, ricordo, e lui era seduto vicino al fuoco. Mi disse: "Miriam, John ti ha chiesto di sposarlo, vero? E tu l'hai rifiutato". "Sì" dissi. "Ma tu lo ami, Miriam?" Dissi di nuovo: "Sì". "Non dire di no la prossima volta" raccomandò lui. "Te lo chiederà una seconda, ma una terza non lo farà. È un uomo buono, Miriam. Non gettare via la felicità in questo modo."»

«E lui te lo chiese, e tu gli dicesti di sì.»

Miriam assentiva.

Aveva negli occhi quella luce strana, incantata, che Celia ben conosceva.

«Raccontami come veniste a vivere qui.»

Miriam sorrise.

Quella era un'altra storia ben conosciuta.

«Abitavamo in un piccolo alloggio, qui in paese. A quell'epoca avevamo due bambini piccoli: la tua sorellina Joy, che morì, e Cyril. Tuo padre doveva andare in India, per affari. Non poteva portarmi con sé. Decidemmo che questo era un bel posto per viverci e che avremmo preso in affitto una casa per un anno. Mi misi alla ricerca, insieme alla nonna.

«Un giorno, quando tuo padre venne a casa per pranzare, gli dissi: "John, ho comperato una casa". "*Cosa?*" disse lui. E la nonna aggiunse: "Ha fatto benissimo, John. È un ottimo investimento". Sai, il marito della nonna, patrigno di tuo padre, mi aveva lasciato un po' di denaro tutto mio. Delle case che avevo visto, la sola che mi fosse piaciuta era questa. Era piena di pace, accogliente. Ma la vecchia proprietaria non voleva affittare: voleva soltanto vendere. Era una quacchera, molto dolce e gentile. Domandai alla nonna: "Devo acquistare la casa con il mio denaro?".

«Era la nonna ad amministrarmelo. E lei disse: "Una casa è sempre un buon investimento. Comperala".

«La vecchia signora quacchera fu un tesoro. Disse: "Penso, mia cara, che qui sarai molto felice. Tu, tuo marito e i tuoi figli...". Fu come una benedizione.»

Era tipico di Miriam: l'immediatezza, la decisione rapida.

«E io sono nata qui?» domandò Celia.

«Sì.»

«Oh, mamma, non permettere che venga mai venduta.»

Miriam sospirò.

«Non so se sono stata saggia a tenerla. Ma tu l'ami tanto... E sarà sempre un luogo al quale potrai tornare.»

La cugina Lottie arrivò per un lungo soggiorno. Era sposata, ora, e aveva una sua casa a Londra. Ma aveva bisogno di un cambiamento e di aria buona, disse Miriam.

Era chiaro che la cugina Lottie non stava bene. Rimaneva a letto e soffriva di nausee terribili.

Parlava vagamente di cibi che le avevano fatto male.

«Ma dovrebbe stare meglio, ormai» diceva Celia, via via che le settimane passavano e che Lottie non si rimetteva.

Quando uno era indisposto, prendeva l'olio di ricino e dopo una giornata a letto stava di nuovo benissimo.

Miriam guardava Celia con una strana espressione. Uno sguardo tra il divertito e il colpevole.

«Cara, sarà meglio che te lo dica. La cugina Lottie sta male perché aspetta un bambino.»

Celia non era mai rimasta tanto meravigliata in vita sua. Dopo la disputa con Marguerite Priestman, non aveva più pensato alla faccenda dei bambini.

Fece molte domande ansiose. «Ma perché sta male? E quando arriverà? Domani?»

La madre rideva.

«Oh! C'è tempo fino all'autunno.»

Le disse altre cose: quanto impiegava un bambino a venire al mondo, qualcosa della gravidanza. A Celia sembrava tutto molto sorprendente: la cosa più straordinaria che avesse mai sentito.

«Però, non parlarne davanti a Lottie. Sai, in teoria le bambine non dovrebbero saperle, certe cose.»

Il giorno dopo, Celia corse dalla madre tutta agitata. «Mamma, mamma! Ho sognato che la nonna stava per avere un bambino. Credi che sia vero? Devo scriverle per domandarglielo?»

Rimase di sasso quando la madre rise.

«Eppure certi sogni si avverano» disse, in tono di rimprovero. «Lo dice anche la Bibbia.»

L'eccitazione per il bambino della cugina Lottie durò una settimana. Celia aveva ancora una piccola speranza che l'arrivo si verificasse subito, e non in autunno. La mamma poteva anche sbagliarsi, tutto sommato.

Poi, la cugina Lottie se ne tornò in città, e Celia dimenticò tutta la faccenda. Rimase molto sorpresa quando, in autunno, mentre era ospite della nonna, la vecchia Sarah uscì improvvisamente in giardino, dicendo: «Sua cugina Lottie ha avuto un bel maschietto. Che meraviglia!».

Celia si era già precipitata in casa, dove la nonna, col telegramma in mano, stava parlando con una conoscente, la signora Mackintosh.

«Nonna, nonna, davvero la cugina Lottie ha avuto un bambino? Quant'è grande?»

Con fare deciso, la nonna mostrò la lunghezza del neonato, servendosi di un ago da calza: stava appunto sferruzzando dei calzini.

«Soltanto lungo così?» Sembrava incredibile.

«Mia sorella Jane era così piccola che la misero in una scatola di sapone» disse la nonna.

«Una scatola, nonna?»

«Non pensavano che sarebbe vissuta» continuò la nonna, aggiungendo a voce bassa, rivolta alla signora Mackintosh: «Cinque mesi».

Celia, in silenzio, cercava di immaginarsi una neonata di quelle dimensioni.

«Che tipo di sapone?» domandò a un tratto, ma la nonna non sentì. Stava sempre parlottando sotto voce con la signora Mackintosh.

«Sa, i dottori non erano concordi su Charlotte. Lasciamo che aumentino le doglie, così ha detto lo specialista. Quarantotto ore... il cordone... letteralmente attorno al collo...»

La voce le si faceva sempre più bassa. Poi, lanciò un'occhiata a Celia e tacque.

Che modo buffo aveva la nonna di dire le cose. Le faceva sembrare, chissà perché, interessantissime... E aveva anche un modo strano di guardarti. Chissà quante cose avrebbe potuto dirti, se avesse voluto!

A quindici anni, Celia divenne di nuovo religiosa. Una religione diversa, stavolta. Era stata cresimata e aveva anche ascoltato una predica del vescovo di Londra. All'istante, era stata colta da romantica devozione per lui. Una cartolina che lo ritraeva era in bella mostra sulla mensola del caminetto in camera di Celia, la quale scorreva ansiosamente i giornali nella speranza che vi fosse qualche accenno a Sua Eminenza. Intesseva lunghe fantasie durante le quali lavorava nelle parrocchie dell'East End, visitando i malati, e un giorno lui la notava, e finalmente si sposavano e andavano a vivere a Fulham Palace. In un'altra storia lei si faceva monaca – c'erano anche monache non cattoliche, aveva scoperto –, conduceva una vita di grande santità e aveva delle visioni.

Ora andava in chiesa tutte le domeniche e si angustiava del fatto che la madre non volesse accompagnarla. Miriam andava in chiesa soltanto la domenica di Pentecoste, che per lei era la grande festa della cristianità.

«Lo Spirito Santo di Dio» diceva. «Pensaci, Celia. Sta in questo la grande meraviglia, il mistero, la bellezza di Dio. I libri di preghiere sorvolano l'argomento, i preti non ne parlano, perché non sanno esattamente cosa sia. Lo Spirito Santo.»

Miriam adorava lo Spirito Santo e questo metteva Celia a disagio. A Miriam non piacevano molto le chiese. Pensava che alcune avessero più Spirito Santo di altre. Dipendeva dalle persone che ci andavano per adorarlo, diceva.

Celia, che era severamente ortodossa, ne era sgomenta. Sua madre non era ortodossa, e questo per lei era un dispiacere. Ma in Miriam c'era qualcosa di mistico. Lei aveva una sorta di percezione delle cose invisibili. Questo faceva il paio con la sua sconcertante abitudine di sapere sempre quello che stavi pensando.

Il sogno di Celia di diventare moglie del vescovo di Londra sbiadì. Pensava sempre più spesso di farsi suora.

Alla fine, pensò di dover dare la notizia a sua madre. Temeva che potesse soffrirne. Ma Miriam prese la cosa con molta calma.

«Capisco, cara.»

«Non ti dispiace, mamma?»

«No, tesoro. Se, a ventun anni, vorrai sempre diventare suora, lo diventerai, naturalmente.»

Celia disse che forse si sarebbe fatta cattolica. Le suore cattoliche, chissà perché, a lei sembravano più concrete.

Miriam disse che quella cattolica era una religione bellissima.

«Tuo padre e io fummo lì lì per diventare cattolici, una volta.» Sorrise, improvvisamente. «Per poco non lo trascinai a convertirsi. Tuo padre era molto buono, semplice come un ragazzo e più che soddisfatto della sua religione. Ero io quella che continuava a scoprirne di nuove e lo esortava ad abbracciarle. Ero convinta che avesse molta importanza appartenere a una religione piuttosto che a un'altra.»

Celia era del parere che ne avesse, eccome!, ma non lo disse, altrimenti la mamma avrebbe ricominciato a parlare dello Spirito Santo, e Celia sullo Spirito Santo era molto perplessa. I suoi libriccini di preghiere non ne parlavano molto. Preferì fantasticare su quando si sarebbe fatta monaca...

Poco tempo dopo, Miriam disse a Celia che per lei era tempo di andare a Parigi. Era sempre stato sottinteso che Celia sarebbe andata a "rifinirsi" a Parigi. Lei era piuttosto emozionata a quell'idea.

In storia e letteratura era ben preparata. Le era stato permesso di leggere di tutto. Era inoltre bene al corrente dei fatti di attualità, perché Miriam insisteva nel farle leggere articoli di giornale che giudicava essenziali per quella che chiamava "cultura generale". Per l'aritmetica, Celia era istintivamente portata, e così aveva preso lezioni solo due volte la settimana. Di geometria, latino e grammatica non sapeva niente. Quanto alla geografia, la conosceva a spanne, per avere letto dei libri di viaggi.

A Parigi avrebbe studiato canto, pianoforte, disegno e francese.

Miriam scelse un pensionato dalle parti del Bois, che ospitava dodici ragazze ed era retto in società da una francese e da un'inglese. Accompagnò Celia a Parigi e rimase con lei fino a che non ebbe la certezza che la figlia si sarebbe trovata bene. Dopo quattro giorni, Celia ebbe un violento attacco di nostalgia. Da principio, non capiva neanche lei cosa fosse quello strano nodo alla gola, quelle lacrime che le salivano agli occhi ogni volta che pensava a sua madre. Se indossava una camicetta fatta dalla mamma, le tornava la voglia di piangere, pensando a quando Miriam gliela stava cucendo. Il quinto giorno sua madre doveva venire a prenderla per portarla a passeggio.

Celia scese, apparentemente calma ma internamente in subbuglio. Non appena furono nella vettura da piazza che le portava all'albergo, Celia scoppiò in lacrime.

«Oh, mamma... mamma.»

«Che c'è, cara? Non ti trovi bene? Dimmelo, sai, che io ti tolgo subito di là.»

«Non voglio che tu mi tolga dal pensionato. Mi piace. Soltanto, volevo vederti.»

Mezz'ora dopo, quell'infelicità le sembrava assurda e irreale. Era un po' come il mal di mare. Una volta passato, nemmeno ricordavi quello che avevi sofferto.

Quello stato d'animo non tornò. Celia lo aspettava, studiando nervosamente il proprio umore. Invece non successe di nuovo. Lei adorava la madre, le voleva sempre un gran bene, ma il ricordarla non le dava più un groppo alla gola.

Una delle ragazze, Maisie Payne, un'americana, le si avvicinò e disse con il suo strano accento strascicato:

«Ho saputo che ti sentivi sola. Mia madre soggiorna nello stesso albergo della tua. Va meglio, ora?»

«Sì, ora sto benissimo. Che sciocca sono stata.»

«Be', penso si tratti di una cosa più che naturale.»

Quell'accento ricordava a Celia la sua amica dei Pirenei, Marguerite Priestman. Provò un lieve fremito di gratitudine verso quella ragazzona bruna. Gratitudine che aumentò quando Maisie disse:

«Ho conosciuto la tua mamma, in albergo. È molto graziosa. Anzi, più che graziosa: è aristocratica.»

Celia pensò a sua madre, vedendola obiettivamente per la prima volta: il volto minuto e serio, le mani e i piedi esili, le piccole orecchie delicate, il naso arcuato, sottile.

Sua madre... oh, non c'era nessuno come sua madre, in tutto il mondo!

6

Parigi

CELIA RIMASE A PARIGI PER UN ANNO, e fu un periodo molto felice. Andava d'accordo con le altre ragazze, sebbene nessuna facesse davvero parte del suo mondo. Forse la sola Maisie Payne, ma se ne era andata dopo l'arrivo di Celia. La sua migliore amica era una ragazzona grassa di nome Bessie West, che aveva la camera accanto alla sua. Bessie parlava molto, Celia era una buona ascoltatrice, e a entrambe piacevano tanto le mele. Tra un morso e l'altro, Bessie raccontava lunghe storie di scappatelle e avventure, concludendo immancabilmente con: «Cose da far rizzare i capelli!».

«Tu mi piaci, Celia» disse un giorno. «Sei sensata.»

«Sensata?»

«Non sei di quelle che parlano continuamente di ragazzi, eccetera. Quelle come Mabel e Pamela mi danno sui nervi. Ogni volta che ho lezione di violino, cominciano a ridacchiare e a dire che io ho un debole per il vecchio Franz e lui per me. A me non sembra per niente spiritoso. I ragazzi piacciono anche a me, è logico, ma non capisco tutte quelle risatine e quelle idiozie sui maestri di musica.»

Celia, che aveva superato la passione per il vescovo di Londra, ora spasimava per Gerald du Maurier, e questo da quando lo aveva visto in *Alias Jimmy Valentine*. Ma era una passione segreta, di cui non parlava con nessuno.

L'altra ragazza che le piaceva era quella che Bessie, di solito, chiamava "la cretina".

Sybil Swinton aveva diciannove anni, era alta, con splendidi occhi nocciola e una massa di capelli castani. Era estremamente amabile e incredibilmente stupida. Tutto doveva esserle spiegato almeno due volte. La sua croce, poi, era il pianoforte. Faceva fatica a leggere la musica e non aveva orecchio. Celia sedeva pazientemente accanto a lei, un'ora intera, dicendo: «No, Sybil, è un diesis... e ora sbagli con la sinistra, invece. Quello è un re naturale. Oh, Sybil, ma non senti che stona?». Ma Sybil non sentiva affatto. Per i suoi era importante che imparasse a suonare come le altre, ma per lei le lezioni di musica erano un incubo: tra parentesi, lo erano anche per l'insegnante. Madame LeBrun, una delle due maestre di musica, era una donnina anziana, con i capelli candidi e le mani simili ad artigli. Ti stava vicinissima, quando suonavi, quindi il gomito destro era leggermente impedito. Dava molta importanza alla lettura a prima vista e tirava fuori grandi album di pezzi a quattro mani. Una volta dovevi eseguire la melodia, una volta l'accompagnamento, e lei ti accompagnava. Tutto andava bene quando era Madame LeBrun che eseguiva la parte melodica. Era talmente immersa nella propria esecuzione da non accorgersi subito che l'allieva era più avanti o più indietro di qualche battuta. Poi, si udiva un grido: «*Mais qu'est-ce que vous jouez là, ma petite? C'est affreux: c'est tout ce qu'il y a de plus affreux!*».

Celia, tuttavia, adorava quelle lezioni, e ancor di più ne era entusiasta quando venne affidata al maestro Kochter. Kochter accettava soltanto le allieve che dimostravano talento. Per Celia andava in estasi. Afferrandole la mano e allargandole spietatamente le dita, esclamava: «Vedete? È la mano di una pianista! La natura è in vostro favore, Mademoiselle Celia. Ora vediamo cosa potete fare per assecondarla». Dal canto suo era un ottimo pianista. Dava concerti a Londra un paio di volte l'anno. Chopin, Beethoven e Brahms erano i suoi autori preferiti. Lasciava scegliere a Celia quello che desiderava studiare, e riusciva a infonderle un entusiasmo tale che lei di buon grado si esercitava sei ore al giorno, come l'insegnante richiedeva. Studiare non le costava nessuna fatica. Amava il piano. Era sempre stato il suo grande amico.

Per le lezioni di canto, Celia prese ad andare dal maestro Barré, un ex cantante di musica operistica. Celia aveva una bellissima voce da soprano.

«Le note alte sono eccellenti» disse Barré. «Non potrebbero essere migliori di così. Ed è la *voix de tête*. Quelle basse, di petto, sono troppo deboli ma non vanno male. È il *médium* che dobbiamo migliorare. Il *médium*, mademoiselle, viene dal palato.»

Tirò fuori un metro.

«E ora misuriamo il diaframma. Prendete il respiro, così... tenetelo... tenetelo... ora lasciatelo andare tutto in una volta. Magnifico, magnifico! Avete il fiato di una vera cantante.»

Le porse una matita.

«Mettetela tra i denti, così... a un angolo della bocca. E ora non lasciatela cadere, mentre cantate. Potete pronunciare ogni parola senza far cadere la matita, e non ditemi che è impossibile.»

Nel complesso, Barré era soddisfatto di lei.

«Ma il vostro francese mi sorprende. Non è il solito francese con l'accento inglese... Ah, quant'ho sofferto per quello, *mon Dieu*, nessuno lo sa! No, giurerei invece che avete un accento meridionale. Dove avete imparato il francese?»

Celia glielo disse.

«Ah, la vostra cameriera veniva dal Sud della Francia? Tutto si spiega, allora. Bene, bene, correggeremo anche quello.»

Celia lavorava con impegno, e nel complesso lui era contento. Ma a volte le rimproverava di avere una faccia troppo inglese.

«Siete come tutte le altre inglesi, pensate che cantare sia aprire la bocca il più possibile e lasciar uscire la voce! Niente affatto: c'è la faccia, tutt'intorno alla bocca. Non siete un bambino del coro: state cantando la romanza della *Carmen* che, tra l'altro, mi avete portato in chiave sbagliata. Qui è trasportata in chiave di soprano, mentre una romanza andrebbe sempre eseguita nella chiave originale, altrimenti è un insulto per il compositore, ricordatelo! Voglio che la impariate in chiave di mezzosoprano. Allora, siete Carmen, avete una rosa in bocca, non una matita, state cantando per adescare questo giovanotto. La faccia, la faccia... fate in modo che non sia una faccia di legno.»

Quella lezione terminò con Celia in lacrime. Barré si mostrò gentile.

«Su, su... non è la vostra romanza. No, vedo che non fa per voi. Canterete Gounod, per ora. Più avanti torneremo sulla *Carmen*.»

La musica occupava la maggior parte del tempo. La mattina c'era un'ora di francese, e nient'altro. Celia, che parlava un francese più fluente e idiomatico di tutte le altre, veniva sempre umiliata orribilmente, durante quella lezione. Nel dettato, mentre le compagne facevano fino a un massimo di cinque errori, lei arrivava anche a trenta. Leggeva innumerevoli libri in francese, eppure non aveva idea dell'ortografia. Inoltre, era più lenta a scrivere delle altre. Il dettato era il suo incubo.

Madame diceva:

«Ma è impossibile – *impossibile* – Celia, che facciate un tal numero di errori! Non sapete neppure come si scrive un participio?»

Ahimè, Celia proprio non lo sapeva.

Due volte la settimana, lei e Sybil andavano a lezione di disegno. Celia mal sopportava quel tempo sottratto allo studio del piano. Detestava disegnare, e ancor di più dipingere.

Oh, quel misero mazzolino di violette in un bicchiere d'acqua!

«Le ombre, Celia, metteteci prima le ombre.»

Ma Celia le ombre neppure le vedeva. La sua sola risorsa era di sbirciare di nascosto il quadretto di Sybil e cercare di copiare.

«Tu vedi, Sybil, dove sono quelle maledette ombre. Io no. Io vedo solo una chiazza di un bel color viola.»

Sybil non aveva un talento eccezionale, ma indubbiamente in fatto di pittura "la cretina" era Celia.

In lei, qualcosa si ribellava a quel lavoro di copiatura: a quel cercare di strappare i segreti ai fiori e poi schizzarli e impiastricciarli su un foglio. Le viole andavano lasciate crescere nel giardino o disposte in un vasetto. Quel trasformare qualcosa in qualcos'altro era contrario alla sua natura.

«Non vedo perché si debbano disegnare» disse un giorno a Sybil. «Esistono già.»

«Che cosa vuoi dire?»

«Non so come spiegarmi, ma perché fare cose che assomigliano ad altre cose?

È inutile. Se uno potesse disegnare un fiore che non esiste, se potesse immaginare un nuovo fiore... be', potrebbe anche valerne la pena.»

«Fare un fiore di testa tua, vuoi dire?»

«Sì, ma neanche così sarebbe giusto. Voglio dire, sarebbe ancora un fiore; tu però non avresti fatto un fiore, ma solo una cosa sulla carta.»

«Ma Celia, i veri dipinti, l'arte, insomma... sono bellissimi!»

«Sì, certo... per lo meno...» S'interruppe. «Lo sono, poi?»

«Celia!» gridò Sybil, esterrefatta di fronte a una simile eresia.

Non erano state accompagnate al Louvre soltanto il giorno prima, ad ammirare i grandi capolavori?

Celia capì di essere stata troppo eretica. Tutti parlavano con riverenza dell'Arte.

«Avrò bevuto troppa cioccolata» disse. «Ecco perché mi sono sembrati noiosi. Tutti quei santi identici l'uno all'altro. Non dicevo sul serio, naturalmente» si affrettò ad aggiungere. «In realtà, sono meravigliosi.»

Ma si capiva dal tono che era poco convinta.

«Deve piacerti l'arte, Celia, visto che ti piace tanto la musica.»

«La musica è diversa. La musica è se stessa. Prendi uno strumento, violino, piano, violoncello, e produci dei suoni: suoni splendidi, intessuti tra loro. Non devi farli simili a qualcos'altro. La musica è quella che è.»

«Be',» disse Sybil «secondo me la musica è soltanto un'accozzaglia di rumori. E spesso, quando sbaglio le note, trovo che l'effetto è migliore di quando le suono giuste.»

Celia guardò l'amica scuotendo la testa.

«Non puoi essere sorda fino a questo punto!»

«Senti, dal modo in cui dipingevi quelle violette, stamattina, nessuno penserebbe che ci vedi.»

Celia si fermò di colpo, bloccando così la strada alla *femme de chambre* che le accompagnava, e che protestò rabbiosamente.

«Sai, Sybil,» disse Celia «forse hai ragione. Non credo di vederle, le cose: non le vedo. Ecco perché non imparo neppure l'ortografia. Ed ecco perché non so com'è realmente, una cosa. Qualsiasi cosa.»

«Infatti, metti sempre i piedi nelle pozzanghere» disse Sybil.

Celia stava riflettendo.

«Non vedo che importanza abbia, in fondo... salvo magari per l'ortografia. Voglio dire, è la sensazione che una cosa ti dà, quella che conta: non la sua forma e come diavolo è fatta.»

«Non capisco, sai.»

«Be', prendiamo una rosa.» Passavano appunto vicino a una fioraia. «Cosa importa sapere quanti petali ha e qual è esattamente la loro forma? È... come posso dire?, il complesso, che conta: il profumo, il fatto che sono vellutati.»

«Non potresti mai dipingere una rosa senza sapere com'è fatta.»

«Sybil, che cos'ho detto finora? Io non voglio dipingerla. Non mi piacciono le rose sulla carta. Mi piacciono vere.»

Si fermò davanti alla donna che vendeva fiori e, per pochi centesimi, comperò un mazzo di rose rosse, già un po' appassite.

«Odorale» disse, mettendole sotto il naso di Sybil. «Senti, non ti danno una specie di morsa piacevole, proprio qui allo stomaco?»

«Hai fatto un'altra indigestione di mele.»

«Ma no! Oh, Sybil, non prendere tutto alla lettera. Non è un profumo paradisiaco?»

«Sì, d'accordo, ma a me non dà nessuna morsa. Né ci terrei a provarla, del resto.»

«Mia madre e io abbiamo tentato di studiare botanica, una volta» raccontò Celia. «Ma abbiamo buttato via il libro. Io lo odiavo. Conoscere tutti i generi di fiori e classificarli: e i pistilli, e lo stame... una cosa orribile. Come spogliarli, poverini. Io trovo che è disgustoso. È... è indelicato.»

«Sai una cosa, Celia? Se vai in convento, le monache ti obbligano a fare il bagno con la camicia addosso. Me l'ha detto mia cugina.»

«Davvero? Perché?»

«Pensano che non stia bene guardare il proprio corpo.»

«Oh.» Celia rifletté un istante. «E come si fa per insaponarsi? Non credo che uno possa essere veramente pulito, se s'insapona attraverso una camicia.»

Le ragazze del pensionato venivano accompagnate all'opera, alla Comédie Française e a pattinare al Palazzo del ghiaccio durante l'inverno. A Celia piaceva fare tutto, ma era la musica a riempire realmente la sua vita. Scrisse alla madre che desiderava diventare pianista di professione.

Al termine dell'anno scolastico, la signorina Schofield diede una festa, e le ragazze che erano più avanti negli studi suonarono e cantarono. Celia doveva fare entrambe le cose. Per il canto, tutto andò a meraviglia, ma quando si esibì al piano sbagliò e s'interruppe diverse volte nel primo movimento della *Patetica* di Beethoven.

Miriam venne a riprendere la figlia a Parigi, e per desiderio di Celia invitò il maestro Kochter per il tè. Non desiderava affatto che Celia intraprendesse la carriera concertistica, ma ritenne opportuno sentire che cos'aveva da dire Kochter in proposito.

«Vi dirò la verità, madame. Celia ha l'abilità, la tecnica, il sentimento. Di tutti i miei allievi, è la più promettente. Ma temo che non abbia il temperamento.»

«Intende dire, il temperamento per suonare in pubblico?»

«Precisamente, madame. Per essere un artista bisogna essere in grado di escludere il mondo: se uno avverte la presenza degli altri, deve avvertirla come uno stimolo. La nostra Celia, invece, darà il meglio di sé per una sola persona, forse due... ma soprattutto quando suonerà per se stessa, con la porta chiusa.»

«Vuole dirle quello che ha detto a me, maestro?»

«Se lo desiderate, madame.»

Celia rimase amaramente delusa. Ripiegò sull'idea di cantare.

«Anche se non sarebbe la stessa cosa.»

«Cantare non ti piace come suonare?»

«Eh, no.»

«Forse è per questo che non sei nervosa, quando canti?»

«Forse sì. La voce, in un certo senso, è qualcosa di staccato dal nostro io. Voglio dire, non è opera tua, come l'abilità delle dita sulla tastiera. Riesci a capire, mamma?»

Ebbero un colloquio molto serio con il signor Barré.

«Ha le qualità e la voce, sì. Anche il temperamento. Per ora il suo canto non è molto espressivo: è la voce di un ragazzo, non di una donna. Ma questo...» Barré sorrise «... verrà. La voce però è molto bella: pura, ferma, e anche il fiato è buono. Può fare la cantante, sì. Una cantante da concerto: la sua voce non è abbastanza forte per l'opera lirica.»

Quando tornarono in Inghilterra, Celia dichiarò:

«Ci ho riflettuto a lungo, mamma. Se proprio non posso cantare nell'opera, preferisco non cantare affatto. Professionalmente, s'intende.»

Poi rise.

«Tu in fondo non ne eri contenta, vero, mamma?»

«No. Non mi entusiasmava affatto che tu facessi la cantante di professione.»

«Ma me lo avresti permesso? Mi lasceresti fare qualsiasi cosa, se proprio ci tenessi?»

«Non proprio qualsiasi cosa» si ribellò Miriam.

«Ma quasi tutto?»

La madre sorrise.

«Voglio che tu sia felice, bambina mia.»

«Sono certa che lo sarò sempre» dichiarò Celia, con grande sicurezza.

Quell'autunno, Celia scrisse alla madre che voleva diventare infermiera d'ospedale. Bessie intendeva diventarlo, e anche lei voleva la stessa cosa. Ultimamente, le sue lettere non parlavano d'altro che di Bessie.

Miriam non diede una risposta diretta ma, verso la fine del trimestre, scrisse dicendo a Celia che il medico le aveva ordinato di svernare all'estero. Sarebbe andata in Egitto, e lei doveva accompagnarla. Al suo ritorno da Parigi, Celia trovò che la madre stava dalla nonna ed era nel bel mezzo dei preparativi per la partenza. La nonna non approvava affatto quel programma egiziano. Celia sentì che ne parlava con la cugina Lottie, venuta a colazione.

«Non capisco Miriam. A mal partito come si ritrova, quest'idea di precipitarsi in Egitto, poi: un posto più caro non poteva sceglierlo! Ma già, Miriam è così: per lei il denaro non ha nessuna importanza. E poi l'Egitto è uno degli ultimi posti dove è stata con il povero John. Manca di sensibilità, mi sembra.»

Celia trovava la madre a un tempo elettrizzata e pronta alla sfida. Portò la figlia a fare spese e le comperò tre vestiti da sera.

«La bambina non ha ancora fatto il suo debutto. Sei assurda, Miriam.»

«Non sarebbe una cattiva idea farglielo fare là. Certo, difficilmente potrebbe permettersi una Stagione londinese: non abbiamo i mezzi, per questo.»

«Ha solo sedici anni.»

«Ne ha quasi diciassette. Mia madre alla sua età era già sposata.»

«Non vorrai che Celia si sposi prima dei diciassette anni, spero.»

«No, certo, ma voglio che si goda gli svaghi di questa età.»

I vestiti da sera erano una bellissima novità, sebbene sottolineassero una delle spine della vita di Celia. Ahimè, quelle curve che non aveva mai cessato di desiderare con tanta ansia, non si erano mai materializzate. Niente monticelli rigonfi, per lei, da racchiudere entro una camicetta a righe. Il suo disappunto era amaro e acuto. Aveva tanto desiderato "un bel seno". Povera Celia! Se soltanto fosse nata vent'anni dopo, quanto la sua figurina sarebbe stata ammirata. Non sarebbero state necessarie cure dimagranti e ginnastica per una struttura snella ma tutt'altro che ossuta come la sua.

Così, nei corpetti dei suoi abiti da sera erano stati introdotti degli "accorgimenti", dei delicati cuscinetti di tulle.

Celia avrebbe voluto un abito da sera nero, ma Miriam si oppose: era troppo giovane. Le comperò un vestito di taffettà bianco, uno di tulle verde pallido cosparso di nastri e un terzo di raso rosa tenue, con delle roselline sulla spalla.

Poi, la nonna scovò in uno dei suoi cassetti dell'altro taffettà di un bel turchese brillante, e suggerì che la Povera Signorina Bennett tentasse di cavarne qualcosa. Con tatto, Miriam fece capire che forse la Povera Signorina Bennett avrebbe trovato che la confezione di un abito da sera alla moda era un po' al di là delle sue possibilità. L'abito turchese venne confezionato altrove. Poi, Celia venne accompagnata da una parrucchiera ed ebbe alcune lezioni sull'arte di acconciarsi i capelli: un procedimento elaborato, particolarmente difficile per chi, come lei, aveva i capelli lunghi e pesanti che le arrivavano fino alla vita.

Ma era tutto molto eccitante, e Celia non si accorgeva che la madre, lungi dal sembrare un po' sofferente come al solito, non era mai parsa tanto in salute.

Alla nonna non era sfuggito, invece.

«Ma già,» diceva «Miriam ha qualcosa in testa, è chiaro.»

Soltanto molti anni dopo Celia si rese conto di quelli che erano, al momento, i veri sentimenti di sua madre. Miriam aveva avuto una giovinezza opaca, perciò desiderava ardentemente che il suo tesoro godesse di tutta la gaiezza e le emozioni che la vita di una ragazza poteva offrire. E sarebbe stato difficile per Celia "divertirsi" vivendo sepolta là in campagna, con poche persone della sua età intorno.

Ecco perché l'Egitto, dove Miriam aveva molti amici dall'epoca in cui vi era stata con il marito. Per ottenere i fondi necessari, non aveva esitato a vendere parte dei pochi titoli azionari che possedeva. Celia non doveva essere invidiosa perché altre ragazze avevano "divertimenti" che lei non avrebbe mai avuto.

Inoltre, come confidò molti anni dopo a Celia, le aveva fatto paura quell'amicizia con Bessie West.

«Ho visto troppe ragazze interessarsi a un'amica e rifiutare di prendere interesse agli uomini. È innaturale... e non è giusto.»

«Bessie? Ma io non sono mai stata particolarmente affezionata a Bessie.»

«Ora lo so. Ma allora non lo sapevo. Avevo paura. E tutte quelle sciocchezze sul diventare infermiera. Io volevo che tu ti divertissi, che avessi dei bei vestiti e ti godessi la tua giovinezza nel modo più logico e naturale.»

«Bene,» disse Celia «così è stato.»

7
Adulta

CELIA SI DIVERTIVA, è vero, ma viveva anche terribili momenti di ansia, condizionata dalla timidezza che la affliggeva fin da bambina. Una timidezza che la rendeva goffa, incapace di parlare e anche di dimostrare che si stava divertendo.

Raramente Celia si preoccupava del proprio aspetto. Dava per scontato di essere graziosa – e lo era davvero –, alta, snella e aggraziata, con i capelli di un biondo chiarissimo, scandinavo per luminosità e delicatezza. Aveva una carnagione di rara bellezza, sebbene il nervosismo la rendesse pallida. In tempi in cui "truccarsi" era considerato una vergogna, Miriam ogni sera metteva un lieve tocco di belletto sulle guance della figlia. Voleva che apparisse al meglio.

Ma non era l'aspetto la preoccupazione di Celia. Ciò che la schiacciava era la consapevolezza della propria stupidità. Non era brillante. Ed era orribile non esserlo. Non sapeva mai cosa dire alle persone con cui ballava. Era seria e piuttosto noiosa.

Miriam esortava incessantemente la figlia a conversare.

«Di' qualcosa, cara. Qualsiasi cosa. Non ha importanza che sia una sciocchezza. Ricordati che per un uomo è una fatica tremenda parlare con una ragazza che dice soltanto sì e no. Non lasciar cadere la conversazione.»

Nessuno più di lei, che per tutta la vita era stata ostacolata dalla timidezza, era in grado di comprendere le difficoltà di sua figlia.

Nessuno mai si rendeva conto che Celia era timida. La credevano altezzosa e presuntuosa. Nessuno si rendeva conto di quanto si sentisse umile quella bella ragazza: di quanto fosse amaramente consapevole della propria inadeguatezza sociale.

Grazie alla sua bellezza, Celia era molto richiesta. Tra l'altro, ballava bene. Alla fine dell'inverno era stata a cinquantasei balli e aveva finalmente acquistato un pochino di disinvoltura nel conversare. Era meno goffa, più sicura di sé, e cominciava finalmente a divertirsi senza essere tormentata da ricorrenti crisi di timidezza.

La vita era una sorta di turbinio: un susseguirsi di balli, di luci, di tennis, di polo e di giovanotti. Giovanotti che le tenevano la mano, la corteggiavano, le chiedevano il permesso di baciarla e rimanevano disorientati dalla sua aria distaccata. Nel mondo di Celia faceva breccia una sola persona: il bruno, abbronzato colonnello di un reggimento scozzese, che raramente ballava e che mai si prendeva il disturbo di interessarsi alle ragazze.

Aveva simpatia per l'allegro capitano Gale, un piccoletto rosso di capelli che tutte le sere ballava con lei tre volte. Tre era il numero massimo di balli consentiti a una stessa persona. Lui scherzava, dicendo che Celia non aveva bisogno di imparare a ballare, aveva bisogno di imparare a chiacchierare.

Ciò nonostante, rimase sorpresa quando Miriam disse, durante il viaggio di ritorno: «Sapevi che il capitano Gale voleva sposarti?».

«Davvero?» Celia cadeva dalle nuvole.

«Sì, ne ha parlato con me. Voleva sapere se pensavo che avesse qualche probabilità di essere accettato.»

«Perché non l'ha domandato a me?» Celia era un po' risentita.

«Di preciso non lo so. Penso che gli sia riuscito difficile.» Miriam sorrideva. «Ma tu non vuoi sposarlo, vero, Celia?»

«Oh, no... ma era giusto che ne parlasse a me, mi sembra.»

Era la prima proposta di matrimonio, per Celia. Tutto sommato, pensava lei, non molto soddisfacente.

Non che avesse importanza. Lei non avrebbe mai sposato nessuno se non il colonnello Moncrieff, e lui non l'avrebbe mai chiesta in moglie. Sarebbe rimasta zitella per tutta la vita, amandolo in segreto per sempre.

Ahimè, povero bruno, abbronzato colonnello Moncrieff! Sei mesi dopo, aveva fatto la stessa fine di Auguste, di Sybil, del vescovo di Londra e di Gerald du Maurier.

La vita da adulta era difficile. Emozionante ma faticosa. Avevi sempre un problema di qualche genere. Com'eri pettinata, o poco dotata di seno, o insulsa nel conversare... e poi la gente, e specialmente gli uomini, ti facevano sentire a disagio.

Rimase indimenticabile, per Celia, la sua prima visita come ospite in una villa di campagna. Il suo nervosismo in treno, che le faceva apparire chiazze rosse sul collo. Si sarebbe comportata nel modo adatto? Sarebbe stata – il suo vero incubo! – in grado di *parlare*? Sarebbe stata capace di arrotolarsi i riccioli sulla nuca? Di solito, glieli pettinava Miriam. L'avrebbero giudicata molto stupida? Aveva con sé i vestiti adatti?

I padroni di casa non si sarebbero potuti mostrare più gentili. Con loro, non si sentiva timida.

Era splendido trovarsi in quell'enorme camera da letto, con una cameriera che disfaceva i bagagli per lei e tornava poi per aiutarla a vestirsi e ad allacciarsi l'abito dietro.

Celia indossava un nuovo vestito rosa e scese a cena sentendosi terribilmente in imbarazzo. C'era tanta gente. Che cosa terribile! Il padrone di casa era amabilissimo. Parlava con lei, scherzava, la chiamava "quella in rosa", perché diceva che vestiva sempre di quel colore.

La cena era deliziosa, ma Celia non poté veramente godersela, preoccupata com'era di trovare qualcosa da dire ai suoi vicini. Uno era un ometto grasso e tondo, con la faccia molto rossa; l'altro un uomo alto, con un'espressione un po' canzonatoria e le tempie appena brizzolate.

Le parlava serio serio di libri e di teatri, poi della campagna, e volle sapere dove vivesse. Quando Celia glielo disse, replicò che a Pasqua si sarebbe forse recato da quelle parti. Se Celia glielo permetteva, sarebbe andato a trovarla. Celia disse che le avrebbe fatto piacere.

«Allora perché non dirlo come se le facesse piacere davvero?» domandò lui, ridendo.

Celia arrossì.

«Dovrebbe farle piacere» aggiunse lui. «Tanto più che la decisione di venire da quelle parti l'ho presa soltanto da qualche minuto.»

«Il panorama è bello» assicurò Celia, seria seria.

«Le assicuro che non è per vedere il panorama.»

Come avrebbe preferito che nessuno le dicesse frasi di quel genere. Imbarazzatissima, sbriciolava il pane. Il vicino di tavola la guardava divertito. Che bambina era mai! Lo divertiva metterla in imbarazzo. Serissimo, continuò a farle tantissimi complimenti.

Celia sospirò di sollievo quando finalmente lui si rivolse all'altra sua vicina, lasciando lei alla compagnia dell'omino grasso. Questi si chiamava Roger Raynes, e ben presto si ritrovarono a parlare di musica. Raynes era un cantante: non di professione, sebbene avesse tenuto anche concerti. Con lui, Celia finì per conversare allegramente.

A malapena si era accorta di quello che aveva mangiato, ma ora stava arrivando uno splendido gelato di albicocca, simile a una rosea colonna guarnita di canditi. La colonna crollò da un lato proprio prima che lei venisse servita. Il cameriere la riportò verso la credenza per riassestarla, ma, ahimè, la memoria lo tradì. Nel tornare verso la tavola, saltò Celia!

Ne rimase così amaramente delusa che a stento riusciva a seguire quello che l'omino grasso stava dicendo. Lui aveva avuto un'abbondante porzione e sembrava gustarla enormemente. A Celia non passò neppure per la mente di chiedere del gelato al cameriere. Si rassegnò alla delusione.

Dopo cena, fecero musica. Lei accompagnò al piano Roger Raynes, che aveva una magnifica voce da tenore. Era un'ottima accompagnatrice e inoltre le piaceva. Poi toccò a lei prodursi nel canto, cosa che non la innervosiva affatto. Roger

Raynes le fece dei complimenti per la bella voce, poi continuò a parlare della sua. Chiese a Celia di cantare qualcos'altro, ma lei disse che preferiva ascoltarlo e lui non si fece certo pregare.

Andò a letto felice. Tutto sommato, essere ospite in quella casa non era poi un'esperienza tanto spaventosa.

Il mattino seguente passò in modo piacevole. Uscirono a visitare le stalle e a veder mangiare i maiali, poi Raynes chiese a Celia se voleva provare alcune nuove romanze con lui. Lei accettò. Dopo averne cantate cinque o sei, Raynes le mise davanti una canzone intitolata *Love's Lilies*, e quando ebbero finito le disse:

«Ora mi dia la sua opinione sincera: che cosa ne pensa?»

«Be'...» Celia esitò «ecco, la trovo veramente brutta.»

«Anch'io» disse Raynes. «Non volevo ancora pronunciarmi, ma lei ha sistemato la questione. Non le piace, perciò... via!»

E, stracciato lo spartito in due pezzi, lo gettò nel caminetto. Celia rimase molto colpita. Era una canzone nuova di zecca, acquistata soltanto il giorno prima, e Raynes, soltanto perché lei aveva espresso un parere, l'aveva stracciata senza pensarci.

La cosa la fece sentire molto adulta e importante.

Il grande ballo in costume per il quale Celia aveva ricevuto l'invito doveva avere luogo quella sera. Doveva vestirsi da Marguerite, il personaggio del *Faust*: tutta in bianco, con i capelli raccolti in due trecce. Appariva molto bionda e leggiadra, e Roger Raynes le disse di avere con sé lo spartito del *Faust* e che l'indomani avrebbero provato uno dei duetti.

Celia si sentiva molto nervosa mentre si avviavano al ballo. Trovava sempre difficile distribuire le sue danze: le capitava di ballare con persone che non le piacevano e poi, quando si faceva avanti un cavaliere gradito, di balli non ne restavano più. Se però fingeva di essere già impegnata, magari le persone gradite non si facevano avanti, e allora le capitava – orrore – di "fare tappezzeria". C'erano ragazze che riuscivano a cavarsela egregiamente ma, Celia se ne rendeva conto per la centesima volta, erano *brillanti*, lei no.

La signora Luke si curava molto di Celia, presentandola a questo e a quello.

«Il maggiore de Burgh.»

Il maggiore s'inchinò. «Può concedermi un ballo?»

Era un pezzo d'uomo sui quarantacinque anni, l'aspetto vagamente cavallino, lunghi baffi biondi e faccia piuttosto rossa.

Si prenotò per tre balli e chiese a Celia di accettarlo come cavaliere durante la cena.

Lei trovava che fosse piuttosto difficile intrattenerlo. Parlava poco, ma non smetteva mai di guardarla.

La signora Luke lasciò il ballo molto presto. Si stancava facilmente.

«George baderà a te e ti riporterà a casa» disse a Celia. «Tra parentesi, bambina mia, sembra che tu abbia conquistato il maggiore de Burgh.»

Celia si sentì rincuorata. Temeva di avere annoiato il maggiore a morte.

Non perse neppure un ballo, ed erano le due quando George Luke venne a cercarla, dicendo: «Salve, Quella-in-rosa, è tempo di fare ritorno all'ovile».

Soltanto quando fu in camera sua, Celia si rese conto di essere assolutamente incapace di liberarsi senza aiuto dell'abito che indossava. Sentiva, nel corridoio, la voce del padrone di casa che stava ancora scambiando la buonanotte con qualcuno degli ospiti. Poteva domandare a lui di aiutarla a slacciarsi? O no? Se non l'avesse fatto, le sarebbe toccato rimanere così fino al mattino. Il coraggio le mancò. Quando spuntò il giorno, Celia era distesa sul letto addormentata come un sasso, e ancora vestita da sera.

Il maggiore de Burgh si fece vivo quel mattino stesso. Quel giorno non era andato a caccia, disse, in risposta al coro di meraviglia con cui era stato accolto. Si mise a sedere con gli altri, parlando pochissimo. La signora Luke gli suggerì di andare a vedere i maialini. Mandò Celia ad accompagnarlo. A pranzo, Roger Raynes sembrava di cattivo umore.

Il giorno seguente Celia sarebbe tornata a casa. Passò una mattinata tranquilla con i suoi ospiti. Gli altri se n'erano andati in mattinata, mentre lei sarebbe ripartita nel primo pomeriggio. Qualcuno chiamato "il caro Arthur, così divertente" venne a pranzo. Era – agli occhi di Celia – un uomo molto anziano, e non sembrava affatto divertente. Parlava con voce bassa e stanca.

Dopo pranzo, in un momento in cui la signora Luke aveva lasciato la stanza e lui era solo con Celia, cominciò ad accarezzarle le caviglie.

«Belle,» mormorava «deliziose. Non le dispiace, vero?»

A Celia dispiaceva, e molto. Ma sopportava, convinta che facesse parte delle buone maniere. Non voleva apparire goffa o immatura. Stringeva i denti e rimaneva rigida e immobile.

Il caro Arthur le passò un braccio esperto attorno alla vita, poi la baciò. Celia si girò come una furia e lo spinse via.

«Non posso... la prego, no.»

Le belle maniere, d'accordo, ma c'erano cose che proprio non riusciva a tollerare.

«Che vitino adorabile» disse Arthur, allungando di nuovo il suo braccio esperto.

La signora Luke entrò nella stanza. Si accorse del rossore e dell'espressione di Celia.

«Forse Arthur si è comportato male?» domandò, mentre andavano alla stazione. «Quell'Arthur, proprio non c'è da fidarsi: non si può lasciarlo un istante solo con una ragazza.»

«È proprio necessario permettere che qualcuno ti accarezzi le caviglie?» volle sapere Celia.

«Necessario? Ma no, che idea! Oh, che buffa bambina.»

«Ah» disse Celia, con un gran sospiro. «Meno male!»

La signora Luke, che sembrava divertita, ripeté: «Oh, che buffa bambina».

Poi continuò: «Eri un amore, al ballo. Ho idea che presto avrai notizie da parte di Johnnie de Burgh». E aggiunse: «È molto ricco».

Il giorno seguente al ritorno a casa di Celia, arrivò una grande scatola di cioccolatini indirizzata a lei. Non c'era alcun biglietto di accompagnamento. Due giorni più tardi, arrivò un pacchettino. Conteneva una piccola scatola d'argento. Incisi sul coperchio c'erano il nome "Marguerite" e la data del ballo.

Era incluso il biglietto da visita del maggiore de Burgh.

«Chi è questo maggiore de Burgh, Celia?»

«L'ho conosciuto al ballo.»

«Com'è?»

«Piuttosto vecchio e con la faccia rossa. Simpatico, ma non si sa di che cosa parlare con lui.»

Miriam assentiva, con aria pensosa. Quella sera scrisse alla signora Luke. La risposta fu molto franca: la signora Luke aveva la vocazione di combinare matrimoni.

«È molto ricco: ha davvero un'ottima posizione. George non lo ha molto in simpatia, ma non c'è niente da dire contro di lui. Pare sia rimasto letteralmente conquistato da Celia. È una cara bambina: molto ingenua. Sicuramente di conquiste ne farà tante. Agli uomini piace molto la donna così bionda e con le spalle gracili.»

Una settimana più tardi il maggiore de Burgh "si trovò a passare" da quelle parti. Poteva venire a ossequiare Celia e la madre?

Lo fece. Sembrava più che mai a corto di parole: non faceva che fissare Celia e tentò goffamente di fare amicizia con Miriam.

Chissà perché, andato via lui, Miriam sembrava sconvolta. Faceva commenti che sembravano non avere un filo logico.

«Mi domando se sia saggio pregare per una cosa... Com'è difficile sapere che cos'è bene...» Poi, all'improvviso: «Voglio che tu sposi un brav'uomo: uno come tuo padre. Il denaro non è tutto: ma vivere in un ambiente confortevole vuol dire molto, per una donna...».

Celia accettava quelle osservazioni e rispondeva, senza collegarle in alcun modo con la visita del maggiore de Burgh. Miriam aveva l'abitudine di fare commenti così, senza una ragione, e la figlia ormai non se ne meravigliava più.

«Preferirei che tu sposassi un uomo più vecchio di te» disse Miriam. «Si prendono più cura di una donna.»

I pensieri di Celia tornarono per un attimo al colonnello Moncrieff: ormai, un ricordo sempre più sbiadito. Al ballo, aveva danzato con un giovane militare alto uno e novanta, e al momento era incline a idealizzare giganti giovani e belli.

La madre disse: «La settimana prossima, quando andremo a Londra, il maggiore de Burgh vuole portarci a teatro. Sarà piacevole, vero?».

«Molto» disse Celia.

Quando il maggiore de Burgh si dichiarò a Celia, la prese del tutto alla sprovvista. Le osservazioni della signora Luke, quelle della madre... niente l'aveva preparata. Celia vedeva chiaramente i propri pensieri: in compenso, non prevedeva mai ciò che stava per accadere, e di solito non si accorgeva neppure di ciò che avveniva intorno a lei.

Miriam aveva invitato il maggiore de Burgh per il fine settimana. In realtà, lui si era praticamente invitato da sé, e Miriam, un po' turbata, aveva soltanto pronunciato la formula dell'invito.

La prima sera, Celia stava mostrando il giardino all'ospite. Il compito le riusciva faticoso. Il maggiore aveva l'aria di non sentire una parola di quello che lei stava dicendo. Probabilmente, era annoiato a morte... Tutto quello che gli diceva era piuttosto stupido, naturalmente, ma se soltanto le avesse dato un po' di *aiuto*...

Ed ecco che, interrompendola nel bel mezzo di una frase, lui le aveva afferrato improvvisamente le mani e, con voce strana, roca, del tutto irriconoscibile, aveva detto: «Marguerite, mia Marguerite. La desidero tanto. Vuole sposarmi?»

E ora Celia lo fissava. Sembrava inebetita: gli occhi azzurri erano dilatati, carichi di meraviglia. Era incapace di parlare. Qualcosa la turbava, enormemente: qualcosa che le veniva comunicato attraverso quelle mani tremanti in cui erano imprigionate le sue. Si sentiva al centro di una tempesta di emozioni. Era terribile... faceva paura.

Balbettò:

«N...no. Non so. Oh, no, non posso.»

Che cosa le faceva provare quell'estraneo, quell'uomo silenzioso e tanto più vecchio di lei che finora aveva a malapena notato, se non un senso di lusinga, perché "la trovava di suo gusto"?

«L'ho spaventata, mia cara. Amore mio. È così giovane... così pura. Non può comprendere quello che provo per lei. Io l'amo tanto.»

Perché non ritirava le mani e non diceva subito, in modo fermo e sincero: "Mi dispiace tanto, ma non provo per lei la stessa cosa"?

Perché, invece, rimaneva là, a fissarlo con impotenza, sentendo ondate impetuose infrangersi attorno alla sua testa?

L'uomo l'attirò gentilmente a sé, ma lei faceva resistenza, o una mezza resistenza, senza proprio ritrarsi del tutto.

Sempre con dolcezza, lui disse: «Per ora non voglio spaventarla. Ci pensi su».

La lasciò andare. Celia ritornò lentamente verso casa, salì in camera sua, si gettò sul letto e rimase così, con gli occhi chiusi e il cuore che le batteva.

La madre salì da lei una mezz'ora più tardi.

Si mise a sedere sul letto, le prese una mano.

«L'ha detto anche a te, mamma?»

«Sì. Dice di amarti molto. Tu che cosa... che cosa pensi, in proposito?»

«Non lo so. È tutto così strano.»

Non poteva dire nient'altro. Era tutto strano, ogni cosa era strana: perfetti estranei potevano trasformarsi in innamorati, e tutto da un momento all'altro. Non sapeva più che cosa provava, né che cosa voleva.

Meno che mai, comprendeva le perplessità della madre.

«Non sono molto forte. Ho tanto pregato perché arrivasse un brav'uomo a offrirti una casa e a farti felice... Abbiamo così poco denaro, e ultimamente ho avuto spese enormi a causa di Cyril... Rimarrà ben poco per te, quando non ci sarò più. Non voglio che sposi un ricco, se non lo ami. Ma sei talmente romantica, e un Principe Azzurro... purtroppo, è una cosa che non accade quasi mai. Ben poche donne possono sposare l'uomo di cui sono innamorate.»

«Tu l'hai sposato.»

«Sì, io sì... ma anche in quel caso, non sempre è saggio volere troppo bene a qualcuno. È sempre una spina nel fianco. Essere amate è molto meglio. Puoi prendere la vita più facilmente. Io non l'ho mai presa molto facilmente. Se ne sapessi di più, su quest'uomo, se fossi sicura che mi piace. Potrebbe avere il vizio del bere, potrebbe essere... qualsiasi cosa. Si curerebbe di te, ti vorrebbe bene? Sarebbe buono con te? Dev'esserci qualcuno ad avere cura di te, quando io non ci sarò più.»

Gran parte di quelle parole andava perduta, per Celia. Il denaro per lei non significava nulla. Quando papà era vivo, erano stati ricchi; morto lui, erano diventati poveri; ma Celia non aveva trovato differenze, tra le due situazioni. Aveva sempre avuto una casa, il giardino e il suo pianoforte.

Il matrimonio, per lei, voleva dire amore – amore poetico, romantico – e vivere insieme felici, per sempre. Tutti i libri che aveva letto non le avevano insegnato niente dei problemi della vita. Quello che la lasciava confusa e perplessa era il non sapere se amava il maggiore de Burgh – Johnnie – oppure no. Se glielo avessero domandato un minuto prima che lui si dichiarasse, sicuramente avrebbe detto di no. Ma ora? Quell'uomo aveva destato qualcosa in lei: qualcosa di ardente, di emozionante e di indefinibile.

Miriam aveva decretato che il maggiore doveva andarsene e lasciare Celia libera di riflettere per un paio di mesi. Lui aveva obbedito, ma le scriveva, e in fatto di lettere d'amore il taciturno Johnnie de Burgh era un maestro. Le sue erano lettere a volte brevi, a volte lunghe, sempre diverse, ma erano le lettere d'amore che una ragazza sogna di ricevere. In capo ai due mesi, Celia si era convinta di amare Johnnie de Burgh. Andò a Londra con la madre, preparata a dirglielo. Quando lo vide, venne colta da un immediato senso di ripugnanza. Quell'uomo era uno sconosciuto che lei non amava affatto. Lo rifiutò.

Johnnie de Burgh non accettò facilmente la sconfitta. Ben cinque volte chiese a Celia di sposarlo. Per più di un anno le scrisse, accettò di esserle "amico", le mandò graziose inezie, la strinse tenacemente d'assedio, e poco mancò che non la spuntasse.

Era tutto così romantico: così affine al modo in cui Celia fantasticava di essere corteggiata. Le lettere, le cose che lui diceva: era tutto così perfetto. Anzi, quello era proprio il punto forte di Johnnie de Burgh. Era un corteggiatore nato. Era stato l'amante di molte donne, sapeva come prendere d'assalto la donna sposata e come circuire la ragazza. Celia fu lì lì per convincersi a sposarlo. Ma, nonostante tutto, rimaneva in lei una calma determinazione che non si lasciava sedurre.

Fu in quel periodo che Miriam esortò la figlia a leggere una serie di romanzi francesi. Perché non dimenticasse il francese, diceva.

Vi erano inclusi i romanzi di Balzac e di altri autori realisti.

C'erano, inoltre, alcuni romanzi moderni che poche madri inglesi avrebbero permesso alle figlie di leggere.

Ma Miriam aveva uno scopo preciso.

Voleva che Celia – troppo sognatrice e sempre nelle nuvole – non ignorasse la realtà della vita.

Lei li leggeva, con grande docilità e pochissimo interesse.

Celia aveva altri corteggiatori, tra cui Ralph Graham, il biondino lentigginoso della scuola di ballo, che adesso era un piantatore di tè a Ceylon. Fin da bambino, si era sempre sentito attratto da Celia. Tornando in patria, e trovandola adulta, le aveva chiesto di sposarlo fin dalla sua prima settimana di licenza. Celia l'aveva rifiutato senza esitare. Ralph aveva con sé un amico, e in seguito quell'amico scrisse a Celia. Non aveva voluto "rompere le uova nel paniere di Ralph", ma si era innamorato di lei al solo vederla. Poteva sperare di essere ricambiato? Ma né Ralph né l'amico avevano fatto la minima impressione su di lei.

Durante l'anno di corteggiamento da parte di Johnny de Burgh, però, lei trovò un vero amico: Peter Maitland. Peter era di qualche anno più vecchio delle sorelle. Era nell'esercito ed era stato di stanza all'estero per molti anni. Ora si trovava in Inghilterra per un periodo di servizio in patria. Il suo ritorno coincideva con il matrimonio della sorella Ellie. Celia e Janet dovevano fare da damigelle della sposa. Fu al matrimonio che Celia conobbe Peter.

Peter era alto e bruno. Era timido, ma lo nascondeva dietro un modo di fare amabilmente pigro. I Maitland erano tutti così, bonaccioni, di compagnia e molto placidi. Non si affrettavano mai, per niente e per nessuno. Se perdevano un treno, be'... prima o poi ce ne sarebbe stato un altro. Se arrivavano a casa tardi per la cena... be', qualcuno avrebbe pensato di certo a tenere qualcosa in caldo. Non avevano né ambizioni né energia. Peter era il più marcato esempio delle caratteristiche di famiglia. Nessuno lo aveva mai visto affannarsi. "Di qui a cent'anni sarà tutto tale e quale" era il suo motto.

Il matrimonio di Ellie venne gestito come ogni cosa in casa Maitland. La madre, che era grossa, svagata e buona come il pane, non si alzava mai prima di mezzogiorno e spesso dimenticava di pensare ai pasti. "Fare entrare mamma nel vestito per le nozze" era l'impresa principale della mattinata. A causa della sua insofferenza per le prove, l'abito di raso color aragosta risultò terribilmente stretto. La sposa si affaccendava intorno alla madre, e alla fine tutto fu sistemato con un ingegnoso uso delle forbici e una cascata di orchidee che nascondeva la stoffa mancante. Celia era arrivata di buon'ora – per dare una mano – e in effetti a un certo punto quasi si convinse che Ellie, per quella mattina, non sarebbe mai arrivata a sposarsi. Nell'ora in cui avrebbe dovuto dare gli ultimi ritocchi a tutto l'insieme, era ancora in camicia e si stava tranquillamente facendo la pedicure.

«Avrei dovuto farlo ieri sera» spiegava. «Ma per un verso o per l'altro non ne ho trovato il tempo.»

«La carrozza è arrivata, Ellie.»

«Sì? Oh, be', sarà bene che qualcuno telefoni a Tom e gli dica che sarò in ritardo di una mezz'ora.» Poi aggiunse, in tono riflessivo: «Caro Tom. È un tale tesoro... Non vorrei che se ne stesse a friggere in chiesa, pensando che ho cambiato idea».

Ellie si era fatta altissima: era quasi un metro e ottanta. Lo sposo era alto uno e settanta ed era – secondo la definizione di Ellie – "un piccoletto sempre allegro e un vero angelo".

Mentre Ellie veniva finalmente indotta a finire di vestirsi, Celia era uscita in giardino, dove il capitano Peter Maitland stava placidamente fumando la pipa, per niente angustiato dalla mancanza di puntualità della sorella.

«Thomas è un ragazzo di buonsenso» disse. «La conosce bene. Non si aspetta certo che arrivi puntuale.»

Si mostrava un po' timido nel rivolgersi a Celia ma, come spesso accade quando due timidi vengono a contatto, ben presto trovarono facilissimo chiacchierare tra loro.

«Immagino che ci crederai una famiglia di matti» aggiunse.

«Pare che davvero non abbiate molto il senso del tempo» disse lei, ridendo.

«Perché passare la vita ad affannarsi? Prendila con calma: goditela.»

«Si arriva mai a qualcosa, facendo così?»

«Dove si dovrebbe arrivare? Le cose più o meno si equivalgono, a questo mondo.»

Mentre era a casa in licenza, Peter Maitland rifiutava di solito qualsiasi invito. Ma dopo il matrimonio sembrò adottare Celia come una sorella in più. Lui, lei e Janet facevano sempre tante cose insieme. Poi Ralph Graham, riavutosi dal rifiuto di Celia, cominciò a interessarsi a Janet, e il trio finì per diventare un quartetto. Si divise poi in due coppie: Janet e Ralph e Celia e Peter.

Peter istruiva Celia nel gioco del golf.

«Ce la prendiamo comoda, intendiamoci. Un po' di buche, così, senza affannarci tanto. Se fa troppo caldo, ci sediamo e io mi faccio una fumatina.»

Per Celia, il programma andava a pennello. Lei non aveva "occhio" per i giochi in genere: fatto che la deprimeva soltanto un po' meno dell'assenza di quelle famose curve. Ma Peter le faceva sentire che in fondo non aveva importanza.

«Non devi mica diventare una professionista. È solo per divertirsi un po' e nient'altro.»

Quanto a lui, era straordinariamente abile in qualsiasi sport. Aveva un dono naturale per l'atletica. Se non fosse stato così pigro e flemmatico, si sarebbe piazzato ai primi posti. Ma preferiva, così diceva lui, trattare i divertimenti come divertimenti. «Perché farne un affare di Stato? A che scopo?»

Andava molto d'accordo con la madre di Celia. Lei voleva bene a tutta la famiglia Maitland, e Peter, con i suoi modi amabili, il suo fascino calmo e sonnacchioso, la sua evidente dolcezza di carattere, era il suo preferito.

«Non deve preoccuparsi per Celia» le diceva quando proponeva di portare l'amica da qualche parte. «A lei baderò io. Può stare tranquilla.»

Miriam gli credeva. Era certa che di Peter Maitland poteva fidarsi.

Lui sapeva, più o meno, come stavano le cose tra Celia e il maggiore de Burgh. Vagamente, con molta delicatezza, le dava consigli.

«Una ragazza come te, Celia, dovrebbe sposare un uomo con un po' di quattrini. Sei il tipo che desidera essere accudito. Un uomo rispettabile, che ami lo sport e tutto il resto... e che sia in grado di prendersi cura di te.»

Quando, scaduta la licenza, Peter partì per andare a raggiungere il suo reggimento, di stanza ad Aldershot, Celia ne sentì molto la mancanza. Gli scriveva, e lui a lei: lettere disinvolte e colloquiali, in cui si ritrovava il modo di parlare di Peter.

Quando Johnnie de Burg accettò finalmente di essere respinto, Celia si sentì un po' depressa. Lo sforzo di tenere testa all'ascendente del maggiore le era costato più di quanto immaginasse. La rottura definitiva era appena avvenuta, e già lei si domandava se, a conti fatti, non lo rimpiangesse... Forse, gli voleva bene davvero e non se ne rendeva conto. Sentiva la mancanza delle lettere di lui, dei regalini, del tenace assedio.

Quanto all'atteggiamento di sua madre, non sapeva definirlo. Miriam era sollevata o delusa? A volte Celia aveva un'impressione, a volte un'altra, e in effetti, nel pensarla così, non sapeva di essere nel vero.

La prima sensazione di Miriam era stata di sollievo. Johnnie de Burg non le era mai piaciuto del tutto – non le ispirava una completa fiducia –, anche se non sapeva dire perché. Indubbiamente era devoto a Celia. Nel suo passato non c'era stato niente di scandaloso, e del resto Miriam era stata allevata nella convinzione che un uomo che abbia corso la cavallina dia maggiore affidamento come marito.

La preoccupava molto la propria salute. Le crisi cardiache di cui un tempo aveva sofferto a lunghi intervalli stavano diventando più frequenti. Dal linguaggio diplomatico dei medici, era arrivata a concludere che, pur avendo la probabilità di lunghi anni di vita davanti a sé, poteva anche morire da un momento all'altro. E, in tal caso, che ne sarebbe stato di Celia? Denaro ce n'era ben poco. Soltanto lei, Miriam, sapeva quanto era poco.

Poco, sì, pochissimo.

Al giorno d'oggi, diremmo: "Ma perché mai, visto che denaro non ce n'era, non aveva preparato Celia a una professione?".

Non credo che sarebbe mai venuto in mente a Miriam. Era, così la immagino, quanto mai ricettiva verso le nuove idee e un nuovo modo di pensare, ma non credo che quella particolare idea le fosse mai passata per la testa. E, se sì, penso che non l'avrebbe accettata facilmente.

Conosceva, secondo me, la particolare vulnerabilità di Celia. Tu dirai che, con un'educazione diversa, sarebbe stato possibile cambiarla, ma io non ci credo. Come tutte le persone che seguono soprattutto una loro visione interna, Celia era particolarmente inattaccabile dagli influssi esterni. Riguardo alla vita reale, era una stupida.

Penso che Miriam fosse consapevole delle deficienze della figlia. La sua scelta delle letture – il suo insistere su Balzac e altri romanzieri francesi – era fatta con uno scopo. I francesi sono molto realisti. Miriam, penso, voleva che Celia accettasse la vita e la natura umana per quello che sono: qualcosa di banale, di sensuale, di splendido, di sordido, di tragico, e di intensamente comico. Non ci riusciva, perché la natura di Celia era in sintonia con il suo aspetto: anche nei sentimenti, Celia era scandinava. Amava le lunghe saghe, i racconti che parlavano di viaggi e di eroi. Da bambina aveva avuto una predilezione per le fiabe, da grande preferiva Maeterlinck, Fiona MacLeod e Yeats; leggeva anche altri libri, ma le sembravano irreali, proprio come favole e fantasie sembrano inconsistenti a chi abbia senso pratico.

Siamo come nasciamo. In Celia viveva ancora qualche antenato scandinavo. La robusta nonna, l'allegro e gioviale John, la mutevole Miriam: uno di essi le aveva trasmesso la vena segreta che possedeva senza saperlo.

È interessante constatare come il fratello esca completamente dalla narrazione di Celia. Eppure Cyril doveva essere spesso a casa: in vacanza, in licenza.

Cyril era entrato nell'esercito ed era stato mandato in India prima che Celia facesse il suo debutto in società. Non ebbe mai una parte importante nella sua vita, né in quella di Miriam. Appena arruolato era stato, ho l'impressione, causa di spese consistenti. In seguito si sposò, lasciò l'esercito e andò a fare l'agricoltore in Rhodesia. Come personaggio, svanì dalla vita di Celia.

8

Jim e Peter

TANTO MIRIAM CHE LA FIGLIA CREDEVANO NELLA PREGHIERA. Le preghiere di Celia, da principio coscienziosa e consapevole del peccato, si erano fatte in un secondo momento spirituali e ascetiche. Ma neppure in seguito lei aveva perso l'abitudine, presa da bambina, di mormorare una preghiera in ogni occasione. Celia non entrava in una sala da ballo senza invocare: "Signore, non farmi essere timida. E fa' che il collo non mi si riempia di chiazze rosse". Ai pranzi pregava: "Mio Dio, fa' che io trovi qualcosa da dire". Pregava per distribuire bene i suoi balli e per danzare con quelli che le piacevano. Pregava affinché non piovesse se c'era in programma un picnic.

Le preghiere di Miriam erano più fervide e più arroganti. In verità, lei era una donna arrogante. Per il suo tesoro non chiedeva favori a Dio, li pretendeva! Così ardenti erano le sue preghiere da sembrarle impossibile che rimanessero senza risposta. E forse la maggior parte di noi, quando dice che una preghiera è rimasta inascoltata, vuole dire che la risposta è stata un "no".

Non era stata certa che Johnnie de Burgh fosse una risposta alle sue preghiere, ma era sicurissima che Jim Grant lo fosse.

Jim voleva fare l'agricoltore, e a questo scopo i suoi l'avevano mandato in una fattoria dalle parti di Miriam. Pensavano che l'amica avrebbe tenuto d'occhio il ragazzo. Sarebbe servito a tenerlo lontano da possibili guai.

Jim a ventitré anni era quasi identico a com'era stato a tredici. La stessa faccia ossuta e gaia, gli stessi occhi tondi e intensamente azzurri, lo stesso fare allegro ed efficiente. Anche il sorriso abbagliante e il modo di buttare indietro la testa e ridere di cuore non erano cambiati.

Jim era ancora libero. Era primavera e lui era giovane e sano. Spesso veniva a casa di Miriam, dove c'era Celia, giovane, bionda e bella; e poiché la natura è natura, lui se ne innamorò.

Per Celia era soltanto un amico come lo era stato Peter, solo che lei ammirava maggiormente il carattere di Jim. Aveva sempre pensato che Peter fosse fin troppo "fiacco". Non aveva ambizioni. Jim era pieno di ambizione. Prendeva la vita in modo davvero solenne. Le parole "la vita è una cosa seria" erano state scritte per lui. Il suo desiderio di fare l'agricoltore non nasceva dall'amore per la terra: a lui interessava il lato scientifico della questione. Bisognava fare in modo che l'agricoltura, in Inghilterra, rendesse molto di più. Occorrevano soltanto la scienza e la volontà di riuscirci. Aveva libri sull'argomento, e li prestava a Celia. Gli piaceva molto prestare libri. Si interessava inoltre di teosofia, di bimetallismo, di economia e di cristianesimo scientista.

Celia gli piaceva perché sapeva ascoltare con attenzione. Leggeva tutti i libri e faceva in proposito osservazioni intelligenti.

Se il corteggiamento di de Burgh era stato qualcosa di fisico, quello di Jim Grant era esclusivamente intellettuale. In quella fase della sua carriera, Jim traboccava letteralmente di idee serissime... quasi al punto di essere presuntuoso. Il Jim che Celia preferiva non era quello serio, che parlava di etica o della teologa Mary Eddy, ma quello che buttava indietro la testa e rideva.

La proposta di de Burgh l'aveva colta alla sprovvista, ma che Jim le avrebbe chiesto di sposarlo l'aveva intuito già prima che lui lo facesse.

A volte Celia percepiva la vita come una tela: la dovevi tessere, andando dentro e fuori dall'ordito come una spoletta, ubbidiente al disegno che ti veniva imposto. Jim, lei cominciava ad averne il sospetto, faceva parte del disegno. Era il suo destino, preordinato fin da principio. Come sembrava felice sua madre, ora.

Jim era caro: Celia gli voleva un gran bene. Un giorno le avrebbe chiesto di sposarlo e lei si sarebbe sentita come con il maggiore de Burgh – dentro di sé si riferiva a lui sempre così, mai chiamandolo per nome –: eccitata e turbata, con il cuore che batteva precipitosamente...

Jim fece la sua proposta una domenica pomeriggio. Lo aveva programmato già da diverse settimane. Gli piaceva fare programmi e attenervisi. Sentiva che era un modo efficiente di vivere.

Era un pomeriggio piovoso. Sedevano nella stanza del pianoforte, dopo il tè. Celia aveva suonato e cantato. A Jim piacevano Gilbert e Sullivan.

Seduti sul divano, si misero a discutere di socialismo e del Bene dell'Umanità. Infine, subentrò una pausa. Celia disse qualcosa a proposito di un libro, ma Jim le rispose distrattamente.

Cadde ancora il silenzio, poi lui si fece rosso in viso e disse:

«Immagino saprai che sono molto innamorato di te, Celia. Ti farebbe piacere che ci fidanzassimo o preferiresti aspettare un po'? Penso che insieme saremmo molto felici. Abbiamo tante cose in comune.»

Non era affatto calmo come voleva sembrare, e se Celia fosse stata più matura se ne sarebbe resa conto. Avrebbe intuito il significato di quel lieve tremore delle labbra, della mano che tormentava nervosamente il bracciolo.

Così, invece... be', che cosa doveva dire?

Non lo sapeva, quindi non disse niente.

«Tu hai simpatia per me, vero?» domandò Jim.

«Sì... oh, sì» rispose subito Celia.

«Ti piaccio, vero? Bene, è la cosa più importante» disse Jim. «È essenziale avere simpatia l'uno per l'altra. È una cosa che dura, questa. La passione...» arrossì più che mai, nel dirlo «non dura a lungo. Noi due, insieme, dovremmo essere idealmente felici, Celia. Io voglio sposarmi giovane.» Tacque, poi aggiunse: «Senti, io penso che la cosa più logica sarebbe se ci fidanzassimo per prova. Per sei mesi, diciamo. Non occorre che lo diciamo a nessuno, soltanto a tua madre e alla mia. Poi, al termine dei sei mesi, potrai prendere la tua decisione definitiva».

Celia rifletté un istante.

«Pensi sia giusto così? E se... di qui a sei mesi, io non...»

«Se tu non... allora non dovremo sposarci, è naturale. Ma tu vorrai. Io lo so che andrà tutto bene.»

Che rassicurante convinzione c'era nella voce di lui. Sembrava così tranquillo. Lui *sapeva.*

«Benissimo» disse Celia, e sorrise.

Si aspettava che la baciasse, ma Jim non lo fece. Lo avrebbe voluto, eccome, ma era timido. Continuarono a discutere di umanità e di socialismo: forse, non con quella chiarezza che in altri momenti avrebbero avuto.

Poi Jim disse che per lui era tempo di andare e si alzò.

Rimasero un momento incerti, in silenzio.

«Allora,» disse poi Jim «arrivederci. Tornerò domenica prossima, o forse anche prima. E ti scriverò.» Esitava. «Io... vuoi darmi un bacio, Celia?»

Si baciarono, piuttosto goffamente.

È esattamente come baciare Cyril, pensò Celia. La sola differenza era che Cyril non voleva mai baciare nessuno.

Bene, ormai le cose stavano così. Era fidanzata con Jim.

La felicità di Miriam era talmente grande da far sentire Celia addirittura entusiasta del fidanzamento.

«Tesoro mio, sono così felice per te. È un così caro ragazzo. È onesto e risoluto, e saprà come avere cura di te. E i suoi sono vecchi amici e volevano tanto bene al tuo papà. È talmente meraviglioso che le cose siano andate in questo modo: il loro ragazzo e la nostra bambina. Oh, Celia, sapessi com'ero infelice al pensiero che tu sposassi de Burgh. Sentivo, non so... che non era giusto, che non era l'uomo adatto a te.»

Tacque e aggiunse, inaspettatamente:

«E avevo anche paura di me stessa.»

«Di te stessa?»

«Sì. Volevo disperatamente tenerti con me, e che tu non ti sposassi. Volevo essere egoista. Mi dicevo che avresti avuto una vita più protetta: niente preoccupazioni pratiche, niente figli, niente guai... Se non fosse stato perché potevo lasciarti così poco di che vivere, ma proprio così poco, sarei stata tentata di... Sai, Celia, per una madre è molto difficile non essere egoista.»

«Sciocchezze» rispose Celia. «Ti saresti sentita terribilmente umiliata, vedendo sposarsi tutte le altre.»

Aveva notato, e la cosa la divertiva un poco, l'intensa gelosia che sua madre provava per amor suo. Se un'altra ragazza era vestita meglio, se brillava nella conversazione, Miriam immediatamente mostrava un'insofferenza che Celia non condivideva affatto. Sua madre aveva sofferto quando Ellie Maitland si era sposata. Le sole ragazze di cui Miriam parlava benevolmente erano quelle così bruttine o trasandate da non rappresentare delle rivali per sua figlia. A volte quel comportamento della madre la irritava ma, più spesso, le ispirava tenerezza. Cara, che buffa mamma chioccia era mai, con le penne arruffate! Così assurdamente illogica! Ma, nonostante tutto, era carino da parte sua. Come tutte le azioni e i sentimenti di Miriam, anche quella reazione era violenta.

Celia era contenta di sapere felice sua madre. Tutto era andato effettivamente in modo meraviglioso. Era bello imparentarsi con una famiglia amica. E a lei Jim piaceva più di ogni altro di sua conoscenza: molto, molto di più. Era proprio il tipo di uomo che aveva sempre immaginato di avere come marito. Giovane, sicuro di sé, ricco di ideali.

Chissà se le altre si sentivano così depresse, quando si fidanzavano? Forse sì. Era una cosa così definitiva... così irrevocabile.

Sbadigliò annoiata nel prendere in mano il testo della Besant. La teosofia la deprimeva. Sembrava, nell'insieme, una tale scemenza...

Il bimetallismo era già meglio.

Era tutto piuttosto noioso: assai più noioso di quanto le sembrasse fino a due giorni prima.

Sul suo piatto c'era una lettera, il mattino dopo, e la scrittura sulla busta era quella di Jim. Un lieve rossore salì alle guance di Celia. Una lettera di Jim. La sua prima lettera da quando...

Per la prima volta, provava una certa emozione. Lui non aveva detto molto ma, forse, per iscritto...

Se la portò in giardino e l'aprì.

Carissima Celia,

sono rientrato tardissimo per cena. La signora Cray era un po' seccata ma Cray è stato abbastanza divertente. Le ha detto di non fare storie: ero stato a fare la corte a una ragazza, le ha detto. In fondo sono persone molto semplici e care: scherzano in modo così spontaneo. Vorrei che fossero un po' più ricettivi verso le nuove idee: in agricoltura, intendo dire. Lui non deve avere letto neppure un libro sull'argomento e sembra accontentarsi di mandare avanti la fattoria proprio come faceva suo nonno. Penso che l'agricoltura sia il campo più reazionario di tutti: sarà l'istinto del contadino, così radicato al suolo.

Sento che avrei dovuto, forse, parlare con tua madre ieri sera stessa, prima di andarmene. Ma le ho scritto, a ogni modo. Spero non le dispiacerà se voglio portarti via. So che per lei rappresenti molto, ma penso che abbia simpatia per me.

Forse verrò giovedì: dipenderà dal tempo. Altrimenti, domenica prossima.

Con tanto amore, il tuo affezionatissimo

Jim

Dopo le lettere di Johnnie de Burgh, non era un'epistola destinata a produrre una grande euforia nell'animo di una ragazza.

Celia si sentiva irritata con Jim.

Sentiva che avrebbe potuto amarlo molto... se soltanto fosse stato un tantino diverso!

Strappò la lettera in tanti piccoli pezzi e li gettò via.

Jim non era un innamorato. Era troppo impacciato per esserlo. Inoltre, aveva teorie e opinioni molto precise.

Celia, tra l'altro, non era certo il genere di donna capace di far vibrare in lui le corde giuste. Una donna esperta, che si sarebbe sentita piccata dalla ritrosia di Jim, avrebbe potuto fargli perdere la testa, con benefici risultati. Così, invece, il suo rapporto con Celia era piuttosto insoddisfacente. Sembrava che avessero perso tutto lo spigliato cameratismo della loro amicizia, senza avere guadagnato niente in cambio. Celia continuava ad ammirare le doti di Jim, a sentirsi annoiata dalla sua conversazione, irritata dalle lettere di lui e depressa di fronte alla vita in generale.

La sola cosa che le dava piacere era la felicità di sua madre.

Ricevette una lettera da Peter Maitland, al quale aveva scritto, facendosi promettere di mantenere il segreto.

I miei migliori auguri, Celia. Sembra un tipo come si deve. Non mi dici se dispone anche di qualcosa. Mi auguro di sì. Le ragazze non pensano a una cosa del genere, ma ti assicuro, Celia cara, che è importante. Sono più vecchio di te e ho visto donne trascinare l'esistenza con mariti logorati e distrutti da problemi di denaro. Io vorrei che tu vivessi invece come una regina. Non sei tagliata, tu, per una vita di stenti. Bene, non c'è molto altro da dire. Quando verrò in licenza, in settembre, darò una sbirciata al tuo giovanotto e vedrò se è degno di te. Non che io pensi di trovare mai qualcuno che lo sia!

Ti auguro tutto il bene del mondo, amica mia. Avanti a gonfie vele.

Sempre tuo,

Peter

Era un fatto strano, e ciò nonostante vero: quello che Celia apprezzava di più del suo fidanzamento era la futura suocera.

La sua antica, infantile ammirazione per la signora Grant era più forte che mai. La signora Grant era bella. Ormai grigia di capelli, aveva ancora la stessa grazia regale, gli stessi meravigliosi occhi azzurri, la figura splendida, la voce limpida e gradevole che Celia ben ricordava, la personalità spiccata.

La signora Grant si accorgeva dell'ammirazione che Celia aveva per lei e ne era compiaciuta. Forse non era del tutto soddisfatta di quel fidanzamento: forse avrebbe desiderato qualcosa di più. Era perfettamente d'accordo con quello che i due giovani avevano deciso: fidanzarsi ufficialmente soltanto dopo sei mesi e sposarsi di là a un anno.

Jim adorava sua madre, e gli faceva piacere che anche Celia mostrasse una così aperta adorazione.

La nonna era contentissima che Celia fosse fidanzata, ma si sentiva in dovere di metterla in guardia contro le possibili iatture della vita matrimoniale, a cominciare dal povero John Godolphin che si era scoperto un cancro alla gola durante la luna di miele, per finire al vecchio ammiraglio Collingway che aveva trasmesso un brutto male alla moglie, poi aveva avuto una relazione con la governante, e «alla fine, mia cara, lei, poveretta, non poteva nemmeno tenere in casa una domestica. Quel demonio le aggrediva da dietro le porte... e senza niente addosso. Naturalmente, quelle non volevano rimanere».

Celia pensava che Jim fosse troppo sano per avere il cancro alla gola – «Ah, mia cara, ma è proprio ai sani che succedono certe cose» incalzava la nonna –, e nemmeno la fantasia più sfrenata sarebbe riuscita a figurarsi il posato Jim come un vecchio satiro pronto a balzare addosso alle domestiche.

La nonna aveva simpatia per Jim ma, in cuor suo, era un po' delusa. Un giovanotto che non beveva, non fumava, e si mostrava imbarazzato quando qualcuno diceva qualcosa di scherzoso... ma che specie di uomo era? Francamente, lei preferiva tipi più virili.

«Però,» aggiungeva speranzosa «l'ho visto raccogliere una manciata di ghiaia dal terrazzo, l'altra sera, e questo mi è piaciuto: un po' di ghiaia dov'eri passata tu.»

Invano Celia spiegava che si era trattato di interesse geologico. La nonna non voleva saperne di spiegazioni del genere.

«Questo è ciò che ha detto a te, mia cara. Ma io i giovani li conosco. Figuriamoci! Un certo Planterton si tenne il mio fazzoletto vicino al cuore per sette anni, e mi aveva visto una sola volta, a un ballo.»

La notizia, attraverso le indiscrezioni della nonna, arrivò anche alla signora Luke.

> Bene, bambina mia, sento che ti sei intesa con un bravo giovanotto. Sono contenta che tu abbia rifiutato Johnnie. George non voleva che ti dicessi qualcosa a rischio di scoraggiarti, dato che era un così buon partito: ma dal canto mio non potevo fare a meno di paragonarlo a una mummia.

Così scriveva la signora Luke. E aggiungeva:

> Roger Raynes domanda sempre di te. Io non gli do corda. Intendiamoci, è un uomo facoltoso: ecco perché non concluderà mai niente con la sua bella voce. Peccato, perché poteva diventare un grande cantante. Ma non credo che potrebbe piacerti: è proprio un "patatone". E per di più mangia bistecche per prima colazione e si taglia ogni volta che si fa la barba. Detesto gli uomini che si tagliano nel radersi.

Un giorno di luglio, Jim arrivò in preda a una grande agitazione. Un uomo ricchissimo, molto amico di suo padre, stava per intraprendere un viaggio intorno al mondo col preciso intento di studiare le diverse forme di agricoltura. Si era offerto di portare con sé Jim.

Jim parlò a lungo e animatamente. Era grato a Celia del suo immediato interesse e del suo tacito consenso. Si era sentito un po' in colpa, perché temeva che lei prendesse male quella partenza.

Una quindicina di giorni più tardi, Jim si metteva allegramente in viaggio, mandando a Celia un telegramma di saluto da Dover: "Abbi cura di te tutto il mio affetto Jim".

Quanto poteva essere bella una mattinata di agosto...

Celia uscì sul terrazzo davanti alla casa e si guardò attorno. Era presto: c'era ancora la rugiada sull'erba – il faggio era più grande che mai, intensamente, meravigliosamente verde – e il cielo era azzurro, azzurro, azzurro come un mare profondo...

Celia pensò che mai si era sentita tanto felice. L'antica familiare "morsa piacevole" le serrava lo stomaco. Era tutto così bello, così bello da fare male.

Oh, splendido, bellissimo mondo!

Suonava il gong. Celia rientrò per fare colazione.

La madre la guardò. «Sembri molto felice, Celia.»

«Sono felice. È una giornata splendida.»

Tranquillamente, la madre osservò: «Non è soltanto per questo... È perché Jim è partito, vero?».

Celia quasi non l'aveva capito, fino a quel momento. Il suo era sollievo: un tremendo, gioioso sollievo. Per nove mesi, non avrebbe più dovuto interessarsi di teosofia o di economia. Per nove gloriosi, euforici mesi, poteva vivere come piaceva a lei... pensarla come meglio le pareva. Era libera, libera, libera.

Guardò la madre e la madre la fissò a sua volta.

Poi, dolcemente, Miriam disse:

«Non devi sposarlo. Se è questo che provi... Io non immaginavo.»

Le parole sgorgarono da Celia.

«Non lo immaginavo neanch'io... credevo di amarlo. Sì, è senza dubbio la persona migliore che abbia mai conosciuto... così meraviglioso, sotto ogni aspetto.»

Miriam assentiva con tristezza. Sentiva franare tutta la sua serenità.

«Sapevo che non ne eri innamorata, ma pensavo che, una volta fidanzati, avresti finito per amarlo. Invece, è successo il contrario... Non devi sposare un uomo che ti annoia.»

«Mi annoia!» Celia era scandalizzata. «Ma è così intelligente: non potrebbe mai annoiarmi.»

«È proprio quello che fa, invece.» Miriam sospirò, poi aggiunse: «È molto giovane».

Forse, in quel momento, le passò per la mente che, se soltanto i due ragazzi si fossero rivisti quando Jim fosse stato un po' più maturo, tutto sarebbe andato a meraviglia. Per sempre Miriam avrebbe conservato la convinzione che Jim e Celia avessero perso per un soffio la possibilità di amarsi... ma l'avevano persa!

E nel suo intimo, nonostante la delusione e i timori per l'avvenire di Celia, c'era qualcosa che cantava gioiosamente: "Non mi lascerà, per ora. Non mi lascerà...".

Non appena ebbe scritto a Jim che non se la sentiva di sposarlo, Celia provò la sensazione di essersi liberata di un gran peso.

Quando Peter Maitland arrivò in licenza, in settembre, si meravigliò nel trovarla così bella e così di buonumore.

«E allora, Celia, hai dato il benservito a quel ragazzo?»

«Sì.»

«Povero diavolo. D'altronde, vedrai che presto troverai qualcuno più adatto per te. Immagino siano una folla quelli che chiedono la tua mano.»

«Be', veramente no.»

«Quanti sono stati, finora?»

Celia rifletté.

C'era stato quell'omino buffo, al Cairo, il capitano Gale; e uno sciocco ragazzo sulla nave, durante il viaggio di ritorno – ammesso che contasse anche lui –, e il maggiore de Burgh, naturalmente. Poi Ralph e il suo amico piantatore di tè – che ormai aveva sposato un'altra, tra parentesi –, e Jim... e poi, circa una settimana prima, c'era stata quella ridicola faccenda di Roger Raynes.

Non appena aveva saputo che Celia aveva rotto il fidanzamento, la signora Luke le aveva telegrafato chiedendole di andare a stare un po' da lei. Roger era in arrivo e non faceva che chiedere a George di dargli modo di rivedere Celia. Le cose avevano avuto un avvio promettente. Nel salotto, i due avevano cantato insieme a lungo.

«Se soltanto lui potesse cantargliela, la sua proposta di matrimonio,» aveva detto la signora Luke «forse lei lo accetterebbe.»

«Perché non dovrebbe accettarlo?» aveva osservato George, in tono di rimprovero. «Raynes è una degnissima persona.»

Era fatica sprecata spiegare certe cose agli uomini. Proprio non capivano che cosa una donna "vedesse" o "non vedesse" in un uomo.

«Un "patatone", come dici tu» aveva ammesso George. «Ma l'aspetto non conta, in un uomo.»

«Questa l'ha certamente inventata un uomo» era scattata la signora Luke.

«Via, andiamo, Amy. A voi donne non piacciono certamente i manichini.»

George aveva insistito perché "Roger potesse tentare la sorte".

Forse la sorte avrebbe arriso davvero a Roger, se lui avesse chiesto la mano di Celia cantando, come diceva la signora Luke. Aveva una voce meravigliosa, commovente. Ascoltandolo cantare si sarebbe anche potuta convincere di amarlo. Ma una volta cessata la musica, Roger riassumeva la sua vera personalità.

Celia temeva la vocazione di combinare matrimoni della signora Luke. Aveva visto l'espressione di lei e stava bene attenta a manovrare in modo da non trovarsi sola con Roger. Non voleva sposarlo. Perché dunque lasciare che si dichiarasse?

I Luke, però, erano decisi a far sì che "Roger tentasse la sorte", e Celia si era trovata costretta a montare sul calesse insieme a lui per recarsi a un picnic.

Il viaggio non era nato sotto buoni auspici. Roger aveva parlato delle delizie della vita di casa e Celia aveva risposto che preferiva di gran lunga vivere in albergo. Roger aveva detto di avere sempre sognato di vivere in una località a non più di un'ora di distanza da Londra, ma in piena campagna.

«Dove non le piacerebbe vivere affatto?» aveva domandato lei.

«A Londra. Proprio non me la sentirei di vivere a Londra.»

«Che strano» aveva replicato Celia. «È l'unico posto dove sopporterei di vivere.»

E l'aveva guardato freddamente, dopo quell'ultima bugia.

«Oh, penso che tutto sommato potrei viverci,» aveva detto Roger, con un sospiro «se trovassi la donna ideale. Credo di averla trovata. Io...»

«Devo raccontarle una cosa divertentissima che è capitata l'altro giorno» lo interruppe Celia, disperata.

Roger non l'aveva ascoltata. L'aveva lasciata finire e subito aveva ripreso:

«Sa, Celia, dalla prima volta che l'ho vista...»

«Ha visto quell'uccelletto? Dev'essere un cardellino.»

Ma non c'era rimedio. Tra un uomo deciso a dichiararsi e una donna decisa a impedirglielo, vince sempre l'uomo. Più Celia saltava di palo in frasca, più Roger si intestardiva ad arrivare al dunque. Rimase perciò amaramente offeso dal rifiuto sbrigativo di Celia. Lei era arrabbiata per non essere riuscita a impedirgli di parlare e anche irritata con lui, perché si mostrava sinceramente sorpreso da quel rifiuto. La corsa in calessino finì in un silenzio gelido. Roger disse a George che, a conti fatti, forse era meglio così: quella Celia doveva avere un caratterino...

Tutto questo passava per la mente di Celia, mentre lei meditava sulla domanda di Peter. Erano seduti sull'erba al riparo di una siepe sul campo da golf. Da là rimiravano uno splendido panorama di scogliere a picco sul mare.

«Credo siano sette» rispose, un po' in dubbio. «Ma due soltanto sono stati importanti.»

Peter aveva lasciato spegnere la pipa. Distrattamente, decapitava delle povere margheritine.

«Sai, Celia,» disse, e la sua voce suonava strana e alterata «puoi sempre aggiungere me alla lista... quando vorrai.»

Lei lo fissò, stupefatta.

«Te, Peter?»

«Sì. Non lo sapevi?»

«No, non mi era neppure venuto in mente. Non... non mi era mai sembrato.»

«Be', invece per me è stato così fin dal principio... Lo sapevo fin dal giorno del matrimonio di Ellie. Solo che, vedi, Celia, io non sono l'uomo adatto a te. Tu vuoi un tipo attivo, intelligente: oh, sì, è così. So qual è il tuo ideale di uomo. Non è certo un pigrone indifferente a tutto come me. Io non farò mai molta strada, nella vita: non ci sono tagliato. Farò la mia brava carriera senza affannarmi, fino a che andrò in pensione. Niente trionfi, per me. E inoltre, soldi ne ho pochi. Cinque o seicento sterline l'anno: tutto qui, quello di cui dovremmo accontentarci.»

«Questo, per me, sarebbe il meno.»

«Lo so. Io però mi preoccupo per te. Tu non sai che cosa significa, io sì. Vorrei offrirti quanto c'è di meglio, Celia: è giusto che tu l'abbia. Sei molto bella. Potresti sposare chiunque. Non sarò io a volere che ti butti via per un militare squattrinato. Mai una vera casa, passare la vita a fare traslochi e spostamenti. No, è sempre stata mia intenzione tenere la bocca chiusa e lasciarti fare il genere di matrimonio adatto a una ragazza come te. Pensavo soltanto che, se non avessi trovato l'uomo giusto, allora, chissà... magari un giorno ci sarebbe stata qualche speranza anche per me.»

Timidamente, Celia posò la sua manina rosea su quella bruna di lui, che si chiuse attorno alla sua, stringendola con calore. Che sensazione gradevole dava la mano di Peter...

«Non so se ho fatto bene, a parlare ora. Ma siamo stati destinati nuovamente all'estero. Mi è sembrato giusto dirtelo, prima di partire. Se l'uomo giusto non dovesse profilarsi all'orizzonte, ci sarò sempre io, ad aspettarti...»

Peter. Caro, caro Peter... In un certo senso, Peter faceva parte di lei come la nursery, il giardino, Rouncy, il faggio. Era la sicurezza, la protezione... la casa!

Come sarebbe stata felice, seduta così a contemplare il mare, la mano in quella di Peter. Sì, con Peter sarebbe stata sempre felice. Caro, accomodante, dolcissimo Peter.

Lui non l'aveva mai guardata in tutto quel tempo. Appariva piuttosto truce e teso in volto... era scuro e cupo.

Lei disse:

«Io ti voglio tanto bene, Peter. Sarei tanto contenta di sposarti...»

Lui si girò, allora: con calma, come sempre. La circondò con un braccio, gli occhi scuri, dolci, fissi in quelli di lei.

La baciò: non goffamente, come Jim, e nemmeno appassionatamente come Johnnie, ma con una profonda, appagante tenerezza.

«Amore mio» mormorò. «Oh, mia piccolina...»

Celia avrebbe voluto sposare Peter subito e andare in India con lui. Ma Peter rifiutò con decisione.

Insisteva con ostinazione sul fatto che lei era ancora troppo giovane – aveva soltanto diciannove anni – e che non doveva decidere così del suo destino.

«Mi sentirei un autentico delinquente se ne approfittassi per catturarti in questo modo. Potresti ancora cambiare idea: potresti conoscere qualcuno che ti piace molto più di me.»

«Non succederà, te l'assicuro.»

«Non lo sai. Tante ragazze credono a diciannove anni di amare un uomo e a ventidue si domandano cosa mai avranno visto in lui. Non ho nessuna intenzione di metterti fretta. Devi avere tutto il tempo che vuoi, ed essere ben sicura di non commettere un errore.»

Tutto il tempo che vuoi. Il solito modo di pensare dei Maitland: mai precipitare le cose, c'è tempo. E così perdevano tram, treni, appuntamenti, pasti e, talvolta, cose molto più importanti.

Peter parlò nello stesso tono a Miriam.

«Lei sa che io amo Celia» le disse. «L'avrà sempre saputo, immagino. Ecco perché si fidava e la lasciava venire con me dappertutto. So di non essere il genere di marito che sognava per sua figlia...»

Miriam lo interruppe.

«Io voglio che sia felice, Peter. Credo che con te sarebbe felice.»

«Darei la mia vita per questo... lo sa. Ma non voglio metterle fretta. Potrebbe farsi avanti qualcuno più ricco di me, e se a Celia piacesse...»

«Il denaro non è tutto. D'accordo, io speravo che Celia potesse avere una vita agiata. D'altra parte, se vi volete bene, avrete abbastanza di che vivere, con un po' di oculatezza.»

«È una vita grama, per una donna. E significa anche portarla lontano da lei, signora.»

«Ma se ti vuol bene...»

«Appunto, c'è un "se" da stabilire. Lo capisce anche lei, vero? Celia deve avere tutte le possibilità, prima. È troppo giovane per sapere davvero quello che prova. Di qui a due anni, io avrò un'altra licenza. Se Celia sarà sempre dello stesso parere...»

«Io spero di sì.»

«È così bella! So che meriterebbe qualcosa di meglio. Io non sono all'altezza della situazione.»

«Non essere troppo umile» lo rimproverò Miriam. «È una cosa che le donne non apprezzano.»

«Già, forse ha ragione.»

Celia e Peter passarono insieme quindici giorni felicissimi, durante la licenza di lui. Due anni sarebbero trascorsi in fretta.

«E ti prometto di esserti fedele, Peter. Mi troverai ad aspettarti.»

«No, Celia, è proprio quello che non devi fare, considerarti impegnata con me. Sei assolutamente libera.»

«Ma io non voglio esserlo.»

«Non importa, lo sei.»

Con improvviso risentimento, lei lo investì: «Se davvero tu mi volessi bene, vorresti sposarmi subito e portarmi con te».

«Oh, amore mio, piccolina mia, non capisci che è proprio perché ti amo tanto?»

Vedendolo così sconvolto, Celia capì che Peter l'amava davvero, e di un amore che non osava afferrare un tesoro troppo intensamente desiderato.

Tre settimane più tardi, Peter s'imbarcò.

Un anno e tre mesi dopo, Celia sposava Dermot.

9
Dermot

PETER ERA ENTRATO a poco a poco nella vita di Celia; Dermot vi irruppe come un ciclone.

Salvo il fatto di essere tutt'e due militari, non si sarebbe potuto immaginare un contrasto più grande di quello che esisteva tra Peter e Dermot.

Celia lo conobbe a York, a un ballo del reggimento al quale si era recata con i Luke.

Quando le venne presentato, quel giovane alto, dagli occhi intensamente azzurri, le disse subito: «Vorrei prenotare tre balli, per favore».

Terminato il secondo, lui ne chiese altri tre. Il carnet di Celia era completo.

«Non importa. Cancelliamo qualcuno.»

Le tolse il programma di mano e cancellò tre nomi a caso.

«Ecco,» disse «e non se ne dimentichi. Verrò a prenderla in tempo per trascinarla via.»

Alto, bruno, con i capelli neri e ricci e occhi azzurri dal taglio a mandorla, che scoccavano occhiate rapidissime e distoglievano lo sguardo. Un modo di fare deciso, l'aria di chi è in grado di fare sempre a modo suo, in ogni circostanza.

Verso la fine del ballo, domandò a Celia quanto tempo si sarebbe fermata in quella parte del mondo. Lei disse che sarebbe ripartita il giorno dopo. Dermot s'informò se andasse mai a Londra.

Celia disse che, il mese successivo, sarebbe andata a stare per qualche tempo dalla nonna. Gli diede l'indirizzo.

«Forse sarò in città in quel periodo. Verrò a trovarla.»

«D'accordo» disse Celia.

Ma non pensava affatto che sarebbe venuto. Un mese è lungo. Lui andò a prenderle un bicchiere di limonata e Celia sorseggiò la bibita, mentre parlavano del più e del meno. Dermot dichiarò che, secondo lui, era possibile ottenere qualsiasi cosa, se davvero la si voleva.

Celia si sentiva un po' in colpa per i balli che aveva annullato: non era sua abitudine. Ma, in un certo senso, non aveva potuto fare diversamente... Dermot era fatto così.

Le dispiaceva pensare che probabilmente non l'avrebbe più rivisto.

Per la verità, lo aveva già completamente dimenticato quando, nel rientrare a casa, a Wimbledon, un giorno trovò che la nonna, protesa in avanti sulla sua comoda poltrona, conversava animatamente con un giovane rosso fino alle orecchie per l'imbarazzo.

«Spero non si sia dimenticata di me» balbettò Dermot.

Si sentiva, in quel momento, terribilmente impacciato.

Celia assicurò di non averlo dimenticato affatto, e la nonna, sempre comprensiva con i giovanotti, lo invitò a rimanere a cena. Dermot accettò. Dopo cena passarono nel salotto, e Celia cantò per lui.

Prima di andarsene, Dermot propose un piano per l'indomani. Aveva i biglietti per una *matinée*: Celia poteva andare a teatro con lui? Quando risultò che intendeva dire loro due soli, la nonna tergiversò. Temeva che la madre di Celia non sarebbe stata d'accordo. Il giovane, tuttavia, riuscì a convincerla; la nonna cedette, ma disse che, dopo lo spettacolo, lui non doveva invitare Celia a prendere il tè. Sua nipote doveva tornare subito a casa.

Era deciso. Celia si trovò con lui all'ora dello spettacolo, che la divertì più di qualsiasi altro mai visto, e presero anche il tè al buffet della Stazione Vittoria, perché Dermot disse che quello non contava.

Tornò a trovarla due volte, prima che Celia ripartisse per tornare a casa.

Tre giorni dopo il suo ritorno, Celia stava prendendo il tè dalle Maitland quando si sentì chiamare al telefono. Era sua madre:

«Cara, devi venire subito a casa. Un giovanotto amico tuo è arrivato qui in motocicletta, e sai che io non mi ritrovo a intrattenere questi benedetti giovani. Vieni al più presto a casa a vedertela tu.»

Celia tornò a casa, domandandosi di chi potesse trattarsi. La madre aveva detto che lui aveva farfugliato un nome, ma che non era stata in grado di capirlo.

Era Dermot. Aveva un'espressione disperata, infelice e determinata, e quando vide Celia sembrò quasi aver perso la parola. Impalato, balbettava monosillabi senza mai guardarla.

La motocicletta era in prestito, spiegò. Aveva pensato che sarebbe stato un diversivo lasciare Londra e andarsene un po' in giro per qualche giorno. Aveva preso alloggio lì alla locanda, ma l'indomani doveva ripartire. Era possibile, per Celia, accompagnarlo a fare due passi?

L'indomani era dello stesso umore: taciturno, avvilito, incapace di guardarla. All'improvviso, disse:

«La mia licenza è finita, devo ritornare a York. C'è una cosa che deve essere definita. Io devo rivederti. Voglio vederti sempre... continuamente. Voglio che tu mi sposi.»

Celia era rimasta immobile: assolutamente trasecolata. Pur avendo capito subito di piacere a Dermot, non l'aveva neppure sfiorata il sospetto che un giovane sottufficiale di ventitré anni potesse pensare al matrimonio.

Disse: «Mi dispiace... mi dispiace tanto ma... no, io non posso».

Come poteva sposarlo? Lei doveva sposare Peter. Amava Peter. Sì, amava ancora Peter, ma amava anche Dermot...

Si rese conto di voler sposare Dermot più di qualsiasi altra cosa al mondo.

Dermot continuava a parlare.

«Bene, dovevo vederti, a ogni modo. Ho paura di avertelo chiesto troppo presto. Non potevo aspettare...»

«Vedi,» disse Celia «io sono fidanzata con un altro.»

Lui la guardò: una delle sue tipiche occhiate, fuggevoli, in tralice.

«Questo non conta» disse. «Devi lasciarlo. Mi ami?»

«Io... credo di sì.»

Sì, amava Dermot più d'ogni altro al mondo. Avrebbe preferito essere infelice con Dermot piuttosto che felice con un altro. Ma perché metterla in quei termini? Forse perché di lui non sapeva proprio niente. Era uno sconosciuto...

Dermot stava balbettando.

«Oh, io, ma è splendido! Ci sposeremo subito, non posso aspettare...»

"Peter" pensava Celia. "Non sopporto di far soffrire Peter."

Ma sapeva che Dermot era pronto a far soffrire tutti i Peter della terra e che lei avrebbe fatto quello che Dermot voleva che lei facesse.

Per la prima volta, lo fissò dritto negli occhi che non sfuggirono più il suo sguardo.

Occhi azzurri, molto azzurri...

Timidi e incerti, si baciarono.

Miriam stava riposando sul divano della sua camera quando Celia entrò. Le bastò un'occhiata al viso della figlia per capire che era accaduto qualcosa di insolito. Come un lampo le passò per la mente il pensiero: "Quel giovanotto... non mi piace".

«Che c'è, cara?» domandò.

«Oh, mamma, vuole sposarmi, e anch'io... voglio sposarlo, mamma...»

Si rifugiò tra le braccia di Miriam, la faccia nascosta contro la spalla materna.

E, mentre il suo cuore affaticato batteva freneticamente, Miriam ripeteva tra sé: "Non mi piace... non mi piace... Ma questo è egoismo da parte mia. La verità è che non voglio perderla".

Sorsero difficoltà fin dal primo momento. Dermot non poteva travolgere Miriam con la stessa facilità con cui aveva travolto Celia. Si teneva a freno perché non voleva mettersi contro la madre della sua amata, ma si irritava a ogni accenno di opposizione.

Ammetteva di non avere denaro: sì e no ottanta sterline l'anno al di fuori della sua paga. Ma si mostrò seccato quando Miriam volle sapere come intendessero vivere, lui e Celia. Rispose che ancora non aveva avuto il tempo di pensarci. In qualche modo se la sarebbero cavata: a Celia non importava il fatto di non essere ricca.

Amareggiato, osservò con Celia: «Tua madre sembra ben decisa a ridurre tutto in sterline e scellini».

Era come un bambino ostinato che si veda negare ciò che desidera a ogni costo, e che non intenda sentire ragioni.

Partito lui, Miriam cominciò a sentirsi molto depressa. Davanti a sé vedeva la prospettiva di un lungo fidanzamento, senza alcuna speranza di matrimonio per anni a venire. Forse aveva fatto male ad accordare ai due ragazzi il permesso di fidanzarsi... Ma amava troppo sua figlia per infliggerle un dolore.

Celia diceva: «Mamma, io devo sposare Dermot. Devo. Non amerò mai nessun altro. Vedrai, un giorno tutto si aggiusterà: oh, dillo anche tu che sarà così».

«Mi sembra una cosa talmente senza speranza, tesoro mio. Non avete niente, nessuno dei due. E lui è talmente giovane!»

«Ma un giorno, se aspettiamo...»

«Be', forse.»

«Non ti piace, mamma. Perché?»

«Mi piace, sì. Lo trovo molto attraente. Ma è senza testa!»

Di notte, Miriam rimaneva sveglia a ricontare le sue povere rendite. Poteva dare un po' di dote a Celia? E quanto? Se avesse venduto la casa...

A ogni modo, ora non pagava affitto, e le spese di casa erano state ridotte al minimo. La casa era in cattivo stato, e al momento non c'era richiesta di proprietà di quel genere.

E rimaneva sveglia, a rigirarsi nel letto. Come fare perché la sua creatura potesse realizzare il suo sogno?

Era orribile dover scrivere a Peter per dirglielo.

Una lettera così insulsa, tra l'altro: che cosa poteva mai dirgli per giustificare il suo tradimento?

La risposta di Peter, quando arrivò, era esattamente come lui. Lo rispecchiava a tal punto che Celia pianse, nel leggerla.

Non avercela con te stessa, Celia. È stata tutta colpa mia, della mia fatale abitudine di rimandare le cose. Ecco perché, in famiglia, abbiamo sempre perso l'autobus. Io intendevo agire per il meglio: darti la possibilità di sposare un uomo ricco. Invece, ti sei innamorata di uno più povero di me.

La verità è che tu senti che deve avere più fegato di quanto ne abbia avuto io. Avrei dovuto prenderti in parola quando volevi sposarmi e seguirmi quaggiù: sono stato un maledetto idiota. Ti ho perduta, ed è tutta colpa mia. È un uomo migliore di me, il tuo Dermot. Deve essere una persona di valore, o non ti saresti innamorata di lui. Gli auguri più sinceri a tutti e due, sempre. E non addolorarti per me. È il mio funerale, non il vostro. Mi prenderei a calci per essere un simile idiota.

Dio ti benedica, mia carissima...

Caro Peter: caro, caro Peter...

"Sarei stata felice, con lui" pensava Celia. "Tanto felice, sempre."

Ma con Dermot la vita era una grande avventura!

L'anno del fidanzamento di Celia fu un periodo tempestoso. Di punto in bianco, lei riceveva una lettera da Dermot:

Ora me ne rendo conto, tua madre aveva perfettamente ragione. Siamo troppo poveri per poterci sposare. Non avrei mai dovuto chiedertelo. Dimenticami più presto che puoi.

E poi, due giorni dopo, arrivava lui sulla motocicletta presa in prestito, stringeva tra le braccia una Celia in lacrime e dichiarava di non poter vivere senza di lei. Qualcosa doveva accadere, prima o poi.

E accadde, infatti: scoppiò la guerra.

Per Celia, come per la maggior parte della gente, la guerra arrivò come un fulmine a ciel sereno. Un arciduca assassinato, voci di guerra sui giornali: notizie che a stento penetravano nella sua coscienza.

Ed ecco che, d'improvviso, Germania e Russia erano in guerra davvero: il Belgio era stato invaso. Ciò che era del tutto improbabile diventava possibile.

Giunse una lettera da Dermot:

Pare che dovremo entrarci anche noi. Tutti dicono che per Natale sarà finita. Mi danno del pessimista, ma secondo me durerà come minimo un paio d'anni...

E poi, il fatto compiuto: l'Inghilterra in armi.

Per Celia, significava soltanto una cosa: *Dermot poteva rimanere ucciso.*

Un telegramma: lui non poteva allontanarsi per venire a salutarle. Potevano lei e la madre andare da lui?

Le banche erano chiuse, ma Miriam aveva un paio di banconote da cinque sterline. Era uno dei saggi consigli della nonna: «Tieni sempre un biglietto da cinque sterline di scorta, mia cara». Alla biglietteria della stazione, rifiutarono di cambiare una di quelle banconote. Fecero il giro, passando attraverso lo scalo merci, attraversarono il binario, salirono sul treno. Un controllore dopo l'altro. Niente biglietti? E poi il solito: «No, signora, non posso cambiare un biglietto da cinque sterline...» seguito dall'annotazione di nomi e indirizzo.

Era un incubo: niente sembrava reale, salvo Dermot.

Dermot in uniforme: un Dermot diverso, molto nervoso e ciarliero, con gli occhi spiritati. «Nessuno sa niente di questa nuova guerra: è una di quelle guerre da cui *si potrebbe anche non tornare*... Nuove macchine di distruzione. L'aviazione: non si sa che incognita sia...»

Celia e Dermot erano due bambini che si aggrappavano l'uno all'altro.

«Purché ne esca vivo...»

«Oh, Dio, fai che ritorni sano e salvo...»

Niente altro aveva importanza.

L'orribile suspense di quelle prime settimane. Le cartoline pallidamente scarabocchiate a matita.

Non ci è permesso dire dove siamo. Va tutto bene. Ti amo.

Nessuno aveva idea di quello che stava accadendo.

Lo shock delle prime liste con i nomi dei caduti.

Amici. Ragazzi con i quali aveva ballato, uccisi...

Ma Dermot era salvo, e questo era l'essenziale.

La guerra, per la maggior parte delle donne, è il destino di una sola persona.

Dopo quei primi giorni di ansiosa incertezza, c'erano cose da fare anche per chi restava a casa. A poca distanza da dove abitava Celia stava per essere aperto un ospedale della Croce Rossa, ma lei doveva superare il suo primo esame per diventare infermiera di Pronto Soccorso. Si tenevano dei corsi vicino a dove stava la nonna, e Celia si trasferì da lei.

Gladys, la nuova cameriera, venne ad aprire. Insieme a una giovane cuoca, mandava avanti la casa. La povera Sarah non c'era più.

«Come sta, signorina?»

«Benissimo. La nonna dov'è?»

«È fuori, signorina Celia.»

«*Fuori?*»

La nonna – quasi novantenne, ormai –, più preoccupata che mai di lasciarsi sfiorare dall'infida aria fresca! La nonna era uscita?

«È andata ai magazzini dell'Esercito e della Marina, signorina Celia. Ha detto che sarebbe tornata prima del suo arrivo. Ah, ecco, dev'essere lei.»

Un'antiquata carrozza si stava fermando al cancello. Assistita dal vetturino, la nonna ne scese con precauzione, cercando di appoggiarsi sulla gamba sana.

Venne avanti con passo fermo lungo il viale. Aveva un'aria vivace, quasi sbarazzina.

«Sei qui, Celia, tesoro.»

Che faccia morbida e rugosa: come i petali delle rose appassite. La nonna voleva un gran bene a Celia, e stava confezionando per Dermot dei calzerotti, che gli tenessero caldi i piedi in trincea.

La sua voce cambiò nel rivolgersi a Gladys. La nonna godeva sempre più nel tiranneggiare "le domestiche", che però erano in grado di badare a se stesse, ormai, e decise a tenere una bicicletta, che alla nonna piacesse oppure no!

«Allora, Gladys,» disse in tono brusco «non puoi dare un aiuto al vetturino? E non portarla in cucina, la roba. Mettete tutto in soggiorno.»

Nel soggiorno non regnava più la Povera Signorina Bennett.

Ammucchiati dietro la porta c'erano farina, biscotti, dozzine di scatolette di sardine, riso, tapioca. Sorridendo da un orecchio all'altro, apparve il vetturino. Trasportava ben cinque prosciutti. Gladys lo seguiva con altri. Ne vennero depositati sedici in quella stanza del tesoro.

«Avrò anche novant'anni,» disse la nonna, che non li aveva ancora, ma anticipava l'evento per drammatizzarlo «ma non permetterò che i tedeschi mi facciano morire di fame!»

Celia venne presa da un attacco di risa isteriche.

La nonna pagò il vetturino, gli diede una mancia enorme, e gli ingiunse di alimentare meglio il suo cavallo.

«Sì, signora, grazie, signora.»

L'uomo si toccò il berretto e, sempre sorridendo, se ne andò.

«Che giornata campale» disse la nonna, sciogliendosi il nastro del cappello. Non dava alcun segno di stanchezza ed era evidente che se l'era goduta un mondo.

«I magazzini erano zeppi, mia cara. Quanta gente!»

Senza dubbio, tutte vecchie signore, arrivate in carrozza per fare incetta di prosciutti e altri viveri.

Celia non intraprese mai il lavoro di crocerossina.

Accaddero diverse cose. Prima di tutto, Rouncy dovette arrendersi all'età e andarsene a vivere a casa del fratello. Celia e la madre sbrigavano ora i lavori di casa con l'aiuto sdegnato di Gregg, la quale mal sopportava la guerra e che le signore facessero cose per le quali non erano tagliate.

Poi, la nonna scrisse a Miriam.

Carissima Miriam,

mi suggeristi, anni fa, di venire a stare con te. Allora rifiutai, sentendomi troppo vecchia per un trasloco. Ma il dottor Holt – un uomo tanto *in gamba* e di compagnia: temo che la moglie non lo apprezzi come merita – mi dice che la mia vista cala e che, purtroppo, non si può fare niente. È il volere di Dio e l'accetterò, ma non me la sento di rimanere *alla mercé delle domestiche.* Si leggono cose tali, al giorno d'oggi, e da un po' di tempo *non trovo più diversi oggetti.* Non accennare a questo quando mi scrivi: *potrebbero aprirmi le lettere.* Questa la imposterò *io stessa.* Perciò penso sia meglio che io venga a stare da te. Semplificherà le cose, dato che la mia rendita ti farà comodo. Non mi va l'idea che Celia faccia i lavori di casa. La cara bambina dovrebbe *risparmiare le sue forze.* Ti ricordi di Eva, la figlia della signora Pinchin? Aveva lo stesso aspetto delicato. Ha voluto *strafare* e adesso è in Svizzera, in un sanatorio. Tu e Celia dovete venire ad aiutarmi per il trasloco. Sarà una faccenda terribile, temo.

Fu una faccenda terribile. La nonna aveva vissuto nella casa di Wimbledon per cinquant'anni e, esempio perfetto di una generazione parsimoniosa, non aveva mai buttato niente che potesse eventualmente "servire".

C'erano enormi guardaroba e cassettoni di solido mogano, e ogni cassetto e scaffale era zeppo di involti ordinatamente sistemati, pieni di cose che la nonna aveva conservato e dimenticato: innumerevoli "avanzi", ossia inutili lunghezze di sete, rasi e cotonine; pezzi di abiti; lettere, diari, ricette e ritagli di giornale; quarantaquattro puntaspilli e trentacinque paia di forbici. C'erano cassetti interi straripanti di biancheria finissima, piena di buchi ma conservata religiosamente a causa dei suoi "bellissimi ricami, mia cara".

L'ambiente più triste era la dispensa, vivido ricordo d'infanzia di Celia. Quel locale aveva sconfitto la nonna, che non riusciva più a penetrare nei vari recessi. Vecchie provviste erano rimaste là indisturbate mentre se ne accumulavano continuamente di nuove. Farina infestata da vermetti, biscotti sbriciolati, marmellate ammuffite, una massa liquescente di frutta in conserva: cose di questo genere venivano estratte dai meandri più nascosti e gettate via mentre la nonna guardava e lamentava "lo scempio". «Ma Miriam, non credi che si potrebbe ancora usare per le domestiche?»

Povera nonna. Una padrona di casa accorta, capace ed energica come lei, sconfitta dall'età e dalla vista troppo debole, e costretta a mostrare a occhi estranei la sua disfatta.

Si batteva con disperazione per ognuno dei suoi tesori che quella spietata generazione più giovane voleva buttare via.

«Il mio vestito di velluto marrone no! Quello è il mio bellissimo vestito! Madame Bonserot lo fece fare apposta per me a Parigi. Così chic! Me lo ammiravano tutti.»

«Ma è tutto tarlato, cara. È a pezzi, ormai.»

«Si può ancora aggiustare. Ne sono sicura.»

Povera nonna! Vecchia, indifesa, alla mercé di quelle persone giovani così sprezzanti, così pronte a decretare: "Non serve a niente, buttiamolo via".

Lei era stata educata a non buttare mai nulla. Qualsiasi cosa poteva tornare utile, una volta o l'altra. Non lo capivano, quei benedetti giovani.

Loro tentavano di essere gentili. Cedevano fino a dove era possibile, al punto di riempire una decina di antiquati bauli con carabattole di vario genere: tutte cose che nessuno avrebbe usato mai, ma perché sconvolgere la vecchia signora più del necessario?

La nonna aveva insistito per imballare con le sue mani alcuni ritratti di amici di un tempo.

«Questo è il caro signor Harty... e questo è il signor Lord! Che bella coppia facevamo, quando ballavamo insieme! Lo dicevano tutti.»

Ahimè! Il signor Harty e il signor Lord giunsero a destinazione con i vetri delle cornici in pezzi. Eppure, un tempo la nonna era stata famosa per il modo in cui sapeva imballare. Niente che fosse stato imballato da lei si era mai rotto.

A volte, quando era convinta che nessuno la vedesse, la nonna recuperava di nascosto brandelli di pizzo, un ornamento di *jais*, un motivo a uncinetto. Ficcava il tutto nelle sue tasche capaci per poi trasferirlo segretamente in uno dei grandi bauli che stavano in camera sua, pronti ad accogliere i suoi effetti personali.

Povera nonna, il trasloco per poco non la uccise, ma lei aveva la volontà di vivere. Proprio quella volontà la spingeva ad abbandonare la casa in cui aveva vissuto per tanti anni. I tedeschi non l'avrebbero fatta morire di fame e neppure l'avrebbero fatta perire in un bombardamento aereo. La nonna intendeva vivere e godersi la vita. Arrivata a novant'anni, sapeva fino a che punto la vita fosse da godere. Era questo che i giovani non capivano. Parlavano come se un vecchio fosse già mezzo morto e per forza di cose destinato a essere infelice. I giovani, pensava la nonna, ricordando un aforisma della sua gioventù, credono che i vecchi siano sciocchi, ma i vecchi *sanno* quanto sono sciocchi i giovani! Sua zia Caroline, a ottantacinque anni, lo ripeteva sempre, e aveva ragione, povera donna!

A ogni modo, la nonna non aveva una grande opinione dei giovani moderni. Erano dei rammolliti. Come gli addetti al trasloco, per esempio. Erano in quattro, e le avevano chiesto di vuotare i cassetti del suo grande comò di mogano.

«Ma è stato portato su con i cassetti chiusi a chiave» protestò lei.

«Vede, signora, è mogano massiccio. E nei cassetti c'è un sacco di roba che pesa.»

«C'era anche quando l'hanno portato su! Ma gli uomini erano uomini, allora. Oggi siete tutti debolucci. Quante storie per un po' di peso in più!»

I giovanotti risero, e con qualche difficoltà il cassettone venne trasportato giù e caricato sul camion.

«Visto?» approvò la nonna. «Se uno non prova, non sa di che cosa è capace.»

Tra le varie cose portate via dalla casa, c'erano trenta damigiane di liquori preparati dalla nonna. All'arrivo ne vennero scaricate soltanto ventotto.

Si trattava, forse, di una vendetta di quei giovanotti sorridenti?

«Birbanti» disse la nonna. «Ecco che cosa sono: birbanti! E dicono di essere astemi! Che faccia tosta.»

Ma diede loro una generosa mancia e in fondo non era affatto dispiaciuta. In fin dei conti, era un sottile complimento al suo liquore fatto in casa.

Una volta sistemata la nonna, venne assunta una cuoca per sostituire Rouncy. Era una ragazza di ventotto anni, di nome Mary. Di buon carattere e gentile con le persone anziane, parlava alla nonna del suo innamorato e dei suoi parenti, che soffrivano di un soddisfacente numero di disturbi. La nonna ascoltava deliziata i racconti di gambe gonfie, vene varicose e altri malanni, e riempiva Mary di boccette di medicine e di scialli per tutta la parentela.

Celia ricominciò a pensare di fare la crocerossina, sebbene la nonna bocciasse energicamente l'idea, preconizzando le più nere sciagure se Celia si fosse "strapazzata".

La nonna amava Celia. Le dava misteriosi avvertimenti contro tutti i pericoli della vita, e banconote da cinque sterline. Una delle idee fisse della nonna era che si dovesse sempre avere un biglietto da cinque sterline "a portata di mano".

Diede a Celia cinquanta sterline sempre in biglietti da cinque e le disse di "tenerle per sé".

«Neppure a tuo marito dovrai far sapere che le hai. Una donna non sa mai quando può avere bisogno di una sommetta tutta sua...

«Ricordatelo, cara, degli uomini non c'è da fidarsi. Possono essere adorabili, ma è meglio non fidarsi di nessuno di loro, a meno che non sia talmente smidollato da essere un buono a nulla.»

Il trasloco, con tutto quello che lo aveva accompagnato, aveva distolto la mente di Celia dalla guerra e da Dermot.

Ora che la nonna era a posto, Celia ricominciava a essere insofferente per la propria inattività.

Come impedirsi di pensare a Dermot, laggiù al fronte? Per disperazione, faceva sposare "le ragazze"! Isabella sposava un ricco ebreo, Elsie un esploratore, Ella diventava insegnante e si sposava con un uomo maturo, quasi invalido, che si sentiva affascinato da tanta grazia giovanile. Ethel e Annie univano gli sforzi e mettevano su casa insieme. Vera aveva una romantica unione morganatica con un principe ereditario ed entrambi perivano in un tragico incidente il giorno delle loro nozze.

Progettare i matrimoni, scegliere gli abiti delle spose, dare disposizioni per i funerali di Vera: tutto questo aiutava Celia ad allontanare la mente dalla realtà.

Ambiva a dedicarsi a un lavoro molto impegnativo, ma per fare questo avrebbe dovuto allontanarsi da casa. Potevano Miriam e la nonna fare a meno di lei?

La nonna richiedeva molta attenzione. Celia sentiva di non poter abbandonare sua madre.

Ma fu la stessa Miriam a insistere affinché Celia partisse. Comprendeva benissimo che soltanto il lavoro, un duro lavoro materiale di crocerossina, poteva in quel momento esserle di aiuto.

La nonna piangeva, ma Miriam rimase irremovibile.

«Celia deve andare.»

Tuttavia, alla fine Celia non intraprese mai nessun lavoro di guerra.

Dermot rimase ferito a un braccio, e venne rimandato in patria. Una volta guarito, venne giudicato idoneo per il servizio civile e assegnato al ministero della Guerra. Lui e Celia si sposarono.

10
Matrimonio

LE IDEE DI CELIA SUL MATRIMONIO erano davvero limitate. Il matrimonio, per lei, era il "vissero felici e contenti" delle sue favole preferite. Non vedeva alcuna difficoltà, nessuna possibilità di naufragio. Quando due si amavano, erano felici. Le unioni infelici, e naturalmente sapeva che ce n'erano, dipendevano dalla mancanza d'amore.

Né le descrizioni degne di Rabelais che la nonna dava del carattere maschile, né gli avvertimenti materni – a Celia sembravano così antiquati – sulla cura necessaria per "tenersi" un uomo, né alcuna lettura realistica dal finale sordido e infelice l'avevano mai colpita. "Gli uomini" di cui parlava la nonna non le sembravano della stessa specie di Dermot. I personaggi dei libri erano personaggi dei libri, e gli avvertimenti di Miriam le sembravano particolarmente divertenti, considerato che la vita coniugale di sua madre era stata così felice.

«Lo sai, mamma, papà non ha mai guardato un'altra donna.»

«No. Lui, però, da giovane si era divertito molto.»

«A te Dermot non piace, vero? Non hai fiducia in lui.»

«Ma sì, mi piace» assicurava Miriam. «È quanto mai attraente.»

Celia rideva.

«Ma chiunque avessi sposato, non sarebbe mai abbastanza buono per "me": il tuo prezioso pulcino agnellino tesorino... È così, vero? Neppure il più super dei superuomini.»

E Miriam doveva confessare che forse era proprio così.

Celia e Dermot erano così felici insieme.

Miriam ripeteva a se stessa di essere ingiustamente sospettosa e ostile verso l'uomo che le aveva portato via la sua bambina.

Dermot, come marito, era diversissimo da come Celia lo aveva immaginato. Tutta la sua audacia, la padronanza, la baldanza, erano scomparse. Era soltanto giovane, diffidente, innamoratissimo, e Celia era il suo primo amore.

Sotto certi aspetti, era come Jim Grant. Ma mentre la diffidenza di Jim irritava Celia, perché lei non lo amava, quella di Dermot glielo rendeva ancora più caro.

Era stata, senza rendersene conto, un po' timorosa nei suoi confronti. Per lei era un perfetto sconosciuto. Pur amandolo, capiva di non sapere niente di lui.

Johnnie de Burgh l'aveva attratta fisicamente, Jim dal lato mentale, Peter era inserito nel tessuto stesso della sua esistenza. Ma in Dermot trovava quello che ancora non aveva avuto: un compagno di giochi.

C'era qualcosa di eternamente fanciullesco, in Dermot, che la attirava e completava la bambina che si nascondeva in lei. I loro scopi, le loro menti, i loro caratteri erano diametralmente opposti, ma entrambi volevano un compagno di giochi e lo trovavano nell'altro.

La vita coniugale, per loro, era appunto gioco: vi partecipavano con entusiasmo.

Quali sono le cose che si ricordano, nella vita? Non le cosiddette cose importanti. No, sono i piccoli particolari, le inezie, a lasciare un'impronta persistente, a non lasciarsi scrollare via.

Nel riandare ai suoi primi anni di vita matrimoniale, che cosa ricordava Celia?

L'acquisto di un abito in una sartoria: il primo che Dermot le comperò. Lei se li provava in uno stanzino, mentre una signora matura l'aiutava. Poi, Dermot veniva chiamato a dire quello che ne pensava.

La cosa divertiva entrambi, enormemente.

Dermot fingeva, naturalmente, di averlo già fatto tante altre volte. Non volevano ammettere di essere sposini novelli di fronte a quelli del negozio.

Arrivò perfino a dire, con nonchalance:

«Questo mi ricorda quello che ti comperai a Monte, due anni fa.»

Alla fine decisero per un azzurro pervinca con un mazzo di roselline su una spalla.

Celia lo conservò. Non volle mai gettarlo via.

In cerca di un alloggio! Una casa o un appartamento ammobiliati, naturalmente. Era impossibile sapere quando Dermot sarebbe stato destinato di nuovo all'estero. E bisognava che la casa costasse il meno possibile.

Né Celia né Dermot s'intendevano di zone o di prezzi. Cominciarono fiduciosi dal cuore di Mayfair!

Il giorno seguente provarono in South Kensington, Chelsea e Bayswater. Il giorno dopo ancora si spostarono verso West Kensington, Hammersmith, West Hampstead, Battersea, e altri quartieri sempre più modesti e periferici.

Alla fine, erano indecisi tra due alloggi. Uno era un appartamentino indipendente a tre ghinee la settimana. Si trovava in un isolato di West Kensington. Scrupolosamente pulito, apparteneva a una certa signorina Banks, persona efficiente e autorevole, che ispirava una certa soggezione.

«Niente stoviglie né biancheria? Questo semplifica le cose. Dico sempre ai miei agenti di lasciar perdere l'inventario. Lei sarà d'accordo con me che non è altro che uno spreco di quattrini. Noi due insieme possiamo fare un elenco delle varie cose.»

Da un pezzo Celia non si sentiva tanto intimorita di fronte a una persona come le succedeva ora con la signorina Banks. Ogni domanda che quella donna faceva, serviva a mettere a nudo la totale mancanza di esperienza di Celia in fatto di problemi domestici.

Dermot disse alla signorina Banks che le avrebbero fatto sapere qualcosa, e presero congedo.

Una volta in strada, Celia domandò: «Che cosa ne pensi? È molto pulito».

Finora non si era mai posta il problema della pulizia, ma due giorni passati a visitare alloggi ammobiliati a poco prezzo l'avevano costretta ad affrontarlo.

«Degli altri che abbiamo visto, alcuni puzzavano addirittura» aggiunse.

«Lo so. È ben arredato, nel complesso, e a sentire la Banks nel vicinato ci sono buoni negozi. Ma è lei che non mi convince del tutto. Sembra un generale.»

«Lo è.»

«La sa troppo lunga, per noi.»

«Andiamo di nuovo a vedere l'altro. In fin dei conti, costa anche di meno.»

L'altro veniva due ghinee e mezzo la settimana. Era all'ultimo piano di una vecchia casa che aveva conosciuto giorni migliori. C'erano due sole stanze e una grande cucina, ma erano stanze grandi, di nobili proporzioni, e si affacciavano su un giardino in cui c'erano ben due alberi.

Indubbiamente, non era lindo come l'alloggio dell'efficiente signorina Banks, ma in fondo, disse Celia, si trattava di un genere di sporco tollerabile. La tappezzeria aveva macchie di umidità, la vernice era scrostata, ma le fodere di cretonne erano fresche di bucato, sebbene così sbiadite che il disegno non si vedeva più, e le poltrone erano grandi e comode.

Quell'appartamento aveva anche un'altra attrattiva agli occhi di Celia: la donna che abitava nello scantinato poteva cucinare per loro. E sembrava una brava donna, grassa, simpatica, con uno sguardo gentile che le ricordava Rouncy.

«Non dovremo cercare una domestica.»

«È vero. Ma sei sicura che per te sia adatto? Non è isolato dal resto della casa, e poi non è... insomma, non è quello cui tu sei abituata, Celia. La tua casa è così bella.»

Sì, la sua casa era bella. Lei se ne rendeva conto, in quel momento. La dignità del Chippendale e dell'Hepplewhite, le porcellane, la fresca allegria del chintz... Tutto ormai si stava deteriorando: il tetto perdeva, il fornello era antiquato, i tappeti mostravano la trama. Tuttavia era ancora una bellissima casa...

«Ma vedrai, appena finirà la guerra» Dermot spingeva avanti il mento con gesto deciso «intendo sistemarmi e fare soldi per mantenerti come si deve.»

«Non m'interessa il denaro. E poi, sei già capitano. Ci avresti messo dieci anni a diventarlo, se non ci fosse stata la guerra.»

«La paga di un capitano non è granché. Non c'è avvenire, nell'esercito. Troverò qualcosa di meglio. Ora che devo lavorare per te, sento di poter fare qualsiasi cosa. E la farò.»

Celia provava un fremito nel sentirlo parlare così. Dermot era molto diverso da Peter. Non accettava la vita, lui. Era deciso a cambiarla. E lei era certa che ci sarebbe riuscito.

Pensava:

"Ho fatto bene a sposarlo. Non m'importa quello che dicono gli altri. Un giorno dovranno riconoscere che avevo ragione io."

Perché, naturalmente, c'erano state delle critiche. La signora Luke, in particolare, aveva mostrato un vivo disappunto.

«Ma, Celia cara, la tua vita sarà spaventosa! Incredibile, non potrai permetterti neppure una sguattera. Chissà quanto dovrai sfacchinare.»

La fantasia della signora Luke rifiutava di andare al di là del non poter tenere una sguattera. Era, per lei, la suprema catastrofe. Celia, per non turbarla, si guardò bene dal dirle che forse non avrebbero avuto neppure una cuoca.

Inoltre Cyril, che combatteva in Mesopotamia, aveva scritto una lunga lettera di disapprovazione nell'apprendere del fidanzamento di Celia. Aveva detto che si trattava di una cosa assurda.

Ma Dermot era ambizioso. Sarebbe riuscito nella vita. Aveva in sé una qualità che Celia sentiva e ammirava: una sorta di tenacia, di spinta interiore. Dal canto suo, lei non possedeva niente di simile.

«Prendiamo questo» disse. «Mi piace di più. E la signorina Lestrange è tanto più simpatica della Banks.»

La signorina Lestrange era una donna amabile sulla trentina, con uno sguardo vivace e un sorriso caldo.

Se quella seria e giovanissima coppia in cerca di alloggio la divertiva, non lo dava a vedere. Si mostrava d'accordo su tutti i loro suggerimenti, forniva con tatto un certo numero di informazioni e spiegò il funzionamento dello scaldabagno a gas a una meravigliatissima Celia che non aveva mai visto niente del genere in vita sua.

«Però il bagno non potrete farlo di continuo» avvertì allegramente. «La razione di gas è limitata, e non dimentichi, signora, che l'acqua le servirà anche per gli usi di cucina.»

Così, Celia e Dermot affittarono l'alloggio al numero 8 di Lanchester Terrace per sei mesi, e Celia iniziò la sua carriera come padrona di casa.

Nei primi tempi della sua vita di sposa, Celia soffrì soprattutto di solitudine.

Dermot se ne andava al ministero della Guerra ogni mattina, e Celia rimaneva sola, con una lunga giornata da riempire.

Pender, l'attendente di Dermot, serviva una prima colazione a base di uova e pancetta, metteva in ordine le stanze e usciva per andare a ritirare le razioni. La signora Steadman veniva su dallo scantinato per discutere della cena con Celia.

La signora Steadman era una donna di cuore, un po' chiacchierona, e una cuoca volenterosa anche se incerta. Aveva, lo confessava lei stessa, "la mano pesante col pepe". Sembrava non esserci via di mezzo, per lei, tra un piatto completamente insapore e un altro che ti faceva tossire e venire le lacrime agli occhi.

«Sono sempre stata così, fin da ragazza» diceva allegramente la signora Steadman. «Curioso, vero? E anche per i dolci, proprio non ho la mano.»

Aveva maternamente preso le redini del bilancio di Celia, che era ansiosa di mostrarsi economa ma non conosceva il modo di esserlo.

«Sarà bene che la spesa la lasci fare a me. Una sposina come lei, la imbroglierebbero tutti. Lei non penserebbe mai a far stare in piedi un'aringa per vedere se è fresca. E questi bottegai ne sanno una più del diavolo.»

La signora Steadman scuoteva minacciosamente la testa.

Mandare avanti la casa era complicato dal fatto che si era in tempo di guerra. Le uova costavano otto penny l'una. Celia e Dermot vivevano di brodo di dado e delle razioni di carne.

Le razioni di carne elettrizzavano la signora Steadman in modo particolare. Quando Pender tornò con il primo bel pezzo di manzo, la brava donna diede libero sfogo al suo entusiasmo.

«Bello, sì o no? Quasi mi viene l'acquolina in bocca. È da quando è cominciata la guerra che non vedevo un pezzo di carne così. Vorrei che ci fosse mio marito, lo chiamerei su a vederlo. Se vuole arrostirlo, non credo che quel piccolo forno basti. Glielo cucinerò io giù da basso.»

Una volta cotto, Celia volle assolutamente che la signora Steadman ne accettasse qualche fetta, e la "cuoca", dopo essersi doverosamente schermita, acconsentì.

«Solo per questa volta, ma non voglio che loro si disturbino per me.»

L'ammirazione della signora Steadman era stata così contagiosa che Celia stessa si sentì orgogliosissima quando l'arrosto venne portato in tavola.

A pranzo Celia di solito usciva e prendeva qualcosa di semplice a una mensa vicina. Non osava usare la razione di gas all'inizio della settimana. Accendendo il fornello a gas solo mattina e sera e limitando il bagno a due volte alla settimana, potevano permettersi di riscaldare il salotto.

Per il burro e lo zucchero la signora Steadman era un valido aiuto: grazie alle sue conoscenze, riusciva a ottenere quantitativi superiori a quelli previsti dal razionamento.

Così assistita dalla signora Steadman, Celia aveva tutta la giornata per sé. E trovava sempre più difficile sapere che cosa farne!

A casa aveva il giardino, i fiori, il pianoforte. E poi c'era Miriam...

Lì, non c'era nessuno. Le amiche che un tempo aveva a Londra erano sposate e si erano trasferite, oppure erano impegnate nel lavoro bellico. Quasi tutte, inoltre, erano troppo ricche perché Celia potesse tenersi al passo con loro. Da signorina, era stata invitata liberamente a balli e feste, ma adesso che era una donna maritata tutto questo era finito. Lei e Dermot non potevano ricambiare gli inviti. La gente non aveva mai significato molto per Celia, ma l'inattività delle sue giornate la opprimeva. Disse a Dermot che pensava di offrirsi come crocerossina.

Lui bocciò l'idea con decisione e Celia si arrese. Alla fine, le permise di seguire un corso di dattilografia e stenografia. E anche di contabilità che, come Celia gli fece notare, le sarebbe stato utile se, in seguito, avesse voluto un impiego.

Ora che aveva modo di tenersi occupata, Celia trovava la vita molto più piacevole. La interessava in modo particolare la contabilità, di cui apprezzava la precisione e l'ordine.

E poi c'era la gioia del ritorno a casa di Dermot. Erano entrambi molto felici della loro vita in comune.

Il momento più bello era quando stavano seduti davanti al camino acceso, prima di andare a coricarsi, Dermot con una tazza di Ovomaltina, Celia con una di Bovril.

Quasi non riuscivano a convincersi che fosse vero, il fatto di essere uniti così, per sempre.

Dermot non era espansivo. Non diceva mai "ti amo", raramente azzardava una carezza spontanea. Quando, rompendo ogni riserbo, diceva qualcosa, Celia ne faceva tesoro, ne serbava il ricordo. Era talmente chiaro il fatto che gli riuscisse difficile da farle apprezzare più che mai quelle rare espressioni di affetto. E non poteva ascoltarle senza provarne meraviglia.

Stavano magari discorrendo delle stranezze della signora Steadman quando, all'improvviso, Dermot la stringeva a sé e balbettava:

«Celia, sei così bella, così bella. Promettimi che rimarrai sempre così.»

«Mi ameresti ugualmente, anche se non lo fossi.»

«No. Non nello stesso modo. Non sarebbe la stessa cosa. Promettimelo. Di' che sarai sempre bella...»

Tre mesi dopo essersi installata in città, Celia andò a trascorrere una settimana a casa. Trovò che la madre aveva l'aspetto sofferente e stanco. La nonna, in compenso, stava benone e aveva uno splendido repertorio di episodi di crudeltà commessi dai tedeschi.

Miriam si comportò come un fiore appassito messo nell'acqua. Il giorno seguente all'arrivo di Celia si era già ripresa, e appariva quella di sempre.

«Ti sono mancata tanto, mamma?»

«Sì, tesoro mio. Non parliamone. Doveva succedere, prima o poi. E tu sei felice, si vede.»

«Sì, mamma, molto. Ti sbagliavi completamente, sai, su Dermot. È tanto caro: nessuno potrebbe esserlo più di lui. E ci divertiamo tanto! Ridiamo, ridiamo sempre... Ed è così buono, poi. Credo che in vita sua non abbia mai fatto una cattiveria o una cosa poco onorevole. Pender, il suo attendente, stravede per "il capitano". È piuttosto critico nei miei confronti, credo. Probabilmente non mi ritiene all'altezza del suo idolo. L'altro giorno ha detto: "Al signor capitano piacciono tanto le cipolle, ma qui non ne mangiamo mai". Così ci siamo affrettate a cucinarle. La signora Steadman è dalla mia parte. Vuole sempre preparare le cose che piacciono a me. Dice che gli uomini sono una bella cosa, ma che se una volta sola lei l'avesse data vinta a suo marito, a quest'ora dove sarebbe finita? Le piacerebbe proprio saperlo.»

Celia, seduta sul letto della madre, chiacchierava allegramente.

Era bello ritrovarsi nella sua casa, che sembrava più bella di come la ricordava. Tutto così *lindo*, la tovaglia immacolata, l'argenteria lucente, i bicchieri che risplendevano. Quante cose si davano per scontate!

Anche le cose che si mangiavano, sebbene semplicissime, erano deliziose, cucinate e servite in modo da stuzzicare l'appetito.

Mary, raccontò Miriam, stava per arruolarsi nelle ausiliarie.

«Mi sembra giusto che lo faccia. È giovane.»

Gregg si era rivelata incredibilmente difficile, da quando c'era la guerra. Si lamentava di continuo per il cibo.

«Sono stata abituata a fare ogni giorno un buon pasto di carne: questo pesce e queste interiora... tutta roba che non è nutriente.»

Invano Miriam cercava di spiegarle le restrizioni dovute alla guerra. Gregg era troppo vecchia per accettarle.

«Fare economia è una cosa, mangiare ciò che si deve un'altra. Io non ho mai mangiato né mai mangerò margarina. Mio padre si rivolterebbe nella tomba se sapesse che sua figlia sta mangiando margarina; nella casa di un gentiluomo, oltretutto!»

Miriam rideva mentre lo raccontava a Celia.

«All'inizio mi sono lasciata condizionare: davo a lei il burro e mangiavo io la margarina. Poi, un giorno, ho avvolto il burro nella carta della margarina e vice-versa. Li ho tirati fuori insieme e ho detto a Gregg che questa margarina era insolitamente buona, proprio come il burro. Voleva assaggiarla? Lei lo ha fatto e ha storto la bocca. No, davvero, non poteva mangiare roba simile. Allora le ho allungato la vera margarina nella carta del burro e le ho chiesto se preferisse quella. Ha assaggiato e ha esclamato: "Ma certo, questa va bene!". A quel punto le ho detto la verità e sono stata piuttosto cattiva. Da allora dividiamo burro e margarina in parti uguali, e non facciamo storie.»

Anche la nonna era irremovibile per quel che riguardava il cibo.

«Spero, Celia, che anche a casa tua mangerai tanto burro e tante uova. Ti fanno bene.»

«Be', oggi nessuno riesce ad avere tanto burro, nonna.»

«Storie, mia cara. Ti fa bene. Devi mangiarne. Quella bella ragazza, la figlia della signora Riley, è morta proprio l'altro ieri. Di inedia, dico io. Fuori a lavorare tutto il giorno, e a casa avanzi rimediati in qualche modo. Aveva l'influenza e le è venuta anche la polmonite. Lo sapevo, io, che sarebbe finita così.»

E la nonna scuoteva allegramente la testa, continuando il suo lavoro a maglia.

Povera nonna, la sua vista non faceva che peggiorare. Ormai lavorava soltanto con aghi molto grossi e, anche così, spesso lasciava cadere una maglia o sbagliava nel contare i punti. Allora cominciava a piangere silenziosamente, e le lacrime le scorrevano lungo le guance di petali di rosa appassiti.

«Il tempo che perdo» diceva. «C'è da diventare matta.»

E diventava più sospettosa di giorno in giorno.

Quando Celia andava a darle il buongiorno, in camera, spesso la trovava in lacrime.

«I miei orecchini, cara, gli orecchini di brillanti che mi aveva regalato il tuo povero nonno. Li ha presi quella ragazza.»

«Quale ragazza?»

«Mary. Ha tentato anche di avvelenarmi. Ha messo qualcosa nel mio uovo sodo. L'ho sentito dal sapore.»

«Ma no, nonna, non si può mettere niente in un uovo sodo.»

«Ti dico che l'ho sentito. Era amaro.» La nonna faceva una smorfia. «Proprio l'altro giorno una domestica ha avvelenato la padrona, l'ho letto sul giornale. Sa che mi sono accorta che mi porta via tutto. Mi sono sparite diverse cose, e adesso anche i miei bellissimi orecchini.»

La nonna ricominciava a piangere.

«Ma sei sicura, nonna? Forse sono sempre nel cassetto.»

«È inutile che guardi, Celia, non ci sono più.»

«Che cassetto era?»

«Quello a destra... dove lei appoggia sempre il vassoio. Li avevo nascosti dentro un paio di guanti. Ma è inutile. Ho già guardato io.»

Celia allora trovava gli orecchini arrotolati dentro un pezzo di merletto, e la nonna esprimeva la sua gioiosa sorpresa e le diceva che era proprio una ragazza in gamba, ma non per questo smetteva di sospettare di Mary.

Si protendeva in avanti e sibilava, eccitatissima.

«Celia... la tua borsetta. La borsetta. Dov'è?»

«In camera mia, nonna.»

«Loro sono di sopra, ora. Le ho sentite.»

«Sì, stanno rifacendo la mia stanza.»

«È un pezzo che sono lì. Cercano la tua borsetta. Portala sempre con te.»

Compilare un assegno era un'altra delle cose che la nonna trovava difficilissime, a causa della vista. Chiedeva a Celia di starle vicino e di dirle dove cominciare e se c'era abbastanza spazio per scrivere.

Poi, con un sospiro, compilato l'assegno, lo dava a Celia perché andasse alla banca per incassarlo.

«Avrai notato che ho fatto un assegno di dieci sterline, anche se la spesa è di nove. Non fare mai un assegno di nove sterline, Celia, ricordati! Si può facilmente modificare in novanta.»

Dal momento che sarebbe stata Celia a incassare l'assegno, era lei l'unica persona che poteva avere l'opportunità di modificarlo, ma la nonna non se ne accorgeva. Faceva parte della sua furiosa volontà di autoconservazione.

Un'altra cosa che aveva il potere di sconvolgerla era sentirsi dire da Miriam che doveva farsi fare qualche vestito nuovo.

«Sai, mamma, quello che hai addosso è a pezzi, ormai.»

«Il mio vestito di velluto? Ma cosa dici!»

«Sì, tu non te ne accorgi, ma è in uno stato da fare pietà.»

La nonna sospirava, di nuovo le lacrime le salivano agli occhi.

«Il mio bel vestito di velluto. Un velluto che ho comperato a Parigi.»

Soffriva, inoltre, per essere stata sradicata dal suo ambiente. Abituata a Wimbledon, trovava la campagna terribilmente noiosa. Venivano così poche persone in visita, e non succedeva mai niente. Lei non usciva mai in giardino, per paura dell'aria. Se ne stava seduta nella sala da pranzo, come faceva a Wimbledon. Miriam le leggeva i giornali e il resto della giornata passava lentamente, per tutt'e due.

L'unico svago della nonna consisteva nell'ordinare grandi quantità di prodotti alimentari, e poi nel discutere e scegliere un buon nascondiglio dove tenerli, per non rischiare di essere accusate di "accaparramento". In cima agli armadi c'erano scorte di sardine e biscotti; scatolette di lingua e pacchi di zucchero venivano nascosti nei credenzini più impensati. Gli stessi bauli della nonna erano pieni di lattine e barattoli.

«Ma, nonna, non è giusto accaparrarsi tanta roba.»

«Ah ah!» La nonna rideva, divertita. «Voi giovani non capite niente. Durante l'assedio di Parigi, la gente ha mangiato i topi. I topi! Previdenza, Celia: a me hanno insegnato a essere previdente.»

Poi, si metteva improvvisamente all'erta.

«Le donne di servizio... *sono di nuovo in camera tua. Attenta, Celia. Hai dei gioielli?*»

Da qualche giorno, Celia non si sentiva bene. Dovette infine rimanere a letto, prostrata da attacchi violenti di nausea.

«Mamma, non sarà che sto per avere un bambino?»

«Ho paura di sì.»

Miriam sembrava preoccupata e depressa.

«Paura?» Celia si meravigliava. «Non vuoi che abbia un bambino?»

«Non volevo, no. Non ancora. Ci tieni tanto, tu?»

«Be'...» Celia rifletteva «non ci ho mai pensato, finora. Non avevamo mai parlato di bambini, Dermot e io. Ma sapevamo che poteva succedere, penso. Io non sarei contenta di non averne. Mi sembrerebbe che mi mancasse qualcosa.»

Dermot arrivò per il fine settimana.

Non era affatto come nei libri. Celia continuava a sentirsi malissimo.

«Perché stai tanto male, Celia? Cos'hai?»

«Be', aspetto un figlio, credo.»

Dermot ne fu terribilmente sconvolto.

«Io non volevo che tu avessi un figlio. Mi sento un bruto, sì, proprio un bruto. Non sopporto che tu stia male e che sia infelice.»

«Ma Dermot, io sono contentissima. Sarebbe stato bruttissimo non avere bambini.»

«A me non importerebbe un bel niente. Non voglio bambini, io. Ora tu penserai sempre a lui, invece che a me.»

«Ma no, ma no!»

«Sì, è così. Fate tutte così, voi donne.»

«Io no. Vorrò bene al bambino perché è tuo: non lo capisci? È perché è il tuo bambino che sono felice di averlo, non perché è un figlio. E vorrò sempre bene prima di tutto a te: sempre, sempre, sempre...»

Dermot si girò di spalle, per nascondere le lacrime.

«Mi sento un verme. È tutta colpa mia. Avrei potuto impedire che accadesse. Ora potresti anche morire.»

«Non morirò. Sono molto forte, io.»

«Tua nonna dice che sei delicata.»

«Oh, la nonna! Non sopporta l'idea che gli altri godano di buona salute.»

Ce ne volle, per confortare Dermot. La sua ansia e la sua infelicità commuovevano profondamente Celia.

Quando ritornarono a Londra, lui prese a servirla come uno schiavo, esortandola a mangiare cose speciali e a prendere rimedi contro la nausea.

«Dopo il terzo mese dovrei stare meglio. Lo dice il libro.»

«Tre mesi sono lunghi. Non voglio che tu stia male per tanto tempo.»

«Sì, è un bel guaio, ma non possiamo farci niente.»

La gravidanza, pensava Celia, è proprio una cosa deludente. Aveva immaginato se stessa intenta a cucire camicini, e a sognare intanto un roseo avvenire per il nascituro.

Ma come facevi a sognare cose belle se vivevi costantemente in preda al mal di mare? La nausea cancella qualsiasi pensiero. Celia era ridotta a un animale sano ma sofferente.

Stava male non soltanto di mattina ma per tutta la giornata, a intervalli irregolari. A parte lo sconforto, la vita per lei si era trasformata in un incubo, dato che non sapeva mai quando sarebbe stata presa da una crisi di nausea. Due volte era saltata dall'autobus appena in tempo e aveva vomitato per la strada. In simili circostanze, accettare un invito a casa di qualcuno era impensabile.

Celia rimaneva in casa, sofferente e avvilita, e usciva soltanto raramente per fare un po' di moto. Aveva dovuto rinunciare al suo corso di segretaria. Cucire le dava il mal di testa. Se ne stava in poltrona a leggere, oppure ascoltava la signora Steadman ricordare le sue gravidanze.

«Fu mentre aspettavo Beatrice, mi ricordo. Mi prese all'improvviso, dall'ortolano: c'ero andata solo per comperare qualche broccolo. *Dovevo avere quella pera!* Era grossa e succosa, sa? Di quelle belle pere che costano tanto! Detto fatto, l'afferrai e l'addentai. Il ragazzo che mi stava servendo mi fissò, ricordo, con due occhi grandi così. Ma il padrone era un padre di famiglia, pratico di queste cose. "Lascia fare, ragazzo" gli disse. "Non badarci." "Sono mortificata" dissi io, e lui: "Non si preoccupi. Ne ho avuti sette, io, e l'ultima volta mia moglie voleva soltanto braciole di maiale".»

La signora Steadman riprendeva fiato e aggiungeva: «Vorrei che ci fosse qui la sua mamma, con lei. Ma lo so, c'è anche la nonna, bisogna pensare anche a lei, povera signora».

Anche Celia avrebbe tanto desiderato che la madre venisse a tenerle compagnia. Le giornate erano interminabili. Era un inverno nebbioso: il tempo non passava mai nell'attesa che Dermot rincasasse.

Ma lui era così caro, quando c'era. Così in ansia per lei. Di solito tornava con qualche nuovo libro sulla gravidanza, e dopo cena gliene leggeva dei pezzi.

«"Le donne a volte hanno una sorta di bramosia per i cibi strani ed esotici. Un tempo si pensava che questi desideri andassero soddisfatti, ma oggi si tende a consigliare di controllarli, specie quando si tratta di cibi indigesti." Senti desiderio di cibi strani ed esotici, Celia?»

«Figurati! Io non mangerei proprio.»

«Leggevo che è consigliabile dormire nelle ore del crepuscolo. Pare sia importante.»

«Dermot, quando pensi che smetterò di stare male? Ormai è passato anche il quarto mese.»

«Ah, deve finire per forza, ormai. Tutti i libri lo dicono.»

Ma, nonostante quello che i libri dicevano, non passava.

Dermot, di sua iniziativa, suggerì che Celia tornasse a casa della madre.

«È tremendo, per te, rimanere qui sola tutto il giorno.»

Ma Celia rifiutò. Sapeva che lui sarebbe rimasto male, se fosse andata. E non voleva lasciarlo solo. Sarebbe andato tutto bene, naturalmente; non sarebbe morta, come Dermot così assurdamente temeva. Ma, nel caso – in fin dei conti, a volte le donne morivano –, non intendeva rinunciare nemmeno a un minuto del suo tempo con Dermot...

Sofferente com'era, lo amava ancora; anzi, più che mai.

E lui era così caro, e così buffo.

Una sera, si accorse che lui muoveva le labbra.

«Che c'è, Dermot? Perché parli da solo?»

Dermot assunse un'aria piuttosto imbarazzata.

«Stavo immaginando un dottore che mi diceva: "Dobbiamo decidere se salvare la madre o il bambino". E io rispondevo: "Faccia pure a pezzi il bambino".»

«Dermot, che cosa brutale!»

«Lo odio per quello che ti sta facendo: se è un lui. Vorrei che fosse una lei. Non mi dispiacerebbe avere una figlia con gli occhi celesti e le gambe lunghe. Ma detesto il pensiero di un maschio rompiscatole.»

«È un maschio. Io voglio un maschio. Come te.»

«Lo picchierò.»

«Ma che padre orribile!»

«È dovere dei padri battere i figli.»

«Sei geloso, Dermot.»

Era geloso, terribilmente geloso.

«Sei bella. Ti voglio tutta per me.»

Celia rideva.

«Ora, poi, sono proprio una bellezza!»

«Lo sarai di nuovo. Guarda Gladys Cooper. Ha avuto due figli ed è più bella che mai. È una grande consolazione, per me, pensarlo.»

«Dermot, vorrei che tu non insistessi tanto sulla bellezza. Non so, mi fa paura.»

«Ma perché? Tu sarai sempre bella per anni, anni e anni...»

Celia fece una piccola smorfia e si mosse, a disagio.

«Che c'è? Dolori?»

«No, una specie di battito nel fianco, molto fastidioso. Come se qualcosa... bussasse.»

«Non sarà lui? Nell'ultimo libro, dice che dopo il quinto mese...»

«Ah, Dermot, ma tu alludi a quel "battito d'ali sotto il cuore"? Suonava così bello e poetico. Pensavo che dovesse dare una sensazione altrettanto gradevole. No, impossibile che sia questa.»

Ma lo era!

Quel bambino, secondo Celia, doveva essere molto attivo. Passava il tempo a tirare calci.

A causa di quell'attività atletica, lo chiamarono Punch.

«Punch è stato molto attivo, oggi?» s'informava Dermot, rincasando.

«Un demonio» rispondeva Celia. «Non un minuto di pace. Ora, però, penso che si sia addormentato.»

«Immagino» diceva Dermot «che finirà per fare il pugile di professione.»

«No, non voglio vederlo con il naso rotto.»

Celia desiderava più di ogni altra cosa che sua madre venisse a trovarla, ma la nonna non era stata bene: una bronchitina – da lei attribuita all'avere inavvertitamente aperto una finestra della camera –, e Miriam, sebbene bramasse a sua volta rivedere Celia, non osava lasciare sola la vecchia signora.

«Mi sento responsabile verso di lei e non voglio lasciarla, tanto più che non si fida delle domestiche, ma sapessi, cara, quanto desidero stare con te. Non puoi venire tu?»

Ma Celia non voleva lasciare Dermot. In fondo alla sua mente c'era una lieve ombra di paura: "Potrei morire".

Fu la nonna a decidere per loro. Scrisse a Celia nella sua grafia alta e sottile, che ora vagava irregolarmente sulla carta a causa della vista sempre più debole.

Celia carissima,

ho insistito perché tua madre venga da te. È male, nelle tue condizioni, avere desideri che non vengono soddisfatti. La tua cara mamma vuole venire, lo so, ma non osa lasciarmi sola con le persone di servizio. Non farò commenti in proposito, *dato che non si sa mai chi legge le nostre lettere.*

Mi raccomando, bambina mia, stai molto con i piedi sollevati da terra, e ricordati di non toccarti se per caso stai guardando del salmone o dell'aragosta. Mia madre si portò una mano al collo, mentre aspettava, e proprio mentre guardava un piatto di salmone, e così la tua prozia Caroline nacque con un segno sul collo che sembrava proprio un pezzetto di salmone.

Accludo un biglietto da cinque sterline – metà: l'altra arriverà separatamente –, e mi raccomando, comperati tutte le cose buone di cui hai voglia.

Con tanto affetto,

la tua nonna

La visita di Miriam fu una grande gioia per Celia. Le prepararono un letto sul divano del soggiorno, e Dermot fu particolarmente gentile con lei. Questo, probabilmente, non avrebbe avuto un grande effetto su Miriam, ma lo ebbe la tenerezza che lui mostrava per Celia.

«Forse era la gelosia che non mi faceva apprezzare Dermot» confessò. «Sai, cara, perfino ora non riesco ad amare del tutto chi ti ha portato lontano da me.»

Il terzo giorno della sua visita, Miriam ricevette un telegramma e si affrettò a tornare a casa. La nonna morì il giorno dopo: le sue ultime parole, o quasi, furono di dire a Celia di non saltare su e giù dagli autobus. «Le sposine non ci pensano, a queste cose.»

La nonna non sapeva affatto di stare per morire. Si angosciava perché non poteva portare avanti il lavoro a maglia, cioè le scarpine che stava sferruzzando per il bambino di Celia... Morì senza avere afferrato il concetto che non avrebbe mai visto il suo pronipote.

La morte della nonna, dal punto di vista finanziario, non portò grande differenza nella vita di Miriam e Celia. La parte più importante delle sue rendite veniva dal patrimonio del terzo marito, di cui era stata usufruttuaria. Del rimanente denaro liquido, diversi piccoli lasciti assorbirono più della metà. Ciò che restava fu lasciato a Miriam e a Celia. Mentre Miriam veniva a trovarsi in svantaggio – perché la nonna, con la sua rendita, aveva contribuito alle spese di casa –, Celia aveva ora a disposizione cento sterline l'anno. Con il consenso e l'approvazione di Dermot, le destinò a Miriam, per contribuire al mantenimento della "casa". In quel momento più che mai, non sopportava il pensiero di venderla, e la madre era d'accordo. Una casa di campagna in cui i bambini di Celia potessero passare le vacanze: così la vedeva Miriam.

«E poi, cara, può darsi che tu stessa ne senta il bisogno, un giorno... quando io non ci sarò più. Sarei felice di sapere che, in qualsiasi momento, potrai contare su un tuo rifugio.»

A Celia la parola rifugio sembrava un po' assurda, ma le sorrideva l'idea di andare a vivere là, prima o poi, con suo marito.

Dermot, però, vedeva le cose diversamente.

«È la tua casa e ti è cara, è naturale, ma non credo che potremo mai servircene.»

«Potremmo andare a starci, un giorno.»

«Sì, quando avremo cent'anni. Impossibile, è troppo lontana da Londra.»

«Be', ma quando tu andrai in pensione...»

«Anche allora non vorrò certo fare la vita del pensionato. Mi cercherò un impiego. E non sono neppure sicuro di voler rimanere nell'esercito, a guerra finita, ma ora è troppo presto per parlarne.»

A che scopo guardare all'avvenire? Da un momento all'altro, Dermot poteva ancora essere richiamato in servizio attivo e destinato in Francia. Poteva ancora rimanere ucciso...

"Ma avrò il suo bambino" pensava Celia.

Però sapeva che nessun figlio avrebbe potuto prendere il posto di Dermot. Per lei, Dermot contava più di chiunque al mondo, e sarebbe stato sempre così...

11

Maternità

LA CREATURA DI CELIA NACQUE IN LUGLIO, e venne al mondo nella stessa stanza dove, ventidue anni prima, era nata lei.

Fuori, i grandi rami verdi del faggio picchiettavano lievi contro la finestra.

Deciso a ignorare i suoi timori per Celia, che erano stranamente intensi, Dermot aveva stabilito di considerare il ruolo di madre-in-attesa come qualcosa di molto comico. Nessun altro atteggiamento avrebbe potuto aiutare meglio Celia, durante il periodo più faticoso. Lei rimaneva forte e attiva, ma ostinatamente in preda alle nausee.

Tornò a casa circa tre settimane prima della data prevista per il lieto evento. Poco dopo Dermot si fece dare una settimana di permesso e andò a raggiungerla. Celia si augurava che il bambino nascesse mentre lui era là. Sua madre sperava invece che nascesse dopo la partenza del genero. Gli uomini, secondo il parere di Miriam, in momenti del genere erano soltanto una gran seccatura.

Era arrivata l'infermiera ostetrica e si mostrava così sbrigativamente allegra e rassicurante da lasciare Celia in preda a segreti terrori.

Una sera a cena, Celia lasciò cadere forchetta e coltello e gridò: «Oh, Dio, infermiera!».

Lasciarono la stanza insieme. L'ostetrica tornò di lì a qualche minuto e fece un cenno di assenso a Miriam.

«Puntualissima» disse, sorridendo. «Una paziente modello.»

«Non telefona al dottore?» la investì subito Dermot.

«Oh, non c'è fretta. Passeranno ore prima che la sua presenza sia necessaria.»

Celia tornò e riprese a mangiare. Poi, Miriam e l'ostetrica si allontanarono insieme, parlottando di biancheria e facendo tintinnare mazzi di chiavi...

Celia e Dermot rimasero a fissarsi disperatamente. Avevano riso e scherzato, ma ora la paura li attanagliava.

«Andrà tutto bene» disse Celia. «Lo so con certezza.»

«Ma certo» fece eco impetuosamente lui.

Continuarono a fissarsi, atterriti.

«Sei molto forte» disse Dermot.

«Molto. E le donne mettono al mondo figli ogni giorno: uno al minuto, vero?»

Uno spasmo le contrasse la faccia. Dermot gridò: «Celia!».

«Niente, niente. Usciamo in giardino. La casa, non so perché, mi sembra un ospedale.»

«È la presenza di quella maledetta ostetrica.»

«È tanto gentile, povera donna.»

Uscirono nella serata estiva. Si sentivano stranamente isolati. Nell'interno, la casa era tutta un fervore di preparativi: sentivano l'ostetrica parlare al telefono, dire: «Sì, dottore... No, dottore. Oh, sì, verso le dieci andrà benissimo... Sì, va tutto nel migliore dei modi».

Fuori, la serata era fresca e tranquilla. I rami del faggio stormivano leggeri.

Due bambini troppo soli s'incamminavano, tenendosi per mano, non sapendo come consolarsi a vicenda.

Celia disse all'improvviso:

«Volevo solo dirti – non che possa accadere qualcosa, ma... nel caso dovesse succedere –, volevo dirti che sono stata così meravigliosamente felice che niente ha più importanza, ormai. Avevi promesso di farmi felice, ed è stato così... Non immaginavo che si potesse esserlo fino a questo punto.»

Dermot mormorò, con voce alterata:

«Ti ho combinato un bel guaio...»

«Lo so. Peggio per te... Ma io sono felicissima anche di questo. Di tutto.»

Poi aggiunse:

«E dopo, ci ameremo sempre, sai?»

«Sempre, per tutta la vita.»

L'ostetrica chiamava, dalla casa.

«Ora sarà meglio che rientri, cara.»

«Vengo.»

Era arrivato il momento, ormai: stavano per essere separati. Celia sentiva che quella era la cosa peggiore: dover lasciare Dermot per affrontare quell'incubo da sola.

Si aggrappavano l'una all'altro, e nel loro bacio c'era tutto il terrore della separazione.

Celia pensava: "Non dimenticheremo mai questo momento. Mai!".

Era il quattordici di luglio.

Lei entrò in casa.

Era stanca... così stanca... Stanchissima.

La stanza girava, intorno c'era la nebbia: poi, ecco, si allargava di nuovo e tutto riprendeva i contorni della realtà. L'ostetrica le sorrideva, il dottore si lavava le mani in un angolo. La conosceva fin da bambina, e adesso le diceva, allegramente: «Allora, Celia, hai una bella bambina, lo sai?».

Aveva una bambina, davvero?
Non riusciva a reagire a quella notizia.
Era troppo stanca.
Tutto lì: stanchissima.
Sembravano aspettarsi che lei dicesse o facesse qualcosa, ma non poteva.
Desiderava soltanto essere lasciata in pace.
Riposare.
Ma c'era qualcosa, qualcuno...
«Dermot?» mormorò.

Si era assopita. Quando riaprì gli occhi, lui era là.

Ma che cosa gli era successo? Sembrava diverso, così strano. Era preoccupato: forse aveva avuto cattive notizie.

«Cos'è?» gli mormorò.

Lui rispose con voce strozzata, alterata: «Una bambina».

«No, dicevo... tu, cos'hai?»

La faccia gli si contraeva in modo sempre più strano. Stava piangendo. Dermot... piangeva!

Con voce rotta, lui spiegò: «È stato orribile, c'è voluto tanto tempo. Non sai che cosa ho sofferto!».

Si inginocchiò accanto al letto, nascondendo la faccia. Celia gli mise una mano sulla testa. Quanto bene le voleva!

«Tesoro» lo consolò. «Su, ora è tutto passato.»

C'era sua madre. Istintivamente, alla vista di quel viso dolce e sorridente, Celia si sentì meglio, più forte. Come quando era piccola e sentiva che "tutto sarebbe andato bene, ora che la mamma era lì".

«Non andartene, mamma.»

«No, cara. Mi metto a sedere qui, vicino a te.»

Celia si addormentò, tenendo la mano di sua madre. Quando si svegliò, disse: «Oh, mamma, che cosa meravigliosa non avere più la nausea!»

Miriam rise.

«Tra poco vedrai la bambina. L'infermiera sta per portartela.»

«È proprio una bambina, sei sicura?»

«Sicurissima. Le bambine sono tanto più care, Celia. Tu per me hai sempre rappresentato molto di più che Cyril.»

«Sì, ma io ero così sicura che sarebbe stato un maschio... Be', Dermot sarà contento. Voleva una femmina. L'ha avuta proprio vinta lui.»

«Come sempre» osservò seccamente Miriam. «Eccola qui.»

Entrò l'ostetrica, rigida e inamidata; con aria d'importanza, trasportava qualcosa sopra un cuscino.

Celia si fece coraggio. I bambini appena nati erano orribili: spaventosamente brutti. Doveva prepararsi al peggio.

«Oh!» disse, molto sorpresa.

Era sua, quella creaturina? Si sentiva emozionata e spaventata mentre l'ostetrica le metteva con precauzione la piccola tra le braccia. Quella buffa, piccola nativa americana, col suo ciuffo di capelli neri? Non aveva niente che facesse pensare alla carne cruda. Era un faccino buffo, comico, adorabile.

«Pesa più di quattro chili» disse in tono di grande soddisfazione l'ostetrica.

Come spesso le era accaduto nella sua vita, Celia provava un senso di irrealtà. Ora stava proprio giocando a fare la giovane madre.

Ma non si sentiva affatto una moglie o una madre. Si sentiva una ragazzina tornata a casa dopo una festa, ancora emozionata e stanchissima.

Celia chiamò la piccola Judy.

Judy era una bambina che non creava problemi. Aumentava ogni settimana del peso desiderato e limitava i suoi pianti al minimo indispensabile. Quando però piangeva, il suo era il ruggito rabbioso di una tigre in miniatura.

Essendosi, come avrebbe detto la nonna, "presa il suo mese", Celia lasciò Judy a Miriam e andò a Londra per cercare una casa adatta.

La sua riunione con Dermot fu particolarmente gioiosa. Una vera, seconda luna di miele. Parte della soddisfazione di Dermot, come Celia scoprì, proveniva dal fatto che lei avesse lasciato Judy per tornare da lui.

«Avevo tanta paura che ti trasformassi in una chioccia e che non t'importasse più niente di me.»

Acquietata la gelosia, Dermot l'accompagnava volentieri, appena gli era possibile, nella ricerca di un nuovo alloggio. Ora Celia si sentiva una vera esperta in quel campo: non era più la totale sprovveduta che tanto si era lasciata intimidire dall'efficienza della signorina Banks. Le sembrava di avere affittato case da che era al mondo.

Intendevano affittare un appartamento vuoto. Sarebbe costato molto meno, e Miriam, da casa, poteva facilmente rifornirli di tutti i mobili di cui avevano bisogno.

Gli alloggi vuoti, tuttavia, erano pochi e lontani l'uno dall'altro. Quasi sempre c'era un intralcio, vale a dire che c'era da pagare una considerevole buonuscita. Via via che i giorni passavano, Celia si sentiva sempre più depressa.

Fu la signora Steadman a salvare la situazione.

Apparve una mattina, al momento della prima colazione, con il fare misterioso di una cospiratrice.

«Chiedo scusa, capitano, se disturbo a quest'ora,» esordì la signora Steadman «ma ieri sera mio marito ha sentito dire che al 18 di Lauceston Mansions – qui dietro l'angolo – affittano un appartamento. Hanno dato l'incarico all'agenzia proprio ieri sera, signora, perciò se lei ci facesse una corsa subito, prima che si sparga la voce, diciamo così...»

Non occorreva aggiungere altro. Celia si alzò immediatamente da tavola, si calcò in testa un cappello e partì come un bracco che ha annusato una traccia.

Anche al 18 di Lauceston Mansions stavano facendo colazione. Dopo che la sciatta servetta ebbe annunciato che una persona voleva vedere la casa, dall'anticamera dove aspettava Celia sentì un lamentoso: «Ma sono le otto e mezzo del mattino! Come hanno fatto a saperlo?».

Una giovane donna in vestaglia uscì dalla sala da pranzo, ancora col tovagliolo in mano. Diffondeva attorno a sé un odore di aringa affumicata.

«Davvero vuole vedere l'appartamento?»

«Sì, per favore.»

«Oh, be', si accomodi.»

Celia venne accompagnata a fare il giro delle stanze. Sì, andava benissimo. Quattro camere da letto, due salotti: il tutto piuttosto sudicio, naturalmente. L'affitto era di ottanta sterline l'anno: un vero affare. Una buonuscita, ahimè, di centocinquanta sterline e il linoleum – Celia aborriva il linoleum – da calcolare a forfait. Celia provò a offrire cento sterline. L'altra rifiutò decisamente.

«Va bene» disse Celia, convinta. «Lo prendo.»

Mentre scendeva le scale, si rallegrò della sua decisione. Due donne stavano salendo, ciascuna con un biglietto dell'agenzia in mano!

Tre giorni dopo, Celia e Dermot si sentirono offrire una buonuscita di duecento sterline, purché cedessero il loro diritto.

Ma preferirono tenerselo, versarono le centocinquanta sterline ed entrarono in possesso della casa al numero 18 di Lauceston Mansions. Finalmente avevano una dimora – una sporchissima dimora – tutta per loro.

Tempo un mese, e l'appartamento non si riconosceva più. Dermot e Celia avevano verniciato e tinteggiato da soli: non potevano permettersi nient'altro. Impararono per esperienza diretta cose interessanti sullo stemperare, il dare la seconda mano e il passare la carta vetrata. Il risultato finale era delizioso, secondo loro. Chintz di poco prezzo rallegrava i corridoi lunghi e bui. Pareti di un giallino pallido davano un aspetto soleggiato alle stanze che davano a nord. I salotti erano color avorio: uno sfondo adatto per quadri e porcellane. Decisero di togliere i rivestimenti di linoleum e li offrirono alla signora Steadman, che li incamerò con entusiasmo. «A me mi piace un po' di linoleum, signora Celia...»

Nel frattempo, Celia aveva superato con successo un'altra odissea: quella del Bureau della signora Barman, ovvero l'agenzia che forniva bambinaie.

Al suo arrivo in quel luogo che incuteva soggezione, Celia venne ricevuta da un'altezzosa creatura dai capelli ossigenati e invitata a riempire un imponente modulo con ben trentaquattro domande, formulate in modo da suscitare nel richiedente un acuto senso di inferiorità. Venne poi introdotta in una specie di stanzino, che ricordava un ambulatorio medico, e là, isolata da una tenda, venne lasciata ad aspettare le bambinaie che la donna dai capelli gialli riteneva opportuno mandarle.

Il tempo necessario perché arrivasse la prima, e il senso di inadeguatezza di Celia era aumentato più che mai. Non venne poi per nulla alleviato dalla prima aspirante, un donnone inamidato e massiccio, di un lindore aggressivo e maestosa nel comportamento.

«Buongiorno» disse debolmente Celia.

«Buongiorno, signora.» Maestosamente la donna andò a occupare la sedia di fronte a lei, continuando a fissarla. Sembrava volerle comunicare di essere convinta che la situazione di Celia fosse tale da non convenire a chi avesse un po' di rispetto di sé.

«Ho bisogno di una nurse per una bambina» esordì Celia, desiderando di non sentirsi – e sembrare, temeva – troppo inesperta.

«Sì, signora. Fissa?»

«Almeno per due mesi.»

Già un errore: "fissa" non indicava un periodo di tempo, era per così dire un termine tecnico relativo alle mansioni della bambinaia. Celia sentì di essere scesa più che mai nella stima della maestosa.

«Benissimo, signora. Altri bambini?»

«No.»

«Una prima nata. Quanti in famiglia?»

«Quanti...? Io e mio marito.»

«E il personale, signora, com'è composto?»

Il personale? Che parolona per descrivere la servetta tuttofare che non aveva ancora trovato.

«Viviamo molto semplicemente.» Celia arrossì. «Una cameriera.»

«E fa servizio nella camera della bambina?»

«No, a quello dovrebbe pensare lei.»

«Ah!» La maestosa si alzò e dichiarò, più con rincrescimento che con collera: «Temo, signora, che la sua situazione non sia conforme a quello che cerco: da sir Elton West avevo una cameriera per la nursery, e alle pulizie generali provvedevano le altre domestiche».

Celia, in cuor suo, mandò a quel paese la bionda ossigenata. A che scopo riempire un questionario, dando tutte le indicazioni per poi vedersi mandare una che, evidentemente, avrebbe accettato un posto presso i Rothschild, sempre che li avesse trovati di suo gusto?

Entrò, subito dopo, una donna severa dalle sopracciglia nerissime.

«Una bambina sola? Da seguire completamente? Lei comprende, signora, che me ne assumo la *cura assoluta*. Non tollero interferenze.»

Fissava trucemente Celia.

"Si azzardino, le giovani madri, a venire a disturbarmi" diceva quello sguardo.

Celia disse di temere che non facesse al caso suo.

«Sono devota ai bambini, signora. Li adoro, ma non posso permettere che la madre interferisca di continuo.»

La severa venne congedata.

Si presentò poi una vecchia molto sciatta, che si autodefinì una "nannie", come i bambini chiamano la loro bambinaia.

Per quel che Celia poteva giudicare, non ci vedeva, non ci sentiva e capiva poco di quello che le veniva detto.

Via anche la nannie.

Dopo qualche altro colloquio inutile, cominciava a disperare di concludere qualcosa, quando vide entrare una donna di circa trentacinque anni. Portava il pince-nez, era molto pulita e ordinata e aveva uno sguardo cordiale.

Non reagì come le altre, nel sentire che doveva fare tutto da sé nella nursery.

«Bene, non ho niente in contrario... salvo il caminetto. Possibilmente, vorrei non occuparmene: rovina le mani, e non si possono avere mani ruvide quando si ha a che fare con i neonati. Ma per il resto non mi dispiace fare da me. Sono stata nelle colonie, e so sbrigarmela in tutto.»

Le mostrò diverse fotografie di bambini che aveva accudito, e Celia finì per assumerla, sempre che le referenze fossero state soddisfacenti.

Con un sospiro di sollievo, lasciò finalmente il Bureau della signora Barman.

Le referenze di Mary Denman si rivelarono ottime. Era una nurse attenta e molto esperta. Ora non restava che assumere una domestica.

Risultò che era ancora più difficile che trovare una nurse. Di bambinaie, se non altro, c'era abbondanza. Le domestiche, praticamente, non esistevano più. Erano tutte nelle fabbriche di munizioni o nei reparti ausiliari. Celia vide una ragazza che le piaceva molto: si chiamava Kate ed era grassoccia e sorridente. Fece del suo meglio per convincerla ad andare da loro.

Come tutte le altre, Kate mal tollerava l'idea di una nurse.

«Non è per la bambina, signora. A me i bambini piacciono. È per la nurse. Dopo l'ultimo posto che ho avuto, ho giurato di non andare mai più dove c'è una bambinaia. Dove ce n'è una, nascono guai.»

Invano Celia rappresentava Mary Denman come un mostro di virtù. Kate rimaneva del suo parere.

«Dove c'è una nurse, sono sempre grane. Lo so per esperienza.»

Alla fine, fu Dermot a sbloccare la situazione. Celia lo scatenò contro la testarda Kate, e Dermot, nato per averla sempre vinta, riuscì a convincerla a fare almeno una prova.

«Che cosa mi abbia spinto ad accettare proprio non lo so, perché avevo giurato di non andare mai più dove ci sono bambinaie. Ma il capitano è stato tanto gentile, conosce il reggimento del mio ragazzo, che è in Francia... Bene allora, possiamo fare una prova.»

Cosi, Kate era ormai assicurata, e in un trionfante giorno di ottobre Celia, Dermot, la Denman, Kate e Judy si trasferirono al numero 18 di Lauceston Mansions. La vita di famiglia cominciava.

Dermot si comportava in modo strano nei confronti di Judy. Ne aveva paura. Quando Celia cercava di fargliela prendere in braccio, indietreggiava, spaventatissimo.

«No, non posso. Non posso proprio. Non so come tenerla, quella cosa lì.»

«Dovrai pur farlo, quando sarà più grande. E non è una cosa!»

«Quando sarà più grande sarà diverso. Quando saprà camminare e parlare, penso che mi piacerà. Ma ora è così grassa, tra l'altro. Che dici, diventerà normale?»

Rifiutava di ammirare le fossette di Judy.

«Io voglio che sia magra e soda.»

«Non ora. Ha soltanto tre mesi.»

«Davvero credi che sarà magra, un giorno?»

«Ma certo che lo sarà. Siamo magri tutti e due.»

Celia doveva accontentarsi dell'ammirazione della signora Steadman, che girava attorno alla bambina un po' come aveva fatto attorno al pezzo di manzo di gloriosa memoria.

«È il ritratto del capitano, vero? Ah, come si vede che è roba fatta in casa... scusi, signora, è un vecchio modo di dire.»

Nel complesso, Celia trovava piuttosto divertente mandare avanti una casa, anche perché non prendeva la cosa molto sul serio. La Denman era una bambinaia eccellente, capace e devota alla bambina, e straordinariamente amabile e volonterosa finché vi fu ancora molto da fare e tutto era piuttosto confuso. Appena le cose si assestarono e presero un andamento più normale, cominciò a mostrare un altro lato del suo carattere. Aveva un temperamento irascibile: i suoi scatti non erano diretti a Judy, che adorava, ma a Celia e a Dermot. L'osservazione più innocente creava un'improvvisa tempesta. Celia diceva, per esempio: «Ho visto la luce accesa, ieri sera tardi. Non stava mica male la bambina, vero?».

Immediatamente, la Denman prendeva fuoco.

«Potrò accendere la luce di notte per vedere che ora è, no? Va bene essere trattata come una schiava, ma tutto ha un limite. Se pensa che faccia spreco di luce, lo dica chiaro.»

Kate era un grande conforto per Celia. Placida, sempre di buonumore, imperturbabile, si dedicava alle sue faccende, cucinando, pulendo e abbandonandosi a reminiscenze di "altri posti".

«Non dimenticherò mai il mio primo posto. Mai! Ero una ragazzina, non avevo neppure diciassette anni. Mi facevano letteralmente morire di fame. Un'aringa affumicata, ecco cosa mi davano per cena, e margarina invece di burro. Ero così magra che mi si vedevano le ossa. Mia madre era in pensiero.»

Celia, guardando la robusta Kate che si faceva via via più tonda, a stento poteva crederci.

«Spero che qui mangi a sufficienza, Kate.»

«Stia tranquilla, signora, qui va tutto bene: e non occorre che si metta a fare le cose lei. Perché vuole sporcarsi il vestito?»

Ma Celia era stata presa dalla passione di cucinare. Avendo fatto la sorprendente scoperta che si trattava di seguire una ricetta, si dedicava con entusiasmo a quello sport. La disapprovazione di Kate la costringeva a limitare le sue attività ai giorni in cui la ragazza aveva la libera uscita, quando poteva folleggiare in cucina e preparare leccornie per il tè e la cena di Dermot.

Neanche a farlo apposta, capitava che in quei giorni Dermot tornasse a casa con lo stomaco sottosopra e chiedesse un po' di tè leggero e pane tostato, invece di cotolette di pesce e soufflé di vaniglia.

Quanto a Kate, si atteneva a una cucina semplice. Era incapace di seguire una ricetta perché trovava inutile misurare le quantità.

«Un po' di questo e un po' di quello, io faccio così» diceva. «Come faceva mia madre. Le cuoche non misurano mai.»

«Forse sarebbe meglio se lo facessero» azzardava Celia.

«Bisogna andare a occhio» replicava Kate con fermezza. «Ho sempre visto mia madre fare così.»

Nel complesso, era divertente.

Una casa – per meglio dire, un appartamento – tutta sua, un marito, una bambina, una domestica.

Finalmente era diventata adulta, una persona concreta. Stava perfino imparando il linguaggio adatto. Aveva fatto amicizia con altre due giovani signore del caseggiato, e quelle prendevano molto sul serio cose come la qualità del latte, dove acquistare al miglior prezzo i cavolini di Bruxelles e, soprattutto, le cattiverie delle donne di servizio.

«L'ho guardata bene in faccia e ho detto: "Jane, non ti permetto di usare quel tono insolente". Proprio così. Mi ha dato una di quelle occhiate!»

Non parlavano d'altro che di argomenti del genere.

In cuor suo, Celia temeva che non sarebbe mai diventata una vera padrona di casa.

Per fortuna Dermot non ci teneva affatto. Spesso diceva di odiare le donne di quel genere. Le loro case, diceva, non erano affatto accoglienti.

E c'era del vero, in quello che diceva. Le signore che parlavano esclusivamente di problemi domestici venivano piantate regolarmente in asso dalle persone di servizio, e nei momenti meno opportuni. Quelle che passavano l'intera mattinata a fare la spesa comperavano cose di cui non erano soddisfatte.

Secondo Celia, facevano troppe storie riguardo ai problemi della casa.

Quelli come lei e Dermot si divertivano molto di più. Lei non era la governante di Dermot: era la sua compagna.

E, un giorno, Judy avrebbe camminato per casa e chiacchierato, e adorato sua madre come lei adorava Miriam.

E d'estate, quando Londra diventava calda e afosa, avrebbero portato Judy "a casa", e Judy avrebbe giocato in giardino, inventato giochi di principesse e draghi e Celia le avrebbe letto tutte le vecchie favole della piccola biblioteca della nursery...

12
Pace

L'ARMISTIZIO FU UNA GRANDE SORPRESA per Celia. Si era talmente abituata alla guerra da avere l'impressione che non dovesse finire mai.

Faceva parte della vita.

E invece, ecco che era finita!

Finché si era in guerra, era inutile fare progetti. Non c'era che da vivere alla giornata e sperare per il meglio: soprattutto, pregare perché Dermot non venisse mandato di nuovo in Francia a combattere.

Ma ora, era diverso.

Dermot era pieno di progetti. Non intendeva rimanere nell'esercito, dove non c'era avvenire. Appena possibile avrebbe chiesto il congedo e sarebbe andato a lavorare nella City. Aveva già avuto un'offerta da una ditta molto promettente.

«Ma, Dermot, non è più sicuro rimanere nell'esercito? Voglio dire, c'è la pensione...»

«Morirei di noia se rimanessi nell'esercito. E a che serve una miserabile pensione? Io voglio fare soldi, farne tanti. Non ti dispiace rischiare un po', vero, Celia?»

No, a Celia non dispiaceva. Quella disposizione a correre rischi era la qualità che ammirava di più in Dermot. Lui non aveva paura della vita.

Dermot non sarebbe mai fuggito davanti alla vita. L'avrebbe affrontata e costretta a piegarsi alla sua volontà.

Spietato, l'aveva definito una volta Miriam. Be', in un certo senso era vero. Era spietato verso la vita: nessuna considerazione di ordine sentimentale l'avrebbe mai indotto a cambiare idea. Ma con lei non era spietato. Bastava pensare a quanto si era mostrato tenero prima della nascita di Judy...

Dermot scelse di rischiare.

Lasciò l'esercito e andò a lavorare nella City, cominciando con un piccolo stipendio, ma con la prospettiva di buoni guadagni per l'avvenire.

Celia si era domandata se il marito avrebbe trovato ostica la vita d'ufficio, ma sembrava di no. Dermot era molto contento e soddisfatto della sua nuova vita.

Gli piaceva fare cose nuove.

Anche conoscere gente nuova.

Celia si scandalizzava, a volte, del fatto che lui non ritenesse un dovere andare in Irlanda per rivedere le due zie che lo avevano allevato.

Mandava loro dei regali e scriveva regolarmente una volta al mese, ma non desiderava rivederle.

«Non volevi bene alle zie?»

«Sì, certo, specialmente a zia Lucy. È stata come una madre, per me.»

«Be', allora perché non vai a trovarle? O potremmo invitarle qui, se ti fa piacere.»

«Oh, sarebbe una seccatura, in fondo.»

«Una seccatura? Due zie che ti sono care?»

«Be', so che stanno bene e che sono felici. Non sento proprio il bisogno di *vederle*. In fondo, quando si diventa adulti ci si stacca dalla famiglia. È naturale, del resto. Oggi come oggi, zia Lucy e zia Kate non rappresentano niente per me. Fanno parte del passato.»

"Dermot" pensava Celia "è un essere strano."

Ma forse anche lui trovava strana lei, per quel suo attaccamento ai luoghi e alle persone che conosceva fin da quando era bambina.

In realtà, lui non la giudicava affatto. Non aveva nessuna opinione in proposito. Dermot non si soffermava mai a riflettere su come la pensassero gli altri. Parlare di pensieri e di sentimenti gli sembrava soltanto una perdita di tempo.

Gli piacevano i fatti, non le idee.

A volte, Celia gli faceva domande come: «Che cosa faresti se io fuggissi con qualcuno?» oppure: «Che cosa faresti se io morissi?».

Dermot non sapeva mai che cosa avrebbe fatto. Come poteva saperlo, finché la cosa non accadeva?

«Ma non riesci a immaginarlo, semplicemente?»

No, Dermot non ci riusciva. Immaginare le cose come non erano gli sembrava soltanto una perdita di tempo.

Il che, naturalmente, era verissimo.

Ciò nonostante, Celia non poteva astenersi dall'immaginare.

Era fatta così.

Un giorno, Dermot fece piangere Celia.

Erano stati a un ricevimento. Celia era tuttora un po' spaventata dalle occasioni mondane, temeva sempre di venire assalita da un improvviso attacco di timidezza. A volte le capitava e a volte no.

Ma a quel ricevimento – almeno, così pensava lei – tutto era andato particolarmente bene. Si era sentita un po' impacciata, da principio, e poi aveva azzardato un commento che aveva fatto ridere l'uomo con il quale stava parlando.

Rinfrancata, Celia aveva ritrovato la favella, e da quel momento aveva continuato a chiacchierare allegramente. Tutti avevano riso e parlato molto, e lei non era stata da meno. Aveva detto cose che le erano sembrate molto argute e che dovevano essere sembrate argute anche agli altri. Era tornata a casa molto euforica.

"Non sono tanto stupida" si diceva tutta contenta. "Non lo sono affatto."

Attraverso la porta aperta dello spogliatoio, aveva chiamato Dermot.

«È stata una serata simpatica, vero? Mi sono proprio divertita.»

«Non era male.»

«Oh, Dermot, a te non è piaciuta?»

«Be', ho un po' di mal di stomaco.»

«Oh, caro, come mi dispiace. Vado a prenderti un po' di bicarbonato.»

«No, va già meglio. Ma tu che cos'avevi, stasera?»

«Io?»

«Sì, eri completamente diversa.»

«Non so, mi divertivo. Diversa in che senso?»

«Mah, di solito sei così sensata. Stasera invece parlavi, ridevi, non mi sembravi più tu.»

«E ti dispiaceva? A me sembrava di cavarmela così bene.»

Una strana, fredda sensazione si faceva strada dentro di lei.

«Be', a me sembrava che fossero un mucchio di sciocchezze... tutto qui.»

«Sì» ammise lentamente Celia. «Indubbiamente dicevo delle sciocchezze... Ma sembrava che gli altri le apprezzassero. Ridevano!»

«Oh, gli altri!»

«E sai, Dermot, mi divertivo anch'io... È incredibile, ma credo che a me piaccia, in certi momenti, dire cose sciocche.»

«Ah, be', quand'è così.»

«Ma non succederà più, visto che a te dispiace.»

«Be', non mi fa certo piacere sentirti fare la sciocchina. Sai che detesto le donne sciocche.»

Faceva male: oh, se faceva male!

Una stupida: sì, era una stupida. Certo che lo era, l'aveva sempre saputo. Ma aveva sperato, in un certo senso, che a Dermot non importasse. Che si sarebbe mostrato... come dire?, tenero con lei, a quel riguardo. Se amavi una persona, i suoi difetti e le sue manchevolezze te la rendevano anche più cara, non meno. Magari li rilevavi, quei difetti, ma con tenerezza, non con esasperazione.

Ma già, gli uomini non ne capivano molto, di tenerezza.

Un improvviso senso di perplessità l'assalì. In fondo lei non sapeva niente degli uomini. Non sapeva proprio niente di Dermot.

“Gli uomini!” La frase della nonna le tornò in mente. La nonna sembrava perfettamente convinta di sapere con esattezza che cosa piacesse o non piacesse agli uomini.

Ma la nonna, naturalmente, non era una sciocca. Spesso Celia aveva riso di lei, ma la nonna era tutt’altro che una sciocca.

Lei, invece, lo era... L’aveva sempre saputo, nel suo intimo, ma aveva pensato che a Dermot, be’, non importasse. Ma gli importava, eccome!

Nell’oscurità le lacrime, non più trattenute, le scorrevano copiosamente lungo le guance.

Avrebbe pianto ora, nella notte, protetta dal buio. E il mattino dopo, sarebbe stata diversa. Mai più avrebbe fatto la sciocca in pubblico.

Era stata viziata, ecco la verità. Tutti erano stati sempre gentili con lei, sempre incoraggianti. Ma non voleva che Dermot avesse di nuovo l’espressione che, sia pure per un attimo, lei aveva visto sul suo viso...

Un’espressione che le richiamava alla mente qualcosa: qualcosa di tanto tempo fa.

No, non ricordava cosa fosse.

Ma sarebbe stata attentissima a non scherzare più in pubblico.

13

Cameratismo

C'ERANO DIVERSE COSE di lei, come Celia scoprì, che a Dermot non piacevano.

Qualsiasi richiesta di aiuto lo infastidiva.

«Perché vuoi che faccia le cose per te, quando sei perfettamente in grado di farle da sola?»

«Oh, Dermot, ma è così bello lasciar fare a te.»

«Sciocchezze. Faresti sempre peggio, se te lo permettessi.»

«Immagino di sì» ammetteva Celia, con tristezza.

«Se tu non ne fossi capace, pazienza. Ma sei intelligente, hai buonsenso e sei perfettamente in grado di cavartela.»

«Immagino» scherzava Celia «che questa mia tendenza s'intoni alle spalle vittoriane, lievemente gracili. Desideri, automaticamente, aggrapparti come fa l'edera.»

«Be',» replicava Dermot, messo di buonumore «non puoi aggrapparti a me, perché io non te lo consento.»

«Ti dispiace molto, Dermot, che io sia portata a sognare e a fantasticare su cose che potrebbero succedere, e su quello che farei se accadessero?»

«No, non mi dispiace, se ti diverte.»

Dermot era sempre ragionevole. Indipendente per natura, rispettava l'indipendenza altrui. Presumibilmente, aveva opinioni proprie sulle cose, ma non le esprimeva mai, né voleva dividerle con nessun altro.

Il guaio era che Celia voleva condividere tutto. Se il mandorlo nel cortile sottostante era in fiore, lei provava una sorta di estasi e bramava di mettere la mano in quella di Dermot e trascinarlo alla finestra perché provasse anche lui la stessa emozione. Ma Dermot detestava sentirsi prendere per mano. Detestava essere toccato, a meno che non fosse in vena di espansioni amorose.

Quando Celia si scottò una mano sul fornello e immediatamente dopo si schiacciò un dito nel telaio della finestra, avrebbe voluto andare a mettere la testa sulla spalla di Dermot e farsi consolare. Ma sentiva che una cosa del genere lo avrebbe infastidito... e aveva perfettamente ragione.

A lui non piaceva essere toccato, né che ci si appoggiasse a lui per averne conforto, e non desiderava essere coinvolto negli stati d'animo altrui. Così, Celia lottava eroicamente contro la sua voglia di condividere i sentimenti, contro il desiderio di carezze, il bisogno di essere rassicurata. Si diceva che era infantile e sciocca. Lei amava Dermot, e Dermot l'amava. Probabilmente, l'amava in modo ancora più profondo, dato che non aveva bisogno di continue espressioni d'amore per sentirsi tranquillo. Le dava passione e cameratismo. Era irragionevole pretendere anche l'affetto, da lui. La nonna l'avrebbe compreso subito. "Gli uomini" non erano fatti così.

Durante il fine settimana, Dermot e Celia andavano insieme in campagna. Prendevano con sé dei panini, arrivavano in autobus o in treno in una località dei dintorni e poi passeggiavano attraverso la campagna, per poi tornare a casa com'erano venuti.

Durante la settimana, Celia aspettava con ansia il sabato e la domenica. Dermot tornava ogni giorno dalla City stanchissimo, a volte con il mal di testa, a volte con lo stomaco in disordine. Dopo cena gli piaceva mettersi in poltrona a leggere. Qualche volta raccontava a Celia cose accadute durante la giornata, ma in genere preferiva non parlare. C'era sempre qualche libro di argomenti tecnici che desiderava leggere indisturbato.

Ma nel fine settimana Celia riaveva il suo compagno. Camminavano per i boschi, scherzavano e qualche volta, mentre si inerpicavano per una salita, Celia diceva: «Ti voglio tanto bene, Dermot» e infilava una mano sotto il braccio di lui. Questo perché Dermot procedeva sempre di corsa, sui pendii, e Celia si ritrovava senza fiato. A Dermot non dispiaceva sentirsi tenere il braccio, se era soltanto un modo di scherzare e, in realtà, di aiutare lei ad affrontare la salita.

Un giorno Dermot suggerì di andare a giocare a golf. Era un pessimo giocatore, disse, ma poteva cavarsela. Celia tirò fuori le mazze, ne raschiò via la ruggine... e ripensò a Peter Maitland. Caro Peter! Caro, caro Peter. Il caldo affetto che provava per lui sarebbe durato per sempre. Peter faceva davvero parte della sua vita...

Trovarono un oscuro campo da golf dove l'ingresso non era molto caro. Era divertente ricominciare a giocare. Lei era terribilmente arrugginita, ma anche di Dermot si poteva dire altrettanto. Faceva tiri lunghissimi, ma per niente precisi.

Era un gran divertimento giocare insieme.

Non rimase soltanto un divertimento, però. Dermot, negli sport come nel lavoro, era meticoloso ed efficiente. Comperò un libro e lo studiò con molta attenzione. Comperò alcune palle di sughero e cominciò a esercitarsi nel tiro anche a casa.

Il fine settimana successivo non fecero una partita. Dermot non fece altro che esercitarsi, costringendo Celia a fare altrettanto.

Dermot cominciò a vivere per il golf. Anche Celia tentava di farlo, ma senza molto successo.

Il modo di giocare di Dermot migliorava a vista d'occhio. Quello di Celia rimaneva più o meno lo stesso. Lei desiderava, appassionatamente, che Dermot fosse un po' più simile a Peter Maitland...

Eppure, si era innamorata di Dermot, attratta proprio da quelle qualità che lo rendevano diverso da Peter.

Un giorno Dermot rincasò e disse: «Senti, domenica prossima vado a Dalton Heath con Andrews. Hai niente in contrario?».

Celia disse di no, naturalmente.

Dermot ritornò entusiasta.

Il golf era meraviglioso, giocato su un percorso di prim'ordine. La settimana successiva, doveva venire anche lei a vedere Dalton Heath. Le donne non potevano giocare, nel fine settimana, ma lei poteva accompagnarlo lungo il percorso.

Andarono ancora una o due volte a giocare sull'altro campo, più alla mano, ma Dermot non vi trovava più alcun piacere. Diceva che un posto del genere non andava bene per lui.

Un mese dopo, disse a Celia di voler diventare socio del golf di Dalton Heath.

«Lo so che è costoso. Ma, alla fin fine, farò economia su qualcos'altro. Il golf è il mio unico svago, ed essere socio sarà tutta un'altra cosa. Sia Andrews che Weston lo sono già, del resto.»

Lentamente, Celia domandò:

«E io?»

«Non servirebbe a niente che ti iscrivessi anche tu. Le donne non possono giocare durante il fine settimana, e non credo che ci terresti ad andarci da sola, nei giorni feriali.»

«Voglio dire, io che cosa farò durante il fine settimana? Tu giocherai con Andrews e gli altri.»

«Be', sarebbe piuttosto assurdo iscriversi a un circolo di golf e non frequentarlo.»

«Già, ma abbiamo sempre passato il sabato e la domenica insieme, io e te.»

«Ah, capisco. Be', puoi trovare qualcuno con cui fare qualcosa, no? Hai tante amiche anche tu.»

«No, ti sbagli. Non più. Le poche amiche che avevo qui a Londra si sono sposate e sono andate altrove.»

«Be', c'è Doris Andrews, c'è la signora Weston, c'è tanta gente, insomma.»

«Quelle non sono amiche mie. Sono le mogli dei tuoi amici. Non è proprio la stessa cosa. E poi, non è solo questo. Tu non capisci. A me piace stare con *te*. Fare le cose insieme a te. Mi piacevano le nostre gite, i nostri panini, e giocare a golf insieme. Tu durante la settimana sei stanco, e io non ti chiedo di fare qualcosa di sera, per non disturbarti. Ma vivevo nell'attesa del sabato e della domenica. Oh, Dermot, a me piace stare con te, e ora non faremo mai più niente insieme, noi due.»

Avrebbe voluto che non le tremasse la voce, che non le salissero le lacrime agli occhi. Era proprio tanto irragionevole? Dermot si sarebbe irritato? Si stava mostrando egoista? Gli si aggrappava... sì, indubbiamente gli si aggrappava. Di nuovo l'edera!

Dermot stava cercando di mostrarsi paziente e di farla ragionare.

«Sai, Celia, non mi sembra giusto da parte tua. Io non interferisco mai nelle cose che ti piacciono.»

«Ma io non faccio niente di speciale.»

«Be', se tu volessi farle, io non avrei niente in contrario. Se un fine settimana tu mi dicessi di voler andare da qualche parte con Doris Andrews o con qualche altra amica, io ne sarei felicissimo. Mi cercherei anch'io qualcuno e andrei da qualche altra parte. In fin dei conti, quando ci siamo sposati siamo rimasti d'accordo che ciascuno era padrone di fare quello che desiderava.»

«Non ci siamo mai accordati su niente del genere» protestò Celia. «Ci siamo semplicemente innamorati, volevamo sposarci e pensavamo che stare sempre insieme sarebbe stato meraviglioso.»

«Infatti, è così. Non dirai che non ti voglio bene. Ti amo più che mai. Ma a un uomo piace fare cose insieme ad altri uomini. E ha bisogno di moto. Se volessi andare con altre donne, be', avresti certo motivo di lagnarti. Ma io non ho mai desiderato avere per i piedi altre donne, all'infuori di te. Odio le donne. Desidero soltanto poter fare una partita decente a golf insieme a un altro uomo. Perciò, trovo che tu sia piuttosto irragionevole, nell'opporti.»

Sì, probabilmente era irragionevole.

Quello che Dermot voleva fare era così innocente, così naturale...

Celia provava un senso di vergogna. Lui, però, non si rendeva conto di quanto le sarebbero mancati quei fine settimana insieme. Lei non voleva Dermot soltanto nel suo letto, la notte. Amava Dermot come compagno ancora di più che come amante, quasi...

Era dunque vero, come tante donne asserivano, che agli uomini le donne interessavano soltanto come compagne di letto e massaie?

La vera tragedia del matrimonio stava nel fatto che le donne volevano essere delle compagne, e gli uomini ne erano infastiditi?

Disse qualcosa del genere. Dermot, come sempre, fu onesto.

«Credo, Celia, che sia vero. Le donne vogliono sempre fare cose insieme agli uomini; e un uomo quasi sempre preferisce la compagnia di un altro uomo.»

Bene, se l'era sentito dire in faccia. Dermot aveva ragione e lei torto. Era stata irragionevole. Lo ammise, e la faccia di lui si rasserenò.

«Sei così cara, Celia. E sono certo che a lungo andare ti troverai meglio anche tu. Voglio dire, troverai persone con le quali stare, persone che si divertono a parlare di sentimenti e via dicendo. Io so di non valere granché in questo. E saremo altrettanto felici. Anzi, probabilmente io giocherò a golf il sabato, o la domenica. L'altra giornata la passeremo insieme, come abbiamo sempre fatto.»

Il sabato successivo andò al golf, raggiante. La domenica, suggerì di sua spontanea volontà che loro due andassero a fare una gita.

Andarono, ma non fu la stessa cosa. Dermot si mostrava molto caro, ma lei sapeva benissimo che aveva il cuore a Dalton Heath. Weston lo aveva invitato a giocare, ma lui aveva rifiutato.

Si sentiva pieno di consapevole orgoglio, per quel sacrificio.

Il fine settimana successivo, Celia lo esortò a giocare a golf tutti e due i giorni, e lui accettò, felicissimo.

Celia pensava: "Devo imparare a giocare di nuovo da sola. Oppure, devo farmi delle amiche".

Aveva schernito le "padrone di casa". Era stata orgogliosa del suo cameratismo con Dermot. Tutte quelle madri di famiglia, così assorbite dai loro marmocchi, dalle domestiche, dall'andamento della casa, così contente quando Tom o Dick o Fred se ne andavano al golf, il sabato e la domenica, perché così nessuno metteva in disordine. «È tanto più comodo per le donne di servizio, mia cara.» Gli uomini erano necessari perché portavano a casa lo stipendio, ma averli sempre tra i piedi...

Forse, a conti fatti, prendersi cura della casa era più appagante.

Sembrava proprio di sì.

14
Edera

CHE FELICITÀ ESSERE A CASA. Celia se ne stava lunga distesa sull'erba: l'erba era così meravigliosamente calda e viva...

Il faggio stormiva, in alto.

Trascinandosi dietro un cavallino di legno, Judy risaliva lentamente il pendio erboso.

Judy era adorabile con le sue gambette salde, le guance rosee e gli occhi celesti, i folti e ricciuti capelli castani. Judy era la sua piccolina, proprio come lei era stata la piccolina di sua madre.

Solo che Judy, naturalmente, era molto diversa.

Non era interessata alle storie: ed era un peccato, perché Celia avrebbe potuto inventarne tante, e senza fare alcuno sforzo. E, a ogni modo, a Judy non piacevano le storie di fate.

Judy non era per niente capace di giocare con l'immaginazione. Quando Celia le aveva raccontato come lei, da piccola, immaginasse che il prato fosse un mare e il suo cerchio un cavalluccio marino, Judy si era limitata a fissarla e a dire: «Ma è erba. E un cerchio si fa correre, non si può cavalcare».

Era così evidente che, per lei, la mamma doveva essere stata una bambina piuttosto sciocca, che Celia si sentì terribilmente a terra.

Dermot aveva già scoperto che lei era una sciocca, e ora anche Judy!

Sebbene avesse soltanto quattro anni, Judy era piena di buonsenso. E il buonsenso, Celia scoprì, può essere spesso molto deprimente.

Per di più, il buonsenso di Judy aveva un cattivo effetto su Celia. Lei si sforzava di apparire sensata agli occhi della bambina – occhi chiari, limpidi, scrutatori – col solo risultato di apparire spesso più sciocca che mai.

Judy era un vero rompicapo per sua madre. Tutte le cose che a Celia da bambina piacevano, annoiavano Judy. Non riusciva a giocare da sola in giardino per più di tre minuti. Poi rientrava in casa, dichiarando che non c'era "niente da fare".

A Judy piaceva fare cose concrete. A Londra, non si annoiava mai. Toglieva la polvere con un piumino, aiutava a rifare i letti, oppure lucidava le mazze da golf per il padre.

Dermot e Judy erano diventati improvvisamente amici. Tra loro si era formato a poco a poco un rapporto molto soddisfacente. Pur continuando a lamentarsi della struttura solida e grassottella di Judy, Dermot non poteva non essere felice dell'evidente gioia che la bambina provava in sua compagnia. Si parlavano molto seriamente, come adulti. Quando Dermot dava a Judy una mazza da pulire, si aspettava che lei facesse un lavoro ben fatto. Quando Judy domandava «Va bene così?» a proposito di una cosa qualsiasi – un gomitolo avvolto da lei, un castello di sabbia o un ferro da golf lucidato –, Dermot non diceva mai di sì, a meno che non ne fosse convinto. Indicava sempre gli errori o i difetti di una cosa.

«Così la scoraggi» diceva Celia.

Ma Judy non si lasciava per niente scoraggiare, e non si risentiva affatto. Preferiva suo padre a sua madre, perché il padre era più difficile da accontentare. A lei piaceva fare cose difficili.

Dermot era rude. Quando lui e Judy giocavano insieme, la bambina regolarmente si faceva male: i giochi con Dermot terminavano sempre con un livido, un graffio o un ditino schiacciato. Judy non ci badava. I giochi più tranquilli di Celia le sembravano insulsi.

Soltanto quando era ammalata preferiva sua madre a suo padre.

«Non andare via, mamma. Non andare via. Resta con me. Non far venire papà. Non voglio lui, voglio te.»

Dermot era contentissimo che la sua presenza non fosse desiderata. Con chi era ammalato o infelice si sentiva in imbarazzo.

Judy era come Dermot, quanto a essere toccata. Non le piaceva essere baciata o presa in braccio. Tollerava il bacio della buonanotte dalla mamma, ma niente di più. Il padre non la baciava mai. Per darsi la buonanotte, si sorridevano.

Judy e sua nonna andavano molto d'accordo. Miriam era in estasi davanti allo spirito e all'intelligenza della bambina.

«È incredibilmente sveglia, Celia. Capisce le cose al volo.»

In Miriam si ridestava l'antica vocazione per l'insegnamento. Con lei, Judy stava imparando a leggere, e tutt'e due godevano di quelle lezioni.

A volte Miriam diceva a Celia: «Ma non sei tu, gioia mia...».

Era come se volesse farsi perdonare il suo interesse per la nipotina. Miriam amava i bambini. Maestra per istinto, gioiva dei progressi di una mente infantile. Judy era per lei motivo di euforia e di interesse.

Ma il suo cuore era tutto per Celia. L'affetto tra loro era più forte che mai. Quando Celia arrivava, trovava la madre con l'aspetto di una vecchietta: grigia, sbiadita. Ma dopo un giorno o due Miriam si rianimava, le tornavano il colorito alle guance e la scintilla nello sguardo.

«Ho di nuovo con me la mia ragazza» diceva, tutta contenta.

Invitava sempre anche Dermot, ma era fin troppo felice quando il genero non veniva. Voleva Celia tutta per sé.

E Celia amava la sensazione di rientrare nella vita di un tempo. Sentirsi sommergere da quella lieta marea di sentimenti rassicuranti: la certezza di essere amata, di essere *all'altezza della situazione*.

Per sua madre, lei era perfetta. Miriam non la voleva diversa. Poteva essere semplicemente se stessa.

Era così riposante, essere se stessi.

E poi, poteva lasciarsi andare. Poteva dire "sono così felice", senza doversi trattenere o dover temere il cipiglio di Dermot. Lui non poteva soffrire che si esternassero i propri sentimenti. Trovava che fosse, in un certo senso, indecoroso.

A casa, Celia poteva essere "indecorosa" quanto le piaceva.

Poteva rendersi conto meglio di quanto fosse felice con Dermot e di quanto amasse lui e Judy. E dopo essersi sfogata manifestando e dicendo tutto quello che le passava per la testa, poteva tornare a essere una persona sensata e indipendente, così come piaceva a Dermot.

Oh, casa carissima, con il faggio, e con l'erba che sentiva crescere e crescere sotto la sua guancia!

Pensava sognante: "È viva, è un grande animale verde... Tutta la terra è un grande animale verde... È buono, e caldo e palpitante. Sono felice. Ho tutto ciò che posso desiderare al mondo".

Dermot andava e veniva felicemente nei suoi pensieri. Era una specie di motivo nella melodia della sua vita. A volte, le mancava terribilmente.

Domandò a Judy, un giorno:

«Senti la mancanza di papà?»

«No» disse Judy.

«Ma ti farebbe piacere che fosse qui?»

«Sì, penso di sì.»

«Non ne sei sicura? Eppure vuoi tanto bene al tuo papà.»

«Certo che gli voglio bene, ma lui è a Londra.»

Il che, per Judy, chiudeva l'argomento.

Quando Celia ritornò, Dermot si mostrò molto contento di rivederla. Passarono una serata meravigliosa, da veri innamorati. Celia mormorò:

«Mi sei mancato molto. E tu hai sentito la mia mancanza?»

«Be', veramente non ci ho pensato.»

«Vuoi dire che non hai mai pensato a me?»

«No. A che cosa servirebbe? Pensare a te non ti riporterebbe qui.»

Sì, certo, era verissimo e molto sensato.

«Ma ora che sono qui sei contento?»

La risposta di lui la lasciò soddisfatta.

Ma più tardi, quando ormai Dermot dormiva e lei era ancora sveglia, le passò per la mente un pensiero: "È orribile, ma credo proprio di desiderare che Dermot, ogni tanto, possa essere un tantino *disonesto*.

"Se mi avesse detto 'Mi sei mancata terribilmente, amore mio', come sarebbe stato bello e confortante, e in fondo non avrebbe avuto importanza se anche non fosse stato vero."

No, Dermot era Dermot. Bizzarro e spaventosamente sincero. Judy era proprio come lui.

Forse, era più saggio non fare domande, se non volevi la verità come risposta.

Già assonnata, Celia pensò:

"Chissà se un giorno sarò gelosa di Judy. Lei e Dermot si capiscono molto meglio di quanto ci comprendiamo lui e io."

Judy, così le era sembrato, era qualche volta gelosa di lei. Le piaceva che l'attenzione del padre fosse concentrata su di sé.

"Che cosa strana!" pensava Celia. "Dermot era così geloso di lei quando è nata, e quando era piccolissima. Come le cose possono risultare completamente diverse da quello che ci si aspetta..."

Cara Judy, caro Dermot. Così simili, così bizzarri e dolci... e suoi. No, non *suoi*. Lei era *loro*. E in fondo, era meglio così. Dava più calore, più conforto. Lei apparteneva a loro.

Celia inventò un nuovo gioco. Si trattava, in fondo, di una nuova fase delle "ragazze". "Le ragazze" in sé erano moribonde. Celia cercava di risuscitarle, dava loro bambini e belle case con parchi e interessanti carriere: ma non serviva a niente. "Le ragazze" rifiutavano di tornare in vita.

Celia inventò allora una figura nuova. Si chiamava Hazel. La seguiva fin dall'infanzia, con grande interesse. Hazel era una bambina infelice, una parente povera. Si creava una pessima fama presso le domestiche per la sua abitudine di ripetere cantilenando: "Succederà qualcosa... succederà qualcosa"; e poiché di solito succedeva davvero – sia pure soltanto un contrattempo da niente –, Hazel finiva per essere considerata una sorta di strega di famiglia. Cresceva con la consapevolezza di quanto fosse facile imporsi ai creduloni...

Celia la vedeva muoversi nel mondo dello spiritualismo, delle predizioni, delle sedute spiritiche.... Hazel finiva per installarsi come "maga" in Bond Street, dove acquistava una grande reputazione, con l'aiuto di una piccola corte di "spie" introdotte in società e cadute in miseria.

Poi, s'innamorava di un giovane ufficiale di Marina gallese. Seguivano scene di vita gallese, e un po' alla volta cominciava a essere evidente – a tutti tranne che alla stessa Hazel – che, insieme all'abilità di imbrogliare il prossimo esisteva, in lei, un dono autentico.

Alla fine, la stessa Hazel lo scopriva, e ne rimaneva atterrita. Ma più tentava di ingannare se stessa, più le sue ipotesi arcane si avveravano... Quel potere si era ormai impadronito di lei e non voleva più abbandonarla.

Owen, il giovane ufficiale, era un tipo ambiguo, e alla fine si rivelava un vero mascalzone.

Ogni volta che Celia aveva un po' di tempo libero, o quando accompagnava Judy al parco, continuava la storia nella sua mente.

Le venne l'idea, un giorno, di provare a metterla per iscritto.

Anzi, poteva farne addirittura un libro.

Comperò sei quaderni e una quantità di matite – perché quelle le perdeva facilmente – e cominciò...

Non era poi così facile, quando si trattava di mettere tutto per iscritto. La sua mente era almeno sei paragrafi più avanti, rispetto a quello che stava scrivendo; e poi, quando arrivava al punto che stava immaginando, non sapeva più come formulare in modo chiaro i concetti.

Ma faceva comunque progressi. Non era proprio la storia che aveva avuto in testa, ma era qualcosa che cominciava veramente ad assomigliare a un libro. C'erano i capitoli, e tutto il resto. Celia comperò altri sei quaderni.

Per un certo periodo non disse niente a Dermot; aspettò di avere felicemente risolto il resoconto di una riunione di apostolici gallesi durante la quale Hazel aveva "testimoniato".

Quel particolare capitolo era riuscito molto meglio di quanto Celia avesse sperato. Si sentiva talmente esaltata da quella vittoria che desiderava parlarne con qualcuno.

«Dermot,» disse «credi che potrei scrivere un libro?»

«La trovo un'idea eccellente» rispose Dermot, divertito. «Io lo farei, se fossi in te.»

«Be', a dire la verità, l'ho fatto: o meglio, ho cominciato. Sono già a metà.»

«Bene» disse Dermot.

Aveva posato per un attimo un testo di economia, quando Celia aveva cominciato a parlare. A quel punto, lo riprese in mano.

«Si tratta di una ragazza che è una medium, ma non lo sa. Finisce a fare la falsa indovina che racconta frottole durante le sedute spiritiche. Si innamora però di un giovane gallese, va in Galles e allora cominciano ad accadere cose strane.»

«Ci sarà una specie di filo conduttore, immagino.»

«Naturale che c'è. Sono io che sto esponendo le cose malissimo, tutto qui.»

«Sai qualcosa di medium, sedute spiritiche e cose del genere?»

«No» rispose Celia, disorientata.

«Be', e non è un po' rischioso scriverne, allora? E poi non sei mai stata in Galles, vero?»

«No.»

«Allora non faresti meglio a scrivere di cose che conosci? Londra, oppure la regione dove sei cresciuta. Ho l'impressione che tu ti stia soltanto creando delle difficoltà.»

Celia si sentiva imbarazzata. Come sempre, Dermot aveva ragione. Si era comportata come una stupida. Per quale ragione scegliere argomenti di cui non sapeva niente? Anche quella riunione di apostolici... Non era mai stata a una riunione del genere. Perché diavolo tentare di descriverla?

Ciò nonostante, ormai non poteva più rinunciare a Hazel e a Owen. *Esistevano.* Però, qualcosa doveva pur fare.

Per un mese intero, Celia lesse tutto quello che riuscì a trovare sullo spiritualismo, le sedute spiritiche, i poteri extrasensoriali e le pratiche fraudolente. Poi, lentamente e laboriosamente, riscrisse tutta la prima parte del libro. Non fu un compito piacevole. Articolava le frasi stentatamente, e le accadeva perfino di imbattersi in complicati grovigli grammaticali senza alcuna ragione.

Quell'estate, Dermot acconsentì molto amabilmente a trascorrere in Galles i suoi quindici giorni di ferie. Celia avrebbe potuto così farsi un'idea del "colore locale". Misero puntualmente in atto il progetto, ma Celia trovò il colore locale quanto mai sfuggente. Dappertutto si portava dietro un taccuino, per poter prendere appunti su tutto ciò che l'avesse colpita. Ma era per natura ben poco osservatrice, e c'erano giorni in cui sembrava assolutamente impossibile prendere qualche annotazione.

Cominciava a essere tentata di abbandonare il Galles e trasformare Owen in uno scozzese di nome Hector che viveva nelle Highlands.

Ma subito Dermot le fece notare che sarebbe sorta la stessa difficoltà. Lei non sapeva niente neppure della Scozia.

Disperata, Celia abbandonò l'intera faccenda. Non poteva più continuare. Inoltre, aveva già preso a fantasticare su una famiglia di pescatori della costa della Cornovaglia...

Amos Polridge era già per lei una figura nota.

Non lo disse a Dermot, poiché si sentiva in colpa, rendendosi perfettamente conto di non sapere niente neppure sui pescatori o sulla vita di mare. Scriverne sarebbe stato inutile, ma pensarci era divertente. Ci sarebbe stata anche una vecchia nonna, sdentata e piuttosto sinistra...

E una volta o l'altra avrebbe cercato di finire il libro di Hazel. Owen poteva benissimo essere un giovane bellimbusto londinese, agente di cambio.

Solo che, almeno così sembrava a lei, Owen non voleva trasformarsi in un agente di cambio londinese...

Si chiudeva in sé e diventava così indefinibile che, alla fine, praticamente non esisteva più.

Celia si era perfettamente abituata a essere povera e a vivere con parsimonia.

Dermot si aspettava di guadagnare bene, prima o poi. Anzi, ne era sicuro. Celia non si aspettava affatto di diventare ricca. Era contenta di rimanere così com'era, ma si augurava che per Dermot non fosse una delusione troppo grande.

Ciò che nessuno dei due si aspettava era un vero e proprio tracollo finanziario. Ma il boom del dopoguerra era finito. E venne seguito dalla crisi.

La ditta di Dermot fu messa in liquidazione, e lui si ritrovò senza impiego.

Ora disponevano di una cinquantina di sterline l'anno di Dermot e delle cento di Celia, avevano duecento sterline risparmiate grazie al Prestito di Guerra e c'era, per Celia e per Judy, il rifugio costituito dalla casa di Miriam.

Fu un brutto periodo. Celia soffriva soprattutto per Dermot. Lui faticava ad accettare la sfortuna: soprattutto una sfortuna immeritata come in quel caso, perché aveva lavorato con molto impegno. Quel pensiero lo rendeva amaro e irascibile. Celia licenziò Kate e la Denman, ben decisa a mandare avanti tutto da sola fino a che Dermot non avesse trovato un'altra occupazione. La Denman, però, rifiutò di lasciarsi licenziare.

«Io resto» dichiarò, quasi con rabbiosa ferocia. «È inutile discutere. Per lo stipendio, aspetterò. Non ho intenzione di lasciare proprio ora la mia Judy.»

Così, la Denman rimase. Lei e Celia facevano a turno per sbrigare i lavori di casa, cucinare e occuparsi di Judy. Un giorno Celia accompagnava Judy ai giardini, e la bambinaia cucinava e riordinava la casa. Il mattino dopo usciva la Denman, e Celia rimaneva a occuparsi delle faccende.

Celia trovava in questo uno strano godimento. Le piaceva sentirsi indaffarata. Di sera, trovava il tempo di andare avanti con la storia di Hazel. Finì meticolosamente il libro, consultando i suoi appunti sul Galles, e lo mandò a un editore. Chissà, poteva anche rendere qualcosa.

Le venne, invece, prontamente restituito; lo gettò in un cassetto e non ci pensò più.

La difficoltà principale, nella vita di Celia, era Dermot, il quale si mostrava assolutamente irragionevole. Era così sensibile alla cattiva sorte che, ormai, vivere con lui era diventato un tormento. Se Celia era allegra, le rimproverava di non mostrare un po' più di comprensione per le sue difficoltà. Se era taciturna, diceva che avrebbe potuto almeno tentare di rallegrarlo.

Celia si rendeva conto che, se soltanto Dermot si fosse sforzato di collaborare in qualche modo, avrebbero potuto prendere tutto come una sorta di gioco. Senza dubbio, ridere dei propri guai era il miglior modo di affrontarli.

Ma Dermot non poteva ridere. C'era di mezzo il suo orgoglio.

Per quanto scortese e irragionevole si mostrasse lui, Celia non se ne sentiva ferita, come le era accaduto per l'episodio del ricevimento. Capiva che lui soffriva, e che soffriva per lei, più che per se stesso.

A volte, lui arrivava quasi a esprimere quel sentimento.

«Perché non andate via, tu e Judy? Portala da tua madre. Io non vi servo a niente, al momento. So bene che non si può vivere con me, finché le cose stanno così. Te l'avevo già detto, del resto: nelle difficoltà, io non valgo niente. Non le sopporto, le difficoltà.»

Ma Celia non voleva lasciarlo. Desiderava facilitargli le cose, ma sembrava che non vi fosse alcun modo per riuscirci.

Via via che i giorni si susseguivano e Dermot falliva nell'intento di trovare un altro impiego, il suo umore si faceva sempre più nero.

Infine, quando Celia stava per perdersi completamente d'animo e aveva quasi deciso di andare a stare dalla madre, come lui le suggeriva continuamente di fare, il vento cambiò.

Un pomeriggio, Dermot rincasò e sembrava un altro. Era tornato quello di una volta, giovane, quasi fanciullesco. Gli intensi occhi azzurri brillavano e scintillavano.

«Celia... è meraviglioso! Ti ricordi di Tommy Forbes? Sono andato da lui – così, tanto per scrupolo – e non mi ha dato nemmeno il tempo di parlare. Stava proprio cercando uno come me. Ottocento sterline l'anno, come inizio, e in un anno o due potrei arrivare fino a millecinquecento o duemila. Usciamo, Celia, dobbiamo festeggiare.»

Che bella serata! Dermot così diverso: così ragazzo, nella sua ardente euforia. Volle assolutamente comperare a Celia un vestito nuovo.

«Ti sta così bene quel punto di blu... Ti amo sempre da morire, Celia.»

Innamorati: sì, erano ancora come due innamorati.

Quella notte, mentre era ancora sveglia, Celia pensava: "Spero tanto che le cose vadano sempre bene per Dermot. Si tormenta talmente, quando qualcosa non va".

«Mamma,» disse all'improvviso Judy il mattino dopo «che cos'è un falso amico? La nurse dice che la sua amica di Peckham lo è.»

«Significa una persona che è gentile con te quando tutto va bene, ma non ti resta vicino nei momenti difficili.»

«Ah,» disse Judy «ho capito. Come papà.»

«No, Judy, che cosa dici mai? Papà, quando ha delle preoccupazioni, è avvilito e non è molto di buonumore; ma se tu o io stessimo male o avessimo qualche dispiacere, lui farebbe qualsiasi cosa per noi. È l'uomo più leale e fedele del mondo.»

Judy fissava pensosamente la madre.

«Sai, a me non piacciono quelli che stanno male. Devono mettersi a letto e non possono più giocare. Ieri, al parco, a Margaret è andata una cosa nell'occhio. Ha dovuto smettere di correre e sedersi. Voleva che mi sedessi vicino a lei, ma io non ho voluto.»

«Questo non è gentile, Judy.»

«Non è vero. A me stare seduta non piace. Io voglio correre.»

«Ma se fosse entrato a te qualcosa nell'occhio, ti avrebbe fatto piacere che qualcuno si sedesse vicino a farti compagnia, invece di correre via e lasciarti sola.»

«Io non ci avrei badato... E poi, non ero io ad avere qualcosa nell'occhio. Era Margaret.»

15

Prosperità

DERMOT GUADAGNAVA BENE, ormai: quasi duemila sterline l'anno. Lui e Celia si davano alla bella vita. Convenivano entrambi che avrebbero dovuto risparmiare, ma erano d'accordo anche nel non cominciare subito a farlo.

La prima cosa che acquistarono fu un'automobile di seconda mano.

Poi, a Celia venne un grande desiderio di andare a vivere in campagna. Sarebbe stato molto meglio per Judy e, dal canto suo, Celia detestava Londra. Fino a quel momento, Dermot era stato contrario, a causa delle maggiori spese: abbonamento ferroviario per lui, necessità di mangiare fuori e così via. Ora, però, ammetteva che l'idea non gli dispiaceva: avrebbero cercato una casetta non troppo distante da Dalton Heath.

Alla fine, decisero per la casa dei custodi di una grande proprietà che stava per essere lottizzata e venduta. Il circolo di golf di Dalton Heath era a soli quindici chilometri. Comperarono anche un cane: un adorabile Sealyham di nome Aubrey.

La Denman rifiutò di accompagnarli in campagna. Dopo essere stata angelica nei momenti peggiori, sopraggiunta la prosperità si era trasformata in un'autentica arpia. Era villana con Celia, non faceva che protestare, e alla fine si licenziò, dicendo che siccome certe persone di sua conoscenza cominciavano a darsi delle arie, per lei era tempo di cambiare.

Si trasferirono in primavera, e per Celia la cosa più esaltante erano i lillà. Ce n'erano a centinaia, di tutte le sfumature di lilla e di viola. Girovagando per il giardino la mattina presto, con Aubrey alle calcagna, Celia sentiva che la vita era diventata quasi perfetta. Non più polvere, sudiciume e nebbia. Lì era davvero a casa...

Celia adorava la vita di campagna e le lunghe passeggiate senza meta insieme a Aubrey. C'era una piccola scuola poco distante, dove Judy andava tutte le mattine. La bambina aveva trovato nella scuola il suo ambiente ideale. Era molto timida nei rapporti individuali, ma completamente a suo agio in mezzo alla moltitudine.

«Mamma, potrò andare in una scuola proprio grande, un giorno? Con centinaia e centinaia di alunne? Qual è la scuola più grande di tutte?»

Celia aveva avuto uno scontro con Dermot, a proposito della nuova casa. Tra le stanze al primo piano che davano sulla facciata una doveva essere la loro camera. Dermot voleva l'altra come spogliatoio. Celia insisteva affinché diventasse la cameretta di Judy.

Dermot era seccato.

«Immagino già che dovremo fare a modo tuo. Sarò l'unica persona della casa a non poter avere mai un po' di sole nella sua camera.»

«È bene che Judy abbia una stanza assolata.»

«Sciocchezze, sta già fuori tutta la giornata. Quella stanza sul retro è grande: c'è tutto lo spazio perché lei possa correre e giocare.»

«Là non c'è sole.»

«Non vedo perché il sole debba essere più importante per Judy che per me.»

Ma Celia, una volta tanto, si mostrò irremovibile. Avrebbe tanto desiderato dare a Dermot la stanza che gli piaceva, ma non cedette.

Alla fine, Dermot accettò di buon grado la sua sconfitta. L'adottò come motivo di lagnanza scherzosa e ogni tanto asseriva di essere un padre e un marito tiranneggiato.

Avevano una grande quantità di vicini, e quasi tutti con bambini. I rapporti erano molto cordiali. La sola difficoltà era rappresentata da Dermot, che rifiutava di cenare in casa d'altri.

«Senti, Celia, arrivo da Londra stanco morto, e tu vuoi che mi vesta ed esca, così poi non siamo a letto prima di mezzanotte? Non è possibile, credimi.»

«Non tutte le sere, si capisce, ma una volta la settimana, non vedo cosa ci sarebbe di male.»

«Be', non me la sento. Vacci tu, se vuoi.»

«Non posso andarci da sola. La gente invita a cena solo le coppie. E, quando dico che tu la sera non esci, non mi credono, perché in fin dei conti sei molto giovane.»

«Sono certo che puoi cavartela benissimo anche senza di me.»

Ma non era tanto facile. Nei piccoli centri, Celia aveva ragione, si veniva invitati a coppie o niente. D'altra parte, non poteva dare torto a Dermot. Era lui quello che manteneva la famiglia: era giusto che si facesse a modo suo. Così, rifiutava gli inviti, e se ne rimanevano a casa: Dermot a leggere libri su argomenti finanziari, e Celia talvolta a cucire, talvolta a fantasticare sulla famiglia di pescatori della Cornovaglia.

Celia avrebbe desiderato un altro bambino.

Dermot non ne voleva sapere.

«A Londra dicevi sempre che non c'era spazio» protestava Celia. «E poi, eravamo molto poveri. Ma ora stiamo bene, finanziariamente, abbiamo una casa grande e due bambini non darebbero più problemi di una sola.»

«Non è il caso, almeno per il momento. Ricominciare con tutta quella confusione, e il parto, e i pianti, e il poppatoio.»

«Lo so già che dirai sempre così.»

«No, non è vero. Anche a me piacerebbe averne due. Ma non subito. C'è tanto di quel tempo. Siamo ancora giovanissimi. Sarà una specie di avventura per quando cominceremo a perdere il gusto delle cose. Godiamocela, per adesso. Non vorrai ricominciare a sentirti male come allora.» Fece una pausa. «Vuoi che ti dica che cosa ho visto oggi?»

«Oh, Dermot!»

«Un'automobile. È stato Davis a indicarmela. È una vettura sportiva: ha fatto soltanto dodicimila chilometri. La nostra trappola di seconda mano è un vero ferro vecchio.»

Celia pensava:

"Quanto lo amo! È proprio un ragazzo. E ha lavorato tanto... perché non dovrebbe avere qualcosa che desidera? Un giorno o l'altro, avremo un secondo figlio. Nel frattempo, lasciamo che abbia la macchina nuova... In fin dei conti, mi sta più a cuore lui di qualsiasi bambino..."

Celia si meravigliava del fatto che Dermot non invitasse mai nessuno dei suoi amici di un tempo.

«Ma andavi tanto d'accordo con Andrews!»

«Sì... ma poi ci siamo persi di vista. Ormai non ci si vede quasi più. Si cambia...»

«E Jim Lucas? Eravate inseparabili, quando eravamo fidanzati.»

«Oh, non mi va di rivedere i miei compagni di quando ero nell'esercito.»

Un giorno, Celia ricevette una lettera da Ellie Maitland... Ellie Peterson, come si chiamava ora.

«Dermot, la mia vecchia amica Ellie Peterson è tornata in patria dall'India. Sono stata la sua damigella, quando si è sposata. Posso invitarla per il fine settimana, insieme al marito?»

«Sì, certo, se ti fa piacere. Lui gioca a golf?»

«Non lo so.»

«È un po' una seccatura se non gioca. Del resto, ha poca importanza: non devo rimanere a casa per intrattenerli, vero?»

«Non potremmo giocare a tennis?»

C'erano diversi campi, nella proprietà, riservati a coloro che vi risiedevano.

«Ellie andava matta per il tennis, e Tom gioca, lo so. Anzi, era molto bravo.»

«Senti, Celia, io non posso giocare a tennis. Mi rovina la mano per il golf. E fra tre settimane c'è la Coppa Dalton Heath, lo sai.»

«Possibile che non ci sia niente che abbia importanza, all'infuori del golf? Rende tutto più complicato.»

«Non credi, Celia, che sia meglio che ciascuno faccia quello che gli piace di più? A me piace il golf, a te piace il tennis. Fai venire i tuoi amici e organizza con loro quello che preferisci. Lo sai che non interferisco mai nei tuoi programmi.»

Era vero. Suonava tutto perfettamente logico. Ma, in pratica, le cose non erano tanto semplici. "Quando si è sposati," rifletteva Celia "una donna finisce per essere legata al marito. Nessuno ti considera come una persona a sé." Sarebbe andato tutto bene se fosse venuta soltanto Ellie, ma era chiaro che Dermot avrebbe dovuto occuparsi del marito della sua amica.

In fin dei conti, quando Davis – col quale Dermot giocava quasi ogni settimana – e la moglie erano ospiti da loro, lei, Celia, doveva intrattenere la signora Davis per tutta la giornata. La signora Davis era una brava persona, ma era molto noiosa. Se ne stava seduta, e bisognava trovare qualcosa di cui conversare. Ma Celia non disse a Dermot quello che pensava, perché sapeva che lui detestava essere contraddetto. Invitò i Peterson e sperò per il meglio.

Ellie era cambiata pochissimo. Lei e Celia se la godevano a parlare dei vecchi tempi. Tom era un po' taciturno. Era diventato già grigio. "È tanto simpatico" pensava Celia. Aveva sempre avuto quell'aria un po' assente, ma calda e cordiale.

Dermot si comportò come un angelo. Spiegò che era obbligato a giocare a golf il sabato – il marito di Ellie non giocava –, ma dedicò la domenica a intrattenere gli ospiti e li portò sul fiume, un modo di trascorrere il pomeriggio che detestava, come Celia sapeva benissimo.

Partiti gli ospiti, le domandò: «Allora, sono o non sono stato magnanimo?».

"Magnanimo" era uno dei termini preferiti da Dermot. Celia rideva, nel sentirlo.

«Direi proprio di sì. Un vero angelo.»

«Bene, ma non me lo farai rifare, vero? Almeno per un bel pezzo.»

Celia non ne approfittò. Le sarebbe piaciuto invitare un'altra amica col marito, due settimane più tardi, ma sapeva che lui non giocava a golf e non voleva che Dermot fosse costretto a sacrificarsi una seconda volta.

Era molto difficile, pensava Celia, vivere con una persona che si sacrifica. Dermot era un po' irritante, come martire. Era assai meglio vivergli accanto quando invece si divertiva.

E, in ogni caso, non capiva l'interesse per le amicizie di un tempo. I vecchi amici, secondo Dermot, erano in genere una seccatura.

Judy la pensava evidentemente come il padre, perché pochi giorni dopo, quando Celia nominò Margaret, la sua amichetta di Londra, la bambina cadde dalle nuvole.

«Chi è Margaret?»

«Non te la ricordi, Margaret? Giocavi sempre con lei ai giardini, a Londra.»

«No, non me la ricordo. Non ho mai giocato con nessuna Margaret, io.»

«Ma Judy, devi ricordartela. È passato soltanto un anno.»

Ma Judy non si ricordava di Margaret. Non ricordava nessuno con cui aveva giocato a Londra.

«Io conosco soltanto le bambine della mia scuola» dichiarò, con la massima tranquillità.

Accadde una cosa molto emozionante. Tutto partì da un invito telefonico fatto a Celia all'ultimo momento, affinché prendesse il posto di un'altra signora a una cena.

«Cara, so che non ti dispiace...»

A Celia non dispiaceva affatto. Era entusiasta.

Si godette la serata più di quanto avrebbe immaginato.

Non si sentiva per niente intimidita. Trovava facilissimo conversare. Non doveva trattenersi, per timore di apparire "sciocca". Lo sguardo critico di Dermot non era fisso su di lei.

Le sembrava di essere tornata come per incanto alla sua prima giovinezza.

L'uomo alla sua destra aveva viaggiato a lungo in Oriente. Se c'era una cosa che Celia desiderava era viaggiare.

A volte sentiva che se gliene avessero offerta l'occasione, avrebbe piantato Dermot, Judy e Aubrey e sarebbe partita allegramente, alla ventura.

L'uomo seduto accanto a lei parlava di Baghdad, del Kashmir, di Teheran, di Shiraz; erano nomi così belli e gradevoli a pronunciarsi, sebbene non avessero per lei un significato preciso. Le raccontò, inoltre, di essere stato nel Baluchistan, dove ben pochi viaggiatori avevano messo piede.

L'uomo alla sua sinistra era un signore gentile e piuttosto maturo. Provava simpatia per la giovane e luminosa creatura seduta al suo fianco, la quale volgeva verso di lui un viso radioso in cui si leggeva ancora l'entusiasmo per quelle terre lontane.

Aveva qualcosa a che fare con i libri, le sembrò di capire, e così lo mise al corrente, ridendo, della sua unica, poco fortunata esperienza nel campo. Lui disse che gli sarebbe piaciuto prendere visione del manoscritto. Celia assicurò che il suo libro non valeva niente.

«Eppure, vorrei vederlo. Vuole mostrarmelo?»

«Sì, se proprio ci tiene. Ma rimarrà deluso.»

Lui pensava la stessa cosa. Quella giovane donna, bionda come una scandinava, non aveva l'aspetto di una scrittrice. Ma, proprio perché lo attraeva, era interessato a vedere cosa mai avesse scritto.

Celia rincasò all'una di notte e trovò Dermot beatamente addormentato. Era talmente euforica che lo svegliò.

«Dermot... sapessi che bella serata ho passato. Mi sono divertita tanto! C'era un tale che mi ha parlato della Persia e del Baluchistan, e poi c'era un signore simpatico, un editore, e hanno voluto che cantassi, dopo cena. Ho cantato malissimo, ma pare che non se ne siano accorti. Poi siamo usciti in giardino, e io sono andata insieme al viaggiatore a vedere lo stagno delle ninfee. E lui ha tentato di baciarmi, ma in modo molto rispettoso, ed era tutto così bello: c'era la luna, i fiori, tanto che quasi non mi sarebbe dispiaciuto che lo facesse... Ma non ho voluto, perché sapevo che sarebbe dispiaciuto a te.»

«Troppo giusto» disse Dermot.

«Però non ti dispiace davvero, eh?»

«No, naturalmente» disse con gentilezza lui. «Mi fa piacere che tu ti sia divertita. Non capisco, però, che ragione avevi di svegliarmi per dirmelo.»

«È perché mi sono divertita tanto» disse lei, e aggiunse, in tono di scusa: «So che a te non piace che io lo dica».

«Be', diciamo che mi sembra sciocco. Insomma, uno può passare una bella serata e divertirsi, senza bisogno di *dirlo*.»

«Io no» confessò sinceramente Celia. «Io devo dirlo a qualcuno, altrimenti scoppio.»

«Bene,» concluse Dermot girandosi dall'altra parte «adesso me l'hai detto.»

E subito si riaddormentò.

"Dermot è fatto così" pensava Celia, mentre si svestiva meno euforica di poco prima. "È un po' scoraggiante, ma è davvero tanto caro..."

Celia aveva completamente dimenticato la sua promessa di mostrare il manoscritto all'editore. Con sua grande sorpresa, lui venne a cercarla, il giorno seguente, per ricordargliela.

Lei andò allora a ripescare in solaio un fascio di manoscritti polverosi, e ripeté di essere convinta che si trattasse di un tentativo molto stupido.

Una quindicina di giorni dopo, ricevette una lettera nella quale l'editore la pregava di passare da lui, in città.

Da dietro un tavolo sovraccarico di innumerevoli manoscritti, lui le sorrise, fissandola al di sopra degli occhiali.

«Senta,» le disse «io pensavo che si trattasse di un libro completo. Invece questa è chiaramente solo una parte. Il resto dov'è? L'ha perso?»

Perplessa, Celia prese il manoscritto e lo esaminò.

Rimase senza parole per la costernazione.

«Ho sbagliato! Questo è quello vecchio, che non ho mai finito.»

Poi spiegò. Lui ascoltava attentamente, poi le disse di mandargli la versione riveduta. Per il momento, avrebbe trattenuto anche quella rimasta incompiuta.

Una settimana più tardi, Celia venne convocata di nuovo. Stavolta, gli occhi dell'editore la fissavano più che mai divertiti e sorridenti.

«La seconda stesura non vale niente» dichiarò. «Non troverà mai un editore disposto a occuparsene, e con ragione! Ma quella originale è piuttosto buona, invece: pensa di poterla finire?»

«Ma è tutto sbagliato. Ci sono una quantità di inesattezze.»

«Mi stia a sentire, cara figliola, e badi che ho intenzione di parlarle con molta sincerità. Lei non è un genio eccelso. Sono del parere che un capolavoro non lo scriverà mai. Ma in compenso, è senza dubbio una narratrice nata. Immagina lo spiritualismo, i medium e le riunioni degli apostolici gallesi in una specie di alone romantico. Può darsi che dica una quantità di cose inesatte, ma vede queste cose come il novantanove per cento dei lettori, che non ne sanno niente neanche loro. Quel novantanove per cento non si diverte affatto a leggere di fatti accuratamente accertati: vuole la finzione, ossia non ciò che è vero ma ciò che è plausibile. Deve essere plausibile, badi. Scoprirà che è la stessa cosa per quei pescatori della Cornovaglia di cui mi ha parlato. Scriva pure il suo libro ma, per amor del cielo, si guardi bene dall'andare in Cornovaglia o dall'interessarsi di pescatori fino a che non avrà finito. Allora sì, scriverà il genere di storia cupamente realistica che il pubblico si aspetta quando legge un libro sui pescatori della Cornovaglia. Guai se lei ci va e scopre che i pescatori della Cornovaglia non sono una razza a sé ma qualcosa di strettamente affine a un idraulico di Walworth. Non scriverà mai niente di buono su cose che conosce a fondo, perché lei ha una mente onesta. Può essere disonesta con la fantasia, ma non in pratica. Non può scrivere frottole su cose che sa, ma sarà in grado di inventare le più splendide bugie su cose di cui non sa niente. Lei deve descrivere ciò che è fantastico – fantastico per lei – e non ciò che è reale. Allora, vada a casa e faccia quello che le ho detto.»

Di lì a un anno veniva pubblicato il primo romanzo di Celia. Era intitolato *Porto solitario*. A correggere le inesattezze più lampanti avevano provveduto i redattori.

Miriam lo giudicò splendido e Dermot piuttosto scadente.

Celia sapeva che Dermot aveva ragione, ma era grata a sua madre.

"Ora" pensava Celia "sto giocando a essere una scrittrice. Mi sembra quasi più strano che giocare a essere una moglie e una madre."

16
Perdita

MIRIAM ERA SOFFERENTE. Ogni volta che la rivedeva, Celia provava un'improvvisa stretta al cuore.

Sembrava così fragile e patetica.

Ed era così sola in quella grande casa.

Celia avrebbe voluto che sua madre venisse a stare con loro, ma Miriam rifiutava energicamente.

«Non va bene. Non sarebbe giusto nei confronti di Dermot.»

«Ma gliel'ho chiesto. E lui è perfettamente d'accordo.»

«È molto caro, ma io non mi sognerei mai di accettare. I giovani devono rimanere soli.»

Parlava con veemenza. Celia non osò protestare.

Poco dopo, Miriam disse:

«Volevo dirtelo già da tempo: mi sbagliavo sul conto di Dermot. Quando l'hai sposato, non mi fidavo per niente di lui. Non credevo affatto che fosse onesto e fedele... Temevo che ci sarebbero state altre donne.»

«Oh, Dermot non vede niente che non sia una palla da golf.»

Miriam sorrise.

«Mi sbagliavo, e ne sono contenta. Ora sento che, quando me ne andrò, ti lascerò con qualcuno che ti vuole bene e che avrà sempre cura di te.»

«Lo farà. L'ha sempre fatto.»

«Sì, ora ne sono convinta... È molto attraente, Celia: piace alle donne. Ricordatelo.»

«È un uomo spaventosamente casalingo, mamma.»

«Sì, per fortuna. E penso che voglia molto bene a Judy. Lei è identica al padre. Non è affatto come te. È figlia di Dermot.»

«Lo so.»

«Finché avrò la certezza che sarà buono con te... certezza che non avevo, al principio. Mi sembrava crudele, spietato.»

«Non lo è affatto. È incredibilmente buono. È stato un tesoro prima che nascesse Judy. Soltanto, è una di quelle persone che odiano esprimere i propri sentimenti. Ci sono, ma sono sotterranei. Vedi, Dermot è come una roccia.»

Miriam sospirò.

«Sono stata gelosa di lui. Non ero disposta a riconoscere le sue buone qualità. Desidero tanto che tu sia felice, tesoro mio.»

«Ma lo sono, mamma, lo sono.»

«Sì, penso di sì...»

Celia aggiunse, dopo qualche istante di silenzio:

«Non c'è niente che io desideri al mondo, in verità, salvo forse un altro bambino. Mi piacerebbe un maschio, ma anche una femmina.»

Si aspettava che la madre mostrasse di comprendere quel suo desiderio, ma vide la fronte di Miriam aggrottarsi leggermente.

«Non so, sai, se sarebbe una cosa saggia. Tu tieni molto a Dermot, e i figli ti allontanano da un uomo. In teoria, si crede che uniscano, ma non è così... non è affatto vero.»

«Ma tu e papà...»

Miriam sospirò.

«Era difficile. Sempre trascinata in due direzioni opposte. È difficile.»

«Ma tu e papà eravate perfettamente felici.»

«Sì... ma io mi preoccupavo. Erano tante le cose per cui mi angosciavo. Rinunciare a qualcosa per amore dei figli qualche volta lo indisponeva. Vi amava molto, ma eravamo più felici quando andavamo via insieme, lui e io, per una breve vacanza... Non lasciare mai troppo solo tuo marito. Ricordalo, un uomo dimentica.»

«Papà non avrebbe mai guardato nessuna all'infuori di te.»

Miriam rispose pensierosa.

«No, forse no... Ma io ero sempre sul chi vive. Ricordo una delle cameriere: una bella ragazza dall'aria sana, proprio del tipo che piaceva a tuo padre. Gli stava porgendo chiodi e martello, ricordo, e nel farlo mise la mano sopra quella di lui. Io me ne accorsi. Tuo padre ci badò a malapena: sembrava soltanto un po' sorpreso. Non credo che attribuisse un significato a quel gesto: probabilmente immaginò che fosse casuale. Gli uomini sono molto ingenui... Ma io licenziai la ragazza, e senza perdere un istante. Mi limitai a darle delle ottime referenze e a dirle che non faceva per me.»

Celia era scandalizzata.

«Ma papà non si sarebbe mai...»

«Probabilmente no. *Ma io non volevo correre rischi.* Ne ho viste tante, in vita mia. Una moglie si ammala, ed ecco che una governante o una dama di compagnia entrano in scena: insomma, qualche ragazza giovane e fresca. Celia, promettimi che starai molto attenta al genere di istitutrice che sceglierai per Judy.»

Celia rise e baciò sua madre.

«Non assumerò belle ragazze» promise. «Saranno tutte secche, anziane e occhialute.»

Miriam morì quando Judy aveva otto anni. Celia era all'estero, in quel momento. Dermot aveva avuto dieci giorni di permesso, a Pasqua, e aveva voluto che la moglie visitasse l'Italia con lui. Celia era stata un po' restia a lasciare l'Inghilterra. Il medico le aveva detto che la salute della madre peggiorava. Miriam aveva una dama di compagnia che si occupava di lei, e poi Celia ogni tanto andava a trovarla.

Sua madre, però, non aveva voluto neppure considerare la possibilità che Celia rimanesse a casa e lasciasse partire Dermot da solo. Era venuta lei a Londra, ospite della cugina Lottie – rimasta vedova, nel frattempo –, e anche Judy e la governante erano andate a stare là.

A Como, Celia ricevette un telegramma in cui l'avvertivano di ritornare. Prese il primo treno. Dermot sarebbe voluto partire con lei, ma Celia lo convinse a rimanere e a concludere la sua vacanza. Aveva bisogno di un cambiamento d'aria e di ambiente.

Mentre era seduta nel vagone ristorante, e il treno correva attraverso la Francia, Celia si sentì invadere da una gelida, strana certezza.

Pensò:

"È chiaro, non la rivedrò più. È morta..."

Scoprì, al suo arrivo, che Miriam era morta intorno a quell'ora.

Sua madre. La sua piccola e valorosa mamma...

Giaceva immobile e strana in mezzo ai fiori; in pace, con il viso freddo e pallidissimo.

Sua madre, con i suoi accessi di allegria e di depressione, con quell'incantevole capacità di trasformarsi da un momento all'altro, con quella costante capacità di dare amore e protezione...

Celia pensava: "Ora sono sola".

Dermot e Judy erano estranei. "Non ho più nessuno da cui andare" pensava.

Fu presa dal panico. Poi, dal rimorso.

La sua mente, in tutti quegli anni, era stata completamente assorbita da Dermot e Judy. Aveva pensato così poco a sua madre. Sua madre c'era, semplicemente: era là, sempre, come sfondo a ogni altra cosa...

Celia conosceva bene sua madre, e sua madre conosceva lei.

Da bambina, le era sembrato che fosse meravigliosa e perfetta.

E meravigliosa e perfetta era rimasta sempre, in ogni momento.

E adesso, sua madre non c'era più.

Nel mondo di Celia erano crollate le fondamenta.

La sua mamma...

17
Disastro

DERMOT ERA INTENZIONATO A ESSERE GENTILE. Detestava i guai e l'infelicità, ma voleva essere gentile. Scrisse da Parigi, proponendo che Celia andasse a raggiungerlo per un giorno o due, per distrarsi un po'.

Forse era per gentilezza, forse perché non gli piaceva l'idea di ritornare in una casa in lutto.

Tuttavia, non poteva non ritornarvi.

Arrivò a casa poco prima dell'ora di cena. Celia era sdraiata sul letto. Aspettava il ritorno del marito con appassionata intensità. La tensione del funerale era passata, ormai, e lei aveva cercato in tutti i modi di non turbare Judy con un'atmosfera luttuosa. La piccola Judy, così tenera, allegra e presa dall'importanza dei suoi interessi infantili. Aveva pianto per la nonna, ma poi aveva subito dimenticato tutto. È giusto che i bambini dimentichino.

Tra poco sarebbe arrivato Dermot, e lei si sarebbe potuta lasciare andare.

Pensava, con passione: "Che cosa meravigliosa che ci sia Dermot. Se non fosse per lui, vorrei proprio morire anch'io...".

Dermot era nervoso. Fu proprio a causa di quel nervosismo che entrò in camera dicendo: «Allora, come andiamo, tutto bene?».

In un'altra occasione Celia avrebbe compreso la vera causa di quell'atteggiamento spensierato. Al momento, però, fu come se lui l'avesse schiaffeggiata.

Si ritrasse inorridita e scoppiò in lacrime.

Dermot si scusò e cercò di spiegare.

Alla fine, Celia si addormentò stringendogli la mano, che lui ritirò con sollievo quando vide che si era proprio addormentata.

Lasciò la stanza e andò in cerca di Judy. Lei, nel vederlo, agitò allegramente il cucchiaio. Stava bevendo una tazza di latte.

«Ciao, papà. A che cosa giochiamo?»

Judy non perdeva tempo.

«Dobbiamo fare un gioco silenzioso» rispose Dermot. «La mamma dorme.»

Judy assentì, comprensiva.

«Giochiamo a carte, allora. All'Uomo Nero.»

Giocarono all'Uomo Nero.

La vita riprese come al solito. Per lo meno, quasi come al solito.

Celia si comportava come sempre. Non portava alcun segno di lutto. Ma, almeno per il momento, tutta la sua vivacità sembrava spenta. Era come un orologio scarico. Tanto Dermot che Judy avvertivano quel cambiamento, e ne erano scontenti.

Dermot, di lì a una quindicina di giorni, avrebbe voluto invitare delle persone, e Celia, nel sentirlo, non seppe trattenersi.

«Oh, non ora!» gridò. «Non sopporto di dover intrattenere un'estranea per tutta la giornata.»

Ma subito dopo si pentì e andò da Dermot, per dirgli che non intendeva comportarsi da sciocca. Naturalmente lui poteva invitare gli amici. E infatti vennero, ma la visita non fu un successo.

Alcuni giorni dopo, Celia ricevette una lettera da Ellie. Il contenuto la lasciò incredibilmente sorpresa e addolorata.

> Mia cara Celia,
> sento il bisogno di dirtelo io stessa, dato che, probabilmente, ti giungerà qualche versione deformata: Tom se ne è andato con una ragazza che abbiamo conosciuto sulla nave durante il viaggio di ritorno. È stato uno shock e un dolore terribile per me. Eravamo tanto felici insieme, e poi Tom adorava i bambini. Mi sembra quasi un sogno orribile. Mi sento completamente a pezzi. Non so proprio che cosa fare. Tom è sempre stato un marito perfetto: pensa che tra noi non c'era mai stata neppure una lite.

Celia era sinceramente sconvolta per quello che era accaduto all'amica.

«Ma quante cose tristi succedono a questo mondo» commentò, rivolgendosi a Dermot.

«Quel suo marito dev'essere proprio un irresponsabile» disse Dermot. «Sai, Celia, a volte tu hai l'aria di pensare che io sia un egoista: ma possono esserci difetti assai peggiori da mandare giù. Alla fine, io sono un bravo marito, serio e incapace di farti un torto, non credi?»

C'era qualcosa di comico, nel suo tono. Celia rise e lo baciò.

Tre settimane più tardi tornò a casa sua, portando Judy con sé. La casa doveva essere riordinata da cima a fondo. Era un compito che avrebbe voluto davvero evitare. Ma nessun altro poteva assumerselo.

Tornare a casa senza trovare il sorriso accogliente di sua madre era addirittura impensabile. Se soltanto suo marito avesse potuto accompagnarla! Lo stesso Dermot tentò a modo suo di consolarla.

«A conti fatti te la godrai, Celia. Troverai una quantità di vecchie cose di cui non ti ricordavi più. E poi sarà bello, laggiù, in questa stagione. Ti farà bene cambiare aria. Io, invece, poveretto, continuerò ad andare in ufficio tutti i giorni.»

Dermot era così deludente in certi casi! Si ostinava a ignorare il significato dello stress emotivo. Scartava, davanti a una cosa del genere, come un cavallo impaurito.

Celia, per una volta in collera, scattò: «Ne parli come se si trattasse di una vacanza!».

Lui replicò, distogliendo lo sguardo:

«Be', lo sarà, in un certo senso.»

Celia pensò: "Non è vero che è buono... non lo è...".

E si sentì sommergere da una grande ondata di solitudine. Ora provava un senso di timore.

Com'era freddo, il mondo, senza sua madre...

Nei mesi che seguirono, Celia attraversò un brutto periodo. Doveva parlare con i legali, sistemare le più varie questioni di interesse.

La madre, naturalmente, di denaro ne aveva lasciato ben poco. Bisognava considerare la questione della casa: tenerla o venderla. Era veramente in pessimo stato: erano mancati i mezzi necessari per le riparazioni. Se non si voleva che l'intera proprietà andasse completamente in rovina, bisognava spendervi, senza perdere tempo, una somma piuttosto ingente. In ogni caso, era ben difficile trovare qualcuno disposto a comperarla, nelle condizioni in cui era.

Celia era tormentata dall'indecisione.

Non sopportava il pensiero di separarsene, e al tempo stesso il buonsenso le suggeriva che quella era la cosa migliore da fare. La casa era troppo lontana da Londra perché lei e Dermot potessero viverci, anche ammesso che a lui piacesse l'idea – e Celia era sicura di no. La campagna, per Dermot, significava un campo da golf di prima categoria.

Quindi, non erano soltanto motivi sentimentali che la tenevano aggrappata a quel luogo?

Eppure, non sopportava di rinunciarvi. Miriam aveva lottato così coraggiosamente per conservarglielo. Era stata lei stessa a dissuadere la madre dal venderlo, tanto tempo prima... Miriam aveva tenuto la casa per lei: per lei e per i suoi figli.

Ci teneva, Judy? Celia pensava di no. Judy era così distante da tutto, così distaccata: proprio come Dermot. Quelli come Dermot e Judy abitavano in un luogo soltanto per le comodità che offriva. Alla fine, Celia domandò un parere alla figlia. Spesso aveva l'impressione che Judy, a otto anni, fosse molto più sensata e concreta di lei.

«Prenderai molti soldi se la vendi, mamma?»

«No. Temo proprio di no. Vedi, è una casa antiquata. Ed è proprio in piena campagna, non è vicina a una città.»

«Be', allora forse è meglio che tu la tenga» disse Judy. «Possiamo venirci d'estate.»

«A te piace venire qui, Judy? O preferisci la casa dove stiamo?»

«Quella dove stiamo è molto piccola. A me piacerebbe vivere in quell'altra, la villa grande, Dormy House. A me piacciono le case grandissime.»

Celia rise.

Era vero quello che aveva detto a Judy: se avesse venduto la casa in quel momento, ne avrebbe ricavato pochissimo. Senza dubbio, perfino sotto il profilo economico conveniva aspettare che sul mercato vi fosse una maggiore richiesta di case di campagna. Celia affrontò allora il problema delle riparazioni indispensabili, cercando di ridurle al minimo. Forse, una volta fatte quelle, avrebbe potuto affittare la casa così com'era.

La necessità di decidere il da farsi le aveva dato delle preoccupazioni, ma almeno l'aveva distratta dai pensieri tristi.

Ora veniva la parte che temeva maggiormente: doveva sbarazzarsi di tutto ciò che non serviva più a nessuno. Se la casa doveva essere affittata, bisognava prima di tutto sgomberarla da cima a fondo. Alcune stanze erano chiuse da anni: c'erano vecchi bauli, cassetti, armadi, tutto pieno zeppo di ricordi del passato.

Ricordi...

C'era un'atmosfera così triste, in casa...

Miriam non c'era più.

Soltanto bauli pieni di vestiti vecchi, cassetti colmi di lettere e fotografie.

Faceva male, dava una sofferenza incredibile.

Una scatola giapponese su cui era disegnata una cicogna: l'aveva tanto amata, da piccola. Dentro, alcune lettere piegate. Una della mamma. "Mio carissimo, prezioso tesoro, mi manchi tanto..." Lacrime cocenti scendevano lungo le guance di Celia.

Un abito rosa con una cascata di fiorellini: ficcato dentro un baule, nel caso fosse possibile rimodernarlo, e dimenticato. Uno dei suoi primi vestiti da sera. Celia ricordava ancora l'ultima occasione in cui l'aveva indossato. Che creatura goffa, tremebonda, stupida...

Lettere della nonna: un intero baule. Doveva averle portate con sé, quando si era trasferita da loro. Una fotografia di un vecchio signore su una sedia a rotelle: "Per sempre suo devoto ammiratore", e alcune iniziali scarabocchiate sopra. La nonna e "gli uomini". Sempre "gli uomini", perfino quando erano ormai ridotti in sedia a rotelle sul lungomare...

Un vasetto su cui erano dipinti due gatti: Susan glielo aveva regalato per il suo compleanno.

Indietro, indietro nel tempo...

Perché faceva tanto male?

Perché faceva soffrire in maniera così terribile?

Se soltanto non fosse stata sola in quella casa... Se almeno ci fosse stato Dermot con lei!

Ma Dermot avrebbe detto: "Perché non bruciare tutte queste cose, senza perdere tempo a esaminarle?".

Così logico e sensato, certo. Ma lei proprio non poteva farlo.

Aprì altri cassetti.

Poesie. Fogli di versi ormai sbiaditi. La scrittura di sua madre, da ragazza... Celia diede un'occhiata.

Sentimentali, pompose, molto datate. Sì, ma qualcosa – una svolta rapida del pensiero, un'improvvisa originalità della frase – le rendeva profondamente di sua madre. Frutto della mente di Miriam: quella mente veloce, che sfrecciava via come un passerotto.

"*A John, per il suo compleanno...*"

Suo padre: il suo barbuto, amabile papà.

C'era un dagherrotipo che lo ritraeva come un ragazzo sbarbato e dall'aria solenne.

Essere giovani, diventare vecchi: com'era tutto oscuro e pauroso. C'era un particolare momento in cui si era più se stessi che in qualsiasi altro?

L'avvenire... Che ne sarebbe stato di lei, in avvenire?

Be', era abbastanza prevedibile. Dermot un po' più ricco, una casa più grande, un altro bambino, forse altri due... Malattie infantili, Dermot un po' più irascibile, un po' più insofferente a tutto ciò che interferiva nei suoi progetti... Judy cresciuta, vivace, decisa, intensamente vitale... Dermot e Judy insieme, e lei, un po' ingrassata, un po' sbiadita e trattata con una punta di divertito compatimento da quei due... "Mamma, sei piuttosto sciocca, lo sai?" Sì, sempre più difficile nascondere di essere sciocca, quando il bell'aspetto ti abbandonava. Un ricordo improvviso: "Non diventare mai meno bella, sai, Celia?". Già, ma questo era superato, ormai. Avevano vissuto insieme abbastanza a lungo perché cose come la bellezza di un volto avessero perduto il loro significato. Dermot era nel suo sangue, come lei era in quello di lui. Si appartenevano: fondamentalmente estranei, tuttavia si appartenevano. Lei lo amava perché era tanto diverso; perché, sebbene ormai sapesse esattamente come lui reagiva alle cose, non sapeva né avrebbe mai saputo perché reagiva così. La stessa cosa, probabilmente, pensava lui nei suoi confronti. No, Dermot accettava le cose com'erano. Non si soffermava mai a pensarci su. Gli sembrava una perdita di tempo. "È giusto," pensava Celia "assolutamente giusto sposare la persona che ami. Il denaro e tutto il resto non contano. Sarei stata felice con Dermot anche se avessi dovuto vivere in una capanna e avessi dovuto fare tutto da me." Ma Dermot non sarebbe mai stato povero. Era un uomo di successo, e avrebbe continuato a migliorare. Era fatto così. La sua digestione, naturalmente, sarebbe peggiorata. Avrebbe continuato a giocare a golf... E sarebbero andati avanti così: a Dalton Heath, probabilmente, o in un posto analogo. Lei non avrebbe mai visto niente: i luoghi lontani, l'India, la Cina, il Giappone, oppure la Persia, dove i nomi erano come musica: Isfahan, Teheran, Shiraz...

Si sentì assalire da un brivido. "Se si potesse essere liberi, completamente liberi: niente, né proprietà, né case, né marito o figli, niente a trattenerti, a legarti, a fare presa sul tuo cuore..."

Poter fuggire, pensava Celia.

Miriam aveva provato la stessa cosa.

Nonostante tutto il suo amore per il marito e i figli, aveva desiderato, a volte, prendere il volo. Celia aprì un altro cassetto. Lettere. Lettere di suo padre a sua madre. Ne prese una. Era datata un anno prima della morte di lui.

Miriam carissima,

spero che tu sia presto in grado di raggiungermi. La mamma sta bene, sembra, ed è molto su di morale. La vista le si indebolisce, ma continua a sferruzzare calzerotti per i suoi ammiratori!

Ho avuto una lunga chiacchierata con Armour a proposito di Cyril. Dice che il ragazzo è tutt'altro che stupido. È solo indifferente. Ho parlato anche a Cyril e spero che il mio discorso gli abbia fatto una certa impressione.

Cerca di essere con me venerdì, tesoro mio: è il nostro ventiduesimo anniversario. Mi riesce difficile esprimere in parole tutto quello che hai rappresentato per me: sei la più cara, la più devota moglie che un uomo possa desiderare. Sono umilmente grato a Dio di avermi dato te, mia adorata.

Tutto il mio affetto alla nostra bambolina, il tuo devoto marito

John

Altre lacrime salirono agli occhi di Celia.

Un giorno anche lei e Dermot sarebbero stati sposati da ventidue anni. Dermot probabilmente non le avrebbe scritto una lettera come quella ma, nel suo intimo, avrebbe forse provato gli stessi sentimenti.

Povero Dermot. Era stato triste, per lui, averla accanto così affranta e desolata, in quell'ultimo mese. L'infelicità non gli piaceva. Bene, una volta completato quel compito, si sarebbe gettata il dolore dietro le spalle. Da viva, Miriam non si era mai messa tra lei e suo marito. Non avrebbe voluto farlo neanche da morta.

Lei e Dermot sarebbero andati avanti insieme, godendosi felicemente ogni cosa. Questo, soprattutto, avrebbe fatto piacere a sua madre.

Tolse tutte le lettere del padre dal cassetto e, dopo averle ammucchiate nel camino, accostò un fiammifero alla pila. Appartenevano ai morti. Tenne solo quella che aveva letto.

In fondo al cassetto c'era un vecchio portacarte scolorito, ricamato in oro. Dentro c'era un foglietto, logoro e ingiallito. C'era scritto: "Poesia mandatami da Miriam in occasione del mio compleanno".

Il sentimento...

Il mondo, ormai, disprezzava il sentimento.

Ma per Celia, in quel momento, tutto era di una dolcezza quasi dolorosa.

Celia si sentiva male. La solitudine di quella casa cominciava a darle sui nervi. Avrebbe voluto qualcuno con cui parlare. C'erano Judy e la signorina Hood, ma appartenevano a un mondo così estraneo che stare con loro finiva per essere più una fatica che un sollievo. Celia si preoccupava che nessuna ombra rannuvolasse l'esistenza di Judy. La bambina era così vivace, così pronta a godere di tutto. Quando era con Judy, Celia si faceva un dovere di mostrarsi gaia. Insieme facevano lunghe partite a palla, al volano e ai cerchietti.

Ma dopo che Judy se ne era andata a letto, il silenzio avvolgeva Celia come un sudario. La casa sembrava così vuota, così deserta!

Allora tornava, vivido, il ricordo delle serene, intime serate passate a conversare con la madre: di Dermot, di Judy, di libri, di persone e di idee.

Ora, non c'era nessuno con cui parlare.

Le lettere di Dermot erano rare e brevi. Aveva giocato a golf con Andrews, Rossiter era venuto con suo nipote e, per essere in quattro, lui aveva invitato Marjorie Connell. Avevano giocato a Hillborough: un percorso pessimo. Le donne, al golf, erano soltanto una seccatura. Si augurava che Celia se la passasse bene. E ringraziava Judy per la sua letterina.

Celia cominciò a dormire male. Scene del passato le sfilavano davanti agli occhi, tenendola sveglia. Oppure si svegliava spaventata, senza sapere che cosa le avesse fatto paura. Si guardava allo specchio e capiva di avere l'aspetto sofferente.

Scrisse a Dermot e lo supplicò di venire per il fine settimana.

Lui rispose:

Cara Celia,

ho guardato l'orario dei treni e proprio non ne vale la pena. Dovrei ripartire la domenica mattina, oppure arrivare a Londra verso le due di notte. L'auto non va molto bene, e la sto facendo revisionare. Senza dubbio ti renderai conto che mi sento un po' affaticato, dopo avere lavorato per tutta la settimana. Arrivo stanco morto al venerdì sera, e non me la sento di affrontare un viaggio in treno.

Di qui a tre settimane avrò le ferie. Penso che la tua idea di andare a Dinard sia ottima. Scriverò per fissare le stanze. Non strafare e non stancarti troppo. Esci, prendi aria.

Ti ricordi di Marjorie Connell, una morettina simpatica, nipote dei Barretts? Ha appena perso l'impiego. Forse riuscirò a farla assumere qui da noi. È molto efficiente. L'ho portata a teatro, una sera, per tirarla su di morale.

Abbi cura di te e prendi le cose con calma. Sono d'accordo anch'io che non sia il caso di vendere la casa, ora. Le cose potrebbero migliorare e in seguito potresti spuntare un prezzo migliore. Non vedo quanto ci possa servire, ma se proprio tu ci tieni per motivi sentimentali, non penso che costerebbe molto assumere un custode, e potresti lasciarla ammobiliata. Il denaro che ricavi dai libri dovrebbe coprire le spese, e ti aiuterò anch'io, se vuoi. Sto lavorando molto, in questi giorni, e quasi ogni sera torno a casa con il mal di testa.

Sarà bello piantare tutto e andare in vacanza.

Un abbraccio a Judy, il tuo affezionatissimo

Dermot

Pochi giorni prima che arrivasse Dermot, Celia andò dal medico e lo pregò di darle qualcosa che la facesse dormire. Lui la conosceva fin da bambina. Le fece delle domande, la esaminò, poi disse:

«Non puoi far venire qualcuno che ti faccia compagnia?»

«Verrà mio marito, la settimana prossima. Andremo insieme all'estero.»

«Ah, benissimo! Sai, mia cara, tu stai covando un bell'esaurimento nervoso. Sei molto giù: hai avuto uno shock, e il tuo sistema nervoso è affaticato. È più che naturale. So quanto eri attaccata a tua madre. Una volta partita con tuo marito, in un ambiente diverso, ti sentirai rinascere.»

Le diede una pacca sulla spalla, le prescrisse un ricostituente e la congedò.

Celia contava i giorni. Con l'arrivo di Dermot, tutto si sarebbe sistemato. Doveva arrivare il giorno prima del compleanno di Judy. Avrebbero festeggiato, poi sarebbero partiti per Dinard.

Una vita nuova... Lasciarsi dietro le spalle il dolore e i ricordi. Lei e Dermot di nuovo verso il futuro.

Di lì a quattro giorni, Dermot sarebbe stato con lei.

Di lì a tre...

Di lì a due...

Finalmente!

Qualcosa non andava. Dermot era arrivato, ma non era Dermot. Era uno sconosciuto che la guardava – fuggevoli occhiate di traverso – e subito distoglieva lo sguardo...

C'era qualcosa.

Era malato?

Aveva problemi?

No, era qualcosa di diverso.

Dermot era un estraneo.

«Dermot, che cosa c'è?»

«Che cosa dovrebbe esserci?»

Erano soli nella camera di Celia. Lei stava confezionando i regali per Judy con carta velina e nastro.

Perché era così atterrita? Perché quel terribile senso di angoscia?

Gli occhi di lui – quegli occhi strani, sfuggenti – la evitavano e poi tornavano a fissarla.

Non era Dermot, quello: il suo Dermot, schietto, bello, ridente.

Questo era un individuo furtivo, ambiguo: aveva... aveva quasi il fare di un criminale.

All'improvviso, Celia ruppe il silenzio.

«Dermot, non si tratterà di denaro... voglio dire, non avrai fatto qualche...?»

Come dirlo? Dermot, che era la quintessenza dell'onestà, un truffatore? No, no, non si poteva credere!

Eppure, quello sguardo indefinibile, evasivo...

Lui sembrava sorpreso.

«Denaro? Oh, no, che cosa c'entra! Io... va tutto benissimo.»

Lei provò un senso di sollievo.

«Ho creduto... so bene che è assurdo da parte mia, ma...»

«Qualcosa c'è» disse lui. «Puoi immaginare da te, penso.»

Ma lei non poteva. Se non si trattava di denaro – per un attimo aveva avuto anche il timore che la ditta fosse in cattive acque –, non riusciva proprio a indovinare di che cosa potesse trattarsi.

«Dimmelo tu.»

Non era, non poteva trattarsi di un *cancro*. A volte, il cancro aggrediva le persone giovani, le persone sane.

Dermot si alzò. La sua voce suonava rigida e strana.

«Si tratta... be', si tratta di Marjorie Connell. L'ho vista spesso, mi è diventata molto cara.»

Oh, che sollievo! Non era un cancro. Ma... Marjorie Connell? Perché poi Marjorie Connell? Possibile che Dermot, Dermot che non guardava mai una ragazza...

Gentilmente, Celia disse:

«Non importa, Dermot, se anche sei stato un po' leggero...»

Un flirt. Dermot non era abituato a certe cose. Ciò nonostante, era sorpresa. Sorpresa e ferita. Mentre lei si era sentita così infelice – così desiderosa del conforto e della presenza di Dermot –, lui aveva corteggiato Marjorie Connell. Marjorie era una ragazza simpaticissima e anche piuttosto bella. Celia pensò: "La nonna non ne sarebbe rimasta sorpresa". E le balenò per la mente il pensiero che, forse, la nonna conosceva davvero bene gli uomini.

Dermot scattò con violenza:

«Tu non capisci. Non è affatto come pensi tu. Non c'è stato niente, niente!»

Celia arrossì. «Ma certo. Non pensavo affatto che...»

«Non so come farti capire» continuò lui. «Non è colpa sua. Lei, anzi, è desolata per te... Oh, Dio!»

Dermot sedette e si nascose la faccia tra le mani.

Celia osservò, confusa: «Tieni davvero molto a lei, vedo. Oh, Dermot, sapessi quanto mi dispiace...».

Povero Dermot, sopraffatto da quella passione. Sarebbe stato così infelice. Lei non doveva, assolutamente non doveva mostrarsi dura con lui. Doveva aiutarlo a superare la crisi, non fargli dei rimproveri. Dermot aveva molte attenuanti. Lei non c'era, si era sentito solo, era più che naturale.

Ripeté:

«Sapessi quanto mi dispiace.»

Dermot tornò ad alzarsi.

«Non hai capito. Non è il caso che ti addolori per me... Io sono un disgraziato, mi sento un verme. Non potrei sacrificarmi per te. Ormai non servirò più a niente, né a te né a Judy. Farai meglio a tagliarmi fuori dalla tua vita...»

Lei lo fissava.

«Vuoi dire che non mi ami più? Per niente? Ma siamo stati così felici, insieme. Sempre.»

«Sì, in un certo senso: una felicità molto tranquilla. Questa invece è una cosa completamente diversa.»

«Penso che essere tranquillamente felici sia la cosa migliore del mondo.»

Dermot abbozzò un gesto vago.

«Vuoi allontanarti da noi?» domandò Celia, disorientata. «Non vedere più né Judy né me? Ma tu sei il padre di Judy. Lei ti vuole bene.»

«Lo so... ed è proprio per lei che mi dispero. Ma è tutto inutile. Non serve che io tenti di fare quello che non mi sento di fare. Non posso comportarmi decentemente, quando sono infelice. Diventerei un bruto.»

Celia domandò, lentamente:

«Hai intenzione di andartene... con *lei*?»

«No, naturalmente. Non è quel genere di ragazza, lei. Non mi sognerei mai di proporle una cosa simile.»

Aveva un tono addolorato e offeso.

«Non capisco: vuoi semplicemente lasciarci?»

«Sì, perché non posso più esservi di nessuna utilità... Sarei come un pazzo.»

«Ma siamo sempre stati così felici...»

Dermot la interruppe, spazientito:

«Sì, d'accordo, lo siamo stati, in passato. Ma ormai siamo sposati da undici anni. Dopo undici anni, si sente il bisogno di un cambiamento.»

Celia trasalì.

Lui continuò, con voce persuasiva. Sembrava tornato un po' in sé. «Io guadagno bene, ora, posso assegnare una somma più che sufficiente a te e a Judy, e tu stessa guadagni, ormai. Potresti andare all'estero, viaggiare... fare tutte le cose che hai sempre desiderato...»

Lei si portò una mano alla guancia, come se il marito l'avesse schiaffeggiata.

«Te la godresti sicuramente. Saresti molto più felice che con me.»

«Basta!»

Poi, dopo qualche istante di silenzio, lei soggiunse, pacatamente:

«Nove anni fa, in questa data, Judy stava per nascere. Te ne ricordi? Non significa niente per te? Non c'è nessuna differenza tra me e... e una mantenuta da mandare in pensione?»

Lui obiettò, rabbuiandosi:

«Ho già detto che mi dispiace per Judy. Ma, in fin dei conti, abbiamo convenuto entrambi che l'altro sarebbe stato completamente libero.»

«Davvero? Quando?»

«Sono certo che ne abbiamo parlato. È il solo modo onesto di considerare il matrimonio.»

«Credo che,» disse Celia «quando si è messo al mondo un figlio, sarebbe ancora più onesto rimanere fedeli al proprio impegno.»

«Tutti i miei amici» replicò Dermot «pensano che l'ideale del matrimonio dovrebbe essere la libertà...»

Lei rise. I suoi amici! Dermot era davvero straordinario: soltanto lui avrebbe potuto mettere in mezzo i suoi amici in un discorso simile.

Disse:

«Sei libero. Puoi lasciarci, se credi... se proprio lo vuoi... Ma non vuoi aspettare un po', non vuoi proprio esserne sicuro? Ci sono undici anni di felicità da ricordare, contro un mese di infatuazione. Lascia passare un anno: assicurati delle cose, prima di buttare all'aria tutto.»

«Non voglio aspettare. Non voglio la tensione dell'attesa.»

D'improvviso, Celia si protese per aggrapparsi alla maniglia della porta.

Tutto ciò non era reale, non poteva esserlo. «Dermot!» chiamò.

La stanza diventò buia e prese a rotearle intorno.

Si ritrovò distesa sul letto. Dermot era in piedi accanto a lei, con in mano un bicchiere d'acqua.

«Non volevo turbarti tanto.»

Celia si trattenne dal prorompere in una risata isterica. Prese l'acqua e bevve.

«Sto bene» disse. «È tutto passato. Devi fare quello che desideri... Puoi andartene anche subito. Io sto bene, ora. Fai come vuoi. Ma lascia che Judy possa almeno festeggiare il suo compleanno, domani.»

«Naturalmente.»

Poi aggiunse: «Se sei proprio sicura di stare bene...».

Varcò lentamente la porta di comunicazione tra le due camere e la richiuse dietro di sé.

Il giorno dopo sarebbe stato il compleanno di Judy...

Nove anni prima, lei e Dermot avevano passeggiato in giardino... erano stati separati... lei aveva dovuto affrontare sofferenze e paura... Dermot aveva sofferto...

Nessuno, nessuno al mondo poteva essere tanto crudele da scegliere proprio quel giorno per dirle che...

Sì, Dermot ne era capace.

Crudele, crudele, crudele.

Il cuore di Celia gemeva, disperatamente:

«Come può... come può essere tanto crudele con *me*?»

Judy doveva avere la sua festicciola.

Regali, una prima colazione speciale, il picnic, rimanere alzata per cenare e giocare con loro.

Celia pensava: "Non c'è mai stata una giornata così lunga. Com'è eterna! Diventerò pazza. Se soltanto Dermot potesse stare al gioco un po' più a lungo".

E Judy non si accorgeva di niente. Era consapevole soltanto dei doni ricevuti, del divertimento, della disponibilità di tutti a fare quello che voleva lei.

Era così felice, così ignara: e Celia si sentiva spezzare il cuore.

Il giorno seguente Dermot se ne andò.

«Ti scriverò da Londra, d'accordo? Rimarrai qui, per il momento?»

«Qui no... No, qui no.»

Lì, nel vuoto, nella solitudine senza Miriam a confortarla?

"Oh, mamma, mamma, torna da me, mamma...

"Oh, mamma, se tu fossi qui..."

Rimanere lì sola? In quella casa così piena di ricordi felici... di ricordi di Dermot?

«Preferirei tornare a casa» disse. «Verremo a casa domani.»

«Come vuoi. Io mi fermerò a Londra. Pensavo che ti piacesse stare qui.»

Lei non rispose. A volte, non si può rispondere. O gli altri capiscono, o non capiscono affatto.

Partito Dermot, Celia si mise a giocare con Judy. Le disse che non sarebbero più andati in Francia. Judy accettò la decisione tranquilla e indifferente.

Celia si sentiva malissimo. Le dolevano le gambe, le girava la testa. Si sentiva come una vecchia. Il mal di testa le aumentò al punto tale che avrebbe potuto mettersi a urlare. Prese dell'aspirina, ma non servì a niente. Si sentiva male, e il pensiero del cibo le ripugnava.

Celia aveva paura di due cose: temeva di diventare pazza e che Judy si accorgesse di qualcosa.

Non sapeva se la signorina Hood avesse intuito la verità. Era così tranquilla. Era un conforto averla lì: così calma, così poco curiosa.

L'istitutrice si occupò di persona di organizzare il ritorno a casa. Sembrava trovare naturale che Celia e Dermot non andassero più in Francia.

Celia era contenta di essere tornata. Pensava: "Qui va meglio. Non impazzirò, nonostante tutto".

La testa era migliorata, ma fisicamente di sentiva come se l'avessero massacrata di botte. Le gambe erano deboli al punto di non reggerla, e questo, aggiunto al senso di nausea fortissimo, la rendeva fiacca e priva di resistenza.

"Mi ammalerò" pensava. "Perché la mente indebolisce il corpo in questo modo?"

Dermot venne a casa due giorni dopo il ritorno di lei.

Di nuovo non era lui. Che cosa strana – e agghiacciante – trovare un estraneo nel corpo del proprio marito...

Celia ne era atterrita tanto da sentire il bisogno di urlare...

Dermot parlava freddamente delle questioni più varie.

"Come uno che sia qui in visita" pensava Celia.

Poi, lui disse:

«Non pensi anche tu che sia la cosa migliore da fare? Quella di dividersi, voglio dire.»

«La cosa migliore per chi?»

«Be', per tutti noi.»

«Non penso affatto che sia la cosa migliore per Judy o per me. Sai benissimo che non lo penso.»

«Non è possibile fare contenti tutti» disse Dermot.

«Vuoi dire che tu lo sarai, mentre Judy e io non lo saremo affatto... Non vedo proprio perché tu dovresti esserlo e noi no. Senti, Dermot, non puoi andartene e fare quello che vuoi, senza insistere a volerne parlare per forza? Sei tu che devi scegliere tra Marjorie e me. Anzi, non è così: tu ti sei stancato di me, e forse è colpa mia. Avrei dovuto prevedere quanto stava per succedere, avrei dovuto correre ai ripari in tempo... ma ero così sicura che tu mi amassi, credevo in te come si crede in Dio. Ed è stupido, questo: mia nonna me l'avrebbe detto di certo... No, la verità è che devi scegliere tra Marjorie e Judy. Tu ami Judy – lei è carne della tua carne – e io non potrò mai essere per lei quello che puoi essere tu. Io le voglio bene, ma non la capisco. Non voglio che tu abbandoni Judy: non voglio che la sua infanzia sia menomata. Per me, non mi batterei, ma lo farò per Judy. È vile abbandonare la propria creatura. Sono convinta che, se lo farai, non sarai affatto felice. Dermot, Dermot caro, non vuoi *tentare*? Non vuoi sacrificare un anno della tua vita? Se, di qui a un anno, sentirai di non poter resistere, se sentirai di dover andare da Marjorie... bene, allora dovrai farlo. Ma solo dopo che avrai provato.»

«Non voglio aspettare» disse Dermot. «Un anno è lungo...»

Celia ebbe un gesto di sconforto. Se soltanto non si fosse sentita tanto male...

Disse: «Benissimo, hai scelto. Ma se mai tu volessi tornare, ci troverai ad aspettarti, e io non ti rimprovererò. Va', e sii felice, e forse un giorno ritornerai da noi... Secondo me, lo farai. Penso che, sotto sotto, è me e Judy che ami realmente. E penso anche che nel tuo intimo tu sia onesto e fedele...».

Dermot si schiarì la gola. Sembrava in imbarazzo.

Celia desiderava che lui se ne andasse. Tutto quel parlare... Lo amava tanto: il solo guardarlo era una tortura. Se se ne fosse andato e avesse fatto quello che voleva, senza tornare da lei per tormentarla...

«L'essenziale è questo: tra quanto tempo potrò riavere la mia libertà?» disse Dermot.

«Ma sei libero. Puoi andartene anche subito.»

«Forse non capisci quello che intendo dire. Tutti i miei amici sono del parere che dovrei divorziare al più presto.»

Celia lo fissava.

«Mi pareva che tu avessi detto che non c'erano... come dire?, motivi per un divorzio.»

«Naturale che non ce ne sono. Marjorie è una ragazza molto seria.»

Celia provò per un attimo una gran voglia di ridere, ma si trattenne.

«Bene, e allora?»

«Non le ho mai proposto niente del genere» continuò Dermot, in tono scandalizzato. «Ma sono convinto che, se fossi libero, mi sposerebbe.»

«Ma tu sei sposato con me» obiettò Celia, senza capire.

«Ecco perché ci vuole un divorzio. Si può fare tutto in modo facile e rapido. Tu non avrai nessuna seccatura. E tutte le spese saranno a carico mio.»

«Allora tu e Marjorie state veramente per andare a vivere insieme?»

«Credi che trascinerei una ragazza come quella in una causa di divorzio? No, si può risolvere tutto in modo molto più discreto. Il suo nome non apparirà affatto.»

Celia si alzò. I suoi occhi mandavano lampi.

«Vuoi dire... vuoi dire... oh, ma è disgustoso! Se amassi un uomo, andrei con lui a costo di mettermi contro tutti. Potrei anche togliere un uomo a sua moglie

– non credo che toglierei il padre a una bambina, ma... non si può mai sapere –, però lo farei *alla luce del sole*! Non me ne starei nascosta, lasciando qualcun altro a togliere le castagne dal fuoco, per non compromettere me stessa. Vi trovo disgustosi tutti e due, tu e lei. Se davvero vi amaste e non poteste vivere l'uno senza l'altra, per lo meno vi rispetterei. Ti concederei anche il divorzio, se tu me lo chiedessi... anche se non lo approvo. Ma non voglio avere niente a che fare con questo vostro mentire, fingere e concertare le cose in segreto.»

«Sciocchezze. Lo fanno tutti.»

«Non me ne importa.»

Dermot le si fece più vicino.

«Ascolta bene, Celia, intendo avere il divorzio. Non aspetterò, e non permetterò che Marjorie venga trascinata in uno scandalo. E tu dovrai accordarmelo.»

Celia sostenne apertamente il suo sguardo.

«Non lo farò» disse.

18
Paura

E FU QUI CHE DERMOT COMMISE UN ERRORE. Se si fosse appellato a Celia, se si fosse affidato alla sua comprensione, se le avesse detto che amava Marjorie, che la voleva e che non poteva vivere senza di lei, Celia si sarebbe impietosita e avrebbe acconsentito a ogni richiesta, per quanto potesse ripugnarle. Davanti all'infelicità di Dermot, non avrebbe saputo resistere. Gli aveva sempre concesso tutto, non sarebbe stata in grado di negargli qualcosa.

Celia era dalla parte di Judy e contro Dermot, ma se lui l'avesse presa per il verso giusto, gli avrebbe sacrificato anche Judy, a costo di odiare se stessa per averlo fatto.

Ma Dermot seguì una linea completamente diversa. Affermò ciò che voleva come un suo diritto e tentò di costringerla ad acconsentire.

Celia era sempre stata così arrendevole, così malleabile, che tanta resistenza da parte sua lo lasciava stupefatto. Celia praticamente non mangiava più, non dormiva, aveva le gambe talmente molli che a stento riusciva a camminare, soffriva terribilmente di mal di testa, ma rimaneva irremovibile. E Dermot cercava di strapparle a tutti i costi il consenso.

Le diceva che si stava comportando in maniera incivile, che era una donna volgare e possessiva, che avrebbe dovuto vergognarsi di se stessa, che si vergognava di lei. Tutto ciò non aveva nessun effetto.

In verità, non ne aveva esternamente. Dentro di lei, quelle parole aprivano altrettante ferite. Dermot – Dermot! – pensava questo di lei.

Celia era sempre più preoccupata delle proprie condizioni fisiche. Talvolta perdeva il filo di quello che stava dicendo: i suoi pensieri, perfino, diventavano confusi.

Si svegliava, la notte, in preda a un terrore indicibile. Era certa che Dermot la stesse avvelenando, per toglierla di mezzo. Di giorno, ammetteva che fossero soltanto fantasie notturne ma, ciò nonostante, chiuse sotto chiave il pacchetto dell'anticrittogamico che stava nel capanno degli attrezzi. Nel farlo, pensava: "Non è del tutto normale quello che faccio. Non devo impazzire. Non devo, assolutamente".

A volte, svegliandosi nel cuore della notte, si metteva a girovagare per casa, in cerca di qualcosa. Una notte, scoprì all'improvviso che cosa stava cercando: cercava sua madre.

Doveva trovare sua madre. Si vestì e si mise cappotto e cappello. Prese con sé la fotografia di Miriam. Sarebbe andata alla polizia a chiedere che le ritrovassero sua madre. Sua madre era scomparsa, ma la polizia l'avrebbe ritrovata. E una volta che lei avesse ritrovato sua madre, si sarebbe aggiustato tutto.

Camminò a lungo, sotto la pioggia... Non ricordava più dove fosse diretta... Ah, sì, alla polizia: ma dov'era il posto di polizia? Sicuramente in paese, non in aperta campagna.

Si voltò e si incamminò nella direzione opposta.

Alla polizia sarebbero stati gentili e l'avrebbero aiutata. Lei avrebbe dato il nome di sua madre. Com'era, il nome di sua madre?... Strano, non potersene ricordare. E il suo nome, qual era?

Che cosa agghiacciante, non riusciva a ricordarlo...

Sybil, vero? O Yvonne? Che cosa orribile, non poter ricordare. Doveva ricordare il suo nome...

Incespicò, vicino a un fossato.

Il fossato era pieno d'acqua.

Si poteva morire annegati, nell'acqua.

Annegarsi era senz'altro meglio che impiccarsi. Se ti sdraiavi nell'acqua...

Oh, com'era fredda! No, non poteva, non poteva...

Doveva trovare sua madre. Sua madre avrebbe rimesso tutto a posto.

Le avrebbe detto: "Per poco non mi sono annegata in un fosso". E sua madre avrebbe detto: "Sarebbe stata una vera sciocchezza, tesoro mio".

Sciocco, sì, sciocco. Dermot l'aveva giudicata sciocca, tanto tempo prima. L'aveva detto e l'aveva guardata in un modo che le aveva ricordato qualcosa.

Ma certo! L'Uomo col Fucile!

Fin dal principio Dermot era stato l'Uomo col Fucile!

Si sentiva male dalla paura.

Doveva tornare a casa... doveva nascondersi... L'Uomo col Fucile la stava cercando... Dermot era in agguato nel buio...

Arrivò a casa, finalmente. Erano le due. La casa era immersa nel sonno.

Celia salì, in punta di piedi.

Orrore, l'Uomo col Fucile era là, dietro quella porta, lei lo sentiva respirare... Dermot, l'Uomo col Fucile...

Non osava tornare in camera sua. Dermot voleva sbarazzarsi di lei. Poteva entrare, silenziosamente...

Come una pazza, salì di corsa un'altra rampa di scale. La signorina Hood, l'istitutrice di Judy, dormiva là. Celia irruppe nella stanza.

«Mi aiuti, lui non deve trovarmi...»

La signorina Hood era tanto gentile e rassicurante.

L'accompagnò giù, nella sua camera, e rimase con lei. Qualche istante prima di addormentarsi, Celia disse, all'improvviso:

«Che stupida, non potevo trovare mia madre. Ora ricordo: è morta!»

La signorina Hood fece venire il dottore. Lui si mostrò gentile e categorico: Celia doveva affidarsi completamente alle cure dell'istitutrice.

Dal canto suo, ebbe un colloquio con Dermot. Gli disse chiaro e tondo che Celia era in uno stato gravissimo. Lo avvertì di ciò che poteva accadere, a meno che non le fosse stata risparmiata qualsiasi preoccupazione.

La signorina Hood faceva la sua parte con molta efficienza. Per quanto le era possibile, non lasciava mai Dermot e Celia soli. Celia si aggrappava a lei. Con la signorina Hood si sentiva al sicuro. Era buona, lei...

Un giorno, Dermot entrò e venne vicino al suo letto. «Mi dispiace che tu stia male» disse.

Era Dermot quello che parlava, non lo sconosciuto.

Le si formò un groppo alla gola.

Il giorno seguente, la signorina Hood aveva un'espressione molto preoccupata.

Celia se ne accorse e domandò tranquillamente: «Se n'è andato, vero?».

L'altra assentì. Era un sollievo, per lei, che Celia prendesse la cosa con tanta calma.

Celia rimase immobile. Non provava nessun dolore, nessuna fitta di angoscia. Si sentiva solo intorpidita e in pace.

Se n'era andato...

Un giorno, lei si sarebbe alzata e avrebbe ricominciato a vivere... con Judy.

Era tutto finito.

Povero Dermot...

Si addormentò, e dormì quasi ininterrottamente per due giorni.

E poi, lui tornò.

Era Dermot quello che tornò, non lo sconosciuto.

Disse che era pentito, che subito dopo essersene andato si era sentito infelice. Disse che forse Celia aveva ragione: che doveva rimanere con lei e con Judy. A ogni modo, avrebbe tentato. Disse: «Ma tu devi stare bene. Non sopporto l'infermità... o l'infelicità. Io ho fatto amicizia con Marjorie anche perché la scorsa primavera tu eri infelice. Avevo bisogno di qualcuno con cui scherzare...».

«Lo so. Avrei dovuto "rimanere bella", come mi dicevi sempre tu.» Celia esitò, poi aggiunse: «Tu... vuoi davvero provare? Voglio dire... io sono arrivata al limite della resistenza. Se vuoi tentare sinceramente... sarà per tre mesi. Al termine dei quali, se proprio non ce la fai, bene, non ne parleremo più. Ma io... ho paura di perdere di nuovo il controllo».

Lui disse che avrebbe tentato per tre mesi. Non avrebbe neppure rivisto Marjorie. Ripeté che era pentito.

Ma le cose cambiarono.

Alla signorina Hood, Celia lo sapeva, dispiaceva che Dermot fosse tornato.

In seguito, riconobbe che la Hood aveva ragione.

Cominciò un po' alla volta.

Dermot divenne taciturno.

A Celia dispiaceva vederlo così, ma non osava dire niente.

Lentamente, le cose peggioravano.

Se Celia entrava in una stanza, Dermot ne usciva. Se lei gli rivolgeva la parola, non le rispondeva. Parlava solamente con la signorina Hood e con Judy.

Dermot non parlava mai con Celia e non la guardava. A volte, portava Judy a spasso in macchina.

«La mamma non viene?» domandava Judy.

«Sì, se le fa piacere.»

Poi, quando Celia era pronta, Dermot diceva:

«È meglio che ti accompagni fuori la mamma. Mi è venuto in mente che ho qualcosa da fare.»

A volte Celia diceva di no, che non poteva accompagnarli, e allora Dermot e Judy uscivano insieme.

Cosa incredibile, Judy non si accorgeva di niente... o così credeva Celia.

Di tanto in tanto, però, Judy diceva cose che la lasciavano sorpresa.

Un giorno stavano parlando di Aubrey, che ormai era l'adorato cane di tutta la famiglia, e Judy all'improvviso osservò:

«Tu sei buona... tanto buona. Papà non lo è, ma è molto, molto divertente.»

E una volta, in tono riflessivo: «Tu non piaci molto a papà...». Aggiungendo poi, con grande soddisfazione: «Ma io sì».

Un giorno, Celia decise di parlarle.

«Judy, tuo padre vuole lasciarci. Pensa che sarebbe più felice se vivesse con un'altra donna. Pensi che sarebbe giusto lasciarlo andare?»

«Io non voglio che se ne vada» rispose immediatamente Judy. «Ti prego, mamma, non lasciarlo andare via. Lui è felice quando gioca con me. E poi... e poi... è mio padre!»

"È mio padre!" Quanto orgoglio, quanta sicurezza in quelle parole!

Celia pensava: "Judy o Dermot? Devo stare da una parte o dall'altra. E Judy è soltanto una bambina, è giusto che io stia dalla sua parte...".

Ma pensava anche: "Non posso sopportare oltre la scortesia di Dermot. Sento che sto per perdere di nuovo il controllo di me stessa... Mi sto facendo riprendere dal panico...».

Dermot era scomparso un'altra volta: al suo posto era ritornato l'estraneo. La guardava con occhi duri, ostili...

Che cosa orribile, quando la persona che amavi più di tutto al mondo ti guardava così. Celia avrebbe potuto comprendere l'infedeltà. Non poteva comprendere come l'affetto di undici anni si fosse trasformato, da un momento all'altro, in avversione.

La passione poteva affievolirsi e spegnersi, ma non c'era stato proprio nient'altro? Lei lo aveva amato, aveva vissuto con lui, gli aveva dato una figlia, aveva affrontato la povertà insieme a lui, e lui era pronto, con la massima indifferenza, a non rivederla mai più... Oh, che orrore... che cosa spaventosa...

Lei era l'Ostacolo. Se fosse morta...

Dermot la voleva morta.

Doveva desiderare la sua morte; altrimenti, lei non avrebbe avuto tanta paura.

Celia gettò un'occhiata nella stanza della figlia. Judy stava dormendo profondamente. Richiuse la porta senza fare rumore, poi scese e andò verso l'uscita.

Aubrey arrivò trotterellando dal salotto.

"Salve" dicevano i suoi occhi. "Una passeggiata? A quest'ora tarda? Be', non mi dispiace affatto..."

Ma la sua padrona la pensava diversamente. Prese tra le mani il muso di Aubrey e lo baciò.

«Tu resti a casa, come un bravo cane. Non puoi venire con la padrona.»

"Non puoi venire con la padrona... proprio no! Nessuno deve venire dove va la padrona."

Sapeva, ormai, di non poter sopportare oltre. Doveva sottrarsi a quell'inferno.

Si sentiva esausta, dopo la lunga scenata con Dermot, ma anche disperata. Doveva fuggire...

La signorina Hood era andata a Londra per rivedere una sorella tornata dall'estero. Dermot aveva colto l'occasione per "mettere le cose in chiaro".

Aveva ammesso subito di avere rivisto Marjorie. Aveva promesso, ma non era stato capace di mantenere la parola.

Per Celia, niente di tutto questo avrebbe avuto importanza se soltanto lui non avesse ricominciato a offenderla. Ma invece...

Non ricordava molto, ma erano state parole crudeli, ostili. E quegli occhi altrettanto ostili, da estraneo... Dermot, che lei amava tanto, la odiava.

E lei non poteva sopportarlo.

Perciò, quella era la via d'uscita più semplice.

Quando Dermot aveva spiegato che intendeva allontanarsi per un paio di giorni, gli aveva risposto: «Al tuo ritorno non mi troverai più». Dal tremolio delle palpebre di lui, aveva capito che sapeva quello che lei intendeva dire.

Si era affrettato a replicare: «Be', certo, se preferisci andartene...».

Non gli aveva risposto. In seguito, quando sarebbe stato tutto finito, Dermot avrebbe potuto dire a tutti – e convincere se stesso – di non avere compreso il significato di quella frase. Sarebbe stato più facile per lui, in quel modo.

Dermot aveva capito, e lei aveva intravisto quel lampo momentaneo di speranza. Forse, lui stesso non se ne era reso conto. Sarebbe stato uno shock, per lui, dover ammettere una cosa del genere: *ma quel guizzo, nei suoi occhi, era stato ben visibile.*

Dermot non preferiva quella soluzione, questo no. L'ideale sarebbe stato che Celia dicesse di desiderare, come lui, un "cambiamento". Che anche lei rivolesse la sua libertà. Dermot voleva fare ciò che gli piaceva, e al tempo stesso non avere rimorsi. Avrebbe voluto che lei fosse felice e soddisfatta di viaggiare, per esempio, così da poter dire a se stesso: "Be', è stata la soluzione migliore per tutti e due".

Voleva essere felice, e voleva sentirsi completamente in pace con la coscienza. Non voleva accettare i fatti com'erano: le cose dovevano andare secondo i suoi desideri.

Ma la morte *era* una soluzione... Tutto sommato, non se ne sarebbe sentito responsabile. Ben presto, avrebbe convinto se stesso che Celia aveva cominciato a perdere la ragione fin dalla morte della madre. Era talmente abile nel convincere se stesso...

Celia si trastullò per qualche istante con l'idea che Dermot potesse soffrirne, che potesse provare un terribile rimorso... Per un attimo pensò, come una bambina: "Quando non ci sarò più, si dispererà...".

Ma sapeva che non era affatto così. Se una volta sola avesse ammesso con se stesso di essere in qualche modo responsabile di quella morte, sarebbe andato in pezzi... La salvezza, per lui, dipendeva proprio dal riuscire a ingannare se stesso. E ci sarebbe riuscito.

No, lei voleva andarsene, non sapere più niente.

Non ce la faceva più a sopportare.

A soffrire così...

Non pensava più a Judy: aveva superato quello stadio, ormai. Niente aveva più importanza per lei, al di là della propria tortura e del bisogno di sottrarsi a tutto.

Il fiume...

Tanto tempo prima c'era stato un fiume attraverso una vallata e tante primule. Tanto tempo prima, quando ancora non era accaduto niente.

Aveva camminato di buon passo. Ora, era arrivata al ponte.

Il fiume, rapido, scorreva giù in basso.

Intorno non c'era nessuno...

Celia si domandò dove fosse Peter Maitland. Era sposato: si era sposato dopo la guerra. Peter sarebbe stato buono. Lei sarebbe stata felice con Peter: felice e al sicuro...

Ma non lo avrebbe mai amato come amava Dermot.

Dermot. Dermot!

Così crudele...

Il mondo intero era crudele, in realtà: crudele e traditore.

Molto meglio il fiume...

Celia si arrampicò sul parapetto e saltò...

Parte terza

L'ISOLA

1

La resa

QUELLA, PER CELIA, ERA LA FINE DELLA STORIA.

Tutto quanto accadde in seguito sembrava non contare, per lei. L'inchiesta, il giovanotto che l'aveva salvata, la notizia riportata dalla stampa, l'irritazione di Dermot, la fedeltà della signorina Hood: a Celia tutte queste cose sembravano irreali e prive di importanza mentre, seduta sul letto, me le raccontava.

Non pensava affatto di ritentare il suicidio.

Riconosceva che era stato un gesto riprovevole: aveva quasi fatto quello che rimproverava a Dermot, e cioè abbandonare Judy.

«Sentivo» mi confidò «che la sola cosa che io potessi fare per riparare era di vivere soltanto per Judy e non pensare mai più a me stessa... Mi vergognavo tanto.»

Lei, la signorina Hood e Judy erano andate all'estero, in Svizzera.

Dermot le aveva scritto, accludendo le testimonianze a favore del divorzio.

Per qualche tempo, Celia non aveva fatto niente a quel riguardo.

«Vede,» mi spiegava «ero troppo disorientata. Avrei voluto fare tutto quello che lui mi chiedeva, al solo scopo di essere lasciata in pace. Avevo paura, paura che mi accadesse ancora qualcosa: ho sempre avuto paura, da allora.

«Perciò, non sapevo come regolarmi. Dermot pensava che non facessi niente per spirito di vendetta. Non era così. Avevo promesso a Judy di non lasciare che suo padre se ne andasse, eppure ero pronta a cedere per pura e semplice codardia. Avrei tanto voluto che lui e Marjorie se ne andassero insieme: a quel punto avrei potuto divorziare. In seguito avrei potuto dire a Judy: "Non avevo scelta...". Dermot mi scriveva, dicendo che tutti i suoi amici mi biasimavano per come mi comportavo. Tutti i suoi amici: sempre la stessa frase!

«Aspettavo: volevo soltanto riposare in un posto sicuro, dove Dermot non potesse venire a tormentarmi. Mi atterriva il timore che venisse a farmi nuove scenate. Non si può cedere davanti a qualcosa solo perché ne sei atterrita. Non è onesto. So di essere codarda, lo sono sempre stata. Detesto il baccano, le scenate: farei qualsiasi cosa pur di essere lasciata in pace. Qualsiasi cosa. Ma non intendevo cedere per paura. Così, resistevo.

«In Svizzera ritrovai le forze, e non so dirle quanto fosse meraviglioso per me. Non sentire il bisogno di piangere ogni volta che si affronta una salita, non sentire la nausea al solo vedersi mettere il piatto davanti. Mi passò anche quell'eterno mal di testa. È troppo dover sopportare contemporaneamente la sofferenza fisica e quella mentale. Si possono sopportare, ma l'una o l'altra. Non tutt'e due.

«Alla fine, quando mi sentii veramente in forze e ristabilita, tornai in Inghilterra. Scrissi a Dermot. Gli dissi che ero contraria al divorzio. Secondo me – anche se ai suoi occhi poteva apparire sbagliato e antiquato – bisognava rimanere insieme e sopportare, per amore dei figli. Gli dicevo che spesso la gente sosteneva che fosse meglio, per i figli, se genitori che non andavano d'accordo si separavano, ma io non la pensavo così. Dicevo che i figli avevano davvero bisogno di entrambi i genitori, perché erano fatti della loro stessa carne e del loro stesso sangue, e che ai ragazzi le liti e lo scambio di cattiverie importavano assai meno di quanto gli adulti pensassero; anzi, forse erano perfino una buona cosa, perché così imparavano che cos'è la vita. La mia era stata una casa fin troppo felice, mi aveva fatta crescere come un'illusa... Gli facevo notare, anche, che noi due non avevamo mai litigato. In fondo eravamo sempre andati d'accordo.

«Poi, gli dicevo che, secondo me, le relazioni amorose non avrebbero dovuto avere molta importanza. Lui poteva sentirsi liberissimo, purché fosse rimasto un buon padre per Judy. E ancora una volta, gli ripetevo di sapere benissimo che lui, per nostra figlia, rappresentava assai più di quanto potessi mai rappresentare io. Lei aveva bisogno di me soltanto materialmente, come un animaletto, e soltanto quando era ammalata. La vera affinità era tra loro due.

«Gli scrissi che, se fosse tornato a casa, non gli avrei mosso alcun rimprovero, né gli avrei mai rinfacciato niente. Gli domandavo anche perché non avremmo potuto essere gentili l'uno verso l'altra, visto che avevamo entrambi sofferto.

«Infine, gli dicevo che toccava a lui scegliere, ma doveva tenere presente che io al divorzio ero contraria e che, se avesse scelto in tal senso, la responsabilità delle conseguenze sarebbe stata unicamente sua.

«Lui mi rispose, mandandomi nuove testimonianze a favore della sua intenzione.

«Divorziai.

«Fu disgustoso. Stare là, davanti a una quantità di persone. Rispondere a domande... domande intime... Ascoltare le testimonianze delle cameriere...

«Una cosa orribile. Da sentirsi male.

«Divorziare dovrebbe essere molto più semplice. Gli interessati non dovrebbero essere per forza presenti...

«Insomma, come vede, alla fine mi arresi. Dermot riuscì a spuntarla. Mi sarei dovuta arrendere fin dal primo momento: avrei risparmiato a me stessa una grande quantità di sofferenze e di orrori.

«Non so se sono contenta di avere resistito tanto oppure no. Non so nemmeno perché finii per arrendermi: forse perché ero stanca e volevo stare in pace, o perché avevo finito per convincermi che fosse la sola cosa da fare... O, forse, l'avrò fatto perché nel mio intimo volevo accontentare Dermot?

«A volte, penso che la spiegazione sia quest'ultima.

«Ecco perché, in seguito, mi sentivo in colpa ogni volta che mia figlia mi guardava.

«Alla fine, vede, avevo tradito Judy per Dermot.»

2
Riflessione

DERMOT AVEVA SPOSATO MARJORIE pochi giorni dopo che la sentenza era stata resa esecutiva.

Ero curioso di conoscere l'atteggiamento di Celia verso l'altra donna. Vi aveva accennato in modo vago, nel suo racconto, quasi come se l'altra non esistesse. Nemmeno una volta aveva avanzato l'ipotesi che Dermot, essendo un debole, fosse stato traviato, sebbene sia in genere l'atteggiamento più comune in una moglie tradita.

Alla mia domanda, Celia rispose subito, e con molta franchezza.

«No, non credo: che lei lo avesse traviato, voglio dire. Marjorie? Cosa pensavo di lei? Non me lo ricordo... ma non credo che avesse molta importanza. Era di Dermot e di me che m'importava, non di Marjorie. Era il fatto che lui fosse crudele con me, quello che non riuscivo ad accettare.»

In questo, penso di vedere quello che Celia non sarà mai in grado di vedere. Lei era profondamente sensibile a ogni forma di sofferenza. Una farfalla appuntata al cappello non avrebbe mai sconvolto Dermot, da bambino. Lui sarebbe partito immediatamente dal principio che alla farfalla piacesse!

Ed è la stessa linea di condotta che seguì con Celia. A Celia voleva bene, ma voleva Marjorie. Fondamentalmente, era un giovane molto onesto. Perché Dermot fosse in grado di sposare Marjorie, Celia doveva uscire di scena. Dato che le era affezionato, avrebbe voluto che l'idea piacesse anche a lei. Siccome Celia non voleva saperne, era in collera con lei. Proprio perché farla soffrire gli dispiaceva, la faceva soffrire più che mai e si comportava in maniera inutilmente brutale... Posso comprendere: riesco quasi a mettermi nei suoi panni.

Se avesse permesso a se stesso di accorgersi di essere crudele nei confronti di Celia, non sarebbe stato più in grado di esserlo. Era, come molti uomini brutalmente onesti, disonesto verso se stesso. Si riteneva migliore di quanto realmente fosse.

Voleva Marjorie e doveva averla. Aveva sempre ottenuto tutto quello che voleva, e la vita con Celia non lo aveva certo migliorato.

Amava Celia, credo, per la sua bellezza e unicamente per questo.

Lei lo amava in modo totale, e per sempre. Come lei stessa a un certo punto aveva detto, lo aveva nel sangue...

E, inoltre, tendeva ad aggrapparsi, mentre Dermot era di quelli che non sopportano di sentirsi troppo legati. Celia aveva ben poca malizia in sé, e una donna priva di malizia ha scarse probabilità di riuscita con gli uomini.

Miriam di malizia ne aveva. Nonostante tutto il suo amore per John, sono convinto che a volte gli rendesse la vita difficile. Lo adorava, ma lo metteva anche alla prova. C'è, nell'uomo, un bruto al quale piace, ogni tanto, vedersi tenere testa.

Miriam aveva qualcosa che a Celia mancava. Forse, quello che volgarmente si chiama "fegato".

Quando Celia tentò di tenere testa a Dermot, era troppo tardi.

Riconobbe di essere arrivata a pensarla diversamente sul conto del marito, nel momento in cui non si sentì più disorientata dalla sua improvvisa, evidente mancanza di umanità.

«Da principio» mi disse «capivo una sola cosa: dopo che l'avevo sempre amato, dopo che avevo fatto tutto quello che lui voleva, ecco che, la prima volta che avevo veramente bisogno di lui, Dermot mi accoltellava alla schiena. È un'immagine un po' grossolana, se vogliamo, ma esprime quello che provavo.

«Ci sono alcune parole, nella Bibbia, che descrivono esattamente il mio stato d'animo.» Fece una pausa, poi citò:

«"Se mi avesse insultato un nemico, l'avrei sopportato... Ma sei tu, mio compagno, mio amico e confidente."

«Era questo, capisce, che mi faceva soffrire! "Mio amico e confidente."

«Se Dermot poteva essere infido, allora chiunque poteva esserlo. Il mondo stesso diventava insicuro. Non potevo più fidarmi di niente e di nessuno.

«È orribile, è spaventoso. Non ha idea di quanto sia spaventoso. Non c'è più un luogo che sia sicuro, da nessuna parte.

«Vedi... sì, ecco, vedi l'Uomo col Fucile dappertutto.

«Ma, naturalmente, la colpa di tutto era mia, per essermi fidata troppo di Dermot. Non bisogna mai fidarsi di nessuno fino a quel punto. Non è giusto.

«In tutti questi anni, mentre Judy cresceva, ho avuto tempo di riflettere. Ho pensato molto. E ho capito che tutto il guaio stava nel fatto che *io* ero una stupida... Stupida e arrogante!

«Amavo Dermot, e non facevo niente per tenermelo. Avrei dovuto capire che cosa voleva, e cercare di darglielo. Avrei dovuto rendermi conto – come lui stesso mi disse – che avrebbe desiderato "un cambiamento"... Mia madre non sarebbe partita, lasciandolo solo... Io l'avevo lasciato solo. Ero così arrogante da non pensare neppure a un'eventualità come quella che poi si è verificata. Ero talmente sicura di essere la persona che lui amava e che avrebbe sempre amato. Come ho detto, non è giusto dare una fiducia eccessiva agli altri, caricarli di pesi che non possono sopportare, metterli su un piedistallo soltanto perché a noi piace che ci stiano. Non avevo mai visto Dermot come veramente era... Avrei potuto vederlo, se non fossi stata così arrogante da ritenere che quel che accadeva alle altre non sarebbe mai potuto succedere a me. Sono stata una stupida.

«Perciò, ora non do più la colpa a Dermot: lui era fatto così, semplicemente. Avrei dovuto capirlo, stare in guardia e non essere così compiaciuta e sicura di me stessa. Se una cosa ti sta a cuore più di qualsiasi altra al mondo, devi difenderla con astuzia... e io, astuta, non lo sono stata affatto.

«È una storia molto comune, ormai lo so. Basta leggere i giornali: specialmente quelli della domenica, che danno molto risalto a queste cose. Donne che mettono la testa nel forno a gas, o che si avvelenano con i sonniferi. Il mondo è così: pieno di crudeltà e di dolore, perché la gente è stupida.

«Io ero stupida. Vivevo in un mondo tutto mio. Sì, ero proprio una stupida.»

3

Fuga

«E IN SEGUITO?» domandai a Celia. «Che cos'ha fatto, in seguito? Da allora è passato del tempo.»

«Sì, dieci anni. Be', ho viaggiato. Ho visto i luoghi che desideravo vedere, mi sono fatta una quantità di amici. Ho avuto avventure. Credo, in complesso, di essermi divertita molto.»

Ma sembrava molto vaga in proposito.

«C'erano le vacanze di Judy, naturalmente. Mi sono sempre sentita in colpa verso Judy, e penso che lei lo sapesse. Non ha mai detto niente, ma sono convinta che, in cuor suo, pensava che fosse colpa mia se lei aveva perduto il padre. E, in verità, aveva ragione. Una volta mi disse: "Era *te* che papà non voleva. A me voleva bene". L'avevo delusa. Una madre dovrebbe sapere come farsi amare dal padre dei suoi figli. Fa parte del suo compito. Io non ne ero stata capace. Judy era inconsapevolmente crudele, a volte, ma mi faceva del bene. Era così franca e incapace di compromessi!

«Non so se ho fallito anche con Judy oppure no. Non so se mi voglia bene o non me ne voglia. Le ho dato cose materiali. Le altre non sono stata in grado di dargliele – quelle che contano, per me –, anche perché lei non le voleva. Ho fatto la sola cosa possibile. Proprio perché l'amavo, l'ho lasciata in pace. Non ho cercato di imporle i miei modi di vedere e le mie convinzioni. Ho cercato di farle sentire che, se ha bisogno di me, io ci sono sempre. Ma Judy, vede, non mi vuole affatto. Una persona come me non serve a una persona come lei: salvo, come dicevo, per le cose materiali. La amo, proprio come amavo Dermot, ma non la capisco. Ho tentato di lasciarla libera, ma al tempo stesso di non cedere davanti a lei soltanto per viltà. Se le sono stata di qualche utilità, non lo saprò mai. Spero di sì... oh, lo spero tanto, perché le voglio molto bene.»

«Dov'è, ora?»

«È sposata. Ecco perché sono venuta qui. Finora, voglio dire, non ero libera. Dovevo occuparmi di lei. Si è sposata, a diciott'anni. Lui è un uomo molto simpatico. È più maturo di lei, è serio, gentile, ha una buona posizione; è tutto quello che potevo desiderare. Volevo che Judy aspettasse un po', per essere proprio sicura, ma non ha voluto saperne. Non si può lottare con persone come Judy e

Dermot. Devono averla vinta loro. E poi, come si fa a giudicare per conto di un altro? Si rischia di rovinare la sua vita, nell'intento di essere utile. Non bisogna mai interferire.

«È in Africa Orientale, ora. Mi scrive, di tanto in tanto, lettere brevi e allegre. Sono come quelle di Dermot, ti raccontano esclusivamente i fatti, ma si capisce che va tutto bene.»

«Quindi» dissi «è venuta qui. Perché?»

Lentamente, rispose:

«Non so se riuscirò a farglielo capire... Una cosa che un uomo mi disse, una volta, mi fece una grande impressione. Gli avevo raccontato qualcosa di quanto era accaduto. Era una persona comprensiva. Disse: "E della sua vita che cosa intende fare? Lei è ancora giovane". Dissi che c'era Judy, e poi i viaggi, le cose e i luoghi da vedere.

«Mi rispose: "Non sarà sufficiente. Dovrà prendersi un amante, oppure averne diversi. Dovrà decidere quale delle soluzioni scegliere".

«E questo, vede, mi spaventò, perché capivo che aveva ragione.

«La gente – quella normale, che parla senza riflettere – avrebbe detto: "Oh, mia cara, un giorno o l'altro si risposerà: troverà un brav'uomo che la compenserà di tutto".

«Sposarmi? Mi sentirei morire al solo pensiero. Nessuno può farti veramente soffrire, se non un marito: nessuno ti sta altrettanto vicino.

«Non intendevo avere più niente a che fare con gli uomini, ma quel giovane mi aveva spaventata. Non ero ancora vecchia, o non abbastanza.

«Poteva esserci un amante? Un amante non mi avrebbe terrorizzata quanto un marito. Non si dipende mai completamente da un amante: sono le piccole intimità condivise a distruggerti completamente, quando ti separi da un uomo... Con un amante hai soltanto degli incontri occasionali: la tua vita quotidiana appartiene a te...

«Un amante, o degli amanti...

«Degli amanti, sarebbe stato preferibile. Averne diversi è... come dire?... un modo di sentirsi più al sicuro.

«Ma mi auguravo di non arrivare a questo. Speravo di avere imparato a vivere sola. Mi sforzavo.»

Non parlò per alcuni istanti. "Mi sforzavo" aveva detto. Ed erano parole che dicevano molte cose.

«Sì?» la sollecitai, alla fine.

Lentamente, riprese:

«Quando Judy aveva quindici anni, incontrai una persona... Era un tipo molto simile a Peter Maitland... Dolce, non molto intraprendente. Mi amava...

«Mi diceva che la cosa di cui avevo bisogno era la dolcezza. Fu molto buono con me. Sua moglie era morta nel mettere al mondo il loro primo figlio, ed era morto anche il bambino. Perciò, vede, era stato infelice anche lui. Capiva quello che provavo.

«Ci piaceva fare le cose insieme: sembravamo in grado di scambiarci le impressioni e condividerle. E a lui non dispiaceva che rimanessi me stessa. Potevo dire che mi ero divertita e mostrarmi entusiasta, senza che mi considerasse una sciocca. Era – sembrerà strano, quello che dico, ma era proprio così –, era come una *madre*, per me. Una madre, non un padre! Era talmente caro...»

La voce di Celia si era addolcita. La sua espressione era quella di una bambina: felice, fiduciosa...

«Sì?»

«Voleva sposarmi. Io gli dicevo che non potevo... non potevo sposare nessuno... che prima o poi mi sarei persa d'animo. Capiva anche questo.

«Le parlo di fatti accaduti tre anni fa. Michael era un amico: un amico meraviglioso. Era sempre disponibile, quando avevo bisogno di lui. Mi faceva sentire *amata*. È una sensazione meravigliosa.

«Dopo il matrimonio di Judy, mi chiese nuovamente di sposarlo. Diceva di ritenere che, ormai, potevo fidarmi di lui. Voleva avere cura di me. Diceva che saremmo tornati a casa: nella mia casa. È rimasta chiusa, con un custode, in tutti questi anni. Non sopportavo di andarci, ma ho sempre sentito che è là, e che mi aspetta... Lui mi diceva che saremmo andati a vivere là, e che tutta l'infelicità passata mi sarebbe sembrata un brutto sogno.

«E io sentivo di volerlo a mia volta.

«Eppure, chissà perché, non potevo accettare. Gli rispondevo che potevamo essere amanti, se lo desiderava. Non aveva importanza, ormai che Judy si era sposata. Così, se avesse rivoluto la sua libertà, in qualsiasi momento avrebbe potuto lasciarmi. Non sarei mai stata d'ostacolo, e lui non avrebbe mai dovuto odiarmi perché gli ero d'intralcio mentre voleva sposare un'altra.

«Ma non voleva saperne. Era gentile ma fermo. Era un medico, capisce? Un chirurgo, e anche piuttosto famoso. Diceva che dovevo superare quel terrore nervoso. Assicurava che, una volta sposati, tutto sarebbe andato bene...

«Alla fine, dissi di sì.»

Io tacevo e, di lì a qualche istante, Celia riprese: «Mi sentivo felice, veramente felice. Di nuovo in pace e proprio come se fossi al sicuro.

«E poi, accadde qualcosa. E accadde proprio il giorno prima che ci sposassimo.

«Eravamo andati a cena in un posto all'aperto, fuori città. Era una serata molto calda. Eravamo seduti in un parco, in prossimità di un fiume. Lui mi baciò, e mi disse che ero bella. Ho trentanove anni, sono logora e stanca, ma lui diceva che ero bella.

«*E poi disse la cosa che mi atterrì, che infranse e disperse il sogno*».

«Che cosa disse?»

«Disse: "Non essere mai meno bella...".

«Lo disse con lo stesso tono di voce in cui l'aveva detto Dermot.»

«Immagino che lei non possa capire: nessuno ci riuscirebbe. *Era di nuovo l'Uomo col Fucile.*

«Sembra che tutto sia sereno e tranquillo, quando senti che *lui* è lì...

«Da un istante all'altro ritornò il terrore.

«E non potevo affrontarlo, non potevo rivivere tutto da capo: essere felice per anni e poi, per una malattia o qualche altra cosa, ripiombare di nuovo nella disperazione...

«*Non potevo rischiare di riviverlo una seconda volta!*

«Quello che veramente non potevo affrontare, penso, era il pensiero orribile che tutto potesse ripetersi di nuovo; essere atterrita dall'idea che un'esperienza analoga si stesse avvicinando giorno dopo giorno, e che ogni ora di felicità rendesse quel timore ancora più angoscioso... Insomma, era la suspense quella che non potevo affrontare.

«E così, scappai.

«Proprio così.

«Lasciai Michael. Non credo che abbia capito perché me ne sono andata. Con una scusa, rientrai nel ristorante dove avevamo cenato e domandai come potevo arrivare alla stazione. Era a soli dieci minuti di cammino. Saltai sul primo treno in partenza.

«Una volta arrivata a Londra corsi a casa, presi il mio passaporto e andai a sedermi in una sala d'aspetto della Stazione Vittoria, ad aspettare che facesse giorno. Avevo paura che Michael venisse a cercarmi e riuscisse a persuadermi... E mi sarei lasciata facilmente convincere, gliel'assicuro, perché lo amavo. Era stato sempre così caro con me.

«Ma non me la sento di passare di nuovo quello che ho passato. Non posso! Ed è troppo orribile vivere in preda alla paura. È troppo orribile non avere più nessuna fiducia. E io, semplicemente, non potrei fidarmi di nessuno. Nemmeno di Michael.

«Sarebbe una tortura per gli altri, non soltanto per me.»

«Tutto questo risale a un anno fa...

«Non ho mai scritto a Michael. Non gli ho mai dato nessuna spiegazione. L'ho trattato malissimo...

«Non me ne importa niente. Dopo l'esperienza con Dermot, mi sono indurita. Non mi sono più curata di sapere se per caso facevo soffrire qualcuno. Quando tu stessa sei stata ferita in modo orribile, non ti curi più di niente.

«Ho provato a viaggiare, ho cercato di interessarmi alle cose e di crearmi una vita per conto mio.

«Bene, non ci sono riuscita.

«Non posso vivere sola... Non riesco più a inventare storie su personaggi inesistenti: non mi viene in mente niente.

«Così, sono condannata a sentirmi sempre sola, anche in mezzo alla folla. E non posso vivere con un'altra persona. Ho troppa, troppa paura.

«Mi sento sconfitta. Non posso affrontare il pensiero di vivere, chissà, altri trent'anni. Capisce? Non sono abbastanza coraggiosa...»

Celia sospirò. Le palpebre le si chiudevano.

«Ricordavo questo posto, e ci sono venuta di proposito... È un posto bellissimo...»

Poi aggiunse:

«È una storia lunghissima e stupida, questa... Mi sembra di avere parlato tanto... deve essere mattina, ormai...»

E si addormentò.

4
Inizio

DUNQUE, QUESTO È TUTTO; tranne un particolare, a cui avevo fatto cenno al principio del mio racconto.

Occorre stabilire se fu un particolare importante oppure no.

Io penso che l'intera storia di Celia conducesse a quel preciso istante, e lì raggiungesse il suo culmine.

Si verificò mentre le dicevo addio, sulla nave.

Lei crollava letteralmente dal sonno. L'avevo svegliata e costretta a vestirsi. Volevo portarla via dall'isola in fretta. Era come una bambina stanca: ubbidiente, remissiva e completamente disorientata.

Forse mi sbagliavo, ma pensavo che il pericolo fosse passato...

E poi, all'improvviso, mentre le dicevo addio, parve ridestarsi. In un certo senso, direi che *mi vide* per la prima volta.

Disse: «Non conosco nemmeno il suo nome».

E io: «Non ha importanza; tanto, non le direbbe niente. Ma un tempo ero un pittore ritrattista e anche piuttosto noto».

«Non lo è più?»

«No,» risposi «mi è successo qualcosa, in guerra.»

«Cosa?»

«Questo...»

E spinsi avanti il mio moncherino, dove la mano destra non esisteva più.

Suonava l'ultima campana di avvertimento, e mi toccò scappare via.

Perciò, mi rimase soltanto un'impressione.

Ma quell'impressione è chiarissima: *orrore*, e poi *sollievo*...

Sollievo è una parola che non dice molto. Era qualcosa di più. Forse è più esatto dire *liberazione*.

Era tornato l'Uomo col Fucile, capisci? Il suo simbolo per indicare la paura...

L'Uomo col Fucile l'aveva perseguitata in tutti quegli anni. E ora, finalmente, Celia lo aveva affrontato faccia a faccia.

Ed era un essere umano come tutti gli altri.
Ero *io*.

Questa è la mia opinione.
Sono fermamente convinto che Celia sia ritornata nel mondo per ricominciare a vivere.
Vi ritornava a trentanove anni, per diventare adulta.
E si era lasciata alle spalle la sua storia e la sua paura: le aveva lasciate a me.
Non so dove sia andata. Non conosco neppure il suo nome. L'ho chiamata Celia perché è un nome che le si addice. Potrei scoprirlo, immagino, facendo indagini negli alberghi. Ma non voglio farlo... Penso proprio che non la rivedrò mai più.

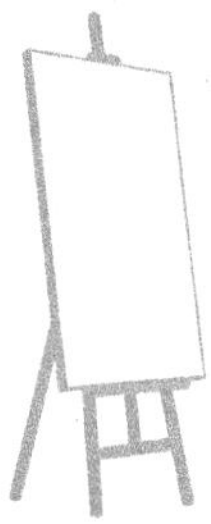

Il deserto *del* cuore

Sono stato assente da te nella primavera...

1

JOAN SCUDAMORE STRIZZÒ LE PALPEBRE per scrutare meglio nella penombra della sala da pranzo della rest house. Era un po' miope.

«Possibile che... ma no, non è lei... Eppure sì! È Blanche Haggard.»

Incredibile! In un posto così, proprio fuori dal mondo, si era imbattuta in una compagna di scuola che non rivedeva da... ah, per lo meno da quindici anni.

Lì per lì, Joan fu felicissima della scoperta. Era socievole per natura, sempre contenta di incontrare amici e conoscenti.

Pensò tra sé: "Ma, povera cara, che cambiamento orribile. Sembra molto più vecchia della sua età. In fin dei conti, quanti anni potrà avere? Vediamo... quarantotto?".

Le venne istintivo, a quel punto, gettare un'occhiata nello specchio che, guarda caso, era appeso proprio accanto al suo tavolo. Quello che vide la mise ancora più di buonumore.

"Francamente," pensò "porto i miei anni proprio bene."

Riflessa nello specchio vedeva una donna snella di mezz'età, dal volto singolarmente liscio e senza rughe, i capelli castani appena striati di grigio, occhi azzurri, piuttosto belli, e una bocca allegra, sempre sorridente. Indossava un completo molto fresco e una borsa piuttosto grande che conteneva tutto l'occorrente per il viaggio.

Tornava da Baghdad a Londra via terra. Era arrivata in treno la sera prima, quella sera avrebbe pernottato lì alla Railway Rest House e il mattino seguente avrebbe proseguito in macchina.

Era stata un'improvvisa malattia della figlia più giovane a farle lasciare l'Inghilterra in fretta e furia: Joan si era resa conto dello scarso senso pratico di William, suo genero, e del caos che si sarebbe creato in una casa priva di un efficiente controllo.

Bene, ora tutto era a posto. Lei aveva preso le redini della situazione dando precise disposizioni. Il bebè, William, Barbara convalescente, tutto era stato pianificato in modo da filare liscio come l'olio. "Grazie al cielo," pensava Joan "ho sempre avuto la testa sulle spalle."

William e Barbara si erano dimostrati pieni di gratitudine. Avevano insistito perché restasse, perché non ripartisse immediatamente, ma lei, sia pure con un breve sospiro, aveva rifiutato con un sorriso, perché bisognava pensare anche a Rodney. Povero vecchio Rodney, rimasto là a Crayminster, immerso nel lavoro fino alle orecchie e senza nessuno in casa che provvedesse al suo benessere, salvo i domestici.

«Dopo tutto,» aveva detto Joan «che cosa possono fare i domestici?»

«I tuoi, mamma,» aveva risposto Barbara «sono sempre perfetti. Ci pensi tu a fare in modo che sia così.»

Lei aveva riso, ma in verità ne era lusingata. Perché si sa, sentirsi apprezzati fa piacere. A volte si era domandata se la sua famiglia non desse un po' troppo per scontati il perfetto andamento della casa e la sua cura e devozione.

Non che, dal canto suo, potesse lamentarsi. Tony, Averil e Barbara erano figli meravigliosi e lei e Rodney avevano tutti i motivi per essere fieri della loro educazione e del loro successo nella vita.

Tony coltivava arance in Rhodesia; Averil, dopo aver dato ai genitori qualche preoccupazione, si era sistemata sposando un ricco e affascinante agente di cambio. Il marito di Barbara aveva un ottimo impiego nel dipartimento dei Lavori pubblici, in Iraq.

Erano tre bei ragazzi dall'aspetto sano e dai modi amabili. Joan sentiva che lei e Rodney erano stati fortunati e, nel suo intimo, era del parere che parte del merito fosse loro. In fin dei conti, avevano allevato i figli con la massima cura, scegliendo con molta attenzione bambinaie e governanti e, più tardi, le scuole, e anteponendo sempre a tutto il benessere e la salute dei figlioli.

Quando distolse lo sguardo dalla sua immagine riflessa nello specchio, Joan avvertì un piacevole senso di soddisfazione. "È bello" pensava "sentire di essere riusciti nel proprio compito. Non ho mai desiderato una carriera o qualcosa di simile. Ero contentissima di essere una moglie e una madre. Ho sposato l'uomo che amavo e lui ha avuto successo nella sua professione... e forse anche questo è in parte merito mio. Con un po' di ascendente si può fare molto... Caro Rodney!"

Il pensiero che presto, molto presto, lo avrebbe rivisto le scaldò il cuore. Non era mai stata così a lungo lontana da lui. Che vita tranquilla avevano condotto insieme.

Be', forse definirla "tranquilla" non era esatto. La vita di famiglia non era mai veramente tranquilla. Vacanze, malattie infettive, tubature rotte in pieno inverno. L'esistenza, in realtà, era una serie di piccoli drammi. E Rodney aveva sempre lavorato molto duramente, forse più di quanto la sua salute glielo permettesse. Quella volta, sei anni prima, aveva avuto un brutto esaurimento. "Lui non è invecchiato bene quanto me" pensò Joan con una punta di rimorso. Era piuttosto curvo, e c'erano molti fili bianchi tra i suoi capelli. Aveva sempre un'espressione stanca, e si notava dagli occhi, soprattutto.

D'altronde, così era la vita. E ora, con i figli sposati, lo studio che andava bene, e il nuovo socio che aveva apportato nuovi capitali, Rodney poteva prendere le cose con più calma. Loro due avrebbero avuto il tempo per godersela. Dovevano ricevere un po' più spesso, e di tanto in tanto passare una o due settimane a Londra. Rodney, forse, avrebbe potuto giocare a golf. Sì, certo, perché non ci aveva pensato prima? Era uno sport così salutare, soprattutto per chi era costretto a passare tante ore in ufficio.

Una volta stabilito che avrebbe convinto suo marito a praticare il golf, la signora Scudamore guardò ancora una volta la donna nella quale era sicura di avere riconosciuto l'antica compagna di scuola.

Blanche Haggard. Aveva una vera adorazione per lei, quando erano al St Anne! E chi non adorava Blanche? Una ragazza così ardita, così divertente, e poi così *bella*, certo! Strano ripensarci ora, vedendo quella donna matura, così magra, inquieta, sciatta. Che modo assurdo di vestire! E dimostrava a dir poco... eh, sì, una sessantina di anni.

"Naturalmente," pensò Joan "ha avuto una vita molto sfortunata."

Avvertì una momentanea sensazione di fastidio. Le sembrava uno spreco, anzi, un delitto. A ventun anni, Blanche aveva il mondo ai suoi piedi: bellezza, posizione sociale, tutto! E non aveva gettato tutto al vento per quell'essere assolutamente inqualificabile? Un veterinario: ma sì, proprio un veterinario! Sposato, per giunta, il che peggiorava le cose. La famiglia di lei si era comportata con ammirevole fermezza, portandola a fare il giro del mondo in una di quelle crociere di piacere. E Blanche era stata capace di scendere dalla nave, forse ad Algeri o a Napoli, per tornarsene a casa e andare a vivere con il suo veterinario. Lui aveva perso la clientela, naturalmente, e aveva cominciato a bere, e la moglie non aveva voluto concedergli il divorzio. Poco dopo, i due avevano lasciato Crayminster e Joan non aveva saputo più niente di lei per anni, finché non l'aveva incontrata un giorno a Londra, da Harrods, dove si trovavano entrambe per comprare delle scarpe. Dopo una breve conversazione, molto discreta – discreta da parte di Joan: Blanche non aveva mai saputo cosa fosse, la discrezione –, aveva scoperto che Blanche era sposata con un certo Holliday, impiegato presso una società di assicurazioni. Ma Blanche pensava che presto suo marito si sarebbe licenziato perché intendeva scrivere un libro su Warren Hastings e non voleva limitarsi a buttare giù qualcosa quando tornava a casa dall'ufficio: intendeva dedicare a quel progetto tutto il suo tempo.

«Devo supporre che tuo marito disponga di mezzi personali» aveva mormorato lei. E Blanche aveva risposto con nonchalance che Holliday non aveva un centesimo! Joan aveva osservato che, forse, licenziarsi dall'impiego sarebbe stato poco saggio, se non era sicuro che il libro avrebbe avuto successo. Esisteva già un contratto? «Figuriamoci, macché!» aveva risposto allegramente Blanche, e aveva aggiunto di non credere affatto che il libro potesse avere successo, perché Tom, sebbene ci tenesse parecchio, in realtà non scriveva molto bene. Al che Joan, scaldandosi un po', le aveva detto che doveva imporsi, ma la sua vecchia amica aveva reagito guardandola meravigliata e replicando: «Ma lui vuole scrivere, poverino. Ci tiene moltissimo». A volte, aveva osservato Joan, uno doveva avere buonsenso per due. Blanche aveva riso e aveva commentato che, quanto a lei, non ne aveva mai avuto abbastanza nemmeno per sé!

Ripensandoci, Joan si diceva che, disgraziatamente, era fin troppo vero. Un anno più tardi aveva rivisto Blanche in un ristorante, insieme a una donna dall'aspetto singolarmente vistoso e a due uomini altrettanto appariscenti. Dopodiché, l'unico segno di vita da parte di Blanche era stato quando, cinque anni dopo, le aveva scritto per chiederle un prestito di cinquanta sterline. Il suo bambino, spiegava, aveva bisogno di un intervento chirurgico. Joan gliene aveva mandate venticinque, con una lettera gentile in cui chiedeva ragguagli. La risposta era stata una cartolina sulla quale Blanche aveva scarabocchiato: "Grazie, Joan, sapevo che non avresti detto di no", il che era gratificante, in un certo senso, ma non troppo soddisfacente. Da quel momento, silenzio. E ora lì, in una stazione ferroviaria del Vicino Oriente, tra le lampade a kerosene che ardevano e vacillavano avvolte in un tanfo di grasso di montone rancido, paraffina e insetticida, c'era l'amica di tanti anni prima, incredibilmente invecchiata, involgarita e male in arnese.

Blanche finì di cenare per prima, e stava lasciando la sala quando scorse Joan. Si arrestò.

«Santo cielo, sei tu!»

Qualche istante dopo, aveva avvicinato una sedia al tavolino dell'amica e ora stavano chiacchierando.

A un tratto, Blanche disse: «Ti sei conservata bene, mia cara. Dimostri trent'anni. Dove sei stata in tutto questo tempo? In frigorifero?».

«Non direi, veramente. Sono stata a Crayminster.»

«Nata, cresciuta, sposata e sepolta a Crayminster» disse Blanche.

Joan replicò, con una risata: «È una sorte tanto tragica?».

Blanche scosse la testa.

«No» disse, in tono serio. «Direi anzi che è buona. Che ne è dei tuoi figli? Avevi dei figli, vero?»

«Sì, tre. Un maschio e due femmine. Il ragazzo è in Rhodesia. Le ragazze sono sposate. Una vive a Londra. Sono appena stata a trovare l'altra, a Baghdad. Si chiama Wray: Barbara Wray.»

Blanche assentiva.

«L'ho vista. Una bella figliola. Si è sposata un po' troppo giovane, non credi?»

«Non lo penso affatto» disse Joan, irrigidita. «Vogliamo tutti molto bene a William, e loro due sono felici.»

«Sì, sembra che ora si siano messi tranquilli. Il bambino ha avuto probabilmente un effetto positivo. Avere un figlio rende una ragazza, come dire?... più posata. Non che a me sia servito» aggiunse con fare pensoso Blanche. «Volevo molto bene a quelle due creaturine: Len e Mary. Eppure, quando è comparso Johnnie Pelham, sono andata con lui e le ho abbandonate senza pensarci due volte.»

Joan la guardava con disapprovazione.

«Con che coraggio, Blanche?» disse, accalorandosi. «Come hai potuto fare una cosa simile?»

«Una vera infamia, eh?» disse Blanche. «Naturalmente sapevo che con Tom sarebbero stati benissimo. Lui ha sposato una brava ragazza, tutta casa e famiglia. Molto più adatta a lui di quanto lo fossi io. Una che gli preparava i pasti, gli rammendava la biancheria e via dicendo. Caro Tom, era proprio una brava bestiolina. Pensa che per anni, in seguito, mi ha mandato gli auguri a Natale e a Pasqua. Carino da parte sua, vero?»

Joan non rispondeva. Era troppo immersa in pensieri contrastanti, tra i quali predominava la meraviglia che quella... quella donna fosse Blanche Haggard, la ragazza vivacissima, di ottima famiglia, che al St Anne era sempre stata l'allieva più brillante. Quella sciattona, che non provava la minima vergogna nel confessare i particolari più sordidi della sua vita, e per di più in un linguaggio così colorito! Incredibile, la stessa Blanche Haggard che, a scuola, era sempre stata premiata per i suoi temi.

Blanche riprese il discorso.

«Strano che la piccola Barbara Wray sia tua figlia, Joan. Dimostra che la gente si fa sempre idee sbagliate. Tutti si erano messi in testa che fosse talmente infelice, a casa sua, da sposare il primo che l'aveva chiesta in moglie pur di andarsene.»

«Ma è ridicolo! Da dove vengono simili stupidaggini?»

«Non riesco a immaginarlo. Perché di una cosa sono sicura, Joan, e cioè che tu sei sempre stata una madre modello. Proprio non ti vedo a mostrarti irritata o scortese.»

«Sei molto gentile, Blanche. Penso di poter dire che abbiamo sempre dato una casa serena ai nostri figli, facendo tutto il possibile perché fossero felici. Secondo me è importante, sai, essere *amici* dei propri figli.»

«Bello, sì... sempre che uno ci riesca.»

«Oh, si può eccome. Si tratta soltanto di ricordare come si era da giovani e di mettersi sempre nei loro panni.» La faccia levigata e seria di Joan si protendeva un poco, ora, verso quella dell'antica compagna di scuola. «Rodney e io ci siamo sempre sforzati di farlo.»

«Rodney? Fammi pensare, avevi sposato un avvocato, vero? Certo... fu proprio nello studio dove lavorava lui che andai la volta che Harry stava cercando di divorziare da quella strega della sua prima moglie. Se non sbaglio parlammo proprio con tuo marito: Rodney Scudamore. Era straordinariamente caro e gentile, molto comprensivo. E sei rimasta con lui tutti questi anni! Nessuna avventura, tanto per cambiare?»

Joan replicò, in tono rigido: «Nessuno di noi due ha sentito il bisogno di un diversivo. Rodney e io siamo perfettamente soddisfatti l'uno dell'altra».

«Tu, certo, sei sempre stata fredda come il marmo, Joan. Ma avrei detto che tuo marito avesse l'occhio di chi si guarda intorno, eccome!»

«Per favore, Blanche!»

Joan aveva avuto un vero scatto di indignazione. "L'occhio di chi si guarda intorno", questa poi!... Rodney?

E improvviso, discordante, un pensiero s'intrufolò nella sua mente e la attraversò con un guizzo, come il serpente che, il giorno prima, aveva attraversato il sentiero polveroso davanti alla macchina: una semplice striscia verde che si contorceva ed era sparita quasi prima che ci fosse il tempo di notarla.

La striscia era formata da due parole, balzate fuori dal nulla e subito inghiottite dall'oblio.

Quella Randolph...

Sparite, prima che lei avesse il tempo di prenderne veramente coscienza.

Blanche aveva un'aria contrita, ma divertita.

«Scusami, Joan. Andiamo nella stanza accanto a bere un caffè. Sono sempre stata poco raffinata, lo sai.»

«Oh, no» si affrettò a protestare Joan, sincera e vagamente scandalizzata.

Blanche sembrava divertita.

«Sì, invece, non ti ricordi? Ricordi quella volta che uscii di nascosto per andare a un appuntamento con il figlio del fornaio?»

Joan trasalì. Aveva dimenticato l'incidente. All'epoca era sembrata un'audacia e – sì – una cosa molto romantica. In realtà, un episodio volgare e spiacevole.

Blanche, sistemandosi in una poltrona di vimini e gridando al *boy* di portare del caffè, rideva da sola.

«Che tipetto spaventosamente precoce dovevo essere. Oh, be', è sempre stata la mia condanna. Gli uomini mi sono sempre piaciuti troppo. E sempre i peggiori! Incredibile, vero? Prima Harry – e quello peggio di così non poteva essere, anche se era bello da morire. Poi Tom, che è sempre stato una noia, anche se in fondo gli ero affezionata. Johnnie Pelham... con lui è stato bello, finché è durato. Gerald non valeva granché, a pensarci bene...»

A questo punto il *boy* portò il caffè, interrompendo così quello che Joan non poteva fare a meno di considerare un catalogo piuttosto disgustoso.

Blanche si accorse dell'espressione dell'amica.

«Scusa, Joan, ti ho scandalizzata. Sei sempre stata un po' bigotta, vero?»

«Oh, anzi, mi illudo di avere una certa ampiezza di vedute.»

Joan si sforzò di sorridere, poi aggiunse, un po' goffamente: «Dico solo che... mi dispiace, mi dispiace *tanto*».

«Per me?» Blanche sembrava divertita da quell'idea. «Sei gentile, tesoro, ma non è proprio il caso. Io me la sono goduta un mondo, nel complesso.»

Joan non seppe trattenersi dal gettare un'occhiata intorno. Ma aveva idea, la sua amica, del proprio aspetto deplorevole? Quei capelli tinti malamente di rosso, quegli abiti troppo vistosi e un po' sudici, quella faccia sciupata e segnata da vecchia: una vecchia imbellettata, una vecchia barbona senza decoro!

Blanche, facendosi improvvisamente seria, osservò: «Sì, hai perfettamente ragione. La tua vita è stata un successo, mentre io, be', della mia ho fatto un vero macello. Sono scesa sempre più in basso, mentre tu salivi... No, tu sei rimasta dov'eri: la studentessa modello che ha sposato un buon partito, e che ha sempre fatto onore alla sua scuola».

Joan, cercando di dirottare la conversazione sul solo argomento che avessero in comune, osservò: «Erano bei tempi, quelli, vero?».

«Così così.» Blanche sembrava indifferente, tutto sommato. «Io spesso mi annoiavo. Era tutto così pomposo, così sano e perbene. Avevo voglia di uscire e vedere il mondo. Bene,» accennò una smorfia divertita «l'ho visto. Posso proprio dire che l'ho visto.»

Per la prima volta, Joan toccò l'argomento della presenza di Blanche nella rest house.

«Stai tornando in Inghilterra? Riparti anche tu in automobile, domani mattina?»

Non era del tutto entusiasta di sentire la risposta. In realtà, non voleva Blanche come compagna di viaggio. Un incontro casuale andava benissimo, ma dubitava seriamente di essere in grado di sostenere la commedia dell'amicizia da lì fino in Europa. I ricordi dei vecchi tempi si sarebbero esauriti alla svelta.

Blanche rise.

«No, vado nella direzione opposta. Raggiungo mio marito a Baghdad.»

«Tuo marito?»

Joan era veramente sorpresa che Blanche avesse qualcosa di così rispettabile come un marito.

«Sì, è un macchinista delle ferrovie. Si chiama Donovan.»

«Donovan?» Joan scosse la testa. «Non mi pare d'averlo conosciuto, quand'ero là.»

Blanche rise di cuore.

«Lo credo bene, cara. Non appartiene alla tua classe. Tra l'altro, beve come una spugna. Ma ha un cuore grande così. Forse la cosa ti sorprenderà, ma ha una vera adorazione per me.»

«Com'è giusto che sia» disse Joan, dando prova di cortesia e di lealtà verso l'altra.

«Cara la mia Joan! Sempre pronta a dare soddisfazione, eh? Chissà come ringrazi il cielo che io non vada nella tua direzione. Cinque giorni della mia compagnia sarebbero troppi perfino per il tuo spirito cristiano. Su, non negarlo! Lo vedo, sai, quello che sono diventata. "Volgare nella mente e nel corpo": ecco che cosa stai pensando. Be', ci sono cose peggiori.»

In cuor suo, Joan dubitava che ve ne fossero. Le sembrava che la decadenza della sua vecchia amica fosse una tragedia bella e buona.

Blanche aveva ripreso a parlare.

«Spero tu faccia buon viaggio, ma non so se sarà così, purtroppo. Ho l'impressione che stiano per cominciare le piogge. Se è così, rischi di rimanere bloccata per giorni, e in pieno deserto.»

«Speriamo di no. Questo farebbe saltare tutte le mie prenotazioni.»

«Oh, be', i viaggi nel deserto raramente rispettano le tabelle di marcia. L'essenziale è riuscire a superare gli uadi, poi il resto è facile. E gli autisti si portano sempre dietro una buona scorta di acqua e di roba da mangiare, naturalmente. Sì, però è sempre una bella noia rimanere bloccati per giorni senza nient'altro da fare che pensare.»

Joan sorrideva.

«Potrebbe anche essere piacevole, tanto per cambiare. Sai, in genere il tempo per rilassarsi non si trova mai. Mi è capitato spesso di sognare una settimana così, senza niente da fare.»

«Avrei giurato che tu potessi concedertela tutte le volte che lo volevi.»

«Oh, no, ti sbagli. Nel mio piccolo, sono una donna occupatissima. Sono segretaria dell'Associazione di giardinaggio, e faccio parte del comitato del nostro ospedale. E poi c'è l'Istituto, e le Guide, sai...?, le giovani esploratrici. Senza contare che partecipo molto attivamente alla politica locale. Tra tutte queste cose, la casa da mandare avanti, e poi Rodney: sai, usciamo parecchio e riceviamo spesso. È bene per un avvocato, secondo me, coltivare le relazioni sociali. Inoltre amo molto il mio giardino e mi piace occuparmene personalmente. Ma sai, Blanche, che non ho mai un momento, salvo forse un quarto d'ora prima di cena, per starmene veramente seduta a riposare? Non parliamo, poi, di quanto sia difficile riuscire a leggere un libro.»

«Hai l'aria di reggere a tutto piuttosto bene» mormorò Blanche, fissando il volto perfettamente levigato dell'altra.

«Be', consumarsi è meglio che arrugginirsi! E devo riconoscere che ho sempre avuto una salute di ferro. Ringrazio il cielo, per questo. Comunque, sarebbe meraviglioso avere a disposizione una giornata intera, o addirittura due, per pensare e basta.»

«Sarei curiosa di sapere a che cosa penseresti» disse Blanche.

Joan rise. Una risatina piacevole, gaia, davvero argentina.

«Ci sono sempre tantissime cose alle quali pensare, non credi?» disse.

Blanche sorrideva, maliziosa.
«Si può sempre riflettere sui propri peccati!»
«Ecco, sì» assentì cortesemente Joan, ma la cosa non la divertiva.
Blanche la osservava con circospezione.
«Però non credo che ti terrebbe occupata a lungo.»
Aggrottò la fronte e, bruscamente, continuò: «Ti toccherebbe passare rapidamente alle tue buone azioni. E a tutte le fortune della tua vita. Hmm, non so. Potrebbe essere un po' noioso. Chissà...». Fece una pausa. «Mettiamo che, per giorni e giorni, tu non avessi altro da fare che pensare a te stessa... Mi domando che cosa scopriresti sul tuo conto...»
Joan ascoltava con aria scettica e vagamente divertita.
«Pensi che arriverei a scoprire cose che prima non sapevo?»
Lentamente, Blanche disse: «Penso di sì...». All'improvviso fu scossa da un brivido. «Non ci terrei a provare.»
«C'è gente» disse Joan «che è portata per natura alla vita contemplativa. Per conto mio, non sono mai stata in grado di capirlo. Mi riesce molto difficile apprezzare il punto di vista mistico. Temo di non avere quel genere di attitudine religiosa. Anzi, mi è sempre sembrato qualcosa di eccessivo, non so se riesco a spiegarmi.»
«È senza dubbio più semplice» disse Blanche «utilizzare la preghiera più breve che esista.» E, in risposta allo sguardo incuriosito di Joan, si affrettò ad aggiungere: «"Dio, abbi misericordia di me peccatrice." In pratica, questo comprende tutto».
Joan si sentiva lievemente in imbarazzo. «Sì» disse. «Be', sì, certo.»
Blanche scoppiò a ridere.
«Il guaio, Joan, è che tu non sei una peccatrice. Questo ti taglia fuori dalla preghiera! Io sì, invece, sono bene equipaggiata. A volte mi sembra di non avere mai smesso di fare le cose che non avrei dovuto fare.»
Joan ora taceva perché non sapeva proprio che cosa dire.
Blanche riprese in tono più lieve.
«Oh, be', così va il mondo. Molli quando dovresti tenere duro, e ti metti in situazioni che faresti meglio a lasciar perdere; un momento la vita è talmente bella che quasi ti sembra impossibile che sia vero... e l'istante dopo stai passando attraverso un inferno di infelicità e di sofferenza! Quando le cose vanno bene pensi che debba durare per sempre – e non è mai così –, e quando sei a terra ti pare che non riuscirai mai più a risollevarti e a respirare liberamente. In fondo la vita è questa, non credi?»
Era un concetto talmente estraneo alla visione che Joan aveva della vita – o della vita come l'aveva conosciuta – che le riusciva impossibile dare una risposta adeguata.
Con un brusco movimento, Blanche si alzò.

«Tu hai sonno, Joan. Anch'io. E ci aspetta una levataccia. Mi ha fatto proprio piacere rivederti.»

Per qualche istante le due donne rimasero in silenzio, tenendosi le mani. In modo rapido e impacciato, e con un'improvvisa, rude tenerezza nella voce, Blanche disse: «Non preoccuparti per la tua Barbara. Sarà felicissima, ne sono sicura. Bill Wray è un brav'uomo, sai, e poi c'è il bambino. Era soltanto troppo giovane, e il genere di vita che si fa quaggiù... be', talvolta a una ragazza dà alla testa».

Joan capiva soltanto di essere totalmente disorientata.

In tono secco, disse: «Non so proprio che cosa vuoi dire».

Blanche si limitò a fissarla con ammirazione.

«Ecco il vecchio spirito della St Anne! Mai ammettere niente! Non sei cambiata neanche un po', Joan. A proposito, io ti devo venticinque sterline. Mi torna in mente solo in questo momento.»

«Oh, non preoccuparti.»

«Non avere paura.» Blanche rideva. «Intendevo restituirtele, probabilmente. Ma in fin dei conti, se uno presta soldi a qualcuno, sa benissimo che non li rivedrà mai più. Perciò non me ne sono preoccupata molto. Ma sei stata una buona amica, Joan: quella sommetta fu proprio un dono del cielo.»

«Uno dei bambini aveva bisogno di operarsi, vero?»

«Così pensavano. Ma poi risultò che non era necessario, tutto sommato. Quindi spendemmo quel denaro per fare un po' di festa e comprammo anche una scrivania per Tom. Da un pezzo aveva messo gli occhi su una di quelle con l'alzata avvolgibile.»

Spinta da un improvviso ricordo, Joan domandò: «L'ha poi scritto quel libro su Warren Hastings?».

Blanche le sorrise, illuminandosi.

«Strano che te ne ricordi! Sì, certo. Centoventimila parole.»

«Ed è stato pubblicato?»

«No, figurati! Dopo quello, Tom cominciò a scrivere una vita di Benjamin Franklin, che era anche peggio. Che gusti strani, vero? Scegliersi certi personaggi così barbosi. Se io scrivessi una biografia, mi sceglierei qualcuno come Cleopatra, o come Casanova. Insomma, qualcosa di sensuale, di piccante. Ma già, non la pensiamo tutti allo stesso modo. Poi Tom trovò un altro impiego, in un ufficio: ma non era buono come l'altro. Sono contenta, a ogni modo, che si sia tolto lo sfizio. È molto importante che la gente faccia quello che veramente desidera, non sei d'accordo?»

«Dipende un po' dalle circostanze» obbiettò Joan. «Sono tante le cose da prendere in considerazione.»

«Tu non hai fatto quello che volevi?»

«Io?» Joan sembrava presa alla sprovvista.

«Tu, sì» disse Blanche. «Volevi sposare Rodney Scudamore, vero? E volevi dei figli, e anche una bella casa.» Rise e aggiunse: «E vivere felici e contenti, nei secoli dei secoli. Amen».

Rise anche Joan, sollevata dal tono più leggero che la conversazione aveva preso.

«Non dire sciocchezze. Io sono stata molto fortunata. Lo so.»

E poi, timorosa che quell'ultima osservazione potesse sembrare priva di tatto se messa a confronto con la sfortuna e lo squallore che la vita aveva avuto in serbo per Blanche, si affrettò ad aggiungere: «Ora devo proprio andare. Buonanotte... è stato bellissimo rivederti».

Strinse con calore la mano di Blanche – forse si aspettava che lei la baciasse? No di certo – e salì svelta in camera sua.

"Povera Blanche" pensava mentre si spogliava, piegava e riponeva ordinatamente i vestiti, e preparava un paio di calze pulite per il mattino seguente. "Povera Blanche. Che vita tragica."

Indossò il pigiama e cominciò a spazzolarsi i capelli.

"Povera Blanche. Com'è ridotta, e com'è diventata volgare."

Era pronta per coricarsi, ma prima di infilarsi nel letto esitò, incerta.

Nessuno, naturalmente, diceva le preghiere tutte le sere. Anzi, chissà da quanto tempo Joan non aveva detto una preghiera, di nessun genere. E neppure andava in chiesa molto spesso, in verità.

Ma era *credente*, questo sì.

E fu presa da uno strano, improvviso desiderio di inginocchiarsi accanto a quel letto dall'aria piuttosto scomoda – certe ruvide lenzuola di cotone scadente, fortuna che lei si era portata un cuscino morbido – e dire... sì, dire per bene le preghiere, come fanno i bambini.

Quel pensiero la fece sentire piuttosto a disagio.

Rapidamente, si mise a letto e tirò su le coperte.

Prese il libro che aveva messo sul tavolino da notte, *Le memorie di Lady Catherine Dysart*, un resoconto quanto mai arguto del periodo vittoriano, scritto in uno stile molto divertente.

Lesse una riga o due ma scoprì che non riusciva a concentrarsi.

"Sono troppo stanca" pensò.

Posò il libro e spense la luce.

Di nuovo le tornò quel pensiero della preghiera. Che cos'aveva detto, Blanche, che l'aveva così sgradevolmente colpita? "Questo ti taglia fuori dalla preghiera." Ma che cosa intendeva, esattamente?

Joan compose in fretta una preghiera nella sua mente: una preghiera fatta di parole isolate messe in fila.

"Dio... ti ringrazio... povera Blanche... ti ringrazio perché non sono così... misericordia!... grazie di tutte le mie fortune... e soprattutto grazie perché non sono come la povera Blanche... povera Blanche... che spavento... tutta colpa sua, naturalmente... che orrore... che impressione... Signore ti ringrazio... io sono diversa... povera Blanche..."

Poi si addormentò.

2

QUANDO JOAN SCUDAMORE LASCIÒ LA REST HOUSE, il mattino seguente, pioveva. Veniva giù una pioggerella fine e lieve che in certo senso sembrava assurda in quella parte del mondo.

Scoprì di essere l'unica passeggera diretta a ovest: fatto piuttosto insolito, sebbene non vi fosse molto traffico in quel periodo dell'anno. Il venerdì precedente era partito un convoglio con molti viaggiatori.

Un'auto dall'aria malconcia era in attesa, con un autista europeo e un altro indigeno. Il direttore della rest house aspettava sugli scalini, nell'alba grigia, per aiutare Joan a salire in macchina, urlare contro gli arabi fino a che non avessero sistemato il bagaglio come voleva lui, e augurare a *mademoiselle*, come chiamava tutte le signore sue ospiti, un viaggio sicuro e comodo. S'inchinò pomposamente e le porse una scatoletta di cartone che conteneva la colazione.

L'autista gridò allegramente: «Bye bye, Satana, ci vediamo domani sera o la settimana prossima... e mi sembra più probabile la settimana prossima».

L'auto si mise in moto. Procedeva tra le vie della città orientale, con i suoi grotteschi e inaspettati quartieri dall'architettura europea. Il clacson strombazzava, i muli si facevano da parte, i bambini correvano. Oltrepassarono la porta occidentale e sbucarono su una strada larga, dalla pavimentazione irregolare, che sembrava abbastanza importante da proseguire fino in capo al mondo.

In realtà, dopo un paio di chilometri si restringeva bruscamente, per cedere il posto a un sentiero sconnesso.

Con il bel tempo, Joan lo sapeva, ci volevano circa sette ore fino a Tell Abu Hamid, che allora era il capolinea della ferrovia turca. Il treno in arrivo da Istanbul vi sarebbe giunto quel mattino e sarebbe ripartito la sera, alle otto e mezzo. A Tell Abu Hamid c'era una piccola rest house dove, nell'attesa, i viaggiatori potevano riposare e rifocillarsi, se lo desideravano. Più o meno a metà del tragitto, l'auto avrebbe dovuto incontrare il convoglio diretto a est.

Il terreno era molto accidentato. L'auto si muoveva a salti e scossoni, e Joan veniva sballottata continuamente su e giù.

Il conducente si voltò per gridarle che sperava stesse comoda. Quello era un tratto molto impervio ma lui voleva affrettarsi il più possibile, nel caso avessero trovato qualche difficoltà durante l'attraversamento dei due uadi che dovevano affrontare.

Di tanto in tanto si sporgeva a osservare il cielo, preoccupato.

La pioggia cominciò a scendere più fitta e l'auto cominciò a slittare, procedendo a zigzag e provocando a Joan un lieve senso di nausea.

Arrivarono al primo uadi verso le undici. C'era acqua, sul fondo, ma riuscirono ad attraversarlo e, pur avendo rischiato più volte di impantanarsi mentre risalivano l'altra sponda, ne uscirono felicemente.

Un paio di chilometri più in là, trovarono il terreno molle e rimasero bloccati.

Joan si infilò l'impermeabile e scese, aprì la scatoletta e cominciò a mangiare, camminando su e giù e osservando i due uomini intenti a scavare con le vanghe, a passarsi il cric l'un l'altro e a sistemare sotto le ruote le travi che si erano portati dietro.

Imprecavano, si affannavano e le ruote continuavano a girare a vuoto. A Joan sembrava un'impresa impossibile, ma l'autista le assicurò che quello non era affatto uno dei punti peggiori. Alla fine, con un ultimo slancio stremato, le ruote fecero presa ruggendo, e il veicolo sobbalzò vibrando in avanti, sul terreno più asciutto.

Poco oltre, incontrarono due auto che procedevano nella direzione opposta. Tutte e tre si fermarono e gli autisti si consultarono, scambiandosi raccomandazioni e consigli.

Nelle altre macchine c'erano una donna con un bambino, un giovane ufficiale francese, un armeno anziano e due inglesi dall'aspetto di uomini d'affari.

Poco dopo, si rimisero in viaggio. Rimasero bloccati altre due volte e di nuovo fu necessario affrontare la lunga, laboriosa impresa di sollevare il veicolo e aiutare le ruote a fare presa. Superare il secondo uadi si rivelò più difficile. Era sceso il crepuscolo quando finalmente si trovarono sulla sponda opposta, e già l'acqua lo stava inondando.

Preoccupata, Joan s'informò: «Il treno aspetterà?».

«Di solito lasciano un'ora di margine. Possono sempre riguadagnarla durante il percorso, ma certo non aspetteranno oltre le nove e mezzo. Comunque da qui in avanti la strada migliora. Cambia la natura del terreno, diventa più regolare.»

Uscire completamente dall'uadi non fu una cosa semplice: la riva opposta era ricoperta di fango viscido. Quando finalmente l'auto si ritrovò sul terreno asciutto, era buio. Da quel momento in poi le cose andarono effettivamente meglio, ma quando arrivarono a Tell Abu Hamid erano ormai le dieci e un quarto e il treno per Istanbul se n'era andato.

Joan era completamente disfatta, tanto che quasi non badò all'ambiente che la circondava.

Entrò barcollante nella stanza da pranzo della rest house, arredata con alcuni tavoli montati su cavalletti, ma rifiutò la cena, chiedendo soltanto del tè; poi raggiunse subito la camera male illuminata e, dopo essersi levata di dosso il minimo indispensabile, crollò su uno dei tre letti di ferro e si addormentò come un sasso.

Il mattino dopo si svegliò di nuovo serena e padrona di sé. Si mise a sedere sul letto e guardò l'orologio: le nove e mezzo. Si alzò, si mise in ordine e andò in sala da pranzo. Apparve un indiano con un turbante avvolto in modo artistico intorno alla testa, e lei ordinò la colazione. Poi si avvicinò alla porta e guardò fuori.

Con una lieve, comica smorfia, riconobbe di essere effettivamente capitata in un posto fuori dal mondo.

Rifletté che, stavolta, tutto faceva pensare che il viaggio avrebbe richiesto il doppio del tempo.

Nel viaggio di andata aveva preso un aereo dal Cairo a Baghdad, quindi quel percorso via terra le risultava nuovo. In teoria, da Londra a Baghdad ci volevano sette giorni: in treno, tre giorni da Londra a Istanbul, due giorni per arrivare ad Aleppo, poi una notte fino al capolinea della ferrovia, lì a Tell Abu Hamid; infine un giorno di macchina, una notte di tappa alla rest house, un altro tratto in auto fino a Kirkuk e di là, in treno, si arrivava a Baghdad.

Non c'era più traccia di pioggia, quel mattino. Il cielo era azzurro e terso, e tutt'attorno si stendeva il deserto, una distesa di sabbia piatta di un marrone dorato. Dalla rest house correva una rete di filo spinato che delimitava una specie di discarica piena di barattoli e lattine e un altro spazio dove alcuni polli striminziti correvano attorno starnazzando rumorosamente. Nugoli di mosche si erano posati sulle latte, che avevano contenuto cibo di recente. D'improvviso, qualcosa che assomigliava a un fagotto di stracci si mosse e si alzò: era un ragazzetto arabo.

A poca distanza, al di là di un altro groviglio di filo spinato, c'era un edificio piatto che evidentemente era la stazione ferroviaria, e accanto c'era qualcosa che doveva essere, secondo Joan, un pozzo artesiano oppure una grossa cisterna per l'acqua. Verso nord, proprio all'orizzonte, si delineava il pallido profilo di una catena montuosa.

Una stazione, una rotaia, qualche gallina, una quantità assurda di filo spinato... e nient'altro.

Davvero molto divertente, pensava Joan. Un bel posto davvero, per rimanere bloccata.

Il servo indiano uscì dalla rest house e disse che la colazione della *memsahib* era pronta.

Joan si voltò e rientrò. L'atmosfera caratteristica di una rest house – penombra malinconica, odore di grasso di montone, paraffina e insetticida – la accolse, dandole l'impressione di qualcosa di familiare e disgustoso.

C'erano caffè e latte – latte in polvere –, un gran piatto di uova fritte, delle fette di pane tostato rotonde, piccole e dure, e delle prugne cotte dall'aspetto poco invitante.

Mangiò con molto appetito. E di lì a poco l'indiano riapparve per chiedere a che ora la *memsahib* desiderasse pranzare.

Joan rispose che avrebbe mangiato il più tardi possibile, e stabilirono che l'una e mezzo sarebbe stata un'ora soddisfacente.

I treni, lo sapeva, partivano tre volte la settimana, lunedì, mercoledì e venerdì. Era martedì mattina, perciò non le sarebbe stato possibile partire fino alla sera dell'indomani. Si rivolse all'uomo per domandargli conferma.

«È così, *memsahib*. Perduto treno ieri sera. Molto peccato. Pista molto pessima, pioggia molto pesante nella notte. Significa che auto non possono andare e tornare da qui a Mosul per diversi giorni, ora.»

«Ma i treni viaggeranno regolarmente?»

Le importava poco della pista da lì a Mosul.

«Oh, sì, treno arrivare benissimo domani mattina. Andare via domani sera.»

Joan assentì. Chiese notizie dell'auto che l'aveva portata fin lì.

«Andata via stamattina presto. Autista spera di passare. Ma io credo che no. Penso che lui sarà bloccato per uno o due giorni lungo la strada.»

Di nuovo senza molto interesse, Joan disse che lo riteneva probabile.

L'uomo continuò a dare informazioni.

«Quella laggiù, *memsahib*, è stazione.»

Joan rispose di avere pensato, sì, che potesse essere la stazione.

«Stazione turca. In Turchia. Ferrovia turca. Altra parte del filo, vede? Quello è filo spinato di frontiera.»

Joan guardò rispettosamente quel segno di confine e pensò che le frontiere erano qualcosa di molto strano.

Allegramente, l'indiano concluse: «Pranzo una e mezzo precisa» e rientrò nella rest house. Un minuto o due più tardi, lei lo sentì sbraitare con voce acuta e furente da un punto sul retro del fabbricato. Altre due voci gli rispondevano. Raffiche di parole in arabo, stridule e irritate, riempirono l'aria.

Joan si domandò perché mai i posti di ristoro come quello fossero sempre gestiti da indiani. Forse perché erano pratici delle abitudini degli europei? Oh, be', non aveva molta importanza.

Che cosa doveva fare di se stessa, in quella lunga mattinata? Poteva continuare a leggere le divertenti *Memorie di Lady Catherine Dysart*. Oppure poteva scrivere delle lettere. Aveva con sé un blocco di fogli per scrivere e alcune buste. Ferma sulla soglia della rest house, esitò. Dentro era così buio e c'era un pessimo odore. Forse le conveniva camminare un po'.

Andò a prendere il cappello – un cappello di feltro, con l'ala – perché, se anche il sole in quel periodo dell'anno non era pericoloso, conveniva essere prudenti. Inforcò gli occhiali scuri e infilò nella borsa il suo blocco di carta da lettere e la stilografica.

Poi s'incamminò, oltrepassando il recinto dei rifiuti e i barattoli, avviandosi nella direzione opposta alla stazione ferroviaria: se avesse tentato di attraversare la frontiera, magari sarebbero potute sorgere complicazioni internazionali.

Intanto pensava: "È proprio strano camminare così... non c'è assolutamente un posto dove andare".

Era un'idea nuova e piuttosto interessante. Quando si passeggiava sulle colline, nella brughiera, su una spiaggia, lungo una strada... c'era sempre un obiettivo in vista. Fino a quel colle, fino a quella macchia di erica, giù per questo viottolo fino alla fattoria, lungo la strada maestra fino al prossimo paese, lungo la battigia fino alla prossima insenatura.

Ma lì si andava *da*, non *a*. Si partiva dalla rest house, e nient'altro. A destra, a sinistra, davanti a lei... non c'era che una bruna e piatta distesa, fino all'orizzonte.

Continuò a camminare, senza fretta. L'aria era piacevole. Calda ma non proprio torrida. "Un termometro" pensò "segnerebbe forse ventiquattro gradi." E c'era una lieve, lievissima brezza.

Camminò per una decina di minuti circa, prima di voltarsi a guardare.

La rest house e i suoi miseri annessi erano lontani, e quello era un bene. Da quella distanza, facevano un bellissimo effetto. Più in là, la stazione sembrava un piccolo, primitivo monumento di pietra.

Joan sorrise e riprese a camminare. L'aria era davvero deliziosa! Era di una purezza tale, di una tale freschezza! Niente mancanza di ossigeno, lì, niente tanfo di umanità o di civilizzazione. Sole, cielo e terra sabbiosa, nient'altro. C'era qualcosa di inebriante. Joan respirava a fondo per dilatare i polmoni. Si divertiva. Era davvero una straordinaria avventura, in fondo. Una pausa gradita nella routine dell'esistenza. Era contentissima di avere perso il treno. Ventiquattr'ore di assoluta quiete e pace le avrebbero fatto bene. D'accordo, doveva tornare a casa, ma non c'era nessuna particolare urgenza. Da Istanbul avrebbe telegrafato a Rodney, spiegandogli il ritardo.

Caro Rodney! Chissà che cosa stava facendo in quel momento? In realtà non era nemmeno il caso di domandarselo: lo sapeva. Era sicuramente seduto nel suo ufficio, da Alderman, Scudamore e Witney: una bellissima stanza al primo piano che affacciava su Market Square. Vi si era trasferito alla morte del vecchio signor Witney. Gli piaceva quella stanza; Joan ricordava che un giorno, entrando, lo aveva trovato in piedi accanto alla finestra, intento a contemplare il mercato – era giorno di mercato – e una mandria che veniva trasportata con un autocarro e messa in vendita. «Belle bestie, quelle Shorthorn» aveva commentato. O forse non erano Shorthorn – Joan non ne capiva molto di bestiame –, ma qualcosa del genere, a ogni modo. E lei aveva detto: «Riguardo alla nuova caldaia per il riscaldamento centrale, mi pare che il preventivo di Galbraith sia un po' eccessivo. Vuoi che senta quanto ci chiede Chamberlain?».

Ricordava perfettamente la lentezza con cui Rodney si era voltato, si era tolto gli occhiali, si era fregato gli occhi e l'aveva guardata in modo distratto e assente come se in realtà non la vedesse. Ricordava anche il modo in cui suo marito aveva ripetuto: «Caldaia?» quasi si trattasse di un argomento difficile e remoto di cui non aveva mai sentito parlare, aggiungendo poi – un po' scioccamente, in verità – «Credo che Hoddesdon voglia vendere quel suo torello. Gli servono soldi, probabilmente».

Joan aveva trovato molto bello da parte di Rodney interessarsi così del vecchio Hoddesdon di Lower Mead. Povero diavolo, lo sapevano tutti che stava andando in miseria. Ma avrebbe preferito che Rodney stesse un poco più attento e afferrasse più in fretta quello che gli altri dicevano. La gente, alla fin fine, si aspetta che un avvocato sia pronto e all'erta, e se Rodney guardava sempre i clienti con quell'aria trasognata, be', non poteva certo fare una gran bella impressione.

Così gli aveva detto, con uno scatto di affettuosa impazienza: «Scendi dalle nuvole, Rodney. Sto parlando della caldaia per l'impianto di riscaldamento centrale». E lui aveva risposto che conveniva di certo sentire qualcun altro, ma che i costi erano destinati a salire ancora, perciò era meglio decidere in fretta. E poi aveva gettato un'occhiata alle carte ammucchiate sulla scrivania e lei aveva detto che non voleva fargli perdere tempo: sembrava che lui avesse parecchio lavoro da sbrigare.

Rodney aveva sorriso, dicendo che in realtà gli si era accumulato un bel po' di lavoro... e che aveva già perso tempo a osservare il mercato. «Per questo mi piace questa stanza» aveva detto. «Non vedo l'ora che venga il venerdì. Ascolta, prova un momento a sentire.»

E aveva alzato la mano come per zittirla. Lei aveva ascoltato e aveva sentito una quantità di muggiti e di belati – in verità un baccano confuso e piuttosto sgradevole di bovini e di pecore –, ma Rodney, chissà perché, sembrava entusiasta. Se ne stava immobile, la testa piegata da un lato, e sorrideva...

Oh, be', quello non era certo un giorno di mercato. Rodney sarebbe stato alla scrivania, senza distrazioni. E i suoi timori che i clienti lo trovassero un po' svanito si erano dimostrati del tutto infondati, perché suo marito era di gran lunga il socio più richiesto dello studio legale. Tutti avevano simpatia per Rodney, e questo, per un avvocato di provincia, rappresentava una buona metà del successo.

"E pensare" si disse orgogliosamente Joan "che se non fosse stato per me avrebbe buttato tutto a mare!"

I suoi pensieri andarono al giorno in cui Rodney le aveva parlato dell'offerta fattagli dallo zio.

Era un'antiquata ma solida attività di famiglia, ed era stato dato per scontato che Rodney entrasse a farne parte non appena avesse preso la laurea in legge. Ma che lo zio Harry gli offrisse di entrarvi come socio e a condizioni così eccellenti era stata una novità lietissima e inaspettata.

Joan aveva espresso la sua sorpresa e la sua gioia e si era congratulata vivamente con Rodney prima di accorgersi che lui non sembrava condividere quei sentimenti. Era arrivato addirittura a pronunciare l'incredibile frase: «Se accetto...».

Sgomenta, lei aveva esclamato: «Ma Rodney!».

Ricordava perfettamente con che faccia pallida e rigida lui l'aveva fissata. Non si era mai resa conto, fino a quel momento, che Rodney fosse una persona tanto nervosa. Le mani, con le quali stava strappando meccanicamente fili d'erba, gli tremavano. Negli occhi scuri c'era un'espressione stranamente supplichevole. Aveva mormorato: «Odio la vita d'ufficio. La detesto».

Joan aveva subito espresso la sua comprensione.

«Oh, lo so, caro. È stato un lavoro terribilmente noioso e duro, e poi privo di soddisfazioni... neppure molto interessante. Ma ora che diventerai socio sarà diverso: voglio dire, avrai un interesse in tutto quello che farai.»

«Contratti, locazioni, case di abitazione con tenuta, stipule...»

E lui aveva continuato a snocciolare un'assurda tiritera di termini legali, ridendo con le labbra, mentre gli occhi tristi supplicavano... supplicavano lei, così disperatamente. E lei lo amava tanto, il suo Rodney!

«Ma l'hai sempre saputo che un giorno saresti entrato a far parte dello studio.»

«Sì, lo so, lo so. Ma come potevo immaginare che l'avrei odiato tanto?»

«Ma... insomma... cos'altro... cos'è che ti piacerebbe fare?»

E lui, tutto d'un fiato, come se gli urgesse di dirlo, aveva risposto: «L'agricoltore. Sta per essere messa in vendita la fattoria di Little Mead. È in pessimo stato – Honey l'ha lasciata andare –, ma è per questo che sarebbe possibile averla a un buon prezzo. Ed è terra ottima, bada...».

E aveva continuato a parlare senza neppure riprendere fiato, facendo progetti, esprimendosi in un linguaggio talmente tecnico che lei ne era rimasta sbalordita, perché dal canto suo non sapeva niente di frumento o di orzo o di rotazione dei raccolti e tantomeno di mucche da latte o di tori d'allevamento.

Aveva potuto soltanto replicare con voce sgomenta: «Little Mead... ma è dalle parti dell'Asheldown, a chilometri e chilometri da qualsiasi posto civile».

«È terra ottima, Joan, e in una bellissima posizione...»

E aveva ricominciato a tesserne le lodi. Lei non aveva idea che Rodney potesse mostrarsi così entusiasta, che potesse parlare tanto e con tanta passione.

Dubbiosa, aveva azzardato: «Ma caro, riusciresti mai a ricavarne da vivere?».

«Da vivere? Oh, sì... lo stretto necessario, per lo meno.»

«È questo che voglio dire. Tutti dicono che non si guadagna niente, con la terra.»

«Be', ricchi non si diventa. No di certo, a meno di non avere una fortuna sfacciata... o a meno di non disporre di grandi capitali.»

«Be', vedi... insomma, non è una cosa concreta.»

«Oh, ma lo è, Joan. Ho un po' di denaro da parte, lo sai, e se la fattoria riuscisse a coprire le spese e a dare un po' di guadagno extra, ce la caveremmo benissimo! E pensa alla vita meravigliosa che faremmo! È meraviglioso, vivere in una fattoria!»

«Non mi pare che tu sappia molto, in proposito.»

«Sì, invece, ti sbagli. Non te l'ho detto che mio nonno materno era un grande proprietario terriero del Devonshire? Passavamo le vacanze là, da bambini. Non mi sono mai divertito tanto.»

È vero quello che dicono, aveva pensato lei, gli uomini sono proprio come bambini...

Gentilmente, aveva obiettato: «Ci credo, ma la vita non è una vacanza. Dobbiamo pensare all'avvenire, Rodney. C'è Tony».

Perché Tony, allora, era un bambino di undici mesi.

Poi, aveva aggiunto: «E potrebbero venirne altri».

Con gli occhi, lui le aveva rivolto una rapida domanda, e lei aveva sorriso, annuendo.

«Ma non capisci, Joan, che questa è una ragione di più? È il posto ideale per i bambini, una fattoria. Un posto sano. Uova e latte freschissimi, tanto spazio per correre, e la possibilità di imparare a occuparsi degli animali.»

«Ma Rodney, ci sono molte altre cose da considerare. Ci sono i loro studi. Devono frequentare buone scuole. E le scuole costano. E poi scarpe, vestiti, dottori, dentisti... E le amicizie? È importante, per loro. Non puoi fare semplicemente quello che piace a te. Devi pensare ai tuoi figli, una volta che li hai messi al mondo. Hai dei doveri verso di loro, in fin dei conti.»

Rodney aveva tentato di insistere, ma c'era come una domanda nella sua obiezione, stavolta: «Sarebbero felici...».

«È un progetto campato in aria, Rodney, credi a me. Rifletti, se entri nello studio come socio puoi arrivare a guadagnare anche duemila sterline l'anno.»

«Sì, sì, facilmente. Lo zio Harry guadagna anche di più, credo.»

«Oh! Vedi? Non puoi rifiutare una possibilità del genere. Sarebbe pura follia.»

Gli aveva parlato in tono molto deciso, molto convinto. Capiva di doversi mostrare molto ferma, in proposito. Doveva essere saggia per tutti e due. Se Rodney era cieco a quello che era il suo interesse, lei doveva assumersene la responsabilità. Era così adorabile, sciocca e ridicola, quell'idea della fattoria. Rodney era come un ragazzino. Joan si sentiva forte, sicura di sé e materna.

«Non credere che non capisca e che non ti comprenda, Rodney» aveva detto. «Capisco benissimo. Ma è una di quelle cose che non stanno in piedi.»

Lui l'aveva interrotta per dire che una fattoria poteva stare in piedi eccome.

«Sì, ma non rientra nel quadro, Rodney. Nel nostro quadro. Tu hai la fortuna di avere un'ottima attività di famiglia, in cui ti si apre una magnifica carriera, e hai ricevuto una proposta davvero generosa da parte di tuo zio...»

«Ah, lo so. È molto più di quanto mi sarei mai aspettato.»

«E non puoi, non puoi assolutamente rifiutare! Te ne pentiresti per tutta la vita! Ti sentiresti spaventosamente in colpa.»

«Quel maledetto ufficio!» aveva mormorato lui.

«Oh, Rodney, non è vero che lo odi poi tanto!»

«Sì, invece. Ci sto da cinque anni, non dimenticarlo. Saprò bene quello che provo.»

«Ti ci abituerai. E sarà diverso, d'ora in avanti. Molto diverso. L'essere socio, intendo dire. E finirai per appassionarti al lavoro, e alle persone con le quali avrai a che fare. Vedrai, Rodney: finirai per essere perfettamente felice.»

Allora lui l'aveva guardata: a lungo, e con tristezza. C'era stato amore in quello sguardo, e disperazione e qualcos'altro, sì, qualcosa che forse era un ultimo, debole guizzo di speranza.

«Come sai» le aveva domandato «che sarò felice?»

E lei aveva replicato in tono sbrigativo e gaio: «Ne ho la certezza. Vedrai».

E nel dirlo aveva assentito vigorosamente, con autorità.

Rodney, con un sospiro, aveva tagliato corto bruscamente: «D'accordo, allora. Farò come vuoi tu».

Sì, pensava Joan, abbiamo corso davvero un bel rischio. Fortuna per Rodney che lei si era mostrata ferma e non gli aveva permesso di buttare via una carriera per uno sciocco capriccio. Gli uomini, rifletteva, farebbero un vero scempio della loro vita, se non ci fossero le donne! Le donne avevano stabilità, senso della realtà...

Sì, una vera fortuna, per Rodney, avere avuto lei accanto.

Guardò l'orologio che aveva al polso. Le dieci e mezzo. Non aveva senso spingersi troppo lontano, tanto più – sorrise – che non c'era un posto dove andare.

Gettò un'occhiata dietro di sé. Incredibile, la rest house quasi non si vedeva più. Si era come fusa con il paesaggio, tanto che a stento si riusciva a distinguerla. "Devo stare attenta a non allontanarmi troppo" pensò. "Potrei anche perdermi."

Un'idea assurda. No, forse non tanto assurda, a pensarci bene. Quelle colline in lontananza, a stento si riusciva a vederle, ora: formavano un tutt'uno con le nuvole. La stazione non esisteva più.

Joan si guardò attorno, valutando la situazione. Niente. Nessuno.

Con grazia, si lasciò cadere sulla sabbia. Aperta la borsa, tirò fuori la stilografica e il blocco di carta da lettere. Avrebbe scritto a qualcuno. Sarebbe stato divertente comunicare quelle sensazioni ad altri.

A chi poteva scrivere? A Lionel West? A Janet Annesmore? A Dorothea? Tutto sommato, meglio a Janet.

Svitò il cappuccio della stilografica. Nella sua grafia rapida e fluida, cominciò a scrivere:

Carissima Janet,

non indovineresti mai da dove ti sto scrivendo questa lettera. Dal bel mezzo del deserto! Sono arenata qui fra un treno e l'altro: partono soltanto tre volte la settimana. C'è una rest house gestita da un indiano, con un buon numero di polli, alcuni arabi dall'aspetto strano e la sottoscritta. Non c'è niente da fare e nessuno con cui parlare. Non so dirti quanto questa situazione sia piacevole. L'aria del deserto è meravigliosa, così incredibilmente fresca e pulita. E il silenzio... dovresti provarlo per capire. È come se, per la prima volta nella mia vita, potessi sentire me stessa pensare! Facciamo tutti una vita così spaventosamente indaffarata, sempre correndo da una cosa all'altra.

Non si può fare diversamente, immagino, e invece bisognerebbe proprio trovare il tempo per qualche intervallo di riflessione e di recupero.

Sono qui da una mezza giornata appena, ma già mi sento molto meglio. Non un'anima. Non mi ero mai resa conto di quanto desiderassi allontanarmi dalla gente. È un vero ristoro per i nervi sapere che intorno a te, per centinaia di chilometri, non c'è altro che sole e sabbia.

La penna di Joan continuava a scorrere, fluida, sul foglio.

3

SMISE DI SCRIVERE e guardò l'orologio. Le dodici e un quarto.

Aveva scritto tre lettere e la sua penna era rimasta ormai senza inchiostro. Si accorse, inoltre, che aveva quasi terminato i fogli. Che cosa seccante. C'erano diverse altre persone alle quali avrebbe voluto scrivere.

Anche se, dopo un po', in quello che scriveva c'era una certa monotonia... Il sole, la sabbia, e che bella cosa avere il tempo di riposare e pensare! Tutto verissimo: ma ci si stancava di dover dire ogni volta le stesse cose in modo leggermente diverso...

Sbadigliò. Il sole le aveva fatto venire un gran sonno. Dopo pranzo sarebbe andata a stendersi sul letto per farsi una dormita.

Si alzò e, senza fretta, si avviò per tornare alla rest house.

Si domandava che cosa stesse facendo Blanche in quel momento. Probabilmente era arrivata a Baghdad, e adesso si trovava con il marito, che doveva essere un individuo orribile, da come lei lo aveva descritto. Povera Blanche: che cosa spaventosa, finire così in basso. Se non fosse stato per quel giovane veterinario così attraente, Harry Marston... se Blanche avesse conosciuto un uomo perbene, come Rodney. La stessa Blanche aveva ammesso quanto fosse affascinante Rodney!

Già, e aveva detto anche qualcos'altro. Cos'era? A proposito di Rodney, sempre, e del suo sguardo... L'occhio di uno che si guarda intorno. Che espressione volgare... e poi non era vero. Assolutamente no! Rodney non aveva mai, neppure una volta...

La Randolph...

"Ma via," pensò con indignazione Joan, affrettando improvvisamente il passo come per scacciare un pensiero molesto "non capisco proprio perché continuo a pensare a quella ragazza. Come se Rodney..."

Sì, perché non c'è stato niente.

Proprio niente.

Semplicemente, Myrna Randolph era una di quelle. Un pezzo di ragazza bruna e formosa. Una che, se un uomo le piaceva, non si faceva alcuno scrupolo a lasciarlo capire apertamente.

Per dirla in parole povere, aveva fatto una corte spietata a Rodney. Continuava a ripetere che era un uomo meraviglioso. Lo voleva sempre come compagno di tennis. Aveva preso perfino l'abitudine, quando c'era una festa o un ritrovo, di continuare a fissarlo e a mangiarselo con gli occhi.

Rodney, si capisce, ne era rimasto un po' lusingato. Chi non lo sarebbe stato, al posto suo? Anzi, sarebbe stato veramente ridicolo se non si fosse mostrato compiaciuto delle attenzioni di una ragazza tanto più giovane di lui, e per di più una delle più belle del circondario.

"Se non fossi stata abile e piena di tatto su tutta la faccenda..." si disse Joan.

Ripensare al proprio comportamento la fece sentire piacevolmente soddisfatta di sé. Aveva gestito la situazione egregiamente: sì, davvero egregiamente. Con tatto.

«La tua amica ti sta aspettando, Rodney. Non farla aspettare troppo... Myrna Randolph, naturalmente... Oh, sì, è così, caro... Francamente, a volte si rende addirittura ridicola.»

Rodney aveva protestato.

«Non mi va di giocare a tennis con lei. Mettila nell'altra partita.»

«Su, Rodney, non essere scortese. Devi giocare con lei.»

Era stato il modo giusto di trattare la cosa: con leggerezza, scherzosamente. Dimostrando chiaramente di sapere che non poteva esserci niente di serio.

Doveva essere stato piacevole per Rodney, anche se lui continuava a brontolare e fingeva di esserne infastidito. Myrna Randolph era una di quelle ragazze che fanno girare la testa praticamente a tutti. Era capricciosa e trattava i suoi adoratori con disprezzo, diceva loro cose scortesi e poi li richiamava a sé facendo gli occhi dolci.

In verità, pensò Joan con un'enfasi del tutto insolita per lei, Myrna era una ragazza davvero odiosa. Una che faceva di tutto per rovinare la pace di un matrimonio.

No, non poteva rimproverare niente a suo marito. La colpa era tutta della ragazza. Gli uomini si lasciavano lusingare così facilmente. E Rodney era sposato già da... quanto? Dieci anni? Undici? Il decimo anno, perfino gli scrittori lo dicevano, segna un momento delicato nella vita matrimoniale. Un momento in cui uno dei coniugi ha la tendenza a uscire dai binari. Un momento da attraversare con cautela, fino a che, una volta superato, si approda a una sorta di placida stabilità.

Com'era stato per lei e per Rodney.

No, non aveva niente da rimproverargli: neppure quel bacio che aveva sorpreso. Sotto il vischio, già.

Ecco cos'aveva avuto l'impudenza di dire, quella ragazza, quando lei era entrata all'improvviso nello studio:

«Stavamo scambiandoci gli auguri sotto il vischio, signora Scudamore. Spero che non le dispiaccia.»

"Ma io" pensava Joan "per fortuna ho tenuto la testa sul collo e ho fatto finta di niente."

«Myrna, ti ho beccata, eh? Giù le mani da mio marito e vatti a cercare un giovanotto tutto per te.»

Ridendo, aveva sospinto Myrna fuori della stanza. Prendendo tutto come un gioco.

Rodney allora aveva detto: «Mi spiace, Joan. Ma è una ragazza molto attraente... ed è Capodanno».

Ed era rimasto là a sorriderle, con aria di scusa, ma senza mostrarsi veramente mogio e sconvolto. Il che dimostrava che la cosa non era andata tanto in là.

E bisognava impedire che questo accadesse! Lei, su questo punto, aveva preso una ferma decisione. Da quel momento aveva fatto di tutto per tenere Rodney fuori dalla portata di Myrna. E qualche tempo dopo, a Pasqua, la ragazza si era fidanzata con il figlio degli Arlington.

Perciò, tutto l'incidente si era ridotto a ben poca cosa. Forse Rodney si era divertito un po'. Povero, vecchio Rodney: in fondo un pizzico di soddisfazione se la meritava. Lavorava talmente tanto.

Il decimo anno: sì, è un momento pericoloso. Perfino lei stessa, se ne ricordava benissimo, aveva provato una certa irrequietezza.

Quel giovanotto dall'aria piuttosto ribelle, quell'artista: come si chiamava? Mah, proprio non riusciva a ricordarselo. Lei per prima non si era un po' infatuata di quel giovane?

Confessò a se stessa, con un sorriso, che in effetti si era presa... come dire? Una leggera "cotta". Lui aveva un'aria così seria: l'aveva fissata con un'intensità così disarmante e poi le aveva chiesto se avrebbe posato per lui.

Una scusa, naturalmente. Aveva fatto un paio di schizzi a carboncino, e poi li aveva stracciati. Non riusciva a "fissarla" sulla tela, aveva detto.

Joan ricordava di essersi sentita compiaciuta, leggermente lusingata. "Povero ragazzo," aveva pensato "temo che si sia davvero innamorato di me..."

Sì, era stato un mese molto piacevole. Anche se la conclusione era stata piuttosto sconcertante. Niente affatto come se l'era aspettata. Anzi, aveva dimostrato che Michael Callaway – ecco come si chiamava, certo! – era una persona ben poco gradevole.

Erano andati a fare una passeggiata insieme, ricordava, nel bosco di Haling, lungo il sentiero dove il Medaway scendeva tortuoso dalla cima dell'Asheldown. Lui le aveva chiesto di accompagnarlo in un tono piuttosto schivo e quasi imbronciato.

Si era subito figurata la probabile conversazione. Forse le avrebbe detto di essersi innamorato di lei, e lei si sarebbe mostrata molto dolce, gentile, comprensiva e un po' – appena un po' – rammaricata. Si era già preparata alcune frasi carine da dirgli, cose che a Michael, in seguito, avrebbe fatto piacere ricordare.

Ma non era andata affatto così.

Invece, senza alcun preavviso, Michael Callaway l'aveva afferrata e l'aveva baciata con una violenza e una brutalità tali da lasciarla momentaneamente senza respiro. Poi si era staccato da lei e aveva osservato ad alta voce, e con il tono di chi si congratula con se stesso: «Dio, che voglia ne avevo!», cominciando a riempirsi la pipa, con totale indifferenza e apparentemente sordo ai suoi rabbiosi rimproveri. Si era limitato ad aggiungere, stirando le braccia e sbadigliando: «Ora mi sento molto meglio».

"Le parole precise" pensò Joan, ricordando la scena "che uno potrebbe dire dopo avere vuotato un bicchierone di birra in una giornata molto calda."

Dopodiché, erano tornati verso casa in silenzio: silenzio da parte di Joan, per la verità. Michael Callaway, a giudicare dai versacci che faceva a gola spiegata, stava tentando di cantare. Ma quando erano arrivati al margine del bosco, un momento prima che sbucassero sulla strada maestra di Crayminster, lui si era fermato, l'aveva squadrata con distacco e aveva osservato, in tono meditabondo: «Sa, lei è il genere di donna che dovrebbe essere violentata. Forse le farebbe bene». E mentre lei lo fissava, ammutolita dallo stupore e dalla collera, aveva aggiunto allegramente: «Quasi mi piacerebbe farlo io stesso... per vedere se, dopo, sarebbe almeno un po' diversa».

Detto questo era uscito sulla strada principale e, rinunciando a cantare, si era messo a fischiettare spensierato.

Naturalmente lei non gli aveva più rivolto la parola e pochi giorni dopo lui era partito.

Un incidente strano, sconcertante e piuttosto inquietante. Un incidente che Joan, tutto sommato, non ci teneva a ricordare. Anzi, quasi si meravigliava che all'improvviso le fosse tornato in mente...

Orribile. Sì, nel complesso un'esperienza veramente orribile.

L'avrebbe scacciata dai suoi pensieri senza perdere un istante. Non era proprio il caso di mettersi a ricordare cose spiacevoli quando si stava facendo una cura di riposo, sabbia e sole. C'erano tanti altri ricordi, assai più gradevoli e stimolanti.

Chissà, forse il pranzo era pronto. Joan guardò l'orologio ma vide che era soltanto l'una meno un quarto.

Arrivata alla rest house, andò in camera e frugò nella valigia per vedere se aveva con sé dell'altra carta, poi ci ripensò: era stanca di scrivere lettere. Non c'era molto da dire. Non poteva certo continuare a raccontare le stesse cose. Passò in rassegna i libri che aveva con sé: *Lady Catherine*, naturalmente. E un romanzo giallo che William le aveva dato all'ultimo momento. Gentile da parte sua, ma lei non era una lettrice di romanzi polizieschi. E poi *La centrale elettrica* di Buchan, un libro molto vecchio, che lei aveva già letto anni prima. Oh, be', avrebbe potuto procurarsene degli altri alla stazione di Aleppo.

Il pranzo consisteva in una omelette – piuttosto gommosa e troppo cotta –, uova al curry, un piatto di salmone – in scatola –, un po' di legumi e pesche sciroppate.

Un pasto piuttosto pesante. Dopo mangiato, Joan andò a sdraiarsi sul letto. Dormì per tre quarti d'ora, poi si svegliò e lesse *Lady Catherine Dysart* fino all'ora del tè.

Prese il tè – latte in polvere – con qualche biscotto, poi uscì a fare due passi, tornò e finì le *Memorie*. Nel frattempo, era venuta l'ora di cena: omelette, salmone con riso, un piatto di uova, gli stessi legumi del pranzo e albicocche sciroppate. Terminata la cena, iniziò il poliziesco, e lo lesse fino al momento di andare a letto.

L'indiano venne a dirle, allegramente: «Buonanotte, *memsahib*. Treno arriva sette e mezzo domani mattina ma non va via fino alla sera, alle otto e mezzo».

Joan annuì.

Avrebbe dovuto far passare un altro giorno. Aveva ancora *La centrale elettrica*. Peccato che fosse così corto. Poi, un pensiero la colpì.

«Ci saranno viaggiatori in arrivo con quel treno, vero? Già, ma proseguiranno immediatamente per Mosul, immagino.»

L'uomo scosse la testa.

«Domani no, credo. Oggi nessuna macchina è arrivata. Credo che pista per Mosul molto brutta. Tutto fermo per molti giorni.»

Joan si rallegrò. L'indomani sarebbero arrivati altri viaggiatori, scesi da quel treno. Sarebbe stata tutta un'altra cosa: avrebbe trovato di certo qualcuno con cui parlare.

Andò a letto di umore molto più gaio rispetto a una decina di minuti prima. Pensava: "C'è qualcosa che non va nell'atmosfera di questo posto. Chissà, forse sarà questo terribile odore di grasso rancido. Fatto sta che è deprimente!".

Il mattino dopo si svegliò alle otto, si alzo e si vestì. Uscì dalla camera e vide che nella stanza da pranzo era apparecchiato un unico posto. Chiamò, e subito comparve l'indiano.

Sembrava agitato.

«Treno no arrivato, *memsahib*.»

«Non è arrivato? È in ritardo, vuoi dire?»

«Non viene proprio. Pioggia terribile lungo la linea, dall'altra parte di Nissibin. Linea tutta portata via: nessun treno passa più per quattro, cinque, forse sei giorni.»

Joan lo guardava, sgomenta.

«Ma allora... io come faccio?»

«Rimane qui, *memsahib*. Tanto da mangiare, tanta birra, tanto tè. Stare bene, qui. E aspettare che treno arriva.»

"Oh, povera me, che gente" pensò Joan. "Il tempo per loro non significa niente."

«Non potrei avere una macchina?» domandò.

L'altro sembrava divertito.

«Automobile? Dove trovare automobile? Pista per Mosul bruttissima, tutto bloccato altro lato di uadi.»

«Non si può telefonare alla stazione di partenza?»

«Telefonare dove? Linea turca. Turchi gente molto difficile: loro non fare niente. Loro solo far correre treno.» Joan, con una smorfia che voleva essere di divertita ironia, pensava: "Se questo non si chiama essere tagliati fuori dal mondo civile! Niente telefono, né telegrafo, né auto".

L'indiano tentò di consolarla.

«Tempo qui bello, sufficiente roba da mangiare, tutto molto comodo.»

"Be'," pensò Joan "qui il tempo effettivamente è bello. Meno male! Sarebbe davvero orribile se dovessi rimanere chiusa in un posto così per tutta la giornata."

Come se le avesse letto nel pensiero, l'uomo disse: «Tempo sempre buono, qui, è raro che piove. Piove più vicino a Mosul, piove lungo la linea».

Joan sedette a tavola, davanti al posto apparecchiato, e aspettò che le servissero la colazione. Ormai aveva superato il momentaneo sgomento. Inutile fare tante storie: aveva sufficiente buonsenso per capirlo. Purtroppo, non c'era niente da fare. Ma era una perdita di tempo molto seccante.

"Pare proprio che il desiderio che ho espresso a Blanche si sia avverato" rifletté, con un mezzo sorriso. "Le ho detto che sarei stata contenta di un intervallo come questo per riposare i nervi. Bene, ecco qua! Qui non ho proprio niente da fare. Non ho nemmeno qualcosa da leggere. Dovrebbe farmi proprio un gran bene. Cura di riposo nel deserto."

Il pensiero di Blanche portava con sé qualche associazione vagamente sgradevole: qualcosa che, decisamente, non desiderava ricordare. Anzi, perché stava pensando proprio a lei?

Dopo colazione, uscì all'aperto. Come il giorno prima, camminò fino a portarsi a una ragionevole distanza dalla rest house, poi sedette sulla sabbia. Per qualche tempo rimase assolutamente immobile, gli occhi socchiusi.

"È meraviglioso" pensava "sentire intorno a sé tanta pace e tanto silenzio." Aveva quasi l'impressione di *avvertire* quanto quella tranquillità le facesse bene. L'aria tonificante, il sole deliziosamente caldo: che pace!

Rimase così ancora per un po'. Poi guardò l'orologio. Erano le dieci e dieci.

"La mattinata sta passando abbastanza in fretta."

E se avesse scritto qualche riga a Barbara? Davvero incredibile che non avesse pensato di scrivere a lei, per prima cosa, invece che agli amici in Inghilterra.

Tirò fuori il blocco e la penna e scrisse:

Carissima Barbara,

sto facendo un viaggio che non è dei più fortunati. Ho perso il treno di lunedì sera e ora sono bloccata qui, e per diversi giorni, a quanto pare. Ma c'è molta pace e un sole splendido, quindi sono contentissima ugualmente.

Si fermò. Che cosa poteva aggiungere? Qualcosa sul bambino o su William? Cosa mai aveva voluto dire Blanche con quel: «... non preoccuparti per Barbara»? Che idea! Per questo lei aveva cercato di non pensare a Blanche, perché si era espressa in modo così strano, a proposito di Barbara.

Quasi che lei, che era la madre di Barbara, non sapesse tutto quello che c'era da sapere su una delle sue creature.

«Sono certa che andrà tutto bene, ora.» Cosa aveva voluto dire Blanche? Forse prima le cose andavano male? Ma in che senso? Aveva anche insinuato che Barbara si fosse sposata troppo giovane.

Joan si mosse, inquieta. A suo tempo, ricordava, Rodney aveva detto qualcosa del genere. Aveva esclamato, così all'improvviso, e in tono insolitamente perentorio: «Non sono contento di questo matrimonio, Joan».

«Oh, Rodney, ma perché? William è così perbene e sembrano una così bella coppia.»

«È un giovane piuttosto simpatico, sì... ma Barbara non lo ama, Joan.»

Lei era rimasta di stucco: assolutamente di stucco!

«Rodney, andiamo, ma è *ridicolo*! Certo che è innamorata di lui. Perché mai vorrebbe sposarlo, altrimenti?»

Rodney aveva risposto in modo piuttosto oscuro: «È proprio questo che mi fa paura».

«Ma caro... non ti sembra di essere un po' assurdo?»

E lui, senza prestare attenzione al suo tono volutamente scherzoso, aveva aggiunto: «Non deve sposarlo, se non ne è innamorata. È troppo giovane per fare una cosa del genere... e ha troppo carattere».

«Ah, be', Rodney, questa poi... Proprio *tu* parli di carattere? Cosa ne sai?»

Non aveva potuto fare a meno di mostrarsi divertita.

Ma Rodney non aveva neppure sorriso. «A volte,» aveva detto «le ragazze si sposano soltanto per andarsene di casa.»

Al che lei aveva riso apertamente.

«Non da case come quella di Barbara! Ma via, nessuna ragazza ha mai avuto una vita più felice di lei.»

«Lo pensi davvero, Joan?»

«Ma sì, certo. Tutto è sempre stato perfetto per i figli, in casa nostra.»

Lentamente, lui aveva osservato: «Non accade molto spesso che invitino qui i loro amici».

«Andiamo, caro, io non faccio che dare festicciole e invitare gente giovane! Me ne faccio un dovere. È Barbara stessa a ripetere che non vuole feste e a chiedermi di non invitare nessuno.»

Rodney aveva scosso la testa con aria perplessa e sconsolata.

E più tardi, quella sera, lei era entrata nella stanza proprio mentre Barbara stava gridando, spazientita: «È inutile, papà, io devo andarmene. Non ci resisto più... E non dirmi di cercarmi un impiego in un'altra città, perché per me sarebbe orribile».

«Che cosa succede?» aveva domandato Joan.

Dopo una pausa, una brevissima pausa, Barbara, le guance accese di ribellione, aveva spiegato: «Niente, è papà che crede di sapere quello che è meglio per me! Vuole che rimanga fidanzata per anni. Gli ho detto che non sopporto l'idea, che voglio sposare William e andarmene a Baghdad. Penso che sarà meraviglioso, laggiù».

«Oh, tesoro,» aveva detto Joan, con ansia «io vorrei solo che non fosse così lontano. Preferirei tanto averti qui sotto gli occhi, come sempre.»

«*Mamma!*»

«Lo so, cara, ma tu non ti rendi conto di quanto sei giovane e inesperta. Sarei in grado di aiutarti in tante cose se tu vivessi un po' più vicino a noi.»

Barbara aveva sorriso e aveva commentato: «Be', pare che dovrò manovrare da me la mia canoa, senza il beneficio della tua esperienza e della tua saggezza».

Poi, mentre Rodney lasciava lentamente la stanza, gli era corsa dietro e improvvisamente gli si era gettata al collo, abbracciandolo forte e ripetendo: «Caro il mio papà! Caro, caro, caro...».

"Questa bambina" aveva pensato Joan "sta diventando stranamente espansiva." Ma in fondo, questo dimostrava che Rodney si sbagliava completamente. Barbara quasi non stava in sé dalla gioia al pensiero di andarsene in Oriente con il suo William: ed era una gran bella cosa vedere due giovani così innamorati e così pieni di progetti per l'avvenire.

Davvero incredibile che a Baghdad fosse nata l'idea che Barbara fosse stata infelice a casa sua. Ma sembrava un ambiente terribilmente pettegolo e maldicente, al punto che quasi non si osava nominare qualcuno.

Il maggiore Reid, per esempio.

Lei non lo aveva mai conosciuto personalmente, ma Barbara lo nominava molto spesso nelle sue lettere. Il maggiore Reid era stato a cena da loro. Sarebbero andati a caccia con il maggiore Reid. Barbara per i mesi estivi sarebbe andata ad Arkandous. Lei e un'altra giovane signora avevano diviso un bungalow e il maggiore Reid era stato là nello stesso periodo. Avevano giocato tanto a tennis. In seguito, lui e Barbara avevano vinto il doppio misto al club.

Perciò, per Joan era stato più che naturale chiedere allegramente notizie del maggiore Reid: ne aveva sentito parlare talmente, aveva detto, che era davvero ansiosa di conoscerlo.

Era davvero assurdo, a ripensarci, l'imbarazzo che la sua domanda aveva causato. Barbara si era fatta pallidissima, William era diventato rosso e, dopo lunghi istanti di silenzio, aveva borbottato in uno strano tono: «Lo abbiamo perso di vista, ormai».

C'era una tale ostilità nella voce del genere che lei non aveva osato aggiungere altro. Ma più tardi, dopo che Barbara era andata a coricarsi, Joan aveva toccato di nuovo l'argomento, osservando con un sorriso che temeva di avere fatto una gaffe. Ma aveva proprio creduto che il maggiore fosse un loro intimo amico. William si era alzato e aveva battuto la pipa contro la pietra del caminetto.

«Oh, non direi» aveva risposto in tono vago. «Qualche volta andavamo a caccia insieme e cose di questo genere. Ma è da un pezzo che non lo vediamo più, ormai.»

Non un granché come risposta, aveva pensato Joan, poi aveva sorriso tra sé: gli uomini erano così trasparenti! Era piuttosto divertita della reticenza antiquata di William. Probabilmente, suo genero la considerava una donna molto puritana e all'antica: una vera suocera.

«Capisco» aveva detto. «Uno scandalo.»

«Che cosa vuoi dire?» William si era girato di scatto, molto irritato.

«Ma ragazzo mio!» Joan gli aveva sorriso. «È più che evidente da come ne parli. Immagino che avrai scoperto qualcosa sul suo conto e avrai dovuto lasciarlo perdere. Oh, non ti farò domande. Queste cose sono sempre molto spiacevoli, lo so.»

Lentamente, William aveva ammesso: «Sì... sì, hai ragione».

«Tendiamo sempre a giudicare gli altri con il nostro metro» aveva aggiunto Joan. «E poi, quando scopriamo di esserci sbagliati, ci sentiamo così dispiaciuti e a disagio.»

«Ha lasciato il Paese, e questa è già una buona cosa» aveva detto William. «È andato in Africa Orientale.»

E, all'improvviso, Joan aveva ricordato alcuni brandelli di conversazione ascoltati un giorno all'Alwyah Club. Qualcosa a proposito di Nobby Reid che partiva per l'Uganda.

Una donna aveva detto: «Povero Nobby, in fondo lui che colpa ne ha se tutte le ochette di qui gli corrono dietro?».

E un'altra, più anziana, ridacchiando aveva commentato: «Lui però si dà un gran daffare con loro. Innocenti e pure, ecco come piacciono a Nobby. La sposina ingenua. E devo dire che ha una tecnica meravigliosa! Riesce a essere addirittura irresistibile. La ragazza crede sempre che si sia innamorato pazzamente di lei. In genere, quello è il momento in cui lui sta già pensando di passare alla prossima».

«Be',» aveva detto la prima «mancherà molto a tutti noi. È così divertente.»

L'altra aveva riso.

«Ho in mente un paio di mariti che non saranno tanto addolorati di vederlo partire! Per la verità, sono ben pochi gli uomini che hanno simpatia per lui.»

«Tanto ha fatto che ora questo posto scotta, e non può più rimanerci.»

Poi, la donna più anziana aveva sibilato: «Ssh», e aveva abbassato la voce, e Joan non era riuscita a sentire altro. Sul momento non aveva dato peso a quella conversazione, ma dopo il colloquio con il genero le era tornata in mente, e aveva stuzzicato la sua curiosità.

Se William non voleva parlarne, forse Barbara sarebbe stata meno reticente. Barbara, al contrario, aveva detto in modo ben chiaro e in tono piuttosto sgarbato: «Non voglio parlare di lui, mamma, capito?».

Barbara, rifletteva ora Joan, non voleva mai parlare di niente. Era stata incredibilmente vaga e suscettibile anche riguardo alla sua malattia. Tutto era cominciato con una forma di avvelenamento, e naturalmente Joan aveva pensato che si trattasse di avvelenamento da cibo. L'intossicazione alimentare era molto diffusa nei climi caldi, ne era convinta. Ma tanto William che Barbara si erano mostrati ben poco disposti a addentrarsi nei particolari, e perfino il medico al quale lei si era rivolta per avere informazioni, com'era logico essendo la madre di Barbara, era stato molto taciturno e poco comunicativo. Si era preoccupato soprattutto di insistere sul fatto che la signora Wray non doveva essere interrogata o incoraggiata a soffermarsi sulla sua malattia.

«Tutto quello che le serve, ora, è curarsi e rimettersi in forze. I perché e i percome sono argomenti di discussione del tutto inutili, e parlarne non gioverebbe in alcun modo alla paziente. Le sto dando un suggerimento, signora Scudamore.»

Un individuo sgradevole e scostante, così lo aveva giudicato Joan, e per niente impressionato, come sarebbe stato logico aspettarsi, dalla devozione di una madre che si era precipitata fin lì dall'Inghilterra per curare la figlia.

Oh, be', Barbara gliene era stata riconoscente, se non altro.

Per lo meno, Joan supponeva di sì... Non si era certamente risparmiata nei ringraziamenti. Anche William, del resto, aveva detto che era stata molto cara.

Joan aveva spiegato che le sarebbe tanto piaciuto poter rimanere più a lungo, e William aveva detto che sì, anche a lui avrebbe fatto piacere. Ma lei li aveva pregati di non insistere – certo, la tentazione era molto forte e le sarebbe piaciuto tanto passare un inverno a Baghdad –, perché in fin dei conti bisognava pensare anche a Rodney: non sarebbe stato giusto verso di lui.

E Barbara, con un filo di voce, aveva detto: «Caro papà» aggiungendo poi, dopo qualche istante: «Senti, mamma, perché non ti fermi ancora un po'?».

«Devi pensare anche al tuo papà, cara.»

Barbara, in quel tono stranamente asciutto che usava a volte, aveva risposto che *stava* pensando a lui, ma Joan aveva ripetuto che no, non poteva lasciare il povero Rodney in balia delle persone di servizio.

C'era stato un momento, alcuni giorni prima della partenza, in cui aveva quasi cambiato idea. A conti fatti, avrebbe potuto fermarsi un altro mese. Ma William l'aveva fatta riflettere con tanta eloquenza sulle incognite di un viaggio nel deserto, se l'avesse affrontato a stagione inoltrata, che lei aveva finito per allarmarsi e aveva deciso che fosse meglio attenersi al piano originale. Dopodiché, William e Barbara erano stati talmente carini con lei che per poco non aveva cambiato idea ancora una volta: ma poi non l'aveva fatto.

E sì che, a pensarci bene, per quanto avanti nella stagione si fosse decisa a partire, le cose non sarebbero potute andare peggio di così.

Joan guardò di nuovo l'orologio. Le undici meno cinque. Quante cose si potevano pensare in un lasso di tempo così breve.

Quasi si pentiva di non essersi portata dietro *La centrale elettrica*; ma, essendo l'ultima cosa che le rimaneva da leggere, ormai, forse sarebbe stato saggio rinviare la lettura il più possibile: l'avrebbe tenuta come riserva.

Mancavano ancora due ore al pranzo. Aveva detto che avrebbe mangiato all'una, quel giorno. Forse le conveniva camminare ancora un po', solo che le sembrava piuttosto sciocco vagare così, senza una meta, proprio senza scopo. E il sole scottava, ora.

Oh, be', quante volte aveva desiderato un po' di tempo per sé, per riflettere sulle cose. Adesso se ne era presentata l'occasione. Che cosa aveva, poi, da chiarire a se stessa con tanta urgenza?

Joan frugava nella sua mente, ma sembrava che fossero tutte questioni di secondaria importanza: ricordarsi dove aveva messo questa o quell'altra cosa, decidere come programmare le ferie estive dei domestici, progettare la sistemazione della vecchia stanza di studio dei ragazzi.

Tutte queste cose, ora, sembravano piuttosto remote e di scarso rilievo. Era un po' troppo presto, in novembre, tentare di organizzare le ferie estive dei domestici, senza contare che bisognava prima di tutto sapere in che giorno cadeva la settimana di Pentecoste, e per saperlo occorreva un calendario dell'anno nuovo. Però poteva prendere qualche decisione riguardo alla stanza. Le pareti di una tinta chiara, un bel giallo paglierino, e fodere color avena, con qualche cuscino a tinte vivaci? Sì, così poteva andare bene.

Le undici e dieci. Rinfrescare e rimodernare la stanza non le aveva preso molto tempo!

Confusamente, Joan pensò: "Se solo l'avessi saputo, mi sarei portata qualche libro interessante sulla scienza moderna e le scoperte, qualcosa che, per esempio, servisse a spiegarmi la teoria dei quanti".

E poi, si domandò come le fosse venuta in mente la teoria dei quanti, e subito si disse: "Ma certo... le fodere... e la signora Sherston".

Ricordava infatti che una volta aveva affrontato proprio con la signora Sherston, la moglie del direttore della banca, la controversa questione se fosse preferibile il chintz o il cretonne per le fodere del salotto. E, nel bel mezzo di quella discussione, la signora Sherston aveva detto, con il suo solito modo brusco: «Quanto mi piacerebbe essere così intelligente da comprendere la teoria dei quanti. È un'idea talmente interessante, vero? L'energia tutta confezionata in tanti pacchetti».

Joan l'aveva fissata, perché proprio non riusciva a comprendere cos'avessero a che fare le teorie scientifiche con le fodere di chintz, e la signora Sherston si era fatta tutta rossa e aveva detto: «Che stupida sono! Ma sa com'è, quando le cose ti vengono in mente così all'improvviso... ed è un'idea affascinante, no?».

A Joan non era sembrata un'idea particolarmente affascinante, e la conversazione era finita lì. Ma lei ricordava benissimo il cretonne della signora Sherston: o meglio, le fodere di lino stampato a mano. Un disegno di foglie marrone, grigio e rosso. Aveva detto: «Sono davvero insolite... le sono costate molto?». E la signora Sherston aveva risposto di sì. E aveva aggiunto di averle acquistate perché amava i boschi e gli alberi, e il sogno della sua vita era di andare in un posto come la Birmania o la Malesia, dove le cose crescevano veramente *in fretta*! «Veramente in fretta» aveva ripetuto, in un tono ansioso e facendo con la mano un gesto piuttosto goffo per chiarire il concetto.

Quelle fodere, rifletteva ora Joan, dovevano essere costate qualcosa come diciotto, diciannove sterline al metro, un prezzo astronomico per quei tempi. Il solo calcolo del denaro che il capitano Sherston dava alla moglie per le spese, di casa o voluttuarie, sarebbe dovuto bastare a fornire almeno un indizio di ciò che sarebbe emerso in seguito.

Non aveva mai avuto simpatia per quell'uomo. Ricordava il giorno in cui era stata nel suo ufficio, alla banca, a discutere di come reinvestire alcune azioni. Sherston era seduto di fronte a lei, dietro la sua scrivania: un omone grande e grosso, trasudante bonomia. Una cortesia esagerata, nel complesso... Sembrava stesse dicendo: "Sono un uomo di mondo, cara signora, non mi giudichi soltanto una macchina per fare soldi: gioco a tennis, a golf, a bridge, amo ballare. Il vero 'me stesso' è quel tale che lei incontra alle feste, non il funzionario che parla di cose aride".

Un grosso pallone gonfiato, pensava con indignazione Joan. Un imbroglione, un autentico imbroglione. Già da allora doveva avere cominciato a falsificare i registri, o qualcosa del genere. Eppure, quasi tutti avevano avuto simpatia per lui, avevano osservato che brava, cara persona fosse Sherston, così diversa dal solito direttore di banca.

Bene, questo era proprio vero. Il solito direttore di banca non fa man bassa dei fondi.

Da tutta quella storia, comunque, Leslie Sherston aveva ricavato almeno le sue fodere di lino stampato a mano. Non che qualcuno avesse mai insinuato che fosse stata una moglie spendacciona a spingere il direttore alla disonestà. Bastava guardarla, per capire che il denaro non significava niente per lei. Sempre vestita con un vecchio tweed verde per poter trafficare in giardino o camminare per la campagna. Non si preoccupava mai neppure di come vestivano i suoi figli.

E un pomeriggio, molto tempo dopo, Leslie Sherston le aveva offerto un tè, portando dalla cucina, in bilico su un vassoio, un enorme filone di pane, un panetto di burro, della marmellata fatta in casa e il servizio di tutti i giorni. Proprio una donna disordinata, spensierata e allegra, con un modo di camminare tutto pencolante da una parte e un viso che sembrava altrettanto asimmetrico; ma il suo sorriso sbilenco era piuttosto simpatico, e la gente tutto sommato le voleva bene.

Ah, be', povera signora Sherston. Aveva avuto una vita triste, proprio una vita triste.

Joan si mosse, inquieta. Perché aveva lasciato che quella frase, "una vita triste", le venisse in mente? Le ricordava Blanche Haggard – anche se si trattava di un genere di vita triste ben diverso! –, e questo la riportava a Barbara e alle misteriose cause della sua malattia. Non si poteva pensare proprio a niente, senza essere automaticamente spinti in qualche direzione penosa e indesiderata?

Guardò ancora una volta l'orologio. A ogni modo, le fodere stampate a mano e la povera signora Sherston avevano occupato quasi una mezz'ora. A che cosa poteva pensare, d'altro? Qualcosa di piacevole, senza risvolti che la turbassero.

Rodney era probabilmente l'argomento più sicuro. Caro Rodney. Joan si soffermò con piacere sul pensiero del marito, rivedendolo mentre, sul marciapiede della Stazione Vittoria, le diceva arrivederci poco prima che il treno si mettesse in moto.

Sì, caro Rodney. Fermo là a guardare in su verso di lei, con il sole che gli batteva sul viso e rivelava in modo così spietato il reticolo di piccole rughe intorno ai suoi occhi: occhi talmente stanchi! Stanchi, sì, pieni di una profonda tristezza. "Non che Rodney sia triste" pensò Joan. "È soltanto uno scherzo della sua fisionomia. Anche alcuni animali hanno gli occhi tristi." Di solito, poi, lui portava gli occhiali, e allora la tristezza degli occhi non si notava tanto. Ma indubbiamente aveva l'aspetto di un uomo stanchissimo. Non c'era da meravigliarsene, visto che lavorava tanto. In pratica non si prendeva mai una giornata di riposo. "Ma tutto questo cambierà, appena tornerò a casa" pensò Joan. "Deve avere più tempo libero. Avrei proprio dovuto pensarci prima."

Sì, visto là, nella luce vivida, dimostrava tutti i suoi anni e forse qualcuno di più. Si erano guardati, lei sul treno, Rodney sul marciapiede, e si erano scambiati le solite frasi idiote dell'ultimo momento.

«Non credo che dovrai passare dalla dogana, a Calais.»

«No, penso che si vada direttamente a prendere l'espresso del Sempione.»

«La carrozza per Brindisi, ricordalo. Spero che il Mediterraneo si comporti bene.»

«Mi piacerebbe poter fare una tappa al Cairo.»

«Perché non lo fai?»

«Caro, devo arrivare più presto che posso da Barbara. C'è un solo volo settimanale, lo sai.»

«Ah, già. Dimenticavo.»

Si era sentito un fischio. Rodney le aveva sorriso.

«Abbi cura di te, piccola Joan.»

«Arrivederci, e non sentire troppo la mia mancanza.»

Con uno scossone, il treno aveva cominciato a muoversi. Joan aveva ritirato la testa. Rodney l'aveva salutata con la mano, poi si era voltato. D'impulso lei aveva sporto un'altra volta la testa dal finestrino. Suo marito si stava già allontanando lungo la piattaforma.

Aveva avvertito un fremito improvviso nel guardare quella schiena che conosceva bene. All'improvviso, Rodney le era apparso così giovane, la testa gettata all'indietro, le spalle erette. Quella vista le aveva procurato quasi uno shock...

Ebbe l'impressione di vedere un giovanotto spensierato che percorreva il marciapiede con passo elastico.

Le ricordava il giorno in cui aveva visto Rodney Scudamore per la prima volta. Glielo avevano presentato in occasione di una partita di tennis e insieme si erano diretti subito verso il campo.

«Devo giocare a rete?» aveva domandato lui.

Ed era stato così che lei lo aveva seguito con lo sguardo, osservandolo mentre prendeva posto a rete, e aveva pensato che, visto di spalle, era proprio attraente: per il suo modo disinvolto e tranquillo di camminare, per il portamento della testa e del collo...

Improvvisamente, si era accorta di essere nervosa. Aveva sbagliato due servizi di fila e si era sentita accaldata e maldestra.

Allora Rodney si era girato e le aveva sorriso con fare incoraggiante. Aveva un sorriso gentile, cordiale, e lei si era detta che era davvero un giovanotto simpaticissimo... e immediatamente aveva cominciato a innamorarsi di lui.

In quel momento, guardando fuori dal finestrino e osservando la figura di Rodney che si allontanava fino a scomparire tra la folla là sulla piattaforma, aveva rivissuto quella giornata d'estate di tanti anni prima.

Era come se gli anni fossero scivolati via da Rodney, facendolo sentire di nuovo giovane e sicuro di sé, come una volta.

Come se gli anni fossero scivolati via...

D'improvviso, nel deserto, sotto quel sole cocente, Joan fu assalita da un brivido incontrollabile.

Pensava: "No, no, non voglio continuare, non voglio pensare a questo...".

Rodney che percorreva con passo elastico il marciapiede, la testa gettata all'indietro, senza più quelle spalle incurvate. Un uomo che si sentiva sollevato da un peso insopportabile...

Ma via, che cosa le prendeva? Stava immaginando tutto, si inventava le cose. Era stata soltanto un'illusione ottica.

Perché lui non aveva aspettato di veder partire il treno?

Be', e perché mai? Aveva fretta di sbrigare i sui affari a Londra. A molti non piaceva vedere i treni che lasciavano le stazioni portandosi via le persone care.

Andiamo, era impossibile poter ricordare con tanta chiarezza l'atteggiamento di una persona vista di schiena!

Se lo stava immaginando...

"Smettila, fai soltanto peggio!" Se immaginava una cosa così, voleva dire che un'idea del genere si era già insinuata nella sua mente.

E non poteva essere vera: la conclusione che lei ne aveva tratto non poteva essere vera, assolutamente no.

In sostanza, stava dicendo a se stessa che Rodney era contento di vederla andare via...

E questo non poteva essere vero, punto e basta!

4

JOAN ARRIVÒ ALLA REST HOUSE incredibilmente accaldata. Senza rendersene conto aveva affrettato il passo, come per sfuggire a quell'ultimo, malaugurato pensiero.

L'indiano la osservava incuriosito.

«*Memsahib* cammina molto veloce. Perché camminare veloce? Tempo in abbondanza, qui.»

"Oh Dio," pensò Joan "tempo in abbondanza, puoi ben dirlo."

L'indiano, la rest house, i polli, i barattoli vuoti e il filo spinato stavano decisamente cominciando a darle sui nervi.

Andò in camera e tirò fuori *La centrale elettrica.*

"Se non altro," si disse "qui dentro c'è meno luce e fa più fresco."

Aprì il libro e cominciò a leggere. Per l'ora di pranzo ne aveva letto quasi metà.

Il menu prevedeva omelette con contorno di legumi, un piatto di salmone caldo con il riso e albicocche in scatola. Joan non riuscì a mangiare molto. Quando ebbe finito se ne tornò in camera e si sdraiò sul letto.

Se aveva preso una leggera insolazione per aver camminato troppo rapidamente in quella calura, un bel sonno le avrebbe fatto bene.

Chiuse gli occhi, ma il sonno non voleva arrivare.

Si sentiva particolarmente sveglia e con la mente attiva.

Si alzò, mandò giù qualche aspirina e tornò a sdraiarsi.

Ogni volta che chiudeva gli occhi, vedeva Rodney di spalle, nell'atto di allontanarsi da lei lungo la piattaforma. Era insopportabile!

Aprì un poco le tende per lasciar entrare un po' di luce e riprese in mano *La centrale elettrica.* A poche pagine dalla fine, scivolò nel sonno.

Sognò che doveva partecipare a un torneo di tennis in coppia con Rodney. Dopo avere incontrato qualche difficoltà nel reperire le palle, finalmente arrivavano sul campo. Al momento di battere il servizio, lei scopriva che stava giocando contro Rodney e quella ragazza, la Randolph. Sbagliava due volte e pensava: "Rodney mi aiuterà", ma quando lo cercava con gli occhi, lui non c'era. Se ne erano andati tutti, e stava scendendo il buio. "Sono completamente sola" pensava Joan. "Completamente sola."

Si svegliò di soprassalto.

«Sono completamente sola» disse ad alta voce.

Era ancora immersa nell'atmosfera del sogno. Le sembrava che le parole che aveva appena pronunciato fossero terribilmente inquietanti.

«Sono completamente sola» ripeté.

L'indiano mise dentro la testa.

«*Memsahib* chiamare?»

«Sì» disse lei. «Vorrei del tè.»

«*Memsahib* vuole tè? Soltanto le tre, ora.»

«Non importa, voglio un po' di tè.»

Lo sentì allontanarsi e gridare: «*Chaichai!*».

Si alzò dal letto e si avvicinò allo specchio punteggiato di mosche. Era rassicurante rivedere la propria faccia, e vederla bella e normale, come sempre.

«Di' un po',» disse Joan, rivolgendosi alla propria immagine riflessa «non starai per ammalarti, per caso? Ti comporti in modo molto strano.»

Forse se l'era presa davvero, l'insolazione?

Quando arrivò il tè, si sentiva di nuovo perfettamente normale. Anzi, l'intera faccenda era in realtà molto divertente. Lei, Joan Scudamore, che si lasciava sopraffare dai nervi! Certo, non si trattava di nervi, ma di un leggero colpo di sole. Avrebbe aspettato che il sole fosse molto basso sull'orizzonte, per uscire.

Mangiò qualche biscotto e bevve un paio di tazze di tè. Poi finì *La centrale elettrica*. Appena chiuse il libro fu assalita da un vero e proprio senso di malessere.

"Ora non ho più niente da leggere" pensò.

Niente da leggere, niente carta per scrivere, neanche un lavoro di cucito. Assolutamente niente da fare, salvo aspettare un treno che non dava alcuna garanzia e che forse non sarebbe arrivato per diversi giorni.

Quando l'indiano riapparve per portar via il vassoio del tè, Joan gli chiese: «Lei che cosa fa, qui?».

L'uomo sembrò sorpreso dalla domanda.

«Mi occupo dei viaggiatori, *memsahib*.»

«Lo so.» Trattenne a stento l'impazienza. «Ma questo non occuperà proprio tutto il tempo.»

«Servo la colazione, il pranzo, il tè.»

«No, no, non dicevo questo. Lei ha degli aiutanti?»

«Ragazzo arabo... molto stupido, molto pigro, molto sporco... devo vedere tutto da me, non fidare di ragazzo. Lui porta acqua bagno, butta acqua sporca, aiuta cuoco.»

«Siete in tre, allora, lei, il ragazzo e il cuoco. Dovete avere una quantità di tempo libero. Legge, lei?»

«Leggere? Leggere cosa?»

«Libri.»

«Non leggo.»

«Allora che cosa fa quando non lavora?»

«Aspetto che è ora di fare altro lavoro.»

"È tutto inutile" pensò Joan. "Non si può parlare con questa gente. Non capiscono quello che vuoi dire. Quest'uomo rimane sempre qui, un mese dopo l'altro. Qualche volta, immagino, avrà una vacanza, andrà in una città a ubriacarsi e a trovare degli amici. Ma per settimane intere rimane qui. Naturalmente ci sono anche il cuoco e il ragazzo... Il ragazzo, quando non lavora, si distende al sole e dorme. La vita è tutta lì, per lui. Questa gente non mi serve, nessuno di loro. Le uniche frasi in inglese che quest'uomo conosce riguardano il cibo, le bevande e il tempo."

L'indiano si allontanò. Joan prese a gironzolare per la stanza, irrequieta.

"Non devo comportarmi da stupida. Devo cercare di fare una specie di programma. Seguire un... un corso di pensieri. Non devo assolutamente permettere a me stessa di... di... be', di dare i numeri."

La verità, rifletteva tra sé, era che aveva sempre condotto una vita intensa e molto occupata. Con tanti interessi. Un'esistenza da persona civile. E quando nella vita c'era tanto equilibrio, tanto senso delle proporzioni, per forza di cose ci si trovava un po' in difficoltà di fronte alla sterile inutilità dello stare senza fare niente. Quanto più una persona era pratica e colta, tanto più la cosa riusciva difficile.

C'erano persone, invece, che spesso se ne stavano sedute per ore con le mani in mano. Presumibilmente, si sarebbero adattate con la massima tranquillità a un'esistenza di quel genere.

Perfino la signora Sherston, anche se di norma era attiva ed energica per due, qualche volta se ne stava seduta così, senza fare niente. Di solito succedeva quando usciva per una passeggiata. Camminava con un'energia spaventosa, poi, tutt'a un tratto, si lasciava cadere su un ceppo d'albero o su una zolla erbosa, e se ne stava così, a fissare il vuoto.

Come il giorno in cui lei l'aveva scambiata per quella ragazza, la Randolph...

Arrossì lievemente, al ricordo di come si era comportata.

In verità, era stato un po' come spiare. Una di quelle situazioni in cui aveva provato un po' di... – come dire? – un po' di vergogna. Perché non era certo il tipo di donna che fa certe cose.

D'altronde, con una ragazza come Myrna Randolph...

Una ragazza priva, a quanto sembrava, di qualsiasi senso morale...

Joan tentò di ricordare com'era andata.

Aveva portato dei fiori alla vecchia signora Garnett, ed era appena uscita dalla porta del cottage quando aveva sentito provenire dalla strada, al di là della siepe, la voce di Rodney. La sua e quella di una donna, che gli rispondeva.

Aveva salutato in fretta e furia la signora Garnett. Una volta in strada, aveva fatto appena in tempo a scorgere suo marito e, ne era sicura, quella Myrna Randolph, mentre svoltavano lungo il sentiero che conduceva all'Asheldown.

No, non era molto fiera di ciò che aveva fatto in quel momento. Ma, lì per lì, aveva sentito di doverlo fare. Non era tutta colpa di Rodney: lo sapevano tutti che tipo fosse Myrna Randolph.

Joan aveva preso un sentiero in salita, passando per il bosco di Haling, e così facendo era sbucata proprio sulla spoglia sommità dell'Asheldown. Li aveva scorti immediatamente: due figure sedute là, immobili, a contemplare la dolce e ridente campagna sottostante.

Che sollievo, quando aveva visto che non si trattava affatto di Myrna Randolph, ma della signora Sherston! Non erano neppure seduti vicini. Tra loro c'era almeno un metro e mezzo di distanza. Una distanza addirittura ridicola: sembrava che non si conoscessero nemmeno! Ma in effetti Leslie Sherston non era una persona molto cordiale: o meglio, non era molto espansiva. E sicuramente non poteva essere considerata una sirena: la sola idea faceva sorridere. No, evidentemente era uscita per una delle solite camminate e Rodney, avendola incontrata per caso, si era offerto di accompagnarla con la sua solita, amabile cortesia.

E ora, dopo essersi inerpicati sul crinale dell'Asheldown, stavano riprendendo fiato e si godevano il panorama prima di affrontare la via del ritorno.

Sorprendente, davvero, che nessuno dei due si muovesse o dicesse una parola. "Non è il modo di farsi compagnia" aveva pensato lei. Oh, be', probabilmente ciascuno dei due era immerso nei propri pensieri. Sentivano, forse, di essere abbastanza in confidenza da non doversi prendere la briga di parlare o di fare conversazione.

Perché a quell'epoca, in effetti, gli Scudamore avevano avuto modo di conoscere molto meglio Leslie Sherston. La bomba delle appropriazioni indebite era scoppiata sopra una Crayminster ammutolita e sgomenta, e il direttore in quel momento stava scontando la sua condanna in prigione. Rodney lo aveva difeso al processo e aveva patrocinato anche gli interessi di Leslie. Era molto dispiaciuto per la donna, rimasta con due bambini piccoli e senza denaro. Tutti erano stati dispostissimi a immedesimarsi nei guai della povera signora Sherston, e se non avevano continuato a commiserarla, la colpa era stata unicamente della stessa Leslie. La sua risoluta allegria aveva scandalizzato e scosso più di una persona.

«Dev'essere una donna piuttosto insensibile» aveva osservato Joan, parlandone con Rodney.

In tono brusco, lui aveva replicato di non avere mai conosciuto nessuno che avesse tanto coraggio quanto Leslie Sherston.

«Ah, sì, *coraggio*» aveva detto Joan. «Ma il coraggio non è tutto.»

«Credi?» aveva ribattuto Rodney. E l'aveva detto in un tono piuttosto strano. Poi, se n'era andato in ufficio.

Nessuno poteva negare che Leslie Sherston avesse coraggio. Si era trovata di fronte al problema di mantenere se stessa e due bambini e, pur non avendo alcuna particolare esperienza, ce l'aveva fatta.

Era andata a lavorare presso un orticoltore finché si era impratichita del mestiere, accettando nel frattempo un piccolo mensile da una zia e vivendo con i bambini in stanze prese in affitto. Così, quando Sherston era uscito di prigione, lei si era già stabilita in tutt'altra parte dell'Inghilterra e coltivava frutta e ortaggi che poi rivendeva al mercato. Lui aveva cominciato a guidare l'autocarro, facendo la spola avanti e indietro dalla città vicina, i bambini avevano dato una mano e, in un modo o nell'altro, erano riusciti a ricavarne un'esistenza dignitosa. Non si poteva mettere in dubbio che Leslie Sherston avesse lavorato come una schiava, il che la rendeva particolarmente degna di ammirazione: suppergiù a quell'epoca, infatti, doveva avere cominciato a soffrire molto a causa del male che, alla fine, se l'era portata via.

"Be'," pensò Joan "probabilmente amava molto suo marito." Sherston era sempre stato considerato un uomo piacente e molto ammirato dalle donne, ma una volta uscito di prigione era apparso molto diverso. Joan l'aveva visto una sola volta, ma era rimasta colpita dal cambiamento avvenuto in lui. Aveva uno sguardo sfuggente ed era come afflosciato, ma si dava ancora delle arie, si illudeva di poterla ancora dare a intendere. Un rottame. Eppure, la moglie gli era rimasta accanto con lo stesso affetto, e per questo Joan provava rispetto per lei.

In compenso, aveva ritenuto che Leslie avesse torto marcio nei riguardi dei due figli.

Quella stessa zia che l'aveva soccorsa finanziariamente quando Sherston era stato condannato le aveva fatto un'ulteriore offerta quando lui stava per uscire di prigione.

Avrebbe adottato il più piccolo e ospitato i bambini durante le vacanze; inoltre aveva convinto uno zio a pagare le tasse scolastiche del più grandicello e a dare il suo nome ai due fratellini in base a un atto unilaterale; infine, entrambi si sarebbero assunti la responsabilità finanziaria dell'avvenire dei bambini.

Leslie aveva rifiutato categoricamente l'offerta, e in questo Joan riteneva che fosse stata egoista. Aveva negato ai propri figli l'opportunità di una vita migliore di quella che poteva offrirgli lei: una vita libera dalla vergogna e dal disonore. Per quanto bene volesse ai suoi figli – Joan ne era convinta, e Rodney era d'accordo con lei –, avrebbe dovuto pensare prima a loro che a se stessa.

Ma Leslie era stata irremovibile e Rodney si era lavato le mani di tutta la faccenda. Era persuaso, aveva detto con un sospiro, che la signora Sherston sapesse meglio di tutti quello che doveva fare. "Può darsi," aveva riflettuto Joan "ma è certamente una donna molto ostinata."

Mentre passeggiava su e giù per la sala della rest house, Joan continuava a pensare a Leslie Sherston e a rivederla come quel giorno, sull'Asheldown. Seduta, tutta protesa in avanti, i gomiti sulle ginocchia, il mento appoggiato alle mani. Stranamente immobile, lo sguardo fisso oltre la fattoria e il terreno arato, sui pendii dove le querce e i faggi del bosco di Little Havering si stavano tingendo di un rosso dorato.

Lei e Rodney seduti là, così silenziosi, così statici... a fissare ciascuno davanti a sé.

Perché poi non li avesse chiamati, o non fosse andata a raggiungerli, Joan proprio non sapeva dirlo.

Forse perché si sentiva in colpa per avere sospettato di Myrna Randolph?

In ogni caso, non aveva rivelato la sua presenza. Zitta zitta si era ritirata di nuovo nel folto degli alberi e aveva preso la via di casa. Era stato un incidente che non le faceva piacere ricordare, e naturalmente non ne aveva mai fatto parola con Rodney. Perché indurlo a pensare che si fosse fatta strane idee, idee su di lui e Myrna Randolph?

Rodney che si allontanava lungo la piattaforma della Stazione Vittoria...

Oh misericordia, ora ricominciava da capo con quella storia?

Ma come le era venuta in mente quell'ipotesi assurda? L'ipotesi che Rodney – il quale le era sempre stato e le era ancora tanto devoto – potesse rallegrarsi all'idea della sua assenza?

Come se si potesse capire qualcosa dal modo in cui un uomo camminava!

Doveva scacciare una volta per tutte quella ridicola fissazione.

Avrebbe smesso di pensare a Rodney. Meglio non pensare a lui, se questo la spingeva a immaginare cose così strane e sgradevoli.

Lei, fino a quel momento, non era mai stata una visionaria.

Forse la colpa era del sole.

5

IL POMERIGGIO E LA SERA PASSARONO con interminabile lentezza.

Joan non voleva esporsi di nuovo al sole fino a che non fosse stato quasi il tramonto, così all'inizio se ne era rimasta seduta nella rest house.

Dopo circa mezz'ora cominciò a trovare insopportabile quella inattività. Andò nella camera da letto e cominciò a disfare le valigie e a rifarle. Gli abiti, si disse, non erano piegati a dovere, tanto valeva dedicarsi a quel lavoro con maggiore cura.

Sbrigò l'operazione piuttosto in fretta e bene. Nel frattempo si erano fatte le cinque. Ora poteva anche uscire senza pericolo. L'atmosfera all'interno della rest house era così deprimente! Se almeno avesse avuto qualcosa da leggere... O magari, pensò con disperazione, un cruciverba!

Fuori, guardò con disgusto i barattoli, le galline e il filo spinato. Che posto orribile, assolutamente orribile!

Si avviò lungo la linea ferroviaria e la frontiera turca, tanto per cambiare. Questo le diede una gradevole sensazione di novità. Ma dopo un quarto d'ora l'effetto svanì. La linea ferroviaria, che correva cinquecento metri alla sua destra, non attenuava la solitudine.

Nient'altro che silenzio: silenzio e sole.

Joan si ricordò che poteva anche recitare delle poesie. Quando era ragazzina, tutti dicevano sempre che era molto brava a leggere e recitare poesie. Voleva proprio vedere che cosa sarebbe riuscita a ricordare, dopo tanti anni. Un tempo conosceva una quantità di poesie a memoria.

> La clemenza ha questa qualità, non è forzata:
> scende come pioggerella dal cielo...

E poi, come diceva? Peccato. Non riusciva proprio a ricordarlo.

> Non ti spaventerà più la canicola...

Quei versi cominciavano in modo confortante, se non altro! Già, ma il resto com'era?

> ... la furia scatenata dell'inverno,
> la tua missione terrena è finita,

il tuo compenso è nella casa eterna.
Tutti i ragazzi d'oro e le fanciulle tenere
come spazzacamini, devon finire in cenere.

No, tutt'altro che allegri, nel complesso. Possibile che non ricordasse nessuno dei sonetti? Li sapeva, una volta. Il "matrimonio di due anime fedeli" e quell'altro, di cui aveva parlato con Rodney.

Curioso il modo in cui, una sera, lui aveva detto all'improvviso: «"Ma la tua eterna estate non sfiorirà..." è di Shakespeare, vero?».

«Sì, dai sonetti.»

E lui allora: «"Non sia mai ch'io metta impedimenti al matrimonio / di due anime fedeli"... È quello?».

«No, è quello che comincia così: "Devo paragonarti a una giornata estiva?".»

E lei gli aveva recitato l'intero sonetto, piuttosto bene in verità, con molta espressività e tutta l'enfasi necessaria.

Alla fine, invece di congratularsi con lei, Rodney aveva ripetuto, pensieroso: «"Impetuosi venti scuotono le tenere gemme di maggio"... ma ora siamo in ottobre, vero?».

Di fronte a un'uscita così insolita, lei si era limitata a fissarlo. Poi Rodney le aveva chiesto:

«Lo conosci l'altro? Quello sul matrimonio di due anime fedeli?»

«Sì.» E, dopo un attimo di pausa, aveva recitato:

Non sia mai ch'io metta impedimenti al matrimonio
di due anime fedeli; amore non è amore
se muta quando nell'altro scorge mutamenti,
o se tende a recedere quando l'altro si allontana.
Oh, no! Esso è termine fisso
che domina le tempeste e non vacilla mai;
esso è la stella di ogni sperduta barca,
il cui potere è ignoto, pur se ne misuriamo l'elevatezza.
Amore non soggiace al Tempo, anche se labbra
e rosee guance cadranno sotto la sua arcuata falce.
Amore non muta in brevi ore e settimane,
ma impavido resiste sino al giorno del Giudizio.
Se questo è errore, e sarà contro me provato,
allora io non ho mai scritto, e mai nessuno ha amato.

Aveva concluso declamando gli ultimi versi con grande enfasi e fervore drammatico.

«Non ti pare che sia piuttosto brava a recitare Shakespeare? A scuola lo dicevano tutti. Dicevano che leggevo i poeti con molta espressività.»

Ma Rodney aveva risposto soltanto, distrattamente: «L'espressività non serve. Bastano le parole».

Con un sospiro, lei aveva mormorato: «Shakespeare è davvero meraviglioso, vero?».

E Rodney aveva replicato: «Quello che è veramente meraviglioso è il fatto che in fondo fosse un povero diavolo come tutti noi».

«Rodney, hai detto una cosa stranissima.»

Allora lui aveva sorriso, come tornando in sé. «Ah, sì?» Poi si era alzato ed era uscito dalla stanza mormorando:

Impetuosi venti scuotono le tenere gemme di maggio
e il corso dell'estate è fin troppo breve.

Perché mai, si domandava ora Joan, Rodney aveva detto: «Ma siamo in ottobre, vero?».

Chissà a che cosa stava pensando.

Joan ricordava quell'ottobre, un ottobre particolarmente bello e mite.

Curioso, ora che ci pensava, Rodney le aveva parlato dei *Sonetti* proprio la sera del giorno in cui lo aveva visto seduto sull'Asheldown insieme alla signora Sherston. Forse era stata la signora Sherston a citare Shakespeare, ma non era molto probabile. Leslie Sherston non era affatto un'intellettuale.

C'era stato un ottobre meraviglioso, quell'anno.

Ricordava perfettamente che, qualche giorno più tardi, Rodney le aveva chiesto, meravigliato: «Ma è normale che questo sia fiorito in questa stagione?».

Le stava indicando un rododendro. Uno dei più precoci a fiorire, di solito in marzo o alla fine di febbraio. Aveva un bellissimo fiore rosso e boccioli pronti a schiudersi un po' dappertutto.

«No» aveva risposto lei. «Il suo tempo è la primavera, ma succede che fiorisca anche in autunno, se il clima è particolarmente mite.»

Lui aveva sfiorato gentilmente uno dei boccioli con la punta delle dita e aveva mormorato a fior di labbra:

«Le tenere gemme di maggio.»

«Di marzo,» l'aveva corretto lei «non di maggio.»

«Sembra sangue» aveva detto Rodney in un sussurro. «Sangue vivo.»

"Non è da Rodney" aveva pensato Joan "interessarsi tanto ai fiori."

Ma da quel momento lui aveva sempre avuto simpatia per quel particolare rododendro.

Joan ricordava quando, alcuni anni più tardi, l'aveva sorpreso a mettersi un esemplare molto grande di quei fiori all'occhiello.

Era troppo pesante, naturalmente, e aveva finito per cadergli, come lei aveva previsto.

Si trovavano nel cimitero, chissà come mai, con tanti posti che c'erano.

Joan lo aveva visto là quando era passata davanti alla chiesa di ritorno da qualche commissione, ed era andata a raggiungerlo, dicendo: «Che cosa fai qui, Rodney?».

Lui aveva riso. «Riflettevo sulla mia fine, e su quello che vorrei vedere scritto sulla mia tomba. Niente granito per me, è così aristocratico. E soprattutto niente angeli di marmo.»

Avevano abbassato lo sguardo sulla lastra nuova di zecca che portava il nome di Leslie Sherston.

Rodney si era messo a leggere lentamente, a voce alta: «Leslie Adeline Sherston, moglie adorata di Charles Edward Sherston, ha trovato la pace eterna l'11 maggio 1930. E che Dio asciughi le loro lacrime».

Poi, dopo un momento di silenzio, Rodney aveva osservato: «Sembra maledettamente assurdo pensare a Leslie Sherston sotto una fredda lastra di marmo, e soltanto un idiota congenito come Sherston avrebbe potuto scegliere quel testo. Non credo che Leslie abbia mai pianto in vita sua».

Joan allora, leggermente imbarazzata e con la sensazione di partecipare a un gioco un po' blasfemo, aveva domandato: «Tu quale sceglieresti?».

«Per lei? Non lo so. Non c'è qualcosa nei Salmi? "Nella tua presenza è la pienezza della gioia." Qualcosa di simile.»

«Veramente, dicevo per te.»

«Ah, per me.» Sorridendo, assorto, aveva riflettuto per qualche istante. «"Il Signore è il mio pastore. Lui mi conduce nei verdi pascoli." Ecco, per me andrebbe benissimo.»

«Sembra un concetto piuttosto noioso del Cielo, o almeno, ho sempre avuto quest'impressione.»

«Qual è il tuo concetto del Cielo, Joan?»

«Be'... niente porte d'oro e altre cose del genere, sia ben chiaro. A me piace pensarlo come uno *Stato*. Dove ognuno sia occupatissimo a dare una mano, in qualche modo meraviglioso, forse per rendere questo mondo più bello e più felice. Un servizio, ecco qual è l'idea che ho io del Paradiso.»

«Che piccola, terribile presuntuosa sei, Joan.» Rodney aveva riso col suo fare bonariamente canzonatorio, per cancellare dalle proprie parole ogni traccia di sarcasmo. Poi aveva continuato: «No, una verde vallata, per me va benissimo, e le pecore che seguono il pastore verso l'ovile, nella frescura della sera...».

Dopo una breve pausa aveva soggiunto: «È una mia fantasia assurda, Joan, ma a volte mi diverto a immaginare che, mentre sto camminando lungo la High Street diretto in ufficio, svolto per imboccare il vicolo che porta a Bell Walk, ma mi ritrovo in una valle nascosta, con un pascolo verde e dolci colline erbose sui due lati. È sempre stata lì, esisteva segretamente nel cuore della città. Dal traffico di High Street svolti in quella valle e, cadendo dalle nuvole, dici: "Dove sono?". E allora, capisci, ti spiegano con molto tatto che sei morto...».

«Rodney!» Joan era veramente sorpresa e disorientata. «Tu... stai male. Non è possibile che tu ti senta bene.»

Era stata la prima avvisaglia dello stato in cui Rodney era caduto: la prima manifestazione di quell'esaurimento nervoso che, poco dopo, lo avrebbe mandato per alcuni mesi in una casa di cura, in Cornovaglia, dove lui sembrava contento di starsene sdraiato, in silenzio, ad ascoltare i gabbiani e a fissare lo sguardo oltre le colline pallide e senza alberi, verso il mare.

Ma fino a quel giorno, là nel cimitero, lei non si era affatto resa conto che il marito si era affaticato al di là delle sue forze. Era stato mentre si stavano incamminando, e lei l'aveva preso sottobraccio per invitarlo a muoversi, che aveva visto il pesante fiore di rododendro cadere dall'occhiello della giacca e finire sulla tomba di Leslie.

«Oh, guarda,» aveva detto «il tuo rododendro» e si era chinata per raccoglierlo. Ma Rodney si era affrettato a dire: «Lascialo lì. È per Leslie Sherston. In fondo... era nostra amica».

Joan aveva detto subito che era una bella idea, e che lei stessa, l'indomani, le avrebbe portato un grosso mazzo di crisantemi gialli.

Era rimasta un po' disorientata, ricordava, dallo strano sorriso che lui le aveva rivolto.

Sì, quella sera aveva decisamente compreso che in Rodney c'era qualcosa che non andava. Non si era resa conto, naturalmente, che lui era sull'orlo di un completo esaurimento nervoso, ma si era accorta che, in qualche modo, era diverso...

Lo aveva tempestato di domande ansiose per tutto il tragitto fino a casa, ma lui non aveva detto molto. Si limitava soltanto a ripetere: «Sono stanco, Joan... stanchissimo».

E, a un certo punto, aveva mormorato qualcosa di incomprensibile: «Non *tutti* possiamo essere coraggiosi...».

Poi, una mattina – era passata circa una settimana –, lui aveva detto con aria sognante: «Non voglio alzarmi, oggi».

Ed era rimasto disteso a letto, senza parlare e senza guardare nessuno. Semplicemente sdraiato là, a sorridere tra sé.

E poi erano venuti i dottori, le infermiere, e infine era stato deciso che avrebbe trascorso un lungo periodo di riposo a Trevelyan. Niente lettere, niente telegrammi, niente visite. Non permettevano nemmeno a Joan di andare a trovarlo. Neppure a lei, la moglie.

Era stato un periodo triste, incerto, destabilizzante. E anche i ragazzi si erano mostrati particolarmente scontrosi. Non l'avevano aiutata per niente. Si comportavano come se la colpa fosse tutta sua.

«Lasciarlo sfacchinare e ammazzarsi di lavoro in quell'ufficio! Lo sai benissimo, papà ha lavorato troppo, per anni e anni.»

«Lo so, miei cari. Ma io che cosa potevo farci?»

«Avresti dovuto strapparlo via di là già da tanti anni. Non lo sai che lui odia il suo lavoro? Non sai proprio *niente* di papà?»

«Basta così, Tony. So tutto, naturalmente, di vostro padre. Molto più di quanto ne sappiate voi.»

«Be', a volte penso proprio di no. A volte, mamma, ho l'impressione che tu non sappia niente di nessuno!»

«Tony... come ti permetti?»

«Piantala, Tony...» Quella era Averil. «A che serve?»

Averil era sempre così. Arida, per niente emotiva, ostentava un cinismo e un punto di vista distaccato, molto maturo per la sua età. "Non ha nemmeno un briciolo di cuore" pensava talvolta Joan, scoraggiata. Si sottraeva alle carezze e rimaneva sempre del tutto indifferente quando le si chiedeva di mostrare la sua parte migliore.

«Caro paparino...» Aveva piagnucolato Barbara, più piccola degli altri due, meno capace di controllare i propri stati d'animo. «È tutta colpa tua, mamma. Sei stata crudele con lui. *Crudele*, sempre.»

«Barbara!» Joan aveva perso completamente la pazienza. «Ma lo sai, almeno, quello che dici? Se c'è una persona che viene prima di tutti in questa casa, è tuo padre. Come pensate che avremmo potuto educarvi, vestirvi e darvi da mangiare se vostro padre non avesse lavorato per voi? Si è sacrificato per voi, ed è quello che i genitori devono fare. E che fanno, senza tante storie!»

«Fammi cogliere l'occasione per ringraziarti, mamma» aveva detto Averil «di tutti i sacrifici che *tu* hai fatto per noi.»

Joan aveva guardato la figlia con aria sospettosa. Dubitava un po' della sua sincerità. Ma non era possibile che sua figlia fosse così impertinente da...

Tony aveva distratto la sua attenzione. Si stava informando, con aria grave: «È vero che una volta papà voleva fare l'agricoltore?».

«L'agricoltore? Ma no, che idea! Oh, be', forse tanti anni fa: si trattava più che altro di una fantasia giovanile. Ma la sua è sempre stata una famiglia di avvocati. Lo studio legale è una ditta di famiglia, ed è conosciuto e molto famoso in questa parte dell'Inghilterra. Dovresti esserne molto orgoglioso, e ben contento di entrare anche tu a farne parte, un giorno.»

«Ma io non entrerò a farne parte, mamma. Io voglio andare in Africa Orientale e occuparmi di coltivazioni.»

«Sciocchezze, Tony. Non ricominciamo con queste stupide assurdità, per favore. Certo che diventerai anche tu socio dello studio! Sei l'unico maschio.»

«Non farò l'avvocato, mamma. Papà lo sa e me l'ha promesso.»

Joan era rimasta a fissarlo, presa alla sprovvista, disorientata da tanta fredda determinazione.

Poi si era lasciata cadere sulla poltrona, mentre le lacrime le salivano agli occhi. Che scortesia da parte di tutti e tre, trattarla in quel modo.

«Non so proprio che cosa vi sia successo: usare un tono simile con me. Se ci fosse vostro padre... vi state comportando malissimo, tutti!»

Tony aveva mormorato qualcosa e, subito dopo, era uscito dalla stanza.

Averil, con la sua voce asciutta, aveva osservato: «Tony è proprio deciso a occuparsi di agricoltura. Vuole addirittura iscriversi ad Agraria. A me sembra una scemenza. Io preferirei fare l'avvocato, al posto suo. Trovo che la legge sia molto interessante».

«Non avrei mai creduto» singhiozzava Joan «che i miei figli potessero mostrarsi così scortesi con me.»

Averil aveva mandato un gran sospiro. Barbara, che stava ancora piangendo istericamente in un angolo della stanza, si era messa a gridare: «Lo so che papà morirà. Lo so, lo so... e poi saremo soli al mondo. Non voglio. Non voglio!».

Averil aveva sospirato di nuovo, spostando con disprezzo lo sguardo dalla sorella che si disperava come una pazza alla madre che singhiozzava sommessamente.

«Bene,» aveva concluso «se non posso fare altro...»

E con questo, tranquilla e composta, aveva lasciato la stanza. Un modo di fare tipico di Averil.

Nel complesso era stata una scena penosa e molto desolante, alla quale Joan non aveva più pensato per anni e anni.

Facilmente comprensibile, naturalmente. L'improvviso shock della malattia del padre, e quelle parole misteriose: "esaurimento nervoso". I ragazzi, si sa, provavano sollievo se potevano dare a qualcuno la colpa di quello che li faceva soffrire. Avevano fatto della madre una specie di capro espiatorio solo perché era la persona più a portata di mano. In seguito, sia Tony che Barbara le avevano chiesto scusa. Averil si era comportata come se non avesse alcun motivo di scusarsi e forse, dal suo punto di vista, era giustificabile. Non era colpa sua, povera figliola, se era nata senza un briciolo di sensibilità e di cuore.

Nel complesso, erano stati momenti tristi e difficili, senza Rodney. I ragazzi erano scostanti e irritabili. Per quanto era possibile, si erano tenuti lontani da lei, che di conseguenza si era sentita stranamente sola. Forse tutto era dipeso dalla sua stessa tristezza e preoccupazione. I suoi figli le volevano molto bene, lei lo sapeva. Tra l'altro, in quel periodo erano tutti e tre in un'età difficile: Barbara andava ancora a scuola, Averil era ormai una goffa e suscettibile diciottenne. Quanto a Tony, passava la maggior parte del suo tempo in una fattoria dei dintorni. Davvero seccante che si fosse messo in testa quella stupida idea della facoltà di Agraria, e che debolezza da parte di Rodney averlo incoraggiato. "Oh, povera me," aveva pensato Joan "proprio non è giusto che tocchi sempre a me tenere testa a tutte le cose spiacevoli. Barbara, per esempio: con tante ragazze perbene che studiano nella sua scuola, non capisco perché debba fare amicizia con certi elementi così poco raccomandabili. Bisognerà che glielo dica chiaro e tondo: in casa mia può portare soltanto le amiche che hanno la mia approvazione. Immagino che ci saranno altre discussioni, altre lacrime e malumori. Averil, naturalmente, non mi è di nessun aiuto, e francamente detesto quel suo modo di parlare, così ironico e caustico. Chissà che brutta impressione farà agli estranei."

"Sì," pensava ora Joan "allevare i figli è un compito ingrato e difficile. In fondo, non viene neppure apprezzato come meriterebbe. Il tatto che si deve usare, e il senso dello humour! Bisogna sapere esattamente quando essere fermi e quando cedere. Nessuno si rende veramente conto di quello che ho dovuto passare, quella volta che Rodney è stato male."

Trasalì leggermente, perché quel pensiero le aveva riportato alla mente un'osservazione caustica del dottor McQueen, proprio a proposito del fatto che, in ogni conversazione, prima o poi c'è sempre qualcuno che dice: "Nessuno immagina quello che ho dovuto passare quella volta!". Tutti avevano riso, convenendo che era verissimo.

"Be'," pensava Joan, muovendo a fatica le dita dei piedi dentro le scarpe ormai piene di sabbia "nel mio caso è la pura verità. Non lo sa nessuno quello che ho passato in quel periodo, neppure Rodney."

Dopo il ritorno di Rodney, infatti, tra il sollievo generale, tutto era tornato alla normalità, e i ragazzi erano di nuovo quelli di sempre, allegri e amabili. La presenza del padre aveva riportato l'armonia. Il che dimostrava, secondo Joan, che in effetti tutto era dipeso dall'ansia. L'ansia le aveva fatto perdere la sua consueta calma. L'ansia aveva reso i ragazzi nervosi e irascibili. Sì, un periodo davvero sconvolgente, e perché mai avesse scelto di ricordare quel particolare periodo, quando aveva bisogno di ricordi felici e non di pensieri deprimenti, non riusciva davvero a spiegarselo.

Tutto era cominciato da... già, come? Ah, sì, quando aveva cercato di ricordare qualche poesia. "Tra l'altro, andiamo!" si disse Joan. "Si può immaginare qualcosa di più ridicolo dell'andarsene a zonzo per un deserto recitando poesie?" D'accordo, non aveva alcuna importanza, tanto nessuno poteva vederla o sentirla.

Non c'era nessuno. "No, no, non devi cedere al panico. È una sciocchezza, un brutto scherzo dei nervi..."

Si girò rapidamente e cominciò a camminare in direzione della rest house.

Si accorse che stava facendo violenza su se stessa per non mettersi a correre.

Non c'era niente di tanto terribile nel fatto di essere sola: proprio niente da temere. Forse lei era una di quelle persone che soffrivano di... com'era la parola? Non claustrofobia, quello era il terrore degli spazi chiusi: l'altra cosa, l'esatto contrario. Cominciava per "a". La paura degli spazi aperti.

Insomma, era un fenomeno che si spiegava scientificamente.

Ma spiegarlo scientificamente, per quanto potesse essere rassicurante, non le dava nessun aiuto concreto.

Era facile dire a se stessi che tutto era perfettamente logico e ragionevole; non era altrettanto facile, purtroppo, controllare i pensieri strampalati che assalivano la mente all'improvviso, sgusciando dentro e fuori come lucertole che schizzano dalle loro fessure.

"Myrna Randolph è addirittura una biscia... le altre cose sono soltanto lucertole."

Gli spazi aperti! E pensare che lei aveva vissuto per tutta la vita in una scatola. Sì, una scatola, con tanti giocattoli: figli, domestici, marito.

"No, Joan, che cosa stai dicendo? Come puoi essere così sciocca? I tuoi figli sono veri, non sono giocattoli."

Erano reali i suoi figli com'erano reali e concreti la cuoca, Agnes, Rodney... "Ma allora," pensò Joan "forse sono io che non sono reale. Forse sono soltanto una madre e una moglie giocattolo."

Oh, misericordia, ma era spaventoso! Stava diventando addirittura incoerente. Forse, se avesse recitato qualche altro verso... Doveva essere in grado di ricordare *qualcosa*.

E a voce alta, con fervore sproporzionato, cominciò a declamare:

«*Sono stato assente da te nella primavera.*»[1]

Non ricordava assolutamente come continuasse. Forse non ci teneva nemmeno a ricordarlo. Quell'unico verso era sufficiente. Spiegava tutto, vero? "Rodney," pensava "Rodney... *Sono stata assente da te nella primavera.* Solo che non siamo in primavera, siamo in novembre..."

Ebbe uno shock improvviso: «Ma è quello che ha detto *lui*, quella sera...».

C'era un nesso, là, un indizio, l'indizio di qualcosa che era in attesa, che si nascondeva dietro il silenzio. Qualcosa da cui, ora se ne rendeva conto, desiderava fuggire.

Ma come poteva fuggire, con le lucertole che sgusciavano fuori dai buchi tutt'intorno?

Erano tante le cose alle quali era meglio non pensare. Barbara, Baghdad e Blanche – tutte con la B, che cosa strana. E Rodney sul marciapiede della Stazione Vittoria. E Averil, Tony e di nuovo Barbara, tutti così scortesi con lei.

Ma perché – Joan era esasperata con se stessa –, perché non pensava alle cose *piacevoli*? Aveva tanti ricordi deliziosi. Tanti, sì, moltissimi...

Il suo vestito da sposa, di un così bel raso grigio perla... Averil, in carrozzina, tutta mussola candida e nastri rosa. Una bellissima bambina bionda, e così be-

[1] Questo verso tratto dal sonetto 98 di Shakespeare ha ispirato il titolo originale di questo romanzo: *Absent in the Spring.*

neducata. Era sempre stata una bambina compita, garbata. “Lei sa educarli così bene, signora Scudamore.” Sì, una bambina che dava soddisfazioni, Averil: in pubblico, per lo meno. In famiglia, invece, era portata a discussioni interminabili, e aveva uno strano modo di fissarla, come se si domandasse com'era realmente. Un modo ben diverso da quello in cui una bambina dovrebbe guardare sua madre. Non era affettuosa, sotto nessun aspetto. Anche Tony, del resto, le aveva sempre fatto fare una bella figura sebbene fosse inguaribilmente distratto e vago. Barbara era il solo elemento difficile della famiglia, perché aveva la tendenza alle scenate e ai pianti disperati.

Però, nel complesso, erano tre bambini graziosissimi che conoscevano le buone maniere.

Peccato che i figli dovessero crescere e creare dei problemi.

Ma lei a questo non voleva pensare, ora. Doveva concentrarsi sulla loro infanzia. Averil al corso di danza, nel grazioso tutù di seta rosa. Barbara con quel bell'abitino a maglia acquistato ai magazzini Liberty. Tony con quell'allegra tutina a scacchi che la nannie gli aveva confezionato con tanta abilità...

Senza dubbio, qualcosa da ricordare doveva pur esserci, oltre ai vestiti che i bambini indossavano! Qualche frase affettuosa, adorabile, che le avevano rivolto. Qualche delizioso momento di intimità.

Considerati tutti i sacrifici che si facevano per le proprie creature...

Un'altra lucertola faceva capolino da una crepa nascosta. Averil che si informava educatamente, e con quell'aria giudiziosa che Joan aveva imparato a temere: «Che cosa fai veramente per noi, mamma? Non sei tu che ci fai il bagno, vero?».

«No...»

«E non ci dai nemmeno da mangiare, e nemmeno ci spazzoli i capelli. È la nannie che fa queste cose. E ci mette anche a letto e ci fa alzare. E i nostri vestiti non li fai tu: anche quelli li fa la nannie. E ci porta anche a spasso...»

«Sì, cara. Io ho assunto la nannie perché si occupi di voi. Le pago apposta uno stipendio.»

«Credevo che lo pagasse papà, lo stipendio. Non è papà che paga tutte le cose che abbiamo?»

«In un certo senso, cara, ma è la stessa cosa.»

«Ma *tu* non devi andare in ufficio tutte le mattine, soltanto papà. Perché tu non devi andare in ufficio?»

«Perché io mi occupo della casa.»

«Ma non sono Kate e la cuoca e...»

«Ora basta, Averil.»

Una cosa bisognava riconoscere ad Averil: bastava una parola e lei si zittiva subito. Non era mai ribelle, né insolente. Eppure, quella sottomissione era spesso più irritante di qualsiasi forma di ribellione.

Rodney aveva riso, una volta, e aveva commentato che il verdetto, per Averil, era sempre di assoluzione per insufficienza di prove.

«Non mi pare che ci sia niente da ridere, Rodney. Io penso che una bambina dell'età di Averil non dovrebbe essere così... critica.»

«Ritieni che sia troppo giovane per classificare un indizio?»

«Oh, non usare quelle espressioni da legale.»

Lui aveva ribattuto, con un sorriso canzonatorio: «Chi mi ha costretto a diventare un avvocato?».

«No, parlo sul serio. Secondo me, è mancanza di rispetto.»

«Io direi che Averil è insolitamente cortese per essere una bambina. Non ha niente della solita, disarmante franchezza che hanno spesso i bambini. Che ha Babs, per esempio.»

Era vero, Joan doveva ammetterlo. Barbara, in uno dei suoi scatti, era capace di urlare: "Sei brutta, sei orribile... ti odio. Vorrei essere morta. Almeno piangeresti, se io morissi".

Joan si era affrettata a precisare: «Barbara ha solo un caratteraccio. Quando le passa, è sempre molto dispiaciuta».

«Sì, povera piccola. E dice cose che in realtà non pensa. Ma Averil ha realmente il dono di fiutare il marcio.»

Joan era montata in collera. «Il marcio? Non capisco quello che vuoi dire.»

«Oh, andiamo, Joan. Le stupidaggini che noi diamo a bere ai nostri figli. La nostra presunzione di essere onniscienti. La necessità di pretendere di agire per il meglio, di sapere quello che è giusto per quelle creaturine impotenti che sono totalmente in balia nostra.»

«Parli come se fossero i nostri schiavi.»

«E non sono schiavi? Mangiano quello che noi mettiamo loro nel piatto, indossano quello che noi mettiamo loro addosso e dicono più o meno quello che noi vogliamo che dicano. È il prezzo che pagano in cambio della protezione. Ma ogni giorno che passa, crescono e si avvicinano alla libertà.»

«La libertà» aveva ripetuto con disprezzo Joan. «Esiste davvero una cosa del genere?»

Lentamente, Rodney aveva ammesso, avvilito: «No, non credo che ci sia. Quanto hai ragione, Joan...».

Ed era uscito lemme lemme dalla stanza, le spalle un po' cascanti. Tanto che lei, con una stretta al cuore, aveva pensato: "So che aspetto avrà Rodney quando sarà vecchio...".

Rodney alla Stazione Vittoria – la luce cruda che metteva in risalto le rughe sul suo viso stanco – mentre diceva a lei di avere cura di se stessa.

E poi, un minuto dopo...

Ma doveva ritornare eternamente a quel ricordo? Perché? Non era affatto vero!

Rodney sentiva sicuramente la sua mancanza! Era una tristezza, per lui, vivere solo in casa, con le persone di servizio! E probabilmente neppure pensava a invitare qualcuno a cena, o invitava soltanto qualche idiota come Hargrave Taylor. Che individuo insulso, non aveva mai capito perché Rodney lo trovasse tanto simpatico. O quell'altro seccatore del maggiore Mills, che non sapeva parlare d'altro che di pascoli e allevamento del bestiame...

Ma certo, Rodney sentiva eccome la sua mancanza!

6

ARRIVÒ ALLA REST HOUSE e l'indiano uscì per chiedere: «*Memsahib* fatto bella passeggiata?».

Joan rispose di sì.

«Cena pronta tra poco. Molto buona cena, *memsahib*.»

Joan disse che la cosa le faceva piacere, ma quell'annuncio era evidentemente una specie di rito, perché la cena era la replica esatta delle precedenti, solo che le pesche avevano sostituito le albicocche. Potevano anche essere cose buonissime, ma purtroppo erano sempre le stesse.

Quando ebbe terminato di cenare, era troppo presto per andarsene a letto e ancora una volta Joan si rammaricò con tutto il cuore di non avere con sé una scorta più abbondante di libri oppure qualche lavoro di cucito. Tentò perfino di rileggere qualcuno dei passi più divertenti delle *Memorie di Lady Catherine Dysart*, ma fu un vero fallimento.

"Se almeno ci fosse qualcosa da fare," pensava Joan "qualsiasi cosa!" Un mazzo di carte, magari, tanto per fare un solitario. Oppure un gioco da tavolo come dama, backgammon, scacchi, così avrebbe potuto giocare contro se stessa! Un gioco *qualunque*...

A pensarci bene, che strane fantasie le erano venute là nel deserto. Lucertole che mettevano la testa fuori dalle fessure. Pensieri che all'improvviso affioravano nella sua mente... pensieri spaventosi, inquietanti... pensieri che nessuno avrebbe desiderato avere.

E allora perché li aveva? In fin dei conti era possibile controllare i propri pensieri. O no? Forse era possibile che in alcune circostanze fossero i pensieri a controllare la mente... saltando fuori dalle crepe come lucertole o guizzando come serpi?

Chissà da dove venivano...

Molto strano, quel senso di panico che aveva provato.

Doveva trattarsi di agorafobia. Ma certo, quella era la parola: agorafobia. Era la dimostrazione che, quando ci si metteva d'impegno, si poteva sempre ricordare le cose. Sì, la spiegazione era quella: terrore degli spazi aperti. Strano, però, che lei non avesse mai saputo di soffrirne. Era anche vero che non aveva mai avuto nessuna vera esperienza di spazi aperti. Aveva sempre vissuto circondata da case e giardini, con tante cose da fare e tanta gente intorno. Tanta gente, ecco l'essenziale. Se soltanto vi fosse stato qualcuno con cui chiacchierare.

Perfino Blanche...

E pensare che aveva provato una sensazione di sgomento alla sola idea di dover fare il viaggio di ritorno insieme a lei.

Figuriamoci, avere lì Blanche invece avrebbe fatto una differenza enorme. Avrebbero potuto parlare dei vecchi tempi, al St Anne. Come sembravano lontani quei giorni. Che cos'aveva detto Blanche? «Io sono scesa sempre più in basso mentre tu salivi...» Poi si era corretta e aveva soggiunto: «No, tu sei rimasta dov'eri: la studentessa che ha sempre fatto onore alla scuola».

Davvero era cambiata così poco, da allora? Era un pensiero piacevole. Be', piacevole sotto un certo aspetto, ma per un altro verso un po' meno. Sembrava uno stato di cose... come dire? un po' stagnante.

Che cos'aveva detto la signorina Gilbey quando le aveva fatto il discorso di addio? I discorsi di congedo che la preside teneva alle allieve erano famosi, una vera e propria istituzione del St Anne.

Con la mente, Joan riandò rapidamente indietro negli anni e subito la figura della signorina Gilbey si delineò nel suo ricordo con sorprendente chiarezza. Le sembrava di averla davanti agli occhi: il naso largo, prominente; il pince-nez; quello sguardo spietatamente penetrante e imperioso; il portamento regale quando si aggirava per la scuola, il busto lievemente inclinato in avanti. Aveva una postura controllata e quasi studiata, che comunicava solo autorità, senza il minimo accenno di morbidezza.

Una figura molto autorevole, quella della signorina Gilbey, giustamente temuta e ammirata e in grado di produrre un effetto terrificante su genitori e allieve. Inutile negarlo, la signorina Gilbey *era* il St Anne.

Joan si rivedeva mentre entrava nel suo ufficio, con i fiori, le stampe e quell'aria satura di cultura, erudizione ed eleganza formale.

La signorina Gilbey, alzando lo sguardo con regalità dalla sua scrivania, le aveva detto:

«Vieni avanti, Joan. Siediti, bambina mia.»

Joan aveva preso posto, sulla poltrona foderata di cretonne a disegni floreali. La signorina Gilbey si era tolta il pince-nez e, all'improvviso, le aveva fatto un sorriso forzato e inquietante.

«Stai per lasciarci, Joan, ti prepari a passare dal mondo circoscritto della scuola a quello più vasto che è la vita. Desidererei scambiare qualche parola con te, nella speranza che quanto ti dirò prima che tu te ne vada possa esserti da guida nei giorni a venire.»

«Sì, signorina Gilbey.»

«Qui, in questo luogo sereno, tra le compagne della tua età, sei vissuta protetta dai problemi e dalle difficoltà che nessuno può evitare completamente nella vita.»

«Sì, signorina Gilbey.»

«Qui, io lo so, sei stata felice.»

«Sì, signorina Gilbey.»

«E ti sei comportata bene. Sono soddisfatta dei progressi che hai fatto. Sei stata una delle allieve che ci hanno dato maggiori soddisfazioni.»

Joan si era sentita lievemente confusa. «Oh... ehm... ne sono lieta, signorina Gilbey.»

«Ma ora la vita si apre davanti a te con problemi nuovi, con nuove responsabilità...»

Il discorso fluiva, interminabile. A intervalli opportuni, Joan mormorava: «Sì, signorina Gilbey».

Si sentiva lievemente ipnotizzata.

Una delle doti della signorina Gilbey era quella di possedere una voce che, secondo Blanche Haggard, aveva molti registri, come un'orchestra. Attaccava con i toni morbidi del violoncello, dispensava lodi con gli accenti di un flauto, si faceva più profonda, come un contrabbasso, quando voleva ammonire. Poi, alle ragazze che avevano spiccate doti intellettuali consigliava la carriera con i toni gravi degli ottoni, mentre usava le note sommesse di un violino per descrivere alle allieve più inclini alla vita domestica i doveri di moglie e di madre.

Soltanto alla fine del discorso la signorina Gilbey, puntualmente, usava il *pizzicato*.

«E ora, una raccomandazione speciale. *Nessuna pigrizia mentale*, cara Joan! Non accettare le cose così come si presentano: solo perché è il modo più facile e perché potrebbe risparmiarti un dispiacere! La vita è fatta per essere vissuta, non si può sorvolare. E non essere troppo compiaciuta di te stessa!»

«Sì... no, signorina Gilbey.»

«Perché, detto *entre nous*, sta *qui* il tuo piccolo difetto, vero, Joan? Pensa agli altri, mia cara, e non troppo a te stessa. E sii preparata ad accettare le responsabilità.»

E poi, il grande *crescendo*: «La vita, Joan, dev'essere un continuo progresso: un faticoso guadare i vortici dei nostri egoismi per raggiungere mete più alte. Verranno il dolore e la sofferenza. Vengono per tutti. Neppure Nostro Signore fu immune dai patimenti della nostra vita mortale. Com'egli conobbe l'agonia del Getsemani anche tu la conoscerai; e se non la conoscerai, Joan, allora vorrà dire che il tuo sentiero avrà deviato dal cammino della virtù. Ricordalo, quando arriverà l'ora del dubbio e del travaglio. E ricorda, mia cara, che in qualsiasi momento io sono lieta di avere notizie delle mie vecchie allieve... e che sono sempre pronta ad assisterle con il mio consiglio, qualora dovessero chiederlo. Dio ti benedica, cara».

E, subito dopo, la benedizione finale del bacio di addio della signorina Gilbey, un bacio che non era tanto un segno di affetto quanto un rituale solenne.

Joan, ancora in preda a un vago stordimento, era stata congedata.

Al rientro nel dormitorio, aveva trovato Blanche Haggard, con il pince-nez di

Marie Grant e un cuscino infilato nella scollatura della divisa da ginnastica, intenta a esibirsi in un recital davanti a un pubblico affascinato.

«State per passare da questo felice mondo della scuola al mondo più vasto e periglioso della vita» tuonava Blanche. «La vita si apre davanti a voi con i suoi problemi, le sue responsabilità...»

Joan si era unita al pubblico. Gli applausi crescevano via via che Blanche si riscaldava.

«A te, Blanche Haggard, dirò soltanto una parola. Disciplina. Disciplina i tuoi stati d'animo, pratica l'autocontrollo. Proprio la tua generosità d'animo potrebbe rivelarsi pericolosa. Soltanto grazie a una severa disciplina puoi assurgere alle vette. Hai grandi doni, mia cara. Usali bene. Hai anche una quantità di difetti, Blanche, una quantità di difetti. Ma sono i difetti di una natura generosa e possono essere corretti.

«La vita...» la voce di Blanche era salita a un acuto falsetto «è un progresso continuo. Guada i faticosi vortici dei nostri egoismi – per citare Wordsworth –, ricorda la tua vecchia scuola e sappi che zia Gilbey dà consiglio e aiuto in qualsiasi momento, se si acclude una busta completa di indirizzo e affrancata!»

Blanche aveva terminato, ma con sua grande sorpresa non si erano udite né risa né applausi. Sembrava che tutte le ragazze si fossero tramutate in pietra e le loro teste erano rivolte verso la porta aperta, dove troneggiava la signorina Gilbey, con il pince-nez in mano.

Era seguito un silenzio interminabile. Poi la signorina Gilbey aveva detto: «Se stai pensando di intraprendere la carriera dell'attrice, Blanche, sono certa che vi sono diverse scuole eccellenti di arte drammatica dove potresti apprendere il necessario controllo della voce e la dizione. Sembra che tu abbia del talento nella recitazione. Sii così gentile da rimettere subito a posto quel cuscino».

Detto questo, si era allontanata rapidamente.

«Ohi, ohi» aveva detto Blanche. «Che cerbero! È stata piuttosto sportiva... ma accidenti se è capace di farti sentire un microbo.»

Sì, pensava ora Joan, la signorina Gilbey era stata un'autorità. Aveva lasciato definitivamente il St Anne proprio un trimestre dopo che lei e Rodney vi avevano iscritto Averil. La nuova preside non aveva la stessa personalità energica, e di conseguenza la scuola aveva cominciato a perdere prestigio.

Blanche aveva detto bene, la signorina Gilbey era davvero un cerbero. Ma sapeva come essere convincente. E senza dubbio, rifletteva ora Joan, aveva avuto perfettamente ragione sul conto di Blanche. Disciplina: ecco di che cos'avrebbe avuto bisogno quella ragazza nella vita. Generosità d'animo? Sì, poteva darsi. Ma l'autocontrollo era stato molto, molto carente. Tuttavia, sì, Blanche era davvero generosa. Quel denaro, per esempio, il denaro che lei le aveva mandato, non lo aveva speso per sé. Aveva comprato una scrivania con l'alzata avvolgibile per Tom

Holliday. Una scrivania con l'alzata avvolgibile era l'ultima cosa al mondo che Blanche avrebbe potuto desiderare. Era una creatura gentile e dal cuore grande. Eppure aveva abbandonato i suoi bambini. Se n'era andata abbandonando senza pietà due creature che lei stessa aveva messo al mondo.

Questo dimostrava che c'erano persone totalmente prive di istinto materno. "I figli" pensava Joan "dovrebbero venire prima di tutto." Lei e Rodney erano sempre stati d'accordo su questo. Suo marito era davvero molto altruista: sempre, s'intende, che lo si prendesse per il verso giusto. Lei gli aveva fatto notare, per esempio, che quella bella stanza piena di sole che lui usava come spogliatolo sarebbe stata una perfetta camera dei giochi per i bambini, e lui aveva acconsentito di buon grado a trasferirsi nella stanzetta che affacciava sul cortile. I bambini dovevano avere tutto il sole e la luce che c'erano.

Erano stati genitori molto coscienziosi. E i bambini avevano dato loro molte soddisfazioni, specialmente quando erano molto piccoli: erano così belli e ammirati da tutti! Molto più educati dei ragazzi Sherston, per esempio. La signora Sherston sembrava non badare affatto al modo in cui i suoi figli si presentavano, al loro aspetto. E si faceva coinvolgere nelle attività più strane, strisciando sul terreno come un pellerossa – emettendo urla selvagge, perfino –, e una volta, mentre giocavano al circo, era arrivata a fare un'imitazione davvero fedele di una foca!

La verità, si disse Joan, era che Leslie Sherston non aveva a sua volta ricevuto un'educazione adeguata.

D'altronde, povera donna, aveva avuto una vita tristissima.

Joan ripensò a quella volta in cui, nel Somerset, si era imbattuta inaspettatamente nel capitano Sherston.

Si trovava, ospite di amici, in quella parte dell'Inghilterra, e non aveva la più lontana idea che lui e Leslie ora vivessero là. Si era trovata faccia a faccia con il capitano proprio mentre quest'ultimo – tipico, del resto – usciva dalla birreria locale.

Non l'aveva più visto da quando era stato rimesso in libertà ed era stato un vero shock osservare i cambiamenti avvenuti nel direttore di banca di un tempo, così spavaldo e sicuro di sé.

Aveva l'aspetto stranamente afflosciato che acquistano certi omoni aggressivi quando hanno fallito nella vita, le spalle cascanti, il panciotto troppo largo, le guance flaccide, lo sguardo inquieto e sfuggente.

Pensare che c'era stato chi si era fidato di quell'individuo.

Sherston si aspettava tutto tranne quell'incontro, ma aveva fatto buon viso a cattivo gioco e l'aveva salutata con la cordialità di un tempo, anche se ormai si trattava più che altro di una penosa parodia.

«Guarda guarda, la signora Scudamore! Il mondo è davvero piccolo. E che cosa fa di bello qui a Skipton Haynes?»

Se ne stava là, con le spalle dritte, e si sforzava di mettere nella voce l'antica amabilità e sicumera. Era uno spettacolo pietoso e Joan, suo malgrado, aveva provato un po' di pena per lui.

Che cosa terribile doveva essere cadere in disgrazia in quel modo, vivere con l'incubo di potersi imbattere in ogni momento in persone che una volta appartenevano al suo mondo, e che potevano anche far finta di non riconoscerlo!

Non che lei avesse avuto intenzione di comportarsi così. Era più che disposta a mostrarsi gentile.

Il capitano stava dicendo: «Deve assolutamente venire a casa, a trovare mia moglie. Deve prendere il tè con noi. Sì, sì, cara signora, insisto!».

E l'imitazione dei modi di un tempo era talmente penosa che Joan, sia pure piuttosto a malincuore, si era lasciata guidare da Sherston, che non la smetteva di parlare in quel nuovo tono così poco disinvolto. Desiderava farle vedere il posticino in cui vivevano ora. Be', posticino per modo di dire: era un bell'appezzamento di terreno. Quello del coltivatore diretto era un lavoro duro, e loro erano specializzati nella produzione di mele e anemoni.

Sempre parlando, il capitano aveva aperto un cancello un po' sgangherato che avrebbe avuto bisogno di una mano di vernice e insieme avevano imboccato un vialetto disseminato di erbacce. A quel punto avevano scorto Leslie, china su un'aiuola di anemoni.

«Guarda chi c'è!» aveva gridato Sherston, e Leslie si era scostata i capelli dal viso e si era avvicinata dicendo: «Ma guarda, che bella sorpresa!».

Joan si era accorta subito di quanto la donna sembrasse invecchiata, e anche malata. Sul suo viso c'erano rughe scavate dalla fatica e dalla sofferenza. A parte questo, però, era la stessa di sempre, allegra, trasandata e terribilmente vitale ed energica.

Mentre erano fermi là a discorrere, i ragazzi erano ritornati dalla scuola; dal fondo del vialetto si erano precipitati incontro a Leslie gridando: «Mamma, mamma!» e prendendola scherzosamente a testate. Dopo avere subito quell'assalto per alcuni minuti, improvvisamente la signora Sherston aveva detto, in tono perentorio: «Buoni! Abbiamo visite!».

E i ragazzi si erano trasformati come per incanto in due angeli che stringevano educatamente la mano alla nuova arrivata e parlavano con voci tranquille e sommesse.

A Joan era venuto in mente un suo cugino che allevava cani da caccia. A un semplice comando, i cani si mettevano a sedere, accucciandosi, ma bastava un altro ordine per farli schizzare come saette verso l'orizzonte. I figli di Leslie sembravano addestrati più o meno nello stesso modo.

Erano entrati in casa e la signora Sherston era andata a preparare il tè, seguita dai figli che si erano offerti di aiutarla. Poco dopo i tre erano tornati con un vassoio sul quale avevano sistemato un filone di pane, il burro, la marmellata fatta in casa e le grosse tazze da cucina. I ragazzi ridevano.

Ma la cosa più strana era il cambiamento avvenuto in Sherston. Quell'atteggiamento sfuggente e impacciato, così penoso, era completamente scomparso. All'improvviso, il capitano si era trasformato nel capofamiglia e nel padrone di casa, un ottimo padrone di casa. Anche i suoi tipici modi affettati erano spariti. Ora sembrava assolutamente a suo agio, soddisfatto di sé e della sua famiglia. Era come se, entro quelle quattro mura, il mondo esterno e i suoi giudizi cessassero di esistere per lui. I ragazzi gli chiedevano a gran voce di aiutarli in un certo lavoro di falegnameria, Leslie gli raccomandava di non dimenticare che le aveva promesso di aggiustare la zappa, e voleva sapere se fosse il caso di preparare i mazzi di anemoni l'indomani o se convenisse aspettare il giovedì mattina.

Joan intanto rifletteva tra sé che Sherston non le era mai stato simpatico come in quel momento. Sentiva di comprendere per la prima volta la devozione che Leslie mostrava per lui. Inoltre, doveva essere stato un gran bell'uomo, una volta.

Ma qualche istante dopo aveva ricevuto un vero shock.

Peter stava dicendo al padre: «Papà, raccontaci quella storia buffa sulla guardia e sul *plum pudding*!».

E poi, visto che il padre aveva l'aria di non capire, aveva insistito: «Sai quale intendo! Quand'eri in prigione, quello che aveva detto una delle guardie e quello che aveva risposto l'altra».

Sherston esitava e sembrava leggermente in imbarazzo. Con la massima calma, era intervenuta Leslie: «Coraggio, Charles. È una storia molto divertente. Anche alla signora Scudamore farebbe piacere sentirla».

Così, lui l'aveva raccontata, ed era davvero divertente, anche se non così irresistibile come i due ragazzi sembravano pensare. Si rotolavano addirittura dalle risate, con le lacrime agli occhi. Joan aveva riso per cortesia, ma dentro di sé era decisamente stupita e anche un po' scandalizzata, e poco dopo, quando Leslie l'aveva portata di sopra, aveva mormorato, con delicatezza: «Non immaginavo che... *sapessero*».

E Leslie – "Parola mia," aveva pensato Joan "questa donna dev'essere del tutto priva di sensibilità" – era parsa piuttosto divertita. «Non potevano non venire a saperlo, prima o poi» aveva detto. «Le pare? Perciò, tanto valeva che lo sapessero subito. Era molto più semplice.»

Sì, forse era più semplice, aveva convenuto Joan, ma era saggio? Il delicato idealismo di una mente infantile... Distruggere la fiducia e la fede nel... Poi si era interrotta.

Leslie aveva risposto di non credere affatto che i suoi figli fossero delicati e idealisti. Sarebbe stato più grave, per loro, sapere che era successo qualcosa... e non esserne messi al corrente.

Poi, agitando le mani nel modo goffo e vago che le era caratteristico, aveva aggiunto: «Fare misteri... secondo me, quello sì è grave. Quando mi domandarono perché il loro papà era andato via, io pensai che tanto valeva dire le cose come stavano, così spiegai che aveva rubato del denaro dalla banca ed era finito in prigione. In fin dei conti, sanno benissimo che cosa significa rubare. Peter aveva la mania di rubare la marmellata e veniva spedito a letto per castigo. Se sono gli adulti a fare cose sbagliate, vengono mandati in prigione. Tutto qui».

«Ciò nonostante, il fatto che un bambino guardi suo padre dall'alto in basso, e non come un esempio da seguire...»

«Ah, ma non lo guardano affatto dall'alto in basso.» Leslie aveva di nuovo l'aria divertita. «In realtà sono addoloratissimi per lui, e poi amano molto sentir parlare della vita nel carcere.»

«Non è una bella cosa, secondo me» aveva ribadito Joan, con decisione.

«Lei crede?» Leslie ci aveva riflettuto un momento. «Forse no. Ma è stata un'ottima cosa per Charles. È tornato che addirittura strisciava per terra, come un cane bastonato. Non potevo sopportarlo. Così ho pensato che l'unica soluzione fosse comportarsi in modo molto naturale. In fin dei conti, tre anni di vita non si possono cancellare. È meglio, penso, trattare la faccenda come un'esperienza tra le tante. Cose che succedono.»

E questa, pensava ora Joan, era Leslie Sherston: indifferente, placida, e completamente ignara delle sottili sfumature dei sentimenti. Sempre pronta a scegliere la via più semplice e diretta.

Però era stata una moglie leale, bisognava riconoscerlo.

Quel giorno, le aveva detto con gentilezza: «Sa, Leslie, penso sinceramente che lei sia stata ammirevole, perché è rimasta accanto a suo marito e per essersi data da fare per mandare avanti le cose mentre lui era, diciamo così, assente. Rodney e io lo diciamo spesso».

Che buffo sorriso sbilenco aveva quella donna. Joan, fino a quel momento, non lo aveva mai notato. Forse i suoi complimenti l'avevano messa in imbarazzo? A ogni modo, Leslie aveva una voce molto alterata quando aveva detto: «Come sta... Rodney?».

«Sempre indaffaratissimo, poverino. Io non faccio che ripetergli che dovrebbe prendersi un giorno di riposo, di tanto in tanto.»

«Non è così facile» aveva detto Leslie. «Immagino che il suo lavoro – come il mio – sia praticamente a tempo pieno. Non è quasi mai possibile prendersi un giorno di riposo.»

«Già. Direi che è proprio così, e Rodney è molto coscienzioso.»

«Un lavoro a tempo pieno» aveva ripetuto Leslie. Lentamente, si era avvicinata alla finestra ed era rimasta lì, a guardare fuori.

Qualcosa, nella sua figura, aveva colpito Joan: Leslie in genere indossava cose piuttosto informi, però... «Oh, Leslie,» aveva esclamato Joan, d'impulso «ma lei non sarà mica...»

Leslie si era voltata e, quando aveva incontrato il suo sguardo, aveva annuito.

«Sì» aveva confermato. «In agosto.»

«Oh, poveri noi.» Joan era sinceramente desolata.

E all'improvviso, inaspettatamente, Leslie aveva cominciato a parlare in modo appassionato, senza più traccia di indifferenza e di apatia. Sembrava un condannato che tentasse l'ultima difesa.

«Questo ha cambiato completamente le cose per Charles. Non lo capisce? Non posso dirle quello che prova: per lui è... è una specie di simbolo, è la prova che lui non è un appestato, che tutto è tornato com'era prima. Ha cercato perfino di smettere di bere, da quando l'ha saputo.»

Leslie parlava in modo così accalorato che Joan, lì per lì, non si era resa conto del significato implicito di quell'ultima frase.

«Naturalmente, nessuno conosce la situazione meglio di lei» aveva detto Joan. «Ma avrei pensato che non fosse molto saggio... ora come ora.»

«Dal punto di vista finanziario, vuole dire?» Leslie aveva riso. «Oh, affronteremo la tempesta. Del resto, coltiviamo noi gran parte di quello che mangiamo.»

«E poi lei non ha l'aria di essere molto forte.»

«Forte? Sono incredibilmente forte, io. Fin troppo. Il male che un giorno mi ucciderà, non mi porterà via tanto facilmente, temo.» Ed era stata scossa da un piccolo brivido, come se, fin da allora, avesse avuto qualche misterioso presentimento sulla sua fine e sulle orribili sofferenze...

Quando erano scese di nuovo al piano di sotto, Sherston aveva detto che avrebbe accompagnato la signora Scudamore fino all'angolo per mostrarle la scorciatoia attraverso i campi. Mentre stavano percorrendo il vialetto, Joan si era voltata e aveva visto Leslie e i due ragazzini intenti a rotolarsi a terra, in un groviglio di corpi, tra risate e strilli di incontenibile euforia. "Leslie che si rotola per terra insieme ai suoi cuccioli proprio come un animale" aveva pensato lei con un lieve senso di disgusto, e poi aveva piegato la testa da un lato per ascoltare con attenzione il discorso del capitano Sherston.

Quest'ultimo stava dichiarando, in termini piuttosto confusi, che una donna come sua moglie non esisteva, non era mai esistita né sarebbe esistita più.

«Lei non ha idea, signora Scudamore, di quello che è stata per me. Non ha idea. Nessuno può saperlo. Io non sono degno di Leslie, lo so benissimo...»

Joan si era accorta con un certo imbarazzo che gli stavano salendo le lacrime agli occhi. Era un uomo che si lasciava andare facilmente alle emozioni.

«Sempre la stessa, sempre allegra, come se tutto quello che succede fosse per lei interessante e divertente. E mai una parola di rimprovero. Non una parola. Ma io la ricompenserò... giuro che la ricompenserò di tutto.»

Forse il capitano Sherston avrebbe potuto dimostrare ancora meglio la sua gratitudine diradando un po' le sue visite all'Anchor and Bell. Era mancato poco che glielo dicesse.

Finalmente era riuscita a liberarsi di lui continuando a ripetergli «Ma certo, ma certo», e quanto era vero quello che diceva, e com'era stata contenta di rivederli, tutti e due. Poi si era incamminata attraverso i campi e quando, oltrepassando un cancelletto girevole, si era voltata, aveva visto Sherston fermo fuori dell'Anchor and Bell, intento a consultare l'orologio per sapere quanto mancasse all'ora di apertura.

Tutta quella storia, aveva detto a Rodney una volta arrivata a casa, era molto triste.

E Rodney, quasi con l'aria di chi si mostra ottuso di proposito, aveva osservato: «Scusa, ma un momento fa non hai detto che insieme sembravano tanto felici?».

«Be', sì, in un certo senso.»

Rodney disse che, a quanto pareva, Leslie Sherston stava trasformando un pessimo affare in qualcosa di positivo.

«Indubbiamente affronta le cose con molto coraggio. E pensa... è addirittura in attesa di un altro figlio.»

Al che, Rodney si era alzato ed era andato lentamente verso la finestra. Era rimasto là, a guardare fuori: proprio come aveva fatto Leslie, a pensarci bene. Dopo un minuto o due, aveva chiesto: «Quando?».

«Agosto» aveva risposto lei. «Mi domando se si può essere più pazzi di così.»

«Credi?»

«Ma caro, rifletti un momento. Già ora riescono a stento a sbarcare il lunario. Un bambino piccolo sarà una complicazione in più.»

Lentamente, lui aveva commentato: «Leslie ha le spalle larghe».

«Be', si spezzerà, se continua a caricarsi di tutti questi pesi. Ha già un'aria malata.»

«Sembrava malata anche quando è partita da qui.»

«Sembra anche molto più vecchia. Si fa presto a dire che per Charles Sherston questo farà una grande differenza.»

«Leslie ha detto così?»

«Sì. Ha detto che questa notizia ha fatto una differenza enorme.»

Rodney aveva commentato, pensieroso: «Probabilmente è la verità. Sherston è una di quelle persone che vivono unicamente della stima che gli altri nutrono per loro. Quando il giudice gli ha comunicato la sentenza, lui si è afflosciato proprio come un pallone quando lo si buca con uno spillo. Faceva una gran pena, e al tempo stesso era assolutamente disgustoso. Direi che la sola speranza, per Sherston, è che possa tornare, in un modo o nell'altro, al rispetto di sé. Ma si tratta di un'impresa non indifferente.»

«Sarà, ma io penso che un altro bambino...»

Rodney l'aveva interrotta. Si era voltato talmente pallido di rabbia che lei era rimasta sconcertata.

«È sua moglie, sì o no? Non ha che due soluzioni: tagliare completamente i ponti e portarsi via i bambini, oppure tornare a essere una moglie maledettamente buona per lui. Questo è quello che ha fatto, e Leslie non fa mai le cose a metà.»

Joan, a questo punto, aveva domandato se vi fosse qualche motivo per agitarsi in quel modo, e Rodney aveva risposto: «No, naturalmente». Ma si era detto stanco e nauseato di un mondo guardingo e prudente, in cui tutti facevano bene i calcoli prima di azzardare una mossa e non correvano mai nessun rischio! Joan, allora, aveva detto di augurarsi che lui non parlasse così ai suoi clienti, e Rodney aveva sorriso con ironia e l'aveva rassicurata: a loro consigliava di giungere a una composizione amichevole!

7

ERA NATURALE, FORSE, che Joan quella notte sognasse la signorina Gilbey. Una signorina Gilbey con tanto di casco coloniale, che camminava accanto a lei nel deserto e diceva con voce autoritaria: "Avresti dovuto prestare maggiore attenzione alle lucertole, Joan. Tu sei debole in storia naturale". Al che, naturalmente, Joan rispondeva: "Sì, signorina Gilbey".

E la signorina Gilbey aggiungeva: "Ora non fingere di non capire quello che intendo dire, Joan. Lo sai benissimo. Disciplina, mia cara".

Joan si svegliò e per un attimo credette di essere di nuovo al St Anne. Era anche vero che la rest house non differiva molto da un dormitorio: la nudità degli ambienti, i letti di ferro, l'aspetto piuttosto asettico delle pareti.

"Oh, povera me," pensò "un'altra giornata da affrontare."

Che cosa le aveva detto la signorina Gilbey, nel sogno? "Disciplina."

Be', c'era qualcosa di buono in quel consiglio. Era stato davvero molto sciocco da parte sua, il giorno precedente, mettersi in quello stato di agitazione, e per niente! Doveva disciplinare i suoi pensieri, far lavorare la mente in modo sistematico: indagare una volta per tutte su quel fenomeno strano, l'agorafobia.

Certo, si sentiva benissimo ora, lì nella rest house. Forse sarebbe stato più saggio non uscire affatto?

Ma si sentiva morire soltanto all'idea. Tutta la giornata lì nella penombra, tra l'odore di grasso di montone, di paraffina e di insetticida. Una giornata intera senza niente da leggere e niente da fare.

Che cosa facevano i prigionieri nelle loro celle? Be', avevano l'ora d'aria, naturalmente, e cucivano i sacchi per la posta o altre cose del genere. Altrimenti, c'era da supporlo, sarebbero impazziti.

Ma esisteva anche l'isolamento... che sicuramente faceva impazzire.

L'isolamento totale, un giorno dopo l'altro, una settimana dopo l'altra.

Lei, ecco... aveva l'impressione di trovarsi lì da *settimane*, ed erano... quanto? Due giorni?

Due giorni! Incredibile. Come diceva quel verso di Omar Khayyâm? "Me stesso, con i diecimila anni di ieri." Qualcosa del genere. Perché non riusciva a ricordare niente in maniera esatta?

No, no, meglio non ricominciare. Cercare di ricordare e recitare versi era stato tutt'altro che utile. Non proprio un successo. La verità era che nella poesia c'era qualcosa di sconvolgente. Aveva un'intensità, un modo di arrivare a colpire lo spirito...

Ma che cosa stava dicendo? Se uno riusciva a fare pensieri profondi, tanto meglio. E lei era sempre stata un tipo piuttosto spirituale.

Tu sei sempre stata fredda come il marmo...

Perché mai la voce di Blanche irrompeva così nei suoi pensieri? Un commento quanto mai volgare e gratuito... veramente degno di Blanche! Be', forse lei appariva così alle persone come Blanche, a tutti quelli che si lasciavano fare a pezzi dalle proprie passioni. In fondo, si poteva fare una colpa a Blanche del fatto che fosse volgare? Era fatta così. Quando era ragazza non si notava perché era molto graziosa e proveniva da un'ottima famiglia; ma, sotto sotto, la volgarità doveva esserci stata già allora.

"Fredda come il marmo", ma quando mai? Non si sentiva affatto così.

Quanto sarebbe stato meglio, per Blanche, se l'avesse avuto lei un temperamento un po' più freddo!

Doveva aver condotto una vita a dir poco deplorevole.

Anzi, decisamente deplorevole.

Come si era espressa? «Si può sempre riflettere sui propri peccati!»

Povera Blanche! Ma aveva anche ammesso che questo non avrebbe tenuto occupata Joan molto a lungo. Si rendeva conto, dunque, della differenza tra loro due. Aveva anche asserito di ritenere che lei si sarebbe stancata presto di contare le proprie fortune – era vero, in fondo, che le fortune si tendeva a darle per scontate! –, e poi, cos'altro aveva detto? Una cosa piuttosto strana... Ah, sì, si era domandata che cosa lei sarebbe arrivata a scoprire sul proprio conto, se per giorni e giorni non avesse avuto nient'altro da fare che pensare.

In un certo senso, l'idea era piuttosto interessante.

Anzi, era interessantissima.

Blanche però aveva soggiunto che, dal canto suo, non le sarebbe piaciuto provare.

L'aveva detto come se le facesse quasi paura.

"Chissà," pensava Joan "se davvero farei delle scoperte su me stessa. Naturalmente io non ho l'abitudine di pensare a me stessa... Non sono mai stata una donna egocentrica.

"Mi domando" pensò ancora Joan "come mi vedono gli altri. Non dico gli altri in generale: intendo le singole persone."

Tentò di ricordare esempi di cose che altri avevano detto di lei.

Barbara, per esempio: «Oh, i *tuoi* domestici, mamma, sono sempre la perfezione. Ci pensi *tu* a fare in modo che sia così».

Un vero tributo, tutto sommato. Dimostrava che i suoi figli la consideravano un'ottima amministratrice e padrona di casa. Ed era la verità, lei mandava avanti la sua casa molto bene e con grande efficienza. E i domestici le volevano bene: o almeno, facevano tutto quello che lei diceva. Non erano molto comprensivi, forse, se aveva mal di testa o se non si sentiva bene, ma del resto lei non li aveva incoraggiati in quel senso. E che cosa aveva detto, nel licenziarsi, quella cuoca eccellente che però non era voluta rimanere? Qualcosa a proposito del non poter andare avanti in eterno a non sentirsi apprezzata. Sì, qualcosa di assolutamente ridicolo.

«Sentirsi dire sempre quello che non va, signora, e mai una parola di lode quando invece va bene: be', è una cosa che fa cadere le braccia.»

Lei le aveva risposto piuttosto freddamente: «Sicuramente si renderà conto che se niente è stato detto è perché tutto andava bene ed era fatto a puntino».

«Sarà così, signora, ma è scoraggiante. In fin dei conti, sono anch'io un essere umano: e mi ero data un gran daffare per quel ragù alla spagnola che mi aveva chiesto, anche se era complicatissimo e io non sono una che ci tiene, ai piatti troppo elaborati.»

«Era davvero eccellente.»

«Sì, signora. Che fosse eccellente l'ho pensato anch'io, visto che lo avete finito tutto, di là in sala, ma nessuno ha detto niente.»

Joan si era spazientita. «Ma non le sembra di dire delle sciocchezze? Alla fine, lei è stata assunta per cucinare e ha un ottimo stipendio...»

«Oh, la paga va benissimo, signora.»

«... e di conseguenza è sottinteso che come cuoca è piuttosto brava. Quando qualcosa non mi soddisfa, io lo dico.»

«Ah, sì, lo dice, signora.»

«E la cosa, a quanto pare, le dà fastidio.»

«Non è questo, signora, ma penso sia meglio non dire altro; io alla fine del mese me ne vado.»

"I domestici" pensava Joan "sono proprio persone deludenti." Sempre pieni di risentimento, sempre suscettibili. Tutti loro adoravano Rodney, naturalmente, per il semplice fatto che era un uomo. Quando c'era da fare qualcosa per il signore, niente era mai di troppo disturbo. E Rodney a volte se ne veniva fuori con le più sorprendenti rivelazioni sul personale.

«Non infierire su Edna» era capace di dire, all'improvviso. «Il suo innamorato si è messo con un'altra ragazza e questo l'ha fatta andare fuori di testa. Ecco perché le cadono le cose di mano, si confonde quando serve a tavola e dimentica tutto.»

«Tu come fai a saperlo, Rodney?»

«Me l'ha detto lei questa mattina.»

«È davvero straordinario che venga a raccontarlo proprio a te.»

«Be', per la verità sono stato io a domandarle che cosa le fosse successo. Mi ero accorto che aveva gli occhi rossi, come se avesse pianto.»

Suo marito, bisognava riconoscerlo, era una persona insolitamente gentile.

Lei gli aveva detto, una volta: «Con la tua esperienza di avvocato, pensavo ne avessi fin sopra i capelli di complicazioni umane».

E lui aveva risposto, con fare pensoso: «Sì, forse può sembrare così. E invece no, anzi! Sarà perché un legale di provincia vede il lato peggiore dei rapporti umani più di chiunque altro, escluso il medico. Ma questo non fa che aumentare la pietà che si prova per l'intera razza umana, così vulnerabile, così incline ai timori, ai sospetti e all'avidità, e qualche volta così inaspettatamente generosa e coraggiosa. È forse l'unica soddisfazione offerta dalla mia professione: la possibilità di affinare le proprie capacità di comprensione».

Era stata lì lì per replicare: "Soddisfazione? Che cosa vuoi dire?", ma poi si era trattenuta, neppure lei sapeva perché. Meglio di no, aveva pensato. Meglio non dire niente.

Ma qualche volta le concrete e frequenti manifestazioni della capacità di comprensione di suo marito l'avevano irritata.

Per esempio, la questione dell'ipoteca del vecchio Hoddesdon.

Non era venuta a saperlo dallo stesso Rodney, ma dalla garrula moglie del nipote di Hoddesdon, ed era tornata a casa preoccupatissima.

Quando gli aveva chiesto se era vero che aveva anticipato il denaro prelevandolo dai suoi fondi personali, Rodney era parso contrariato. Rosso in faccia, aveva ribattuto animatamente: «Chi è stato a parlare?».

Lei glielo aveva detto e aveva soggiunto: «Perché Hoddesdon non ha ottenuto il prestito nel solito modo?».

«Perché da un punto di vista strettamente finanziario non dava sufficienti garanzie. Oggi è difficile farsi prestare del denaro sulle proprietà agricole.»

«Ma allora perché mai glielo hai prestato tu?»

«Oh, io sono tranquillissimo. Hoddesdon è un ottimo agricoltore. Si è trovato in difficoltà solo per mancanza di capitali, e perché ha avuto due brutte annate di seguito.»

«Rimane il fatto che è tuttora in difficoltà, e che deve cercare denaro in prestito. Io non riesco proprio a convincermi che sia un buon affare, Rodney.»

E lui, in modo del tutto improvviso e inaspettato, aveva perso la pazienza.

«Hai la più pallida idea» le aveva domandato «della situazione in cui si trovano gli agricoltori di tutta la nazione? Ti rendi conto dei problemi, degli ostacoli, della politica miope del governo?» E aveva continuato a subissarla con un torrente di dati sull'intera situazione agricola dell'Inghilterra, per poi passare a un'indignata, appassionata descrizione delle particolari difficoltà di Hoddesdon.

«Poteva succedere a chiunque. Non conta che sia intelligente e lavori sodo. Poteva succedere a me, se mi fossi trovato al posto suo. È la mancanza di capitali, per cominciare, e inoltre la sfortuna si è accanita su di lui. E poi, Joan, non prendertela se te lo dico, ma sono cose che non ti riguardano. Io non interferisco nel modo in cui dirigi la casa e educhi i figli. Quello è compito tuo. Bene, questo invece è affar mio.»

Era rimasta offesa: amaramente offesa. Assumere un tono simile non era affatto da Rodney. Era stata la sola volta in cui avevano davvero sfiorato la lite.

E tutto per quel seccatore del vecchio Hoddesdon. Rodney aveva una vera e propria passione per quello stupido vecchio. La domenica pomeriggio andava sempre alla fattoria e passava la giornata a girare per i campi con lui, per poi tornare a casa con tutta una sequela di dati sullo stato dei raccolti, sulle malattie del bestiame e altri argomenti di conversazione del tutto privi di interesse.

Aveva la mania di affliggere perfino gli ospiti con quello stesso genere di discorsi.

Joan si ricordava, tra l'altro, che a un garden party aveva visto Rodney e la signora Sherston seduti insieme su una delle panchine del giardino e Rodney parlava, parlava, parlava, tanto che lei si era domandata di che cosa mai stesse dissertando in quel modo e si era avvicinata. Lui sembrava insolitamente infervorato e Leslie stava ad ascoltare con un interesse apparentemente vivo.

A quanto sembrava, suo marito non stava parlando di altro che delle mandrie da latte e della necessità di tenere alto il livello del pedigree del bestiame.

Certo, quell'argomento non poteva importare veramente a Leslie Sherston, che non aveva alcuna particolare competenza o interesse in materia. Eppure, stava ad ascoltarlo con un'attenzione che sembrava sincera, gli occhi fissi sul volto serio e animato di Rodney.

Joan aveva osservato in tono spigliato: «Andiamo, Rodney, smettila di annoiare la povera signora Sherston con cose così poco divertenti». Leslie e il capitano, allora, si erano stabiliti da poco a Crayminster, quindi li conosceva ancora in modo molto superficiale.

L'entusiasmo si era subito spento sul viso di Rodney, che aveva mormorato in tono di scusa: «Oh, mi spiace».

E Leslie Sherston, col fare diretto e brusco che le era proprio, aveva detto: «Lei si sbaglia, signora Scudamore. Trovavo interessantissimo quello che stava dicendo l'avvocato».

E c'era un luccichio, nei suoi occhi, che aveva indotto Joan a concludere tra sé: "Mamma mia, che caratterino deve avere...".

Ma non aveva fatto in tempo a formulare questo pensiero, che si era avvicinata Myrna Randolph e, un po' ansante, aveva esclamato: «Rodney carissimo, deve venire subito a giocare con me questa partita. Aspettiamo solo lei».

E con quel fare amabilmente imperioso che soltanto una bella ragazza può permettersi, aveva afferrato Rodney per le mani e, sorridendo, lo aveva praticamente trascinato via, verso il campo da tennis.

Si erano avviati insieme; lei aveva infilato il braccio sotto quello di lui, con fare confidenziale, e teneva la testa girata in modo da fissarlo dritto negli occhi.

Joan aveva pensato, furente: “Forse oggi si usa così, ma agli uomini non piace che le ragazze si gettino loro addosso in quel modo”.

E subito dopo si era domandata, con un’improvvisa, strana sensazione di gelo, se agli uomini per caso non piacesse, tutto sommato!

Quando aveva risollevato lo sguardo, si era accorta che la signora Sherston la stava osservando. Adesso però Leslie non aveva più l’aria di essere sul punto di infiammarsi: sembrava, invece, che provasse una certa compassione per lei. Il che era a dir poco un’impertinenza.

Joan si agitò, inquieta, nel letto scomodo. Perché mai era tornata un’altra volta a Myrna Randolph? Ah, già, tutto era cominciato quando si era chiesta che cosa pensassero gli altri di lei. A Myrna, probabilmente, aveva ispirato solo antipatia. Be’, Myrna era liberissima di provarla. Una come lei, prontissima a distruggere la vita coniugale altrui, se soltanto ne avesse avuto l’occasione!

Via, via, ora non era il caso di preoccuparsi e di agitarsi per questo.

Doveva alzarsi e fare colazione. Chissà se potevano prepararle un uovo in camicia, tanto per cambiare? Era talmente stanca di frittatine gommose.

L’indiano, però, sembrava sordo alla proposta di un uovo in camicia.

«Cucinare l’uovo in acqua? Vuole dire bollito?»

«No, non intendevo dire bollito» spiegò Joan. L’esperienza le aveva insegnato che lì nella rest house un uovo bollito era sempre un uovo sodo. Tentò di chiarire il concetto dell’uovo in camicia. L’indiano scuoteva la testa.

«Metto uovo nell’acqua... tutto uovo andare via. Io porto *memsahib* un bell’uovo fritto.»

Così Joan ebbe due belle uova fritte, troppo bruciacchiate all’esterno e con il tuorlo pallido e indurito. Nel complesso, concluse che era meglio l’omelette.

La prima colazione terminò anche troppo in fretta. Chiese notizie del treno, ma non ce n’erano.

Non le rimaneva che affrontare la realtà: davanti a lei si stendeva un’altra, interminabile giornata.

Stavolta, però, avrebbe pianificato il suo tempo in maniera intelligente. Il suo sbaglio, fino a quel momento, era stato quello di avere semplicemente cercato di passare le ore.

Era stata una persona in attesa di un treno in una stazione ferroviaria, e questo naturalmente generava uno stato d’animo teso e nervoso.

E se invece avesse considerato quella sosta come un periodo di riposo e... sì, di *disciplina*? Qualcosa di simile a un ritiro. Così lo chiamavano i cattolici. Andavano in ritiro, loro, e tornavano spiritualmente rinfrancati.

“Non vedo perché” pensava Joan “non dovrei sentirmi anch’io spiritualmente rinfrancata.”

Forse, negli ultimi tempi, la sua vita era stata troppo fiacca, troppo piacevole, troppo placida.

Simile a un'apparizione, la signorina Gilbey era comparsa al suo fianco per dire, con gli accenti da contrabbasso che Joan ricordava bene: "Disciplina!".

Solo che, in realtà, questo lo aveva detto a Blanche Haggard. A Joan invece aveva raccomandato: «Non essere troppo compiaciuta di te stessa, Joan», e in questo era stata piuttosto scortese.

Scortese, certo. Joan non era mai stata compiaciuta di sé, neppure minimamente: non nel modo fatuo al quale la preside alludeva. «Pensa agli altri, mia cara, e non pensare troppo a te stessa.» Bene, lei proprio questo aveva fatto: aveva sempre pensato agli altri. Non pensava quasi mai a se stessa, né si metteva al primo posto. Era sempre stata altruista... aveva pensato sempre ai figli... a Rodney.

Averil!

Perché all'improvviso le veniva in mente Averil?

Perché vedeva con tanta chiarezza il volto della figlia maggiore, con quel sorriso educato, lievemente sprezzante?

Non aveva mai apprezzato sua madre come avrebbe dovuto, su questo non c'erano dubbi.

Le cose che diceva a volte – cose molto sarcastiche – erano veramente irritanti. Non esattamente villane, ma...

Ebbene, ma cosa?

Quell'espressione vagamente divertita, quelle sopracciglia lievemente inarcate. La lenta noncuranza con la quale usciva da una stanza.

Averil le era devota, naturalmente, tutti i suoi figli le erano devoti...

Lo erano davvero?

Davvero i suoi figli le erano devoti, davvero provavano affetto per lei?

Joan si sollevò in parte dalla sedia, poi ricadde indietro.

Da dove le venivano quelle idee? Che cosa la spingeva a formularle? Pensieri così spiacevoli, così inquietanti. Via, doveva cacciarli dalla mente, cercare di non pensarci...

La voce della signorina Gilbey: *pizzicato...*

Nessuna pigrizia mentale, Joan. Non accettare le cose così come si presentano, solo perché è il modo più facile, e perché potrebbe risparmiarti un dispiacere...

Per questo voleva scacciare dalla mente quei pensieri? Per risparmiare a se stessa un dispiacere?

Perché indubbiamente erano pensieri spiacevoli.

Averil...

Davvero le era devota? Davvero... "Coraggio, Joan, affronta la realtà"... davvero Averil le voleva bene?

Be', per la verità era una ragazza molto particolare: fredda, per niente emotiva.

No, per niente emotiva forse no. In realtà, era stata l'unica dei tre figli a dare loro preoccupazioni serie.

La calma, composta, taciturna Averil. Che shock era stato per loro.

Che shock era stato per *lei*!

Aveva aperto la lettera senza il minimo sospetto. Vedendo l'indirizzo scarabocchiato in una grafia stentata, aveva pensato che provenisse da una delle persone alle quali aveva fatto beneficenza.

Aveva letto quelle parole quasi senza comprenderle.

Questa è per farle sapere che sua figlia maggiore se la fa con il dottore su al sanatorio. Baciarsi nei boschi è una cosa vergognosa e bisognerebbe farla smettere.

Era rimasta a fissare quel sudicio foglio di carta con un'autentica sensazione di nausea.

Che cosa abominevole... disgustosa...

Aveva sentito parlare di lettere anonime. Non ne aveva mai ricevuta una, prima di quel momento. Erano veramente accuse turpi, che facevano stare male.

"Sua figlia maggiore"... Averil? Proprio Averil, tra tanta gente al mondo? "Se la fa" – frase disgustosa – "con il dottore su al sanatorio." Il dottor Cargill? Quell'eminente, brillante specialista che aveva ottenuto tanti successi con la sua cura per la tubercolosi, un uomo che aveva almeno vent'anni più di Averil, un uomo con un'adorabile moglie invalida.

Che infamie! Che disgustose infamie!

E, in quel momento, Averil in persona era entrata nella stanza e si era informata, ma con noncuranza, perché lei non era mai veramente curiosa: «È successo qualcosa, mamma?».

Joan, che reggeva la lettera con mano tremante, a stento era stata in grado di rispondere.

«Penso sia meglio non fartela neppure vedere, Averil. È... è troppo rivoltante.»

Anche la sua voce aveva tremato. Averil, inarcando le delicate sopracciglia con aria di tranquilla sorpresa, aveva detto: «Una lettera?».

«Sì.»

«Riguarda me?»

«È meglio che tu non la veda neppure, cara.»

Ma sua figlia, dopo aver attraversato la stanza, le aveva tranquillamente tolto la lettera di mano.

Era rimasta per qualche istante in silenzio, a leggerla, poi l'aveva restituita e aveva detto in tono riflessivo e distaccato: «Sì, non è molto gradevole».

«Gradevole? È ignobile... è assolutamente inqualificabile. La gente dovrebbe essere punita dalla legge per simili bugie.»

Tranquillamente, Averil aveva replicato: «È una lettera ignobile, ma non dice bugie».

La stanza aveva fatto una capriola e aveva preso a girare in tondo. Joan aveva balbettato: «Che cosa vuoi dire... che cosa puoi voler dire?».

«Non è il caso che tu la prenda tanto sul tragico, mamma. Mi dispiace che te l'abbiano detto in questo modo, ma immagino che prima o poi saresti venuta a saperlo comunque.»

«Vuoi dire che è *vero*? Che tu e... e il dottor Cargill...»

«Sì.» Averil si era limitata a un cenno affermativo.

«Ma è uno scandalo, è una vergogna! Un uomo di quell'età, un uomo sposato... e una ragazza giovane come te...»

Spazientita, Averil aveva detto: «Non è il caso di farne una specie di melodramma. Non è affatto come la pensi tu. È successo tutto gradualmente. La moglie di Rupert è invalida: lo è ormai da anni. Noi... be', abbiamo semplicemente finito per innamorarci l'uno dell'altra. Tutto qui».

«Tutto qui, davvero!» Joan aveva molto da dire in proposito, e l'aveva detto. Averil si era limitata a scrollare le spalle e a lasciare che la tempesta si scatenasse attorno a lei. Alla fine, quando Joan aveva taciuto, esausta, Averil aveva commentato: «Posso capire benissimo il tuo punto di vista, mamma. Penso che anch'io mi sentirei come ti senti tu, anche se non credo che avrei detto proprio le stesse delle cose che tu hai ritenuto opportuno dire. Ma i fatti sono questi. Rupert e io ci vogliamo bene. E per quanto mi dispiaccia, proprio non vedo che cosa puoi farci».

«Cosa posso farci? Ne parlerò a tuo padre, e subito.»

«Povero papà. Devi proprio dargli questa preoccupazione?»

«Sono certa che lui saprà cosa fare.»

«Non può proprio fare niente, invece. E servirà semplicemente a dargli un dispiacere.»

Era stato l'inizio di un periodo veramente burrascoso.

Averil, nel bel mezzo dell'uragano, era rimasta calma e apparentemente imperturbabile.

Ma anche irriducibilmente ostinata.

Joan aveva ripetuto a Rodney, a più riprese: «Non posso fare a meno di pensare che sia tutta una posa da parte sua. Capisci, Averil... non è mai stata incline ai sentimenti forti, di nessun genere».

Ma Rodney aveva scosso la testa.

«Tu non capisci tua figlia. Per Averil non è tanto questione di sensi, quanto di mente e di cuore. Quando lei ama, lo fa così profondamente che non so se potrà mai davvero superare quello che adesso prova.»

«Ma no, Rodney, io sono convinta, invece, che sia tutta una sciocchezza! In fin dei conti, conosco Averil meglio di te. Sono sua madre.»

«Il che non significa che tu comprenda realmente qualcosa di lei. Averil ha sempre minimizzato per scelta. Anzi, no, per necessità. Proprio perché sente le cose profondamente, a parole cerca di sminuirle.»

«Quello che dici mi sembra molto campato in aria.»

Rodney, lentamente, aveva replicato: «Bene, puoi credermi se ti dico che non lo è. È la verità».

«Nessuno mi toglie dalla testa che tu stia dando troppa importanza a quello che è semplicemente uno sciocco innamoramento da ragazzina. È lusingata e le piace immaginare...»

Rodney l'aveva interrotta.

«Joan, cara: non serve che cerchi di rassicurare te stessa con spiegazioni alle quali non credi nemmeno tu. La passione di Averil per Cargill è una cosa seria.»

«Allora è indegno da parte di lui, assolutamente indegno!»

«Sì, certo, questo è quello che dirà il mondo. Ma mettiti un momento nei panni di quel povero diavolo. Una moglie che è un'invalida permanente e tutta la passione e la bellezza del cuore giovane e generoso di Averil offerte su un piatto d'argento, tutta la freschezza della sua mente e la sua sincerità.»

«Ha vent'anni più di lei!»

«Lo so, lo so. Se ne avesse soltanto dieci in più di nostra figlia, la tentazione non sarebbe tanto forte.»

«Dev'essere un individuo orribile, assolutamente deplorevole.»

Rodney aveva sospirato.

«Niente affatto. È una persona a posto e molto umana. Un uomo pieno di entusiasmo e di amore per la sua professione, che ha fatto cose per le quali è degno del massimo rispetto. Tra parentesi, Cargill è sempre stato paziente e gentile con la moglie malata.»

«Ora stai cercando di farne addirittura un santo.»

«Me ne guardo bene. E poi, Joan, anche la maggior parte dei santi ha vissuto delle passioni. Raramente sono stati uomini o donne a sangue freddo. No, Cargill è proprio molto umano, invece. Tanto umano da innamorarsi e soffrire. Tanto umano, probabilmente, da rovinare la propria vita e distruggere tutto il suo lavoro. Ora dipende...»

«Cosa, dipende? E da chi?»

Lentamente, Rodney aveva spiegato: «Tutto dipende da nostra figlia. Da quanto è forte... e da quanto è avveduta».

Joan aveva cercato di imporsi. «Dobbiamo allontanarla da qui. E se la mandassimo a fare una crociera? Nelle capitali del Nord, oppure in Grecia? Qualcosa del genere.»

Rodney aveva sorriso.

«Hai dimenticato il metodo che hanno usato con quella tua compagna di scuola, Blanche Haggard? Nel suo caso non ebbe un grande effetto, ricordi?»

«Vuoi dire che Averil troverebbe il modo di tornare a casa da qualche porto straniero?»

«Ho il forte sospetto che non partirebbe neppure.»

«Sciocchezze. Basterà insistere.»

«Joan cara, cerca di guardare in faccia la realtà. Non puoi usare la forza con una giovane donna adulta. Non puoi rinchiuderla in camera sua, né costringerla a partire da Crayminster, e in sostanza io non voglio fare né una cosa né l'altra. Sarebbero soltanto palliativi. Averil può essere toccata soltanto da ciò che lei stessa rispetta.»

«E cioè?»

«La realtà. La verità.»

«Perché non vai da lui, da Rupert Cargill? Vai e minaccialo di far scoppiare uno scandalo.»

Rodney aveva sospirato un'altra volta.

«Ho paura, una paura terribile, Joan, di precipitare le cose.»

«In che, senso?»

«Che Cargill mandi tutto all'aria e che se ne vadano insieme.»

«Non sarebbe la fine della sua carriera?»

«Indubbiamente. Certo non verrebbe cancellato per questo dall'albo professionale, ma date le circostanze si troverebbe contro tutta l'opinione pubblica.»

«Ma allora, se lui si rende conto di questo...»

Rodney l'aveva interrotta con impazienza. «Non è completamente in sé, al momento. Ma non capisci proprio niente dell'amore, Joan?»

Quella era proprio una domanda ridicola! Amareggiata, lei aveva risposto: «Di *quel* genere d'amore no, per fortuna».

E Rodney, allora, l'aveva colta davvero di sorpresa. Sorridendo, le aveva detto: «Povera piccola Joan» con molta dolcezza, poi l'aveva baciata e si era allontanato senza aggiungere altro.

Era stato bello da parte sua, pensava ora Joan, rendersi conto di quanto lei si sentisse infelice per quella brutta storia.

Sì, erano stati proprio momenti di ansia. Averil silenziosa, che non rivolgeva la parola a nessuno: a volte, non rispondeva neppure quando sua madre le diceva qualcosa.

"Facevo del mio meglio" pensava Joan. "Ma che cosa si può fare, di fronte a una ragazza che non vuole neppure ascoltarti?"

Pallida, sempre garbata ma con un tono che tradiva stanchezza, Averil diceva: «Davvero, mamma, dobbiamo andare avanti così? A parlare, parlare, parlare sempre? Ti ho già detto che comprendo il tuo punto di vista, ma perché non puoi accettare la semplice verità, e cioè che niente di quello che farai o dirai cambierà minimamente le cose?».

Ed erano andati avanti così, fino a quel pomeriggio di settembre in cui Averil, un po' più pallida del solito, aveva dichiarato a entrambi: «Mi sembra giusto che lo sappiate. Rupert e io non ce la sentiamo di continuare così. Abbiamo deciso di andarcene insieme. Spero che sua moglie voglia concedergli il divorzio ma, se non lo farà, non cambierà nulla».

Joan aveva tentato di lanciarsi in una protesta energica, ma Rodney l'aveva fermata.

«Lascia che me ne occupi io, Joan, se non ti dispiace. Averil, devo parlarti. Vieni nel mio studio.»

Joan era esplosa. «Sono la madre di Averil. Insisto...»

«Ti prego, Joan. Voglio parlare con Averil, da solo. Ti dispiace lasciarci?»

Il tono di Rodney, così tranquillo e deciso, aveva una forza di persuasione tale che lei aveva fatto il gesto di lasciare la stanza. Era stata la voce bassa ma chiara di Averil a fermarla.

«Non andartene, mamma. Non voglio che tu te ne vada. Qualsiasi cosa papà debba dirmi, preferirei che la dicesse di fronte a te.»

"Bene," aveva pensato Joan "questo se non altro dimostra che essere una madre ha ancora una certa importanza."

Ma com'era strano il modo in cui Averil e il padre si guardavano: si studiavano, ostili, come due antagonisti sulla scena.

Poi Rodney aveva sorriso e aveva detto: «Capisco, temo!».

La risposta di Averil era stata calma e lievemente sorpresa: «Non so che cosa vuoi dire, papà».

Rodney aveva osservato, con improvvisa noncuranza: «Peccato che tu non sia un maschio, Averil. Ci sono momenti in cui sei incredibilmente uguale al tuo prozio Henry. Anche lui era abilissimo a nascondere i punti deboli del proprio caso, o a mettere in luce quelli del suo avversario».

«Non c'è nessun punto debole nel mio caso» si era affrettata a precisare Averil.

E Rodney, con calma: «Io ti dimostrerò che ce ne sono».

Joan si era bruscamente intromessa. «È ovvio che tu non farai niente di così sciocco o immorale, Averil. Tuo padre e io non lo permetteremo.»

Al che, Averil aveva abbozzato un sorriso e aveva guardato il padre, come se l'osservazione di Joan fosse rivolta a lui.

«Ti prego, Joan,» aveva detto Rodney «lascia parlare me.»

«Penso che la mamma abbia tutto il diritto di dire quello che pensa» aveva detto Averil.

«Grazie, Averil» aveva replicato Joan. «E ho sicuramente tutta l'intenzione di farlo. Bambina mia, tu devi capire che la tua idea è assolutamente da escludere. Sei giovane e romantica e vedi le cose sotto una luce completamente falsa. Quello che ora vuoi fare d'impulso, in seguito lo rimpiangeresti amaramente. E pensa al dolore che daresti a tuo padre e a me. Hai pensato a questo? Sono sicura che non vuoi farci soffrire: noi ti abbiamo sempre voluto tanto bene.»

Averil ascoltava con molta pazienza, ma non rispondeva. E non aveva mai staccato gli occhi dal volto del padre.

Quando Joan aveva finito di parlare, Averil stava ancora fissando Rodney, e sulle sue labbra c'era un accenno di sorriso, vagamente ironico.

«Bene, papà» aveva detto. «Hai qualcosa da aggiungere alle parole della mamma?»

«No» aveva risposto Rodney. «Ma ho qualcosa di mio da dire.»

Averil lo aveva guardato con aria interrogativa.

«Tu capisci che cos'è esattamente il matrimonio?»

La figlia aveva sgranato un tantino gli occhi. Dopo una pausa di riflessione, aveva risposto: «Vuoi dirmi per caso che è un sacramento?».

«No. Posso considerarlo un sacramento, se voglio, ma posso anche non farlo. Quello che cerco di dirti è che il matrimonio è un *contratto*.»

«Ah» aveva detto Averil.

Sembrava un po' – solo un po' – disorientata.

«Il matrimonio» aveva aggiunto Rodney «è un contratto sottoscritto da due persone, entrambe adulte, in pieno possesso delle loro facoltà, e con la piena consapevolezza di ciò che stanno per fare. È un particolare tipo di associazione, in cui ciascun socio si impegna a onorare i termini specifici di quel contratto: vale a dire, a rimanere accanto all'altro in determinate eventualità, ossia in salute e in malattia, in ricchezza e in povertà, nel bene e nel male.

«Il fatto che queste parole siano pronunciate in una chiesa, e con la benedizione e l'approvazione di un prete, non toglie che si tratti ugualmente di un contratto, così come qualsiasi altro accordo concluso in buona fede da due persone. Il fatto che alcuni degli obblighi accettati non possano essere imposti da un tribunale non li rende meno vincolanti per le persone che li hanno assunti. Penso converrai con me che, se vogliamo essere equi, le cose stanno così.»

Era seguita una pausa, poi Averil aveva detto: «Forse questo era vero una volta. Ma oggi il matrimonio è considerato in maniera diversa e una quantità di gente non si sposa in chiesa e non usa la formula del matrimonio religioso».

«Sì, può darsi. Ma diciotto anni fa Rupert Cargill si impegnò in una chiesa col pronunciare quella formula, e ti sfido a dire che, in quel momento, non la pronunciò in buona fede e con tutta l'intenzione di rispettarla fino in fondo.»

Averil si era fatta pallidissima. «Non so dove vuoi arrivare, con questo» aveva mormorato.

«Voglio un'ammissione da parte tua che il matrimonio, a parte ogni ragionamento o considerazione sentimentale, è un normale contratto d'affari. Lo ammetti, questo, oppure no?»

«Va bene, lo ammetto.»

«E che Rupert Cargill si propone di venir meno a quel contratto con la tua connivenza?»

«Sì.»

«Senza alcun riguardo per i diritti e i privilegi dell'altra parte contraente?»

«Lei se la caverà benissimo. Non è poi così affezionata a Rupert. Tutto quello che le sta a cuore è la sua salute e...»

Rodney l'aveva interrotta in modo brusco. «Non voglio sentimento da te, Averil. Voglio il riconoscimento dei fatti.»

«Non sono per niente sentimentale.»

«Sì, invece. Non hai la minima idea di quello che prova o pensa la signora Cargill. Lo immagini soltanto, e nel modo che ti fa più comodo. Tutto quello che io voglio da te è l'ammissione che ha dei *diritti*.»

«Benissimo. Ha dei diritti.»

«Allora adesso ti è chiaro quello che state per fare?»

«Hai finito, papà?»

«No, ho ancora una cosa da dire. Ti rendi conto, spero, che Cargill sta facendo un lavoro prezioso e importantissimo, che i suoi metodi per curare la tubercolosi hanno dato risultati tali da renderlo un'autorità nel campo medico, e che, disgraziatamente, le faccende private di un uomo possono influire sulla sua carriera. Significa che il lavoro di Cargill, la sua utilità per il genere umano, saranno gravemente ridotti, se non distrutti, da ciò che entrambi vi proponete di fare.»

«Stai cercando di persuadermi che è mio dovere rinunciare a Rupert perché possa continuare a fare del bene all'umanità?»

C'era una nota ironica nel tono di Averil.

«No,» aveva risposto Rodney «sto pensando proprio a lui, poveraccio...»

Adesso parlava con improvvisa veemenza.

«Non puoi levarmi dalla testa, Averil, che se un uomo non fa il lavoro che desidera fare, il lavoro che è nato per svolgere, è un uomo soltanto a metà. Io ti dico, com'è vero che sono qui, che se tu distogli Rupert Cargill dal suo lavoro e gli rendi impossibile continuare a farlo, verrà un giorno in cui dovrai rassegnarti a vedere l'uomo che ami infelice, insoddisfatto, invecchiato prima del tempo, stanco e scoraggiato... insomma, un uomo vivo solamente a metà. E se pensi che il tuo amore, o l'amore di qualsiasi donna, possa ricompensarlo per questo, allora ti dico chiaro e tondo che sei una piccola stupida sentimentale.»

Aveva taciuto. Si era messo a sedere, passandosi una mano tra i capelli.

Averil aveva mormorato: «Mi dici tutto questo... Ma come so...». Si era interrotta, poi aveva ricominciato: «Chi mi dice che...».

«Che è vero? Io posso dirti soltanto quello che credo sia la verità, e *quello che io so per esperienza*. Ti sto parlando come uomo, oltre che come padre.»

«Sì» aveva risposto la ragazza. «Capisco...»

A quel punto, la voce di Rodney era suonata stanca e quasi spenta: «Sta a te valutare quello che ti ho detto, e accettarlo oppure ignorarlo. Sono convinto che tu abbia coraggio e obiettività».

Averil si era avviata lentamente verso la porta. Già con la mano sulla maniglia, si era fermata e si era voltata.

Quando la figlia aveva parlato, Joan era rimasta scossa dall'improvviso tono amaro e vendicativo della voce.

«Non illuderti, papà,» aveva detto «che un giorno possa essertene grata. Io... io ti odio.»

Ed era uscita, chiudendo la porta dietro di sé.

Joan voleva rincorrerla, ma Rodney l'aveva trattenuta con un gesto.

«Lasciala andare» aveva detto. «Lasciala andare. Non capisci? Abbiamo vinto...»

8

E QUELLA, RIFLETTEVA ORA JOAN, era stata la fine dell'incubo.

Averil era andata avanti così, sempre in silenzio, rispondendo a monosillabi se qualcuno le rivolgeva la parola, evitando di parlare se poteva farne a meno. E intanto diventava sempre più magra e più pallida.

Un mese più tardi, aveva espresso il desiderio di andare a Londra e iscriversi a un corso per diventare segretaria d'azienda.

Rodney aveva dato subito il consenso. Averil li aveva lasciati senza nemmeno fingere di essere addolorata all'idea della separazione.

Quando, tre mesi dopo, era tornata per una breve visita, aveva modi di fare perfettamente normali, e dai suoi racconti sembrava che a Londra stesse conducendo una vita molto spensierata.

Joan aveva tirato un sospiro di sollievo e aveva espresso la sua soddisfazione a Rodney.

«L'intera faccenda è finita in una bolla di sapone. Io, comunque, non ho mai pensato neppure per un istante che fosse una cosa seria: era una delle solite fantasie, come ne hanno tutte le ragazze.»

Rodney l'aveva guardata, aveva sorriso e aveva detto: «Povera piccola Joan».

Quella frase aveva sempre il potere di irritarla.

«Bene, devi riconoscere che, al momento, *c'era* di che preoccuparsi.»

«Sì,» aveva convenuto lui «c'era indubbiamente di che preoccuparsi. Ma per te non era un problema, vero, Joan?»

«Che cosa vuoi dire? Tutto quello che turba i nostri figli sconvolge me ancora di più.»

«Tu credi?» aveva mormorato Rodney. «Mah...»

"È vero" si era detta Joan "che adesso c'è una certa freddezza tra Averil e suo padre. Sono sempre stati così amici." Ora invece sembrava che tra loro ci fosse poco più di una cordialità formale. In compenso, Averil era stata molto carina con lei, sia pure nel solito modo composto e riservato.

"Immagino che mi apprezzi di più ora che vive fuori casa" aveva pensato Joan.

Da parte sua, aveva indubbiamente accolto con gioia le visite di Averil. Il calmo buonsenso della figlia maggiore sembrava rendere tutto più facile, in casa.

Barbara ormai era cresciuta e si stava rivelando un bel problema. Le sue amicizie impensierivano Joan sempre più: sembrava che quella ragazza non sapesse assolutamente distinguere tra le persone. C'erano tante ragazze perbene a Crayminster, ma lei, quasi lo facesse per dispetto, non voleva assolutamente saperne.

«Sono noiose da morire, mamma.»

«Sciocchezze, Barbara. Sono certa che Mary e Alison sono simpatiche e divertenti.»

«Sono una vera lagna. Avessero mai un capello fuori posto. Si mettono la retina in testa!»

Joan l'aveva guardata, sbalordita.

«Ma Barbara, che cosa vuol dire? Che importanza ha?»

«Ne ha eccome! È una specie di simbolo.»

«Tu dici un mare di sciocchezze, tesoro. C'è Pamela Grayling: sua madre e io eravamo grandi amiche, alla vostra età. Perché non esci un po' di più con lei?»

«Ma mamma, è una noia infernale, non è divertente neanche un po'.»

«Bene, io dico invece che sono tutte ragazze molto perbene.»

«Sì, molto perbene e molto barbose. E poi che cosa importa quello che ne pensi tu?»

«Non essere sgarbata, Barbara.»

«Non sono sgarbata, dico solo che non sei tu che devi sorbirtele. Perciò è la mia opinione che conta, e a me piace stare con Betty Earle e con Primrose Deane, ma tu storci sempre il naso quando le invito per il tè.»

«Be', sinceramente, cara, sono davvero tremende. Il padre di Betty organizza quelle spaventose gite turistiche in autobus e proprio non mi sembra una persona del nostro ambiente.»

«Ha un sacco di soldi, però.»

«Il denaro non è tutto, Barbara.»

«La questione è un'altra, mamma. Sono libera di scegliermi da sola le mie amiche oppure no?»

«Certo, Barbara, ma devi lasciarti guidare da me. Sei ancora tanto giovane.»

«Il che significa che non posso. È un bello strazio non poter fare una sola delle cose che voglio fare! Questa casa è una vera e propria prigione.»

Ed era stato a quel punto che Rodney era entrato e aveva detto: «Che cosa è una vera e propria prigione?».

«Casa nostra!» aveva gridato Barbara.

E Rodney, invece di prendere la cosa seriamente, si era messo a ridere e aveva detto, scherzando: «Povera la mia Barbara... trattata come una schiava!».

«Be', è così.»

«Ma è giustissimo. Io sono a favore della schiavitù per le figlie.»

Barbara allora gli si era gettata al collo e aveva detto, stringendolo forte: «Caro papà, sei così... così buffo, tu, che non è possibile avercela con te».

«Questa, poi...» era scattata Joan, con indignazione.

Ma Rodney continuava a ridere e, dopo che Barbara era uscita dalla stanza, aveva detto: «Non prendere le cose troppo sul serio, Joan. Le ragazze di quell'età devono scalciare un pochino».

«Ma quelle sue amiche così pacchiane...»

«È una fase momentanea di attrazione per tutto ciò che è sopra le righe. Passerà, Joan, stai tranquilla.»

"È molto facile" aveva pensato Joan, risentita "dirmi di stare tranquilla." Che ne sarebbe stato di tutti loro se non ci fosse stata lei a preoccuparsene? Rodney era fin troppo accomodante, e non poteva assolutamente comprendere i sentimenti di una madre.

Per tornare a Barbara, se le sue amicizie le avevano dato dei pensieri, non era niente in confronto all'ansia che le causavano i gusti della figlia in fatto di giovanotti.

George Harmon e quell'altro elemento di dubbia fama, il giovane Wilmore: non soltanto era uno dei soci dello studio legale rivale – uno studio che patrocinava tutti i soggetti più discutibili della città –, ma per giunta beveva troppo, parlava troppo forte ed era troppo appassionato di corse di cavalli. Proprio con lui Barbara, la sera del ballo di beneficenza di Natale, era scomparsa dal salone del municipio, per ricomparire solo cinque balli più tardi, lanciandole un'occhiata colpevole ma al tempo stesso di sfida.

Erano andati a chiacchierare su in alto, sul tetto, a quanto sembrava: un comportamento degno soltanto delle ragazze di strada, secondo Joan, e che l'aveva addolorata molto.

«Non essere così antiquata, mamma. È assurdo.»

«Non sono affatto antiquata. E poi lascia che te lo dica, Barbara, molte delle vecchie idee su ciò che è conveniente o sconveniente stanno tornando di moda. Le ragazze non vanno più in giro con i giovanotti come facevano una decina di anni fa.»

«Ma andiamo, mamma, se qualcuno ti sentisse penserebbe che io abbia passato tutto il fine settimana con Tom Wilmore.»

«Non parlare in quel modo, Barbara, non te lo permetto. E ho saputo che sei stata vista al Dog and Duck insieme a George Harmon.»

«Oh, stavamo soltanto facendo un giro dei pub.»

«Be', sei troppo giovane per queste cose. Non approvo il fatto che le ragazze bevano alcol, al giorno d'oggi.»

«Bevevo soltanto birra. Anzi, eravamo là più che altro per giocare a freccette.»

«Be', non mi piace, Barbara. E soprattutto, non voglio. Non mi vanno a genio né George Harmon né Tom Wilmore, e d'ora in avanti non li voglio più per casa, hai capito?»

«D'accordo mamma, è casa tua.»

«A parte il fatto che non vedo che cosa ci trovi, in loro.»

Barbara aveva alzato le spalle. «Mah, non lo so. Sono divertenti.»

«Bene, non voglio che tu li porti qui a casa, hai capito?»

Dopodiché, Joan si era irritata molto quando Rodney, una domenica sera, aveva invitato a cena il giovane Harmon. L'aveva giudicata una vera mancanza di polso da parte di suo marito. Dal canto suo, aveva sfoderato i suoi modi più glaciali, e il giovanotto era parso abbastanza impacciato, nonostante la cordialità con cui Rodney gli si rivolgeva e gli sforzi che faceva per metterlo a suo agio. Prima il ragazzo parlava troppo forte, un momento dopo biascicava; ora faceva lo spaccone, ora chiedeva scusa senza che ve ne fosse bisogno.

Quando erano rimasti soli, quella sera, Joan aveva richiamato all'ordine il marito con una certa autorità.

«Tu lo sapevi, immagino, che avevo detto a Barbara di non portarmelo più per casa?»

«Lo sapevo, Joan, ma è un errore. Barbara ha pochissimo giudizio, in queste cose. Prende per buono quello che gli altri vogliono far credere di sé. Non distingue il fasullo dall'autentico. Vedendo queste persone in un ambiente estraneo, non è più in grado di farsene un'idea precisa. Ecco perché ha bisogno di vederle qui da noi, nel suo ambiente. Finora George Harmon è stato ai suoi occhi un individuo pericoloso e audace, non un semplice idiota fanfarone che beve troppo e che non ha mai lavorato veramente in vita sua.»

«Questo potevo dirglielo anch'io!»

Rodney aveva sorriso.

«Ma Joan, cara, niente di quello che diciamo tu o io può avere effetto sui giovani.»

La verità di quelle parole era apparsa ben chiara a Joan quando Averil era tornata a casa per una delle sue brevi visite.

Quella volta era Tom Wilmore a essere stato invitato. Di fronte al calmo, critico disprezzo di Averil, Tom non si era sentito certo a suo agio.

In seguito, Joan aveva colto un frammento di conversazione tra le due sorelle.

«Non ti piace, Averil?»

E quest'ultima, con una sdegnosa alzata di spalle, aveva replicato senza tante cerimonie: «Lo trovo insopportabile. I tuoi gusti in fatto di uomini sono veramente spaventosi, Barbara».

Da quel momento, Wilmore era scomparso dalla scena, e la volubile Barbara un giorno aveva mormorato: «Tom Wilmore? Oh, ma è insopportabile» con assoluta ed enfatica convinzione.

Joan aveva cominciato a organizzare partite di tennis e a invitare gente a casa, ma Barbara rifiutava ostinatamente di collaborare.

«Perché ti agiti tanto, mamma? Ti è venuta la mania di invitare gente. Io odio avere gente in giro, e tu inviti sempre i tipi più barbosi.»

Offesa, Joan aveva dichiarato chiaro e tondo che se ne lavava le mani. «Scommetto che non lo sai neanche *tu* quello che vuoi!»

«Voglio soltanto essere lasciata in pace.»

Barbara era davvero una ragazza molto difficile, e Joan l'aveva detto a Rodney, sfogando il suo malumore. Lui, corrucciando un po' la fronte, si era detto d'accordo.

«Se soltanto dicesse quello che vuole» aveva rincarato Joan.

«Non lo sa neanche lei. È molto giovane, Joan.»

«Ecco perché ha bisogno che gli altri decidano per lei.»

«No, mia cara: deve imparare a cavarsela da sola. Lasciala fare. Lascia che porti qui i suoi amici, se ci tiene, ma non *organizzare* le cose.»

Tipico ragionamento maschile, aveva pensato Joan, esasperata. Lasciare sempre che le cose andassero come volevano e rimanere nel vago. Povero, caro Rodney, era sempre stato piuttosto sulle nuvole, a pensarci bene. Era sempre stata lei ad affrontare le questioni pratiche! Eppure, tutti dicevano che come avvocato era molto accorto.

Joan si ricordò di una sera in cui Rodney aveva letto sul giornale locale l'annuncio del matrimonio di George Harmon con Primrose Deane, e aveva aggiunto con un sorriso scherzoso: «Una tua antica fiamma, eh, Babs?».

Barbara aveva riso, molto divertita.

«Lo so. Avevo una cotta spaventosa per lui. In effetti è proprio insopportabile. Dico sul serio, un vero disastro.»

«Io l'avevo sempre giudicato un tipo decisamente antipatico. Non riuscivo a capire che cosa tu vedessi in lui.»

«Non lo capisco neanch'io, oggi.» A diciott'anni, Barbara parlava con distacco delle sue follie di diciassettenne. «Ma davvero, sai, papà, pensavo di essere innamorata di lui. Pensavo che la mamma avrebbe cercato di separarci, e allora io sarei fuggita con George, e se tu o la mamma aveste cercato di fermarci, avevo già deciso che avrei messo la testa nel forno a gas per farla finita.»

«Direi che fa molto Giulietta!»

Con una punta di rimprovero, Barbara aveva detto: «Lo pensavo sul serio, papà. In fin dei conti, se proprio non ce la fai più, non ti rimane che ucciderti».

E Joan, incapace di continuare a rimanere in silenzio, era immediatamente scattata.

«Non dire cose così orribili, Barbara. Non ti rendi conto di quello che dici!»

«Avevo dimenticato che eri lì, mamma. *Tu*, naturalmente, non faresti mai una cosa del genere. Daresti sempre prova di calma e di buonsenso, qualsiasi cosa accadesse.»

«Spero proprio di sì, infatti.»

Joan aveva fatto uno sforzo per non perdere la pazienza ma, rimasta sola con Rodney, aveva protestato.

«Fai male a incoraggiarla a dire tante sciocchezze.»
«Perché? Tanto vale che ne parli, così se ne libera.»
«In realtà, non farebbe nessuna delle cose spaventose di cui parla.»
Rodney era rimasto in silenzio e lei lo aveva guardato, molto sorpresa.
«Dico, non penserai...»
«No, no, non credo che lo farebbe. Non quando sarà più matura, quando avrà trovato il suo equilibrio. Ma Barbara è molto instabile emotivamente, Joan. Tanto vale che ce lo diciamo!»
«Ma è tutto talmente ridicolo!»
«Per noi... che abbiamo il senso delle proporzioni. Ma non per lei. Prende sempre tutto terribilmente sul serio. È sempre in balia dell'umore del momento. Manca di distacco, di senso dell'umorismo. Sessualmente è precoce...»
«Rodney, ti prego! A sentirti, ne parli come... come di quei casi orribili che si leggono sui giornali.»
«I casi orribili che si leggono sui giornali riguardano esseri umani viventi, ricordalo.»
«Sì, ma una ragazza bene allevata come Barbara non...»
«Che cosa, Joan?»
«Dobbiamo proprio parlarne in questo modo?»
Rodney aveva sospirato.
«No, no, naturalmente. Però mi auguro – sì, me lo auguro con tutto il cuore – che Barbara possa conoscere un bravo ragazzo adatto a lei e che possa tranquillamente innamorarsene.»
E, dopo quel colloquio, il fatto che il giovane William Wray fosse tornato in patria dall'Iraq per soggiornare presso sua zia, Lady Harriot, era sembrato davvero la risposta a una preghiera.
Quando Joan lo aveva visto per la prima volta, lui era arrivato da una settimana circa. Era stato introdotto in salotto un pomeriggio in cui Barbara non c'era. Joan aveva alzato gli occhi dal tavolino che usava per scrivere, e aveva visto un giovane alto e ben piantato, con il mento sporgente, una faccia molto rosea e due fermi occhi azzurri.
Arrossendo impacciato e tenendo la testa china, Bill Wray aveva mormorato di essere il nipote di Lady Harriot e di essere passato di lì per... hmm... per restituire la racchetta che la signorina Scudamore aveva... hmm... dimenticato il giorno prima.
Joan, riavutasi dall'iniziale sorpresa, lo aveva accolto con molta cortesia.
Barbara era così sbadata, aveva detto. Lasciava le sue cose un po' dappertutto. Era fuori, al momento, ma probabilmente di lì a poco sarebbe rientrata. Il signor Wray poteva intanto accomodarsi e prendere una tazza di tè.
Il ragazzo era dispostissimo, sembrava, così Joan aveva suonato per il tè e si era poi informata di come stava la zia, Lady Harriot.

La salute di Lady Harriot aveva occupato circa cinque minuti, poi la conversazione aveva cominciato a languire. Il signor Wray non era molto d'aiuto. Sempre piuttosto colorito in volto, se ne stava a sedere ben eretto e dava vagamente l'impressione di essere tormentato da qualcosa. Per fortuna era arrivato il tè, che aveva creato un diversivo.

Joan stava ancora chiacchierando amabilmente, anche se con leggera fatica, quando Rodney, con suo grande sollievo, era rincasato un po' più presto del solito dall'ufficio. Lui sì, era stato di grande aiuto. Aveva portato la conversazione sull'Iraq, mettendo il ragazzo a suo agio con qualche semplice domanda, e un po' alla volta Bill Wray aveva cominciato a sciogliersi. Ben presto, il giovane si era messo a parlare con disinvoltura. Dopo un po', Rodney l'aveva portato con sé nel suo studio. Erano quasi le sette quando Bill, evidentemente piuttosto a malincuore, se n'era andato.

«Simpatico ragazzo» aveva detto Rodney.

«Sì, molto. Un po' timido.»

«Decisamente.» Rodney sembrava divertito. «Ma non credo che di solito sia così sulle sue.»

«È stato qui un'eternità!»

«Più di due ore.»

«Devi essere terribilmente stanco, Rodney.»

«No, no, affatto, è stato piacevole. Ha un'ottima testa, quel ragazzo, e un modo di vedere le cose piuttosto insolito. Una mente filosofica, direi. E ha carattere, oltre che cervello. Sì, mi piace.»

«Devi essergli piaciuto anche tu, visto che si è fermato a parlare per tutto quel tempo.»

L'espressione divertita di Rodney era riapparsa.

«Oh, non si è certo fermato per parlare con me. Sperava nel ritorno di Barbara. Andiamo, Joan, possibile che tu non te ne sia accorta? Ce l'aveva scritto in faccia. Era paralizzato dall'imbarazzo, poveraccio. Ecco perché era rosso come una barbabietola. Deve essergli costato uno sforzo enorme venire qui... e una volta arrivato, nessuna traccia della sua bella. Sì, deve essere uno di quei casi di amore a prima vista.»

Poco dopo Barbara era arrivata a casa affannata, appena in tempo per la cena.

«È stato qui uno dei tuoi amici» le aveva detto Joan. «Il nipote di Lady Harriot. Ti ha riportato la racchetta.»

«Chi, Bill Wray? Così l'ha trovata? Sembrava che fosse letteralmente scomparsa.»

«È stato qui parecchio tempo» aveva detto Joan.

«Peccato che io non c'ero. Sono andata al cinema con i Crabbes. Un film stupidissimo. Vi siete annoiati molto con Bill?»

«No» aveva risposto Rodney. «È simpatico. Abbiamo parlato di politica del Vicino Oriente. Ti saresti annoiata tu, ho idea.»

«A me piace sentire parlare di luoghi esotici. Mi piacerebbe viaggiare. Ne ho talmente fin sopra i capelli di rimanere a Crayminster. Comunque, Bill è diverso.»

«Puoi sempre fare un corso e cercarti un impiego» aveva suggerito Rodney.

«Oh, un impiego!» Barbara aveva arricciato il naso. «Lo sai, papà, io sono un essere terribilmente pigro. Non mi va di lavorare.»

«Come alla maggior parte della gente, ho il sospetto» aveva replicato Rodney.

Barbara era corsa da lui per abbracciarlo.

«Tu per esempio lavori troppo. Io l'ho sempre pensato. È una vergogna!»

Poi, lasciando ricadere le braccia, aveva cambiato discorso. «Ora telefono a Bill. Aveva detto che voleva andare a vedere non so cosa, a Marsden...»

Rodney l'aveva seguita con lo sguardo mentre si allontanava verso il telefono, in fondo al corridoio. Era uno sguardo strano, interrogativo, dubbioso.

Bill Wray gli era piaciuto, sì, senz'altro gli era piaciuto fin dal primo momento. Perché, allora, era parso così preoccupato, così angustiato, quando Barbara aveva fatto irruzione in casa per annunciare che lei e Bill si erano fidanzati e intendevano sposarsi subito per partire insieme per Baghdad?

Bill era giovane, di ottima famiglia, aveva un bel patrimonio personale e ottime prospettive di carriera. Perché allora Rodney si era mostrato titubante e aveva suggerito un fidanzamento più lungo? Perché aveva assunto da quel momento un'aria incerta e perplessa? Qual era la ragione di quello sfogo improvviso poco prima del matrimonio, quell'insistere che Barbara fosse troppo giovane?

Oh, be', Barbara aveva liquidato subito quell'obiezione, e sei mesi dopo aveva sposato il suo Bill ed era partita per Baghdad. Averil, a sua volta, aveva annunciato di essersi fidanzata con un agente di cambio, un certo Edward Harrison-Wilmott.

Era un uomo tranquillo e simpatico di trentaquattro anni, e con un'ottima posizione economica.

In verità, pensava Joan, tutto sembrava essersi risolto per il meglio. Rodney non aveva commentato il fidanzamento di Averil, ma dietro le insistenze di Joan si era limitato a dire: «Sì, sì, è la cosa migliore. Lui è una cara persona».

Dopo il matrimonio di Averil, Joan e Rodney erano rimasti soli.

Tony, dopo aver seguito i corsi di Agraria ed essersi fatto bocciare agli esami, procurando parecchia ansia ai genitori, alla fine era partito per la Rhodesia, dove un cliente di Rodney aveva molti aranceti.

Scriveva lettere piene di entusiasmo, anche se un po' stringate e a un certo punto aveva annunciato di essersi fidanzato con una ragazza di Durban. Joan era piuttosto turbata all'idea che il figlio sposasse una ragazza che loro non avevano neppure visto. Una squattrinata, tra l'altro... e in fondo, aveva osservato, che cosa sapevano di lei? Proprio niente.

Rodney aveva risposto che la cosa riguardava Tony, e che loro dovevano sperare per il meglio. Sembrava una ragazza molto carina, a giudicare dalle fotografie che Tony aveva mandato, e per di più disposta a partire da zero, con Tony, laggiù in Rhodesia.

«Immagino che passeranno tutta la vita là, e sì e no verranno a trovarci una volta ogni tanto. Bisognava costringere Tony a entrare nello studio: te l'avevo detto!»

Rodney aveva sorriso e aveva obiettato che lui non valeva granché nel costringere la gente a fare qualcosa.

«No, Rodney, io parlo sul serio, avresti dovuto *insistere*. Passati i primi tempi, si sarebbe adattato. Lo fanno tutti.»

«Sì, è vero» aveva ammesso Rodney. «Ma sarebbe stato un rischio troppo grande.»

Un rischio? Joan aveva detto di non capire. Ma di che rischio parlava?

Il rischio, le aveva spiegato Rodney, che il ragazzo potesse non essere felice. Joan aveva ribattuto che a volte c'era da perdere la pazienza, a sentire sempre parlare di felicità. Sembrava che nessuno sapesse pensare ad altro. Non c'era soltanto la felicità, nella vita. C'erano altre cose molto più importanti.

«Per esempio?» aveva domandato Rodney.

«Be',» aveva risposto Joan, dopo un momento di esitazione «il dovere, per esempio.»

Rodney le aveva fatto osservare che fare l'avvocato non poteva certo essere considerato un dovere.

Lei gli aveva risposto, leggermente seccata, che era inutile voler far finta di non capire. Era dovere di Tony compiacere il padre e non deluderlo.

«Tony non mi ha affatto deluso.»

Ma senza dubbio, aveva replicato lei, non poteva essere molto contento del fatto che il suo unico figlio maschio fosse andato a vivere lontano, dall'altra parte del mondo.

«No» aveva riconosciuto Rodney, con un sospiro. «Devo ammettere che Tony mi manca molto. Era una creatura così allegra, così solare quando era in giro per casa. Sì, mi manca molto...»

«Vedi che avevo ragione, allora? Dovevi importi.»

«Ma Joan, in fin dei conti si tratta della vita di Tony, non della nostra. La nostra è conclusa, ormai, in un modo o nell'altro: la parte attiva, intendo dire.»

«Sì, be', immagino che sia così, in un certo senso.»

Joan aveva riflettuto un istante, poi aveva detto: «Bene, è stata un'ottima vita, in complesso. E lo è ancora, s'intende».

«Mi fa piacere.»

Le stava sorridendo. Aveva un bel sorriso, un sorriso affettuosamente canzonatorio. A volte, aveva l'aria di sorridere a qualcosa che soltanto lui poteva vedere.

«La verità» aveva detto Joan «è che tu e io siamo veramente fatti per andare d'accordo.»

«Già, non abbiamo litigato quasi mai.»

«E siamo stati fortunati anche con i nostri figli. Sarebbe stato terribile se avessero preso una brutta strada, o fossero stati dei poveri disgraziati o qualcosa del genere.»

«Sei buffa, Joan.»

«Ma... Rodney! Sarebbe stato sconvolgente, lo sai benissimo.»

«Credo che niente potrebbe sconvolgerti a lungo, mia cara.»

Lei ci aveva pensato su per un attimo. «Sì, d'accordo, io ho un temperamento molto equilibrato. Penso sia un dovere, sai, non cedere di fronte alle cose.»

«Un sentimento ammirevole e molto conveniente.»

«È bello, vero,» aveva detto Joan, sorridendo «sentire di essere riusciti nella vita?»

«Sì.» Rodney aveva sospirato. «Sì, deve essere proprio bello.»

Joan aveva riso e, posandogli una mano sul braccio, gli aveva dato una piccola spinta.

«Non fare il modesto, Rodney. Nessun avvocato ha una clientela più numerosa della tua, qui da noi. Lo studio è cresciuto molto, rispetto ai tempi dello zio Henry.»

«Sì, lo studio va avanti bene.»

«E c'è altro capitale in arrivo, con il nuovo socio. Ti dispiace avere un nuovo socio?»

Rodney aveva scosso la testa.

«No, anzi, abbiamo bisogno di nuova linfa. Io e Alderman cominciamo a invecchiare.»

"Sì," aveva pensato lei "è vero." C'era molto argento tra i capelli neri di Rodney.

Joan si scosse, diede un'occhiata all'orologio.

La mattinata stava passando abbastanza rapidamente, e finora non si era affacciato, in lei, nessuno di quei pensieri caotici e sgradevoli che a tratti sembravano imporsi alla sua mente, in modo così inopportuno.

Bene, questo dimostrava, se non altro, che la parola chiave era "disciplina". Disporre i propri pensieri in maniera ordinata, richiamando soltanto i ricordi piacevoli e consolanti. Ecco che cos'aveva fatto lei quel mattino e – visto? – la mattinata era passata molto veloce. Ancora un'ora e mezzo e sarebbe venuto il momento di andare a tavola. Forse era meglio uscire a fare una passeggiatina tenendosi nelle vicinanze della rest house, giusto per sgranchirsi un po' prima di rientrare e consumare un altro di quei pasti caldi e pesanti.

Andò nella camera da letto, si mise il cappello per proteggersi dal sole e uscì.

Il ragazzo arabo era inginocchiato a terra, il viso rivolto alla Mecca, e continuava a piegarsi in avanti e a raddrizzarsi, pronunciando parole incomprensibili in una cantilena acuta e nasale.

L'indiano, che era giunto proprio alle spalle di Joan senza che lei se ne accorgesse, spiegò: «Lui fa preghiera di mezzogiorno».

Joan annuì. L'informazione, naturalmente, era superflua. Lo vedeva da sé quello che il ragazzo stava facendo.

«Lui dire che Allah molta compassione, molta misericordia.»

«Lo so» disse Joan, e continuò per la sua strada, avviandosi senza fretta verso il groviglio di filo spinato che circondava la stazione ferroviaria.

Ricordava di avere visto sei o sette arabi impegnati a cercare di liberare una Ford sgangherata che era affondata nella sabbia, affannandosi a spingere e a tirare in tutte le direzioni; suo genero William, che era con lei, le aveva spiegato che, in aggiunta a quegli sforzi volenterosi ma inefficaci, stavano ripetendo: "Allah è molto misericordioso".

Allah, aveva pensato lei, doveva decidersi a esserlo, poiché era certo che solo un miracolo avrebbe estratto l'auto di là, se quelli avessero continuato a spingerla in direzioni opposte!

La cosa curiosa era che tutti avevano l'aria di essere contentissimi della situazione e di godersela un mondo. «*Inshallah*» dicevano, "se Dio vuole"... e quindi non si sforzavano di usare il cervello per ottenere quello che volevano. Quel modo di vivere non riscuoteva certo l'approvazione di Joan. Bisognava invece pensare e fare piani per l'avvenire. Sebbene, chissà, a forza di vivere nel bel mezzo del deserto, in un posto come Tell Abu Hamid, si finiva per ritenere che non fosse poi così necessario.

"Se uno dovesse rimanere qui a lungo," rifletteva Joan "finirebbe per dimenticare perfino che giorno è della settimana... Vediamo, oggi è giovedì... sì, giovedì, io sono arrivata qui lunedì sera."

Nel frattempo era giunta nei pressi del groviglio di filo spinato e, poco più in là, aveva scorto un uomo con una specie di uniforme e un fucile. Se ne stava appoggiato contro una grossa cassa, probabilmente montava la guardia alla stazione o alla frontiera. Sembrava però che si fosse addormentato e Joan si disse che era più saggio non proseguire in quella direzione: c'era il rischio che quell'uomo si svegliasse di soprassalto e le sparasse. Cose del genere, ne era convinta, non dovevano essere affatto impossibili a Tell Abu Hamid.

Ritornò sui suoi passi, decidendo di fare un tragitto che le permettesse di restare vicina alla rest house. In quel modo avrebbe fatto passare un po' di tempo senza correre il rischio di provare quella sgradevole sensazione di agorafobia... se era stata davvero agorafobia.

Indubbiamente, rifletteva con soddisfazione, la mattinata era scivolata via senza intoppi. Aveva passato in rassegna le cose per le quali doveva essere grata alla sorte. Il matrimonio di Averil con il caro Edward, un uomo così solido e affidabile... e così florido dal punto di vista economico, per giunta; la casa di Averil a Londra era davvero splendida e per di più situata in una magnifica posizione, vicino ai magazzini Harrods. E il matrimonio di Barbara. E quello di Tony, sebbene il suo non fosse poi così soddisfacente... Anzi, loro non ne sapevano nulla, e lo stesso Tony, in verità, non aveva poi dato tutte quelle soddisfazioni che un figlio dovrebbe dare. Sarebbe dovuto rimanere a Crayminster e diventare socio dello studio Alderman, Scudamore e Witney. Avrebbe dovuto sposare una brava ragazza inglese, amante della vita all'aperto, e seguire le orme paterne.

Povero Rodney, con i suoi capelli striati d'argento e niente figli maschi a succedergli nella professione...

La verità era che suo marito era stato troppo debole con Tony. Avrebbe dovuto imporre la sua volontà. Fermezza, ecco che cosa ci voleva. "Ma già," pensò ancora Joan "sarei proprio curiosa di sapere dove sarebbe Rodney adesso, se a mia volta non mi fossi mostrata decisa con lui." Avvertì una piacevole sensazione di autocompiacimento. Sarebbe stato pieno di debiti, probabilmente, e costretto ad accendere ipoteche come Hoddesdon, l'agricoltore. Chissà se Rodney apprezzava davvero quello che sua moglie aveva fatto per lui...

Joan fissava la linea tremolante dell'orizzonte. Che strano effetto. Liquido, sì, come se laggiù ci fosse acqua. "Ma certo," pensò poi "è un miraggio!"

Sì, ecco cos'era, un miraggio... Proprio come se vi fossero pozze d'acqua nella sabbia. Tutto diverso da come se l'era sempre immaginato – aveva sempre creduto che si vedessero alberi, città – e in realtà molto più concreto.

Ma perfino quell'effetto così poco spettacolare era strano. Dava l'impressione di... Cos'era, in fondo, la realtà?

"Miraggio," ripeté tra sé "miraggio." Sembrava una parola altisonante.

A che cosa stava pensando, un momento prima? Ah, sì, a Tony, e a quanto era stato egoista e incosciente, dopo tutto.

Era sempre stato estremamente difficile arrivare a Tony. Era così vago, così arrendevole, in apparenza; e invece, con quel fare tranquillo, amabile, sorridente, finiva per fare esattamente quello che voleva lui. Non le aveva mai dimostrato l'attaccamento che di solito un figlio ha per la madre. Anzi, tutto sommato sembrava molto più legato a suo padre.

Si ricordò di quando Tony, che allora era un bimbetto di sette anni, nel bel mezzo della notte era entrato nello spogliatoio dove Rodney stava dormendo, e aveva annunciato tranquillamente e con la massima serietà:

«Papà, credo di aver mangiato un fungo velenoso, perché ho dei dolori terribili e sto per morire. Così sono venuto qui per morire vicino a te.»

In realtà, la cosa non aveva niente a che fare con i funghi, né velenosi né mangerecci. Si era trattato di un attacco di appendicite, e Tony era stato operato nel giro di ventiquattr'ore. Ma a Joan sembrava ancora inspiegabile che il piccolo fosse andato da Rodney invece di correre da lei. Sarebbe stato assai più naturale, per un bimbo di quell'età, cercare la mamma.

Sì, Tony era stato un figlio irritante per molti aspetti. Pigro a scuola. Indolente nelle attività sportive. E sebbene fosse stato un bellissimo ragazzino, proprio il figlio che qualsiasi madre sarebbe stata orgogliosa di esibire, sembrava che non ci tenesse affatto a essere portato a spasso, e aveva l'abitudine indisponente di confondersi con il paesaggio, per così dire, ogni volta che lei lo cercava.

«Mimetizzazione» l'aveva definita Averil. «Tony è molto più abile di noi nel mimetizzarsi» aveva detto.

Joan non aveva compreso bene che cosa la figlia intendesse dire, ma era rimasta vagamente offesa da quell'uscita.

Joan guardò l'orologio. Non c'era motivo di continuare a camminare, rischiava di accaldarsi troppo. Era tempo di rientrare nella rest house. La mattinata era trascorsa magnificamente: nessun incidente, niente pensieri sgradevoli, nessuna sensazione di agorafobia...

"Ma insomma," protestò una vocina dentro di lei "parli proprio come se fossi un'infermiera. Che cosa ti sei messa in mente? Ti credi per caso un'invalida, una malata di mente? E perché ti senti così fiera di te ma anche così stanca? È davvero una cosa così straordinaria avere passato una mattinata piacevole, normale?"

Rientrò in fretta nella rest house, e fu molto contenta di vedere che per pranzo c'erano pere sciroppate, tanto per cambiare.

Dopo mangiato andò in camera a sdraiarsi sul letto.

Se avesse potuto riposare fino all'ora del tè...

Ma non sentiva affatto il bisogno di dormire. Il suo cervello era attivo e lucido. Se ne stava distesa là con gli occhi chiusi, ma il suo corpo rimaneva teso e all'erta, come se fosse in attesa di qualcosa... come se volesse mantenersi vigile, pronto a difendersi da qualche pericolo in agguato. Sentiva di avere i muscoli contratti.

"Devo rilassarmi" pensava. "Devo rilassarmi."

Ma non ci riusciva in nessun modo. Il suo corpo rimaneva rigido e in tensione. Il cuore le batteva un po' più forte del normale. La mente era sveglia e in allarme.

Quella situazione le ricordava qualcosa che però non riusciva a individuare. A forza di spremersi, le venne in mente il paragone esatto: era come trovarsi nella sala d'aspetto di un dentista.

La sensazione di dover affrontare di lì a poco qualcosa di decisamente sgradevole, la precisa volontà di rassicurare se stessi e di allontanare quel pensiero, e al tempo stesso la consapevolezza che il momento si faceva sempre più vicino...

Ma quale momento? Che cosa si aspettava?

Che cosa doveva mai succedere?

"Le lucertole sono andate tutte a rintanarsi..." pensò "perché c'è una tempesta in arrivo..." La quiete, prima della tempesta... l'attesa... l'attesa...

Santo cielo, ecco che ricominciava a vaneggiare.

La signorina Gilbey... disciplina... ritiro spirituale...

Un ritiro! Doveva meditare. Qualcosa a che vedere con il ripetere... Teosofia? O buddhismo...

"Ma no, no, attieniti alla tua religione. Medita su Dio. Sull'amore di Dio. *Dio*... Padre nostro, che sei nei cieli..."

Suo padre... la sua barba castana, ben curata, da ufficiale di marina, i suoi penetranti occhi azzurri, il suo desiderio che in casa tutto fosse sempre lindo e in perfetto ordine. Un uomo benevolmente severo, ecco che cos'era suo padre, un tipico ammiraglio in pensione. E sua madre, alta, magra, distratta, disordinata, con quella dolcezza un po' svanita che faceva sì che tutti, perfino quando lei ce la metteva tutta per esasperarli, finissero per scusarla.

Sua madre che andava ai ricevimenti con i guanti scompagnati, una gonna sbilenca e il cappello appuntato alla meglio su una crocchia di capelli grigio ferro, allegramente e serenamente noncurante che qualcosa nel suo aspetto lasciasse a desiderare. E la collera dell'ammiraglio: sempre diretta alle figlie, mai alla moglie.

«Ma voi ragazze non potreste stare un po' più attente a vostra madre? Come vi viene in mente di lasciarla uscire conciata in quel modo! *Non* tollero tanta trascuratezza!» tuonava. E le tre figlie rispondevano, con fare sottomesso: «Scusa, papà».

E dopo, tra loro: «Va bene tutto, ma la mamma è veramente impossibile!».

Joan aveva voluto un gran bene a sua madre, naturalmente, ma l'affetto non le aveva impedito di rendersi conto che quella donna era in grado di far perdere la pazienza a un santo: la sua totale mancanza di metodo e coerenza era a malapena compensata da una gaiezza irresponsabile e da una calorosa impulsività.

Joan aveva provato un vero shock quando, dopo la morte di sua madre, facendo pulizia tra le sue carte, si era trovata tra le mani una lettera del padre, scritta per il ventesimo anniversario di matrimonio.

> Mi addolora profondamente non poter essere con te oggi, cuore mio. Vorrei dirti in questa lettera tutto quello che il tuo amore ha significato per me in questi anni e come tu mi sia ancora più cara oggi di quanto mi sia mai stata. Il tuo amore è stato per me una benedizione e il coronamento di tutta la mia vita. Ringrazio Dio per avermelo dato e per avermi dato te...

Lei, chissà perché, non si era mai resa conto che suo padre provasse per la madre sentimenti così intensi...

"Rodney e io" rifletté "in dicembre saremo sposati da venticinque anni. Festeggeremo le nozze d'argento. Come sarebbe bello se anche lui mi scrivesse una lettera..."

Tentò mentalmente di immaginarne il contenuto.

Mia carissima Joan,

sento di dover mettere per iscritto quanto ti sono riconoscente e cosa hai rappresentato per me. Non hai idea, ne sono certo, di quanto il tuo amore sia stato una benedizione...

"Non so perché," si disse Joan, interrompendo quell'esercizio di fantasia "ma una lettera così non ha nulla di realistico." Le riusciva impossibile, infatti, immaginare Rodney che le scriveva una lettera... per quanto l'amasse... Ah, sì, perché l'amava...

Perché ripetterselo, quasi in tono di sfida? Perché, all'improvviso, aveva avvertito quello strano brivido? A che cosa stava pensando, prima?

Ah, già! Joan si riscosse, tornò in sé. Si era prefissa di impegnarsi nelle meditazioni spirituali. Invece, si era messa a pensare alle cose terrene: a suo padre e sua madre, morti ormai da tanti anni.

Erano morti, sì, lasciandola sola.

Sola nel deserto. Sola in quell'orribile stanza tanto simile a una prigione.

Si tirò su di scatto. Non serviva a niente starsene sdraiata sul letto, visto che non riusciva a dormire.

Detestava quelle stanze così alte, dalle finestre anguste e protette dalle zanzariere. Davano un senso di oppressione. La facevano sentire poco più di un insetto. Lei voleva un bel salotto grande e arioso, foderato di un bel cretonne a fiori vivaci, con un fuoco vivace che scoppiettava nel caminetto e poi la gente – tanta gente –, gente da poter andare a trovare, o dalla quale ricevere visite...

"Oh, *bisogna* che il treno arrivi presto, deve assolutamente arrivare al più presto. Oppure una macchina, o *qualcosa*..."

«Non posso più rimanere qui» aggiunse a voce alta. «Non posso.»

"Parlo da sola," pensò poi "e questo è un pessimo segno."

Si fece portare una tazza di tè e uscì all'aperto. Non se la sentiva di rimanere immobile a pensare.

Sarebbe uscita, avrebbe camminato un po', e non avrebbe pensato a niente.

"Pensare, ecco che cosa ti ha turbata tanto. Guarda le persone che vivono in questo posto: l'indiano, il ragazzo arabo, il cuoco. Sono certa che loro non pensano mai."

A volte sto seduta e penso, e a volte sto soltanto a sedere...

Chi l'aveva detto? Che modo di vivere ammirevole!

Non avrebbe pensato, avrebbe soltanto passeggiato. Senza spingersi troppo lontano dalla rest house, nel caso in cui... niente così, per prudenza...

Descrivere un largo cerchio. Sempre in tondo e in tondo. Come un animale. Umiliante. Sì, era umiliante ma bisognava adattarsi all'idea. Doveva stare molto ma molto attenta a se stessa. Altrimenti...

Altrimenti cosa? Non lo sapeva. Non ne aveva la minima idea.

Non doveva pensare a Rodney, non doveva pensare ad Averil, non doveva pensare a Tony, non doveva pensare a Barbara. Non doveva pensare a Blanche Haggard. Non doveva pensare ai fiori rossi dei rododendri... in particolare non doveva pensare ai rossi germogli dei rododendri! Non doveva pensare alla poesia...

Non doveva pensare a Joan Scudamore. "Ma quella sono io! No, non sono io. Sì, sono io ma..."

Se non avessi altro da fare che pensare a te stessa, che cosa scopriresti sul tuo conto?

«Non voglio sapere» disse a voce alta.

Il suono della sua voce la sorprese. Che cosa non voleva sapere?

"Una battaglia" pensò. "Sto combattendo una battaglia già persa."

Ma contro chi? Contro che cosa?

"Non importa, non voglio saperlo. Non voglio sapere... Concentrati su questa frase. Suona bene."

Strano, aveva la sensazione che qualcuno stesse camminando accanto a lei. Qualcuno che lei conosceva benissimo. Se avesse voltato la testa... be', l'aveva voltata, la testa, ma non c'era nessuno. Proprio nessuno.

Eppure la sensazione che ci fosse qualcuno persisteva. Aveva paura. Rodney, Averil, Tony, Barbara, nessuno di loro poteva aiutarla, nessuno di loro voleva aiutarla, nessuno l'avrebbe fatto. Nessuno si curava di lei.

Sarebbe tornata alla rest house e così si sarebbe allontanata da chi la stava spiando, chiunque fosse.

L'indiano era là, fuori dalla porta di ferro. Joan vacillava un poco, camminando. Il modo in cui quell'uomo la fissava la infastidiva.

«Che c'è?» disse.

«*Memsahib* non ha l'aria di stare bene. Forse *memsahib* ha febbre?»

Ecco cos'era. Certo, sì, era questo. Aveva la febbre! Che stupida era stata a non averci pensato subito.

Si affrettò a entrare. Doveva misurarsi la temperatura, cercare il chinino in valigia. Doveva avere del chinino con sé, da qualche parte.

Tirò fuori il termometro e se lo mise sotto l'ascella.

La febbre. Ma sì, certo, scherzi della febbre! I vaneggiamenti, i timori illogici, l'ansia, il battito accelerato del cuore.

Era una faccenda puramente fisica.

Si tolse il termometro e lo guardò: 36,4. Semmai, era leggermente al di sotto del normale.

Grazie al cielo, riuscì a superare la serata. Ormai era seriamente preoccupata per se stessa. Non era il sole, non era la febbre... dovevano essere i nervi!

"Sono i nervi" diceva la gente con noncuranza. Lei stessa l'aveva detto, a proposito degli altri. Bene, aveva parlato senza sapere. Ora sapeva, invece. I nervi, eh? I nervi erano un inferno! Quello che le serviva era un medico, un bravo medico comprensivo, e una casa di cura, e un'infermiera umana e capace che non si allontanasse mai dalla stanza. "La signora Scudamore non dev'essere mai lasciata sola." Invece, doveva accontentarsi di una prigione imbiancata a calce in pieno deserto, di un indiano mezzo scemo, di un ragazzo arabo completamente idiota e di un cuoco che tra poco le avrebbe preparato un pasto a base di riso, salmone in scatola, fagioli e uova troppo cotte.

"Non va," pensava Joan "non è assolutamente la cura che ci vuole per un caso come il mio..."

Dopo cena andò in camera e cercò la boccetta dell'aspirina. Restavano soltanto sei pastiglie. Incautamente, le prese tutte. Non gliene sarebbero rimaste per l'indomani, ma sentiva di dover fare un tentativo estremo. Si ripromise che non si sarebbe mai più messa in viaggio senza munirsi di qualcosa che la aiutasse a dormire.

Si svestì e si mise a letto con molta apprensione.

Strano ma vero, si addormentò quasi subito.

Quella notte sognò di essere rinchiusa in un grande carcere, tutto corridoi. Stava cercando di uscirne ma non riusciva a trovare la strada, eppure, mentre la cercava, sapeva benissimo di conoscerla...

"Devi soltanto cercare di ricordare," continuava a ripetersi "sforzarti di ricordare."

Quando si svegliò, il mattino seguente, si sentiva ancora terribilmente stanca, ma tranquilla.

"Non devi fare altro che ricordare" si disse, poi si alzò, si vestì e andò a fare colazione.

Si sentiva benissimo, soltanto un po' in apprensione, ma nient'altro.

"Immagino che tra poco tutto ricomincerà" pensava tra sé. "Oh, be', non posso farci proprio niente."

Sedeva inerte su una poltroncina. Da lì a poco sarebbe uscita, ma non subito.

Non avrebbe cercato di concentrarsi su un pensiero in particolare, ma non si sarebbe sforzata di non pensare. Entrambe le cose erano molto faticose. Si sarebbe lasciata andare così, alla deriva...

L'ufficio esterno dello studio associato Alderman, Scudamore e Witney: i raccoglitori delle pratiche testamentarie, con le etichette bianche. "Proprietà di Sir Jasper Foulkes, deceduto." "Colonnello Etchingham Williams." Proprio come tanti oggetti di scena.

Il volto di Peter Sherston che guardava in su, sorridente e attento, da una delle scrivanie. Come assomigliava alla madre. No, non completamente, aveva gli occhi di Charles Sherston. Quello sguardo guizzante, sfuggente, un po' obliquo. "Non mi fiderei troppo, se fossi in Rodney" aveva pensato Joan.

Strano che lei avesse avuto quella reazione!

Dopo la morte di Leslie, Sherston era andato completamente alla deriva. Si era ucciso a forza di bere, e a tempo di record. I due ragazzi erano stati soccorsi e ospitati da alcuni parenti. La terza figlia, ancora neonata, era morta sei mesi dopo la nascita.

John, il maggiore, era entrato nella forestale. Ora si trovava lontano, in Birmania. Joan ripensò a Leslie e alle sue fodere di lino stampato a mano. Se John era come sua madre, e aveva lo stesso desiderio di vedere le cose crescere in fretta, ora doveva essere molto felice. Aveva sentito dire che era bravissimo nel suo lavoro.

Peter Sherston era venuto a trovare Rodney e aveva espresso il desiderio di essere assunto nello studio.

«Mia madre diceva che sicuramente lei mi avrebbe aiutato, signore.»

Un ragazzo simpatico ed estroverso, sorridente, zelante, sempre ansioso di compiacere: il più attraente dei due fratelli, aveva pensato Joan.

Rodney era stato ben contento di assumerlo. Questo lo ricompensava un poco, forse, del fatto che suo figlio avesse preferito andarsene oltremare e tagliare praticamente i ponti con la famiglia.

Col tempo, forse, Rodney avrebbe finito per considerare Peter quasi come un figlio. Spesso il ragazzo capitava a casa loro, ed era sempre molto gentile con Joan. Aveva modi disinvolti, amabili: non era affatto mellifluo come il padre.

E poi, un giorno, Rodney era tornato a casa con una faccia preoccupata e quasi sofferente. In risposta alle domande di lei, aveva risposto spazientito che non aveva niente, assolutamente niente. Ma circa una settimana dopo aveva accennato al fatto che Peter se ne andava: aveva deciso di andare a lavorare in una fabbrica di aeroplani.

«Oh, Rodney, e pensare che sei stato così buono con lui. E che tutti e due l'avevamo tanto in simpatia!»

«Sì, è un ragazzo affascinante.»

«Ma che cos'aveva che non andava? Era uno sfaticato?»

«Oh, no, ha un'ottima testa per la finanza e argomenti simili.»

«Come suo padre?»

«Certo, come suo padre. Ma tutti i ragazzi sono attirati dalle nuove scoperte, come il volo e cose di questo genere.»

Joan, però, non stava ascoltando: seguiva il corso di pensieri che le sue stesse parole le avevano suggerito. Peter Sherston era partito in modo molto precipitoso.

«Rodney... non sarà successo qualcosa di grave, per caso?»

«Di grave? In che senso?»

«Sì, dico... come suo padre. Ha la stessa bocca di Leslie... ma anche quello sguardo stranamente sfuggente che ha sempre avuto il capitano. Rodney, è così, vero? Ne ha combinata qualcuna?»

Rodney aveva ammesso a malincuore: «Qualcosa c'è stato, sì».

«C'entrano i conti? Ha preso del denaro?»

«Preferirei non parlarne, Joan. Non era niente di importante.»

«Disonesto come suo padre. Strano fenomeno, vero, l'ereditarietà?»

«Molto strano. Sembra che funzioni nel modo sbagliato.»

«Vuoi dire che avrebbe potuto prendere da sua madre? Be', neanche Leslie era una persona particolarmente affidabile, ti pare?»

Rodney aveva protestato con voce secca: «Sono del parere che fosse affidabilissima. Si era accollata un lavoro ingrato e lo faceva egregiamente».

«Povera donna.»

«Vorrei che tu la smettessi di compatirla» era scattato Rodney con molta irritazione. «Mi dà sui nervi.»

«Ma Rodney, come sei cattivo! Ha veramente avuto una vita molto triste.»

«Non l'ho mai considerata una disgraziata, io.»

«E poi la sua morte...»

«Di quella preferirei non parlare.»

E si era allontanato.

"Tutti hanno paura del cancro" aveva pensato Joan. "Al solo sentirlo nominare, si ritraggono. Se possono, gli danno qualche altro nome: parlano di nodulo maligno, di operazione grave, di male incurabile, eccetera. Perfino a Rodney non va di sentirne parlare. Perché, purtroppo, non si è mai sicuri: una persona su dodici, vero, ne muore? E spesso sembra aggredire proprio i più sani. Quelli che non hanno mai sofferto di niente..."

Joan ricordava il giorno in cui aveva saputo la notizia dalla signora Lambert, in Market Square.

«Mia cara, ha sentito? Quella povera signora Sherston!»

«Cos'è successo?»

«È morta!» L'aveva detto con gusto. E subito dopo aveva aggiunto, abbassando la voce: «Un brutto male, credo... Inoperabile... Ha sofferto moltissimo, mi hanno detto. Ma è stata molto coraggiosa. Ha continuato a lavorare fino a un paio di settimane prima della fine. Poi, ha tirato avanti a forza di morfina. La moglie di mio nipote l'aveva vista soltanto sei settimane fa. Aveva proprio l'aspetto di una malata, pare, ed era magra come un fuscello, eppure era sempre la stessa, rideva e scherzava. Oh, be', ha avuto una vita grama, povera donna. Direi quasi che il Signore ha guardato in giù...».

Joan era corsa a casa per dirlo a Rodney, e lui aveva detto tranquillamente che lo sapeva già. Era l'esecutore testamentario, perciò la notizia gli era stata comunicata immediatamente.

Leslie Sherston non aveva molto da lasciare. Quel poco che c'era era stato diviso tra i due figli. La clausola che aveva fatto parlare tutta la città disponeva che i resti fossero portati a Crayminster per la sepoltura. "Perché là" recitava il testamento "sono stata molto felice."

Così, Leslie Adeline Sherston era stata inumata nel cimitero di St Mary, a Crayminster.

Una strana richiesta, avevano pensato alcuni, considerato che proprio a Crayminster il marito era stato condannato per appropriazione indebita dei fondi della banca. Altri, però, trovavano la cosa del tutto naturale. Lei aveva vissuto un periodo felice, là, prima che cominciassero i guai, ed era comprensibile che nel suo ricordo Crayminster fosse rimasta come una specie di Giardino dell'Eden perduto.

Povera Leslie: una famiglia dal destino tragico, nel complesso, perché il ragazzo, Peter, dopo essere diventato pilota collaudatore, era morto in un incidente aereo.

Rodney era rimasto terribilmente colpito dalla disgrazia. Chissà perché, sembrava dare la colpa della fine di Peter a se stesso.

«Ma via, Rodney, come puoi dire una cosa simile? È un destino che non ha niente a che fare con te.»

«Leslie me lo aveva affidato: gli aveva detto che io gli avrei dato un lavoro e mi sarei occupato di lui.»

«Bene, l'hai fatto. L'hai preso in studio con te.»

«Lo so.»

«E lui è stato disonesto, ma tu non l'hai né accusato né altro: hai colmato tu stesso l'ammanco, vero?»

«Sì, sì... non è questo. Non capisci, per questo Leslie lo aveva mandato da me, perché si rendeva conto che era debole, che aveva preso da Sherston e perciò non dava molto affidamento. John era serio. Lei confidava in me perché tenessi d'occhio Peter, perché ne sorvegliassi il lato debole. Era uno strano miscuglio. Aveva la mancanza di onestà di Charles Sherston e il coraggio di Leslie.

«Armadales mi ha scritto che era il miglior pilota che avessero mai avuto: non sapeva cosa fosse la paura ed era addirittura un "mago", così lo chiamavano, quando era alla guida di un aereo. Pensa, si era offerto volontario per provare un nuovo congegno segreto su un apparecchio. Si sapeva che era pericoloso. È così che ci ha lasciato la pelle.»

«Bene, direi che questo gli fa davvero molto onore.»

Rodney era scoppiato in una breve, secca risata.

«Oh, sì, Joan. Ma lo diresti con quello stesso tono compiaciuto se a morire in quel modo fosse stato tuo figlio? Ti sentiresti soddisfatta, se Tony facesse una fine onorevole?»

Joan l'aveva fissato.

«Ma Peter non era nostro figlio. C'è una bella differenza.»

«Io sto pensando a Leslie... a quello che avrebbe provato lei...»

All'interno della rest house, Joan si mosse un poco sulla poltroncina sulla quale era seduta.

Perché gli Sherston erano così presenti nei suoi pensieri, da quando era capitata lì? Aveva altri amici, amici che significavano molto di più, per lei, di quel che avessero mai rappresentato gli Sherston.

Leslie non le era mai stata troppo simpatica, le aveva fatto soltanto molta pena. Povera Leslie, sotto la sua lastra di marmo.

Joan rabbrividì. "Ho freddo" pensò. "Sì, sento freddo. Qualcuno sta passando sopra la mia tomba."

Ma era la tomba di Leslie Sherston, quella alla quale stava pensando.

"Fa freddo, qui dentro. Fa freddo ed è troppo buio. Uscirò un po' al sole. Non voglio rimanere chiusa qui dentro."

Il cimitero, e la tomba di Leslie Sherston. E il rosso, pesante fiore di rododendro che era caduto dall'occhiello della giacca di Rodney.

Impetuosi venti scuotono le tenere gemme di maggio...

9

JOAN SI PRECIPITÒ FUORI, al sole, quasi di corsa. Cominciò a camminare in fretta, evitando di guardare i cumuli di latte vuote e le galline.

Ora andava meglio. Al sole si stava bene.

Caldo, non più senso di gelo.

Si era salvata da tutto...

"Salvata da tutto?" Ma che cosa intendeva dire?

Improvvisamente le sembrò di sentire accanto a sé l'ombra della signorina Gilbey che le diceva con tono autorevole:

"Devi disciplinare i tuoi pensieri, Joan. Devi essere più precisa nell'uso dei termini. Stabilire esattamente da che cosa stavi scappando."

Ma lei non lo sapeva. Non ne aveva la più pallida idea.

Da qualche paura, da qualche terrore minaccioso e assillante.

Qualcosa che era sempre stato latente, in attesa, e tutto quello che lei poteva fare era scansarlo torcendosi, voltandogli le spalle...

"Andiamo, Joan," disse poi a se stessa "ti stai comportando in modo veramente strano..."

Dirlo, però, non migliorava la situazione. Doveva esserci qualcosa che assolutamente non andava, in lei. Non poteva trattarsi di agorafobia – ma il termine, poi, era giusto o no? La preoccupava il fatto di non esserne sicura – perché stavolta aveva sentito il bisogno di sfuggire al chiuso delle pareti, di uscire all'aria, nello spazio aperto e nel sole. Ora, lì fuori, si sentiva già molto meglio.

Uscire! Uscire all'aria, alla luce! Allontanarsi da quei pensieri.

Per troppo tempo era rimasta là dentro. In quella stanza dal soffitto alto che sembrava un mausoleo.

La tomba di Leslie Sherston, e Rodney...

Leslie... Rodney...

Uscire...

Al sole...

"Fa così freddo in questa stanza..."

Freddo, e solitudine...

Affrettò il passo. Via, via, doveva allontanarsi da quell'orribile mausoleo che era la rest house. Così cupa, così opprimente...

Proprio un posto dove veniva istintivo immaginare degli spettri.

Che stupida idea: era un edificio praticamente nuovo di zecca, costruito sì e no da un paio di anni.

Non potevano esserci spettri in un edificio nuovo, lo sapevano tutti.

No, se nella rest house c'erano dei fantasmi, allora lei, Joan doveva averli portati con sé.

Be', questo sì era un pensiero sgradevole...

Affrettò ancora il passo.

"Comunque," pensò con determinazione "ora non c'è nessuno con me. Sono sola, completamente sola, è impossibile che incontri qualcuno."

Come... chi erano quei due, Speke e Livingston? Sì, che si erano incontrati nel cuore dell'Africa.

Il dottor Livingston, immagino.

Niente di simile, lì. Avrebbe potuto incontrare una sola persona: Joan Scudamore.

Che idea comica! "Permette? Joan Scudamore." "Lieta di conoscerla, signora Scudamore. Sono Joan Scudamore."

Un'idea interessante... molto interessante, sì.

Fai la conoscenza di te stessa.

La conoscenza di te stessa...

Oh, Dio, che paura...

Che paura tremenda...

Il passo affrettato si trasformò in corsa. Joan ora correva, incespicando un po'. I suoi pensieri incespicavano proprio come i suoi piedi.

"... Ho paura...

"... Oh, Dio, ho tanta paura...

"... Se soltanto ci fosse qualcuno, qui. Qualcuno che stesse con me...

"Blanche" pensò. "Vorrei che ci fosse Blanche."

Sì, Blanche era proprio la persona che avrebbe voluto con sé.

Nessun altro che le fosse più vicino o più caro. Nessuna delle sue amiche.

Soltanto Blanche...

Blanche, con la sua gentilezza cordiale e disinvolta. Lei capiva. Niente poteva sorprendere Blanche o scandalizzarla.

E poi, Blanche aveva un'ottima opinione di lei. Era convinta che la sua vita fosse stata un successo. Blanche le voleva bene.

Nessun altro le...

Ecco – eccolo, il pensiero che aveva sempre covato dentro di lei – quello che la vera Joan Scudamore sapeva benissimo, aveva sempre saputo...

Lucertole che facevano capolino dalle fessure...

Verità...

Tanti piccoli frammenti di verità che mettevano fuori la testa come lucertole, dicendo: "Eccomi qui. Mi conosci. Mi conosci benissimo. Non fingere che non sia così".

E lei li conosceva davvero: era questa la cosa più tragica.

Poteva riconoscerli uno per uno.

Le sorridevano, sogghignavano.

Tanti piccoli pezzi e frammenti di verità. Avevano cominciato a manifestarsi fin da quando era arrivata lì. Non doveva fare altro che rimetterli insieme.

L'intera storia della sua vita: la vera storia di Joan Scudamore...

Era lì, in attesa di lei...

Finora, non aveva mai avuto bisogno di pensarci. Era stato facilissimo, riempirsi l'esistenza di sciocchezze prive d'importanza che non le lasciavano il tempo per un esame di coscienza.

Come si era espressa esattamente Blanche?

Mettiamo che, per giorni e giorni, non avessi altro da fare che pensare a te stessa... Mi domando cosa scopriresti sul tuo conto.

E quanto era stata stupida, tronfia e piena di superiorità la sua risposta: «Pensi che arriverei a scoprire cose che prima non sapevo?».

A volte, mamma, ho l'impressione che tu non sappia niente di nessuno...

Era stato Tony a dirlo.

Aveva proprio ragione.

Lei non aveva capito niente dei suoi figli, niente di Rodney. Li aveva amati ma non li aveva compresi.

Avrebbe dovuto comprenderli.

Se ami una persona, devi anche comprenderla.

"Invece non capivi e non sapevi," si disse "perché era tanto più facile, per te, credere che tutto andasse liscio e senza complicazioni, piuttosto che guardare in faccia la realtà."

Averil, per esempio: Averil e il dolore che aveva vissuto.

Lei non aveva voluto riconoscere che Averil avesse sofferto...

Averil che l'aveva sempre disprezzata...

Averil che era stata piegata e ferita dalla vita e che ancora oggi, forse, ne portava la cicatrice.

Ma era una creatura dotata di coraggio...

Ecco che cosa era mancato a lei, Joan: il coraggio.

«Il coraggio non è tutto» aveva detto.

E Rodney aveva replicato: «Credi?».

Anche Rodney aveva ragione.

Tony, Averil, Rodney: l'accusavano tutti.

E Barbara?

Cos'era che non andava, in Barbara? Perché il dottore era stato così reticente? Che cosa le avevano nascosto, tutti loro?

Che cosa aveva fatto quella bambina, quella ragazza indisciplinata e irascibile che aveva sposato il primo che l'aveva chiesta in moglie pur di andarsene?

Sì, era la verità: era andata esattamente così. Barbara era stata infelice, a casa. Ed era stata infelice perché Joan non si era mai sforzata di rendere la casa un luogo felice per lei.

Non le aveva mai dimostrato il suo amore, non aveva mai tentato di capire sua figlia. Con egoismo e leggerezza, aveva stabilito lei quello che era bene per Barbara, senza il minimo riguardo per i suoi gusti o i suoi desideri. Non aveva saputo accogliere le amicizie di sua figlia: le aveva cortesemente scoraggiate dal tornare. Non c'era da meravigliarsi se a Barbara l'idea di andare a Baghdad era sembrata la liberazione da un carcere.

Aveva sposato Bill Wray in tutta fretta e d'impulso, e senza amarlo. Rodney l'aveva capito. E poi, che cos'era accaduto?

Una storia d'amore? Una storia d'amore finita male? Quel maggiore Reid, probabilmente. Sì, questo poteva spiegare l'imbarazzo di sua figlia e del genero quando Joan lo aveva nominato. Proprio l'uomo capace di affascinare una sciocca ragazza che non era mai del tutto cresciuta.

E poi, nella disperazione, in una di quelle violente crisi di sconforto alle quali era stata incline fin dalla più tenera età, quei momenti drammatici in cui perdeva completamente il senso delle proporzioni, Barbara aveva tentato – sì, doveva essere così – di togliersi la vita.

Ed era stata male, malissimo... aveva rischiato di morire.

Si domandò se Rodney lo sapesse. Certo, aveva fatto di tutto per dissuaderla dal precipitarsi a Baghdad.

No, era impossibile che Rodney ne fosse al corrente. Glielo avrebbe detto. Be', no, forse non glielo avrebbe detto, invece. Aveva comunque fatto del suo meglio per non farla partire.

Ma lei era stata irremovibile. Aveva dichiarato di non poter assolutamente tollerare il pensiero della figlia malata, laggiù, senza correre da lei.

Indubbiamente era stato un lodevole impulso.

Sì, ma non era, anche quella, soltanto una parte della verità?

Non era stata attratta anche dall'idea del viaggio, dalla novità, dalla possibilità di vedere quella parte del mondo nuova per lei? Non le era piaciuto, in fondo, recitare la parte della mamma amorosa? Non si era vista nei panni della donna adorabilmente impulsiva che veniva accolta a braccia aperte dalla figlia malata e dal genero in preda allo smarrimento? "Quanto sei stata cara," le avrebbero detto "a precipitarti fin qui senza perdere un istante."

In realtà non erano stati affatto così felici di vederla! A dirla in tutta franchezza, erano rimasti sgomenti. Avevano messo in guardia il medico ed erano stati molto attenti a quello che dicevano; in pratica, avevano fatto tutto il possibile per impedire che lei venisse a sapere la verità. Non volevano che la sapesse perché di lei non si fidavano. Barbara non si era fidata di lei. "La mamma non deve saperlo": probabilmente, quella era stata la sua unica preoccupazione.

Dovevano avere provato un gran sollievo quando lei aveva annunciato che doveva ripartire. L'avevano nascosto benissimo, facendo gentilmente finta di protestare, proponendole di trattenersi ancora un po'. Ma quando, solo per un istante, era stata davvero tentata di farlo, con quanta rapidità William si era affrettato a scoraggiarla!

Anzi, il solo effetto positivo della sua visita là in Oriente era stato, strano a dirsi, quello di riavvicinare Barbara e William nel loro sforzo congiunto di sbarazzarsi al più presto di lei e di conservare il segreto. Sarebbe stato molto curioso se, tutto sommato, ne fosse davvero scaturito qualcosa di positivo. Spesso – Joan se ne ricordava bene – Barbara, ancora debole, aveva guardato William con aria supplichevole, e lui si era subito affrettato a intervenire per spiegare qualche punto poco chiaro, riuscendo così a tenere a bada le domande prive di tatto della suocera.

E Barbara lo aveva guardato con gratitudine: affettuosamente.

Erano rimasti fermi là, sulla piattaforma, ad aspettare di vederla partire. E Joan ricordava il modo in cui William aveva tenuto la mano di Barbara, e come Barbara si appoggiava a lui.

"Coraggio, cara" ecco che cosa lui aveva voluto farle capire. "È quasi finita: tua madre sta per andarsene..."

E, una volta partito il treno, sarebbero tornati al loro bungalow di Alwyah a giocare con Mopsy – perché entrambi adoravano Mopsy, quell'amore di bambino che era proprio una comica caricatura di William – e Barbara avrebbe detto: "Grazie al cielo è partita e abbiamo di nuovo la casa tutta per noi".

Povero William, che amava tanto Barbara e doveva avere sofferto tanto, e tuttavia non le aveva mai negato il suo amore e la sua tenerezza.

«Non preoccuparti per lei» aveva detto Blanche. «Finirà tutto per il meglio. C'è il bambino e tutto il resto.»

Cara Blanche, pronta a rassicurarla, quando in realtà lei non era mai stata in ansia.

E lei, Joan, non aveva saputo provare altro che compassione, senso di superiorità e disprezzo per la sua amica di un tempo.

Ti ringrazio, Signore, perché non sono come quella donna.

Sì, aveva osato addirittura pregare...

E ora, in quel preciso momento, avrebbe dato chissà cosa perché Blanche fosse lì con lei!

Blanche, così spontanea e caritatevole: così totalmente incapace di condannare un altro essere umano.

Lei aveva pregato, quella notte, in quell'altra rest house, avvolta nel suo falso manto di superiorità.

Poteva pregare ora, ora che le sembrava di non avere più neppure uno straccio per coprirsi?

Joan incespicò e cadde sulle ginocchia.

"... Signore, aiutami...

"... Sto per diventare pazza, Signore...

"... Non farmi diventare pazza...

"... Aiutami a non pensare più..."

Silenzio.

Silenzio e sole.

E il cuore che le martellava nel petto.

"Dio mi ha abbandonata...

"Sono sola, completamente sola..."

Quel silenzio terribile. Quella spaventosa solitudine...

Piccola Joan Scudamore... piccola pretenziosa futile sciocca Joan Scudamore...

Tutta sola nel deserto.

"Gesù" pensò poi "era solo nel deserto."

Quaranta giorni e quaranta notti...

"... No, no, nessuno potrebbe resistere, nessuno potrebbe sopportarlo..."

Il silenzio, il sole, la solitudine.

La paura tornò a impossessarsi di lei: la paura dei vasti spazi deserti dove l'uomo è solo alla presenza di Dio...

Tentò di rialzarsi.

Doveva tornare alla rest house, sì, tornare alla rest house.

L'indiano... il ragazzo arabo... le galline... i barattoli vuoti...

Umanità.

Si guardò intorno con disperazione. Non c'era traccia della rest house, nessun segno della stazione che, da lontano, le ricordava un primitivo monumento funebre, e non si scorgevano neppure le colline all'orizzonte.

Doveva essersi spinta più in là delle altre volte, così distante che tutt'intorno a lei non c'era più nessun punto di riferimento visibile.

Si rese conto con orrore che non sapeva neppure in quale direzione si trovasse la rest house...

Le colline, certo, le colline in lontananza non potevano sparire: ma tutt'attorno all'orizzonte c'erano delle nuvole basse... Erano nuvole o colline? Impossibile dirlo.

Era perduta, completamente perduta.

No, se si fosse diretta a nord; sì, esatto, a nord.

Il sole...

Il sole era proprio alto, a picco: non poteva servirsene per orientarsi.

Era perduta, perduta! Mai più avrebbe ritrovato la via del ritorno...

All'improvviso, colta da frenesia, si mise a correre.

Prima in una direzione, poi, spinta dal panico che le impediva di ragionare, nel senso opposto. Correva avanti e indietro, come una pazza.

E cominciò a gridare: urlava, chiamava...

«Aiuto...

«Aiuto...»

"Non mi sentiranno mai..." pensava. "Sono troppo distante..."

Il deserto si portava via la sua voce, la riduceva a un fievole grido belante. "Come una pecora," pensava lei "come una pecora..."

Egli ritrova le sue pecore...

Il Signore è il mio pastore...

Rodney: i verdi pascoli e la vallata proprio alla svolta della High Street...

«Rodney!» invocò «Aiutami, aiutami...»

Ma Rodney si allontanava lungo la piattaforma, le spalle ben erette, la testa gettata all'indietro... godendosi il pensiero di alcune settimane di libertà... sentendosi di nuovo giovane...

Non poteva sentirla.

Averil. Averil. Chissà se Averil l'avrebbe aiutata?

"Sono tua madre, Averil, ho sempre fatto di tutto per te..."

No, Averil sarebbe uscita tranquillamente dalla stanza, dicendo magari: "Se non posso fare altro...".

Tony: Tony l'avrebbe aiutata.

No, Tony non poteva aiutarla. Era in Sudafrica.

Lontano, molto lontano.

Barbara. Ma Barbara era troppo sofferente... Barbara aveva avuto un avvelenamento da cibo.

Leslie! "Leslie mi aiuterebbe, se potesse. Ma Leslie è morta. Ha sofferto ed è morta..."

Era tutto inutile, non c'era nessuno.

Ricominciò a correre: disperatamente, senza alcuna meta o direzione, correva e basta...

Il sudore le colava lungo le guance, sul collo, su tutto il corpo.

"Questa è la fine" pensava. E poi: "Gesù... Gesù...".

Gesù sarebbe venuto a lei nel deserto.

Le avrebbe mostrato la via dei verdi pascoli.

... L'avrebbe condotta con le pecore...

... la pecorella smarrita...

... la peccatrice pentita...

... attraverso la valle delle ombre... Non delle ombre: soltanto del sole...

"Guidami luce benigna..." Ma il sole non era benigno, era feroce.
La verde vallata. La verde vallata, doveva ritrovare la verde vallata...
Si apriva a un tratto, nella High Street, proprio nel centro di Crayminster.
Si apriva a un tratto in mezzo al deserto...
Quaranta giorni e quaranta notti.
Erano passati tre giorni soltanto: perciò Gesù doveva essere ancora lì.
"Gesù, aiutami...
"Gesù..."
E quello che cos'era?
Laggiù, laggiù a destra: quella minuscola macchia all'orizzonte!
Era la rest house... Non si era smarrita... era salva...
Salva...
Le ginocchia le cedettero: finì a terra, raggomitolata su se stessa.

10

LENTAMENTE, JOAN RITORNÒ IN SÉ. Si sentiva malissimo. E debole, debole come una bambina. Ma era salva. La rest house era là. Presto, quando si fosse sentita un po' meglio, si sarebbe alzata e sarebbe arrivata fin là.

Nel frattempo, voleva solamente rimanere immobile e riordinare i pensieri, riflettere su tutto con chiarezza: senza fingere più.

Dio, alla fine, non l'aveva dimenticata.

Non provava più quell'agghiacciante sensazione di essere sola.

"Ma devo pensare" ripeteva a se stessa. "Devo pensare. Devo mettere le cose in chiaro. Ecco perché sono qui, per mettere le cose in chiaro."

Doveva sapere, una volta per tutte, che specie di donna fosse mai Joan Scudamore.

Ecco perché era finita lì, nel deserto. Quella luce vivida e terribile le avrebbe mostrato quello che era esattamente. Le avrebbe mostrato la verità di tutte le cose che lei aveva preferito non vedere: cose che in realtà *aveva saputo fin dal primo momento.*

C'era stato un indizio, il giorno precedente. Forse conveniva partire da lì. Perché era stato allora – vero? – che l'aveva assalita per la prima volta quella sensazione di panico.

Si era messa a recitare poesie: ecco com'era cominciato.

Sono stato assente da te nella primavera.

Il verso era quello, e l'aveva fatta pensare a Rodney, tanto che aveva detto: "Ma siamo in novembre, ora...".

Proprio come Rodney una sera aveva detto: «Ma è ottobre».

Era la sera del giorno in cui era rimasto a sedere sull'Asheldown insieme a Leslie Sherston: tutti e due seduti là in silenzio, a più di un metro di distanza l'uno dall'altra. E lei aveva pensato – vero? – che non era un atteggiamento da vecchi amici.

Ma ora sapeva – e naturalmente doveva saperlo anche allora – perché sedevano a tanta distanza.

Era perché, sì, perché non osavano stare più vicini.

Rodney... e Leslie Sherston.

Non Myrna Randolph: non si era mai trattato di Myrna Randolph. Lei aveva deliberatamente alimentato il mito di Myrna Randolph nella sua mente perché sapeva benissimo che non c'era niente di vero. Si era servita di Myrna Randolph come di uno schermo per nascondere la realtà.

E in parte – "Sii onesta ora, Joan" – in parte l'aveva fatto perché le era più facile accettare Myrna Randolph che Leslie Sherston.

Avrebbe ferito meno il suo orgoglio ammettere che Rodney si era sentito attratto da Myrna Randolph, una bella ragazza, proprio il genere di sirena che attrae qualsiasi uomo non dotato di sovrumani poteri di resistenza.

Ma Leslie Sherston... Leslie che non era bella, che non era giovane, che non era nemmeno ben fatta! Leslie con il suo viso stanco e quello strano sorriso sbilenco. Che Rodney potesse amare Leslie, e la amasse con una passione tale da non osare sedersi vicino a lei se non a più di un metro di distanza... questo no, non sopportava di riconoscerlo!

Quella brama disperata, quel desiderio doloroso e insoddisfatto, quella passione travolgente che lei non aveva mai conosciuto... Erano là, tra suo marito e la signora Sherston, quel giorno sull'Asheldown, e lei li aveva avvertiti. E proprio perché li aveva avvertiti si era affrettata ad andarsene con un senso di vergogna, senza voler confessare a se stessa, nemmeno per un istante, ciò che in realtà sapeva.

Rodney e Leslie, seduti là in silenzio, senza nemmeno guardarsi perché non osavano farlo!

Leslie che amava Rodney così disperatamente da voler essere sepolta nel luogo dove lui viveva...

Rodney che guardava la lastra di marmo e diceva: «Sembra maledettamente assurdo pensare a Leslie Sherston sotto una fredda lastra di marmo». E il fiore di rododendro che cadeva, formando sulla tomba una chiazza rossa.

«Sembra sangue» aveva detto lui. «Sangue vivo.»

E, poco dopo, il modo in cui aveva detto: «Sono stanco, Joan. Stanchissimo». E ancora, in un tono così strano: «Non tutti possiamo essere coraggiosi...».

Stava certo pensando a Leslie, quando l'aveva detto. A Leslie e al suo coraggio.

Il coraggio non è tutto...

Credi?

E l'esaurimento, il crollo nervoso di Rodney: la morte di Leslie ne era stata la causa.

Starsene placidamente disteso là in Cornovaglia, ad ascoltare i gabbiani, senza interesse per la vita, sorridendo in modo enigmatico...

La voce ancora acerba e sprezzante di Tony: «Non sai proprio *niente* di papà?».

Non sapeva. Non aveva saputo mai niente! Perché, con chiara determinazione, non aveva voluto sapere.

Leslie che guardava fuori della finestra, spiegando perché avrebbe avuto un altro figlio da Sherston.

Rodney che diceva con lo sguardo fisso oltre la finestra: «Leslie non fa le cose a metà...».

Che cosa avevano visto, tutti e due, mentre stavano là immobili? Li vedeva, Leslie, gli alberi di melo e gli anemoni del suo giardino? Li vedeva, Rodney, il campo da tennis e la vasca dei pesci rossi? O entrambi vedevano la sfumata, ridente campagna e la macchia dei boschi, sulla collina accanto, che si dominavano dall'alto dell'Asheldown?

Povero Rodney, povero, stanco Rodney.

Rodney con il suo sorriso teneramente canzonatorio, Rodney che diceva: «Povera piccola Joan!». Sempre gentile, sempre affettuoso, sempre ansioso di non deluderla.

Be', lei però era stata una buona moglie, non era così?

Aveva sempre messo davanti a tutto gli interessi di suo marito...

Un momento: l'aveva fatto?

Rodney che la supplicava con gli occhi: occhi tristi. Erano sempre stati tristi, quegli occhi.

Rodney che diceva, riferendosi al suo lavoro: «Come potevo immaginare che l'avrei odiato tanto?» e che la fissava serio serio, domandandole: «Come sai se sarò felice?».

Rodney che supplicava di potersi dedicare alla vita che amava, la vita dell'agricoltore.

Rodney ritto accanto alla finestra del suo ufficio, a osservare il bestiame nel giorno di mercato.

Rodney che parlava con Leslie Sherston di mucche da latte.

Rodney che diceva ad Averil: «Se un uomo non fa il lavoro che desidera fare, è un uomo soltanto a metà».

Ecco quello che lei, Joan Scudamore, aveva fatto a suo marito.

Ansiosamente, febbrilmente, tentò di difendersi dalle accuse che la nuova consapevolezza portava con sé.

Aveva sempre agito per il meglio! Bisognava per forza essere pratici, pensare ai figli! Non l'aveva fatto per motivi egoistici.

Ma il vigore di quelle proteste già si stava affievolendo.

Non era stata egoista?

Non era stato perché *lei* non voleva vivere in una fattoria? Aveva desiderato che i suoi figli avessero solo il meglio: ma che cos'era il meglio? Non aveva anche Rodney lo stesso diritto di decidere che cosa fosse giusto per i suoi figli?

Anzi, non aveva il diritto di essere il primo a stabilirlo? Non spettava al padre scegliere in che modo far vivere i propri figli, e alla madre occuparsi del loro benessere, attenendosi con lealtà alle decisioni del marito?

La vita in una fattoria, aveva detto Rodney, era l'ideale per i ragazzi.

A Tony sarebbe piaciuta di certo.

Rodney aveva fatto in modo che suo figlio non fosse privato della possibilità di vivere come desiderava.

«Non valgo molto» aveva detto «nel costringere gli altri a fare qualcosa.»

Ma lei, Joan, non aveva esitato a forzare Rodney...

Con una fitta dolorosa e improvvisa, pensò: "Ma io amo Rodney. Io lo amo...".

Ed era proprio questo – lo realizzò grazie a un'improvvisa visione rivelatrice – a rendere la cosa tanto imperdonabile.

Lei amava Rodney eppure gli aveva fatto una cosa simile.

Se l'avesse detestato, se non altro avrebbe avuto una giustificazione.

Se le fosse stato del tutto indifferente, in fondo non sarebbe stato così grave.

Ma lo aveva amato, e gli aveva negato un diritto fondamentale: quello di vivere come avrebbe voluto.

E proprio per questo, proprio perché aveva usato senza scrupoli le armi che aveva a disposizione – il bambino ancora in fasce, la nuova creatura che stava crescendo dentro di lei –, lo aveva privato per sempre di qualcosa: gli aveva sottratto una parte della sua virilità.

Dal momento che, nella sua mite dolcezza, Rodney non aveva voluto lottare con lei e imporsi, per tutta la vita si sarebbe sentito un po' meno uomo.

"Rodney..." pensò "Rodney!

"Non posso riparare... non posso risarcirlo... non posso fare *niente*!

"Ma io lo amo, lo amo davvero.

"E amo Averil, e Tony, e Barbara.

"Li ho sempre amati."

Ma non abbastanza – quella era la risposta –, non abbastanza.

"Rodney," pensò ancora "Rodney, c'è niente che io possa fare? Niente che possa dire?"

Sono stato assente da te nella primavera.

"Sì, per lungo tempo, da quella primavera... la primavera in cui cominciammo ad amarci.

"Sono rimasta dov'ero... Blanche aveva ragione... sono la ragazza che uscì dal St Anne. Senza problemi, mentalmente pigra, compiaciuta di me stessa, ansiosa di evitare tutto quello che potrebbe essere doloroso.

"Manco di *coraggio*.

"Che cosa posso fare? Cosa?

"Ecco, posso andare da lui. Posso dirgli: 'Mi dispiace. Perdonami'.

"Sì, posso dire così. Posso dirgli: 'Perdonami. Non sapevo. Io proprio non sapevo...'."

Joan si rialzò. Sentiva le gambe deboli e malferme.

S'incamminò lentamente, con fatica: come una vecchia.

Camminare... camminare... prima un piede, poi l'altro...

"Rodney," pensava "Rodney..."

Come si sentiva male. Come si sentiva debole.

La strada da fare era tanta, davvero tanta.

L'indiano stava uscendo di corsa dalla rest house per venirle incontro con una faccia sorridente. Si agitava, gesticolava.

«Buone notizie, *memsahib*, buone notizie!»

Lei lo fissò.

«Non vede? Treno venuto! Treno in stazione! Lei parte stasera con treno.»

Il treno? Il treno che l'avrebbe riportata da Rodney.

"Perdonami, Rodney. Perdonami..."

Si sorprese a ridere in modo irrefrenabile, innaturale. Quando vide che l'indiano la stava fissando, si ricompose.

«Il treno» disse «è arrivato proprio al momento giusto.»

11

"SEMBRA PROPRIO UN SOGNO" pensava Joan. "Sì, sembra proprio un sogno."

Stava oltrepassando il groviglio di filo spinato: il ragazzo arabo le portava le valigie e intanto chiacchierava con voce stridula, in turco, con il capostazione, che era un omone grasso e dall'aria sospettosa.

E là, in attesa di lei, c'era il familiare vagone letto, con l'inserviente della Wagon Lits che si sporgeva dal finestrino nella sua uniforme color cioccolato.

Sulla fiancata del vagone era scritto: «Aleppo-Istanbul». L'anello di congiunzione tra quel luogo di sosta nel deserto e la civiltà!

Il cortese saluto in francese, il suo scompartimento aperto, il letto già preparato, con lenzuola e guanciale.

Di nuovo il mondo civile...

All'apparenza, Joan era tornata a essere una tranquilla, efficiente viaggiatrice, la medesima signora Scudamore che meno di una settimana prima era partita da Baghdad. Soltanto lei sapeva quale sorprendente e terribile cambiamento si nascondesse dietro la facciata.

Aveva detto bene: il treno era arrivato al momento giusto, proprio quando le ultime barriere che lei stessa aveva eretto con tanta cura venivano spazzate via da una crescente marea di paura e di solitudine.

Aveva avuto una visione. Una visione di *se stessa*. E sebbene adesso potesse apparire come una qualsiasi viaggiatrice inglese, attenta ai particolari anche trascurabili, il suo cuore e la sua mente erano ancora in preda all'umiliazione per il senso di colpa che l'aveva assalita là fuori, nel silenzio e nella luce accecante.

Aveva risposto quasi meccanicamente ai commenti e alle domande dell'indiano.

«Perché la *memsahib* non è rientrata per il pranzo? Pranzo tutto pronto. Buonissimo pranzo. Ora quasi le cinque. Troppo tardi per il pranzo. Volere tè?»

Sì, aveva risposto lei, avrebbe preso il tè.

«Ma dove andata *memsahib*? Io guardare fuori, non vedere *memsahib* da nessuna parte. Non sapere da che parte *memsahib* andata.»

Si era spinta un po' troppo in là, aveva detto lei. Più del solito.

«Questo non sicuro. Niente affatto prudente. *Memsahib* potere perdersi. Non sapere da che parte andare. Forse camminare in direzione sbagliata.»

Sì, si era effettivamente smarrita, a un certo punto, ma per fortuna aveva camminato nella direzione giusta. Ora avrebbe preso il tè, poi sarebbe andata a riposare. A che ora sarebbe partito il treno?

«Otto e mezzo. Qualche volta aspetta che arriva convoglio. Ma oggi convoglio non venire. Uadi cattive condizioni, moltissima acqua, acqua che corre forte.»

Joan annuiva.

«*Memsahib* sembra molto stanca. Forse *memsahib* avere febbre?»

No, Joan aveva assicurato di non avere la febbre... ora.

«*Memsahib* sembra diversa.»

"Be'," aveva pensato lei "*memsahib è* diversa." Forse la differenza le si leggeva in faccia. Era andata in camera e si era osservata nello specchio punteggiato di mosche.

C'era davvero qualcosa di diverso nel suo aspetto? Appariva più vecchia, indubbiamente. Aveva profondi cerchi sotto gli occhi. Il suo volto era coperto di polvere giallastra e sudore.

Si era sciacquata il viso, e si era pettinata, si era data un po' di cipria e di rossetto, poi si era guardata di nuovo.

Sì, c'era proprio qualcosa di diverso sul viso che, dallo specchio, la fissava con tanta serietà. Non c'era più traccia di... poteva essere autocompiacimento?

Che persona orribilmente tronfia era stata fino a quel momento. Sentiva ancora il vivo disgusto che l'aveva sopraffatta nel deserto: il disprezzo di sé, la nuova umiltà.

"Rodney," pensava "Rodney..."

Si aggrappava a quel nome, ripetuto dolcemente nei suoi pensieri, come a un simbolo dei suoi propositi. Doveva dirgli tutto, senza risparmiarsi. Questo solo contava, ne era convinta. Insieme, e per quanto era possibile alla loro età, avrebbero iniziato una nuova vita. Gli avrebbe detto: "Sono una sciocca e una fallita. Insegnami a vivere, con la tua saggezza e la tua disponibilità".

Poi gli avrebbe chiesto perdono. Perché Rodney aveva molto da perdonarle. E quello che più era meraviglioso in lui, ora se ne rendeva conto, era il fatto che non l'avesse mai odiata. Ecco perché era così amato da tutti: ecco perché i figli lo adoravano – perfino Averil, dietro la sua apparente ostilità, non aveva mai smesso di volergli bene –, ecco perché i domestici avrebbero fatto qualsiasi cosa per compiacerlo, ecco perché aveva amici dappertutto. Rodney, in vita sua, non era mai stato scortese con nessuno...

Joan aveva fatto un gran sospiro. Si sentiva stanchissima e tutta indolenzita.

Aveva bevuto il tè, poi si era sdraiata fino all'ora della cena.

Non si sentiva più inquieta, ora: non aveva più timori, non smaniava per trovare un'occupazione o una distrazione. Non c'erano più lucertole a fare capolino dalle crepe e ad atterrirla.

Aveva incontrato se stessa e si era riconosciuta.

Ora desiderava soltanto riposare, starsene sdraiata con la mente vuota e in pace, e tenere sempre, in fondo a quella mente tornata serena, l'immagine vaga del volto bruno e gentile di Rodney.

E adesso era sul treno, aveva ascoltato dal capotreno un verboso resoconto dell'incidente verificatosi lungo la linea, gli aveva consegnato il passaporto e i biglietti e lui le aveva assicurato che avrebbe telegrafato a Istanbul per rinnovare le prenotazioni sull'*Orient-Express*. Joan gli aveva anche affidato un telegramma da spedire a Rodney quando fossero giunti ad Aleppo: "Ritardo imprevisto tutto bene con affetto Joan".

Rodney lo avrebbe ricevuto prima della data prevista per il ritorno della moglie.

Così, ora tutto era sistemato e lei non aveva più niente da fare o di cui preoccuparsi. Poteva rilassarsi e riposare, come una bambina stanca.

Cinque giorni di pace e di quiete mentre il *Taurus* e poi l'*Orient-Express* correvano verso ovest, riducendo ogni giorno la distanza che la separava da Rodney e dal perdono.

Arrivarono ad Aleppo il mattino seguente, di buon'ora. Fino a quel momento Joan era stata l'unica passeggera, dato che le comunicazioni con l'Iraq erano interrotte, ma ora il treno si stava addirittura sovraccaricando. C'erano stati rinvii, annullamenti, confusione nelle prenotazioni del vagone letto. Si sentiva un gran vociare rauco e concitato: proteste, discussioni, litigi, e il tutto in tante lingue diverse.

Anche se Joan viaggiava in prima classe, sul *Taurus Express* gli scompartimenti erano vecchi, a due cuccette.

La porta si aprì ed entrò una donna alta, vestita di nero. Alle sue spalle, il capotreno si sporgeva dal finestrino per prendere dai facchini i bagagli della nuova arrivata.

In un attimo lo scompartimento fu pieno di valigie: valigie lussuose, sulle quali era impressa una corona nobiliare.

La donna rivolgendosi all'inserviente in francese gli indicava dove mettere le cose. Finalmente, l'inserviente si ritirò. La donna si voltò e sorrise a Joan: era un sorriso disinvolto, da cosmopolita.

«Lei è inglese» disse.

Parlava con un leggero accento straniero. Aveva una faccia lunga, pallida, squisitamente mobile e occhi di un grigio chiaro, piuttosto strani. Joan pensò che dovesse avere sui quarantacinque anni.

«Chiedo scusa per quest'intrusione di prima mattina. È un'ora del tutto incivile per far partire un treno, e io disturbo il suo riposo. Inoltre queste carrozze sono molto antiquate: nelle nuove, gli scompartimenti sono tutti singoli. Ma vedrà...» sorrise – e ora il sorriso era dolcissimo, quasi infantile – «che troveremo il modo di non darci troppo fastidio a vicenda. Sono solo due giorni, da qui a Istanbul, e io sono un tipo piuttosto accomodante. E se fumo troppo, me lo dica senza complimenti. Ma ora la lascio dormire e vado nel vagone ristorante che stanno attaccando in questo momento» barcollò lievemente, mentre uno scossone confermava le sue parole. «Aspetterò di poter fare colazione. Torno a ripeterle quanto sono spiacente di averla disturbata.»

«Oh, ma le pare» disse Joan. «Queste cose sono previste in partenza, quando si viaggia.»

«Vedo che è comprensiva. Bene, andremo meravigliosamente d'accordo.»

Quando la donna uscì e chiuse la porta dietro di sé, Joan sentì che veniva accolta dagli amici rimasti sulla piattaforma al grido di «Sasha... Sasha...». Seguì un fitto scambio di frasi in una lingua che Joan non conosceva.

Era ormai completamente sveglia. Si sentiva riposata dopo quella notte di sonno. Dormiva sempre bene in treno. Si alzò e si accinse a vestirsi. Fece appena in tempo a sistemarsi, che il treno si mise in moto. Quando fu pronta, uscì nel corridoio, ma non prima di avere lanciato una rapida occhiata alle etichette sulle valigie della sua nuova compagna.

«Principessa Hobenbach Salm.»

Nella vettura ristorante, trovò la nuova conoscente intenta a fare colazione e a conversare animatamente con un francese piccolo e corpulento.

La principessa le indicò con un cenno il posto libero accanto a sé.

«Ma lei è un tipo energico» esclamò. «Al posto suo, io starei ancora dormendo. Allora, Monsieur Baudier, vada pure avanti con quello che mi stava dicendo. È interessantissimo.»

La principessa discorreva in francese con il signor Baudier e in inglese con Joan, parlava correntemente in turco con il cameriere e, di tanto in tanto, in un italiano altrettanto scorrevole con un ufficiale dall'aria malinconica seduto dall'altra parte del corridoio.

Poco dopo, il signore francese terminò la sua colazione e si congedò, con un cortese inchino.

«Ha davvero un'ottima padronanza delle lingue» si complimentò Joan.

Quel volto pallido e allungato accennò un sorriso: stavolta era un sorriso malinconico.

«Sì... perché no? Sono russa, vede. Ed ero sposata con un tedesco, e ho anche vissuto a lungo in Italia. Parlo otto, nove lingue: alcune bene, altre non tanto. Conversare è un piacere, non crede? Tutti gli esseri umani sono interessanti, e si vive per un tempo talmente breve su questa terra! Tutti dovrebbero scambiare idee, esperienze. Non c'è abbastanza amore a questo mondo, per come la vedo io. "Sasha," mi dicono i miei amici "ci sono individui che non è possibile amare: turchi, armeni, levantini." Ma io non la penso così. Io li amo tutti. *Garçon, l'addition*.»

Joan sbatté lievemente le palpebre perché la principessa aveva pronunciato quell'ultima richiesta come fosse la naturale prosecuzione del discorso precedente.

Subito l'addetto alla carrozza ristorante accorse con fare molto rispettoso e Joan ne dedusse che la sua compagna di viaggio era tenuta in grande considerazione.

Per tutta la mattinata e il pomeriggio, il percorso del *Taurus* si snodò attraverso le pianure, poi prese lentamente a salire.

Sasha sedeva nel suo angolo, leggeva, fumava, e di tanto in tanto faceva considerazioni inaspettate e talvolta imbarazzanti. Joan scoprì di essere ammaliata da quella donna strana che veniva da un mondo così diverso dal suo: i processi mentali della principessa erano completamente differenti da tutto quello a cui lei era abituata.

Quel miscuglio di impersonale e di intimo aveva, per Joan, un curioso, irresistibile fascino.

Sasha le domandò all'improvviso: «Lei non legge... vero? E non tiene occupate le mani. Non lavora a maglia. È molto insolito, questo, per un'inglese. Eppure lei ha un'aria molto inglese. Sì, è inglese da capo a piedi».

Joan sorrideva.

«In realtà, non ho niente da leggere. Sono stata trattenuta a Tell Abu Hamid a causa di un'interruzione della linea, così ho dato fondo alle mie scorte.»

«Ma non gliene importa? Non ha sentito la necessità di procurarsi qualcosa ad Aleppo? No, lei è contenta di starsene seduta a contemplare le montagne al di là del finestrino, ma in realtà sta guardando qualcosa che solo lei può vedere, non è così? Nella sua mente sta vivendo qualche grande emozione, o l'ha vissuta da poco. Ha un dispiacere? Oppure è molto felice?»

Joan esitava, lievemente corrucciata.

Sasha scoppiò a ridere.

«Ah, com'è inglese, questo! Lei mi trova impertinente se le faccio delle domande che a noi russi sembrano così naturali. È curioso. Se io le chiedessi dov'è stata, in quali alberghi ha alloggiato, e quali paesaggi ha visto, e se ha figli e che cosa fanno, e se ha viaggiato molto, e se conosce un buon parrucchiere a Londra... a tutto questo lei risponderebbe con piacere. Ma se io le ponessi le prime domande che mi passano per la testa – ha un dispiacere, suo marito le è fedele, ha fatto l'amore con molti uomini, qual è stata l'esperienza più bella della sua vita, è consapevole dell'amore di Dio? –, be', tutte queste cose la farebbero ritrarre indignata, e tuttavia sono tanto più interessanti delle altre, *nicht wahr*?»

«Immagino» rispose lentamente Joan «che siamo un popolo molto riservato.»

«Sì, sì. A un'inglese che si sia sposata di recente non si può nemmeno domandare se aspetta un bambino. Cioè, uno non può dirlo, che so, a tavola, mentre si pranza. No, bisogna prenderla da parte, *bisbigliarglielo*. E tuttavia se il piccolo è là, nella sua culla, è permesso dire: "Come sta il bambino?".»

«Be'... è piuttosto intimo, non le pare?»

«No, non vedo perché. L'altro giorno ho rivisto un'amica che non incontravo più da tanti anni, un'ungherese. "Mitzi," le dico "tu sei sposata... da diversi anni, ormai, ma non hai figli. Perché?" Mi risponde che non lo sa neppure lei! Per cinque anni, dice, lei e il marito le hanno provate tutte... Oh, quanto hanno cercato di averne! Chiede che cosa può fare per riuscirci. E, dato che siamo a pranzo da amici comuni, tutti si mettono a dare suggerimenti. Sì, e alcuni erano molto sensati. Chi lo sa, magari ne verrà fuori qualcosa di buono.»

Joan rimaneva ostinatamente scettica.

Eppure, all'improvviso sentiva montare dentro sé il forte impulso di aprire il suo cuore a quella straniera così bizzarra e dai modi così amichevoli. Desiderava disperatamente condividere l'esperienza che aveva vissuto. In un certo senso sentiva il bisogno di assicurarsi che fosse tutto vero...

Lentamente, ammise: «Sì, ho attraversato un'esperienza piuttosto sconvolgente».

«*Ach*, sì? E quale? Un uomo?»

«No. No, assolutamente no.»

«Mi fa piacere. È quasi sempre un uomo: e a lungo andare finisce per diventare un po' noioso.»

«Ero completamente sola, alloggiavo alla rest house di Tell Abu Hamid. Un posto orribile, tutto mosche, bidoni vuoti e rotoli di filo spinato, e molto tetro e buio all'interno.»

«È per proteggere gli ospiti dalla calura, ma so quello che intende dire.»

«Non avevo nessuno con cui parlare, e ben presto ho finito i miei libri e... e sono sprofondata in uno stato molto particolare.»

«Sì, sì, è comprensibilissimo. È interessante quello che mi racconta. Continui.»

«Ho cominciato a scoprire alcune cose di me stessa. Cose che prima non avevo mai saputo. O meglio, le sapevo, ma non ero mai stata disposta a riconoscerle. Non so come spiegarle, esattamente...»

«Oh, ci riesce benissimo. È molto semplice, e io posso capire.»

L'interesse di Sasha era così spontaneo che Joan si ritrovò a raccontare con una sorprendente mancanza di imbarazzo. Dato che per l'altra parlare dei propri sentimenti e delle proprie relazioni intime era la cosa più naturale del mondo, cominciava a sembrare naturale anche a Joan.

Cominciò a descrivere con minore esitazione la sua inquietudine, i suoi timori e il panico finale.

«Forse le sembrerà assurdo, ma mi sentivo completamente smarrita, sola, e credevo che Dio mi avesse dimenticata.»

«Sì, sono impressioni che si provano: le ho provate io stessa. È terribile, un gran buio...»

«Non era buio. Era... luce, semmai: una luce accecante, e non c'era riparo, non c'era rifugio, non c'era ombra.»

«Intendiamo la stessa cosa, però. Per lei era la luce la cosa terribile, perché per troppo tempo si era tenuta nascosta, al riparo. Per me invece era il buio, non vedere la strada davanti a me, sentirmi perduta nella notte. Ma l'angoscia è la stessa: è la consapevolezza della propria nullità, la sensazione di essere esclusi dall'amore di Dio.»

Parlando lentamente, Joan disse: «E poi... *è accaduto*... sì, come un miracolo! Ho visto tutto. Me stessa, e quello che ero stata. Tutte le mie sciocche pretese e le mie finzioni scivolavano via. Era come... era come rinascere.»

Scrutò ansiosamente la reazione di Sasha che stava a testa china.

«E ho capito quello che dovevo fare. Dovevo tornare a casa e ricominciare. Costruire una nuova vita, dal principio...»

Cadde un lungo silenzio. Sasha la fissava con aria pensierosa e qualcosa, nella sua espressione, la faceva sentire a disagio. Arrossendo leggermente, Joan aggiunse: «Oh, immagino che le sembrerà molto melodrammatico e campato in aria».

Sasha la interruppe.

«No, no, lei non mi ha compreso. La sua esperienza è stata reale, ed è successo a molti. A san Paolo, ad altri santi, così come a comuni mortali e peccatori. È la conversione. La visione. È l'anima che prende coscienza della propria amarezza. Sì, tutto questo è reale: esattamente come pranzare o lavarsi i denti. Ma mi domando... sì, ciò nonostante, mi domando se...»

«Sento di essere stata così cattiva, di avere fatto del male a qualcuno che amo.»

«Sì, sì, lei ha dei rimorsi.»

«E non vedo l'ora di arrivare... di tornare a casa, voglio dire. Sono tante le cose che devo dire... anzi, dirgli.»

«A chi? A suo marito?»

«Sì. È stato così buono, sempre così paziente. Ma non è stato felice. Io non l'ho reso felice.»

«E pensa che ora sarà in grado di riuscirci?»

«Almeno possiamo avere una spiegazione. Saprà quanto sono addolorata. Potrà aiutarmi a... come posso dire?» Le parole della celebrazione dell'Eucarestia le balenarono alla mente. «A condurre una nuova vita, d'ora in poi.»

In tono grave, Sasha osservò: «Questo è quanto furono in grado di fare i santi del Paradiso».

Joan la fissava.

«Ma io non sono una santa.»

«No. È appunto quello che intendevo dire.» Sasha fece una pausa, poi disse, cambiando leggermente tono: «Mi perdoni per averle detto questo. E forse non è vero».

Joan sembrava lievemente disorientata.

Sasha accese un'altra sigaretta e cominciò a fumare quasi con violenza, fissando fuori dal finestrino.

«Non so proprio» mormorò Joan, incerta «perché mai le abbia detto tutto questo...»

«Ma è chiaro, perché sente il bisogno di dirlo a qualcuno, perché desidera parlarne. È nella sua mente e lei desidera confidarsi, è più che naturale.»

«In genere sono molto riservata.»

Sasha sembrava divertita.

«E ne è fiera, come tutti gli inglesi. Oh, siete una razza molto strana, ma proprio tanto! Così pudichi, così imbarazzati dalle vostre stesse virtù, così pronti ad ammettere, addirittura a vantarvi delle vostre manchevolezze.»

«Penso che lei stia leggermente esagerando» disse Joan, irrigidendosi.

All'improvviso si sentiva molto britannica, molto lontana dalla donna straniera, con il volto pallido, che sedeva nell'angolo opposto dello scompartimento, la donna alla quale un paio di minuti prima aveva confidato un'esperienza personale così intima.

Domandò, in tono formale: «Proseguirà per il Sempione?».

«No, passerò la notte a Istanbul, poi proseguirò per Vienna» rispose la principessa. Poi, con noncuranza, aggiunse: «Non è escluso che muoia là, ma forse no».

«Intende dire...» Joan esitava, incerta «che ha avuto una premonizione?»

«Ah, no» Sasha scoppiò a ridere. «No, niente del genere! È un intervento chirurgico, quello che vado ad affrontare là. Un intervento molto delicato, che non sempre va a buon fine. Ma a Vienna ci sono ottimi chirurghi. Quello che mi opererà è molto abile: è un ebreo. L'ho sempre detto che sarebbe stupido sterminare tutti gli ebrei dell'Europa. Sono scienziati e chirurghi di gran valore, e anche grandi artisti.»

«Oh, poverina» disse Joan. «Mi dispiace.»

«Perché corro il rischio di morire? Ma che cosa importa? Uno deve pur morire, prima o poi. E non è detto che io muoia. Se sopravvivrò, sto pensando di entrare in un certo convento che conosco: un ordine severissimo. Non si parla mai: meditazione e preghiera perpetue.»

Joan non riusciva assolutamente a concepire l'idea di una Sasha perpetuamente silenziosa e meditabonda.

«Tra poco ci sarà un gran bisogno di preghiere,» aggiunse la principessa con gravità «perché scoppierà la guerra.»

«*La guerra?*» Joan la guardava.

Sasha annuiva.

«Sì, certo. L'anno prossimo, o quello successivo.»

«Ma via» disse Joan. «Io credo che lei si sbagli.»

«No, no. Ho amici molto bene informati, e sono stati loro a dirmelo. È già deciso, ormai.»

«Ma la guerra dove... contro chi?»

«Dappertutto. Ogni nazione finirà per esservi trascinata. I miei amici pensano che la Germania vincerà quasi subito, ma io... non sono d'accordo. A meno che non riescano a vincere in un tempo davvero brevissimo. Vede, conosco molti inglesi e americani, e so come sono fatti.»

«Ma è impossibile» disse Joan. «Io dico che nessuno vuole la guerra.» Dal suo tono traspariva incredulità.

«Quale altro scopo avrebbe il movimento della Gioventù hitleriana?»

Joan dichiarò, convinta: «Ma io ho amici che hanno vissuto a lungo in Germania, e secondo loro c'è molto da dire in favore del nazismo».

«Ah, però!» esclamò Sasha. «Vedremo se continueranno a dirlo, di qui a tre anni.»

Poi si protese in avanti, perché il treno aveva rallentato fino a fermarsi.

«Guardi, siamo arrivati alle Porte della Cilicia. Che meraviglia, vero? Scendiamo un momento.»

Scesero dal treno e rimasero a contemplare, attraverso la gola scavata tra le montagne, le azzurrognole e nebulose pianure sottostanti...

Era quasi il tramonto e l'aria era squisitamente fresca e immobile.

"Com'è bello!" pensò Joan.

Avrebbe voluto che Rodney fosse lì con lei, ad ammirare quello spettacolo.

12

LA STAZIONE VITTORIA... Joan sentì il cuore accelerare improvvisamente i battiti.

Era bello essere a casa.

Provò, solo per un attimo, l'impressione di non essersi mai allontanata. L'Inghilterra, il suo Paese. Dei simpatici facchini. E una giornata di nebbia non proprio piacevole, ma molto inglese!

Niente di romantico, niente di bello, soltanto la cara, vecchia Stazione Vittoria che appariva sempre uguale: le stesse scene e lo stesso odore!

"Oh," pensò Joan "sono contenta di essere tornata."

Era stato un viaggio davvero lungo e faticoso, attraverso la Turchia, la Bulgaria, la Jugoslavia, l'Italia e la Francia. Funzionari di dogana e controlli del passaporto. Tante uniformi diverse, tante lingue diverse. Era stanca, sì, decisamente stanca di facce straniere. Perfino quella straordinaria signora russa che aveva viaggiato con lei da Aleppo a Istanbul aveva finito per annoiarla, alla fine. All'inizio le era sembrata interessante – anzi, interessantissima – soltanto perché era così diversa. Ma già mentre costeggiavano il Mar di Marmara, verso Haidar Pascià, Joan aveva cominciato ad agognare il momento della separazione. Prima di tutto era imbarazzante, per lei, ripensare alla facilità con cui aveva parlato dei propri affari a una perfetta sconosciuta. In secondo luogo, be', era difficile esprimere a parole quella sensazione, ma qualcosa, nella principessa, faceva sì che lei si sentisse terribilmente provinciale. E questo non era molto piacevole. Era stato inutile ripetere a se stessa che non aveva ragione di pensarlo, e che lei non era da meno di qualsiasi altra. In realtà, non ne era affatto convinta. Sentiva, con un certo disagio, che Sasha, nonostante tutta la sua cordialità, era un'*aristocratica*, mentre lei era una borghese, moglie di un avvocato di provincia. D'accordo, era sciocco da parte sua provare una sensazione del genere...

Tutto questo, comunque, ormai apparteneva al passato. Era di nuovo a casa, sul suolo natio.

Nessuno le era venuto incontro alla stazione perché lei non aveva spedito altri telegrammi a Rodney per precisargli l'ora del suo arrivo.

Aveva agito così spinta dal vivo desiderio che l'incontro con Rodney avvenisse nella loro casa. Voleva essere sicura di poter fare la propria confessione senza interruzioni o indugi. Sarebbe stato molto più facile, così.

Non si poteva certo chiedere perdono a un marito imbambolato dalla sorpresa su uno dei marciapiedi della Stazione Vittoria!

Meno che mai proprio nel momento dell'arrivo, in mezzo alla folla frettolosa e dovendo sostare all'ufficio della dogana.

No, avrebbe passato tranquillamente la notte al Grosvenor e, l'indomani, avrebbe proseguito per Crayminster.

Si domandò, incerta, se fosse il caso di vedere prima Averil. Le poteva telefonare dall'albergo.

Sì, si disse poi. Questo poteva anche farlo.

Poiché l'unica valigia che aveva con sé era già stata ispezionata a Dover, poté passare subito i controlli, seguita dal facchino, e si recò direttamente in albergo.

Fece un bagno, si cambiò, poi telefonò ad Averil. Fortunatamente, la figlia era in casa.

«Mamma? Non sapevo che fossi tornata.»

«Sono arrivata questo pomeriggio.»

«Papà è a Londra?»

«No, non gli ho detto quando sarei arrivata di preciso. Sarebbe venuto a Londra appositamente e, con tutto il da fare che ha, sarebbe stato un peccato: si sarebbe stancato inutilmente.»

Le sembrò di avvertire una lieve nota di sorpresa nella voce di Averil, quando questa rispose.

«Già... sì, certo, hai ragione. Ha avuto molto da fare, ultimamente.»

«L'hai visto spesso?»

«No. Ha fatto una scappata a Londra, tre settimane fa, ma è ripartito la sera stessa. Abbiamo pranzato insieme. E questa sera che cosa fai, mamma? Ti va di venire a cena con me da qualche parte?»

«Preferirei che venissi tu qui, cara, se non ti dispiace. Sono un po' stanca per il viaggio.»

«Lo credo bene! D'accordo, sarò lì tra poco.»

«Verrà anche Edward?»

«Stasera non c'è. Ha una cena d'affari.»

Joan riattaccò. Il cuore le batteva un po' più forte del solito. Pensava: "Averil... la mia Averil...".

Com'era fredda e composta la voce di sua figlia: calma, distaccata, impersonale.

Una mezz'ora dopo, le telefonarono dalla reception per informarla che la signora Harrison-Wilmott la stava aspettando, e Joan scese.

Madre e figlia si salutarono con un riserbo molto inglese. "Averil ha un bellissimo aspetto" pensò Joan. Sì, non era più così magra. Joan avvertì un vago fremito di orgoglio quando entrò con la figlia nella sala da pranzo. Averil era davvero molto graziosa, con quell'aria così delicata e distinta.

Si misero a tavola e Joan provò un momentaneo disagio quando il suo sguardo incontrò quello della figlia.

Era uno sguardo assente, assolutamente distaccato...

Averil, come la Stazione Vittoria, non era cambiata.

"Sono io che sono cambiata," pensò Joan "ma Averil non lo sa."

Averil chiese notizie di Barbara e di Baghdad. Joan le raccontò svariati aneddoti del suo viaggio di ritorno. Chissà per quale ragione, la conversazione tra loro era un po' stentata, procedeva piuttosto a fatica. Le domande di Averil sulla sorella erano molto superficiali. Sembrava proprio che volesse evitare di indagare più a fondo, quasi temesse che domande più dirette potessero risultare indiscrete. Ma lei certo non sapeva la verità. Dipendeva dal suo solito atteggiamento, vago e per niente curioso.

"La verità" pensò improvvisamente Joan. "Che ne so, io, se è *la verità*?" Non poteva darsi – la possibilità esisteva – che fosse frutto della sua immaginazione? In fin dei conti, quali prove concrete c'erano?

Respinse l'idea, ma il solo fatto che le fosse passata per la testa la spaventò. Temeva di essere diventata una di quelle persone che immaginano le cose.

Averil stava dicendo con la sua voce distaccata: «Edward si è messo in mente che presto o tardi scoppierà la guerra con la Germania».

Joan si riscosse.

«Lo diceva anche quella russa sul treno. Anzi, sembrava sicurissima. Era una persona piuttosto importante e aveva tutta l'aria di sapere di che cosa stava parlando. Io non riesco a crederlo. Hitler non *oserebbe* mai entrare in guerra.»

«Be', non so...» disse pensosamente Averil.

«Nessuno *vuole* la guerra, cara.»

«A volte si ottiene quello che non si vuole.»

«Secondo me» sentenziò con decisione Joan «sono discorsi molto pericolosi. Mettono strane idee nella testa della gente.»

Averil sorrise.

Continuarono a discorrere in modo piuttosto superficiale. Dopo cena, Joan sbadigliò, e Averil disse che non voleva trattenerla: doveva essere stanca. Joan ammise che la figlia aveva ragione.

Il giorno seguente, trascorse la mattinata facendo alcune piccole spese, poi prese il treno delle 14.30 per Crayminster. Sarebbe arrivata a casa poco dopo le quattro e avrebbe aspettato il rientro di Rodney dall'ufficio, verso l'ora del tè.

Guardava con interesse fuori dal finestrino dello scompartimento. In quel periodo dell'anno, il paesaggio non era un granché – alberi spogli, una nebbiolina umida che era quasi pioggia –, ma tutto era così naturale, familiare! Baghdad, con i suoi bazar affollati, e le moschee dalle cupole dorate era così distante, così irreale: le sembrava quasi di non esserci mai stata. Quel lungo viaggio fantastico – le pianure dell'Anatolia, le nevi e le montagne del Tauro, l'altipiano spoglio, la lunga discesa attraverso i valichi fino al Bosforo, Istanbul con i suoi minareti, e poi i Balcani, e l'Italia, con l'Adriatico che scintillava, azzurro, mentre il treno lasciava Trieste, e infine la Svizzera e le Alpi nella luce morente, un panorama che cambiava di continuo – tutto finiva adesso in quel tragitto verso casa, attraverso la tranquilla campagna invernale...

"Come se non fossi mai stata via" pensava Joan. "Proprio come se non mi fossi mai *mossa*."

Si sentiva confusa, incapace di ordinare con chiarezza i suoi pensieri. Rivedere la figlia, la sera prima, l'aveva sconvolta: i calmi, fermi occhi di Averil che la guardavano, senza curiosità. *Averil non aveva visto nessuna differenza in lei.* Be', ma perché poi avrebbe dovuto farlo?

Non era il suo aspetto fisico, a essere cambiato.

Mormorò tra sé: «Rodney...».

Il senso di intimo calore tornò, accompagnato da quel dolore acuto, e dal bisogno di amore e di perdono.

"È tutto vero, e io sto per cominciare una nuova vita..." pensò.

Alla stazione, prese un taxi. Quando Agnes venne ad aprire si mostrò piacevolmente sorpresa e compiaciuta: chissà l'avvocato come sarebbe stato contento!

Joan salì in camera sua, si tolse il cappello, e riscese subito. La stanza sembrava un po' spoglia, ma dipendeva dal fatto che non c'erano fiori.

"Devo tagliare qualche rametto di alloro" pensò "e andare a prendere un po' di garofani dal fioraio qui all'angolo."

Si aggirava per la stanza, sentendosi nervosa ed eccitata.

Doveva dire a Rodney quello che aveva intuito sul conto di Barbara? E se poi, tutto sommato...

Ma certo che non era vero! Lei si era immaginata tutto. L'aveva immaginato per colpa di quella stupida di Blanche Haggard. Anzi, no, Blanche Donovan, aveva detto di chiamarsi. Che disastro, quella Blanche, come si era ridotta: così invecchiata, così volgare.

Joan si mise una mano sulla fronte. Aveva l'impressione che nella sua testa vi fosse un caleidoscopio. Da bambina, l'aveva avuto un caleidoscopio, e le piaceva tanto: tratteneva il respiro, quando vedeva tutti i pezzi colorati roteare e spostarsi prima di disporsi in un disegno ben preciso.

Ma che cosa le era successo, esattamente?

Quella rest house, che posto orribile! E quell'esperienza stranissima che aveva avuto nel deserto... Aveva immaginato di tutto: che i suoi figli non le volevano bene, che Rodney aveva amato Leslie Sherston... figuriamoci se era mai possibile! Che idea! Quella povera Leslie; ed era arrivata al punto di sentirsi in colpa per aver persuaso Rodney a rinunciare alla sua strana fantasia di mettersi a fare l'agricoltore, quando invece era stato un consiglio sensato e lungimirante...

Oh, Dio, ma perché si sentiva così confusa? Tutte quelle cose che aveva pensato: certe cose così spiacevoli...

Sul serio erano vere? O non lo erano affatto? Lei non voleva che lo fossero.

Doveva decidere, doveva assolutamente decidere...

Che cosa, doveva decidere?

Il sole... pensava Joan... il sole era caldissimo. Il sole dà delle allucinazioni...

Correre nel deserto... cadere sulle mani e sulle ginocchia... pregare...

Era reale?

O la realtà era *questa*?

Follia: le cose che aveva creduto erano assolutamente folli. Com'era confortevole, com'era piacevole tornare a casa, in Inghilterra, e sentire di non essersi mai allontanata. Sentire che tutto era così come aveva sempre pensato che fosse...

E tutto, *naturalmente*, era uguale a prima.

Un caleidoscopio girava, girava...

Ed ecco che si disponeva ora in un disegno, ora nell'altro.

Rodney, perdonami: io non sapevo...

Rodney, sono qui. Sono tornata.

Quale dei disegni? *Quale?* Doveva assolutamente scegliere.

Sentì il rumore della porta di strada che si apriva: un suono che conosceva così bene, così bene...

Rodney stava rincasando.

Quale dei due disegni? Quale? *Presto!*

La porta si aprì. Rodney entrò. Si fermò, sorpreso.

Joan gli si fece incontro. Ma non lo guardò subito in faccia. "Diamogli un momento," pensò "diamogli un momento..."

Poi, con voce gaia, annunciò: «Eccomi qui, Rodney... *Sono tornata...*».

Epilogo

RODNEY SCUDAMORE SEDEVA SULLA POLTRONCINA dal basso schienale mentre sua moglie versava il tè, faceva tintinnare i cucchiaini e chiacchierava vivacemente, esclamando com'era bello ritrovarsi di nuovo a casa, com'era delizioso scoprire che tutto era rimasto esattamente com'era, e ripetendo che Rodney non poteva immaginare quanto fosse meraviglioso essere di nuovo in Inghilterra, di nuovo lì a Crayminster, e di nuovo nella propria casa!

Un moscone, ingannato dall'insolito tepore della giornata – erano i primi di novembre –, ronzava con insistenza su e giù per il vetro della finestra.

Zzz, zzz, zzz, ronzava il moscone.

E, con altrettanta insistenza, risuonava la voce argentina di Joan.

Rodney ascoltava, sorridendo e annuendo.

"Rumori," pensava "rumori..."

Per alcuni significavano tutto, per altri niente.

Si era sbagliato, evidentemente, nel pensare, subito dopo l'arrivo di Joan, che vi fosse in lei qualcosa di strano. Non c'era niente di diverso dal solito. Joan era come prima, come sempre. Tutto era come sempre.

Poco dopo, Joan salì in camera per finire di disfare i suoi bagagli, e Rodney attraversò l'anticamera per andare nel suo studio, a sbrigare del lavoro che si era portato a casa dall'ufficio.

Ma, prima di tutto, aprì con la chiave il cassettino in alto a destra della sua scrivania e tirò fuori la lettera di Barbara. Era arrivata per posta aerea ed era stata spedita qualche giorno prima della partenza di Joan da Baghdad.

Era una lettera lunga e fitta, e Rodney ormai la sapeva quasi a memoria. Ciò nonostante, tornò a rileggerla, indugiando un poco sull'ultima pagina.

> ... Così, ora ti ho detto tutto, caro papà. Scommetto che, in buona parte, l'avevi già intuito. Ma non devi preoccuparti per me. Mi rendo perfettamente conto di essere stata una piccola idiota criminale. Ricorda, la mamma non sa *niente*. Non è stato molto facile tenerglielo nascosto, ma il dottor McQueen ha saputo stare al gioco e William è stato meraviglioso. Non so davvero che cosa avrei fatto senza di lui: era sempre al mio fianco, pronto a tener testa alla mamma se le cose si fossero complicate. Sicuramente tu avrai cercato di trattenerla, papà caro, ma lei sarà stata irremovibile – e in un certo senso, im-

magino, è stato davvero molto caro da parte sua –, solo che, naturalmente, pretende di riorganizzarci la vita a modo suo, ed è una cosa da diventar matti, anche perché io mi sento ancora troppo debole per combattere! Comincio soltanto ora a sentire che Mopsy è di nuovo mio! È un tesoro. Vorrei che tu potessi vederlo. Ti piacevamo anche quando eravamo in fasce, o soltanto più tardi? Papà caro, sono così contenta di averti come padre. Non preoccuparti per me. Ora, sto benissimo.

La tua affezionatissima Babs

Rodney, con la lettera in mano, esitò un istante. Gli sarebbe piaciuto tenerla. Significava molto per lui, quella dichiarazione scritta di fiducia e di affetto da parte di sua figlia.

Ma, nell'esercizio della sua professione, aveva potuto constatare fin troppo spesso il pericolo di conservare le lettere. Se fosse morto improvvisamente, Joan avrebbe frugato tra tutte le sue carte, l'avrebbe trovata e ne sarebbero nati inutili dispiaceri. Non era proprio il caso che rimanesse ferita e sconvolta. Meglio lasciare che restasse felice e protetta, nel mondo luminoso e sicuro che aveva costruito per se stessa.

Rodney attraversò la stanza e lasciò cadere la lettera di Barbara nel caminetto acceso. "Sì," pensava "d'ora in poi Barbara starà benissimo." Sarebbe andato tutto bene, per tutti. Era per Barbara che lui aveva temuto soprattutto: per il suo temperamento poco equilibrato, profondamente emotivo. Bene, la crisi era venuta e lei si era salvata; non era indenne, ma era viva. E già si stava rendendo conto che Mopsy e Bill erano il suo vero mondo. Un buon ragazzo, Bill Wray. Rodney sperava che non avesse sofferto troppo.

Sì, Barbara sarebbe stata benissimo, d'ora in avanti. E anche Tony, nelle sue piantagioni in Rhodesia. Così distante da casa, ma pazienza, e quella sua sposina sembrava il tipo di ragazza che ci voleva. Niente, finora, l'aveva mai ferito in profondità: niente, forse, l'avrebbe mai intaccato. Quel ragazzo aveva il dono di un carattere solare.

E anche per Averil era tranquillo. Come sempre, quando pensava a lei, provava orgoglio, non compassione. Averil con la sua fredda mente legale, e la sua mania di minimizzare le cose. Averil, con il suo gelido sarcasmo. Così solida, così resistente, così diversa dal nome che le avevano dato.

Aveva lottato con lei, l'aveva combattuta e vinta con le sole armi che la sua mente altera apprezzasse, le armi che lui per primo aveva trovato disgustoso dover usare. Ragioni fredde, ragioni logiche, ragioni spietate: le sole che lei potesse accettare.

Ma lo aveva perdonato? Pensava di no. Tuttavia, non aveva importanza. Se aveva distrutto l'amore che Averil nutriva per lui, aveva però conservato e intensificato il rispetto di sua figlia nei suoi confronti. "E a lungo andare," pensò Rodney "per una mente come la sua, per la sua totale rettitudine, è il rispetto quello che conta."

Alla vigilia delle nozze di lei, parlando alla figlia prediletta attraverso l'enorme baratro che ora li separava, le aveva detto:

«Spero che tu sia felice.»

E lei aveva risposto tranquillamente: «Mi sforzerò di esserlo».

Quella era Averil: niente atteggiamenti eroici, nessun indugiare sul passato, nessuna autocommiserazione. La capacità di accettare la vita di buon grado, e di viverla senza chiedere aiuto agli altri.

"Sono usciti dalla mia tutela, ormai, tutti e tre" pensò.

Respinse le carte che aveva davanti a sé sulla scrivania e andò a sedersi nella poltrona alla destra del caminetto. Portò con sé il contratto Massingham e, con un leggero sospiro, si accinse a rileggerlo.

"Il proprietario affitta e l'affittuario occupa tutti gli edifici agricoli, i terreni e gli altri beni ereditari situati a non ricavare più di due raccolti di grano da nessuna porzione del terreno arabile senza previo dissodamento estivo – un raccolto di rape e ravizzone seminato su terreno ben arato e concimato, e consumato su detto terreno da ovini, è da considerarsi equivalente a un dissodamento – e..."

Abbassò i fogli e i suoi occhi si posarono sulla poltrona vuota là di fronte.

Su quella poltrona era seduta Leslie quando lui le aveva parlato dei ragazzi e di come fosse sconsigliabile tenerli a contatto con Sherston. Bisognava, le aveva detto, pensare prima di tutto a loro.

«Ci ho pensato molto» aveva assicurato lei. «E, alla fin fine, Sherston è il loro padre.»

Un padre che era stato in prigione, aveva obiettato lui: un ex carcerato... l'opinione pubblica... l'ostracismo... l'essere tagliati fuori dalla loro normale esistenza sociale... l'essere penalizzati ingiustamente. Bisognava, le aveva detto, riflettere su tutto questo. «Non è giusto» le aveva detto «gravare di questi pesi l'infanzia e l'adolescenza dei figli. Dovrebbero partire alla pari con gli altri.»

E lei aveva risposto: «Ma proprio di questo si tratta. Charles è il padre. Non è tanto il fatto che loro appartengono a lui, è lui che appartiene a loro. Io posso deplorare, naturalmente, che non abbiano avuto un padre tutto diverso... ma purtroppo la situazione è quella che è».

E aveva soggiunto: «Che razza di nuovo inizio sarebbe cominciare col fuggire dalla realtà?».

Bene, lui aveva compreso quel punto di vista, però non si era trovato d'accordo. Dal canto suo aveva sempre desiderato offrire ai suoi figli il meglio: in verità, era quello che avevano fatto, lui e Joan. Le migliori scuole, le stanze più soleggiate della casa: loro stessi avevano accettato tante piccole rinunce, perché questo fosse possibile.

Ma nel loro caso non c'era stato nessun problema morale. Non vi era stata alcuna sventura, nessuna ombra nera, niente fallimenti, motivi di disperazione o di angoscia per i quali si fosse reso necessario dire: "Dobbiamo proteggere i nostri figli o condividere tutto con loro?".

E l'idea di Leslie, lui lo capiva, era di renderli partecipi. Pur amando molto John e Peter, Leslie non avrebbe esitato a collocare una parte del suo fardello su quelle tenere spalle non ancora addestrate a reggerla. Non per egoismo, non per alleviare il proprio carico, ma perché non voleva nascondere ai suoi figli neppure la più piccola, la più insopportabile parte di realtà.

Bene, secondo lui il ragionamento era sbagliato. Però doveva riconoscere, come del resto aveva sempre fatto, che lei aveva coraggio. Andava addirittura al di là del coraggio per se stessa. Aveva coraggio anche per quelli che amava.

Ripensò a Joan che, un giorno d'autunno, mentre lui stava per andare in ufficio, aveva detto: «Coraggio? Oh, sì, ma il coraggio non è tutto».

E lui aveva risposto: «Credi?».

Leslie seduta là in quella poltrona, con il sopracciglio sinistro leggermente inarcato e il destro abbassato, con l'angolo destro della bocca un po' storto, e la testa abbandonata contro il cuscino di un blu sbiadito che, chissà perché, faceva sembrar verdi i suoi capelli.

Ricordava la propria voce, lievemente sorpresa mentre diceva: «I suoi capelli non sono castani. Sono verdi».

Era la sola cosa personale che le avesse mai detto. Non aveva mai pensato, o non molto, all'aspetto di lei. Era stanca, questo lo sapeva, e malata... eppure, nello stesso tempo, *forte*: sì, fisicamente forte. Una volta aveva pensato, chissà perché: "Scommetto che saprebbe caricarsi un sacco di patate sulle spalle, proprio come un uomo".

Non era stato un pensiero molto romantico e, in effetti, non gli riusciva di ricordare niente di molto romantico che la riguardasse. La spalla destra un po' più alta della sinistra, il sopracciglio sinistro che puntava all'insù e il destro all'ingiù, un angolo della bocca che si torceva un po' più dell'altro quando sorrideva, i capelli castani che sembravano verdastri contro il blu stinto della stoffa.

"Non è molto" pensava "perché l'amore possa alimentarsene." Ma che cos'era l'amore? Che cos'era, in nome del cielo? La pace e la contentezza che lui aveva provato nel vederla seduta là, sulla sua poltrona, la testa verdognola contro il cuscino blu. Il modo in cui gli aveva detto all'improvviso: «Sa, stavo pensando a Copernico...».

Copernico? Perché a Copernico, in nome del cielo? Un monaco che aveva avuto un'idea – una visione dell'universo completamente diversa – e che era stato tanto perspicace e accorto da venire a un compromesso con i potenti della terra e presentare la sua teoria in una forma che potesse superare l'esame.

Perché mai Leslie, con il marito in prigione, la necessità di guadagnarsi da vivere e la preoccupazione dei figli, si era passata una mano sui capelli, mentre era seduta là, e aveva detto: «Stavo pensando a Copernico»?

Eppure soltanto per questo lui, da quel momento, al solo sentire nominare Copernico aveva l'impressione che il suo cuore si arrestasse per un istante, e là, sulla parete, aveva appeso una vecchia incisione raffigurante il monaco, che gli ripeteva: "Leslie".

"Avrei dovuto almeno dirle che l'amavo" pensava. "E avrei potuto farlo... una volta."

Ma ce ne sarebbe stato bisogno? Quel giorno sull'Asheldown, seduti nel sole di ottobre. Loro due insieme: insieme ma divisi. Il tormento e il desiderio disperato di lei. Più di un metro di distanza tra loro: più di un metro, perché meno di così sarebbe stato pericoloso. Questo lei l'aveva capito. Doveva averlo capito. Rodney rifletteva confusamente: "Quello spazio tra noi, simile a un campo magnetico saturo di desiderio".

Avevano evitato di guardarsi. Lui aveva fatto vagare lo sguardo giù, verso la terra arata della fattoria. Ricordava il debole rumore del trattore in lontananza e il colore violaceo della terra appena mossa. E Leslie, invece, aveva guardato oltre la fattoria, verso i boschi.

Come due persone intente a contemplare una Terra Promessa alla quale non avevano accesso. Di nuovo pensò: "Avrei dovuto dirglielo, in quel momento, che l'amavo".

Ma nessuno dei due aveva detto una parola; solo Leslie, a un certo punto, aveva mormorato: «Ma la tua eterna estate non sfiorirà».

Solo questo. La banale, brevissima citazione di un verso. E lui non aveva neppure compreso che cosa intendesse dire.

O forse sì. Sì, forse aveva compreso.

Il cuscino della poltrona era sbiadito. E anche il volto di Leslie. Non lo ricordava più molto bene, quel viso: soltanto il sorriso sbilenco.

Eppure, nelle ultime sei settimane lei si era seduta là ogni giorno a discorrere con lui. Una sua fantasia, naturalmente. Aveva inventato un'altra Leslie, l'aveva fatta sedere là nella poltrona, le aveva messo lui stesso le parole in bocca. Le aveva fatto dire ciò che avrebbe voluto sentirle dire, e lei era stata ubbidiente, ma aveva storto un po' la bocca da un lato, come se le venisse da ridere per quello che lui stava facendo.

"Sono state sei settimane molto felici" si diceva Rodney. Aveva potuto vedersi con Watkins e con Mills e c'era stata quella piacevolissima serata con Hargrave Taylor: soltanto alcuni amici, e neppure molti. Quella bella camminata su per i colli, la domenica. I domestici gli avevano servito pranzetti ottimi che aveva consumato lentamente, come piaceva a lui, con un libro appoggiato contro il sifone del seltz. A volte un po' di lavoro da terminare dopo cena, poi una pipa e infine, per evitare di sentirsi solo, la falsa Leslie sistemata là nella poltrona, a tenergli compagnia.

Una falsa Leslie, sì, ma non c'era stata da qualche parte, in un posto non molto lontano, la vera Leslie?

Ma la tua eterna estate non potrà mai svanire.

Rodney tornò ad abbassare lo sguardo sul contratto d'affitto.

"... e dovrà sotto ogni aspetto coltivare la suddetta fattoria nel previsto e regolare svolgimento di una buona gestione agricola."

Quasi meravigliandosene, rifletté: "In fondo, io sono davvero un buon avvocato". E poi, senza meraviglia, e senza grande interesse: "E riscuoto parecchio successo. Guadagno bene".

Quella dell'agricoltore era un'attività difficile e massacrante.

"Però, Dio mio," si disse ancora "come sono stanco."

Da un pezzo non si sentiva così esausto.

La porta si aprì ed entrò Joan.

«Oh, Rodney... non puoi leggere, se non accendi quella lampada.» Si portò alle sue spalle e accese la lampada di lettura. Rodney sorrise e la ringraziò.

«Sei proprio uno sciocco, caro. Startene qui a rovinarti la vista quando non devi fare altro che premere un interruttore.»

Poi, sedendosi, Joan aggiunse affettuosamente: «Non so proprio come faresti, senza di me».

«Prenderei un sacco di cattive abitudini.»

Il sorriso con cui la fissava era scherzoso, gentile.

«Ti ricordi» continuò Joan «quella volta che, all'improvviso, ti saltò in mente di rifiutare l'offerta di zio Henry per metterti a fare l'agricoltore?»

«Ricordo, sì.»

«Non sei contento, adesso, che non te lo abbia lasciato fare?»

Lui la osservava, ammirandone la padronanza, il portamento giovanile, il bel viso, liscio e senza una ruga. Allegra, sicura di sé, premurosa. "Joan" pensò "è stata una buona moglie, per me."

Tranquillamente, ammise: «Sì, sono contento».

«Tutti, a volte, abbiamo qualche idea utopistica» disse Joan.

«Perfino tu?»

L'aveva detto in tono scherzoso, ma rimase sorpreso nel vederla aggrottare la fronte. Qualcosa era passato sul volto di lei, come un'increspatura su uno specchio d'acqua immobile.

«A volte ci si sente nervosi... malinconici.»

Era ancora più sorpreso. Non riusciva a immaginare Joan nervosa, o in preda a pensieri malinconici. Cambiando argomento, disse:

«Sai che ti invidio per quel tuo viaggio in Oriente?»

«Sì, è stato interessante. Ma a me non piacerebbe vivere in un posto come Baghdad.»

Rodney osservò, con fare pensoso: «Eppure io sarei curioso di vedere com'è realmente il deserto. Deve essere meravigliosamente strano: la solitudine, una luce vivida e abbagliante. È il pensiero della luce che mi affascina. Poter vedere nitidamente...».

Joan lo interruppe. Con veemenza, dichiarò: «È orrendo... odioso: soltanto deserto, a perdita d'occhio!».

Gettò attorno un'occhiata inquieta, rapida. "Quasi come un animale che voglia fuggire" pensò Rodney.

Ma già la fronte di Joan era tornata a distendersi. «Quel cuscino» disse «è spaventosamente vecchio e scolorito. Bisogna che ne prenda uno nuovo per quella poltrona.»

Lui stava per fare un brusco gesto istintivo, ma si dominò.

In fin dei conti, perché no? Un cuscino era scolorito. Leslie Adeline Sherston giaceva nel cimitero sotto una lastra di marmo. Lo studio Alderman, Scudamore e Witney faceva continui progressi, Hoddesdon, l'agricoltore, stava cercando di accendere un'altra ipoteca.

Joan si muoveva per la stanza, controllando se un davanzale era stato spolverato, rimettendo un volume al suo posto nella libreria, spostando soprammobili sulla mensola del caminetto. Era vero che in quelle ultime sei settimane la stanza aveva acquistato un aspetto disordinato e trascurato.

Tra sé, a fior di labbra, Rodney mormorò: «Le vacanze sono finite».

«Come?» Lei si era girata di scatto. «Che cos'hai detto?»

La fissò sbattendo le palpebre, con aria innocente. «Ho detto qualcosa?»

«Mi pareva di aver sentito: "Le vacanze sono finite". Devi esserti appisolato per un attimo, e forse, chissà, avrai sognato che i ragazzi dovevano tornare a scuola.»

«Già» convenne Rodney. «Avrò sognato, si vede.»

Joan rimase un poco a fissarlo, dubbiosa. Poi, raddrizzò un quadro sulla parete. «Questo cos'è? È nuovo, vero?»

«Sì. L'ho preso a un'asta, da Hartley.»

«Ah.» Joan osservava il quadro, poco convinta. «Copernico? Ma è di valore?»

«Non ne ho idea» disse Rodney. Poi ripeté, soprappensiero: «Proprio non ne ho idea...».

Era di valore, non lo era? Si trattava forse di... memoria?

Sa, stavo pensando a Copernico...

Leslie, con quel marito galeotto: ubriachezza, miseria, malattia, morte.

Povera signora Sherston, che vita triste!

Ma Leslie, pensò Rodney, non era triste. Passava attraverso il disinganno, la miseria e la malattia come uno che cammini per le paludi e tra i campi e al di là dei fiumi, sempre allegro e impaziente di arrivare dove è diretto...

Fissò pensosamente la moglie con occhi stanchi ma pieni di bonarietà.

Così vivace, efficiente e indaffarata, così compiaciuta di sé e così vincente. Dimostrava ventotto anni, non un giorno di più.

E, all'improvviso, una grande, crescente ondata di pietà si abbatté su di lui.

Con intenso trasporto, mormorò: «Povera piccola Joan».

Lei lo guardò stupita. «Perché povera? E non sono affatto piccola.»

Nel tono scherzoso di sempre, lui recitò la vecchia ninna nanna: «Sono qui, povera Joan, così piccola e sola; quando nessuno è con me, nessuno mi consola».

Joan corse allora a rifugiarsi tra le sue braccia, quasi senza fiato.

«Ma non sono sola» disse. «Non sono sola, io. Ho *te*.»

«Certo» disse Rodney. «Hai me.»

Ma sapeva, nel dirlo, che non era vero. E pensava: "Sei sola, invece, e lo sarai sempre. Ma, se Dio vorrà, non lo saprai mai".

Rosa d'autunno

Il momento della rosa e il momento del tasso hanno uguale durata.

T.S. ELIOT

Preludio

MI TROVAVO A PARIGI quando Parfitt, il mio domestico, mi riferì di una signora che voleva vedermi. Sosteneva, aggiunse lui, che fosse molto importante.

Avevo ormai preso l'abitudine di non ricevere mai senza appuntamento. Le persone che vengono a far visita per questioni urgenti sono, salvo rare eccezioni, alla ricerca di aiuto economico. D'altra parte, chi avrebbe davvero bisogno di denaro è raro che venga a chiederlo.

Domandai a Parfitt come si chiamasse la signora in questione, e lui mi porse un biglietto su cui era scritto «Catherine Yougoubian». Nome che non avevo mai sentito e che, a essere sincero, non mi entusiasmava. Abbandonai l'idea che fosse alla ricerca di aiuto economico e dedussi, invece, che volesse vendermi qualcosa – con ogni probabilità uno di quei falsi pezzi d'antiquariato che si spera di appioppare a buon prezzo piazzandoli alla porta del compratore riluttante, con il contributo di una parlantina da imbonitori.

Dissi che ero spiacente di non poter ricevere la signora Yougoubian, fermo restando che poteva espormi la faccenda per iscritto.

Parfitt annuì e si ritirò. Aveva tutta la mia fiducia – un invalido come me ha bisogno di un inserviente affidabile –, per cui diedi la questione per conclusa. Con mia grande sorpresa, tuttavia, Parfitt si ripresentò. La signora, mi spiegò, era molto insistente. Era una questione di vita o di morte e riguardava un mio vecchio amico.

Il che bastò a suscitare la mia curiosità. Non per il messaggio, che era un espediente dei più banali: vita e morte e un vecchio amico sono le contromosse più scontate. No, a stimolare la mia curiosità fu il comportamento di Parfitt: non era da lui tornare con un messaggio del genere.

Arrivai alla conclusione, del tutto errata, che Catherine Yougoubian fosse di una bellezza disarmante, o comunque dotata di un fascino straordinario. Nient'altro poteva spiegare la condotta di Parfitt.

E visto che un uomo è sempre un uomo, anche se disabile e sulla cinquantina, caddi nella trappola. Volevo vedere la fulgida creatura che aveva vinto le difese dell'inappuntabile Parfitt.

Gli risposi di farla salire... e quando Catherine Yougoubian entrò, rimasi quasi senza fiato per lo shock!

Già, ora capisco bene l'atteggiamento di Parfitt. Il suo giudizio sulla natura umana è infallibile. Aveva riconosciuto in Catherine quell'indole caparbia contro la quale ogni difesa è destinata a crollare. Saggiamente, si era sottomesso subito, risparmiandosi una battaglia lunga ed estenuante. Perché Catherine Yougoubian aveva l'ostinazione di un martello e la monotonia di una fiamma ossidrica, combinate con l'effetto logorante dell'acqua che gocciola sulla pietra. Il tempo per lei era infinito, se si era prefissata un obiettivo. Sarebbe stata capace di piantarsi davanti alla porta di casa mia per tutto il giorno. Era una di quelle donne che in testa ha posto per un'idea sola – il che le dava enorme vantaggio sugli individui meno determinati.

Come dicevo, quando entrò la delusione fu tremenda. Ero pronto ad ammirare la bellezza. Invece la donna che si presentò era, al di là di ogni dire e di ogni possibile immaginazione, insignificante. Non brutta, attenzione: la bruttezza ha il suo ritmo, i suoi metodi d'attacco, invece Catherine aveva un faccione piatto come una tavola... quasi avesse una specie di deserto sul volto. La bocca era ampia, con un leggero – molto leggero – baffetto sul labbro superiore. Aveva degli occhietti piccoli e scuri che ricordavano l'uvetta scadente di un panino dolce altrettanto scadente. I capelli erano folti, raccolti disordinatamente e, soprattutto, unti. Aveva un fisico così scialbo da risultare quasi priva di un fisico in generale. I vestiti la coprivano in modo adeguato e ben si addicevano alla sua nullità: non sembrava né trasandata né sofisticata. Aveva una mascella pronunciata e, come notai quando aprì bocca, una vocina aspra e sgradevole.

Gettai un'occhiata colma di rimprovero a Parfitt, che rimase impassibile. Senza dubbio era dell'opinione di averci visto bene, come sempre.

«La signora Yougoubian, signore» annunciò, e richiuse la porta, lasciandomi alla mercé di quella donna dal piglio tanto risoluto.

Catherine avanzò verso di me con passo deciso. Non mi ero mai sentito così inerme, così consapevole del mio stato fisico. Era una donna da cui era opportuno correre ai ripari, e io non potevo correre.

Parlò con un tono di voce alto e fermo.

«Per favore... è così gentile... deve venire con me, per favore?»

Più che una richiesta, era un ordine.

«Scusi?» feci io, perplesso.

«Non parlo l'inglese troppo bene, scusi. Ma non c'è tempo da perdere... no, non c'è tempo. È dal signor Gabriel che deve venire. È molto malato. Presto, molto presto, lui muore, e chiede di lei. Deve venire subito.»

La fissai. A essere sincero, pensai che fosse matta. Il nome Gabriel non mi diceva nulla; in parte, lo ammetto, a causa della pronuncia. Quello che avevo sentito non suonava per nulla come "Gabriel". Ma anche se fosse, credo che non avrei fatto una piega. Era passato tantissimo tempo: doveva essere da una decina d'anni che il pensiero di John Gabriel non mi sfiorava nemmeno.

«Ha detto che qualcuno sta per morire? Qualcuno... hmm... che conosco?»

Mi lanciò un'occhiataccia di biasimo.

«Ma sì, lei lo conosce... lo conosce bene... e lui la aspetta.»

Era così sicura del fatto suo che cominciai a spremermi le meningi. Che nome aveva detto? Gable? Galbraith? Avevo conosciuto un certo Galbraith, un ingegnere minerario. Ma solo in modo superficiale: mi sembrava a dir poco improbabile che chiedesse di me sul letto di morte. Eppure fu merito della forza di carattere di Catherine, se non dubitai nemmeno per un istante della veridicità della sua affermazione.

«Che nome ha detto?» domandai. «Galbraith?»

«No, no. Gabriel. *Gabriel!*»

Sgranai gli occhi. Questa volta avevo capito bene, ma quel nome evocò solo l'immagine dell'arcangelo Gabriele incorniciato da grandi ali. Quella visione calzava a pennello: Catherine Yougoubian somigliava alla donnina coscienziosa che di solito veniva raffigurata genuflessa in basso a sinistra nei dipinti italiani del primitivismo. Aveva quella peculiare semplicità dei lineamenti unita a un'espressione di ardente devozione.

«*John* Gabriel» affermò con ostinazione e caparbietà, e finalmente mi ricordai!

Mi ritornò tutto alla memoria. Avvertii un senso di vertigine e nausea. St Loo, e le vecchie signore, e Milly Burt, e John Gabriel, con quella sua brutta faccetta vivace, che si dondolava adagio sui talloni... e Rupert, alto e bello come un giovane dio. E, naturalmente, Isabella...

Mi ricordai dell'ultima volta che avevo visto John Gabriel, a Zagrade, e di quello che era successo, e sentii montare dentro di me ondate infuocate di rabbia e odio...

«Quindi è in fin di vita, ho capito bene?» chiesi con furia. «Che soddisfazione!»

«Come ha detto?»

Ci sono cose che non si possono ripetere quando qualcuno chiede "Come ha detto?" con la massima cortesia. Catherine Yougoubian sembrava sprofondata nella confusione. Mi limitai a ripetere:

«Ha detto che è in fin di vita?»

«Sì. È in agonia... terribile agonia.»

Be', anche questa notizia mi rallegrò. Nessuna sofferenza avrebbe potuto fargli espiare quello che aveva fatto. Ma non mi sembrava il caso di dirlo a una persona che, a quanto pare, era sua devota adoratrice.

Mi chiesi con una certa irritazione che cosa avesse mai quell'uomo da far cadere tutte le donne ai suoi piedi. Era brutto come il peccato. E per di più presuntuoso, volgare e pieno di sé. Aveva cervello, sì, e in alcune circostanze (le più grette!) si dimostrava di buona compagnia. E certo non gli mancava il senso dell'umorismo. Ma nessuna di queste caratteristiche attrae più di tanto le donne.

Catherine irruppe nei miei pensieri.

«Viene, per favore? Viene presto? Non c'è tempo da perdere.»

Tornai in me.

«Mi dispiace, cara signora, ma purtroppo non posso venire con lei.»

«Ma lui aspetta lei» insistette la donna.

«Non verrò» replicai.

«Non capisce» incalzò Catherine. «È malato. Sta morendo. E aspetta lei.»

Mi preparai alla battaglia. Avevo cominciato a rendermi conto (Parfitt l'aveva intuito alla prima occhiata) che Catherine Yougoubian non si arrendeva tanto facilmente.

«Si sbaglia» obiettai. «John Gabriel non è mio amico.»

La donna annuì con energia.

«Ma sì, ma sì. Lui ha letto il suo nome sul giornale – dice che lei è qui come membro della commissione – e dice che io devo scoprire dove vive e farla venire. E per favore deve venire presto... molto presto... perché il dottore dice che manca poco, ormai. Viene subito, per favore?»

A quel punto pensai che fosse meglio essere sincero, e le comunicai:

«Può anche marcire all'inferno, per quanto mi riguarda!»

«Come ha detto?»

Mi guardava con impazienza, arricciando quel suo naso lungo, nel sincero sforzo di comprendere...

«John Gabriel *non* è mio amico. È un uomo che odio... *odio*! Ora ha capito?» dissi, scandendo le parole.

La donna sbatté le palpebre. Ebbi l'impressione che stesse cominciando ad afferrare il concetto.

«Dice che... lei dice che... lei... odia... John Gabriel?» pronunciò lentamente, un po' come un bambino che cerca di ripetere una lezione difficile. «È questo che dice?»

«Esatto.»

Fece un sorriso, un sorriso colmo di esasperazione.

«No, no» negò con indulgenza. «Non è possibile... Nessuno può mai odiare John Gabriel. È così magnifico... è così buonissimo. Tutti noi che lo conosciamo, lo adoriamo con piacere.»

«Mio Dio» esclamai esasperato. «Che cosa avrà mai fatto quest'uomo per avere questo effetto sulla gente?»

Be', me la cercai! La donna si dimenticò dell'urgenza della sua missione. Si sedette, scostò dalla fronte una ciocca di capelli oleosi e, con gli occhi che le brillavano per l'entusiasmo, diede sfogo al suo pensiero.

Parlò, credo, per un quarto d'ora. A volte quello che diceva era incomprensibile, incespicava nelle difficoltà del parlato. In altri momenti le parole scorrevano in un flusso chiaro. Ma tutta quella sceneggiata finiva per risultare come una grande epopea.

La donna si esprimeva con deferenza, timore reverenziale, umiltà e adorazione. Parlava di John Gabriel quasi fosse un messia, e a quanto pare lo riteneva tale. Disse di lui cose che mi sembrarono inverosimili se non impossibili. Lo riteneva un uomo sensibile, forte e coraggioso. Un leader e un paladino. Uno che rischiava la morte per la vita altrui; che si schierava con ardente passione contro la crudeltà e l'ingiustizia. Per lei era un profeta, un re, un salvatore... un uomo in grado di dare alle persone il coraggio che non sapevano di avere, e la forza che non sapevano di possedere. Era stato torturato più di una volta; quasi ucciso; ma il suo corpo menomato aveva superato tutto con la sola forza di volontà, e aveva continuato a compiere l'impossibile.

«Non sa che cosa ha fatto?» concluse. «Ma tutti conoscono padre Clement... *tutti*!»

Strabuzzai gli occhi: era vero. Tutti avevano sentito parlare di padre Clement. Una persona di grande prestigio, anche se alcuni sostenevano che fosse solo un nome, un mito, e che in realtà non fosse mai esistito davvero.

Come spiegare la leggenda di padre Clement? Immaginate un misto di Riccardo Cuor di Leone, padre Damien e Lawrence d'Arabia. Un uomo che era allo stesso tempo un guerriero e un santo, per di più dotato dell'audacia e dell'avventatezza di un ragazzo. Negli anni successivi alla guerra del '39-'45, l'Europa e l'Oriente avevano affrontato un periodo nero. La paura dilagava seminando violenza e barbarie. Era l'inizio del declino della civiltà. In India e in Persia si erano verificati eventi abominevoli: massacri a tutto spiano, carestie, torture, disordini...

E da quella nebbia buia apparve una figura quasi leggendaria – si faceva chiamare padre Clement – che salvava i bambini, sottraeva la gente alla tortura, conduceva il suo gregge per passi invalicabili sulle montagne per portarlo in salvo, riunendolo in nuove comunità. Adorato, amato, venerato... non un uomo, ma una leggenda.

E stando alle parole di Catherine Yougoubian, padre Clement non era altri che John Gabriel, ex deputato di St Loo, donnaiolo e gran bevitore; un uomo che faceva il proprio gioco, sempre e comunque. Un mercenario, un opportunista, una persona senza virtù, salvo quella del coraggio.

Tutto a un tratto, e non senza un certo disagio, vidi vacillare la mia incredulità. Per quanto potessi ritenere inverosimile il racconto di Catherine, c'era un aspetto plausibile. Sia padre Clement che John Gabriel erano uomini dotati di un coraggio fuori dal comune. Alcune gesta dell'eroe leggendario, l'audacia di quei salvataggi, il bluff in sé, la... sì, la sfrontatezza dei suoi metodi, erano gli stessi di John Gabriel.

Ma John Gabriel era sempre stato dedito all'autopromozione. Tutto quello che faceva, lo faceva senza perdere d'occhio il consenso del pubblico. Se John Gabriel fosse stato padre Clement, senza ombra di dubbio tutto il mondo ne sarebbe stato informato.

No, io non ci credevo, proprio non mi capacitavo...

Ma quando Catherine si zittì, senza fiato, quando la fiamma nei suoi occhi si spense, quando ripeté in quella sua maniera monotona e ostinata «Verrà ora, sì, per favore?», chiamai Parfitt.

Lui mi fece alzare, mi porse le stampelle e mi aiutò a scendere le scale e a infilarmi nel taxi, e Catherine si sedette di fianco a me.

Be', dovevo sapere. Curiosità, forse? O l'insistenza di Catherine Yougoubian? (Di sicuro alla fine mi avrebbe fatto cedere!) A ogni modo, volevo incontrare John Gabriel e capire se riuscivo a conciliare il padre Clement del racconto con quello che sapevo del John Gabriel di St Loo. Forse volevo vedere quello che aveva visto Isabella – quello che doveva aver visto per agire in quel modo...

Non so cosa mi aspettassi mentre seguivo Catherine Yougoubian su per le scale anguste e poi nella piccola camera da letto. Lì trovai un dottore francese, barbuto, dai modi affettati. Era chino sul malato, ma si tirò su e con cortesia mi fece cenno di avvicinarmi.

Notai i suoi occhi che mi squadravano con interesse. Ero colui che un grande uomo aveva chiesto espressamente di vedere in punto di morte...

Fu uno shock vedere Gabriel. Era passato così tanto tempo da quel giorno a Zagrade. Non avrei mai riconosciuto quella figura distesa a letto, e così silenziosa. Stava per morire, lo vedevo. Mancava poco, ormai. Mi sembrò di non riconoscere niente nel viso di quell'uomo. E dovevo ammettere che le apparenze davano ragione a Catherine: quel volto emaciato era il volto di un santo. Portava i segni della sofferenza, dell'agonia... dell'ascetismo. Sì, anche della pace spirituale... E nessuna di queste qualità aveva nulla a che vedere con il John Gabriel che avevo conosciuto.

Poi aprì gli occhi, mi vide... e sogghignò. Era lo stesso ghigno, erano gli stessi occhi... bellissimi occhi in una brutta faccetta da buffone.

Con una voce molto debole esclamò: «Ce l'ha fatta! Le armene sono grandiose!».

Sì, era John Gabriel. Fece un cenno al medico, domandando con la sua vocina sofferente e autoritaria lo stimolante che gli era stato promesso. Il dottore esitò... e Gabriel insistette. Lo stimolante avrebbe accelerato la fine, o almeno questo era quello che supponevo, ma Gabriel disse chiaro e tondo che per lui un'ultima carica di energia era importante, anzi, necessaria.

Il dottore scrollò le spalle e si arrese. Fece l'iniezione, poi lui e Catherine mi lasciarono da solo con il malato.

Gabriel cominciò subito.

«Devo parlarle della morte di Isabella.»

Gli risposi che sapevo già tutto.

«No, non credo...» ribadì lui.

Fu allora che mi descrisse la scena finale al Café di Zagrade.

Scena che racconterò a tempo debito.

Poi aggiunse solo un'altra cosa, quella che mi portò a scrivere queste pagine.

Padre Clement appartiene alla storia. La sua vita di incredibile eroismo, resistenza, compassione e coraggio appartiene a coloro che amano scrivere degli eroi. Le comunità che avviò sono la base dei nostri ultimi esperimenti di vita, e non mancheranno le biografie dell'uomo che le concepì.

Questa non è la storia di padre Clement. È la storia di John Merryweather Gabriel, insignito in guerra della medaglia al valore, opportunista, uomo di sensuali passioni e di grande fascino. Io e lui, seppur in modo diverso, amammo la stessa donna.

Tutti esordiamo come protagonisti della nostra storia. Poi ci facciamo delle domande, cominciamo a dubitare, ci confondiamo. Per me è andata così. Prima era la *mia* storia. Poi pensai che fosse mia e di Jennifer insieme... come Romeo e Giulietta, Tristano e Isotta. E infine Isabella si stagliò nell'oscurità e nel disincanto in cui ero caduto, come la luna in una notte buia. Divenne il motivo centrale del ricamo, e io – io ero lo sfondo, e niente di più. Niente di più, ma anche niente di meno, poiché senza lo sfondo scialbo, il disegno non risalta.

Adesso, ancora una volta, il motivo è mutato. Questa non è la mia storia, e nemmeno quella di Isabella. È la storia di John Gabriel.

La storia finisce qui, dove la sto cominciando. Finisce con John Gabriel. Ma è anche qui che comincia.

1

DA DOVE COMINCIO? Da St Loo? Magari dal comizio nella Sala delle parate nel quale un generale anziano (molto anziano) presentò il potenziale candidato conservatore, il maggiore John Gabriel, insignito in guerra della medaglia al valore, che ci deluse con quella voce monotona e impersonale, e con la sua brutta faccia; e a noi non rimase che farci forza pensando al suo coraggio e cercando di tenere a mente che era necessario fare breccia sul popolo: le classi privilegiate erano così esigue, ormai!

O forse dovrei iniziare da Polnorth House, da quella camera bassa e lunga che si affacciava sul mare, e dal terrazzo in cui, nelle belle giornate, veniva portata la mia carrozzina di invalido. Da lì si vedeva l'Atlantico, con i suoi frangenti straordinari, e a interrompere la linea dell'orizzonte c'era un promontorio scoglioso grigio scuro sul quale si ergevano le merlature e le torrette del castello di St Loo. Nell'insieme somigliava, o almeno così mi era sempre parso, a un acquarello tinteggiato da una giovinetta romantica nell'anno 1860 o giù di lì.

Perché il castello di St Loo ha quell'aria di artificiosa teatralità e di illusoria poesia che può appartenere soltanto a qualcosa di realmente autentico. Sapete, fu costruito quando la natura umana era così spontanea da apprezzare il romanticismo senza provarne imbarazzo. Rievoca assedi, draghi e amori di cavalieri e principesse imprigionate, e tutti i fasti propri di un brutto film storico. E poi, a pensarci bene, che cos'è la storia se non un brutto film?

Guardando il castello di St Loo ci si aspetta di trovarci una Lady St Loo, una Lady Tressilian, una signora Bigham Charteris, una Isabella. E la cosa assurda è che c'erano davvero!

Dovrei cominciare da lì? Dalla la visita che ci fecero quelle tre vecchie signore dal portamento eretto, l'abbigliamento fuori moda e i diamanti dalla montatura antiquata? Dalle parole che rivolsi a Teresa, affascinato: «Ma non possono... non possono essere... *vere*»?

O forse dovrei cominciare un po' prima, magari dal momento in cui mi misi in macchina per raggiungere Jennifer all'aeroporto di Northolt?

Ma a furia di procedere all'indietro si arriva alla *mia* vita... che aveva avuto inizio trentotto anni prima e che quel giorno finì...

Questa non è la *mia* storia. L'ho già detto. Ma comincia con la mia storia. Comincia con me, Hugh Norreys. Guardandomi indietro, mi pare che la mia vita sia stata simile a quella di chiunque altro. Niente di meno, niente di più. Ha conosciuto gli inevitabili disincanti, le delusioni, le segrete angosce infantili; e anche l'entusiasmo, la serenità, le intense soddisfazioni che derivano da cose fin troppo irrisorie. Posso scegliere da che prospettiva guardare la mia vita, se con frustrazione o come la cronaca di un trionfo. Sono vere entrambe. In fondo, è sempre una questione di selezione. C'è Hugh Norreys come si vede lui, e Hugh Norreys come appare agli altri. In realtà ci sarà anche Hugh Norreys come appare a Dio. Ci deve essere un Hugh essenziale, ma la sua storia può scriverla soltanto l'angelo scrivano. Quello che mi chiedo è: quanto so, adesso, del giovane che a Penzance salì sul treno per Londra, agli inizi del '45? In fin dei conti, se me lo domandassero, risponderei che la vita mi aveva trattato bene. In tempo di pace mi era piaciuto il mio lavoro da insegnante, e avevo apprezzato anche la mia esperienza in guerra – il mio posto a scuola mi attendeva al ritorno –, e non mi dispiaceva la prospettiva di entrare a far parte del collegio direttivo e di diventare preside. Avevo avuto degli amori che mi avevano fatto soffrire, e altri più soddisfacenti, ma nessuno si era spinto in profondità. Avevo dei legami familiari nella norma, ma non troppo stretti. Quel giorno, a trentasette anni, mi resi conto di una cosa di cui ero consapevole da un po': ero in attesa di qualcosa... di un'esperienza, di un evento supremo...

All'improvviso ebbi l'impressione che fino ad allora nella mia vita fosse stato tutto superficiale: adesso volevo qualcosa di *vero*. Con ogni probabilità tutti hanno questa sensazione almeno una volta nella vita, chi prima e chi dopo. È un po' come quando senti che è arrivato il tuo turno di battere...

Presi il treno a Penzance, scegliendo il terzo turno per il pranzo (visto che avevo fatto da poco una colazione abbondante), e quando il cameriere si avvicinò strillando con voce nasale: «Pranzo di terza classe, prego, biglietti...» mi alzai diretto al vagone ristorante. Il cameriere prese il mio biglietto e mi indicò un posto singolo, che dava le spalle alla locomotiva. Era proprio di fronte a Jennifer.

Sapete, è così che succede. C'è ben poco da pensare, o da pianificare. Mi sedetti di fronte a Jennifer... e Jennifer stava piangendo.

Non me ne accorsi subito. Ce la stava mettendo tutta per controllarsi. Non emetteva il minimo suono, non dava nessun segnale visibile. In più non ci guardavamo, in conformità alle convenzioni che regolano gli incontri tra sconosciuti su un vagone ristorante. Le porsi il menu – un gesto gentile ma privo di senso visto che recava scritto soltanto «Minestra, carne o pesce, dolce o formaggio. Quattro scellini e sei penny».

In risposta lei inclinò la testa da un lato e mi rivolse un sorriso gentile, di cortesia. Il cameriere ci chiese che cosa volevamo bere. Ordinammo entrambi una birra leggera.

Restammo in silenzio. Io diedi un'occhiata alla rivista che avevo portato con me. Il cameriere percorse, celere, il vagone e poggiò i piatti di minestra sul tavolo. Da bravo gentiluomo, spinsi appena sale e pepe verso Jennifer. Fino a quel momento non l'avevo guardata – cioè, non l'avevo guardata veramente –, benché fossi a conoscenza di alcune nozioni di base: era giovane, ma non troppo, aveva solo qualche anno meno di me, era di statura media, aveva i capelli bruni, apparteneva al mio stesso ceto sociale e, per quanto fosse abbastanza avvenente da risultare piacevole, non era di una bellezza tale da mettermi a disagio.

Mi proposi di osservarla meglio e, se mi fosse sembrato il caso, di buttare lì qualche osservazione. Dipendeva.

Ma a stravolgere tutti i miei calcoli fu che, vagando con lo sguardo sul suo piatto, mi accorsi che qualcosa di insolito stava gocciolando nella minestra. Senza rumore, senza alcun verso o segno di afflizione, le lacrime sgorgavano dai suoi occhi e si versavano nel piatto.

Perplesso, le gettai delle occhiate furtive. Le lacrime si bloccarono subito: la ragazza le ricacciò e bevve la minestra. Mi lasciai sfuggire, imperdonabile:

«Lei è tremendamente infelice, non è vero?»

La giovane esclamò con fervore: «Sono una stupida, ecco che cosa sono!».

Nessuno dei due parlò. Il cameriere portò via i piatti, mise davanti a noi delle misere porzioni di pasticcio di carne e ci servì cavoli in quantità esorbitanti. Aggiunse anche due patate al forno con l'aria di chi ci stesse facendo un grande favore.

Guardai fuori dal finestrino e dissi qualcosa sul paesaggio, poi continuai con qualche altro commento sulla Cornovaglia. Io non la conoscevo bene, e lei? Lei sì, disse di sì, viveva là. Paragonammo la Cornovaglia al Devonshire, al Galles e alla costa orientale: era una conversazione priva di senso, se non quello di sorvolare sul fatto che lei si era macchiata della colpa di versare lacrime in pubblico e io di notare la cosa.

Fu solo quando arrivò il caffè, io le offrii una sigaretta e lei la accettò, che riprendemmo da dove avevamo cominciato.

Mi scusai per essere stato così sciocco, ma non avevo potuto evitarlo. Lei disse che di certo l'avevo presa per una completa idiota.

«No, ho pensato solo che era arrivata al limite della sopportazione. È così, no?» le domandai io.

Lei annuì.

«È umiliante arrivare a un grado tale di autocommiserazione che non ti importa più niente di quello che fai e davanti a chi!» mi disse con foga.

«Ma a lei sì che importava. Ha lottato con tutte le sue forze.»

«Non ho singhiozzato disperata, se è questo che intende» fece lei.

Le chiesi quanto fosse grave.

Molto, mi rispose. Aveva toccato il fondo, e non sapeva che cosa fare.

Io l'avevo intuito. Aveva un'aria affranta, e decisi di non abbandonarla in quello stato d'animo. La esortai a confidarsi: «Su, vuoti il sacco. Io sono un estraneo, a me può raccontare le cose come stanno».

«Non c'è niente da dire, se non che ho rovinato tutto... tutto.»

Le dissi che magari non era così grave. Aveva bisogno di conforto, lo vedevo. E di una vita nuova, di nuovo coraggio. Aveva bisogno di risollevarsi da quel penoso abisso di dolore e sopportazione, di rimettersi in piedi. E io ero senza ombra di dubbio la persona più qualificata per sorreggerla... sì, mi bastò un attimo per convincermene.

Mi guardò titubante, come una bambina insicura. Poi diede libero sfogo alle sue sofferenze.

Nel bel mezzo di tutto ciò, ovviamente, arrivò il cameriere con il conto. Mi rallegrai che fosse l'ultimo turno per il pranzo: non ci avrebbero messo fretta. Aggiunsi dieci scellini al conto, il cameriere fece un inchino discreto e si dileguò.

Ripresi ad ascoltare Jennifer.

La vita era stata ingiusta con lei. Aveva resistito con incredibile coraggio, ma c'erano state troppe cose, una dopo l'altra, e lei non era forte, almeno non fisicamente. Le era andato sempre tutto storto – da bambina, da ragazza, da sposata. La sua dolcezza e la sua impulsività la mettevano sempre nei guai. C'erano state vie di fuga, e lei non le aveva colte, aveva preferito mettersi nei pasticci e cercare di risolvere la situazione come poteva. E quando le cose andavano male, e si presentava una via d'uscita, era sempre una brutta via d'uscita, e finiva in un guaio ancora più grosso.

Per tutto quello che era successo incolpava solo se stessa. Mi si scaldava il cuore per quei suoi modi amorevoli, scevri da giudizi o rancori. «Deve essere stata colpa mia, in qualche modo...» finiva col dire ogni volta, malinconicamente.

Mi veniva voglia di urlare: "Ma non è stata colpa tua! Non vedi che sei la vittima... che sarai sempre una vittima finché continuerai ad assumerti la colpa di ogni cosa con questo fatalismo?".

Era adorabile, seduta lì, in preda all'ansia e allo sconforto, infelice. Guardandola dall'altro lato del tavolino, pensai di sapere che cosa stessi aspettando. Jennifer. Non Jennifer come possesso, ma per restituirle il dominio della sua vita, per vederla felice, *sana* ancora una volta.

Sì, già allora lo sapevo... benché fu solo dopo molte settimane che ammisi a me stesso di essermi innamorato di lei.

Vedete, c'era molto di più.

Non ci mettemmo d'accordo per rivederci. Credo che lei fosse convinta che non ci saremmo incontrati mai più. Io invece la pensavo in modo diverso. Mi aveva detto il suo nome. Quando alla fine abbandonammo il vagone ristorante, lei mi salutò con molta dolcezza: «Questo è un addio. Ma, per favore, mi creda, non mi dimenticherò mai di lei e di quello che ha fatto per me. Ero disperata... sì, a dir poco disperata».

La presi per mano e la salutai... ma sapevo che non era un addio. Ne ero così certo che sarei stato disposto a non cercarla nemmeno. Ma il caso volle che avessimo amici in comune. Non glielo dissi, però ritrovarla sarebbe stato facile. La cosa strana era anzi che non ci fossimo conosciuti prima.

Ci incontrammo una settimana dopo, a un cocktail a casa di Caro Strangeways. E da quel momento in poi, non ci fu più alcun dubbio. Sapevamo che cosa ci stava succedendo...

Ci vedevamo, ci separavamo e ci vedevamo di nuovo. Ci davamo appuntamento alle feste a casa di amici e in ristorantini tranquilli, prendevamo il treno per andare in campagna e passeggiavamo fianco a fianco in un mondo velato di gioia e d'incanto. Andammo a un concerto a sentire Elizabeth Schumann cantare «e in quel sentiero in cui vagano i nostri piedi, ci incontreremo, dimenticheremo la terra e ci perderemo nei sogni, chiedendo al cielo di unire un amore che la terra non separerà mai...».

E quando fummo fuori, nel trambusto di Wigmore Street, ripetei le ultime parole di un Lieder di Strauss: «nell'amore e nella gioia eterna», e incontrai i suoi occhi.

«Oh, no, non per noi, Hugh...» fece lei.

«Sì, per noi...» ribattei.

Perché, glielo dissi, dovevamo percorrere il resto della nostra vita insieme...

Lei rispose che non poteva piantare tutto così. Suo marito, ne era certa, non le avrebbe concesso il divorzio.

«Ma lui a te chiederebbe di divorziare?»

«Penso di sì... Oh, Hugh, ma non possiamo continuare così?»

Le dissi di no. Avevo aspettato, mentre lei lottava per riacquistare salute ed equilibrio. Non avevo voluto angosciarla con le decisioni finché non fosse stata di nuovo la creatura felice e gioiosa che la natura aveva creato. Be', io ero stato paziente. E lei aveva ritrovato la forza, fisica e mentale. Ora dovevamo fare una scelta.

Non fu certo una passeggiata. Aveva ogni sorta di obiezioni, le più assurde e imprevedibili. Soprattutto, era a causa mia e della mia carriera che esitava. Per me avrebbe comportato una rinuncia. Le dissi che lo sapevo. Ci avevo riflettuto, e non mi importava. Ero giovane, c'erano altre cose che potevo fare oltre a insegnare.

Allora scoppiò a piangere e disse che non si sarebbe mai perdonata che io mandassi in rovina la mia vita a causa sua. Le spiegai che niente poteva mandarla in rovina, niente, a patto che lei stesse con me. Senza di lei, dichiarai, la vita per me sarebbe finita.

Ci furono molti alti e bassi. Se sembrava abbracciare il mio punto di vista, ecco che a un tratto, quando non ero più con lei, ritrattava. Insomma, non aveva fiducia in se stessa.

Eppure, pian piano, riuscì ad accogliere la mia idea. Non c'era solo passione tra noi... c'era molto di più. L'armonia della mente e del pensiero... il diletto di due intelletti che si corrispondono. Le cose che diceva, le avevo sulla punta della lingua... Insomma, c'era la condivisione di tanti piccoli piaceri.

Alla fine ammise che avevo ragione, che eravamo fatti l'uno per l'altra. Erano crollate anche le ultime difese.

«È vero! Oh, Hugh, com'è possibile, non lo so. Come posso davvero essere così importante per te? Eppure, non riesco a dubitarne.»

Ci furono prove e collaudi. Facemmo dei progetti, i necessari progetti pratici.

Era un mattino freddo e soleggiato quando mi svegliai e mi resi conto che quel giorno cominciava la nostra nuova vita. Da quel momento in poi, io e Jennifer saremmo stati insieme. Fino ad allora non mi ero concesso di crederci del tutto. Avevo temuto che quella strana e morbosa sfiducia nelle sue capacità l'avrebbe fatta tirare indietro.

Anche l'ultimo giorno della vecchia vita, sentii il bisogno di una conferma. Le telefonai.

«Jennifer...»

«Hugh...»

La sua voce, dolce, con un lieve fremito... Era vero.

«Perdonami, cara. Dovevo sentire la tua voce. È tutto vero?» le chiesi.

«È tutto vero...»

Avevamo appuntamento all'aeroporto di Northolt. Mi vestii canticchiando, poi mi rasai con cura. Allo specchio vidi una faccia quasi irriconoscibile, con un'espressione di pura e stolta felicità. Era il *mio* giorno! Il giorno che attendevo da trentotto anni. Feci colazione, controllai i biglietti e il passaporto. Poi salii in macchina. Al volante c'era Harriman, ma gli dissi che avrei guidato io, lui poteva sedersi dietro.

Dal viottolo imboccai la strada principale. L'auto s'immise nel traffico. Avevo tantissimo tempo. Era una giornata magnifica... una splendida giornata creata appositamente per Hugh e Jennifer. Sarei stato capace di mettermi a cantare a squarciagola.

Il camion arrivò da una stradina laterale a sessanta chilometri orari... non c'era modo di vederlo o di evitarlo... nessuna distrazione alla guida, nessuna svista. Il camionista era ubriaco, mi dissero poi... ma quant'è irrilevante il perché delle cose!

Il veicolo colpì la fiancata della Buick, la distrusse... e io rimasi bloccato sotto i rottami. Harriman perse la vita.

Jennifer aspettò all'aeroporto. L'aereo partì... io non arrivai...

2

SU COME ANDARONO LE COSE DOPO, non c'è molto da dire.

All'inizio non c'era coerenza, ma soltanto confusione, buio, dolore... Mi sembrava di vagare all'infinito in lunghi corridoi sotterranei. A intervalli, avevo la vaga percezione di trovarmi in ospedale. Mi accorgevo dei dottori, delle infermiere con la cuffietta bianca, dell'odore dei disinfettanti, del luccichio degli strumenti metallici e dei carrellini di vetro che venivano spinti qua e là...

Ripresi conoscenza lentamente: man mano avvertivo meno confusione, meno dolore... ma ancora nessun pensiero relativo a persone o posti. L'animale in preda al dolore conosce solo il dolore e la tregua dal dolore, non riesce a concentrarsi su nient'altro. Le medicine, che per fortuna leniscono la sofferenza fisica, confondono la mente, accentuando la sensazione di caos.

Tuttavia, cominciai ad avere degli sprazzi di lucidità e arrivò il momento in cui mi dissero chiaro e tondo che avevo avuto un incidente.

Infine, ecco la consapevolezza... la consapevolezza della mia impotenza, del mio corpo distrutto... Non mi era più destinata una vita da uomo tra gli uomini.

Vennero a farmi visita... mio fratello, impacciato, ammutolito, senza la minima idea di che cosa dire. Non eravamo mai stati molto legati. Non potevo parlargli di Jennifer.

Ma era a lei che pensavo. Quando la mia salute migliorò, mi fecero avere le lettere. Le lettere di Jennifer...

Erano stati ammessi alle visite solo i miei familiari. Jennifer non aveva alcun diritto, non poteva avanzare nessuna pretesa: tecnicamente era solo un'amica.

«Non mi fanno entrare, Hugh caro» mi scrisse. «Verrò appena me lo permetteranno. Ti mando tutto il mio affetto. Guarisci presto, Jennifer.»

E un'altra:

«Non ti preoccupare, Hugh. Non fa niente, l'importante è che tu sia vivo. È questa l'unica cosa che conta. Presto saremo insieme... per sempre. Tua Jennifer.»

Le scrissi, con deboli scarabocchi a matita, che non doveva venire. A quel punto che cosa avevo da offrirle?

Fu solo quando uscii dall'ospedale e mi ritrovai a casa di mio fratello che la rividi. Le sue lettere dicevano tutte le stesse cose. Ci amavamo! Anche se io non fossi più tornato quello di una volta, dovevamo rimanere insieme. Si sarebbe presa lei cura di me. Saremmo stati felici. Non felici nel modo che avevamo sognato, ma comunque felici.

E anche se la mia prima reazione era stata quella di darci un taglio netto, quasi brutale, dicendole: "Va' via, e non tornare mai più", vacillai. Perché credevo, come lei, che il legame tra noi non fosse solo sensuale. Ci rimanevano ancora i piaceri della nostra intesa intellettuale. Certo, per lei sarebbe stato meglio fuggire e dimenticarmi... ma se non l'avesse fatto?

Passò molto tempo prima che mi arrendessi a farla venire. Ci scrivevamo assiduamente, e quelle nostre lettere erano vere lettere d'amore. Avevano un tono enfatico... quasi epico.

E quindi, alla fine, cedetti...

Be', venne a farmi visita.

Non poteva stare molto, non le era permesso. Già lo capimmo quella prima volta, credo, ma non lo ammettemmo. Venne di nuovo. E ancora una terza volta. Poi non ce la feci più. La sua terza visita durò dieci minuti, e mi sembrò un'ora e mezzo! Stentai a crederci quando guardai l'orologio. Senz'altro era sembrata altrettanto lunga anche a lei...

Insomma, non avevamo niente da dirci...

Ecco tutto.

Non c'era niente.

Esiste un'amarezza come quella che deriva dal disincanto? Tutta la sintonia intellettuale, i nostri pensieri a completare quelli dell'altro, l'amicizia, l'affinità: illusione, nient'altro che illusione. L'illusione che genera l'attrazione tra un uomo e una donna. La lusinga della natura, il suo ultimo inganno, il più astuto. Tra me e Jennifer c'era stata solo attrazione dei sensi – da lì era scaturito quel mostruoso tessuto di autoinganno. Era stata passione, solo passione, e questa scoperta mi causò vergogna, mi incattivì, mi portò quasi al punto di odiare lei almeno quanto me stesso. Ci guardammo con desolazione chiedendoci, ognuno a modo suo, che cosa fosse successo al miracolo di cui eravamo così sicuri.

Lei era giovane e bella, lo vedevo. Ma quando parlava mi annoiava. E io annoiavo lei. Non riuscivamo a trarre il minimo piacere da nessun tipo di conversazione.

Lei continuò a rimproverarsi tutto, e io volevo solo che la smettesse. Mi sembrava inutile, e anche ridicolo. Mi chiedevo che bisogno ci fosse di affannarsi a quel modo.

Al momento di andare via, la terza volta, mi disse, perseverando con quel tono accomodante: «Torno presto, Hugh caro».

«No, non tornare» feci io.

«Ma certo che torno.» La sua voce era affettata, falsa.

«Per carità, non fingere, Jennifer. È finita... è tutto finito» dissi io con crudeltà.

Lei rispose che non era finita, che non sapeva neanche cosa stessi dicendo. Si sarebbe presa cura di me per tutta la vita, sosteneva, e saremmo stati molto felici. Era decisa a immolarsi, il che mi fece andare su tutte le furie. In più temetti che l'avrebbe fatto davvero. Forse sarebbe stata lì per sempre, a discorrere, a cercare di essere gentile, con quelle sue ridicole osservazioni... Mi feci prendere dal panico – un panico figlio della debolezza e della sofferenza.

Le gridai di andare via... *via*. Se ne andò, terrorizzata. Ma nei suoi occhi vidi un certo sollievo.

Quando mia cognata entrò per tirare le tende, le dissi: «È finita, Teresa. Se n'è andata... se n'è andata... Non tornerà, vero?».

Teresa, con quel suo tono di voce basso, rispose di no.

«Pensi che sia la mia condizione a farmi vedere le cose... in modo sbagliato?»

Teresa sapeva che cosa intendevo. Rispose che, secondo lei, una condizione come la mia portava a vedere le cose come sono davvero.

«Quindi ora sto vedendo Jennifer per quella che è davvero?»

Teresa mi spiegò che non era esattamente così. Con ogni probabilità adesso non ero più capace di prima di capire com'era davvero Jennifer. Ma ora sapevo con esattezza che effetto aveva Jennifer su di me, al di là dei sentimenti.

Le domandai che cosa pensasse lei, di Jennifer.

Mi disse che aveva sempre pensato che fosse bella, gentile e oltremodo noiosa.

«Secondo te è molto infelice?» le chiesi, domanda morbosa.

«Sì, Hugh, penso di sì.»

«A causa mia?»

«No, a causa di se stessa.»

«Continua a sentirsi in colpa per il mio incidente. Dice che non sarebbe mai successo se io non avessi dovuto incontrare *lei*... è così *stupido*!» mi sfogai io.

«Sì, molto.»

«Io non voglio che si incaponisca. Non voglio che sia infelice, Teresa.»

«Ma insomma, lascia qualcosa a quella ragazza!»

«In che senso?»

«Le *piace* essere infelice. Non lo hai ancora capito?»

I ragionamenti di mia cognata sono dotati di una fredda lucidità che trovo a dir poco sconcertante.

Le feci notare che quella era una cosa terribile da dire.

Teresa rispose soprappensiero che forse lo era, ma che non credeva di aver detto chissà cosa.

«Smettila di raccontarti favole. Jennifer ci ha sempre goduto ad angosciarsi perché niente le va per il verso giusto. Si arrovella e si crogiola... ma se le piace vivere così, qual è il problema?» Poi aggiunse: «Lo sai, Hugh, non si può provare compassione per una persona, a meno che non ci sia dell'autocommiserazione. Una persona deve essere dispiaciuta per se stessa, perché tu possa dispiacerti per lei. La compassione è sempre stata il tuo punto debole. Ed è questo a non farti vedere le cose come stanno».

Ricavai una momentanea soddisfazione nel dire a Teresa che era una donna odiosa. Lei ammise che forse era vero.

«Non sei mai dispiaciuta per nessuno.»

«Sì, invece. Mi dispiace per Jennifer, in un certo senso.»

«E per me?»

«Non lo so, Hugh.»

Le domandai con sarcasmo:

«Il fatto che io sia un relitto umano, un invalido privo di alcuna ragione per tirare avanti non ti tocca minimamente?»

«Non so se sono triste per te. Tutto ciò ti ha permesso di incominciare una nuova vita da capo, di viverla da una prospettiva del tutto diversa. Potrebbe rivelarsi molto interessante.»

Le dissi che era disumana, e lei se ne andò sorridendo.

Mi aveva fatto un gran bene.

3

POCO DOPO CI TRASFERIMMO a St Loo, in Cornovaglia. Teresa aveva appena ereditato una villa da una prozia, e il dottore mi aveva raccomandato di allontanarmi da Londra. In più, mio fratello Robert, che è un pittore con una concezione del paesaggio che la maggior parte delle persone riterrebbe "alterata", durante la guerra aveva prestato servizio civile nel settore agricolo, come molti artisti. Tutto quadrava alla perfezione.

Teresa andò a sistemare l'abitazione e poi, dopo aver compilato una marea di moduli, fui portato lì anch'io da un'ambulanza speciale.

«Com'è la vita da queste parti?» domandai a Teresa il mattino dopo il mio arrivo.

Teresa era bene informata. Mi spiegò che c'erano tre mondi diversi. Il vecchio villaggio di pescatori, raggruppato attorno al porto, circondato da alte case con i tetti in ardesia, e i cartelli scritti in fiammingo e in francese, oltre che in inglese. Più in là, a costeggiare il litorale, sorgeva la moderna protuberanza turistico-residenziale: enormi hotel di lusso, caterve di piccoli cottage e pensioncine... tutti affollati e pieni di vita in estate, tranquilli in inverno. E, infine, c'era il castello di St Loo, in cui viveva un'anziana nobildonna, Lady St Loo, che costituiva il nucleo di un terzo stile di vita, con diramazioni e stradine tortuose che conducevano in casette nascoste con discrezione dietro chiese d'altri tempi. Di fatto, quasi aristocrazia, concluse Teresa.

«E noi che cosa siamo?» le domandai.

Anche noi eravamo "aristocrazia", perché Polnorth House era appartenuta alla sua prozia Amy Tregellis, e Teresa l'aveva ricevuta in eredità, non l'aveva acquistata. Ci era stata tramandata.

«Pure Robert?» chiesi. «Anche se è un pittore?»

Teresa ammise che questo era un punto dolente. C'erano troppi pittori a St Loo nei mesi estivi.

«Ma è mio marito» concluse con orgoglio. «E poi, sua madre era una Bolduro, originaria di Bodmin.»

Fu allora che domandai a Teresa che cosa avremmo fatto nella nuova casa, o meglio, che cosa avrebbe fatto lei. Il mio ruolo era chiaro: ero lo spettatore.

Teresa mi spiegò che aveva intenzione di prendere parte a tutte le attività del posto.

«Che sarebbero?»

Teresa pensava di darsi alla politica e al giardinaggio, con qualche incursione nel mondo degli istituti femminili e della beneficenza, come il Centro di accoglienza dei reduci di guerra.

«Ma soprattutto, la politica» ribadì. «In fondo, da un momento all'altro potrebbero essere indette le elezioni.»

«Ti sei mai interessata di politica, Teresa?»

«No, Hugh, l'ho sempre ritenuto inutile. Mi limito a votare quello che mi sembra il male minore.»

«Una linea ammirevole» mormorai.

Ma ora, affermò, avrebbe fatto il possibile per prendere sul serio la politica. Doveva essere conservatrice, ovvio. Chiunque possedesse Polnorth House non poteva schierarsi altrimenti, e Amy Tregellis si sarebbe rivoltata nella tomba se la nipote alla quale aveva lasciato i suoi tesori avesse votato laburista.

«E se pensassi che fosse il partito migliore?»

«Ah, ma non lo penso» tagliò corto Teresa. «Credo che l'uno non sia da preferire all'altro.»

«Non potresti essere più equa» commentai io.

Quindici giorni dopo il nostro trasferimento a Polnorth House, venne a farci visita Lady St Loo.

Portò con sé la sorella, Lady Tressilian, la cognata, la signora Bigham Charteris, e la nipote, Isabella.

Quando se ne andarono dissi a Teresa, rapito, che non potevano essere vere.

Vedete, sembravano proprio uscite dal castello di St Loo. Erano delle figure fiabesche: le tre streghe e la fanciulla fatata.

Adelaide era la vedova del settimo barone di St Loo. Suo marito era morto nella guerra boera, e i due figli nella guerra del '14-'18. Non erano rimasti in vita eredi maschi, ma il più giovane dei figli aveva avuto una bambina, Isabella, la cui madre era morta dandola alla luce. Il titolo era passato a un cugino, allora residente in Nuova Zelanda. Il nono Lord St Loo fu felicissimo di affittare il castello alla vedova. Isabella crebbe lì con la nonna e le due prozie a farle da guardia. La sorella di Lady St Loo, Lady Tressilian, e la cognata, la signora Bigham Charteris, entrambe vedove, si erano trasferite nel castello in modo da dividere le spese e dare a Isabella la possibilità di vivere in quella che le tre anziane signore consideravano la sua legittima dimora. Tutte sulla settantina, somigliavano a tre corvi neri. Lady St Loo aveva un largo viso ossuto con un naso aquilino e la fronte alta. Lady Tressilian era grassottella, aveva un faccione rotondo e occhietti lucenti. La signora Bigham Charteris era esile e coriacea. Nel complesso sembravano vivere ancora nell'epoca di Edoardo VII, come se il tempo per loro si fosse fermato. Indossavano, appuntate nei punti più improbabili, delle spille opache di sporcizia, indubbiamente autentiche; né poche né troppe, erano a forma di mezzaluna, di ferro di cavallo o di stella.

Ecco com'erano le tre anziane signore del castello di St Loo. Con loro venne anche Isabella, un perfetto esemplare di fanciulla fatata. Era alta e snella, e aveva un viso sottile e allungato, con la fronte alta e dei bei capelli biondo cenere che le ricadevano lisci sulle spalle. Era identica alle donne raffigurate nelle vetrate delle chiese antiche. Non si poteva dire che fosse particolarmente graziosa, né avvenente, ma c'era in lei qualcosa che si poteva quasi definire bellezza. Però era la bellezza di un tempo ormai lontano, niente a che vedere con la nostra concezione moderna. In lei non c'era slancio, né gioco di colori o irregolarità dei lineamenti. La sua era la severa bellezza di una sana costituzione, di una buona conformazione ossea. Sembrava una grave e austera castellana. Ma il suo viso non era privo di carattere: c'era un che di "nobile", non potrei definirlo altrimenti.

Dopo aver detto a Teresa che le tre anziane non erano vere, aggiunsi che non lo era nemmeno la ragazza.

«La principessa imprigionata nel castello in rovina?» suggerì Teresa.

«Esattamente. Avrebbe dovuto fare il suo arrivo su un destriero bianco latte, non su una vecchia Daimler.» Poi aggiunsi con curiosità: «Mi chiedo a che cosa pensa».

Isabella aveva detto poco e niente durante la visita. Si era messa a sedere ben ritta sulla schiena con un dolce sorriso trasognato. Aveva risposto con cortesia a ogni parola che le era stata rivolta, ma non c'era stato bisogno che parlasse più di tanto, visto che la nonna e le zie avevano monopolizzato la maggior parte della conversazione. Mi chiesi se avesse accolto con riluttanza l'idea di venire a farci visita, o se questa piccola novità locale avesse destato in lei un po' d'interesse. Pensai che la sua vita dovesse essere piuttosto monotona.

Domandai, curioso: «Non ha fatto niente durante la guerra? È rimasta a casa tutto il tempo?».

«Ha solo diciannove anni. Da quando ha finito la scuola collabora con la Croce Rossa.»

«La scuola?» Ero sbalordito. «Cioè... è andata a scuola? In collegio?»

«Sì. Al St Ninian.»

Ero ancora più sorpreso. Il St Ninian è costoso e all'avanguardia; certo, non è misto né stravagante, ma è comunque un istituto che va fiero delle sue ampie vedute. Niente a che vedere con le scuole di bon ton.

«Ti sembra assurdo?» mi chiese Teresa.

«Sì, sai...» cominciai io lentamente. «È che quella ragazza dà l'impressione di non essersi mai allontanata da casa, di essere stata cresciuta in un remoto ambiente medievale senza il minimo contatto con il ventesimo secolo.»

Teresa fece un cenno di assenso con la testa, assorta. «Sì, ho capito cosa intendi.»

A quel punto intervenne mio fratello Robert, dicendo che questo dimostrava che il solo ambiente che conta è quello domestico, oltre all'indole.

«Continuo a chiedermi a che cosa pensa...» insistetti.

«Forse non pensa» azzardò Teresa.

Queste parole mi strapparono un risolino. Ma nella mia mente continuai a interrogarmi su quella ragazza singolare.

In quel periodo soffrivo di un disagio quasi patologico a causa della mia condizione. Ero stato una persona forte e sana, le malattie e le deformità le disprezzavo e non volevo nemmeno prestarci attenzione. Sì, certo, ero stato capace di provare compassione, ma sempre accompagnata da un vago senso di disprezzo.

E adesso ero io motivo di compassione e disprezzo. Un invalido, un uomo con gli arti deformati che se ne stava seduto su una sedia a rotelle, avvolto in una coperta.

Inerme, mi rimpicciolivo nell'attesa della reazione altrui dinanzi al mio stato di salute. Quale che fosse, era un colpo per me. Terribile, quello sguardo gentile di commiserazione. E non lo era di meno la lampante discrezione di chi cercava di fingere che fossi una persona assolutamente normale, di non aver notato niente di insolito. Se non fosse stato per la volontà di ferro di Teresa, mi sarei isolato e non avrei visto mai nessuno. Ma quando Teresa è convinta di qualcosa, non è facile dissuaderla. Aveva deciso che non sarei dovuto diventare un recluso. Riuscì, senza il contributo della parola, a insinuare l'idea che ritirarmi e diventare un personaggio misterioso non avrebbe fatto altro che richiamare l'attenzione. Sapevo a che gioco stesse giocando e perché, ma la assecondai. Decisi di dimostrarle con determinazione che potevo farcela, quale che fosse il comportamento della gente! Pietà, tatto, eccessiva gentilezza, a scrupolosa elusione di ogni accenno a incidenti e malattie, la finzione che io fossi come ogni altro uomo... sopportai tutto, impassibile.

La reazione delle tre anziane signore non mi era sembrata poi così imbarazzante. Lady St Loo aveva optato per un garbato riserbo. La materna Lady Tressilian non era riuscita a trattenere la sua materna compassione. Ovviamente aveva citato gli ultimi libri usciti per domandarmi se magari mi andava di fare qualche recensione. La signora Bigham Charteris, una personcina schietta, aveva dato a vedere il suo disagio quando, in una conversazione sugli sport più attivi e cruenti, si era visibilmente trattenuta (poveretta, per evitare di parlare della caccia o dei segugi).

Solo la ragazza, Isabella, mi aveva sorpreso comportandosi in modo naturale. Mi aveva osservato senza sentirsi in dovere di distogliere subito lo sguardo, come se con la mente mi stesse inventariando insieme agli altri individui che occupavano la stanza, o insieme al mobilio. "Uomo, sulla trentina e passa, menomato"... Una voce all'interno di un catalogo, un catalogo di cose che non avevano niente a che fare con lei.

Quando finì con me, lo sguardo si posò sul pianoforte a coda, e poi sul fermacarte cinese a forma di cavallo che se ne stava poggiato su un tavolo, in solitudine. Quell'oggetto sembrò destare in lei un certo interesse. Mi chiese che cosa fosse. Glielo spiegai.

«Le piace?» domandai.

Ci rifletté su per un po' prima di rispondere e poi disse, dando molto peso a questo monosillabo, come se fosse importante: «Sì».

Mi chiesi se non fosse per caso stupida.

Le domandai se era appassionata di cavalli.

Rispose che quello era il primo che vedeva.

«No, intendo di cavalli veri» spiegai.

«Ah, certo. Sì, mi piacciono, ma non posso permettermi di andare a caccia.»

«Però le piacerebbe?»

«Non particolarmente. La campagna qui intorno non è il massimo.»

Le chiesi se faceva vela e lei disse di sì. Poi Lady Tressilian cominciò a parlarmi di libri, e Isabella ricadde nel silenzio. Mi resi conto che c'era un'arte che Isabella conosceva alla perfezione: quella della compostezza. Sapeva stare ferma. Non fumava, non incrociava le gambe, non le faceva dondolare, né tamburellava con le dita o si tormentava i capelli.

Se ne stava seduta tranquilla, in silenzio, ritta sull'alta poltrona, con le mani sulle ginocchia... mani lunghe e affusolate. Era immobile come il fermacarte a forma di cavallo: l'uno sul tavolo, lei sulla poltrona. Avevano qualcosa in comune: erano prettamente ornamentali, statici, memori di un'epoca remota...

Risi quando Teresa disse che Isabella non pensava, ma poi mi resi conto che poteva essere vero. Gli animali non pensano: le loro menti sono quiete, passive, finché non sorge un'emergenza da affrontare. Pensare (nell'accezione speculativa del termine) è un processo artificiale che abbiamo imparato da soli, e non senza difficoltà. Ci preoccupiamo di quello che abbiamo fatto ieri, e rimuginiamo su cosa stiamo facendo oggi e su quello che accadrà domani. Ma ieri, oggi e domani esistono a prescindere dalle nostre speculazioni. Le cose si sono verificate e si verificheranno al di là di quello che pensiamo.

Le previsioni di Teresa sulla nostra vita a St Loo si rivelarono fondate. Quasi subito fummo immersi fino al collo nella politica. Polnorth House era ampia e aveva una struttura irregolare, e Amy Tregellis, vedendosi diminuire il reddito a causa delle tasse, ne aveva separato un'ala, che aveva fornito di una cucina indipendente. In principio era stata destinata agli evacuati delle aree bombardate, ma questi, arrivati a Londra in pieno inverno, non erano stati in grado di digerire gli orrori di Polnorth House. A St Loo, con i negozi e le casette, forse avrebbero potuto farcela, mentre lì, a un chilometro dalla città, lungo «quella tremenda stradina tortuosa, con una fanghiglia da non crederci, e per di più senza illuminazione: dalla siepe poteva sbucare chiunque. E in giardino tutto quel fango, tutte quelle cose verdi... e il latte, che veniva direttamente da una mucca, a volte ancora caldo, disgustoso, e mai una volta che ci si potesse procurare quello condensato!»... tutto questo era stato troppo per la signora Price, la signora Hardy e la loro figliolanza. Se ne erano andate quatte quatte alle prime luci dell'alba, preferendo esporre la loro prole ai pericoli di Londra. Erano due brave donne. Restituirono la casa linda e splendente, e lasciarono un biglietto sul tavolo.

> Gentile signorina, la ringraziamo per la sua gentilezza, sappiamo che ha fatto tutto ciò che poteva, ma in campagna è terribile, e i bambini per andare a scuola devono camminare in mezzo al fango. Grazie ugualmente. Speriamo di aver lasciato tutto in ordine.

Il funzionario che si occupava di trovare alloggio agli sfollati decise di lasciar perdere. In fondo era un uomo saggio. A tempo debito la signorina Tregellis diede in affitto l'ala distaccata al capitano Carslake, il portavoce dei conservatori, che conduceva una vita molto impegnata come volontario della protezione antiaerea e ufficiale della Home Guard.

Robert e Teresa furono assolutamente favorevoli a far restare i Carslake, benché forse non avessero la facoltà di cacciarli. Questo comportò che tanta attività preelettorale si concentrasse a Polnorth House e nei dintorni, oltre che negli uffici del partito, che si trovavano nella via principale di St Loo.

Teresa, come aveva previsto, fu assorbita subito nel vortice. Era sempre in giro in macchina a distribuire volantini e si era persino cimentata nella propaganda. La recente storia politica di St Loo era piuttosto controversa. Trattandosi di una stazione termale alla moda, con la pesca come attività principale e una vasta periferia agricola, era dominata dai conservatori. Gli agricoltori, poi, erano conservatori senza eccezione alcuna. Ma negli ultimi quindici anni St Loo era cambiata. Ormai in estate si trasformava in una località balneare e pullulava di pensioncine. Gli artisti avevano colonizzato le falesie con schiere di cottage. La popolazione era adesso composta da individui impegnati, sofisticati, colti e, dal punto di vista politico, sinistrorsi se non comunisti.

Nel '43 erano state indette le elezioni straordinarie dopo che il secondo infarto aveva costretto Sir George Borrodaile a ritirarsi, all'età di sessantanove anni. E, per l'orrore dei vecchi residenti, per la prima volta nella storia era stato eletto un laburista.

«Attenzione, però» ammise il capitano Carslake, dondolandosi sui talloni mentre dispensava lezioni di storia a me e a Teresa. «Non sto mica dicendo che non ce la fossimo cercata.»

Carslake era un ometto bruno, smilzo, dall'aspetto equino e lo sguardo attento e furtivo. Era diventato capitano nel '18, quando era entrato a far parte dell'Esercito. Dal punto di vista politico era una persona competente e sapeva fare il suo mestiere.

Dovete capire che io sono una frana in politica: il gergo non l'ho mai capito davvero. Con ogni probabilità il mio resoconto delle elezioni di St Loo sarà a dir poco approssimativo. Corrisponde alla realtà tanto quanto gli alberi dipinti da Robert somigliano al modello originale. Gli alberi veri sono alberi, entità con corteccia, rami e foglie, ghiande o castagne. Gli alberi di Robert sono chiazze e macchie di denso colore a olio applicato in certi punti della tela con l'uso di un motivo grafico e sfumature folli e imprevedibili. A mio avviso, non si capisce nemmeno che siano alberi: potrebbero essere piatti di spinaci o impianti petroliferi... Eppure sono *l'idea* che Robert ha degli alberi. Così il mio racconto della situazione politica di St Loo è la mia percezione delle elezioni, e magari non sarà riconoscibile come tale da un politico. Presumo di aver frainteso termini e procedure, ma per me le elezioni furono solo lo sfondo, confuso e irrilevante, su cui si stagliò una figura a grandezza naturale: John Gabriel.

4

LA PRIMA VOLTA che sentii nominare John Gabriel fu la sera in cui Carslake spiegò a Teresa che se le elezioni passate erano andate in quel modo, era stata colpa loro.

Il candidato dei conservatori era allora Sir James Bradwell di Torington Park. Viveva lì, aveva un po' di soldi, ed era un Tory fino al midollo, di sani principi. Era un uomo retto, però aveva sessantadue anni e non brillava per passione e prontezza di riflessi. Non aveva il dono dell'eloquenza e se veniva interrotto in pubblico non c'era più niente da fare.

«Sul palco è pietoso» continuò Carslake. «Davvero pietoso. Un continuo farfugliare... non è portato. Gli scrivevamo i discorsi noi, ovvio, e alle riunioni importanti mandavamo sempre un buon oratore. Dieci anni fa poteva andare bene. Una brava persona, del posto, onesto come pochi, e di sangue blu. Ma oggi... vogliono di più!»

«Magari un po' di materia grigia?» suggerii io.

Ma Carslake non sembrava riferirsi a questo.

«Vogliono una persona brillante, spigliata, che abbia sempre la risposta pronta, e che magari ti faccia fare una risata. E, naturalmente, vogliono qualcuno che prometta mari e monti. Una persona all'antica come Bradwell è troppo coscienziosa per fare una cosa del genere. Non dirà che tutti avranno una casa, che la guerra finirà domani, che ogni donna avrà il riscaldamento centralizzato e la lavatrice.

«E poi,» continuò «ormai c'è il principio dell'alternanza. Siamo al potere da troppo tempo. Quello che conta è che ci sia un cambiamento. Il candidato laburista, Wilbraham, è un serio e competente professore in pensione, dimessosi dall'Esercito per invalidità, tutto impegnato a parlare delle necessità dei reduci di guerra e a vendere la solita aria fritta sulla nazionalizzazione e sui piani per la sanità. Insomma, uno che sa comunicare. Ha vinto con uno scarto di più di duemila voti. È stata la prima volta che a St Loo succedeva una cosa simile. È stato un trauma, non si può negare. Ma stavolta dobbiamo fare di più. Deve perdere.»

«È benvoluto?»

«Così così. Non ha investito molto sul territorio, ma è uno responsabile e i suoi modi sono ineccepibili. Non sarà facile togliercelo dai piedi. Dobbiamo lavorare sodo in tutto il Paese.»

«Non penserà mica che vinceranno i laburisti?»

Non riuscivamo a credere a una possibilità del genere prima delle elezioni del '45.

Carslake disse di no: il Paese era con Churchill.

«Ma potremmo non avere la stessa maggioranza a livello nazionale. Dipende, ovviamente, dal voto dei liberali. Detto tra me e lei, signora Norreys, non mi sorprenderebbe che i liberali vedessero un forte aumento.»

Guardai Teresa con la coda dell'occhio. Stava cercando di assumere un'espressione attenta da appassionata di politica.

«Sono certo che lei ci sarà di grande aiuto» le disse Carslake con calore.

Teresa rispose con un filo di voce: «Mi dispiace, non sono granché in politica».

Carslake replicò con aria affabile: «Dobbiamo fare tutti del nostro meglio».

Lanciò un'occhiata espressiva anche a me, e io mi offrii subito di scrivere gli indirizzi sulle buste.

«Non ho ancora perso l'uso delle braccia» dissi.

Lui mi guardò con un certo imbarazzo, e ricominciò a dondolarsi sui talloni.

«Splendido» commentò. «Splendido. Dov'è successo? Nordafrica?»

«In Harrow Road» gli risposi io. Sprofondò in un imbarazzo ancora peggiore.

Non sapendo più come districarsi, si rivolse a Teresa.

«Ci darà una mano anche suo marito?»

Teresa scosse la testa.

«Mi dispiace, ma lui è comunista» replicò.

Non avrebbe potuto sconvolgere di più Carslake nemmeno se avesse detto che Robert era un mamba nero: l'uomo ebbe un palese sussulto.

«Vede, è un artista» spiegò Teresa.

A queste parole Carslake si rianimò un tantino. Artisti, scrittori, quel tipo di gente lì...

«Capisco» disse dando grande prova di tolleranza. «Capisco.»

«E così abbiamo tirato Robert fuori da questa storia» mi spiegò poi Teresa.

Io le dissi che era una donna senza scrupoli.

Quando arrivò Robert, Teresa lo informò del suo credo politico.

«Ma non sono mai stato membro del partito comunista» protestò lui. «Cioè, le idee mi piacciono... credo che tutta l'ideologia sia giusta.»

«Esattamente. È proprio questo che ho detto a Carslake. Lascia Karl Marx aperto sui braccioli della poltrona di tanto in tanto e sarai al sicuro da ogni possibile richiesta di collaborazione.»

«Ma certo, Teresa» replicò Robert, scettico. «E se mi viene a cercare l'altro schieramento?»

Teresa lo rassicurò.

«No, per quanto ne so, il partito laburista ha paura dei comunisti ancora più dei conservatori.»

«Ma il nostro candidato com'è?»

Carslake era stato un po' troppo vago al riguardo.

Teresa gli aveva chiesto se Sir James avesse intenzione di candidarsi di nuovo e Carslake aveva scosso la testa.

«No, stavolta no. Abbiamo davanti una grande battaglia. Non so come andrà a finire.» Sembrava tormentato. «Non è uno del posto.»

«Chi è?»

«Un certo maggiore Gabriel. È medaglia al valore.»

«In questa guerra? O l'altra?»

«Questa, questa. È giovanissimo, ha trentaquattro anni. Curriculum militare eccellente. Ha ottenuto la medaglia al valore in quanto esempio di "sangue freddo, ardimento e devozione al dovere". Era al comando di un avamposto di mitragliatrici sotto il costante fuoco nemico, nell'attacco a Salerno. Della sua squadra sono stati uccisi tutti, e anche se ferito ha tenuto l'avamposto da solo fino a quando non ha esaurito tutte le munizioni. Poi si è ritirato nella postazione principale, ha eliminato numerosi nemici con le granate a mano e ha portato in salvo i feriti più gravi del suo battaglione. Notevole, vero? Purtroppo, a vedersi non è granché... è un tipo bassino e insignificante.»

«Come farà a superare la prova del pubblico?» domandai.

Il viso di Carslake s'illuminò.

«Ah, ma lì è perfetto. È uno disinvolto, in senso positivo, molto brillante e sa anche divertire. Attenzione, dice anche parecchie ovvietà...» Per un attimo il viso di Carslake mostrò una leggera avversione. Lui era un vero conservatore, da quello che mi sembrava di intendere, e avrebbe preferito la noia più assoluta a quell'ostentazione di brio. «Ma funzionerà... sì, funzionerà.

«Certo, non è nessuno...» ammise.

«Vuole dire che non è della Cornovaglia?» domandai io. «Di dov'è?»

«A dire la verità, non ne ho idea... Non ha un'appartenenza specifica, se capite cosa intendo. Questo va tenuto in penombra. Concentriamoci sulla storia della guerra, del suo coraggio e tutto il resto. Rappresenta l'uomo semplice, l'inglese comune. Certo, non è il nostro solito candidato...» La cosa sembrava rattristarlo. «Mi dispiace che Lady St Loo non approvi particolarmente.»

Teresa chiese con delicatezza se l'approvazione di Lady St Loo fosse così importante. Ed emerse di sì: Lady St Loo era a capo dell'associazione delle donne conservatrici, e le donne conservatrici avevano molto potere a St Loo. Loro brigavano, facevano e disfacevano, e, stando alle parole di Carslake, avevano una grande influenza sul voto femminile. E quel voto era strategico.

Poi recuperò un po' di buonumore.

«Ed è questa una delle ragioni per cui sono ottimista su Gabriel» disse. «Alle donne piace.»

«Ma non a Lady St Loo?»

Lady St Loo, rispose Carslake, in fin dei conti era stata abbastanza accomodante... Aveva ammesso di essere un po' all'antica, ma avrebbe dato il suo appoggio incondizionato a qualsiasi cosa il partito avesse ritenuto necessaria.

«In fondo, i tempi sono cambiati» disse Carslake. «Una volta avevamo i nobili in politica. Adesso sono pochissimi. Avrei preferito che questo giovane fosse un aristocratico, ma non lo è, e non c'è niente da fare. Se non si può avere un nobile, l'eroe di guerra è la migliore opzione.»

Il che, feci notare a Teresa quando lui se ne fu andato, era praticamente un epigramma.

Teresa sorrise, e poi disse che le dispiaceva per il maggiore Gabriel.

«Secondo te com'è?» mi domandò. «Tremendo?»

«No, immagino che sia un tipo simpatico.»

«Per la medaglia al valore?»

«Dio, no. Si può ottenere una medaglia al valore per avventatezza... o anche per stupidità. Lo sai, dicono che il vecchio Freddy Elton se l'è procurata perché non aveva capito che era il momento di ritirarsi da un avamposto. L'hanno chiamata "resistenza contro un'insormontabile disuguaglianza di forze". In realtà non aveva idea che tutti gli altri se n'erano andati.»

«Non dire sciocchezze, Hugh. Secondo te perché questo Gabriel è simpatico?»

«Semplicemente perché non sta simpatico a Carslake. A lui piacciono solo i palloni gonfiati.»

«In sostanza non ti sta simpatico il povero capitano Carslake!»

«Macché povero! Carslake è tagliato per il suo lavoro. E che lavoro!»

«È peggio degli altri mestieri? Guarda che è faticoso.»

«Sì, è vero. Ma se passi tutta la vita a calcolare l'effetto che *questo* ha su *quello*, finirai con il non sapere più che cosa sono davvero questo e quello.»

«Scissione dalla realtà?»

«Sì, non è a questo che si riduce la politica, alla fine? Che cosa penserà la gente, chi voterà, di che cosa la si può convincere... Mai i fatti.»

«Ah!» esclamò Teresa. «Allora avevo ragione a non prendere sul serio la politica.»

«Teresa, tu hai sempre ragione» commentai, e le mandai un bacio con la mano.

Non vidi il candidato conservatore fino al comizio nella Sala delle parate.

Teresa mi aveva procurato un nuovo modello di sedia a rotelle. Ora potevano portarmi fuori in terrazzo a prendere il sole in un cantuccio. Quando la vibrazione della sedia cominciò a darmi meno fastidio, mi spinsi un po' più lontano, e di tanto in tanto arrivavo fino a St Loo. Il comizio nella Sala delle parate si tenne di pomeriggio e Teresa stabilì che io non potevo mancare. Sarebbe stato divertente, mi assicurò. Io le risposi che aveva una strana idea di divertimento.

«Vedrai» insistette lei. «Sarà un grande spasso vedere quanto si prendono tutti sul serio.

«E poi,» proseguì «mi metterò il Cappello.»

Teresa, che non indossa copricapi a meno che non vada a un matrimonio, aveva fatto un giro a Londra ed era ritornata con quel tipo di cappello che, secondo lei, ben si addiceva a una conservatrice.

«E com'è un cappello che ben si addice a una conservatrice?» domandai io.

Teresa diede una risposta dettagliata.

Doveva essere di buon materiale, senza troppi fronzoli, non démodé, ma nemmeno all'ultimo grido e doveva cadere bene sulla fronte.

Poi ci mostrò il suo acquisto, che era proprio come aveva sancito.

Lo indossò, e io e Robert applaudimmo.

«È perfetto, Teresa» disse Robert. «Ti fa sembrare seria, come se avessi uno scopo nella vita.»

Capirete, quindi, che l'idea di vedere Teresa su un palco con il Cappello indosso mi attirò irresistibilmente nella Sala delle parate in un bellissimo pomeriggio estivo.

Il palazzo era gremito di persone facoltose piuttosto avanti con l'età. Chiunque avesse meno di quarant'anni si stava invece godendo il mare (saggia scelta, a mio parere). Mentre un boy-scout spingeva coscienzioso la sedia a rotelle verso un punto strategico tra la parete e la prima fila, io riflettevo sull'utilità di quel tipo di riunioni. Il voto di tutti i presenti era già assicurato. L'opposizione stava tenendo un'altra conferenza presso la scuola femminile. E anche il loro doveva essere un incontro tra fedeli sostenitori. Quindi come veniva influenzata l'opinione pubblica? Con gli altoparlanti dei camioncini? Con i comizi in piazza?

Le mie considerazioni furono interrotte dai passi strascicati di un gruppetto di persone in arrivo nella sala, che fino ad allora aveva ospitato solo qualche sedia, un tavolo e un bicchiere d'acqua.

Il gruppetto si mise a parlare sottovoce e a gesticolare, e infine prese posto. Teresa, con il suo Cappello, era relegata alla seconda fila, tra le personalità minori. Il presidente, diversi anziani barcollanti, il portavoce del partito, Lady St Loo, altre due donne e il candidato presero posto in testa.

Il presidente cominciò a parlare con una voce tremolante e gradevole. Le sue frasi fatte erano praticamente impercettibili. Era un generale molto anziano che si era distinto nella guerra boera (o forse era quella di Crimea?). Comunque, doveva essere stato molto tempo prima. Il mondo di cui bisbigliava ormai non esisteva più... La sua voce debole e placida si arrestò, e ci fu un applauso spontaneo e fragoroso, quell'applauso che si concede sempre, in Inghilterra, a un amico che ha superato la prova del tempo... Non c'era persona a St Loo che non conoscesse il generale S. Era una persona perbene, dicevano, uno della vecchia guardia.

Congedandosi, il generale S. presentò un membro della nuova guardia: il candidato conservatore, il maggiore Gabriel, medaglia al valore.

Fu allora che, con un profondo sospiro di pancia, Lady Tressilian, che ritrovai improvvisamente all'ultimo posto di una fila accanto a me (mi venne il sospetto fosse stato il suo istinto materno a farla sedere lì), sussurrò:

«Che peccato che abbia delle gambe così comuni.»

Capii subito che cosa volesse dire. Eppure, se mi si chiedesse di spiegare che cosa c'è di comune o di non comune in una gamba, non ci riuscirei per nulla al mondo. Gabriel non era alto. Direi che aveva delle gambe normali per la sua statura: non erano né troppo lunghe, né troppo corte. Il suo vestito era di buon taglio. Eppure, senza alcun dubbio, quelle non erano le gambe di un aristocratico. Forse è nella struttura e nel portamento degli arti inferiori che risiede l'essenza della nobiltà? Domanda da riservare agli esperti.

Il viso non denunciava le sue origini: era brutto, ma affascinante, e con degli occhi straordinari. Le gambe, invece, erano il suo punto debole.

Si alzò, sorrise (un sorriso seducente), aprì bocca e si mise a parlare con un tono di voce piatto e un lieve accento cockney.

Il suo discorso durò una ventina di minuti, e riuscì bene. Non chiedetemi di riferirvi il contenuto. Su due piedi, risponderei che parlò delle solite cose, e grosso modo come ne parlano tutti. Tuttavia, arrivava al pubblico. C'era qualcosa di dinamico in quell'uomo. Ti dimenticavi il suo aspetto, e la brutta voce, e l'accento. E invece ricavavi un'impressione di serietà, di una risoluta determinazione. Lo percepivi che quel giovanotto voleva davvero fare del suo meglio. Sincerità: ecco cos'era, sincerità.

Sì, sembrava che gli importasse *davvero*. Che avesse a cuore il problema degli alloggi e delle giovani coppie che non potevano permetterseli, e dei soldati stanziati oltreoceano da anni con i familiari ad attenderli a casa, *ci teneva* a stabilire delle misure di sicurezza sul lavoro, a combattere la disoccupazione. Ci teneva, tantissimo, a vedere il Paese prosperare, perché la prosperità dimostrava la felicità e il benessere di ogni più piccola componente della nazione. Di tanto in tanto, all'improvviso, si permetteva un'osservazione sarcastica, un motto di spirito banale e facilmente comprensibile. Erano battute scontate, già sentite tante volte. Si rivelavano rassicuranti perché erano familiari. Ma non era l'umorismo, era la serietà a contare davvero. Quando la guerra fosse finita, quando il Giappone ne fosse uscito, allora sarebbe arrivata la pace, e sarebbe stato cruciale rimboccarsi le maniche. Lui, se l'avessero eletto, le maniche se le sarebbe rimboccate...

Questo il succo. Mi resi conto che si trattò di un'esibizione personale. Non che ignorasse gli slogan del partito, no. Aveva detto tutte le cose giuste, parlato del leader con l'ammirazione e l'entusiasmo dovuti, menzionato l'Impero. Era stato appropriato sotto ogni aspetto. Ma ti si chiedeva di appoggiare non tanto il candidato del partito conservatore, quanto il maggiore John Gabriel, a cui interessava davvero che le cose venissero fatte e se ne sarebbe assicurato.

Al pubblico piacque. Senz'altro erano già predisposti a farselo piacere. Erano tutti conservatori, dal primo all'ultimo, ma io ebbi l'impressione che piacque loro ancor più di quanto si aspettassero. Sembrò quasi che si fossero svegliati da un sonno. E mi dissi, piuttosto compiaciuto della mia idea: "Certo, quest'uomo è una bomba!".

Dopo gli applausi, che furono davvero entusiasti, venne presentato il portavoce del partito. Fu impeccabile. Disse tutte le cose giuste, fece tutte le pause giuste, ricevette tutte le risate al momento giusto. Confesso che la mia attenzione vacillò. L'incontro terminò con le solite formalità.

Quando la gente si alzò e cominciò a defluire, Lady Tressilian mi si avvicinò. Avevo ragione: voleva farmi da angelo custode. Mi disse, con quella sua voce affannata e piuttosto asmatica:

«Lei che cosa ne pensa? Dica, dica...»

«È in gamba» risposi. «Davvero.»

«Mi fa tantissimo piacere che la pensi così.» Tirò un intenso sospiro.

Mi chiesi perché la mia opinione le interessasse. E in parte mi illuminò quando disse:

«Non ho l'intelligenza di Addie, o di Maud. Non ho mai approfondito la politica e sono all'antica. Non mi piace l'idea che i parlamentari siano stipendiati. Non sono riuscita a farci l'abitudine. L'obiettivo dovrebbe essere servire il Paese, non ricevere un indennizzo.»

«Non sempre ci si può permettere di servire il Paese, Lady Tressilian» le feci notare io.

«Già, lo so. Non al giorno d'oggi. Ma mi sembra proprio un peccato. I nostri legislatori dovrebbero essere attinti dal ceto che non ha bisogno di lavorare per vivere, dalla classe che può essere indifferente al profitto.»

Avrei tanto voluto dirle: "Mia cara signora, ma viene dall'età della pietra?".

Però era interessante trovare un angolo d'Inghilterra in cui le vecchie idee sopravvivevano ancora. La classe dirigente, il ceto dominante, l'alta società e tutte quelle odiose perifrasi. Ma su, siamo sinceri, avevano ancora un significato?

Lady Tressilian proseguì:

«Sa, mio padre era un politico. È stato deputato di Garavissey per trent'anni. Per lui fu una tassa sul tempo, ed era un peso, ma lo riteneva suo *dovere*.»

I miei occhi vagarono nella sala: il maggiore Gabriel stava conversando con Lady St Loo. Dalla posa delle gambe sembrava a disagio. Il maggiore riteneva che fosse suo dovere candidarsi? Ne dubitavo.

«Ho avuto l'impressione» disse Lady Tressilian seguendo la direzione del mio sguardo «che sembrasse molto *sincero*, lei no?»

«È stato proprio questo a colpirmi.»

«E ha parlato così bene del nostro Churchill... Non penso ci sia alcun dubbio sul fatto che il Paese sia tutto con lui. Non crede anche lei?»

Lo credevo anch'io. O meglio, ritenevo che i conservatori sarebbero rimasti al potere con una ristretta maggioranza.

Teresa mi raggiunse, e riapparve anche il mio boy-scout, pronto per andare.

«Ti sei divertita?» domandai a Teresa.

«Sì.»

«Che cosa ne pensi del nostro candidato?»

Non mi rispose finché non fummo fuori dall'edificio. E poi disse: «Non saprei».

5

INCONTRAI IL CANDIDATO UN PAIO DI GIORNI DOPO, quando venne a consultarsi con Carslake, che lo portò da noi per bere qualcosa.

Emerse quasi subito un qualche problema di lavoro che riguardava Teresa, e lei e Carslake andarono in un'altra camera per risolvere la questione.

Io mi scusai con Gabriel perché non potevo alzarmi e gli indicai il mobile bar, invitandolo a servirsi da sé. Mi accorsi che si preparò un bicchiere bello forte.

Ne portò uno anche a me, e mi chiese:

«Ferita di guerra?»

«No, Harrow Road.» Questa era diventata la mia risposta standard, e ricavavo un certo grado di diletto dalle varie reazioni che suscitava. Gabriel ne fu molto divertito.

«Che peccato dire così» sostenne. «È uno spreco.»

«Secondo lei dovrei inventarmi una storiella eroica?»

Lui mi rispose che non c'era bisogno di inventarsi niente.

«Dica soltanto: "Ero in Nordafrica", o in Birmania... o in qualsiasi posto sia stato davvero... è andato all'estero?»

Annuii. «El Alamein.»

«Ecco, dica El Alamein, ed è sufficiente, nessuno le chiederà i dettagli... penseranno di saperlo già.»

«Ma ne vale la pena?»

«Be', con le donne sì. Amano gli eroi feriti in guerra.»

«Lo so» replicai con una punta di amarezza.

Lui annuì con empatia.

«Sì, a volte deve essere deprimente. Tutte queste donne qui in giro, e alcune così materne.» Sollevò il bicchiere vuoto. «Posso prenderne un altro?»

Lo invitai a non fare complimenti.

«Sono a cena al castello» mi spiegò. «Quella vecchia strega mi dà sui nervi!»

Potevamo anche essere i più intimi amici di Lady St Loo, ma immagino che sapesse bene che non era così. John Gabriel non si sbaglia quasi mai.

«Lady St Loo?» domandai. «O tutte?»

«La grassona non mi disturba, è una di quelle persone che si lasciano abbindolare, e la signora Bigham Charteris in pratica è un cavallo. A lei bisogna solo nitrire. Ma quella St Loo è una che ti guarda attraverso, ti rivolta di dentro e di fuori. Niente fronzoli con lei, non funzionano!

«Non che io voglia prenderla in giro» aggiunse.

«Sa...» proseguì pensieroso. «Quando ci si trova di fronte a un vero aristocratico, è la fine: non c'è via di scampo.»

«Non sono sicuro di seguirla» dissi io.

Lui sorrise.

«Be', comunque, sono in campo nemico.»

«Intende dire che, politicamente parlando, non è un vero conservatore?»

«No, no, voglio dire che non sono come loro. Ai conservatori piacciono quelli della vecchia guardia, è più forte di loro. Certo, non possono essere troppo esigenti al giorno d'oggi, e devono accontentarsi di uomini come me.» Poi aggiunse con fare pensieroso: «Il mio vecchio faceva l'idraulico... e non era nemmeno tanto bravo».

Mi strizzò l'occhio, e io gli risposi con un sorriso. Fu in quel momento che mi conquistò.

«Sì, sarei in tutto e per tutto un laburista» ammise.

«Ma non crede nel loro programma?» suggerii io.

Lui rispose con la massima tranquillità: «Ah, ma io non credo proprio a niente. Per me è solo una questione di convenienza. Devo avere un lavoro. La guerra praticamente è finita, e presto le poltrone saranno tutte occupate. Ho sempre pensato che mi sarei potuto fare un nome in politica. Vedrà se non ci riuscirò».

«Ed è per questo che lei è un conservatore? Preferisce stare dalla parte di chi sarà al potere?»

«Buon Dio!» fece lui. «Non penserà mica che i Tory vinceranno, vero?»

Gli risposi che ovviamente credevo di sì, anche se con una maggioranza ridotta.

«Sciocchezze» fece lui. «I laburisti travolgeranno il Paese. La loro vittoria sarà schiacciante.»

«Ma allora... se la pensa così...»

Mi fermai.

«Perché non voglio stare dalla parte dei vincenti?» Sorrise. «Mio caro, se non sono un laburista è perché non voglio scomparire nella massa. È l'opposizione il posto per me. E comunque, che cos'è il partito conservatore? In pratica, è la massa più confusa in assoluto, formata da incompetenti di sangue blu uniti a uomini d'affari a digiuno di qualsiasi affare. Sono senza speranza. Non esiste una linea politica e brancolano nel buio. Chiunque abbia qualche minima capacità salterebbe all'occhio a un chilometro di distanza. Stia a vedere. Spiccherò come un razzo!»

«Se vince» precisai io.

«Ah, ma quello non dovrebbe essere un problema.»

Lo guardai con una certa curiosità.

«Lo crede davvero?»

Lui fece un ampio sorriso.

«Se non faccio passi falsi. Ho anch'io i miei punti deboli.» Mandò giù quel che rimaneva del suo drink. «Più che altro le donne. Devo starne alla larga. Qui non dovrebbe essere difficile. Anche se c'è un bel tipino alla locanda di St Loo. L'ha vista, lei? No...» Lo sguardo ricadde sulla mia condizione di invalido. «Scusi, ovviamente no.» E fu spinto ad aggiungere, con quella che sembrò un'emozione sincera: «Che disdetta».

Fu la prima dimostrazione di solidarietà che non mi infastidì, forse per la naturalezza con cui era arrivata.

«Mi dica, dice queste cose anche a Carslake?» domandai.

«A quell'imbecille? Buon Dio, no.»

Da allora mi sono chiesto spesso perché Gabriel scelse di essere così sincero con me, quella prima sera. La conclusione a cui sono giunto è che si sentiva solo. Stava mettendo su un bellissimo spettacolo, ma non aveva la possibilità di rilassarsi tra un atto e l'altro. In più sapeva, di certo, che un uomo disabile e immobilizzato finisce sempre per ricoprire il ruolo dell'ascoltatore. Io volevo essere intrattenuto, e John Gabriel non vedeva l'ora di condurmi dietro il sipario della sua vita. E poi, era per carattere un uomo schietto.

Gli domandai, con una certa curiosità, come si comportava con lui Lady St Loo.

«A meraviglia» mi rispose. «Proprio a meraviglia... mannaggia ai suoi occhi! È così che mi manda in bestia. Non hai nessun appiglio... no... lei sa il fatto suo. Queste vecchie megere... se vogliono essere scortesi, riescono a lasciarti senza fiato, e se non vogliono essere scortesi, non puoi fargliela.»

La sua foga mi colpì. Non riuscivo a capire come potesse importargli che una vecchia come Lady St Loo fosse scortese con lui. Di sicuro quella donna non contava più niente. Apparteneva a un'epoca passata.

Glielo dissi e lui mi fulminò con lo sguardo.

«Non capisce» ribatté.

«No, credo di no.»

Mi spiegò con tono pacato: «Per lei io non sono nessuno».

«Addirittura!»

«Loro ti *guardano*... in quel modo. Ti guardano attraverso. Tu non conti nulla. Non sei lì. Non esisti per loro. Sei solo il ragazzo dei giornali, o il garzone della pescheria.»

Capii che era il passato di Gabriel a parlare. Una piccola scortesia di qua, una parola brusca di là al figlio dell'idraulico.

Mi tolse le parole di bocca.

«Eh, sì» disse. «È la mia coscienza di classe. Odio queste donne arroganti dell'alta società. Mi fanno sentire come se niente di quello che faccio mi farà arrivare lì... come se per loro io sarò sempre nessuno. Sanno benissimo che cosa sono davvero io.»

Mi sconvolse. Non mi aspettavo di vedere il barlume di un risentimento tanto profondo. C'era dell'odio lì, vero, implacabile. Mi chiesi quale ferita bruciava e si alimentava ancora nell'inconscio di John Gabriel.

«Lo so che non contano più niente, lo so che il loro tempo è finito» continuò. «Vivono, in tutto il Paese, in case che cadono a pezzi, con un reddito che si è ridotto praticamente a nulla. Molte non hanno nemmeno i soldi per mangiare e vivono delle verdure dell'orto. E non è raro che si occupino loro stesse delle faccende di casa. Ma hanno qualcosa a cui non riesco ad arrivare... e a cui non arriverò mai... quel maledetto senso di superiorità. Valgo almeno quanto loro, anzi, anche di più, ma quando sono con loro, *mi sembra* che non sia così.»

Poi s'interruppe con una risata improvvisa.

«Non ci faccia caso. È solo uno sfogo.» Guardò fuori dalla finestra. «Un castello finto di marzapane, tre vecchi corvi che gracchiano, e una giovane rigida come un manico di scopa, che non riesce a dire nemmeno una parola. È proprio quel tipo di ragazza che sente un pisello sotto tutti i materassi, immagino.»

Sorrisi.

«Ho sempre pensato che la principessa sul pisello fosse una fiaba inverosimile» commentai.

Lui si aggrappò a quella parola.

«Principessa! Ecco come si comporta... e come la trattano. Da madamigella saltata fuori da un libro di favole. Ma non è una principessa, è una normalissima ragazza in carne e ossa... o almeno deve esserlo per forza, con una bocca come quella.»

In quel momento fecero ritorno Teresa e Carslake, e poi il capitano e Gabriel si accomiatarono.

«Che peccato che sia dovuto andare via» disse Teresa. «Mi avrebbe fatto piacere scambiare due parole con lui.»

«Mi sa che lo vedremo spesso» ribattei.

Teresa mi guardò.

«Sbaglio o c'è un po' di interesse?» chiese.

Io rimasi in silenzio.

«È la prima volta, la prima volta in assoluto che vedo un pizzico di interesse in te da quando siamo venuti qui» mi disse.

«Devo avere più coscienza politica di quanto pensassi.»

«Ah, ma non è la politica» tagliò corto Teresa. «È quell'uomo.»

«Senz'altro ha una personalità dinamica» ammisi. «Che peccato sia così brutto.»

«Sarà anche brutto» rifletté lei. «Però è affascinante.»

Rimasi spiazzato.

Teresa protestò: «Non mi guardare in quel modo. Che è affascinante, te lo direbbe qualsiasi donna».

«Be', la cosa mi sorprende» risposi. «Non avrei mai pensato che fosse il tipo di uomo che piace alle donne.»

«Ti sbagliavi» concluse Teresa.

6

IL GIORNO DOPO Isabella Charteris venne con un biglietto da parte di Lady St Loo indirizzato al capitano Carslake. Io ero in terrazzo, al sole. Una volta consegnato il biglietto, la giovane mi raggiunse e si accomodò su una panchina di pietra di fianco a me.

Se fosse stata Lady Tressilian, avrei pensato che si trattasse di un gesto di cortesia nei confronti del cane zoppo, ma era lampante che Isabella non nutrisse la minima apprensione per me. Non avevo mai visto nessuno che se ne preoccupasse meno. Rimase seduta in silenzio per un po', e poi disse che il sole le piaceva.

«Anche a me» risposi. «Però lei non è molto abbronzata.»

«Io non mi abbronzo.»

La sua pelle era incantevole alla luce del giorno... era di un bianco magnolia. Notai il portamento fiero del capo, il collo dritto, e capii perché Gabriel l'aveva definita una principessa.

E visto che il pensiero era andato a lui, le dissi: «Il maggiore Gabriel ha cenato da voi ieri sera, non è vero?».

«Sì.»

«È andata al comizio nella Sala delle parate?»

«Sì.»

«Non l'ho vista.»

«Ero seduta in seconda fila.»

«Le è piaciuto?»

Ci rifletté un attimo prima di rispondere.

«No.»

«Allora perché ci è andata?» le chiesi.

Ci pensò di nuovo prima di dire: «È una delle cose che facciamo».

Suscitò la mia curiosità.

«Le piace vivere qui? È felice?»

«Sì.»

A un tratto pensai a quanto fosse raro ricevere risposte per monosillabi. Di solito la gente argomenta. Sarebbe stato più normale rispondere "Mi piace vivere vicino al mare" o "È casa mia"... "Mi piace la campagna"... "Adoro questo posto". La ragazza invece si accontentava di un "sì". Eppure quel "sì" era particolarmente carico. Voleva dire davvero sì. Era un assenso fermo e deciso. Poi posò lo sguardo sul castello, e sulle sue labbra si disegnò un lieve sorriso.

A quel punto capii che cosa mi ricordava. Somigliava alle cariatidi dell'Acropoli del quinto secolo avanti Cristo: aveva quel sorriso soave che non sembrava nemmeno umano...

Dunque Isabella Charteris era felice di vivere nel castello di St Loo con tre anziane. Seduta lì al sole, lo sguardo rivolto al castello, era felice. Potevo quasi sentire la serenità fiduciosa che la pervadeva. E a un tratto ebbi paura... paura per lei.

Le domandai: «È sempre stata felice, Isabella?».

Ma sapevo già la risposta, anche se lei ci pensò su prima di dire: «Sì».

«Anche in collegio?»

«Sì.»

Non so perché, ma proprio non riuscivo a immaginarmi Isabella in quell'ambiente. Era così diversa dal solito prodotto di un collegio. Eppure, si suppone che ci vadano persone di ogni sorta.

Uno scoiattolo marrone attraversò il terrazzo di corsa. Poi si fermò a guardarci, mormorò qualcosa e guizzò via, arrampicandosi su un albero.

A un tratto ebbi come l'impressione che un universo caleidoscopico avesse cambiato disegno, stabilizzandosi su un motivo diverso. Quella che vedevo adesso era l'immagine di un mondo senziente in cui l'esistenza era tutto, il pensiero e la speculazione nulla. Qui c'erano mattino e sera, giorno e notte, da mangiare e da bere, freddo e caldo... moto, significato, consapevolezza che non sapeva ancora di essere *consapevolezza*. Era il mondo dello scoiattolo, dei prati verdi che si stendevano uniformi, degli alberi, della vita, del respiro. Ed era a questo mondo che apparteneva Isabella. E, per quanto potesse sembrare assurdo, anche io, relitto umano, potevo trovarvi posto...

Per la prima volta dal momento dell'incidente, smisi di ribellarmi... l'amarezza, la frustrazione, quel morboso disagio mi abbandonarono. Non ero più Hugh Norreys, strappato al suo attivo, significativo cammino di uomo. Ero Hugh Norreys, l'invalido, e sentivo il sole su di me, sentivo il mondo vivere e respirare, e il ritmo del mio stesso respiro, percepivo quel giorno scorrere tra tutti i giorni dell'eternità, fino all'ora del riposo...

Questa sensazione non durò a lungo. Ma per un istante avevo conosciuto un mondo a cui appartenevo. E forse era quello in cui Isabella aveva sempre vissuto.

7

SE RICORDO BENE, fu un paio di giorni dopo che una bambina cadde in mare nel porto di St Loo. Un gruppetto di ragazzini stava giocando sul ciglio del molo, e una di loro, tra le grida e le corse del gioco, inciampò e fece un volo di sei metri, finendo in mare. C'era stata l'alta marea e l'acqua era profonda quasi quattro metri.

Il maggiore Gabriel, che per caso si trovava a passeggiare sul pontile, non indugiò nemmeno un istante. Si tuffò in acqua anche lui. Sul molo si riversarono più di una ventina di persone. Dall'altro lato, un pescatore si mise a remare per raggiungerli in barca. Ma prima che arrivasse, anche un altro uomo, accorgendosi che il maggiore Gabriel non sapeva nuotare, si era tuffato in soccorso.

L'incidente ebbe lieto fine. Gabriel e la bambina furono portati in salvo. Quest'ultima aveva perso conoscenza, ma con la respirazione bocca a bocca riprese subito i sensi. La madre della piccola, in preda a un attacco isterico, si fiondò al collo di Gabriel, singhiozzando ringraziamenti e benedizioni. Gabriel smorzò i toni, le diede una pacca sulla spalla e si diresse di fretta alla locanda di St Loo, alla ricerca di vestiti asciutti e di consolazione alcolica.

Nel pomeriggio, Carslake lo portò da noi per il tè.

«Mai visto tanto fegato in vita mia» disse a Teresa. «Nemmeno un istante di esitazione. Poteva anche annegare... anzi, assurdo come *non* sia annegato.»

Ma Gabriel ridimensionò la cosa con appropriata modestia.

«È stata la mossa più idiota del mondo» ribatté. «Sarebbe stato più opportuno che mi precipitassi a chiedere aiuto o che prendessi una barca. Ma nelle situazioni di emergenza non ci si ferma a riflettere.»

Teresa replicò: «Prima o poi una di queste bravate le costerà cara».

Usò un tono aspro. Gabriel le lanciò una rapida occhiata.

Quando Teresa uscì con le tazze del tè e Carslake si congedò adducendo motivi di lavoro, Gabriel mi domandò pensieroso:

«È acuta, non è vero?»

«Chi?»

«La signora Norreys. Sa il fatto suo. Non si fa certo abbindolare.» Aggiunse che avrebbe dovuto prestare attenzione.

E poi mi chiese: «Ho dato la giusta impressione?».

Gli domandai che cosa diavolo volesse dire.

«Il mio atteggiamento. Era quello giusto, vero? Voglio dire, smorzare i toni e tutto il resto. Non avrò fatto la figura dello stupido?»

Mi rivolse un sorriso d'intesa, e aggiunse:

«Non le spiace se glielo chiedo, vero? È difficilissimo per me capire se ho ottenuto l'effetto che volevo.»

«Deve proprio calcolare gli effetti? Non può comportarsi in modo naturale?»

Con fare meditabondo mi rispose che in quel modo non avrebbe funzionato.

«Non posso certo venire qui e sfregarmi le mani con soddisfazione dicendo: "Che manna dal cielo!".»

«Ma crede davvero che sia stata una manna dal cielo?»

«Caro mio, me ne andavo in giro con tutti i sensi all'erta nella speranza che si presentasse un'occasione del genere. Sa, cavalli in fuga, edifici in fiamme, un bambino sotto le ruote di un'auto. I bambini sono il massimo per strappare qualche lacrimuccia. E visto come la fanno lunga i giornali sugli incidenti stradali, uno pensa che non tarderà a presentarsi una possibilità del genere. Eppure c'è voluto un bel po'... sarà stata sfortuna, o forse i marmocchi di St Loo sono maledettamente prudenti.»

«Non avrà mica dato uno scellino a quella bambina per tuffarsi?» feci io.

Lui prese sul serio la mia osservazione, e rispose che era successo tutto in modo naturale.

«Comunque, un rischio del genere non lo avrei mai corso. La bambina avrebbe potuto raccontarlo alla madre, e allora che fine avrei fatto?»

Scoppiai a ridere.

«Ma senta un po'» dissi poi. «È proprio vero che non sa nuotare?»

«Riesco a stare a galla il tempo di tre bracciate.»

«Allora ha corso un bel rischio. Poteva benissimo annegare.»

«Forse sì... ma sa, Norreys, non si può avere la botte piena e la moglie ubriaca. Non si può essere preso per un eroe se non si è disposti a fare qualcosa di più o meno eroico. Comunque, c'era un sacco di gente lì intorno. Nessuno aveva voglia di bagnarsi, certo, ma qualcuno avrebbe sentito il dovere di fare qualcosa. Almeno per la bambina, se non per me. E c'erano un po' di imbarcazioni. Quello che si è tuffato dopo di me ha sorretto la piccola e l'uomo in barca è arrivato prima che io finissi sott'acqua. E comunque la respirazione bocca a bocca fa rinvenire anche chi è mezzo morto.»

Gli si dipinse sul viso quel suo peculiare sorriso accattivante.

«È tutto così sciocco, non crede?» proseguì. «La gente, intendo, è così stupida. Ho ottenuto molta più ammirazione per essere andato in soccorso della bambina senza saper nuotare, di quanta ne avrei ottenuta se l'avessi salvata davvero. Parecchia gente ora se ne va in giro dicendo quant'è stato audace da parte mia.

Se avessero un briciolo di buonsenso sosterrebbero che è stata la mossa più stupida del mondo... com'è in realtà. L'uomo che ha compiuto davvero l'impresa, quello che è accorso per salvarci tutti e due, non riceverà la metà della gloria. È un nuotatore provetto. Si è rovinato il vestito buono, poveraccio, e il fatto che ci fossi anche io ad annaspare gli ha solo complicato le cose. Ma nessuno la vedrà così... a parte, forse, le persone come sua cognata, ma non ce ne sono molte.

«Meglio così» concluse. «L'ultima cosa che ci vuole alle elezioni è gente che pensa con la propria testa.»

«Ma non si è fatto alcuno scrupolo prima di tuffarsi? Non ha sentito un nodo alla gola?»

«Non c'era tempo. Ero tutto esaltato per l'occasione che mi veniva offerta su un piatto d'argento.»

«Non capisco bene perché ritenga necessaria questa... questa specie di esibizionismo.»

Gabriel cambiò completamente espressione. Divenne arcigno e determinato.

«Non si rende conto che ho solo questo dalla mia parte? Il mio aspetto non mi aiuta. Non sono un grande oratore. Non ho il pedigree. Non ho amicizie importanti. Non sono ricco. Sono nato con un solo talento» posò la mano sul mio ginocchio. «Il coraggio. Pensa che sarei stato scelto come candidato per i Tory se non avessi avuto una medaglia al valore?»

«Ma la medaglia al valore non le basta?»

«Lei non è granché come psicologo, Norreys. Quella stupida bravata di oggi avrà molta più risonanza della medaglia al valore che ho ottenuto nell'Italia meridionale. L'Italia è lontanissima. Non mi hanno visto mentre me la guadagnavo... e purtroppo non posso raccontarglielo. Se potessi, capirebbero... li condurrei con me in quell'impresa, e alla fine la medaglia al valore l'avrebbero vinta anche loro! Ma le convenzioni di questo Paese non lo permettono. No, devo sembrare modesto e dire con voce sommessa che non è stato nulla di eccezionale... e che avrebbe potuto farlo chiunque. Che poi è un'emerita fesseria! Pochissimi sarebbero stati disposti a fare quello che ho fatto io. Una mezza dozzina in tutto il reggimento, non di più. Ci vogliono acume, nervi saldi e sangue freddo per non farsi prendere dal panico, e in più deve piacerti.»

Rimase in silenzio per un istante, poi spiegò: «Sono entrato nell'Esercito proprio con l'obiettivo di ottenere la medaglia al valore».

«Addirittura!»

Gabriel girò la sua brutta faccetta determinata verso di me, gli occhi che brillavano.

«Ha ragione: non si può essere certi di ottenerla. Bisogna anche avere fortuna. Ma volevo provarci. Sapevo che era la mia grande occasione. Il coraggio è l'ultima cosa di cui si ha bisogno nella vita di tutti i giorni: non è richiesto quasi mai, è difficile che porti risultati. Ma in guerra è diverso: è in guerra che il coraggio trova la piena realizzazione. Non che sia nulla di speciale: è solo questione di nervi, di ghiandole, o qualcosa del genere. Si riduce a non aver paura della morte. Immaginerà che enorme vantaggio possa comportare per un uomo in guerra.

«Certo, non potevo essere sicuro che si sarebbe mai presentata l'occasione... Si può anche dar prova di coraggio per tutta la durata della guerra, e uscirne senza nemmeno uno straccio di medaglia. O si può essere avventati nel momento sbagliato e saltare in mille pezzi senza ricevere un grazie.»

«Molte medaglie al valore sono postume» mormorai io.

«Lo so. Strano che la mia non lo sia. Quando ripenso alle pallottole che sfrecciavano sulla mia testa, mi riesce difficile credere di essere qui adesso. Quattro mi hanno colpito, e nessuna in punti delicati. Assurdo, vero? Non dimenticherò mai il dolore quando arrancavo con la gamba rotta. Quello, e il sangue che sgorgava dalla spalla... e poi il vecchio Spider James da trascinare... non smetteva un attimo di bestemmiare... e quanto pesava...»

Gabriel meditò per un minuto, e poi aggiunse con un sospiro: «Ah, i bei tempi andati» e andò a servirsi qualcosa da bere.

«Le sono debitore» gli dissi. «Per aver smontato la credenza popolare secondo cui tutti gli uomini coraggiosi sono modesti.»

«Accidenti, è proprio un peccato» si lamentò Gabriel. «Se sei un magnate e fai un grande affare, te ne puoi vantare in giro e finire sulla bocca di tutti. E puoi ammettere di aver dipinto un bel quadro. Nel golf, se mandi in buca con un bogey, in un attimo la bella notizia si sparge. Ma se sei un eroe di guerra...» Scosse la testa. «Devi avere qualcuno che suona la tromba per te. Carslake è negato per queste cose. I Tory gli hanno trasmesso la malattia della sobrietà. Si limitano ad attaccare l'avversario invece di portare alto il proprio nome.» Rifletté un attimo. «Ho chiesto al brigadiere generale del mio battaglione di venire qui a tenere un discorso la prossima settimana. Potrebbe mettere la cosa sui toni giusti, facendo capire che persona eccezionale sono... ma certo, non posso chiederglielo direttamente. Che situazioni odiose!»

«Allora tra questo e il piccolo incidente di oggi è a posto» lo provocai.

«Non sottovaluti l'incidente di oggi» ribadì Gabriel. «Vedrà. Farà parlare tutti della mia medaglia al valore. Sia benedetta quella bambina. Domani vado a portarle una bambola o qualcosa del genere. Anche questo mi farà buona pubblicità.»

«Mi dica solo una cosa» lo interruppi. «Tanto per curiosità. Se non ci fosse stato nessuno lì a vedere quello che succedeva... nessuno nessuno... si sarebbe tuffato lo stesso?»

«A che pro, se non ci fossero stati spettatori? Saremmo annegati tutti e due e non lo avrebbe saputo nessuno finché la marea non ci avesse portato a riva.»

«Quindi sarebbe tornato a casa lasciandola annegare?»

«No, certo che no. Per chi mi ha preso? Sono un essere umano. Mi sarei fiondato a prendere una barca e avrei remato come una furia fino alla piccola. Con un po' di fortuna sarei riuscito a ripescarla e lei avrebbe ripreso i sensi. Avrei fatto quello che pensavo desse più possibilità a *lei*. Mi piacciono i bambini.» Poi aggiunse: «Crede che la camera del commercio mi darà punti extra sulla tessera annonaria per il vestito che ho rovinato? Non potrò indossarlo più, mi si è ristretto. Al ministero sono così tirchi».

E con questo commento prosaico, se ne andò.

Riflettei a lungo su John Gabriel. Non riuscivo a capire se mi stava simpatico. Il suo lampante opportunismo mi disgustava, la sua schiettezza mi affascinava. Ricevetti presto conferma dell'accuratezza delle sue speculazioni sull'opinione pubblica.

Lady Tressilian fu la prima a rendermi partecipe del suo punto di vista. Venne a portarmi dei libri.

«Sa,» mi disse ansimante «ho sempre pensato che ci fosse del buono nel maggiore Gabriel. E questa ne è la dimostrazione, non crede?»

«In che senso?» replicai io.

«Senza badare a quello che poteva costargli, è saltato in acqua anche se non sapeva nuotare.»

«Non che fosse una buona mossa... Cioè, non sarebbe mai riuscito a salvare la bambina se non fosse intervenuto qualcun altro.»

«No, ma non si è fermato a pensarci. Quello che ammiro è lo slancio, l'audacia, l'assenza di calcolo.»

Avrei potuto dirle che di calcolo ce n'era eccome.

La donna proseguì, il faccione rotondo che arrossiva quasi fosse una ragazzina: «Ho grande ammirazione per gli uomini *davvero* coraggiosi...»

Un punto per John Gabriel, pensai.

La signora Carslake, una donna felina e ruffiana che non mi piaceva per niente, fu a dir poco patetica.

«Il gesto più impavido che abbia mai sentito. Mi avevano detto che il maggiore Gabriel in guerra aveva dimostrato un ardimento a dir poco *incredibile*. Non sapeva che cosa fosse la paura. E i suoi uomini lo *adoravano*. Quanto a manifestazioni di eroismo ha un curriculum grandioso. Il suo comandante sarà qui giovedì. Gli farò il terzo grado senza ritegno. Certo, il maggiore Gabriel si risentirebbe se conoscesse le mie intenzioni... è così modesto, non crede?»

«È questa l'impressione che dà, senza ombra di dubbio» risposi io.

La donna non colse l'ambiguità delle mie parole.

«Ma io credo che questi ragazzi fantastici che abbiamo non dovrebbero nascondere la fiaccola sotto il moggio. Le splendide azioni che hanno compiuto dovrebbero essere *note* a tutti. Gli uomini sono così *laconici*. Credo che spetti alle donne diffondere le loro gesta. L'attuale deputato, Wilbraham, non ha mai messo piede fuori dall'ufficio per tutta la durata della guerra.»

Be', probabilmente John Gabriel avrebbe detto che aveva le idee giuste, ma a me la signora Carslake non andava a genio. Si abbandonava a grandi effusioni, ma i suoi occhietti neri non smettevano di splendere, avari e calcolatori.

«È proprio un peccato che il signor Norreys sia comunista» commentò.

«Ogni famiglia ha la sua pecora nera» fu la mia replica.

«Hanno delle idee terribili... attaccare la proprietà.»

«Attaccano altre cose» le spiegai io. «La Resistenza francese è perlopiù comunista.»

Questo fu troppo per la signora Carslake, che si ritirò.

Anche la signora Bigham Charteris, che venne a farci visita per via di alcune circolari, si era fatta la sua idea sull'incidente al porto.

«Deve scorrere del sangue blu, da qualche parte, nelle sue vene» affermò.

«Crede davvero?»

«Ne sono certa.»

«Suo padre faceva l'idraulico» la informai.

La signora Charteris non batté ciglio.

«Immaginavo. Ma da qualche parte deve avere del sangue blu... magari tra i suoi antenati.»

Proseguì:

«Dobbiamo invitarlo al castello più spesso. Ne parlerò con Adelaide. Lei a volte ha dei modi indisponenti che mettono la gente a disagio. Credo che al castello il maggiore Gabriel non abbia mai dato il meglio di sé. Personalmente, con lui vado molto d'accordo.»

«Sembra avere un discreto successo in paese.»

«Sì, sta facendo un buon lavoro. È stata un'ottima scelta. Il partito ha bisogno di linfa nuova... oh sì.»

Rimase in silenzio per un istante e poi azzardò: «Potrebbe essere un altro Disraeli».

«Lei pensa che andrà lontano.»

«Credo che potrebbe arrivare in vetta. Le energie non gli mancano.»

Il commento di Lady St Loo mi fu riferito da Teresa, che era stata al castello.

«Hmm» aveva detto. «Lo avrà fatto con un occhio al pubblico, ovviamente...»

Capii perché Gabriel diceva che Lady St Loo era una vecchia strega.

8

CONTINUÒ A FARE BEL TEMPO. Io trascorrevo le mie giornate al sole in terrazzo, dove file di roseti si stendevano fino a un albero di tasso. Da lì potevo contemplare il mare e le merlature del castello di St Loo, e riuscivo anche a scorgere Isabella che passeggiava tra i campi, dal castello a Polnorth House.

Aveva preso l'abitudine di venire a trovarmi quasi tutti i giorni. A volte con i cani, altre da sola. Quando arrivava faceva un sorriso, mi dava il buongiorno e si accomodava sull'ampio sedile di pietra, di fianco alla mia sedia a rotelle.

Era un'amicizia particolare, ma di amicizia si trattava. Non era la gentilezza nei confronti di un invalido, né la pietà o la compassione a condurre Isabella da me. Era qualcosa che, dal mio punto di vista, valeva molto di più. C'era simpatia. Isabella veniva a sedermisi accanto perché aveva una predilezione per me. E lo faceva con la stessa naturalezza e spontaneità di un animale.

Quando parlavamo, era perlopiù di ciò che vedevamo: la forma delle nuvole, la luce del sole sul mare, la rotta di un uccello...

Fu proprio un uccello a mostrarmi un altro aspetto dell'indole di Isabella. Era morto. Si era scaraventato sulla vetrata del salotto e giaceva lì sotto la finestra del terrazzo, con le zampette pietosamente irrigidite, ritte nell'aria, gli occhietti chiusi.

Isabella lo vide per prima e mi fecero sobbalzare lo sconvolgimento e l'orrore nella sua voce.

«Guardi» mi disse. «È un uccello... morto.»

Fu quella nota di panico a farmi voltare verso di lei, in cerca dei suoi occhi. Sembrava un cavallo terrorizzato, le labbra ritratte e tremanti.

«Lo prenda» le dissi.

Lei scosse la testa con foga.

«Non posso toccarlo.»

«Le fa impressione toccare gli uccelli?» Sapevo che per alcuni era così.

«Non posso toccare niente di morto.»

La guardai spiazzato.

Mi spiegò: «Ho paura della morte... una paura terribile. Non sopporto niente che sia morto. Forse perché mi ricorda che anche io... che anche io un giorno morirò».

«Un giorno tutti moriremo» replicai io.

(Il mio pensiero andò al morto che giaceva proprio lì, a portata di mano.)

«E non le importa? Non le sembra terribile? Pensare che ci aspetta avvicinandosi sempre di più. Finché un giorno *arriverà*.» Con un'enfasi che in genere non dimostrava, batté le belle mani affusolate contro il petto. «La fine della vita.»

«Che ragazza strana che è, Isabella» feci io. «Non pensavo che avesse di questi sentimenti.»

Lei replicò con amarezza: «È una fortuna che io sia una donna, e non un uomo, non crede? Durante la guerra avrei dovuto fare il soldato... e avrei coperto i nostri di vergogna, fuggendo, come minimo». Poi tornò a parlare in modo un po' più pacato, quasi fosse immersa in qualche riflessione. «Sì, è terribile essere codardi...»

Mi concedetti una risatina esitante.

«Non credo che sarebbe stata una codarda, quando l'occasione l'avesse richiesto. Per molte persone... come dire... è più che altro la paura di aver paura.»

«Lei ha avuto paura?»

«Buon Dio, sì!»

«Ma quando è successo... si sentiva bene?»

Tornai con la mente a un momento in particolare. L'ansia dell'attesa nell'oscurità... l'attesa dell'ordine di marciare... quella sensazione nauseabonda di una voragine allo stomaco...

Fui sincero.

«No, non direi che stessi bene. Ma mi sono accorto che in fin dei conti potevo accettarlo. Vale a dire, accettarlo come chiunque altro. Dopo un po' ti convinci che non sarai tu il bersaglio: magari sarà il compagno accanto a te, ma non tu.»

«Secondo lei anche il maggiore Gabriel si è sentito così?»

Resi onore a Gabriel.

«Sono più incline a ritenere che Gabriel sia una di quelle rare persone che hanno la fortuna di non sapere cosa sia la paura.»

«Sì, lo penso anch'io» disse lei.

C'era una strana espressione sul suo volto.

Le domandai se avesse sempre avuto paura della morte. Se c'era stato un trauma che le aveva causato particolare terrore.

Lei scosse la testa.

«Non credo. Certo, mio padre è morto prima che nascessi. Non so se questo...»

«Sì» feci io. «Credo sia molto probabile. Mi sembra una giusta spiegazione.»

Isabella aveva un'espressione accigliata. Era tornata con la mente al passato.

«Il mio canarino è morto quando avevo cinque anni. La notte prima stava bene, e al mattino era steso nella gabbia, zampe all'aria... come questo uccello adesso. L'ho preso in mano» rabbrividì. «Era *freddo*...» Si sforzava di trovare le parole.

«Non... non era più reale... era solo una *cosa*... non vedeva... non sentiva... non provava niente... non... non *era lì*!»

E a un tratto, in modo quasi patetico, mi chiese:

«Non crede che sia terribile dover morire?»

Non so cosa sarebbe stato giusto dire. Al posto di una risposta ponderata, mi lasciai sfuggire la verità. La mia personale verità:

«A volte è l'unica cosa che si desidera.»

Mi guardò con occhi vacui e confusi.

«In che senso?»

«Non capisce?» sbottai io. «Usi gli occhi, Isabella. Come pensa che sia la vita di uno che viene lavato, vestito e preso su dal letto come un neonato, trascinato di qua e di là, un sacco di carbone... una carcassa inanimata e inutile, un rottame, che se ne sta qui al sole senza niente da fare e niente da aspettarsi, e niente in cui sperare... Se fossi una sedia o un tavolo rotto, mi avrebbero gettato nella spazzatura... ma siccome sono un uomo, mi mettono dei bei vestiti, coprono con una coperta il peggiore dei relitti e mi portano qui fuori al sole!»

La ragazza mi lanciò un'occhiata perplessa, interrogativa. Per la prima volta, o almeno così mi sembrò, non guardava oltre, ma guardava proprio me. Si concentrò sulla mia persona. Eppure, non vide né capì nulla... nulla al di là dei meri fatti fisici.

Protestò: «Ma comunque lei è al sole... è vivo. Con ogni probabilità sarebbe potuto morire...».

«Sì, con ogni probabilità. Proprio non capisce che è quello che vorrei?»

No, non capiva. Per lei stavo parlando arabo. Mi disse, timorosa:

«Prova continuamente dolore? È per *questo*?»

«Mi fa male di tanto in tanto, ma no, Isabella, non è questo. Non riesce a capire che non ho niente per cui vivere?»

«So di essere stupida... ma dev'esserci per forza qualcosa per cui vivere? Cioè, perché? Non si può vivere e basta?»

Trattenni il fiato davanti a tanta semplicità.

E poi, quando mi girai, o meglio, quando cercai di girare la sedia a rotelle, con un gesto maldestro feci cadere la boccetta etichettata «Aspirina» poggiata sull'erba, e dal coperchio aperto le piccole pastiglie si riversarono disperdendosi sul prato.

Quasi gridai. Sentii la mia voce strillare, isterica e innaturale:

«Non si devono perdere... le prenda, le trovi... non le faccia sparpagliare!»

Isabella si piegò a raccogliere le pillole con agilità. Voltando la testa, vidi Teresa che arrivava dalla portafinestra. Fu quasi con voce rotta che ansimai:

«Sta venendo Teresa...»

E allora, con mio grande stupore, Isabella fece una cosa di cui non l'avrei mai immaginata capace.

Con una sola mossa, rapida e agile, si allentò il foulard colorato che portava attorno al collo, abbinato all'abitino estivo, e lo fece cadere a coprire le pillole sparse sul prato... Nel frattempo disse con tono tranquillo e casuale: «... sa, sarà tutto diverso quando Rupert tornerà a casa».

Si sarebbe potuto giurare che fossimo nel bel mezzo di una conversazione.

Teresa si avvicinò e domandò:

«Che ne dite di bere qualcosa?»

Io chiesi un drink piuttosto elaborato. Teresa, facendo per andarsene, si piegò come a raccogliere il foulard. Isabella le disse, con quel suo tono calmo:

«Lo lasci pure lì, signora Norreys: i colori fanno un bell'effetto sul prato.»

Teresa sorrise e tornò dentro.

Io guardai Isabella con gli occhi sgranati.

«Mia cara ragazza, perché l'ha fatto?» domandai.

Mi osservò timidamente.

«Ho pensato che non voleva che le vedesse...» rispose lei.

«E aveva ragione» ribattei cupo.

Nei primi giorni della mia convalescenza, avevo orchestrato un piano. Avevo sin troppo chiara la mia condizione di impotenza, di totale dipendenza dagli altri. Volevo una via d'uscita a portata di mano.

Finché mi avevano iniettato la morfina, non avevo potuto fare niente, ma poi era arrivato il momento in cui era stata sostituita da gocce per dormire e altre pillole. Quella era la mia possibilità. All'inizio imprecai perché mi veniva dato cloralio a gocce. Ma poi, quando fui con Robert e Teresa, e i controlli medici divennero meno frequenti, il dottore mi prescrisse dei barbiturici... Seconal, credo, o forse Amytal. A ogni modo, l'accordo prevedeva che provassi a farne a meno ma mi si lasciava un paio di pillole nel caso in cui non riuscissi a dormire. A poco a poco, accumulai una scorta. Continuai a lamentarmi dell'insonnia, e me ne furono prescritte altre. Sopportai lunghe notti di dolori, a occhi sbarrati, confortato dall'idea che i cancelli della mia dipartita andassero aprendosi sempre più. Ormai ne avevo a sufficienza, se non di più, per raggiungere il mio scopo.

E una volta completata la mia raccolta, ecco che quell'impellente necessità si affievolì. Volevo aspettare ancora un po'. Ma non avevo alcuna intenzione di farlo per sempre.

Per qualche straziante minuto, avevo visto il mio piano messo a repentaglio, rimandato, forse addirittura saltato per sempre. Da quel disastro mi aveva salvato la prontezza di Isabella. Ora stava raccogliendo le pillole, sistemandole di nuovo nella boccetta, che poi mi restituì. Io la rimisi al suo posto e feci un profondo respiro.

«Grazie, Isabella» le dissi con calore.

Lei non mostrò la minima curiosità o preoccupazione. Aveva avuto la scaltrezza di cogliere al volo la mia agitazione e di venire in mio soccorso. Mentalmente mi scusai per quella volta in cui mi ero chiesto se fosse stupida. Non lo era per niente.

Ma che cosa pensava? Doveva aver capito che quelle pastiglie non erano aspirina.

La guardai. Non trovai nessun indizio sui suoi pensieri. Era una persona difficile da decifrare...

E poi mi si risvegliò un'improvvisa curiosità.

Aveva fatto un nome...

«Chi è Rupert?» le domandai.

«Mio cugino.»

«Cioè Lord St Loo?»

«Sì. Può darsi che torni. È in Birmania più o meno dall'inizio della guerra.» Rimase in silenzio per un attimo, e poi riprese: «Magari verrà a vivere qui... Sa, il castello è suo. Noi lo abbiamo solo in affitto».

«Ma come mai... come mai l'hai nominato così, di punto in bianco?»

«Volevo solo dire subito qualcosa per dare l'idea che stessimo chiacchierando.» Poi rifletté per un istante. «Immagino... di aver nominato proprio Rupert... perché non faccio che pensare a lui...»

9

FINO A QUEL MOMENTO Lord St Loo era stato solo un nome, un concetto astratto... l'assente proprietario del castello. Ora era una figura a tutto tondo, un essere in carne e ossa. Cominciai a fantasticare su di lui.

Un pomeriggio venne Lady Tressilian a portarmi quello che definì «un libro che pensava potesse interessarmi». Capii a prima vista che non era così. Era uno di quei brillanti saggi motivazionali in cui si vuole farti credere che puoi rendere il mondo migliore semplicemente a star disteso pensando a cose belle. Lady Tressilian, con quel frustrato istinto materno che era più forte di lei, non veniva mai a mani vuote. La sua fissa preferita era che diventassi uno scrittore. Mi aveva portato la raccolta completa di almeno tre corsi per corrispondenza sull'argomento "Come guadagnarsi da vivere scrivendo, in ventiquattro lezioni" e similari. Era una di quelle donne disponibili e gentili che non riescono, nemmeno nella più remota delle ipotesi, a lasciare chi soffre alla propria sofferenza.

Non riuscivo a detestarla, ma quanto meno potevo provare, come facevo, a sottrarmi alle sue attenzioni. A volte Teresa mi aiutava, ma non sempre. Capitava che mi guardasse, sorridesse, e mi abbandonasse al mio destino. Quando, più tardi, inveivo contro di lei, rispondeva che un antinfiammatorio a piccole dosi non poteva farmi che bene.

Quel pomeriggio, in particolare, Teresa era in giro a fare propaganda politica, quindi non avevo possibilità di farla franca.

Quando Lady Tressilian mi chiese, sospirando, come stavo, e si complimentò per la mia bella cera, e io la ringraziai per il libro dicendo che sembrava molto interessante, la conversazione ricadde sulle vicende locali. E al momento, tutto ciò che c'era di locale di cui parlare, era la politica. Mi raccontò com'erano andati i comizi e quanto era stato bravo Gabriel a tenere a bada alcuni disturbatori. Proseguì chiarendo di cosa aveva davvero bisogno il Paese e quale tragedia sarebbe stata la nazionalizzazione, per poi passare a definire "privo di scrupoli" l'altro schieramento e a spiegarmi come la pensavano gli agricoltori a proposito del nuovo Ente sulla produzione del latte. La conversazione fu praticamente identica a quella che avevamo sostenuto tre giorni prima.

Fu allora, dopo un breve silenzio, che Lady Tressilian disse in un sospiro quanto sarebbe stato bello se Rupert fosse tornato.

«C'è qualche possibilità?» le domandai io.

«Sì, è stato ferito... sa, in Birmania. È così spiacevole che i giornali non parlino quasi mai della quattordicesima armata. Rupert è in ospedale da un po', e la sua partenza è prevista già da tempo. Ci sono un sacco di cose da sistemare qui. Noi abbiamo fatto tutte del nostro meglio, ma le cose non fanno che cambiare.»

Immaginai che tra le tasse e altre difficoltà, Lord St Loo sarebbe presto stato costretto a vendere parte dei suoi possedimenti.

«L'area sul mare è edificabile, però sarebbe insopportabile che vi sorgessero altre di quelle casette orribili.»

In effetti, l'esplosione edilizia della East Cliff non era stato un capolavoro di sensibilità artistica.

Lady Tressilian proseguì: «Mio cognato, il settimo Lord St Loo, ha ceduto quei terreni alla città. Voleva che venissero messi a disposizione della comunità, ma non aveva pensato a inserire clausole specifiche, così il comune ha venduto tutto, appezzamento dopo appezzamento. È stato davvero disonesto, perché *non* era questo il volere di mio cognato».

Le domandai se Lord St Loo stesse pensando di venire a vivere lì.

«Non lo so, non ha detto niente di preciso.» Sospirò. «Spero di sì... lo spero tanto.»

Poi aggiunse: «Non lo vediamo da quando aveva sedici anni... allora veniva qui per le vacanze, ai tempi di Eton. Sua madre era neozelandese – una giovane molto affascinante – e quando è rimasta vedova è tornata in patria portando il bambino con sé. Non la si può biasimare, eppure rimpiango sempre che il ragazzo non sia cresciuto in quella che doveva essere la sua dimora sin dall'inizio. Ho l'impressione che quando verrà qui sarà tagliato fuori dalla società. Ma è anche vero che il mondo sta cambiando...».

Il suo bel faccione era tutto corrucciato.

«Noi abbiamo fatto del nostro meglio. Le tasse di successione sono state onerose. Il padre di Isabella è morto nell'ultima guerra. Dovevamo dare via la proprietà di St Loo. Ma unendo le forze, io, Addie e Maud siamo riuscite a prenderlo in affitto... molto meglio che cederlo a degli estranei. È sempre stata la casa di Isabella.»

Il suo viso si distese mentre si piegava verso di me come a rivelarmi un segreto.

«Sarò anche una vecchia sentimentale, ma ho sempre sperato che Isabella e Rupert... sarebbe, ecco, la soluzione *ideale*...»

Io non dissi nulla, e lei proseguì:

«Un così bel ragazzo... affascinante e affettuoso con noi... e sembrava avere una particolare predilezione per Isabella. Ai tempi lei aveva solo undici anni, e lo seguiva dappertutto. Gli era molto affezionata. Io e Addie li guardavamo e ci dicevamo: "Se solo...". Maud, certo, blaterava sempre che erano cugini di primo grado e che quindi non si poteva. Lei si preoccupa della consanguineità. Ma un sacco di cugini di primo grado si sposano senza problemi. Non siamo mica una famiglia cattolica, non ci serve l'autorizzazione del papa.»

Rimase di nuovo in silenzio. Questa volta il suo viso aveva quell'aria assorta e prettamente femminile che le donne assumono quando sono intente a combinare matrimoni.

«Rupert non si è mai dimenticato del compleanno di Isabella: ogni anno le fa recapitare un gioiello da Asprey. Non crede anche lei che sia commovente? Isabella è una ragazza così cara... e ama tantissimo St Loo.» La donna guardò fuori, verso le merlature del castello. «Se potessero sistemarsi lì insieme...» Vidi i suoi occhi colmarsi di lacrime...

(«Questo posto somiglia ora più che mai a una fiaba» dissi a Teresa quella sera. «Un principe azzurro potrebbe arrivare da un momento all'altro per sposare la principessa. Dove *viviamo*? In una storia dei fratelli Grimm?»)

«Mi parli di suo cugino Rupert» chiesi il giorno dopo a Isabella, che se ne stava sulla panchina di pietra.

«Non penso ci sia niente da dire.»

«Però ha detto che non fa che pensare a lui. È vero?»

La giovane rifletté per un istante.

«No, non è che penso a lui. Voglio dire... Lui è lì nella mia mente. Credo... che un giorno ci sposeremo.»

Si voltò verso di me, come se il mio silenzio la turbasse.

«Le sembra una cosa assurda? Non vedo Rupert da quando avevo undici anni e lui sedici. Mi aveva detto che sarebbe tornato e che ci saremmo sposati, un giorno. Io ci ho sempre creduto... E ci credo ancora.»

«E Lord e Lady St Loo si sposarono e vissero per sempre felici e contenti nel castello sul mare di St Loo» feci io.

«Pensa che non succederà?» mi chiese Isabella.

Mi guardò come se il mio parere fosse determinante.

Io presi un bel respiro.

«Sono propenso a credere che succederà. Sembra proprio una fiaba.»

Fummo bruscamente richiamati alla realtà dalla signora Bigham Charteris che fece un'improvvisa apparizione in terrazzo.

Arrivò con un grosso pacchetto che le sbatteva sul fianco e mi chiese bruscamente di portarlo al capitano Carslake.

«Credo sia nel suo ufficio» cominciai io, al che lei m'interruppe:

«Lo so... ma non ho intenzione di andarci. Non sono dell'umore giusto per sopportare quella donna.»

Personalmente, io non ero mai dell'umore giusto per sopportare la signora

Carslake, ma capii che doveva esserci qualcosa di più dietro le maniere brusche e irruenti di Bigham Charteris.

Se ne accorse anche Isabella, che le domandò:

«C'è qualcosa che non va, zia Maud?»

La signora Bigham Charteris, l'espressione imperturbabile, spiegò nervosamente:

«Lucinda è stata investita.»

Lucinda era il suo adoratissimo spaniel marrone.

Continuò, in tono ancora più concitato, fissandomi con uno sguardo glaciale per impedirmi di esprimerle compassione:

«Sul molo... quei turisti del diavolo... guidavano troppo veloce... non si sono nemmeno fermati... Dai, Isabella, andiamo a casa.»

Io non offrii né tè né compassione.

Isabella domandò: «Dov'è Lucy?».

«Dal veterinario Burt. Mi ha aiutato il maggiore Gabriel. È stato molto gentile, sì, gentilissimo.»

Gabriel era entrato in scena quando Lucinda giaceva mugolante in strada e la signora Bigham Charteris se ne stava inginocchiata su di lei. Anche lui si era chinato sulla bestiola e le aveva tastato il corpo con dita esperte e attente.

Aveva detto:

«Le zampe posteriori sembrano inerti... Dev'esserci una lesione interna. Dobbiamo portarla dal veterinario.»

«Io mi sono sempre rivolta a Johnson, a Polwithen... è straordinario con i cani. Ma è troppo lontano.»

Lui aveva annuito. «Chi è il migliore a St Loo?»

«James Burt. È bravo, ma è un tipo brusco. Non mi fido di lui per i cani... non sarebbe la mia prima scelta. Sa, è uno che alza il gomito. Ma è vicino. Meglio portare Lucy da lui. Attenzione... potrebbe mordere.»

Gabriel aveva risposto con fare sicuro:

«Non mi morderà.» Le parlava con un tono tranquillizzante. «Va tutto bene, vecchia mia, va tutto bene.» Fece scivolare con delicatezza le mani sotto la creatura. Una folla di bambini, pescatori e ragazze con le borse della spesa si misero a dispensare consigli tra esclamazioni di solidarietà.

La signora Bigham Charteris ripeteva: «Brava, la mia Lucy, brava».

E poi si rivolse a Gabriel: «È davvero gentile da parte sua. La casa di James Burt è proprio dietro Western Place».

Era una pudica abitazione vittoriana, con il tetto in ardesia e una consumata targa in ottone sul cancello.

Ad aprire la porta fu una donna avvenente sui ventotto anni che si scoprì essere la signora Burt.

La giovane riconobbe subito la signora Charteris.

«Oh, signora Bigham Charteris, mi dispiace tantissimo. Mio marito non è in casa. E nemmeno il suo assistente.»

«Quando torna?»

«Da un momento all'altro, credo. Certo, il suo orario di visita è dalle nove alle dieci e dalle due alle tre... ma sono sicura che farà il possibile. Che cos'è successo alla cagnolina? È stata investita?»

«Sì, è finita proprio adesso sotto un'auto.»

«Che crudeltà...» fece Milly Burt. «Corrono troppo. La portiamo in ambulatorio?»

La donna parlava con una voce dolce e un po' affettata. La signora Bigham se ne stava accanto alla cagnolina, accarezzandola. Il suo viso segnato dall'età era contratto per il dolore. Non riusciva a prestare attenzione a Milly Burt, che continuava a dire cose gentili, inadeguate, nell'imbarazzo più totale.

Poi annunciò che avrebbe chiamato la fattoria per vedere se il signor Burt era lì. Il telefono era all'ingresso. Gabriel la accompagnò, lasciando la signora Bigham da sola con la sua cagnolina e la sua agonia. Aveva intuito, quell'uomo.

La signora Burt compose il numero, e riconobbe la voce all'altro capo del telefono.

«Sì, signora Whidden... sono la signora Burt. Il signor Burt è lì?... Be', sì, se non le viene scomodo... sì...» Ci fu un momento di silenzio, e poi Gabriel, che la osservava, la vide arrossire e irrigidirsi. La sua voce cambiò, assunse un tono di scusa, timido.

«Mi dispiace, Jim. No, certo...» Gabriel sentiva la voce del signor Burt dalla cornetta, anche se non capiva cosa dicesse... era proprio una brutta voce tirannica. Il tono di Milly si fece ancora più contrito.

«Si tratta della signora Bigham Charteris... dal castello... la sua cagnolina... è stata investita. Sì, è qui adesso.»

La donna arrossì di nuovo e riagganciò, ma non prima che Gabriel sentisse la voce di lui dire con rabbia:

«Perché non l'hai detto subito, scema che non sei altro?»

Ci fu un momento di imbarazzo. Gabriel era dispiaciuto per la signora Burt... una creatura così bella e garbata, terrorizzata dal marito. Le disse, con quei suoi modi schietti e affabili:

«È così generoso da parte sua scomodarsi e dimostrarsi tanto comprensiva, signora Burt.» E le sorrise.

«Oh, si figuri, maggiore Gabriel. Lei è il maggiore Gabriel, vero?» La donna era elettrizzata per l'apparizione dell'uomo in casa. «Sono venuta al comizio al circolo, l'altra sera.»

«Molto gentile, signora Burt.»

«E spero che vinca... anzi, ne sono sicura. Sono tutti stufi di Wilbraham, eh già. St Loo non è la sua vera casa. Sa, non è della Cornovaglia.»

«Nemmeno io, se è per questo.»

«Oh, lei...»

Lo guardò con gli stessi occhi marroni di Lucinda, in adorazione. Anche i capelli erano marroni, di un bel castano. Schiuse le labbra mentre ammirava John Gabriel, posizionandolo su uno sfondo imprecisato – una figura in uno scenario di guerra. Il deserto, il caldo, le pallottole, il sangue, le corse scomposte nella natura selvaggia... Una scena da film come quello che aveva visto la settimana precedente.

Ed era così spontaneo... così gentile... così *normale*!

Gabriel si adoperò per chiacchierare con lei. In particolare, non voleva che la donna tornasse nell'ambulatorio ad affliggere ulteriormente quella povera vecchia zuccona che voleva soltanto rimanere da sola con la sua cagnolina. E, soprattutto, era certo che la cagnolina sarebbe stata d'accordo. Che peccato, era un amore e non aveva più di tre o quattro anni. Quella davanti a lui era una brava donna, ma si sarebbe messa a dimostrare all'altra la sua solidarietà riempiendola di chiacchiere. Avrebbe continuato all'infinito, lamentandosi delle macchine e del numero di cani investiti ogni anno, complimentandosi per Lucinda, e non è che alla signora Charteris andava una tazza di tè?

Allora John Gabriel si mise a discorrere con Milly Burt, e la fece ridere, e lei mostrò i bei denti e la dolce fossetta che le si formava all'angolo della bocca. La donna era briosa e vivace quando, a un tratto, si spalancò la porta e si fece avanti un uomo corpulento, con i calzoni alla cavallerizza.

Gabriel fu sorpreso dal modo in cui la moglie di Burt trasalì e indietreggiò.

«Ah, Jim... eccoti» esclamò irrequieta. «Lui è il maggiore Gabriel.»

James Burt annuì seccamente, e la moglie proseguì:

«La signora Charteris è in ambulatorio con il cane...»

Burt la interruppe: «Perché non ci portavi solo il cane e lei non la facevi rimanere qui? Non hai mai avuto il minimo buonsenso».

«Glielo posso chiedere...»

«Ci penso io.»

La urtò per farsi strada e scese le scale che conducevano all'ambulatorio.

Milly Burt soffocò le lacrime impetuose.

Domandò al maggiore Gabriel se gradiva una tazza di tè.

Visto che lui era molto dispiaciuto per la signora Burt e che reputava il marito un villano, accettò.

E questo fu l'inizio.

10

FU IL GIORNO SUCCESSIVO – o forse quello ancora dopo – che Teresa portò la signora Burt in soggiorno da me.

Le disse: «Lui è mio cognato, Hugh. Hugh, ti presento la signora Burt, che si è gentilmente offerta di aiutarci».

Quel "ci" non si riferiva a noi personalmente, ma al partito conservatore.

Guardai Teresa, che non batté ciglio. La signora Burt stava già posando su di me quei suoi premurosi occhi castani colmi di solidarietà femminile. Se mai mi era capitato di indulgere nel lusso di commiserarmi, momenti come quello erano dei salutari correttivi. Contro la zelante compassione nello sguardo della signora Burt non avevo alcuna difesa. Teresa abbandonò la camera ignobilmente.

La signora Burt si sedette accanto a me e si predispose a essere di compagnia. Quando mi ripresi dal senso di disagio e nera miseria, fui costretto ad ammettere che era simpatica.

«Sono convinta» stava dicendo «che dobbiamo fare tutti il possibile per le elezioni. Io temo di non poter contribuire più di tanto. Non sono brillante e non potrei mai andare a parlare con le persone. Ma come ho detto alla signora Norreys, se c'è del lavoro d'ufficio da svolgere, o volantini da distribuire, potrei occuparmene. Il maggiore Gabriel al circolo ha parlato in modo magnifico del ruolo che possono svolgere le donne. Mi sono sentita una sfaticata. È un oratore meraviglioso, non crede? Oh, dimenticavo... immagino che lei...»

La sua ansia fu toccante, mi guardava costernata. Andai subito in suo soccorso.

«Ho sentito il suo discorso d'apertura nella Sala delle parate. Di certo riesce a trasmettere l'impressione che vuole.»

La donna non sospettò alcuna ironia e disse con slancio:

«Secondo me è fantastico.»

«È esattamente quello che... hmm... vogliamo che pensino tutti.»

«Eccome» disse Milly Burt. «Cioè, farà davvero la differenza avere un uomo come lui a St Loo. Un uomo vero. Uno che è stato nell'Esercito e ha combattuto. Il signor Wilbraham è in gamba, certo, ma ho sempre pensato che questi socialisti siano troppo stravaganti... e, in fondo, è solo un insegnante o qualcosa del genere... così allampanato e con la voce impostata. Non si ha la sensazione che abbia mai fatto davvero qualcosa.»

Ascoltai la voce dell'elettorato con interesse, e mi resi conto che John Gabriel di cose ne aveva fatte.

La donna si colorì per il trasporto.

«Ho saputo che è uno degli uomini più coraggiosi di tutto l'Esercito. Dicono che avrebbe potuto vincere molte altre medaglie al valore.»

Evidentemente Gabriel era riuscito a ottenere il tipo di pubblicità che voleva, a meno che non si trattasse di un entusiasmo personale da parte della signora Burt. Era molto graziosa con le gote un po' arrossate e gli occhi castani che brillavano di adorazione.

«È venuto a casa nostra con la signora Bigham Charteris» mi spiegò. «Il giorno in cui è stato investito il suo cane. È stato bello da parte sua, non crede? Ha preso molto a cuore la cosa.»

«Magari ama i cani» proposi io.

Questo era un po' troppo banale per Milly Burt.

«No» disse lei. «Credo che fosse perché è gentile... gentile oltre ogni dire. E ha parlato in modo così spontaneo e piacevole.»

Fece una pausa e poi proseguì: «Mi sono quasi vergognata. Intendo dire, vergognata di non essermi impegnata di più per la causa. Certo, ho sempre votato Tory, ma il voto da solo non è abbastanza, non crede?».

«Be', dipende» replicai io.

«Ho capito che ho il dovere di fare *qualcosa*... e sono venuta a chiedere al capitano Carslake come posso rendermi utile. Ho davvero tanto tempo libero, sa. Il signor Burt è così occupato... è fuori casa tutto il giorno, tranne all'orario delle visite... e non ho figli.»

Per un momento nei suoi occhi castani apparve un'espressione diversa: mi dispiacque per lei. Era quel tipo di donna che avrebbe dovuto avere dei bambini. Sarebbe stata un'ottima madre.

Il desiderio di maternità frustrato era ancora sul suo viso quando abbandonò il ricordo di John Gabriel e si concentrò su di me.

«Lei è stato ferito a El Alamein, dico bene?» domandò.

«No» replicai io, furente. «In Harrow Road.»

«Ah.» Rimase spiazzata. «Ma il maggiore Gabriel mi aveva detto...»

«Gabriel, Gabriel...» risposi. «Non deve credere a una parola di quello che dice.»

La donna sorrise dubbiosa, immaginando di non riuscire a cogliere la battuta.

«Sembra molto in forma» mi disse con fare incoraggiante.

«Mia cara signora Burt, non sembro né mi sento mai in forma.»

Lei replicò con estrema dolcezza: «Mi dispiace davvero tantissimo, capitano Norreys».

Prima che potessi commettere un omicidio, la porta si aprì ed entrarono Carslake e Gabriel.

Gabriel se la cavò molto bene. Il suo viso s'illuminò quando la vide.

«Salve, signora Burt. Che bel gesto da parte sua. Davvero un bel gesto.»

La donna sembrava contenta e un po' in imbarazzo.

«Oh, davvero, maggiore Gabriel... non credo di poter essere di alcuna utilità. Ma voglio fare *qualcosa*.»

«Ci sarà d'aiuto. La faremo *lavorare*.» Aveva ancora la mano della signora Burt nella sua e tutto il suo brutto viso era impegnato a sorridere. Percepivo il fascino e il magnetismo del maggiore Gabriel, e se lo sentivo io, chissà come doveva sentirlo la donna. La signora Burt rise e arrossì.

«Farò del mio meglio. È importante dimostrare che il Paese è fedele a Churchill, non è vero?»

Era molto più importante, avrei potuto dirle, essere fedeli a John Gabriel ed eleggerlo con una buona maggioranza.

«È questo lo spirito» annuì Gabriel con entusiasmo. «Sono le donne ad avere il vero potere alle elezioni, al giorno d'oggi. Se solo lo usassero.»

«Oh, lo so» disse lei con tono grave. «Non ce ne *curiamo* abbastanza.»

«Be'» fece Gabriel. «In fondo, un candidato non è poi meglio di un altro, forse.»

«Ma, maggiore Gabriel!» La donna era sconvolta. «C'è tutta la differenza del mondo.»

«Sì, naturalmente, signora Burt» fece Carslake. «Le assicuro che il maggiore Gabriel li farà svegliare a Westminster.»

Avrei voluto dire "Ah, sul serio?" ma mi trattenni. Carslake la condusse via per darle dei volantini, del lavoro da battere a macchina o non so cosa, e quando la porta si richiuse dietro di loro, Gabriel disse:

«Che dolce creatura.»

«Di sicuro ce l'ha in pugno.»

Gabriel aggrottò la fronte.

«La pianti, Norreys. La signora Burt mi sta simpatica. E mi dispiace per lei. Se proprio lo vuole sapere, non ha una vita facile.»

«Probabilmente no. Non sembra molto felice.»

«Burt è una canaglia col cuore di pietra. Beve. Sarà un animale. Ieri mi sono accorto che lei ha due lividi orribili sul braccio. Scommetto che la picchia. Queste cose mi fanno vedere rosso.»

Mi stupì. Gabriel se ne accorse, e fece un vigoroso cenno di assenso con la testa.

«Non sto fingendo. La violenza mi ha sempre fatto rabbia... Ha mai pensato alla vita che sono costrette a condurre certe donne? E devono tenere sempre il becco chiuso.»

«Immagino possano ricorrere alle vie legali» commentai.

«No, macché, Norreys... solo *in extremis*. Vessazione sistematica, disprezzo continuo, un po' di maniere forti se lui ha bevuto un bicchiere di troppo... una donna che cosa può farci, se non sottostare e soffrire in silenzio? Le donne come Milly Burt non hanno soldi loro. Che fine farebbero se si separassero dai mariti? Ai parenti non piace fomentare i problemi coniugali. Le donne come Milly Burt sono sole. Nessuno alzerà un dito per aiutarle.»

«Sì» dissi. «È vero...»

Lo guardai con una certa curiosità.

«L'ha presa molto a cuore, vero?»

«Non creda che io sia capace di un po' di onesta solidarietà? Quella ragazza mi sta simpatica, e mi dispiace per lei. Vorrei poter fare qualcosa... ma credo non sia possibile.»

Cambiai posizione nervosamente. O meglio, per essere precisi, cercai di cambiare posizione e fui ricompensato dal mio corpo menomato con un'acuta fitta di dolore. Ma con quello fisico arrivò un altro colpo, più profondo: quello dei ricordi. Ero sul treno dalla Cornovaglia a Londra e stavo guardando le lacrime che si riversavano nella minestra...

Era cominciato così... non come si immagina. A volte è proprio l'incapacità di difendersi di fronte alla compassione a esporre le persone agli assalti della vita, a condurle... dove? Nel mio caso, a una sedia a rotelle, senza futuro, e con un passato beffardo...

A un tratto chiesi a Gabriel (e nella mia mente c'era una connessione, anche se a lui il passaggio doveva essere sembrato davvero repentino):

«Come sta il bel tipino della locanda?»

Lui fece un ampio sorriso.

«Bene, ragazzo mio. Ma sto facendo il discreto. Solo lavoro, finché sono a St Loo.» Tirò un sospiro. «Che peccato. È proprio il mio tipo... Ma in fondo non si può avere tutto! Non posso fare una cosa del genere al partito conservatore.»

Gli chiesi se i conservatori fossero così esigenti, e lui rispose che c'era una forte componente puritana a St Loo. I pescatori, aggiunse, tendevano a essere religiosi.

«Anche se hanno una moglie in ogni porto?»

«Quella è la Marina, vecchio mio. Non faccia confusione.»

«Be', *lei* non fa confusione tra la locanda e la signora Burt?»

A queste parole s'infervorò tutto a un tratto.

«Senta un po', dove vuole arrivare? La signora Burt è una donna seria... molto seria. È una brava ragazza.»

Lo guardai con curiosità.

«È tutto a posto, gliel'ho detto. Non consentirebbe mai a una tresca.»

«No, ha ragione. Non credo proprio. Ma l'ammira moltissimo, lo sa.»

«Ah, ma questo è per la medaglia al valore, per la storia del porto e per qualche altra voce che gira.»

«A proposito... chi fa circolare queste voci?»

Mi strizzò un occhio.

«Gliel'ho detto... sono utili... utilissime. Povero Wilbraham!»

«Ma chi le mette in giro? Carslake?»

Gabriel scosse la testa.

«No, Carslake si fa troppi scrupoli. Non mi fido. Mi sono dovuto mettere io al lavoro.»

Scoppiai a ridere.

«Mi sta dicendo sul serio che ha avuto la faccia tosta di raccontare alla gente che avrebbe potuto vincere la medaglia altre tre volte?»

«Le cose non stanno proprio così. Uso le donne... quelle un po' più svampite. Loro mi fanno tirare fuori i dettagli... dettagli che io sono restio a fornire... poi, quando preso dall'imbarazzo le supplico di non dirlo ad anima viva, loro corrono a raccontare tutto alle amiche.»

«Che faccia di bronzo.»

«Sto partecipando alle elezioni. Devo pensare alla carriera. Queste cose contano molto più delle mie competenze in ambito di dazi doganali, indennizzi o pari retribuzione per lavori parimenti brutti. Le donne si fanno guidare sempre dalla componente personale.»

«A proposito, ma che cosa diavolo aveva in testa quando ha detto alla signora Burt che sono stato ferito a El Alamein?»

Gabriel fece un sospiro.

«Immagino che lei l'abbia disillusa. Non dovrebbe fare così, caro mio. Non rovini tutto, finché funziona. Gli eroi sono in vetta alle classifiche, per adesso. E non durerà per sempre. Ne approfitti finché può.»

«Con l'inganno?»

«Non serve a niente dire la verità alle donne. Io non lo faccio mai. A loro non piace, se ne accorgerà.»

«Ma mentire è un po' diverso.»

«Non c'è bisogno di mentire. La bugia l'avevo detta io. Lei doveva solo borbottare: "Che sciocchezze, è tutto un errore... Gabriel dovrebbe tenere a freno la lingua". E poi cominciare a parlare del tempo, o della pesca di sardine, o quale rivoluzione si prepara nella steppa russa. E la ragazza sarebbe andata in estasi. Dannazione, non vuole nemmeno divertirsi *un po'*?»

«Che divertimento c'è per me, ormai?»

«Be', mi rendo conto che non può portarsele a letto...» Gabriel non andava mai per il sottile. «Ma un po' di romanticismo è meglio di niente. Non le piacerebbe che le donne la colmassero di attenzioni?»

«No.»

«Strano... a me sì, che piacerebbe.»

«Non ne sarei così sicuro.»

Gabriel cambiò espressione e si accigliò. Disse lentamente:

«Forse ha ragione... Immagino che, andando in profondità, nessuno conosca davvero se stesso... Io credo di conoscere bene John Gabriel. Ma lei sta insinuando che forse non è proprio così. Le presento il maggiore John Gabriel, non credo vi conosciate...»

Prese ad andare su e giù per la stanza con nervosismo. Ebbi l'impressione che le mie parole avessero toccato una qualche profonda ferita. Sembrava – sì, me ne accorsi subito – sembrava un ragazzino spaventato.

«Si sbaglia» disse. «Si sbaglia di grosso. Io *mi conosco*. È l'unica cosa che conosco: me stesso. A volte preferirei di no... ma so perfettamente chi sono e di cosa sono capace. Certo, sto molto attento a fare in modo che gli altri non lo intuiscano. So da dove vengo e dove sono diretto. So quello che voglio, e mi assicurerò di ottenerlo. Ho investito tutte le mie energie, e non credo proprio che prenderò una cantonata.» Rimase a riflettere per un istante. «No, ho tutte le carte in regola. Arriverò dove voglio arrivare!»

Il tono della sua voce attirò il mio interesse. Per un momento credetti che John Gabriel fosse qualcosa di più di un ciarlatano... lo vidi come un vincente.

«Allora è *questo* che vuole» dissi. «Be', forse riuscirà a ottenerlo.»

«A ottenere cosa?»

«Il potere. È questo che vuole, no?»

Sgranò gli occhi, e poi scoppiò a ridere.

«Buon Dio, no. Per chi mi ha preso? Per Hitler? Non voglio il potere... non ho l'ambizione di tiranneggiare sui miei simili o sul mondo in generale. Buon Dio, secondo lei perché sono qui? Chi se ne infischia del potere! Quello che voglio è un lavoro poco impegnativo. Tutto qui.»

Rimasi deluso. Per un momento John Gabriel aveva assunto proporzioni colossali. Adesso era tornato a grandezza naturale. Si lasciò sprofondare su una poltrona e allungò le gambe. A un tratto lo vidi com'era senza il suo fascino: un omiciattolo misero e grezzo... avido.

«Ringrazi la sua buona stella che non voglia nient'altro!» esclamò. «Gli uomini avidi che pensano solo a se stessi non fanno male a nessuno: nel mondo c'è posto per loro. Sono i governanti migliori. Che il cielo aiuti quei Paesi che hanno al potere uomini convinti delle proprie idee! Un uomo convinto di un'idea opprimerà la gente, ridurrà alla fame i bambini, rovinerà le donne, e non si accorgerà nemmeno di come sta riducendo il suo popolo. Non gli *importerà*. Ma una persona egoista e avida non farà molti danni: vuole solo che il suo angolino sia accogliente, e una volta ottenuto questo, non si opporrà a rendere felice e contento l'uomo medio. Anzi, lo preferisce felice e contento perché crea meno problemi. So benissimo che cosa vuole la maggior parte delle persone... e non è chissà che: vogliono solo sentirsi importanti e avere la possibilità di distinguersi un po' tra la folla senza che qualcuno li comandi a bacchetta. Stia bene attento alle mie parole, Norreys, è qui che i laburisti faranno un grosso errore quando saliranno al potere...»

«Se saliranno al potere» precisai io.

«Saliranno al potere senza problemi» replicò Gabriel con fare sicuro. «E io le sto dicendo dove sbaglieranno. Cominceranno a comandare la gente a bacchetta. Il tutto con le migliori intenzioni. Quelli che non sono conservatori fino al midollo sono fanatici. E Dio ci salvi dai fanatici! È assurdo quanta sofferenza può infliggere un fanatico dai sani principi a un Paese rispettoso della legge.»

Io ribattei: «In sostanza lei ritiene di sapere cosa sia meglio per il Paese?».

«Niente affatto. Io so cos'è meglio per John Gabriel. Il Paese è al sicuro dai miei esperimenti perché io sarò occupato a pensare a me stesso e al mio posticino al sole. Non mi importa nemmeno lontanamente diventare primo ministro.»

«Mi sorprende!»

«Ora non mi fraintenda, Norreys. Con ogni probabilità se lo volessi *potrei* diventare primo ministro. È incredibile dove si può arrivare se si sta attenti a quello che vuole sentirsi dire la gente! Ma fare il primo ministro comporta molte preoccupazioni e duro lavoro. Io voglio solo farmi un nome, e basta...»

«E i soldi da dove li prende? Con seicento sterline all'anno non si va lontano...»

«Saliranno, se vincono i laburisti. Magari arriveranno a mille tondi tondi. Ma attenzione, ci sono migliaia di modi per fare soldi in politica... Alcuni sottobanco, altri alla luce del sole. E poi c'è il matrimonio...»

«Ha pianificato anche il matrimonio? Un titolo nobiliare?»

Per un qualche motivo Gabriel avvampò.

«No» negò con foga. «Non cerco una moglie che non sia del mio ceto sociale. E quale sia il mio ceto lo so bene. Non sono un nobile.»

«Ma questa parola ha ancora un significato?» domandai scettico.

«La parola no. Ma ciò a cui si riferisce esiste ancora.»

Fissò il vuoto davanti a sé. Mentre parlava la sua voce era riflessiva e distante.

«Mi ricordo di essere andato in una grande villa con mio padre. Doveva riparare la caldaia della cucina. Io rimasi fuori, in giro. Una bambina venne a parlare con me. Era simpatica, giusto un paio d'anni più grande di me. Mi condusse in giardino... un giardino davvero stupendo, con fontane, terrazzi, grandi cedri e un prato verde come il velluto. C'era anche suo fratello. Era più piccolo. Ci mettemmo a giocare. Nascondino, indovinelli... era divertente, e ce la spassammo. Poi la tata uscì tutta inamidata e con una divisa indosso. Pam, che era la bambina, andò da lei saltellando e le disse che dovevo venire anche io a prendere il tè con loro, insomma, mi voleva al tè.

«La vedo ancora quella faccia presuntuosa della bambinaia, quel falso pudore... riesco ancora a sentire la voce affettata!

«"Non si può, tesoro. È un popolano."»

Gabriel s'interruppe. Io ero attonito... attonito per quello che può fare la crudeltà, quando si è incauti, superficiali. Da allora Gabriel aveva continuato a sentire quella voce, a vedere quella faccia... Lo aveva ferito, nel profondo.

«Ma insomma,» dissi io «non era mica la madre dei bambini. Era... be'... era proprio una cosa scortese da dire... a parte la crudeltà.»

Gabriel girò verso di me un viso pallido e tetro.

«Non ha afferrato il concetto, Norreys. Sono d'accordo che una signora non avrebbe detto una cosa del genere... sarebbe stata più discreta... ma rimane il fatto che era vero. Io *ero* un popolano. Sono *ancora* un popolano. E morirò da popolano.»

«Quante sciocchezze! Che importanza hanno queste cose?»

«Non hanno importanza. Hanno smesso di averne. Nella pratica, è un vantaggio non essere nobili, al giorno d'oggi. La gente deride tutti quegli anziani patetici, con la schiena ritta e le conoscenze giuste, ma privi di mezzi per vivere. Facciamo gli snob con l'istruzione, ormai. Collegi e università sono la nostra fissazione. Ma, Norreys, il problema è che io non volevo essere un popolano. Quando tornai a casa dissi a mio padre: "Papà, da grande voglio essere un nobile. Voglio essere Lord John Gabriel". "Non lo sarai mai" mi rispose lui. "Nobili si nasce. Ti potranno trattare da pari se diventi ricco, ma non sarà la stessa cosa." E infatti non lo è. C'è qualcosa... qualcosa che non potrò mai avere. Oh, non mi riferisco al titolo, ma a essere nati con quella sicurezza – sapere cosa fare e cosa dire, essere scortesi solo quando si vuole essere scortesi... e non solo perché sei irritato o a disagio e vuoi mostrare di valere quanto chiunque altro. Non doverti sentire a disagio e chiederti tutto il tempo che cosa pensano di te le persone, ma preoccuparti soltanto di quello che *tu* pensi degli *altri*. Sapere che anche se sei strano, malvestito o stravagante, non ha la minima importanza perché sei quello che sei...»

«Perché, in sostanza, sei Lady St Loo?» suggerii io.

«Vada al diavolo quella vecchia strega!» esclamò John Gabriel.

Lo guardai con notevole curiosità.

«Lo sa, lei è davvero interessante» gli dissi.

«Non è una cosa reale per lei, vero? Non sa che cosa voglio dire. Pensa di saperlo... ma non ne ha la minima idea.»

«Lo sapevo che era successo qualcosa...» feci io lentamente. «Che c'era stato un trauma, nel suo passato. È stato offeso da piccolo, ferito. In un certo senso non lo ha mai superato...»

«La faccia finita con la psicologia» tagliò corto Gabriel. «Ma lo capisce, vero?, perché quando vedo una ragazza simpatica come Milly Burt sono felice? Ed è quello il tipo di donna che sposerò. Dovrà avere un po' di soldi, certo... ma con o senza dote, sarà della mia classe sociale. Immagina che inferno se sposassi una ragazza presuntuosa, con la faccia da cavallo, e passassi tutta la vita a cercare di essere alla sua altezza?»

Fece una pausa e poi domandò brusco:

«Quando è stato in Italia, è passato da Pisa?»

«Sì... qualche anno fa.»

«Credo che sia a Pisa... c'è una cosa dipinta sulla parete... paradiso, inferno e purgatorio, e tutto il resto. L'inferno è divertente, con piccoli demoni che ti spingono giù con i forconi. Il paradiso è sopra: una fila di santi seduti sotto gli alberi con un'espressione di trionfo. Mio Dio, quelle donne! Non conoscono l'inferno, non conoscono i dannati... non ne sanno *niente*! Se ne stanno sedute lì, con un sorriso compiaciuto sulle labbra.» La rabbia montò. «Piene di sé, fiere, soddisfatte... Dio, vorrei strapparle a quegli alberi e al loro stato di beatitudine e scaraventarle giù nelle fiamme! E tenerle lì a dimenarsi; far sentire loro qualcosa, farle soffrire! Che diritto hanno di ignorare che cos'è la sofferenza? Se ne stanno lì, tutte sorridenti, e niente le può scalfire... Con la testa tra le stelle... Ecco, con la testa tra le stelle.»

Si alzò e con la voce che moriva guardò oltre le mie spalle, vago, gli occhi penetranti...

«Tra le stelle» ripeté.

Poi si mise a ridere.

«Scusi se l'ho costretta a sopportare tutto questo. Ma in fondo, perché no? Harrow Road può anche averla ridotta a un relitto, ma serve ancora a qualcosa... può ascoltarmi quando mi va di parlare... Si sarà accorto, immagino, che la gente parla molto con lei.»

«Me ne sono accorto.»

«E lo sa perché? Non perché lei sia un ascoltatore particolarmente comprensivo. È che non ha altra utilità.»

Se ne stava lì, con la testa da un lato e gli occhi ancora adirati che mi guardavano. Voleva che quelle parole mi ferissero, credo. Ma non fu quello l'effetto. Piuttosto, mi procurò un notevole sollievo sentire espresse in parole le cose a cui pensavo da tempo, nella mia testa...

«Perché mai non la fa finita, è questo che mi chiedo» disse. «O forse non ha i mezzi?»

«I mezzi non mi mancano» replicai, chiudendo la mano attorno alla boccetta di pasticche.

«Capisco» commentò lui. «Ha più fegato di quanto pensassi...»

11

LA MATTINA SEGUENTE, la signora Carslake si fermò a chiacchierare con me per un po'. Non mi andava a genio. Era una donna esile e bruna, dalla lingua tagliente. In tutta la mia permanenza a Polnorth House, credo di non averle mai sentito dire una cosa carina su qualcuno. A volte, tanto per divertirmi, facevo un po' di nomi e aspettavo che la mitezza iniziale delle sue osservazioni lasciasse posto all'acidità.

Ora stava parlando di Milly Burt.

«È una brava personcina» disse. «E così volenterosa. Certo, è piuttosto stupida, e di politica non capisce un tubo. Le donne della sua classe sociale non hanno una consapevolezza politica.»

Era mia opinione che il ceto di Milly Burt fosse lo stesso della signora Carslake. Per infastidirla, dissi:

«Proprio come Teresa, in effetti.»

La signora Carslake assunse un'espressione scandalizzata.

«Oh, ma la signora Norreys è molto intelligente...» e poi arrivò la solita punta di veleno: «Anche troppo intelligente per *me*. A volte ho come l'impressione che ci disprezzi tutti. Le intellettuali spesso sono così prese da se stesse, non crede? Certo, non darei dell'egocentrica alla signora Norreys...»

Poi ritornò su Milly Burt.

«È un bene per Milly Burt avere qualcosa da fare» sentenziò. «Sa, purtroppo la sua vita familiare è molto infelice.»

«Ah, mi dispiace.»

«Quel Burt sta proprio toccando il fondo. Se ne sta alla locanda di St Loo fino a notte fonda, ed esce da lì che non si regge in piedi. Davvero, mi meraviglio che gli servano ancora da bere. E credo che alzi le mani... o almeno così dicono i vicini. Lei vive nel terrore.»

Arricciò il naso: era, decisi, un brivido che indicava sensazioni gradevoli.

«Perché non lo lascia?» le domandai.

La signora Carslake mi lanciò un'occhiata sconvolta.

«Ma, capitano Norreys, non potrebbe mica fare una cosa del genere! Dove andrebbe? Non ha parenti. Qualche volta ho pensato che se un giovanotto simpatico si fosse fatto avanti... sa, ho la sensazione che la ragazza non sia di principi molto saldi. Ed è anche avvenente secondo il gusto comune.»

«Non le sta molto simpatica, vero?» le chiesi.

«Ma sì che mi sta simpatica, però ovviamente la conosco appena. E lui è solo un veterinario... cioè, non è un vero dottore.»

Una volta chiarita questa distinzione sociale, la signora Carslake mi chiese con sollecitudine se c'era qualcosa che potesse fare per me.

«Molto gentile, ma credo di no.»

Stavo guardando fuori dalla finestra. Lei seguì il mio sguardo e vide l'oggetto della mia contemplazione.

«Ah» fece poi. «È Isabella Charteris.»

Ammirammo tutti e due Isabella che si avvicinava, oltrepassava il cancelletto di legno e saliva gli scalini fino al terrazzo.

«È una bella ragazza» disse la signora Carslake. «Però molto silenziosa. Spesso ho l'impressione che queste giovani di poche parole siano subdole.»

L'aggettivo "subdolo" mi fece indignare. Non potei ribattere perché quella della signora Carslake era stata una battuta che non ammetteva repliche.

"Subdola"... che brutta parola! Soprattutto per Isabella. La sua qualità più evidente era la sincerità. Un'onestà coraggiosa e quasi eccessiva.

Tutt'al più... a un tratto mi ricordai di quando aveva fatto cadere il foulard per coprire quelle maledette pillole. La disinvoltura con cui aveva finto di essere nel bel mezzo di una conversazione. E tutto senza la minima agitazione o confusione – con semplicità e naturalezza – come se passasse la vita a fare cose del genere.

Era questo che intendeva la signora Carslake con la parola "subdola"?

Decisi che avrei domandato a Teresa che cosa ne pensasse. Teresa non elargiva opinioni spontaneamente, ma bastava chiedere.

Quando Isabella arrivò, mi accorsi che era elettrizzata. Non so se fosse palese per chiunque, ma io lo capii subito. Ormai cominciavo a conoscerla abbastanza bene.

Prese a parlare in modo repentino, senza perdersi in saluti.

«Rupert sta tornando... sta tornando davvero» annunciò. «Potrebbe arrivare da un giorno all'altro. Viene in aereo, naturalmente.»

Si sedette e sorrise. Teneva le lunghe mani affusolate congiunte sul grembo. Dietro il suo capo, il tasso si stagliava nel cielo. Se ne stava seduta lì, con un'espressione beata. Il suo atteggiamento, la sua immagine mi ricordarono qualcosa. Qualcosa che avevo visto o sentito da poco...

«Il suo arrivo è molto importante per lei?» domandai.

«Sì. Oh, sì.» E aggiunse: «Sa, è da tanto che aspetto».

In Isabella c'era forse un tocco di Mariana che si strugge nel fossato? Sembrava, giusto un po', un'eroina di Tennyson?

«È da tanto che aspetta Rupert?»

«Sì.»

«Gli è così... affezionata?»

«Credo di essere affezionata a lui più che a chiunque altro al mondo.» Poi aggiunse, riuscendo a dare un'intonazione diversa alle stesse parole che si ripetevano: «Credo... di esserlo».

«Non ne è sicura?»

Mi rivolse subito un'occhiata grave e ansiosa.

«Si può mai essere sicuri di qualcosa?»

Non era una dichiarazione dei suoi sentimenti, ma una domanda.

Me lo chiese perché pensava che potessi avere la risposta che lei non conosceva. Non poteva nemmeno immaginare quanto mi ferì quella domanda.

«No» le risposi, e la mia voce risultò stridula persino alle mie orecchie. «Non si può mai essere sicuri.»

Isabella diede per buona la mia risposta, e abbassò lo sguardo sulla placidità delle sue mani giunte.

«Già» disse. «Già.»

«Da quanto tempo non lo vede?»

«Otto anni.»

«Che creatura romantica che è, Isabella» commentai.

Lei mi rivolse uno sguardo interrogativo.

«Perché credo che Rupert tornerà a casa e che ci sposeremo? Ma non è romantico. Più che altro è un disegno...» Le sue mani tornarono in vita con un fremito, tracciando qualcosa sulla superficie dell'abitino che indossava. «Il mio disegno e il suo. Si uniranno e si completeranno a vicenda. Credo che non potrei mai andarmene da St Loo. Sono nata qui e ho sempre vissuto qui. Voglio continuare a vivere qui. Ed è qui che... morirò.»

Rabbrividì appena, mentre pronunciava queste ultime parole, e nello stesso istante una nuvola coprì il sole.

Mi meravigliai di nuovo di quel suo strano terrore della morte.

«Credo che ne avrà per molto prima di morire, Isabella» la consolai. «Lei è sana e forte.»

La giovane annuì con decisione.

«Sì, sono forte. Non mi ammalo mai. Credo che potrei arrivare ai novanta, vero? O anche ai cento. In fondo, c'è gente che ci arriva.»

Cercai di immaginarmi un'Isabella novantenne. Non ci riuscii. Eppure potevo figurarmi facilmente Lady St Loo diventare centenaria. Ma Lady St Loo aveva una personalità vigorosa e risoluta, prendeva di petto la vita, e sapeva bene di essere una creatrice e direttrice degli eventi. Lady St Loo combatteva per la vita, Isabella la accettava.

Gabriel aprì la porta ed entrò dicendo:

«Senta, Norreys...» ma si fermò appena vide Isabella.

Aggiunse: «Oh, buongiorno, signorina Charteris».

I suoi modi divennero un tantino goffi e impacciati. Era forse, mi chiesi divertito, l'ombra di Lady St Loo?

«Parliamo di vita e di morte» spiegai tutto allegro. «Ho appena profetizzato che la signorina Charteris arriverà ai novant'anni.»

«Non mi sembra una bella prospettiva» disse Gabriel. «Chi lo vorrebbe?»

«Io sì» replicò Isabella.

«Perché?»

La risposta fu: «Non voglio morire».

«Ah» fece Gabriel con leggerezza. «Nessuno vuole morire. Magari non si ha niente in contrario alla morte, ma si ha paura di morire. È una cosa dura e dolorosa.»

«È della morte che mi preoccupo» rispose Isabella. «Non del dolore. Posso sopportarne molto.»

«Questo è quello che crede» replicò Gabriel.

Qualcosa in quel divertito tono di scherno irritò Isabella, che arrossì.

«So sopportare il dolore.»

Si guardarono. L'occhiata di lui era ancora sprezzante, e quella di lei di sfida.

E poi Gabriel fece una cosa che stentai a credere.

Io avevo messo giù la mia sigaretta. Con un gesto rapido lui s'inclinò verso di me, la prese e avvicinò la punta accesa al braccio di Isabella.

Lei non indietreggiò, né ritirò il braccio.

Credo di aver protestato, ma nessuno dei due mi prestò attenzione. Gabriel spinse la cicca sulla pelle di Isabella.

In quel momento provai tutto il disonore e l'amarezza dell'invalido. L'impotenza, l'immobilità, l'incapacità di agire. Non potevo fare niente. Disgustato dalla ferocia di Gabriel, non potevo in alcun modo evitarla.

Mi accorsi che Isabella sbiancava lentamente per il dolore. Serrò le labbra. Ma non si mosse, né distolse lo sguardo da Gabriel.

«È impazzito, Gabriel?» gridai. «Che diavolo pensa di fare?»

Non mi degnò della minima attenzione. Avrei anche potuto non essere lì.

A un tratto, con un gesto rapido, gettò la sigaretta nel camino.

«Mi scusi» disse a Isabella. «Eccome se può sopportarlo.»

Al che, senza una parola di più, uscì dalla stanza.

Io cercai di dire qualcosa, ma non riuscivo a proferire parola.

«Che animale, che selvaggio... che diavolo pensava di fare? Avrebbero dovuto ammazzarlo in guerra.»

Isabella, con lo sguardo alla porta, stava avvolgendo un fazzoletto attorno alla bruciatura. Lo faceva, se posso usare il termine, quasi distrattamente. Come se la sua mente fosse da qualche altra parte.

Poi, da quel posto lontano in cui si trovava, mi guardò.

Sembrava un po' sorpresa.

«Qual è il problema?» domandò.

Cercai confusamente di spiegarle come mi aveva fatto sentire il gesto di Gabriel.

«Non capisco tutta questa agitazione» rispose lei. «Il maggiore Gabriel stava solo verificando se so sopportare il dolore. E ora lo sa.»

12

QUEL POMERIGGIO RICEVEMMO VISITE. Una nipote della signora Carslake, che era stata compagna di studi di Isabella, era di passaggio a St Loo. Io non ero mai riuscito a immaginarmi Isabella in collegio, perciò fui subito d'accordo quando Teresa propose di invitare la nipote, ormai signora Mordaunt, a prendere il tè da noi insieme alla zia. L'invito fu esteso anche a Isabella.

«Viene anche Anne Mordaunt. Andavate a scuola insieme, mi pare» le disse Teresa.

«C'erano diverse Anne» replicò Isabella vagamente. «Anne Trenchard, Anne Langley, Anne Thompson.»

«Non mi ricordo quale fosse il suo nome da nubile. Eppure la signora Carslake me lo aveva detto...»

Anne Mourdant si rivelò essere Anne Thompson. Era una giovane vivace dai modi un po' troppo risoluti (almeno per me). Lavorava in un ministero a Londra, suo marito in un altro, e aveva un figlio che era stato opportunamente piazzato altrove perché non interferisse con il prezioso contributo di Anne Mordaunt allo sforzo bellico.

«Secondo mia madre potremmo far tornare Tony, ora che i bombardamenti sono finiti. Ma io credo che un bambino a Londra sia difficile da gestire, per ora. L'appartamento è minuscolo, e brave bambinaie non ce ne sono, e poi come faccio a preparare da mangiare se sto fuori tutto il giorno?»

«Credo che denoti grande senso civico fare un figlio quando si ha un lavoro così importante da svolgere» la incalzai io.

Teresa accennò un sorriso che intravidi da dietro il vassoio d'argento del tè, e scosse anche la testa lievemente.

Eppure la mia osservazione fece breccia sulla signora Mordaunt, che ne sembrò compiaciuta.

«Non ci si deve sottrarre a nessuna responsabilità» replicò. «C'è un gran bisogno di giovani, soprattutto tra i nostri pari.» Quindi aggiunse, come se le fosse venuto in mente soltanto dopo: «E poi, sono così affezionata a Tony».

Dopodiché, si voltò verso Isabella e si dedicò alle reminiscenze dei vecchi tempi al St Ninian. Mi sembrò una conversazione in cui una delle due interlocutrici non conosceva la propria parte. Anne Mordaunt dovette andare in suo soccorso più di una volta.

La signora Carslake mormorò con tono di scusa a Teresa:

«Mi dispiace così tanto che Dick sia in ritardo. Non riesco proprio a immaginare che cosa possa averlo trattenuto. Doveva essere a casa per le quattro e mezzo.»

Intervenne Isabella: «Credo che sia con il maggiore Gabriel, che è passato dal terrazzo più o meno un quarto d'ora fa».

La cosa mi sorprese: non avevo sentito passare nessuno. Isabella dava le spalle alla finestra e non aveva potuto vedere nulla. Io non avevo distolto lo sguardo da lei ed ero sicuro che non si fosse voltata né avesse dato a vedere di aver sentito qualcuno. Certo, aveva un udito acuto, questo lo sapevo. Eppure mi chiedevo come avesse fatto a riconoscere i passi di Gabriel.

Teresa disse: «Isabella, le spiacerebbe... no, signora Carslake, la prego, non si alzi... Isabella, le spiacerebbe andare di là a chiedergli se vogliono prendere il tè con noi?».

Guardammo la figura slanciata di Isabella scomparire dietro la porta, e la signora Mordaunt disse:

«Isabella non è cambiata per niente. È proprio uguale a prima. È sempre stata stranissima. Vagava come se fosse fuori dalla realtà. La consideravamo una cervellona.»

«Una cervellona?» ripetei io brusco.

«Sì, non lo sa? Isabella è di un'intelligenza straordinaria. La signorina Curtis, la direttrice, si disperava perché Isabella non voleva andare a Oxford. Si è iscritta a soli quindici anni e ha avuto molte lodi.»

Io ero ancora incline a considerare Isabella una creatura di un certo fascino, ma di intelligenza non particolarmente spiccata. Continuai a fissare incredulo Anne Mordaunt.

«Quali erano le sue materie preferite?» domandai.

«Ah, astronomia e matematica – in matematica era un genio – e poi latino e francese. Poteva imparare qualsiasi cosa a cui si dedicasse. Eppure, sa, non le importava minimamente. E questo tormentava la signorina Curtis. Isabella sembrava non desiderare altro che tornare in quel vecchio castello ammuffito.»

Isabella fece ritorno insieme al capitano Carslake e a Gabriel.

Il tè proseguì serenamente.

«Teresa, trovo davvero sconcertante non poter sapere come sia davvero ogni essere umano» le dissi quella sera. «Prendi per esempio Isabella Charteris. Quella Mordaunt l'ha descritta come una cervellona. Io invece l'avevo sempre ritenuta una stupida. Poi, ancora, avrei detto che una delle sue qualità principali fosse la sincerità. La signora Carslake, invece, l'ha definita subdola. Subdola! Che brutta parola. John Gabriel dice che è piena di sé e presuntuosa. Tu... be', in realtà non so cosa ne pensi tu... perché di rado fai dei commenti personali su qualcuno. Ma insomma, qual è la vera identità di un essere umano che riesce ad apparire in modo così diverso a individui diversi?»

Robert, che raramente partecipava alle nostre conversazioni, si mosse in modo irrequieto e disse:

«Ma non è proprio questo il punto? La gente appare in modo diverso a persone diverse. E anche le cose. Gli alberi, per esempio, o il mare. Due pittori ti daranno idee del tutto diverse del porto di St Loo.»

«Vuoi dire che un pittore lo dipingerebbe in modo naturalistico e l'altro in modo simbolico?»

Robert scosse la testa stancamente. Odiava parlare di pittura. Non riusciva mai a trovare le parole giuste.

«No» disse. «È che lo *vedono* in modo diverso. Magari... non lo so... è che in ogni cosa privilegi gli aspetti che sono ricchi di significato per *te*.»

«E lo stesso vale per le persone? Ma non si possono avere due qualità diametralmente opposte. Prendi Isabella, non può essere intelligente e anche stupida!»

«Credo che qui ti sbagli, Hugh» intervenne Teresa.

«Mia cara Teresa!»

Sorrise. Parlava lentamente, concentrata.

«Puoi avere una qualità e non usarla. Cioè, puoi non usarla se hai un metodo più semplice per raggiungere lo stesso risultato, o – sì, questo è più probabile – un metodo che ti costi meno fatica. Hugh, la questione è che col progresso ci siamo allontanati così tanto dalla semplicità, che quando la incontriamo non la riconosciamo. *Percepire* una cosa è sempre molto più facile, molto meno faticoso che *pensarla*. Però nella complessità della vita civilizzata le percezioni non sono abbastanza accurate.

«Per farti capire quello che voglio dire: tu sai, grosso modo, se te lo chiedono, che momento del giorno è. Mattina, mezzogiorno, pomeriggio, sera... non ci devi *riflettere*... e non hai bisogno di conoscenze esatte o di strumenti – meridiane, orologi ad acqua, cronometri, orologi da polso o da parete. Ma se hai un appuntamento, devi prendere un treno o essere in un determinato posto a un determinato orario, devi metterti a pensare ed escogitare dei meccanismi complicati che ti garantiscano una certa accuratezza. Credo che sia così anche nella vita. Ti senti felice, arrabbiato, ti piace qualcuno o qualcosa, disprezzi qualcuno o qualcosa, sei triste. Le persone come me e te, Hugh (non tanto come Robert), fanno *supposizioni* su come si sentono, *analizzano*, riflettono. Esaminano tutto e si danno una *motivazione*. "Sono felice per questo e per quello, mi piace questo e quello per questo e per quello, oggi sono triste per questo e per quello." Solo che, molto spesso, si danno le motivazioni sbagliate, preferiscono ingannarsi. Ma Isabella, credo, non fa supposizioni, non si chiede mai *perché*. Detto tra noi, non le interessa. Se le chiedi di pensare, di dirti perché si sente in un dato modo in rapporto a qualcosa, potrà ragionarci su con la massima accuratezza e darti la risposta corretta. È come una persona che ha un orologio costoso e preciso sulla mensola, ma non gli dà mai la corda perché, nella vita che conduce, non è importante sapere esattamente che ora è.

«A scuola le è stato richiesto di usare l'intelletto, e lei un intelletto ce l'ha... anche se non molto speculativo, direi. Ha una predilezione per la matematica, le lingue, l'astronomia. Niente che richieda fantasia. Noi tutti usiamo l'immaginazione e le congetture come vie di fuga: un modo per evadere, lontano da noi stessi. Isabella non ha bisogno di fuggire da se stessa. Sa convivere con se stessa – è in perfetta armonia. Non ha bisogno di uno stile di vita più complesso.

«Forse nel medioevo – o anche nell'epoca elisabettiana – gli esseri umani erano tutti così. Ho letto da qualche parte che a quei tempi era definito un "grand'uomo" una persona che fosse semplicemente ricca e potente. L'espressione non aveva nessuno dei significati spirituali e morali che vi attribuiamo oggi. Nulla a che vedere con il carattere.»

«Vuoi dire che le persone avevano un atteggiamento diretto e concreto nei confronti della vita, che non facevano grandi congetture?» chiesi io.

«Sì, Amleto con le sue meditazioni, con il suo "essere o non essere", era una figura completamente estranea alla sua epoca. Al punto che allora e per molto tempo dopo, i critici hanno condannato quell'opera per la debolezza della trama. Uno di loro scriveva: "Non si ravvisa alcun motivo per cui Amleto non debba uccidere il re nel primo atto. L'unica ragione è che, se lo avesse fatto, non ci sarebbe stata nessuna tragedia!". Era a dir poco incredibile per loro che una pièce potesse basarsi sul carattere di un personaggio.

«Ma ormai siamo tutti Amleto e Macbeth. Non facciamo che interrogarci...» (la sua voce tutto a un tratto si fece stanca) «"Essere o non essere?" Meglio vivere o morire? E osserviamo chi ha successo, proprio come Amleto esamina (e invidia) Fortebraccio.

«È Fortebraccio il personaggio che oggi non verrebbe capito. Uno che procede sicuro di sé, senza porsi domande. Quanti ce ne sono come lui, nella nostra epoca? Non molti, credo.»

«Pensi che Isabella sia una sorta di Fortebraccio al femminile?» domandai con un sorriso.

«Non così combattiva, ma sicura del suo obiettivo e determinata. Non si chiederà mai: "Perché sono come sono? Come mi sento davvero?". Lei sa quello che prova ed è come è.» Teresa aggiunse con voce sommessa: «E farà... quello che deve fare».

«Quindi è una fatalista?»

«No, ma non credo che per lei ci siano alternative. Non vedrà mai due possibili linee d'azione – solo una. E non farà mai dietrofront, andrà sempre e solo avanti. Le Isabelle non possono tornare indietro...»

«Ma forse nessuno di noi può!»

Parlai con amarezza.

Teresa disse con tono calmo: «Forse no. Ma credo che di solito ci sia una scappatoia».

«Che cosa vuoi dire esattamente, Teresa?»

«Credo che si incontri sempre qualche possibilità di fuga... In genere uno se ne rende conto solo dopo, quando si guarda indietro, ma è lì...»

Rimasi in silenzio per qualche istante, a fumare e a pensare...

A quelle parole di Teresa, all'improvviso mi era tornato in mente un ricordo vivido. Ero appena arrivato al cocktail in casa di Caro Strangeways. Indugiavo sulla soglia, mentre i miei occhi si abituavano alla luce soffusa e al fumo che permeava la stanza. E lì, in fondo alla stanza, scorsi Jennifer. Lei non mi vedeva, stava parlando con qualcuno in quel suo modo vivace.

Avevo provato due sentimenti contrapposti. Prima una sensazione di trionfo. Sapevo che ci saremmo rivisti e la mia intuizione si era dimostrata fondata. Quell'incontro sul treno non era stato una pura casualità. Avevo sempre saputo che non lo era, e quello che credevo si era rivelato realtà. Eppure, nonostante il mio entusiasmo e la mia esaltazione, all'improvviso ebbi voglia di andarmene... di tenere il mio incontro con Jennifer sul treno un evento isolato – un evento da non dimenticare mai più. Un po' come se qualcuno mi avesse detto: "*Quello* è il meglio che potrete avere l'uno dall'altra: un breve attimo di perfezione. Lascialo così".

Se Teresa aveva ragione, quella era stata la *mia* "possibilità di fuga"...

Be', non l'avevo colta. Ero andato avanti. E anche Jennifer era andata avanti. Tutto il resto era successo di conseguenza. La convinzione del nostro amore reciproco, il camion in Harrow Road, la mia sedia a rotelle, Polnorth House...

E allora, tornando al punto di partenza, il mio pensiero andò a Isabella, e protestai un'ultima volta.

«Ma non subdola, Teresa. Che brutta parola. Non subdola.»

«Non saprei» commentò Teresa.

«Subdola? Isabella?»

«Non è l'astuzia la prima, la più semplice linea di difesa? Non è una delle caratteristiche più primitive? La lepre che si acquatta, la pernice che agita le ali nella brughiera per distrarti dal suo nido? Hugh, di sicuro l'astuzia è elementare. È l'unica arma che si può usare quando si è inermi, spalle al muro.»

Si alzò e si avvicinò alla porta. Robert se n'era già svignato a letto. Con le mani sulla maniglia, si voltò.

«Credo che tu possa gettare via quelle pillole. Ormai non le vuoi più.»

«Teresa» esclamai. «Allora lo sapevi?»

«Certo.»

«Ma allora...» mi fermai. «Perché dici che non le voglio più?»

«Be', le vuoi?»

«No» dissi lentamente. «Hai ragione... non le voglio. Domani le butto.»

«Che sollievo» esclamò Teresa. «Ho temuto spesso che...»

La guardai con curiosità.

«Ma allora perché non me le toglievi?»

Per un momento Teresa rimase in silenzio. Poi chiese:

«Ti sono state di conforto, giusto? Ti ha dato tranquillità sapere... di avere una via di fuga?»

«Sì» risposi. «È stato fondamentale.»

«Allora perché sei così stupido da chiedermi perché non te le ho tolte?»

Risi.

«Be', domani, Teresa... finiranno nello scarico. È una promessa.»

«Quindi alla fine hai ricominciato a vivere... a voler vivere.»

«Sì» risposi meravigliato. «Credo di sì. Davvero non so perché. Ma è così. Sono curioso di svegliarmi e sapere cosa mi riserva il mattino.»

«Ti si è ridestata la curiosità, sì. Mi chiedo chi sia il responsabile. La vita a St Loo? Isabella Charteris? John Gabriel?»

«Di certo non è John Gabriel» ribattei.

«Non ne sarei così sicura. C'è qualcosa in quell'uomo...»

«Ah, non gli manca il fascino!» dissi. «Ma è un tipo di persona che detesto... proprio non riesco a sopportare gli opportunisti senza ritegno. E quell'uomo venderebbe anche sua nonna, se ci fosse la possibilità di ricavarci qualcosa.»

«Non mi sorprenderebbe.»

«Non mi fiderei di lui per nulla al mondo.»

«No, non è molto affidabile.»

Continuai: «Non fa che pavoneggiarsi, ed è palesemente a caccia di pubblicità. Sfrutta la sua immagine e chiunque gli capiti a tiro. Pensi che quell'uomo possa essere capace anche di una sola azione disinteressata?».

Teresa rispose con fare riflessivo: «Forse sì, ma sarebbe la sua fine».

Nei giorni successivi mi sarebbero tornate in mente queste sue parole.

13

TUTTO IL FERMENTO CITTADINO si concentrò sul torneo di whist, organizzato dal circolo femminile.

Si tenne dove si era sempre tenuto, al Gran fienile di Polnorth House. Il Gran fienile, da quello che dedussi, era un posto molto speciale. Antiquari appassionati venivano ad ammirarlo, misurarlo, fotografarlo e farne oggetto di scritti. Gli abitanti di St Loo lo consideravano di loro proprietà ed era motivo di grande orgoglio.

Nei due giorni che seguirono ferveva l'attività, e le donne del circolo femminile non facevano che entrare e uscire.

Per mia fortuna rimasi perlopiù escluso da quella baraonda, ma Teresa di tanto in tanto portava da me quelli che potrei definire "esemplari selezionati con cura" per divertirmi e intrattenermi.

Teresa sapeva che Milly Burt mi stava simpatica, e così la giovane fu ammessa con una certa frequenza nel mio salottino, dove ci dedicavamo a vari compiti, quali scrivere biglietti, incollare o attaccare decorazioni.

Fu mentre eravamo affaccendati in queste operazioni che venni a sapere la storia di Milly. Come mi aveva fatto notare Gabriel nella maniera più cruda, l'unica giustificazione della mia esistenza era trasformarmi in una sorta di apparecchio ricevente. Non servivo a nient'altro, ma per quello andavo ancora bene.

Milly Burt mi parlò senza imbarazzo: si confidò gorgogliando come un fiumiciattolo che scorre dolcemente.

Parlò a lungo del maggiore Gabriel. La sua adorazione per tutto ciò che lo riguardava, ben lungi dal diminuire, era aumentata.

«La cosa che mi colpisce di più, capitano Norreys, è la sua *gentilezza*. Capisce, con tutti gli impegni e la fretta che ha, e di cose importanti ne avrà a bizzeffe, non dimentica mai nulla e ha un modo di scherzare così intrigante. Non ho mai conosciuto nessuno come lui.»

«Su questo non ci sono dubbi» replicai io.

«Pur con l'incredibile curriculum militare che può vantare, non è mai arrogante o presuntuoso: sa essere gentile con me tanto quanto con le persone importanti. È cortese con chiunque, si ricorda di tutti, se hanno figli morti in Birmania o stanno ancora lì o in qualche altro posto terribile a combattere, sa qual è la cosa giusta da dire, riesce sempre a strappare un sorriso e tirare su di morale. Proprio non so come ci riesca.»

«Avrà letto *Se* di Kipling» commentai secco.

«Sì, sono sicura che sa "riempire ogni inesorabile minuto dando valore ad ognuno dei sessanta secondi" come nessun altro.»

«O forse a ognuno dei centoventi secondi» suggerii io. «Sessanta a Gabriel non bastano.»

«Vorrei tanto capirne di più di politica» disse Milly malinconica. «Ho letto tutti gli opuscoli, ma non sono brava a fare propaganda e a convincere le persone a votare. Non so come rispondere a quello che dicono.»

«Ah, ma quelli sono solo trucchetti» la consolai io. «E poi, per me la propaganda è immorale.»

Milly Burt mi guardò interdetta.

«Non si dovrebbe nemmeno provare a far votare la gente se è contro le loro convinzioni» le spiegai.

«Ah capisco, sì... capisco cosa intende. Ma noi crediamo davvero che i conservatori siano gli unici in grado di porre fine alla guerra e fare la pace nel modo giusto, no?»

«Signora Burt, che conservatrice meravigliosa che è! È questo che dice quando va a fare propaganda?»

La donna arrossì.

«No, davvero non so parlare di politica. Ma posso spiegare che uomo fantastico e onesto è il maggiore Gabriel, e che saranno le persone come lui a fare la differenza.»

Be', pensai, era esattamente in linea con Gabriel... Guardai il suo viso serio e paonazzo. Gli occhi castano le brillavano. Per un attimo mi preoccupai che potesse esserci qualcosa di più dell'adorazione.

Come a rispondere al mio pensiero inespresso, il volto di Milly si arrossò ancora di più.

«Jim pensa che io sia una stupida» disse imbarazzata.

«Davvero? Come mai?»

«Dice che sono così stupida da non capire niente di politica... e che comunque sono tutti degli imbroglioni. E dice che non potrei mai... ecco, dice che non potrei essere di alcun aiuto, e che se vado in giro a parlare con la gente, regalo solo voti all'opposizione. Capitano Norreys, secondo lei è vero?»

«No» risposi con decisione.

La giovane s'illuminò.

«Lo so che per certi versi sono stupida. Ma è solo quando sono agitata, e Jim riesce sempre ad agitarmi. Gli piace farmi preoccupare. Gli piace...» Si fermò, le labbra le tremavano.

Poi, a un tratto, gettò in aria le strisce di cartoncino bianco a cui stava lavorando e scoppiò in lacrime, lunghi singhiozzi strazianti.

«Mia cara signora Burt» dissi io, impotente.

Che diavolo può fare un uomo costretto su una sedia a rotelle? Non potevo darle una pacca sulla spalla, non era abbastanza vicina. Non potevo porgerle un fazzoletto. Non potevo farfugliare una scusa qualsiasi per sgattaiolare fuori dalla stanza. Non potevo nemmeno dirle: "Le porto una tazza di tè".

No, dovevo adempiere alla mia funzione, la funzione che, come Gabriel mi aveva tanto gentilmente (o crudelmente) fatto notare, era l'unica che mi rimaneva. Quindi dissi, inerme: «Mia cara signora Burt...» e rimasi ad aspettare.

«Sono così triste... così terribilmente triste... ora lo so... non avrei mai dovuto sposare Jim.»

Risposi in modo poco convincente: «Oh, suvvia, sono sicuro che potrebbe andare peggio».

«Lui era così allegro e affascinante... e faceva delle battute così divertenti. Veniva spesso a vedere i cavalli e a controllare che fosse tutto a posto. Sa, papà aveva una scuola di equitazione. Jim fa un figurone a cavallo.»

«Certo, certo...»

«E allora non beveva così tanto... o forse sì, ma quanto meno non me ne accorgevo. Anche se immagino che avrei dovuto capirlo, visto che mi avevano avvisato. Dicevano che alzava troppo il gomito. Ma, vede, capitano Norreys, io non ci credevo. Si fatica a crederci, vero?»

«Sì» annuii.

«Pensavo che avrebbe smesso dopo il matrimonio. Sono sicura che mentre eravamo fidanzati non beveva per niente. Di questo sono *sicura.*»

«Magari ha ragione» replicai. «Un uomo è capace di qualsiasi cosa, in fase di corteggiamento.»

«E mi dicevano anche che era violento. Ma a questo non ho creduto minimamente. Perché con me era dolcissimo. Anche se una volta l'ho visto con un cavallo... aveva perso il controllo, lo stava punendo...» Rabbrividì appena e socchiuse gli occhi. «Per un istante avevo provato un sentimento diverso. "Non lo sposerò mai, se è questa la persona che è" mi ero detta. Era stato strano... mi era sembrato uno sconosciuto, non il mio Jim. Si immagina che assurdità se avessi rotto il fidanzamento?»

Assurdità non era la parola che intendeva, ma fui d'accordo che sarebbe stata un'assurdità. E anche una fortuna.

Milly proseguì: «Ma poi mi è passata... Jim mi ha dato delle spiegazioni, e io mi sono resa conto che a tutti capita di perdere la pazienza, ogni tanto. Non mi era parso importante. Sa, pensavo che lo avrei reso felice al punto che non avrebbe voluto bere mai più e che non si sarebbe più fatto prendere dalla rabbia. Era questo il vero motivo per cui volevo sposarlo... per renderlo felice».

«Rendere felice l'altro non è il vero scopo del matrimonio» le feci notare io.

Mi guardò incredula.

«Però, ovviamente, se si ama qualcuno, la prima cosa che si pensa è farlo felice, no?»

«Questa è una delle forme più insidiose di indulgenza verso le proprie passioni» replicai. «E anche piuttosto diffusa. Probabilmente ha causato più infelicità che altro, nelle statistiche matrimoniali.»

Lei continuava a fissarmi con gli occhi sgranati. Le citai quei versi di triste saggezza di Emily Brontë:

Ho conosciuto cento modi di amare
E tutti addoloravano l'amato.

La signora Burt protestò: «Ma è orribile!».

«Amare qualcuno significa sempre caricare l'altra persona di un peso quasi insostenibile» continuai.

«Che cose strane che dice, capitano Norreys.»

Milly sembrava quasi disposta a riderci su.

«Non presti attenzione a quel che dico» la tranquillizzai. «Le mie opinioni non sono ortodosse, sono solo il risultato di brutte esperienze.»

«Oh, anche lei è stato infelice? Ha...»

Mi sottrassi alla compassione che si stava risvegliando nei suoi occhi, e riportai la conversazione su Jim Burt. Pensai che per Milly fosse stata una sfortuna essere una persona sensibile che si lasciava intimidire facilmente: il tipo peggiore di moglie per un uomo come Burt. Dalle voci che mi erano arrivate, immaginavo che fosse uno di quegli individui che amano avere la meglio, sia sui cavalli che sulle donne. Un'arpia irlandese magari sarebbe riuscita a tenerlo a bada e a farsi rispettare, anche se a fatica. Ma avere potere su un animale o su un essere umano era fatale per uno come Jim. Il suo sadismo veniva alimentato dalla paura folle che ne aveva la moglie, dalle sue lacrime e dai suoi singhiozzi. La cosa più spiacevole era che Milly Burt avrebbe potuto rendere felici molti uomini (o almeno così la pensavo io). Li avrebbe ascoltati, lusingati e colmati di attenzioni. Avrebbe aumentato la loro autostima e il loro umore.

A un tratto mi venne in mente che sarebbe stata una buona moglie per John Gabriel. Non sarebbe stata utile per realizzare le sue ambizioni (ma poi era davvero ambizioso? Ne dubitavo), ma avrebbe mitigato l'amarezza e l'insicurezza che di tanto in tanto traspariva dall'intollerabile presunzione delle sue maniere.

A quanto pareva, James Burt combinava gelosia e negligenza, accoppiata tutt'altro che inusuale. Pur dando alla moglie della paurosa e della stupida, qualsiasi segno di affetto mostrato da un altro uomo era fonte di risentimento.

«Capitano Norreys, non ci crederà ma ha detto delle cose orribili persino sul maggiore Gabriel. Solo perché la scorsa settimana mi ha invitato a prendere un caffè al Ginger Cat. È stato così carino – il maggiore Gabriel, intendo, non Jim – e siamo rimasti lì per un bel po', anche se sono sicura che non aveva tempo da perdere... e ha chiacchierato in modo così piacevole, mi ha chiesto di mio padre e dei cavalli e delle cose che c'erano un tempo a St Loo. Non poteva essere più gentile! E poi... e poi Jim mi ha detto tutte quelle cose... e gli è preso uno dei suoi attacchi di rabbia... mi ha presa per un braccio... io sono scappata a chiudermi nella mia stanza. A volte Jim mi spaventa... Oh, capitano Norreys, sono tremendamente infelice. Vorrei morire.»

«No, signora Burt, non è vero.»

«*Sì*, invece. Che cosa ne sarà di me? Non c'è niente ad attendermi. Diventerà sempre peggio... Jim sta perdendo molti clienti a causa dell'alcol. E questo lo fa infuriare più che mai. E io ho una paura matta...»

Cercai di calmarla come potei. Non credevo che la situazione fosse così brutta come la descriveva, ma di certo era una donna molto infelice.

Dissi a Teresa che la signora Burt conduceva una vita sventurata, ma lei non sembrò interessarsene più di tanto.

«Non vuoi saperne di più?» le domandai con tono di rimprovero.

Teresa rispose: «Non particolarmente. Le mogli infelici si somigliano così tanto che le loro storie sono piuttosto monotone».

«Ma via, Teresa!» esclamai io. «Sei davvero disumana.»

«Ammetto che la compassione non è mai stata il mio forte» replicò lei.

«Ho la brutta sensazione che quella povera creatura sia innamorata di Gabriel» le comunicai.

«Molto probabile» fu la risposta secca di Teresa.

«E tu continui a non essere dispiaciuta per lei?»

«Be'... non per questo, almeno. Innamorarsi di Gabriel dev'essere un'esperienza divertente.»

«Ma insomma, Teresa! Non sarai mica innamorata di lui anche tu?»

Teresa negò. «Per fortuna» aggiunse.

Mi aggrappai a queste sue parole e le dissi che era incoerente. Aveva appena detto che innamorarsi di Gabriel era divertente...

«Non per me» rispose Teresa. «Perché io non sopporto, e non ho mai sopportato, essere sopraffatta dalle emozioni.»

«Sì» riflettei. «Credo che sia vero. Ma perché? Non riesco a capirlo.»

«Non so spiegarlo.»

«Provaci» la esortai io.

«Caro Hugh, quanto ti piace fare domande! Immagino sia perché mi manca l'impulso alla vita. Avere la volontà e la mente travolte e annullate dalle emozioni è insopportabile per me. Posso controllare le mie azioni e in larga misura i miei pensieri: non essere in grado di controllare le emozioni nuoce al mio orgoglio... è un'umiliazione.»

«Secondo te non c'è alcun pericolo che succeda qualcosa tra John Gabriel e la signora Burt, non è vero?» le domandai.

«Gira qualche voce. Carslake è preoccupato. Secondo sua moglie ovunque non si fa che parlare di questo.»

«Quella donna! Sarà lei la prima a parlarne.»

«Già. Ma rappresenta l'opinione pubblica. Rappresenta la gente maligna e pettegola di St Loo. E immagino che Burt non tenga a freno la lingua dopo qualche bicchiere... il che credo accada molto spesso. Certo, è noto per essere un marito geloso e gran parte di quello che dice non viene nemmeno preso in considerazione, ma comunque fa parlare.»

«Gabriel dovrà andarci cauto» commentai io.

«Andarci cauto non mi sembra la sua specialità» disse Teresa.

«Non credi che sia davvero affezionato a lei?»

Teresa rifletté prima di rispondere: «Credo che sia molto dispiaciuto per lei. È un uomo che si lascia vincere facilmente dalla compassione».

«Secondo te potrebbe spingerla a lasciare il marito? Quello sarebbe un disastro.»

«Ne siamo proprio sicuri?»

«Cara la mia Teresa, metterebbe fine a tutto lo spettacolo.»

«Lo so.»

«Insomma, sarebbe una catastrofe, no?»

Teresa disse con una voce strana: «Per John Gabriel? O per il partito conservatore?».

«In realtà stavo pensando a Gabriel» risposi. «Ma anche per il partito, ovvio.»

«Io non sono poi così interessata alla politica» disse Teresa. «Non mi importa un fico secco se a Westminster verrà eletto un altro laburista... anche se Carslake non dovrà mai sentirmi pronunciare queste parole. Quello che mi chiedo è se sarebbe un disastro per John Gabriel. Magari alla fine sarebbe un uomo più felice.»

«Ma se vuole vincere le elezioni a tutti i costi!» esclamai.

Teresa disse che successo e felicità erano due cose del tutto diverse.

«Credo che non possano mai andare insieme» sentenziò.

14

IL MATTINO DEL TORNEO DI WHIST, il capitano Carslake venne a esternare il suo sconforto e la sua preoccupazione.

«Non c'è *niente* di vero» disse. «Ovvio che non c'è niente di vero! Conosco la cara signora Burt da una vita. È una donna *perbene*, ha ricevuto un'educazione severa e tutto il resto... è assolutamente ammodo. Ma sapete com'è fatta la gente.»

Sapevo com'era fatta sua moglie, che con ogni probabilità fungeva per lui da criterio di giudizio.

Continuò a parlare andando su e giù per la stanza, e sfregandosi il naso, esasperato.

«Gabriel è un bravo ragazzo. È stato gentile con lei. Ma imprudente. E non ci si può permettere di essere imprudenti in tempo di elezioni.»

«Quello che vuole dire è che non ci si può permettere di essere gentili.»

«Esattamente... esattamente. Gabriel è stato troppo gentile... Gentile in pubblico. Prendere il caffè al Ginger Cat... come gli è saltato in testa di andare lì con lei?»

«Perché non avrebbe dovuto?»

Carslake ignorò la domanda.

«Con tutte le vecchie galline che a quell'ora stanno lì a razzolare. E poi credo che l'altra mattina si siano fatti una lunga passeggiata in città... le ha pure portato la borsa della spesa.»

«Come ben si addice a un gentiluomo conservatore» mormorai io.

Carslake non prestava attenzione ai miei commenti.

«E un giorno le ha dato un passaggio in macchina... alla fattoria degli Sprague. Fuori città. Lasciando pensare che avessero fatto una gita in campagna insieme.»

«In fondo siamo nel mille*novecento*quarantacinque, non nel mille*ottocento*quarantacinque» puntualizzai io.

«Le cose non sono cambiate più di tanto, da queste parti» replicò Carslake. «Non mi riferisco ai nuovi cottage e a tutti quegli pseudoartisti – loro sono moderni, di morale non vogliono sentirne parlare –, ma comunque votano tutti per i laburisti. È della comunità tradizionalista, che ci tiene alla buona reputazione, che dobbiamo preoccuparci. Gabriel dovrà fare più attenzione.»

Mezz'ora dopo Gabriel mi espresse tutta la sua rabbia e indignazione. Carslake gli aveva fatto presente la situazione "con un certo tatto" e il risultato era quello che ci si può aspettare quando a caldo si usa "un certo tatto".

«Carslake è un vecchio bacchettone!» esclamò. «Lo sa che cosa ha avuto la faccia tosta di dirmi?»

«Sì» risposi. «So tutto. E comunque, a quest'ora in genere riposo e non ricevo visite.»

«Che sciocchezze» replicò Gabriel. «Lei non ha bisogno di riposare. Non fa altro. Stia a sentire che cos'ho da dire al riguardo. Che diamine, devo pur sfogarmi con qualcuno e, come le ho detto l'altro giorno, è l'unica cosa in cui può rendersi utile, quindi farebbe bene a mettersi da bravo ad ascoltare le persone, quando vogliono sentire il suono della loro voce!»

«Ricordo bene la grazia con cui me lo ha fatto presente» dissi.

«Volevo pungerla sul vivo.»

«Lo so.»

«Immagino che sia una cosa crudele da sentirsi dire, però non è un bene che lei sia così permaloso.»

«In realtà mi ha tirato su di morale» replicai io. «Sono circondato da premure e cortesie al punto che una cosa detta senza tanti peli sulla lingua è stata un sollievo.»

«Sta facendo passi avanti» disse Gabriel, e proseguì con la sua questione. «Non posso offrire un caffè a una ragazza infelice in pubblico senza che mi si sospetti di immoralità?» domandò. «Perché devo dare importanza a quello che pensa la gente, se ha un cervello lurido come una fogna pubblica?»

«Be', vuole o non vuole diventare deputato?» domandai.

«Sarò deputato.»

«Carslake ritiene che non lo diventerà se mette in bella mostra la sua amicizia con la signora Burt.»

«Che carogne che sono!»

«Già!»

«Come se la politica non fosse un affare sporco!»

«Certo, sì sì.»

«Non c'è niente da ridere, Norreys. È davvero fastidioso, stamattina. E se pensa che tra me e la signora Burt ci sia qualcosa che non dovrebbe esserci, si sbaglia di grosso. Mi dispiace per lei, tutto qui. Non le ho mai detto una parola che non dovesse arrivare a suo marito o a tutta la commissione di vigilanza di St Loo. Mio Dio, e pensare a quanto mi sto trattenendo con le donne! E le donne mi *piacciono*!»

Era ferito nel profondo, e la questione aveva un lato umoristico.

Disse con fervore: «Quella donna è tremendamente infelice. Non sa... non può nemmeno immaginare che cosa deve sopportare. Quant'è coraggiosa. E com'è fedele. E non si lamenta. Pensa che in un modo o nell'altro sia colpa sua. Vorrei proprio mettere le mani su Burt... è un vero animale. Gliele suonerei così tanto che dopo non lo riconoscerebbe nemmeno sua madre!»

«Per carità» feci, davvero allarmato. «Non ha un minimo senso di prudenza, Gabriel? Una rissa in pubblico con Burt e le sue possibilità di vincere le elezioni rasenteranno lo zero.»

Si mise a ridere. «Chi lo sa? Magari ne varrebbe la pena... Sa che le dico...» Si fermò.

Alzai lo sguardo per vedere che cosa avesse bloccato il flusso di parole. Era Isabella, appena entrata dal terrazzo. Diede il buongiorno a entrambi e spiegò che Teresa le aveva chiesto di venire per aiutare con l'allestimento del fienile.

«Ci onorerà della sua presenza, spero, signorina Charteris» fece Gabriel.

La sua voce aveva un tono mellifluo e sopra le righe che non gli si addiceva per niente. Isabella sembrava avere sempre un brutto effetto su di lui.

La ragazza rispose di sì e aggiunse: «Partecipiamo sempre a queste cose».

Poi uscì alla ricerca di Teresa, e Gabriel esplose.

«Molto gentile da parte della principessa» disse. «Quant'è magnanima. Addirittura si mischierà alla gente comune! Perbacco! Sa che le dico, Norreys? Milly Burt vale almeno dodici presuntuose come Isabella Charteris. Isabella Charteris! Chi è poi, in fondo?»

Sembrava chiaro chi fosse. Ma Gabriel volle profondersi sull'argomento.

«Povera come un topo di sacrestia! Vive in un vecchio castello in rovina e ha la presunzione di ritenersi più importante di chiunque altro. Se ne sta lì a girarsi i pollici senza fare niente, nella speranza che l'erede dei suoi sogni torni a casa a sposarla. Non lo ha mai visto e non gliene può fregare niente, ma non vede l'ora di sposarlo. Puah! Queste ragazze mi danno la nausea. La nausea, Norreys. Sono dei cagnolini viziati, ecco che cosa sono. Lady St Loo, è questo che vuole diventare. Qual è il vantaggio di essere Lady St Loo al giorno d'oggi? Queste cose sono belle e finite. Sono ridicole! Vanno bene al massimo per il cabaret...»

«Gabriel,» gli dissi «lei ha davvero sbagliato fazione. Farebbe un discorso magnifico sul palco di Wilbraham. Perché non cambia?»

«Per una ragazza come quella,» continuò Gabriel, il respiro ancora affannato «Milly Burt è solo la moglie del veterinario! Una persona degna di un saluto alle feste del partito, ma non di un invito per un tè al castello... oh no, il tè sarebbe troppo! Glielo assicuro, Milly Burt vale sei presuntuose Isabella Charteris.»

Chiusi gli occhi con risolutezza.

«Potrebbe lasciarmi solo, Gabriel?» dissi. «Checché ne dica lei, io sono un uomo molto malato e le ripeto che devo riposare. Lei è troppo stancante per me.»

15

AVEVANO TUTTI QUALCOSA DA DIRE su John Gabriel e Milly Burt, e prima o poi lo vennero a dire a me. Nel bel mezzo dei preparativi per il torneo di whist, camera mia sembrava il camerino di un teatro. La gente faceva un salto per una tazza di tè o per un bicchiere di sherry. Teresa avrebbe senz'altro potuto impedirglielo, ma non ci provò nemmeno, e la cosa non mi dispiacque perché era sorto in me un certo interesse per quell'intreccio di dicerie e malizia velata di invidia che si stava intessendo rapidamente.

Tra Milly Burt e il maggiore Gabriel non c'era niente di riprovevole, di questo ero certo. Affabilità e compassione da parte di lui, adorazione da parte di lei.

Tuttavia mi resi conto, non senza una certa riluttanza, che gli sviluppi anticipati dai malevoli pettegolezzi erano impliciti. Tecnicamente innocente, Milly Burt era già sulla strada dell'innamoramento, che lo sapesse o meno. Gabriel era un uomo di appetiti carnali, e i suoi modi cavallereschi e protettivi potevano trasformarsi in passione da un momento all'altro.

Pensai che, se non fosse stato per le esigenze dettate dalle elezioni, la loro amicizia si sarebbe già trasformata in una relazione. Immaginavo che Gabriel fosse un uomo che aveva bisogno di essere amato e allo stesso tempo ammirato. Il veleno nero che scorreva in lui, sotterraneo, poteva essere placato fintanto che aveva qualcuno da proteggere e di cui prendersi cura. E Milly Burt era proprio quel tipo di donna che aveva bisogno di qualcuno che si prendesse cura di lei e la proteggesse.

Pensai cinicamente che in fondo sarebbe stato la miglior tipologia di adulterio: fondato non tanto sulla lussuria quanto su amore, compassione, gentilezza e gratitudine. Eppure, senza ombra di dubbio, di adulterio si sarebbe trattato, e gran parte dell'elettorato di St Loo non avrebbe visto le attenuanti, e sarebbe stata pronta a dare il voto al laconico Wilbraham, dalla vita privata irreprensibile, oppure sarebbe rimasta a casa, astenendosi. Giusto o sbagliato che fosse, Gabriel aveva basato la sua battaglia elettorale sul fascino personale: i voti che prendeva erano per John Gabriel, non per Winston Churchill. E John Gabriel stava camminando sul filo del rasoio.

«So che forse non dovrei parlarne» esordì Lady Tressilian, trafelata per la corsa. Si sbottonò il cappotto di flanella grigia e prese a sorseggiare con riconoscenza il tè servito in una delle vecchie tazze di Amy Tregellis. Abbassò la voce con fare complottistico. «Ma mi chiedevo se in giro si parlasse... della signora Burt e... del nostro candidato.»

Mi guardò come un cagnolino in difficoltà.

«Purtroppo la faccenda è un po' chiacchierata» dissi.

Il suo bel visino assunse un'espressione preoccupata.

«Accidenti» fece lei. «Speravo di no. Insomma, lei è una così brava donna, davvero. Non è per niente quel tipo di... insomma, è un'ingiustizia. Se ci fosse stato un fondo di verità, qualcosa da nascondere... be', in quel caso sarebbero stati attenti e non lo saprebbe nessuno. È proprio perché è tutto in regola e non c'è niente da nascondere che non hanno... insomma... non hanno pensato...»

A quel punto la signora Bigham Charteris scattò. Era già indignata per uno dei suoi cavalli.

«Fa presto a parlare la gente, scandaloso! Quel Burt è inaffidabile. Beve sempre di più e ora i risultati si vedono anche sul lavoro. Certo, ho sempre saputo che con i cani era senza speranza, ma con i cavalli e le mucche se la cavava, gli allevatori si fidavano ciecamente... Ora, invece, mi hanno detto che la vacca di Polneathy è morta durante il parto – e solo per negligenza. E poi anche la giumenta di Bentley. Burt farà una brutta fine, se non sta attento.»

«Stavo giusto chiedendo al capitano Norreys della signora Burt» riprese Lady Tressilian. «Per sapere se gli erano giunte voci...»

«Un mucchio di sciocchezze» la interruppe con veemenza la signora Bigham Charteris. «Però queste cose hanno risonanza. Ora la gente dice che è per questo che Burt beve così tanto. Altra grande fesseria. Si ubriacava e picchiava sua moglie da molto prima che il maggiore Gabriel arrivasse qui.

«Eppure,» aggiunse «bisogna fare qualcosa. Qualcuno deve parlare con il maggiore Gabriel.»

«Carslake gli ha fatto presente il problema, credo» interloquii io.

«Quell'uomo non ha tatto» disse la signora Bigham Charteris. «Immagino che Gabriel sia andato su tutte le furie.»

«Sì» risposi.

«Gabriel è un vero idiota» si sfogò la signora Bigham Charteris. «È di buon cuore, è questo il problema. Hmm... Qualcuno dovrebbe parlare con Milly, piuttosto. Farle capire che è meglio che scompaia dalla circolazione fino alle elezioni. Non credo che abbia la minima idea di quello che dice la gente.» Si voltò verso la cognata. «Meglio che ci pensi tu, Agnes.»

Lady Tressilian diventò paonazza e piagnucolò sconfortata:

«No, Maud, davvero... non saprei cosa dire. Sono sicura di essere *proprio* la persona sbagliata.»

«Insomma, non possiamo rischiare mandando la signora Carslake. Quella donna è veleno.»

«Senti senti» scherzai io.

«E io ho il vago sospetto che ci sia lei alla base di tutte queste chiacchiere.»

«Ma no, Maud. Non farebbe mai niente che possa pregiudicare le *chances* del nostro candidato.»

«Non crederesti a quello che ho visto nel reggimento, Agnes» disse la signora Charteris con tono cupo. «Se una donna vuole dare sfogo alla perfidia, ignorerà qualsiasi cosa... anche le possibilità di promozione del marito... *tutto.* E se lo vuoi sapere,» continuò «secondo me non le sarebbe dispiaciuto essere lei ad amoreggiare con John Gabriel!»

«Maud!»

«Chiedi al capitano Norreys che cosa ne pensa. Lui ha assistito, e dicono che gli spettatori siano quelli che vedono meglio il gioco.»

Mi guardarono tutte e due con grande aspettativa.

«Non penso proprio...» cominciai. E poi cambiai idea. «Credo che lei abbia perfettamente ragione» dissi alla signora Bigham Charteris.

Certe occhiate della signora Carslake, certe allusioni mi erano di colpo diventate chiare in tutto il loro peso. Per quanto potesse sembrare assurdo, ritenevo plausibile che la signora Carslake non solo non avesse mosso un dito per stroncare sul nascere le voci che giravano, ma che le avesse anche segretamente alimentate.

Un mondo ingrato, riflettei.

«Se qualcuno deve affrontare Milly Burt, credo che quello sia il capitano Norreys» annunciò a un tratto la signora Bigham Charteris.

«No» obiettai io.

«Lei le sta simpatico, e un invalido si trova sempre in una posizione privilegiata.»

«Hai proprio ragione» le fece eco Lady Tressilian, appoggiando in pieno la proposta che l'avrebbe liberata da un compito tanto sgradevole.

«*No!*» ripetei io.

«Ora è al fienile ad aiutare per l'allestimento» disse la signora Bigham Charteris, alzandosi con solerzia. «Gliela mando subito... le dico che c'è una tazza di tè che l'aspetta.»

«Non farò niente del genere» sbraitai.

«Sì, invece» insistette la signora Bigham Charteris, che non a caso era stata moglie di un colonnello. «Dobbiamo fare tutti *qualcosa* per evitare che vincano quei terribili socialisti.»

«È per aiutare il nostro Churchill» rincarò la dose Lady Tressilian. «Dopo tutto quello che ha fatto per il Paese...»

«Ora che ha vinto la guerra per noi, farebbe meglio a starsene tranquillo a scrivere la storia del conflitto (è uno dei migliori scrittori dei nostri tempi) e a rilassarsi mentre i laburisti gestiscono male la pace senza azzeccarne una» dissi io.

La signora Bigham Charteris si era precipitata in terrazzo. Continuai a parlare con Lady Tressilian.

«Churchill si merita un po' di riposo» la incalzai.

«Pensi alla confusione terribile in cui ci getterebbero i laburisti» replicò Lady Tressilian.

«Pensi alla confusione terribile in cui ci getterebbe chiunque» obiettai. «Non si può evitare il caos dopo una guerra. Non sarebbe preferibile se non fosse il nostro schieramento a causarlo? Comunque,» mi affrettai ad aggiungere, sentendo i passi e le voci fuori «è lei la persona giusta per parlare con Milly Burt. Queste cose è meglio sentirsele dire da un'altra donna.»

Ma Lady Tressilian scuoteva la testa.

«No, non è così. Maud ha perfettamente ragione. È lei la persona giusta. Sono sicura che capirà.»

Supposi che quest'ultima frase si riferisse a Milly Burt. Io però avevo seri dubbi.

La signora Bigham Charteris condusse la signora Burt in camera mia come un cacciatorpediniere che scorti una nave mercantile.

«Ecco qui il tè» disse con disinvoltura. «Se ne versi una tazza e si accomodi pure a intrattenere il capitano Norreys. Agnes, ho bisogno di te. Che cosa ne hai fatto dei premi?»

Le due donne uscirono solenni dalla stanza. Milly Burt si versò il suo tè e venne a sedersi accanto a me. Sembrava un po' disorientata.

«C'è qualcosa che non va?» domandò.

Forse, se non avesse esordito con queste parole, mi sarei sottratto all'incombenza che mi era stata imposta. Ma stando così le cose, quella frase iniziale rese più facile lo svolgimento del mio compito.

«Lei è una splendida persona, Milly» dissi. «Si è accorta che invece tanta gente non lo è per niente?»

«Dove vuole arrivare, capitano Norreys?»

«Ascolti» dissi. «Lo sa che girano parecchie malelingue su di lei e il maggiore Gabriel?»

«Su di me e il maggiore Gabriel?» Strabuzzò gli occhi. Un rossore ardente le pervase pian pian il viso fino alla radice dei capelli. Distolsi lo sguardo, imbarazzato. «Vuol dire che non è solo Jim che... anche la gente dice che... pensa davvero che...»

«Quando ci sono le elezioni, il potenziale candidato deve stare particolarmente attento» dissi, odiandomi. «Per usare le parole di san Paolo, "Astenetevi da ogni apparenza di male"... Capisce? Anche sciocchezze come un caffè al Ginger Cat, o un incontro fortuito per strada, un aiuto con le borse della spesa, bastano a provocare pettegolezzi.»

Sgranò gli occhi castani, pieni di paura.

«Ma lei non crede che ci sia mai stato niente, nemmeno una parola, vero? È stato solo molto molto gentile... E nient'altro, davvero.»

«Ma certo, lo so. Però un potenziale candidato non può permettersi nemmeno di essere gentile.» E aggiunsi con amarezza: «Tale è la purezza dei nostri ideali politici».

«Non voglio arrecargli alcun danno» disse Milly. «Per niente al mondo.»

«Ne sono certo.»

Mi guardò implorante.

«Che cosa posso fare... per sistemare le cose?»

«Le consiglierei semplicemente di... insomma, di stargli alla larga fino alle elezioni. Cerchi di non farsi vedere in pubblico con lui, se può.»

La donna annuì con zelo.

«Sì, senz'altro. Le sono così grata per avermelo detto, capitano Norreys. Non ci avrei mai pensato. Io, è che è stato fantastico con me...»

Si alzò e si sarebbe concluso tutto nel migliore dei modi se John Gabriel non avesse deciso di fare il suo ingresso proprio in quel momento.

«Salve» disse. «Come va da queste parti? Io ho appena finito un comizio, ho parlato fino a perdere la voce. C'è un po' di sherry? Devo andare a trovare delle mamme dopo... e il whisky non è il massimo per l'alito.»

«Devo andare» disse Milly. «Arrivederci, capitano Norreys. Arrivederci, maggiore Gabriel.»

Gabriel intervenne: «Aspetti un attimo. La accompagno a casa».

«No no, la prego... sono di fretta.»

Gabriel rispose: «Va bene, sacrificherò lo sherry allora».

«La prego!» arrossì Milly, imbarazzata. «Non voglio che venga... voglio andare da sola.»

Uscì quasi di corsa dalla stanza. Gabriel si voltò verso di me.

«Chi glielo ha detto? Lei?»

«Sì» risposi.

«Come le viene in mente di ficcare il naso nei fatti miei?»

«Non me ne frega un fico secco dei fatti suoi. Questi sono affari del partito conservatore.»

«E a lei importa qualcosa del partito conservatore?»

«In effetti no» ammisi.

«E allora perché s'impiccia?»

«Se proprio lo vuole sapere, perché la signora Burt mi sta simpatica e se capisse che lei ha perso le elezioni per ragioni legate alla sua amicizia con lei, la prenderebbe molto male.»

«Non perderò le elezioni per la mia amicizia con lei.»

«Invece ci sono buone possibilità che succeda, Gabriel. Sta sottovalutando la forza delle fantasie pruriginose.»

Annuì.

«Chi l'ha convinta a parlarle?»

«La signora Bigham Charteris e Lady Tressilian.»

«Quelle vecchie arpie! E Lady St Loo?»

«No» replicai. «Lady St Loo non c'entra niente.»

«Se fosse stata lei a dare ordini, porterei via Milly Burt per il fine settimana, e al diavolo tutte loro!»

«Questo sì che ci regalerebbe un finale divertente!» commentai. «Pensavo che volesse vincere le elezioni.»

Fece un ampio sorriso, di nuovo di buonumore.

«Infatti vincerò» affermò.

16

QUELLA FU UNA DELLE SERE PIÙ BELLE di tutta l'estate. La gente affluì in gran numero al Gran fienile, dove oltre al torneo di whist vero e proprio c'erano maschere e balli.

Teresa mi ci portò in modo che potessi dare un'occhiata. Sembravano tutti molto allegri. Gabriel dava il meglio di sé raccontando aneddoti e mischiandosi alla folla, tra una risposta impertinente e una battuta arguta. Aveva l'aria gioviale e più sicura del solito. Prestava particolare attenzione alle donne, con delle maniere un po' esagerate nei loro confronti. La ritenni una mossa astuta. Il suo contagioso buonumore le faceva sentire bene... e la festa stava andando a gonfie vele.

Lady St Loo, ossuta e solenne, era lì a movimentare la serata. La sua presenza fu presa come un complimento. Avevo scoperto che era apprezzata e temuta. Benché in varie occasioni si fosse dimostrata senza tanti peli sulla lingua, la sua gentilezza, per quanto limitata, era autentica, e nutriva un vivo interesse per la città di St Loo e per le sue vicissitudini.

"Il castello" godeva di grande rispetto. Quando il funzionario degli alloggi non sapeva più dove pescare per trovare rifugio agli sfollati, era giunto un inflessibile messaggio da parte di Lady St Loo. Perché a lei non era stato assegnato nessuno?

Alle incerte giustificazioni di Pengelley, che non aveva voluto arrecarle disturbo poiché, come adduceva a esempio, alcuni bambini erano molto indisciplinati, Lady St Loo aveva replicato:

«Faremo anche noi la nostra parte. Possiamo dare alloggio senza difficoltà a cinque bambini in età scolare o a due donne con prole al seguito, a sua scelta.»

Le donne con i figli non furono un esperimento di successo. Le due londinesi erano terrorizzate dagli echeggianti corridoi di pietra del castello e avevano paura dei fantasmi. Quando si alzava il vento dal mare, il riscaldamento inadeguato le costringeva a rannicchiarsi a battere i denti. Abituate al calore e all'umanità degli appartamenti di Londra, quel posto fu per loro un incubo. Ben presto se ne andarono e furono sostituite da bambini in età scolare, per i quali il soggiorno al castello fu una delle cose più entusiasmanti mai capitate. Si arrampicavano sulle rovine, andavano all'instancabile ricerca di un fantomatico passaggio sotterraneo, giocavano per i corridoi echeggianti. Finirono con l'essere viziati da Lady Tressilian e intimoriti e affascinati da Lady St Loo, mentre la signora Bigham Charteris insegnò loro a non aver paura dei cavalli e dei cani; alla fine divennero grandi amici dell'anziano cuoco, originario della Cornovaglia, che preparava loro panini dolci allo zafferano.

Un paio di volte Lady St Loo fece delle rimostranze al funzionario. Alcuni bambini erano stati alloggiati presso fattorie isolate: i contadini in questione non erano, secondo lei, generosi né affidabili. Insistette finché non vennero svolte indagini e si scoprì che in un caso i bambini erano denutriti e nell'altro, per quanto nutriti adeguatamente, vivevano in condizioni poco igieniche e venivano trascurati.

Tutto ciò non fece che accrescere il rispetto nei confronti dell'anziana signora. "Il castello" non tollerava che le cose venissero fatte male, diceva la gente.

Lady St Loo non onorò a lungo il torneo di whist con la sua presenza. Lei e la cognata si ritirarono insieme, mentre Isabella rimase per aiutare Teresa, la signora Carslake e le altre.

Io stesso rimasi a osservare la scena solo per una ventina di minuti, poi Robert mi riportò a casa. In terrazzo, gli chiesi di fermarsi. Era una serata tiepida e la luna era splendida.

«Sto qui un altro po'» dissi.

«D'accordo. Desideri una coperta o altro?»

«No, si sta bene.»

Robert annuì, girò sui tacchi e ritornò a lunghi passi al fienile, dove lo attendevano altri compiti.

Io rimasi lì a fumare nella pace più assoluta. Il castello si stagliava sullo sfondo del mare illuminato dalla luna e sembrava più che mai un pezzo di scenografia. Un brusio di voci e musica arrivava dal fienile. Alle mie spalle, la casa era avvolta nell'oscurità, le finestre tutte chiuse tranne una. Sembrava quasi che il riflesso della luna tracciasse una via luminosa dal castello a Polnorth House.

Mi immaginai, a percorrerla, una giovane figura in armatura scintillante: Lord St Loo di ritorno a casa... Un peccato che l'uniforme militare non sia romantica quanto una cotta di maglia.

Diversivo sul distante vociare del fienile, si udivano i rumori della notte estiva, scricchiolii e fruscii... animaletti che si muovevano furtivamente, intenti nelle loro legittime occupazioni, foglie fruscianti, il fievole verso di un gufo in lontananza...

Mi pervase un vago senso di appagamento. Era vero quello che avevo detto a Teresa: stavo ricominciando a vivere. Il passato e Jennifer erano come uno splendido sogno incorporeo, e tra me e quel sogno c'era un intrico di dolore, oscurità e inerzia da cui stavo emergendo soltanto adesso. Non potevo tornare alla mia vecchia esistenza: la rottura era netta. Quella che stavo cominciando era una nuova vita. Come sarebbe stata? Che forma le avrei dato? Chi era il nuovo Hugh Norreys? Percepivo la curiosità destarsi in me. Che cosa sapevo? In cosa potevo sperare? Che cosa avrei fatto?

Vidi una figura vestita di bianco emergere dal fienile. Esitò un momento e poi si diresse verso di me. Avevo capito subito che si trattava di Isabella. Venne a sedersi sulla panchina di pietra. L'armonia della notte era assoluta.

Rimanemmo a lungo senza dire niente. Io ero molto felice. Non volevo rovinare il momento parlando. Non volevo nemmeno pensare.

Fu solo quando una raffica di vento improvvisa arrivò dal mare a scompigliare i capelli di Isabella e lei sollevò il braccio alla testa, che l'incantesimo fu spezzato. Mi voltai a guardarla. Stava osservando, come me prima, la luce della luna che tracciava la via fino al castello.

«Rupert sarebbe dovuto venire stasera» le dissi.

«Sì.» La voce della giovane era quasi spezzata. «Sarebbe dovuto venire stasera.»

«Mi sono immaginato il suo arrivo» proseguii. «Con la cotta di maglia, o a cavallo. Ma, in realtà, penso che verrà in uniforme da combattimento e berretto.»

«Deve venire presto» disse Isabella. «Oh, *deve* venire presto...»

C'era fretta, quasi ansia nella sua voce.

Non sapevo che cosa avesse in mente, ma mi intimorì.

«Non faccia troppo affidamento sul suo arrivo» la misi in guardia. «La vita ha la capacità di andare a finire male.»

«Immagino di sì, ogni tanto.»

«Ci si aspetta cose che non ci sono...» proseguii.

Isabella rispose: «Rupert deve tornare *presto*».

Lo disse con inquietudine, con urgenza.

Le stavo per chiedere che cosa volesse dire, ma in quel momento John Gabriel arrivò dal Gran fienile e si unì a noi.

«Mi manda la signora Norreys per sapere se le serve niente» mi disse. «Qualcosa da bere?»

«No, grazie.»

«Sicuro?»

«Sicurissimo.»

Grosso modo ignorò Isabella.

«Si versi un bicchiere» gli proposi.

«No, grazie. Non mi va.» Dopo un po' disse, citando Shakespeare: «Che bella serata. "Fu certo in una notte come questa che il giovane Lorenzo..." eccetera eccetera».

Rimanemmo tutti e tre in silenzio. La musica arrivava lieve dal Gran fienile. Gabriel si rivolse a Isabella.

«Mi concede un ballo, signorina Charteris?»

Isabella si alzò e mormorò con quella sua voce compita: «Grazie, molto volentieri».

Si allontanarono insieme, distaccati, senza dirsi una parola.

Io cominciai a pensare a Jennifer. Mi chiesi dove fosse e che cosa stesse facendo. Era felice o triste? Aveva trovato, come si dice, "qualcun altro"? Lo speravo. Lo speravo tantissimo.

Non c'era vera sofferenza nel pensare a lei, perché la Jennifer che avevo conosciuto io non era esistita davvero. L'avevo inventata per compiacermi. Non mi ero mai preoccupato della vera Jennifer. Tra lei e me si era interposta un'altra figura, quella di Hugh Norreys il sollecito aiutante di Jennifer.

Mi balenò in mente il vago ricordo di quando da piccolo scendevo piano, con passo incerto, una lunga rampa di scale. Sentivo ancora l'eco lontana della mia voce dire con tono d'importanza: "Ecco Hugh che scende le scale...". E poi, da bambini, si impara a dire "io". Ma quell'"io" non riesce ad arrivare fino in profondità. Si continua a vivere senza essere "io", bensì uno spettatore. Ci si vede come in una serie di fotografie. Avevo visto Hugh che consolava Jennifer, Hugh che era tutto il mondo per Jennifer, Hugh che andava a rendere felice Jennifer, che cercava di dare a Jennifer quello che si meritava dopo tutto quello che le era successo.

Sì, pensai a un tratto, proprio come Milly Burt. Milly Burt che decideva di sposare il suo Jim, che vedeva se stessa farlo felice, togliergli il vizio dell'alcol, senza preoccuparsi di conoscere il vero Jim.

Applicai lo stesso processo a John Gabriel. Ecco John Gabriel, dispiaciuto per quella giovane donna, che cerca di tirarla su, di essere gentile con lei, di darle una mano.

Passai a Teresa. Ecco Teresa che sposava Robert, ecco Teresa...

No, non funzionava. Teresa, dissi tra me e me, era adulta: aveva imparato a dire "io".

Due figure uscirono dal fienile. Non vennero verso di me, ma scesero i gradini che conducevano all'altro terrazzo e al giardino acquatico...

Proseguii le mie ricerche mentali. Lady Tressilian si vedeva impegnata a convincermi a tornare in salute e a trovare interesse per la vita. La signora Bigham Charteris si vedeva come la persona che sa sempre qual è il modo giusto di affrontare le cose, ancora moglie efficiente del colonnello. Be', perché no, in fondo? La vita è difficile, dobbiamo avere dei sogni.

Jennifer ne aveva avuti? Com'era Jennifer in realtà? Mi ero mai preoccupato di capirlo? Non avevo visto sempre quello che volevo vedere, la mia meravigliosa Jennifer, fedele e infelice?

Com'era in realtà? Non così meravigliosa, non così fedele (se ci si pensa bene!), senz'altro infelice... decisamente infelice. Mi ricordai dei suoi rimorsi, delle sue autoaccuse, e io a letto, ridotto a un relitto fracassato. Era sempre tutta colpa *sua*, tutta opera *sua*. Che cosa voleva dire, in fondo, se non che Jennifer vedeva se stessa in un ruolo tragico?

Tutto quello che succedeva doveva essere a causa di Jennifer. Ecco Jennifer, l'eroina tragica e infelice, alla quale va tutto storto, e che si assume la colpa di qualsiasi cosa non vada per il verso giusto. Milly Burt, probabilmente, farebbe più o meno lo stesso. Milly... i miei pensieri passarono bruscamente dalle teorie sulla personalità alle questioni più stringenti. Milly non era venuta quella sera. Forse era stata una saggia decisione. O la sua assenza avrebbe causato altrettanti commenti?

A un tratto sobbalzai tra i brividi. Dovevo essermi quasi addormentato. Cominciava a fare freddo...

Sentii dei passi che venivano dal terrazzo di sotto. Era John Gabriel. Mentre si avvicinava notai che aveva un'andatura traballante. Mi chiesi se avesse bevuto.

Venne da me. La sua apparizione mi sorprese. Parlò con una voce rauca, quasi incomprensibile. Aveva tutta l'aria di uno che ha alzato il gomito, ma non era stato l'alcol a ridurlo in quello stato.

Fece una risata un po' da ubriaco.

«Quella ragazza!» esclamò. «Quella ragazza! Glielo avevo detto che era come tutte le altre. Potrà anche avere la testa tra le stelle, ma i piedi ce li ha d'argilla.»

«Che sta dicendo, Gabriel?» dissi bruscamente. «Ha bevuto?»

Si mise a ridere di nuovo.

«Questa è bella! No, non ho bevuto. Ci sono cose migliori da fare. Un bocconcino orgoglioso e presuntuoso! Una signora troppo fine per avere a che fare con la gente comune! Le ho fatto vedere qual è il suo posto. L'ho fatta scendere dalle stelle... le ho fatto vedere di cos'è fatta, nient'altro che di terra. Glielo avevo detto, tempo fa, che non era una santa... non con una bocca come quella... È umana. È come tutti noi. Può fare l'amore con tutte le donne che vuole, ma sono tutte uguali... tutte uguali!»

«Insomma, Gabriel» dissi furioso. «Che sta combinando?»

Si concesse una risatina.

«Mi sono divertito, vecchio mio» disse. «Ecco che cos'ho fatto, mi sono divertito. A modo mio... eccome se ci so fare!»

«Se ha offeso la ragazza in qualsiasi modo...»

«Ragazza? È una donna. Sa quello che fa, o dovrebbe saperlo. È una donna. Mi creda.»

Si mise di nuovo a ridere. L'eco di quella risata mi perseguitò per molti anni. Era volgare e materialista, terribilmente sgradevole. Lo odiavo e continuai a odiarlo.

Mi rendevo conto con orrore della mia impotenza, della mia immobilità. E Gabriel me la rammentava con la sua occhiata rapida e sprezzante. Non riesco a immaginare una persona più odiosa di John Gabriel quella sera...

Rise di nuovo e si diresse con passo barcollante verso il fienile.

Lo guardai, furioso di rabbia. Poi, mentre stavo ancora rimuginando con amarezza sulla mia condizione di invalido, sentii qualcuno percorrere i gradini del terrazzo. Un passo più leggero e misurato, stavolta.

Giunse Isabella, mi passò davanti e si sedette sulla panchina di pietra accanto a me.

I suoi movimenti, come sempre, erano sicuri e placidi. Se ne stette seduta in silenzio come poco prima. Eppure mi accorsi di una differenza. Era come se, senza darlo a vedere, cercasse conforto. Era all'erta, allarmata. C'era preoccupazione in lei, lo percepii distintamente. Ma non sapevo, non potevo nemmeno immaginare, che cosa le passasse per la testa. Forse lo ignorava anche lei.

Feci una domanda vaga: «Isabella, mia cara... è tutto a posto?».

Chissà cosa volevo dire.

Lei rispose: «Non lo so...».

Dopo qualche minuto fece scivolare la sua mano nella mia. Fu un dolcissimo gesto di fiducia, che non ho mai dimenticato. Non dicemmo una parola. Rimanemmo seduti lì per un'ora. Poi la gente cominciò a uscire dal fienile e varie signore vennero in terrazzo a chiacchierare e a scambiarsi congratulazioni per il buon esito della serata, e una di loro diede un passaggio a Isabella fino a casa.

Sembrava tutto fantastico, irreale.

17

PENSAVO CHE IL GIORNO DOPO Gabriel mi avrebbe lasciato in pace, ma su di lui non si poteva fare alcuna previsione. Si presentò in camera mia poco prima delle undici.

«Speravo proprio di trovarla da solo» disse. «Immagino di aver fatto la figura del perfetto imbecille, ieri sera.»

«La chiami pure così. Io userei qualcosa di più forte. Lei è un vero maiale, Gabriel.»

«Che cosa ha detto... *lei*?»

«Niente.»

«Era turbata? Arrabbiata? Maledizione, avrà pur detto *qualcosa*. È rimasta con lei quasi per un'ora.»

«Non ha detto niente di niente» ripetei.

«Vorrei proprio non aver...» Si fermò. «Aspetti un attimo, ma non penserà che io l'abbia sedotta, vero? Niente del genere. Buon Dio, no. Ho solo... ho solo amoreggiato un po' con lei, ecco tutto. Il chiaro di luna, una bella ragazza... insomma, poteva succedere a chiunque.»

Non aprii bocca, e Gabriel rispose al mio silenzio come se fosse stato fatto di parole.

«Ha ragione» disse. «Non ne vado particolarmente fiero. Ma mi ha fatto impazzire. Mi ha fatto impazzire da quando l'ho conosciuta. Aveva l'aria di una troppo sacra per essere toccata. È per questo che ho fatto l'amore con lei ieri sera... sì, e non in modo dolce, ma brutale. Però lei rispondeva, Norreys. È umana. Umana come ogni pollastrella che si rimorchia di sabato sera. Oserei dire che ora mi odia. Non ho chiuso occhio...»

Camminava con foga su e giù. Poi mi chiese di nuovo:

«È sicuro che non le abbia detto niente? Ma proprio niente?»

«Gliel'ho già ripetuto» replicai con freddezza.

Si afferrò la testa. Poteva anche essere un gesto buffo, ma fu meramente tragico.

«Non capisco mai che cosa pensa» disse. «Non so niente di lei. È lì, da qualche parte, dove non posso arrivare. Proprio come quel maledetto fregio di Pisa. I beati, seduti lì in paradiso che sorridono sotto gli alberi. Ho dovuto portarla giù... ho *dovuto*! Non potevo più sopportarlo. Volevo umiliarla, farla scendere sulla terra, farla vergognare. La volevo all'inferno con me...»

«Per carità, Gabriel, stia zitto» sbottai. «Non ha la minima decenza?»

«No, e non ce l'avrebbe nemmeno lei, Norreys, se avesse passato quello che ho passato io, queste settimane. Vorrei non averla mai vista. Vorrei dimenticarla. Vorrei non sapere nemmeno che esiste.»

«Non avevo idea...»

Mi interruppe.

«*Lei* non ha mai idea. Non vede a un palmo dal suo naso! È l'individuo più egocentrico che abbia mai conosciuto, del tutto assorbito dai suoi sentimenti. Non lo vede come sto? Ancora un po', e non me ne frega nemmeno più niente di entrare in parlamento.»

«Il Paese ne gioirà» feci io.

«La verità è che mi sono cacciato in un guaio terribile» ammise Gabriel con disperazione.

Non risposi. Ero così stufo dei suoi modi trionfanti, che ricavai un certo grado di soddisfazione vedendolo completamente abbattuto.

Il mio silenzio lo stizzì. Ne fui contento: era proprio quello che volevo.

«Norreys, ha la minima idea della faccia compiaciuta e puritana che ha in questo momento? Secondo lei che cosa dovrei fare? Chiedere scusa alla ragazza... dirle che ho perso la testa, qualcosa del genere?»

«Perché lo chiede a me? Lei ha così tanta esperienza con le donne che dovrebbe già saperlo.»

«Non ho mai avuto a che fare con una ragazza come questa. Pensa che sia sconvolta... disgustata? Mi ha preso per un depravato?»

Provai di nuovo un certo piacere nel ripetergli la semplice verità: non sapevo che cosa pensasse o provasse Isabella.

«Ma credo che stia venendo qui» lo informai guardando dalla finestra.

Gabriel avvampò e il suo sguardo si riempì di inquietudine.

Prese posto davanti al camino, assumendo una brutta postura, con le gambe divaricate e il mento proteso in avanti. Aveva un aspetto avvilito e imbarazzato, che non gli donava per niente. Notai con piacere che sembrava un uomo ordinario, losco e gretto.

«Se mi guarda come se fossi un topo...» disse, ma non terminò la frase.

Isabella, tuttavia, non lo guardò come se fosse stato un topo. Disse buongiorno, prima a me e poi a lui. Ci trattò allo stesso modo, con le sue maniere serie e compite. Aveva l'aspetto sereno e inalterato di sempre. Doveva recapitare un messaggio a Teresa, e quando seppe che era alla porta accanto con i Carslake, andò a cercarla, accennando a entrambi un aggraziato sorriso mentre usciva dalla stanza.

Quando richiuse la porta, Gabriel cominciò a imprecare. La maledisse con fermezza e ferocia. Cercai di frenare quel flusso di malevolenza, ma senza esito. Mi gridò:

«Chiuda il becco, Norreys, lei non c'entra nulla. Le assicuro che la spunterò anche con quella sgualdrina orgogliosa e presuntuosa, fosse l'ultima cosa che faccio.»

E con queste parole si precipitò fuori dalla stanza e sbatté la porta alle proprie spalle, facendo tremare tutta Polnorth House.

Non volevo perdermi il passaggio di Isabella al suo ritorno dai Carslake, e suonai il campanello per farmi portare in terrazzo.

L'attesa non fu lunga. Isabella uscì dalla portafinestra e percorse il terrazzo nella mia direzione. Con la sua solita naturalezza si diresse dritta dritta alla panchina di pietra e si sedette. Non disse niente. Teneva le mani affusolate giunte sul grembo, con la stessa tranquillità di sempre.

In genere questo mi bastava, ma quel giorno ero particolarmente speculativo. Volevo sapere che cosa ci fosse in quella testa aristocratica. Avevo visto in che stato era Gabriel, ma non avevo idea di che impressione avessero lasciato gli accadimenti della sera precedente su Isabella, ammesso e non concesso che vi avessero lasciato qualcosa. La cosa difficile quando si aveva a che fare con Isabella era che si doveva parlare chiaro e tondo: gli eufemismi al massimo potevano attirare un'occhiata di vuoto sconcerto.

Ma visto che le abitudini sono quelle che sono, il mio primo accenno fu vago.

«È tutto a posto, Isabella?» domandai.

La giovane mi rivolse uno sguardo interrogativo.

«Gabriel è un po' scombussolato stamattina» aggiunsi. «Credo che volesse chiederle scusa per quello che è successo ieri sera.»

La sua risposta fu: «Perché dovrebbe chiedermi scusa?».

«Be'...» feci, esitante. «Crede di essersi comportato molto male.»

Mi guardò con aria riflessiva e disse: «Ah, capisco».

Non c'era traccia di imbarazzo. La curiosità mi portò a rivolgerle altre domande, benché non fossero affari miei.

«Non crede che si sia comportato male?» domandai.

Isabella rispose: «Non lo so... proprio non lo so...». Poi aggiunse, con tono di scusa: «Sa, è che non ho avuto il tempo di pensarci».

«Non si è sentita turbata, spaventata o arrabbiata?»

Ero curioso, molto curioso.

Isabella sembrava riflettere sulle mie parole. Poi disse, ancora con l'aria distaccata di chi vede qualcosa in lontananza:

«No, non credo. Avrei dovuto?»

Ora la situazione si era ribaltata: ero io a non sapere la risposta. Come si deve sentire una ragazza normale quando incontra per la prima volta non l'amore, né la tenerezza, bensì la passione facile di un uomo così volgare?

Avevo sempre percepito (o avevo voluto percepire?) che ci fosse qualcosa di straordinariamente vergine in Isabella. Ma era davvero così? Gabriel, mi ricordai, aveva nominato due volte la sua bocca. La guardai. Il labbro inferiore era carnoso... era quasi una bocca asburgica... e di un rosso naturale, anche senza belletto. Sì, era una bocca sensuale, passionale.

Aveva risposto al richiamo di Gabriel. Ma che tipo di risposta era stata? Solo dei sensi? Dell'istinto? Era una risposta che il suo giudizio approvava?

Poi Isabella mi fece una domanda. Mi chiese se mi stava simpatico il maggiore Gabriel.

C'era stato un tempo in cui sarebbe stato difficile rispondere. Ma ormai non più. Quel giorno non avevo alcun dubbio sui miei sentimenti nei confronti di Gabriel.

Dissi con intransigenza: «No».

Isabella ci pensò su: «Nemmeno alla signora Carslake».

Non mi piacque per niente essere considerato alla stregua della signora Carslake.

Poi fu il mio turno di porre una domanda.

«A lei piace, Isabella?»

Rimase in silenzio molto a lungo. E quando le parole emersero a fatica, mi resi conto che arrivavano da un profondo groviglio di confusione.

«Non lo conosco... non so niente di lui. È terribile quando non si può nemmeno parlare con qualcuno.»

Non afferrai subito il senso di quelle parole perché per me, quando ero stato attratto da una donna, era sempre stata la comprensione a sedurmi. La convinzione (a volte sbagliata) di una particolare affinità. La scoperta di cose che piacevano a entrambi, o che disprezzavamo entrambi, discussioni su drammi, libri, dilemmi morali, simpatie o antipatie in comune.

La sensazione di un affettuoso cameratismo era sempre stata l'inizio di quello che nella maggior parte dei casi non era cameratismo, ma sesso camuffato.

Gabriel, stando a quello che diceva Teresa, era un uomo che esercitava un certo fascino sulle donne. Magari Isabella lo aveva trovato attraente, ma in tal caso il suo fascino virile era esplicito, non mascherato da una patina di illusoria comprensione. Era un estraneo, uno sconosciuto. Ma lo trovava davvero attraente? O forse era il suo modo di fare l'amore ad affascinarla, più dell'uomo in sé?

Mi resi conto che queste erano tutte supposizioni. E Isabella non faceva supposizioni. Quali che fossero i suoi sentimenti per Gabriel, non li avrebbe analizzati. Li avrebbe accettati... come una parte del disegno della vita, e poi sarebbe passata al tassello successivo di quel mosaico.

A un tratto capii che era stato questo a suscitare la rabbia convulsa di Gabriel. Per una frazione di secondo sentii risvegliarsi una punta di compassione per lui.

Poi Isabella parlò.

Mi chiese, con la sua voce seria, perché le rose in acqua non duravano mai a lungo.

Discorremmo sul tema e le domandai quali fossero i suoi fiori preferiti.

Disse che erano le rose rosse, le violacciocche gialle e quelle che definì "color lilla, abbastanza fitte a vedersi".

Mi sembrò una preferenza piuttosto stramba. Le domandai come mai le piacessero quei fiori in particolare. Disse che non lo sapeva.

«Ha una mente pigra, Isabella» la rimproverai. «Lo saprebbe perfettamente, se solo si prendesse la briga di pensarci.»

«Davvero? Benissimo, allora ci rifletto.»

Se ne stette lì, ritta e seria, a pensare...

(Ed è così che ricordo Isabella e che sempre la ricorderò, fino alla fine del tempo. Seduta al sole sulla panchina di pietra, con la testa fiera ed eretta, le lunghe mani affusolate giunte placidamente sul grembo e il viso solenne, a pensare ai fiori.)

Alla fine disse: «Credo che sia perché sembrano tutti belli da toccare, densi... come il velluto... E perché fanno un buon profumo. Le rose non crescono molto bene... crescono male. Una rosa vuole starsene da sola, in un bicchiere... allora sì che è bellissima... ma solo per un periodo molto breve... poi si affloscia e muore. Aspirine, potature e tutte quelle cose non servono a niente – non alle rose rosse –, vanno bene per gli altri fiori. Niente può tenere in vita le rose rosse per molto... quanto vorrei che non morissero».

Fu il discorso più lungo che Isabella mi avesse mai fatto. Era più interessata a parlare di rose che di Gabriel.

Fu, come ho detto, un momento che non avrei mai dimenticato. Insomma, fu il culmine della nostra amicizia...

Dalla mia sedia a rotelle, avevo di fronte il sentiero che attraverso i campi conduceva al castello di St Loo. E lungo quel sentiero, si stava avvicinando una figura... una figura in uniforme e berretto. Con una fitta improvvisa, di sorpresa, capii che Lord St Loo era ritornato a casa.

18

A VOLTE SI HA L'IMPRESSIONE che una determinata serie di eventi si sia già verificata in infinite altre occasioni. A me successe mentre guardavo il giovane Lord St Loo venire verso di noi. Mi sembrò di essere già stato seduto lì, impotente, immobile, a guardare Rupert St Loo che attraversava i campi... Era già successo e sarebbe successo ancora... per l'eternità.

"Isabella," disse il mio cuore "questo è un addio. È il tuo destino che arriva."

C'era di nuovo quell'atmosfera da fiaba: sembrava tutto illusorio, irreale. Avrei assistito al finale noto di una storia altrettanto nota.

Guardai Isabella e sospirai. Non era consapevole del destino che si approssimava. Aveva lo sguardo rivolto verso il basso, sulle candide mani giunte. Stava pensando ancora alle rose... o magari alle violacciocche...

«Isabella» le dissi delicatamente. «Sta venendo qualcuno...»

Lei alzò lo sguardo, senza fretta, con un lieve interesse. Girò la testa. Irrigidì il corpo e poi fu attraversata da un fremito.

«Rupert...» disse. «Rupert...»

Poteva benissimo non essere Rupert. Nessuno avrebbe potuto riconoscerlo a quella distanza. Ma era Rupert.

Attraversò il cancello con un po' di esitazione e salì gli scalini del terrazzo, con una vaga aria di scusa. Perché Polnorth House apparteneva a degli estranei che non conosceva ancora... Ma gli avevano detto, al castello, che avrebbe trovato lì la cugina.

Isabella si alzò, lui salì sul terrazzo e lei fece un paio di passi nella sua direzione. Rupert accelerò l'andatura per venirle incontro.

«Rupert...» disse Isabella con voce fievole appena si incontrarono.

«Isabella!» esclamò lui.

Se ne stettero lì insieme, si strinsero la mano, e lui piegò appena la testa con fare protettivo.

Era perfetto... davvero perfetto. Se fosse stata la scena di un film, non ci sarebbe stato bisogno di una seconda ripresa... A teatro avrebbe fatto venire le farfalle allo stomaco a ogni romantica spettatrice di mezz'età. Era idillico... irreale... il lieto fine di una fiaba. Era una storia d'amore con la A maiuscola.

Era l'incontro di un ragazzo e di una ragazza che avevano pensato l'uno all'altra per anni, costruendosi un'immagine illusoria che al momento del ricongiungimento corrispondeva miracolosamente alla realtà...

Era una di quelle cose che si suppone non succedano nella vita reale. Ma stava succedendo, lì, davanti ai miei occhi.

Stabilirono tutto in quel primo momento. Rupert aveva sempre creduto fermamente, nei recessi della sua mente, al suo ritorno a St Loo e al matrimonio con Isabella. Isabella aveva sempre avuto la serena certezza che Rupert sarebbe tornato a casa a sposarla, e che avrebbero vissuto insieme a St Loo... per sempre felici e contenti.

E ora la loro convinzione era giustificata, l'idea si era trasformata in realtà.

Quel momento non durò a lungo. Isabella si voltò verso di me, il viso che brillava di felicità.

«Capitano Norreys...» disse. «Mio cugino Rupert.»

Lord St Loo si fece avanti e mi diede la mano, e io lo osservai con attenzione.

Credo tuttora di non aver mai visto un uomo più bello. Non che fosse il classico "dio greco". Era una bellezza del tutto virile e mascolina. Un viso abbronzato e asciutto, segnato dalla vita all'aperto, con dei baffi lunghi, gli occhi di un blu intenso, una testa perfettamente ritta sulle spalle larghe, fianchi stretti e gambe ben fatte. La voce era suadente, profonda e piacevole. Non aveva l'accento delle colonie. Sul suo viso c'era cordialità, intelligenza, tenacia e mite risolutezza.

Si scusò per essersi presentato lì senza badare alle formalità, ma era appena arrivato in aereo, e poi dall'aerodromo si era recato direttamente in campagna in macchina. Al suo arrivo Lady Tressilian gli aveva detto che Isabella era andata a Polnorth House e che con ogni probabilità l'avrebbe trovata lì.

Guardò Isabella quando finì di parlare, e nei suoi occhi balenò una scintilla.

«Sei migliorata molto da quando eri piccola, Isabella» le disse. «Ti ricordavo con le gambe lunghe e ossute, due trecce al vento e un'aria giudiziosa.»

«Dovevo avere un aspetto orribile» rifletté Isabella.

Lord St Loo disse che sperava di conoscere mia cognata e mio fratello, di cui ammirava molto i dipinti.

Isabella spiegò che Teresa era dai Carslake, quindi sarebbe andata a chiamarla. Rupert voleva vedere anche i Carslake?

Rupert disse di no, tanto non si ricordava di loro, anche se dovevano essere stati lì l'ultima volta che era venuto a St Loo, da piccolo.

«Rupert, mi sa che dovrai conoscere anche loro» replicò Isabella. «Saranno entusiasti del tuo arrivo. Saranno tutti entusiasti.»

Il giovane Lord St Loo assunse un'espressione preoccupata. Aveva solo un mese di licenza, spiegò.

«E poi dovrai tornare in Oriente?» domandò Isabella.

«Sì.»

«E quando la guerra in Giappone sarà finita... tornerai a vivere qui?»

Gli porse la domanda con gravità. E anche il viso di Rupert divenne serio.

«Dipende... da diverse cose...» rispose.

Ci fu un breve silenzio senza spiegazioni. Fu come se stessero pensando tutti e due le stesse cose. C'era già totale armonia e intesa tra loro.

Poi Isabella si allontanò alla ricerca di Teresa, e Rupert St Loo si sedette e cominciò a chiacchierare. Parlammo di lavoro e lo apprezzai. Da quando ero arrivato a Polnorth House, avevo vissuto per forza di cose in un'atmosfera femminile. St Loo era uno di quei posti minuscoli che rimangono sostanzialmente tagliati fuori dalla guerra, se non tramite voci, dicerie e pettegolezzi – i soldati in congedo dal fronte vogliono lasciarsi la guerra alle spalle.

Piuttosto, mi ero immerso nel mondo della politica – e la politica, in posti come St Loo, è perlopiù femminile. È un universo di calcolo degli effetti, di persuasione, di mille piccole sottigliezze, unito a una dose elevata di lungo e noioso lavoro che è, anche questo, contributo femminile all'esistenza. È un mondo in miniatura, in cui l'universo esterno di sangue e violenza trova posto solo come scenografia su un palcoscenico. Sullo sfondo di questo conflitto non ancora concluso, eravamo impegnati in una battaglia provinciale e fortemente personale. E lo stesso succedeva in tutta l'Inghilterra, sotto il camuffamento di nobili stereotipi. Democrazia, libertà, sicurezza, Impero, nazionalizzazione, lealtà, mondo nuovo... erano queste le parole, i motti.

Ma quelle elezioni, come tutte, forse, erano condizionate da pressioni molto più forti e molto più urgenti delle parole e dei nomi – dei motti – sotto cui era iscritta la battaglia.

"Quale schieramento mi darà una casa? Quale mi restituirà il mio piccolo Johnnie e mio marito David dalle terre lontane? Quale partito darà ai miei bambini le migliori possibilità per il futuro? Quale eviterà altre guerre e la morte del mio uomo, se non dei miei figli?"

"Le belle parole non danno da mangiare. Chi mi aiuterà a riaprire il mio negozio? Chi mi costruirà una casa? Chi mi darà più cibo, più tessere annonarie per i vestiti, più asciugamani, più sapone?"

"Churchill è in gamba. Ha vinto la guerra per noi. Ci ha risparmiato di ritrovarci i tedeschi qui. Io sto con Churchill."

"Wilbraham è un insegnante. L'istruzione è il lasciapassare dei nostri figli nel mondo. I laburisti ci daranno più alloggi. O così dicono. Churchill non farà tornare i nostri ragazzi a casa così velocemente. I laburisti nazionalizzeranno le miniere... e avremo tutti più carbone."

"Mi piace il maggiore Gabriel. È un vero uomo. Ci tiene davvero. È stato ferito in guerra, ha combattuto in tutta Europa, non se n'è stato a casa con un lavoro sicuro. Sa come ci sentiamo con i nostri ragazzi lontani. Vogliamo uno come lui, non un maledetto insegnante. Gli insegnanti sfollati non aiuterebbero nemmeno la signora Polwidden a lavare i piatti. Sono degli arroganti, eccome!"

In fondo che cos'è la politica se non una serie di bancarelle vicine le une alle altre nel mercato del mondo, ognuna a offrire la propria specifica cura da quattro soldi a tutti i mali?... E il pubblico credulone si beve quelle chiacchiere.

Era questo il mondo in cui vivevo da quando ero resuscitato e avevo ricominciato a vivere. Era un mondo che non avevo mai conosciuto prima, completamente nuovo per me.

All'inizio lo avevo guardato con condiscendente disprezzo. Lo avevo liquidato come una truffa. Ma ora cominciavo ad accorgermi di ciò che lo componeva, dell'infinita lotta per la sopravvivenza, delle intense speranze che vi venivano riposte. L'universo delle donne, non degli uomini. L'uomo era ancora il cacciatore: selvaggio, spesso affamato, avanzava impavido verso la meta, donna e bambino al seguito. Non serve la politica in un mondo come *quello*, ma solo occhi aperti e mani pronte all'inseguimento della preda.

Eppure, la società civilizzata si basa sulla terra, la terra che produce e dà frutti. È questo il mondo che costruisce edifici e li riempie di possedimenti: un posto materno e fecondo, in cui la sopravvivenza è mille volte più complicata e si può riuscire o fallire in un centinaio di modi diversi. Le donne non vedono le stelle, ma le quattro mura di un riparo dal vento, la pentola sul fuoco, il viso ben pasciuto dei bambini che dormono.

Volevo, con tutto me stesso, scappare da quel mondo di donne. Robert non mi era d'aiuto... era un pittore. Un artista, maternamente impegnato a generare nuova vita. Gabriel era abbastanza virile, sì, la sua presenza aveva valicato quella rete di infinitesimali macchinazioni, ma in sostanza non c'era affinità tra noi.

Con Rupert St Loo ero tornato nel mio mondo. Quello di El Alamein e della Sicilia, del Cairo e di Roma. Parlavamo una vecchia lingua, un antico idioma, mentre scoprivamo ciò che condividevamo. Ero di nuovo un uomo completo, nell'universo incauto della guerra, della morte imminente, dell'allegria e dell'appagamento fisico.

Rupert St Loo mi piacque molto. Era, ne fui sicuro, un ufficiale di prim'ordine, e aveva una personalità interessante. Aveva cervello, buonumore e una certa sensibilità. Pensai che per costruire il nuovo mondo ci volessero uomini come lui: fedeli alla tradizione, eppure moderni e lungimiranti.

Poi arrivò Teresa, insieme a Robert, e spiegò quanto fossimo impegnati nella frenesia delle elezioni, e Rupert confessò di non essere granché come politico. Poi si unirono anche i Carslake e Gabriel, e la signora Carslake fece un po' la svenevole, mentre Carslake sfoggiò le sue maniere affabili, contentissimo di vedere Lord St Loo e di presentargli il nostro candidato, il maggiore Gabriel.

Rupert St Loo e Gabriel si salutarono cordialmente, Rupert gli augurò buona fortuna e parlò un po' della spedizione e di come stavano andando le cose. Le loro figure, l'una vicina all'altra, si stagliavano contro il sole, e notai il forte, impietoso contrasto tra loro. Non si trattava solo del fatto che Rupert era bello e Gabriel un omiciattolo basso e brutto: c'era qualcosa di più profondo. Rupert St Loo era posato, disinvolto. Aveva delle maniere naturalmente cortesi e gentili. Si percepiva subito che era una persona retta. Persino un mercante cinese, se possiamo metterla su questi termini, si sarebbe fidato di dargli grandi quantità di beni senza pagarli... e non avrebbe sbagliato. Rispetto a lui, Gabriel si presentava male: era nervoso e troppo risoluto, stava a gambe larghe e si muoveva goffamente. Quel povero diavolo sembrava uno sgradevole ometto come ce n'è milioni... o peggio, sembrava quel tipo di uomo che sarebbe stato onesto finché gli conveniva. Era come un cane di dubbia razza che faceva bella figura finché non aveva accanto un purosangue.

Robert era accanto alla mia sedia a rotelle, e con un sussurro portai la sua attenzione sui due uomini.

Lui capì al volo, e li osservò con attenzione. Gabriel continuava a muoversi facendo peso ora su un piede ora sull'altro, imbarazzato. Per guardare Rupert doveva alzare la testa, e non credo che la cosa gli andasse a genio.

Anche qualcun altro stava osservando i due uomini: Isabella. All'inizio il suo sguardo sembrava essere rivolto a entrambi ma poi si soffermò inequivocabilmente su Rupert. Dischiuse le labbra, portò indietro la testa con fierezza e sulle guance si diffuse un lieve rossore. Quel suo sguardo lieto e orgoglioso era incantevole.

Robert comprese con una rapida occhiata la predisposizione della giovane, poi posò di nuovo lo sguardo sul viso di Rupert St Loo.

Quando gli altri entrarono per bere qualcosa, Robert rimase in terrazzo. Gli chiesi che cosa ne pensasse di Lord St Loo, e la sua risposta fu piuttosto curiosa:

«Mi viene da pensare che non dovesse esserci nemmeno una fata cattiva al suo battesimo.»

19

RUPERT E ISABELLA non ci misero molto a organizzare.

Secondo me avevano già stabilito tutto in quel primo momento in cui si erano incontrati in terrazzo, vicino alla mia sedia a rotelle.

Credo che entrambi si fossero sentiti molto sollevati dal fatto che il sogno in cui si erano segretamente cullati per così tanto tempo non li avesse traditi, una volta messo alla prova.

Perché, come mi disse Rupert qualche giorno dopo, si era cullato in un sogno.

Eravamo diventati piuttosto intimi, io e lui. Anche Rupert era sollevato di avere un po' di compagnia maschile. L'atmosfera al castello era sovraccarica di adorazione femminile. Le tre anziane signore stravedevano per lui, e persino Lady St Loo mise da parte l'austerità che la contraddistingueva.

«Pensavo di essere uno stupido per questa cosa di Isabella» esordì un giorno. «Dica ciò che vuole, che è assurdo mettersi in testa di sposare una persona – anzi, una persona che è ancora una bambina, e per di più pelle e ossa, se vogliamo dirla tutta – senza più cambiare idea...»

Gli risposi che conoscevo dei casi simili.

Lui disse pensieroso: «La verità è che io e Isabella ci apparteniamo, credo... Ho sempre avuto la sensazione che fosse parte di me, una parte che non avevo ancora fatto mia, ma che un giorno mi avrebbe completato. Assurdo. Lei è una ragazza particolare».

Fumò in silenzio per un paio di minuti e poi disse:

«Credo che una delle cose che mi piace di più di lei sia che non ha il minimo senso dell'umorismo.»

«Dice?»

«Non ne ha per niente. L'umorismo serve a smorzare... Ho sempre avuto il sospetto che sia un espediente da quattro soldi che noi gente civilizzata abbiamo escogitato per difenderci dalla delusione. Ci sforziamo di vedere le cose in modo divertente perché temiamo che ci deludano.»

Non aveva tutti i torti... Ci riflettei, con un lieve sorriso sardonico sulle labbra... Sì, Rupert St Loo la sapeva lunga.

Era intento a osservare il castello. Disse con trasporto:

«Amo quel posto. L'ho sempre amato. Sono contento di essere cresciuto in Nuova Zelanda fino a quando non sono venuto a Eton: ho maturato il distacco. Posso guardare St Loo dall'esterno, e allo stesso tempo posso identificarmici senza riflessi. Venire qui da Eton per le vacanze, sapere che il castello era davvero mio, che un giorno ci avrei vissuto... riconoscerlo, com'era, per qualcosa che ho sempre voluto possedere... avere la sensazione – la prima volta che l'ho visto –, avere quella strana sensazione... di tornare a casa.

«E Isabella ne faceva parte. Da allora sono stato sicuro che ci saremmo sposati e avremmo vissuto qui per il resto della nostra vita terrena.» Serrò la mandibola con decisione. «E ci *vivremo*! Nonostante le tasse, le spese e i lavori di restauro... e la minaccia della nazionalizzazione. Questa è casa nostra, mia e di Isabella.»

Cinque giorni dopo il ritorno di Rupert, lui e Isabella erano già fidanzati ufficialmente.

Fu Lady Tressilian a portarci la notizia. Sarebbe apparsa sul «Times» il giorno seguente, o quello dopo ancora, disse, ma voleva che lo sapessimo prima. Ed era *davvero* felicissima!

Quel suo bel faccione fremeva di romanticherie. Sia io che Teresa fummo commossi dalla sua felicità, che metteva in mostra alcune palesi lacune nella sua vita. Nella gioia del momento, divenne molto meno materna nei miei confronti, il che mi fece apprezzare di più la sua compagnia. Per la prima volta non mi portò libriccini e non cercò di essere positiva e incoraggiante. Era chiaro che a occupare i suoi pensieri ci fossero Rupert e Isabella.

L'atteggiamento delle altre due vegliarde non fu molto diverso. La signora Bigham Charteris era ancora più alacre ed energica. Fece infinite passeggiate per i possedimenti insieme a Rupert, lo presentò agli inquilini delle varie proprietà e gli fece una predica sui tetti e sulle riparazioni che dovevano essere realizzate necessariamente, e su quello che poteva, e quindi doveva, essere lasciato così com'era.

«Amos Polflexen si lagna sempre. Gli abbiamo rifatto lo stucco alle pareti due anni fa. Invece bisogna fare qualcosa per il camino di Ellen Heath. È stata molto paziente. Gli Heath vivono qui da trecento anni.»

Ma l'atteggiamento più interessante fu quello di Lady St Loo. Per un po' non riuscii a decifrarlo. Poi un giorno ebbi l'illuminazione. Era trionfo. Uno strano tipo di trionfo: una sorta di esultanza per una battaglia vinta contro un nemico invisibile e inesistente.

«Ora andrà tutto bene» mi disse.

E poi tirò un sospiro – un lungo, stanco sospiro. Fu come se avesse detto: "Ora lascia, o Signore, che il tuo servo vada in pace...". Mi diede l'impressione di una persona che, benché non abbia osato mostrarlo, ha avuto paura, e che ormai ha visto estinguersi il pericolo.

Insomma, penso che le possibilità che Lord St Loo tornasse a sposare una cugina che non vedeva da otto anni fossero piuttosto esigue. La cosa più probabile sarebbe stata che Rupert prendesse in moglie un'estranea negli anni in cui era nell'Esercito. I matrimoni si organizzavano velocemente durante la guerra. Sì, le possibilità che Rupert tornasse da Isabella erano poche.

Eppure c'era un che di appropriato in quell'unione... di assolutamente adeguato.

Domandai a Teresa se era d'accordo e lei annuì con la testa, pensierosa.

«Sono una coppia perfetta» disse.

«Sono fatti l'uno per l'altra. È questo che diceva un tempo la servitù ai matrimoni, ma in questo caso è vero.»

«Già. Incredibile... Hugh, a volte non hai l'impressione di poterti svegliare da un momento all'altro?»

Ci riflettei per un istante: sapevo che cosa voleva dire.

«Niente che abbia a che vedere con il castello di St Loo è reale» replicai.

Fui costretto a sentire anche il parere di John Gabriel. Continuava a rivolgersi a me con schiettezza. Immaginavo che disprezzasse Lord St Loo. Ed era anche piuttosto naturale, visto che Rupert aveva distolto parecchio l'attenzione da lui.

Tutta St Loo era elettrizzata dall'arrivo del legittimo erede del castello. I vecchi residenti andavano fieri dell'antichità del titolo nobiliare e ricordavano il padre di Rupert, mentre i nuovi erano animati da un certo snobismo.

«Che branco di pecore schifose» fece Gabriel. «È assurdo l'amore degli inglesi per i titoli.»

«Non deve dare dell'inglese a un abitante della Cornovaglia» lo rimproverai. «Non lo ha ancora imparato?»

«Un lapsus. Ma è vero, no? O li adorano, o passano all'altro estremo e dicono che è tutta una farsa, e anche questo è snobismo, solo all'inverso.»

«E lei da che parte sta?» domandai.

Gabriel fece un ampio sorriso. I suoi punti deboli lo divertivano.

«Sono uno snob all'inverso, lo ammetto» disse. «Quello che vorrei più di ogni altra cosa al mondo è essere nato Rupert St Loo.»

«Mi sorprende» dissi.

«Ci sono cose con cui bisogna nascere... farei qualsiasi cosa per avere le sue gambe» rifletté Gabriel.

Mi ricordai quello che aveva detto Lady Tressilian al primo comizio di Gabriel, e mi resi conto di quanto fosse perspicace quell'uomo.

Gli domandai se pensava che Rupert St Loo gli stesse rubando la scena.

Gabriel analizzò con aria seria i lati positivi della questione, senza mostrare segni di contrarietà.

No, disse, pensava che non rappresentasse un problema perché Lord St Loo non era un suo rivale politico. Era tutta propaganda in più per il partito conservatore.

«Anche se devo ammettere che se si *candidasse* – cioè, se *potesse*, cosa che non può fare essendo un nobile, molto probabilmente si schiererebbe con i laburisti.»

«Ma no» obiettai. «Le ricordo che è un proprietario terriero.»

«Certo, la nazionalizzazione non gli piacerebbe... ma le cose sono contorte, ormai, Norreys. I contadini e la classe operaia sono devoti conservatori e i giovani dotati di materia grigia, titoli di studio e denaro sono laburisti, per lo più, credo, perché non hanno la minima idea di cosa significhi lavorare con le proprie mani, né di che cosa voglia davvero un lavoratore.»

«E cosa vorrebbe un lavoratore?» gli chiesi, sapendo che Gabriel forniva sempre una risposta diversa a questa domanda.

«Vuole che il Paese sia prospero... in modo che anche lui possa essere prospero. Crede che i conservatori abbiano più probabilità di arricchire il Paese perché ne sanno di più di denaro, il che, ovviamente è molto sensato. Direi che Lord St Loo è un liberale all'antica... e, ovviamente, nessuno ha bisogno di un liberale. No, Norreys, inutile che apra bocca per dire quello che sta per dire. Aspetti il risultato delle elezioni. I liberali saranno così pochi che dovrà cercarli con la lente di ingrandimento. A nessuno piacciono davvero le idee liberali, il che vale a dire che a nessuno piacciono le vie di mezzo. Sono troppo noiose.»

«Quindi per lei Rupert St Loo è il difensore della via di mezzo?»

«Sì, è un uomo ragionevole... conserva il vecchio e accoglie il nuovo... non è né carne né pesce. È marzapane, ecco che cos'è!»

«Come?»

«Ha capito bene. Marzapane! Il castello di marzapane. Il proprietario di marzapane del castello.» Sbuffò. «Il matrimonio di marzapane!»

«Con la sposa di marzapane?» domandai.

«No, lei è a posto... è solo che vive in... un po' come Hänsel e Gretel nella casa di marzapane, che è appetitosa, puoi staccarne un pezzetto e mangiarlo. È commestibile.»

«Rupert St Loo non le sta molto simpatico, eh?»

«Perché dovrebbe? E se è per questo, nemmeno io sto simpatico a lui.»

Ci pensai su per qualche istante. No, non credevo che a Rupert St Loo potesse stare simpatico John Gabriel.

«Eppure dovrà sopportarmi» disse Gabriel. «E dovrò essere il rappresentante della sua parte di mondo. Dovranno invitarmi a cena di tanto in tanto, e dovrà salire sul palco con me.»

«È molto sicuro di sé, Gabriel. Non ha ancora vinto.»

«Gliel'ho detto che è una certezza. *Deve* andare così. Non mi sarà data una seconda possibilità, lo sa. Io sono un esperimento. Se l'esperimento fallisce, sono fritto. Non posso nemmeno tornare nell'Esercito. Sa, non sto bene dietro una scrivania... sono utile solo nella mischia della battaglia. Quando la guerra in Giappone sarà conclusa, io sarò spacciato. Otello non avrà più un lavoro.»

«Otello non mi è mai sembrato un personaggio credibile» commentai.

«Perché no? La gelosia è sempre poco credibile.»

«Allora diciamo che non mi è mai sembrato un personaggio in cui ci si può immedesimare. Non si prova dispiacere per lui. Si ha l'impressione che sia un perfetto idiota.»

«No» rifletté Gabriel. «Non si prova dispiacere per lui. Non come quello che si prova per Jago.»

«Dispiacersi per Jago? Gabriel, ha davvero delle strane simpatie.»

Mi lanciò un'occhiata strana.

«No, lei non può capire» disse.

Si alzò e prese a camminare nervosamente, facendo cadere degli oggetti dallo scrittoio senza nemmeno accorgersene. Mi resi conto che era tormentato da una profonda emozione che non riusciva a esternare, e la cosa mi incuriosì.

«Jago sì che lo capisco» disse. «Capisco anche perché quel poveraccio alla fine non dice altro che

Non chiedermi nulla, quel che sai sai.
Da adesso in avanti non dirò più una parola.»

Si girò verso di me. «Quelli come lei, Norreys, che sono stati bene con se stessi per tutta la vita, che sono stati in grado di crescere in pace con la propria personalità senza mai sussultare di paura (se posso metterla così), insomma, che diavolo potete saperne voi di Jago, di chi è nato sotto la cattiva stella, dei miserabili? Mio Dio, se mettessi mai in scena Shakespeare, non baderei a spese per Jago: mi procurerei un attore con la A maiuscola, uno che può commuoverti fino alle lacrime! Immagini quello che vuol dire nascere codardi... mentire, barare e farla franca... amare così tanto i soldi da svegliarsi, mangiare, dormire e baciare la moglie sempre e solo con i soldi nella testa. E *sapere* tutto il tempo chi sei...

«È una vita d'inferno... avere solo una fata buona al battesimo in mezzo a quelle cattive. E quando tutte quelle ti hanno ridotto a una sporca canaglia, la Fata dei sogni a occhi aperti agita la bacchetta e sussurra: "Gli do il dono di vedere e sapere...".

«"Più amore vediamo, più ne vogliamo." Chi diavolo è stato lo scemo che lo ha detto? Wordsworth, probabilmente... Uno che non riusciva nemmeno a vedere una primula per quello che è...

«Gliel'ho detto, Norreys, quando si venderebbe l'anima per avere qualcosa, più la si vede e più la si odia, perché non è destinata a noi. L'uomo che dà molto valore al coraggio è molto spesso lo stesso che se la dà a gambe quando arriva il pericolo. L'ho visto più di una volta. Crede che un uomo sia quello che vuole essere? È quello che è nato. Crede che il poveretto che adora i soldi voglia adorare i soldi? Crede che l'uomo ossessionato dalle fantasie erotiche voglia avere fantasie erotiche? Crede che l'uomo che fugge voglia fuggire?

«L'uomo che noi invidiamo (che invidiamo davvero) non è quello che ha fatto meglio di noi. È quello che *è* meglio di noi.

«Se si è impantanati nel fango, si detesta la donna che sta tra le stelle. La si vorrebbe trascinare giù, sempre più giù... a sguazzare nel porcile insieme a noi. Bisogna compatire Jago, dico io. Gli sarebbe andata bene se non avesse conosciuto Otello. Se la sarebbe cavata con i suoi imbrogli. Al giorno d'oggi, sarebbe al Ritz Bar a vendere azioni di miniere d'oro inesistenti ai citrulli.

«Un personaggio plausibile, Jago, sveglio, sempre pronto a raggirare il soldato semplice. Niente di più facile che raggirare un soldato – il soldato, più è decorato, più è stupido negli affari. Sono sempre i soldati a comprare le azioni false, a credere alle mappe di tesori spagnoli da cercare nei galeoni affondati, a comprare allevamenti di polli in fin di vita. Sono dei creduloni. Otello era così sciocco da potersi bere qualsiasi storiella messa su da un artista... e Jago era un artista. Basta leggere tra le righe di quella tragedia per capire che Jago ha depredato i fondi del reggimento. Otello non ci crede... no, lo stupido e onesto Jago non potrebbe mai fare una cosa del genere... deve esserci stato un equivoco... Eppure la promozione la dà a Cassio, scavalcando Jago. Cassio è solo un ragioniere, un contabile, mi mangio il cappello se non è così. Mentre Jago è uno onesto (o almeno così crede Otello), ma non abbastanza intelligente da meritarsi la promozione.

«Ricorda le prodezze in battaglia di cui si vantava Jago? Tutte fandonie, Norreys... non sono mai esistite. Cose che racconta al pub chi non è mai stato in prima linea. Robe da Falstaff, solo che stavolta non siamo in una commedia, ma in una tragedia. Jago, poveraccio, voleva essere un Otello. Voleva essere un soldato coraggioso e un uomo retto, ma non poteva, proprio come un gobbo non riesce a star dritto. Voleva fare colpo sulle donne, e le donne non lo degnavano nemmeno di uno sguardo. Quell'affabile sgualdrina di sua moglie lo disprezzava come uomo. Sempre pronta a infilarsi tra le lenzuola di un altro. Scommetto che tutte le donne volevano andare a letto con Otello! Glielo assicuro, Norreys, ho visto succedere cose assurde agli uomini sessualmente frustrati. Diventa patologico, e Shakespeare lo sapeva. Jago non può aprire bocca senza stillare un grido di veleno nero, di frustrazione sessuale. Quello che nessuno sembra vedere è la sofferenza di quell'uomo! Ammirava la bellezza, sapeva che cos'era, riconosceva un'indole nobile quando l'aveva di fronte. Mio Dio, Norreys, l'invidia materiale, l'invidia del successo, dei possedimenti, della ricchezza... non è niente... non è niente rispetto all'invidia spirituale! È vetriolo, ti mangia dentro, ti distrugge. Vedi quello che c'è più in alto, e contro la tua volontà lo ami, e quindi lo odi, e non sarai in pace finché non lo avrai distrutto. Finché non lo avrai demolito e annientato. Sì, Jago ha sofferto, poveretto...

«E sa che le dico? Che Shakespeare lo sapeva e soffriva per quel povero disgraziato. Ma solo alla fine. Oserei dire che quando ha cominciato a intingere la penna d'oca nell'inchiostro, o quello che usavano a quei tempi, aveva in mente un vero cattivo dal cuore di tenebra. Ma ha dovuto accompagnare Jago, andare con lui in profondità, provare quello che provava lui. Ecco perché quando arriva il castigo per Jago, Shakespeare salva il suo orgoglio. Gli fa mantenere l'unica cosa che gli è rimasta: la reticenza. Shakespeare è sceso tra i morti. E sa che, quando sei stato all'inferno, non ne parli...»

Gabriel si girò. La sua faccia brutta e bizzarra era contratta, gli occhi brillavano di una strana sincerità.

«Sa, Norreys, non sono mai riuscito a credere in Dio. Dio padre, che ha generato le creature e i fiori, Dio che ci ama e si prende cura di noi, Dio che ha creato il mondo. No, non credo in Dio. Ma a volte, non posso farci nulla, credo in Cristo... perché Cristo è sceso all'inferno... Il suo amore è stato profondo fino a questo punto...

«Ha promesso il paradiso ai penitenti. E agli altri? A chi bestemmiava e lo insultava? Cristo è andato all'inferno con loro. Forse dopo...»

A un tratto fu pervaso da un brivido. Si riscosse. Gli occhi divennero ancora una volta dei begli occhi in una brutta faccia.

«Ho parlato troppo» disse. «Vado.»

Uscì bruscamente dalla camera.

Mi chiesi se avesse parlato di Shakespeare o di se stesso. Pensai, giusto un po', di se stesso...

20

GABRIEL ERA CERTO DEL RISULTATO delle elezioni. Aveva detto che non vedeva cosa potesse andare storto.

Ciò che non aveva previsto, in questo caso, fu una ragazza di nome Poppy Narracott. Faceva la cameriera in una locanda di Greatwithiel. John Gabriel non l'aveva mai vista e ne ignorava l'esistenza. Eppure fu proprio Poppy Narracott a mettere in moto gli eventi che minacciarono le sue *chances* elettorali.

James Burt e Poppy Narracott erano in rapporti molto intimi. Ma James Burt, quando beveva troppo, era violento... quasi sadico. Quella Poppy si ribellò. Si rifiutò categoricamente di avere più qualcosa a che fare con lui, e tenne fede al proponimento.

E fu per questo che una sera James Burt tornò a casa ubriaco fradicio e di umore nero, e il palese terrore sul volto di Milly lo fece andare in bestia. Si lasciò andare. Sfogò sulla sventurata moglie la rabbia e il desiderio per Poppy. Diede di matto e Milly Burt, non la si può biasimare più di tanto, si fece prendere dal panico.

Pensò che Jim l'avrebbe uccisa.

Divincolandosi dalla sua stretta, si precipitò in strada. Non sapeva dove andare o da chi. L'idea del commissariato non la sfiorò nemmeno. Nessun vicino da cui rifugiarsi nei dintorni, solo negozi chiusi di sera.

A guidare la sua fuga c'era solo l'istinto. E l'istinto la condusse dall'uomo che amava... dall'uomo che era stato gentile con lei. Non aveva pensieri lucidi, né la consapevolezza dello scandalo che poteva suscitare: era terrorizzata e corse da John Gabriel. Non era altro che un animaletto impaurito alla disperata ricerca di un rifugio.

Corse, scompigliata e trafelata, alla locanda di St Loo, e James Burt la seguì fin lì, sbraitando minacce di vendetta.

Si diede il caso che Gabriel fosse all'ingresso.

Personalmente, non vedo in quale altro modo si sarebbe potuto comportare il maggiore. Lei era una donna che amava e compativa, lui era un marito ubriaco e molesto. Quando James Burt fece irruzione urlando e imprecando e gli intimò di farla finita con sua moglie, Gabriel lo mandò a quel paese e gli disse che non meritava di avere una moglie e che lui, John Gabriel, si sarebbe assicurato di portarla al sicuro.

James Burt si scagliò contro il maggiore come un toro a tutta carica, solo per ricevere un pugno. Poi Gabriel prese una camera per la signora Burt e le disse di chiudersi dentro. Non poteva tornare a casa adesso, le disse, avrebbero risolto tutto al mattino.

Il giorno dopo la notizia circolava per tutta St Loo. Jim Burt aveva "scoperto" di sua moglie e del maggiore Gabriel. I due ora dormivano insieme alla locanda.

Potete forse immaginare l'effetto di una notizia del genere alla vigilia delle elezioni. Mancavano solo due giorni.

«Si è fregato con le sue stesse mani» mormorava Carslake assorto, andando su e giù per il soggiorno. «Siamo finiti... spacciati... Vincerà Wilbraham. È un disastro.... Una tragedia. Non mi è mai piaciuto quell'uomo. Uno scostumato. Lo sapevo che avrebbe finito col piantarci in asso.»

La signora Carslake deplorava con affettazione: «È questo che succede quando il candidato non è un gentiluomo dell'aristocrazia».

Era raro che mio fratello prendesse parte alle discussioni di politica. E quelle poche volte che era presente, se ne stava a fumare in silenzio. Tuttavia, in quell'occasione si tolse la pipa di bocca e disse la sua.

«Il problema è che si è comportato da gentiluomo, invece.»

Mi sembrò che ci fosse una certa ironia nel fatto che le più marcate deviazioni di Gabriel dai canoni della galanteria avessero accresciuto la sua reputazione, mentre quel gesto isolato di cavalleria donchisciottesca si fosse rivelato una brutta mossa.

Poi ecco che arrivò proprio Gabriel, l'aria risoluta, irremovibile.

«Non serve a niente buttarla in tragedia, Carslake» sbuffò. «Mi dica che cos'altro potevo fare.»

Carslake domandò dove fosse adesso la signora Burt.

Gabriel spiegò che era ancora nella locanda. Non vedeva dove potesse stare se non lì. E comunque, aggiunse, era troppo tardi. Si voltò verso Teresa, che a quanto pare considerava la realista del gruppo. «Giusto?» le domandò.

Teresa rispose che senza dubbio era troppo tardi.

«Una notte è una notte» disse Gabriel. «Ed è la notte che interessa alle persone, non il giorno.»

«Maggiore Gabriel, ma...!» borbottò Carslake. Era profondamente scandalizzato.

«Dio, che mente depravata la sua!» protestò Gabriel. «Non ho passato la notte con lei, se è qui che vuole arrivare. Sto solo dicendo che per l'intera popolazione di St Loo è la stessa cosa. Eravamo entrambi nella locanda.»

Quella, disse, era l'unica cosa di cui la gente si sarebbe preoccupata. Oltre alla scenata che aveva fatto Burt e alle cose che andava dicendo in giro su sua moglie e sul maggiore Gabriel.

«Ma non poteva farla andare da qualche altra parte?» fece Carslake. «Forse in quel caso...» Sembrò speranzoso per un istante, poi scosse la testa. «No, la gente avrebbe fiutato qualcosa» ammise.

«C'è anche un'altra cosa da risolvere» puntualizzò Gabriel. «Che facciamo con lei?»

Carslake lo fissò senza capire.

«In che senso?»

«Non ha pensato a lei, vero?»

Carslake replicò sprezzante: «Non possiamo certo considerare questi dettagli adesso. Quello che dobbiamo fare è cercare di trovare qualche via d'uscita da questo disastro».

«Certo...» fece Gabriel. «La signora Burt non conta, giusto? Chi è la signora Burt? Nessuno di importante. Solo una povera, brava ragazza che è stata tiranneggiata e maltrattata, spaventata a morte, senza un posto dove andare né un centesimo.» Alzò la voce.

«Bene... glielo dico una volta per tutte, Carslake. Non mi piace il suo atteggiamento. E le dico anche cos'altro è la signora Burt: è un essere umano. Peccato che per le sue maledette macchinazioni, Carslake, importi solo il voto. È questo il marcio della politica. Che cosa ha detto Alfred Baldwin negli anni bui? "Se avessi detto la verità, avrei perso le elezioni." Be', io non sono Baldwin: non sono nessuno. Quello che mi sta dicendo è: "Lei si è comportato come un essere umano qualsiasi, quindi perderà le elezioni!". Benissimo, allora vadano all'inferno le elezioni! Può tenersele, queste schifose elezioni. Prima di tutto sono un essere umano, e solo dopo un politico. Non ho mai detto una parola che non avrei dovuto dire a quella povera creatura. Non ho fatto l'amore con lei. Mi sono preoccupato per lei, ecco tutto. Ieri sera è venuta da me perché non aveva nessun altro a cui rivolgersi. Benissimo, può stare con me. Ci penserò io a lei. E vadano all'inferno St Loo e Westminster e tutte queste diavolerie.»

«Maggiore Gabriel.» Era la voce angosciata della signora Carslake. «Non può fare una cosa del genere! Se poi Burt chiede il divorzio?»

«Se chiede il divorzio, la sposo io.»

Carslake tuonò: «Non può farci questo, Gabriel. Non può causare un simile scandalo».

«Non posso, Carslake? Mi guardi.» Non avevo mai percepito tutta questa rabbia negli occhi di Gabriel. Non mi era mai stato più simpatico.

«Non può costringermi. Se una mandria di elettori da nulla sostengono il principio che un uomo può picchiare la moglie e spaventarla a morte e rivolgerle accuse infami e infondate... Bene, facciano pure! Ma se ci tengono alla dignità cristiana, possono votare per me.»

«Però non lo faranno» intervenne Teresa con un sospiro.

Gabriel posò lo sguardo su di lei e il suo viso si distese.

«No, non lo faranno» ammise.

Robert si tolse di nuovo la pipa di bocca.

«Che deficienti» sbottò.

«Certo, signor Norreys, sappiamo che lei è un comunista» commentò acida la signora Carslake.

Non ho la più pallida idea di quello che volesse dire.

Poi, nel pieno di questa profonda amarezza, fece la sua comparsa Isabella Charteris. Veniva dal terrazzo, impassibile, austera, posata.

Non prestò attenzione a noi. Era venuta a dire una cosa e la disse. Andò dritta da Gabriel, come se ci fosse solo lui, e gli parlò con fare confidenziale.

«Credo che sia tutto a posto» disse.

Gabriel la fissò incredulo. I nostri occhi erano puntati su di lei.

«Per la signora Burt, intendo» chiarì Isabella.

Non mostrava alcun imbarazzo. Al contrario, aveva l'aria soddisfatta della persona risoluta che ritiene d'aver fatto la cosa giusta.

«È al castello» proseguì.

«Al *castello*?» ripeté Carslake incredulo.

Isabella si voltò verso di lui.

«Sì» rispose. «Appena abbiamo saputo quello che era successo ho pensato che fosse la cosa migliore. Ne ho parlato con la zia Adelaide, che ha concordato con me. Siamo andate subito in macchina alla locanda.»

Scoprii in seguito che era stata un'operazione degna della famiglia reale quando ordina il trasferimento della corte. La mente sveglia di Isabella aveva subito individuato l'unica contromossa possibile.

L'anziana Lady St Loo, come ho già detto, aveva un ascendente smisurato sulla comunità. Era lei a scandire il fuso orario morale, per così dire. La gente poteva anche storcere il naso o darle dell'antiquata, ma la rispettava, e quando lei dava l'approvazione, di rado qualcuno obiettava.

Era entrata solenne nella vecchia Daimler, e con lei Isabella. La figura fiera di Lady St Loo aveva fatto il suo ingresso alla locanda e aveva chiesto della signora Burt.

Una Milly riluttante, in lacrime e occhi rossi, era apparsa sulle scale, ed era stata ricevuta coi fasti di una vestizione ufficiale. Lady St Loo aveva parlato chiaro, senza nemmeno abbassare la voce.

«Mia cara, non sa quanto mi sia dispiaciuto sapere quello che ha passato» disse con voce tonante. «Il maggiore Gabriel avrebbe dovuto portarla da noi ieri sera... ma lui è così riguardoso da non averci voluto disturbare a quell'ora, suppongo.»

«Io... io... è molto gentile.»

«Sistemi le sue cose, mia cara. Adesso verrà con noi.»

Milly Burt arrossì e mormorò che... in realtà... non aveva niente con sé...

«Che stupida che sono» replicò Lady St Loo. «Passeremo da casa sua per prendere qualcosa, allora.»

«Ma...» obiettò Milly, restia.

«Salga in macchina. Passeremo da casa sua.»

Milly dovette cedere dinanzi all'autorità. Le tre donne s'infilarono nella Daimler, che andò a fermarsi a pochi metri da Fore Street.

Lady St Loo scese con la signora Burt e l'accompagnò in casa. Dall'ambulatorio guizzò fuori James Burt, gli occhi iniettati di sangue, pronto a sfociare in un'invettiva furiosa.

Ma incontrò lo sguardo di Lady St Loo e si trattenne.

«Prepari le sue cose, cara» disse Lady St Loo.

Milly scattò al piano di sopra. L'anziana si rivolse a James Burt.

«Si è comportato in maniera ignominiosa» sentenziò. «Davvero ignominiosa. Il suo problema, Burt, è che beve troppo. D'altronde lei non è un uomo rispettabile. Consiglierò a sua moglie di troncare ogni rapporto con lei. Le cose che ha detto in giro sono menzogne... e lo sa benissimo. Non è vero?»

Lo sguardo spietato della donna ipnotizzò l'uomo fremente.

«Ah... be'... immagino che... se lo dice lei...»

«Lo sa che sono menzogne.»

«Va bene... va bene... Non ero in me ieri sera.»

«Si prenda la briga di far sapere in giro che erano menzogne. Altrimenti dirò al maggiore Gabriel di adire alle vie legali. Ah, eccola, signora Burt.»

Milly stava scendendo le scale con una piccola valigia.

Lady St Loo la prese sottobraccio e si mosse verso la porta.

«Ma... dove va Milly?» domandò il marito.

«Viene al castello con me.» Poi aggiunse con tono di sfida: «Ha qualcosa in contrario?».

Burt scosse debolmente la testa. Lady St Loo continuò perentoria:

«Segua il mio consiglio, James Burt: riprenda le redini della sua vita prima che sia troppo tardi. Smetta di bere. Non trascuri il suo lavoro. Ha molta esperienza, ma se continua così farà una brutta fine. Si rimetta in carreggiata. Ci riuscirà se solo ci proverà. E tenga a freno quella linguaccia.»

Poi salì in macchina insieme a Milly, che si accomodò di fianco a Lady St Loo, Isabella era davanti. Percorsero la strada principale, costeggiarono il porto e risalirono dal mercato fino al castello. La regina e la sua corte che avanzavano per il paese. Le vide quasi tutta St Loo.

Quella sera la gente ripeteva:

«*Sarà* tutto in regola, o Lady St Loo non l'avrebbe portata al castello.»

Qualcuno sosteneva che dovesse esserci un fondo di verità, si chiedeva come mai Milly Burt fosse corsa proprio dal maggiore Gabriel nel cuore della notte e poi, si pensava, di certo l'appoggio di Lady St Loo aveva delle ragioni politiche.

Ma era la minoranza. Il carattere si impone. E Lady St Loo aveva carattere da vendere, insieme a una reputazione di assoluta integrità. Se Milly Burt era stata ricevuta al castello, se Lady St Loo si schierava dalla sua parte, allora Milly Burt si era comportata bene. Lady St Loo non avrebbe dato il suo sostegno a una causa sbagliata. Non la loro Lady St Loo. Insomma, era così rigorosa!

Fu Isabella a darci il succo degli avvenimenti. Era venuta dal castello appena Milly si era sistemata.

Quando Carslake afferrò la portata di quello che la giovane stava dicendo, il suo viso, da cupo, s'illuminò. Si diede un colpetto sulla gamba.

«Mio Dio» esclamò. «Credo proprio che funzionerà. La signora è intelligente. Sì, è proprio intelligente. Idea geniale.»

Ma l'intelligenza e l'idea erano di Isabella. Mi meravigliò la sua rapidità nel comprendere la situazione e agire.

«Mi metto subito all'opera» disse Carslake. «Dobbiamo sfruttare il momento e studiare accuratamente la nostra versione dei fatti. Su, Janet. Maggiore Gabriel...»

«Arrivo tra un attimo» replicò Gabriel.

I Carslake uscirono. Il maggiore si avvicinò a Isabella.

«È stata opera sua» le disse. «Perché?»

Lei spalancò gli occhi, perplessa.

«Ma... per le elezioni.»

«Quindi ci tiene davvero tanto che vincano i conservatori?»

Lei lo guardò con una certa sorpresa.

«No. Cioè... per lei.»

«Per me?»

«Sì. Lei ci tiene molto a vincere le elezioni, giusto?»

Gabriel assunse un'espressione tra il disorientato e il confuso. Distolse lo sguardo e disse, più a se stesso che a lei o a qualcuno di noi:

«Ci tengo? Può darsi...»

21

COME DICEVO, QUESTO NON È UN FEDELE RESOCONTO della campagna elettorale. Ero fuori dal giro, in uno stato di isolamento in cui poteva arrivare solo l'eco di quello che succedeva. Percepivo una frenesia crescente, che sembrava colpire tutti tranne me.

Rimanevano due giorni di delirante propaganda elettorale durante i quali Gabriel venne da noi un paio di volte a bere qualcosa. Quando si rilassava, sembrava stremato, la voce arrochita dopo i comizi in piazza, ma anche se stanco la sua dinamicità rimaneva inalterata. Parlò poco con me, forse perché voleva risparmiare fiato ed energia.

Vuotò il bicchiere in un sorso solo e mormorò: «Che vita è questa! Quante menzogne bisogna dire alla gente! Si meritano il governo che si ritrovano».

Teresa trascorreva la maggior parte del tempo a guidare. Il mattino delle elezioni arrivò accompagnato da una burrasca dall'Atlantico. Il vento ululava e la pioggia batteva sul tetto.

Isabella passò da noi poco dopo colazione. Aveva un impermeabile nero, i capelli bagnati e gli occhi luminosi. Sull'impermeabile era appuntata una splendida coccarda blu.

«Per tutto il giorno darò passaggi a chi deve andare a votare» mi disse. «E anche Rupert. Ho proposto alla signora Burt di venire a trovarla. Le dispiace? Sarà da solo tutto il giorno, no?»

Non mi dispiaceva, anche se la prospettiva di una giornata in pace con i miei libri mi allettava: avevo avuto sin troppa compagnia nell'ultimo periodo.

Non era da Isabella mostrare preoccupazione per la mia solitudine: fu come se a un tratto avesse adottato l'atteggiamento di sua zia Agnes nei miei confronti.

«L'amore la addolcisce, Isabella?» le chiesi con tono di disapprovazione. «O è stata un'idea di Lady Tressilian?»

Isabella sorrise.

«Voleva venire a farle visita» mi spiegò la giovane. «Pensava che potesse sentirsi solo... anzi, come ha detto lei, che potesse sentirsi estromesso.»

Mi rivolse uno sguardo interrogativo. Mi resi conto che una simile idea non le sarebbe mai passata per la testa.

«E lei non è d'accordo con la signora Burt?» le domandai.

Isabella rispose con il suo solito candore: «Be', ma lei è davvero estromesso».

«Giusto.»

«Per quanto possa dispiacermi, non vedo che aiuto darebbe sentirsi il fiato di zia Agnes sul collo. Servirebbe solo a estromettere anche lei.»

«E sono sicuro che lei invece ci tiene a essere coinvolta.»

«Ho pensato alla signora Burt perché deve tenersi alla larga comunque. E magari lei, Norreys, potrebbe parlarle.»

«Parlarle?»

«Sì.» Isabella aggrottò lievemente la fronte. «Sa, io non sono brava a parlare con le persone. O a farle parlare con me. E lei continua.»

«La signora Burt... continua?»

«Sì, e mi sembra così insensato... ma io non so esprimermi su questi argomenti. Ho pensato che magari poteva farlo lei.»

«Ma... che cosa continua a dire?»

Isabella si sedette sul bracciolo della poltrona. Parlò lentamente, un poco accigliata, come una turista che descriva i riti più sconcertanti di qualche tribù selvaggia.

«Sa, per quello che è successo. Per essersi precipitata dal maggiore Gabriel. Dice che è tutta colpa sua. Che se perde le elezioni sarà lei la responsabile. Che se fosse stata più attenta... che doveva prevedere le conseguenze. Se fosse stata più gentile con James Burt e lo avesse capito un po' di più, non avrebbe mai bevuto così tanto. Se la prende tremendamente con se stessa e di notte non riesce a dormire per la preoccupazione. Vorrebbe aver agito in maniera diversa. Se ha danneggiato la carriera del maggiore Gabriel, non se lo perdonerà mai, per tutta la vita. La colpa è solo sua. Tutto, sempre, è stato colpa sua.»

Isabella rimase in silenzio. Mi guardò. Mi stava passando una patata bollente che a lei risultava del tutto incomprensibile.

Mi arrivò un fievole eco dal passato. Jennifer che corrugava quella sua fronte adorabile e si addossava coraggiosamente la colpa delle azioni altrui.

Lo avevo ritenuto uno dei tratti più belli di Jennifer. Ma adesso che era Milly Burt a indulgere nello stesso atteggiamento, mi resi conto di quanto potesse risultare irritante. Ecco, riflettei con una punta di cinismo, la differenza tra nutrire simpatia per una donna ed esserne innamorato!

«Be',» feci pensieroso «capisco come si possa sentire. Lei no?»

Isabella rispose con un monosillabo deciso.

«No.»

«Ma perché no? Si spieghi.»

«Lo sa che non so spiegarmi» si schermì Isabella con tono di biasimo. Rimase in silenzio, aggrottò le sopracciglia e poi cominciò a parlare, in tono indeciso.

Disse: «Le cose o sono successe, o non sono successe. Posso anche capire che ci si preoccupi prima...».

Nemmeno quello, intuii, era accettabile per Isabella.

«Ma continuare a preoccuparsi adesso... È come se vai a fare una passeggiata in campagna e pesti lo sterco di mucca. Voglio dire, non servirebbe a niente continuare a parlarne per tutto il tempo, ripetendo che non avresti dovuto pestare lo sterco di mucca, che avresti dovuto prendere un'altra strada, e che è tutta colpa tua perché non guardavi dove mettevi i piedi e che non fai altro che stupidaggini. Hai lo sterco di mucca sotto la scarpa e non puoi farci più niente, ma non c'è alcun bisogno di averlo anche in *mente*! Ci sono tante altre cose... i campi, il cielo, le siepi, la persona con cui stai passeggiando... sono tutte lì. L'unico momento in cui dovrai ripensare allo sterco di mucca è quando torni a casa e dovrai farci i conti. Allora sì che dovrai pensarci...»

L'eccesso di autocritica era un campo di speculazione interessante. Capii che era qualcosa in cui Milly Burt amava crogiolarsi. Ma non sapevo come mai alcune persone vi fossero più inclini di altre. Una volta Teresa aveva insinuato che gli individui come me, che si ostinano a voler tirare su di morale gli altri, e a sistemare le cose, in realtà non sono d'aiuto come pensano. Ma questo comunque non spiega perché agli esseri umani piaccia ingigantire la propria responsabilità sugli eventi.

Isabella mi chiese speranzosa: «Le parlerà?».

«Metta il caso che a lei piaccia... insomma... che le piaccia addossarsi tutte le colpe» teorizzai. «Perché non dovrebbe farlo?»

«Perché credo che renda tutto ancora più difficile per *lui*... per il maggiore Gabriel. Deve essere davvero faticoso rassicurare qualcuno di continuo.»

Sì, indubbiamente doveva essere faticoso, dissi tra me... Era stato faticoso, mi ricordai... Jennifer era sempre stata troppo faticosa. Ma Jennifer aveva anche dei bei capelli neri dai riflessi blu, dei tristi occhioni grigi e un buffo, adorabile nasino...

Magari a Gabriel piacevano i capelli castani e i dolci occhi nocciola di Milly e non gli pesava ripeterle che era tutto a posto.

«La signora Burt si è trovata una sistemazione?» domandai.

«Sì, sì. La nonna le ha trovato un impiego in Sussex come dama di compagnia. La paga è buona e il lavoro è leggero. In più la zona è ben servita di treni per Londra, quindi potrà andare a trovare gli amici.»

Mi domandai se per amici Isabella intendesse Gabriel. Milly era innamorata di lui. Mi chiesi se il maggiore fosse un po' innamorato di lei. Forse sì.

«Immagino possa divorziare dal signor Burt» disse Isabella. «Solo che il divorzio costa.»

Si alzò. «Ora devo andare. Le parlerà, non è vero?» Indugiò sulla porta. «Io e Rupert ci sposiamo tra una settimana esatta» aggiunse con voce sommessa. «Pensa di poter venire alla cerimonia? Gli scout possono accompagnarla se la giornata è bella.»

«Vuole che venga?»

«Sì, ci tengo.»

«Allora verrò.»

«Grazie. Ci resterà una settimana da trascorrere insieme prima del rientro in Birmania. Ma la guerra non durerà ancora per molto, vero?»

«È felice, Isabella?» le domandai con delicatezza.

Lei annuì.

«Fa quasi paura... che una cosa a cui si è pensato per tantissimo tempo diventi realtà... Rupert era lì nella mia mente, ma sempre più sfocato...»

Mi guardò.

«Anche se è tutto vero, non *sembra* ancora vero. Mi sento come se da un momento all'altro potessi... svegliarmi. Sembra un sogno.»

Aggiunse, con molta dolcezza: «Avere tutto... Rupert... St Loo... tutti i desideri avverati...».

Poi, con un sussulto, esclamò: «Non dovevo trattenermi così a lungo. Mi avevano dato venti minuti, giusto il tempo per una tazza di tè».

Intuii che io ero stato la tazza di tè di Isabella.

Milly Burt venne a trovarmi nel pomeriggio. Si liberò dell'impermeabile, del cappuccio di lana e delle galosce, si lisciò i capelli castani all'indietro, s'incipriò il naso un po' impacciata e venne a sedersi accanto a me. Pensai che era davvero bella e anche molto simpatica. Non si poteva detestare Milly Burt nemmeno se si voleva e, per quanto mi riguardava, io non volevo.

«Spero che non si siano dimenticati di lei, oggi» mi disse. «Ha pranzato? Tutto a posto?»

Le assicurai che tutte le mie necessità erano state soddisfatte.

«Più tardi ci faremo preparare una tazza di tè» le dissi.

«Molto volentieri.» Si muoveva irrequieta. «Oh, capitano Norreys, pensa che vincerà, vero?»

«È troppo presto per dirlo.»

«Ma... che cosa pensa?»

«Sono sicuro che abbia delle ottime *chances*» la rassicurai.

«Se non fosse stato per me, sarebbe stata una certezza! Come ho fatto a essere così stupida... così *scellerata*. Oh, capitano Norreys, non faccio che pensarci. So che è tutta colpa mia.»

Eccoci, pensai.

«Dovrebbe smettere di pensarci» le consigliai.

«Ma come faccio?» Spalancò quei suoi pietosi occhioni castani.

«Con un po' di autocontrollo e di buona volontà» replicai.

Milly mi lanciò un'occhiata scettica e di lieve disapprovazione.

«Non credo che la cosa vada presa alla leggera. Visto che è tutta colpa mia.»

«Mia cara ragazza, continuare a rimuginare non aiuterà Gabriel a entrare in parlamento.»

«N-no, certo... Ma non mi perdonerei mai di avergli rovinato la carriera.»

La discussione mi tornava familiare. Jennifer me ne aveva dato un'esauriente anticipazione. Solo che ora discutevo a sangue freddo, senza il filtro della vulnerabilità sentimentale. Ed era una bella differenza. Milly Burt mi stava simpatica... ma era esasperante.

«Per carità di Dio» esclamai. «Non la metta in tragedia! Si sforzi per amor di *Gabriel*, almeno.»

«Ma è per amor suo che mi dispiace.»

«Non pensa che quel poveretto ne abbia già delle sue senza aggiungere il carico delle lacrime e dei rimorsi?»

«Ma se perde le elezioni...»

«Se perde le elezioni (e ancora non le ha perse) e lei ha contribuito a quel risultato (cosa che non c'è modo di sapere e che potrebbe non essere assolutamente vera), non crede che sarà già un brutto colpo per lui aver perso la battaglia anche senza che una donna tormentata dal rimorso gli renda le cose ancora più difficili?»

Milly assunse un'espressione confusa e ostinata.

«Ma io voglio rimediare per quello che ho fatto.»

«Probabilmente non è possibile. Al massimo potrebbe cercare di convincere Gabriel che perdere le elezioni sia un colpo di fortuna per lui, perché così potrà cogliere al volo un'opportunità più interessante.»

Milly Burt assunse un'espressione scettica.

«Ah» disse. «Non credo di poterci riuscire.»

Nemmeno io lo credevo. Una donna intelligente e spregiudicata sì. Teresa, se per puro caso fosse stata affezionata a John Gabriel, avrebbe potuto farlo benissimo.

La tattica di Teresa nei confronti della vita è, diciamo, l'attacco incessante.

Invece quella di Milly Burt era, senza ombra di dubbio, la pietosa e incessante sconfitta. Però magari a John Gabriel piaceva raccogliere i pezzi e rimetterli insieme. Anche a me era piaciuto un tempo.

«Lei gli è molto affezionata, vero?» domandai.

Gli occhi castani si riempirono di lacrime.

«Ah, sì... sì. Lui è... non ho mai incontrato nessuno come lui...»

Nemmeno io avevo mai incontrato nessuno come John Gabriel, ma la cosa su di me non aveva lo stesso effetto.

«Farei qualsiasi cosa per lui, capitano Norreys... sul serio.»

«Se ci tiene davvero a lui, questo basta. Lo lasci stare.»

Chi aveva detto "Amateli e lasciateli stare"? Qualche psicologo autore di consigli per le madri? Ma era una frase molto saggia, la cui applicazione non dovrebbe limitarsi ai bambini. Eppure, possiamo davvero lasciare in pace qualcuno? I nostri nemici, forse, con qualche sforzo. Ma coloro che amiamo?

Desistetti da quella che si definirebbe sterile speculazione, suonai il campanello e ordinai il tè.

Mentre lo sorseggiavamo, chiacchierai con grande interesse dei film che avevo visto l'anno prima. A Milly piaceva andare al cinema. Mi aggiornò sugli ultimi capolavori. Fu piuttosto piacevole e mi divertii, tanto che mi dispiacque molto quando se ne andò.

I soldati dell'esercito elettorale tornarono a orari diversi. Erano stremati e in stati d'animo che andavano dall'ottimismo allo sconforto. Solo Robert tornò del suo solito umore allegro. Aveva trovato un faggio caduto in una miniera abbandonata ed era proprio ciò di cui aveva bisogno la sua anima. Aveva anche pranzato stranamente bene in una piccola locanda. Soggetti da dipingere e cibo sono gli argomenti di conversazione preferiti di Robert. E non sono niente male come argomenti.

22

LA SERA SEGUENTE Teresa si precipitò in camera mia, allontanò i capelli neri da quel suo viso stanco e disse: «Ce l'ha *fatta*!».

«Con che maggioranza?» domandai.

«Duecentoquattordici.»

Feci un fischio.

«Per un pelo, allora.»

«Sì, Carslake pensa che se non fosse stato per la storia di Milly Burt sarebbe arrivato almeno a mille.»

«Carslake non ne sa più degli altri.»

«Il Paese si sta schierando a sinistra. I laburisti hanno vinto dappertutto. St Loo sarà uno dei pochi baluardi conservatori.»

«Gabriel aveva ragione» dissi. «Lo aveva detto, ti ricordi?»

«Lo so. Ha una capacità di giudizio straordinaria.»

«Be', la nostra cara Milly Burt andrà a letto felice, stasera. Non ha mandato tutto all'aria, alla fine. Sarà un gran sollievo per lei.»

«Dici?»

«Che arpia che sei, Teresa» la ripresi io. «Quella piccola creatura è affezionata a Gabriel.»

«Lo so.» E poi aggiunse pensierosa: «E starebbero bene insieme. Credo che lui potrebbe essere felice con lei... sempre che voglia esserlo. Alcune persone non lo desiderano».

«Non ho mai riscontrato tratti di ascetismo in John Gabriel» replicai io. «Piuttosto, direi che non si fa mancare mai niente e che non ci pensa due volte ad arraffare tutto quello che può della vita. A ogni modo, si sposerà per denaro. Me lo ha detto lui. E credo che lo farà. È tagliato per il successo... il successo più volgare. Per quanto riguarda Milly, sembra tagliata per il ruolo della vittima. Immagino che ora mi dirai che questo ruolo le piace.»

«No, certo che no. Ma ci vuole molto carattere, Hugh, per dire "Sono stata una stupida" e riderci su, continuando come se niente fosse. I deboli hanno bisogno di qualcosa a cui aggrapparsi. Vedono i loro errori non solo come un fallimento con cui fare i conti, ma come una colpa irrimediabile, un tragico peccato.»

Aggiunse in tono brusco: «Non credo al male. Tutta la sofferenza del mondo è causata dai deboli... che in genere sono animati da buone intenzioni... e riescono ad apparire sotto una luce straordinariamente romantica. Mi fanno paura. Sono pericolosi, come barche abbandonate che, in balia della corrente, nell'oscurità, possono mandare in pezzi la nave sicura».

Vidi Gabriel solo il giorno successivo. Aveva un aspetto mogio e avvilito. Feci fatica a rintracciare in lui l'uomo che conoscevo.

«Postumi delle elezioni?» suggerii io.

Grugnì.

«Proprio così. Quant'è nauseante la vittoria. Dov'è il vostro sherry migliore?»

Glielo indicai e lui si servì.

«Non credo che Wilbraham faccia i salti di gioia per la sconfitta» commentai.

Gabriel accennò un sorriso.

«No, poveraccio. E poi prende se stesso e la politica molto sul serio, credo. Non troppo, ma comunque abbastanza. Che peccato che sia così fiacco.»

«Immagino che gli abbia detto le solite cose... che vi siete battuti con onestà e coraggio e così via...»

Gabriel sogghignò.

«Abbiamo seguito la prassi. Ci ha pensato Carslake. Quant'è stupido quell'uomo! Sa fare il suo lavoro a memoria – non dimentica una battuta –, e tutto senza un minimo di intelligenza.»

Sollevai il mio bicchiere di sherry.

«Allora, al successo e alla sua futura carriera. È cominciata, ormai.»

«Sì» replicò Gabriel senza entusiasmo. «È cominciata.»

«Non mi sembra molto contento, eh?»

«È proprio come diceva prima lei: postumi delle elezioni. La vita è sempre noiosa quando si ha vinto. Ma ci saranno ancora tantissime battaglie da combattere. Ha visto come mi sono imposto davanti all'opinione pubblica?»

«I laburisti hanno una maggioranza consistente.»

«Lo so. Ottimo.»

«Ma insomma, Gabriel. Che parole in bocca al nostro nuovo deputato conservatore.»

«Vadano all'inferno i conservatori! Questa è la mia opportunità. Chi può rimettere in piedi il partito? Winston è un gran signore della guerra, specie per chi non la vuole più. Ma è troppo anziano per affrontare la pace. La pace è complessa. Eden è il tipico gentleman, prudente e diplomatico...»

Continuò passando in rassegna gli esponenti più noti del partito conservatore.

«Tra tutti loro messi insieme non ne esce una sola idea costruttiva. Si batteranno contro la nazionalizzazione e si scaglieranno con grande soddisfazione contro gli errori dei socialisti. (E, caro mio, di errori ne faranno! Sono una massa di zucconi. Vecchi sindacalisti impenitenti e sconsiderati pensatori di Oxford.) La nostra fazione userà tutti i soliti trucchetti parlamentari, come vecchi cani patetici a una mostra canina. *Bau bau bau*, e poi in piedi sulle zampe posteriori e quindi via col valzer.»

«E dove si colloca John Gabriel in questa incantevole immagine dell'opposizione?»

«Non si può sferrare l'attacco finché non si è calcolato tutto fino all'ultimo dettaglio. Poi... a tutto gas. Devo guadagnarmi la presa sui giovani... quelli con le idee nuove che in genere sono "contro il governo". Vendigli un'idea e si batteranno tutti per difenderla.»

«Quale idea?»

Gabriel mi rivolse un'occhiata esasperata.

«Non capisce mai niente. Non ha la minima importanza *quale* idea! Posso farmene venire in mente una mezza dozzina in qualsiasi momento. Ci sono solo due cose che infiammano la gente in politica. Una è riempirsi le tasche. L'altra è quel tipo di idea che sembrerebbe sistemare tutto e che è facilissima da capire, nobile e vaga allo stesso tempo... e che ti fa sembrare profondo. Alle persone piace pensare di avere il cuore d'oro tanto quanto arricchirsi. Ma niente di troppo concreto, ci vuole piuttosto un concetto buonista che possibilmente non coinvolga qualcuno che si rischia di dover incontrare di persona. Ha visto quante offerte sono arrivate per le vittime del terremoto in Turchia, Armenia o quel che era? Ma nessuno ha voluto accogliere uno di quei bambini a casa sua. È la natura umana.»

«Seguirò la sua carriera con grande interesse» gli assicurai.

«Tra vent'anni mi troverà grasso, immerso negli agi e probabilmente con la reputazione di benefattore» mi disse Gabriel.

«E poi?»

«In che senso "e poi"?»

«Non si annoierà?»

«Ah, m'inventerò qualcosa, tanto per divertirmi.»

Mi affascinava sempre la totale sicurezza con cui Gabriel parlava del suo futuro. Cominciavo ad avere fiducia nella realizzazione dei suoi pronostici. Aveva la particolare capacità di avere ragione. Aveva previsto che il Paese avrebbe votato per i laburisti. Era certo della sua vittoria. La sua vita avrebbe seguito il corso che aveva predetto, senza discostarsi di un millimetro.

Dissi banalmente: «Allora va tutto per il meglio nel migliore dei mondi possibili».

Lui aggrottò subito la fronte, irritato, e disse:

«Certo che ha un bel modo di mettere il dito nella piaga, Norreys.»

«Perché, c'è qualcosa che non va?»

«Non c'è niente che non va... proprio niente.» Rimase in silenzio per un istante, e poi proseguì: «Le è mai capitato di avere una spina al dito? Sa quanto può essere esasperante? Niente di terribile, ma continua a ricordarti che è lì, a punzecchiare, a dar fastidio...».

«Qual è la spina?» domandai. «Milly Burt?»

Alzò un sopracciglio, sconcertato. Non era Milly Burt.

«Con lei è tutto a posto» disse. «Non ho fatto danni, per fortuna. Mi piace. La vedrò di tanto in tanto a Londra. Lì saremo al riparo da questi tremendi pettegolezzi di provincia.»

A quel punto divenne paonazzo, mentre tirava fuori dalla tasca un pacchettino.

«Potrebbe darci un'occhiata? Secondo lei va bene? È un regalo di matrimonio. Per Isabella Charteris. Suppongo di doverle portare qualcosa. Quand'è? Giovedì? O pensa che sia un regalo troppo stupido?»

Scartai il pacchetto con molta curiosità. Quello che trovai mi sorprese moltissimo. Era l'ultima cosa che mi sarei aspettato che John Gabriel comprasse come regalo di matrimonio.

Era un breviario, miniato in modo squisito e delicato. Un oggetto da museo.

«Non so di preciso che cosa sia» disse Gabriel. «Una roba per cattolici. Vecchio almeno un paio di secoli. Ma ho avuto la sensazione... non so... ho pensato che poteva essere indicato per Isabella. Naturalmente, Norreys, se secondo lei è una sciocchezza...»

Mi affrettai a rassicurarlo.

«È bellissimo» dissi. «Una cosa che chiunque sarebbe contento di possedere. Un pezzo da museo.»

«Non che creda possa piacerle più di tanto, ma ho avuto l'impressione che le si addicesse, se capisce cosa intendo...» Annuii. Lo capivo. «E in fondo, qualcosa dovrò pur portarle. Non che la ragazza mi stia particolarmente simpatica. La detesto, quella pollastrella arrogante e presuntuosa. È riuscita ad accalappiare il lord. Le auguro la felicità che si può avere con un pallone gonfiato.»

«Lui è molto più di un pallone gonfiato.»

«Sì... è vero. A ogni modo, devo rimanere in buoni rapporti con loro. In qualità di deputato sarò invitato a pranzo al castello di tanto in tanto, per non parlare del ricevimento annuale. Immagino che alla vecchia Lady St Loo toccherà trasferirsi in quella catapecchia ammuffita vicino alla chiesa. Chiunque viva lì, morirà presto di reumatismi.»

Riprese il messale miniato e lo sistemò di nuovo nella confezione.

«Pensa davvero che vada bene? È adatto?»

«È un regalo magnifico e dei meno scontati» lo rassicurai.

A quel punto entrò Teresa. Gabriel disse che stava giusto per congedarsi.

«Che cos'ha?» mi domandò lei, quando se ne fu andato.

«È il suo modo di reagire, immagino.»

Teresa ribatté: «È qualcosa di più».

«Non posso fare a meno di pensare che sia un peccato che abbia vinto le elezioni» dissi. «La sconfitta avrebbe potuto avere un effetto calmante. Stando così le cose, invece, in un paio d'anni diventerà incontenibile. Non è altro che una canaglia. Ma arriverà sul ramo più alto.»

Immagino che fu la parola "ramo" a far parlare Robert. Era entrato con Teresa, ma in quel suo modo che non dà nell'occhio, quindi come sempre fummo sorpresi quando aprì bocca.

«No, no» disse.

Gli lanciammo un'occhiata interrogativa.

«Non arriverà in cima» disse Robert. «Non c'è la benché minima possibilità, direi...»

Vagò sconsolato per la stanza chiedendosi perché mai gli nascondessero sempre il mestichino per dipingere.

23

IL MATRIMONIO DI LORD ST LOO E ISABELLA CHARTERIS era fissato per giovedì. Sarà stata l'una di notte, quando sentii dei passi che provenivano dal terrazzo.

Non ero riuscito a prendere sonno. Era una delle brutte nottate in cui il dolore si faceva sentire.

Pensai che la fantasia mi giocasse strani scherzi, visto che avrei giurato che quelli lì fuori fossero i passi di Isabella.

Poi sentii la sua voce.

«È permesso, Hugh?»

Le portefinestre erano socchiuse, le lasciavamo sempre così se non c'era cattivo tempo. Isabella entrò e io accesi il lume accanto a me. Avevo ancora la sensazione di vivere un sogno.

Isabella sembrava altissima. Aveva un lungo cappotto di tweed nero e un foulard rosso scuro sui capelli. Il viso era austero, sereno e un po' triste.

Non riuscivo a immaginare che cosa facesse lì a quell'ora della notte – o meglio, del mattino – e mi preoccupai un po'.

Ora non avevo più la sensazione di sognare. Anzi, a dire la verità, provavo la sensazione opposta. Mi sembrò che tutto quello che era successo da quando Rupert St Loo aveva fatto ritorno a casa fosse un sogno, e che quello fosse il momento del risveglio.

Mi ricordai le parole di Isabella: «Mi sento come se da un momento all'altro potessi svegliarmi».

E a un tratto mi resi conto che era quanto le era successo. La giovane che era lì davanti a me non stava più sognando. Si era svegliata.

Mi ricordai anche un'altra cosa: Robert che diceva che non c'erano state fate cattive al battesimo di Rupert St Loo. In seguito gli avevo chiesto che cosa intendesse e la sua risposta era stata: «Be', se non c'è nemmeno una fata cattiva, dov'è la tua storia?». Era quello, forse, a rendere Rupert St Loo non del tutto reale, nonostante il bell'aspetto, l'intelligenza, la "rettitudine".

Tutte queste cose si avvicendarono confusamente nella mia testa in quei secondi che passarono prima che Isabella dicesse:

«Sono venuta a dirle addio, Hugh.»

Rimasi di sasso, come uno stupido.

«Addio?»

«Sì. Vede... sto andando via...»

«Via? Con Rupert, intende?»

«No. Con John Gabriel...»

In quel momento mi resi conto del dualismo della mente umana. Metà del mio cervello era attonita, incredula. Quello che Isabella stava dicendo sembrava improbabile... una cosa inverosimile che non sarebbe mai potuta accadere.

Ma un'altra parte di me non era così sorpresa. Era come se una voce interiore stesse dicendo beffarda: "Ma certo, lo hai sempre saputo...". Mi ricordai di come, senza girare la testa, Isabella avesse riconosciuto i passi di John Gabriel in terrazzo. Mi tornò in mente l'espressione sul suo viso quando era risalita dal giardino la sera del torneo di whist, e la velocità con cui aveva risolto il guaio di Milly Burt. Mi ritornarono alla memoria le sue parole – «Rupert deve tornare presto...» – e quella strana ansia nella voce. Aveva paura, allora, paura di quello che le stava succedendo.

Capii, anche se non del tutto, l'oscuro slancio che la stava spingendo tra le braccia di Gabriel. Per una qualche ragione, l'uomo esercitava una strana attrazione sulle donne. Teresa me lo aveva già detto da tempo...

Isabella lo amava? Ne dubitavo. E non vedevo felicità nella sua vita con un uomo come Gabriel... un uomo che la desiderava ma non la amava.

Da parte sua, era pura follia. Significava abbandonare la sua carriera politica. Sarebbe stata la rovina delle sue ambizioni. Non riuscivo a capire il perché di quella mossa balzana.

Lui la amava? No. Pensavo che in un certo senso la odiasse. Apparteneva a tutto ciò che lo aveva umiliato da quando era arrivato (il castello, la vecchia Lady St Loo...). Era questo l'oscuro motivo di quell'atto di follia? Si stava vendicando per quell'umiliazione? Era disposto a fare a pezzi la propria vita se poteva fare a pezzi anche ciò che lo aveva umiliato? "Il popolano" si stava prendendo la sua rivincita?

Amavo Isabella. Ora lo sapevo. La amavo così tanto da poter essere felice per la sua felicità. E lei sì che era stata felice con Rupert nel suo sogno che si avverava, nella prospettiva di una vita a St Loo... Aveva solo temuto che non fosse reale.

Allora cos'era reale? John Gabriel? No, quella che stava facendo era una pazzia. Doveva essere fermata, supplicata, dissuasa.

Le parole salirono alle mie labbra... ma rimasero inarticolate. Tuttora non so perché.

L'unica ragione che mi viene in mente è che Isabella... era Isabella...

Non dissi niente.

Lei si chinò a baciarmi. Non fu il bacio di una bambina. La sua bocca era la bocca di una donna. Le sue labbra fresche si posarono sulle mie con una dolcezza e con un'intensità che non dimenticherò mai. Fu come essere baciato da un fiore.

Mi disse addio, e uscì dalla portafinestra, dalla mia vita, per andare lì dove la aspettava John Gabriel.

E io non cercai di fermarla...

24

CON LA PARTENZA di John Gabriel e Isabella da St Loo si conclude la prima parte della mia storia, o meglio della loro storia, come dimostra il fatto che di quanto successe dopo ricordo poco e niente. È tutto vago e confuso.

Non mi sono mai interessato al risvolto politico della nostra vita a St Loo. Per me era solo lo sfondo su cui si muovevano i protagonisti del dramma. Ma le ripercussioni politiche furono forse – anzi, lo furono senza dubbio – di grande portata.

Se John Gabriel avesse avuto un minimo di coscienza politica, di certo si sarebbe comportato diversamente. L'idea di piantare in asso il suo schieramento lo avrebbe fatto rabbrividire. Perché sì che lo piantò in asso, suscitando nella gente del posto una reazione tremenda al punto che, se non lo avesse fatto di sua spontanea volontà, sarebbe stato costretto a dimettersi. La questione gettò grande discredito sul partito conservatore. Un uomo più serio e vicino alla tradizione sarebbe stato sensibile a queste cose. Ma a John Gabriel non importava un fico secco. Si era messo in gioco per la sua carriera, e poi l'aveva rovinata con la sua folle condotta. Era questa la sua prospettiva. Aveva detto la verità quando aveva profetizzato che solo una donna sarebbe stata in grado di rovinargli la vita. Quello che non aveva minimamente previsto era chi potesse essere quella donna.

Per carattere e educazione non poteva comprendere lo sconvolgimento e l'orrore che provarono persone come Lady Tressilian e la signora Bigham Charteris. A Lady Tressilian avevano insegnato che candidarsi alle elezioni era un dovere dell'uomo nei confronti del Paese. Così glielo aveva prospettato il padre.

Una reazione del genere per Gabriel era del tutto incomprensibile. Nella sua visione delle cose, il partito conservatore aveva preso una cantonata quando lo aveva scelto. Aveva fatto una scommessa e l'aveva persa. Se le cose avessero seguito il normale corso, sarebbe andato tutto a gonfie vele. Ma c'era sempre quella possibilità su cento... e quella possibilità su cento si era verificata.

Strano ma vero, l'unica persona a pensarla come lui era Lady St Loo.

Ne parlò soltanto una volta, nel salotto di Polnorth House, quando fu da sola con me e Teresa.

«Non possiamo sottrarci alle nostre colpe» disse. «Sapevamo com'era fatto quell'uomo. Abbiamo nominato un estraneo, senza credo, senza tradizione, senza integrità. Lo sapevamo perfettamente che era un arrivista, e nient'altro. Lo avevamo accettato perché aveva le qualità che fanno breccia sulla massa, un buon curriculum militare, un fascino ingannevole. Eravamo disposti a farci usare da lui, perché eravamo disposti a usarlo. Ci nascondevamo dietro la scusa che ci stavamo adeguando ai tempi. Ma se c'è una verità, un qualche significato nella morale conservatrice, è che bisogna tenere fede alla tradizione. Dobbiamo essere rappresentati da uomini che siano onesti, benché privi di carisma, che nutrano interesse per il Paese, siano preparati ad assumersi la responsabilità dei più deboli, e che non si vergognino di appartenere alla classe dirigente, perché ne accettano non solo i privilegi ma anche i doveri.»

A parlare era la voce di un regime agonizzante. Io non condividevo, ma rispettavo quel punto di vista. Stavano nascendo nuove idee, nuovi stili di vita, e il vecchio veniva accantonato, ma, da baluardo della vecchia Inghilterra, Lady St Loo non cedeva e avrebbe occupato il suo posto fino alla morte.

Di Isabella non parlò. Lì la ferita era ben più profonda. Perché Isabella, secondo l'inflessibile parere dell'anziana signora, aveva tradito il proprio ceto. Per John Gabriel l'anziana despota poteva trovare delle scusanti – apparteneva a una razza minore, priva di leggi – ma Isabella aveva tradito la roccaforte dall'interno.

Se Lady St Loo non disse una parola su Isabella, Lady Tressilian invece si sfogò. Ne parlò con me, forse perché non poteva farlo con nessun altro, probabilmente perché, data la mia condizione di invalido, riteneva che io non contassi. Provava un incorreggibile sentimento materno nei confronti della mia impotenza e credo che si sentisse più giustificata a parlare con me, quasi fossi suo figlio.

Adelaide, disse, era inavvicinabile. Maude rispondeva male e ogni scusa era buona per andare a portare a spasso i cani. L'anima di Lady Tressilian, colma di smisurato sentimentalismo, aveva bisogno di alleggerirsi.

Si sarebbe sentita un'infedele a discutere di questioni familiari con Teresa, ma non si sentiva un'infedele a discuterne con me, forse perché sapeva che amavo Isabella. Lei voleva bene a Isabella, moltissimo, e non poteva fare a meno di pensarci, di provare sconcerto e confusione per quello che aveva fatto.

«Non è per niente da lei... per niente, Hugh. Sono sicura che quell'uomo l'abbia stregata. L'ho sempre ritenuto un tipo molto pericoloso. E lei sembrava così felice... di una felicità completa... lei e Rupert sembravano fatti l'uno per l'altra. Non riesco a capire. Erano felici, lo erano davvero. Non lo crede anche lei?»

Risposi, con cautela, che sì, pensavo fossero felici. Avrei voluto aggiungere, se solo avessi ritenuto Lady Tressilian in grado di comprendere, che a volte la felicità non basta...

«Non posso fare a meno di pensare che quell'uomo orribile l'abbia *sedotta*... che in un modo o nell'altro l'abbia ipnotizzata. Ma Addie dice di no. Lei sostiene che Isabella faccia solo ciò che vuole fare davvero. Eppure io non lo so, non riesco a farmene una ragione.»

Lady St Loo ci aveva visto bene, pensai.

Lady Tressilian mi domandò: «Secondo lei si sono sposati? E dove saranno?».

Le chiesi se non avessero ricevuto nemmeno una riga da lei.

«No, niente. Niente a parte la lettera che ha lasciato. Era indirizzata a Addie. Diceva che non si aspettava che potesse mai perdonarla e che probabilmente aveva ragione. E poi c'era scritto: "Non serve a niente dire che mi dispiace per tutto il dolore che vi sto arrecando. Se mi dispiacesse davvero, non lo farei. Credo che Rupert possa capire, ma non è detto. Vi amerò tutti per sempre, anche se non dovessi vedervi mai più".»

Lady Tressilian mi guardò con gli occhi colmi di lacrime.

«Quel povero ragazzo, quel povero, povero ragazzo. Il nostro caro Rupert... ci eravamo affezionate così tanto a lui.»

«Immagino che l'abbia presa molto male...»

Non vedevo Rupert dalla fuga di Isabella. Era partito da St Loo il giorno dopo. Non so dove fosse andato né cosa avesse fatto. Una settimana dopo, aveva raggiunto la sua unità in Birmania.

Lady Tressilian scosse la testa, in lacrime.

«È stato così carino e gentile con tutte noi. Ma non ha voluto parlarne. Nessuno vuole parlarne.» Sospirò. «Ma non posso fare a meno di chiedermi dove siano e che cosa stiano facendo. Si sposeranno? Dove andranno a vivere?»

La mentalità di Lady Tressilian era sostanzialmente femminile: diretta, pratica, presa dalle occupazioni della vita quotidiana. Intuii che aveva già in mente un bel quadretto della vita domestica di Isabella: il matrimonio, la casa, i bambini. L'aveva perdonata presto. Le voleva bene. Quello che aveva fatto Isabella era sconvolgente. Scandaloso. Aveva deluso la famiglia. Ma era anche romantico. E Lady Tressilian era, più di ogni altra cosa, una romantica.

Come dicevo, i miei ricordi dei due anni successivi a St Loo sono vaghi. Furono indette le elezioni straordinarie, nelle quali Wilbraham fu eletto con una larga maggioranza. Non ricordo nemmeno chi fosse il candidato conservatore... un qualche aristocratico dalla condotta ineccepibile e incapace di risvegliare il minimo interesse nella massa, immagino. La politica, senza John Gabriel, non attirava più la mia attenzione. Fu la salute a occupare gran parte dei miei pensieri. Andai in ospedale e cominciai una serie di trattamenti che non peggiorarono né migliorarono la mia situazione. Teresa e Robert rimasero a Polnorth House. Le tre anziane St Loo si trasferirono in una villetta vittoriana con un bel giardino. Il castello fu dato in affitto per un anno a qualcuno venuto dal Nord. Undici mesi dopo, Rupert St Loo tornò in Inghilterra e sposò un'americana facoltosa. Teresa mi scrisse che era previsto un totale restauro del castello, non appena il piano regolatore lo avesse permesso.

Per quanto possa sembrare assurdo, il pensiero del castello di St Loo restaurato mi era odioso.

Dove fossero Gabriel e Isabella e che cosa stessero facendo, non lo sapeva nessuno.

Nel '47 Robert espose i suoi dipinti della Cornovaglia in una riuscitissima mostra londinese.

Nel frattempo, la chirurgia aveva fatto grandi progressi. Oltre la Manica numerosi medici stranieri stavano ottenendo risultati straordinari in casi simili al mio. Uno dei pochi vantaggi che la guerra porta con sé è un grande progresso nell'alleviamento della sofferenza umana. Il mio chirurgo di Londra era entusiasta del lavoro svolto da un medico ebreo in Slovacchia. Impegnato sul fronte della Resistenza, aveva portato avanti dei coraggiosi esperimenti raggiungendo risultati prodigiosi. In un caso come il mio, era possibile, o così pensava il mio uomo, tentare qualcosa che nessun medico inglese avrebbe osato fare.

Fu per questo che nell'autunno del '47 mi recai a Zagrade per farmi visitare dal dottor Crassvitch.

Non c'è alcun bisogno di entrare nei dettagli della mia storia. È sufficiente dire che il dottor Crassvitch, che mi sembrò un chirurgo meticoloso e competente, sostenne di poter apportare grandi miglioramenti alla mia condizione con un'operazione. Sperava che sarei riuscito a camminare con le stampelle... invece di starmene a letto come un vecchio rottame. Sarei stato operato subito.

Le nostre speranze divennero realtà. Dopo sei mesi ero in grado, come mi aveva promesso, di camminare con l'aiuto delle stampelle. Non riuscirei mai a descrivere come divenne entusiasmante la mia vita. Rimasi un po' a Zagrade, visto che più volte alla settimana mi sottoponevo a trattamenti manipolativi. Una sera d'estate, mi trascinai lentamente e dolorosamente lungo la via principale di Zagrade e mi fermai a riposare in un piccolo caffè all'aperto, dove ordinai una birra.

Fu allora, volgendo lo sguardo sui tavoli occupati, che vidi John Gabriel.

Fu un duro colpo. Non pensavo a lui da tempo. Non sapevo in che parte del mondo potesse trovarsi. Ma la cosa che mi impressionò di più fu il suo aspetto.

Era colato a picco. Aveva sempre avuto il viso un tantino ruvido, ma ora era così sciupato che si stentava a riconoscerlo. Era bolso e malandato, e aveva gli occhi iniettati di sangue. In quel momento esatto mi accorsi che era un tantino ubriaco.

Lui guardò verso di me, mi vide, si alzò e si avvicinò barcollando al mio tavolo.

«Ma guarda un po' chi si rivede!» disse. «L'ultima persona al mondo che mi sarei mai aspettato.»

Avrei tanto voluto dargli un pugno in faccia, ma a parte il fatto che non ero in condizioni di potermi battere, volevo estorcergli informazioni su Isabella. Lo invitai a sedersi e a bere qualcosa.

«Grazie, Norreys, volentieri. Che dicono St Loo, il castello di marzapane e le vecchie zitellone?»

Gli dissi che mancavo da St Loo da un po', che il castello era stato dato in affitto e che le tre anziane signore si erano trasferite.

Gabriel replicò che doveva essere stata dura da mandare giù per l'anziana nobildonna. Gli risposi che secondo me ne era stata contenta. Lo informai che Rupert St Loo stava per sposarsi.

«In effetti è andata a finire benissimo per tutti» concluse Gabriel.

Riuscii a non rispondere. Vidi il suo vecchio ghigno corrugargli la bocca.

«Su, Norreys» disse. «Non mi guardi così, sputi il rospo. Mi chieda di lei. È questo che vuole sapere, no?»

Con Gabriel il problema era che portava sempre l'esercito sul campo nemico. Riconobbi la sconfitta.

«Come sta Isabella?» domandai.

«Sta bene. Non l'ho sedotta e abbandonata in soffitta.»

Divenne ancora più difficile per me trattenermi. Aveva sempre avuto il potere di risultare offensivo, e ancor di più ora che stava sprofondando.

«È qui a Zagrade?» domandai.

«Sì, dovrebbe andare a trovarla. Sarebbe contenta di vedere un vecchio amico e di avere notizie di St Loo.»

Ne sarebbe stata contenta? Non ne ero così sicuro. C'era una lieve, remota eco di crudeltà nella voce di Gabriel.

Chiesi, con un certo imbarazzo: «Siete... sposati?».

Il suo ghigno fu decisamente perfido.

«No, Norreys, non siamo sposati. Può andare a riferirlo alla vecchia strega di St Loo.»

(Curioso che la ferita di Lady St Loo gli bruciasse ancora.)

«È così, no? Isabella ha disonorato la famiglia.» Dondolò con la sedia all'indietro. «Oddio, avrei proprio voluto vedere la loro faccia quel mattino... il mattino che hanno scoperto che eravamo scappati insieme.»

«Mio Dio, che maiale che è, Gabriel» esclamai spazientito.

Tuttavia le mie parole non lo infastidirono minimamente.

«Dipende da come si guarda la cosa» replicò. «La sua prospettiva sulla vita è molto ristretta, Norreys.»

«Almeno io mi comporto in modo dignitoso» dissi tagliente.

«Lei è così inglese. Dovrei presentarle la cerchia cosmopolita che frequentiamo io e Isabella.»

«Gabriel, lei non ha una bella cera, se posso dirlo» commentai.

«È perché bevo troppo» si difese Gabriel prontamente. «Sono un po' alticcio adesso. Ma stia tranquillo, Isabella non beve» proseguì. «Non capisco perché... ma non beve. Ha ancora quell'aspetto da scolaretta. Le farà piacere vederla.»

«Sì, mi farà piacere» risposi lentamente, ma mentre lo dicevo non ero sicuro che fosse vero.

Volevo vederla? Non sarebbe stata soltanto un'altra sofferenza? Lei voleva vedermi? Forse no. Se avessi potuto sapere come si sentiva...

«Niente marmocchi illegittimi, può stare tranquillo» disse Gabriel con leggerezza.

Lo guardai. Mi chiese con voce sommessa:

«Mi odia, Norreys, vero?»

«Credo di averne tutte le ragioni.»

«Io non la vedo così. Sono stato un buon passatempo per lei a St Loo. Sì, l'ho intrattenuta, Norreys. La curiosità per le mie vicende probabilmente l'ha salvata dal suicidio. Al suo posto, io mi sarei ammazzato. Non è giusto che mi odi solo perché è pazzo di Isabella. Eh sì che è pazzo di lei. Lo era e lo è ancora. È per questo che se ne sta seduto qui a farmi le moine mentre in realtà mi detesta.»

«Io e Isabella eravamo amici» dissi. «Una cosa che non credo lei sia in grado di capire.»

«Non dico che lei le abbia fatto delle *avances*, lo so che non è la sua specialità. Affinità d'animo e arricchimento spirituale. Comunque, sarà bello per lei rivedere un vecchio amico.»

«Non lo so» dissi lentamente. «Pensa davvero che voglia vedermi?»

Cambiò del tutto atteggiamento. Divenne una iena.

«Perché diavolo non vorrebbe vederla? Eh? Perché?»

«La domanda l'ho fatta io» insistetti.

Rispose: «Be', io vorrei che lei la vedesse».

Queste parole mi irritarono. Gli risposi: «In tal caso, faremo quello che preferisce lei».

A un tratto irradiò un sorriso.

«Ma certo che vuole vederla, vecchio mio. La stavo solo prendendo in giro. Le do l'indirizzo. Vada a trovarla quando le pare. In genere è in casa.»

«E lei invece che fa, Gabriel?»

Mi strizzò un occhio, inclinando la testa di lato.

«Lavoro sotto copertura, caro mio. Top secret. Però mi pagano poco. Avrei preso mille sterline all'anno da deputato. Glielo avevo detto che, se vincevano i laburisti, alzavano lo stipendio. Ricordo spesso a Isabella tutto quello a cui ho rinunciato per lei.»

Quanto detestavo quel disgraziato volgare e sfrontato. Volevo... be', volevo fargli molte cose che mi erano fisicamente impossibili. E invece, mi trattenni e accettai quel foglietto sporco che mi allungò con l'indirizzo scarabocchiato sopra.

Quella notte non riuscii a prendere sonno. Mi assaliva la paura per Isabella. Era possibile convincerla a lasciare Gabriel? Era palese che le cose erano andate a finire male.

Ma fino a che punto fossero andate a finire male, lo capii solo il giorno dopo. Trovai l'indirizzo che mi aveva dato Gabriel. Era una casa dall'aspetto discutibile, in un vicolo sordido. Era un brutto quartiere della città, come dimostravano gli uomini dall'aspetto furtivo e le donne appariscenti e volgari che incrociai. Individuai la casa, e alla sciattona che stava sulla soglia domandai, in tedesco, della lady inglese.

Per fortuna capiva il tedesco, e mi mandò all'ultimo piano. Salii con difficoltà, le stampelle che mi scivolavano. La casa era lercia. Emanava cattivo odore. Mi sentii il cuore sotto le scarpe. La mia bella e fiera Isabella... essersi abbassata a questo. Ma allo stesso tempo il mio proposito si rafforzava.

L'avrei tirata fuori da tutto questo. L'avrei riportata in Inghilterra...

Arrivai, senza fiato, all'ultimo piano, e bussai alla porta.

Una voce gridò qualcosa in ceco dall'interno. Capii che era la sua voce... la voce di Isabella. Aprii la porta ed entrai.

Non riuscirò mai a spiegare l'effetto che ebbe quella stanza su di me.

Tanto per cominciare, era decisamente squallida. Mobili fatiscenti, tappezzeria scadente, un letto brutto e di un ottone mediocre. Tutto era allo stesso tempo pulito e sporco: le pareti erano macchiate, il soffitto nero e si sentiva uno sgradevole odore di cimici. Però non c'era una sola superficie sporca. Il letto era fatto, il portacenere vuoto, e non c'era disordine né polvere.

Eppure era una stanza sudicia. Al centro, seduta con le gambe raggomitolate sotto di sé, intenta a ricamare una striscia di seta, Isabella.

Aveva esattamente lo stesso aspetto di quando aveva lasciato St Loo. Il vestito, in realtà, era logoro. Ma aveva un bel taglio e, anche se vecchio, le stava molto bene. Aveva ancora i suoi lucidi capelli a caschetto. Il viso era bello, sereno e austero. Ebbi l'impressione che lei e la camera non avessero niente a che vedere l'una con l'altra. Se ne stava lì in mezzo a quella stanza proprio come avrebbe potuto stare in mezzo al deserto, o sul ponte di una nave. Non era casa sua. Era il posto in cui si trovava in quel momento.

Ebbe un attimo di sconcerto e poi, saltando in piedi, venne verso di me con un'espressione sorpresa e contenta, le mani tese. In quel momento capii che Gabriel non le aveva detto che mi trovavo a Zagrade, e mi domandai il motivo.

Isabella mise affettuosamente le sue mani nelle mie. Poi sollevò il viso e mi baciò.

«Hugh, che bello.»

Non mi chiese come mai mi trovassi lì. Non commentò il fatto che ora potevo camminare mentre l'ultima volta che mi aveva visto ero in sedia a rotelle. Tutto ciò che le importava era che fosse arrivato il suo amico ed era felice di rivederlo. Era la mia Isabella.

Mi procurò una sedia e la sistemò accanto alla sua.

«Isabella, che cosa fa adesso?»

Mi diede una delle sue tipiche risposte. Mi mostrò subito il ricamo.

«L'ho cominciato tre settimane fa. Le piace?»

Il tono di voce era inquieto.

Presi in mano quel ricamo. Era un quadrato di seta vecchia, di un tortora chiaro, lievemente scolorito, molto soffice al tatto. E Isabella vi stava ricamando rose rosse, violacciocche gialle e lilla. Era un bel lavoro, molto elegante e ben rifinito.

«È bello, Isabella» dissi. «Molto bello.»

Percepii come al solito la strana atmosfera da fiaba che la circondava sempre. Ecco la fanciulla prigioniera nella torre dell'orco intenta a ricamare.

«È bellissimo» dissi, e glielo restituii. «Ma questo posto è orribile.»

Si guardò intorno con uno sguardo superficiale, quasi stupito.

«Sì, immagino di sì» rispose.

Solo questo, e nient'altro. Mi lasciò perplesso, come mi aveva sempre lasciato perplesso. Capii vagamente che le importava assai poco di quello che la circondava. Non ci pensava. Non le interessava più di quanto la tappezzeria o i sedili di un treno importano a chi è in viaggio verso una meta importante. Quella stanza era il posto in cui si trovava in quel momento. Quando vi prestò attenzione, concordò che non era un bel posto, ma la cosa non la toccava più di tanto.

Il ricamo le interessava molto di più.

Le dissi: «Ho visto John Gabriel ieri sera».

«Ah sì? Dove? Non me lo ha detto.»

Risposi: «È così che ho avuto il suo indirizzo. Mi ha detto lui di venire a trovarla.»

«Sono contenta che gliel'abbia detto. Oh, *sono* contenta!»

Quanto calore nel suo vivo piacere per la mia presenza.

«Isabella... cara Isabella» dissi. «Sta bene? È felice?»

Mi fissò, come se non avesse capito la domanda.

«Tutto questo è così diverso da quello a cui era abituata» dissi. «Non vorrebbe lasciare tutto... e tornare con me? A Londra, se non a St Loo.»

Lei scosse la testa.

«John è impegnato in una cosa qui. Non so cosa esattamente...»

«Quello che sto cercando di chiederle è se è felice con lui. Io credo di no... Se ha fatto un brutto errore, Isabella, non sia troppo orgogliosa per ammetterlo. Lo lasci.»

Abbassò lo sguardo sul suo ricamo. Stranamente, un sorrisino le spuntò appena sulle labbra.

«Oh, no, non potrei mai farlo.»

«Lo ama così tanto, Isabella? È... è davvero felice con lui? Glielo chiedo perché tengo molto a lei.»

Lei disse gravemente: «Intende felice... felice com'ero a St Loo?».

«Sì.»

«No, certo che no...»

«E allora molli tutto, torni con me e ricominci da capo.»

Accennò un altro strano sorriso.

«No, non potrei mai farlo.»

«In fondo, non siete sposati» dissi goffamente.

«No, non siamo sposati...»

«Non crede che...» Mi sentivo a disagio, imbarazzato – emozioni che chiaramente lei non provava. Eppure, dovevo capire come stessero le cose tra quei due strani individui. «Perché non vi siete sposati?» domandai a bruciapelo.

Isabella non si offese. Anzi, ebbi l'impressione che quella domanda le venisse rivolta per la prima volta. Come mai lei e John Gabriel non si erano sposati? Rimase immobile a pensare, a chiedersi il motivo.

Poi disse, dubbiosa, in modo un po' confuso:

«Non credo che John... voglia sposarmi.»

Riuscii a non esplodere di rabbia.

«C'è forse qualche motivo per cui *non* dovreste sposarvi?»

«No.» Il suo tono era incerto.

«Lui glielo deve. È il minimo che possa fare.»

Lei scosse la testa lentamente.

«No, le cose non stanno così.»

«E come stanno?»

Fece uscire adagio le parole, seguendo la catena di eventi nella sua mente.

«Quando me ne sono andata da St Loo... non è stato per sposare John invece di sposare Rupert. Lui voleva che andassi via con lui, e io l'ho seguito. Non mi aveva parlato di matrimonio. Non credo ci avesse nemmeno pensato. Tutto questo...» Fece un breve gesto con la mano: con "questo" immaginai che si riferisse non tanto alle stanze in sé e allo squallore che la circondava, quanto al carattere transitorio della loro vita insieme. «Questo non è un matrimonio. Il matrimonio è molto diverso.»

«Lei e Rupert...» cominciai.

Isabella mi interruppe, all'apparenza sollevata dal fatto che avessi afferrato il concetto.

«Sì» disse. «Quello sarebbe stato un matrimonio.»

Allora mi domandai come considerava la sua vita con John Gabriel. Ma non volevo chiederglielo direttamente.

«Mi dica, Isabella» dissi. «Che cosa intende per matrimonio... che cosa vuol dire per lei... oltre al significato legale?»

Si fece riflessiva.

«Credo che voglia dire far parte della vita di qualcun altro, andarci d'accordo, trovare il proprio posto... un posto che sia quello giusto, a cui si appartiene.»

Per Isabella il matrimonio aveva un significato strutturale.

«Vuole dire che non fa parte della vita di Gabriel?» le domandai.

«No, non so perché. Vorrei tanto, ma... sa...» Stese le lunghe mani affusolate davanti a sé. «Non so niente di lui.»

Spalancai gli occhi, folgorato. Ebbi la netta impressione che avesse ragione. Non sapeva proprio niente di John Gabriel. E non ne avrebbe saputo mai niente, per quanto a lungo potesse rimanere con lui. Eppure questo non sembrava influire sui sentimenti che provava.

E Gabriel, pensai a un tratto, era sulla stessa barca. Era come un uomo che aveva comprato (o meglio, rubato) un aggeggio costoso e delicato di ottima fattura senza avere idea dei principi scientifici alla base del suo elaborato meccanismo.

«L'importante è che lei non sia infelice» dissi soppesando le parole.

La giovane si voltò verso di me senza guardarmi davvero. O mi nascondeva di proposito la risposta, oppure non la conosceva nemmeno lei. Propendo per la seconda. Stava vivendo un'esperienza profonda e intensa, che non sapeva definire con esattezza.

Dissi con dolcezza: «Devo portare i suoi saluti a St Loo?».

Isabella rimase immobile. Gli occhi le si colmarono di lacrime.

Non erano lacrime di dispiacere, ma di emozione per i ricordi.

«Se potesse far tornare indietro le lancette dell'orologio, Isabella» le dissi. «Se fosse libera di decidere... farebbe di nuovo la stessa scelta?»

Era crudele da parte mia, forse, ma dovevo sapere, dovevo essere sicuro.

Lei mi guardò senza capire.

«Si può mai scegliere davvero qualcosa?»

Bella domanda. Forse la vita è più facile per i realisti assoluti come Isabella Charteris che non riescono a percepire un'alternativa. Eppure, ci sarebbe stato un momento in cui Isabella avrebbe preso una decisione, preferendo una cosa all'altra con piena consapevolezza del fatto che si trattasse di una scelta. Ma non era ancora arrivato quel momento.

Poi, mentre guardavo Isabella, sentii dei passi incerti sulle scale. John Gabriel spalancò la porta con un gesto plateale ed entrò barcollando. Non aveva una bella cera.

«Salve» disse. «Ha trovato facilmente la strada?»

«Sì» tagliai corto io.

Non avrei potuto dire nient'altro. Mi diressi alla porta.

«Scusate» mormorai. «Devo andare...»

Si mise appena da parte per farmi passare.

«Insomma,» disse, e c'era qualcosa nella sua espressione che non afferrai, «poi non mi dica che non le ho dato una possibilità...»

Non sapevo che cosa volesse dire.

Proseguì: «Venga a cena con noi al Café Gris domani sera. Do una festa. Isabella vorrebbe che venisse, non è vero, Isabella?».

Mi voltai. Lei mi stava sorridendo austera.

«Sì, venga» mi esortò.

Il suo viso era tranquillo e sereno. Stava lisciando e ordinando le strisce di seta.

Sul viso di Gabriel colsi la scintilla di una cosa che non capii. Forse disperazione.

Scesi quelle scale orribili alla svelta – per quanto possibile, nelle mie condizioni. Volevo uscire alla luce del sole... lontano da quella strana congiunzione di Gabriel e Isabella. Gabriel era cambiato... in peggio. Isabella non era cambiata per niente.

In fondo alla mia mente disorientata sentii che doveva esserci un qualche significato, solo che non riuscivo a trovarlo.

25

CI SONO RICORDI ORRIBILI che non si possono dimenticare, come quella sera da incubo al Café Gris. Sono convinto che quella gente fosse stata selezionata al solo scopo di sfogare il malanimo di Gabriel nei miei confronti. Mi sembrò una cricca di delinquenti. John mi presentò lì i suoi amici di Zagrade... e in mezzo a loro c'era Isabella, che mai avrebbe dovuto mischiarsi con una simile gentaglia. Erano ubriaconi e pervertiti, sgualdrine dal trucco osceno, drogati. Tutto era gretto, ignobile, corrotto.

E a riscattarli non c'era nemmeno il talento artistico, come succedeva a volte in questi casi. Non c'erano scrittori, musicisti, poeti o pittori; e nemmeno brillanti conversatori. Era la feccia della società cosmopolita. Erano i selezionati da Gabriel, un po' come se avesse voluto dimostrare fino a che punto poteva scendere in basso.

Ero fuori di me per la rabbia: come aveva osato portare Isabella in mezzo a quella combriccola?

E poi la guardai e il rancore mi abbandonò. Non sembrava volerli evitare, non mostrava ribrezzo né alcun tipo di inquietudine per la difficile situazione in cui si trovava. Se ne stava lì con un sorriso sereno sulle labbra, il suo solito sorriso remoto da cariatide greca. Appariva cortese e per nulla turbata dalla compagnia. Non la toccava minimamente. Mi ricordai di quando, molto tempo prima, le avevo chiesto se le interessava la politica. Con uno sguardo un po' vago, aveva risposto: «È una delle cose che facciamo». Intuii che la compagnia di quella serata rientrasse nella stessa categoria. Se le avessi chiesto che cosa ne pensasse di quella gente, lei mi avrebbe risposto con lo stesso tono: "È il tipo di gente con cui stiamo". L'accettava senza risentimento, e senza particolare interesse, come una delle cose che decideva di fare Gabriel.

La guardai, dall'altra parte del tavolo, e mi rispose con un sorriso. La mia angoscia e la mia preoccupazione erano superflue. Un fiore può sbocciare su un mucchio di letame come in qualsiasi altro posto. Forse anche meglio... perché risalta ancora di più...

Lasciammo il Café in massa. Erano quasi tutti ubriachi.

Quando mettemmo piede in strada per attraversare, un macchinone sbucò dall'oscurità senza alcun rumore. Per poco non travolse Isabella, che scorse il pericolo in tempo e saltò velocemente sul marciapiede. L'auto si allontanò suonando il clacson, e vidi il pallore sul suo volto e negli occhi il terrore.

Da questo punto di vista era ancora vulnerabile, allora. La vita, con tutte le sue vicissitudini, non la scalfiva: alla vita poteva resistere, ma non alla morte, o al rischio di morire. Era fuori pericolo, eppure era pallida e scossa.

Gabriel gridò:

«Mio Dio, per un pelo. Tutto bene, Isabella?»

Le rispose: «Sì, sto bene».

Ma nella sua voce c'era una punta di paura. Mi guardò e disse: «Vede, sono ancora una codarda».

Non c'è molto da aggiungere. Non rividi più Isabella dopo quella sera al Café Gris.

Come succede in genere, la tragedia arrivò inattesa, senza alcun preavviso.

Mi stavo chiedendo se fosse il caso di andare a trovare Isabella di nuovo, o di scriverle, o se invece dovessi partire da Zagrade senza più rivederla, quando Gabriel si presentò da me.

Non posso dire di aver notato qualcosa di insolito nel suo aspetto. Forse un po' di nervosismo, di tensione. Non saprei...

Mi disse, imperturbabile: «Isabella è morta».

Lo guardai con gli occhi sbarrati. Sul momento non capii. Non poteva essere vero.

Gabriel vide la mia incredulità.

«È vero. Le hanno sparato» spiegò.

Ritrovai la parola, mentre mi pervadeva il freddo della catastrofe, della perdita più assoluta.

«Le hanno sparato?» ripetei. «Sparato? Com'è possibile? Com'è successo?»

Me lo raccontò. Erano seduti al caffè dove ci eravamo incontrati.

Mi domandò: «Ha mai visto qualche ritratto di Stolanov? Non trova che mi somigli in qualche modo?».

A quei tempi Stolanov era il dittatore della Slovacchia. Osservai Gabriel con attenzione e notai una forte somiglianza nei tratti del viso. Quando i capelli gli ricadevano sulla fronte, come spesso succedeva, quella leggera somiglianza si acuiva.

«Che cos'è successo?» domandai.

«Un imbecille di studente. Mi ha visto e ha pensato che fossi Stolanov. Aveva un revolver. Ha cominciato a sparare nel locale, gridando: "Stolanov... Stolanov... Alla fine ti ho preso". Non c'è stato tempo di agire. Ha aperto il fuoco. Non ha colpito me. Ha colpito Isabella...»

Rimase in silenzio. Poi aggiunse: «È morta all'istante. La pallottola le ha trafitto il cuore».

«Mio Dio» feci io. «E lei non è riuscito a fare niente?»

Mi sembrava incredibile che Gabriel non fosse stato in grado di evitarlo.

Lui avvampò.

«No, non ho potuto. Ero dietro al tavolo, contro il muro. Non c'è stato tempo...»

Io rimasi in silenzio. Ero ancora allibito... sconvolto.

Gabriel mi osservava senza tradire alcuna emozione.

«Ecco a cosa l'ha portata» esclamai infine.

Lui alzò le spalle.

«Sì. Se vuole metterla così.»

«È per colpa sua che lei era lì... in quella casa schifosa, in questa città schifosa. Non fosse stato per lei Isabella poteva anche essere...»

Mi interruppi. Completò lui la frase.

«Poteva anche essere Lady St Loo nel castello sul mare... in un castello di marzapane con un marito di marzapane e un bambino di marzapane in grembo, forse.»

Il tono di scherno nella sua voce mi esasperò.

«Mio Dio, Gabriel» tuonai. «Credo proprio che non la perdonerò mai!»

«Non mi interessa più di tanto se mi perdona, Norreys.»

«E poi che cosa fa qui?» domandai con rabbia. «Cos'è venuto a fare? Che cosa vuole?»

Lui disse con calma: «Voglio che la riporti a St Loo... lei può farlo, credo. È giusto che venga seppellita lì e non qui, in un posto a cui non appartiene».

«No» ribattei. «Non appartiene a questo posto.» Lo guardai. In mezzo al dolore, cominciai a provare una crescente curiosità.

«Perché l'ha portata via? Che idea c'era dietro? La voleva così tanto? Al punto da abbandonare la sua carriera? Tutte le cose a cui dava importanza?»

Gabriel scrollò di nuovo le spalle.

Gridai furibondo: «Non capisco!».

«Non capisce? Certo che non capisce.» La sua voce mi fece trasalire. Era roca e stridula. «Non capirà mai niente, lei. Che cosa ne sa della sofferenza?»

«Molto, direi.»

«No, non sa che cos'è la sofferenza, la sofferenza vera. Vuol capire che non ho mai saputo... nemmeno una volta... che cosa pensava? Non sono mai riuscito a parlarle. Glielo assicuro, Norreys, ho fatto di tutto per annientarla... *di tutto.* L'ho portata in mezzo al fango... giù... e credo che lei non abbia nemmeno capito quello che stavo facendo! "Non si sporca e non si spaventa." Ecco com'è Isabella. È tremendo, glielo assicuro, tremendo. Liti, lacrime, disprezzo: era questo che avevo immaginato. E io che vincevo! E invece non ho vinto. Non si può vincere quando l'avversario non sa che c'è una battaglia in corso. E non potevo parlarle... non sono mai riuscito a parlarle. Ho bevuto come una spugna, ho provato le droghe, sono andato con altre donne... Ma tutto questo non l'ha scalfita. Se ne stava seduta, con le gambe raggomitolate, a ricamare fiori di seta, e ogni tanto canticchiava... Può benissimo essere nel castello sul mare... è ancora nella sua fiaba maledetta... se l'è portata dietro...»

Era passato impercettibilmente a usare il presente. Ma si fermò all'improvviso, lasciandosi cadere su una poltrona.

«Non capisce» ripeté. «Come potrebbe capire? Insomma, sono stato sconfitto. Ho avuto il suo corpo. E nient'altro. E ora non ho più nemmeno quello...» Si rialzò. «La riporti a St Loo.»

«Sì» dissi. «Che Dio la perdoni per quello che le ha fatto, Gabriel!»

Si girò verso di me.

«Per quello che le ho fatto? E quello che ha fatto lei a me? Proprio non le entra in quella sua zuccona compiaciuta, Norreys, che dal primo momento in cui ho visto quella ragazza ho sofferto le pene dell'inferno? Impossibile riuscire a spiegare che cosa mi faceva la sua sola vista... non lo capisco nemmeno adesso. Era come peperoncino rosso di Cayenna su una ferita aperta. Tutto ciò di cui mi era importato per una vita intera sembrava confluire in lei. Sapevo di essere volgare, scurrile, lussurioso... ma non mi importava finché la vedevo.

«Mi ha fatto soffrire, Norreys. Non lo capisce? Mi ha ferito come niente mi aveva ferito prima. Dovevo distruggerla, abbassarla al mio livello. Non capisce... no, non capisce! Lei non capisce niente. È incapace di capire. Lei si accoccola davanti alla finestra come se la vita fosse un libro che sta leggendo. Io sono stato all'inferno, glielo assicuro, *all'inferno*.

«Solo una volta ho pensato di avere una possibilità... una via d'uscita. Quando quella simpatica ragazza ha diretto la sua fuga alla locanda e ha fatto inceppare il meccanismo. Le elezioni erano rovinate, io ero rovinato. Avrei potuto avere Milly Burt nelle mie mani. Quell'animale del marito avrebbe divorziato, e io avrei fatto la cosa giusta sposandola. Allora sì, mi sarei salvato. Mi sarei salvato da questa terribile ossessione...

«E poi lei, Isabella, mi ha preso per mano. Non sapeva che cosa mi stava facendo. Sono dovuto andare avanti! Non c'era più via di fuga. Fino alla fine ho sperato di spuntarla. Le ho anche comprato un regalo di matrimonio.

«Be', non è servito a niente. Non riuscivo a sopportarlo. Dovevo averla...»

«E ora lei è morta...» conclusi io.

Questa volta mi fece avere l'ultima parola.

Ripeté con voce sommessa: «E ora... lei è morta...».

Girò sui tacchi e uscì dalla stanza.

26

QUELLA FU L'ULTIMA VOLTA che vidi John Gabriel. Ci separammo con rabbia a Zagrade e non ci incontrammo più.

Con qualche difficoltà, sbrigai tutte le pratiche che permisero al corpo di Isabella di essere riportato in Inghilterra.

Fu seppellita in un piccolo cimitero vicino al mare, a St Loo, insieme agli altri membri della famiglia. Dopo il funerale, andai con le tre anziane signore alla villetta vittoriana, e lì mi ringraziarono per aver ricondotto Isabella a casa...

Erano invecchiate molto negli ultimi due anni. Lady St Loo somigliava più che mai a un'aquila, la pelle tesa sulle ossa. Sembrava così gracile che pensai che potesse morire da un momento all'altro. In realtà, però, visse ancora a lungo. Lady Tressilian era ancora più robusta e asmatica. Mi disse in un sussurro che a tutte loro stava molto simpatica la moglie di Rupert.

«Una ragazza così attiva e vivace. Sono sicura che saranno felici. Certo, non è quello che sognavamo una volta...»

Le si colmarono gli occhi di lacrime. Mormorò: «Oh, perché... perché doveva succedere?».

Era l'eco che non aveva mai cessato di ripetersi nel mio cervello.

«Quell'uomo malvagio... malvagio...» continuò.

Io e le tre anziane signore eravamo uniti nella sofferenza per la morte di una giovane e nell'odio per John Gabriel.

La signora Bigham Charteris era più coriacea che mai. Quando infine mi stavo accomiatando, mi disse: «Si ricorda la cara signora Burt?».

«Sì, certo. Che cosa ne è stato di lei?»

La signora Bigham Charteris scosse la testa.

«Sono molto preoccupata che stia facendo una sciocchezza. Sa che cos'è successo a Burt?»

«No.»

«È caduto in un fosso una sera che aveva bevuto un bicchiere di troppo. Ha sbattuto la testa su un masso ed è morto.»

«Quindi lei è vedova?»

«Sì, e alcuni miei amici del Sussex dicono che stia frequentando un contadino. Hanno intenzione di sposarsi. L'uomo ha una brutta reputazione: beve ed è anche violento.»

Quindi Milly Burt, pensai, stava ripetendo il suo schema...

Nessuno sfrutta mai la sua seconda possibilità?

Me lo domandai più che mai il giorno dopo, mentre ero in viaggio per Londra. Avevo preso il treno a Penzance, con un biglietto per il pranzo del primo turno. Mentre me ne stavo lì ad aspettare che mi servissero la minestra, pensai a Jennifer.

Di tanto in tanto mi arrivavano sue notizie da Caro Strangeways. Jennifer, stando a quello che mi diceva Caro, era molto infelice. Si era complicata la vita in modo incredibile, ma si stava dimostrando molto coraggiosa. Non si poteva fare a meno di ammirarla, sosteneva Caro.

Sorrisi tra me, pensando a Jennifer. Era una cara ragazza. Ma non sentivo nessun desiderio di vederla... non c'era un interesse reale.

Ascoltare sempre lo stesso disco è noioso...

Infine arrivai a casa di Teresa a Londra e lei mi fece parlare.

Ascoltò le mie amare invettive contro John Gabriel. Le raccontai gli avvenimenti di Zagrade e terminai con la sepoltura di Isabella a St Loo.

Poi rimasi in silenzio per un istante ad ascoltare il rumore delle onde dell'Atlantico contro gli scogli, il castello di St Loo che si stagliava sul cielo...

«Forse dovrei pensare che finalmente è in pace... e invece non mi rassegno, Teresa. Sono pieno di rabbia. È morta prima del tempo. Una volta mi ha detto che sperava di vivere a lungo. Sarebbe potuta arrivare alla vecchiaia. Era molto forte. Credo che sia questo che trovo così insopportabile... che la sua vita sia stata stroncata...»

Teresa si mosse appena sullo sfondo di un grande paravento dipinto. Disse:

«Tu ti attieni al tempo. Ma il tempo non vuol dire assolutamente niente. Cinque minuti e mille anni hanno lo stesso significato.» E poi citò piano: «Il momento della rosa e il momento del tasso hanno uguale durata...».

(Una rosa rossa ricamata su un pezzetto di seta grigio sbiadito...)

Teresa proseguì: «Continuerai ad avere il tuo schema di vita, Hugh, e a tentare di farvi rientrare anche gli altri. Ma hanno il loro, di schema. Ognuno ha il suo... è questo che rende la vita così confusionaria. Perché gli schemi si intrecciano... si sovrappongono.

«Poche persone nascono con le idee così chiare da conoscere il loro disegno. Credo che Isabella fosse una di loro... Era difficile comprenderla. Non perché fosse complessa, ma proprio perché era semplice, di una semplicità disarmante. Vedeva solo l'essenziale.

«Tu continui a guardare alla vita di Isabella come qualcosa di interrotto, troncato, spezzato... Io invece ho il forte sospetto che fosse completa...»

«Il momento della rosa?»

«Chiamalo pure così.» Poi aggiunse piano: «Sei molto fortunato, Hugh».

«Fortunato?» Sgranai gli occhi.

«Sì, perché la amavi.»

«Sì, credo di sì. Eppure non sono mai riuscito a fare niente per lei. Non ho nemmeno cercato di dissuaderla quando è scappata con Gabriel.»

«Proprio perché l'amavi davvero» rispose Teresa. «L'amavi al punto da lasciarla stare.»

Pur con difficoltà, accettai la definizione di amore di Teresa. La compassione, forse, è sempre stata la mia rovina. È stata la mia amata debolezza. Di compassione, e della più superficiale per giunta, avevo vissuto e riscaldato il mio cuore.

Ma Isabella, almeno lei, l'avevo lasciata fuori dalla compassione. Non avevo mai cercato di assisterla, di spianarle la strada, di reggere i suoi fardelli. Nella sua breve vita, era stata completa, perfetta. La compassione era un'emozione di cui non aveva bisogno e che non avrebbe compreso. Come disse Teresa, l'avevo amata al punto da lasciarla stare...

«Caro Hugh, certo che l'hai amata» disse Teresa con dolcezza. «E sei stato felice di amarla.»

«Sì» affermai, un po' sorpreso. «Sì, sono stato molto felice.»

Poi fui preso dalla rabbia.

«Eppure continuo a sperare che John Gabriel soffra le pene peggiori di questo mondo e dell'altro!»

«Dell'altro non ne so niente» commentò Teresa. «Però in questo mondo credo che il tuo desiderio si sia avverato. John Gabriel è l'uomo più infelice che abbia mai conosciuto...»

«Immagino che ti dispiaccia per lui, ma ti posso assicurare che...»

Teresa mi interruppe. Mi spiegò che non le dispiaceva per lui, era qualcosa che andava oltre.

«Non capisco cosa vuoi dire. Se lo avessi visto a Zagrade... non faceva altro che parlare di sé... non era nemmeno addolorato per la morte di Isabella.»

«Questo non puoi saperlo. Non credo che tu lo abbia osservato bene. Non guardi mai le persone.»

A queste parole, mi venne in mente che non avevo mai guardato bene Teresa. Non l'ho nemmeno descritta in questo racconto.

La osservai e mi sembrò di vederla per la prima volta... gli zigomi alti e i capelli neri che le ricadevano selvaggiamente in avanti, quasi avessero bisogno di un fermaglio o di un grosso pettine spagnolo. E la testa ben ritta sulle spalle, fiera, come una castigliana.

Guardandola, mi sembrò di vedere, per un momento, come doveva essere stata da giovane. Vivace, passionale, avventurosa.

Non sapevo minimamente che cosa avesse trovato...

«Perché mi fissi così, Hugh?»

Risposi, soppesando le parole: «Stavo pensando che non ti avevo mai guardato bene».

«No, infatti.» Accennò un sorriso. «Allora, che cosa vedi?»

C'era dell'ironia in quel sorriso, e una risata in quella voce e qualcosa in quegli occhi che non riuscivo a indovinare.

«Sei sempre stata molto buona con me, Teresa» le dissi lentamente. «Ma non so niente di te...»

«No, Hugh, niente di niente.»

Si alzò di colpo e chiuse le tende che facevano entrare troppa luce.

«Tornando a John Gabriel...» ricominciai.

Teresa sospirò: «Lascialo a Dio, Hugh».

«È una cosa strana da dire, Teresa.»

«No, credo che sia la cosa giusta, invece. L'ho sempre pensato.»

E aggiunse: «Un giorno... forse capirai che cosa intendo».

Epilogo

INSOMMA, LA STORIA È QUESTA. La storia dell'uomo che avevo visto per la prima volta a St Loo in Cornovaglia e per l'ultima volta nella stanza di un hotel di Zagrade.

L'uomo che ora stava morendo in un'angusta camera da letto di Parigi.

«Mi ascolti, Norreys.» La sua voce era debole ma chiara. «Deve sapere cos'è successo a Zagrade. Al tempo non gliel'ho detto. Forse non ne avevo afferrato davvero il significato...»

Fece una pausa per prendere fiato.

«Sa che lei... Isabella... aveva paura di morire? Più paura di chiunque altro al mondo?»

Annuii. Lo sapevo bene. Ricordavo il panico cieco nei suoi occhi quando aveva abbassato lo sguardo su un uccello morto in terrazzo a St Loo; non avevo dimenticato il balzo che aveva fatto per scansare l'auto a Zagrade, e il pallore sul suo viso.

«Allora, mi ascolti, Norreys. Mi ascolti: lo studente aveva puntato il revolver contro di me. Era a pochi metri. Non poteva sbagliare, e io ero bloccato dietro il tavolo. Non potevo muovermi.

«Isabella ha capito quello che stava succedendo. Si è scagliata davanti a me mentre lui premeva il grilletto...»

Gabriel alzò la voce.

«Ha capito, Norreys? Sapeva quello che stava facendo. Sapeva che significava morire... Ha scelto la morte... per salvarmi.»

La sua voce divenne più concitata.

«Io non avevo capito... sul momento. Non mi sono reso conto di quello che significava finché non ci ho riflettuto. Io non sapevo che mi amava. Pensavo... ero convinto... che fosse solo una cosa fisica...

«Invece Isabella mi amava... mi amava al punto da dare la vita per me, nonostante il terrore della morte...»

Tornai indietro con la mente. Ero nel caffè di Zagrade. Vidi il fanatico, vidi la paura di Isabella, la presa di coscienza, il panico del momento... e poi la rapida decisione. La vidi che si precipitava a fare scudo a John Gabriel con il proprio corpo...

«Allora è stata questa la fine...» dissi.

Gabriel si sollevò sui cuscini. Spalancò gli occhi, quegli occhi che erano sempre stati belli. Parlò forte e chiaro... con un tono di trionfo.

«Eh, no» disse. «È qui che si sbaglia! Non è stata la fine. È stato l'inizio...»

Una figlia *per* sempre

LIBRO PRIMO

1

SULLA BANCHINA DI VICTORIA STATION, Ann Prentice si sbracciava per salutare.

Il treno che portava al traghetto si mise in moto con una serie di secchi strattoni. La testa scura di Sarah scomparve, e Ann si voltò per ripercorrere lentamente la banchina verso l'uscita.

Dentro di sé provava quello strano miscuglio di sensazioni che talvolta si scatena nell'assistere alla partenza di una persona amata.

Oh, Sarah carissima, quanto le sarebbe mancata... Certo, in fondo si trattava di un'assenza di tre sole settimane, ma l'appartamento sarebbe sembrato così vuoto! Soltanto lei e Edith, due signore di mezza età...

Sarah invece era così piena di vita, così dinamica, così positiva rispetto a tutto. E allo stesso tempo era ancora la sua adorabile bambina dai capelli neri che...

No, no, che brutto modo di pensare! Sarah ne sarebbe stata terribilmente contrariata! Se c'era una cosa che lei e le ragazze della sua età pretendevano più di ogni altra dai propri genitori, era che sapessero mantenere nei loro confronti un atteggiamento di distaccata indifferenza. «Ti prego, mamma, niente smancerie» dicevano subito.

Il che naturalmente non impediva che accettassero tributi in natura, come portare i loro vestiti in lavanderia, andarli a ritirare e di solito anche pagarli. Oppure fare per loro le telefonate più spinose («Ti prego, mamma, se soltanto fossi *tu* a chiamare Carol sarebbe molto *più facile...*»). O stare dietro al loro eterno disordine («Ti assicuro, mammina, volevo davvero mettere a posto, ma sul più bello sono proprio dovuta *scappare...*»).

"Quando ero giovane io, invece..." pensò Ann scuotendo il capo.

Tornò indietro nel tempo col pensiero. Era cresciuta in una casa all'antica. Quando era nata, sua madre aveva già più di quarant'anni e suo padre era persino più anziano, di quindici o sedici anni. Ed era lui a dettare le regole della vita familiare.

L'affetto non si poteva dare per scontato, bisognava esprimerlo.

«Ecco qui la mia piccina», «Tesoro di papà!», «Mammina, c'è qualcosa che posso fare per te?».

Riordinare la casa, fare le commissioni, occuparsi dei registri dei fornitori, scrivere inviti e biglietti, erano tutte faccende che da giovane Ann aveva sbrigato come se niente fosse, con naturalezza. Le figlie esistevano per dare una mano ai genitori, non il contrario.

Mentre passava davanti all'edicola della stazione, si sorprese a chiedersi quale fosse l'atteggiamento migliore. E si accorse con stupore che la risposta era tutt'altro che facile.

Passando in rassegna con lo sguardo i libri esposti dall'edicolante (cercava qualcosa da leggere quella sera stessa, davanti al caminetto), giunse all'inattesa conclusione che in fondo non aveva importanza. Si trattava soltanto di convenzioni, nulla di più. Un po' come usare lo *slang*, i modi di dire gergali. Per un certo periodo era di moda dire che le cose andavano "alla grande" o che erano "una favola", poi invece diventavano "pazzesche"; si diceva "sono troppo d'accordo" o "sei fuori come un balcone", finché non si passava a qualcos'altro. E se per un periodo si diceva che un tizio era "uscito dai gangheri", dopo qualche tempo si usava l'espressione "fuori di testa", e così via.

Che i figli fossero a disposizione dei genitori o i genitori a disposizione dei figli, in fondo non faceva alcuna differenza per la vitalità di una relazione tra due persone. L'amore che univa lei e Sarah era, secondo Ann, profondo e genuino. Ma che rapporto aveva avuto lei con sua madre? Guardandosi indietro pensò che, sotto una superficie di devozione e affetto, in realtà tra loro c'era stata un'indifferenza garbata e noncurante: era semplicemente l'atteggiamento che andava di moda a quei tempi.

Sorridendo tra sé, Ann comprò un titolo della Penguin, un libro che si ricordava di avere già letto anni prima e che le era piaciuto. Forse un po' melenso e sentimentale, ma poco importava, dal momento che Sarah non sarebbe stata lì a farglielo notare...

"Mi mancherà, certo" pensò Ann. "Ma perlomeno potrò godermi un po' di pace..."

Poi pensò: "Anche Edith potrà riposarsi un po'. Si agita ogni volta che Sarah la obbliga a un cambio di programma all'ultimo momento o quando si scombinano gli orari dei pasti".

Già, perché Sarah e i suoi amici erano sempre immersi in un andirivieni di incontri e telefonate, e gli accordi appena presi saltavano per essere sostituiti da nuovi programmi. «Mammina, possiamo mangiare prima? Più tardi vogliamo andare al cinema.» «Ciao, mamma, sei tu? Ti chiamo per dirti che oggi non torno a pranzo.» Quelle piccole rivoluzioni quotidiane costringevano Edith, fedele governante da più di trent'anni, a lavorare il triplo, ed era naturale che le trovasse assai irritanti.

A sentire Sarah, Edith era sempre scorbutica. Questo, però, non significava che non potesse sempre contare su di lei. La governante, infatti, poteva anche essere querula e piena di rimostranze, ma adorava quella ragazza.

A ogni modo, adesso che Sarah era partita la vita di Ann sarebbe stata molto silenziosa. Tranquilla, certo, ma silenziosa. Avvertì un'insolita sensazione di freddo e rabbrividì. "D'ora in poi, soltanto silenzio" pensò. Un silenzio che l'avrebbe condotta come niente fosse giù, lungo i pendii della vecchiaia, verso la morte. Niente a cui tendere, nessuna aspettativa.

"Ma in fondo che cosa pretendo?" si chiese. "Ho avuto tutto. Amore e gioia con Patrick. Una figlia. Ho avuto ciò che ho sempre desiderato dalla vita. E adesso è finita. A partire da ora, Sarah proseguirà da dove mi fermerò io. Si sposerà, avrà dei figli, e un giorno diventerò nonna."

Sorrise tra sé. Le sarebbe piaciuto avere dei nipotini. Si immaginò dei bambini belli e vivaci, come senz'altro sarebbero stati i figli di Sarah. Birbantelli con i capelli neri e ribelli della madre, bimbette paffute. Avrebbe potuto leggere loro dei libri, raccontare delle storie.

Quella prospettiva la fece sorridere, ma non cancellò la gelida sensazione che provava. Se solo Patrick fosse stato ancora vivo... Sentì riaffiorare un'antica pena dentro di sé. All'epoca Sarah aveva solo tre anni. Ormai era passato tanto di quel tempo che le ferite della perdita si erano cicatrizzate. Poteva pensare a Patrick con tenerezza, senza avvertire una fitta al cuore. Patrick, il giovane marito impetuoso che aveva amato così tanto. Ma era stato molto tempo prima, in un passato lontano.

Quel giorno, però, sentì di nuovo crescere lo strazio di quel vecchio dolore. Se suo marito fosse stato ancora vivo, la partenza di Sarah – quel giorno per una settimana bianca in Svizzera, ma un domani, a tempo debito, per trasferirsi con suo marito in una casa tutta sua – l'avrebbe lasciata in uno stato d'animo diverso. Lei e Patrick sarebbero stati insieme; più vecchi, più tranquilli, ma con la possibilità di condividere la vita e i suoi alti e bassi. Non sarebbe stata sola, se...

Uscì sul piazzale della stazione brulicante di vita. "Questi autobus rossi hanno un aspetto davvero sinistro" fu il suo pensiero. "Così accostati, uno in fila all'altro, sembrano mostri in attesa di essere nutriti." Parevano quasi animati da una vita propria, una vita che, forse, era ostile al loro creatore, l'Uomo.

Che mondo rumoroso, affollato, affaccendato! Tutti andavano e venivano in continuazione, frettolosi, ciarlieri, ridanciani, lamentosi, dicendosi "Salve" o "Addio".

E ancora, d'un tratto, fu attraversata dalla fitta fredda e dolorosa della solitudine.

"Però era tempo che Sarah se ne andasse" si disse. "Stavo diventando davvero troppo dipendente da lei. E forse la stavo rendendo troppo dipendente da me, una cosa che dovrei evitare. È sbagliato mettere un freno ai giovani, impedire che abbiano una vita propria. Sarebbe terribile, una vera malvagità."

Il suo compito, adesso, era eclissarsi, restare nelle retrovie, incoraggiare Sarah a fare programmi, a conoscere nuovi amici.

E allora tornò a sorridere, perché da quel punto di vista sua figlia non aveva proprio alcun bisogno di essere incoraggiata. Aveva legioni di amici ed era costantemente impegnata con loro in qualche piano, indaffaratissima a fare questo o quello con incrollabile fiducia in se stessa e sommo divertimento. Adorava sua madre ma, vista la differenza di età, le riservava tutt'al più una gentile benevolenza, come si tratta chi si vuole escludere da ogni possibilità di comprensione e partecipazione.

Quarantun anni dovevano sembrarle davvero tanti! Per Ann, invece, era ancora dura pensare a se stessa come a una donna di mezza età. Non che volesse opporsi al passare del tempo. Si truccava appena, e si vestiva ancora con lo stile vagamente rustico di una giovane sposa appena sbarcata in città. Gonne e cappottini ordinati, e al collo un filo di perle.

Ann sospirò, poi esclamò ad alta voce: «Non capisco perché faccio pensieri così sciocchi! Dev'essere per via del fatto che Sarah è appena partita».

D'altronde, come dicevano i francesi? *Partir, c'est mourir un peu...*

Sì, era proprio così. Sarah era stata trascinata via da quel massiccio treno sbuffante, e in quel momento per sua madre era come se fosse morta davvero. "E io per lei" pensò Ann. "Che cosa curiosa, la distanza. Una separazione nello spazio..."

Sarah avrebbe vissuto una vita, e lei, Ann, ne avrebbe vissuta un'altra. Una vita tutta sua.

Una sensazione vagamente piacevole si sostituì finalmente al gelo che l'aveva pervasa poco prima. Perlomeno adesso avrebbe potuto scegliere a che ora alzarsi e quali faccende sbrigare. Poteva pianificare la giornata, decidere se andare a letto presto dopo una cena frugale oppure uscire e andarsene al cinema o a teatro. O magari saltare sul primo treno e gironzolare per la campagna... passeggiare per i boschi mentre il cielo azzurro faceva capolino nell'intricato disegno dei rami...

Certo, avrebbe potuto farlo anche prima, in qualsiasi momento. Ma quando si vive in due si ha la tendenza a adattare la propria vita a una sorta di schema predefinito. E per Ann era stato un buon affare, come un acquisto di seconda mano, quel continuo e vivace andirivieni di Sarah.

Non c'era alcun dubbio, essere madre era uno spasso. Era come tornare a vivere la propria vita di un tempo, però senza buona parte delle angosce tipiche della giovinezza. Perché sapendo ormai quanto irrilevanti siano alcune cose che all'epoca sembravano cruciali, si può sorridere con indulgenza assistendo alle crisi che provocano.

«Ma davvero, mamma,» poteva dirle Sarah, convinta «guarda che è una cosa terribilmente seria, non c'è niente da sorridere. È in gioco il futuro di Nadia!»

Ma a quarantun anni, ormai, si è imparato che il proprio futuro è in gioco davvero di rado. La vita è molto più elastica e resistente di quanto si era deciso di credere un tempo.

Quando, durante la guerra, aveva prestato servizio come infermiera su un'ambulanza, Ann si era accorta di quanto contassero le piccole cose della vita. Le invidie, le gelosie, i piccoli piaceri, un colletto che irritava la pelle, i geloni a un piede in una scarpa troppo stretta, venivano immediatamente considerati più importanti dell'eventualità di poter essere uccisi in ogni istante. Quel pensiero solenne c'era ma, invece di restarne schiacciati, ci si faceva l'abitudine molto presto; le piccole cose continuavano ad avere il loro peso, forse persino più di prima, perché in un angolo della mente a dominare era la consapevolezza della brevità della vita. Ann aveva imparato anche qualcosa sulla curiosa incoerenza della natura umana. Si era resa conto di quanto fosse difficile continuare a catalogare le persone tra "i buoni" o "i cattivi", come invece era stata incline a fare durante gli anni della sua dogmatica giovinezza. Aveva assistito a prove di indicibile coraggio per salvare un ferito, per poi osservare la persona che aveva messo a repentaglio la propria vita abbassarsi a compiere meschini furtarelli ai danni dell'individuo che aveva appena salvato.

Le persone, in verità, non erano affatto tutte d'un pezzo.

Mentre Ann sostava soprappensiero sul marciapiede, il clacson acuto di un taxi la strappò alle sue astratte speculazioni per ricondurla a considerazioni di carattere più pratico. E adesso che cosa avrebbe fatto?

Accompagnare Sarah alla partenza per la Svizzera era l'orizzonte più lontano che si era prefissata quella mattina. La sera sarebbe uscita a cena con James Grant, il caro James, sempre così gentile e premuroso. «Ti sentirai un po' giù quando Sarah se ne sarà andata. E allora usciamo a svagarci un po'.» Davvero, era molto carino da parte sua. Sarah aveva buon gioco a ridere e dire di James che era il suo «fidanzatino *pukka Sahib*», come venivano chiamati i gentiluomini inglesi in India. James era davvero una cara persona. Certo, magari talvolta si faceva un po' fatica a restare concentrati troppo a lungo mentre narrava una delle sue lunghissime storie sconclusionate, ma a lui piaceva così tanto raccontarle! E poi, in fondo, lo conosceva da venticinque anni, e ascoltarlo con cortesia era il minimo che potesse fare.

Guardò l'orologio. Sarebbe potuta andare ai grandi magazzini Army and Navy: c'erano alcuni utensili da cucina su cui Edith aveva messo gli occhi già da un po'. Quella decisione risolse il problema più immediato, ma per tutto il tempo che passò a esaminare casseruole e chiedere prezzi – che non erano mai stati così bassi! – fu perfettamente consapevole della presenza, da qualche parte nella sua mente, di quella strana sensazione di gelido panico.

A un tratto, spinta da un impulso improvviso, entrò in una cabina telefonica e compose un numero.

«Buongiorno, posso parlare con Dame Laura Whitstable, per favore?» La chiamavano tutti così, con il titolo onorifico.

«Chi parla?»

«Sono la signora Prentice.»

«Solo un momento, prego.»

Dopo qualche istante, una voce sonora e profonda disse: «Ann?».

«Oh, Laura, so che non dovrei chiamarti a quest'ora, ma ho appena visto Sarah partire e mi sono chiesta... Se non sei troppo impegnata, potresti...»

La voce all'altro capo del filo la interruppe con decisione.

«Vieni a pranzo da me. Pane di segale e latticello. Cosa dici, può andare bene?»

«Mi andrebbe bene qualsiasi cosa. Grazie, sei un angelo!»

«Ti aspetto, allora. Ci vediamo all'una e un quarto.»

Mancava un minuto all'ora dell'appuntamento quando Ann pagò il taxi in Harley Street e suonò alla porta.

L'inappuntabile Harkness andò ad aprirle, la accolse con un sorriso di benvenuto e disse: «Dame Laura arriverà a momenti. Vuole cominciare a salire al piano superiore, signora Prentice?».

Ann cominciò a salire le scale con passo leggero. Il salone da pranzo fungeva ormai da sala d'aspetto, mentre l'ultimo piano della casa era stato trasformato in un comodo appartamento. Nel soggiorno c'era un tavolino apparecchiato. Più che di una signora, la si sarebbe detta la stanza di un uomo. Ampie poltrone, libri dappertutto, alcuni dei quali impilati sulle sedie, e colorati tendaggi di velluto di ottima fattura.

Ann non dovette aspettare molto. Dame Laura, preceduta per le scale dalla voce da fagotto trionfante, entrò nella stanza e baciò la sua ospite con affetto.

Dame Laura Whitstable era una donna di sessantaquattro anni con il contegno e il carisma dei membri della famiglia reale o dei personaggi pubblici molto famosi. Tutto in lei era un po' più grande del normale, dalla voce stentorea al petto prominente come una balconata, dalla massa di capelli raccolti grigio ferro al naso sporgente come un becco.

«Sono felicissima di vederti, piccola mia» esclamò con la sua voce profonda. «Ti trovo deliziosa. Vedo che ti sei comprata un mazzo di violette. Scelta saggia, è il fiore a cui assomigli di più.»

«La viola mammola? Davvero, Laura?»

«La dolcezza dell'autunno, ben celata dalle foglie.»

«Quasi non ti riconosco, Laura. Di solito sei così brusca!»

«Soltanto perché spesso conviene esserlo, ma a volte richiede un tale sforzo... Adesso però mettiamoci subito a mangiare. Bassett, dov'è Bassett? Ah, eccoti qui. Ann, sarai lieta di sapere che ti aspettano una sogliola e un bicchiere di vino bianco del Reno.»

«Oh, Laura, non avresti dovuto. Il pane di segale e un bicchiere di latticello sarebbero andati più che bene.»

«Il latticello basta appena per me. Avanti, accomodati. Dunque Sarah è partita per la Svizzera? Quanto tempo starà via?»

«Tre settimane.»

«Molto bene.»

L'ossuto Bassett lasciò la stanza e a quel punto, sorseggiando il suo bicchiere di latticello con manifesta soddisfazione, Dame Laura osservò acutamente: «Sarah è partita e ti mancherà, d'accordo. Ma non sei venuta per dirmi questo. Su, Ann, raccontami tutto, non abbiamo molto tempo. So che mi sei molto affezionata, ma quando qualcuno mi chiama e cerca la mia compagnia quasi senza preavviso, di solito è per consultare la mia saggezza superiore».

«In effetti è così, e adesso mi sento terribilmente in colpa» disse Ann scusandosi.

«Nemmeno per sogno, mia cara. A dire il vero lo prendo piuttosto come un complimento.»

Allora Ann disse d'un fiato: «Oh, Laura, sono una stupida, lo so, una stupida fatta e finita. Ma mi ha preso una sorta di panico. Ero lì, a Victoria Station, in mezzo a tutti quegli autobus, e mi sono sentita... mi sono sentita completamente sola!».

«Capisco...»

«Non era solo il pensiero della partenza di Sarah e di quanto mi sarebbe mancata... C'era qualcos'altro.»

Laura Whitstable annuì imperturbabile, scrutando l'amica con i suoi astuti occhi grigi.

Ann aggiunse lentamente: «Perché in fondo si è sempre soli... davvero».

«Ah, quindi è questa la tua scoperta? Prima o poi se ne rendono conto tutti, è naturale. Trovo piuttosto curioso che di solito le persone ne rimangano scioccate. Tu quanti anni hai, Ann? Quarantuno? È una buona età per realizzarlo. Scoprirlo troppo in là negli anni può essere devastante, e da giovani... be', ci vuole molto coraggio per accettarlo.»

«Ma tu ti sei mai sentita veramente sola, Laura?» chiese Ann con interesse.

«Oh, sì. Mi è capitato quando avevo ventisei anni, precisamente nel bel mezzo di una riunione familiare tra le più affettuose. Ricordo che rimasi sbigottita, terrorizzata, ma alla fine me ne feci una ragione. Non bisogna mai negare la verità. Bisogna piuttosto ammettere che a questo mondo c'è una sola persona che ci accompagna dalla culla alla tomba, e siamo noi stessi. E allora bisogna restare in buoni rapporti con questa persona, *imparare a vivere con se stessi*. Questa è la risposta, e non è sempre facile.»

Ann sospirò.

«Poco fa, alla stazione, la vita mi è parsa del tutto priva di senso. Te lo confesso senza remore, Laura. Solo una mera sequenza di anni che si susseguono uno dopo l'altro, senza qualcosa con cui riempirli. Mah, forse sono soltanto una stupida donnina inutile...»

«Su, su, conserva un po' di buonsenso. Durante la guerra hai fatto un ottimo lavoro, non spettacolare ma efficiente. Hai educato Sarah alle buone maniere e a godersi l'esistenza, e nel tuo modo tranquillo e quieto sei capace di farlo anche tu. Tutto questo è molto soddisfacente. Di fatto, se ti presentassi nel mio studio come paziente ti rimanderei indietro senza farti sborsare nemmeno un soldo, e tieni conto che sono una vecchia avida di denaro.»

«Oh, cara Laura, mi sei così di conforto! Però penso davvero che... insomma, ho paura di preoccuparmi anche troppo per Sarah.»

«Sciocchezze!»

«Temo sempre di diventare una di quelle madri possessive che finiscono per divorare i propri figli.»

Laura Whitstable disse seccamente: «Si parla tanto di madri troppo possessive che alcune donne si fanno scrupoli persino a dimostrare il più normale degli affetti per i propri figli».

«Ma essere possessivi è sbagliato!»

«Certo che lo è. È un problema con cui ho a che fare tutti i giorni nel mio studio. Madri che vorrebbero che i propri figli non si staccassero mai dalla loro sottana, padri che monopolizzano le proprie figlie. Ma non sempre la responsabilità è unicamente loro. Ti racconto questa storia, l'ho visto con i miei occhi. Una volta alloggiavo in un posto dove c'era un nido di uccelli. A tempo debito gli uccellini lasciarono il nido, ma ce n'era uno che non se ne voleva proprio andare. Voleva stare al riparo, essere nutrito, si rifiutava di affrontare il rischio di cadere. La madre ne era molto disturbata. Gli mostrò la strada non so quante volte, gli faceva vedere come volare fuori dal nido, cinguettava, batteva le ali. Alla fine decise che non avrebbe continuato a nutrirlo. Portava il cibo nel becco, ma restava distante dal nido e lo richiamava. Bene. Esistono esseri umani che si comportano alla stessa maniera. Bambini che non vogliono crescere, che si rifiutano di affrontare le difficoltà della vita adulta. E non è per via dell'educazione che hanno ricevuto, sono fatti così.»

Fece una pausa prima di continuare.

«Esiste il desiderio di possesso, certo, ma anche quello di essere posseduti. È un caso di maturazione tardiva? O ha a che fare con la mancanza di qualcuna delle qualità necessarie per diventare adulti? Si sa ancora talmente poco della personalità umana.»

«A ogni buon conto,» tagliò corto Ann, poco interessata alle teorizzazioni generali «tu pensi che io sia una madre troppo possessiva?»

«Ho sempre pensato che tu e Sarah aveste un rapporto molto soddisfacente.

Direi che tra di voi c'è un amore profondo e naturale.» Poi, con aria pensosa, aggiunse: «Certo, Sarah è meno matura di molti suoi coetanei...».

«Davvero? Io ho sempre creduto che sembrasse più grande.»

«No, non direi. Mi dà piuttosto l'impressione di avere la mentalità di una ragazza più giovane dei suoi diciannove anni.»

«Eppure è molto positiva, molto sicura di sé. È anche assai sofisticata e ha un sacco di opinioni.»

«Un sacco di opinioni comuni, vorrai dire. Dovrà passare ancora tanto tempo prima che abbia un'idea davvero sua. E poi tutti i giovani, oggi, sembrano molto positivi. Hanno bisogno di rassicurazioni, ecco perché. Viviamo in un'epoca piena di incertezze, in cui tutto è instabile, e i giovani lo percepiscono. Metà dei problemi di oggi deriva da questo semplice dato. Mancanza di stabilità, famiglie separate, perdita dei principi morali. Invece, come sai, per crescere dritta una pianta giovane ha bisogno di essere legata a un paletto conficcato stabilmente nel terreno.»

D'un tratto fece un ampio sorriso.

«Come vedi, a dispetto del mio prestigio, mi sono messa a fare la predica come tutte le donne di una certa età.» Svuotò il suo bicchiere di latticello. «Sai perché lo bevo?»

«Perché è sano?»

«Ma no! Perché mi piace. Mi è sempre piaciuto, da quella volta in cui passai le vacanze in una fattoria in campagna. Ma c'è anche un'altra ragione. Per essere diversa, originale. È una posa, sì. Tutti assumiamo pose, dobbiamo farlo per forza, e io lo faccio anche più degli altri. Grazie a Dio, però, ne sono consapevole. Ma torniamo a te, Ann. Non c'è niente di sbagliato in te. Stai solo entrando in una seconda fase della tua vita.»

«Che cosa intendi, Laura? Ti riferisci alla...» e qui Ann esitò.

«No, niente di fisico. Sto parlando d'altro, di qualcosa che riguarda la tua mente. Le donne sono fortunate, benché il novantanove per cento non se ne renda conto. A che età santa Teresa avviò la riforma dei monasteri? A cinquant'anni, non prima. E potrei citarti un'intera lista di altri casi analoghi. Dai venti ai quarant'anni le donne sono assorbite da mille cose. È biologico, ed è giusto che sia così. Si danno da fare e si prendono cura dei figli, dei mariti, degli amanti, delle loro relazioni personali. Oppure sublimano tutte queste cose e si buttano a capofitto nella carriera in modo emotivo, tipicamente femminile. Ma la seconda fioritura è quella della mente e dello spirito, e si compie con la mezza età. Invecchiando, le donne si dedicano di più ad altri aspetti, meno personali. Lo spettro degli interessi degli uomini si restringe sempre più, quello delle donne invece si fa sempre più ampio. Un sessantenne di solito non fa che ripetere sempre le stesse cose come un grammofono. Una donna, invece, se ha almeno un briciolo di personalità, è una persona interessante.»

Ann sorrise pensando a James Grant.

«Le donne tendono a qualcosa di nuovo. Oh, a quell'età si prendono anche gioco di sé. Talvolta magari si fissano troppo sugli aspetti sessuali, ma la mezza età è una fase della vita che offre grandi possibilità.»

«Come sei confortante, Laura! Credi che dovrei dedicarmi a qualche attività? Non so, un lavoro socialmente utile?»

«Quanto ti stanno a cuore i tuoi simili?» le chiese Laura con grande serietà. «Per compiere davvero buone azioni, bisogna avere un fuoco interiore. Non ha senso fare cose che non si ha nessuna voglia di fare, soltanto per darsi poi una bella pacca sulla spalla. Anzi, arrivo a dire che non c'è nulla che produca risultati più detestabili. Se ami andare a trovare vecchine ammalate, oppure portare al mare una banda di marmocchi pestiferi e sgarbati, allora fallo senza se e senza ma. Molta gente ha un'autentica passione per questo genere di cose. Altrimenti no, Ann, non forzarti a compiere attività che non ti interessano. Ricorda che tutti i terreni ogni tanto devono riposare a maggese. Finora il tuo raccolto è stata la maternità. Ma non ti ci vedo a diventare un'attivista, o un'artista, o un'assistente sociale. Sei una donna piuttosto comune, Ann, ma anche molto piacevole. Quello che devi fare è aspettare tranquillamente. Non devi fare altro, aspetta con fiducia e speranza, e allora vedrai, a un certo punto troverai qualcosa che valga la pena e che ti riempia la vita.»

Esitò un istante, poi continuò: «Tu non hai mai avuto un'avventura galante, vero?».

In un attimo Ann diventò tutta rossa in viso.

«No» rispose ricomponendosi. «Dici... dici che dovrei?»

Dame Laura emise un grugnito formidabile, un suono esplosivo che fece tremare tutti i bicchieri sul tavolo.

«Tutte queste ipocrisie moderne! In epoca vittoriana eravamo tutti spaventati dal sesso, si arrivava persino a coprire le gambe dei tavoli! Il sesso doveva essere nascosto, bisognava farlo sparire dalla vista della società. Ed era un male. Ma oggi siamo arrivati all'estremo opposto. Trattiamo il sesso come se fosse qualcosa che si può ordinare dal farmacista. È messo sullo stesso piano dello zolfo o della penicillina. Ci sono giovani donne che vengono da me e mi chiedono: "Crede che dovrei avere un amante?", oppure: "Secondo lei devo fare un figlio?". Verrebbe da pensare che andare a letto con un uomo sia una specie di sacro dovere, invece che un piacere. Tu non sei una passionale, Ann. Hai un'enorme provvista di affetto e tenerezza. Questo naturalmente può anche includere il sesso, ma per te è un aspetto secondario. Se mi chiedessi una profezia, ti direi che a tempo debito ti sposerai un'altra volta.»

«Oh, no, non credo proprio che lo farò.»

«E perché mai, allora, ti saresti comprata un mazzo di violette e l'avresti infilato nell'asola del cappotto? Sai bene che di solito compri i fiori per adornare le stanze di casa tua, non per indossarli. Queste violette sono un simbolo, Ann. Le hai comprate perché, nel profondo, senti arrivare la primavera. La tua seconda primavera è vicina.»

«Vorrai dire la primavera di San Martino» disse Ann mestamente.

«Se vuoi, puoi anche chiamarla così.»

«Quello che dici è molto bello, ma davvero, Laura, queste viole le ho comprate soltanto perché la signora che le vendeva era una poveretta tutta intirizzita dal freddo.»

«Questo è quello che pensi tu. Ma è soltanto la mera ragione di superficie. Prova a guardare alle motivazioni profonde, Ann. Impara a conoscerti davvero. Nella vita non c'è nulla di più importante che provare a conoscere se stessi e... Oh, cielo! Sono le due passate, devo scappare. Che cosa fai questa sera?»

«Esco a cena con James Grant.»

«Il colonnello Grant? Ma sì, certo. Una brava persona» disse con uno scintillio negli occhi. «È da tanto tempo che ti fa la corte.»

Ann Prentice arrossì e scoppiò a ridere.

«Lo fa solo per abitudine.»

«Sarà, intanto però ti ha chiesto la mano parecchie volte, o mi sbaglio?»

«No, non ti sbagli, ma è una cosa campata in aria. Oh, Laura, credi che forse dovrei... Dal momento che siamo entrambi soli...»

«Non esiste nessun *dovrei*, quando si parla di matrimonio, Ann! Ed è peggio avere un compagno sbagliato che non averne nessuno. Povero colonnello Grant... Non che lo compatisca, in realtà. Un uomo che continua a chiedere a una donna di sposarlo, e non riesce a convincerla, si è segretamente votato al culto delle cause perse. Alla battaglia di Dunkerque avrebbe avuto di che divertirsi... Ma suppongo che si sarebbe trovato ancora meglio durante la Carica della brigata della battaglia di Balaclava! In questo Paese siamo affezionatissimi alle nostre sconfitte e alle nostre cantonate. E quanto sembriamo vergognarci, invece, delle nostre vittorie!»

2

QUANDO RIENTRÒ NEL SUO APPARTAMENTO, Ann fu accolta piuttosto freddamente dalla fedele Edith.

«Per pranzo le avevo preparato un bel filetto di platessa» le disse sbucando dalla porta della cucina. «E un budino al caramello.»

«Scusami tanto, Edith, mi dispiace, ho pranzato da Dame Laura. Però ti ho telefonato in tempo per avvisarti che non sarei tornata, no?»

«E infatti la platessa non l'ho cucinata» confessò Edith a malincuore. Era una donna alta e snella, con il portamento di un granatiere e la bocca sempre increspata in un'espressione di disapprovazione.

«Sia quel che sia, non è da lei cambiare idea come una banderuola. Se fosse stata la signorina Sarah, d'accordo, non mi sarei sorpresa. A proposito, ho finalmente trovato quegli strani guanti che stava cercando, ma ormai era troppo tardi, era già bella che partita. Si erano infilati dietro il divano, ecco dov'erano.»

«Oh, che peccato.» Ann prese i guanti di lana dai colori vivaci, lavorati a maglia. «A ogni modo è partita senza intoppi.»

«E bella felice, suppongo.»

«Sì, tutto il gruppo era molto allegro.»

«Il ritorno potrebbe non essere altrettanto allegro. Magari con un paio di stampelle, chi lo sa?»

«Edith, non dire così.»

«Pericolosi, questi posti della Svizzera. Ti fratturi un braccio o una gamba e poi mica te li rimettono a posto come si deve. Capace che va tutto in cancrena sotto il gesso, e allora addio. Per non parlare dell'odore.»

«Be', speriamo che non accada a Sarah» replicò Ann, abituata alle cupe previsioni di Edith, sempre pronunciate con palese compiacimento.

«Faremo fatica a riconoscere questo posto, senza la signorina Sarah in giro» disse allora Edith. «Non sembrerà più la stessa casa, ci sarà una tale calma...»

«Così avrai un po' di tempo per riposare.»

«Riposare?» ribatté la governante, indignata. «E cosa me ne faccio del riposo? Meglio consumarsi che arrugginire, ecco che cosa mi diceva mia madre, ed è su questo che ho sempre basato le mie azioni. Ora che la signorina Sarah è via e non ci sarà più quel continuo andirivieni suo e dei suoi amici potrò finalmente mettermi a dare una bella ripulita come si deve. Questo posto ne ha davvero bisogno.»

«Ti assicuro che l'appartamento è splendidamente pulito, Edith.»

«È quello che pensa lei, ma io me ne intendo molto di più. Ci sono tutte le tende da tirare giù e da sbattere per benino, e poi le lampade vanno tirate a lucido... Ci sono mille cose da fare!»

Negli occhi di Edith baluginò un lampo di trepidazione.

«Allora chiama qualcuno per farti aiutare.»

«Cosa? Figuriamoci. Le cose devono essere fatte come si deve, e di queste donne che ci sono in giro oggigiorno non ci si può mica fidare. Lei ha molte cose belle, qui, e le cose belle devono essere trattate come meritano per rimanere tali. E va a finire che non riesco mai a cucinare o a fare tutto come dovrei.»

«Ma Edith, cucini benissimo, lo sai anche tu.»

Un vago accenno di gratificazione mutò l'espressione di biasimo solitamente stampata sul volto della domestica.

«Oh, cucinare» disse però bruscamente. «A farlo così non ci vuole niente. Non è certo quello che intendo io per un lavoro ben fatto, è ben lontano dall'esserlo!»

Poi, ritornando verso la cucina, chiese: «A che ora vuole prendere il suo tè?».

«Non è ancora il momento. Facciamo alle quattro e mezzo.»

«Se fossi in lei mi metterei gambe all'aria e schiaccerei un bel pisolino. Così sarà ben riposata per questa sera. E anch'io nel frattempo potrei godermi un po' di pace.»

Ann scoppiò a ridere. Si diresse verso il salotto e lasciò che Edith le sistemasse comodamente il divano.

«Oh, cara Edith, ti prendi cura di me come se fossi una bambina.»

«Be', è pressappoco quello che era la prima volta che sono venuta qui a servizio da sua madre. E da allora non è cambiata poi così tanto. Ha chiamato il colonnello Grant per ricordarle che l'appuntamento di stasera è alle otto al ristorante Mogador. Gli ho detto che se lo ricordava bene. Tutti così, gli uomini: una grande agitazione per nulla. E questi gentiluomini dell'esercito sono della peggior specie.»

«È stato carino da parte sua invitarmi a cena fuori stasera. Ha pensato che sarei stata sola.»

«Io non ho niente contro il colonnello» replicò allora Edith saggiamente. «Sarà anche pignolo, ma è senza dubbio un gentiluomo.» Poi fece una pausa e aggiunse: «Con i tipi che ci sono in giro, sarebbe potuta capitare molto peggio».

«Cos'hai detto, Edith?»

La governante la fissò senza battere ciglio.

«Ho detto che ci sono uomini peggiori... Diamine, suppongo che adesso che la signorina Sarah è via non avremo più tra i piedi gente come quel signor Gerry.»

«Perché, non ti piace?»

«Mah, sì e no. Ha qualcosa, non lo nego. Ma mi dà l'impressione di essere un tipo inaffidabile, non so se mi spiego. Mia sorella Marlene ha sposato un tipo così. Non è mai riuscito a tenersi un lavoro per più di sei mesi. E tutte le volte, ma dico tutte, era sempre colpa di qualcun altro.»

A quel punto Edith uscì dalla stanza. Ann appoggiò la testa sul cuscino e chiuse gli occhi.

Il rumore del traffico giungeva ovattato attraverso le finestre chiuse, come un piacevole ronzio di api lontane. Sul tavolino accanto, un mazzetto di giunchiglie spargeva nell'aria il suo dolce profumo.

Il Mogador era un ristorantino piuttosto vecchio stile: buon vino, buona cucina e un'atmosfera tranquilla, rilassata.

Era previsto che alla cena si unissero anche altre persone, ma quando Ann arrivò trovò solo il colonnello Grant. Era seduto al bar della reception e consultava il suo orologio da taschino continuando ad aprirlo e chiuderlo nervosamente.

«Ann!» esclamò alzandosi di scatto per andare ad accoglierla. «Eccoti qui!» Osservò con approvazione il suo vestito da sera nero e la collana di perle che le adornava il collo. «È splendido che una donna così bella sia anche puntuale.»

«A dire il vero sono in ritardo di tre minuti, ma non di più» disse Ann sorridendo.

James Grant, un uomo alto dal compassato portamento militaresco, i grigi capelli tagliati cortissimi e il mento pronunciato, tornò a guardare l'orologio.

«Non capisco perché gli altri non siano ancora arrivati. Il nostro tavolo sarà pronto alle otto e un quarto. Gradisci uno sherry, nel frattempo? Se non mi sbaglio lo preferisci ai cocktail.»

«Sì, grazie. Chi sono gli altri?»

«I Massingham, li conosci?»

«Certo.»

«E Jennifer Graham. È mia cugina, ma non saprei dire dove puoi averla...»

«Credo che tu me l'abbia già presentata una volta.»

«E poi c'è Richard Cauldfield. L'ho incrociato per caso soltanto pochi giorni fa, ed erano anni che non ci vedevamo. Ha vissuto per lo più in Birmania, e da quando è tornato in questo Paese si sente un po' disorientato.»

«Posso immaginarlo.»

«Un bel tipo, ma la sua è una storia abbastanza infelice. La moglie è morta dando alla luce il loro primo figlio, e lui le era molto devoto. Per lungo tempo non è riuscito a riprendersi, e a un certo punto ha deciso che doveva andarsene via, lontano. Ecco perché è partito per la Birmania.»

«E il bambino?»

«Oh, è morto anche lui.»

«Che storia triste.»

«Ah, ecco i Massingham.»

La signora Massingham, che Sarah chiamava sempre "*Mem sahib*", l'espressione usata dagli indiani per indicare le europee, avanzò verso di loro sfoggiando tutta la sua dentatura. Era una donna lunga e secca, con la pelle sbiancata e inaridita dagli anni di permanenza in India. Il marito era invece un omino grassottello di cui Ann ricordava l'atteggiamento scostante nella conversazione.

«Che piacere rivederla» disse la signora Massingham stringendo calorosamente la mano di Ann. «Tanto più dal momento che ha avuto l'incantevole idea di uscire per cena vestita come si deve. Ormai mi pare di avere scordato l'ultima volta che ho indossato un abito da sera. Tutti dicono sempre: "Non perdere tempo a cambiarti", ma non penso che la vita debba essere così monotona. Quindi brava! Le cose bisogna farle da sé senza aspettare gli altri. Per quanto mi riguarda, ho l'impressione di essere sempre con le mani nel lavello. No, davvero, in questo Paese non si può più stare. Bisogna andarsene. Noi stavamo prendendo in considerazione il Kenya.»

«Un sacco di gente se ne sta andando» intervenne il marito. «Sono tutti stufi. Maledetto governo...»

«Ah, ecco Jennifer» disse il colonnello Grant. «E anche Cauldfield.»

Jennifer Graham era un donnone dal volto cavallino sui trentacinque anni, che ogni volta che rideva sembrava lanciare un nitrito. Richard Cauldfield invece era un uomo di mezza età con il viso brunito dal sole.

L'uomo si sedette accanto ad Ann, e fu lei a cominciare la conversazione. Era tornato in Inghilterra da molto tempo? E come andavano le cose secondo lui?

C'era voluto un po' per abituarsi, le rispose. Tutto era talmente diverso da quando se n'era andato prima della guerra. Si era messo a cercare un lavoro, ma non era un'impresa delle più facili, non per un uomo della sua età.

«No, è vero, penso che abbia ragione. Però non mi pare giusto.»

«Neanche a me, dopo tutto sono ancora al di qua della soglia dei cinquanta» disse con un disarmante sorriso, quasi da bambino. «Ho una piccola somma da parte e sto vagliando l'ipotesi di comprare un piccolo appezzamento di terra in campagna, buttarmi sull'agricoltura o magari sul commercio di pollame.»

«No, i polli no!» disse Ann. «Ho molti amici che hanno provato a lanciarsi in quel settore, e alla fine non ce n'è uno che non si sia ammalato.»

«Già, forse l'agricoltura è meglio. Forse i guadagni non sono un granché, ma almeno si fa una bella vita.»

Sospirò.

«Viviamo un momento talmente ingarbugliato. Forse con un cambio di governo...»

Ann annuì senza troppa convinzione. Era sempre il solito rimedio, evocato da tutti come un toccasana.

«Dev'essere difficile decidere in quale ramo avventurarsi» riprese. «Una scelta che comporta molte preoccupazioni.»

«Oh, io non mi preoccupo. Alle preoccupazioni semplicemente non credo. Se un uomo ha fiducia in se stesso ed è dotato della giusta dose di determinazione, ogni cosa si metterà a posto da sola.»

A quell'affermazione così dogmatica Ann reagì con uno sguardo molto dubbioso.

«Mi domando se sia veramente così.»

«Glielo assicuro. Le persone che non fanno altro che lamentarsi della loro malasorte mi spazientiscono.»

«Su questo sono perfettamente d'accordo con lei!» esclamò Ann, con un tale fervore che l'uomo alzò le sopracciglia in un'espressione interrogativa.

«Si direbbe che l'argomento la riguardi da vicino.»

«Infatti. Uno degli amici di mia figlia viene sempre a casa nostra a raccontarci le sue ultime disavventure. All'inizio ero bendisposta e mi dispiaceva per lui, ma a lungo andare ho cominciato ad annoiarmi e a restare indifferente.»

Dall'altra parte del bancone, la signora Massingham disse: «Le storie sfortunate sono sempre noiose».

«A chi si riferisce?» intervenne il colonnello Grant. «Al giovane Gerald Lloyd? Ah, quello lì non concluderà mai niente.»

Richard Cauldfield tornò a rivolgersi ad Ann.

«Dunque lei ha una figlia?» le chiese a bassa voce. «E per di più una figlia abbastanza grande da avere un ragazzo.»

«Oh, sì, Sarah ha diciannove anni.»

«Ed è molto legata a sua figlia, vero?»

«Certo che lo sono.»

Ann colse una rapida smorfia di dolore sul volto del suo interlocutore, e ripensò alla storia che le aveva raccontato il colonnello Grant. Richard Cauldfield doveva essere una persona molto sola.

Con voce flebile, l'uomo disse: «Sembra troppo giovane per avere una figlia già così cresciuta».

«Questa è la frase di prammatica da dire a una donna della mia età» rispose Ann con una risata.

«Forse è così, però lo penso davvero. Suo marito è...» Esitò un istante, poi concluse la frase. «... morto?»

«Sì, molto tempo fa.»

«E perché non si è risposata?»

Sarebbe potuta sembrare una domanda impertinente, ma dal tono della voce si capiva che la partecipazione dell'uomo era reale, e questo lo salvava dall'accusa di essere inopportuno. Ann sentì che Richard Cauldfield era una persona genuina, semplicemente interessata alla sua storia.

«Ecco, perché...» Si fermò un istante. Poi proseguì con assoluta sincerità. «Perché amavo moltissimo mio marito. E da quando se n'è andato non sono mai riuscita a innamorarmi di nuovo. E poi perché c'era Sarah, naturalmente.»

«Certo» disse Cauldfield. «Certo, c'era Sarah con lei, come è giusto che sia.»

A quel punto Grant si alzò e propose di spostarsi nella sala ristorante. A tavola, Ann prese posto tra il suo ospite e la signora Massingham. Non ebbe ulteriori occasioni di parlare a quattr'occhi con Cauldfield, che d'altronde chiacchierava piuttosto fittamente con la signorina Graham.

«Credo che siano fatti l'uno per l'altra, non trovi?» le mormorò in un orecchio il colonnello. «Sai, Richard ha bisogno di una moglie.»

Per qualche ragione quell'osservazione contrariò Ann. Suvvia, Jennifer Graham! Con quel suo vocione e quella risata cavallina. Non era di certo il tipo di donna adatta a diventare la moglie di Cauldfield.

A quel punto furono servite le ostriche e la combriccola iniziò a mangiare e a chiacchierare.

«Sarah è partita questa mattina?»

«Sì, James. Spero che trovino tanta bella neve.»

«Speriamo, anche se in questo periodo dell'anno non è affatto sicuro. A ogni modo, credo che si divertirà. È una bella ragazza. A proposito, spero che non sia partito anche il giovane Lloyd.»

«No, no, adesso sta lavorando per suo zio, non può andarsene.»

«Bene. Devi troncare questa storia sul nascere, Ann.»

«Sai, James, ai nostri giorni queste cose non si possono troncare più di tanto.»

«Già, forse è così. Però perlomeno l'hai mandata lontano per un po'.»

«Sì, ho pensato che fosse una buona idea.»

«Certo! Non sei mica nata ieri, Ann, e speriamo che laggiù leghi con qualche ragazzo di un'altra stoffa.»

«Sarah è ancora molto giovane, James, non credo che con Gerry Lloyd ci sia niente di serio.»

«Forse no, ma l'ultima volta che l'ho vista mi sembrava molto coinvolta.»

«Questo è tipico di Sarah, si sente sempre coinvolta. Sa sempre esattamente che cosa gli altri dovrebbero fare, e li spinge a farlo. È molto leale con i suoi amici.»

«È davvero una cara ragazza, e anche molto attraente. Ma non sarà mai tanto attraente quanto te, Ann. E poi lei è un tipo tosto, come si dice oggi?... Una dura.»

Ann sorrise.

«Non credo che Sarah sia davvero una dura, in fondo, è che le nuove generazioni hanno questo atteggiamento.»

«Forse, ma alcune di queste ragazze avrebbero bisogno di andare a lezione di fascino dalle loro madri.»

La stava guardando con grande devozione, e Ann pensò tra sé, con un improvviso e insolito fervore: "Caro James, è sempre così dolce con me. Pensa davvero che io sia perfetta. Sono una folle a non accettare quello che mi offre? Potrei essere amata, coccolata...".

Sfortunatamente, proprio in quel momento il colonnello Grant iniziò a raccontare una delle storielle di quando era di stanza in India. Il racconto, che aveva per protagonisti un suo ufficiale e la moglie di un maggiore, era lunghissimo e Ann l'aveva già ascoltato almeno tre volte.

Il fervore di poco prima si affievolì lentamente, e Ann si mise a osservare di sottecchi Richard Cauldfield che chiacchierava dall'altra parte del tavolo. Un po' troppo sicuro di sé, un po' troppo dogmatico... No, si corresse, non lo era veramente. La sua era soltanto una corazza difensiva, che poneva tra sé e un mondo bizzarro e potenzialmente ostile.

Aveva un viso triste. Il viso di un solitario.

Ma aveva anche molte qualità, pensò. Gentile, onesto e assolutamente corretto. Ostinato, probabilmente, e in qualche caso anche prevenuto. Non doveva essere abituato a ridere o a essere deriso. Il tipo di uomo che sboccia come un fiore se si sente davvero amato.

«... ci crederesti?» Il colonnello era giunto trionfante alla conclusione della sua storia. «Il maggiore Sayce sapeva tutto fin dall'inizio!»

Riscuotendosi, Ann tornò ai suoi doveri immediati e rise con garbo dimostrando di apprezzare il racconto.

3

LA MATTINA DOPO Ann si svegliò chiedendosi per un momento dove si trovasse. Era certa che la sagoma scura della finestra dovesse trovarsi sulla destra, non sulla sinistra.

E poi la porta, l'armadio...

D'un tratto si rese conto. Fino a poco prima stava sognando, e sognava di essere tornata ragazzina, nella sua vecchia casa ad Applestream. Era giunta lì tutta emozionata, ed era stata accolta da sua madre e da una giovane Edith. Si era messa a correre in giardino lanciando gridolini e infine era rientrata in casa. Tutto era come ai vecchi tempi, l'entrata piuttosto scura che dava nel salone, la tappezzeria e tutto il resto. E poi, a sorpresa, sua madre aveva detto: "Stasera prenderemo il tè di qua", e l'aveva condotta attraverso un'altra porta in una stanza nuova e sconosciuta. Era un ambiente affascinante, pieno di sole, con allegri rivestimenti di chintz e fiori dappertutto. A quel punto una voce le aveva chiesto: "Non hai mai saputo che esistessero questi locali, vero? Li abbiamo trovati solo l'anno scorso". E c'erano ancora nuove stanze, e una piccola scala, e altre stanze al piano di sopra. Era stato tutto molto elettrizzante.

Adesso aveva aperto gli occhi, ma era ancora in parte immersa nel sogno. Era ancora ragazzina, una creatura all'inizio della vita. Quelle stanze inesplorate! Che strano non averne mai saputo nulla in tutti quegli anni! Quando erano state scoperte? Di recente oppure anni prima?

La realtà filtrava lentamente attraverso la dolce cortina del sonno. Era stato solo un sogno, un bel sogno felice che ora si striava di una venatura leggermente dolente, il dolore della nostalgia. Perché non si poteva tornare indietro. E poi che stranezza, il fatto che sognare qualche normalissima stanza in più in una casa potesse farle provare un tale estatico piacere. Si intristì al pensiero che quelle camere in realtà non erano mai esistite davvero.

Restò a letto ancora a lungo, a guardare la sagoma della finestra schiarirsi a poco a poco. Ormai doveva essere abbastanza tardi, dovevano essere almeno le nove. Ma le mattine erano talmente buie, in quel periodo. Sarah invece si sarebbe svegliata in una Svizzera assolata e piena di neve.

In qualche modo, però, in quel momento anche Sarah non sembrava reale. Era lontana, remota, indistinta...

Quello che sembrava davvero reale era la casa nella contea di Cumberland, i tessuti di chintz alle pareti, il sole, i fiori, sua madre... E anche Edith, rispettosamente sull'attenti, con il volto più giovane, liscio e senza rughe, ma con la sua solita smorfia di biasimo.

Ann sorrise e la chiamò: «Edith!».

La donna entrò nella stanza e aprì subito le tende.

«Bene,» disse soddisfatta «si è fatta una bella dormita. Fosse stato per me, non l'avrei neanche svegliata. Non è una gran giornata, direi che sta venendo giù un nebbione...»

Dalla finestra entrava una pesante luce giallastra. Non era molto invitante, in effetti, ma Ann non ne fu affatto turbata: era ancora pervasa da una sensazione di benessere. Restò sdraiata a sorridere tra sé.

«La colazione è pronta, gliela vado a prendere e la porto qui.»

Edith si arrestò un istante sulla soglia della camera e lanciò un'occhiata incuriosita alla padrona di casa.

«Ha l'aria più che soddisfatta, questa mattina. Dev'essersi divertita molto, ieri sera.»

«Ieri sera?» Per un attimo Ann sembrò cascare dalle nuvole. «Ah, certo, ieri sera. Sì, sì, è stata proprio una bella serata. Ma senti questo, piuttosto: quando mi sono svegliata, poco fa, stavo sognando di essere ancora nella vecchia casa. C'eri anche tu con noi, era estate, e trovavamo delle nuove stanze di cui non avevamo mai saputo nulla.»

«E per fortuna che non lo sapevamo, direi. Nella vecchia casa le stanze erano già più che sufficienti. Che posto enorme e sconclusionato. E quella cucina! Quando penso a quanto carbone si dev'essere mangiata quella stufa... Meno male che all'epoca costava meno di oggi!»

«Più che altro, all'epoca eri molto giovane, Edith, e lo ero anch'io.»

«E con questo? Non si possono mica far tornare indietro le lancette dell'orologio, ho ragione? Per quanto lo si voglia, non c'è niente da fare. Quei tempi sono morti e sepolti per sempre.»

«Morti e sepolti per sempre» ripeté Ann a bassa voce.

«E poi sono ben contenta di come sono ora. Sono in forza e in salute, benché si dica che con la mezza età si rischia di prendere uno di quei brutti mali. Ultimamente mi è capitato di pensarci almeno un paio di volte.»

«Sono sicura che non hai niente del genere, Edith.»

«Con queste cose non si sa mai, non finché non ti trasportano all'ospedale, ti aprono in due e alla fine scoprono che è troppo tardi.» E su questa frase Edith lasciò la stanza.

Tornò pochi minuti dopo portando un vassoio con caffè e pane tostato.

«Ecco la sua colazione. Si sieda, le sistemo il cuscino dietro la schiena.»

Ann alzò lo sguardo verso di lei e disse d'impulso: «Come sei buona con me, Edith!».

La donna avvampò dall'imbarazzo.

«So solo come devono essere fatte le cose, ecco tutto. E comunque, ci dovrà pur essere qualcuno che le stia dietro. Lei non è una di quelle signore determinate. Penso a quella Dame Laura, nemmeno il papa potrebbe reggere il confronto.»

«Dame Laura ha una grande personalità.»

«Lo so, l'ho sentita alla radio. Il tipo di persona che già dallo sguardo ti fa capire di essere qualcuno. A quanto ho sentito è anche riuscita a sposarsi. Cos'è successo poi? Hanno divorziato o le è morto il marito?»

«È vedova.»

«Meglio per lui, oserei dire. Non è il tipo di donna con cui un gentiluomo si troverebbe bene. Anche se non nego che *alcuni* uomini, di fatto, preferiscono che sia la moglie a portare i pantaloni in casa.»

Edith andò alla porta e nel frattempo disse: «Ora non si preoccupi, mia cara. Si riposi per bene, resti a letto, faccia bei pensieri e si goda la sua vacanza».

"Vacanza?" pensò Ann divertita. "Come sarebbe a dire?"

Ma in fondo, in qualche modo, era vero. Quello era un periodo di interregno nella trama della sua esistenza. Il fatto era che, vivendo con una bambina che adorava, in un angolo della sua mente c'era sempre una leggera e costante forma di apprensione. "Sarà felice?", "Tizio e Caio saranno davvero dei buoni amici per lei?", "Ieri sera, quando è andata a ballare, qualcosa dev'essere andato storto. Ma cosa?".

Ann aveva sempre preferito non interferire, evitando di porre troppe domande. Aveva capito che Sarah doveva sentirsi libera di scegliere se aprirsi o meno con lei. Doveva imparare le lezioni della vita, scegliere le proprie amicizie. Eppure, proprio perché la amava, non poteva togliersi dalla testa quelli che in fondo erano problemi di sua figlia, che in qualsiasi momento avrebbe potuto avere bisogno di lei. Che Sarah si rivolgesse a sua madre per il piacere di farlo o per un aiuto pratico, poco importava: lei doveva essere lì, a disposizione...

A volte Ann diceva a se stessa: "Devo essere preparata a vedere Sarah infelice, un giorno, ma anche in quel caso dovrò sforzarmi di non dire nulla, a meno che non sia lei a volere che lo faccia".

Negli ultimi tempi, quello che l'aveva maggiormente preoccupata era la relazione con quel giovane risentito e lamentoso, quel Gerald Lloyd a cui Sarah sembrava sempre più legata. Era un pensiero persistente, mitigato dal sollievo di sapere che sarebbero stati separati per almeno tre settimane. Periodo nel quale Sarah avrebbe conosciuto moltissimi altri giovani.

Sì, ora che sua figlia era in Svizzera poteva finalmente smettere di preoccuparsi per lei e rilassarsi in santa pace. Restare lì nel suo letto comodo a riposare, pensando soltanto a cosa avrebbe fatto durante la giornata. La sera prima si era davvero divertita. Il caro James, così gentile e al contempo sempre così noioso, poverino! I suoi aneddoti infiniti! Davvero, pensò, gli uomini avrebbero dovuto promettere che, una volta raggiunti i quarantacinque anni, avrebbero evitato di mettersi a raccontare episodi o storielle. Chissà se immaginavano fino a che punto i loro amici si scoraggiavano ogni volta che dicevano qualcosa come: "Non so se ho già avuto modo di raccontarvelo, ma una volta è successa una cosa stranissima, di uno che...", e così via.

Certo, avrebbe sempre potuto interromperlo: "Sì, James, me l'hai già raccontato tre volte". Ma poi lui ci sarebbe rimasto talmente male... No, non si poteva fare una cosa del genere a James.

E poi c'era stato quell'altro incontro, con Richard Cauldfield. Era molto più giovane, d'accordo, ma probabilmente anche lui, un giorno, si sarebbe messo a raccontare mille volte gli stessi noiosi avvenimenti.

Ann considerò che magari lui... No, no, che sciocchezza... Era più il tipo da mettersi a dettare legge, da diventare moralista, con tutta una sfilza di pregiudizi e idee preconfezionate. Gli avrebbe fatto bene essere un po' preso in giro, sì, essere canzonato con gentilezza. Magari a volte poteva anche risultare un po' assurdo, ma in fondo era davvero una cara persona, ed era solo, molto solo. Le dispiaceva per lui, così allo sbando nella vita nervosa e frenetica della Londra moderna. Si chiese che genere di lavoro avrebbe mai potuto trovare... Ricerca tutt'altro che facile, con i tempi che correvano. Probabilmente avrebbe finito per comprarsi la sua fattoria o il suo pezzo di terreno e si sarebbe sistemato in campagna.

Si chiese anche quando e se lo avrebbe mai rivisto. Magari avrebbe potuto chiedere al colonnello di uscire a cena, una delle sere seguenti, domandandogli di invitare anche Richard Cauldfield. Sarebbe stato un pensiero carino strapparlo alla sua solitudine. Lei avrebbe potuto portare un'amica, e tutti insieme sarebbero potuti andare a teatro.

Ma perché Edith stava facendo tutto quel rumore nella stanza accanto? Sembrava che in soggiorno fosse all'opera un'intera ditta di traslochi. Botti, colpi, un fracasso infernale, e di tanto in tanto il potente gemito dell'aspirapolvere. Edith se la stava davvero spassando.

Poco dopo la governante fece capolino dalla porta, e Ann la vide con uno strofinaccio attorcigliato sulla testa in una sorta di stato estatico, come una sacerdotessa intenta a celebrare un rito pagano.

«Non è che per caso ha intenzione di uscire per pranzo, vero? Perché sa, mi ero sbagliata riguardo alla nebbia, pare che oggi verrà fuori una bella giornata. Non che mi sia scordata che c'è ancora quella platessa di ieri, ma se si è conservata finora, andrà ancora bene per cena. Non c'è niente da dire, questi frigoriferi moderni fanno durare ogni cosa, anche se secondo me si portano via tutta la bontà. A ogni modo, se ha intenzione di uscire...»

Ann scoppiò a ridere.

«D'accordo, d'accordo, uscirò per pranzo.»

«Faccia pure come preferisce, naturalmente, a me va bene comunque.»

«Sì, Edith, ma non ti ammazzare di lavoro. Dal momento che hai deciso di ripulire questa casa da cima a fondo, perché non chiamiamo la signora Hopper per chiederle di darti una mano?»

«La signora Hopper, ci mancherebbe altro! L'ultima volta le ho lasciato passare lo strofinaccio su quel bel parafuoco di ottone di sua madre, e alla fine doveva vedere in che stato era ridotto: unto e bisunto. Quelle donne sono buone solo a lavare il linoleum per terra, una cosa che può fare chiunque. Si ricorda quella grata e quel parafuoco di acciaio intagliato che avevamo ad Applestream? Ecco, quelli sì che sono oggetti difficili da conservare per bene. Ed è qualcosa di cui vado fiera, lasci che glielo dica. Lei in questa casa ha tanti bei mobili che devono essere lucidati come si deve, non a casaccio. Peccato soltanto che ci siano anche tutti questi armadi a muro.»

«Così c'è meno lavoro da fare.»

«Sarà, ma per i miei gusti è roba da hotel. Allora, ha deciso che esce? Bene, bene. Così potrò tirare via i tappeti con calma.»

«Questa sera posso rientrare? O preferisci che mi trovi un albergo?»

«Non faccia la spiritosa, signora Ann. Fra l'altro, quella casseruola che ha preso ai grandi magazzini non vale un soldo. È troppo grande e ha una forma che non va bene per mescolare. Ne voglio una come quella che avevo prima.»

«Temo che non le producano nemmeno più, Edith.»

«Ah, questo governo!» esclamò la governante con disgusto. «E cosa mi dice di quei piatti di porcellana per il soufflé che le avevo chiesto? Alla signorina Sarah piace che il soufflé sia servito così.»

«Oh, me ne sono completamente dimenticata. Potrei andare a cercarli.»

«Ecco, bene, ha trovato qualcosa da fare.»

«Edith!» protestò Ann, esasperata. «Mi tratti come se fossi una bambina che dev'essere esortata ad andare fuori a divertirsi!»

«L'assenza di Sarah la fa sembrare più giovane, lo ammetto. Ma il mio era solo un suggerimento, madame.» Edith si drizzò in tutta la sua altezza e parlò con un tono indispettito. «Se le dovesse capitare di passare dalle parti dei grandi magazzini Army and Navy, o magari vicino al negozio di John Barker...»

«D'accordo, Edith, va' pure a divertirti anche tu in soggiorno.»

«Questa poi...» disse Edith con indignazione, e uscì dalla stanza.

Il concerto di botti e colpi riprese a echeggiare per la casa, accompagnato adesso da un altro rumore: quello della voce sottile e stonata di Edith che cantava un'aria malinconica.

In questa terra di pena e dolore
Senza gioia, né sole, né bellezza
Col sangue Tuo lavaci, oh Signore
Affinché noi piangiamo con purezza.

La visita di Ann al reparto porcellane dei grandi magazzini fu un vero successo. Aggirandosi tra gli scaffali pensava che con i tempi che correvano, con tutte le cose fatte male o alla bell'e meglio che si trovavano in giro, era un sollievo tornare di tanto in tanto ad ammirare le porcellane, i bicchieri e i piatti di ceramica che il suo Paese era ancora in grado di produrre.

La minacciosa scritta «Solo per esportazione» non le guastò il piacere di quella mercanzia ordinatamente disposta in file luccicanti. Procedette verso i bancali che esponevano gli scarti di produzione, affollati di donne che ronzavano attorno con sguardi bramosi di avventarsi su qualche pezzo di loro gusto.

Quel giorno fu proprio Ann a essere fortunata. Trovò infatti un set da colazione quasi completo, composto da capienti tazze di porcellana, rotonde e di un bel marrone lucido. Il prezzo era tutto sommato ragionevole, e riuscì ad acquistarlo appena in tempo. Nel momento esatto in cui l'inserviente stava staccando l'etichetta, un'altra donna si precipitò urlando eccitata: «Lo prendo io!».

«Mi dispiace, signora, è stato appena venduto» disse la commessa.

«Sono davvero desolata» le fece eco ipocritamente Ann, e se ne andò ringalluzzita dalla sua deliziosa conquista. Aveva anche trovato degli adorabili piatti da soufflé della dimensione giusta, ma di vetro invece che di porcellana, e sperò che a Edith sarebbero andati bene e che non avrebbe brontolato troppo.

Attraversò la strada e passò al reparto giardinaggio; la fioriera alla finestra del suo appartamento stava andando a pezzi e desiderava ordinarne un'altra.

Si stava dirigendo verso un commesso quando sentì una voce dietro di lei: «Che combinazione! Buongiorno, signora Prentice».

Ann si girò e si trovò davanti Richard Cauldfield. L'uomo era palesemente felice di quell'incontro, e lei non poté fare a meno di sentirsi lusingata.

«Che piacere incontrarla qui, così per caso. È davvero una splendida coincidenza. Le dirò di più, stavo proprio pensando a lei. Sa, l'altra sera avevo intenzione di chiederle dove vivesse, per passare a trovarla. Con il suo permesso, s'intende. Poi però ho pensato che avrebbe potuto giudicarla un'impertinenza da parte mia, e allora ho desistito. D'altronde lei deve avere così tanti amici e...»

Ann lo interruppe.

«Ma certo che deve venire a trovarmi. A dire il vero stavo proprio pensando di chiedere al colonnello Grant di uscire a cena e di domandarle di unirsi a noi.»

«Sul serio, l'ha pensato davvero?»

L'entusiasmo e la soddisfazione di Cauldfield erano così evidenti che Ann provò un moto di compassione. "Pover'uomo, deve sentirsi così solo" pensò. Quel suo sorriso felice era davvero piuttosto infantile.

«Ho appena ordinato una nuova fioriera» disse. «D'altronde, quando si vive in un appartamento è la cosa più simile a un giardino che ci si possa permettere.»

«Proprio così.»

«E lei, cosa fa da queste parti?»

«Stavo guardando le incubatrici per il pollame...»

«Ancora convinto della sua vecchia idea?»

«In un certo senso. Ho dato un'occhiata a tutte le ultime attrezzature per l'allevamento, e ho capito che questa trovata elettronica è all'ultimo grido.»

Si diressero insieme verso l'uscita, e con un improvviso slancio Richard Cauldfield disse: «Mi chiedevo... Certo, forse sarà occupata... ma le andrebbe di pranzare con me, ecco, nel caso in cui non avesse altro da fare?».

«Grazie, mi piacerebbe molto. In effetti Edith, la mia domestica, si sta abbandonando a un'orgia di pulizie di primavera e mi ha fermamente vietato di rientrare a casa per pranzo.»

Richard Cauldfield sembrò abbastanza sconvolto e per niente divertito.

«E lei le permette...?»

«Oh, Edith è una privilegiata.»

«A ogni modo, sa, è sconsigliabile viziare la servitù.»

"Ecco che mi sta rimproverando" pensò Ann, divertita.

«Non sono molte le domestiche che meritano di essere viziate. E comunque Edith è più un'amica che una donna di servizio. È con me da moltissimi anni.»

«Oh, capisco.» Cauldfield si accorse di essere stato garbatamente criticato, eppure non cambiò opinione. Quella donna gentile e graziosa si stava facendo tiranneggiare da una cameriera dispotica. Non era il tipo di donna che riusciva a farsi valere da sola, pensò. Era troppo dolce e accomodante.

Con aria distratta riprese: «Pulizie di primavera, ha detto? Si fanno in questo periodo dell'anno?».

«No, non proprio. Andrebbero fatte a marzo. Ma mia figlia è andata in Svizzera per qualche settimana, e Edith ha colto la palla al balzo. È il momento giusto, quando è in casa lei succedono sempre troppe cose.»

«Le mancherà, suppongo.»

«Sì, mi manca.»

«Pare che alle ragazze di oggi non piaccia restare a casa. Immagino che abbiano una gran voglia di vivere la loro vita.»

«Non più che in passato, direi. L'effetto novità ormai è svanito.»

«Oh... È una splendida giornata, non crede? Le andrebbe di fare una passeggiata nel parco o teme di stancarsi?»

«No, niente affatto. Stavo per proporle la stessa cosa.»

Attraversarono Victoria Street, percorsero un vicolo stretto e alla fine sbucarono nei pressi della stazione di St James's Park. Cauldfield alzò gli occhi verso le statue di Jacob Epstein.

«Riesce a vederci qualcosa? Com'è possibile che qualcuno possa chiamare "arte" una roba del genere?»

«Oh, penso che qualcuno possa farlo, senza alcun dubbio.»

«Di certo non le piaceranno, però.»

«No, personalmente non le amo. Ho gusti antiquati, continuo ad amare la scultura classica e tutto ciò che ho imparato ad apprezzare durante gli studi. Ma questo non vuol dire che il mio giudizio sia infallibile. Credo che ci voglia una certa preparazione per apprezzare le nuove forme artistiche. Come con la musica.»

«Musica! Non può chiamarla musica.»

«Signor Cauldfield, non le sembra di avere vedute piuttosto ristrette?»

L'uomo si voltò di colpo per guardarla in volto. Era arrossito e appariva leggermente nervoso, ma i suoi occhi sostennero lo sguardo di Ann.

«Crede? Forse lo sono. Sì, penso che quando si sta lontani per molto tempo, una volta tornati a casa si ha la tendenza a opporsi a tutto ciò che non corrisponde esattamente ai propri ricordi.» Sorrise all'improvviso. «Mi dovrà dare una mano lei.»

Ann si affrettò a dire: «Oh, anch'io sono terribilmente antiquata. Sarah mi prende spesso in giro. Ma sento che è un tremendo peccato se... come posso dire? È un peccato se, invecchiando, si restringono i propri orizzonti. In primo luogo perché così si diventa noiosissimi, e poi perché ci si può perdere qualcosa di importante».

Richard proseguì in silenzio per qualche istante, poi disse: «Suona così assurdo sentirla parlare di sé come di una persona che sta invecchiando. È la persona più giovane che ho incontrato da molto tempo a questa parte. E persino più giovane di alcune di queste preoccupanti ragazzine. Riescono davvero a spaventarmi».

«Sì, spaventano un po' anche me. Ma le trovo sempre molto piacevoli.»

Nel frattempo, passeggiando, avevano raggiunto St James's Park. Il sole era ormai alto e la giornata era quasi tiepida.

«Dove ci dirigiamo?»

«Andiamo a vedere i pellicani.»

Osservarono gli uccelli con piacere e parlarono delle varie specie di volatili d'acqua che conoscevano. Completamente rilassato e a suo agio, Richard sembrava un ragazzino ed era molto naturale, una splendida compagnia. Chiacchierarono e risero, ed entrambi si sorpresero di quanto si sentissero straordinariamente felici.

A un certo punto, Richard propose: «Le va di sedersi un po' al sole? Non avrà freddo, vero?».

«No, ho abbastanza caldo.»

Si sedettero su due panchine, e il paesaggio che si offrì ai loro sguardi, oltre lo specchio d'acqua, aveva i colori raffinati di una stampa giapponese.

Ann disse adagio: «Londra a volte sa essere davvero splendida. Non sempre ce ne rendiamo conto».

«No, ha ragione, è quasi una rivelazione.»

Restarono seduti un paio di minuti senza dire una parola, poi Richard ruppe il silenzio: «Mia moglie diceva sempre che Londra è il posto migliore in cui godersi l'arrivo della primavera. Diceva che i germogli verdi, i mandorli in fiore e i lillà assumono ancora più significato su uno sfondo di malta e mattoni, mentre in campagna non si riesce ad afferrare con precisione quello che accade. C'è troppo spazio per vedere i dettagli con attenzione. In un giardino di città la primavera sboccia nell'arco di una sola notte».

«Sì, credo che avesse ragione.»

Con uno sforzo, e senza guardare Ann negli occhi, Richard disse: «È morta, molto tempo fa».

«Lo so, il colonnello Grant me l'ha riferito.»

Allora Richard si voltò verso di lei: «Le ha detto com'è successo?».

«Sì.»

«Non lo supererò mai. Mi sentirò sempre come se fossi stato io a ucciderla.»

Ann tacque un istante. Poi disse esitante: «Posso capire quello che prova. Al suo posto sentirei lo stesso. Ma le cose non sono andate così, e lo sa».

«Sono andate così, invece.»

«No, non per sua moglie, non da un punto di vista femminile. La responsabilità di accettare quel rischio è della donna, lo ricordi bene, è implicita nell'amore che prova quando vuole un bambino. E sua moglie... voleva il bambino?»

«Oh, sì. Aline ne era felicissima. E lo ero anch'io. Era una ragazza in perfetta salute, nulla lasciava presagire quello che sarebbe successo.»

Dopo un altro momento di silenzio, Ann disse: «Mi dispiace. Mi dispiace davvero».

«È passato tanto tempo.»

«Morì anche il bambino, vero?»

«Sì, e in qualche maniera, come dire, mi sembrò che fosse meglio così. Gliene volevo, a quella piccola creatura. Non ho mai dimenticato il prezzo che è stato pagato per la sua vita.»

«Mi racconti di sua moglie.»

Mentre erano seduti nella pallida e gelida luce del sole, Richard cominciò a parlare di Aline, di quanto fosse bella e allegra, e di come si fosse fatta all'improvviso silenziosa quando lui le aveva chiesto a cosa stesse pensando e perché sembrasse d'un tratto così assente.

A un certo punto della narrazione si interruppe sorpreso, rendendosi conto che parlava di sua moglie per la prima volta da anni. «La prego, continui» disse Ann.

Era stato tutto talmente veloce, troppo veloce. Il fidanzamento era durato tre mesi, e poi si erano subito sposati. «Noi avremmo anche aspettato, fu sua madre a insistere.» Avevano passato la luna di miele girando la Francia in automobile, facendo il tour dei castelli della Loira.

Senza un apparente filo logico disse: «In macchina era sempre nervosa, non si trovava a suo agio. Teneva la mano sul mio ginocchio, come per acquistare fiducia. Non so perché fosse così inquieta, non aveva mai fatto un incidente». Si interruppe qualche istante, poi riprese: «A volte, dopo tutto quello che è successo, quando guidavo per le strade della Birmania mi sembrava di sentire ancora la sua mano. La immaginavo, capisce... Non mi capacitavo del fatto che se ne fosse andata così, che non vivesse più. Non riuscivo a crederci...».

"Sì, capisco," pensò Ann tra sé e sé "non si riesce a crederci." Anche lei si era sentita così dopo la morte di Patrick. Non poteva essersene andato davvero, *doveva* essere da qualche parte. *Doveva* riuscire a farle sentire la sua presenza. Non poteva essere scomparso nel nulla, senza lasciarsi niente dietro. Che abisso terribile, tra i vivi e i morti!

Richard continuava a parlare. Ora le stava raccontando della casetta che avevano trovato in una stradina privata, con cespugli di lillà e un albero di pere.

Alla fine, con la sua voce brusca e dura, esitando aveva terminato la frase e si era meravigliato di nuovo: «Davvero non so perché le sto raccontando tutto questo...».

Ma in realtà lo sapeva. Quando, piuttosto nervoso, aveva chiesto ad Ann se le andasse di pranzare con lui in un club – «Hanno una sorta di dépendance aperta alle donne, credo, oppure preferisce andare in un ristorante?» – e quando lei aveva risposto che preferiva il club e si erano alzati per incamminarsi lungo il Pall Mall, lo sapeva già bene, anche se ancora non lo ammetteva a se stesso.

Lì, nella fredda e malinconica bellezza di un parco invernale, stava dicendo addio ad Aline.

L'avrebbe lasciata accanto al lago, con i rami spogli che proiettavano il loro nudo intreccio contro il cielo.

Per l'ultima volta la riportò in vita, in tutta la sua bellezza, la sua giovinezza e l'inconsolabile tristezza del suo destino. Era un'elegia, o un canto funebre, o un inno di lode. O forse un po' tutte e tre le cose insieme.

Ma era anche un funerale.

Si congedò da Aline in quel parco, e uscì con Ann a camminare per le strade della città.

4

«LA SIGNORA PRENTICE è in casa?» domandò Dame Laura Whitstable.

«In questo momento non c'è, ma immagino che non starà via ancora per molto. Vuole entrare e aspettarla, signora? So che voleva vedervi.»

Edith si fece rispettosamente da parte per farla entrare.

«Sì, aspetterò, un quarto d'ora almeno. È un po' di tempo che non so niente di lei.»

«Venga, signora.»

Edith la accompagnò in salotto e si inginocchiò per accendere il camino. Dame Laura, guardandosi attorno, ebbe un moto di stupore.

«Vedo che avete rivoluzionato tutta la disposizione dei mobili!» esclamò. «La scrivania era nell'altro angolo, e anche il divano di solito era da un'altra parte.»

«La signora Prentice ha pensato che un piccolo cambiamento sarebbe stato una buona idea» replicò Edith. «Un giorno sono entrata qui, e non l'ho trovata che stava spingendo e trascinando questo qui e quello là? "Oh, Edith," mi fa "non ti sembra che la stanza stia molto meglio così? Guarda, sembra più grande." Be', a dirle il vero non ho notato nessun miglioramento, ma naturalmente ho preferito cucirmi la bocca, sa com'è, le signore hanno le loro strane idee. Ho detto solo: "Adesso non si affatichi troppo, signora. Sollevare pesi è il peggio che ci sia, e una volta che qualcosa va fuori posto non è che ci si rimette in sesto tanto in fretta". Lo so bene, io. È capitato a mia cognata: ha alzato il vetro della finestra, e *zac!*, se n'è rimasta a letto per il resto dei suoi giorni.»

«Probabilmente avrebbe potuto anche alzarsi» disse Dame Laura con decisione. «Una volta si pensava che stare sdraiati sul divano fosse la panacea per ogni male, ma grazie al cielo quei tempi sono finiti.»

«Adesso anche quando partorisci non ti fanno fare nemmeno un mese di riposo» ribatté Edith con evidente disapprovazione. «Alla mia povera nipotina l'hanno rimessa in piedi dopo solo cinque giorni.»

«Eppure siamo molto più in salute adesso di quanto non lo siamo mai stati.»

«Lo spero» bofonchiò mestamente Edith. «Anzi, lo so di certo. Da bambina ero tanto delicata, nessuno credeva che sarei vissuta a lungo, avevo degli svenimenti, degli spasmi atroci. D'inverno, poi, diventavo tutta blu... il freddo mi riduceva in uno stato...»

Intanto Dame Laura, poco interessata ai vecchi problemi di salute di Edith, stava osservando la nuova disposizione della stanza.

«La signora Prentice ha proprio ragione» disse. «È cambiata in meglio. Mi meraviglio che non l'abbia fatto prima.»

«Ha costruito un nido» disse Edith con tono allusivo.

«Come?»

«Ha costruito un nido. Ho visto degli uccelli che lo facevano, svolazzando qua e là con i rametti in bocca.»

«Oh.»

Le due donne si guardarono in faccia. Anche se Dame Laura non cambiò espressione, apparve chiaro che aveva recepito il messaggio.

«Sta frequentando molto il colonnello Grant, ultimamente?» chiese all'improvviso.

Edith scosse la testa. «Pover'uomo. Direi che gli hanno dato il *congelo*.» Poi, per spiegarsi meglio, aggiunse: «È una parola francese per dire che non c'è trippa per gatti».

«Oh, *le congé*, capisco.»

«Peccato, era una persona simpatica» disse Edith in tono funereo, usando il passato come se si fosse trattato di un epitaffio. Poi, nell'uscire dalla stanza, commentò: «Le dirò io chi non sarà contenta di questa nuova sistemazione: la signorina Sarah. A lei i cambiamenti non piacciono proprio per niente».

Laura Whitstable aggrottò le folte sopracciglia, poi prese un libro da una mensola e cominciò a sfogliare le pagine distrattamente.

Poco dopo si udì il rumore della chiave nella serratura e poi quello della porta che si apriva, finché dall'ingresso non echeggiarono le voci allegre di Ann e di un uomo.

«Oh, c'è della posta» esclamò Ann. «È una lettera di Sarah.»

La donna entrò in salotto con la lettera in mano e si fermò sulla soglia, restando confusa per un attimo.

«Laura, come sono contenta di vederti!» Si rivolse all'uomo che la seguiva e fece le presentazioni. «Signor Cauldfield, questa è Dame Laura Whitstable.»

A Dame Laura bastò poco per inquadrare il tipo. Convenzionale, forse ostinato. Onesto. Di buon cuore. Senza humour. Probabilmente permaloso. Molto innamorato di Ann.

Cominciò a parlargli con la sua solita disinvolta schiettezza.

Ann bisbigliò: «Vado a dire a Edith di portare il tè», e fece per uscire dalla stanza.

«Non per me, cara» la richiamò Laura. «Sono già quasi le sei.»

«Richard e io dobbiamo ancora prenderlo, nel pomeriggio siamo stati a un concerto. Tu cosa desideri?»

«Brandy e soda andranno bene.»

«D'accordo.»

Dame Laura disse: «Lei è appassionato di musica, signor Cauldfield?».

«Sì, di Beethoven in particolare.»

«A tutti gli inglesi piace Beethoven. A me invece fa venire sonno, mi dispiace dirlo. Vorrà dire che la musica non fa per me.»

«Sigaretta, Dame Laura?» Cauldfield le porse il suo pacchetto.

«No, grazie, fumo solo sigari.»

Poi aggiunse, guardandolo furbescamente: «Così lei è quel tipo di uomo che alle sei di sera preferisce il tè a un cocktail o a uno sherry?».

«No, direi di no. Non adoro il tè fino a questo punto, ma in qualche maniera mi pare che si addica particolarmente ad Ann...» confessò. «So che sembra assurdo.»

«Niente affatto. Al contrario, lei è una persona perspicace. Non voglio dire che Ann non beva alcolici, lo fa, ma più che altro è quel genere di donna che dà il suo meglio quando è seduta davanti a un bel servizio da tè, con posate d'argento antico e tazze e piattini di fine porcellana.»

Richard era veramente divertito.

«Verissimo, ha perfettamente ragione!»

«È che conosco Ann da un sacco di anni, le sono molto affezionata.»

«Lo so, mi ha parlato spesso di lei. Ma naturalmente ho anche altri motivi per conoscerla.»

«Oh, sì,» replicò Dame Laura con un cordiale sorriso «sono una delle donne più note d'Inghilterra. Faccio parte di tutte le commissioni, e tra un'intervista e l'altra sono sempre in onda alla radio, oppure sono impegnata a proporre leggi che in genere tendono al benessere della popolazione. Eppure ho capito questo: qualsiasi risultato si riesca a realizzare nella vita, si tratta sempre di ben poca cosa, e qualcun altro potrebbe facilmente farlo al nostro posto.»

«Suvvia!» protestò Richard. «Non le pare un po' demoralizzante, come conclusione?»

«Non dovrebbe esserlo, ogni sforzo deve presupporre umiltà.»

«Non credo di essere d'accordo con lei.»

«Davvero?»

«Sono convinto che, per combinare qualcosa di valido, ogni uomo... o donna, ovviamente... debba soprattutto avere fiducia in se stesso, credere nelle proprie capacità.»

«E perché dovrebbe?»

«Via, Dame Laura, sicuramente anche lei...»

«Io sono all'antica, preferirei che ogni uomo *conoscesse* se stesso e *credesse* in Dio.»

«Conoscere e credere non sono forse la stessa cosa?»

«Proprio per niente, mi spiace. Una delle mie teorie preferite... del tutto irrealizzabile, naturalmente, ed è il bello di tutte le teorie... è che ogni individuo dovrebbe trascorrere almeno un mese all'anno in mezzo al deserto. Accampato vicino a un'oasi, naturalmente, e con una scorta di datteri o di qualsiasi altra cosa si mangi nel deserto.»

«Potrebbe rivelarsi persino piacevole» commentò Richard sorridendo. «Se potessi portare anche qualche buon libro, sarei pronto a metterci la firma anche adesso.»

«Ah, questo è il punto. Niente libri. I libri sono una droga che dà assuefazione. Con cibo a sufficienza e niente – assolutamente *niente* – da fare, ci sono perlomeno buone probabilità di fare conoscenza con se stessi.»

Richard sorrise piuttosto scettico.

«Non pensa che la maggior parte di noi si conosca già abbastanza bene?»

«Certamente *no*. Ai giorni nostri non si ha il tempo di conoscere nient'altro che le proprie caratteristiche più piacevoli.»

«Di cosa state discutendo?» li interruppe Ann, giungendo con un bicchiere in mano. «Ecco il tuo brandy e soda, Laura. Edith sta portando il tè.»

«Sto illustrando la mia teoria della meditazione nel deserto» rispose Laura.

«Questa è una delle sue idee» disse Ann, ridendo. «Ti siedi nel deserto, non fai niente, e alla fine scopri che persona davvero orribile sei!»

«Ah, perché tutti siamo persone orribili?» chiese Richard con un certo sarcasmo. «È ciò che sostengono gli psicologi, lo so, ma davvero, perché mai?»

«Perché se si ha il tempo per conoscere solo una parte di se stessi» rispose prontamente Dame Laura «si selezionerà, come ho già detto prima, la parte migliore.»

«Molto bene, Laura,» disse Ann «ma dopo che uno è stato nel suo deserto e ha scoperto di essere orribile, che cosa può fare? Sarà in grado di cambiare se stesso?»

«Dovrei rispondere che è piuttosto improbabile, comunque potrà sempre ricavare indicazioni su come si comporterà in certe circostanze e, cosa ancora più importante, *perché* lo farà.»

«Ma scusa, Laura, di solito non si è capaci di prevedere bene come si reagirà in una data situazione? In fondo, non si deve fare altro che prevedere se stessi.»

«Oh, Ann, Ann! Pensa a chi si esercita prima di affrontare il proprio capo, o la fidanzata, o il vicino di casa. Crede di essere preparato a puntino, poi, quando arriva il momento giusto, perde la lingua oppure dice cose completamente diverse da quelle che aveva intenzione di dire. Le persone che si ritengono in grado di affrontare ogni emergenza sono le prime a perdere completamente la testa, mentre chi teme di essere inadeguato si sorprende della propria capacità di mantenere il controllo.»

«Non so, Laura. Le persone si esercitano a fare conversazioni immaginarie e a compiere azioni altrettanto immaginarie per ottenere quello che vogliono, pur sapendo che la realtà potrà essere molto diversa. Ma io penso che fondamentalmente ciascuno conosca bene le proprie reazioni e il proprio... come dire? Il proprio carattere.»

«Oh, mia povera ragazza.» Dame Laura alzò le mani al cielo. «Così immagino che tu creda di sapere bene chi è Ann Prentice.»

Edith entrò con il tè.

«Be', se è per questo, non ho un'opinione particolarmente buona di me stessa» replicò Ann sorridendo.

«Ecco la lettera della signorina Sarah» disse Edith. «L'aveva lasciata in camera sua.»

«Oh, grazie, Edith» rispose Ann, posando la busta sul tavolino senza aprirla.

Dame Laura le lanciò una rapida occhiata indagatrice.

Richard Cauldfield bevve rapidamente il suo tè e si accomiatò.

«È stato discreto» fu il commento di Ann. «Deve aver pensato che desideravamo restare un po' da sole per parlare tra noi.»

Dame Laura osservò attentamente la sua amica, contemplando sorpresa i segnali di un cambiamento in atto. Il consueto bell'aspetto di Ann stava sbocciando in un altro tipo di bellezza. Laura Whitstable aveva già notato il fenomeno altre volte e ne conosceva la ragione. Quell'aria radiosa e felice poteva avere un solo significato: Ann era innamorata. Che cosa ingiusta, pensò, che le donne innamorate apparissero al meglio di sé, mentre gli uomini innamorati sembravano agnellini depressi.

«Ann, cosa hai fatto ultimamente?» domandò.

«Non saprei, sono andata un po' in giro. Niente di speciale.»

«Richard Cauldfield è una nuova amicizia o mi sbaglio?»

«Sì, l'ho conosciuto solo una decina di giorni fa a una cena con James Grant.»

Le raccontò qualcosa di Richard e terminò chiedendo candidamente: «Mi sembra che ti piaccia, vero?».

Dame Laura, che non aveva ancora stabilito quanto Richard Cauldfield le andasse a genio, rispose con prontezza: «Certo, moltissimo».

«Vedi, ho la sensazione che abbia avuto una vita infelice.»

Era un'affermazione che a Dame Laura era capitato di sentire molte altre volte. Trattenne un sorriso e domandò: «Ci sono notizie di Sarah?».

Il viso di Ann si illuminò.

«Oh, Sarah si sta divertendo da matti. Hanno trovato una splendida neve, e nessuno si è rotto niente.»

Dame Laura disse ironicamente che Edith sarebbe rimasta delusa, ed entrambe scoppiarono a ridere.

«Questa è una lettera di Sarah. Ti dispiace se la apro?»

«Niente affatto.»

Ann strappò la busta e si mise a leggere. Poi rise di cuore e la passò a Dame Laura.

Cara mamma,
la neve è perfetta. Tutti dicono che è stata la migliore stagione di sempre. Lou ha fatto l'esame ma purtroppo è stata bocciata. Roger mi ha dato un sacco di lezioni, e considerando che nel mondo dello sci è considerato un asso è stato davvero gentilissimo. Jane sostiene che lo fa perché gli piaccio, ma io non credo proprio. Penso piuttosto che provi una certa forma di sadico piacere nel vedermi rotolare lungo la pista con le gambe tutte attorcigliate. C'è anche Lady Cronsham, con quell'orribile sudamericano. Sono proprio una coppia di sfrontati. Io mi sono presa una mezza cotta per uno degli istruttori, bello da morire, ma lui è talmente abituato che tutte gli corrano dietro che non se ne è neanche accorto. Almeno, però, ho imparato a ballare sui pattini.

E tu come te la passi, mia cara? Spero che tu esca spesso con i tuoi ammiratori. Non spingerti troppo in là con il vecchio colonnello, certe volte gli brillano gli occhi come quando era cadetto a Poona. E come sta il professore? Ti ha raccontato altre delle sue buffe storie sulle tradizioni matrimoniali in giro per il mondo? A presto, baci,

Sarah

Dame Laura le rese la lettera.

«Già, sembra proprio che Sarah si stia divertendo... Immagino che il professore sia quel tuo amico archeologo.»

«Sì, Sarah mi prende sempre in giro a causa sua. Avevo intenzione di invitarlo a pranzo, ma sono stata così impegnata.»

«In effetti, sembra proprio di sì.»

Ann stava spiegazzando nervosamente la lettera di Sarah. Poi d'un tratto le scappò un sospiro: «Oh, cielo!».

«E questo "Oh, cielo!" come ti è venuto?»

«Oh, be', credo di poterlo dire, tanto più che probabilmente l'hai già intuito da sola. Richard Cauldfield mi ha chiesto di sposarlo.»

«Quando è successo?»

«Oh, soltanto oggi.»

«E tu che cosa farai?»

«Credo che gli dirò di sì... Ma aspetta, perché dico così? Certo che lo farò.»

«Decisione veloce, Ann!»

«Vuoi dire che lo conosco da troppo poco tempo? Ma siamo entrambi così sicuri.»

«E in effetti, tramite il colonnello Grant, conosci molte cose di lui. Sono molto contenta per te, mia cara. Hai un'aria molto felice.»

«Potrà sembrarti stupido, Laura, ma io lo amo moltissimo.»

«E perché dovrebbe sembrarmi stupido? Te lo si legge negli occhi.»

«E lui ama me.»

«Anche questo è evidente. Non ho mai visto un uomo assomigliare in maniera così precisa a un agnellino.»

«Richard non sembra un agnellino!»

«Un uomo innamorato assomiglia *sempre* a un agnellino. È una legge di natura.»

«Ma, Laura, a te piace? Dimmi la verità» tornò a chiedere Ann.

Questa volta Laura Whitstable non rispose con la stessa rapidità di poco prima. Ponderando le parole, disse: «Vedi, Ann, è un tipo di uomo molto semplice».

«Semplice? Può essere. Ma non è un bene?»

«Diciamo che può comportare anche alcuni aspetti negativi. E poi è suscettibile, molto suscettibile.»

«È acuto da parte tua, Laura. Molta gente non l'avrebbe notato.»

«Ma io non sono *molta gente*.» Dame Whitstable esitò un momento, poi domandò: «L'hai già comunicato a Sarah?».

«No, non ancora. Come ti ho detto, è successo solo oggi.»

«Ma le hai già parlato di lui per lettera? Insomma, ti sei preparata il terreno, per così dire?»

«No, in realtà no» rispose Ann. Poi aggiunse: «Devo scriverle e dirglielo».

«Sì.»

Ann ebbe un'altra esitazione. «In fondo non credo che a Sarah importerà più di tanto. Tu cosa ne pensi?»

«Difficile a dirsi.»

«Lei è sempre così dolce con me. Voglio dire, non dice mai niente di particolare, ma nessuno sa quanto può essere dolce quella ragazza anche senza parlare. Poi, certo...» Ann guardò prostrata la sua amica. «Penserà che sia una cosa *buffa*.»

«È molto probabile. Ti dispiace?»

«Oh, a me no. Ma a Richard certamente sì.»

«Già, già. Vorrà dire che Richard dovrà proprio rassegnarsi. Ma se fossi in te avvertirei Sarah prima che torni a casa, in modo che abbia il tempo di abituarsi all'idea. Fra l'altro, quando avete intenzione di sposarvi?»

«Il desiderio di Richard è che sia il più presto possibile, e a dire il vero non c'è nessuna ragione per aspettare, vero?»

«Certo che no. Anzi, direi che prima vi sposate meglio è.»

«È un buon momento, Richard ha appena ottenuto un impiego alla Hellner Bros. Aveva conosciuto uno dei giovani proprietari in Birmania durante la guerra. Un autentico colpo di fortuna.»

«Mia cara, tutto sembra andare nel migliore dei modi. Sono davvero molto contenta per te» tornò a dire Laura Whitstable con molta gentilezza, e si alzò per andare ad abbracciare l'amica.

«Questa poi!» esclamò guardando Ann negli occhi. «Da dove salta fuori quell'espressione accigliata?»

«Oh, è per Sarah. Spero solo che non le dispiaccia.»

«Mia cara, è della tua vita che stiamo parlando o di quella di tua figlia?»

«Della mia, naturalmente, ma...»

«Se a Sarah dispiace, peggio per lei! Le passerà, ti vuole bene.»

«Oh, lo so.»

«Questo è l'inconveniente di essere amati, prima o poi ognuno se ne rende conto. Meno gente ti vuole bene, meno ragioni hai per soffrire. Io sono fortunata perché la maggior parte della gente mi detesta cordialmente, e gli altri mi ignorano in allegria.»

«Questo non è vero Laura. Io...»

«Arrivederci, Ann, e non costringere Richard a dire che gli sono simpatica. In realtà ha una profonda antipatia per me, ma questo non avrà alcuna conseguenza.»

Quella stessa sera, durante una cena di rappresentanza, il dotto signore seduto di fianco a Dame Laura fu piuttosto infastidito nel notare che, terminato un lungo discorso su una rivoluzionaria innovazione nel campo dell'elettroshock, lei lo stava fissando con aria assente.

«Non mi stavi ascoltando!» esclamò con tono di rimprovero.

«Mi dispiace, David. Stavo pensando a una madre e a sua figlia.»

«Ah, un caso clinico» disse l'uomo aspettandosi che Dame Laura gliene parlasse.

«No, non un caso. Amici.»

«Una di quelle madri possessive?»

«No» rispose Dame Laura. «In questo caso la possessiva è la figlia.»

5

«MIA CARA ANN,» disse Geoffrey Fane «ti faccio di certo tutte le mie congratulazioni, se è così che si dice in questi casi. Ehm... uhm. Se posso permettermi di dirlo, è un uomo molto fortunato... Già, proprio molto fortunato. Io non l'ho mai incontrato, vero? Non mi sembra di ricordare il suo nome.»

«No, l'ho conosciuto solo poche settimane fa.»

Com'era sua abitudine, il professor Fane stava scrutando Ann discretamente da sopra gli occhiali.

«Questa poi!» protestò sorpreso. «Non è troppo precipitoso? Troppo impetuoso?»

«No, credo di no.»

«Tra i Matawayala il corteggiamento dura almeno un anno e mezzo...»

«Dev'essere un popolo molto prudente. Pensavo che i selvaggi seguissero istinti primordiali.»

«I Matawayala sono tutt'altro che selvaggi» la corresse Geoffrey Fane, sbigottito. «La loro è una cultura molto avanzata, con riti nuziali curiosamente complicati. Alla vigilia della cerimonia gli amici della sposa... uhm... ma forse non è il caso di entrare nei dettagli. Comunque, è una vicenda molto interessante, e sembra suggerire che il sacro matrimonio rituale della Grande Sacerdotessa... No, davvero, è meglio che mi fermi qui. Piuttosto, il regalo di nozze. Cosa ti piacerebbe, Ann?»

«Geoffrey, tu non mi devi regalare niente.»

«Di solito si regala un oggetto d'argento, o no? Mi sembra di ricordare di avere acquistato una tazza d'argento per... No, quella era per un battesimo. O era un cucchiaio? O un paniere? Ecco, adesso ci sono: era una ciotola di legno di rosa. Ma dimmi, cara Ann, cosa sai di lui? Da chi ti è stato presentato... amici comuni o simili? Perché sai, si leggono certe cose...»

«Non ti preoccupare, non mi ha abbordato per strada, e non ho fatto un'assicurazione sulla vita a suo favore.»

Geoffrey Fane scrutò Ann di nuovo preoccupato, e si tranquillizzò quando vide che lei stava ridendo.

«D'accordo, d'accordo. Non voglio contrariarti, ma bisogna sempre stare attenti. E come l'ha presa la piccola?»

Il viso di Ann si rannuvolò per un momento.

«Sarah è in Svizzera, sai. Le ho scritto, ma non mi ha ancora risposto. Di certo le è mancato il tempo, anche se mi aspettavo che almeno...» Si interruppe senza terminare la frase.

«È difficile ricordarsi di rispondere alle lettere. Per me lo è sempre di più. Pensa che mi hanno chiesto di tenere una serie di conferenze a Oslo, in marzo. Avevo intenzione di rispondere, ti assicuro, ma me ne sono completamente dimenticato. Ho ritrovato la lettera solo ieri, nella tasca di un vecchio cappotto.»

«Allora sei ancora in tempo» disse Ann per consolarlo.

Geoffrey Fane la guardò desolato con i suoi occhi azzurro chiaro.

«Peccato che l'invito fosse per il marzo dell'anno scorso.»

«Santo cielo, Geoffrey, come ha fatto quella lettera a restare tutto quel tempo nella tua tasca?»

«Era un cappotto vecchio, con una manica strappata. Facevo persino fatica a indossarlo, così, ecco... l'avevo messo da parte.»

«Qualcuno dovrebbe sul serio prendersi cura di te, Geoffrey.»

«Io invece preferisco proprio di no. Una volta avevo una cameriera molto volenterosa, un'ottima cuoca, ma una di quelle maniache dell'ordine. Ha buttato via addirittura i miei appunti sui maghi della pioggia indonesiani. Una perdita irreparabile. Per giustificarsi mi ha detto di averli trovati nel secchio del carbone, e allora le ho dovuto spiegare: "Il secchio del carbone non è il cestino della carta straccia, cara la mia signorina... signorina...". Oh, insomma, qualunque fosse il suo nome. Temo proprio che alle donne manchi il senso della misura. Hanno questa mania per le pulizie, e le eseguono come una cerimonia rituale.»

«Già, c'è chi la pensa così, vero? Laura Whitstable, che naturalmente conosci, mi ha fatto letteralmente inorridire quando mi ha spiegato che cosa pensa di chi si lava il collo due volte al giorno. Apparentemente più sporco sei, più puro è il tuo cuore!»

«Davvero? Bene, la cosa potrebbe riguardarmi.» Poi sospirò. «Mi mancherai, Ann, sentirò la tua mancanza più di quanto non sappia esprimere.»

«Ma non mi stai perdendo di vista, Geoffrey, io non me ne vado. Richard ha un lavoro a Londra. Sono sicura che ti piacerà.»

Geoffrey Fane sospirò di nuovo.

«Non sarà più la stessa cosa. No, no, quando una bella donna sposa un altro uomo...» Le strinse la mano. «Tu hai significato molto per me, Ann. Avevo perfino osato sperare che... ma no, no, questo non poteva succedere. Una vecchia cariatide come me. No, ti saresti annoiata troppo. Ma io ti sono molto affezionato, e ti auguro con tutto il cuore tanta felicità. Sai a che cosa mi hai sempre fatto pensare? A quel passaggio in cui Omero dice...» e recitò, rapito, una lunga sequenza di versi in greco.

«Ecco, è questo» disse con un largo sorriso.

«Grazie, Geoffrey» disse Ann. «Però non so cosa vuol dire...»

«Vuol dire...»

«No, non dirmelo. Senz'altro non può essere così bello come suona. Che splendida lingua è il greco! Arrivederci, caro Geoffrey, e grazie di tutto... Non dimenticare il cappello... Quello non è il tuo ombrello, è il parasole di Sarah, e... aspetta! La tua borsa!»

Appena Ann richiuse la porta, la testa di Edith spuntò dalla cucina.

«È proprio sprovveduto come un bambino!» disse. «Non che sia rimbambito, anzi, mi sa che, a suo modo, è anche molto intelligente. Però quelle tribù primitive che a lui piacciono così tanto devono avere una mentalità completamente degenerata. Sa la statuetta di legno, quella che le ha portato in regalo? Ecco, l'ho dovuta nascondere in fondo all'armadio della biancheria. Ha bisogno di una bella foglia di fico e di un reggipetto, glielo dico io. In compenso, sono sicura che il vecchio professore non ha mai avuto un cattivo pensiero. E non dev'essere neanche tanto vecchio.»

«Ha quarantacinque anni.»

«Ecco, vede? È stato tutto quello studio che gli ha fatto perdere i capelli. Invece mio nipote li ha persi per colpa della febbre. È diventato pelato come un uovo, ma meno male che dopo un po' gli sono cresciuti di nuovo. A ogni modo, sono arrivate due lettere, eccole qui.»

Ann le prese.

«"Da restituire al mittente"?» lesse sulla prima busta. Poi d'improvviso cambiò espressione. «Oh, Edith, è la lettera che ho spedito a Sarah. Come ho potuto essere così stupida? L'ho mandata all'indirizzo dell'albergo senza indicare la località. Non so che cosa mi sta succedendo ultimamente.»

«Lo so io» disse Edith con fare saputo.

«Faccio le cose più assurde. Quest'altra è di Dame Laura... Oh, che gentile... devo telefonarle.»

Si precipitò in salotto e compose il numero all'apparecchio.

«Laura? Ho appena ricevuto la tua lettera. Sei veramente troppo, troppo gentile. Non c'è niente che mi piaccia più di Picasso. Ho sempre desiderato avere un Picasso tutto per me, lo metterò sopra la scrivania. Sei sempre tanto cara con me. Oh, Laura, sono stata un'idiota! Ho scritto una lettera a Sarah per spiegarle tutto, ma mi è tornata indietro. Sull'indirizzo ho messo solo "Hotel des Alpes, Switzerland". Come si può essere così stupidi?»

Dall'altra parte del telefono, Dame Laura si limitò a dire, con la sua voce profonda: «Uhm, interessante».

«Cosa vuoi dire con "interessante"?»

«Proprio quello che ho detto.»

«Conosco quel tono di voce, so dove vuoi arrivare. Stai insinuando che io non volevo che Sarah ricevesse veramente la mia lettera, o qualcosa del genere. È quella tua solita fastidiosa teoria per cui tutti gli errori sono in realtà premeditati.»

«A dire il vero non si tratta di una teoria soltanto mia.»

«E va bene, comunque non è vero. E adesso eccomi qui, con Sarah che torna a casa dopodomani senza sapere niente. Sarà tutto molto più imbarazzante, dovrò spiegarle ogni cosa a voce e non so neanche da dove cominciare.»

«Sì, questo è esattamente il pasticcio in cui ti sei messa facendo in modo che Sarah non ricevesse quella lettera.»

«Ma io volevo davvero che la ricevesse, non fare l'antipatica.»

Si udì una risatina all'altro capo del filo.

A quel punto Ann disse, adirata: «A ogni modo, si tratta di una teoria ridicola. Ascolta, Geoffrey Fane è stato qui e mi ha raccontato che aveva appena ritrovato un invito, di cui si era completamente dimenticato, per andare a tenere una conferenza a Oslo, nel marzo dell'anno scorso. Tu diresti che l'ha fatto apposta?».

«Aveva voglia di andare a Oslo?» si informò Laura.

«Suppongo che... Insomma, non lo so.»

«Interessante» disse Dame Laura in tono ironico prima di chiudere la comunicazione.

Richard Cauldfield comprò un mazzo di narcisi dal fiorista all'angolo.

Era di ottimo umore. Dopo i primi momenti di incertezza si stava abituando alla routine del suo nuovo lavoro. Il suo capo, Merrick Hellner, gli piaceva, e la loro amicizia, nata in Birmania, si era ulteriormente rafforzata in Inghilterra. Non svolgeva un lavoro tecnico, ma una normale attività amministrativa per la quale era utile la sua approfondita conoscenza della Birmania e dell'Oriente. Richard non era un uomo brillante, ma era coscienzioso, un gran lavoratore pieno di buonsenso.

Il primo momento di delusione seguito al suo rientro in Inghilterra era ormai alle spalle, ora tutto sembrava andare nel verso giusto. Un'occupazione soddisfacente, un datore di lavoro amichevole e simpatico e la prospettiva di sposare presto la donna che amava.

Ogni giorno si stupiva del fatto che Ann tenesse davvero a lui. Era una donna così dolce, gentile, affascinante! Però aveva anche notato che, talvolta, quando si era lasciato andare ad affermazioni troppo autoritarie, lei lo aveva guardato con un'aria maliziosa, vagamente canzonatoria. Non gli era capitato tanto spesso che qualcuno gli ridesse in faccia, e sulle prime non era affatto sicuro che gli piacesse, ma alla fine aveva dovuto ammettere che, se era Ann a farlo, non soltanto poteva accettarlo, ma persino apprezzarlo.

Quando Ann gli aveva detto: «Non ti sembra di essere un po' troppo presuntuoso, caro?», dapprima si era incupito, ma poi si era messo a ridere con lei. «Eh già, suppongo di avere pontificato un po'.» E poi aveva aggiunto: «Mi fai davvero del bene, Ann. Mi rendi più umano».

E Ann gli aveva subito risposto: «Ci facciamo del bene a vicenda».

«Non c'è molto che io possa fare per te, tranne accudirti, prendermi cura di te.»

«Non accudirmi troppo, Richard, non incoraggiare le mie debolezze.»

«Le tue debolezze? Ma se non ne hai!»

«Certo che ne ho. Mi piace che la gente stia bene e sia sempre d'accordo con me. Non mi piacciono le discussioni e le liti.»

«Grazie al cielo! Non vorrei mai che mia moglie fosse un'attaccabrighe sempre pronta a litigare. Ne ho viste tante, credimi! È la cosa che apprezzo di più in te, Ann, questo tuo essere sempre gentile e affettuosa. Mia adorata, pensa a quanto saremo felici!»

E lei, dolcemente: «Sì, ne sono sicura».

Ann trovava Richard molto cambiato rispetto alla sera del loro primo incontro. Aveva perso quell'aria aggressiva tipica di chi è sempre sulla difensiva ed era effettivamente diventato più umano. Più sicuro di sé, e quindi più tollerante e amichevole.

Richard prese i suoi narcisi e si avviò verso la residenza di Ann, un appartamento al terzo piano. Fu accolto affabilmente dal portiere, che ormai lo conosceva bene, e prese l'ascensore. Edith andò ad aprirgli, e già dalla soglia si sentiva la voce di Ann che urlava affannata: «Edith, Edith, hai visto la mia borsa? Devo averla messa da qualche parte!».

«Buon pomeriggio, Edith» disse Cauldfield appena fu entrato.

In presenza della governante non si sentiva mai completamente a suo agio, quindi cercava di mascherare il proprio stato d'animo con una cordialità tanto eccessiva da sembrare innaturale.

«Edith!» la voce di Ann risuonava con insistenza dalla camera da letto. «Che cosa c'è, non mi senti? Vieni subito!»

Nel momento esatto in cui Edith la stava avvisando dell'arrivo del signor Cauldfield, Ann fece la sua comparsa in corridoio.

«Richard?» disse andandogli incontro con un'espressione meravigliata. Lo accompagnò verso il salotto e nel frattempo continuò a rivolgersi a Edith: «Devi trovarmi quella borsa. Guarda se l'ho lasciata in camera di Sarah».

«La prossima volta perderà la testa, altro che la borsa» borbottò Edith uscendo.

La libertà di linguaggio della domestica indisponeva Richard, offendeva il suo concetto di rispetto. Solo quindici anni fa, pensava, i domestici non si sarebbero mai permessi di parlare in quel modo.

«Richard, non ti aspettavo oggi. Credevo che saresti venuto domani a pranzo.»

Ann sembrava sorpresa e un po' a disagio.

«Domani mi sembrava troppo lontano» disse Cauldfield sorridendo. «Ti ho portato questi.»

Mentre le porgeva i narcisi e lei lanciava un'esclamazione di piacere, Richard si accorse d'un tratto che c'era già un'enorme profusione di fiori nella stanza. Un mazzo di giacinti campeggiava sul tavolo vicino al camino e dappertutto erano posati vasi di tulipani e giunchiglie.

«C'è aria di festa» le disse.

«È naturale. Oggi torna a casa Sarah.»

«Oh, sì... sì, arriva oggi. Pensa che me ne sono dimenticato.»

«Oh, Richard!»

Aveva un tono di rimprovero. Era vero, se n'era dimenticato. Conosceva perfettamente la data del ritorno di sua figlia, ma la sera prima, a teatro, nessuno dei due vi aveva accennato. Tuttavia era stato concordato tra loro che, la sera dell'arrivo di Sarah, Ann sarebbe rimasta da sola, mentre Richard sarebbe andato a pranzo il giorno dopo per incontrare la sua futura figliastra.

«Mi dispiace, Ann, ma mi è proprio sfuggito di mente.» Poi, con una leggera punta di biasimo, aggiunse: «Mi sembri molto agitata».

«Be', i ritorni a casa sono sempre avvenimenti un po' speciali, non credi?»

«Penso di sì.»

«Infatti, sto uscendo per andare a prenderla alla stazione.» Diede un'occhiata all'orologio. «Oh, c'è ancora tempo. A ogni modo il traghetto sarà in ritardo come al solito.»

Edith entrò di corsa in salotto portando la borsa di Ann.

«Nell'armadio della biancheria, ecco dov'era.»

«Adesso mi ricordo, stavo cercando le federe. Hai messo le lenzuola verdi sul letto di Sarah? Non ti sei dimenticata, vero?»

«Quando mai mi dimentico qualcosa?»

«E le sigarette te le sei ricordate?»

«Sì.»

«E Toby, e Jumbo?»

«Sì, sì, sì.»

Scuotendo benevolmente la testa, la governante uscì dalla stanza.

«Edith! Ti spiace metterli in un vaso?» la richiamò subito Ann porgendole i narcisi.

«E dove ne trovo un altro? Va bene, non importa, mi arrangerò.»

Prese i fiori e uscì.

«Sei eccitata come una bambina, Ann» disse allora Richard.

«È vero, è così bello pensare di rivedere Sarah.»

Per prenderla un po' in giro, ma con un tono anche lievemente rigido, le disse: «Quanto tempo è che non vi vedete, tre settimane intere?».

«Forse sono ridicola,» gli disse Ann con un sorriso disarmante «ma voglio troppo bene a Sarah. Vorresti che fosse il contrario, per caso?»

«Certo che no. Non vedo l'ora di conoscerla.»

«È così tenera e impulsiva. Sono sicura che voi due vi troverete bene.»

«Ne sono certo anch'io» disse Richard. Poi aggiunse, continuando a sorridere: «È pur sempre tua figlia, non può che essere una persona dolcissima».

«Sei molto gentile a dirmelo.» Appoggiandogli le mani sulle spalle, sollevò il viso verso di lui. «Caro Richard» mormorò mentre lo baciava. «Tu... tu sarai paziente con Sarah, vero? Voglio dire... sapere che ci stiamo per sposare potrebbe essere un colpo per lei. Se solo non fossi stata così stupida con quella lettera.»

«Ora non essere nervosa, tesoro, sai che puoi fidarti di me. Sulle prime Sarah potrà reagire un po' male, ma è compito nostro farle capire che è una buona decisione. Da parte mia ti assicuro che qualunque cosa lei dica non mi offenderò mai.»

«Oh, lei non dirà neanche una parola, ti assicuro. E poi è molto beneducata, solo che detesta i cambiamenti di ogni tipo.»

«Allora coraggio, mia cara. Dopo tutto non potrà certo impedirci di fare le pubblicazioni.»

Ann non rispose alla battuta, era ancora pensierosa.

«Se solo le avessi scritto subito...»

Richard disse ridendo: «Sembri proprio una bambina colta con le mani nella marmellata! Andrà tutto bene, amore mio, io e Sarah diventeremo subito amici».

Ann lo osservò piena di dubbi: in quel momento la sua allegra sicurezza le suonava stonata. Forse avrebbe preferito che anche lui fosse un po' più preoccupato.

Ma Richard continuò: «Non dovresti lasciare che le cose ti gettino in questo stato di apprensione!».

«Di solito non mi agito così.»

«Ma adesso sì, ti vedo inutilmente inquieta, anche se la situazione è perfettamente tranquilla e normale.»

«Il fatto è che io sono timida» confessò Ann. «Non so che cosa devo dire, non so come spiegarmi.»

«Perché non ti limiti a dire: "Sarah, questo è Richard Cauldfield. Mi sposerò con lui fra tre settimane"?»

«Così, papale papale?» Ann sorrise suo malgrado, e Richard la imitò.

«Non è forse il modo migliore?»

«Sì, forse lo è.» Ma Ann esitava. «Però forse non ti rendi conto di quanto mi sentirò... sciocca.»

«Sciocca?» chiese Richard, stupito.

«Sì, ci si sente sciocchi a dire alla propria figlia, che non è più una bambina, che ci si sta per sposare.»

«Onestamente non vedo perché.»

«Perché immagino che i giovani si aspettino, anche inconsciamente, che a una certa età ormai si sia chiuso con quel genere di cose. Siamo troppo vecchi per loro. Pensano che l'amore... l'innamoramento, intendo... sia un'esclusiva della giovinezza. Quindi è logico che ritengano ridicolo che le persone di mezza età si innamorino e convolino a nozze.»

«Io non ci trovo proprio niente di ridicolo» tagliò corto Richard.

«Non è ridicolo per noi, ma proprio perché siamo persone di mezz'età.»

Richard aggrottò le sopracciglia, e replicò con una punta di asprezza: «Adesso ascoltami bene, Ann; so che tu e Sarah siete molto affiatate, quindi mi aspetto che tua figlia sia piuttosto diffidente e gelosa nei miei confronti. Lo capisco, è naturale e sono disposto a fare tutte le concessioni del caso. È anzi probabile che all'inizio le sarò molto antipatico, ma poi finirà per cambiare idea. Deve convincersi che tu hai il diritto di essere felice e contenta, e di vivere la tua vita».

Ann arrossì leggermente.

«Sarah non ce l'avrà certo con me se vivrò "felice e contenta", come dici tu» disse. «Non c'è niente di gretto o meschino in lei, è la creatura più generosa del mondo.»

«La verità è che tu ti stai preoccupando per niente, Ann. Per quanto ne sai, Sarah potrebbe essere addirittura felicissima del fatto che ti stai per sposare. Si sentirà più libera di vivere a modo suo.»

«Vivere a modo suo» ripeté Ann tutt'altro che convinta. «Richard, parli proprio come nei romanzi vittoriani.»

«La morale è che voi madri non volete mai che l'uccellino abbandoni il nido.»

«Ti sbagli, Richard, ti sbagli di grosso.»

«Non è mia intenzione rimproverarti, cara, ma talvolta l'eccessiva devozione delle madri può avere un effetto negativo. Ricordo che quando ero giovane ero molto affezionato ai miei genitori, però vivere con loro era spesso esasperante. Mi chiedevano sempre dove stessi andando, mi dicevano di non fare tardi, di non dimenticare le chiavi, di non fare rumore quando rientravo, di spegnere la luce in anticamera, di non uscire troppo. Si lamentavano che a me non importava niente di loro, dopo tutti i sacrifici che avevano fatto per me, eccetera eccetera. Insomma, a me piaceva la mia casa... ma, santo cielo, quanto desideravo sentirmi un po' più libero!»

«Questo lo capisco bene, certo.»

«Allora non te la devi prendere se salta fuori che Sarah in realtà vorrebbe essere più indipendente di quanto non immagini. E poi considera che oggi le ragazze hanno molte più possibilità di realizzarsi professionalmente.»

«Sarah non è una donna in carriera.»

«Questo lo dici tu, ma al giorno d'oggi la maggior parte delle giovani lavora, ricordi?»

«Sì, ma più che altro per necessità economiche.»

«Cosa vuoi dire?»

Ann rispose spazientita: «Richard, sei rimasto indietro di quindici anni. Una volta c'era il mito del "vivere la propria vita e andare a conoscere il mondo". Le ragazze oggi continuano a farlo, ma non c'è più nulla di affascinante. Con le tasse, l'imposta di successione e tutto il resto, una giovane deve avere l'accortezza di imparare un mestiere. Sarah non ha talenti particolari, però è portata per le lingue straniere e presto inizierà un corso di decorazione floreale. Una nostra amica gestisce un negozio di fiori e la assumerà, ma si tratta soltanto di un impiego come un altro, nulla di più. Non è il caso di fare grossi discorsi sulla ricerca dell'indipendenza, della libertà e così via. Sarah ama la sua casa ed è assolutamente felice di stare qui».

«Scusa se ti ho innervosito, Ann, però...»

Richard troncò la frase a metà perché in quel momento Edith fece capolino con un'aria compiaciuta; probabilmente aveva sentito molto più di quanto non sarebbe stata disposta ad ammettere.

«Non voglio interrompere, signora, ma ha visto che ore sono?»

Ann diede un'occhiata al suo orologio.

«Oh, c'è ancora un sacco di... Come mai fa la stessa ora di quando l'ho guardato l'ultima volta?» Si portò l'orologio all'orecchio. «Richard... si è fermato! Edith, qual è l'ora esatta?»

«L'una e venti.»

«Santo cielo, è tardissimo! Non arriverò mai in tempo! Ma i traghetti sono sempre in ritardo, vero? Dov'è la mia borsa? Oh, eccola qui. Fortunatamente a quest'ora in giro è pieno di taxi. No, Richard, non venire con me. Senti, rimani qui, prenderemo il tè insieme. Sì, sono sicura, penso che sia la cosa migliore. Veramente. Ora devo scappare.»

Si precipitò fuori sbattendo la porta, agitando così tanto la pelliccia che fece volare due tulipani fuori dal vaso. Edith si curvò a raccoglierli e li rimise al loro posto, commentando: «I tulipani sono i fiori preferiti della signorina Sarah, da sempre. Quelli viola in particolare».

«Mi sembra che qui dentro tutto ruoti attorno alla signorina Sarah» disse Richard con una certa irritazione.

Edith lo guardò furtivamente. Sul suo viso imperturbabile era dipinta la solita espressione di biasimo. Con voce incolore gli rispose: «Ah, certo, la signorina Sarah ha un grande ascendente sulla signora Ann. Non lo si può negare. Ho notato spesso che ci sono delle signorine che lasciano in giro tutto, si aspettano sempre la pappa pronta, bisogna inseguirle per rimettere in ordine, eppure non c'è niente che non faresti per loro. Altre invece non danno nessun fastidio, tengono tutto pulito, non ti fanno lavorare troppo, eppure ecco che ti sono meno simpatiche. Dica pure quello che vuole, ma il mondo è profondamente ingiusto. Solo quei pazzi dei politici possono sostenere che ci sono pari opportunità per tutti. A qualcuno calci, a qualcun altro rose e fiori, ecco come vanno le cose».

Mentre enunciava la sua teoria, Edith non era stata ferma un istante e aveva continuato a raddrizzare oggetti o a sistemare cuscini.

Richard si accese una sigaretta e disse amichevolmente: «È da molto che lavora per la signora Prentice, vero?».

«Da più di vent'anni. Ventidue, per essere precisi. Ho cominciato con sua madre, prima che la signorina Ann sposasse il signor Prentice. Un autentico gentiluomo, altroché.»

Richard la guardò di traverso. Il suo permalosissimo ego lo indusse a immaginare un eccesso di enfasi in quell'ultima frase.

«La signora Prentice le ha detto che presto ci sposeremo?»

Edith annuì.

«Non che fosse necessario dirmelo.»

«Spero che diventeremo buoni amici, Edith» dichiarò Richard, in un modo affettato che nascondeva la sua timidezza.

«Lo spero anch'io, signore.»

Sempre con un certo sussiego, Richard disse: «Temo che questo si tradurrà in un maggior impegno per lei, vedremo di procurarle un aiuto...».

«Non mi piacciono le donne che vengono da fuori, preferisco fare tutto da sola. Sì, credo che avere un uomo in casa provocherà dei cambiamenti. Per esempio, nei pasti.»

«Non si preoccupi, io non sono un mangione» la rassicurò Richard.

«Il problema è il *tipo* di pasti» disse Edith. «In genere gli uomini non si accontentano di un piatto veloce.»

«Le donne invece tendono ad accontentarsi troppo.»

«Forse ha ragione» ammise Edith. Poi, con un tono particolarmente pensoso, aggiunse: «Non posso certo negare che la presenza di un uomo renderà la casa allegra come una volta».

Richard si sentì molto gratificato.

«È molto gentile da parte sua, Edith» le disse con calore.

«Può fidarsi di me, signore. Non abbandonerò la signora Prentice per nessuna ragione al mondo e, comunque, non fa parte del mio carattere tirarmi indietro quando ci sono guai in vista.»

«Guai? Cosa intende dire per guai?»

«Battibecchi.»

Richard ripeté di nuovo: «Battibecchi?».

Edith lo fissò risolutamente.

«Nessuno ha chiesto il mio parere, e io non sono certo il tipo che si intromette. Però le dico questo: se la signorina Sarah fosse tornata e vi avesse trovati già marito e moglie, con il matrimonio alle spalle e tutto già fatto, ecco, sarebbe stato molto meglio, non so se mi spiego.»

A quel punto si sentì suonare alla porta, e il campanello continuò a squillare ancora e ancora.

«Credo proprio di sapere chi è» disse Edith andando ad aprire. Dalla porta giunsero le risate e le esclamazioni di due persone, un uomo e una donna.

«Edith, vecchia mia!» Era il caldo tono da contralto di una ragazza. «Dov'è la mamma? Dai, Gerry, metti gli sci in cucina.»

«Per favore, non nella mia cucina.»

«Dov'è la mamma?» ripeté Sarah Prentice, parlando sopra la spalla mentre entrava in salotto.

L'esuberanza e la vitalità di quella giovane alta e bruna colsero Richard di sorpresa. Aveva visto alcune sue fotografie in giro per la casa, ma le immagini non riescono a rappresentare la vita. Si era aspettato una versione giovanile di Ann, magari un po' più energica e moderna, ma sempre dello stesso stampo. Invece Sarah Prentice assomigliava tutta al suo allegro e affascinante papà. Era eccentrica ed entusiasta, e la sua sola presenza sembrava trasformare completamente l'atmosfera della casa.

«Oh, che tulipani splendidi!» esclamò curvandosi sul vaso dei fiori. «Hanno quel leggero aroma di limoni che fa tanto primavera. Io...»

Quando si tirò su si accorse di Cauldfield e sgranò gli occhi.

Richard le andò incontro e si presentò: «Piacere, Richard Cauldfield».

Sarah gli strinse cortesemente la mano, chiedendo con educazione: «Sta aspettando la mamma?».

«Temo che sia appena uscita per venire a prenderti alla stazione, vediamo... circa cinque minuti fa.»

«Ha toppato in pieno! Perché Edith non l'ha fatta uscire in tempo? Edith!»

«Le si è fermato l'orologio.»

«I soliti orologi della mamma... Gerry! Gerry, dove sei?»

In salotto apparve un bel giovane dall'aria rassegnata.

«Ecco che arriva il robot umano» disse Gerry, che reggeva due valigie. «Dove devo metterle, Sarah? Perché non avete un portiere in questo palazzo?»

«Lo abbiamo. Ma non si fa mai vedere quando si accorge che qualcuno arriva con i bagagli. Portali pure in camera mia, Gerry. Oh, le presento il signor Lloyd. Il signor... ehm...»

«Cauldfield» disse Richard.

A quel punto entrò Edith. Sarah la abbracciò stretta e le schioccò un sonoro bacio.

«Edith, che bello rivedere il tuo vecchio faccione!»

«È proprio un faccione» disse Edith, indignata. «E non mi baci, signorina Sarah, si comporti come si deve.»

«Non fare l'arrabbiata, Edith. Lo sai benissimo anche tu che sei felice di vedermi. Wow, che pulizia! È tutto al solito posto, la tappezzeria a fiori, la scatola di conchiglie della mamma... Oh, ma avete cambiato la posizione del sofà. E la scrivania prima era là!»

«Sua madre dice che così c'è più spazio.»

«No, voglio che tutto torni com'era prima. Gerry... Gerry, dove sei?»

Gerry Lloyd non fece in tempo ad arrivare dicendo: «Cosa c'è, adesso?», che Sarah stava già strattonando il divano. Richard fece per aiutarla, ma Gerry lo fermò gentilmente: «Non si disturbi, signore, faccio io. Sarah, dove vuoi metterlo?».

«Là, al solito posto.»

Quando finalmente ebbero spostato divano e scrivania nella loro posizione originaria, Sarah sospirò e disse: «Oh, così va meglio».

«A dire il vero a me non sembra» commentò Gerry con scetticismo.

«A me invece sì» sentenziò Sarah. «Mi piace che tutto rimanga com'era, altrimenti la casa non è più casa. Edith, dov'è il cuscino con gli uccelli ricamati?»

«È in pulitura.»

«Oh, be', non fa niente. Adesso devo andare a vedere la mia camera.» Prima di lasciare la stanza si fermò sulla soglia per dire: «Gerry, prepara qualche drink e danne uno al signor Cauldfield. Sai dove sono le bottiglie».

«Certo.» Gerry si rivolse a Richard. «Cosa desidera, signore? Martini, gin e succo d'arancia? Gin rosa?»

Con uno slancio improvviso, Richard si alzò. «No, grazie mille, non prendo niente. Devo andare.»

«Non aspetta che rientri la signora Prentice?» Gerry aveva un bel modo di fare. «Non credo che ci voglia molto. Tornerà indietro non appena si accorgerà che il treno è arrivato prima di lei.»

«No, devo proprio andare. Per favore, lasci detto alla signora Prentice che ci vedremo domani come d'accordo.»

Fece un cenno di saluto e si avviò verso l'uscita. Mentre passava per il corridoio sentì la voce di Sarah che parlava incessantemente con Edith.

"È meglio non restare qui adesso" pensava. Il piano di Ann era giusto. Lei avrebbe parlato con Sarah quella sera stessa, e l'indomani lui sarebbe andato lì a pranzo per familiarizzare con la sua futura figliastra.

Certo, non era come se l'era immaginata. Se l'aspettava piuttosto sottomessa e completamente dipendente da Ann, invece la sua bellezza, vitalità e sicurezza l'avevano completamente disorientato.

Fino ad allora, per lui quella ragazza non era stata altro che un puro frutto dell'immaginazione. Ma adesso era diventata realtà.

6

SARAH TORNÒ IN SALOTTO allacciandosi la vestaglia. «Mi sono dovuta togliere il completo da sci. Oh, che voglia di farmi un bel bagno! I treni sono così sporchi. Mi hai preparato da bere, Gerry?»

«Ecco qua.»

Sarah prese il bicchiere.

«Grazie. Quel tipo se n'è andato? Bene!»

«Chi era?»

«Non l'ho mai visto in vita mia, deve essere una delle ultime conquiste della mamma.» Sarah rise.

Edith entrò per chiudere le tende e Sarah ne approfittò per informarsi: «Chi era quell'uomo, Edith?».

«Un amico di sua madre, signorina Sarah» disse Edith.

Tirò energicamente le tende e poi passò alla seconda finestra.

«Meno male che sono tornata a casa io a scegliere gli amici per lei» disse allegra.

Edith commentò laconicamente: «Ah». Poi tirò anche la seconda tenda, si girò e, guardando Sarah dritto negli occhi, chiese: «Il signore non le è piaciuto?».

«No.»

Edith brontolò qualcosa di incomprensibile e uscì dalla stanza.

«Che cosa ha detto, Gerry?»

«Penso che abbia detto che è un peccato.»

«Chissà poi perché.»

«Mi è sembrata abbastanza criptica.»

«Be', sai com'è fatta Edith. Perché la mamma non arriva? Perché deve essere sempre così svagata?»

«Di solito non mi pare tanto svagata, o almeno, io non lo avrei detto.»

«Sei stato gentile a venire a prendermi, Gerry. Scusami se non ti ho mai scritto, ma sai com'è la vita. Come hai fatto a uscire dall'ufficio in tempo per venire alla stazione?»

Gerry esitò un attimo prima di rispondere.

«Date le circostanze non è stato particolarmente difficile.»

Sarah si sedette in stato d'allerta e lo guardò con apprensione.

«Allora, Gerry, sputa il rospo. Cos'è successo?»

«Niente. Solo che le cose non sono andate molto bene.»

«Mi avevi detto che avresti fatto il bravo, che saresti stato tranquillo.» Il tono di Sarah era accusatorio.

Gerry si incupì.

«Lo so, lo so, tesoro, ma tu non ti rendi conto di cosa ho passato. Buon Dio, tornare a casa da un posto come la Corea, che è una specie di inferno, ma dove almeno la maggior parte dei colleghi sono persone normali, per finire in un ufficio della City pieno di avidi affaristi assetati di denaro! Non hai idea di che tipo sia lo zio Luke. Grasso e irsuto, con gli occhietti sfuggenti come un maiale. "È bello averti di nuovo a casa, ragazzo!"» Gerry era molto bravo a fare le imitazioni, e si mise a parlare con una voce tutta untuosa e ansimante. «"Adesso che è tutto finito... uh... spero che verrai in ufficio e... uh, uh... comincerai a darti da fare. Noi siamo... uh... a corto di personale... Credo di poter dire che ci sono eccellenti prospettive, se ti metti a lavorare seriamente... uh, uh... Naturalmente partirai dal livello più basso. Nessun favoritismo, questo è... il mio motto. Hai avuto a disposizione una lunga pausa per svagarti, adesso... uh... vediamo se sai darti da fare sul serio."»

Si alzò e si mise a vagare nervosamente per la stanza.

«Svago... È così che quel grasso cialtrone chiama il servizio permanente effettivo nell'esercito. Parola mia, mi sarebbe piaciuto vedere lui, con i fucili dell'Armata Rossa cinese puntati addosso. Questi ricchi sfruttatori se ne stanno tutto il giorno col sedere su una bella poltrona e non fanno altro che pensare ai soldi...»

«Gerry, per favore, calmati» gli intimò Sarah. «Tuo zio manca di immaginazione, ecco tutto. Però ti ricordo che ti eri ripromesso di trovare un lavoro e guadagnare un po' di denaro. Non sarà una prospettiva allettante, d'accordo, ma qual è l'alternativa? Guarda che sei fortunato ad avere uno zio ricco che lavora nella City. Un sacco di gente darebbe un occhio per averne uno.»

«Ma tu lo sai perché è diventato ricco?» chiese Gerry. «Perché si è preso i soldi che dovevano essere miei. Il prozio Harry li ha lasciati a lui invece che a mio padre, che era il fratello maggiore...»

«Non ci pensare più» disse Sarah. «Tanto più che, con le tasse di successione, a te non avrebbe fatto in tempo ad arrivare neanche un quattrino.»

«Però non è giusto, ammettilo.»

«Tutto il mondo è ingiusto,» ribatté Sarah «ma non ha senso continuare a lamentarsi. In primo luogo perché si finisce per diventare noiosi. La gente si stanca a sentire le disgrazie altrui.»

«Non mi sei di grande conforto, Sarah.»

«No. Vedi, io credo nella franchezza più assoluta. E allora, se vuoi sapere il mio punto di vista, o fai qualcosa e ti decidi a lasciare questo lavoro, oppure la smetti di lamentarti e inizi a ringraziare la buona sorte di avere uno zio ricco nella City, anche se ha l'asma e gli occhi porcini. Aspetta, mi sembra di aver sentito arrivare la mamma.»

Infatti Ann aveva appena aperto la porta con la chiave e si era precipitata in salotto.

«Sarah! Mia cara Sarah.»

«Mamma... finalmente!» Sarah strinse sua madre in un abbraccio. «Ma allora, cos'è successo?»

«Il mio orologio si è fermato.»

«Almeno è venuto Gerry, così c'era qualcuno.»

«Oh, ciao Gerry, non ti avevo visto.»

Ann salutò il ragazzo cordialmente, anche se dentro di sé si sentiva contrariata. Aveva sperato tanto che quella relazione fosse giunta al termine.

«Ma fatti dare un'occhiata, mamma» disse Sarah. «Come sei elegante! È nuovo quel cappello? Stai proprio benissimo.»

«Anche tu, sei così abbronzata.»

«Il sole sulla neve. Edith è delusa perché non sono tornata a casa tutta ingessata. Ti sarebbe piaciuto che mi fossi rotta qualche osso, vero Edith?»

La governante, che stava arrivando con il vassoio del tè, non fece nessuna replica diretta.

«Ho portato tre tazze,» disse «anche se suppongo che la signorina Sarah e il signor Lloyd non ne vorranno, visto che erano già passati al gin.»

«Edith, lo fai suonare come se fosse da degenerati» rise Sarah.

«A ogni modo,» continuò «abbiamo offerto un drink anche a quel... a quel come-si-chiama. Chi è, mamma? Ha un nome tipo Cauliflower, o Cavolfiore, una cosa così.»

Edith si rivolse ad Ann. «Il signor Cauldfield ha detto che non poteva aspettare. Verrà domani, come da accordi.»

«Chi è Cauldfield, mamma, e cosa viene a fare domani? Sono sicura che non lo vogliamo.»

Ann cambiò precipitosamente discorso: «Gerry, vuoi un altro drink?».

«No, grazie, signora Prentice. Adesso devo proprio andare. Ciao, Sarah.»

Sarah lo accompagnò in anticamera e lui le chiese: «Andiamo al cinema stasera? C'è un bel film americano all'Academy».

«Oh, che bello! No... forse è meglio di no. Dopo tutto è la mia prima sera a casa, e credo che sia il caso che la passi con la mamma. Ci resterebbe male se uscissi subito, poveretta.»

«Sei proprio una brava figlia, sai, Sarah?»

«Be', la mamma è talmente dolce.»

«Sì, lo so bene.»

«Certo, mi fa una quantità di domande spaventosa. Sai, cose del tipo: "Chi hai incontrato? Cosa hai fatto?". E così via. Ma nel complesso, per essere una madre è abbastanza ragionevole. Vai ora, ti telefono più tardi per dirti se è tutto a posto.»

Sarah congedò l'amico e ritornò in salotto, cominciando a sbocconcellare dal vassoio dei dolci.

«Questi sono la specialità di Edith» notò. «Ricchissimi, non so dove riesca a trovare tutta la roba che ci mette dentro. Adesso, mamma, raccontami che cosa hai fatto tu. Sei uscita con il colonnello Grant e con gli altri tuoi ammiratori? Ti sei divertita?»

«No... cioè, forse sì, in un certo senso...»

Ann si interruppe e Sarah la fissò.

«Mamma, c'è qualche problema?»

«Problema? No, perché?»

«Hai un'aria strana.»

«Davvero?»

«Qui c'è sotto qualcosa. Mi sembri tutta agitata, non ti ho mai visto quell'espressione colpevole. Dai, mamma, cos'hai combinato?»

«In realtà niente... per il momento. Oh, Sarah, amore mio, devi credermi, non cambierà nulla, tutto sarà come prima, solo che...»

La voce di Ann dapprima si affievolì, poi le si spense in gola. "Che vigliacca sono" pensò tra sé. "Guarda un po' se mia figlia mi deve mettere così a disagio quando le racconto le cose."

Sarah stava continuando a osservarla, finché sul suo volto si aprì a poco a poco un sorriso di assoluta complicità.

«Credo proprio di avere intuito... Dai, mamma, confessa. Stai forse tentando di annunciarmi con delicatezza che avrò un patrigno?»

«Oh, Sarah» Ann fece un sospiro di sollievo. «*Come* hai fatto a indovinare?»

«Capirai, non è stato certo difficile. Non ho mai visto nessuno così imbarazzato. Temevi che mi sarebbe dispiaciuto?»

«Credo di sì. Davvero non ti dispiace? Sul serio?»

«No» disse Sarah diventando seria. «Anzi, credo che tu abbia proprio ragione a volerti risposare. Dopo tutto, il papà è morto sedici anni fa, e dovresti avere una vita di coppia prima che sia troppo tardi. Sei in quell'età di mezzo che si dice sia pericolosa, e d'altra parte sei un tipo troppo all'antica per accontentarti di un semplice legame passeggero.»

Ann guardò sua figlia e si sentì una sprovveduta: le cose stavano andando in maniera completamente diversa da come aveva immaginato.

«Sì, sì» concluse Sarah annuendo. «Nel tuo caso non può trattarsi che di matrimonio.»

"Che cara, imprevedibile bambina" pensò Ann, ma si guardò bene dal pronunciare ad alta voce una frase del genere.

«Sei ancora molto piacente» continuò Sarah con il terribile candore della giovinezza. «Soprattutto perché hai una bella pelle, anche se staresti molto meglio se ti sfoltissi le sopracciglia.»

«Le mie sopracciglia mi piacciono come sono» disse Ann risoluta.

«Sei davvero molto, molto attraente, lo sai, vero? Mi meraviglio soltanto che non sia successo prima. A proposito, chi è il fortunato? Io ho tre candidati: primo il colonnello Grant, secondo il professor Fane, terzo quel polacco dal nome impronunciabile. Ma sono abbastanza sicura che si tratti del colonnello Grant. Sono anni che ti corre dietro.»

Ann rispose quasi senza fiato: «No, non è James Grant. Si tratta di... Richard Cauldfield».

«Chi è Richard Cauld... Mamma, non sarà per caso quel tale che era qui prima?»

Ann annuì col capo.

«Ma non può essere, mamma! Quell'orribile trombone.»

«Non è orribile per niente» rispose Ann bruscamente.

«Mamma, meriteresti veramente di meglio.»

«Sarah, non sai quello che dici. Io... io gli voglio molto bene.»

«Vuoi dirmi che sei innamorata di lui?» Sarah era sinceramente incredula. «Vuoi dire che ti sei presa una cotta per quel tipo?»

Ann annuì di nuovo.

«Non riesco proprio a capirti» disse Sarah.

Ann fece spallucce.

«Hai visto Richard solo per qualche minuto» le disse. «Quando lo conoscerai meglio sono sicura che ti piacerà molto.»

«Sembra così aggressivo.»

«Solo perché era a disagio, è timido.»

«Sarà, ma questo è il tuo funerale» disse Sarah lentamente.

Madre e figlia rimasero in silenzio per un po'. Si sentivano entrambe in imbarazzo.

Fu Sarah a rompere il silenzio. «Vedi, mamma, tu hai proprio bisogno di qualcuno che vegli su di te. Mi è bastato lasciarti sola per poche settimane che mi combini questa sciocchezza.»

«Sarah!» Ann scoppiava di rabbia. «Sei proprio antipatica.»

«Mi dispiace, mia cara, ma credo nella franchezza più assoluta.»

«Allora diciamo che io invece non ci credo.»

«Da quanto tempo va avanti questa storia?» chiese Sarah.

Ann scoppiò a ridere suo malgrado.

«Sarah, adesso mi sembri proprio uno di quei padri severi dei drammi vittoriani. Ho conosciuto Richard tre settimane fa.»

«Dove?»

«A casa di James Grant. Sono amici da tanti anni. È appena ritornato dalla Birmania.»

«Come è messo a soldi?»

Ann si sentì intenerita e seccata al contempo. Com'era buffa la sua bambina a farle quelle domande così schiette. Tenendo a bada la propria irritazione le rispose con un tono freddo e ironico: «Ha una rendita personale ed è perfettamente in grado di pensare anche a me. Adesso lavora presso la Hellner Bros., una grossa società della City. Però davvero, Sarah, chiunque ci sentisse adesso penserebbe che *io* sia la figlia e tu la madre».

Sarah replicò con gravità: «Qualcuno deve badare a quello che fai, tu non sei in grado di farlo da sola. E io ti amo tanto, voglio impedirti di commettere qualche sciocchezza. Dimmi qualcosa di più, che cos'è: scapolo, divorziato, vedovo?».

«Ha perso la moglie molti anni fa. È morta dando alla luce il loro primo figlio, ed è morto anche il bambino.»

Sarah sospirò e scosse la testa.

«Ora capisco tutto. Ecco come ti ha conquistato. Tu hai un debole per le storie lacrimose.»

«Smettila di fare la stupida, Sarah!»

«Ha madre, sorelle o cose del genere?»

«Non credo che abbia parenti.»

«Questa è già una fortuna. Ha una casa di proprietà? Dove avete intenzione di andare a vivere?»

«Qui, penso. Ci sono un sacco di stanze e lui lavora a Londra. Non ti dispiace, vero, Sarah?»

«Non è per me che te lo chiedo. Mi sto solo preoccupando per te.»

«Mia cara, è molto gentile da parte tua, ma io so badare ai fatti miei. Sono assolutamente sicura che io e Richard staremo molto bene insieme.»

«E quando pensate di sposarvi?»

«Fra tre settimane.»

«Tre settimane? Ma no, non puoi sposarlo così in fretta.»

«Non c'è nessuna ragione per aspettare.»

«Oh, ti prego, aspetta un po', dammi il tempo di abituarmi all'idea. Per piacere, mamma.»

«Non so... dobbiamo vedere...»

«Sei settimane, dai. Facciamo tra sei settimane.»

«Non c'è ancora niente di organizzato. Richard viene a pranzo domani, e tu Sarah sarai gentile con lui, vero?»

«È ovvio che sarò gentile con lui, per chi mi hai preso?»

«Grazie, tesoro.»

«Stai tranquilla, mamma, non c'è niente di cui preoccuparsi.»

«Sono sicura che finirete per piacervi molto» disse Ann con scarsa convinzione.

Sarah restò in silenzio.

Poiché la figlia continuava a tacere, Ann ebbe un altro accesso di rabbia.

«Potresti almeno provarci!»

«Ti ho già detto che non devi preoccuparti.» Dopo qualche istante, Sarah aggiunse: «Suppongo che tu preferisca se resto a casa, stasera».

«Perché? Vuoi uscire?»

«Pensavo che forse avrei potuto... ma non ti voglio lasciare da sola, mamma.»

Ann sorrise a sua figlia, la loro relazione si stava rimettendo in sesto come al solito.

«Tranquilla, non sarò da sola. A dire il vero, Laura mi ha chiesto di andare con lei a una conferenza...»

«Come sta la vecchia irriducibile? È instancabile come sempre?»

«Sì, è sempre la stessa. Le avevo già detto di no per la conferenza, ma posso sempre richiamarla.»

Intanto pensava che altrettanto facilmente avrebbe potuto richiamare Richard, ma accantonò l'idea. Avrebbe fatto meglio a stare lontana da lui fino al giorno seguente, quando avrebbe incontrato Sarah.

«D'accordo» decise Sarah. «Allora telefono a Gerry.»

«Ah, è con Gerry che devi uscire?»

Sarah le rispose in tono di sfida: «Sì, perché?».

Ma Ann non raccolse la provocazione, e con calma buttò lì: «Era solo per sapere...».

7

«GERRY?» DOMANDÒ SARAH. «In realtà non ho voglia di vedere il film. Possiamo andare da un'altra parte e parlare un po'?»

«Certo, andiamo a cena?»

«Oh, non ce la farei. Edith mi ha letteralmente rimpinzato.»

«Allora andiamo a bere qualcosa.»

Il giovane le gettò una rapida occhiata, chiedendosi che cosa ci fosse che non andava. Fu soltanto quando si trovarono finalmente seduti al tavolo di un bar davanti a due bicchieri che Sarah cominciò a parlare, lasciandosi andare senza altri preamboli.

«Gerry, la mamma ha intenzione di risposarsi.»

«Wow!» esclamò lui, davvero sorpreso. «Te lo aspettavi?»

«E come potevo? La mamma lo ha incontrato mentre io ero via.»

«Una storia veloce.»

«Perfino troppo. In certi casi la mamma è completamente priva di buonsenso!»

«Di chi si tratta?»

«Di quel tale che era da noi oggi pomeriggio. Si chiama Cauliflower o qualcosa di simile.»

«Oh, quello!»

«Sì, non credi anche tu che sia un tipo intollerabile?»

«Bah, io non l'ho notato più di tanto» disse Gerry. Poi, pensandoci un po', aggiunse: «Mi è sembrato un tipo abbastanza normale».

«È la persona sbagliata per la mamma, nel modo più assoluto.»

«Penso che spetti a lei decidere» provò a ribattere Gerry timidamente.

«Non è vero. Il problema della mamma è che lei è troppo *buona*. Si dispiace sempre per gli altri, ma ha bisogno di qualcuno che si occupi di lei.»

«A quanto pare la pensa così anche lei» disse Gerry con un sorrisetto.

«Non ridere, Gerry, questa è una cosa seria. Cauliflower non è la persona giusta per lei.»

«Senti, sono affari suoi.»

«Dovevo tenerla d'occhio, l'ho sempre saputo. Io conosco il mondo molto meglio di lei, sono molto più tosta.»

Gerry non mise in dubbio quell'affermazione, dopo tutto non poteva che essere d'accordo. Tuttavia non era persuaso, e disse esitante: «Comunque, Sarah, se si vuole risposare...».

Fu subito interrotto.

«Ma su questo sono d'accordo anch'io, ci mancherebbe. Gliel'ho già detto. È rimasta anche troppo a lungo senza una sana vita di coppia. Deve sposarsi di nuovo, certo. Ma decisamente non con Cauliflower.»

«D'accordo, ma non credi che...» Gerry si interruppe, incerto.

«Non credo cosa?» lo incalzò lei.

«Non credi che proveresti lo stesso per chiunque altro?»

Anche se un po' nervosamente, riuscì a mettere in fila le parole. «In fondo non puoi essere sicura che Cauliflower sia la scelta sbagliata. Con lui hai solo scambiato un paio di parole. Non credi che in realtà sia solo una questione di...» gli ci volle del coraggio per pronunciare quella parola, ma con un ultimo sforzo sputò il rospo «ehm... di gelosia?»

«Gelosa? Io? Vuoi dire gelosa del patrigno e quelle cose lì? Povero Gerry! Non sono forse stata io, tanto tempo fa, prima ancora di andare in Svizzera, a dirti che la mamma aveva bisogno di risposarsi?»

«Sì, ma c'è una sostanziale differenza» replicò lui con un'improvvisa determinazione «tra parlare di certe cose e doverle affrontare realmente.»

«Io non sono gelosa di natura» si difese Sarah. E, da ragazza virtuosa, aggiunse: «Io penso solo alla felicità della mamma».

«Se fossi in te non scherzerei con la vita degli altri» disse Gerry con decisione.

«Ma si tratta di mia *madre*.»

«Lo so, ma probabilmente sa quello che vuole molto meglio di te.»

«Mia madre è *troppo buona*, ti dico.»

«Come vuoi,» disse Gerry «ma a ogni modo tu non puoi farci niente.»

Gerry pensava che Sarah stesse facendo un sacco di storie per niente, e si era stancato di parlare di Ann e dei suoi problemi. Ora voleva parlare di sé.

Cambiando discorso, disse all'improvviso: «Sto pensando di piantare tutto».

«Vuoi lasciare l'ufficio di tuo zio? Oh, Gerry!»

«Non ce la faccio davvero più. Ogni volta che arrivo anche solo con un quarto d'ora di ritardo mi fanno un sacco di storie.»

«Non lo sai che in ufficio si deve essere puntuali?»

«Quel miserabile branco di cariatidi! Non fanno altro che scartabellare registri pensando solo ai soldi, mattino pomeriggio e sera.»

«Ma, Gerry, se tu molli tutto, poi cosa farai?»

«Oh, qualcosa troverò» rispose il ragazzo senza preoccuparsi.

Sarah era scettica. «Hai già fatto un sacco di tentativi.»

«Vuoi dire che mi hanno sempre licenziato? Bene, questa volta non starò lì ad aspettare che siano loro a silurarmi.»

«Aspetta, Gerry, davvero, ci hai pensato bene?» Sarah lo guardava preoccupata, con una sollecitudine quasi materna. «Cioè, si tratta pur sempre di tuo zio, è la tua unica conoscenza. E poi mi hai detto che è ricco sfondato.»

«E se mi comporto bene mi lascerà tutti i suoi soldi? È questo che stai cercando di dire?»

«Insomma, non fai che brontolare perché il tuo prozio come-si-chiama non li ha lasciati a tuo padre.»

«Se avesse avuto un minimo di attaccamento alla famiglia non sarei costretto a correre dietro a tutti questi magnati della City. Penso che questo Paese sia marcio fino al midollo. Sono deciso a tagliare la corda.»

«Per andare all'estero?»

«Sì, per andare dove ci sono reali *opportunità*.»

Rimasero in silenzio, cercando di immaginare una vita che offrisse reali opportunità. Sarah, che tra i due era quella con i piedi piantati per terra, chiese con acume: «Ma cosa puoi fare senza capitali? Tu non hai denaro, vero?».

«Lo sai benissimo che non ne ho. Ma immagino che ci siano moltissime cose che si possono fare anche senza soldi.»

«Sì, d'accordo, ma che cosa puoi fare... in pratica?»

«Devi essere sempre così deprimente, Sarah?»

«Mi dispiace, scusa. Però, voglio dire, tu non hai nessun tipo di specializzazione.»

«Sono bravo a gestire la gente, e mi piace vivere all'aria aperta invece di stare rinchiuso in un ufficio.»

«Oh, Gerry!» disse Sarah sospirando.

«Cosa c'è?»

«Non lo so, mi sembra che la vita sia diventata così difficile. Tutte queste guerre hanno cambiato il mondo.»

Fissarono il vuoto con sguardo malinconico.

Poco dopo Gerry decise con magnanimità che avrebbe concesso a suo zio un'altra opportunità e Sarah approvò la sua decisione.

«Sarà bene tornare a casa adesso» disse la ragazza. «La mamma sarà già rientrata dalla sua conferenza.»

«Qual era l'argomento?»

«Non lo so. Una cosa del tipo "Dove stiamo andando e perché".» Si alzò in piedi. «Grazie Gerry, mi sei stato di grande aiuto.»

«Cerca di non avere preconcetti, Sarah. L'essenziale è che quel tipo piaccia a tua madre e la renda felice.»

«Se mia madre è felice, allora tutto va bene.»

«E poi suppongo che ti sposerai anche tu, uno di questi giorni...»

Lo disse senza guardarla, mentre Sarah era intenta a cercare qualcosa nella borsetta.

«Forse. Un giorno o l'altro. Ma non ho nessuna fretta...»

Tra di loro scese un velo di imbarazzo tutt'altro che spiacevole.

Durante il pranzo del giorno successivo Ann si sentiva sollevata. Sarah si stava comportando benissimo, aveva accolto Richard in modo affabile e aveva conversato amabilmente con lui.

Era orgogliosa delle buone maniere e del viso raggiante di sua figlia. Aveva capito che Sarah non l'avrebbe mai ostacolata e che poteva contare su di lei.

Quello che avrebbe desiderato, tuttavia, era che Richard facesse una figura migliore. Si era accorta di quanto fosse nervoso, troppo ansioso di dare una buona impressione di sé. E, come spesso accade, questa bramosia aveva finito per ritorcersi contro di lui. Parlava con un tono educativo, quasi presuntuoso. Volendo sembrare a proprio agio, dava l'impressione di imporsi sugli altri, e la grande deferenza che Sarah gli dimostrava aveva accentuato quell'aspetto. Esprimeva i concetti in modo autoritario lasciando intendere che le sue opinioni fossero le uniche valide. Tutto questo non faceva che indispettire Ann, che conosceva fin troppo bene la sua reale insicurezza di fondo.

Ma come avrebbe fatto Sarah a capirlo? Sua figlia stava conoscendo il lato peggiore di Richard, mentre sarebbe stato davvero importante che ne vedesse la parte migliore. Così, a poco a poco fu la stessa Ann a diventare nervosa, al punto che Richard si inquietò.

Alla fine del pranzo, dopo che Edith ebbe servito il caffè, Ann lasciò sua figlia e Richard da soli con la scusa di dover fare una telefonata dalla sua camera. Sperava che Richard si sarebbe sentito più a proprio agio, mostrando il meglio della sua personalità. In fondo, la vera ragione dell'imbarazzo poteva essere lei, e se si fosse allontanata tutto sarebbe stato più semplice.

Rimasti soli, Sarah servì il caffè a Richard e, scambiatisi una serie di convenevoli formali, la conversazione si spense presto.

Richard prese il coraggio a due mani, convinto che la sincerità fosse la sua carta migliore. Dopo tutto Sarah non aveva manifestato ostilità nei suoi confronti e lui ne era rimasto favorevolmente impressionato. Sarebbe stato un gran successo riuscire a dimostrarle che aveva compreso perfettamente la situazione. Si era esercitato da solo a esporre la sua posizione ma, come succede in questi casi, alla fine il discorso non risultò né sincero né convincente. Per sembrare disinvolto adottò un atteggiamento bonario che la sua penosa timidezza non faceva che smentire.

«Ascoltami, figliola, ci sono un paio di cose che vorrei dirti.»

«Sì?» Sarah si girò verso di lui con un viso attento ma impassibile, restando educatamente in attesa. Ciò rese Richard ancora più nervoso.

«Volevo dirti che comprendo il tuo stato d'animo. Tutto questo deve essere stato un bel colpo per te. Tu e tua madre siete state sempre molto vicine ed è perfettamente naturale che la presenza di qualcun altro nella sua vita sia motivo di turbamento. Hai tutti i diritti di sentirti un po' a disagio e gelosa.»

Sarah rispose subito con un tono amichevole e formale.

«Per niente, glielo assicuro.»

Incautamente, Richard non si accorse che quello era, a tutti gli effetti, un avvertimento. E continuò nell'equivoco.

«Come ho detto è del tutto normale. Non ti voglio mettere pressione, sii pure distaccata con me se lo preferisci, poi, quando sentirai che è giunto il momento di fare amicizia, io sarò pronto a venirti incontro a metà strada. Devi pensare solo alla felicità di tua madre.»

«È ciò che mi sta a cuore.»

«Finora ha fatto tutto per te, ma adesso è a *se stessa* che deve pensare. Sono sicuro che tu desideri la sua felicità, ma devi ricordare questo: tu hai ancora tutta la vita davanti, hai i tuoi amici, le tue speranze e le tue ambizioni. Se ti dovessi sposare, o trovare un lavoro, tua madre rimarrebbe da sola. È arrivato il momento di mettere lei al primo posto, e di fare un passo indietro.»

Fece una pausa, soddisfatto. Pensava di essersi espresso abbastanza bene.

La voce di Sarah, educata ma con un impercettibile sottofondo di impertinenza, interruppe i suoi pensieri autocelebrativi.

«Lei fa spesso discorsi in pubblico?» si informò.

Lui rimase sorpreso da quella domanda. «Perché?» le chiese.

«Perché penso che sarebbe piuttosto bravo» mormorò Sarah.

Nel frattempo si era appoggiata allo schienale della sedia e si stava ammirando le unghie. Il fatto che fossero laccate di rosso carminio, una moda che Richard detestava cordialmente, contribuì a irritarlo. Si rendeva conto solo adesso che si stava scontrando con un muro di ostilità. Fece uno sforzo per mantenere la calma, dopodiché riprese a parlare con un tono piuttosto enfatico: «Forse, piccola mia, ti ho fatto un po' la predica, ma volevo solo attirare la tua attenzione su alcuni aspetti che potresti avere trascurato. Ti posso assicurare una cosa: tua madre non avrà meno cura di te perché ci sono io».

«Davvero? È proprio gentile a dirmelo.»

A quel punto non c'era più alcun dubbio: l'ostilità era palese.

Se Richard avesse smesso di stare sulla difensiva per confessare semplicemente: "Sarah, sto facendo una confusione terribile, la tensione e la timidezza mi fanno dire tutte le cose sbagliate, ma sono veramente innamorato di Ann e vorrei tanto che tu facessi del tuo meglio per accettarmi", ecco, forse sarebbe riuscito ad ammorbidire l'intransigenza di Sarah, che era una ragazza dal cuore generoso.

Al contrario, si irrigidì.

«I giovani» sbottò «hanno la tendenza a essere egoisti. Di solito non si preoccupano di nient'altro che di se stessi, ma tu devi pensare solo alla felicità di tua madre. Anche lei ha il diritto di vivere la propria vita e di cogliere tutte le occasioni per essere felice. Ha bisogno di qualcuno che si prenda cura di lei, che la protegga.»

Sarah alzò gli occhi e lo fissò dritto in faccia. Il suo sguardo lo turbò. Era duro, e aveva qualcosa che suggeriva premeditazione.

«Non potrei essere più d'accordo di così.»

A quel punto Ann ritornò in salotto, abbastanza nervosa.

«È rimasto del caffè?»

Sarah ne versò diligentemente una tazza, si alzò e gliela porse.

«Ecco, mamma. Sei arrivata al momento giusto. Abbiamo avuto modo di parlare un po'» e così dicendo uscì dalla stanza.

Ann guardò Richard con aria interrogativa. Lui era rosso in viso.

«Tua figlia ha deciso che non le piaccio» la informò.

«Sii paziente con lei, Richard, per favore.»

«Non ti preoccupare di questo, Ann. Sono perfettamente preparato a essere paziente.»

«Vedi, tutto questo è stato uno shock per lei.»

«Eccome.»

«Ma Sarah ha un cuore veramente grande, è proprio una cara ragazza.»

Richard non rispose. La considerava odiosa, ma non poteva certo dirlo a sua madre.

«Vedrai che si sistemerà tutto» le disse per rassicurarla.

«Senz'altro, è solo questione di tempo.»

Si sentivano entrambi infelici, e non sapevano più cosa dire.

Sarah era ritornata in camera sua. Con lo sguardo perso nel vuoto cominciò a togliere i suoi vestiti dall'armadio e a spargerli sul letto.

In quel momento entrò Edith. «Cosa sta facendo, signorina Sarah?»

«Oh, sto solo controllando le mie cose. Forse hanno bisogno di una pulita, oppure devono essere rammendate o altro.»

«Ci penso io. Non deve disturbarsi.»

Sarah non rispose, e solo guardandola meglio la governante si accorse che aveva gli occhi pieni di lacrime.

«Su, su, adesso non faccia così.»

«È odioso, Edith, proprio odioso. Come ha potuto mia madre? Ormai tutto è cambiato, tutto è finito, niente sarà più come prima!»

«Andiamo, signorina Sarah, adesso non è il caso di drammatizzare. Meno si parla, prima si aggiusta. Ciò che non si può curare si può sopportare.»

Sarah rise istericamente.

«Un punto in tempo ne salva cento! Pietra mossa non fa muschio! Vai via, Edith. Vai, ora.»

Edith scosse il capo benevolmente e uscì chiudendosi la porta alle spalle.

Sarah si mise a piangere a dirotto, come un bambino. E, come un bambino in preda alla disperazione, vedeva tutto nero davanti a sé, senza alcun barlume di luce nell'oscurità.

Singhiozzava tanto che quasi non riusciva a respirare. «Oh, mamma, mamma, *mamma*...»

8

«OH, LAURA, CHE PIACERE VEDERTI!» Laura Whitstable si sedette su una sedia con lo schienale dritto: non si rilassava mai in poltrona.

«Allora, come sta andando?» chiese.

Ann sospirò.

«Sarah sta facendo un po' la difficile.»

«Be', insomma, c'era da aspettarselo, no?»

Laura parlava con allegra disinvoltura, ma osservava Ann con una certa apprensione.

«Non mi sembri tanto in forma, mia cara.»

«Lo so. Non dormo tanto bene e ho certi mal di testa...»

«Su, non prendere le cose troppo sul serio.»

«È facile dirlo, ma non hai idea di cosa succede qui tutto il giorno.» Ann era chiaramente irritata. «Non posso lasciare Richard e Sarah un attimo soli che si mettono subito a litigare.»

«Sarah è gelosa, è chiaro.»

«Temo proprio di sì.»

«Come ho già detto, c'era da aspettarselo. Sarah in fondo è ancora molto infantile, e nessun bambino sopporta che sua madre dedichi tempo e attenzione a qualcun altro. Ma di certo tu eri preparata ad affrontare questa situazione, non è vero, Ann?»

«In un certo senso, sì. Anche se Sarah si è sempre dimostrata molto indipendente e adulta. Quello che invece non mi aspettavo era che Richard fosse geloso di Sarah.»

«Ti aspettavi che tua figlia avrebbe reagito male, ma pensavi che Richard avrebbe avuto più buonsenso?»

«Esatto.»

«Sai, cara, Richard è un uomo fondamentalmente insicuro. Un uomo sicuro di sé si sarebbe limitato a farsi una bella risata e avrebbe mandato Sarah al diavolo.»

Ann si passò una mano sulla fronte con uno scatto che tradiva la sua esasperazione.

«Davvero, Laura, non hai idea di cosa sta succedendo! Si mettono a discutere sulle questioni più futili e poi mi guardano per vedere da che parte sto.»

«Molto interessante.»

«Forse lo sarà per te, ma io non mi diverto affatto.»

«E tu da che parte stai?»

«Nessuna, se posso evitarlo. Ma certe volte...»

«Allora, Ann?»

Rimase in silenzio per un momento, poi affermò: «Sarah è molto più abile di Richard...».

«In che senso?»

«Vedi, Laura, lei in apparenza è sempre molto corretta. È gentile, educata, eccetera, ma sa come stuzzicare Richard. In altre parole, lo tormenta in continuazione. Allora lui a un certo punto scoppia e non ragiona più. Oh, perché non possono semplicemente piacersi?»

«A prima vista, direi perché c'è una naturale antipatia tra di loro. Tu cosa ne pensi? Sei d'accordo con questa ipotesi o credi che sia solo una questione di gelosia nei tuoi confronti?»

«Temo che tu abbia ragione, Laura.»

«Fammi qualche esempio, per cosa litigano?»

«Per le cose più stupide. Per esempio, ti ricordi che ho cambiato la disposizione della scrivania e del divano, e che poi Sarah ha rimesso tutto com'era perché detesta i cambiamenti? Bene, un giorno Richard se n'è uscito all'improvviso dicendo: "Ann, mi sa tanto che la scrivania ti piaceva di più dove l'avevi messa". Io ho risposto che mi sembrava soltanto che liberasse dello spazio. Allora Sarah è intervenuta: "A me piace dov'è e dove è sempre stata". Subito Richard ha replicato con quel tono autoritario che usa certe volte. "Il punto non è quello che piace a te, ma quello che piace a tua madre. Sistemeremo tutto come vuole lei, qui e subito." E si è messo a spostare su e giù la scrivania, chiedendomi: "È così che la volevi, vero?". E io cosa potevo rispondere? Gli ho detto di sì, così alla fine si è rivolto a Sarah e le ha detto: "Hai qualche obiezione, signorina?". Sarah l'ha guardato negli occhi e gli ha risposto con calma e educazione: "Certo che no, la decisione spetta alla mamma. Io non conto niente". E Laura, ti devo dire che in realtà, sebbene abbia assecondato Richard, io stavo dalla parte di Sarah. Lei ama la sua casa e tutte le cose che ci sono dentro, e Richard non lo capisce affatto. Santo cielo, non so proprio che cosa fare.»

«Sì, sei in una situazione difficile.»

«Pensi che si risolverà?»

«Non ci conterei troppo.»

«Lasciatelo dire, Laura, non sei molto incoraggiante!»

«Non è il caso di raccontarsi delle favole.»

«È talmente sgarbato da parte di entrambi! Dovrebbero comprendere quanto mi rendono infelice. Io mi sento veramente male.»

«Autocommiserarsi non serve a niente, Ann. Non ha mai aiutato nessuno.»

«Ma io sono così infelice.»

«Anche loro lo sono, commisera loro, piuttosto. Sarah, povera bambina, è terribilmente triste, e immagino che si senta così anche Richard.»

«E pensare che eravamo così felici insieme prima che Sarah tornasse a casa.»

Dame Laura sollevò leggermente le sopracciglia e rimase silenziosa per un po', poi chiese: «Quando vi sposate?».

«Il tredici marzo.»

«Mancano ancora due settimane. Hai rimandato, come mai?»

«È stata Sarah che mi ha pregato di farlo. Mi ha detto che avrebbe avuto più tempo per abituarsi all'idea. Ha insistito a tal punto che ho dovuto cedere.»

«Dunque è stata Sarah... sì, capisco. E Richard ne è stato contrariato?»

«Certo, era seccatissimo. Dice sempre che io vizio troppo Sarah. Pensi che sia vero, Laura?»

«No, non credo. Nonostante tutto il tuo amore per Sarah, non sei mai stata troppo indulgente con lei. E finora tua figlia ti ha sempre tenuto in considerazione, ovviamente nei limiti in cui può farlo una giovane, che è sempre una creatura egoista.»

«Laura, pensi che dovrei...»

Ann si interruppe, timorosa.

«Cosa?»

«Oh, niente. Ma certe volte mi sembra di non farcela più.»

Si interruppe al suono della porta d'ingresso che si apriva. Fece la sua comparsa Sarah, che si dimostrò molto contenta di vedere Laura Whitstable.

«Oh, Laura, non sapevo che fossi qui.»

«Come sta la mia figlioccia?»

Sarah le andò incontro per baciarla. Aveva le guance fredde.

«Sto bene.»

Ann mormorò qualcosa e lasciò la stanza. Sarah la seguì con gli occhi; poi, incrociando lo sguardo di Dame Laura, arrossì con aria colpevole.

Laura Whitstable annuì energicamente.

«Sì, tua madre stava piangendo.»

Sarah si mostrò virtuosa e sdegnata al tempo stesso.

«Ebbene, non è certo colpa *mia*.»

«Ne sei sicura? Tu vuoi bene a tua madre, vero?»

«Io adoro la mamma, lo sai bene.»

«Allora perché la rendi infelice?»

«Ma io non la rendo infelice! Io non faccio proprio *niente*.»

«Non è forse vero che litighi sempre con Richard?»

«Oh, *quello*! Non se ne può fare a meno! È un uomo impossibile! Se solo la mamma se ne rendesse conto! Sono sicura che un giorno o l'altro lo capirà anche lei.»

«Devi proprio cercare di organizzare la vita degli altri, Sarah? Quando ero giovane io, erano i genitori a essere accusati di farlo con i figli, ma oggi mi sembra che succeda il contrario.»

Sarah si sistemò con fare confidenziale sul bracciolo della sedia su cui Laura era seduta. «Il fatto è che sono molto preoccupata,» disse «non potrà mai essere felice con lui.»

«Non sono affari tuoi, Sarah.»

«Ma non posso fare a meno di *pensarci*. Non voglio che la mamma sia infelice. E lo sarà. È così... così sprovveduta. Ha bisogno di qualcuno che la tenga d'occhio.»

Laura Whitstable prese le mani abbronzate di Sarah tra le sue. Le parlò con un tono autorevole e deciso, ottenendo la sua attenzione e mettendola quasi in allarme.

«Adesso, Sarah, ascoltami bene. Stai attenta. Stai molto attenta.»

«Cosa vuoi dire?»

«Stai attenta» continuò Dame Laura con lo stesso tono deciso «a non lasciar fare a tua madre qualcosa che rimpiangerà per tutto il resto della sua vita.»

«Ma questo è proprio ciò che...»

Laura fece un ampio gesto con la mano.

«Ti sto avvisando. Nessun altro lo farà.» Si mise ad annusare l'aria. «Sento puzza di bruciato, e ti dico io che cos'è. *C'è puzza di vittima sacrificale*, e le vittime sacrificali non mi sono mai piaciute.»

Prima che potessero dire altro, Edith aprì la porta e annunciò l'arrivo di Gerry Lloyd.

«Ciao, Gerry!» esclamò Sarah saltando su. Poi, rivolgendosi a Laura Whitstable: «Ti presento Gerry Lloyd. Gerry, la mia madrina, Dame Laura Whitstable».

Il ragazzo le strinse la mano.

«Credo di averla sentita alla radio ieri sera.»

«Quale onore.»

«Era la seconda puntata della serie 'Come sopravvivere ai giorni nostri'. Sono rimasto molto impressionato.»

«Adesso non essere sfacciato» disse Dame Laura, guardandolo con un improvviso lucchichio negli occhi.

«No, dico davvero, mi è proprio piaciuta. Aveva sempre la risposta giusta.»

«È sempre più facile insegnare come fare una torta che farla sul serio, ed è anche molto più divertente. Peccato che non faccia bene al carattere. Mi rendo conto che divento ogni giorno più odiosa.»

«Oh, no, non è vero» protestò Sarah.

«Sì invece, bambina mia. Sono quasi arrivata al punto di elargire buoni consigli alle persone. Un peccato imperdonabile. Ma adesso devo andare da tua madre.»

Non appena Laura Whitstable ebbe lasciato la stanza, Gerry annunciò: «Sto per andarmene da questo Paese».

Sarah lo guardò attonita.

«Quando, Gerry?»

«Praticamente subito. Giovedì prossimo.»

«Dove vai?»

«In Sudafrica.»

«Ma è lontanissimo!» gridò Sarah.

«Sì, abbastanza lontano.»

«Starai via per anni!»

«Probabilmente sì.»

«Ma cosa vai a fare laggiù?»

«A coltivare arance. Parto insieme a un paio di amici, ci sarà da divertirsi.»

«Oh, Gerry, devi proprio andare?»

«Sì, sono stufo marcio di questo Paese. È troppo noioso, troppo compiaciuto. Non lo sopporto, non lo sopporto proprio, e lui non sopporta me.»

«E cosa dirà tuo zio?»

«Ormai non ci parliamo più. Però la zia Lena è stata molto gentile,» disse facendo un largo sorriso «mi ha dato un assegno e un intruglio speciale brevettato contro il morso dei serpenti.»

«Ma tu che *cosa ne sai* della coltivazione delle arance?»

«Niente di niente, ma immagino che imparerò presto.»

Sarah sospirò.

«Mi mancherai...»

«No, non credo... almeno non per molto.» Gerry parlava accigliato, evitando di guardarla. «Quando qualcuno va in capo al mondo, si fa presto a dimenticarlo.»

«No, non è vero.»

Gerry le lanciò una rapida occhiata di sottecchi.

«Non è vero?»

Sarah fece di no con il capo.

Distolsero entrambi lo sguardo, imbarazzati.

«È stato bello... uscire insieme» disse Gerry.

«Sì...»

«Si può fare fortuna con le arance.»

«Lo spero.»

A quel punto Gerry, scegliendo accuratamente le parole, disse: «Credo che possa essere una vita piacevole... per una donna, intendo dire. Bel clima, tanti domestici... cose così, insomma».

«Sì.»

«Ma immagino che troverai qualcuno e ti sposerai...»

«Oh, no, questo no.» Sarah scosse la testa. «È un grosso errore sposarsi troppo giovani. Non ho intenzione di farlo ancora per moltissimo tempo.»

«Questo è quello che credi tu, ma ci penserà qualche bellimbusto a farti cambiare idea» gemette Gerry mestamente.

«Io sono un tipo freddo di natura» gli disse Sarah per rassicurarlo.

Stavano lì in piedi, imbarazzati, senza riuscire a guardarsi in faccia, quando Gerry, pallidissimo, disse con la voce rotta dall'emozione: «Mia cara, Sarah... sono pazzo di te. Lo sai?».

«Davvero?»

Lentamente, quasi inconsciamente, si ritrovarono vicinissimi. Gerry mise un braccio attorno alle spalle della ragazza. Si baciarono timidamente, meravigliati...

"Che cosa strana" pensava Gerry "che io sia stato così impacciato." Era un giovane allegro che aveva già molta esperienza con le ragazze, ma in quel caso non si trattava di una ragazza qualsiasi, lì si trattava di Sarah, la sua adorata Sarah...

«Gerry.»

«Sarah...»

La baciò di nuovo.

«Vero che non dimenticherai, Sarah? Tutto il tempo che abbiamo passato assieme, tutte le cose che abbiamo fatto...»

«Non potrò mai dimenticare.»

«Mi scriverai?»

«Ho una certa difficoltà a scrivere lettere.»

«Ma dimmi che lo farai. Per piacere, tesoro, sarò così solo...»

Sarah si scostò da lui e fece una timida risatina.

«Figurati se sarai solo, con tutte le ragazze che troverai laggiù.»

«Se anche ce ne fossero, non mi interesserebbero. E poi non credo che troverò niente oltre alle arance.»

«Farai meglio a mandarmene qualche cassa ogni tanto.»

«Certo. Oh, Sarah, farei qualsiasi cosa per te.»

«Allora lavora duro, e cerca di avere successo con la tua piantagione.»

«Lo farò, te lo giuro.»

Sarah sospirò.

«Avrei preferito che tu non dovessi andare proprio adesso» disse. «Mi è stato di grande conforto poter parlare con te di quello che sta succedendo.»

«Come va con Cauliflower? Riuscite ad andare d'accordo?»

«No, non facciamo altro che litigare. Però...» e qui il tono della sua voce di fece trionfante «probabilmente sto vincendo, Gerry!»

Il giovane la guardò sconsolato.

«Intendi dire che tua madre...»

Sarah annuì con entusiasmo.

«Penso che stia cominciando a capire quanto sia impossibile quell'uomo.»
Gerry sembrava ancora più sconsolato.
«Sarah, preferirei che tu in qualche modo facessi a meno di...»
«Combattere con Cauliflower? Lotterò con le unghie e con i denti! Non mi arrenderò mai. *Devo* salvare mia madre.»
«Preferirei che tu non interferissi, Sarah. Tua madre deve essere libera di scegliere da sola quello che è meglio per lei.»
«Te l'ho già detto, la mamma è troppo debole. Si fa prendere dalla compassione e non ragiona più. La sto salvando da un matrimonio infelice.»
Gerry prese il coraggio a quattro mani.
«Ebbene, sono ancora convinto che si tratti solo di gelosia.»
Sarah gli gettò un'occhiata furibonda.
«E va bene! Se è così che la pensi, puoi andartene anche subito.»
«Non devi prendertela con me. Spero solo che tu sappia quello che stai facendo.»
«Certo che lo so» replicò Sarah.

Ann era seduta in camera sua, davanti alla toletta, quando entrò Laura Whitstable.
«Ti senti meglio adesso, mia cara?»
«Sì, sono stata una stupida. Non dovrei lasciarmi trasportare così.»
«È appena arrivato un giovanotto, Gerald Lloyd. È quello che...»
«Sì, che cosa ne pensi?»
«Ovviamente Sarah è innamorata di lui.»
Ann la guardò turbata. «Oh, cielo, spero proprio di no.»
«Sperare non serve.»
«Vedi, io non posso farci niente.»
«Non va proprio bene per lei, vero?»
Ann sospirò. «Temo proprio di no. Non riesce mai a concludere niente. È un bel ragazzo, certo, e non si può fare a meno di trovarlo attraente, ma...»
«Non è un tipo serio?»
«Dà l'impressione di non essere capace di fare niente di *buono*. Sarah dice sempre che è questione di sfortuna, ma io non credo che sia solo quello. E poi lei conosce tanti altri ragazzi veramente carini.»
«E li trova noiosi, immagino. Le ragazze belle e intraprendenti come Sarah sono sempre attratte dagli uomini pericolosi. Dev'essere una legge di natura. E ti devo confessare che l'ho trovato affascinante anch'io.»
«Perfino tu, Laura?»
«Sai, Ann, anch'io ho le mie debolezze femminili. Buonanotte, cara, e buona fortuna.»

Richard arrivò a casa di Ann un po' prima delle otto per cenare con lei. Sarah sarebbe uscita a cena e poi sarebbe andata a ballare, ma quando l'uomo entrò la trovò seduta in salotto, intenta a stendere lo smalto sulle unghie. Nell'aria aleggiava un profumo di gomma da masticare alla pera. Sarah alzò la testa per salutare. «Salve, Richard» disse, e continuò quello che stava facendo. L'uomo la guardò con irritazione. Era il primo a essere sorpreso dalla crescente antipatia che nutriva per quella ragazza. Aveva voluto comportarsi bene, proponendosi di essere un patrigno gentile, amichevole e indulgente, addirittura affettuoso. Si era anche preparato a incassare un'iniziale diffidenza, consapevole di essere in grado di superare facilmente quelli che erano solo pregiudizi infantili.

Invece era stata Sarah a dominare la situazione. Il suo freddo disprezzo e la sua avversione avevano toccato la suscettibilità di Richard, ferendolo e umiliandolo. Lui non aveva mai avuto una grande opinione di sé, e l'ostilità di Sarah aveva ulteriormente diminuito la sua autostima. Tutti gli sforzi che aveva fatto, dapprima per placare quella ragazza e poi per cercare di dominarla, avevano avuto esiti disastrosi. Sembrava che ogni volta riuscisse a dire e fare la cosa sbagliata. Insieme alla contrarietà nei riguardi di Sarah, Richard stava anche provando una crescente irritazione per Ann, che non faceva niente per sostenerlo. Avrebbe dovuto schierarsi dalla sua parte dicendo a Sarah di stare al suo posto. Invece i suoi tentativi di fare da moderatrice per raggiungere un compromesso finivano solo per infastidirlo. Era un atteggiamento che non serviva a nulla, e Ann avrebbe dovuto capirlo!

Sarah agitò le mani in aria per fare asciugare lo smalto.

Sapendo bene che avrebbe fatto meglio a stare zitto, Richard non riuscì a trattenersi dal farle notare: «Sembra che tu abbia intinto le dita nel sangue. Non capisco perché voi ragazze vi mettiate quella roba sulle unghie».

«Ma davvero?»

Alla ricerca di un argomento meno scivoloso, Richard aggiunse: «Stasera ho incontrato il tuo giovane amico. Mi ha detto che ha intenzione di andare in Sudafrica».

«Parte giovedì.»

«Dovrà mettercela tutta per riuscire ad avere successo da quelle parti. Non è un posto per chi non ha voglia di lavorare.»

«Immagino che tu sappia tutto del Sudafrica, vero?»

«Quei posti sono tutti uguali. C'è bisogno di gente che abbia fegato.»

«Gerry ha fegato da vendere» rispose Sarah. E aggiunse: «Per usare la *tua* espressione».

«Che cos'ha di sbagliato questa espressione?»

Sarah sollevò lo sguardo e gli gettò un'occhiata gelida.

«La trovo abbastanza disgustosa, tutto qui.»
Richard diventò tutto rosso.
«E io trovo che sia un vero peccato che tua madre non ti abbia insegnato le buone maniere.»
«Sono stata sgarbata?» Spalancò gli occhi con aria innocente. «Oh, quanto mi dispiace!»
Quelle scuse manifestamente esagerate non servirono certo a calmare Richard, che all'improvviso domandò: «Dov'è tua madre?».
«È di là a cambiarsi. Sarà qui tra un minuto.»
Sarah aprì la borsetta, estrasse uno specchietto e si rimirò con grande attenzione. Poi cominciò a mettersi il rossetto sulle labbra e a passarsi la matita sulle sopracciglia, tutti gesti completamente inutili, dal momento che aveva appena finito di truccarsi. Il suo unico intento era infastidire Richard, di cui conosceva bene l'antiquata avversione per le donne che si imbellettavano in pubblico.
«Dai, Sarah, non esagerare» le disse infatti.
Sarah abbassò lo specchio.
«A cosa ti riferisci?»
«Alla cipria, al rossetto. Gli uomini non amano il trucco eccessivo, te lo posso assicurare. Ti fa solo sembrare...»
«Vuoi dire che mi fa sembrare una sgualdrina?»
Richard rispose, esasperato: «Io non ho detto questo».
«Ma l'hai pensato.» Sarah gettò maldestramente i cosmetici nella borsetta. «Comunque, perché diavolo non ti fai i fatti tuoi?»
«Ascoltami, Sarah...»
«Quello che mi metto in faccia è solo affar mio e non deve riguardarti, brutto ficcanaso.»
Sarah stava tremando di rabbia ed era sul punto di scoppiare a piangere.
Anche Richard ormai aveva perso completamente la pazienza e si mise a urlarle contro: «Sei proprio insopportabile, piccola attaccabrighe che non sei altro!».
Ann entrò in salotto proprio in quel momento. Si fermò sulla soglia e con la voce stanca disse: «Santo cielo, cosa sta succedendo stavolta?».
Sarah uscì dalla stanza correndo. Ann guardò Richard.
«Le ho solo detto che si stava mettendo troppo trucco sulla faccia.»
Ann fece un lungo sospiro di esasperazione.
«Davvero, Richard, pensavo che avessi un po' più di buonsenso. Si può sapere perché mai dovrebbero essere fatti tuoi?»
Richard camminava a grandi passi su e giù per la stanza.
«D'accordo, allora. Se a te fa piacere che tua figlia vada in giro conciata come una sgualdrina...»
«Sarah non sembra affatto una sgualdrina!» replicò Ann seccamente. «Che

cosa orribile da dire. Oggigiorno tútte le ragazze si truccano. Hai davvero delle idee antiquate, Richard.»

«Antiquato! Fuori dal tempo! È questa la grande opinione che hai di me?»

«Oh, Richard, perché dobbiamo litigare? Non ti rendi conto che dicendo queste cose di Sarah in realtà stai criticando *me*?»

«Non posso certo dire di ritenerti una madre particolarmente giudiziosa. Di sicuro non se consideriamo l'educazione di Sarah.»

«Questo è crudele! E poi non è vero. Non c'è niente di sbagliato in Sarah.»

Richard si lasciò cadere sul divano.

«Dio salvi l'uomo che sposa la madre di una figlia unica» disse.

Gli occhi di Ann si riempirono di lacrime.

«Tu sapevi di Sarah quando mi hai chiesto di sposarti. Ti avevo detto quanto la amavo e che cosa significasse per me.»

«Ma non sapevo fino a che punto fossi infatuata di lei! Sarah, Sarah, sempre Sarah, non parli d'altro dalla mattina alla sera!»

Ann si lasciò sfuggire un singhiozzo e andò a sedersi accanto a lui. «Richard, cerca di essere ragionevole. Potevo aspettarmi che Sarah fosse gelosa di te, ma non credevo certo che tu saresti stato geloso di lei.»

«Non sono geloso di Sarah» ribatté Richard facendo il broncio.

«Certo che lo sei, caro.»

«È che tu la metti sempre al primo posto.»

Ann si accasciò scoraggiata e chiuse gli occhi. «Cielo, non so proprio cosa fare.»

«E quando sarà il mio turno di essere considerato? Mai. Io semplicemente non conto niente per te. Hai rimandato la data del matrimonio solo perché Sarah ti ha chiesto di farlo.»

«Volevo darle il tempo di abituarsi all'idea.»

«E ti sembra che adesso si sia abituata? Fa tutto il possibile per contrariarmi, ogni santissima volta.»

«Lo so, so che è molto difficile per te, ma credo che tu stia davvero un po' esagerando. La povera Sarah non fa in tempo a dire una parola che subito ti arrabbi.»

«Vedi? Dici sempre "povera Sarah... povera Sarah". Ecco come la pensi.»

«Dopo tutto è poco più di una bambina, la si può anche giustificare. Ma tu, Richard, sei un uomo... un uomo adulto.»

Richard replicò all'improvviso, in maniera quasi disarmante: «È perché ti amo così tanto, Ann».

«Oh, tesoro mio.»

«Eravamo così felici insieme, prima che ritornasse Sarah.»

«Lo so...»

«E adesso... ogni volta ho l'impressione di perderti.»

«Ma tu non mi stai perdendo, Richard.»

«Amore mio, ma tu mi vuoi ancora bene?»

Ann rispose con trasporto: «Più che mai, Richard. Più che mai».

La serata andò benissimo. Edith aveva dato il meglio di sé in cucina, e la casa, senza la presenza destabilizzante di Sarah, era tornata a essere l'oasi di pace di un tempo.

Richard e Ann chiacchierarono, risero, rievocarono episodi passati, e per entrambi fu un momento di gioia e tranquillità.

Quando, dopo cena, tornarono in salotto per prendere il caffè e un amaro, Richard disse: «È stata una serata veramente splendida. Così serena! Oh, Ann, tesoro mio, sarebbe davvero bello se fosse sempre così».

«Ma lo sarà, Richard.»

«Non ci credi davvero. Lo sai bene, ci abbiamo pensato tante volte. Bisogna affrontare la realtà, anche se è spiacevole. Detto molto francamente, temo che io e Sarah non riusciremo mai ad andare d'accordo. Se noi tre provassimo a vivere tutti insieme ci renderemmo la vita impossibile. C'è solo una cosa da fare.»

«E sarebbe?»

«Per dirla brutalmente, Sarah se ne deve andare da qui.»

«No, Richard. Questo è impossibile.»

«Di solito, quando le ragazze non si trovano bene a casa loro, vanno a vivere da sole.»

«Ma Sarah ha solo diciannove anni, Richard.»

«Può andare ad abitare in molti posti, attrezzati per ospitare una ragazza. Ci sono ostelli, pensionati per studenti. Oppure può andare a pensione presso una buona famiglia.»

Ann scosse la testa, decisa.

«Credo che tu non ti renda conto di quello che mi stai suggerendo. Stai dicendo che, siccome mi voglio risposare, dovrei mandare via di casa mia figlia, mandarla via da quella che è anche casa sua.»

«Ma alle ragazze giovani piace essere indipendenti e vivere per conto loro.»

«A Sarah no. E poi il punto non è se lei ha voglia di andare a vivere da sola o no. Il punto è che questa è anche casa sua.»

«E io invece penso che il punto sia trovare una soluzione. Noi le garantiamo una rendita, a cui contribuirei anch'io, che le permetta di vivere senza rinunce. Lei sarà felice di vivere per conto suo, e noi saremo felici di vivere per conto nostro. Io non ci vedo niente di sbagliato.»

«Dai per scontato che Sarah sarà felice da sola?»

«Ma sì, le piacerà, vedrai. Ti dico che non c'è ragazza che non ami l'indipendenza.»

«Ma tu non sai niente delle ragazze, dei giovani, Richard. L'unica cosa a cui stai pensando adesso è ciò che vuoi tu.»

«Sto solo proponendo una soluzione che mi pare del tutto sensata.»

«Prima di cena,» gli spiegò Ann «mi hai detto che io metto Sarah prima di ogni cosa. In un certo senso è vero, Richard. Il punto non è stabilire chi amo di più tra voi due ma, considerando entrambi, mi rendo conto che le necessità di Sarah vengono prima delle tue. Vedi, Richard, io mi sento responsabile della vita di Sarah finché non diventerà grande, finché non sarà anche lei una donna, e quel momento non è ancora arrivato.»

«Le mamme non vogliono mai che i loro figli crescano.»

«Talvolta è vero, ma onestamente non credo che sia il nostro caso. Io ho ben chiara una cosa, di cui tu invece non ti vuoi proprio rendere conto: Sarah è ancora molto giovane, è ancora indifesa.»

Richard sbottò: «Indifesa!».

«Sì, è proprio quello che voglio dire. È così insicura, di se stessa e della vita. Quando sarà pronta ad affrontare il mondo da sola, sarà la prima a volerlo fare. E io sarò più che felice di aiutarla. Ma adesso no, non è *ancora* il momento.»

Richard sospirò dicendo: «È inutile, con una mamma non si può discutere».

A quel punto Ann, con insospettabile fermezza, ribadì: «Se mia figlia non vuole andarsene, io non la butterò fuori da casa sua. Farlo senza il suo consenso sarebbe imperdonabile».

«Se ne sei proprio sicura...»

«Oh, certo che lo sono. Ma tu, mio caro Richard, devi solo avere pazienza. Non capisci? Non sei tu che devi sentirti escluso, semmai è Sarah che si sente così. Sono certa che, con il tempo, finirà per diventarti amica, perché mi vuole bene e non vuole farmi soffrire.»

Richard la osservò con uno sguardo interrogativo, poi sorrise e la prese tra le braccia.

«Mia dolce Ann, sei un'inguaribile ottimista.»

Ann si strinse nel suo abbraccio. «Caro Richard, ti amo... Oh, cielo, se non mi fosse venuto questo mal di testa...»

«Vado a prenderti un'aspirina...» disse lui. Perché era con un'aspirina, ormai, che terminava ogni sua serata con Ann.

9

PER DUE GIORNI ci fu una calma tanto gradita quanto inaspettata. Quella pace ridiede fiducia ad Ann. Dopo tutto la situazione non era così compromessa. Con il tempo, come aveva detto lei stessa, tutto si sarebbe appianato. Il suo appello a Richard aveva sortito l'effetto sperato. La settimana successiva si sarebbero sposati, le sembrava che dopo il matrimonio finalmente le cose si sarebbero sistemate. Sarah avrebbe cessato di prendersela con Richard e avrebbe ritrovato l'interesse per ciò che succedeva fuori casa.

«Oggi mi sento decisamente meglio» comunicò con soddisfazione a Edith.

Un'intera giornata passata senza mal di testa le sembrava un avvenimento speciale.

«Come un attimo di calma durante la tempesta, direi» commentò Edith. «La signorina Sarah e il signor Cauldfield sono come cane e gatto. Incompatibilità di carattere, è così che si dice, no?»

«Mi pare però che Sarah stia superando la cosa, non credi anche tu?»

«Signora, se fossi in lei non mi farei troppe illusioni» le disse Edith mestamente.

«Ma non può andare avanti sempre così.»

«Non ci scommetterei.»

Edith, pensò Ann, vedeva sempre nero! Provava gusto a prevedere disastri.

«Eppure ultimamente le cose stanno andando meglio» ribadì.

«Questo perché il signor Cauldfield viene di pomeriggio, quando la signorina Sarah è a lavorare nel negozio di fiori, e ciò le permette di passare la sera da sola con lei. Inoltre, è tutta presa dalla prossima partenza del signor Gerry. Ma dopo il matrimonio li avrà qui sempre, tutti e due. La tireranno in mezzo e la faranno a pezzi, glielo dico io.»

«Oh, Edith!» Ann fu presa dallo sconforto per quella prospettiva orribile, che dava corpo alle sue paure più profonde.

«Non ce la faccio, non riesco a sopportarlo...» disse, d'un tratto nuovamente scoraggiata. «Odio le scenate e le liti, le ho sempre odiate.»

«È vero. Beata e tranquilla, è così che ha sempre vissuto, ed è questo il tipo di vita che va bene per lei.»

«Ma cosa ci posso fare? Se tu fossi al mio posto, cosa faresti, Edith?»

Compiaciuta, Edith sentenziò: «Lamentarsi non serve. Me l'hanno insegnato da piccola: "Questa vita è una valle di lacrime"».

«È tutto quello che sai dire per consolarmi?»

«Tutto questo ci è stato mandato per metterci alla prova» disse Edith, pontificando. «Ah, se almeno lei fosse una di quelle donne che amano le discussioni! Ce ne sono tante, per esempio la seconda moglie di mio zio. Non c'è niente che le piaccia più di litigare. Ha una lingua velenosa, ma quando ha finito di azzuffarsi non porta rancore, e non ci pensa più. Acqua passata, per così dire. Mi sa tanto che dipende dal fatto che ha sangue irlandese. Sua madre veniva da Limerick. Non che siano cattive persone, ma hanno sempre voglia di menare le mani. Anche la signorina Sarah è un po' così. Il signor Prentice era mezzo irlandese, mi ricordo che me lo ha detto lei. La signorina Sarah ama fare fuoco e fiamme, ma non c'è mai stata una ragazza più buona di lei. Se vuole sapere il mio parere, è una fortuna che il signor Gerry vada oltremare. Non si sistemerà mai, la signorina Sarah può trovare di meglio.»

«Però temo proprio che Sarah si sia davvero molto affezionata a lui, Edith.»

«Non mi preoccuperei. Si dice: "La lontananza accende le grandi passioni", ma sono d'accordo con mia zia Jane, che aggiungeva sempre: "Sì, ma per qualcun altro". Piuttosto, il proverbio giusto è: "Lontano dagli occhi, lontano dal cuore". Adesso non si preoccupi né per Sarah né per nessun altro. Ecco qui il libro che ha preso in biblioteca e che aveva tanta voglia di leggere. Io intanto le porto una bella tazza di caffè e due o tre biscotti. Se la goda, finché può.»

Ann ignorò il triste presentimento implicito nelle ultime parole di Edith e le disse: «Mi sei proprio di grande conforto».

Il giovedì successivo Gerry Lloyd partì come previsto, e quella sera, appena tornata a casa, Sarah litigò con Richard nel peggiore dei modi.

Ann li lasciò soli e si rifugiò in camera sua. Restò sdraiata al buio coprendosi gli occhi con le mani e premendosi le dita sulla fronte dolorante. Le lacrime le scorrevano sulle guance.

«Non ce la faccio più...» continuava a dirsi affannosamente. «Non ce la faccio più...»

Di lì a poco sentì Richard che gridava furioso: «... e tua madre non può sempre scappare via con la scusa dei suoi eterni mal di testa!». Poi la porta d'ingresso sbatté con violenza.

Ann udì nel corridoio i passi esitanti di Sarah che si stavano avvicinando lentamente alla sua camera.

«Sarah?» chiese.

La porta si aprì.

«Come mai al buio?» La voce di Sarah tradiva un leggero senso di colpa.

«Il mio mal di testa. Accendi la lampada piccola, lì nell'angolo.»

Sarah ubbidì e si diresse lentamente verso il letto, evitando di guardarla. Quell'atteggiamento da bimba contrita intenerì il cuore di Ann, anche se solo pochi istanti prima era ancora molto arrabbiata con lei.

«Sarah, devi proprio?»

«Devo proprio cosa?»

«Litigare continuamente con Richard. Non hai proprio nessuna considerazione per me? Non ti rendi conto di quanto male mi fai? Non vuoi che io sia felice?»

«Certo che lo voglio. È proprio questo il punto!»

«Io non ti capisco. Mi fai sentire malissimo. Ogni tanto penso di non farcela più... è tutto così diverso.»

«Sì, è tutto cambiato, lui ha rovinato tutto. Vuole cacciarmi via da qui. Ma tu non glielo permetterai, vero?»

Ann era arrabbiata.

«Certo che no. Chi te l'ha messo in testa?»

«Lui. Proprio adesso. Ma tu non lo farai, vero? È come un brutto sogno.» Gli occhi di Sarah si riempirono di lacrime. «Da quando sono tornata dalla Svizzera tutto è andato storto. Tutto. Gerry è partito, probabilmente non lo vedrò mai più. E tu ti sei messa contro di me...»

«Io non ce l'ho con te! Non dire queste cose.»

«Oh, mamma... mamma.»

La ragazza si inginocchiò accanto al letto e si mise a singhiozzare irrefrenabilmente, ripetendo quell'unica parola: «Mamma».

La mattina dopo Ann trovò un biglietto di Richard sul vassoio della prima colazione.

> Cara Ann,
> non si può assolutamente andare avanti così. Dobbiamo cercare una soluzione. Credo che troverai Sarah molto più disponibile di quanto pensi. Tuo per sempre
>
> *Richard*

Rabbrividì. Richard si stava ostinatamente illudendo? Oppure la scenata di Sarah, la sera prima, era stata solo un crollo isterico senza conseguenze? Tutto considerato, quell'ultima ipotesi poteva anche essere corretta, dal momento che Sarah stava soffrendo per l'addio al suo primo amore. Dopo tutto, se non poteva sopportare la sola vista di Richard, forse era vero che sarebbe stata più felice lontana da casa...

D'impulso, Ann prese il telefono e compose il numero di Laura Whitstable.

«Laura? Sono Ann.»

«Buongiorno, come sei mattiniera oggi.»

«Non so più che pesci pigliare. La testa non la smette di farmi male, ho il morale a terra. Non si può più continuare così, e volevo chiederti un consiglio.»

«Io non do consigli, non c'è niente di più pericoloso.»

Ann non la ascoltò.

«Ascoltami, Laura, pensi che... che sarebbe una buona cosa se... se Sarah andasse a vivere da sola... Intendo dire, se dividesse un appartamento con un'amica... o qualcosa del genere?»

Ci fu un momento di pausa e poi Dame Laura domandò: «Lei è d'accordo?».

«Be'... no... non esattamente. È solo un'*idea*.»

«Chi l'ha suggerita? Richard?»

«Ehm, sì.»

«Un'idea molto sensata.»

«Pensi che sia ragionevole?» chiese Ann ansiosa.

«Intendo dire che è un'idea molto sensata dal punto di vista di Richard. Lui sa quello che vuole e fa di tutto per ottenerlo.»

«Ma *tu*, tu cosa ne pensi?»

«Te l'ho già detto, Ann, io non dispenso consigli. Sarah cosa ne dice?»

Ann esitò.

«In realtà non ne ho discusso con lei... non ancora.»

«Però ti sarai fatta un'idea del suo punto di vista.»

Ann disse, piuttosto riluttante: «Per il momento non penso che sia d'accordo».

«Ah.»

«Credi che dovrei insistere?»

«Perché? Per guarire dal tuo mal di testa?»

«No, no!» gridò Ann scandalizzata. «Esclusivamente per la sua felicità.»

«Così suona splendido! Ma io non mi fido mai dei nobili sentimenti. Prova a spiegarti meglio.»

«Bene, allora... Mi stavo chiedendo se non sono una madre troppo appiccicosa, se forse non sarebbe meglio per Sarah che si allontanasse da me. Non credi che potrebbe sviluppare più liberamente la propria personalità?»

«Sì, sì, è un concetto molto moderno.»

«Vedi, in realtà io penso che potrebbe *accettare* l'idea. Prima non ero sicura, ma adesso... Oh, Laura, dimmi cosa ne pensi!»

«Mia povera Ann.»

«Perché dici così?»

«Hai chiesto la mia opinione, ed è quello che penso. Povera Ann.»

«Non mi sei di grande aiuto, Laura.»

«Non voglio esserti d'aiuto, non nel senso che intendi tu.»

«Vedi, sta diventando veramente difficile tenere a bada Richard. Stamattina mi ha dato una specie di ultimatum... Presto mi chiederà di scegliere tra lui e Sarah.»

«E tu chi sceglieresti?»

«Oh, no, Laura! Non volevo davvero dire che siamo arrivati a questo punto.»

«Ma potrebbe succedere.»

«Oh, mi fai diventare matta. Non provi nemmeno ad aiutarmi.» Ann riappese con rabbia il ricevitore.

Quando squillò il telefono, alle sei, fu Edith a rispondere. Era Richard Cauldfield.

«C'è la signora Prentice?»

«No, signore. È andata a una riunione di quel comitato, la Casa delle vedove o qualcosa del genere. Non sarà di ritorno prima delle sette.»

«E la signorina Sarah?»

«È appena arrivata. Vuole parlare con lei?»

«No, vengo lì.»

Richard percorse la distanza tra la propria casa e quella di Ann camminando con passo svelto e risoluto. Era rimasto sveglio tutta la notte a pensare e finalmente era giunto a una conclusione definitiva. Non era un uomo dalle decisioni rapide, ma quando aveva fatto una scelta sapeva essere tenace e ostinato.

Le cose non potevano più andare avanti così. Sarah e Ann dovevano rendersene conto. Quella ragazza stava sfibrando sua madre a furia di capricci e cocciutaggine! "Oh," pensava Richard "la mia povera, dolce Ann." Ma, inconsciamente, provava una forma di risentimento anche nei suoi confronti. Ann evitava di affrontare di petto la situazione, eludendo i problemi con artifici femminili come gli improvvisi mal di testa o i cedimenti incontrollati a cui andava incontro ogni volta che scoppiava una discussione.

Doveva prendere in mano la situazione!

Quelle due... La loro irresponsabilità da donnicciole doveva *finire*!

Suonò il campanello e Edith lo fece accomodare in salotto. Sarah, in piedi accanto al camino con un bicchiere in mano, si girò verso di lui per salutarlo.

«Buonasera, Richard.»

«Buonasera, Sarah.»

«Mi dispiace per ieri sera» disse Sarah con evidente sforzo. «Ho paura di esserci andata giù pesante.»

«È tutto a posto.» Richard fece un gesto magnanimo con la mano. «Non parliamone più.»

«Vuoi qualcosa da bere?»

«No, grazie.»

«Temo che la mamma resterà via ancora per un po'. È andata a...»

Lui la interruppe.

«Non importa. Sono venuto per parlare con te.»

«Con me?»

Gli occhi di Sarah si incupirono e diventarono due fessure. Si avvicinò a Richard e si sedette.

«Voglio chiarire le cose» cominciò lui. «Mi sembra evidente che non possiamo continuare con le discussioni e i battibecchi di quest'ultimo periodo. Soprattutto perché tua madre ne soffre, e tu vuoi bene a tua madre, ne sono sicuro.»

«Naturalmente» disse Sarah senza scomporsi.

«Allora, detto tra noi, dobbiamo concederle un po' di tranquillità. Tra una settimana ci sposiamo. Quando saremo tornati dal viaggio di nozze, che razza di vita potremo fare noi tre insieme in questo appartamento?»

«Sarebbe una specie di inferno, direi.»

«Vedi? Lo riconosci anche tu. Bene, prima di tutto voglio dirti che non è tutta colpa tua.»

«Molto generoso da parte tua, Richard.»

Il tono della ragazza era serio e educato, e Richard non la conosceva ancora abbastanza per saper distinguere i segnali di avvertimento.

«È un peccato che noi due non riusciamo proprio ad andare d'accordo. Per essere franchi, tu mi detesti.»

«Se vuoi proprio saperlo, sì, è vero.»

«Va bene. D'altro canto, neanch'io vado pazzo per te.»

«Tu mi odi come la peste» gli disse Sarah.

«Adesso non esageriamo!» replicò Richard.

«Non sto esagerando.»

«D'accordo, allora mettiamola così. Ci detestiamo. Non mi importa se ti piaccio o no: io sposo tua madre, non devo sposare te. Ho cercato di diventare tuo amico, ma tu non hai voluto, quindi adesso dobbiamo trovare una soluzione alternativa. Sono disposto a fare quello che sarà necessario.»

Sarah chiese sospettosamente: «Quale soluzione alternativa?».

«Siccome non riesci a sopportare di vivere in casa, farò il possibile per aiutarti a vivere molto più felicemente altrove. Una volta che Ann sarà diventata mia moglie provvederò a ogni sua necessità finanziaria, ma ci saranno soldi in abbondanza anche per te. Potrai prendere un grazioso appartamentino da qualche parte, magari da condividere con un'amica. E poi potrai arredarlo come vorrai, come piacerà a te.»

Sarah si rabbuiò ulteriormente, ma disse: «Sei davvero un uomo straordinariamente generoso, Richard!».

Senza sospettare il minimo sarcasmo, Richard si congratulò intimamente con se stesso. La ragazza aveva capito come le conveniva comportarsi. Tutto sommato, la faccenda si stava sistemando in modo piuttosto amichevole.

«Bene,» le disse allora sorridendo amabilmente «non mi è mai piaciuto vedere la gente scontenta. E poi, a differenza di tua madre, io mi rendo perfettamente conto che i giovani ambiscono ad andare al più presto per la propria strada ed essere finalmente indipendenti. Vedrai, sarai molto più felice vivendo per conto tuo che non continuando a stare qui a litigare come cane e gatto con me.»

«Dunque, questa è la tua proposta.»

«È una buona idea, soddisfacente per tutti.»

A quel punto Sarah scoppiò a ridere. Richard sobbalzò per la sorpresa.

«Non ti libererai di me tanto facilmente!» disse Sarah.

«Ma...»

«Io non me ne andrò, ti dico, non me ne andrò...»

Nessuno dei due si accorse che, in quel frangente, Ann stava aprendo la porta d'ingresso. Appena entrò, li trovò uno di fronte all'altra. Si guardavano in cagnesco. Sarah stava tremando e ripeteva istericamente: «Non me ne vado... non me ne vado... non me ne vado!».

«Sarah...»

Entrambi si girarono bruscamente verso Ann. La ragazza corse incontro a sua madre.

«Mamma, mamma, tu non gli permetterai di mandarmi via, vero? Per vivere in un appartamento con un'amica, poi! Io *odio* le amiche. Non voglio vivere da sola, voglio stare con te. Non mandarmi via, mammina cara. Non farlo, non farlo!»

Ann rispose subito, cercando di calmarla: «Certo che no, tesoro. Va tutto bene, stai tranquilla ora». Poi, rivolgendosi a Richard con severità: «Che cosa le stavi dicendo?».

«Le stavo facendo una proposta del tutto ragionevole.»

«Mi odia, e ti costringerà a odiarmi» gli parlò sopra Sarah singhiozzando come una bambina in preda a una crisi. Ann cercò di nuovo di calmarla.

«Su, su, Sarah, non essere assurda.»

Con un cenno del capo disse a Richard: «Ne parleremo un'altra volta».

«Niente affatto» protestò Richard sollevando il mento. «Ne parliamo subito, invece, qui e ora. Dobbiamo sistemare la situazione.»

«Oh, per favore!» Ann si portò le mani alla testa e andò ad accasciarsi sul divano.

«Non puoi sempre cavartela con la scusa del mal di testa, Ann! La domanda è: chi è al primo posto per te, io o Sarah?»

«Non è questo il punto.»

«Io dico di sì. Bisogna sistemare questa faccenda una volta per tutte. Così non resisto più.»

La voce stentorea di Richard penetrava nella testa di Ann provocandole continue fitte di dolore. La riunione del comitato era stata faticosa e lei era tornata a casa esausta, e ora aveva la netta percezione che la sua vita fosse insopportabile.

Con la voce fioca, disse: «Adesso non posso parlare con te, Richard. Non posso davvero. Non ce la faccio, non ce la faccio più».

«Invece ti dico che le cose vanno sistemate adesso. O se ne va Sarah o me ne vado io.»

Un leggero fremito percorse la ragazza, che alzò il mento per fissare Richard negli occhi.

«La mia proposta è perfettamente sensata» proseguì lui. «L'ho già esposta a Sarah e non mi è parso che avesse niente in contrario, almeno finché non sei arrivata tu.»

«Io non me ne vado» ribadì la ragazza.

«Ma benedetta figliola, potrai venire a trovare tua madre tutte le volte che vorrai, non è vero?»

Sarah si girò verso sua madre e si gettò ai suoi piedi.

«Mamma, mammina, non cacciarmi via. Non lo farai, vero? Tu sei la mia mamma.»

Ann divenne tutta rossa in viso e disse, con improvvisa fermezza: «Non chiederò alla mia unica figlia di lasciare controvoglia casa sua».

Richard urlò: «Ma lei avrebbe voglia di farlo, e se adesso dice così è solo per fare un dispetto a me!».

«Questo è il genere di ragionamenti perversi che fai *tu*!» gli gridò contro Sarah.

«Tieni a bada la lingua!» intimò Richard.

Ann si prese di nuovo la testa tra le mani. «Non ce la faccio più,» gemette «vi avverto, non ce la faccio più...»

Sarah la supplicò: «Mamma...».

E Richard, con disappunto: «È inutile, Ann. Tu e i tuoi mal di testa! È il momento di fare una scelta, maledizione».

«Mamma!» Sarah ormai era completamente fuori di sé e si aggrappò ad Ann come una bimba spaventata. «Non lasciare che ti metta contro di me. Mamma... non lasciare che lui...»

Ann, tenendo ancora la testa tra le mani, disse: «Non riesco a sopportarlo... Faresti meglio ad andartene, Richard».

«Cosa?» disse l'uomo fissandola.

«Per piacere, vai via. Dimenticami... È inutile...»

Richard fu assalito da un sentimento di rabbia e impotenza. Con gravità, le chiese: «Ti rendi conto di quello che mi stai dicendo?».

Ann rispose come in trance: «Ho bisogno di pace... non posso continuare così...».

Sarah sussurrò ancora: «Mamma...».

«Ann...» La voce di Richard traboccava di dolore e incredulità.

Ann scoppiò a piangere a dirotto: «È inutile, Richard... è *inutile*...».

Sarah si rivolse contro di lui con furia infantile: «Vai via» gli disse. «Noi non ti vogliamo, hai capito? Noi non ti vogliamo...»

Aveva sul viso un'espressione trionfante che, se non fosse stata così infantile, l'avrebbe fatta sembrare persino brutta.

Lui non ci fece caso. Aveva occhi solo per Ann.

«È questo che vuoi?» le disse con molta calma. «Io non... non tornerò più indietro.»

Ann rispose con voce esausta: «Lo so. È solo che... non si può fare, Richard. Addio...».

L'uomo si incamminò lentamente verso la porta.

Sarah urlò: «Cara!», e affondò il capo nel grembo di sua madre.

Ann cominciò ad accarezzarle la testa meccanicamente, ma i suoi occhi erano fissi alla porta, quella porta che Richard aveva appena oltrepassato.

Un attimo dopo si udì sbattere con decisione il portone d'ingresso.

Ann avvertiva la stessa sensazione di gelo che aveva provato quel giorno a Victoria Station, la stessa grande desolazione...

Richard stava scendendo le scale, poi attraversò il giardino e infine raggiunse la strada...

Se ne stava andando dalla sua vita.

LIBRO SECONDO

1

ATTRAVERSO I FINESTRINI dell'autobus che la portava in città dall'aeroporto, Laura Whitstable rivedeva con affetto le familiari strade di Londra da cui era rimasta lontana per così tanto tempo. Era appena tornata da un viaggio in giro per il mondo in qualità di membro di una commissione reale. La sessione finale negli Stati Uniti si era rivelata estenuante. Laura, che poteva fregiarsi del prestigioso titolo di Dame – Dama del regno –, aveva tenuto conferenze, presieduto commissioni, partecipato a pranzi e cene, e non le era rimasto nemmeno il tempo per vedere i suoi amici più cari.

Bene, adesso era tutto finito. Una volta a casa, con la valigia piena di appunti, statistiche e documenti importanti, aveva ancora davanti a sé il gravoso compito di preparare la sua relazione.

Era una donna di grande vitalità e di enorme resistenza fisica. Preferiva il lavoro all'ozio ma, a differenza della maggior parte delle persone, non se ne vantava, anzi spesso ammetteva, con disarmante modestia, che non la considerava una virtù, ma una debolezza. Diceva che il lavoro era uno dei modi migliori per fuggire da sé. Riuscire a vivere con se stessi senza scappatoie, con umiltà e soddisfazione, per lei significava raggiungere l'unica forma di esistenza realmente armoniosa.

Laura Whitstable si occupava sempre di una sola cosa per volta. Non era il tipo da scrivere lunghe lettere agli amici. Quando era assente, lo era del tutto, con la mente e con il corpo.

Mandava cartoline illustrate ai domestici, che altrimenti si sarebbero offesi. Gli amici e i parenti sapevano che un bel giorno avrebbe annunciato al telefono, con la sua voce burbera, che sarebbe tornata.

Poco più tardi, Laura gettò uno sguardo sul suo comodo e semplice salotto e si sentì felice di essere a casa, anche se Bassett le comunicò impietosamente il triste elenco dei piccoli disastri casalinghi che erano avvenuti in sua assenza.

Congedò Bassett con un: «Hai fatto bene a dirmelo», e si lasciò cadere nell'ampia e consunta poltrona di pelle. Non degnò nemmeno di uno sguardo la pila di lettere e le riviste sul tavolino accanto a lei. Tutte le faccende urgenti erano già state sbrigate dalla sua fida segretaria.

Si accese un sigaro e, appoggiandosi allo schienale, socchiuse gli occhi.

Così quella era la fine di un periodo e l'inizio di un altro...

Si rilassò e il corso dei suoi pensieri assunse un andamento più blando. I colleghi della commissione, i problemi affrontati e risolti, le speculazioni, i punti di vista, le autorità americane, gli amici... dolcemente e inesorabilmente si allontanarono fino a svanire...

Londra, le persone che doveva incontrare, i pezzi grossi con cui si sarebbe scontrata, i ministri che si era ripromessa di tampinare, le misure pratiche da mettere in atto, le relazioni che doveva scrivere, la futura campagna e l'estenuante attività quotidiana... Tutto le tornò in mente con grande chiarezza. Prima, però, poteva concedersi un periodo di svago, dedicandosi alle relazioni personali e ai divertimenti. Sarebbe andata a trovare gli amici più cari per scambiare le ultime notizie e consegnare i regali che aveva portato; avrebbe anche frequentato i suoi locali preferiti. Insomma, si sarebbe goduta fino in fondo gli innumerevoli piccoli piaceri della vita privata. Il suo volto severo si distese in un sorriso. A uno a uno riemersero alla sua coscienza i nomi degli amici: Charlotte, il giovane David, Geraldine e i suoi figli, il vecchio Walter Emlyn, Ann e Sarah, il professor Parkes...

Chissà cosa era successo durante la sua assenza?

Di lì a un paio di giorni sarebbe andata nel Sussex, da Geraldine, se lei era disponibile. Le telefonò e fissò data e ora. Poi chiamò l'anziano professor Parkes. Sebbene fosse cieco e quasi completamente sordo, sembrava in salute e di ottimo umore e non vedeva l'ora di litigare su un argomento qualsiasi con la sua vecchia amica Laura.

Il successivo numero di telefono che compose fu quello di Ann Prentice.

Rispose Edith.

«È veramente una sorpresa, signora. È passato tanto tempo. Ho letto un articolo su di lei sul giornale, non più di uno o due mesi fa, credo. No, mi dispiace, la signora Prentice è fuori. In questo periodo esce quasi tutte le sere. Sì, anche la signorina Sarah è fuori. Va bene, signora, dirò alla signora Prentice che ha chiamato e che è tornata.»

Laura si trattenne dal farle notare che per lei sarebbe stato difficile telefonare se fosse stata ancora fuori casa e compose un altro numero.

Tutta presa dalla serie di appuntamenti che stava fissando, Laura decise di tralasciare un particolare che aveva notato parlando con Edith, ripromettendosi di riesaminarlo più tardi.

Solo quando fu a letto cercò di ricordare quale affermazione di Edith l'avesse sorpresa. Dovette pensarci un po', ma alla fine riuscì a individuarla. La governante aveva detto che Ann in quel periodo usciva quasi tutte le sere.

Laura era perplessa. Ann doveva avere cambiato radicalmente le proprie abitudini. Era legittimo aspettarsi che Sarah se ne andasse in giro la sera a divertirsi. Tutte le ragazze lo facevano. Ann, invece, era un tipo tranquillo: qualche occasionale invito a cena, un cinema o un teatro di tanto in tanto, ma non era una nottambula.

Prima di prendere sonno, Laura Whitstable continuò a rimuginare a lungo...

Due settimane dopo Laura suonò il campanello dell'appartamento di Ann Prentice.

Quando Edith aprì la porta, il suo viso arcigno cambiò impercettibilmente espressione lasciando trapelare un leggero compiacimento.

Si scostò di lato per far entrare Dame Laura.

«La signora Prentice si sta vestendo per uscire,» la avvertì «ma sono sicura che la riceverà.»

La fece accomodare in salotto e poi si avviò a passo rapido per il corridoio che conduceva alla camera di Ann.

Laura si guardò attorno stupita. Era tutto completamente diverso. La stanza non sembrava più la stessa e, per un attimo, fu colta dall'assurda idea di avere sbagliato casa.

Rimanevano solo pochi pezzi dell'arredamento originale, e in un angolo troneggiava un mobile bar. Il nuovo *décor* era una versione aggiornata dello stile Impero, con eleganti tende di raso a righe e una profusione di ori e bronzi. Alle pareti pochi quadri, tutti moderni. Più che un appartamento privato sembrava una scenografia teatrale.

Edith si affacciò per annunciare: «La signora Prentice sarà da lei in un attimo, signora».

«Qui è cambiato tutto» notò Dame Laura, indicando la stanza con un gesto.

«È costato una vera fortuna» commentò Edith con disapprovazione. «Non ci crederebbe, ma se ne sono occupati un paio di giovanotti molto stravaganti.»

«Certo che ci credo. Mi sembra che abbiano fatto proprio un ottimo lavoro.»

«È tutta paccottiglia» sentenziò Edith con una smorfia.

«Bisogna stare al passo con i tempi, Edith. Sono sicura che a Sarah piace moltissimo.»

«Oh, non c'è lo zampino della signorina Sarah, lei non è tipo da cambiamenti. Non lo è mai stata. Forse ricorderà che non voleva neanche far spostare il divano! No, è la signora Prentice che va pazza per queste cose.»

Dame Laura aggrottò leggermente le sopracciglia; aveva di nuovo l'impressione che Ann fosse decisamente cambiata. Proprio in quel momento udì dei passi lungo il corridoio e Ann in persona si precipitò nella stanza a braccia aperte.

«Laura cara, che meraviglia, desideravo tanto vederti!» esclamò e la baciò distrattamente.

L'anziana Dame Laura la squadrò stupita.

Sì, Ann Prentice era cambiata. I vaporosi capelli castani appena spruzzati di grigio erano tinti e tagliati all'ultima moda, le sopracciglia sfoltite e il viso accuratamente truccato. Indossava un corto abito da cocktail impreziosito da un'abbondante bigiotteria dalle forme bizzarre. Si muoveva di continuo e in modo innaturale. Quello – pensò Laura – era il cambiamento più significativo. La caratteristica principale della Ann Prentice che aveva conosciuto fino a due anni prima era un'aria gentile e tranquilla. Adesso invece si agitava per la stanza e parlava in continuazione, sbracciandosi e giocherellando con i soprammobili, e facendo una raffica di domande senza ascoltare le risposte.

«Sono secoli che non ti sento... Naturalmente ho letto di te sui giornali. Com'era l'India? Negli Stati Uniti ti hanno accolto come una regina! Immagino che tu abbia mangiato divinamente... bistecche e tutto il resto, no? Quando sei tornata?»

«Quindici giorni fa. Ti ho telefonato, ma non c'eri. Edith deve essersi dimenticata di dirtelo.»

«Povera vecchia Edith. La sua memoria non è più quella di una volta. No, credo che me lo abbia detto, e avevo intenzione di richiamarti, solo che... sai come vanno le cose.» Sospirò. «Si vive così di corsa.»

«Una volta non vivevi di corsa, Ann.»

«Davvero?» Ann rimase sul vago. «Sembra impossibile evitarlo. Bevi qualcosa, Laura? Gin e lime?»

«No, grazie. Non bevo mai gin.»

«Certo, so che preferisci brandy e soda.» Ann versò il liquore in un bicchiere e lo porse all'amica, poi preparò un drink per sé.

«Come sta Sarah?» chiese Dame Laura.

Ann restò sul vago.

«Oh, molto bene. Non la vedo quasi mai. Dov'è il gin? Edith! Edith!»

La governante entrò.

«Perché non c'è più gin?»

«Non l'hanno ancora portato» rispose Edith.

«Ti ho già detto che *dobbiamo* avere sempre una bottiglia di riserva. È veramente insopportabile! Devi controllare che in casa ci sia sempre da bere.»

«Per carità, ce n'è perfino troppo, secondo me.»

«Basta, Edith!» gridò Ann sgarbatamente. «Datti da fare e vai a prenderne un po'.»

«Come? Adesso?»

«Sì, adesso.»

Appena Edith si ritirò, scura in volto, Ann disse rabbiosamente: «Si dimentica tutto. Non c'è verso!».

«Non ti innervosire troppo, mia cara. Vieni qui, siediti e raccontami di te.»

«Non c'è molto da dire» rise Ann.

«Stavi per uscire? Ti sto forse trattenendo?»

«Oh, no. Viene a prendermi il mio fidanzato.»

«Il colonnello Grant?» le chiese Laura con un sorriso.

«Il vecchio James? Oh, no. Ormai non lo vedo quasi più.»

«E perché?»

«Le persone anziane sono terribilmente noiose. James è così caro, ma sai... non ce la faccio più a sopportare i suoi sproloqui.» E fece spallucce. «Colpa mia, ma è così.»

«Non mi hai detto niente di Sarah. Ha qualche ammiratore?»

«Oh, ne ha tanti. Grazie al cielo piace molto. Non saprei proprio cosa fare se avessi una figlia senza personalità.»

«Allora, non ha ancora un amico preferito?»

«Mah, non so. È difficile dirlo. La mamma è sempre l'ultima a sapere le cose.»

«E cosa mi dici di Gerald Lloyd, quello di cui ti preoccupavi tanto?»

«Oh, se n'è andato in Sud America o giù di lì. Fortunatamente è tutto finito. Mi meraviglio che te ne ricordi.»

«Ricordo molte cose di Sarah. Le voglio davvero bene.»

«Quanto sei cara, Laura! Sarah sta bene. È egoista e stancante per molti versi, ma credo che sia inevitabile alla sua età. Arriverà tra poco...»

Squillò il telefono e Ann si interruppe per andare a rispondere.

«Pronto?... Oh, sei tu, caro?... Certo, naturalmente, mi piacerebbe... Sì, ma devo controllare l'agenda... Oh, peccato, non so dov'è... Sì, sono sicura che va bene... Giovedì, allora... al Petit Chat... Sì, proprio così... Hai visto come si era ridotto Johnnie?... Certo, eravamo tutti un po' brilli... Sì, d'accordo...»

Riattaccò, rivolgendosi a Laura con un tono di soddisfazione che contraddiceva le sue parole: «Quel telefono della malora! Suona tutto il santo giorno».

«È fatto per questo» commentò Laura in tono ironico.

Poi aggiunse: «A quanto pare fai una vita molto allegra, Ann».

«Non si può mica starsene lì a vegetare, mia cara... Oh, forse è arrivata Sarah.»

La voce della ragazza giunse dall'ingresso.

«Chi c'è? Dame Laura? Che bello!»

Sarah aprì di slancio la porta del salotto ed entrò. Laura Whitstable fu colpita dalla sua bellezza. Aveva perso la sua aria impacciata ed era diventata una giovane donna molto attraente, con un viso e una figura di rara avvenenza.

Baciò con trasporto la sua madrina, raggiante per il piacere di rivederla.

«Laura cara, come sei bella. Sei una meraviglia con quel cappellino. Di alta classe, con un tocco tirolese appena accennato.»

«Bambina impertinente» la rimbrottò Laura, sorridendo.

«No, dico sul serio. Ormai sei un'autorità, amica mia.»

«E tu ormai sei una donna e sei bellissima!»

«Tutto merito del mio trucco costoso.»

Squillò il telefono e Sarah sollevò la cornetta.

«Pronto? Chi parla? Sì, è qui. Mamma, è per te, come sempre...»

Appena Ann prese la cornetta, Sarah si sedette sul bracciolo della poltrona su cui era seduta Dame Laura.

«Il telefono suona tutto il santo giorno ed è sempre per la mamma» le disse ridendo.

Ann intervenne seccamente: «Parla piano, Sarah, non riesco a sentire. Sì... bene, credo di sì... ma la prossima settimana sono terribilmente impegnata... fammi controllare l'agenda». Si girò e chiese: «Sarah, cercami l'agenda. Dev'essere vicino al mio letto...». Sarah uscì dalla stanza e Ann continuò a parlare: «Certo che so quello che vuoi dire... che terribile seccatura... Veramente, caro?... Per quanto mi riguarda, ho sentito che Edward... Io... oh, eccola. Sì...». Prese l'agenda dalle mani di Sarah e cominciò a sfogliarla. «No, venerdì non posso... Sì, forse dopo... Molto bene, allora ci incontriamo al Lumley Smiths'... Sì, sono d'accordo, lei è così ingenua.»

Riattaccò esclamando: «Questo telefono! Mi farà andare fuori di testa!».

«Tu lo adori, mamma, e adori fare nottata, devi ammetterlo.» Sarah si rivolse a Dame Laura: «Non trovi che la mamma stia proprio bene con questa nuova pettinatura? Sembra una ragazzina».

Ann rispose con una risatina forzata: «Sarah non vuole che diventi una distinta signora di mezza età».

«In realtà sai benissimo che ti piacciono le feste e la compagnia. Vedi, Laura, la mamma ha più spasimanti di me e di rado torna a casa prima dell'alba.»

«Non esagerare, Sarah» esclamò Ann.

«Chi è stasera, mamma? Johnnie?»

«No, Basil.»

«Oh, non ti invidio. Basil è proprio l'ultima spiaggia!»

«Sciocchezze» ribatté Ann, stizzita. «È molto divertente. E tu, Sarah? Stai uscendo?»

«Sì, passa a prendermi Lawrence. Devo correre a cambiarmi.»

«Allora vai. Mi raccomando Sarah... *Sarah!*... non lasciare in giro le tue cose... la pelliccia, i guanti. Raccogli anche quel bicchiere, o va a finire che si rompe.»

«Va bene, mamma, non ti preoccupare.»

«Qualcuno si deve pur preoccupare. Non metti mai a posto niente. Certe volte mi chiedo davvero come faccio a sopportarti! No... portali via!»

Appena Sarah se ne fu andata, Ann sospirò esasperata.

«Le ragazze ti fanno uscire di senno. Non hai idea di quanto sia snervante mia figlia!»

Laura le lanciò una rapida occhiata di traverso.

Ann aveva parlato con cattiveria e irritazione eccessive.

«Non sei stanca di tutta questa frenesia, Ann?»

«Certo che lo sono, stanca morta. Però si deve pur fare qualcosa per divertirsi.»

«Mi sembra che in passato non avessi mai avuto difficoltà a divertirti.»

«Starsene a casa con un buon libro e mangiare la cena su un vassoio? Ormai quell'oscuro periodo è passato. Adesso vivo una seconda giovinezza. Sei stata proprio tu, Laura, a usare questa espressione per la prima volta. Non sei contenta che il sogno si sia avverato?»

«Non mi riferivo esattamente alla vita mondana.»

«Lo so, mia cara. Tu dicevi che bisogna occuparsi di qualcosa che valga la pena. Ma non tutti possono essere personaggi pubblici, autorevoli e socialmente impegnati come te. A me piace l'allegria.»

«E a Sarah che cosa piace fare? Anche lei ama divertirsi? Come sta? È felice?»

«Certamente. Se la spassa a meraviglia.»

Ann aveva risposto con sicurezza, ma Laura Whitstable aveva qualche perplessità. Quando Sarah era uscita, Laura era rimasta turbata dall'improvvisa espressione di profonda stanchezza che era apparsa sul volto dell'amica. Era come se per un attimo la maschera sorridente fosse caduta, lasciando intravedere incertezza e, forse, dolore.

Sarah era *davvero* felice? Ann ne era convinta. Ed evidentemente doveva saperlo.

"Non metterti strane idee in testa, bella mia" si disse Laura severamente.

Ma, ciò nonostante, si sentiva inquieta e preoccupata.

C'era un'atmosfera strana in quella casa.

E Ann, Sarah, persino Edith, lo sapevano benissimo. Tutte e tre avevano qualcosa da nascondere. La cupa aria di disapprovazione di Edith, l'irrequietezza e il comportamento artificioso di Ann, la fragile sicurezza di Sarah... Non le era chiaro di cosa si trattasse, ma qualcosa proprio non andava.

Suonarono alla porta e Edith, con un'espressione ancora più arcigna del solito, annunciò che era arrivato il signor Mowbray.

L'uomo sfrecciò nel salotto. Non c'era altro modo per definire quell'ingresso così precipitoso. Assomigliava al volo radente di certi insetti. Notando i modi affettati del giovane Dame Laura pensò che sarebbe stato perfetto per interpretare il verboso Osric nell'*Amleto*.

«Ann!» esclamò. «Allora l'hai indossato! Mia cara, ti sta a pennello!»

Mowbray piegò il capo di lato per studiare l'abito di Ann, mentre lei lo presentava all'amica, poi si avvicinò a Dame Laura gridando tutto eccitato: «Che bel cammeo. È assolutamente delizioso. Io amo i cammei, sono la mia passione!».

«Basil è un appassionato di gioielleria vittoriana» intervenne Ann.

«Mia cara, loro sì che avevano fantasia. Quei medaglioni... divini... divini! Due teste con i capelli intrecciati a formare un'urna o un salice piangente. Nessuno sa più fare acconciature così! È un'arte perduta. E i fiori di cera... mi fanno impazzire... e i tavolini di cartapesta! Ann, devi venire con me a vedere un tavolino sublime. È fatto interamente con le scatole da tè. Esageratamente caro, ma ne vale la pena.»

Laura Whitstable disse: «Dovete andare, non voglio trattenervi».

«Rimani pure a parlare con Sarah» soggiunse Ann. «Vi siete appena viste. Lawrence Steene non verrà a prenderla subito.»

«Steene? Lawrence Steene?» chiese Dame Laura incuriosita.

«Sì, il figlio di Sir Harry Steene. È un uomo molto affascinante.»

«Oh, lo pensi davvero, mia cara?» disse Basil. «È sempre così *melodrammatico*... un po' come un brutto film. Ma, a quanto pare, le donne sono pazze di lui.»

«È disgustosamente ricco» completò il quadro Ann.

«Sì, è vero. La maggior parte dei ricchi sono così disperatamente poco attraenti. Sarebbe ingiusto se chi avesse i soldi fosse anche bello.»

«Bene, credo che sia ora di andare» tagliò corto Ann. «Ti richiamo io, Laura, così ci facciamo una bella chiacchierata un giorno o l'altro.»

Baciò l'amica con una certa affettazione e uscì insieme a Basil.

Dame Laura lo sentì dire in anticamera: «Che splendido pezzo di antiquariato! Così divinamente austera. Come mai non l'ho incontrata prima?».

Sarah ricomparve dopo pochi minuti.

«Hai aspettato molto? Ho fatto tutto di corsa e quasi non mi sono truccata.»

«Hai un vestito proprio carino, Sarah.»

La ragazza fece una giravolta. Indossava un abito di raso di un delicato color acqua marina, che sottolineava armoniosamente la sua figura.

«Ti piace? È incredibilmente caro. Dov'è la mamma? È uscita con Basil? Proprio incorreggibile, non è vero? Ma è molto divertente e sarcastico, e inoltre ha una vera predilezione per le donne attempate.»

«Forse pensa che alla fine convenga» commentò Dame Laura acidamente.

«Sei proprio una vecchia cinica... e, purtroppo, hai anche ragione! Ma, dopo tutto, la mamma *deve* pure svagarsi. E si sta divertendo da matti, povera cara. In fondo è una donna molto attraente, non credi? Santo cielo, invecchiare dev'essere una cosa terribile!»

«È abbastanza comodo, te lo posso assicurare.»

«Questo vale *per te*, che sei diventata un'autorità riconosciuta, ma non tutti lo siamo. Che cos'hai combinato in questi anni?»

«Ho fatto il gradasso. Mi sono intromessa nell'esistenza degli altri spiegando loro che la vita sarebbe stata migliore, più bella, più piacevole e felice se avessero seguito le mie parole alla lettera. Insomma, ho fatto di tutto per diventare un'insopportabile scocciatrice.»

Sarah rise con affetto.

«Allora consigliami come gestire la mia vita.»

«Sei sicura di averne bisogno?»

«Non so se sono brava abbastanza.»

«Hai qualche problema in particolare?»

«Non proprio... Mi diverto e cose del genere. Ma credo che dovrei *fare* qualcosa.»

«Di che genere?»

Sarah si espresse in modo vago: «Oh, non so. Vorrei occuparmi di qualcosa. Archeologia, stenografia, dattilografia oppure massaggi, o architettura».

«Una scelta sterminata! Non hai un'inclinazione particolare?»

«No, credo di no... Questo lavoro dei fiori va bene, ma mi ha un po' stancato. Non so bene che cosa voglio...»

Sarah continuava a girovagare per la stanza.

«Non pensi di sposarti?»

«Oh, il matrimonio!» Sarah fece una smorfia eloquente. «Ho l'impressione che i matrimoni vadano sempre a finire male.»

«Non tutti.»

Sarah ribatté: «La maggior parte dei miei amici sono separati. Per un anno o due è un idillio, poi basta. Naturalmente va un po' meglio se si sposa qualcuno con un sacco di soldi».

«Quindi questa è la tua opinione?»

«In realtà è l'unica ragionevole. L'amore da un certo punto di vista è molto bello, ma alla fine» continuò Sarah con disinvoltura «è basato solamente sull'attrazione sessuale, che non può durare in eterno.»

«Che saggezza da manuale!» commentò Dame Laura seccamente.

«Non è forse la verità?»

«Sì, è verissimo» rispose Laura con prontezza.

Sarah sembrò un po' delusa.

«Allora l'unica cosa sensata è sposare un uomo... con i soldi.»

Un leggero sorriso increspò le labbra di Laura Whitstable.

«Potrebbe non essere sufficiente.»

«Sì, oggigiorno il valore del denaro è un po' instabile.»

«Non intendevo questo» intervenne Dame Laura. «Volevo dire che il piacere di avere del denaro da spendere è come l'attrazione sessuale. Ci si fa l'abitudine e svanisce con il tempo come qualsiasi altra cosa.»

«A me non succederebbe» ribatté Sarah con sicurezza. «Bei vestiti... pellicce... gioielli... e uno yacht...»

«Sei ancora una bambina, Sarah.»

«Oh, no, Laura. Certe volte mi sento vecchia e disillusa.»

«Davvero?» Osservando il bel viso giovane e sincero di Sarah, Dame Laura non poté trattenersi dal fare un sorrisetto.

«Devo proprio uscire da questa situazione in un modo o nell'altro» sbottò

Sarah inaspettatamente. «Trovarmi un lavoro oppure sposarmi, o qualcos'altro. Mia madre non mi sopporta. Cerco di essere gentile, ma le cose non vanno. Non sono facile, sono stancante, lo so. La vita è strana, non è vero, Laura? Per un po' è un vero spasso e ci si diverte come pazzi, poi di colpo crolla tutto e non si sa più dove si sta andando e cosa si vuole fare. E non c'è nessuno con cui parlare. Talvolta ho la strana sensazione di avere paura. Non so perché, né di cosa, ma ho proprio... *paura*. Forse dovrei andare dallo psicanalista.»

Suonarono alla porta. Sarah scattò in piedi.

«Questo è Lawrence, spero!»

«Lawrence Steene?» domandò Laura bruscamente.

«Sì. Lo conosci?»

«Ho sentito parlare di lui» rispose Laura in tono cupo.

Sarah si mise a ridere.

«Non bene, a quanto pare» disse, mentre Edith apriva la porta e annunciava: «Il signor Steene».

Lawrence Steene era alto e bruno. Aveva circa quarant'anni e li dimostrava tutti. Si muoveva con languida grazia felina e aveva gli occhi sempre parzialmente velati dalle palpebre. Era il tipo di uomo che le donne notano subito.

Sarah lo salutò e fece le presentazioni. «Lui è Lawrence Steene. La mia madrina, Dame Laura Whitstable.»

Lawrence Steene si avvicinò, prese la mano di Laura e fece un inchino così teatrale da sembrare quasi impertinente.

«È veramente un onore» dichiarò.

«Lo vedi, cara?» disse Sarah. «Sei proprio un'autorità! Portare il titolo di Dame dev'essere uno spasso. Pensi che a me lo daranno prima o poi?»

«Lo ritengo poco probabile» commentò Lawrence.

«Oh, e perché?»

«Perché tu hai un altro genere di talento.»

Si rivolse a Dame Laura.

«Ho letto un suo articolo sul "Commentator" proprio ieri.»

«Oh, sì, quello sulla stabilità del matrimonio.»

Lawrence aggiunse: «Mi sembra che lei dia per scontato che il matrimonio debba durare a lungo. Ma, a mio parere, è proprio la precarietà che, ai giorni nostri, costituisce la sua migliore attrattiva».

«Lawrence si è sposato un sacco di volte.» Si intromise malignamente Sarah.

«Solo tre volte.»

«Santo cielo!» sbottò Dame Laura. «Spero che lei non sia l'uomo che annegava le proprie mogli nella vasca.»

«Lui se ne libera in tribunale, con il divorzio» spiegò Sarah. «È molto più facile dell'omicidio.»

«Ma, purtroppo, molto più costoso» chiosò Lawrence.

«Credo di avere conosciuto la sua seconda moglie da giovane» disse Laura. «Si chiamava Moira Denham, dico bene?»

«Sì, è vero.»

«Una ragazza affascinante.»

«Sono d'accordo con lei. Era proprio deliziosa. Così spontanea.»

«Una qualità che a volte costa cara» commentò Laura Whitstable.

Si alzò.

«Devo andare.»

«Possiamo accompagnarti da qualche parte?» le chiese Sarah.

«No grazie, ho voglia di fare una bella passeggiata. Buonanotte, mia cara.»

La porta si chiuse alle sue spalle.

«Non ha certo nascosto l'antipatia che prova per me» si sfogò Lawrence. «Ho una pessima influenza sulla tua vita, Sarah. Il drago Edith sbuffa fuoco dalle narici tutte le volte che vengo qui.»

«Sta' zitto, ti sente.»

«In questo appartamento non c'è un briciolo di riservatezza...»

Si avvicinò a Sarah, ma lei, scostandosi, disse con arguzia: «La riservatezza non abita negli appartamenti, qui anche i muri hanno orecchie».

«Dov'è tua madre questa sera?»

«È fuori a cena.»

«È una delle donne più sagge che conosca.»

«In che senso?»

«Non si intromette mai, non è vero?»

«No... Oh, no...»

«Come ti dicevo: una donna saggia... Bene, andiamo.» Si fermò un attimo a guardarla. «Stasera sei al tuo meglio, Sarah. E così dev'essere.»

«Che cosa c'è di tanto speciale questa notte? È un'occasione particolare?»

«È una festa. Cosa si celebra, te lo dirò più tardi.»

2

SARAH POSE A STEENE LA STESSA DOMANDA soltanto qualche ora dopo. Erano immersi nella luce fioca di uno dei night club più cari di Londra. Un locale affollato, soffocante e apparentemente identico a mille altri, eppure in quel momento era all'ultimo grido.

Sarah aveva tentato più volte di tornare sull'argomento, ma Steene era sempre riuscito a rendere vani i suoi tentativi. Era un maestro nel creare aspettative.

Guardandosi attorno mentre fumava una sigaretta, Sarah si lasciò sfuggire: «La maggior parte dei parrucconi amici di mia madre pensa che sia inaudito che io abbia il permesso di frequentare posti del genere».

«E, peggio ancora, che tu ci venga con me?»

Sarah rise.

«Perché sei considerato così pericoloso, Larry? Vai forse in giro a sedurre giovani fanciulle innocenti?»

Lawrence si strinse nelle spalle con affettazione. «Niente di così banale.»

«E allora perché?»

«Pare che io partecipi a quelle che i giornali definiscono "orge innominabili".»

Sarah ammise con franchezza: «Ho sentito dire che organizzi ricevimenti piuttosto particolari».

«Qualcuno li definirebbe così. La verità è che io non sono un tipo convenzionale. La vita è piena di cose da fare, se solo si ha il coraggio di sperimentare.»

Sarah approvò con entusiasmo.

«*Anch'io* la penso così.»

Steene continuò: «Le ragazzine non mi interessano più di tanto. Creaturine goffe e implumi. Invece tu, Sarah, sei diversa. Sei coraggiosa e... dentro di te c'è un fuoco». La accarezzò lentamente con uno sguardo carico di significato. «E poi hai un corpo bellissimo. Un corpo capace di vivere sensazioni intense, di conoscere e assaporare pienamente i piaceri della vita... Hai potenzialità infinite, che non immagini nemmeno di avere.»

Sarah rispose timidamente, sforzandosi di nascondere la propria agitazione: «Che discorsetto coi fiocchi, Larry. Sono sicura che funziona sempre».

«Mia cara, la maggior parte delle ragazze mi annoia a morte. Tu no. E adesso...» alzò il bicchiere «... brindiamo.»

«D'accordo, ma cosa stiamo festeggiando? Perché tutto questo mistero?»

Lui sorrise.

«Nessun mistero. È molto semplice. Oggi ho ottenuto il divorzio.»

«Oh!» Sarah sussultò. Steene la scrutava con attenzione.

«Questo semplifica le cose. Cosa ne dici?»

«A che proposito?»

Steene replicò con un tono improvvisamente sgarbato.

«Non fare l'innocentina con me, Sarah. Sai benissimo che ti desidero. Ci conosciamo da tanto tempo ormai.»

Sarah evitò il suo sguardo. Il cuore le batteva all'impazzata. C'era qualcosa in Larry che la eccitava.

«Mi sembra che a te piacciano tutte le donne» rispose sommessamente.

«Solo poche ormai. E in questo momento mi piaci solo tu.» Respirò e aggiunse tranquillamente, quasi con noncuranza: «Tu mi sposerai, Sarah».

«Io non voglio sposarmi. Comunque penso che dovresti goderti la tua libertà invece di incastrarti immediatamente in un nuovo legame.»

«La libertà è un'illusione.»

«Pensando alla tua vita non viene certo voglia di sposarsi. La tua ultima moglie era molto infelice?»

Lawrence ribatté con calma: «Negli ultimi due mesi non faceva altro che piangere».

«Forse perché ti voleva bene.»

«Così pare. È sempre stata una donna incredibilmente stupida.»

«Allora perché l'hai sposata?»

«Era identica a una Madonna del Quattrocento, il mio periodo artistico preferito. Però è il genere di oggetti che finiscono per stancare quando li hai in casa da un po'.»

«Larry, sei davvero perfido!»

«Ed è esattamente quello che ti piace di me. Se io fossi il genere del maritino buono, serio e fedele, non mi prenderesti in considerazione nemmeno per un attimo.»

«Be', almeno sei sincero.»

«Vuoi condurre una vita grigia o vivere pericolosamente?»

Sarah non rispose. Continuò a giocherellare con un pezzo di pane, poi domandò: «Cosa mi sai dire della tua seconda moglie... Moira Denham... quella che aveva conosciuto Dame Laura?».

«Dovresti chiederlo a Dame Laura.» Steene sorrise. «Lei saprebbe spiegarti tutto per filo e per segno. Era una dolce e ingenua fanciulla e io le ho spezzato il cuore, come dicono i romanticoni.»

«Per le mogli sei una sciagura.»

«Non ho spezzato il cuore alla prima donna che ho sposato, te lo posso assicurare. Mi ha lasciato perché mi disprezzava moralmente. La verità è che le donne non ti accettano mai per quello che sei. Vogliono cambiarti. Almeno ammetterai che non ti nascondo il mio vero carattere. Mi piace vivere pericolosamente, provare piaceri proibiti. Non ho elevati principi morali e non pretendo di essere quello che non sono.»

Abbassò il tono di voce.

«Posso darti molto, Sarah. Non solo tutto ciò che il denaro può comprare... pellicce per avvolgere il tuo corpo delizioso e gioielli per adornare la tua candida pelle... ma ti offro anche una variegata tavolozza di sensazioni. Posso farti *vivere pienamente*, Sarah. Ricordati che vivere è sperimentare.»

«Io... Sì, immagino che sia così.»

Sarah continuava a guardarlo, combattuta tra il fascino e la repulsione.

Steene si chinò verso di lei.

«Che cosa ne sai tu della vita, Sarah? Meno di niente! Con me conoscerai luoghi orribili e sordidi, dove l'esistenza scorre misteriosa e feroce, e dove potrai provare... *provare pienamente*... l'oscura estasi della vita!»

Socchiuse gli occhi, concentrandosi sull'effetto delle proprie parole, poi ruppe deliberatamente l'incantesimo.

«E adesso,» disse cambiando improvvisamente discorso «andiamocene da qui.»

Con un cenno chiese il conto al cameriere, poi sorrise con aria distaccata.

«Ti riporto a casa.»

Nella morbida penombra dell'auto di lusso, Sarah era rigida, sulla difensiva, ma Lawrence non cercò nemmeno di sfiorarla. Dentro di sé la ragazza si sentiva delusa. Lawrence ne era perfettamente consapevole e ne sorrideva tra sé. Conosceva molto bene le dinamiche emotive delle donne.

Salì in casa con lei. Sarah aprì la porta con la sua chiave, entrò in salotto e accese la luce.

«Qualcosa da bere, Larry?»

«No, grazie. Buonanotte, Sarah.»

Non poté trattenere l'impulso di richiamarlo, proprio come lui aveva previsto. «Larry.»

«Sì?»

Steene rimase ritto sulla soglia e girò il capo, guardandola da sopra la spalla. Fece scorrere uno sguardo ammirato, da intenditore, su di lei. "Perfetta... veramente perfetta. Sì, devo proprio averla." Il battito del suo cuore accelerò, ma riuscì a restare impassibile.

«Sai... penso che...»

«Sì?»

Ritornò indietro. Sussurravano, consapevoli che Ann e Edith erano probabilmente a casa e ancora sveglie.

Sarah si mise a parlare con voce concitata.

«Vedi, il fatto è che io non ti amo, Larry.»

«Ne sei sicura?»

«In realtà... no. Non proprio. Voglio dire, se tu dovessi perdere tutto il tuo denaro e... per esempio... ti ritirassi in campagna a coltivare arance o qualcosa di simile, io ti dimenticherei subito.»

«Mi sembra logico.»

«Ma questo dimostra che io non sono innamorata di te.»

«Niente mi annoierebbe di più di una melensa devozione romantica. Io non voglio *questo* da te.»

«Allora... che cosa vuoi?»

Era una domanda pericolosa, ma voleva farla. Voleva andare a fondo. Voleva vedere...

Lui le era ormai molto vicino. Improvvisamente si chinò e la baciò sulla nuca, poi la abbracciò stringendole i seni.

Sarah tentò di divincolarsi, poi si arrese, mentre il suo respiro si faceva pesante. Subito dopo lui la lasciò andare.

«Quando dici che non provi niente per me,» le bisbigliò «stai mentendo, Sarah.»

E la lasciò sola con quelle parole.

3

ANN ERA TORNATA A CASA tre quarti d'ora prima di Sarah. Quando aveva aperto la porta, si era subito innervosita vedendo la testa piena di bigodini di Edith fare capolino dalla camera da letto.

Ultimamente la trovava sempre più irritante.

La governante le comunicò: «La signorina Sarah è ancora fuori».

Il tono di velata disapprovazione di Edith stizzì ulteriormente Ann, che ribatté: «E perché non dovrebbe?».

«Non ha l'età per starsene in giro a quest'ora.»

«Non essere ridicola, Edith. I tempi sono cambiati da quando eravamo giovani noi. Adesso alle ragazze si insegna a badare a loro stesse.»

«È un vero peccato,» disse Edith «perché è probabile che non ne verrà niente di buono.»

«Capitava lo stesso anche ai nostri tempi» commentò seccamente Ann. «Eravamo tutte ingenue e ignoranti, e chi voleva commetteva imprudenze comunque, nonostante le proibizioni. Oggi le ragazze leggono di tutto, fanno di tutto e vanno dappertutto.»

Edith ribatté cupamente: «Vale di più un grammo di esperienza che un chilo di teoria. Ma se per lei va bene così, non sono affari miei. Però ci sono gentiluomini e gentiluomini, se afferra il concetto, e io non mi fido troppo del gentiluomo con cui è uscita stasera. È stato per un tipo del genere che la figlia di mia sorella Nora si è trovata nei guai e... quando il danno è fatto, piangere calde lacrime non serve più a niente, creda a me, signora».

Nonostante l'irritazione, Ann non riuscì a trattenere un sorriso. Edith e i suoi parenti! La faceva ridere che una donna sicura di sé come Sarah fosse descritta come una verginella di campagna, pronta a essere sedotta e abbandonata.

«D'accordo, però adesso smettila di lagnarti e vai a letto. Sei andata a prendere le mie medicine per dormire?»

Edith fece un grugnito di assenso.

«Le ho messe sul comodino. Ricominciare con i sonniferi non le farà bene, sa benissimo che non riuscirà più a dormire senza prenderli. E poi la rendono ancora più nervosa del solito.»

Ann si voltò, furiosa.

«Nervosa? Non sono per niente nervosa.»

Edith non rispose. La guardò imbronciata e si ritirò sbuffando nella sua stanza.

Anche Ann era di cattivo umore. Pensava che il carattere di Edith diventasse ogni giorno più impossibile e si chiedeva perché la sopportava ancora.

Era nervosa? Certamente no. Ultimamente le capitava di restare sveglia di notte, ecco tutto. Chi non soffriva di insonnia prima o poi? Molto meglio prendere qualcosa per dormire, invece di restare con gli occhi aperti a contare le ore in balia dei pensieri che giravano a vuoto come criceti sulla ruota. Il dottor McQueen aveva capito perfettamente il suo problema e le aveva dato una medicina leggera e del tutto innocua... bromuro, probabilmente. Qualcosa che la calmava e non la faceva pensare.

Dio, quanto la stancavano tutti quanti! Edith, Sarah e perfino la cara vecchia Laura. Si sentiva un po' in colpa nei suoi confronti. Avrebbe dovuto chiamarla la settimana precedente. Laura era una delle sue più care amiche. Solo che, per una ragione o per l'altra, non aveva voglia di sentirla, o perlomeno non ancora. Certe volte era così pesante!

E Sarah e Lawrence Steene? C'era veramente qualcosa tra loro? Le ragazze amavano frequentare uomini con una pessima reputazione. Così andava il mondo. Probabilmente non era una cosa seria. E anche se lo era...

Tranquillizzata dal bromuro, Ann si addormentò, ma anche nel sonno si agitava e si rigirava tra le lenzuola.

La mattina dopo, lo squillo del telefono la interruppe mentre stava facendo colazione. Alzò la cornetta e quando sentì la voce burbera di Laura si infastidì.

«Ann, è tanto che Sarah esce con Lawrence Steene?»

«Santo cielo, Laura, dovevi proprio chiamarmi di prima mattina per domandarmelo? Come faccio a saperlo?»

«Be', sei pur sempre sua madre.»

«Sì, ma non si possono perseguitare i figli chiedendo in continuazione dove vanno e con chi escono. Lo troverebbero insopportabile, tanto per cominciare.»

«Per favore, Ann, non menare il can per l'aia. Lui la sta corteggiando o no?»

«Direi di sì. Penso che non abbia ancora ottenuto il divorzio.»

«La sentenza di divorzio è stata pronunciata ieri in via definitiva. L'ho letto oggi sul giornale. Cosa sai di lui?»

«È l'unico figlio del vecchio Sir Harry Steene. I soldi gli escono dalle orecchie.»

«E ha una pessima reputazione.»

«Oh, se è per questo le ragazze sono sempre state attratte dagli uomini con una cattiva reputazione, è così fin dai tempi di Lord Byron. Ma in realtà non vuol dire niente.»

«Vorrei parlartene, Ann. Ti trovo a casa stasera?»

Ann rispose precipitosamente: «No, devo uscire».

«Verso le sei, allora.»

«Scusa, Laura, sono invitata a un cocktail...»

«Allora vengo verso le cinque, oppure preferisci...» il tono di Laura si fece duro e determinato «che venga *adesso*?»

Ann capitolò elegantemente: «Alle cinque andrà benissimo».

Riattaccò il telefono con un gesto di esasperazione. Laura era veramente impossibile! Con tutte quelle commissioni, l'Unesco e l'ONU, si era montata la testa.

"Ho paura che non mi darà tregua" si disse con apprensione.

Questo non le impedì di riceverla con la massima cortesia. Era nervosa, ma chiacchierava con allegria mentre Edith serviva il tè. Laura fu insolitamente riservata, si limitò ad ascoltare e a rispondere alle domande. Nient'altro.

Poi, quando la conversazione cominciava a languire, Dame Laura appoggiò la tazza ed esordì con la sua tradizionale franchezza: «Sono spiacente di crearti dei problemi, ma devo farlo: tornando dagli Stati Uniti ho sentito due persone che parlavano di Larry Steene e... dicevano cose molto spiacevoli».

Ann si strinse nelle spalle.

«Oh, quello che si ascolta per caso...»

«... Spesso è indubbiamente interessante» chiosò Dame Laura. «Erano due persone perbene e avevano una pessima opinione di Larry Steene. E poi c'è la sua seconda moglie, Moira Denham. L'ho conosciuta prima che si sposasse e l'ho rivista dopo. Aveva i nervi a pezzi.»

«Tu mi stai dicendo che Sarah...»

«Io non voglio dire che se Sarah sposerà Lawrence Steene avrà un esaurimento nervoso. Lei è una ragazza forte. Non è certo il tipo che fa la vittima.»

«Bene, allora...»

«Credo che potrebbe essere molto infelice. E poi c'è un terzo punto da considerare. Hai mai letto sui giornali il caso di una giovane donna di nome Sheila Vaughan Wright?»

«Era un affare di droga, mi pare.»

«Sì. È la seconda volta che viene messa sotto processo. Un tempo era amica di Lawrence Steene. In conclusione, Ann, voglio informarti, nel caso tu non lo sappia, che Lawrence Steene è un tipo particolarmente pericoloso. Ma forse ne sei già consapevole.»

«Ovviamente so che è molto chiacchierato,» ammise Ann abbastanza a malincuore «ma cosa posso farci? Non posso certo impedire a Sarah di uscire con lui. Se lo facessi otterrei il risultato opposto. I giovani non amano essere comandati a bacchetta, lo sai meglio di me. Per il momento, non credo che sia una cosa seria. Finiremmo per darle troppa importanza. A lui piace molto e lei si sente lusingata, perché ha fama di poco di buono. Tu invece dai per scontato che desideri sposarla.»

«Sì, ne sono convinta. È il tipo di uomo che definirei un collezionista.»

«Non ti capisco.»

«È una categoria... e non delle migliori: prova a immaginare che lui la voglia sposare. Come la prenderesti?»

Ann rispose amaramente: «In ogni caso, cosa conterebbe quello che penso io? Le ragazze fanno quello che vogliono e sposano chi piace a loro».

«Ma tu hai una notevole influenza su Sarah.»

«Oh, no, Laura, qui ti sbagli. Sarah va per la sua strada e io non interferisco.»

Laura Whitstable la guardò fissamente.

«Sai, Ann, non riesco proprio a capirti. Non saresti contraria al matrimonio di Sarah con quest'uomo?»

Ann si accese una sigaretta e cominciò a fumare nervosamente.

«È tutto così difficile. Un sacco di uomini con una cattiva reputazione sono diventati mariti esemplari, una volta che hanno messo la testa a posto. Inoltre, dal punto di vista strettamente economico, Lawrence Steene è un ottimo partito.»

«Ma questo non ha importanza per te, Ann. Tu vuoi che Sarah sia felice, non che sia ricca.»

«Oh, certamente. Ma forse non ti sei mai resa conto che Sarah ama il bello e il lusso molto più di me.»

«E quindi sarebbe disposta a sposarsi solo per questo?»

«Forse no.» Ann sembrava dubbiosa. «In realtà credo che sia molto attratta da Lawrence.»

«E tu pensi che il denaro possa far pendere l'ago della bilancia dalla sua parte?»

«*Non lo so*, te lo dico sinceramente! Mettiamola in questo modo: ritengo che Sarah avrebbe forti perplessità a sposare un poveraccio.»

«Mi meraviglio di lei» commentò Dame Laura con aria pensierosa.

«Mi sembra che le ragazze di oggi parlino solo di denaro.»

«Oh, le parole! Grazie al cielo ho ascoltato le conversazioni di Sarah. Tutte sensate e realistiche. Ma il linguaggio serve più spesso a nascondere il pensiero che a manifestarlo. Le giovani di qualsiasi generazione si esprimono solo per luoghi comuni. Il punto della questione è: che cosa desidera *realmente* Sarah?»

«Non ne ho idea» rispose Ann. «Forse... semplicemente divertirsi.»

Dame Laura le lanciò una rapida occhiata.

«Pensi che sia felice?»

«Oh, sì. Fa una vita meravigliosa.»

Laura replicò pensierosa: «Non mi sembrava affatto felice».

Ann ribatté bruscamente: «Tutte le ragazze si atteggiano a eterne insoddisfatte. È una posa».

«Forse. Ma tu non pensi di fare qualcosa riguardo a Lawrence Steene?»

«Non vedo che cosa potrei fare. Perché non le parli tu?»

«Non devo farlo io. Sono solo la sua madrina, so stare al mio posto.»
Ann arrossì di rabbia.
«Ritieni che sia compito mio?»
«Non del tutto. Come dici tu, parlare non serve a molto.»
«Ma rimani dell'idea che dovrei fare qualcosa?»
«No, non necessariamente.»
«E allora?»
Laura Whitstable si guardò attorno nella stanza.
«Mi domando solamente cosa ti stia passando per la testa.»
«Cosa mi passa per la testa?»
«Sì.»
«Proprio un bel niente. Niente di niente.»
Laura Whitstable le scoccò un'occhiata di traverso.
«È quello che temevo.»
«Francamente non ti capisco.»
Laura Whitstable continuò: «Il problema non è quello che pensi. È molto più profondo».
«Oh, non raccontarmi le solite storie sul subconscio! In verità, Laura, mi sembra che tu... mi stia accusando.»
«Non ti sto accusando.»
Ann si alzò e cominciò a camminare su e giù per la stanza.
«Semplicemente non so cosa vuoi dire... Sono affezionata a Sarah... sai quello che significa per me. Ho rinunciato a tutto per amor suo!»
Laura affermò gravemente: «So bene quale sacrificio hai fatto per lei due anni fa».
«E allora,» Ann domandò «questo non prova niente per te?»
«Cosa dovrebbe provare?»
«Che io voglio bene con tutta l'anima a Sarah.»
«Mia cara, non ti ho detto che non è vero. Ti stai difendendo, ma io non ti ho accusato.» Laura si alzò. «Adesso devo andare. Forse venirti a trovare è stato un errore.»
Ann la seguì fino alla porta.
«Vedi, è tutto così confuso... non si è mai sicuri di niente...»
«Sì, sì.»
Laura fece una pausa, poi riprese improvvisamente a parlare con insospettata energia: «Il problema dei sacrifici è che, quando si comincia a farne, non si finisce mai! Si continua sempre...».
Ann la fissò sorpresa.
«Cosa vuoi dire, Laura?»
«Niente. Mia cara, accetta un consiglio da parte mia, basato sulla mia esperienza professionale. Non vivere così velocemente da non avere tempo per pensare.»

Ann rise e ritrovò il buonumore.

«Mi fermerò a pensare quando sarò troppo vecchia per fare qualcos'altro» commentò allegramente.

Edith entrò a sistemare la stanza e Ann, guardando l'orologio, sussultò e corse in camera sua.

Si truccò il viso con cura, guardandosi con attenzione nello specchio. La nuova pettinatura le stava benissimo. Sembrava molto più giovane. Sentendo bussare alla porta, si rivolse a Edith: «C'è posta?».

Edith ci mise un po' a esaminare le lettere, poi rispose: «Solo conti da pagare, signora, e una lettera per Sarah dal Sudafrica».

Edith pose una leggera enfasi nel pronunciare le ultime tre parole, ma Ann non se ne accorse. Ritornò in salotto proprio nel momento in cui la figlia entrava dalla porta d'ingresso.

«Odio i crisantemi e il loro terribile odore» borbottò Sarah. «Dovrei mollare Noreen e andare a fare l'indossatrice. Sandra muore dalla voglia di assumermi e inoltre guadagnerei di più. Buongiorno, avete dato una festicciola?» chiese, notando che Edith stava raccogliendo una tazza rimasta sul tavolo.

«È venuta Laura.»

«Laura? Di nuovo? È già stata qui ieri.»

«Lo so.» Ann esitò un attimo, poi confessò: «È venuta a dirmi che dovrei impedirti di uscire con Larry Steene».

«Davvero? Che tipo premuroso! Ha forse paura che il lupo cattivo mi sbrani?»

«Evidentemente sì» confermò Ann. «Pare che lui abbia una reputazione poco lusinghiera.»

«Certo, lo sanno *tutti*! Sbaglio o c'è della posta?» Sarah uscì dalla stanza e ritornò con la lettera dal Sudafrica.

Ann disse: «Laura crede che dovrei mettere fine alla faccenda».

Sarah, tutta intenta a esaminare la lettera, farfugliò distrattamente: «Come?».

«Laura pensa che dovrei porre fine alla tua relazione con Lawrence.»

Sarah rispose, divertita: «E come potresti fare, cara?».

«È esattamente quello che le ho detto io» affermò Ann trionfante. «Le madri al giorno d'oggi non contano più niente.»

Sarah si sistemò sul bracciolo della poltrona e aprì la busta, poi ne estrasse una lettera di due pagine e cominciò a leggere.

Ann continuò: «Non dobbiamo dimenticare l'età di Laura! È diventata così vecchia che ha perso il contatto con le idee di oggi. Francamente, anche a me preoccupa che tu esca così spesso con Larry Steene, ma avevo deciso di non dirti niente per non peggiorare le cose. So che mi posso fidare di te e che non commetterai mai delle imprudenze...».

Poi riprese fiato. Sarah, impegnata nella lettura, mormorò: «Naturalmente, cara».

«Comunque tu ti devi sentire libera di scegliere gli amici che vuoi. Sono convinta che la maggior parte degli attriti nascano perché...»

Squillò il telefono.

«Pronto... Sì, sono la signora Prentice... sì... Chi? Non riesco a capire il nome... ha detto Cornford?... Oh, C-A-U-L-D... Oh!... Oh!... che stupida... sei tu, Richard?... Sì, è passato così tanto tempo... Sì, molto carino da parte tua... No, naturalmente non... no, mi fa molto piacere... certo, voglio dire... mi sono spesso chiesta... e tu che cosa stai facendo?... Cosa?... Davvero?... Sono così contenta... congratulazioni vivissime... sono sicura che è splendida... sei veramente molto gentile... sarei felice di incontrarla...»

Stringendo nella mano la lettera che aveva appena letto, Sarah si alzò e si avviò lentamente verso la porta. Aveva lo sguardo perso nel vuoto.

Ann continuò: «No, domani non posso... no... aspetta solo un momento, prendo la mia agendina...». Poi chiamò: «Sarah!».

Dalla soglia, la figlia si girò verso di lei.

«Sì?»

«Dov'è la mia agendina?»

«La tua agenda? Non ne ho idea.»

La mente di Sarah era lontana mille chilometri. Ann la sollecitò con irritazione.

«Vai a cercarla. Dev'essere da qualche parte. Forse accanto al mio letto. Per favore, *fai presto.*»

Sarah uscì dalla stanza e ritornò poco dopo portando l'agenda degli appuntamenti di Ann.

«Eccola qui, mamma.»

Ann sfogliò le pagine.

«Ci sei, Richard? No, a pranzo non va bene. Forse puoi venire a bere qualcosa giovedì?... Oh, capisco. Mi dispiace. Neanche per pranzo?... Ah, devi prendere il treno la mattina?... Dove sei adesso?... Oh, è qui dietro l'angolo. Capisco, ma non potete venire tutti e due qui adesso a bere qualcosa?... No, devo uscire, ma abbiamo un sacco di tempo... andrebbe benissimo. Venite subito.»

Riattaccò il telefono e rimase attonita, come stordita.

Sarah domandò senza troppo interesse: «Chi era?». Poi, facendosi violenza, aggiunse: «Mamma, ho avuto notizie di Gerry...».

Ann si riscosse improvvisamente.

«Di' a Edith di portare i bicchieri migliori e del ghiaccio. Presto. Stanno venendo qui.»

Sarah si attivò, obbediente.

«Chi era?» domandò ancora, sempre senza troppo interesse.

«Richard... Richard Cauldfield!» rispose Ann.

«E chi è?» chiese la ragazza.

Ann la guardò con severità, ma lei continuò a mantenere uno sguardo inespressivo e andò a chiamare Edith. Quando fu di ritorno, Ann ripeté con enfasi: «Era Richard Cauldfield».

«E chi è Richard Cauldfield?» Sarah sembrava perplessa.

Ann si torse le mani. La sua irritazione era così forte che dovette trattenersi un minuto prima di rispondere, per riuscire a controllare il proprio tono di voce.

«Così... non ricordi nemmeno il suo nome?»

Gli occhi di Sarah erano ancora fissi sulla lettera che teneva in mano. Chiese con naturalezza: «L'ho conosciuto, per caso? Dimmi qualcosa di lui».

Questa volta Ann rispose con voce rauca e un tono sferzante che non poteva passare inosservato:

«Richard Cauldfield.»

Sarah sollevò lo sguardo, smarrita. Poi improvvisamente capì.

«Come? Intendi Cauliflower?»

«Sì.»

Sarah la riteneva una battuta di spirito.

«Strano che sia comparso di nuovo» commentò divertita. «Ti fa ancora la corte?»

Ann tagliò corto. «No, si è sposato.»

«Meno male, ha fatto bene,» commentò Sarah «mi domando com'è la moglie.»

«La porterà qui per farcela conoscere, vengono a trovarci tra pochi minuti. Sono al Langport. Intanto tu, Sarah, porta via quei libri, metti le tue cose in anticamera e non dimenticarti i guanti.»

Ann prese uno specchietto dalla borsa e si controllò il viso con apprensione. Non appena Sarah fu di ritorno le chiese: «Come ti sembro?».

«Stai bene» fu la frettolosa risposta.

La ragazza aveva un'aria pensierosa. Ann era tutta indaffarata a sistemare la stanza, cambiando la posizione di una sedia o sprimacciando i cuscini.

«Mamma, mi ha scritto Gerry.»

«Davvero?»

Il vaso di crisantemi sarebbe stato meglio sul tavolino nell'angolo.

«Gli è capitata una terribile disgrazia.»

«Davvero?»

Le sigarette e i fiammiferi avrebbe potuto metterli lì.

«Sì, le arance della sua piantagione sono state aggredite da una specie di malattia e adesso lui e il suo socio devono vendere tutto per pagare i debiti. Non gli rimane più niente.»

«Che peccato. Però devo dire che non mi sorprende.»

«Perché?»

«Mi sembra che quando c'è di mezzo Gerry vada sempre a finire così» affermò Ann in modo vago.

«Sì... sì, è così.» Sarah si sentiva distrutta. Questa volta non le venne spontaneo difendere appassionatamente Gerry come al solito. Ribatté senza convinzione: «Non è colpa sua...», ma ormai non ci credeva più neanche lei.

«Forse no,» Ann affermò distrattamente «ma temo che non caverà mai un ragno dal buco.»

Sarah si appoggiò di nuovo al bracciolo della poltrona e domandò con franchezza: «Mamma, credi proprio che Gerry non combinerà mai niente?».

«Così sembra.»

«Invece io so, ne sono sicura, che c'è ancora molto di buono in Gerry.»

«È un ragazzo simpatico,» continuò Ann «ma ho paura che non sappia stare al mondo.»

«Forse hai ragione» disse Sarah sospirando.

«Dov'è lo sherry? Richard ha sempre preferito lo sherry al gin. Oh, eccolo qui.»

Sarah proseguì: «Gerry dice che andrà in Kenya a vendere automobili insieme a un amico. Apriranno un garage».

«Tipico» fu il commento di Ann. «Tutti gli incapaci finiscono a gestire autorimesse.»

«Ma Gerry è sempre stato un mago delle automobili. Ne ha rimessa a posto perfettamente una che gli era costata solo dieci sterline. E non è uno sfaticato che non ha voglia di fare niente, lo sai benissimo, mamma. Lavora duro, a volte perfino troppo. Il punto è che...» buttò lì «non ha buone capacità di giudizio.»

Per la prima volta Ann ascoltò la figlia con attenzione, poi parlò gentilmente, ma con decisione: «Vedi, Sarah, se io fossi in te me lo toglierei dalla testa».

Sarah rimase scossa da quelle parole. Le tremavano le labbra.

«Davvero lo faresti?» domandò perplessa.

Il suono insistente del campanello costrinse le due donne a interrompere la conversazione.

«Eccoli» disse Ann, poi si avvicinò alla mensola del camino e assunse una posa elegante.

4

RICHARD ENTRÒ IN CASA con l'atteggiamento eccessivamente disinvolto che assumeva sempre quando si sentiva in imbarazzo. Se non fosse stato per soddisfare la curiosità di Doris, non sarebbe mai andato lì. Sua moglie, però, aveva continuato a perseguitarlo in tutti i modi, mettendo il broncio e facendo i capricci, finché non era riuscita a convincerlo. Era giovane e carina e, avendo sposato un uomo molto più vecchio di lei, considerava un suo diritto ottenere tutto quello che voleva.

Ann andò loro incontro sorridendo amabilmente. Aveva la sensazione di recitare una parte a teatro.

«Richard, che piacere vederti! E lei è tua moglie?»

Dietro la facciata dei convenevoli c'era un turbine di pensieri.

Richard rifletteva tra sé e sé con sollievo: "Com'è cambiata... stentavo a riconoscerla... Non sarebbe proprio stata adatta a me. Troppo elegante, alla moda. Una da feste. Non è il mio genere".

E si congratulò di nuovo con se stesso per aver scelto Doris, di cui continuava a essere innamorato. Era così giovane. Tuttavia certe volte si rendeva conto che il suo tono impertinente gli dava sui nervi. Anche la sua continua malizia era un po' fastidiosa. Non voleva ammettere di aver sposato una donna di un ceto diverso dal suo. L'aveva incontrata in un hotel sulla costa meridionale. I suoi avevano un sacco di soldi – il padre era un costruttore in pensione – e a volte lo indisponevano, anche se ormai accadeva molto meno rispetto all'anno precedente. Richard cominciava ad accettare gli amici di Doris come se fossero suoi. Certo, non era quello che aveva voluto al principio. Doris non avrebbe mai preso il posto della sua Aline, scomparsa anni prima. A ogni modo gli aveva donato una seconda giovinezza dei sensi e per il momento poteva bastare.

Doris, gelosa di natura e sospettosa nei confronti di questa signora Prentice, fu invece favorevolmente impressionata dall'aspetto di Ann.

"Certo che è proprio vecchia" pensava tra sé con la crudele intolleranza dei giovani.

Fu però colpita dalla casa e dall'arredamento. La figlia, poi, era così alla moda da sembrare una modella di «Vogue». Il fatto che il suo Richard fosse stato fidanzato con quella donna raffinata l'aveva un po' stupita, aumentando la considerazione che aveva di lui.

Per Ann la vista di Richard era stata uno shock. Non riconosceva più l'uomo con cui stava conversando amichevolmente. Era diventato estraneo non solo a lei, ma anche a se stesso. Con il tempo loro due avevano preso direzioni opposte e ormai non avevano più niente in comune. Sapeva che in Richard coesistevano due anime diverse. Era sempre stato un po' ampolloso e aveva una mentalità tendenzialmente chiusa. Un uomo semplice dalle potenzialità interessanti, porte aperte su una vita diversa, che ora si erano definitivamente chiuse. Il Richard che Ann aveva amato era imprigionato in quel maritino inglese un po' tronfio e pieno di buonumore.

Aveva incontrato quella ragazzina ambiziosa, una bellezza acqua e sapone senza cervello e senza cuore, dotata solo dell'acerba sensualità dei giovani.

L'aveva sposata semplicemente perché lei, Ann, non lo aveva più voluto.

Ancora vittima della rabbia e del risentimento, era stato facile preda della prima femmina che aveva deciso di accalappiarlo. Tutto sommato non gli era andata poi così male, sembrava contento...

Sarah portò da bere e cominciò a conversare educatamente. La sua opinione era semplice, poteva essere riassunta alla perfezione con la frase: "Che barba questa gente!". Non percepiva tutte quelle tensioni sotterranee. Aveva altro per la testa, il nome di Gerry le provocava ancora un dolore sordo in un angolo della mente.

«Hai cambiato tutto l'arredamento.»

Richard si stava guardando attorno.

«È un amore, signora Prentice» commentò Doris. «Lo stile Regency è all'ultimo grido. Com'era prima?»

«Rosa e un po' all'antica, e a me piaceva più di questo» intervenne Richard distrattamente. Ricordava la luce soffusa del caminetto, e loro due seduti sul vecchio sofà, che era stato rimpiazzato da quel divano stile Impero.

«Gli uomini sono terribilmente retrogradi, non crede, signora Prentice?» Doris fece un sorrisetto di complicità.

«Secondo mia moglie dovrei essere sempre aggiornato, mai un attimo di distrazione» affermò Richard.

«Certo, non voglio che diventi una vecchia cariatide prima del tempo» confermò Doris affettuosamente. «Non le pare, signora Prentice, che sia più giovane dell'ultima volta che l'ha visto?»

Ann evitò lo sguardo di Richard e rispose: «Mi sembra in splendida forma».

«Ho cominciato a giocare a golf» annunciò Richard.

«Abbiamo trovato una casa vicino a Basin Heath. È stato un vero colpo di fortuna, così può allenarsi tutti i giorni. È un campo da golf così bello! Ovviamente è un po' affollato durante i fine settimana.»

«Oggigiorno è raro trovare la casa dei propri sogni» commentò Ann.

«È vero. La nostra è dotata di una cucina ultimo modello e l'impianto di riscaldamento è nuovo. Richard si era fissato con una di quelle terribili case d'epoca cadenti, ma io ho puntato i piedi! Si sa che noi donne amiamo la praticità.»

Ann la assecondò educatamente: «Sono sicura che con una casa moderna si evitano un sacco di fastidi. Avete il giardino?».

Richard rispose: «In realtà, no», proprio mentre sua moglie stava dicendo: «Oh, *sì*».

Doris gli lanciò un'occhiata di stizza.

«Come fai a dire di no, caro, dopo che abbiamo piantato tutti quei fiori.»

«Pochi metri quadri attorno alla casa» acconsentì Richard.

Per un attimo i suoi occhi incrociarono quelli di Ann. In passato avevano parlato spesso di come sarebbe stato il loro giardino, se fossero andati a vivere in campagna. Un frutteto cinto da muretti e un grande prato alberato.

Per cambiare discorso si rivolse a Sarah: «Bene, ragazza mia, come te la passi?». Era sempre stato impacciato con lei, e camuffava quel sentimento con uno sgradevole eccesso di spirito e informalità. «Un mucchio di feste selvagge, eh?»

Sarah rise allegramente, pensando tra sé: "Avevo dimenticato quanto fosse odioso Cauliflower. Buon per la mamma che io abbia sistemato quel pasticcio".

«Oh, sì,» rispose «ma seguo la regola di non ubriacarmi più di due volte alla settimana.»

«Le ragazze di oggi bevono troppo. L'alcol rovina la pelle, anche se devo ammettere che la tua è molto bella.»

«Mi ricordo che ti sono sempre piaciuti i cosmetici» affermò Sarah con dolcezza.

Si avvicinò a Doris, che stava conversando con Ann.

«Le porto ancora da bere?»

«Grazie, signorina Prentice, è meglio di no. Il poco che ho bevuto mi ha già dato alla testa. Che bel mobile bar! È tutto così elegante!»

«Sì, è molto comodo» ammise Ann.

«Non ti sei ancora sposata, Sarah?»

«No, ma ho ancora qualche speranza di farlo.»

«Immagino che lei frequenti Ascot e luoghi del genere» si intromise Doris con invidia.

«La pioggia quest'anno ha rovinato il mio abito migliore» disse Sarah.

Doris si rivolse di nuovo ad Ann: «Vede, signora Prentice, lei non è affatto come la immaginavo».

«E cosa si aspettava?»

«Gli uomini non sono bravi nelle descrizioni.»

«Che cosa le ha detto Richard di me?»

«Oh, non lo so. Non è tanto quello che ha *detto*, ma piuttosto l'idea che mi ero fatta. Mi ero prefigurata un genere "donnina tranquilla".» E fece una risatina stridula.

«Donnina tranquilla? Mi sembra un'immagine tristissima!»

«Oh, no, Richard aveva per lei un'ammirazione *sconfinata*. Glielo posso assicurare. Sa che qualche volta sono stata proprio *gelosa* di lei?»

«Ah, questa poi!»

«Be', sa come succede. Certe sere, quando Richard se ne sta quieto senza parlare, io lo stuzzico dicendogli che sta pensando a lei.»

("Pensi a me, Richard? Davvero? Non ci credo affatto. Cerchi di non pensare a me, esattamente come io provo a non pensarti mai.")

«Se per caso capita a Basin Heath, deve *assolutamente* venire a trovarci, signora Prentice.»

«È molto gentile da parte sua. Mi piacerebbe molto.»

«Naturalmente anche per noi la servitù è una croce. Si trovano solo donne a giornata, e spesso inaffidabili.»

Richard, per scampare alla conversazione stentata con Sarah, si rivolse ad Ann: «Tu hai tenuto la vecchia Edith?».

«Certamente. Saremmo perse senza di lei.»

«Era un'ottima cuoca, quante buone cenette ci ha preparato!»

Ci fu un momento di imbarazzo.

Le cenette di Edith... il fuoco del camino... la tappezzeria a fiori rosa... Ann con la sua voce melodiosa e i capelli castano scuro... Parlare, fare progetti... un futuro felice... Una figlia di ritorno dalla Svizzera: non aveva immaginato che sarebbe stato così importante...

Solo per un attimo Ann ritrovò il vero Richard – il suo Richard – che la stava osservando con occhi colmi di ricordi e malinconia.

Il vero Richard? Il Richard di Doris non era forse reale quanto il suo?

Ma il suo Richard la stava abbandonando un'altra volta. Era il Richard di Doris a salutarla. Ancora chiacchiere, ancora offerte di ospitalità... ma quanto ci mettevano ad andarsene? Quell'avida ragazzetta odiosa con la sua vocina affettata. Povero Richard... oh, povero Richard! Ed era colpa sua. Era stata lei a spingerlo ad andare in quel bar in cui Doris lo aspettava in agguato.

Ma era il caso di compiangerlo? In fondo aveva una moglie giovane e carina e probabilmente era molto felice.

Finalmente se ne erano andati! Sarah, dopo averli educatamente accompagnati alla porta, rientrò in casa prorompendo in un enorme sospiro di sollievo.

«Grazie al cielo è finita! Mamma, l'hai proprio scampata bella.»

«Credo di sì.» Ann parlava trasognata.

«Posso farti una domanda? Adesso lo sposeresti?»

«No, adesso no.»

("Ci siamo allontanati dal punto in cui le nostre vite si sono incontrate. Tu sei andato per la tua strada, Richard, io per la mia. Non sono più la donna che passeggiava con te in St James's Park, e tu non sei più l'uomo con cui volevo invecchiare... Siamo diventati due persone diverse, due estranei. Oggi non mi hai degnato di uno sguardo e io ti ho trovato monotono e presuntuoso...")

«Ti saresti annoiata a morte, lo sai benissimo» le assicurò Sarah con la tipica baldanza dei giovani.

«Sì, è proprio vero» confermò Ann lentamente. «Mi sarei annoiata a morte.»

("Non posso starmene qui seduta ad aspettare di invecchiare. Devo uscire, divertirmi, vivere la mia vita.")

Sarah le posò una mano sulla spalla.

«Non ho nessun dubbio, mia cara, a te piace fare baldoria. Non ti vedo confinata nello squallido giardino di una casa di periferia, in attesa che Richard torni a casa alle sei e un quarto per raccontarti come è riuscito a completare la quarta buca in soli tre colpi! Non è il tuo mondo.»

«Un tempo mi sarebbe piaciuto.»

(Un vecchio giardino cinto da un muretto, un grande prato alberato e una piccola casa in mattoni rossi stile Regina Anna. E Richard che, invece di giocare a golf, curava le rose e piantava fiori sotto gli alberi. E se invece lui si fosse dato al golf, sarebbe stata felice dei suoi tre colpi alla quarta buca.)

Sarah baciò la madre sulla guancia con affetto.

«Dovresti essermi grata, cara mia, per averti salvato. Se non fosse stato per me, te lo saresti sposato.»

Ann si scostò appena. Fissava Sarah con le pupille dilatate.

«*Se non fosse stato per te, me lo sarei sposato.* E adesso... non lo voglio più. Ormai quell'uomo non significa più niente per me.»

Tamburellava le dita sulla mensola del camino con lo sguardo cupo per la pena e lo stupore.

«Niente... niente di niente... Che brutto scherzo è la vita!» sussurrò.

Sarah si versò ancora da bere. Se ne stava lì in piedi, un po' nervosa; poi finalmente parlò senza voltarsi, con un tono di voce che fingeva indifferenza.

«Mamma, credo che sia meglio dirtelo. Larry mi ha chiesto di sposarlo.»

«Lawrence Steene?»

«Sì.»

Per un po' Ann non disse una parola, poi domandò: «E tu cosa hai intenzione di fare?».

Sarah si girò e le gettò una rapida occhiata supplichevole, ma lei non la stava guardando.

«Non lo so...» rispose.

La sua voce assomigliava a quella di un bambino impaurito e disperato. Guardava la madre piena di fiducia, ma Ann aveva un'espressione dura e impenetrabile. Dopo qualche istante le disse: «Sei tu che devi decidere».

«Lo so.»

Sarah prese la lettera di Gerry dal tavolino accanto a sé. La stropicciò un po' tra le dita, osservandola attentamente. Alla fine disse con voce acuta, quasi gridando: «Non so *cosa* fare!».

«Non vedo come posso aiutarti» sentenziò Ann.

«Dimmi almeno cosa ne pensi, mamma! Oh, di' qualcosa.»

«Ti ho già raccontato che non gode di una buona reputazione.»

«Oh, *quello* non vuol dire niente! Mi annoierei a morte con un modello di virtù.»

«Certo, nuota nell'oro e saprà farti divertire, ma se non gli vuoi bene non dovresti sposarlo.»

«Gli voglio bene, da un certo punto di vista» rispose Sarah scandendo le parole.

Ann si alzò guardando l'orologio.

«E allora dov'è il problema? Santo cielo, mi ero dimenticata dell'invito degli Eliot. Sono terribilmente in ritardo.»

«Tutto considerato, non sono sicura di...» Sarah si interruppe. «Vedi...»

«C'è qualcun altro?» chiese Ann.

«Non proprio» rispose Sarah. Guardò di nuovo la lettera stropicciata che teneva in mano.

Ann scattò: «Sarah, se stai pensando a Gerry, io me lo toglierei dalla testa. Non va bene per te, e prima lo capisci meglio è».

«Credo che tu abbia ragione» disse Sarah lentamente.

«Sono sicurissima di avere ragione» affermò Ann con decisione. «Dimentica Gerry. Se non ti piace Lawrence Steene, non sposarlo. Sei così giovane, hai un sacco di tempo.»

Sarah camminava pensierosa davanti al caminetto.

«Potrei anche sposare Lawrence... Dopo tutto è così attraente. Oh, mamma!» All'improvviso scoppiò a piangere. «Cosa *devo* fare?»

Ann le rispose irritata: «Sarah, ti comporti proprio come una bambina di due anni! Come posso decidere io della tua vita? La responsabilità è soltanto tua».

«Sì, lo so.»

«Bene, e allora?» chiese Ann con impazienza.

Sarah la implorò con tono infantile: «Non puoi aiutarmi in qualche modo?».

«Ti ho già detto che non c'è nessun motivo per cui tu debba sposare qualcuno, se non vuoi.»

Con la stessa espressione infantile sul volto, Sarah chiese inaspettatamente: «Non è che vuoi liberarti di me?».

Ann ribatté brusca: «Come fai a dire una cosa simile? È ovvio che non voglio disfarmi di te. Che strane idee ti passano per la testa!».

«Scusami, mamma. Non intendevo dire questo. Solo che ora è tutto così diverso. Una volta ci divertivamo tanto insieme e adesso ho sempre l'impressione di farti innervosire.»

«Qualche volta sono nervosa, lo ammetto» rispose Ann con freddezza. «Ma in fondo anche tu hai un bel caratterino.»

«Mi sa che è tutta colpa mia» continuò Sarah riflettendo. «La maggior parte delle mie amiche sono sposate... Pam, Betty, Susan... Joan no, ma si è buttata nella politica.» Si fermò un attimo, poi riprese: «In effetti sarebbe divertente sposare Lawrence. È piacevole avere bei vestiti, pellicce e tutto ciò che si desidera».

Ann commentò ironicamente: «Di sicuro ti conviene sposare un uomo con i soldi, Sarah, le tue abitudini sono decisamente care. Spendi sempre più di quanto puoi permetterti».

«Detesto essere povera» confermò Sarah.

Ann fece un profondo sospiro. Si sentiva falsa e bugiarda e non sapeva cosa dire.

«Mia cara, non so veramente come consigliarti. Sono del parere che la responsabilità di decidere sia unicamente tua, sarebbe sbagliato che io ti spingessi verso una scelta o l'altra. Sei tu a *dover* prendere la decisione. Lo capisci, Sarah?»

La ragazza rispose immediatamente: «Ma certo, cara. Ti sto forse scocciando? Non voglio che tu ti preoccupi per me. Vorrei che mi dicessi solo una cosa: che impressione ti fa Lawrence?».

«In realtà proprio nessuna, né in un senso né in un altro.»

«A volte ho un po' *paura* di lui.»

«Mia cara,» disse Ann, divertita «non ti sembra un po' stupido da parte tua?»

«Be', forse sì...»

Lentamente Sarah cominciò a strappare la lettera di Gerry, prima in due parti, poi in pezzi sempre più piccoli. Li buttò in aria e rimase a osservarli mentre cadevano come fiocchi di neve.

«Povero vecchio Gerry» sospirò.

Infine, guardando Ann in tralice, le disse: «Ti sta a cuore quello che mi succede, mamma?».

«Certamente, Sarah!»

«Oh, scusa, ma non riesco ad andare avanti così. È tutto talmente *strano*. È come se fossi in mezzo alla tormenta e non riuscissi a trovare la strada di casa... Una sensazione assurda. Tutto e tutti mi sembrano estranei... Sei cambiata, mamma.»

«Questa è una sciocchezza bella e buona, piccola mia! Ma adesso devo andare.»

«Devi proprio? È così importante?»

«Sono curiosa di vedere i nuovi murales di Kit Eliot.»

«Oh, capisco.» Sarah fece una pausa, poi continuò: «Sai, mamma? Credo che Lawrence mi piaccia più di quanto io stessa non sappia».

«Non mi sorprenderebbe,» chiosò Ann con indifferenza «però prenditela comoda. Ciao, tesoro, devo scappare.»

La porta si rinchiuse dietro di lei.

Edith uscì dalla cucina tenendo in mano un vassoio per portare via i bicchieri.

Sarah aveva messo un disco sul grammofono e stava ascoltando rapita Paul Robeson che cantava: «A volte mi sento come un bimbo senza la mamma».

«Ah, queste sue canzoni!» sbottò Edith. «Mi fanno venire il nervoso!»

«A me piacciono.»

«Ognuno ha i suoi gusti.» Edith brontolava arrabbiata. «Non capisco perché la gente non usi il portacenere invece di spargere cenere dappertutto.»

«Fa bene al tappeto.»

«Si dice da sempre e da sempre è falso. E poi non so perché ha buttato tutti quei pezzi di carta sul pavimento quando c'era il cestino lì accanto.»

«Scusami, Edith, non ci ho pensato. Stavo cancellando il mio passato e volevo fare un gesto liberatorio.»

«Davvero? Il suo passato!» Grugnì la governante. Poi, notando l'espressione di Sarah, le chiese premurosamente: «C'è qualcosa che non va, signorina?».

«No, niente. Sto pensando di sposarmi, Edith.»

«Non abbia fretta, aspetti di incontrare il Principe Azzurro.»

«Non credo che faccia alcuna differenza chi si sposa. Tanto si sbaglia comunque.»

«Non dica sciocchezze, signorina Sarah! Di che cosa sta parlando?»

Sarah sbottò: «Voglio andarmene da questo posto».

«Mi piacerebbe sapere cosa c'è che non va in questa casa» chiese Edith.

«Non lo so. Mi sembra che sia cambiato tutto. Perché, Edith?»

«È diventata grande, se ne rende conto?» rispose con dolcezza la governante.

«Sarebbe questo il motivo?»

«Può essere.»

Edith si avviò verso la porta reggendo il vassoio, poi, inaspettatamente, lo posò e tornò indietro per accarezzare i capelli scuri della ragazza, come faceva anni prima, quando Sarah era ancora una bambina.

«Coraggio, piccola mia.»

All'improvviso Sarah cambiò umore; balzò in piedi, prese la governante per la vita e si mise a ballare il valzer con lei.

«Mi sposo, Edith. Non è divertente? Sposerò il signor Steene, che è pieno di soldi ed è bello da morire. Sono proprio una ragazza fortunata!»

Edith si liberò dall'abbraccio borbottando: «Cambia idea da un momento all'altro. Che cosa le sta succedendo, signorina Sarah?».

«Credo di essere un po' matta. Edith, devi assolutamente venire al matrimonio, ti comprerò un bel vestito di velluto cremisi, se ti piace.»

«Per caso crede che un matrimonio sia un'incoronazione?»

Sarah le rimise in mano il vassoio e la spinse fuori dalla stanza, poi si lasciò cadere sulla poltrona e cominciò a piangere irrefrenabilmente.

Il disco era ormai arrivato alla fine. La voce profonda e malinconica stava ripetendo per l'ultima volta il ritornello: «A volte mi sento come un bimbo senza la mamma... così lontano da casa...».

LIBRO TERZO

1

EDITH SI MUOVEVA LENTA E RIGIDA per la cucina. Ultimamente soffriva sempre più spesso di quelli che chiamava "reumatismi" e questo non contribuiva certo a migliorare il suo carattere. Non c'era modo, però, di convincerla a delegare ad altri qualcuna delle sue mansioni.

Solo una volta alla settimana a «*quella* signora Hopper», come la definiva Edith sprezzante, era concesso rassettare un po', sempre sotto la sua gelosa supervisione. Qualsiasi altro tentativo di aiutarla era vano: una specie di sortilegio faceva ammalare tutte le donne di servizio che osavano provarci.

«Non ce l'ho sempre fatta da sola?» era lo slogan della governante.

E così continuava a occuparsi della casa con un'aria da martire e un'espressione sempre più scostante. Inoltre aveva cominciato a brontolare in continuazione.

Proprio come in quel momento.

«Portano il latte a mezzogiorno, che novità è mai questa? Il latte si porta all'ora della prima colazione, quello è l'orario giusto. Giovanotti sfrontati che arrivano con le loro giacchette bianche... Chi si credono di essere? Mi sembrano cavadenti, sbarbatelli impertinenti...»

Il rumore della chiave nella serratura interruppe il suo sproloquio.

«Adesso viene il bello!» mormorò tra sé mentre risciacquava rumorosamente una tazza sotto il rubinetto.

Si sentì la voce di Ann che la chiamava.

Edith si asciugò accuratamente le mani sul rotolo di carta assorbente.

«Arrivo, signora.»

«*Edith!*»

La governante sollevò le sopracciglia, piegò gli angoli della bocca all'ingiù e uscì dalla cucina per andare in salotto. Ann Prentice, alle prese con lettere e fatture, sentendola arrivare si girò verso di lei e domandò: «Hai telefonato a Dame Laura?».

«Naturalmente.»

«Hai sottolineato che è urgente e che devo assolutamente vederla? Che cosa fa, viene?»

«Ha detto che sarà qui presto.»

«Bene, ma perché non è ancora arrivata?»

«Ho telefonato solo venti minuti fa, appena lei è uscita.»

«Mi sembra già passata un'ora. Dove si sarà cacciata?»

«Non le può succedere niente, non c'è ragione per agitarsi» disse Edith in tono rassicurante.

«Le hai detto che sto male?»

«Le ho detto che lei era nel suo solito stato d'animo.»

Ann la aggredì con rabbia. «Cosa significa "il mio solito stato d'animo"? Ho i nervi a pezzi.»

«Giusto, proprio così.»

Ann scoccò un'occhiata feroce alla sua fida governante, poi continuò a rimbalzare senza tregua dalla finestra al caminetto. Edith stava lì a osservarla mentre le sue rozze mani, segnate dal lavoro, si muovevano su e giù lungo il grembiule.

«Non posso stare ferma un attimo» si lamentava Ann. «Non ho chiuso occhio per tutta la notte. Mi sento malissimo... malissimo...»

Si sedette su una sedia prendendosi la testa fra le mani. «Non capisco che cosa mi stia succedendo.»

«Lo so io» commentò Edith. «Troppi bagordi. Non ha più l'età.»

«Edith!» urlò Ann. «Diventi sempre più impertinente. Sei con me ormai da molto tempo e io ho sempre apprezzato i tuoi servigi, ma se hai intenzione di approfittartene ti mando via.»

Edith alzò gli occhi al cielo, assunse la sua aria da vittima e affermò: «Io non vado da nessuna parte».

«Quando ti caccerò via, te ne andrai e di corsa.»

«Per fare una cosa del genere dovrebbe essere molto sciocca, e io non credo che lo sia. Ci metterei un attimo a trovare un altro posto. Ho le agenzie che mi corrono dietro. Ma come se la caverebbe lei senza di me? Le piaccia o no, troverebbe solo donne a giornata! Forse anche una straniera, di quelle che fanno da mangiare usando tanto di quell'olio da far rivoltare lo stomaco, per non parlare della puzza che si sente per tutta la casa. E poi gli stranieri non sanno rispondere al telefono, non capiscono il nome di chi chiama. Oppure – troppo bello per essere vero – potrebbe trovare una donna gentile, educata, amante della pulizia, che poi, un bel giorno, se ne scapperebbe via con gioielli e pellicce. Ho sentito una storia del genere proprio l'altro giorno a Playne Court, qui di fronte. No, lei è una che apprezza le cose fatte come si deve, alla *vecchia* maniera. Io le preparo dei buoni pranzetti senza rompere una sola stoviglia di porcellana, come fanno queste giovani svergognate, e soprattutto conosco alla perfezione i suoi gusti. So che lei non può fare a meno di me e per questo non me ne vado. Ognuno deve portare la sua croce, così dicono le Sacre Scritture. Lei è la mia, e io sono una buona cristiana.»

Ann stringeva le palpebre, tremava e si lamentava: «Oh, la mia testa... *la mia testa...*».

Gli occhi di Edith si venarono di tenerezza e la sua severità si addolcì.

«Si tiri su, adesso. Le porto una bella tazza di tè.»

«Non la voglio la tua bella tazza di tè. Ho sempre odiato il tè!» gridò Ann stizzita.

Edith alzò un'altra volta gli occhi al cielo, sospirando.

«Come vuole lei» rispose e uscì dalla stanza.

Ann afferrò il pacchetto di sigarette, ne prese una, la accese, tirò due boccate e poi la spense nel portacenere. Si alzò e cominciò di nuovo a camminare nervosamente su e giù per la stanza.

Dopo un minuto o due prese il telefono e compose un numero.

«Pronto... pronto... potrei parlare con Lady Ladscombe... Oh, sei tu, Marcia cara?» La sua voce assunse un tono forzatamente allegro. «Come stai?... Oh, niente di speciale. Ho solo pensato di telefonarti... Non lo so, cara, ero depressa da far pietà, sai come ci si sente. Domani cosa fai per pranzo?... Oh, capisco... Giovedì sera? Sì, sono completamente libera. Sì, andrebbe benissimo. Inviterò anche Lee o qualcun altro. Sarà magnifico... ti telefono domani mattina.»

Appena riattaccò, la sua momentanea animazione svanì. Ricominciò a vagare per la stanza, poi, quando sentì suonare alla porta, si bloccò, in trepida attesa.

Udì Edith che diceva: «La sta aspettando in salotto», e subito dopo vide entrare Laura Whitstable. Alta, imponente e severa, ma solida come una roccia in mezzo al mare in tempesta.

Ann corse verso di lei in preda a un pianto isterico.

«Oh, Laura... *Laura*... sono così felice che tu sia venuta...»

Dame Laura aggrottò le sopracciglia fissandola con attenzione. Le mise le mani sulle spalle e la fece sedere sul divano accanto a sé.

«Allora, Ann, dimmi tutto.»

Ann ripeté istericamente: «Oh, sono così felice di vederti. Forse sto impazzendo».

«Sciocchezze» le rispose con decisione Dame Laura. «Qual è il problema?»

«Niente. Niente di niente. Sono solo i miei nervi. È questo che mi spaventa. Sono sempre agitata. Non so cosa mi sta accadendo.»

Laura era rimasta impressionata dall'aspetto di Ann. Il trucco pesante non riusciva a nascondere il suo viso stravolto, in pochi mesi sembrava essere invecchiata di molti anni.

«Sto benissimo» farfugliò piagnucolando. «È solo che... non so cosa sia. Non riesco a dormire senza prendere le pillole. Sono così irritabile e di cattivo umore.»

«Sei andata dal dottore?»

«Ultimamente no. Ti danno del bromuro e ti dicono di non fare troppe cose.»

«Ottimo consiglio.»

«Sì, ma è tutto così assurdo, non sono mai stata una donna nervosa, Laura, tu lo sai bene. Non ho mai saputo cosa fossero i nervi.»

Laura Whitstable rimase per un attimo in silenzio e ripensò a com'era Ann Prentice solo tre anni prima: il suo garbo, la tranquillità, la gioia di vivere, il carattere dolce ed equilibrato. Era profondamente addolorata per la sua cara amica.

Poi cominciò a parlare: «È vero che non sei mai stata una donna nervosa. D'altra parte non si può negare che chi si rompe una gamba probabilmente non se l'era mai rotta prima!».

«Ma perché dovrei avere un esaurimento nervoso?»

Laura meditò a lungo sulla risposta.

«Il tuo medico aveva ragione. Probabilmente fai troppe cose.»

Ann rispose di scatto: «Non posso stare in casa tutto il giorno come un'anima in pena».

«Si può stare in casa senza per questo essere un'anima in pena» ribatté Dame Laura.

«No.» Ann muoveva le mani in modo concitato. «Io... non sono capace di stare seduta tutto il giorno sul divano con le mani in mano.»

«Perché nó?» La domanda di Laura giunse tagliente come una spada.

«Non lo so.» Ann accelerò il movimento delle mani. «Non so stare da sola. Non ci riesco...» Lanciò a Laura uno sguardo disperato. «Immagino che mi considererai una pazza.»

«È la cosa più ragionevole che tu abbia detto finora» le rispose prontamente Laura.

«Ragionevole?» Ann era sorpresa.

«Sì, perché è la verità.»

«La verità?» Ann abbassò le palpebre. «Non capisco cosa intendi.»

«Voglio dire che senza conoscere la verità non si va da nessuna parte.»

«Oh, ma non puoi capirmi. Tu non hai mai avuto paura di restare sola, non è vero?»

«No.»

«Quindi non puoi capirmi.»

«Oh, sì che posso» continuò Laura con gentilezza. «Perché mi hai fatto chiamare, mia cara?»

«Dovevo parlare con qualcuno... assolutamente... e ho pensato che forse tu potevi fare *qualcosa* per me» disse Ann speranzosa, guardando la sua amica.

Laura scosse il capo e sospirò.

«Capisco. Ti aspetti da me una magia, un gioco di prestigio.»

«Sì, Laura. Ti prego. Psicanalisi, ipnotismo, qualunque cosa.»

«In pratica un bell'incantesimo, ma in salsa moderna?» Laura scosse decisamente la testa. «Non sono capace di tirare fuori il coniglio dal cilindro. Devi farlo da sola, e per prima cosa devi sapere cosa c'è esattamente nel cilindro.»

«Che cosa vuoi dire?»

Laura Whitstable esitò un minuto prima di rispondere.

«Ann, tu non sei felice.»

Non era una domanda, era un'affermazione.

Ann replicò subito, con una rapidità sospetta: «Oh, sì che lo sono, almeno da un certo punto di vista. Mi diverto moltissimo».

«Tu non sei felice» ripeté Dame Laura, impietosa.

Ann alzò le spalle e le mani in un gesto vago.

«Ma esistono davvero persone felici?» sbottò.

«Certo e, grazie a Dio, sono tante» replicò Dame Laura senza scomporsi. «Ann, perché tu non lo sei?»

«Non lo so.»

«Conosci benissimo la risposta. Puoi uscire da questo stato solo se ammetti la verità.»

Ann rimase in silenzio per un po', poi prese il coraggio a quattro mani ed esclamò: «A essere sincera, credo che sia perché sto invecchiando. Ormai sono una donna di mezza età, sto perdendo il mio fascino. Non ho più nulla in cui sperare».

«Oh, mia cara! Perché non hai più nulla in cui sperare? Godi di ottima salute, hai una mente sveglia e il mondo è pieno di cose interessanti di cui si ha il tempo di occuparsi solo dopo la mezz'età. Te l'ho già detto: i libri, i fiori, la musica, la pittura, gli amici, la luce del sole, insomma tutto quel groviglio inestricabile che chiamiamo Vita.»

Ann rimase in silenzio per un attimo, poi disse con aria di sfida: «Oh, se mi posso permettere, è tutta una questione di sesso. Quando una donna si rende conto di non essere più attraente, non le importa più di niente».

«Questo forse è vero per certi tipi di donne, ma non per te, Ann. Per caso hai visto l'opera *The Immortal Hour* o l'hai letta? Ricordi queste parole: "C'è un'Ora in cui un uomo proverebbe la felicità di una vita intera, se riuscisse a coglierla"? Una volta ci sei andata vicina, non è vero?»

Il viso di Ann si distese. Sembrava ringiovanita di colpo.

«Sì, quell'ora c'è stata, nella mia vita. Avrei potuto conoscerla con Richard. Sarei potuta invecchiare felicemente con lui» sussurrò.

Laura annuì con profonda empatia. «Lo so.»

Ann continuò: «E adesso non posso nemmeno rimpiangere di averlo perso! L'ho rivisto circa un anno fa e ormai non significava più niente per me... *assolutamente* niente. Può sembrare assurdo o tragico, ma è tutto finito e siamo diventati due estranei. Ora è un uomo qualunque, un po' presuntuoso, piuttosto ottuso, infatuato della sua nuova mogliettina, una donna graziosa, appariscente e con poco cervello. Sarà anche carina, d'accordo, ma è decisamente noiosa. Però, nonostante tutto, se ci fossimo sposati credo che saremmo stati felici insieme. *So* che saremmo stati felici insieme».

«Sì,» confermò Laura pensierosa «credo tu abbia ragione.»

«Ero così vicina alla felicità... vicinissima,» la voce di Ann tremava di autocommiserazione «poi sono stata costretta a rinunciare a tutto.»

«Costretta?»

Ann non fece caso alla domanda.

«Ho abbandonato tutto... per amore di Sarah!»

«Proprio così» confermò Dame Laura. «*E non glielo hai mai perdonato.*»

Ann, sorpresa, si risvegliò dal suo sogno.

«Che cosa vuoi dire?»

Laura Whitstable sbuffò con astio.

«Sacrifici! Sacrifici di sangue! Prova a pensare per un attimo a che cos'è un sacrificio. Non è solo l'attimo eroico in cui ci si sente esaltati, generosi e pronti a immolarsi per gli altri. Offrire il petto al pugnale è facile perché è un sacrificio istantaneo, che dura lo spazio di un momento in cui si è *più grandi di se stessi*. Con la maggior parte dei sacrifici, invece, si è costretti a convivere *giorno dopo giorno*, e non è facile. Bisogna essere veramente grandi per riuscirci. Tu, Ann, non sei stata abbastanza grande...»

Ann avvampò di rabbia.

«Per amore di Sarah ho rinunciato alla mia vita, alla mia unica occasione di essere felice, e tu mi vieni a spiegare che non è stato abbastanza!»

«Non ho detto questo.»

«È tutta colpa mia, allora!» Ann era ancora infuriata.

Dame Laura rispose con franchezza: «I problemi della vita nascono per una buona metà dalla presunzione di essere più belli e più buoni di quanto si sia in realtà».

Ann non la ascoltava più. Il risentimento inespresso che si portava dentro traboccò dagli argini.

«Sarah è solo una ragazza moderna come tante, tutta presa da se stessa. Non pensa mai agli altri! Sai che più di un anno fa Richard ha telefonato e lei non si ricordava neppure chi fosse? Il suo nome non le diceva niente... assolutamente niente.»

Laura Whitstable annuì gravemente, con l'aria di chi vede confermata la sua diagnosi.

«Capisco,» disse «capisco...»

Ann proseguì: «Cosa potevo fare? Litigavano di continuo. Era insopportabile! Se fossi rimasta con lui, non avremmo avuto un attimo di pace».

Inaspettatamente Laura parlò con durezza: «Ann, al tuo posto cercherei di capire se hai lasciato Richard Cauldfield per amore di Sarah o per amore della tua tranquillità personale».

Ann le rivolse un'occhiata risentita.

«Amavo Richard,» rispose «ma amavo Sarah ancora di più...»

«No, Ann, non è così semplice. Credo che ci sia stato un tempo in cui hai amato Richard più di Sarah. Sono convinta che la tua infelicità latente e il tuo rancore abbiano avuto origine in quel momento. Se tu avessi lasciato Richard perché Sarah per te era più importante, ora non saresti in questo stato. Se invece hai lasciato Richard per debolezza, perché eri succube di Sarah e volevi farla finita con le liti e le discussioni, allora la tua è stata una sconfitta e *non* una rinuncia. È il genere di cose che nessuno vuole ammettere a se stesso. Ma tu volevi molto bene a Richard.»

Ann commentò amaramente: «E ora non significa più niente per me!».

«E Sarah?»

«Sarah?»

«Sì. Che cosa significa Sarah per te?»

Ann si strinse nelle spalle.

«Da quando si è sposata non la vedo quasi più. Fa una vita intensa e divertente, almeno credo, ma, come ho detto, non so quasi niente di lei.»

«L'ho vista ieri sera...» Laura fece una pausa, poi continuò. «Al ristorante, con una gran tavolata.» Dopo un attimo di silenzio aggiunse senza mezzi termini: «Era ubriaca».

«Ubriaca?» Per un momento Ann sembrò sorpresa, poi si mise a ridere. «Laura cara, non devi essere così antiquata. Ai giorni nostri tutti i giovani bevono molto e una festa non è considerata riuscita se alla fine tutti non sono "sbronzi", "ciucchi" o come preferisci definirli.»

Laura rimase imperturbabile.

«Sarà, e ammetto di essere abbastanza "vecchio stampo": non mi piace vedere una ragazza che conosco ubriaca in pubblico. Ma c'è dell'altro, Ann: le ho parlato e mi sono accorta che aveva le pupille dilatate.»

«Cosa significa?»

«*Potrebbe* essere cocaina.»

«Droga?»

«Sì. Una volta ti dissi che sospettavo che Lawrence Steene fosse coinvolto in un traffico di droga, non certo per denaro, ma solo per vizio.»

«Eppure sembra sempre normale.»

«Oh, le droghe non gli fanno niente. Conosco quel genere di uomini. Amano sperimentare sensazioni forti, ma non ne rimangono schiavi. Per le donne è diverso. Se una donna è infelice, queste cose fanno così presa su di lei che le è impossibile liberarsene.»

«Tu pensi che Sarah sia infelice?» Ann era incredula.

Laura Whitstable si avvicinò e affermò seccamente: «Sei tu che dovresti saperlo, sei sua madre».

«Oh, se è per questo, Sarah non si confida mai con me.»

«E perché no?»

Ann si alzò in piedi e andò alla finestra, poi ritornò lentamente verso il caminetto. Dame Laura continuava a guardarla impassibile mentre si accendeva una sigaretta, poi le chiese con calma: «Come ti fa sentire l'idea che Sarah possa essere infelice?».

«Come puoi chiedermi una cosa simile? È un pensiero che mi turba profondamente.»

«Davvero?» Laura si alzò in piedi. «Bene, devo andare. Ho una riunione del comitato tra dieci minuti. Sono appena in tempo.»

E si avviò verso la porta. Ann la seguì.

«Perché mi hai detto "Davvero?" in quel modo?»

«Non so dove ho lasciato i guanti.»

In quel momento suonarono alla porta. Edith uscì furtivamente dalla cucina per andare ad aprire.

Ann insisteva. «Volevi dire *qualcosa*?»

«Ah, eccoli qui.»

«Laura, oggi sei stata perfida con me... proprio perfida!»

Edith annunciò con una smorfia che sembrava un sorriso: «Ecco che è arrivato il forestiero. C'è il signor Lloyd, signora».

Per un attimo Ann fissò Gerry Lloyd, quasi incredula.

Erano passati oltre tre anni da quando l'aveva visto l'ultima volta e sembrava invecchiato di decenni. Aveva un aspetto sbattuto e, sul viso, la stanchezza del perdente. Indossava un rozzo vestito di tweed, chiaramente di seconda mano, e scarpe sformate. Era evidente che non avesse fatto fortuna. La salutò con un sorriso mesto. Tutto il suo atteggiamento era serio, per non dire turbato.

«Gerry, che sorpresa!»

«Mi fa piacere che si ricordi ancora di me. Tre anni e mezzo sono un tempo molto lungo.»

«Anch'io mi ricordo di lei, giovanotto, ma non credo che lei si ricordi di me» intervenne Dame Laura.

«Ma certo, Dame Laura, come ci si può dimenticare di lei?»

«Che gentile! Ma ora devo andare. Arrivederci, Ann; arrivederci, signor Lloyd.»

Quando Laura fu uscita, Gerry seguì Ann in salotto, si sedette vicino al caminetto e accettò la sigaretta che lei gli offrì.

Ann conversava allegra e cordiale.

«Bene, Gerry, raccontami cos'hai fatto in questi anni. Rimarrai in Inghilterra per un po'?»

«Non ne sono sicuro.»

Il suo sguardo fisso metteva Ann leggermente a disagio. Si chiedeva cosa avesse in mente. Aveva negli occhi una luce diversa da quella di un tempo.

«Cosa bevi, gin e succo d'arancia? O preferisci il gin rosa?»

«No, grazie, non ho voglia di bere. Sono venuto solo per parlare con lei.»

«Molto carino da parte tua. Hai già visto Sarah? Lo sai che è sposata con Lawrence Steene?»

«Sì. Mi ha scritto una lettera. L'ho anche vista ieri sera ed è questa la ragione per cui sono venuto a farle visita.» Si fermò un attimo per prendere fiato e poi continuò: «Signora Prentice, perché ha lasciato che Sarah sposasse quell'uomo?».

Ann fu presa alla sprovvista.

«Gerry, mio caro, per favore...»

La reazione di Ann non impedì al giovane di continuare a parlarle con franchezza. «Sarah non è felice. Anche lei lo sa, non lo neghi. Sarah non è felice» dichiarò deciso.

«Te lo ha detto lei?»

«Ovviamente no. Non lo farebbe mai. Ma non c'è stato bisogno di parlare, l'ho capito subito. Era con un mucchio di gente e abbiamo avuto modo di scambiare solo poche frasi, ma si vedeva lontano un chilometro. Signora Prentice, perché non ha impedito che accadesse tutto questo?»

Ann ebbe un moto di risentimento.

«Mio caro Gerry, non ti sembra di esagerare un po'?»

«No, credo di no.» Il giovane rimase pensoso per un momento. La sua sincerità era semplicemente disarmante. «Lei sa che Sarah conta molto per me, più di qualsiasi altra cosa al mondo. È così da sempre. Per questo mi sta a cuore la sua felicità. Signora Prentice, non avrebbe dovuto permetterle di sposare Steene.»

Ann lo interruppe adirata: «Ti comporti proprio come un uomo d'altri tempi, Gerry. Non è questione di "avere permesso" o no a mia figlia di sposare Larry Steene. Le ragazze sposano chi vogliono e non c'è niente che i loro genitori possano fare per impedirglielo. Sarah ha scelto di sposare Larry Steene. Questo è tutto».

Gerry le rispose con tranquillità e sicurezza: «Lei avrebbe potuto fermarla».

«Mio caro ragazzo, se cerchi di impedire a qualcuno di fare quello che vuole, lo rendi soltanto più ostinato e testardo.»

Gerry alzò gli occhi per guardare Ann in faccia.

«Almeno ha tentato di fermarla?»

Ann, a disagio sotto lo sguardo indagatore del giovane, si mise a balbettare.

«Io... io... Certo, era molto più vecchio di lei e non aveva una buona reputazione. Gliel'ho anche fatto notare... ma...»

«È un porco della peggior specie.»

«Che cosa ne sai? Sei stato via dall'Inghilterra per anni.»

«È di dominio pubblico. Tutti lo sanno. Forse lei non conosceva alcuni dettagli poco piacevoli, ma sicuramente doveva aver intuito che tipo di bestia fosse.»

«Con me è sempre stato gentile e cordiale» rispose Ann, sulla difensiva. «Inoltre non è detto che un uomo con un passato discutibile non possa diventare un buon marito. Non puoi immaginare quante malignità dice la gente. Sarah era attratta da lui ed era decisa a sposarlo. È estremamente ricco...»

Gerry la interruppe.

«Sì, è vero. È ricco, ma lei, signora Prentice, non è il tipo di donna che desidera che sua figlia si sposi solo per i soldi. Lei non è mai stata, come dire... attaccata al denaro. Ho sempre pensato che avrebbe voluto solo vedere Sarah felice.»

Le lanciò uno sguardo incuriosito.

«Ho un'unica figlia e ho sempre voluto che fosse felice. È evidente. Ma il punto è, Gerry, che non ci si può *intromettere*» ribatté Ann. Poi si spiegò meglio: «Si può anche pensare che una persona stia sbagliando tutto, ma non si deve interferire».

Lo fissò come se volesse sfidarlo.

Lui continuava a osservarla con la sua aria pensierosa e riflessiva.

«È sicura che Sarah fosse così desiderosa di sposarlo?»

«Era molto innamorata di lui» ribatté Ann, decisa. Poi, di fronte al silenzio di Gerry, continuò: «Non so se lo hai notato, ma Lawrence piace moltissimo alle donne».

«Oh, sì, ne sono perfettamente consapevole.»

Ann divenne più aggressiva.

«Vedi, Gerry, in questo momento sei del tutto irragionevole. Solo perché da ragazzi tu e Sarah avete avuto una storia, vieni qua ad accusarmi, come se fosse colpa mia se Sarah ha sposato qualcun altro.»

Lui la interruppe subito.

«Sono fermamente convinto che sia stata colpa *sua*.»

Si fissarono a lungo. Gerry diventò rosso per l'emozione, Ann impallidì mortalmente. Ormai la tensione si tagliava con il coltello.

Ann si alzò. «Questo è troppo» sentenziò freddamente.

Anche Gerry si alzò in piedi. Appariva calmo e educato, ma Ann sentiva che dietro a quella quiete si nascondeva un atteggiamento implacabile e spietato.

«Se sono stato sgradevole,» disse il giovane «le chiedo scusa...»

«Questo è imperdonabile!»

«Forse in un certo modo lo è, ma sa bene che io tengo moltissimo a Sarah. È l'unica cosa che conta per me. Non posso fare a meno di pensare che lei non le abbia impedito di rovinarsi la vita con un matrimonio infelice.»

«Gerry!»

«Ho intenzione di liberarla da quella situazione.»

«*Che cosa?*»

«La convincerò a lasciare quel maiale.»

«Ma che sciocchezze stai dicendo? Solo perché c'è stato un amoretto adolescenziale tra di voi...»

«Io e Sarah ci capiamo benissimo, andiamo molto d'accordo.»

Improvvisamente Ann scoppiò in una grande risata.

«Mio caro Gerry, vedrai che Sarah è cambiata un bel po' da come la conoscevi tu.»

Gerry impallidì.

«So che Sarah è cambiata,» disse a bassa voce «ho notato che...»

Esitò per un momento, poi continuò, calmo: «Mi dispiace di esserle sembrato impertinente, signora Prentice, ma, vede, per me Sarah viene sempre prima di tutto il resto».

E uscì dalla stanza.

Ann prese una bottiglia e si versò un bicchiere di gin, mormorando tra sé: «Come osa, come osa?... E Laura... *anche lei* è contro di me, sono tutti contro di me. Non è giusto... Ma di quale colpa mi sono macchiata? Io non ho fatto niente, assolutamente niente...».

2

IL MAGGIORDOMO CHE ANDÒ AD APRIRE la porta della ricca magione di Pauncefoot Square 18 squadrò sprezzante il rozzo vestito di seconda mano che Gerry indossava. Non appena incrociò lo sguardo del giovane, però, fu costretto a cambiare atteggiamento.

Avrebbe controllato se la signora Steene era in casa.

Poco dopo Gerry fu fatto accomodare in una grande stanza in penombra rivestita di broccato chiaro e piena di fiori esotici. Passarono pochi minuti e Sarah Steene lo accolse con un sorriso.

«Ciao, Gerry! Sono proprio contenta che tu sia venuto trovarmi. L'altra sera alla festa ci hanno separato. Cosa bevi?»

Gli porse un drink, ne preparò uno per sé e si sedette su un basso cuscino vicino al fuoco. Il suo viso si intravedeva a malapena nella fioca luce della stanza. Aveva un profumo costoso che Gerry non ricordava di averle mai sentito prima.

«Allora, Gerry?»

Lui ricambiò il sorriso.

«Allora, Sarah?»

Poi, sfiorandole la spalla con un dito, commentò: «Sembra che indossi uno zoo».

Portava un tubino di chiffon orlato di morbida pelliccia chiara.

«È bello, non credi?»

«Sì. Sprizzi lusso da tutti i pori!»

«Proprio così. Ora, Gerry, raccontami di te. Hai lasciato il Sudafrica e sei andato in Kenya, e da allora non ho saputo più niente di te.»

«Oh, non ho avuto molta fortuna...»

«Ovviamente...»

La replica fu immediata.

Gerry le domandò: «Cosa intendi dire con "ovviamente"?».

«Insomma, non sei mai stato baciato dalla fortuna.»

Per un attimo era tornata la vecchia Sarah, sfrontata e provocatoria. La bella donna dal viso impassibile, la straniera esotica era scomparsa. Al suo posto c'era di nuovo Sarah, la sua Sarah, che lo canzonava con arguzia.

Rispondendo alla sua antica maniera, Gerry borbottò: «Due disastri, uno dopo l'altro, hanno causato il mio fallimento. Prima c'è stata la perdita del raccolto, non per colpa mia, poi la moria del bestiame...».

«Lo so. La tua solita triste storia.»

«E naturalmente non avevo abbastanza capitali. Se solo avessi avuto qualche risorsa in più...»

«Lo so... lo so.»

«Per la miseria, Sarah, non è *tutta* colpa mia.»

«Non lo è mai. Cosa ti ha riportato in Inghilterra?»

«La morte di mia zia.»

«Tua zia Lena?» chiese Sarah, che conosceva molto bene tutti i parenti di Gerry.

«Sì. Zio Luke è morto due anni fa. Quel vecchio avaro non mi ha lasciato neanche un penny.»

«Saggio, lo zio Luke.»

«Ma la zia Lena...»

«La zia Lena ti ha lasciato qualcosa?»

«Sì. Diecimila sterline.»

«Uhm.» Sarah fece i suoi conti. «Non è male, specialmente di questi tempi.»

«Mi sono messo in società con un amico che possiede una fattoria in Canada.»

«Quale amico? Siamo alle solite. Com'è andata con il garage che avevi avviato insieme a quell'altro tuo amico, quando hai lasciato il Sudafrica?»

«Oh, è finita male. All'inizio andava tutto bene, ci eravamo appena ingranditi quando è arrivata la crisi e...»

«Non c'era neanche bisogno di dirmelo. Conosco questo finale a memoria! Con te è sempre così.»

«Sì» rispose Gerry, e aggiunse con onestà: «Hai proprio ragione. Non sono molto bravo. Continuo a pensare che sia colpa della malasorte, ma devo cominciare ad ammettere che sia anche questione di incapacità. Però questa volta sarà tutto diverso».

«Ne dubito» commentò Sarah, sarcastica.

«Dai, Sarah, non credi che abbia imparato la lezione?»

«Direi di no. Nessuno impara mai niente. Tutti continuano a ripetere gli stessi errori» rispose Sarah. «Secondo me, tu hai bisogno di un agente, come gli attori del cinema. Una persona pratica e concreta che ti impedisca di essere troppo ottimista al momento sbagliato.»

«Forse non hai torto, ma sono sicuro che questa volta andrà tutto bene. Starò attentissimo.»

Ci fu un momento di pausa e poi Gerry continuò: «Ieri sono andato a trovare tua madre».

«Sul serio? Sei stato proprio gentile. Come stava? Continua la sua vita da forsennata?»

Gerry dichiarò con solennità: «Tua madre è cambiata moltissimo».

«Credi?»

«Sì.»

«In che senso, scusa?»

«Non so come spiegartelo.» Esitava. «Per qualche strana ragione è spaventosamente nervosa.»

Sarah rispose con indifferenza: «E chi non lo è al giorno d'oggi?».

«Ma lei non era così in passato, era sempre calma e... come dire... *dolce.*»

«Suona come il verso di un inno!»

«Sai benissimo cosa intendo dire: ha cambiato pettinatura, abbigliamento, ogni cosa.»

«È diventata solo un po' più frivola, ecco tutto. Perché non avrebbe dovuto, povera cara? Invecchiare dev'essere una vera sciagura! Comunque, le persone cambiano.» Sarah tacque per un attimo e poi, con una nota di commiserazione nella voce, continuò: «Anch'io devo essere cambiata...».

«In realtà, no.»

Lei arrossì, mentre Gerry proseguiva. «Nonostante lo zoo,» e sfiorò di nuovo l'orlo di pelliccia dell'abito «i gioielli di Woolworth» e indicò la spilla di diamanti «e i vestiti di lusso, tu sei sempre la stessa Sarah.» Dopo una pausa aggiunse: «La mia Sarah».

Lei si agitò, a disagio, quindi ribatté scherzosamente: «E tu sei sempre lo stesso vecchio Gerry. Quando parti per il Canada?».

«Molto presto. Non appena l'avvocato avrà preparato le carte.»

Si alzò. «Adesso devo andare via. Vuoi uscire con me uno di questi giorni?»

«No, sei tu che devi venire a cena da noi. Oppure potremmo organizzare una festa in tuo onore. Devi assolutamente conoscere Larry.»

«Non ricordi che ci siamo già incontrati l'altra sera?»

«Sì, ma solo per un attimo.»

«Temo di non avere tempo per i ricevimenti. Vediamoci piuttosto una mattina di queste per fare una passeggiata.»

«Carissimo, la mattina non sono molto in forma. È il momento peggiore della giornata.»

«Invece è un ottimo momento per schiarirsi le idee.»

«E chi ha bisogno di schiarirsi le idee?»

«Penso che *noi due* dovremmo farlo. Dai, Sarah, domani facciamo un giro a Regent's Park. Ci vediamo alla porta di Hannover.»

«Hai sempre le trovate più stravaganti, Gerry! Il tuo vestito è orribile.»

«È molto resistente.»

«Sì, ma è proprio sformato!»

«Sei schiava della moda! Ci vediamo domani a mezzogiorno, porta di Hannover. Non bere troppo stasera, altrimenti domani avrai il mal di testa.»

«Intendi dire che ieri sera ero ubriaca?»

«Certo, vorresti negarlo?»

«Era un ricevimento così noioso. Bere è un modo per passare la serata.»
Gerry ripeté: «Domani. Porta di Hannover. A mezzogiorno».

«Bene, eccomi qui» disse Sarah in tono di sfida.
Gerry la guardò da capo a piedi. Era di una bellezza accecante, molto più di quando era ragazza. Notò l'abito che indossava, semplice ma costoso, e il grosso smeraldo cabochon che portava al dito. "Sono matto da legare" si disse, ma non ebbe alcun ripensamento.
«Vieni, passeggiamo un po'.»
Camminando a passo svelto costeggiarono il lago, attraversarono il roseto e infine si sedettero in una zona poco frequentata del parco. Faceva troppo freddo perché si fermasse qualcuno.
Gerry fece un respiro profondo.
«E ora,» disse «veniamo al punto. Sarah, vuoi venire con me in Canada?»
Lei lo fissò sbalordita.
«Cosa diavolo vuoi dire?»
«Esattamente quello che ho detto.»
«Intendi... partire per una specie di viaggio con te?» chiese Sarah, perplessa.
Gerry sorrise.
«Intendo per sempre. Lascia tuo marito e vieni via con me.»
Sarah rise.
«Gerry, sei diventato matto? Sono quasi quattro anni che non ci vediamo e tu adesso...»
«Ha importanza?»
«No.» Sarah era stata presa alla sprovvista. «No, immagino di no...»
«Quattro anni, cinque, dieci, venti... Non credo che faccia differenza. Tu e io siamo una cosa sola. Io l'ho sempre saputo. Lo sento ancora. Non lo senti anche tu?»
«Sì, da un certo punto di vista» ammise Sarah. «Comunque quello che mi proponi è impossibile.»
«Non ci vedo niente di impossibile. Se tu fossi sposata con un tipo normale e fossi felice con lui, non mi sognerei neanche di intromettermi.» Poi sussurrò: «Ma tu non sei felice, vero, Sarah?».
«Ritengo di essere felice come la maggior parte delle persone» affermò Sarah con veemenza.
«Io invece penso che tu sia del tutto infelice.»
«Se anche lo fossi, è solo colpa mia. Quando si commette un errore si devono subire le conseguenze.»
«Lawrence Steene non è noto per pagare i propri errori, o no?»

«Questa è una meschinità.»

«No, è semplicemente la verità.»

«E comunque, Gerry, quello che mi proponi è una pazzia, una vera pazzia!»

«Forse perché non ci ho girato attorno per convincerti poco alla volta? Non ce n'è alcun bisogno, come ti ho detto prima, noi due siamo una cosa sola e tu lo sai benissimo.»

Sarah sospirò.

«Devo ammetterlo, una volta mi piacevi molto.»

«Era un sentimento molto più profondo, ragazza mia.»

«Veramente? Ne sei sicuro?»

«Sono sicuro.»

Rimasero entrambi in silenzio, poi Gerry ripeté con dolcezza: «Vuoi venire via con me, Sarah?».

Sarah sospirò, poi si alzò e si strinse nella pelliccia. Una leggera brezza gelata agitava le cime degli alberi.

«Mi dispiace, Gerry, ma la risposta è no.»

«Perché?»

«Perché non posso. Questo è quanto.»

«Le mogli si separano dai mariti tutti i giorni.»

«Non io.»

«Mi stai forse dicendo che ami Lawrence Steene?»

Sarah scosse il capo.

«No, non lo amo. Non l'ho mai amato, sebbene mi abbia affascinato. Be'... lui ci sa fare con le donne.» Ebbe un leggero moto di disgusto. «Non mi capita spesso di considerare qualcuno veramente... come dire... perverso. Ma per Lawrence non riesco a trovare un'altra definizione. Le sue malvagità non sono istintive, non nascono dall'incapacità di resistere alle tentazioni: le compie per il puro piacere di fare esperimenti con gli uomini e le cose.»

«A questo punto non dovresti più avere nessuno scrupolo a lasciarlo.»

Sarah restò in silenzio per un momento, poi disse a bassa voce: «Non è questione di scrupoli. Oh,» si riscosse con impazienza «quanto mi ripugna tirare in ballo le nobili ragioni! D'accordo, Gerry, è meglio che tu sappia realmente chi sono. Vivendo con Lawrence mi sono abituata a privilegi cui non voglio rinunciare. Abiti costosi, pellicce, denaro, ristoranti alla moda, ricevimenti, una cameriera personale, macchine, lo yacht... qualsiasi cosa. Vivo immersa nello sfarzo. E tu mi chiedi di venire con te a fare una vita grama in una fattoria lontana chilometri dal primo luogo abitato? Non posso e non voglio. Sono viziata! Sono corrotta dal lusso e dal denaro».

Gerry le rispose imperturbabile: «Allora adesso è arrivato il momento di liberarti di tutto questo».

«Oh, Gerry!» Sarah non sapeva se ridere o piangere. «La fai troppo facile.»

«Invece ho i piedi ben piantati per terra.»

«Sì, ma non capisci la situazione.»

«Tu credi?»

«Non è solo questione di soldi. Ci sono altre cose. Oh, non riesci a capire? Sono diventata una persona orribile. Le feste che frequentiamo... i posti dove andiamo.»

Si interruppe e arrossì.

«D'accordo,» ribatté Gerry, calmo «sei una depravata. C'è dell'altro?»

«Certo. Ci sono cose a cui sono abituata... cose di cui non posso fare a meno.»

«Di che cosa parli?» Il giovane afferrò il mento di Sarah e la fece voltare verso di sé. «Mi sono giunte delle voci... Intendi dire... droga?»

Sarah annuì. «Procura sensazioni meravigliose.»

«Ascoltami.» La voce di Gerry era dura e decisa. «Tu verrai con me e la smetterai con quella roba.»

«E se non ci riesco?»

«Ci penserò io» rispose il giovane gravemente.

Sarah si rilassò e si chinò verso di lui sospirando, ma Gerry si tirò indietro.

«No, non è il momento di darti un bacio.»

«Capisco. Devo decidere... a sangue freddo.»

«Sì.»

«Che tipo sei, Gerry!»

Rimasero seduti in silenzio per un po'. Poi il giovane cominciò a parlare, chiaramente impacciato: «So bene di non essere particolarmente in gamba. Ho combinato un sacco di pasticci in giro per il mondo. Mi rendo conto che non puoi avere molta fiducia in me, ma credo fermamente che se ti avessi al mio fianco potrei fare di meglio. Tu sei così perspicace, Sarah, e sai come motivare chi si sente depresso».

«Sono proprio una creatura adorabile!»

Gerry continuò ostinatamente: «Non so dove ho trovato il coraggio per cercare di persuaderti a venire con me. So che posso fare bene. Per te sarà una vita d'inferno: disagi e duro lavoro... sì, proprio un inferno, ma sarà una *vita autentica*».

"Una vita autentica..." Sarah ripeté quelle parole dentro di sé.

Si alzarono e ripresero a camminare uno accanto all'altra.

«Verrai, Sarah?»

«Non lo so.»

«Cara...»

«No, Gerry. Non dire altro. Hai già detto tutto quello che c'era da dire. Adesso tocca a me. Devo pensarci. Ti farò sapere.»

«Quando?»

«Presto...»

3

«GUARDA UN PO', questa sì che è una sorpresa!» Quando Edith aprì la porta di casa e si trovò davanti Sarah, le profonde rughe del suo volto si distesero in un austero sorriso.

«Salve, Edith bella, la mamma è in casa?»

«Dovrebbe arrivare da un momento all'altro. Sono contenta che sia venuta, la tirerà un po' su di morale.»

«Ha bisogno di essere tirata su? Sembra sempre così allegra.»

«Sua madre ha qualcosa che non va. Sono preoccupata per lei.» La governante seguì Sarah in salotto. «Non sta ferma un minuto, e salta su appena le si fa la minima osservazione. Dev'essere l'età... già, senza dubbio.»

«Suvvia, Edith, non fare la menagramo. A sentire te hanno già tutti un piede nella fossa.»

«Non si può certo dire di lei, signorina Sarah. È un fiore, altroché. Attenta, però! Sta trascinando la sua bella pelliccia sul pavimento. È sempre la solita. Deve costare un occhio della testa.»

«Vale una fortuna, ci puoi scommettere.»

«Nessuna delle mie padrone ne ha mai avuta una così bella. Di sicuro ha un sacco di altre belle cose, signorina Sarah.»

«Me le merito tutte. Se vendi l'anima, almeno falla pagare a caro prezzo.»

«Questo non è un bel modo di parlare» disse Edith con disapprovazione. «Il suo peggiore difetto, signorina Sarah, è l'incostanza. Ricordo molto bene, come se fosse ieri, quando mi ha detto, proprio qui in questa stanza, che sperava di sposare il signor Steene, e ricordo anche che poi mi si è messa a ballare attorno come una matta urlando: "Mi sposo... mi sposo!".»

Sarah la interruppe bruscamente. «Basta, basta, Edith. Non lo sopporto.»

Sul volto di Edith scese subito un alone di preoccupazione.

«Su, su, cara» le disse cercando di confortarla. «Si dice che i primi due anni siano sempre i peggiori, ma se si riesce a superarli, allora si è a posto.»

«Una visione del matrimonio non propriamente ottimista...»

«Il matrimonio» replicò la governante con il suo solito cipiglio «nella migliore delle ipotesi è soltanto un pessimo affare, ma presumo che il mondo non potrebbe andare avanti senza. Mi perdoni la libertà, signorina Sarah, non c'è per caso un frugoletto all'orizzonte?»

«No, Edith, niente del genere.»

«Certo, mi scusi ancora, ma ha un'aria talmente provata che non ho potuto fare a meno di pensare che quello fosse il motivo. A volte le giovani spose si comportano in modo strano. Un giorno, mentre era in attesa, mia sorella maggiore si trovava dal fruttivendolo ed è stata presa da una voglia improvvisa. Ha visto una pera nella cesta, una bella pera di quelle succose, l'ha afferrata e ha cominciato a morderla. "Ehi, signora, cosa sta facendo?" le ha gridato il commesso, ma il negoziante, padre di ben tredici figli, ha capito subito la situazione e ha detto: "Lascia stare, figliolo, mi occupo io di questa signora". Morale della favola, mia sorella non l'ha mica dovuta pagare, la pera.»

«Pensa a quel poveretto del fruttivendolo, con tredici figli!» disse Sarah. «Che meravigliosa famiglia, la tua, Edith. Ne sento parlare da quando ero piccola.»

«Sì, è vero, quante storie le ho raccontato! Da piccola era una bambina molto seria, si interessava di tutto. Ora che mi viene in mente, quel giovane signore suo amico, il signor Lloyd, è passato di qui l'altro giorno. L'ha visto?»

«Sì, l'ho visto.»

«Sembra molto invecchiato... in compenso ha una splendida abbronzatura. Di sicuro è merito di tutti quegli anni che ha passato all'estero. Come se la passa?»

«Non particolarmente bene.»

«Ah, peccato. È che non ha abbastanza grinta, è questo il suo problema.»

«Sarà come dici tu. Pensi che la mamma arriverà presto?»

«Sì, signorina Sarah. Deve uscire a cena, perciò passerà da casa per cambiarsi. Se vuole il mio parere, secondo me dovrebbe uscire di meno e starsene un po' più spesso a casa, bella calma.»

«Probabilmente si diverte.»

«Tutto questo precipitarsi da una parte all'altra non le si addice» insistette Edith. «Era una signora così tranquilla.»

Sarah sollevò il capo all'improvviso, come se le parole di Edith le avessero risvegliato qualche ricordo. Ripeté pensierosa tra sé: «Una signora tranquilla. Sì, la mamma era tranquilla, lo diceva anche Gerry. È strano come si è trasformata completamente negli ultimi tre anni. Edith, pensi anche tu che la mamma sia cambiata molto?».

«Certe volte mi pare di non riconoscerla.»

«Era una persona del tutto diversa... era...» Sarah si interruppe, pensierosa. Poi chiese: «Tu credi che le madri continuino ad amare i loro figli per sempre?».

«Certo che sì, signorina Sarah, sarebbe innaturale se non lo facessero.»

«Ma è davvero naturale continuare a prendersi cura dei propri piccoli anche quando ormai sono cresciuti e si sono buttati nel mondo? Gli animali non lo fanno.»

Edith era scandalizzata. Rispose seccamente: «Noi non siamo animali, siamo cristiani, uomini e donne. Non dica sciocchezze, signorina Sarah. Ricordi il detto: "Un figlio è un figlio finché si sposerà, ma una figlia è una figlia per l'eternità"».

Sarah rise.

«Conosco un mucchio di madri che odiano le proprie figlie come la peste, e ci sono figlie che non sopportano le loro madri.»

«Posso solo dire, signorina Sarah, che non credo che sia una bella cosa.»

«Non sarà una bella cosa, ma può essere molto, molto più sano, almeno a sentire gli psicologi.»

«Degenerati che non sono altro, allora.»

A quel punto Sarah disse tutto d'un fiato: «La mamma mi è sempre piaciuta molto come persona, non solo come madre».

«E sua madre le è molto devota, signorina Sarah.»

La giovane rimase in silenzio per qualche secondo. «Me lo sto chiedendo...»

Edith fece una smorfia. «Oh, se soltanto avesse potuto vedere in che stato era quando lei, signorina Sarah, a quattordici anni ha avuto la polmonite!»

«Sì, d'accordo, *allora*. Ma adesso...»

Si sentì il rumore della chiave nella serratura.

«Eccola» disse Edith.

Ann entrò tutta affannata e si tolse il suo grazioso cappellino di piume multicolori.

«Sarah? Che bella sorpresa. Santo cielo, questo cappello mi ha fatto venire il mal di testa. Che ore sono? Sono terribilmente in ritardo. Devo incontrare i Ladesbury da Chaliano alle otto. Vieni, seguimi in camera mentre mi cambio.»

Sarah le andò dietro obbediente lungo il corridoio fino alla sua camera da letto.

«Come sta Lawrence?»

«Benissimo.»

«Bene. Sono secoli che non lo vedo... E che non vedo te, d'altronde. Dobbiamo organizzare una serata, una volta o l'altra. Sembra che quel nuovo varietà al Coronation sia davvero molto bello...»

«Mamma, vorrei parlarti.»

«Sì, cara?»

«Per favore, puoi smettere di impiastricciarti la faccia e ascoltarmi?»

Ann parve sorpresa.

«Accidenti, Sarah, sembri davvero nervosa.»

«Ti devo parlare. È una cosa seria. Si tratta di Gerry.»

«Oh!» Ann lasciò cadere le braccia lungo i fianchi e la guardò preoccupata. «Gerry?»

Senza giri di parole, Sarah la informò: «Vuole che lasci Lawrence e che vada in Canada con lui».

Ann fece un paio di profondi respiri. Poi, sbrigativamente, le disse: «Che assurdità! Povero Gerry! È troppo stupido, dice solo sciocchezze».
Sarah replicò brusca: «Non c'è niente che non vada in lui».
«Mia cara, so che tu l'hai sempre difeso, ma onestamente, adesso che l'hai visto di nuovo, non credi di essere migliore di lui?»
«Non mi stai affatto aiutando, mamma» disse Sarah con la voce che le tremava un po'. «Invece io voglio discuterne... sul serio.»
«Non starai mica prendendo in considerazione questa stupidaggine?»
«Certo che sì.»
«Allora stai facendo la stupida anche tu, Sarah» rispose Ann con astio.
Sarah si impuntò: «Io ho sempre voluto bene a Gerry, e lui a me».
Ann fece una risata.
«Oh, cara la mia bambina!»
«Non avrei mai dovuto sposare Lawrence, è stato il più grande errore della mia vita.»
«Ti passerà, vedrai» le disse Ann.
Sarah aveva cominciato a camminare nervosamente su e giù per la stanza.
«No, non mi passerà, no, no. La mia vita è un inferno... un vero inferno.»
«Adesso non esagerare, Sarah» le disse Ann con una punta di asprezza nella voce.
«È una bestia... una bestia disumana.»
«Lui ti è molto affezionato, Sarah» le disse Ann rimproverandola.
«Perché l'ho fatto? Perché? In realtà io non volevo sposarlo.» Si girò di scatto verso sua madre. «Se non fosse stato per *te* io non lo avrei mai sposato.»
«Per me?» Ann arrossì di rabbia. «Che cosa c'entro io, adesso? Io non ho niente a che fare con tutto questo!»
«Sì, invece, eccome!»
«Ma se ti ho detto soltanto che dovevi essere tu a decidere.»
«Mi hai convinta che tutto sarebbe andato per il verso giusto.»
«Che tremenda assurdità! Anzi, non ti ho forse messa in guardia, non sono forse stata io a dirti che aveva una pessima reputazione e che correvi un bel rischio...»
«Lo so, lo so, ma è stato il modo in cui lo hai detto. Come se non significasse niente, se non fosse importante. Oh, tutta questa faccenda! Le parole che hai usato non hanno importanza. Le parole erano giuste. *Ma tu volevi che io lo sposassi.* Tu lo *volevi*, mamma. *Io so* che lo volevi! Perché? Ti volevi forse sbarazzare di me?»
Ann si piazzò con rabbia di fronte a sua figlia.
«Sarah, questo è un attacco veramente inconcepibile.»
La ragazza le si avvicinò, cercando con i suoi occhi neri, che il pallore del viso faceva apparire enormi, la verità nascosta in quelli della madre.
«Sono sicura che quello che sto dicendo è vero. Tu volevi che sposassi Lawrence,

e adesso che tutto va male, adesso che la mia vita è un inferno, a te non importa più niente. A volte... ho persino pensato che tu ne fossi contenta.»

«Sarah!»

«Sì, contenta.» I suoi occhi la stavano ancora interrogando e Ann si sentiva a disagio. «Tu *sei* soddisfatta... tu vuoi che io sia infelice.»

Ann si voltò di scatto dall'altra parte. Stava tremando. Camminò verso la porta e Sarah la seguì.

«Perché? Perché, mamma?»

«Tu non sai quello che dici» rispose Ann sibilando tra le labbra contratte.

Ma Sarah continuò a insistere: «Voglio sapere perché desideravi la mia infelicità».

«Non essere assurda, non ho mai desiderato che tu fossi infelice!»

«Mamma...» Timidamente, come una bambina, Sarah la prese per un braccio. «Mamma... sono tua figlia... Tu dovresti volermi bene.»

«Ma certo che ti voglio bene! Che cosa c'è?»

«No, non ci credo. Credo che tu non mi voglia più bene da tanto tempo ormai... Ti sei allontanata da me, sempre di più... fino a un luogo in cui non potessi raggiungerti.»

Ann fece uno sforzo per trattenersi.

«Per quanto si possa volere bene ai propri figli, arriva sempre un momento in cui devono imparare a camminare con le proprie gambe. Le mamme non devono essere possessive.»

«No, ovviamente no. Però penso che si debba sempre avere una mamma a cui rivolgersi quando ci si trova in difficoltà.»

«Allora, Sarah, cosa vuoi da me?»

«Voglio che tu mi dica se devo andarmene con Gerry o se devo restare con Lawrence.»

«Resta con tuo marito, è ovvio.»

«Mi sembri molto sicura.»

«Bambina mia, quale altra risposta puoi aspettarti da una donna della mia generazione? Io sono stata educata a seguire precise regole di comportamento.»

«Che considerano moralmente giusto restare con il marito e invece moralmente riprovevole fuggire con l'amante?»

«Esatto. I tuoi amici evoluti avranno una visione completamente diversa, è ovvio, ma tu hai chiesto la mia.»

Sarah sospirò e scosse il capo.

«La situazione è molto più complicata di come la vedi tu. In realtà a voler rimanere con Lawrence è la parte peggiore di me, quella che ama la vita comoda, ha paura di affrontare povertà e disagi, ha gusti perversi ed è schiava del piacere. L'altra parte, quella che vuole andarsene con Gerry, non è soltanto una sgualdrinella innamorata, ma una donna che ha fiducia in lui e vuole aiutarlo. Vedi, mamma, io ho esattamente quel qualcosa che manca a Gerry. Ci sono momenti in cui crolla e inizia a piangersi addosso, ed è proprio allora che ha bisogno di qualcuno come me che gli dia una sana scrollata! Gerry può essere davvero una bella persona. Ha bisogno di qualcuno che lo prenda in giro, che lo pungoli. È quello che vuole anche lui... Insomma, lui... lui vuole me.»

Sarah si interruppe guardando la madre con aria implorante. Il volto di Ann, invece, sembrava scolpito nella pietra.

«Non serve a niente che io faccia finta di essere impressionata, Sarah. Tu hai sposato Lawrence di tua spontanea volontà, non lo si può ignorare, e devi mantenere il tuo impegno.»

«Forse...»

Ann sfruttò la propria posizione di vantaggio.

«Inoltre, mia cara,» le disse in tono affettuoso «sai benissimo di non essere molto tagliata per la vita spartana. A parole è bella, ma sono sicura che all'atto pratico finiresti per detestarla, specialmente se...» e questo sul momento le sembrò un ottimo argomento «se ti rendessi conto di essere un peso per Gerry, invece che un aiuto.»

Si rese conto quasi subito che aveva fatto un mezzo passo falso.

Sarah si rabbuiò. Si avvicinò al tavolino da toletta, prese una sigaretta e la accese. Poi, con improvvisa calma, si girò verso sua madre e disse: «Vuoi fare l'avvocato del diavolo, vero, mamma?».

«Che cosa intendi dire?»

Ann era confusa.

Sarah fece qualche passo e stavolta fu lei a piazzarsi con aria minacciosa davanti alla madre. Aveva un'espressione dura, diffidente.

«Qual è la vera ragione per cui non vuoi che vada con Gerry?»

«Ti ho già detto...»

«La *vera* ragione...» Con estrema calma, ma trafiggendo la madre con lo sguardo, Sarah disse: «Hai paura che con Gerry io possa essere *felice*, non è così?».

«Io ho paura che tu possa essere molto infelice!»

«Non è vero!» esplose Sarah. «Non ti importerebbe niente se io fossi infelice. È la mia felicità che non vuoi. Io non ti piaccio, anzi, è ancora peggio: per una ragione o per l'altra mi odi. Tutto qui. Tu mi odi a morte.»

«Sei diventata matta, Sarah?»

«No, non sono matta. Alla fine ho scoperto la verità. È da tempo ormai che mi odi. Da anni. *Perché?*»

«Non è vero...»

«Invece sì. Ma perché? Non perché sei gelosa della mia giovinezza, molte madri lo sono, ma non è il tuo caso. Tu sei sempre stata buona con me... Perché mi odi, mamma? Devo saperlo!»

«Io non ti odio!»

Sarah si mise a urlare. «Smettila, smettila, smettila di dire bugie! Esci allo scoperto! Che cosa ho fatto per farmi odiare? Ti ho sempre adorato, ho sempre cercato di essere carina con te e... di fare cose per te.»

Ann si voltò verso di lei.

«Parli come se tu fossi stata la sola a fare sacrifici!» le disse con amarezza ma scandendo bene le parole.

Sarah la fissò confusa.

«Sacrifici? Quali sacrifici?» le chiese.

Ann unì le mani e le strinse forte.

«Ho rinunciato alla mia vita per te,» disse con voce tremante «ho rinunciato a tutto ciò a cui tenevo! E tu neanche te lo ricordi!»

Ancora senza capire, Sarah disse: «Non so nemmeno di cosa stai parlando».

«No, non lo sai. Non ti sei neanche ricordata il nome di Richard Cauldfield. "Richard Cauldfield?" hai detto. "E chi è?"»

Nello sguardo di Sarah si accese un barlume di comprensione. Fu colta da una sensazione di sgomento.

«Sì, Richard Cauldfield.» Adesso Ann la stava accusando apertamente. «Da una parte c'eri tu, che non lo potevi soffrire, e dall'altra io, che lo amavo! Tenevo moltissimo a lui. Volevo sposarlo, ma per colpa tua ho dovuto rinunciare.»

«Mamma...» Sarah era allibita.

«Avevo anch'io diritto alla mia felicità» insistette Ann con acrimonia.

«Non... non sapevo che ci tenessi tanto» balbettò Sarah.

«Perché non hai voluto sapere! Hai chiuso gli occhi per non vedere. Hai fatto di tutto per impedire il matrimonio, è vero o no?»

«Sì, è vero...» Sarah tornò indietro negli anni col pensiero. Provò un certo disagio, quasi un malessere, ripensando alla propria sicurezza superficiale e infantile. «Io... io non credevo che saresti stata felice con lui.»

«Che diritto avevi di decidere al mio posto?» ribatté Ann con forza.

Era esattamente ciò che le aveva detto Gerry allora, quando aveva provato a metterla in guardia tentando di aprirle gli occhi su quello che stava facendo. E lei invece si era sentita soddisfatta, addirittura trionfante per la vittoria contro l'odiato "Cauliflower". Si rendeva conto solo in quel momento che la sua non era stata altro che puerile gelosia! E per questo sua madre aveva sofferto fino a diventare, poco alla volta, la donna nervosa e infelice che ora le muoveva accuse da cui non sapeva come difendersi.

Riusciva solo a bisbigliare: «Io non lo sapevo... Oh, mamma, non immaginavo...».

«Avremmo potuto essere felici insieme» disse Ann sconsolata, con la mente rivolta al passato. «Era un uomo solo. Aveva perso sua moglie e il bambino, e per lui era stato un lutto dolorosissimo. Aveva dei difetti, lo so, era un po' saccente e dispotico, atteggiamenti che i giovani notano da lontano, ma in fondo era gentile, semplice e buono. Avremmo potuto invecchiare insieme ed essere felici. Invece io l'ho fatto soffrire molto, l'ho cacciato via. È andato a finire in quell'albergo, sulla costa meridionale, dove ha incontrato quella stupida arpia a cui non importava niente di lui.»

Sarah si ritrasse, ogni parola le faceva male, tuttavia si sforzò di trovare qualche argomento a propria difesa.

«Se desideravi così tanto sposarlo,» disse «avresti dovuto continuare per la tua strada e farlo.»

Ann le puntò contro il dito con fare minaccioso.

«Non ti ricordi le continue scenate... le litigate? Che tragedie! Eravate come cane e gatto, non potevate restare nella stessa stanza senza azzuffarvi. E tu facevi di tutto per provocarlo. Rientrava nel tuo piano.»

(Ebbene sì, *era* tutto parte del suo piano...)

«Mi sembrava di impazzire, la situazione era diventata insostenibile. E mi sono trovata di fronte a un bivio. Dovevo scegliere tra lui e te, Richard mi ha messo di fronte a questa alternativa. Ma tu eri mia figlia, sangue del mio sangue. E ho scelto te.»

«E da allora» disse Sarah con lucidità «mi hai sempre odiato...»

L'intero scenario si stava finalmente aprendo davanti ai suoi occhi.

Raccolse la pelliccia e si diresse verso la porta.

«Bene, mamma, almeno adesso sappiamo a che punto siamo arrivate.»

Il tono della voce era duro, ma chiaro. Dalla contemplazione della rovina della vita di Ann era passata alla contemplazione della rovina di se stessa.

Giunta sulla soglia si girò verso sua madre, che aveva il volto distrutto e si era guardata dal negare la sua ultima accusa.

«Tu mi odi per avere rovinato la *tua* vita, mamma. Bene, io ti odio per avere rovinato la *mia*.»

Ann rispose bruscamente: «Io non ho niente a che fare con la tua vita. Sei tu l'unica responsabile delle tue scelte».

«Oh, no, non è vero, non fare l'ipocrita. Sono venuta da te perché tu mi dissuadessi dallo sposare Lawrence. Sapevi molto bene che ero attratta da lui ma che allo stesso tempo me ne volevo liberare. Era tutto chiaro per te, sapevi cosa fare e cosa dire.»

«Sciocchezze. Perché avrei dovuto desiderare che tu sposassi Lawrence?»

«Perché sapevi che non sarei stata felice. E siccome tu non lo eri, volevi che fosse lo stesso anche per me. Andiamo, mamma, getta la maschera, non hai forse provato un sottile piacere quando hai saputo fino a che punto questo matrimonio mi stesse rendendo infelice?»

«A volte, sì! A volte ho pensato che te lo fossi proprio meritato!» rispose Ann d'impeto.

Madre e figlia si fissarono implacabilmente.

Poi Sarah scoppiò in una risata stridula e sgradevole.

«Finalmente ci siamo arrivate! Addio, mamma *cara*...»

Uscì dalla porta e attraversò il corridoio, poi Ann sentì sbattere la porta in modo perentorio.

Era rimasta sola.

Si buttò sul letto tremando. Gli occhi le si inumidirono e le lacrime cominciarono a inondarle il viso.

Fu scossa da una tempesta di singhiozzi: una crisi di pianto come non le capitava da molti anni.

Pianse e pianse e pianse.

Non sapeva quanto a lungo fosse rimasta in quello stato, ma i singhiozzi si erano appena calmati quando sentì un tintinnio di stoviglie e scorse Edith che entrava nella stanza con il tè. La governante appoggiò il vassoio sul comodino, si sedette accanto a lei e cominciò a consolarla dandole piccole pacche affettuose sulle spalle.

«Su, su, povera cara... ecco qui una bella tazza di tè. Adesso la berrà tutta senza protestare.»

«Oh, Edith, Edith...» Ann si aggrappò alla sua fida domestica e amica.

«Su, su, non se la prenda così. Andrà tutto bene.»

«Che cosa ho detto... che cosa ho detto...»

«Non ci pensi più. Si tiri su. Ecco il suo tè, adesso lo beva.»

Obbediente, Ann si mise a sedere e bevve il tè bollente.

«Bene, vedrà che si sentirà subito meglio.»

«Sarah... come ho potuto...»

«Non se ne preoccupi adesso...»

«Come ho potuto dirle quelle cose?»

«Se posso permettermi, certe cose è meglio dirle che pensarle» disse Edith. «Ciò che si pensa ma non si dice si trasforma in bile e rovina il fegato... Questo è sicuro.»

«Sono stata così crudele... così crudele...»

«L'errore, secondo me, è tenersi le cose dentro per così tanto tempo. Fare una bella litigata e finirla lì, ecco il rimedio! Non bisogna continuare a tacere e fare finta che non sia successo niente. Tutti noi facciamo brutti pensieri, ma non sempre ci piace ammetterlo.»

«Ho davvero odiato Sarah? La mia piccola Sarah, sempre così dolce e carina... Come ho potuto odiarla?»

«Ma è ovvio che non l'ha mai odiata» le rispose Edith con decisione.

«E invece sì. Ho voluto che lei soffrisse, che stesse male, proprio come ero stata male io.»

«Andiamo, signora, adesso si è messa in mente un sacco di fantasie senza senso. Lei vuole bene alla signorina Sarah e gliene ha sempre voluto.»

«Per tutto questo tempo, per tutto questo tempo... mi sono lasciata trascinare da un'oscura spirale di... di odio...»

«Peccato che non abbia chiarito tutto prima, una bella litigata pulisce l'atmosfera e porta aria nuova.»

Ann si appoggiò stancamente al cuscino.

«Ma adesso, adesso non la odio più» disse con un'espressione trasognata. «È tutto finito, sì, tutto finito...»

Edith si alzò e le batté la mano sulla spalla.

«Non stia a tormentarsi, mia cara. Si sistemerà tutto, vedrà.»

Ann scosse la testa.

«No. Mai più. Abbiamo detto entrambe cose che non potremo mai dimenticare.»

«Non creda. Anche le parole più dure non rompono le ossa, è una sacrosanta verità.»

«Ci sono alcune cose, cose fondamentali, che non possono essere perdonate» disse Ann.

Edith raccolse il vassoio e prima di andare disse soltanto: «Mai è una parola grossa».

4

Appena tornata a casa, Sarah si diresse verso la grande stanza sul retro che Lawrence definiva il suo studio.

Lo trovò intento a togliere l'imballaggio di protezione di una statuetta appena acquistata, opera di un giovane artista francese.

«Cosa ne pensi, Sarah? Bella, vero?» le chiese mentre con le dita seguiva voluttuosamente la torsione di quel corpo nudo.

Sarah ebbe un leggero fremito, come se le ricordasse qualcosa. Poi aggrottò le sopracciglia e rispose: «Sì, bella... bella ma oscena!».

«Ma dai! Mi sorprende sempre quel residuo di puritanesimo che c'è in te. È interessante come continui a persistere nonostante tutto.»

«Quella statuetta *è* oscena.»

«Forse vagamente decadente... Ma molto ben fatta, ed estremamente originale. Paul fa uso di hashish, ovviamente, e questo probabilmente spiega lo stile del lavoro.»

Posò la statuetta e si girò verso Sarah, rimirandola.

«Sei proprio *en beauté*, mia affascinante consorte, e sei irritata per qualcosa. Diventi più bella quando sei arrabbiata.»

«Ho appena avuto un litigio terribile con mia madre.»

«Davvero?» Lawrence sollevò un sopracciglio, abbastanza divertito. «Incredibile! Non riesco a immaginarmelo. La dolce Ann.»

«Oggi non era tanto dolce! E io sono stata orribile con lei, lo ammetto.»

«Senti, le beghe familiari sono noiosissime. Non iniziamo neanche a parlarne.»

«Non ne avevo intenzione. Con la mamma ho chiuso, e questo è tutto. Ma c'è qualcos'altro di cui volevo parlare con te, Lawrence. Sto per... per lasciarti.»

Lawrence non manifestò alcuna reazione particolare. Aggrottò la fronte e si limitò a bisbigliare: «Non credo che sia tanto saggio da parte tua».

«Sembra una minaccia.»

«No, non è una minaccia. Consideralo piuttosto un avvertimento amichevole. E perché mai mi vorresti lasciare, poi? Le mie mogli precedenti lo hanno già fatto prima di te, ma è difficile che tu abbia le loro stesse ragioni. Per esempio, a te non ho spezzato il cuore, perché nel tuo c'è molto poco spazio per me. Inoltre tu sei sempre...»

«La favorita in carica?» chiese Sarah.

«Se vuoi metterla in questi termini da harem... Comunque, sì, Sarah, ti considero proprio perfetta, perfino quel tuo tocco puritano aggiunge pepe al nostro, come dire, stile di vita pagano. E a proposito, non possono nemmeno valere le ragioni per cui mi ha lasciato la mia prima moglie, perché tutto considerato la riprovazione morale non è certo uno dei tuoi punti forti.»

«Che importanza ha il motivo per cui ti lascio? Non fare finta che te ne importi!»

«E invece ci tengo molto! Al momento tu sei la mia proprietà più pregiata, molto meglio di tutto questo.»

E con un ampio gesto della mano indicò tutto lo studio e gli oggetti attorno a lui.

«Intendevo proprio questo... Tu non mi ami, Lawrence.»

«L'amore romantico, come già ti ho detto una volta, non mi ha mai attirato. Né darlo, né riceverlo.»

«La pura verità è che... c'è un altro» rivelò Sarah. «Vado via con lui.»

«Ah, e lasci tutti i tuoi peccati dietro di te?»

«Cosa vuoi dire?»

«Semplicemente che non sono sicuro che sarà così facile come credi tu. Sei stata un'allieva molto dotata, Sarah, ormai nelle tue vene scorre la corrente della vita. Sarai capace di rinunciare a queste sensazioni, a questi piaceri, a queste avventure dei sensi? Pensa a quella sera sulle Isola Marianne, nel Pacifico... Ricordati gli studi di Charcot sulle nevrosi e sulle trasgressioni, Sarah: non sono cose che si accantonano a cuor leggero.»

Sarah lo fissò, e per un istante la paura fece capolino nel suo sguardo.

«Lo so, lo so... Ma se davvero lo si vuole, allora si può rinunciare!»

«Si può davvero? Tu ci sei dentro fino al collo.»

«Però ne posso uscire... posso farcela...»

E girandosi di scatto uscì correndo dalla stanza.

Lawrence sbatté la statuetta con un gesto di stizza. Era contrariato e deluso. Sarah non gli era ancora venuta a noia. Anzi, dubitava addirittura che si sarebbe mai stancato di quella creatura dalla bellezza incantevole e dal temperamento tenace, caparbio e combattivo. Un pezzo da collezione di estrema rarità.

5

«SARAH, CHI SI VEDE!» Dame Laura, sorpresa, sollevò la testa dalla scrivania.

La giovane era senza fiato, in preda a una grande emozione.

«Sono secoli che non ci vediamo, cara la mia figlioccia.»

«Sì, lo so... Oh, Laura, sono in un tale pasticcio.»

«Prima siediti.» Laura Whitstable la condusse gentilmente verso il divano. «E adesso raccontami tutto.»

«Pensavo che forse potresti aiutarmi... È possibile smettere... cioè, è possibile riuscire a smettere di assumere delle sostanze... quando si è abituati a prenderle?» Ebbe un moto di frustrazione. «Oh, accidenti, temo che tu non abbia la benché minima idea di ciò che voglio dire.»

«Certo che lo so. Stai parlando di droga?»

«Sì.» L'immediata comprensione e la franchezza di Laura Whitstable procurarono a Sarah un enorme sollievo.

«Bene, allora, la risposta dipende da una molteplicità di fattori. Non è facile, non è mai facile. In generale le donne fanno più fatica degli uomini in questo genere di faccende. Dipende moltissimo dalla durata e dalla natura della tossicodipendenza, dal tuo stato generale di salute e da quanto coraggio, determinazione e forza di volontà possiedi; e poi anche dal modo in cui trascorrerai le giornate, dai desideri e dalle aspettative che hai e, se sei una donna, se hai a portata di mano qualcuno che ti possa aiutare a combattere la tua battaglia.»

Il viso di Sarah si illuminò.

«Bene, allora credo veramente che andrà tutto bene.»

«Attenta, però, avere troppo tempo libero non ti sarà di aiuto» la avvertì Laura.

Sarah si mise a ridere.

«Avrò ben poco tempo a disposizione! Dovrò lavorare come una matta ogni minuto della giornata. E accanto a me ci sarà qualcuno che sarà inflessibile e mi costringerà a rigare dritto. Mentre per quanto riguarda desideri e aspettative, mi aspetto di tutto... *tutto*.»

«Bene, Sarah, stando così le cose credo che tu abbia buone possibilità di farcela.» Laura la osservò un istante, poi inaspettatamente aggiunse: «Sembra proprio che tu ti sia finalmente decisa a crescere».

«Sì, ci ho messo del tempo, me ne rendo conto. Ho sempre detto a Gerry che era un debole, ma in realtà la debole sono io, sempre alla ricerca di qualcuno che mi sostenga.»

Il viso di Sarah si rannuvolò.

«Laura... sono stata orribile con la mamma, semplicemente orribile. Soltanto oggi ho capito quanto teneva a Cauliflower. E adesso mi accorgo che allora tu avevi provato a farmi ragionare, parlandomi di sacrifici e di vittime sacrificali. Ma io non volevo ascoltare. Ero talmente compiaciuta di me stessa, talmente soddisfatta del mio piano per fare fuori il povero vecchio Richard! E solo adesso mi rendo conto che si trattava solo di gelosia infantile, di pura cattiveria. Tanto ho detto e tanto ho fatto che la mamma ha dovuto rompere con lui. Poi, naturalmente, ha incominciato a odiarmi, ma sempre evitando di dirmelo, e così è andato tutto a rotoli. Finché oggi abbiamo fatto una litigata furiosa, abbiamo urlato. Io le ho gridato le cose più tremende, me la sono presa con lei per tutte le mie disavventure, ma in realtà mi sentivo malissimo per lei.»

«Capisco.»

«E adesso...» Sarah sembrava distrutta. «Adesso non so che cosa fare. Se solo potessi riappacificarmi con lei in qualche modo, ma ho paura che sia troppo tardi.»

Laura Whitstable si alzò in piedi.

«Non c'è maggiore perdita di tempo» sentenziò «che dire la cosa giusta alla persona sbagliata.»

6

EDITH SOLLEVÒ LA CORNETTA con l'aria di chi maneggia la dinamite. Fece un profondo respiro e compose un numero. Quando prese la linea si guardò attorno per assicurarsi di essere sola in casa. Una voce squillante e professionale la fece trasalire.

«Welbeck 97438.»

«Ehm... c'è Dame Laura Whitstable?»

«Sono io.»

Edith deglutì nervosamente due volte.

«Sono Edith, signora. La Edith della signora Prentice.»

«Buonasera, Edith.»

La governante deglutì ancora e disse confusamente: «Brutta roba, il telefono».

«Sì, ne convengo. Volevi parlarmi di qualcosa?»

«Riguarda la signora Prentice, signora. Sono preoccupata per lei, lo sono veramente.»

«Non vedo la novità, ti preoccupi per lei da sempre.»

«Questa volta è diverso. Un altro paio di maniche, mi creda. Non mangia più, se ne sta lì seduta senza fare niente, spesso la trovo da qualche parte a piangere. È più calma di prima, non so se mi spiego, non è più così irrequieta. È tornata a essere gentile e comprensiva come un tempo, ma sembra quasi che dentro di lei non scorra più linfa vitale, come se fosse svuotata. È una cosa spaventosa a vedersi, proprio spaventosa!»

Edith si aspettava ben più del distaccato e professionale «Interessante...» che sentì dall'altra parte del filo, così insistette.

«Mi creda, signora, è roba da far piangere il cuore. Ma che dico piangere? Sanguinare!»

«Non essere ridicola, Edith. Il cuore sanguina solo se ha subito un danno fisico.»

Edith proseguì.

«Ha a che fare con la signorina Sarah, signora. Circa un mese fa lei e la signora hanno avuto una grossa discussione e da allora non si è più fatta vedere.»

«Sì, è andata fuori Londra, in campagna.»

«Le ho mandato una lettera.»

«Non le è stata inoltrata nessuna corrispondenza.»

Edith si rasserenò un po'.

«Ah, bene. Vorrà dire che quando sarà di ritorno a Londra...»

Dame Laura la interruppe subito.

«Temo sia meglio che tu ti tenga pronta a incassare un duro colpo. La signorina Sarah sta per partire per il Canada con il signor Gerald Lloyd.»

Edith emise un sibilo di disapprovazione simile al rumore di un sifone da seltz. «Lasciare suo marito! Questa è una carognata bella e buona.»

«Suvvia, non fare la bacchettona. Chi sei tu per giudicare il comportamento degli altri? Laggiù la aspetta una vita dura, senza nessuno degli agi a cui si è abituata.»

Edith sospirò: «Questo non renderà il suo peccato meno grave... E inoltre, signora, permetta che le dica che il signor Steene mi ha sempre fatto venire il voltastomaco. Dagli uomini come lui ci si aspetta di tutto, anche che vendano al diavolo la loro animaccia malefica».

«Sarei incline a essere d'accordo, con le dovute differenze di linguaggio» convenne Dame Laura freddamente.

«La signorina Sarah verrà a dirci addio prima di partire?»

«Pare di no.»

Edith protestò indignata. «Ma sa cos'è questa? Una mancanza di sensibilità totale, ecco cos'è.»

«Non hai capito niente.»

«Ma capisco come una figlia si dovrebbe comportare con sua madre. Non mi sarei mai aspettata una cosa simile dalla signorina Sarah! Lei può fare qualcosa, signora?»

«Io non interferisco mai.»

Edith fece un respiro profondo.

«Ebbene, voglia scusarmi, signora Whitstable, so benissimo che lei è una donna molto famosa e intelligente, mentre io sono solo una domestica, ma lasci che le dica che questa volta dovrebbe farlo!»

Così dicendo Edith, scura in volto, sbatté giù la cornetta.

Edith dovette ripeterlo due volte prima che Ann si scuotesse dal suo torpore e le rispondesse.

«Che cosa hai detto, Edith?»

«Le ho detto che i suoi capelli mostrano la crescita alle radici, dovrebbe fare un ritocco.»

«Non ne ho più voglia. Con i capelli grigi starò meglio.»

«D'accordo, sembrerà più rispettabile, ma con la tinta a metà sarà solo ridicola.»

«Non mi importa.»

Niente aveva importanza. Nel monotono susseguirsi dei giorni, trascorsi a dirsi continuamente: "Sarah non mi perdonerà mai. E ha ragione a non farlo...", niente ormai aveva importanza.

Squillò il telefono e Ann si alzò per andare a rispondere. «Pronto?» disse con tono incolore, ma si rianimò un po' quando sentì la voce decisa di Dame Laura all'altro capo del filo.

«Ann?»

«Sì.»

«Non mi piace intromettermi nella vita degli altri, ma credo che ci sia qualcosa che dovresti sapere. Sarah e Gerald Lloyd prendono l'aereo per il Canada stasera alle otto.»

«Come?» Ann ansimava. «Io... sono settimane che non vedo Sarah.»

«È stata in campagna, in una casa di cura. Si è presentata lì volontariamente per sottoporsi a un trattamento di disintossicazione dalla droga.»

«Oh, Laura! Come sta? Sta bene?»

«Sì, se l'è cavata benissimo. Forse non ti dispiacerà sapere che è stata durissima... Ma sì, sono orgogliosa della mia figlioccia, ha carattere da vendere.»

«Oh, Laura!» Le parole cominciarono a uscire dalla bocca di Ann come un fiume in piena. «Ti ricordi quando mi hai chiesto se ero sicura di conoscere Ann Prentice? Ebbene, adesso sì, adesso la conosco. Ho rovinato la vita di mia figlia con il mio risentimento, il mio astio. E lei non mi perdonerà mai.»

«Stupidaggini. Nessuno è in grado di rovinare veramente la vita degli altri. Non fare la melodrammatica e non stare lì a crogiolarti nel dolore.»

«È la verità. Ho finalmente compreso chi sono e che cosa ho fatto.»

«D'accordo, questa è una buona cosa, ma ormai è passato un po' di tempo. Non credi che sia il caso di pensare ad altro?»

«Tu non capisci, Laura. Io mi sento divorata dal senso di colpa, sono piena di rimorsi terribili...»

«Ascoltami, Ann, ci sono due cose che proprio non sopporto: quelli che mi raccontano quanto sono nobili e su quali virtuose giustificazioni morali si basano le loro azioni, e quelli che continuano a piagnucolare perché si sono comportati male. Entrambi gli atteggiamenti possono anche essere legittimi, finché si tratta di rendersi conto che si è responsabili di ciò che si fa, ma alla fine bisogna *andare avanti*. Non si può riportare indietro l'orologio e cancellare azioni che si sono già compiute. La vita continua.»

«Laura, cosa pensi che dovrei fare con Sarah?»

Laura Whitstable sbuffò.

«Senti, forse questa volta mi sono intromessa, ma non sono ancora precipitata così in basso da mettermi a dare consigli.»

E chiuse risolutamente la conversazione.

Ann, muovendosi come in un sogno, attraversò la stanza e si lasciò cadere sul divano con lo sguardo perso nel vuoto...

Sarah e Gerry... avrebbe funzionato? Sua figlia, la sua tenera, adorata bambina, avrebbe trovato la felicità? Gerry, che era così debole, sarebbe riuscito a combinare qualcosa? Non avrebbe lasciato Sarah nei guai? E Sarah non si sarebbe ritrovata delusa, infelice? Oh, se solo Gerry fosse stato un uomo diverso. Ma era pur sempre l'uomo di cui sua figlia era innamorata.

Il tempo passava, e Ann restava seduta immobile, immersa in quei pensieri.

Non ci poteva più fare niente. Aveva rinunciato a ogni pretesa. Il baratro che si era spalancato tra lei e Sarah era invalicabile.

Edith sbirciò dentro la stanza, poi scivolò via. Proprio in quel momento suonò il campanello e andò a rispondere.

«Il signor Mowbray chiede di lei, signora.»

«Cosa hai detto?»

«Il signor Mowbray, signora. La sta aspettando giù.»

Ann guardò l'orologio e scattò come una molla. A cosa stava pensando seduta lì, mezza intontita? Sarah sarebbe partita quella sera per andare in capo al mondo.

Afferrò la mantella di pelliccia e corse fuori.

«Basil!» ansimò. «Presto, portami all'aeroporto, per piacere. Più veloce che puoi.»

«Ma Ann, cara, cosa sta succedendo?»

«Sarah. Sta partendo per il Canada e io non sono neppure andata a salutarla.»

«Non credi che sia un po' tardi?»

«Certo che è tardi. Sono stata una pazza. Ma spero che non sia *troppo* tardi. Oh, su, Basil, fai presto!»

Basil Mowbray sospirò e accese il motore.

«E dire che ho sempre pensato che fossi una donna ragionevole» le disse scuotendo il capo. «Meno male che non ho mai avuto figli, sembra proprio che facciano diventare matta la gente.»

«Devi andare *più forte*, Basil.»

L'uomo sospirò.

Passò da Kensington imboccando una serie di vicoli per evitare un ingorgo ad Hammersmith, per un po' rimase imbottigliato nel traffico a Chipwick e infine entrò nella Great West Road. Superò rombando le fabbriche, gli edifici illuminati al neon e poi la fila di villette borghesi della zona residenziale. Genitori e figli, mariti e mogli, ognuno con problemi, discussioni e riconciliazioni. "Proprio come me" pensò Ann guardando fuori dal finestrino, e all'improvviso provò un moto di solidarietà, amore e comprensione per l'intero genere umano... Non era sola, e non lo sarebbe mai stata, perché viveva in un mondo pieno di gente simile a lei.

Nella sala d'attesa dell'aeroporto di Heathrow i passeggeri aspettavano l'annuncio dell'imbarco.

Gerry chiese a Sarah: «Nessun rimpianto?».

Lei gli lanciò una rapida occhiata rassicurante.

Era molto dimagrita e il suo viso mostrava i segni delle sofferenze che aveva dovuto affrontare. Era un volto più vecchio, non meno attraente, ma pienamente maturo.

Stava riflettendo. "Gerry avrebbe voluto che, prima di partire, andassi a salutare mia madre. Ma lui non capisce... Se solo potessi farmi perdonare per quello che ho fatto, ma non posso, non posso rimediare..."

Non poteva ridarle il suo Richard Cauldfield.

No, quello che aveva fatto a sua madre era imperdonabile.

Era contenta di essere con Gerry, non vedeva l'ora di affrontare con lui la nuova vita che le si parava davanti, ma una voce dentro di lei gridava disperata...

"Sto andando *via*, mamma, *vado via*..."

Se solo...

Il suono gracchiante dell'altoparlante la riscosse dai suoi pensieri.

«I passeggeri del volo 00346 per Prestwick, Gander e Montréal sono pregati di seguire la luce verde e recarsi all'uscita Dogana e immigrazione...»

I presenti raccolsero i loro bagagli a mano a si avviarono verso la porta sul fondo. Sarah seguì Gerry, restando indietro di qualche passo.

«Sarah!»

Ann, con la pelliccia che le sfuggiva dalle spalle, entrò dalla porta esterna e si precipitò verso di lei. Sarah lasciò cadere la borsa da viaggio e tornò indietro per correrle incontro.

«Mamma!»

Si abbracciarono forte, poi si scostarono per guardarsi negli occhi.

Tutte le parole che Ann aveva pensato e che si era preparata durante il tragitto in macchina le si spensero sulle labbra. Non c'era alcun bisogno di parlare. Neppure Sarah sentì il bisogno di fare discorsi. Dire "Perdonami, mamma" sarebbe stato privo di significato.

Fu in quel preciso istante che Sarah si liberò delle ultime tracce della sua infantile dipendenza da Ann. Era diventata una donna che poteva camminare con le sue gambe e prendere da sola le decisioni importanti.

Seguendo uno strano istinto, si affrettò a rassicurare Ann: «Andrà tutto bene, mamma!».

E Gerry, con un radioso sorriso, confermò: «Non si preoccupi, signora Prentice, mi prenderò cura di lei».

Un assistente di volo si avvicinò per sollecitarli a raggiungere la loro uscita.

Con lo stesso tono, strano e inadeguato, Sarah disse: «Anche tu te la caverai, non è vero, mamma?».

«Certo, cara, me la caverò benissimo. Addio, andate ora. Che Dio vi benedica» rispose Ann.

Gerry e Sarah superarono la porta, andando verso la loro nuova vita. Ann ritornò sui suoi passi, verso la macchina dove Basil la stava aspettando.

«Che marchingegni terrificanti» disse Basil indicando un aereo che stava rombando sulla pista di decollo. «Mi spaventano a morte. Sembrano enormi insetti velenosi!»

Uscì dall'aeroporto e guidò in direzione di Londra.

«Basil, se non ti dispiace,» gli disse Ann a un certo punto «preferirei non uscire stasera. Meglio passare una tranquilla serata a casa.»

«Va bene, mia cara. Ti riporto indietro.»

Ann aveva sempre ritenuto che Basil Mowbray fosse un tipo "davvero divertente e spietato". D'un tratto si accorse che sapeva anche essere gentile. Un piccolo uomo gentile, piuttosto solo.

"Cara mia," pensò tra sé "che incredibile parapiglia che ho combinato!"

Basil intanto le stava dicendo qualcosa con apprensione: «Però, Ann, non dovresti mangiare un po'? A casa non ci sarà niente di pronto».

Ann sorrise e scosse il capo.

«Non ti preoccupare, Edith mi porterà un vassoio con delle uova strapazzate davanti al camino. Sì, e anche una bella tazza di tè, benedetta donna.»

Una volta a casa, Ann non fece in tempo a entrare che Edith le lanciò un'occhiataccia e le disse solo: «Adesso vada a sedersi vicino al fuoco».

«Mi tolgo solo questi abiti ridicoli e mi metto qualcosa di più confortevole.»

«Farebbe meglio a mettersi la vestaglia blu di flanella che mi ha regalato quattro anni fa. È molto più comoda di quel coso... il *negligiai*, come lo chiama lei. Io non l'ho mai usata, l'ho sistemata nell'ultimo cassetto ed è ancora là. Contavo di farmi seppellire con quella.»

Ann, avvolta nella vestaglia, andò a sdraiarsi sul divano del salotto e si mise a osservare il fuoco. Come previsto, Edith la raggiunse poco dopo con il vassoio e lo sistemò sul tavolino accanto a lei.

«Più tardi le darò una spazzolata ai capelli» le disse.

Ann le rispose con un sorriso.

«Stasera mi tratti come una bambina. Perché?»

Edith grugnì.

«È quello che lei è sempre rimasta ai miei occhi.»

«Edith...» Ann sollevò lo sguardo verso la donna, e con un po' di sforzo disse: «Ho visto Sarah. È... tutto a posto».

«Naturale che è tutto a posto! È sempre stato tutto a posto! Che cosa le avevo detto io?»

Per un istante restò in piedi davanti alla signora, guardandola semplicemente. Il suo vecchio viso arcigno si accese di un bagliore di serena dolcezza.

Poi uscì dalla stanza.

"Che pace meravigliosa..." pensò Ann. E le ritornarono in mente le parole che aveva sentito molto tempo prima.

La pace di Dio, che supera ogni intelligenza...

Ti proteggerò

Il mio giogo infatti è dolce, e il mio carico leggero.
MATTEO 11,30

Prenditi, o Signore, il tuo maggior piacere
e pugnala il mio spirito ben desto;
o se io, Signore, ancora mi ostino nel rifiuto,
scegli tu, prima che lo spirito muoia,
un dolore lancinante, un peccato che uccida,
e trafiggi con essi il mio cuore ormai spento!
R.L. STEVENSON

Prologo

IN CHIESA FACEVA FREDDO. Era ottobre, troppo presto per accendere il riscaldamento. Fuori, un pallido sole prometteva tepore e gioia, ma tra le gelide pareti di pietra regnava l'umidità e la certezza dell'inverno in arrivo.

Laura era in piedi in mezzo a Nannie, impeccabile con il colletto e i polsini inamidati, e al signor Henson, il curato, mentre il parroco era rimasto a letto con una leggera influenza. Il signor Henson era giovane e snello, con il pomo d'Adamo prominente e un'acuta voce nasale.

La signora Franklin, dall'aria fragile e affascinante, era appoggiata al braccio del marito, dritto e solenne. La nascita della sua seconda figlia non l'aveva consolato della perdita di Charles. Avrebbe tanto desiderato un maschio. E adesso, stando a quanto aveva detto il dottore, sembrava che di figli non ne avrebbe più avuti.

Spostava lo sguardo da Laura alla neonata, che gorgogliava allegra in braccio a Nannie.

Due figlie... Certo, Laura era una bambina adorabile e tanto cara, e la nuova arrivata, come tutti i neonati, era una creaturina splendida, ma un uomo desidera avere un figlio maschio.

Charles... Charles, con i suoi capelli biondi, il suo modo di ridere rovesciando la testa. Davvero un ragazzo straordinario. Se proprio uno dei suoi figli doveva morire, era un peccato che non fosse toccato a Laura...

All'improvviso incrociò gli occhi di sua figlia maggiore, occhi che apparivano grandi e tragici sul suo visino smunto, e Franklin arrossì per il senso di colpa. Ma come poteva pensare una cosa del genere?

Se la ragazzina avesse potuto immaginare quello che gli stava passando per la testa! Era affezionato a Laura, questo era sicuro, solo che... solo che non era e non avrebbe mai potuto essere Charles.

Appoggiandosi al marito, con gli occhi socchiusi, Angela Franklin stava pensando tra sé: "Figlio mio, mio splendido ragazzo... ancora non riesco a crederci. Perché non è successo a Laura?".

Non si sentì in colpa per quel pensiero. Più smaliziata e sincera del marito, e anche più sensibile agli istinti primordiali, ammetteva il semplice fatto che per lei la secondogenita non aveva avuto, né avrebbe mai potuto avere, l'importanza del figlio maggiore. Quella bambina era l'opposto di Charles, noiosamente tranquilla, ben educata, che non dava problemi, ma priva – come dire? – di personalità.

"Charles," continuò a pensare "nulla potrà mai ripagarmi per aver perso Charles." Sentì sul braccio la pressione della mano del marito e aprì gli occhi. Doveva seguire la messa. Ma che voce fastidiosa aveva il povero signor Henson!

Angela osservava con divertita tenerezza la bimba tra le braccia di Nannie. Quante parole solenni per un esserino così minuscolo!

La piccola, che nel frattempo si era addormentata, sbatté gli occhi, gli stessi splendidi occhi azzurri di Charles, e fece un allegro gorgoglio.

"Ha lo stesso sorriso di Charles" pensò Angela, sopraffatta da un impeto di amore materno. Era la sua bimba, la sua deliziosa bambina. E per la prima volta la morte di Charles fu messa da parte per un istante.

Angela osservò l'espressione cupa, triste di Laura. "Chissà a cosa sta pensando" si chiese.

Anche Nannie si era accorta che Laura rimaneva al suo fianco rigida e inerte. "Che ragazzina tranquilla" pensò. "Persino un po' troppo, per i miei gusti. Non è naturale per una bambina della sua età essere così buona e posata. Non ci ha mai dato motivo di occuparci troppo di lei, e mi chiedo se forse non abbiamo finito per occuparcene troppo poco."

Il reverendo Eustace Henson si stava avvicinando al momento che lo rendeva sempre nervoso. Non aveva celebrato molti battesimi. Se solo ci fosse stato il parroco! Notò soddisfatto che l'espressione di Laura era seria e solenne. Che ragazzina bene educata. Ma a un tratto si chiese che cosa mai le stesse passando per la mente.

Era qualcosa di cui né lui, né Nannie, né Arthur, né Angela Franklin avevano idea.

Non era giusto...

Oh, non era affatto giusto...

Sua madre amava questa piccolina nella stessa maniera in cui aveva amato Charles.

Non era giusto, ecco!

E così lei odiava quella bimba... la odiava, la odiava, la odiava!

"Vorrei che morisse."

Là in prima fila, le formule solenni del battesimo le risuonavano nelle orecchie, ma molto più nitido, molto più reale, sentiva in testa un pensiero che avrebbe potuto tradurre con quelle parole:

"Vorrei che morisse..."

Si sentì toccare delicatamente. Era Nannie che le stava porgendo la bambina sussurrando:

«Stai attenta, adesso, tienila bene. Sei tu che la devi passare al prete.»

Laura le rispose a bassa voce: «Lo so».

Osservò la bambina tra le sue braccia. Pensò: "E se mollassi la presa e la lasciassi cadere sul pavimento? Morirebbe?".

Il pavimento è così duro, ma i neonati sono sempre così imbottiti, così... protetti. L'avrebbe fatto? Avrebbe rischiato?

Esitò, e perse l'attimo. La bimba era già tra le braccia un po' timorose del reverendo Eustace Henson, a cui mancava l'esperienza per questo genere di cose che invece aveva il parroco. Chiese il nome completo e lo ripeté dopo Laura. Shirley Margaret Evelyn...

L'acqua gocciolò dalla fronte della bimba, che non pianse ma continuò a gorgogliare divertita per la cosa insolita che le stava succedendo. Il curato, tutto rigido per la tensione, baciò con cautela la fronte della bambina. Sapeva che il parroco lo faceva sempre. Non senza sollievo, rese la bimba a Nannie.

La cerimonia del battesimo era finita.

Parte prima

LAURA - 1929

1

DIETRO LA CALMA APPARENTE, la ragazzina accanto al fonte battesimale nascondeva un risentimento e un'infelicità crescenti.

Da quando Charles era morto aveva sperato...

Era sempre stata molto affezionata al fratello e la sua scomparsa era stata per lei motivo di grande sofferenza, ma il dolore era stato ben presto eclissato da una trepidante aspettativa. Naturalmente, quando c'era ancora Charles, la sua bellezza, il suo fascino e la sua allegra disinvoltura catalizzavano tutto l'amore e l'interesse degli altri. Laura lo considerava logico e giusto. Lei era sempre stata quella tranquilla e noiosa, il tipico secondo figlio non voluto che segue troppo presto la nascita del primo. Non che i suoi genitori non fossero affezionati e gentili con lei, ma era Charles che amavano.

Una volta aveva sentito sua madre dire a un'amica:

«Laura è proprio una cara bambina, ma è così noiosa.»

E lei aveva riconosciuto che l'affermazione era giusta con la sincerità di chi dispera di poter cambiare le cose. Era una ragazzina noiosa. Era pallida e gracilina, con i capelli dritti come spaghetti, e le cose che diceva non divertivano nessuno, mentre tutti erano pronti a ridere a quello che diceva Charles. Lei era buona e obbediente e non dava fastidio a nessuno, ma non era – pensava, non sarebbe mai diventata – importante per qualcuno.

Una volta a Nannie aveva detto: «Mamma vuole più bene a Charles che a me».

Nannie l'aveva subito interrotta:

«Che cosa stupida da dire, tanto più che non è affatto vero. Vostra madre vi ama entrambi allo stesso modo, sempre, senza distinzione alcuna. L'amore delle mamme è uguale per tutti i loro figli.»

«Non è così per le gatte» disse Laura ricordandosi la recente nascita di una cucciolata.

«I gatti sono animali» aveva ribattuto Nannie. Poi, intaccando la magnifica semplicità della sua affermazione precedente, aveva aggiunto: «E comunque ricordati che Dio ti ama».

Laura aveva accettato quella sentenza. Dio la amava, doveva farlo. Ma perfino Dio, aveva pensato, probabilmente amava Charles più di lei... Perché aver creato Charles doveva avergli dato molta più soddisfazione che non creare lei, Laura.

"Ma naturalmente io mi posso amare meglio e di più" si era consolata, riflettendoci su. "Io mi posso amare meglio di quanto non facciano Charles, papà, mamma o chiunque altro."

A seguito di quel pensiero Laura era diventata ancora più pallida, tranquilla e riservata del solito, al punto che la sua calma obbedienza avevano messo a disagio persino Nannie, la quale confidò alla governante l'inquietante timore che la bambina potesse essere «portata via» in gioventù.

E invece era stato Charles a morire.

«Perché non prendi un cane a tua figlia?» chiese di punto in bianco il signor Baldock al padre di Laura, suo vecchio amico.

Arthur Franklin ne fu stupito, tutto preso com'era dalla loro appassionante discussione sulle implicazioni della Riforma.

«Quale figlia?» domandò perplesso.

Il signor Baldock accennò col suo testone a Laura, che stava pedalando piano con la biciclettina tra gli alberi del giardino. Un giro cauto, nulla che le facesse correre il pericolo di farsi male. Laura era una bambina giudiziosa.

«E perché mai dovrei?» chiese il signor Franklin. «I cani sono una gran scocciatura, fattelo dire. Ti entrano in casa con le zampe tutte infangate e poi ti trovi con i tappeti da buttare via.»

«Il cane ha un dono straordinario» affermò il signor Baldock con quel suo tono da conferenziere che urtava i nervi di quasi chiunque lo stesse a sentire. «Rafforza l'autostima dell'essere umano. Per il cane, il padrone è una divinità non solo da venerare ma persino, nello stato di decadenza in cui si trova la nostra attuale civiltà, da amare. Avere un cane è qualcosa che dà alla testa alla maggior parte della gente, fa sentire importanti e potenti.»

«Bah, e ti sembra una buona cosa?» replicò il signor Franklin.

«Probabilmente no, ne convengo» rispose. «Ma ho un'inveterata debolezza, ed è che mi piace vedere la gente contenta. E vorrei vedere Laura felice.»

«Laura è felice così com'è» affermò suo padre. «E poi ha già un gatto.»

«Figurarsi, non è affatto la stessa cosa. Lo capiresti anche tu se ti prendessi la pena di pensarci su un istante. Ma questo è il tuo difetto. Non pensi mai. Prendi la tua affermazione di poco fa sulle condizioni economiche al tempo della Riforma. Per esempio...»

E subito ripiombarono nell'accesa discussione di poc'anzi, divertendosi un sacco a punzecchiarsi e darsi contro, con il signor Baldock che si lanciava nelle più assurde provocazioni.

Eppure un vago senso di inquietudine si era insinuato nell'animo di Arthur

Franklin. Quella sera, entrando nella stanza guardaroba di sua moglie mentre lei si stava cambiando per la cena, inaspettatamente le disse:

«Cosa ne pensi di Laura, secondo te sta bene? È felice e contenta e tutto quanto, vero?»

Sua moglie lo fissò attonita con i suoi adorabili occhi color fiordaliso, identici a quelli di suo figlio Charles.

«Ma certo, caro!» confermò. «Laura sta sempre bene. Non fa capricci, non ha mai nemmeno uno di quegli attacchi di rabbia che capitano a quasi tutti i bambini. Non mi devo mai preoccupare di lei. Grazie al cielo, va bene sotto ogni punto di vista.»

Più tardi, però, mentre si stava allacciando la collana di perle, tornò sull'argomento e gli chiese: «Perché, come mai mi hai chiesto di Laura, questa sera?».

Arthur Franklin disse vagamente:

«Oh, nulla, mi è solo venuta in mente una cosa che mi ha detto Baldy.»

«Capirai, Baldy!» rise divertita la signora Franklin. «Sai che tipo è, lui. Gli piace mettere pulci nell'orecchio alla gente.»

Qualche giorno dopo il signor Baldock andò a mangiare da loro. Uscendo dalla sala da pranzo si imbatterono in Nannie, e Angela Franklin la fermò apposta per chiederle, senza preamboli e quasi ad alta voce per farsi sentire:

«Va tutto bene con la signorina Laura, vero? È felice e contenta?»

«Ma naturalmente, signora» le rispose Nannie sicura di sé e un poco offesa. «È una ragazzina buonissima e non dà mai alcun fastidio. Non si può dire certo lo stesso del signorino Charles.»

«Perché, forse Charles ti crea dei problemi?» le chiese il signor Baldock.

Nannie si rivolse a lui con deferenza.

«Come tutti i ragazzi, signore, ne combina sempre una delle sue! Sta diventando grande, sa, presto andrà a scuola, e a questa età sono delle vere pesti. Come se non bastasse, ha anche problemi di digestione, e questo perché mangia troppi dolci di nascosto.»

Detto questo, si allontanò scuotendo la testa, ma con un sorriso indulgente sulle labbra.

«Fa sempre così, lei lo adora» commentò Angela Franklin entrando in salotto.

«Naturalmente» disse il signor Baldock. E aggiunse pensieroso: «Ho sempre pensato che le donne sono matte».

«Nannie è tutt'altro che matta.»

«Non mi riferivo a Nannie.»

«Alludevi forse a me?» Angela gli lanciò un'occhiataccia mostrandosi indispettita ma non troppo, perché sapeva con chi aveva a che fare. Baldy era così, lo conoscevano tutti come un tipo eccentrico a cui era concessa una certa rudezza di modi che altro non era, poi, che una semplice posa.

«Sto pensando di scrivere un libro sull'annosa questione del secondo figlio» disse allora Baldock.

«Ma davvero? Non sarai mica un fautore della teoria del figlio unico, vero? Pensavo fosse indifendibile sotto ogni punto di vista.»

«Oh, trovo che ci siano molti aspetti positivi a vivere in una famiglia di dieci persone. Perlomeno se è organizzata in modo opportuno. Si può organizzare un coro, i più grandi si prendono cura dei più piccoli, e altre mille opportunità di questo tipo. Ciascuno costituisce un ingranaggio della macchina familiare. Attenzione però: tutti dovrebbero rendersi utili davvero, non basta far finta di esserlo. Ma oggigiorno si preferisce dividerli, come fossero degli stupidi, e mandarli ognuno con il proprio presunto "gruppo generazionale"! E questa la chiamiamo cultura! Puah! È proprio contro natura!»

«Tu e le tue teorie» sospirò Angela con benevolenza. «Ma allora, dimmi, cosa ne pensi del secondo figlio?»

«Il problema del secondo figlio» si mise a spiegare con fare didattico il signor Baldock «è che non è più una novità. Il primo è un'avventura. È emozionante e doloroso al contempo; la donna è praticamente certa che morirà e il marito, prendiamo per esempio il nostro Arthur, ne è altrettanto sicuro. Poi, quando è tutto finito e non è morto nessuno, ti ritrovi con un esserino in carne e ossa tra le mani che strilla come un ossesso, incurante di aver causato a due persone ogni genere di sofferenza. È ovvio che quelle stesse due persone non possono che dargli il valore che si merita! È nuovo, è nostro, è bellissimo! E poi, di solito troppo presto, ecco che arriva anche il Numero Due e ricomincia la solita manfrina, e questa volta non è tutto così eccitante, ma molto più noioso. Anche in questo caso: eccolo qui, è tuo. Solo che non è più un'esperienza nuova e, dal momento che non ti è costato troppo, non è neanche così meraviglioso.»

Angela si strinse nelle spalle. «Gli scapoli, sanno tutto loro!» mormorò con tono sarcastico. «E quello che hai detto è valido anche per il Numero Tre, il Numero Quattro e tutti gli altri a seguire?»

«Non proprio. Ho notato che di solito c'è un lasso di tempo più ampio prima del Numero Tre. Il Numero Tre viene spesso messo al mondo perché gli altri due sono diventati troppo indipendenti e allora si pensa "sarebbe bello avere di nuovo un pargoletto per casa". De gustibus. Sono dei mostriciattoli. Ma suppongo si tratti di un sano istinto biologico. E così si va avanti, ce ne sono di belli e di brutti, di intelligenti e di ottusi, ma più o meno tutti legano tra loro fino a quando non sorge il sospetto che il primo goda immeritatamente di più attenzioni degli altri.»

«E, secondo te, ciò è profondamente ingiusto?»

«Esatto. Questo è il problema: la vita è ingiusta!»

«E noi cosa ci possiamo fare?»

«Niente.»

«Allora a questo punto non capisco di cosa stai parlando.»

«L'ho detto ad Arthur l'altro giorno. Io sono tenero di cuore, adoro vedere le persone felici. Mi piace dare loro un poco di quanto non hanno avuto e che non possono avere. Pareggiare un po' i conti, insomma. Inoltre, se non lo si fa,» e qui fece una piccola pausa «può essere pericoloso...».

«Credo che Baldy dica un sacco di stupidaggini» confidò pensierosa Angela al marito una volta congedato il loro ospite.

«John Baldock è uno dei migliori studiosi del Paese» rispose Arthur Franklin accennando un sorriso.

«Oh, questo lo so» ribatté lei un poco seccata. «Me ne starei in devota adorazione se mi parlasse dei greci, dei romani o di oscuri poeti elisabettiani, ma che cosa ne può sapere dei figli?»

«Proprio niente, immagino» rispose suo marito. «A proposito, l'altro giorno ci ha suggerito di regalare a Laura un cane.»

«Un cane? Ma se ha già un gatto.»

«Secondo lui non è la stessa cosa.»

«Molto strano... Mi ricordo di avergli sentito dire che detesta i cani.»

«Oh, ne sono certo.»

«Forse è a Charles che dovremmo prendere un cane» disse Angela soprappensiero. «L'altro ieri, in canonica, mi è sembrato proprio spaventato quando quei cuccioli gli sono corsi incontro. Non mi piace vedere bambini che hanno paura dei cani. Se ne avesse uno tutto suo si abituerebbe. E poi dovrebbe anche imparare a cavalcare. Mi piacerebbe che avesse un pony. Se solo avessimo un recinto!»

«Un pony è fuori discussione» disse Franklin.

Nel frattempo, in cucina, Ethel, la cameriera addetta al servizio in tavola, disse alla cuoca:

«Anche il vecchio Baldock lo ha notato.»

«Notato cosa?»

«La signorina Laura, no? Non credo che resterà molto al mondo. Ho sentito che ne parlava con la bambinaia. Tanto brava, tanto tranquilla, mai un problema o una birichinata, mica come il signorino Charles. Però prendi nota di quello che ti dico, non vivrà abbastanza per diventare grande.»

Ma fu Charles a morire.

2

CHARLES MORÌ DI PARALISI INFANTILE. Morì a scuola; due altri bambini furono colpiti dalla stessa malattia ma riuscirono a guarire.

Per Angela Franklin, che era di salute cagionevole, il colpo fu tale che ebbe un crollo. Il suo amatissimo, il suo caro, adorato Charles, il suo splendido ragazzo, così pieno di vita...

Si chiuse in camera a fissare il soffitto, al buio, incapace di piangere. Suo marito, Laura e la servitù si aggiravano per la casa senza parlare. Alla fine il medico consigliò ad Arthur Franklin di portarla all'estero.

«Bisogna darle una scossa, cambiare ambiente e staccare per un po'. Magari andare in montagna, dove c'è l'aria buona. In Svizzera, per esempio.»

Così i Franklin partirono e Laura rimase sotto le cure di Nannie, ricevendo ogni giorno le visite della signorina Weekes, l'amabile ma scialba istitutrice.

Per Laura il periodo di assenza dei genitori fu piacevole. Tecnicamente, era la padrona di casa. Tutti i giorni doveva "vedere la cuoca", la signora Brunton, per accordarsi sui pasti. Era un donnone gioviale che riusciva a cogliere i suggerimenti più stravaganti di Laura per fare in modo che il menu fosse in realtà quello da lei già programmato, senza per questo dare l'impressione di sminuire l'importanza della bambina. Laura non sentiva granché la mancanza dei genitori perché stava accarezzando una fantasia per il loro rientro.

La morte di Charles era una cosa terribile. Naturalmente avevano amato Charles più di lei – questo lo aveva sempre accettato senza discutere –, ma adesso toccava a lei ereditare il regno che era stato del fratello. Adesso era Laura la loro unica figlia, quella in cui riponevano ogni speranza e su cui avrebbero riversato tutto il loro amore. Si immaginava già il momento del loro ritorno. Sua madre che allargava le braccia...

"Laura, mia cara. Adesso sei tu tutto quello che ho al mondo!"

Scene toccanti e colme di emozione, in verità molto lontane da ciò che Angela o Arthur avrebbero presumibilmente fatto o detto davvero, e Laura lo sapeva bene. Ma erano pensieri rassicuranti, pieni di speranza, e poco alla volta cominciò a crederci fino al punto di ritenere che si sarebbero avverati.

Camminando per le strade del paese faceva le prove di conversazione: sollevava le sopracciglia, scuoteva la testa, mormorava parole e frasi a bassa voce.

Era così assorta nelle sue mirabolanti fantasticherie che non si accorse del signor Baldock che veniva verso di lei. L'uomo stava rincasando, spingendo innanzi a sé una carriola da giardinaggio carica degli acquisti che aveva fatto.

«Ciao, piccola Laura.»

Laura, bruscamente distolta da un sogno a occhi aperti in cui sua madre era diventata cieca e lei aveva appena rifiutato l'offerta di matrimonio da parte di un visconte ("Non mi sposerò mai. Mia madre è tutto per me."), arrossì per la sorpresa.

«Papà e mamma sono ancora via?»

«Sì, non torneranno prima di dieci giorni.»

«Capisco. Ti va di passare a prendere un tè da me, domani?»

«Sì, certo.»

Laura era davvero euforica. Il signor Baldock, che aveva una cattedra all'università a una ventina di chilometri da lì, possedeva un piccolo cottage in paese, dove trascorreva le vacanze e occasionalmente qualche fine settimana. Si rifiutava di fare vita sociale e aveva offeso mezza Bellbury declinando ogni invito, di solito con ben poca diplomazia. Arthur Franklin era il suo unico amico, sodale in un rapporto che durava da molti anni. Non si poteva dire che John Baldock fosse un uomo gradevole. Trattava i suoi allievi con tale impietoso sarcasmo che i migliori di loro venivano stimolati a emergere mentre gli altri si perdevano per strada. Aveva scritto molti volumoni astrusi su oscuri periodi storici con un linguaggio che pochissimi riuscivano a capire. I timidi appelli da parte dei suoi editori a scrivere in modo più comprensibile venivano rifiutati con sprezzante ironia. Quei lettori che potevano apprezzare i suoi libri, era solito ripetere, erano gli unici per cui valesse la pena scrivere! Inoltre si mostrava particolarmente privo di garbo con le donne, ma spesso accadeva che molte ne restassero talmente affascinate da volerne sapere di più. Uomo di furiosi pregiudizi e suprema arroganza, aveva tuttavia un cuore inaspettatamente gentile, pronto a tradire i suoi principi.

Laura sapeva che essere invitati per un tè dal signor Baldock era un grande onore, e si pavoneggiava. Si presentò vestita bene, pulita e ben pettinata, ma con una certa apprensione, perché il signor Baldock era un uomo che faceva paura.

La governante la condusse in biblioteca, dove il padrone di casa, sollevando la testa, la fissò attentamente.

«Ciao,» le disse «che cosa ci fai qui?»

«Mi ha invitato per il tè, ricorda?» rispose Laura.

Il signor Baldock la scrutò pensieroso. Laura sostenne lo sguardo con un'espressione educata e decisa che riusciva a nascondere la sua profonda insicurezza.

«Giusto, giusto» disse il signor Baldock, grattandosi il naso. «Mmh... non so perché, ma devo averlo fatto. Bene, allora farai meglio a sederti.»

«Dove?» chiese Laura.

La domanda era del tutto appropriata. La biblioteca aveva le pareti ricoperte di scaffali alti fino al soffitto, pieni zeppi di libri, ma nonostante ciò ce n'erano numerosi altri che, non trovando posto negli scaffali, erano ammucchiati per terra, sul tavolo e perfino sulle sedie.

«Credo che dovremo trovare una soluzione al problema» brontolò il signor Baldock.

Scelse una poltrona un po' meno ingombra delle altre e, tra un grugnito e una sbuffata, spostò sul pavimento due pile di tomi polverosi.

«Ecco fatto» disse sbattendo le mani per ripulirsele, con il risultato di fare un violento starnuto.

«Nessuno viene qui a spolverare?» chiese Laura sedendosi composta.

«No, se gli è cara la vita! Ma credimi, è una dura lotta. Non c'è niente che faccia più piacere a una donna che irrompere armata di barattoli pieni di roba puzzolente, tipo trementina o peggio, sventolare il piumino, prendere i miei libri e impilarli a casaccio secondo le loro dimensioni, senza preoccuparsi del loro contenuto, e poi mettere in moto una macchina dal rumore infernale. Quando finalmente se ne va, felice come una pasqua, la stanza è in condizioni tali che per almeno un mese non si trova più nulla di quello che si cerca. Donne! Chissà cosa stava pensando il Padreterno quando ha creato la donna! Probabilmente riteneva che Adamo fosse troppo presuntuoso e compiaciuto: padrone dell'universo, incaricato di dare un nome agli animali, e via dicendo. Allora decise di dargli una regolata. Credo che questa sia un'interpretazione plausibile, ma a mio parere creare la donna è stata un'esagerazione. Guarda dove è andato a finire il povero Adamo! Precipitato nel bel mezzo del peccato originale.»

«Mi dispiace» si scusò Laura.

«Che cosa, ti dispiace?»

«Che lei la pensi così sulle donne, dato che suppongo di essere una di loro.»

«Grazie al cielo no, non ancora» disse il signor Baldock. «Accadrà, prima o poi, ma non c'è ragione di accelerare gli eventi spiacevoli, anche se devono fatalmente succedere. A ogni modo, non mi sono affatto dimenticato di averti invitata per il tè. Neanche per un attimo! Ho solo fatto finta, per certe mie ragioni.»

«Quali ragioni?»

«Be', volevo sentire che cosa avresti detto riguardo a una cosa.» Il signor Baldock tornò a grattarsi il naso e annuì soddisfatto. «E devo dire che te la sei cavata molto bene. Davvero molto bene...»

Laura lo fissò senza comprendere.

«Avevo anche un altro motivo. Se io e te vogliamo diventare amici, come mi sembra probabile, devi accettarmi per quello che sono... uno sgarbato e villano vecchio brontolone. Capito? Da me non ti devi aspettare troppi convenevoli, del tipo: "Mia cara, sono così contento di vederti, desideravo tanto che venissi a trovarmi", o cose del genere.»

Il signor Baldock ripeté queste ultime frasi in un falsetto di esibito disprezzo, al che Laura abbandonò la sua espressione compita e scoppiò a ridere.

«Divertente!» gli disse.

«Molto divertente. Davvero.»

Laura ridivenne seria e lo guardò con aria interrogativa.

«Lei pensa davvero che noi diventeremo amici?»

«Perché ciò accada dobbiamo essere d'accordo entrambi. Ti interessa l'idea?»

Laura rifletté esitante.

«È solo che mi sembra... un poco strano. Voglio dire, in genere gli amici sono quei bambini che vengono da te a giocare.»

«Ecco, non mi vedrai mai fare giro-giro-tondo, questo toglitelo dalla testa!»

«Ma quello lo fanno solo i mocciosi» obiettò Laura con disapprovazione.

«Allora la nostra sarà un'amicizia esclusivamente intellettuale» affermò il signor Baldock.

A quel punto Laura sembrò soddisfatta.

«In realtà non so bene cosa voglia dire,» disse «ma suona bene.»

«Vuol dire che quando ci vediamo parliamo di argomenti che interessano a entrambi.»

«Che genere di argomenti?»

«Il cibo per esempio. Io apprezzo il buon cibo, e credo che lo stesso valga anche per te. Ma considerando che io sono ultrasessantenne e tu avrai sì e no dieci anni, non ho nessun dubbio che, in questo caso, i nostri gusti siano differenti. Questo è interessante, non credi? Poi vediamo, potremmo parlare di molte altre cose, per esempio dei colori, dei fiori, degli animali, della storia inglese.»

«Si riferisce a faccende tipo le mogli di Enrico VIII?»

«Proprio così. Se parli con qualcuno di Enrico VIII, otto volte su dieci viene fuori la storia delle sue mogli. Ricordarlo solo per la sua ricerca di un erede maschio è un insulto nei riguardi di un uomo che fu definito il più equo principe della cristianità e che fu uno statista dall'astuzia straordinaria. Le sue sventurate mogli sono state storicamente irrilevanti.»

«Invece io penso che le sue mogli furono molto importanti.»

«Ecco che è già sorta una discussione!» disse il signor Baldock.

«Vorrei essere stata Jane Seymour.»

«E perché proprio lei?»

«È morta» disse Laura, estatica.

«Anche Anna Bolena e Katherine Howard.»

«Loro furono giustiziate. Jane fu sua moglie solo per un anno, ebbe un figlio e quando morì fu compianta da tutti.»

«In effetti è un punto di vista anche questo. Vieni, ora, andiamo nell'altra stanza a vedere cosa ci hanno preparato.»

«Che meraviglia!» esclamò Laura affascinata.

Il suo sguardo spaziava su pasticcini, rotoli alla marmellata, éclair, tartine con cetrioli, biscotti al cioccolato e un grosso plumcake al cacao dall'aspetto indigesto.

Fece un'improvvisa risatina.

«Allora è vero che mi stava aspettando» disse. «A meno che... lei prende un tè come questo tutti i giorni?»

«Dio non voglia» disse il signor Baldock.

Si accomodarono come due amici. Il signor Baldock ingollò sei tartine e Laura quattro éclair più un assaggino di tutto il resto.

«Vedo con piacere, mia giovane Laura, che godi di buon appetito» disse con approvazione il signor Baldock, quando ebbero finito.

«Ho sempre fame, e non ho quasi mai mal di pancia. Charles invece si sentiva male spesso.»

«Mmh, Charles. Immagino che tu ne senta molto la mancanza.»

«Sì, sì, davvero.»

Le cespugliose sopracciglia grigie del signor Baldock si inarcarono.

«D'accordo, ho capito. Chi è che sostiene che non ti manca?»

«Nessuno. Mi manca sul serio.»

L'uomo annuì con aria grave davanti alla sua franchezza, e rimase a osservarla con attenzione.

«Che tristezza infinita, morire così» disse Laura. La sua voce assunse inconsciamente il tono di qualcun altro, un adulto che doveva aver pronunciato quella frase in origine.

«Sì, molto triste.»

«Per mamma e papà è stato terribile. E adesso... Adesso io sono tutto quello che gli rimane al mondo.»

«Allora è questa la questione?»

Lei lo guardò senza capire. Ormai era entrata nel suo mondo dei sogni privato. "Laura, mia cara. Tu sei tutto quello che ho, la mia unica figlia, il mio tesoro..."

«Brutta grana!» disse il signor Baldock. Era l'espressione che usava quando era turbato. «Brutta grana, brutta grana davvero!» ripeté scuotendo contrariato la testa.

«Andiamo, Laura, vieni con me in giardino. Diamo una bella occhiata alle rose e intanto tu mi racconti un po' quello che fai durante la giornata.»

«Dunque, la mattina viene la signorina Weekes a farmi lezione.»

«Ah, quella vecchia pettegola!»

«Non le piace?»

«È una che ha la scritta "Girton" in fronte. Laura, ricordati di non andare mai a Girton!»

«Che cos'è Girton?»

«È un collegio femminile di Cambridge. Se ci penso mi si accappona la pelle!»

«Quando compirò dodici anni andrò in convitto.»

«I convitti sono un abisso di iniquità!»

«Crede che non mi piacerà?»

«Oserei dire che ti piacerà fin troppo, e il rischio è proprio questo! Vedrai, prendere a mazzate le caviglie delle compagne con il bastone da hockey, tornare a casa piena di ammirazione per la tua insegnante di musica, e poi finire a Girton, a Somerville o in un altro posto analogo. Certo che ti piacerà, per la miseria. A ogni buon conto, prima che succeda il peggio abbiamo a disposizione ancora un paio d'anni, cerchiamo di sfruttarli al meglio. Cos'hai intenzione di fare da grande? Immagino che tu abbia già qualche idea in proposito.»

«Ho pensato che potrei andare ad assistere i lebbrosi...»

«E sia, tutto sommato è un mestiere abbastanza innocuo, purché naturalmente tu non decida di portarne uno dentro casa e metterlo nel letto di tuo marito, come ha fatto santa Elisabetta di Ungheria. Quello mi parrebbe un eccesso di zelo. Santa donna per il Signore, non lo nego, ma come moglie direi quanto meno sconsiderata.»

«Tanto io non mi sposerò mai» disse Laura con voce rassegnata.

«Ah, no? Se fossi in te invece mi sposerei. Le vecchie zitelle sono perfino peggio delle donne sposate. Un brutto affare per chi se le prende, certo, ma credo che tu saresti una moglie migliore di tante altre.»

«Non sarebbe giusto, devo occuparmi di mamma e papà, quando saranno vecchi. Non hanno nessun altro tranne me.»

«E dove li metti la cuoca, la cameriera, il giardiniere, l'ottima rendita e tutti gli amici che hanno? Staranno benissimo, vedrai. I genitori devono accettare che i figli se ne vadano quando arriva il momento. E talvolta può anche essere un sollievo.» A quel punto si fermò di colpo davanti a un'aiuola fiorita. «Guarda, queste sono le mie rose. Ti piacciono?»

«Sono bellissime» disse Laura educata.

«Nel complesso,» continuò il signor Baldock «preferisco loro agli esseri umani. Se non altro, non durano a lungo.»

Poi porse la mano a Laura e gliela strinse con vigore.

«Arrivederci,» le disse «adesso è ora che tu vada, e non bisogna approfittare degli amici. Mi ha fatto piacere che tu sia venuta.»

«Arrivederci, signor Baldock, e grazie per l'ospitalità. Mi sono divertita molto.»

Laura pronunciò quelle frasi di circostanza con la disinvoltura di una ragazzina ben educata.

«Molto bene, continua così» le disse il signor Baldock accompagnando le sue parole con un'amichevole pacca sulla spalla. «Recita sempre la tua parte, la cortesia e le parole giuste fanno girare il mondo. E quando arriverai alla mia età, allora sarai libera di dire quello che ti pare.»

Laura gli sorrise e uscì dal cancello aperto. Dopo pochi passi si voltò, esitante.

«Cosa c'è?»

«Allora siamo d'accordo? Intendo dire, siamo amici?»

Il signor Baldock si grattò il naso.

«Sì» disse con un sospiro. «Credo di sì.»

«Spero che la cosa non le arrechi troppo disturbo» disse con la voce appena venata dall'ansia.

«No, non molto... Però mi devo abituare all'idea, ricordatelo.»

«Naturalmente, anch'io mi devo abituare. Ma credo... credo che sarà bello. Arrivederci.»

«Arrivederci.»

Il signor Baldock rimase a osservare la figura che si allontanava. Poi, tra sé e sé, borbottò irritato: «Ecco, vecchio imbecille che non sei altro, guarda un po' in che situazione ti sei andato a cacciare!».

Ritornando verso casa incontrò la sua governante, la signora Rouse.

«La ragazzina se n'è andata?»

«Sì.»

«Non sarà rimasta troppo a lungo, vero?»

«Abbastanza, in realtà,» replicò il signor Baldock «i bambini e i sottoposti non capiscono mai quando è il momento di andare via, bisogna sempre farglielo notare.»

«Capisco» disse tra i denti la signora Rouse mentre il signor Baldock si allontanava.

«Buonanotte» le disse prima di andarsene. «Vado in biblioteca e non desidero essere più disturbato.»

«E per cena...?»

«Oh, faccia come vuole» rispose con un vago cenno della mano. «E porti via tutti quei dolci, li finisca lei oppure li dia al gatto.»

«Oh, grazie, signore. La mia nipotina...»

«La sua nipotina, il gatto, chiunque altro, non ha importanza.»

A quel punto entrò in biblioteca e chiuse la porta.

«Capisco!» ripeté la signora Rouse. «Eccome se capisco, vecchio scapolone intrattabile! Non gli va bene nessuno.»

Laura tornò a casa soddisfatta e compiaciuta della sua importanza.

Sporse la testa dalla finestrella che dava sulla cucina, dove Ethel era tutta indaffarata con un complicato lavoro a maglia.

«Ethel!» esclamò. «Ho un amico!»

«Sì, mia cara» rispose distratta la cameriera. Poi, sottovoce: «Cinque dritti, due rovesci, poi otto dritti...».

«Capisci, ho davvero un amico» ripeté Laura sottolineando quelle parole.

Ethel continuò a bofonchiare: «Cinque doppi e poi tre rovesci... ma così alla fine viene tutto sbagliato... dov'è che ho saltato i punti?».

«Oh, insomma, Ethel! Capisci che ho un amico?» strillò Laura, contrariata dalla mancanza di attenzione da parte della sua confidente.

A quel punto Ethel la guardò sorpresa.

«Bene, coltivalo allora» le disse svagata.

A quel punto Laura, insofferente, girò sui tacchi.

3

ANGELA FRANKLIN AVEVA TEMUTO IL SUO RITORNO a casa, ma quando venne il momento non le sembrò poi così male come aveva previsto.

Mentre attraversavano il vialetto in macchina, disse al marito:

«Guarda, c'è Laura che ci aspetta sui gradini. Mi sembra proprio entusiasta.»

Non appena si fermarono, saltò fuori dall'auto e buttò le braccia al collo della figlia.

«Oh, mia cara Laura! È bello rivederti. Ti siamo mancati molto?»

Laura rispose con tono coscienzioso:

«Non molto, non ne ho avuto il tempo, impegnata com'ero. Ho fatto una tovaglietta di rafia per te.»

Come un fulmine a ciel sereno, nella mente di Angela si produsse l'immagine di Charles, Charles che attraversava il prato per correre ad abbracciarla. "Mamma, mamma, mamma!"

Quanto dolore, nella memoria.

Tentò di scacciare via quei ricordi e con uno sforzo si rivolse a Laura sorridendo:

«Una tovaglietta di rafia? Che bell'idea, tesoro.»

Arthur Franklin scompigliò i capelli di sua figlia.

«Mi sembri cresciuta, topolina.»

Al che entrarono tutti in casa.

Laura si accorse che qualcosa stava andando storto rispetto alle sue pur confuse aspettative. Finalmente mamma e papà erano a casa, felici di vederla, le facevano festa, e continuavano a farle domande, a interessarsi a lei. Eppure non era come l'aveva immaginato. Non c'era nulla di sbagliato nel loro comportamento, ma era lei, piuttosto, ad avere qualcosa che non andava. Non... ecco... Com'è che avrebbe dovuto essere?

Lei per prima non aveva detto le cose che aveva programmato, né si era mostrata o si era sentita come avrebbe dovuto.

Le cose non erano andate come se le era immaginate. Non aveva preso il posto di Charles, non per davvero. C'era qualcosa che a lei mancava. Ma domani tutto sarebbe stato diverso, si disse, o altrimenti il giorno dopo ancora, o quello ancora successivo. Ricordandosi all'improvviso una frase letta in un vecchio libro per bambini trovato in soffitta, che aveva colpito la sua fantasia, si disse che sarebbe diventata "la regina del focolare".

Ecco, da allora in avanti sarebbe stata lei, l'angelo della casa.

Peccato soltanto che, con suo grande disappunto, si sentisse la solita Laura di sempre.

La solita Laura...

«Sembra che Baldy abbia preso Laura tanto in simpatia da invitarla a prendere il tè con lui mentre noi non c'eravamo» disse Angela al marito.

Arthur rispose che gli sarebbe piaciuto molto sapere di cosa avevano parlato.

Angela esitò qualche istante prima di aggiungere qualcosa. Poi disse: «Credo che dovremmo dirlo a Laura. Se non lo facciamo noi, lo verrà a sapere dalle cameriere o da qualcun altro. Ormai è grande abbastanza per sapere che i bambini non nascono sotto ai cavoli.»

Era seduta all'aperto su una grande sedia di vimini, sotto l'albero di cedro, e si rivolgeva al marito sprofondato nella sua sdraio.

Recava ancora sul viso i segni della pena che provava. La vita che portava in grembo non era ancora riuscita a mitigare il dolore della perdita.

«Sarà un maschio» disse Arthur Franklin. «Credo proprio che sarà un maschio.»

Angela sorrise e scosse la testa.

«Sono cose sulle quali non ha senso fare previsioni» disse.

«Ti assicuro, Angela, lo so.»

Ne era certo, assolutamente certo.

Un ragazzo come Charles, un altro Charles sorridente, con gli occhi azzurri, divertente, affettuoso.

Angela rifletté: «Potrebbe anche essere un maschio, ma non sarà mai Charles».

«A ogni modo saremo contenti comunque, anche se sarà una femmina» disse suo marito senza troppa convinzione.

«Arthur, lo sai bene che desideri un figlio maschio!»

«Sì, è vero» sospirò. «Vorrei tanto un altro figlio.»

Tutti gli uomini desiderano un maschio. È come se ne avessero bisogno. Le figlie femmine... ecco, non sono la stessa cosa.

Come in preda a un oscuro senso di colpa, disse:

«Laura è davvero molto cara.»

Angela concordò con sincerità.

«È vero, così buona e tranquilla, così disponibile. Sentiremo la sua mancanza quando andrà a scuola.» Poi aggiunse: «In parte spero che non sia una bimba proprio perché Laura potrebbe essere un pochino gelosa della sorellina. Anche se naturalmente non le daremo nessun motivo per esserlo».

«Certo che no.»

«Però, sai, i bambini a volte lo diventano. È anche abbastanza naturale, per questo credo che dovremmo dirglielo, per prepararla.»

E fu così che Angela Franklin andò da sua figlia.

«Ti piacerebbe avere un fratellino?» le chiese.

«O una sorellina?» aggiunse dopo poco.

Laura la fissò con attenzione. Sulle prime non colse il senso di quelle parole e restò perplessa. Non capiva.

Allora Angela le disse dolcemente: «Vedi, cara, sono in attesa di un bambino... Arriverà il prossimo settembre. Sarà bello, non credi?».

Laura, mormorando qualcosa di incoerente, indietreggiò arrossendo in volto e se ne andò. Era una reazione che la madre non comprendeva. Preoccupata, ne parlò con il marito:

«Mi chiedo se non abbiamo sbagliato in qualcosa. Di fatto non le ho mai spiegato nulla di... di come vanno queste cose, intendo. Forse non ne ha la minima idea...»

Arthur Franklin disse che, considerando l'enorme quantità di gattini venuti al mondo in quella casa, era poco probabile che Laura fosse completamente ignara dei fatti della vita.

«Magari è vero, ma forse lei pensa che le persone siano diverse. Può essere stato uno shock per lei.»

E lo era stato. Ma non in senso fisiologico. Il fatto è che a Laura non era mai passata per la testa l'idea che sua madre avrebbe potuto avere un altro bambino. Aveva immaginato una situazione più semplice e tranquilla. Charles era morto, e lei era rimasta l'unica figlia dei suoi genitori. Lei era, come si diceva tra sé, "tutto ciò che avevano al mondo".

E adesso, adesso ci sarebbe stato un altro Charles.

Anche lei, come Arthur e Angela, non aveva nessun dubbio che il bambino sarebbe stato un maschio.

Fu colta da un senso di profondo sconforto.

Per lungo tempo restò rannicchiata nell'orto, seduta su un ceppo vicino ai cetrioli, come lottando contro quella che considerava una tragedia assoluta.

Poi prese la sua decisione. Si alzò, e scese lungo il viale che portava alla casa del signor Baldock.

Il signor Baldock, digrignando i denti e sputando veleno, stava scrivendo per una rivista erudita una recensione assai aspra sul lavoro di un suo collega.

Rivolse un'espressione inferocita verso la porta, quando la signora Rouse, dopo aver bussato con discrezione, la aprì annunciando:

«C'è la signorina Laura per lei.»

«Che diav...» si lasciò sfuggire il signor Baldock, trattenendo all'ultimo momento una tremenda serie di imprecazioni. «Ah, sei tu.»

Celò a malapena il suo disappunto. Come sarebbe andata a finire, stava pensando, se quella ragazzina si fosse permessa di comparire in casa sua quando le pareva? Non erano affatto questi i termini del loro accordo. Accidenti ai bambini! Gli dai un dito e loro si prendono tutto il braccio. Tanto più che neanche gli piacevano. Non gli erano mai piaciuti.

Il suo sguardo irritato incontrò quello di Laura. La bambina non aveva negli occhi alcun segno di scuse. Al contrario, era seria, profondamente turbata, ma del tutto certa di avere il sacrosanto diritto di essere lì. Non si perse in convenevoli.

«Ho pensato di venire a dirle che avrò un fratellino» disse d'un fiato.

«Oh!» disse il signor Baldock, preso alla sprovvista. Poi, come cercando di guadagnare tempo davanti al volto bianco e inespressivo di Laura, provò a dire qualcosa: «Be'... a questo punto... Insomma, questa sì che è una novità! E tu che mi dici, sei contenta?».

«No» disse Laura. «Direi proprio di no.»

«Capisco, i neonati sono dei mostriciattoli» concordò il signor Baldock, simpatizzando. «Non hanno né denti né capelli e urlano a squarciagola. Piacciono alle loro madri, ed è naturale che sia così altrimenti non ci sarebbe nessuno ad aver cura di loro per farli crescere. Ma vedrai, dopo tre o quattro anni non sono poi così male.» Per incoraggiarla aggiunse: «Assomigliano a dei gattini o a dei cagnolini».

«Charles è morto» disse Laura. «Pensa sia probabile che muoia anche il mio nuovo fratellino?»

Lui la guardò con un misto di attenzione e stupore, poi con fermezza le disse:

«Non ci devi pensare neanche per un attimo! Il fulmine non colpisce mai due volte lo stesso albero.»

«È quello che dice anche la Cook» commentò Laura. «Vuol dire che la stessa cosa non si ripete due volte?»

«Proprio così.»

«Charles...» iniziò Laura. Poi si interruppe.

Il signor Baldock le diede di nuovo una rapida occhiata.

«Non c'è nessun motivo per cui debba essere un fratellino» le disse. «Potrebbe benissimo essere una sorellina.»

«Mamma crede che sarà un maschio.»

«Se fossi in te non ci crederei più di tanto. Non sarebbe certo la prima donna a sbagliarsi.»

Il viso di Laura si illuminò improvvisamente.

«Mi viene in mente Giosafat» disse. «L'ultimo gattino di Dulcibella. Eravamo convinti fosse un maschietto, e poi ci siamo accorti che era femmina. La Cook adesso lo chiama Josephine!»

«Vedi?» disse il signor Baldock incoraggiante. «Io di solito non gioco d'azzardo, ma in questo caso scommetterei proprio che è una femmina.»

«Davvero?» chiese conferma Laura con trasporto, e gli fece un sorriso di gratitudine così inatteso da lasciare disarmato il signor Baldock.

«Grazie, grazie mille. Adesso devo andare» gli disse. Poi, come ricordandosi a un tratto della sua abituale compostezza, aggiunse con educazione: «Spero di non aver interrotto il suo lavoro».

«Non ti preoccupare, è tutto a posto» disse il signor Baldock. «Sono sempre felice di vederti se si tratta di qualcosa di importante. So che non faresti irruzione qui solo per fare due chiacchiere.»

«Ma certo che no» fece Laura tutta seria. Dopodiché uscì, chiudendo con cura la porta.

Quella conversazione l'aveva molto rasserenata. Sapeva che il signor Baldock era un uomo parecchio intelligente.

"È molto più probabile che abbia ragione lui invece della mamma" pensò tra sé.

Una sorellina? Sì, quello era un pensiero accettabile. Una sorella sarebbe stata solo un'altra Laura, ma di livello inferiore. Una Laura senza denti, senza capelli, e senza niente da dire.

Mentre Angela emergeva dal dolce torpore dell'anestetico, i suoi occhi azzurro fiordaliso esprimevano tutta l'ansia che le labbra avevano quasi paura di pronunciare.

«È... è tutto a posto?»

L'infermiera rispose sbrigativa e alacre, con quel modo tipico di tutte le infermiere.

«È una bellissima femminuccia, signora Franklin.»

«Una femmina, una femmina...» Gli occhi azzurri si chiusero di nuovo.

Dentro di sé provò una grande delusione. Era stata così sicura, così sicura... E invece ecco di nuovo un'altra Laura.

Si risvegliò in lei l'antico dolore lancinante della perdita subita. Charles, il suo bel Charles, sempre così allegro. Il suo ragazzo, suo figlio...

Al piano di sotto, la Cook disse con vigore:

«Bene, signorina Laura, hai una sorellina, che te ne pare?»

Laura rispose con tranquillità:

«Lo sapevo che avrei avuto una sorellina. Me lo aveva detto il signor Baldock.»

«E cosa vuoi che ne sappia un vecchio scapolone come lui?»

«È un uomo molto intelligente» replicò Laura.

Angela fu piuttosto lenta nel recuperare le forze e Arthur Franklin si preoccupò per lei. Quando la neonata aveva già un mese di vita, parlò alla moglie con una certa titubanza.

«Ma è poi così importante che sia una femmina e non un maschio?»

«No, certo che no. O almeno, non proprio. È solo che mi sentivo così sicura.»

«Però lo sai, vero, che anche se fosse stato un maschio non sarebbe stato come Charles?»

«Sì, sì, certo che lo so.»

L'infermiera entrò nella stanza con il bebè in fasce.

«Eccola qua,» disse «la vostra adorabile bambina. Adesso vai dalla mammina, vero, ciccina?»

Angela prese stancamente in braccio la bimba e guardò con antipatia l'infermiera che usciva dalla camera.

«Quante stupidaggini dicono queste donne» mormorò stizzita.

Arthur rise.

«Laura, cara, per favore portami quel cuscino» disse Angela.

La figlia glielo porse e rimase in piedi accanto a lei mentre la madre si sistemava la bambina tra le braccia. Laura si sentì grande, importante, e se ne compiacque. Quella nuova arrivata, in fondo, era solo una piccola cosa insignificante. Era lei quella di cui sua madre si fidava.

Faceva freddo quella sera. Nel camino bruciava un bel fuoco. La bambina faceva dei versi e gorgogliava felice.

Angela si mise a contemplare quegli occhi azzurro intenso, e la bocca che sembrava già essere in grado di sorridere. Con un'emozione improvvisa le parve di riconoscere gli occhi di Charles. Charles da piccolo. Aveva quasi dimenticato com'era a quell'età.

L'amore iniziò a scorrerle tumultuosamente nelle vene. Il suo bambino, il suo tesoro. Come aveva potuto essere così fredda, così indifferente verso questa adorabile creatura? Come aveva potuto essere così cieca? Una bambina bellissima e gaia, come Charles.

«Amore mio» mormorò. «Tesoro mio, mia cara.»

Si chinò sulla bimba in un abbandono amoroso, completamente dimentica del fatto che Laura la stesse osservando. Non la notò neppure quando scivolò in silenzio fuori dalla stanza.

Ma forse una vaga inquietudine la spinse a fare ad Arthur la seguente proposta:

«Mary Wells non potrà venire per il battesimo. Vogliamo proporre Laura come madrina per procura? Credo che le farebbe piacere.»

4

«TI È PIACIUTO IL BATTESIMO?» chiese il signor Baldock.

«No» rispose Laura.

«Capisco, suppongo che in chiesa facesse freddo. Però c'è un bellissimo fonte battesimale normanno in marmo nero di Tournai.»

L'informazione lasciò Laura del tutto indifferente.

Era troppo occupata a trovare la giusta formulazione per una domanda che aveva in testa:

«Posso chiederle una cosa, signor Baldock?»

«Certo.»

«È sbagliato pregare per la morte di qualcuno?»

Il signor Baldock le lanciò un'occhiataccia.

«Se vuoi la mia opinione, credo che sarebbe perlomeno un'imperdonabile interferenza.»

«Interferenza?»

«Insomma, non è forse all'Onnipotente che spettano certe decisioni? E tu vuoi mettere a Lui il bastone tra le ruote? Non sono mica affari tuoi.»

«Non credo che a Dio importi molto. Se un bambino è stato battezzato va direttamente in Paradiso, non è vero?»

«Non vedo dove altro potrebbe andare» concordò il signor Baldock.

«Dio ama i bambini, lo dice anche la Bibbia. A lui farebbe piacere vederlo.»

Il signor Baldock cominciò a passeggiare su e giù per la stanza. Si sentiva molto turbato ma non voleva darlo a vedere.

«Ascolta, Laura» disse infine. «Tu devi... devi semplicemente farti gli affari tuoi.»

«Ma questo forse è affar mio.»

«No, non lo è. Niente è affar tuo, tranne te stessa. Prega per quello che piace a te. Chiedi di avere le orecchie blu, o un diadema di diamanti, o di vincere un concorso di bellezza quando sarai grande. E la cosa peggiore che ti può capitare è che la tua preghiera possa venire esaudita.»

Laura lo guardò senza capire.

«Dico sul serio» ribadì il signor Baldock.

Laura lo ringraziò con educazione. Era già il momento di tornare a casa, disse, e si congedò.

Una volta solo, il signor Baldock si grattò il mento, poi la testa, poi si strinse il naso, e infine, senza rendersi conto, si mise a scrivere una recensione praticamente entusiasta del libro di un suo nemico giurato.

Dal canto suo, Laura ritornò a casa immersa nei pensieri.

Quando passò davanti alla piccola chiesa cattolica, si fermò per un momento. La donna delle pulizie che veniva tutti i giorni ad aiutare in cucina era cattolica, e Laura si ricordò di alcuni stralci di una sua conversazione che aveva ascoltato con l'attenzione riservata alle cose rare, insolite e forse proibite. Infatti Nannie, un'assidua frequentatrice della parrocchia, aveva un'opinione così negativa di lei da definirla la "donna scarlatta". Laura non aveva idea di chi o che cosa fosse, la donna scarlatta. Sapeva solo vagamente che aveva qualcosa a che fare con Babilonia.

Ma soprattutto le venne in mente che Molly diceva sempre che bisogna pregare per far avverare i propri desideri, e che c'entrava in qualche modo una candela. Laura esitò ancora un po', poi fece un respiro profondo, guardò entrambi i lati della strada, e si infilò sotto il portico.

La chiesa era piccola e piuttosto buia, e non aveva affatto l'odore della parrocchia dove Laura andava ogni domenica. Della donna scarlatta non c'era alcuna traccia, in compenso c'era la statua in gesso di una donna con un mantello blu. Davanti a lei era posato un vassoio illuminato dalle fiammelle di tante candele sistemate su piccoli supporti fatti di filo arrotolato. Al suo fianco alcune candele intonse, vicino a una cassettina con la fessura per le offerte, erano pronte per essere accese.

Laura esitò per qualche minuto. Le sue cognizioni di teologia erano abbastanza limitate e confuse. Sapeva che c'era Dio, il quale doveva amarla per forza proprio perché era Dio. Poi c'era anche il Diavolo, con le corna e la coda, specializzato in tentazioni. La donna scarlatta sembrava occupare una posizione intermedia e indefinita. La Signora dal manto azzurro aveva qualcosa di miracoloso e benevolo, e magari sarebbe stata in grado di esaudire i suoi desideri.

Allora la bambina fece un sospiro profondo, si frugò in tasca e trovò, ancora intatti, i suoi sei penny di paghetta settimanale.

Li spinse nella fessura e li sentì cadere con un lieve tintinnio. Ormai erano andati! Afferrò una candela, la accese, e la ripose nell'apposito supporto. Poi, a bassa voce, disse con un tono beneducato:

«Questo è il mio desiderio. Per favore, fa' che la piccola vada in Paradiso.»

Quindi aggiunse:

«Appena puoi. Per piacere.»

Restò in quella posizione ancora per un momento. Le candele ardevano, la Signora dal manto azzurro continuava a sembrare benevola. Laura provò per un attimo una sensazione di vuoto. Poi, un po' scura in volto, lasciò la chiesa e si diresse verso casa.

Sulla terrazza vide la carrozzina della sorella. Laura vi si avvicinò e le rimase accanto, in piedi, a osservarla mentre dormiva.

A un certo punto la piccina mosse un poco la testa, coperta da una leggera lanugine, aprì le palpebre e alzò su Laura i suoi grandi occhi azzurri fissandola con uno sguardo inespressivo.

«Presto andrai in Cielo» le disse allora Laura con tono suadente. «Sarà bello, vedrai. Lì ci sono oro e pietre preziose.» Poi continuò: «Ci sono anche le arpe che suonano, e una moltitudine di angeli con le ali piumate. È molto meglio di qui, ti assicuro».

Pensò a qualcos'altro da dire.

«Ecco, potrai anche vedere Charles. Pensa, pensa che bellezza! Vedrai Charles.»

Angela Franklin uscì dalla portafinestra del salotto.

«Ciao, Laura. Stai parlando con tua sorella?» chiese, e senza aspettare una risposta si chinò sopra la carrozzina. «Ciao, tesorino della mamma. Siamo svegli, eh?»

Arthur Franklin, seguendo sua moglie fuori in terrazzo, bofonchiò scuotendo il capo:

«Chissà perché le donne devono sempre dire queste stupidaggini ai bambini? Tu cosa ne dici, Laura? Non ti sembra strano?»

«Non credo siano stupidaggini» rispose Laura.

«Ah no, e allora cosa sono?» le chiese sorridendole con malizia.

«Penso che sia amore» rispose lei prontamente.

Il padre rimase un po' perplesso.

Laura, pensò, è una strana ragazzina. È difficile capire cosa si celi dietro il suo sguardo impassibile.

«Devo prendere un pezzo di tulle, o di mussolina, o qualcosa del genere» disse allora Angela. «Serve per coprire il passeggino quando lo metto qui. Ho sempre tanta paura che un gatto le salti addossi e la soffochi. Ce ne sono troppi, qui intorno.»

«È solo una delle solite dicerie» ribatté il marito. «Credo non sia mai successo che un gatto abbia soffocato un bambino.»

«E invece sì, Arthur, è successo eccome. I giornali ne parlano spesso.»

«Il che non significa che sia vero.»

«A ogni modo, vado a prendere del tulle. Devo dire a Nannie di guardare fuori dalla finestra di tanto in tanto per controllare se la bambina sta bene. Santo cielo, mi dispiace che la nostra tata sia dovuta partire per andare al capezzale di sua sorella. Non sono per niente contenta di questa nuova bambinaia.»

«Perché no? È affezionata alla bambina, ha buone referenze, a me sembra a posto.»

«Oh, sì, lo so. Sembra tutto a posto. Ma c'è qualcosa che non mi torna... Sai, quel buco di un anno e mezzo nel suo curriculum. Non sappiamo che cosa abbia fatto.»

«È tornata a casa per curare sua madre.»

«Già, è quello che dicono sempre! È quel genere di cose che non si può verificare. Magari invece c'è qualche altro motivo che non vuole far sapere in giro.»

«Vuoi dire che si è messa nei guai?»

Angela indicò Laura lanciando un'occhiata al marito.

«Ma certo che no, Arthur. Non intendo dire questo. Voglio...»

«Che cosa, cara?»

«In realtà non lo so neanch'io, cosa voglio dire» ammise Angela lentamente. «So solo che a volte, mentre le parlo, ho la sensazione che abbia paura che scopriamo qualcosa su di lei.»

«E che sarà mai? Credi forse che sia ricercata dalla polizia?»

«Arthur! Non sei affatto divertente.»

Laura si allontanò in silenzio. Era una bambina intelligente e aveva percepito molto chiaramente che suo padre e sua madre volevano essere liberi di parlare di Nannie tra loro. D'altronde, l'argomento non le interessava granché. La nuova tata, che con lei era sempre gentile, era una ragazza tranquilla, pallida, con i capelli scuri, e la lasciava piuttosto indifferente.

Ciò che le interessava, invece, era la Signora con il manto azzurro.

«E dai, Josephine!» urlò Laura seccata.

Josephine, ex Giosafat, anche se non si opponeva attivamente, stava mettendo in pratica tutte le tecniche di resistenza passiva. Svegliata da un delizioso pisolino in un angolo della serra, era stata trascinata a forza dall'orto fino alla terrazza.

«Oh, eccoti qua!» Laura la lasciò cadere sulla ghiaia a pochi metri di distanza dalla carrozzina della sorella.

Si incamminò lentamente attraverso il prato. Quando raggiunse il grande albero di limoni, si girò.

Josephine, con un'irritante indifferenza, cominciò a raschiarsi la pancia usando la sua smisurata zampa posteriore e agitando la coda di tanto in tanto. Completate le pulizie, sbadigliò e si guardò attorno. Dopodiché iniziò senza entusiasmo a grattarsi dietro le orecchie, ci ripensò, sbadigliò di nuovo, infine si alzò e, a passi lenti e pensierosi, sparì dietro l'angolo della casa.

Laura la seguì di nuovo, tornò a sollevarla con determinazione e la riportò indietro. Josephine la guardò sorniona e si accomodò muovendo la coda. Non appena Laura fu tornata verso l'albero, Josephine ancora una volta si alzò, sbadigliò, si stirò e si allontanò. Ancora una volta Laura la riportò indietro brontolando.

«E dai, Josephine, qui c'è il sole, fa caldo... È bello qui!»

Risultava del tutto evidente che Josephine non fosse per niente d'accordo con quell'affermazione. Adesso era di pessimo umore, infatti, sferzava la coda e appiattiva le orecchie dietro la testa.

«Buongiorno, mia giovane Laura.»

Laura trasalì e si voltò. Il signor Baldock era in piedi dietro di lei. Non lo aveva sentito arrivare attraverso il prato. A quel punto la gatta, approfittando della momentanea disattenzione di Laura, sfrecciò via e si arrampicò su un albero. Poi si fermò su un ramo a guardarli dall'alto in basso con maligna soddisfazione.

«Questo è il grosso vantaggio che i gatti hanno sugli esseri umani» affermò il signor Baldock. «Quando non ne possono più delle persone gli è concesso darsela a gambe su un albero. La cosa più simile che possiamo fare noi è quella di chiuderci in gabinetto.»

Laura parve turbata: il gabinetto rientrava in quella categoria di argomenti di cui, secondo Nannie, «le signorine perbene non devono parlare».

«Il fatto è che da lì, purtroppo, a un certo punto si deve uscire,» continuò il signor Baldock «se non altro perché gli altri vogliono entrare. Invece il tuo gatto resterà su quell'albero per almeno un paio d'ore.»

A dimostrazione dell'imprevedibilità dei felini, a quelle parole Josephine scese di corsa, si diresse verso di loro, e si mise a strofinarsi contro i pantaloni del signor Baldock facendo rumorose fusa.

"Ecco, finalmente" sembrava dire. "Questo è esattamente quello che stavo aspettando."

«Buondì, Baldy» Angela comparve sulla porta. «Sei venuto a ossequiare l'ultima arrivata? Santo cielo, questi gatti. Laura cara, per favore, porta via Josephine. Mettila in cucina. Non ho ancora trovato il tulle. Arthur ride di me, ma i gatti saltano dentro le culle e si mettono a dormire sul petto dei neonati col rischio di soffocarli. Non voglio che prendano l'abitudine di venire in terrazza.»

Il signor Baldock diede un'occhiata di commiserazione alla povera Laura che se ne andava con Josephine in braccio.

Dopo pranzo, Arthur portò il suo amico nello studio.

«Qui c'è un articolo interessante che...» esordì. Ma senza troppe cerimonie, com'era sua abitudine, il signor Baldock lo interruppe.

«Solo un minuto, prima devo dirti una cosa. Perché non mandi a scuola quella ragazzina?»

«Laura? L'idea è quella di mandarla... Dopo Natale, credo. Quando avrà compiuto gli undici anni.»

«Non aspettare. Fallo adesso.»

«Ma sarebbe a metà anno scolastico. E, comunque, la signorina Weekes è davvero...»

«Te lo dico io cos'è, la tua signorina Weekes» lo interruppe di nuovo il signor Baldock per dire senza mezzi termini ciò che pensava dell'istitutrice. «È una maestrina rinsecchita, nonostante il suo cervellone, e Laura non vuole prendere lezioni da lei. Vuole distrarsi, conoscere altre ragazze e anche, perché no, avere altre tipologie di problemi. In caso contrario, potresti ritrovarti faccia a faccia con una tragedia.»

«Una tragedia? Che genere di tragedia?»

«Un paio di simpatici ragazzini l'altro giorno hanno tirato fuori la loro sorellina dalla carrozzina e l'hanno gettata nel fiume. La bambina dava troppo da fare alla mamma, hanno detto. Immagino che ne fossero davvero convinti.»

Arthur lo fissò incupito.

«Ti stai forse riferendo alla gelosia?»

«Gelosia, esatto.»

«Mio caro Baldy, Laura non è una bambina gelosa. Non lo è mai stata.»

«E tu come fai a saperlo? La gelosia è un male che rode nell'intimo.»

«Ma non ne ha mai mostrato alcun sintomo. È una ragazzina dolcissima, gentile, e priva di sentimenti troppo forti.»

«Questo lo dici tu!» sbuffò il professore. «Secondo me, di vostra figlia tu e Angela non sapete un bel niente.»

Arthur sorrise amabile. Era abituato a Baldy.

«D'accordo, terremo d'occhio la nuova arrivata, se è questo che ti preoccupa. Dirò ad Angela di stare attenta. E le dirò anche di non farle troppe smancerie, ma magari di essere un po' più attenta a Laura. Questo dovrebbe risolvere la questione.» Poi aggiunse con un pizzico di curiosità: «Mi sono sempre chiesto che cosa ci trovi in Laura. Lei...».

«Potenzialmente quella ragazzina ha qualità straordinarie, molto rare» dichiarò il signor Baldock. «O almeno così credo...»

«Bene, allora, parlerò con Angela. Anche se già so che si metterà a ridere.»

Più tardi, invece, con grande sorpresa del marito, Angela non rise affatto.

«Forse c'è qualcosa di vero in quello che dice. Gli psicologi dell'infanzia sono tutti d'accordo che la gelosia per un nuovo bambino è naturale e quasi inevitabile. Anche se, francamente, in Laura non ne ho visto alcun segno. È tanto placida, e non mi pare affatto che, per esempio, sia morbosamente attaccata a me o a qualcun altro. A ogni modo, devo mostrarle quanto è importante, farle capire che conto su di lei.»

E così, circa una settimana dopo, dovendo andare a far visita ad alcuni vecchi amici per il fine settimana, Angela prese da parte Laura e le parlò con serietà.

«Mentre siamo via ti prenderai cura della bambina, vero Laura? È bello sapere che ci sei qui tu a tener d'occhio la situazione. Lo sai che la nuova tata è qui da troppo poco tempo.»

A quelle parole Laura si ringalluzzì, sentendosi grande e importante. Il suo visino, di solito così smunto, si illuminò.

Purtroppo, quell'effetto benefico fu neutralizzato quasi immediatamente quando, poco dopo, ascoltò per caso una conversazione fra la tata ed Ethel nella stanza della piccina.

«Che bimba adorabile!» diceva Ethel stuzzicandola con un dito. «È proprio una bambolina. La signorina Laura da piccola è sempre stata un tipo così poco divertente. Non c'è da meravigliarsi se papà e mamma non l'hanno mai presa in simpatia come invece hanno fatto col signorino Charles e con questa qui. Niente da dire, la signorina Laura è tanto cara, ma nient'altro di più.»

Quella sera Laura si inginocchiò accanto al letto e pregò.

Poiché la Signora con il manto azzurro non aveva preso in alcuna considerazione il suo desiderio, allora si sarebbe rivolta direttamente al quartier generale.

«Per favore, Signore,» implorò «fai morire subito la bambina e mandala in Paradiso. Più presto che puoi.»

Poi si sdraiò sul letto. Le batteva forte il cuore. Si sentiva colpevole e cattiva. Aveva fatto esattamente ciò che il signor Baldock le aveva raccomandato di non fare, e il signor Baldock era un uomo molto, molto saggio. Per aver acceso una candela alla Signora dal mantello azzurro non si sentiva affatto in colpa, forse perché in fondo non aveva mai davvero sperato di ottenerne alcun risultato. E non riusciva a vedere nulla di male nel portare Josephine sulla terrazza. Certo, non l'avrebbe mai infilata direttamente nella carrozzina perché, lo sapeva bene, sarebbe stato un gesto criminale. Diverso sarebbe stato se Josephine, di sua spontanea volontà...

Ma quella sera aveva passato il Rubicone. Dio era l'Onnipotente...

Rabbrividendo un poco, Laura si addormentò.

5

ANGELA E ARTHUR FRANKLIN salirono in auto e partirono. Su nella stanza dei bambini, Gwyneth Jones, la nuova bambinaia, stava mettendo a letto la piccina. Quella sera si sentiva a disagio. Ultimamente aveva avuto strane sensazioni, come dei presagi, e adesso...

"È solo la mia immaginazione!" si disse. "Fantasie, ecco cosa sono."

Il medico non le aveva forse detto che, con ogni probabilità, non avrebbe avuto nessun altro attacco?

Aveva avuto delle crisi da piccola, e poi mai più fino a quel giorno terribile...

All'epoca sua zia diceva che quelle convulsioni dovevano essere collegate alla caduta dei denti da latte. Ma più tardi il dottore aveva invece fatto ben altra diagnosi, dicendo chiaramente e senza equivoci di che malattia si trattava. E aveva aggiunto, con assoluta fermezza: «Non faccia un lavoro a contatto con i bambini, capito? Sarebbe pericoloso».

Ma aveva ormai già pagato per un costoso corso di formazione. Quello era il suo campo, il mestiere che sapeva fare, quello per cui si era diplomata e aveva tutti i requisiti necessari. E inoltre era ben remunerato e le piaceva. Dall'ultimo attacco era già passato un anno e il problema non si era più ripresentato. In fondo il medico aveva esagerato, a spaventarla in quel modo.

Così aveva fatto domanda a un ufficio diverso, e subito aveva ottenuto un altro posto. Qui lei era felice, e la piccina era un vero amore.

Mise il bebè nel suo lettino e scese al piano inferiore per cenare. Più tardi, nel cuore della notte, si svegliò stordita da un senso di malessere, quasi di terrore.

"Meglio che mi faccia un po' di latte caldo, mi calmerà" pensò.

Accese la lampada a petrolio e la portò sul tavolo vicino alla finestra.

Non ci fu nessun ulteriore preavviso. Cadde per terra come un sasso, e rimase a torcersi sul pavimento. La lampada cadde sul tappeto e il fuoco si propagò alle tende di mussolina.

Laura si svegliò di soprassalto.

Aveva fatto un brutto sogno, ma non riuscì a ricordarne i dettagli. Rammentava soltanto che nell'incubo qualcosa la inseguiva, la perseguitava. Ma adesso era al sicuro, era a casa, nel suo letto.

Cercò a tentoni la lampada sul comodino, la accese e controllò l'ora sul suo piccolo orologio da polso. Era mezzanotte precisa.

Si sedette sul letto, riluttante, per qualche oscuro motivo, a spegnere la luce per riaddormentarsi.

Rimase in ascolto. "Che strano rumore" pensò. Come uno scricchiolio. "Forse sono i ladri" disse tra sé Laura, che come quasi tutti i bambini aveva sempre paura che degli scassinatori entrassero in casa. Si alzò dal letto, schiuse la porta e guardò fuori dalla camera con circospezione. Era tutto buio e silenzioso.

Ma si sentiva uno strano odore di fumo. Annusò un po' l'aria per cercare di capire di cosa si trattasse. Attraversò il pianerottolo e aprì la porta che portava alle stanze della servitù. Niente.

Allora si diresse dall'altro lato del pianerottolo, dove una porta chiudeva il breve corridoio che conduceva alla camera e al fasciatoio della neonata.

La aprì sospettosa. Ampie spirali di fumo la avvolsero. Subito la richiuse e indietreggiò terrorizzata.

«Al fuoco! Al fuoco!» strillò. «La casa brucia!»

Continuando a gridare, si precipitò verso l'ala della servitù: «Aiuto! La casa è in fiamme!».

Ciò che successe dopo non riuscì mai a ricordarlo con chiarezza. Ethel che si precipitava al piano di sotto per telefonare, la Cook che tentava di aprire la porta del pianerottolo e veniva respinta da un muro di fumo e poi tentava di tranquillizzarla con frasi confuse. «Andrà tutto bene» mormorava attonita. «Vedrai, arriverà il camion, la macchina... sì, il camion dei pompieri... le faranno uscire dalla finestra... non ti disperare, tesoro, andrà tutto bene.»

Ma non sarebbe andato tutto bene, Laura lo sapeva.

Era sconvolta. La sua preghiera era stata esaudita. Dio aveva agito subito... con un indescrivibile terrore. Questo era il suo modo, il suo modo terribile di portarsi la bambina in Paradiso.

La Cook la trascinò con lei verso la scala principale.

«Andiamo via, signorina Laura, non perdiamo tempo. Non possiamo restare in casa, dobbiamo scappare tutti.»

No, non tutti. La tata e la bimba non potevano farlo. Erano rimaste intrappolate.

La Cook si precipitò per le scale tirando Laura dietro di sé. Ma mentre uscivano dalla porta per raggiungere Ethel sul prato, la donna allentò la presa e quando si voltò Laura ne approfittò per sgattaiolare via e ritornare dentro di corsa.

Risalì le scale, corse verso la porta del pianerottolo e ancora una volta la aprì. Da qualche parte in mezzo al fumo sentì un lontano grido lamentoso.

E all'improvviso qualcosa prese vita dentro di lei. Una sorta di calore, di passione, di dedizione. Quel particolare, imprevedibile sentimento che si chiama amore.

Sentì di avere la mente lucida. Seppe con precisione che cosa andava fatto. Aveva letto da qualche parte, o qualcuno le aveva detto, che prima di portare aiuto in caso di incendio bisognava mettersi un asciugamano bagnato intorno alla bocca. Allora corse in camera sua, inumidì un telo da bagno in una bacinella, se lo arrotolò attorno al viso e andò a immergersi nel fumo. Il corridoio era pieno di fiamme e le travi del soffitto stavano crollando. Laura affrontò a testa bassa il pericolo con il coraggio inconsapevole di un bambino, senza curarsi, come avrebbe invece fatto un adulto, del rischio e delle scarse probabilità di successo. Doveva correre a prendere la bambina, doveva salvarla. A un tratto inciampò sul corpo privo di sensi di Gwyneth, non accorgendosi nemmeno di cosa si trattasse. Sentendosi soffocare e ansimando, riuscì ad arrivare fino alla culla, la cui intelaiatura aveva riparato la bambina dal fumo.

Laura afferrò la sorellina, la strinse a sé riparandola con l'asciugamano bagnato. Poi si diresse a tentoni verso la porta, con i polmoni alla ricerca disperata di aria.

Ma ripercorrere la stessa strada non era possibile. Le fiamme ormai le sbarravano il cammino.

Laura riuscì a mantenere la calma. Da qualche parte c'era la porta che conduceva alla cisterna, su in soffitta. La trovò, salì una scala traballante e raggiunse il solaio. Una volta lei e Charles erano saliti sul tetto passando proprio di lì. Se fosse riuscita ad arrampicarsi...

Quando arrivarono i vigili del fuoco, due donne agitate in camicia da notte si precipitarono verso di loro strillando:

«La bimba, la bimba! Lassù, in quella stanza, c'è una bimba con la sua balia.»

Il pompiere sibilò un'imprecazione stringendo le labbra. Tutta quella parte della casa era avvolta dalle fiamme. "Sono spacciate" disse tra sé. "Per loro non possiamo fare più nulla."

«C'è qualcun altro in casa?» chiese ad alta voce.

La Cook si guardò intorno, spalancò gli occhi e gridò: «Dov'è la signorina Laura? Siamo uscite assieme, era con me! Dove può essere finita?».

Fu allora che un pompiere urlò: «Guarda, Joe, c'è qualcuno sul tetto, dall'altra parte. Vai a prendere una scala».

Pochi istanti dopo stavano posando sul prato con delicatezza il loro fardello. Imbrattata di fumo, tutta bruciacchiata, mezza incosciente, irriconoscibile, era Laura. Tra le braccia stringeva un piccolo fagottino. Gli strilli indignati che emetteva lo dichiaravano inequivocabilmente, e rabbiosamente, vivo.

«Se non fosse stato per Laura...» Angela si interruppe, cercando di dominare le sue emozioni.

«Abbiamo scoperto tutto su quella povera bambinaia» riprese. «Pare che fosse epilettica. Il medico l'aveva avvertita di non riprendere il lavoro, di non fare più la tata. Ma lei ha voluto continuare comunque. Dicono che probabilmente ha avuto una crisi e ha fatto cadere una lampada a petrolio. Ho sempre saputo che in lei c'era qualcosa che non andava... Nascondeva qualcosa, me lo sentivo.»

«Povera ragazza» disse Franklin. «L'ha pagata cara.»

Angela, implacabile nel suo amore materno, respinse con un gesto della mano ogni pretesa di provare pietà per la povera Gwyneth Jones. «La bambina sarebbe morta, se non fosse stato per Laura.»

«A proposito, sta bene la signorina?» chiese il signor Baldock.

«Sì, il dottore dice che presto si rimetterà. È ancora sotto shock, naturalmente, ma per fortuna le ustioni sulle braccia non erano troppo gravi.»

«Buon per lei» commentò il signor Baldock.

Allora Angela gli disse sdegnata: «E pensare che tu avevi addirittura insinuato che Laura fosse talmente gelosa della piccolina da poterle fare del male! Tu che non sei altro che uno scapolo!».

«D'accordo, d'accordo, hai ragione» rispose il signor Baldock. «È piuttosto raro che mi sbagli, ma devo dire che alle volte è molto meglio così.»

«Va bene, sarà come dici tu. Però adesso vai a dare un'occhiata a quelle due.»

Il signor Baldock fece come gli era stato detto. Trovò la piccola in camera sua, sdraiata su un tappeto vicino al camino, che sgambettava vivacemente ed emetteva indistinti gorgoglii.

Laura era seduta accanto a lei. Aveva le braccia fasciate e una buffa espressione sul viso, causata dal fatto che le si erano bruciate le ciglia e le sopracciglia nell'incendio. Stava scuotendo in aria alcuni anelli colorati per attirare l'attenzione della sorellina.

«Buongiorno, mia giovane Laura» le disse lui. «Allora, come stai? Ho sentito che ti sei comportata da vera eroina. Un salvataggio davvero coraggioso.»

Laura gli diede giusto uno sguardo di sfuggita, e quindi tornò a concentrarsi sui suoi anellini.

«Come vanno le braccia?»

«All'inizio mi facevano molto male, ma poi mi hanno messo su qualcosa, e adesso vanno meglio.»

«Sei proprio un bel tipo, tu» le disse il signor Baldock lasciandosi cadere su una sedia. «Un giorno ti auguri che il gatto soffochi la tua sorellina – perché so che l'hai fatto e non cercare di smentirmi – e il giorno dopo ti butti tra le fiamme e ti arrampichi sul tetto rischiando la vita per portarla in salvo.»

«A ogni modo, l'ho davvero salvata!» ribatté Laura. «E non si è fatta male nemmeno un pochino.» A quel punto si chinò sulla bimba e cominciò a parlare con un tono affettuoso. «Non ti accadrà mai più nulla di brutto, vedrai, piccina. Avrò cura di te per tutta la vita.»

Il signor Baldock sollevò sornione le sopracciglia.

«Così adesso è sbocciato l'amore. Tu le vuoi bene, vero?»

«Oh, sì, sì!» rispose con trasporto. «Più di ogni altra cosa al mondo!»

Solo allora si voltò verso di lui, e ciò che vide il signor Baldock lo lasciò stupito. Era come l'apertura di un bozzolo. Quella ragazzina era raggiante di sentimento. Il suo volto, nonostante l'assenza grottesca di ciglia e sopracciglia, esprimeva un'emozione così intensa da renderlo improvvisamente bello.

«Capisco, capisco...» mormorò il signor Baldock. «Ma mi chiedo, cosa ne sarà di noi?»

Laura lo osservò stupita e un po' preoccupata.

«Perché, non è giusto?» domandò. «Voglio dire, cosa c'è che non va se le voglio bene?»

Il signor Baldock contraccambiò lo sguardo con aria pensierosa.

«Nulla, piccola Laura, certo che è giusto se le vuoi bene. È giusto per te.»

E riprese a riflettere, toccandosi il mento con la mano.

In quanto studioso di storia si era sempre occupato principalmente del passato, ma c'erano dei momenti in cui non poter prevedere il futuro lo irritava profondamente. E questo era uno di quelli. Osservò Laura e Shirley, tutta versi. "Dove saranno tra dieci, venti, trent'anni?" pensò tra sé aggrottando la fronte. "E io, io dove sarò?"

La risposta a quest'ultima domanda gli venne in mente subito. "Sottoterra" continuò a rimuginare. "Sottoterra, ecco dove sarò!"

Sapeva che sarebbe stato così, ma la sua era una sorta di consapevolezza senza convinzione, come capita quando una persona piena di vitalità si ritrova a fare di questi pensieri.

Che oggetto oscuro e misterioso era il futuro! Che cosa sarebbe successo nei successivi venti e passa anni? Un'altra guerra, forse? No, molto improbabile. Nuove malattie? Viaggi su Marte? Forse la gente avrebbe indossato delle ali per svolazzare lungo le strade come angeli sacrileghi e si sarebbe nutrita di agghiaccianti pilloline colorate invece che di succulente bistecche adagiate su un letto di piselli verdi!

«A che cosa sta pensando?» gli domandò allora Laura.

«Al futuro.»

«Intende dire domani?»

«No, molto più in là nel tempo. Sai già leggere, vero, giovane Laura?»

«Certo» rispose la ragazzina risentita. «Ho letto quasi tutti i libri del dottor Dolittle, e le storie di Winnie the Pooh, e...»

«Risparmiami altri orridi dettagli» la interruppe il signor Baldock. «Piuttosto dimmi, come lo leggi, tu, un libro? Cominci dal principio e vai avanti fino alla fine?»

«Certo. Perché, lei no?»

«No, io do un'occhiata all'inizio per farmi un'idea di che cosa si tratta, poi salto alle pagine finali per capire che cosa l'autore sta cercando di dimostrare. E dopo, soltanto dopo, torno indietro per vedere come c'è arrivato, cosa l'ha spinto a quelle conclusioni. Così è molto, ma molto più interessante.»

Laura ascoltava attenta, ma non era d'accordo.

«Non credo che questo sia il modo in cui l'autore voleva che si leggesse il suo libro.»

«Certo che no, ma ti stai dimenticando della controparte, come la definiscono i dannati avvocati. Ossia il lettore. Anche il lettore ha i suoi diritti, non credi? L'autore scrive il suo libro come gli pare. Fa tutto a modo suo. Fa a pugni con la punteggiatura e si permette di scrivere cose prive del più assoluto buonsenso. E allora il lettore non ha forse il diritto di leggere come meglio crede? Certo che ce l'ha, e l'autore non può far nulla per impedirglielo.»

«Raccontata così la fa sembrare una battaglia» considerò Laura.

«A me piacciono le battaglie! La verità è che siamo tutti ossessionati dal tempo, schiavi. Ma la sequenza cronologica degli eventi non ha alcun valore assoluto. Se prendi in considerazione l'eternità nel suo complesso, allora puoi balzare in ogni pezzetto di tempo come ti pare e piace, ma pensa all'eternità.»

Ma Laura ormai non lo ascoltava più. Non stava prendendo in considerazione l'eternità, no. Lei stava pensando a Shirley.

E osservando quello sguardo incantato e devoto, il signor Baldock avvertì di nuovo una vaga apprensione.

Parte seconda

SHIRLEY - 1946

1

SHIRLEY CAMMINAVA A PASSO SVELTO lungo il vialetto. Portava sotto braccio la racchetta da tennis con attaccate le scarpe. Era un po' a corto di fiato, ma dentro di sé sorrideva.

Doveva sbrigarsi, o sarebbe arrivata tardi per la cena. A essere sinceri, pensò, non avrebbe dovuto giocarlo, quell'ultimo set. E per di più, non era stato affatto un buon set. Pam era una campionessa. Con Pam e Gordon non c'era stata partita per Shirley e... come si chiamava? Henry, o qualcosa del genere. Henry come? Si chiese. E pensando a lui, Shirley rallentò un po' l'andatura.

Quel ragazzo non assomigliava a niente che avesse conosciuto finora. Non aveva nulla a che fare con gli altri ragazzi di lì. Si mise a valutarli uno per uno. Robin, il figlio del vicario. Carino e davvero molto rispettoso con quella sua galanteria vecchio stampo. Studiava alla Facoltà di lingue orientali e si dava arie da intellettuale. Poi c'era Peter... troppo giovane e immaturo. E Edward Westbury, che aveva parecchi anni di più, lavorava in banca, e aveva il pallino della politica. Erano tutti di Bellbury. Ma Henry veniva da fuori, l'avevano presentato come il nipote di qualcuno. Aveva portato un'aria di libertà e indipendenza.

Shirley apprezzava molto quell'ultima parola. Era una qualità che lei ammirava.

A Bellbury non c'era indipendenza. Tutti erano profondamente condizionati dagli altri.

I legami familiari avevano un'importanza fondamentale. Ognuno era attaccato alle proprie radici.

Shirley era un po' spaventata da questi pensieri, ma in effetti esprimevano proprio quello che pensava.

Ora Henry, di certo, non apparteneva a quel mondo. Al massimo era il nipote di qualcuno, di una qualche zia acquisita, senza veri e propri legami di sangue con Bellbury.

"Che pensieri ridicoli," si disse Shirley "alla fin fine, anche Henry avrà un padre e una madre, e una famiglia come tutti gli altri." Ma decise che i suoi genitori dovevano essere morti giovani in qualche luogo sperduto del mondo. Oppure sua madre viveva sulla Costa Azzurra e aveva avuto un sacco di mariti.

"Pensieri ridicoli" si ripeté Shirley. "In realtà non sai niente di Henry. Non sai nemmeno il suo cognome e con chi è venuto qui questo pomeriggio."

E anche questo era tipico di lui. Henry faceva sempre il misterioso. Sarebbe sempre rimasto nel vago, con un passato nebuloso alle spalle, e se ne sarebbe andato all'improvviso prima che qualcuno avesse potuto scoprire il suo nome o di chi fosse nipote. Era solo un bel giovane con un sorriso accattivante, che giocava molto bene a tennis.

A Shirley era piaciuto il tono distaccato con cui, quando Pam Crofton aveva chiesto: «Come giochiamo?», Henry aveva subito risposto: «Io e Shirley contro voi due!». A quel punto aveva fatto ruotare la racchetta per la scelta del campo chiedendo: «Ruvida o liscia?». Shirley aveva la certezza che Henry avrebbe sempre fatto esattamente quello che voleva.

Quando gli aveva chiesto: «Resterai qui a lungo?» lui aveva risposto vagamente: «Oh, penso di no», e non le aveva chiesto di vedersi ancora.

Per un attimo Shirley si accigliò in viso. Quanto aveva desiderato che rimanesse...

Di nuovo guardò l'orologio, e affrettò il passo. Era proprio in ritardo. Non che a Laura importasse. Laura non si spazientiva mai. Era un angelo...

La casa era ormai in vista. Languida nella sua bellezza in stile primo georgiano, era un po' asimmetrica, perché, da quanto aveva capito, un incendio ne aveva distrutto un'ala, che non era mai stato ricostruita.

Inconsciamente Shirley rallentò la sua andatura. Oggi, per qualche ragione, non aveva voglia di tornare a casa. Non voleva rinchiudersi tra quelle mura ovattate e protettive, mentre l'ultimo sole irrompeva dalle finestre occidentali attraverso le tende di chintz un poco sbiadite. Qui il silenzio era così riposante; ci sarebbe stata Laura ad accoglierla con il suo viso benevolo, i suoi occhi pieni di affetto, mentre Ethel portava avanti e indietro pile di piatti per la cena. Affetto, amore, protezione, famiglia... Erano le cose più importanti della vita, ed erano sue senza che avesse fatto nessuno sforzo per ottenerle e neppure per desiderarle. La circondavano, la opprimevano...

"Questo è un modo piuttosto strano di vedere la cosa" pensò Shirley tra sé e sé. "Mi opprimono? Ma che vado pensando?" Ma era proprio quello che provava. Una evidente e costante oppressione. Come il peso dello zaino che una volta aveva portato durante una passeggiata in montagna. Al principio quasi non te ne accorgi, e poi pian piano si fa sentire, preme su di te trascinandoti giù, segandoti le spalle. Un fardello...

"Che cose mi vengono in mente!" si disse Shirley e, correndo verso la porta d'ingresso aperta, entrò in casa.

La sala era in penombra. Al piano di sopra, Laura la chiamò dalla tromba delle scale con la sua voce dolce e un po' roca:

«Sei tu, Shirley?»

«Sì, Laura, mi dispiace, sono terribilmente in ritardo.»

«Non importa, ci sono solo maccheroni al forno. Ethel li ha messi a scaldare.»

Laura Franklin scese per le scale. Era una creatura sottile e fragile, con un viso quasi esangue e profondi occhi marroni dal taglio insolito che, per qualche strana ragione, le davano un aspetto tragico.

Accolse Shirley con un sorriso.

«Ti sei divertita?»

«Oh, sì» rispose Shirley.

«Avete giocato bene?»

«Non male.»

«C'era qualcuno di interessante? O la solita compagnia di Bellbury?»

«Per lo più i soliti di Bellbury.»

È strano che quando la gente ti pone delle domande, non hai mai voglia di rispondere. Eppure le risposte sarebbero state così innocue. Era normale che Laura volesse sapere se si era divertita.

Quando qualcuno ti vuole bene, vuole sempre sapere... Anche Henry dovrà sopportare le domande dei suoi? Cercò di immaginarsi Henry a casa sua, ma non ci riuscì. Sembrava strano, ma non riusciva in nessun modo a vedere Henry all'interno di una famiglia. Eppure doveva pur averne una!

Un'immagine confusa le apparve davanti agli occhi. Henry che entrava in una stanza dove la madre, una bionda appena tornata dal Sud della Francia, si stava mettendo un rossetto di un colore sgargiante. "Ciao, mamma, allora sei tornata?", "Sì, sei stato a giocare a tennis?", "Sì". Nessuna curiosità in quella voce, nessun interesse. Henry e sua madre erano del tutto indifferenti l'uno all'altra.

Laura chiese, incuriosita:

«Che cosa stai brontolando tra te e te, Shirley? Muovi le labbra e aggrotti le sopracciglia da sola.»

Shirley rise:

«Oh, è una conversazione immaginaria.»

Laura alzò le sue sopracciglia sottili con aria interrogativa.

«Sembrava piacerti.»

«In realtà era tutto alquanto ridicolo.»

La fedele Ethel fece capolino dalla porta della sala da pranzo annunciando:

«La cena è pronta.»

Shirley strillò: «Mi devo lavare le mani!», e corse su per le scale.

Dopo cena, mentre erano sedute in salotto, Laura disse: «Oggi ho ricevuto il programma della Scuola commerciale santa Caterina. Mi sembra di capire che è una delle migliori nel suo genere. Tu che ne pensi, Shirley?».

Una smorfia alterò la bellezza del giovane volto di Shirley.

«Imparare stenografia e dattilografia per trovarmi un lavoro?»

«Perché no?»

Shirley sospirò, e poi rise.

«Perché sono una pigrona. Preferirei di gran lunga stare a casa a non far niente. Cara Laura, sono andata a scuola per anni! Non potrei fare una pausa?»

«Vorrei tanto che ci fosse una qualche attività per la quale ti senti portata e che avresti davvero voglia di apprendere.» E per un attimo Laura mostrò un cipiglio severo.

«Sono un tipo all'antica» affermò Shirley. «Voglio solo stare a casa a sognare un marito alto, bello e ricco con cui avere tanti figli.»

Laura non rispose. Aveva ancora un'espressione preoccupata.

«Comunque, se fai un corso presso la Santa Caterina, devi andare ad abitare a Londra. Potresti farti ospitare, pagando qualcosina... magari dalla cugina Angela...»

«La cugina Angela, no. Abbi pietà, Laura.»

«Va bene, niente Angela. Allora da una famiglia. Credo ci siano anche dei pensionati. In seguito potrai prendere un appartamento con un'altra ragazza.»

«Non potrei prenderlo con te?» domandò Shirley.

Laura scosse la testa.

«Io resterei qui.»

«Resti qui? Non verresti a Londra con me?»

Shirley sembrava offesa e incredula.

Laura rispose con sincerità: «Non voglio esserti d'impaccio, tesoro».

«D'impaccio? Come potresti mai esserlo?»

«Sono possessiva, lo sai bene.»

«Come quelle madri che mangiano i loro figli? Laura, tu non sei mai possessiva».

Laura rispose, incerta: «Spero di no, ma non si sa mai». Poi aggiunse, scura in volto: «Non si può mai sapere ciò che si è davvero...».

«Non credo che tu abbia bisogno di farti degli scrupoli, Laura. Non sei per nulla prepotente, almeno non con me. Non sei autoritaria e non pretendi di organizzarmi la vita.»

«In realtà è proprio quello che sto facendo: ti sto iscrivendo a un corso di segretaria a Londra, corso che non ti passa neanche nell'anticamera del cervello di fare!»

E le sorelle scoppiarono a ridere.

Laura si raddrizzò sulla schiena e tese le braccia.

«Sono quattro dozzine» disse.

Aveva raccolto un mazzo di cicerchie odorose.

«Dovremmo spuntare un buon prezzo da Trendle» affermò. «Steli lunghi, e quattro fiori su ognuno. Le cicerchie sono state un grande successo quest'anno, Horder.»

Horder, un vecchietto nodoso dall'aria inquietante e poco pulita, ringhiò convinto in segno di assenso.

«Non è stato troppo male quest'anno. Bisogna ammetterlo» rispose a malincuore.

Horder era un tipo molto sicuro di sé, un anziano giardiniere in pensione, che conosceva il suo mestiere a menadito. Dopo cinque anni di guerra, nell'ambiente la sua professionalità valeva oro ormai. Avevano fatto tutti a gara per assumerlo. Laura ci era riuscita solo grazie al suo prestigio personale. La signora Kindle, il cui marito si diceva avesse fatto fortuna con la vendita di munizioni, gli aveva offerto molto più denaro.

Horder, però, aveva preferito lavorare per la signorina Franklin. Aveva conosciuto il padre e la madre; gente corretta, dei veri signori. Si ricordava della signorina Laura da quando era piccolissima. Ma questi sentimenti da soli non gli avrebbero assicurato i suoi servigi. La verità era che gli piaceva lavorare per lei. La signorina sapeva comandare, c'era poco da stare con le mani in mano. Anche quando non c'era, aveva chiaro in testa il tempo che ci voleva per fare le cose. E inoltre era in grado di apprezzare il tuo operato. Era prodiga di lodi e di complimenti. E anche generosa di spuntini, serviti con tazze di tè caldo, forte e zuccherato. Al giorno d'oggi, col razionamento, non era da tutti offrire tè e zucchero. E lei stessa, la signorina Laura, lavorava rapida e sicura, componeva i mazzi di fiori più velocemente di lui, il che era tutto dire. Era piena di idee, pianificava questo e quello, sempre guardando al futuro e seguendo le teorie più moderne. Quelle campane di protezione, per esempio. Horder non era molto convinto. E Laura concesse che, naturalmente, lei poteva anche sbagliarsi... Con questa premessa, Horder acconsentì gentilmente a provare questa novità. Ebbene, i pomodori avevano raggiunto risultati sorprendenti.

«Sono le cinque» disse Laura, guardando l'orologio. «Ce la siamo cavata proprio bene.»

Diede un'occhiata lì attorno ai vasi di metallo e ai fusti con il raccolto da portare l'indomani a Milchester, dove forniva un fioraio e un fruttivendolo.

«Hai spuntato un ottimo prezzo per della verdura» osservò il vecchio Horder con ammirazione. «Non ci avrei mai contato.»

«A ogni modo, sono sicura che tu abbia ragione. Dobbiamo passare ai fiori recisi. La gente ha sofferto la fame per tutta la guerra, e adesso gli ortaggi li coltivano tutti.»

«Ah,» disse Horder «le cose non sono più come una volta. Ai tempi dei tuoi genitori nessuno avrebbe mai pensato di coltivare qualcosa per venderla al mercato. Mi ricordo com'era questo posto. Sembrava un quadro! Il signor Webster era il responsabile, era arrivato poco prima dell'incendio. E che incendio! Per fortuna la casa non è bruciata tutta.»

Laura annuì e si tolse il grembiule di gomma che indossava. Le parole di Horder avevano riportato i suoi pensieri indietro di molti anni. «Poco prima dell'incendio...»

Quell'incidente era stato una specie di punto di svolta nella sua vita. Si ricordava vagamente com'era prima... Una bambina infelice, gelosa, alla disperata ricerca di attenzione e di amore.

Ma la notte in cui era divampato il fuoco, era nata una nuova Laura – una Laura la cui esistenza era diventata all'improvviso piena e degna di essere vissuta. Da quando aveva lottato contro il fumo e le fiamme con Shirley in braccio, la sua vita aveva trovato il suo scopo e la sua ragione di essere: prendersi cura di Shirley.

Aveva salvato la vita alla sorella. E Shirley adesso era sua. Da quel preciso momento (almeno così le sembrava ora) le due figure più importanti per lei, il padre e la madre, erano passate in secondo piano. Il suo acuto desiderio di conquistare la loro attenzione e fare in modo che sentissero il bisogno di lei si era affievolito fino a scomparire. Forse aveva desiderato anima e corpo di essere amata da loro più di quanto non li avesse amati lei in prima persona. L'amore vero era quello che aveva provato così all'improvviso per quella piccola creatura di nome Shirley. Voleva soddisfare tutte le sue necessità, e realizzare ogni suo minimo desiderio. Lei, Laura, non contava più niente, solo Shirley era importante...

Si sarebbe presa cura di lei, l'avrebbe protetta da ogni pericolo, facendo attenzione ai gatti predatori, alzandosi di notte per assicurarsi che non ci fosse un altro incendio. Sarebbe stata a sua disposizione per procurarle qualsiasi giocattolo, per giocare con lei quando fosse cresciuta, per accudirla quando si fosse ammalata...

Una ragazzina di undici anni non poteva, ovviamente, prevedere il futuro, cioè che l'aereo dei Franklin sarebbe precipitato al loro ritorno da una breve vacanza a Le Touquet...

Laura aveva quattordici anni allora, e Shirley tre. L'unica parente rimasta era la vecchia cugina Angela. Allora era stata Laura a gestire la situazione, valutando attentamente ogni dettaglio, per raggiungere una soluzione soddisfacente per tutti, che poi aveva imposto con una decisione e una forza di volontà indomabili.

Un anziano avvocato e il signor Baldock erano stati nominati tutori ed esecutori testamentari. Laura si era proposta di lasciare la scuola per rimanere a casa, mentre un'ottima bambinaia avrebbe continuato a prendersi cura di Shirley. La signorina Weekes avrebbe lasciato il suo cottage per venire a stare con loro, occuparsi dell'istruzione di Laura, ed essere formalmente a capo dell'organizzazione familiare. Fu un ottimo suggerimento, pratico e facile da eseguire, solo in parte contrastato dal signor Baldock perché non gli piacevano le donne di Girton, e temeva che la signorina Weekes, con le sue idee, avrebbe fatto diventare Laura una suffragetta.

Ma Laura non aveva dubbi. Non sarebbe stata la Weekes a gestire gli affari di casa: era una donna di cultura, con una vera e propria passione per la matematica, le faccende domestiche non le interessavano. Il suo piano aveva funzionato. Laura aveva ricevuto un'ottima istruzione e la signorina Weekes aveva condotto quella vita serena che le era sempre stata negata. Laura fece in modo che non ci fossero scontri tra lei e il signor Baldock. La scelta dei nuovi domestici che servivano di volta in volta, la decisione di far frequentare a Shirley prima una scuola materna e poi un convitto in una città vicina, anche se apparentemente prese dalla signorina Weekes, erano in realtà tutti suggerimenti di Laura. La famiglia viveva in armonia. Più tardi Shirley fu mandata in un collegio di fama. A quel punto Laura era già ventiduenne.

Un anno dopo, lo scoppio della guerra stravolse le loro esistenze. La scuola di Shirley fu trasferita in una nuova sede in Galles. La signorina Weekes andò Londra dove fu assunta in un ministero. La casa venne requisita dal ministero dell'Aeronautica e adibita a residenza per gli ufficiali. Laura dovette trasferirsi nel cottage del giardiniere, e si mise a lavorare come contadina in una fattoria lì vicino, riuscendo al tempo stesso a coltivare ortaggi nel suo grande giardino, cinto di mura.

Poi, un anno prima, la guerra con la Germania era finita e la proprietà era stata restituita con una sollecitudine sorprendente. Laura si era dovuta impegnare molto perché sembrasse di nuovo una casa. Shirley aveva finito la scuola e si rifiutava assolutamente di andare all'università.

Diceva di non essere una cervellona! La sua direttrice, in una lettera a Laura, aveva confermato questa affermazione in termini leggermente diversi:

«Non credo che Shirley sia adatta per una formazione universitaria. È una cara ragazza, e anche molto intelligente, ma non sembra avere una particolare inclinazione per gli studi universitari.»

Così Shirley era tornata a casa e l'insostituibile Ethel si era licenziata dalla fabbrica in cui lavorava, che ora stava dismettendo la produzione bellica, ed era rientrata in servizio da loro, non più come domestica, ma come tuttofare e amica. Laura riprese e aggiornò i suoi programmi per la produzione di fiori e ortaggi. Con il nuovo regime fiscale, però, i guadagni non erano più quelli di prima. Se lei e Shirley volevano tenersi la casa, il giardino doveva ripagarsi, e magari produrre un utile.

Questo era il ricordo del passato che Laura aveva rivissuto nella sua mente, mentre si toglieva il grembiule ed entrava in casa per lavarsi. In tutti quegli anni, la persona al centro di ogni suo progetto era stata Shirley.

Una Shirley bambina, che trotterellava in giro per la casa e raccontava a Laura col suo incerto linguaggio ciò che le sue bambole stavano facendo. La Shirley più grande che, di ritorno dalla scuola elementare, le raccontava confusamente della signorina Duckworth, di Tommy, di Maria, delle malefatte di Robin, di quello che Peter aveva disegnato sul suo abbecedario e dei commenti della signorina Duck.

La Shirley ormai cresciuta, che era tornata dal collegio con una valanga di informazioni: le ragazze che le erano simpatiche, quelle che detestava, il carattere angelico della signorina Geoffrey, la professoressa di inglese, la meschina spregevolezza della signorina Andrews, quella di matematica, le cattiverie che riservavano all'insegnante di francese. Shirley aveva sempre parlato apertamente con Laura senza nasconderle niente. Il loro era un rapporto abbastanza anomalo. Non era quello classico tra sorelle, data la differenza di età, ma neanche quello tra madre e figlia perché tra loro non c'era che la differenza di una generazione. Laura non aveva bisogno di fare domande, Shirley era inarrestabile: «Oh, Laura, ho tante di quelle cose da raccontarti!». E Laura ascoltava, rideva, commentava, disapprovava o era d'accordo, a seconda dei casi.

Ora che Shirley era tornata a casa, Laura aveva l'impressione che tutto fosse rimasto uguale. Ogni giorno discutevano vicendevolmente delle loro attività. Shirley parlava con disinvoltura di Robin Grant o di Edward Westbury; aveva una natura sincera e affettuosa, e le veniva spontaneo, o almeno così pareva, di commentare quotidianamente quello che succedeva.

Ieri, invece, di ritorno dal tennis di Hargreaves era stata stranamente evasiva.

Laura si chiese perché. Certo, Shirley stava diventando una donna. Aveva le sue idee, e voleva vivere la sua vita. E questo era assolutamente giusto e naturale. Doveva solo fare del suo meglio per aiutarla. Laura sospirò, guardò di nuovo l'orologio, e decise di andare a far visita al signor Baldock.

2

IL SIGNOR BALDOCK STAVA LAVORANDO nel suo giardino quando Laura arrivò lungo il viale. Grugnì e subito la accolse con la domanda:

«Cosa ne pensi delle mie begonie? Non male, eh?»

Come giardiniere il signor Baldock era davvero pessimo, ma ciò nonostante era molto orgoglioso dei propri risultati e del tutto dimentico dei fallimenti. Ai suoi amici era vietato qualunque accenno a questi ultimi. Laura osservò obbediente le misere begonie e disse che erano molto belle.

«Belle? Ma se sono stupende!» Il signor Baldock, che adesso era un uomo anziano e molto più appesantito rispetto a diciassette anni prima, si lamentò un po' chinandosi a strappare le erbacce.

«È colpa di questa estate così umida» borbottò. «Non si fa a tempo a pulire il terreno, che ricrescono di nuovo. Sul convolvolo è meglio se non mi esprimo, non ho parole. Di' quello che ti pare, ma secondo me è stato inventato dal diavolo!» Sbuffò per un po', poi, ansimando rumorosamente: «E allora, mia giovane Laura, che cosa c'è? Guai? Dimmi tutto».

«Vengo sempre da lei quando ho qualche preoccupazione. Lo faccio fin da quando avevo sei anni.»

«Eri una bambina un po' strana. Faccia smunta e occhioni grandi.»

«Vorrei tanto sapere se mi sono comportata bene.»

«Se fossi in te, non mi preoccuperei» commentò il signor Baldock. «Grr! E vieni via, maledetto!» grugnì prendendosela con il convolvolo. «No, come ti ho detto, non ti dovresti preoccupare. Alcuni sanno quello che è giusto e quello che è sbagliato, altri invece non ne hanno la minima idea. È come avere orecchio per la musica!»

«Non intendevo dire bene in senso morale, mi chiedevo se sono stata saggia.»

«Insomma, è una cosa ben diversa. Nel complesso, si fanno molte più cose stupide che cose sagge. Ma qual è il problema?»

«Shirley.»

«Ovviamente, Shirley. Pensi sempre e solo a Shirley.»

«Sto cercando di mandarla a Londra a imparare il mestiere di segretaria.»

«Mi sembra un'idea particolarmente idiota» dichiarò il signor Baldock. «Shirley è una cara ragazza, ma è l'ultima persona al mondo che può diventare una brava segretaria.»

«Ma deve pur fare qualcosa.»

«Così dicono, al giorno d'oggi.»

«E mi piacerebbe che incontrasse gente nuova.»

«Accidenti a quella dannata piantaccia» imprecò il signor Baldock, agitando la mano urticata. «Gente? Cosa intendi per gente? La massa? I datori di lavoro? Le altre ragazze? O forse i giovanotti?»

«Intendo dire i ragazzi della sua età.»

Il signor Baldock ridacchiò.

«Anche qui non è che se la stia cavando troppo male. Quel mammone di Robin, al vicariato, mi sembra le stia facendo gli occhi dolci, tant'è che il giovane Peter l'ha presa male, e perfino Edward Westbury ha iniziato a mettere la brillantina sui pochi capelli che gli restano in testa. Domenica scorsa, in chiesa, ne ho sentito l'odore. Tra me e me ho pensato: "A chi sta dando la caccia?". E infatti, quando siamo usciti eccolo lì che parlava con lei scodinzolando come un cagnolino.»

«Non credo nessuno di loro le interessi per davvero.»

«E perché? Dalle tempo. È molto giovane. Dai, Laura, vuoi davvero mandarla a Londra, o ci andresti anche tu?»

«Oh, no. Questo è il nocciolo della questione.»

Il signor Baldock si irrigidì.

«Allora è qui che volevi arrivare.» La osservò con attenzione. «Che cosa hai in mente, Laura?»

Laura abbassò lo sguardo a terra.

«Come lei ha appena detto, Shirley è l'unica cosa che conta per me. La amo così tanto che ho paura di... di farle del male. Di tenerla troppo legata a me.»

La voce del signor Baldock divenne inaspettatamente dolce.

«Ha dieci anni meno di te e in un certo senso per te è più una figlia che una sorella.»

«Sì, le ho fatto da mamma.»

Lui annuì.

«E ti rendi conto, essendo una persona intelligente, che l'amore materno è un amore possessivo... è questo?»

«Già. E io non voglio che sia così. Vorrei che Shirley fosse libera... insomma... libera.»

«Per questo vuoi spingerla fuori dal nido? Mandarla nel mondo per trovare la sua strada?»

«Sì. Ma non sono del tutto sicura che sia la cosa giusta da fare.»

Il signor Baldock si grattò il naso, infastidito.

«Voi donne!» esclamò. «Il problema è che con voi tutto diventa una tragedia in cinque atti. Come si può mai sapere che cosa è giusto? Se Shirley va a Londra e incontra uno studente egiziano e ti scodella un bambino a Bloomsbury, penserai subito che sia colpa tua, quando invece sarebbe tutta colpa di Shirley, e al limite dell'egiziano. Se studia e si trova un buon lavoro come segretaria e sposa il suo capo, allora dirai che avevi avuto ragione. Tutte stupidaggini: non si può organizzare la vita degli altri. O Shirley ha buonsenso o non ce l'ha. Si vedrà col tempo. Se pensi che questa idea di Londra sia una buona soluzione, vai pure avanti col tuo progetto, ma non prenderla troppo sul serio. Questo è il tuo problema, Laura, prendi tutto troppo seriamente. Questo è il problema di un sacco di donne.»

«E lei no?»

«Io prendo sul serio il convolvolo,» affermò Baldock, fissando con sguardo minaccioso un mucchio di erbacce sul sentiero. «E i pidocchi delle piante. E prendo sul serio il mio stomaco, perché mi fa un male cane se non lo faccio. Ma non mi sogno mai di intromettermi nella vita delle altre persone. In primo luogo perché ho troppo rispetto per loro.»

«Lei non capisce. Non posso sopportare l'idea che Shirley butti via la sua esistenza e sia infelice.»

«Bla, bla, bla. Sono solo sciocchezze» esclamò sgarbato il signor Baldock. «Che importa se Shirley è infelice? La maggior parte delle persone lo è. Tutti hanno i loro alti e bassi. Bisogna accettare di essere infelici in questa vita, come accettiamo tutto il resto. Ci vuole coraggio a stare al mondo, coraggio e un atteggiamento positivo.»

Poi la squadrò con occhi severi.

«E tu, Laura?»

«Io?» chiese lei, sorpresa.

«Sì. Prova a pensare se tu fossi infelice. Potresti sopportarlo?»

Laura sorrise.

«Non ci ho mai pensato.»

«Be', perché no? Pensa un po' di più a te stessa. In una donna l'altruismo può fare gli stessi danni di una mano pesante in pasticceria. Cosa ti aspetti dalla vita? Hai ventotto anni, è l'età giusta per sposarti. Perché non ti dai da fare per trovare un marito?»

«Non sia assurdo, Baldy.»

«Fulmini e saette!» ruggì il signor Baldock. «Sei o non sei una donna? Non sei brutta, sei del tutto normale. Oppure non sei normale? Come reagisci quando un uomo tenta di baciarti?»

«In realtà non ci hanno provato in molti» rispose Laura.

«E sai perché? Perché non stai facendo quel che dovresti.» Agitò il dito contro di lei. «Pensi sempre a qualcos'altro. Te ne stai lì col tuo bel cappottino e la tua gonna precisina, con quell'aria da brava ragazza che sarebbe piaciuta tanto a mia madre. Perché non ti metti un bel rossetto scarlatto sulle labbra e non ci abbini lo smalto per le unghie?»

Laura lo fissò stupita.

«Ha sempre detto di odiare il rossetto e lo smalto.»

«Sì? Certo che li odio. Ma io ho settantanove anni! Però comunicano un messaggio, sono un simbolo, un segno che sei sul mercato, pronta a prendere parte al grande gioco della natura. Sono una specie di richiamo d'amore. Ora guardati un po', Laura, non risvegli la fantasia di nessuno. Non mostri nessuna civetteria femminile. Non sei seducente con l'aria di chi non lo fa apposta, come molte donne. Magari esiste un tipo di uomo che potrebbe sceglierti senza che tu faccia nulla, uno con il buonsenso di capire che sei la donna per lui. Ma le probabilità che questo accada sono davvero molto scarse. Devi fare la tua parte. Devi ricordarti che sei una donna e quindi comportarti da donna e guardarti attorno per trovare l'uomo giusto per te.»

«Mio caro Baldy, mi piacciono le sue lezioni, ma sono sempre stata un'imbranata cronica.»

«Allora tu vuoi essere una vecchia zitella?»

Laura arrossì un po'.

«No, certo che no. Solo non credo sia probabile che mi sposi.»

«Disfattismo!» ruggì il signor Baldock.

«No, non è questo. È solo che giudico impossibile che qualcuno possa innamorarsi di me.»

«Gli uomini possono innamorarsi di chiunque» tagliò corto il signor Baldock. «Perfino di una con le labbra leporine, l'acne, il prognatismo, e un cervello di gallina! Pensa a metà delle donne sposate che conosci! No, mia giovane Laura, la verità è che non ti vuoi impegnare! Tu vuoi amare, non essere amata, e oserei dire che, in un certo senso, ci hai visto anche giusto. Essere amati significa portare un pesante fardello.»

«Pensa che io ami troppo Shirley? Che sia possessiva?»

«No,» rispose lentamente il signor Baldock «non sei possessiva. Te ne do atto.»

«Ma allora, si può forse amare troppo qualcuno?»

«Certo che si può!» sentenziò. «Si può fare troppo qualsiasi cosa. Mangiare troppo, bere troppo, amare troppo...»

Citò:

Mille modi di amare ho conosciuto
E tutti han fatto soffrire l'amato.

«Ecco pane per i tuoi denti, mia cara Laura.»

Laura tornò a casa a piedi, sorridendo a se stessa. Non appena rientrò, Ethel le venne incontro dalle cucine e le sussurrò con aria complice:

«C'è un bel giovane che l'aspetta, un certo signor Glyn-Edwards. L'ho fatto accomodare in salotto. Ha detto che avrebbe atteso. Mi è sembrato un tipo a posto, non mi sembra proprio un venditore di aspirapolvere o uno che vuole spillare quattrini.»

Laura sorrise a denti stretti. Però in fondo si fidava del giudizio di Ethel.

Glyn-Edwards? Quel nome non le diceva nulla. Forse era uno dei giovani ufficiali di volo che erano stati alloggiati lì durante la guerra.

Andò in salotto attraversando l'anticamera.

Al suo arrivo il giovane si alzò subito. Era un perfetto sconosciuto.

E quella sensazione l'avrebbe accompagnata anche negli anni a venire. Henry era un estraneo. Mai, neanche per un attimo, divenne qualcosa di più.

Il bel sorriso impaziente del giovane si affievolì di colpo. Sembrava sorpreso.

«Signorina Franklin?» disse. «Ma lei non è...» Sul viso gli tornò il suo sorriso spigliato. «Lei deve essere la sorella.»

«Vuol dire di Shirley?»

«Proprio così» confermò Henry, con evidente sollievo. «Ho incontrato Shirley ieri, abbiamo giocato insieme a tennis. Mi chiamo Henry Glyn-Edwards.»

«Si accomodi» lo invitò Laura. «Shirley dovrebbe tornare fra poco. È andata a prendere il tè al vicariato. Gradisce un po' di sherry? O preferisce del gin?»

Henry scelse lo sherry.

Rimasero lì a chiacchierare. Henry aveva un modo di fare perfetto, caratterizzato anche da un pizzico di disarmante timidezza. Un'eccessiva sicurezza di sé avrebbe potuto suscitare diffidenza. Insomma, parlava con semplicità e allegria, senza imbarazzi, ma anche con la cordiale e educata deferenza che doveva a una donna come Laura.

«Lei abita a Bellbury?» gli chiese Laura.

«Oh, no. Sto con mia zia a Endsmoor.»

Endsmoor si trovava a oltre cento chilometri di distanza, dall'altra parte di Milchester. Laura rimase un po' meravigliata. Henry sembrò rendersi conto di dover dare qualche spiegazione.

«Ieri sono andato via prendendo la racchetta di qualcun altro» disse. «Sono stato proprio uno stupido. Sono riuscito a rimediare un po' di benzina e così ho pensato di tornare qui a restituirla e cercare la mia.»

E la fissò senza un'espressione particolare.

«L'ha poi trovata la sua racchetta?»

«Oh, sì» disse Henry. «Sono stato fortunato. Sono un distratto cronico. Sa che quand'ero in Francia, al tennis dimenticavo sempre la borsa?»

Ammiccò in maniera disarmante.

«Così, visto che ero qui,» disse «ho pensato di venire a trovare Shirley.»

C'era o non c'era un accenno di imbarazzo?

Se ci fosse stato, a Laura non sarebbe dispiaciuto. Lo preferiva a un eccesso di fiducia in se stessi.

Questo giovane era senza dubbio simpatico. Laura ne subiva chiaramente il fascino. Non riusciva quindi a spiegarsi il deciso senso di ostilità che provava nei suoi confronti.

Era ancora una volta possessività?, si chiedeva Laura. Se Shirley aveva incontrato Henry il giorno prima, le sembrava strano che non gliene avesse parlato.

Continuarono a chiacchierare. Erano ormai le sette passate. Evidentemente Henry non aveva nessun vincolo di orario per il rientro. Sarebbe di certo rimasto lì fino all'arrivo di Shirley. Laura si chiedeva quanto tempo ci sarebbe ancora voluto. Di solito a quell'ora la sorella era già a casa.

Scusandosi col giovane, Laura uscì dalla stanza, andò nello studio e chiamò il vicariato.

Rispose la moglie del vicario.

«Shirley? Oh, sì, Laura, è qui. Sta giocando a minigolf con Robin. Gliela vado a chiamare.»

Ci fu una pausa, e poi sentì la voce allegra e vivace di Shirley.

«Laura?»

Laura le disse con tono secco:

«C'è qui un tuo ammiratore.»

«Un mio ammiratore? E chi è?»

«Si chiama Glyn-Edwards. Ha suonato alla porta un'ora e mezzo fa ed è ancora qui. Non credo che abbia intenzione di andar via senza averti visto. Ed entrambi siamo ormai a corto di argomenti!»

«Glyn-Edwards? Non l'ho mai sentito nominare. Santo cielo! Credo sia meglio tornare a casa e affrontare la situazione. Peccato, ero sul punto di battere il record di Robin...»

«Mi pare di aver capito che era al tennis ieri.»

«Non è per caso Henry?»

La voce di Shirley suonò trepidante, un po' incredula. Il suo tono sorprese Laura.

«Potrebbe essere Henry» rispose annoiata. «Abita con una zia a...»

Shirley, senza fiato, la interruppe:

«È Henry. Vengo subito.»

Laura mise giù il ricevitore un po' frastornata e a passi lenti tornò in salotto.

«Shirley arriverà presto» disse e invitò Henry a rimanere a cena.

Laura, a capotavola, si appoggiò allo schienale della sedia e osservò gli altri due. Non era ancora buio e il crepuscolo filtrava dalle finestre senza tende. La luce della sera si posava placida sui visi dei due giovani che spontanei si piegavano l'uno verso l'altra.

Guardandoli spassionatamente, Laura cercò di capire la ragione del suo crescente senso di disagio. Aveva preso in antipatia Henry? No, non poteva essere solo quello. Aveva riconosciuto il suo fascino, la sua simpatia, le sue buone maniere. Non sapendo ancora quasi nulla di lui, non poteva esprimere un giudizio di un qualche valore. Forse era un po' troppo informale, troppo alla buona, troppo indipendente? Sì, questa era l'espressione giusta, troppo indipendente...

Era ovvio che quella sensazione avesse a che fare con Shirley. Stava sperimentando lo shock che si prova quando si scopre un aspetto sconosciuto di una persona di cui si pensava di sapere tutto. Laura e la sorella non erano mai state troppo aperte tra di loro, ma nel corso degli anni Shirley aveva imparato a confidare a Laura le sue antipatie, i suoi amori, i suoi desideri, le sue frustrazioni.

Eppure il giorno prima, quando le aveva domandato, giusto per far conversazione: «C'era qualcuno di interessante? O la solita compagnia di Bellbury?», Shirley aveva risposto con indifferenza: «Per lo più i soliti di Bellbury».

Laura si chiese perché la sorella non avesse fatto cenno a quel ragazzo. E in quel momento ricordò l'improvviso affanno nella voce di Shirley quando al telefono aveva pronunciato il nome di Henry.

La sua attenzione si rivolse alla conversazione in corso tra di loro.

Henry stava appunto terminando una frase:

«... se ti interessa potrei venirti a prendere a Carswell.»

«Oh, mi piacerebbe. Non sono mai stata alle corse dei cavalli.»

«Quella di Marldon non è un granché, ma un mio amico ha un cavallo che ci gareggia. Potremmo...»

Riflettendo con calma, Laura comprese che si trattava di un corteggiamento. La sua visita inattesa, la benzina rimediata, la scusa improbabile... Henry si era preso una cotta per Shirley. Laura non pensò che potesse rivelarsi una cosa da niente. Credeva, al contrario, di poter prevedere da quei pochi segnali gli eventi a venire.

Henry e Shirley si sarebbero sposati. Se lo sentiva, ne era assolutamente certa. E Henry sarebbe rimasto un estraneo. Sarebbe sempre stato uno sconosciuto per lei.

Shirley, invece, sarebbe mai riuscita a conoscerlo veramente?

3

«FORSE,» DISSE HENRY «dovresti venire a conoscere mia zia.»

Guardò Shirley con aria interrogativa.

«Ho l'impressione, però, che potresti annoiarti a morte.»

Erano appoggiati alla staccionata del tondino, dove i cavalli venivano messi in mostra prima della gara, e guardavano distrattamente il numero diciannove che compiva un altro monotono giro.

Questa era la terza volta che Shirley assisteva alle corse in compagnia di Henry. Mentre tutti gli altri giovani erano interessati all'avvenimento mondano, lui sembrava preoccuparsi soprattutto delle prestazioni sportive. Anche in questo Henry si dimostrava diverso dagli altri. E questa diversità era molto eccitante.

«Sono sicura che non mi annoierei» rispose Shirley educatamente.

«Io non vedo proprio come potresti evitarlo» disse Henry. «Fa gli oroscopi e ha delle bizzarre idee sulle piramidi.»

«Sai, Henry, che non so nemmeno come si chiama tua zia?»

«Davvero?» esclamò lui, sorpreso.

«Si chiama Glyn-Edwards?»

«No. Fairborough. Lady Muriel Fairborough. È un bel tipo. Non ti chiede mai dove vai o dove sei stato. Ed è sempre disponibile ad aprire il portafogli nei momenti di crisi.»

«Questo cavallo ha un'aria molto depressa» disse Shirley, guardando il numero diciannove. Stava cercando di cambiare discorso.

«Povera bestia» convenne Henry. «È uno dei peggiori esemplari di Tommy Twisdon. Io dico che cade al primo ostacolo.»

Portarono altri due cavalli al tondino e il recinto cominciò a riempirsi di persone che si appoggiavano per guardare.

«Cos'è questa? La terza gara?» Henry stava consultando il programma. «Ci sono già i numeri di partenza? Il diciotto è iscritto?»

Shirley guardò la tabella dietro di lei.

«Sì.»

«Potremmo puntare qualche spicciolo su questo, se la quota è giusta.»

«Quante cose che sai sui cavalli. La tua famiglia aveva un allevamento?»

«In realtà per lo più mi intendo di allibratori.»

Shirley trovò il coraggio di chiedere ciò che le stava davvero a cuore.

«Se ci pensi, non è strano quanto poco sappia di te? I tuoi sono vivi o sei un orfano come me?»

«Mio padre e mia madre sono stati uccisi durante l'invasione tedesca. Erano al Café de Paris.»

«Oh, Henry, che cosa terribile!»

«Sì, terribile!» concordò Henry, senza tuttavia mostrare particolare emozione. Forse anche lui se ne rese conto perché aggiunse: «Certo, è successo più di quattro anni fa. Gli ero affezionato, gli volevo bene e tutto il resto, ma non si può mica vivere di ricordi».

«Suppongo di no» rispose Shirley perplessa.

«Come mai tutta questa curiosità?» chiese Henry.

«È solo che... è bello conoscere le persone» Shirley parlava quasi in tono di scusa.

«Tu credi?» Henry sembrava sinceramente sorpreso.

«In ogni caso è meglio che tu venga a conoscere mia zia, per mettere tutto in chiaro con Laura.»

«Laura?»

«Be', Laura è una molto tradizionale, non è vero? Bisogna rassicurarla sul fatto che io sia un tipo rispettabile, eccetera, eccetera.»

E poco tempo dopo, Shirley ricevette un cortese invito a pranzo da parte di Lady Muriel in cui si specificava che Henry sarebbe andato a prenderla in macchina.

La zia di Henry sembrava la Regina Bianca di *Attraverso lo specchio*. Il suo abbigliamento era costituito da vari capi in lana di colori vivaci, che lei stessa realizzava ai ferri. Aveva i capelli castani, un po' sbiaditi e striati di grigio, che portava raccolti in una crocchia, da cui sfuggivano in tutte le direzioni alcune ciocche disordinate.

Riusciva a combinare vivacità e stravaganza.

«Mi fa così piacere che tu sia venuta, mia cara» le disse con affetto, e mentre stringeva la mano a Shirley fece cadere un gomitolo di lana. «Raccoglilo Henry, fai il bravo. Ora dimmi, quando sei nata?»

Shirley le rispose che era nata il 18 settembre 1928.

«Ah, sì. Vergine... lo immaginavo. E a che ora?»

«Purtroppo non lo so.»

«Oh! Che peccato! Devi cercare di scoprirlo e farmelo sapere. È la cosa più importante. Dove sono gli altri aghi... quelli del numero otto? Sto facendo un maglione a collo alto per la Marina militare.»

Glielo fece vedere.

«Dovrà essere un bel pezzo di marinaio» commentò Henry.

«Immagino che in Marina ne abbiano di tutte le taglie» disse Lady Muriel senza scomporsi. «E pure nell'Esercito» aggiunse. «Ricordo il maggiore Tug Murray, pesava più di cento chili e per giocare a polo aveva bisogno di appositi cavalli in grado di reggere il suo peso. Quando prendeva l'abbrivio al galoppo non c'era modo di fermarlo. Si è rotto il collo mentre gareggiava per il club di Pytchley» concluse con tono brioso.

Un maggiordomo decrepito e tremolante aprì la porta e annunciò che era pronto in tavola.

Si trasferirono in sala da pranzo. Il cibo era mediocre e le posate d'argento tutte annerite.

«Povero vecchio Melsham» disse Lady Muriel quando il maggiordomo uscì dalla stanza. «Non ci vede proprio più. E gli tremano le mani. Quando gira intorno al tavolo per servire ho sempre paura che faccia qualche danno. Gli ho detto mille volte di appoggiare le cose sulla credenza, ma lui niente. Non vuole che l'argenteria venga messa via, ma naturalmente non si mette certo a pulirla. Inoltre litiga con queste strane ragazze moderne, che sono le uniche che si rimediano oggigiorno. È abituato in modo diverso, dice. D'altronde cosa possiamo pretendere? Con la guerra e tutto il resto.»

Ritornarono in salotto, e Lady Muriel tenne una rapida conversazione a proposito delle profezie bibliche, delle misure delle piramidi, di quanto costano i buoni vestiario al mercato nero e dei problemi causati dalle erbe infestanti.

Dopodiché, mise velocemente da parte il suo lavoro a maglia e annunciò che avrebbe accompagnato Shirley in giro per il giardino mentre mandò Henry a portare un messaggio all'autista.

«Henry è un caro ragazzo» disse mentre si stavano incamminando. «Certo è molto egoista e ha le mani bucate. Ma cosa ci si può aspettare... visto come è stato allevato.»

«Ha... preso da sua madre?» Shirley saggiò il terreno con cautela.

«Santo cielo, no. La povera Mildred era sempre stata molto parsimoniosa. Per lei era una vera ossessione. Non riesco a capire perché mai mio fratello l'abbia sposata. Era noiosa da morire e non era nemmeno una bella ragazza. Credo che sia stata felice quando vivevano laggiù in quella fattoria in Kenya circondati da gente seriosa. Poi cominciarono a frequentare ambienti più divertenti, che non le si addicevano altrettanto bene.»

«E il padre di Henry...» Shirley fece una pausa.

«Povero caro Ned. È stato condannato tre volte per bancarotta. Ma era così simpatico. Di tanto in tanto Henry me lo ricorda. Questa è una specie molto particolare di alstroemeria. Una pianta che non cresce dappertutto. Mi ha dato grandi soddisfazioni.»

Strappò un fiore secco e lanciò un'occhiata a Shirley.

«Come sei bella, mia cara. Non t'imbarazzare perché te lo dico. Sei anche molto giovane.»

«Ho quasi diciannove anni.»

«Sì, ecco. E fai le cose che fanno tutte queste cervellone di oggi?»

«Io non sono così intelligente» rispose Shirley. «Mia sorella mi vuole far fare un corso di segretaria.»

«Sono sicura che sarebbe molto bello. Potresti diventare segretaria di un parlamentare. Dicono tutti che è così interessante. Non ho mai capito bene perché. Comunque, qualunque cosa tu faccia, non credo che durerà a lungo. Presto ti sposerai.»

Sospirò.

«Al giorno d'oggi il mondo è così strano. Ho appena ricevuto una lettera da una mia vecchia amica. Sua figlia ha sposato un dentista. Un dentista! Quando ero giovane io le ragazze non sposavano i dentisti. I medici, sì, ma non i dentisti.»

Si voltò.

«Ah, ecco che arriva Henry. Eccoci, Henry, vedo che sei venuto a portare la signorina...»

«Franklin.»

«... la signorina Franklin via da me.»

«Ho pensato di fare un salto a Bury Heath.»

«Sei riuscito a farti dare un po' di benzina da Harman?»

«Solo una decina di litri, zia Muriel.»

«Be', io non te ne do, hai capito? Devi arrangiarti da solo. Faccio già abbastanza fatica a trovarla per me.»

«Non ti preoccupare, cara zia. Andiamo allora?»

«Solo per questa volta. Arrivederci, mia cara. Ricordati di mandarmi tutti i dettagli sull'ora della tua nascita, non te ne dimenticare, solo in quel caso posso farti l'oroscopo per bene. Ti consiglierei di vestirti di verde, cara. I nati sotto il segno della vergine devono vestirsi di verde.»

«Io sono dell'acquario» disse Henry. «Del 20 gennaio.»

«Instabile» commentò fulminea la zia. «Ricordati, mia cara, che tutti gli acquario sono molto inaffidabili.»

«Spero che tu non ti sia annoiata troppo» disse Henry mentre andavano via in macchina.

«Per niente. Tua zia è adorabile.»

«Oh, io non arriverei fino a tanto. Ma tutto sommato è un bel tipo.»

«Ti è molto affezionata.»

«Oh, non proprio. Diciamo che non le dispiace avermi attorno.»

Poi aggiunse: «Il mio servizio militare è quasi alla fine, dovrei essere congedato presto».

«Che cosa hai intenzione di fare?»

«Non lo so. Pensavo di fare l'avvocato.»

«Sul serio?»

«Sì, ma è piuttosto faticoso. Penso che forse potrei mettermi in affari.»

«Che genere di affari?»

«Mah, tutto dipende dalle conoscenze che si hanno. Io ho qualche contatto nel mondo della finanza e conosco un paio di magnati che potrebbero aiutarmi a iniziare.» Poi aggiunse: «Sai, non sono pieno di soldi. Trecento l'anno, per essere precisi. Di mio, intendo dire. La maggior parte dei miei conoscenti sono degli spilorci. Non mi darebbero mai una mano. La buona vecchia Muriel di tanto in tanto mi viene in aiuto, ma anche lei al momento è un po' in ristrettezze. Poi ho una madrina che, se si riesce a prenderla per il verso giusto, è abbastanza generosa. Tutto questo è un po' vago, lo so...».

«Perché» chiese Shirley, meravigliata da tutta quell'improvvisa quantità di informazioni «mi stai dicendo tutto questo?»

Henry arrossì. L'auto sbandò come fosse guidata da un ubriaco.

Lui emise un borbottio indistinto.

«Pensavo che lo avessi capito... Tesoro, sei così bella... Ti voglio sposare... Mi devi sposare, tu devi... Assolutamente.»

Laura lanciò a Henry uno sguardo esasperato.

Si sentiva come quando ti arrampichi su un ripido pendio gelato e non riesci ad avanzare di un passo.

«Shirley è troppo giovane,» disse «davvero troppo giovane.»

«Suvvia, Laura, Shirley ha diciannove anni. Una delle mie nonne si è sposata a sedici anni, e aveva già due gemelli prima di compiere i diciotto.»

«Erano altri tempi.»

«E durante la guerra un sacco di persone si sono sposate in giovane età.»

«E hanno già vissuto abbastanza da pentirsene.»

«Non ti pare di essere troppo pessimista? Io e Shirley non ce ne pentiremo mai.»

«Questo non puoi saperlo.»

«E invece lo so. Ne sono certo» e le sorrise. «Sono ottimista e amo Shirley alla follia. Farò tutto il possibile per renderla felice.»

La guardò pieno di speranza, e aggiunse:

«Io la amo davvero.»

Ancora una volta la sua evidente sincerità convinse Laura. Henry amava Shirley.

«Tuttavia mi rendo conto di non essere proprio benestante.»

Ed ecco che di nuovo era di una schiettezza disarmante. Non era tanto l'aspetto finanziario a preoccupare Laura. Non aveva l'ambizione di trovare per Shirley quello che si definisce un "buon partito". Henry e Shirley non avevano a disposizione un grosso reddito per iniziare la loro vita assieme, ma se stavano attenti, potevano farselo bastare. Le prospettive di Henry non erano peggiori di quelle di centinaia di altri giovani appena congedati, con una carriera davanti a loro. Godeva di buona salute, aveva un cervello fino, e un modo di fare affascinante. Sì, forse era stato proprio il suo fascino a rendere così diffidente Laura. Nessuno aveva il diritto di averne così tanto.

E allora ribatté, con tono autoritario:

«No, Henry. Per il momento il matrimonio è fuori discussione. Ci vuole almeno un anno di fidanzamento, che vi dia il tempo di conoscervi meglio.»

«Davvero, cara Laura, si direbbe che tu abbia cinquant'anni. Più che una sorella mi sembri un severo padre vittoriano.»

«Devo essere come un padre per Shirley. In un anno puoi trovare un lavoro e farti una posizione.»

«Suona così deprimente.» Il suo sorriso era sempre accattivante. «Secondo me tu non vuoi che Shirley si sposi.»

Laura arrossì.

«Sciocchezze.»

Henry era soddisfatto, la sua provocazione era servita. E andò a cercare Shirley.

«Laura» disse «sta diventando scocciante. Perché mai non ci dovremmo sposare? Non ho voglia di aspettare. Odio aspettare che le cose accadano. E tu? Se si attende troppo a lungo, alla fine si perde interesse. Potremmo anche andare a sposarci al Comune senza tanti fronzoli. Che ne dici? Eviteremmo un sacco di complicazioni.»

«Oh no, Henry, non possiamo farlo.»

«E perché no? Come ho detto, si risparmierebbero un sacco di storie.»

«Io sono minorenne. Non dobbiamo avere il consenso di Laura?»

«Sì, credo che tu abbia ragione. È lei il tuo tutore legale, oppure è quel vecchio... come si chiama?»

«Veramente non lo so. Baldy è il mio fiduciario».

«Il guaio» disse Henry «è che Laura non mi può soffrire.»

«Oh, non è affatto vero, Henry. Sono sicura che le piaci.»

«No, è così. È chiaramente una questione di gelosia.»

Shirley parve imbarazzata.

«Lo pensi davvero?»

«Non le sono mai andato a genio. Fin dall'inizio. E mi sono fatto in quattro per essere gentile con lei.» Henry sembrava ferito.

«Lo so. Sei buono con lei. Ma, dopo tutto, Henry, le abbiamo presentato la questione di colpo, senza prepararla. Ci conosciamo solo da... quanto tempo? Tre settimane. Non è poi così grave se dobbiamo aspettare un anno.»

«Tesoro, io non voglio aspettare un anno. Voglio sposarti adesso, o la prossima settimana, o domani. Non vuoi sposarmi?»

«Oh, Henry, sì lo voglio... sì.»

Il signor Baldock era stato debitamente invitato a cena per incontrare Henry. Subito dopo Laura gli aveva chiesto con ansia:

«Be', che ne pensa?»

«Piano, piano, con calma. Come faccio a giudicare qualcuno da una cena? Ha buone maniere, non mi tratta come un vecchio bacucco. Mi ascolta con deferenza.»

«È tutto quello che ha da dire? Insomma, secondo lei va bene per Shirley?»

«Ai tuoi occhi, mia cara Laura, nessuno sarà mai abbastanza per Shirley.»

«Sì, questo forse è vero... Ma a lei piace?»

«Sì. Anzi, direi che è quello che si chiama un uomo piacevole.»

«E pensa che sarà un buon marito per lei?»

«Oh, non mi spingerei fino a tanto. Ho il forte sospetto che, come marito, potrebbe rivelarsi insoddisfacente sotto molti punti di vista.»

«Allora non possiamo permettere che lo sposi.»

«Non possiamo impedirle di sposarlo, se lei lo vuole. E oserei dire che non si rivelerà peggiore di qualsiasi altro marito che possa scegliere. Non credo che la picchierà, o che le metterà l'arsenico nel caffè, o che sarà scortese con lei in pubblico. Però è anche vero che ci sono molte altre cose da sapere, Laura, per valutare un marito, oltre alla sua piacevolezza e alle sue buone maniere.»

«Sa cosa penso di lui? Penso che sia estremamente egoista e... senza scrupoli.»

Il signor Baldock alzò le sopracciglia.

«Mi meraviglierei se pensassi il contrario.»

«E allora?»

«Ascolta, Laura, questo tizio piace a lei, le piace molto. Per dirla tutta, è pazza di lui. Henry non sarà il tipo d'uomo che ti va a genio e, per la verità, non va a genio neanche a me, ma a lei sì, non c'è dubbio.»

«Se solo potesse vedere com'è veramente!» protestò Laura.

«Vedrai che lo scoprirà» profetizzò il signor Baldock.

«Quando sarà troppo tardi! Io voglio che lo capisca adesso!»

«E non farebbe nessuna differenza. Lei è decisa ad averlo, lo sai.»

«Se solo Shirley potesse partire per qualche tempo... Fare una crociera o un viaggio in Svizzera, ma ora tutto è così difficile, a causa della guerra.»

«A mio parere,» disse il signor Baldock «non si combina mai nulla di buono cercando di impedire alle persone di sposarsi. Intendiamoci, devi farlo se ci sono dei motivi seri; se ha moglie e cinque figli, se soffre di crisi epilettiche o se è ricercato per appropriazione indebita. Ma vuoi che ti dica con precisione cosa succederebbe se tu riuscissi a separarli e a mandare Shirley in crociera o in Svizzera o su un'isola dei Mari del Sud?»

«Cosa?»

Il signor Baldock agitò un dito verso di lei con fare enfatico:

«Lei tornerebbe assieme a un altro giovane dello stesso tipo. La gente sa quello che vuole. Shirley vuole Henry, e se non può avere Henry, lei si guarderà attorno fino a che non troverà un giovane il più possibile simile a lui. L'ho visto accadere molte volte. Il mio migliore amico era sposato con una donna che gli rendeva la vita un inferno, era asfissiante, lo maltrattava, lo comandava a bacchetta, non lo lasciava mai in pace un momento e tutti si meravigliavano che non l'avesse ancora presa a coltellate. Poi ha avuto un colpo di fortuna. Lei si è presa una broncopolmonite ed è morta! Sei mesi dopo sembrava un uomo nuovo e parecchie belle donne cominciarono a interessarsi a lui. Diciotto mesi dopo sai cosa ha fatto? Ha sposato una donna che era una carogna perfino peggiore della prima. La natura umana è proprio un mistero.»

Fece un sospiro profondo.

«E smettila di camminare su e giù, come il personaggio di una tragedia. Laura, ti ho già detto che prendi le cose troppo sul serio. Non si può vivere la vita degli altri al loro posto. Shirley deve andare per la sua strada. E, secondo me, è capace di prendersi cura di se stessa molto meglio di te. È di te che mi preoccupo, Laura. Da sempre...»

4

HENRY SI ARRESE con la stessa eleganza con la quale faceva tutto il resto.

«D'accordo, Laura. Se proprio deve esserci un anno di fidanzamento... Siamo nelle tue mani. Mi rendo conto che per te deve essere molto difficile separarti da Shirley, senza avere il tempo di abituarti all'idea.»

«Non è questo il problema...»

«Davvero?» Le sopracciglia si alzarono e il suo sorriso si venò di sarcasmo. «Shirley è la cosa più preziosa che hai. Non è così?»

Le sue parole produssero in Laura un senso di disagio.

I giorni successivi alla partenza di Henry non furono facili.

Shirley non le era ostile, ma se ne stava per conto suo. Era lunatica, instabile, e anche se non era apertamente risentita, aveva un atteggiamento di velato rimprovero. Viveva solo in funzione dell'arrivo della posta, anche se poi si rivelava sempre una delusione. Henry non era un buon corrispondente. Le sue lettere erano solo brevi scarabocchi.

«Tesoro, come va? Mi manchi molto. Ieri sono stato in giro tutto il giorno e non ho combinato niente. Come sta il drago? Tuo per sempre, Henry.»

Poteva passare anche un'intera settimana senza che arrivasse una lettera.

Una volta Shirley era andata a trovarlo a Londra, ma il loro incontro era stato breve e deludente.

Henry aveva rifiutato un invito da parte di Laura.

«Non ho intenzione di venire a passare il fine settimana da voi, io voglio sposarti, e averti sempre tutta per me, non voglio venire a trovarti e "uscire" con te sotto l'occhio vigile di Laura. Non dimenticare che Laura ti aizza contro di me, ogni volta che può.»

«Oh, Henry, lei non farebbe mai una cosa del genere. Non parla quasi mai di te...»

«Lei spera solo che tu ti dimentichi di me.»

«Come se fosse possibile!»

«È una vecchia gallina gelosa.»

«Oh, Henry, Laura è un tesoro.»

«Non certo nei miei confronti.»

Shirley tornò a casa infelice e inquieta...

Laura cominciò, suo malgrado, a sentirsi stanca della situazione.

«Perché non chiedi a Henry di venire da noi per il fine settimana?»

Shirley rispose con tono cupo:
«Non vuole venire.»
«Non vuole venire? Che strano!»
«Non è poi così strano. Sa bene di non esserti simpatico.»
«Mi è molto simpatico, invece.» Laura cercò di dare un tono convincente alla sua voce.
«Oh, Laura, lo sai che non è vero!»
«Penso che Henry sia una persona molto affascinante.»
«Ma non vuoi che io lo sposi.»
«Shirley, non è così. Voglio solo che tu sia del tutto sicura.»
«Io sono sicura».
Laura alzò la voce, disperata:
«Il mio amore per te è così grande che non voglio che tu commetta un errore.»
«Allora, dammi meno amore. Non voglio il tuo amore per l'eternità!» Poi aggiunse: «La verità è che sei gelosa».
«Gelosa?»
«Gelosa di Henry. Tu non vuoi che io mi affezioni a nessun altro che te.»
«Shirley!»
Laura si voltò, pallida in viso.
«Tu non mi permetterai mai di sposare nessuno.»
Poi, mentre Laura si allontanava, camminando tutta contratta, Shirley le si precipitò dietro, scusandosi di cuore.
«Oh, io non volevo, non volevo. Sono stata una bestia. Ma mi sembri sempre così ostile con Henry.»
«Perché sento che è un egoista.» Laura ripeté le parole che aveva usato con il signor Baldock. «Non è... non è... gentile. Non posso fare a meno di credere che potrebbe rivelarsi spietato.»
«Spietato.» Shirley ripeté la parola, come pensandoci su, senza dare alcun segno di disagio. «Sì, Laura, in un certo senso hai ragione. Henry potrebbe essere spietato.» E aggiunse: «È una delle cose che mi attrae in lui».
«Ma, se tu fossi ammalata o nei guai, pensi che avrebbe cura di te?».
«Non so se ho voglia di qualcuno che abbia cura di me. So badare a me stessa. E non ti preoccupare di Henry. Lui mi ama.»
Amore? pensò Laura tra sé. Che cos'è l'amore? La cieca e sconsiderata passione di un ragazzo? Perché l'amore di Henry per Shirley non era null'altro che questo. O forse, si disse, è vero – sono io a essere gelosa? Si liberò dolcemente dall'abbraccio di Shirley e se ne andò, turbata nel profondo.
"È vero che non voglio che si sposi?" continuò a pensare in cuor suo. "Non che sposi Henry, ma che non sposi mai nessuno? Non è quello che penso ora, ma forse perché lei non ha nel cuore nessun altro. Se si dovesse presentare qualcuno,

proverei lo stesso sentimento di adesso, dicendo dentro di me: 'non lui, non lui'? Allora è vero che sono troppo attaccata a lei? Baldy mi ha già messo in guardia. La amo troppo, e quindi non voglio che si sposi. Non voglio che vada via, voglio continuare a tenerla con me, non la lascerò mai andare via. Che cosa ho davvero contro Henry? Niente. Non lo conosco, non l'ho mai conosciuto. È rimasto quello che era prima: un estraneo. So solo che non gli piaccio. E forse ha ragione lui."

Il giorno dopo, Laura incontrò Robin Grant all'uscita del vicariato. Lui si tolse la pipa di bocca, la salutò, e si mise a passeggiare con lei per il paese. Era appena tornato da Londra, e lasciò cadere nella conversazione le seguenti parole:

«Ho visto Henry ieri sera. Era a cena con una bionda favolosa. Molto premuroso. Ma non bisogna farlo sapere a Shirley!» E scoppiò in una fragorosa risata.

Laura trasalì, nonostante avesse ben valutato l'informazione per quello che era, ovvero nient'altro che una malignità da parte di Robin, che aveva una bella cotta per Shirley.

Non pensava certo che Henry fosse un tipo fedele. Sospettava infatti che lui e Shirley avessero quasi litigato quando si erano incontrati di recente. Ma se Henry stava corteggiando un'altra ragazza, allora avrebbe potuto rompere il fidanzamento! "Ed è esattamente quello che vuoi, non è vero?" disse una vocina maliziosa dentro di lei. "Tu non vuoi che lo sposi. Dai! Non è forse per questo che hai insistito per un lungo fidanzamento?"

Se anche Henry avesse rotto il fidanzamento, lei avrebbe potuto gioirne. Ma Shirley era innamorata e ne avrebbe sofferto molto. Se solo avesse potuto essere sicura, sicura fino in fondo, che sarebbe stato per il bene della sorella. "Non farti illusioni," le sussurrò ancora la vocina «lo sai che stai pensando solo al tuo, di bene. Tu vuoi tenerti stretta Shirley..."

Ma lei non voleva tenersi Shirley a quel prezzo, non voleva una Shirley infelice e dal cuore spezzato, una Shirley con il continuo rimpianto per il suo amante perduto. Chi si credeva di essere, lei, per sapere cosa fosse meglio o peggio per sua sorella?

Giunta a casa, si sedette a scrivere una lettera per Henry:

«Caro Henry, ho pensato a lungo alla situazione. Se tu e Shirley volete davvero sposarvi, non intendo mettervi il bastone tra le ruote...»

Un mese più tardi, nella chiesa parrocchiale di Bellbury, Shirley, in raso bianco e pizzo, fu unita in matrimonio a Henry dal vicario (che aveva un raffreddore terribile) con l'approvazione del signor Baldock, presente alla cerimonia con indosso un frac decisamente troppo stretto. Una sposa raggiante diede l'abbraccio d'addio a Laura, la quale si rivolse con severità allo sposo:

«Sii buono con lei, Henry. Me lo prometti?»

Prendendo tutto alla leggera come suo solito, le rispose scanzonato: «Ma certo, cara Laura, cosa credi?».

5

«NON TROVI CHE SIA CARINO, Laura?» Le domandò con entusiasmo Shirley, che ormai era sposata da tre mesi.

Laura, dopo aver completato il suo giro dell'appartamento (due camere, cucina e bagno), espresse la sua convinta approvazione.

«Lo hai sistemato proprio bene.»

«Quando ci siamo trasferiti qui, era orribile. Non sai lo sporco! Abbiamo fatto quasi tutto da soli, tranne i soffitti, ovviamente. È stato così divertente. Ti piace il bagno rosso? In teoria dovrebbe esserci sempre l'acqua calda, ma spesso non è così. Henry ha pensato che il rosso l'avrebbe fatto sembrare più caldo dell'inferno!»

Laura si mise a ridere.

«Hai l'aria di esserti divertita.»

«Siamo stati così fortunati ad aver trovato un appartamento. In realtà ce l'hanno ceduto alcuni conoscenti di Henry. La sola cosa imbarazzante è che, mentre erano qui, non devono aver pagato i conti e allora continuano a comparire lattai furibondi e droghieri furiosi, che naturalmente non hanno nulla a che fare con noi. È piuttosto meschino truffare i negozianti, soprattutto quelli piccoli. Henry, invece, pensa che non è importante.»

«Questo può rendere più difficile per voi ottenere qualcosa a credito» commentò Laura.

«Io pago i conti ogni settimana» disse Shirley, virtuosa.

«Stai bene a soldi, tesoro? Il giardino rende parecchio ultimamente. Se vuoi un centinaio extra.»

«Che tesoro che sei, Laura! No, siamo a posto. Tienili in caso di emergenza, nel caso mi ammalassi.»

«A guardarti, sembrerebbe del tutto improbabile.»

Shirley rise allegra.

«Laura, sono così felice.»

«Dio ti benedica!»

«Oh, ecco Henry.»

Si sentì la chiave nella serratura, Henry entrò e salutò Laura con la sua solita aria briosa.

«Ciao, Laura.»

«Ciao, Henry. L'appartamento mi sembra carino.»

«Henry, com'è il nuovo lavoro?»

«Nuovo lavoro?» chiese Laura.

«Sì. Ha mollato quell'altro. Era troppo noioso. Nient'altro che attaccare francobolli e andare alla posta.»

«Sono disposto a iniziare dal basso,» disse Henry «ma non dalla cantina.»

«E questo com'è?» Shirley continuava a chiedere con impazienza.

«Promette bene, credo» disse Henry. «Naturalmente è presto per dirlo.»

Sorrise cordiale a Laura e le disse che erano molto lieti di vederla.

La sua visita andò benissimo e ritornò a Bellbury con la sensazione che le sue paure e le sue perplessità fossero state ridicole.

«Ma Henry, com'è possibile che dobbiamo pagare così tanto?»

Shirley parlava con un tono angosciato. Lei e Henry erano sposati da poco più di un anno.

«Lo so,» concordò Henry «è quello che mi chiedo sempre anch'io! Non si possono avere così tanti debiti. E invece poi uno se li ritrova» aggiunse tristemente. «Succede sempre.»

«Ma come facciamo a pagarli?»

«Oh, si può sempre rateizzarli» rispose Henry con tono vago.

«Meno male che ho trovato quel lavoro dal fiorista.»

«Sì, vista la situazione. Ma non voglio che tu ti debba sentire obbligata a lavorare. Devi farlo solo se ti piace.»

«Mi piace. Mi sarei annoiata a morte a non far niente tutto il giorno, a parte uscire per fare la spesa.»

«Devo dire» disse Henry, raccogliendo un mucchio di estratti conto «che questo genere di cose è molto deprimente. Odio la Festa dell'Annunciazione, quando si rinnovano gli affitti. Uno si è appena ripreso dal Natale, dall'imposta sul reddito e da tutto il resto.» Prese in mano una fattura in cima al mucchio e la guardò. «Il tizio che ci ha fatto la libreria esige il pagamento in modo proprio impertinente. Questa la butto subito nel cestino.» Fece seguire alle parole i fatti e passò alla fattura successiva. «Egregio signore, dobbiamo rispettosamente attirare la sua attenzione... questo sì che è un modo educato e gentile di chiedere.»

«Allora questa la paghi.»

«Non esattamente,» disse Henry «ma la tengo in evidenza, pronto per pagarla.»

Shirley rise. «Henry, ti adoro. Ma che cosa abbiamo intenzione di fare?»

«Oggi non ci dobbiamo preoccupare. Andiamo fuori a cena in qualche bel posto.»

Shirley gli fece una brutta faccia.

«E a cosa ci servirà?»

«Non aiuterà certo la nostra posizione finanziaria,» ammise Henry «ma almeno ci tirerà su il morale.»

Cara Laura,

potresti per caso prestarci un centinaio di sterline? Siamo un po' in difficoltà. Come probabilmente sai (Shirley non lo sapeva), da due mesi sono disoccupato, ma sono sul punto di realizzare un buon colpo. Nel frattempo siamo costretti a uscire di nascosto usando l'ascensore di servizio per evitare una citazione in tribunale per debiti. Mi spiace davvero molto fare lo scroccone, ma penso che sia meglio lasciare a me il lavoro sporco perché Shirley se ne vergognerebbe troppo.

Con amicizia,

Henry

«Non sapevo che avessi preso in prestito del denaro da Laura!»

«Non te lo avevo detto?» Henry si voltò con aria annoiata.

«No, per niente» gli rispose Shirley, cupa in viso.

«Va bene, cara, non mi sgridare. Te l'ha detto lei?»

«No, ho visto le ricevute della banca.»

«Cara, vecchia Laura, ha tirato fuori i soldi senza battere ciglio.»

«Henry, perché ti sei fatto prestare il denaro da lei? Vorrei che tu non lo avessi mai fatto. E a ogni modo, prima avresti dovuto avvisarmi.»

Henry sorrise.

«Tu non me lo avresti lasciato fare.»

«Almeno su questo hai proprio ragione.»

«Il fatto è che la situazione era abbastanza disperata. La vecchia Muriel mi aveva dato cinquanta sterline. Inoltre ero sicuro di prenderne almeno un centinaio da Bertha, che è la mia madrina. Purtroppo, mi è andata male. Colpa della patrimoniale, da quel che ho capito. Non ho ricevuto niente e mi sono anche dovuto sorbire la predica. Ho provato con un paio di amici, ma non ho avuto successo. Alla fine, mi sono ridotto a chiederli a Laura.»

Shirley lo guardò pensierosa.

"Sono due anni che sono sposata con lui," pensò "e solo adesso ho capito che genere di uomo è. Non è capace di tenersi un lavoro, e ha le mani bucate."

Essere sposata con Henry la divertiva ancora, ma si rendeva conto degli svantaggi che questa condizione portava con sé. Henry aveva già collezionato quattro impieghi diversi. Per lui trovare un posto non sembrava difficile – aveva un bel giro di amici ricchi –, ma era impossibile mantenerlo... o si stancava lui e lo mollava, oppure era il lavoro a mollare lui. E come se non bastasse, Henry spendeva soldi a fiumi e sembrava non avere mai alcuna difficoltà a ottenere credito. La sua idea di fare affari era prendere denaro in prestito. Henry non si preoccupava dei debiti. Shirley invece sì.

Sospirò:

«Pensi che sarò mai in grado di cambiarti, Henry?» chiese.

«Cambiarmi?» disse Henry, stupito. «E perché dovresti?»

«Buongiorno, Baldy.»

«Oh, la giovane Shirley.» Il signor Baldock la guardò, sprofondato nella sua grossa poltrona logora. «Non stavo dormendo» aggiunse bruscamente.

«Certo che no» confermò Shirley con tatto.

«È passato tanto tempo da quando ci siamo visti l'ultima volta» commentò il signor Baldock. «Pensavo che ti fossi dimenticata di me.»

«Io non potrò mai dimenticarla!»

«Tuo marito è con te?»

«No, questa volta no.»

«Fatti vedere.» La osservò con attenzione. «Mi sembri piuttosto magra e pallida, come mai?»

«Sono stata a dieta.»

«Voi donne!» sbuffò. «Sei nei guai?» le domandò.

La reazione di Shirley fu immediata: «Certo che no!».

«Bene, bene. Volevo solo esserne sicuro. Ormai nessuno mi dice più niente, sto diventando sordo e non posso più origliare come facevo un tempo. La vita sta diventando molto noiosa.»

«Povero signor Baldy.»

«E il dottore mi dice che non posso più dedicarmi al giardinaggio, non devo stare curvo perché il sangue mi va alla testa o qualcosa del genere. Dannati pagliacci. Sanno solo gracchiare inutili scempiaggini. Buoni a nulla, i medici!»

«Mi dispiace, Baldy.»

«E così, eccoti qui» disse il signor Baldock con un tono malinconico. «D'accordo, se vuoi raccontarmi qualcosa, resterà tra noi. Non è necessario che Laura lo sappia.»

Ci fu una pausa.

«In un certo senso,» disse Shirley «in effetti sono venuta a chiederle una cosa.»

«L'avevo capito» commentò il signor Baldock.

«Ho pensato che potrebbe darmi qualche consiglio.»

«Non lo farò. È troppo pericoloso.»

Shirley non gli badò.

«Non voglio parlare con Laura. Lei Henry non lo sopporta. Ma a lei, Baldy, Henry piace, non è vero?»

«Mi piace eccome» rispose il signor Baldock. «Parlare con lui è molto divertente. È un ottimo conversatore e ascolta con sincera partecipazione persino un vecchio brontolone come me. Un'altra cosa che mi piace di lui è che non si preoccupa.»

Shirley sorrise.

«Certo, non si preoccupa mai.»

«È una dote molto rara al giorno d'oggi. Tutti quelli che conosco hanno il mal di stomaco per la tensione nervosa. Sì, Henry è un compagno piacevole. E io non mi interesso alla sua statura morale, come farebbe Laura.»

Poi disse dolcemente:

«Che cosa sta combinando?»

«Pensa che sia pazza, Baldy, a spendere i miei risparmi?»

«È quello che stai facendo?»

«Sì.»

«Bene, da quando sei sposata, la gestione dei tuoi capitali è di tua competenza e puoi farne quello che vuoi.»

«Lo so.»

«È stato Henry a suggerirtelo?»

«No... glielo giuro, no. È stata un'idea mia. Non volevo che Henry andasse in bancarotta. A lui non sarebbe importato. Ma a me, sì. Pensa che abbia agito da irresponsabile?»

Il signor Baldock fece le sue considerazioni.

«Da un certo punto di vista sì, da un altro, niente affatto.»

«Si spieghi meglio.»

«Vedi, tu non hai molto denaro. E in futuro potresti averne davvero bisogno. Se ti aspetti che il tuo fascinoso marito possa provvedere a te, ti stai sbagliando di grosso. Da questo punto di vista sei stata una sciocca.»

«E dall'altro?»

«Da un altro punto di vista, hai usato il tuo denaro per comprarti la tranquillità. Potrebbe essere stata una decisione saggia.» Le diede una rapida occhiata. «Ami ancora tuo marito?»

«Sì.»

«È un buon marito per te?»

Shirley prese a camminare a passi lenti per la stanza. Per un paio di volte fece scorrere il dito distrattamente sul tavolo e sulla spalliera della sedia e osservò la polvere. Il signor Baldock continuava a guardarla.

Giunse infine a una conclusione. In piedi, accanto al caminetto, voltandogli la schiena, rispose:

«Non particolarmente.»
«In che senso?»
Con voce impassibile Shirley disse:
«Ha una relazione con un'altra donna.»
«Seria?»
«Non lo so.»
«E allora tu te ne sei andata.»
«Sì.»
«Arrabbiata?»
«Furiosa.»
«Sei ritornata?»
Shirley tacque un momento. Poi rispose:
«Sì, sono ritornata.»
«Bene,» disse il signor Baldock «è la tua vita.»
Shirley gli si avvicinò e gli baciò la fronte. Baldock grugnì.
«Grazie, Baldy» gli disse.
«Non mi ringraziare. Non ho fatto nulla.»
«Lo so» disse Shirley. «È questo il bello di lei!»

6

IL GUAIO È CHE CI SI STANCA, pensò Shirley. Si appoggiò contro il velluto del sedile della metropolitana.

Tre anni prima, non sapeva neanche cos'era la stanchezza. Vivere a Londra poteva essere una delle cause. All'inizio lavorava solo mezza giornata, ma ora era impiegata a tempo pieno in un negozio di fiori del West End. Poi, come al solito, c'era la spesa, il rientro durante l'ora di punta e la preparazione della cena.

Quanto piaceva a Henry la sua cucina!

Non appena si appoggiò allo schienale, gli occhi le si chiusero. Trasalì, qualcuno le aveva pestato i piedi.

Pensò: "Ma io sono stanca...".

Nella sua mente apparvero disordinatamente i tre anni e mezzo della sua vita coniugale.

Felicità all'inizio....

Conti da pagare...

Altri conti...

Sonia Cleghorn...

Fine della storia con Sonia Cleghorn. Henry pentito, affascinante, affettuoso...

Ancora mancanza di soldi...

Ufficiali giudiziari...

Intervento di Muriel...

Vacanza a Cannes, costosa e non necessaria, ma veramente bella...

La signora Emlyn Blake...

Affrancamento di Henry dal legame con la signora Emlyn Blake...

Henry grato, pentito, affascinante...

Nuova crisi finanziaria...

Salvataggio da parte di Bertha...

La Lonsdale...

Preoccupazioni finanziarie...

Ancora la Lonsdale...

Laura...

Tenere buona Laura...

Fallimento del tentativo di tenere buona Laura...

Lite furiosa con Laura...

Appendicite. Operazione. Convalescenza...

Ritorno a casa...

Fine della storia con la Lonsdale...

La sua mente si soffermò su quest'ultimo punto.

Era a casa, a riposarsi. Era il terzo appartamento che cambiavano e questa volta lo avevano preso ammobiliato, una precauzione adottata dopo l'ultimo incontro con gli ufficiali giudiziari.

Aveva sentito suonare il campanello, ma non aveva voglia di andare ad aprire. Chiunque fosse poteva anche andarsene. E invece quello non se ne andava. Continuava a suonare in continuazione.

Shirley si era alzata furibonda. Era andata alla porta e spalancandola si era trovata faccia a faccia con Susan Lonsdale.

«Oh, sei tu, Sue.»

«Sì. Posso entrare?»

«Veramente sono piuttosto stanca. Sono appena tornata dall'ospedale.»

«Lo so. Henry me l'ha detto. Povera cara. Ti ho portato dei fiori.»

Shirley aveva preso il mazzo di narcisi che le porgeva senza neanche accennare a un ringraziamento.

«Entra» aveva detto.

Era tornata a sdraiarsi sul divano. Susan Lonsdale si era seduta su una sedia.

«Non volevo disturbarti mentre eri ancora in ospedale» aveva detto. «Ma, sai, credo che dovremmo chiarire la situazione.»

«A proposito di che cosa?»

«Be'... di Henry.»

«Cosa c'entra Henry?»

«Cara, non avrai davvero intenzione di fare lo struzzo? Testa nella sabbia eccetera?»

«No, in effetti no.»

«Lo sai, vero, che Henry e io abbiamo una relazione?»

«Avrei dovuto essere cieca e sorda per non saperlo» aveva risposto Shirley, fredda.

«Sì... sì, naturalmente. E, voglio dire, Henry ti è molto affezionato. Non vorrebbe in alcun modo darti un dispiacere. Ma purtroppo le cose stanno così.»

«Che cosa c'è?»

«C'è che sto parlando di divorzio.»

«Intendi dire che Henry vuole il divorzio?»

«Sì.»

«Allora perché non me l'ha detto lui?»

«Oh, cara Shirley, sai com'è Henry. Odia le decisioni definitive. E poi non voleva turbarti».

«Ma voi due volete sposarvi?»

«Sì. Sono proprio contenta che tu abbia capito.»

«Credo di aver capito benissimo» aveva risposto lentamente Shirley.

«E gli dirai che sei d'accordo?»

«Sì, gli parlerò.»

«Sei così incredibilmente gentile. Ritengo che alla fine...»

«Oh, vattene via» aveva detto Shirley. «Sono appena uscita dall'ospedale e sono stanca. Vai via – immediatamente – mi hai sentito?»

«Bene, me ne vado» aveva risposto Susan, alzandosi tutta offesa. «Penso che... insomma, ci si potrebbe almeno comportare in modo civile.»

Ed era uscita dalla stanza sbattendo la porta.

Shirley era rimasta immobile. Sentendosi scorrere lentamente una lacrima sulla guancia l'aveva spazzata via con rabbia.

"Tre anni e mezzo" aveva pensato. "Tre anni e mezzo per arrivare a questo." E poi, di punto in bianco, era scoppiata a ridere, senza riuscire a trattenersi. Quella frase sembrava la battuta di una brutta commedia.

Non sapeva se erano passati cinque minuti o due ore, quando aveva sentito la chiave di Henry nella serratura.

Era allegro e spensierato come al solito. Aveva in mano un enorme mazzo di rose gialle a gambo lungo.

«Per te, cara. Ti piacciono?»

«Deliziose» aveva risposto Shirley. «Ho già ricevuto dei narcisi. Non così belli. In realtà, piuttosto a buon mercato e ormai un po' appassiti.»

«Oh, e chi te li ha mandati?»

«Non mi sono stati inviati. Me li hanno portati. Susan Lonsdale.»

«Che sfacciata!» era sbottato Henry con sdegno.

Shirley lo aveva guardato un po' sorpresa.

«Perché è venuta qui?» le aveva domandato.

«Non lo sai?»

«Credo di poter indovinare. Quella ragazza sta diventando un'autentica rompiscatole.»

«È venuta a dirmi che tu vuoi il divorzio.»

«Che io voglio il divorzio? Da te?»

«Sì. Non è vero?»

«Ovviamente, no» aveva risposto Henry indignato.

«Non vuoi sposare Susan?»

«Non la sposerei mai.»

«Lei ti vuole sposare.»

«Sì, temo di sì.» Henry sembrava scoraggiato. «Mi scrive lettere e mi telefona in continuazione. Non so più cosa fare con lei.»

«Le hai detto tu che la volevi sposare?»

«Oh, si dicono tante cose» aveva spiegato Henry con tono vago. «O piuttosto ti dicono le cose e tu rispondi di sì. Non si può fare altrimenti.» Le aveva rivolto un sorriso imbarazzato. «Shirley, tu non divorzieresti mai da me, vero?»

«Potrei» disse Shirley.

«Tesoro...»

«Mi sto stancando, Henry.»

«Sono un mostro. Sono stato un pessimo affare per te.» Si inginocchiò accanto a lei sfoggiando il solito sorriso seducente. «Ma io ti amo, Shirley. Questa ennesima storiella non conta niente. Non significa nulla. Non vorrei essere sposato con nessun altro. Solo con te. Continuerai a sopportarmi?»

«Che cosa provi per Susan?»

«Ma dimentichiamocela, Susan! È così noiosa!»

«Vorrei capire.»

«Allora...» Henry si era concentrato. «Per circa una quindicina di giorni sono stato pazzo di lei. Non riuscivo neanche a dormire. Ancora per un po' sono stato convinto che fosse meravigliosa. Poi ho pensato che forse stava cominciando a essere noiosa. Più recentemente ero certo che fosse una barba. E solo da poco è diventata un'assoluta rompiscatole.»

«Povera Susan.»

«Non preoccuparti per Susan. Non ha alcun senso della morale: è un'autentica sgualdrina.»

«A volte penso che tu sia proprio senza cuore, Henry.»

«Non sono senza cuore» aveva ribattuto lui, seccato. «Solo non capisco perché le persone ti si debbano appiccicare così. Le storie sono divertenti solo se non le prendi troppo sul serio.»

«Diavolo di un egoista!»

«Davvero? Ammettiamo pure che io lo sia. A te tanto non te ne importa niente, eh Shirley?»

«Non ti lascerò. Ma sono proprio stufa. Hai le mani bucate e continuerai ad avere queste stupide avventure una dopo l'altra.»

«Oh no, non lo farò più. Ti giuro che non lo farò più.»

«Oh, Henry, sii onesto una volta tanto.»

«Diciamo che proverò a non farlo più. Ma Shirley, cerca di capire che nessuna di queste storie significa niente per me. Per me ci sei solo tu.»

«Mi viene voglia di averla anch'io un'avventura» aveva detto Shirley.

Henry rispose che non avrebbe potuto biasimarla se avesse deciso di farlo.

Quindi le aveva proposto di andare a divertirsi da qualche parte e cenare insieme. Ed era stato per tutta la sera un marito fantastico.

7

MONA ADAMS STAVA DANDO UN COCKTAIL PARTY. Mona Adams amava i cocktail party e in particolare quelli che organizzava lei. Aveva la voce rauca perché aveva dovuto urlare un bel po' per farsi sentire dai suoi ospiti. Il suo ricevimento stava decisamente avendo successo.

Ora stava strillando per salutare un ritardatario.

«Richard! Che meraviglia! Di ritorno dal deserto del Sahara... o dal Gobi?»

«Nessuno dei due. In realtà è il Fezzan.»

«Non ne ho mai sentito parlare. Ma come sono felice di vederti! Che abbronzatura! Adesso con chi vuoi parlare? Pam, Pam! Posso presentarti Sir Richard Wilding? Sai, il grande viaggiatore... cammelli, animali selvaggi, deserti e quei suoi libri così appassionanti... È appena tornato da qualche parte del... Tibet.»

E, voltatasi, annunciò un nuovo arrivo.

«Lydia! Non sapevo che fossi tornata da Parigi. Che meraviglia!»

Richard Wilding stava ascoltando Pam, che gli si rivolgeva tutta emozionata:

«L'ho vista alla televisione solo ieri sera! Che emozione incontrarla. Adesso, mi dica...»

Ma Richard Wilding non ebbe il tempo di dire nulla perché un altro suo conoscente gli venne subito incontro.

Finalmente, con il quarto drink in mano, si accomodò su un divano accanto alla ragazza più bella che avesse mai visto.

Qualcuno aveva detto a Shirley:

«Devi conoscere Richard Wilding.»

E Richard si era subito seduto accanto a lei.

«Come sono estenuanti questi avvenimenti mondani! Lo avevo dimenticato. Non vorrebbe sgattaiolare via con me e andare a bere qualcosa in un locale tranquillo?»

«Mi piacerebbe» rispose Shirley. «Questo posto assomiglia sempre più a un serraglio.»

Con un piacevole senso di liberazione, uscirono nell'aria fresca della sera.

Wilding fermò un taxi.

«È un po' tardi per un drink,» disse guardando il suo orologio «e comunque ne abbiamo già bevuti parecchi. Credo che sia più indicato cenare.»

Diede l'indirizzo di un piccolo e costoso ristorante vicino a Jermyn Street.

Ordinata la cena, sorrise alla sua ospite.

«Questa è la cosa più bella che mi sia capitata da quando sono tornato dal deserto. Avevo dimenticato come siano terrificanti i ricevimenti a Londra. Perché la gente ci va? Perché ci sono andato? Perché lei ci è andata?»

«Istinto del gregge, suppongo» commentò prontamente Shirley.

Le brillavano gli occhi per l'emozione. Osservava quell'uomo attraente e abbronzato di fronte a lei e si congratulava con se stessa per essere riuscita a conquistare il protagonista della festa.

«So tutto di lei» gli disse. «E ho letto anche i suoi libri!»

«Io invece di lei non so nulla, tranne che si chiama Shirley. Ma Shirley come?»

«Glyn-Edwards.»

«È sposata?» le chiese, lanciando un'occhiata all'anello che portava al dito.

«Sì. Vivo a Londra e lavoro in un negozio di fiori.»

«Le piace vivere a Londra, lavorare in un negozio di sementi e andare alle feste?»

«Non molto.»

«Che cosa le piacerebbe fare, o essere?»

«Mi faccia pensare.» Shirley teneva gli occhi socchiusi e parlava come se stesse sognando. «Mi piacerebbe vivere su un'isola... un'isola lontanissima da tutto. Mi piacerebbe vivere in una casa bianca con le persiane verdi e non fare assolutamente niente tutto il giorno. In un'isola dove la frutta cresce spontanea e ci sono cascate di fiori, e una gran sinfonia di colori e di profumi... e ogni notte c'è la luna piena e il mare la sera diventa viola...»

Sospirò e riaprì gli occhi.

«Perché si scelgono sempre le isole? Credo che una vera isola non sarebbe per niente bella.»

Richard Wilding le disse dolcemente: «È strano che lei abbia detto tutto questo proprio a me».

«Perché?»

«Perché io potrei darle la sua isola.»

«Vuol dire che possiede un'isola?»

«Una buona parte. E assomiglia molto a quella che ha appena descritto. Di notte il mare è color del vino, la mia villa è bianca con le persiane verdi, i fiori crescono come ha detto lei, c'è un esotico mix di colori e profumi e nessuno ha mai fretta.»

«Che bello. Sembra proprio un'isola da sogno.»

«E invece esiste davvero, glielo assicuro.»

«E perché non sta sempre lì?»

«Perché sono un tipo irrequieto. Ma un giorno ci tornerò e non me ne andrò più via.»

«Penso che dovrebbe farlo.»

Il cameriere arrivò con la prima portata e ruppe l'incantesimo. Cominciarono a chiacchierare delle solite cose.

In seguito Wilding la accompagnò a casa in macchina. Lei non gli chiese di salire. Lui le domandò: «Posso sperare di rivederla presto?».

Le trattenne la mano un attimo più del necessario, e Shirley la ritrasse arrossendo.

Quella notte sognò un'isola.

«Shirley?»

«Sì?»

«Lo sai che sono innamorato di te?»

Lei annuì lentamente.

Le sarebbe stato difficile descrivere le ultime tre settimane. Erano state strane e irreali. Le aveva trascorse immersa in uno stato di permanente distrazione.

Si ricordava di essere stata molto stanca – e sapeva di esserlo ancora –, ma da quella stanchezza era nata la sensazione vaga e piacevole di non trovarsi in nessun luogo in particolare.

E in quella vaghezza i suoi valori di riferimento si erano alterati.

Era come se Henry, e tutto ciò che lo riguardava, fosse ormai lontano e oscuro, mentre Richard Wilding si stagliava nettamente in primo piano, come una figura romantica uscita da un libro di avventure.

Lo osservò con espressione severa.

Lui le chiese:

«Non ti importa niente di me?»

«Non lo so.»

Che cosa provava per lui? Sapeva che quest'uomo occupava i suoi pensieri ogni giorno di più. Sentiva che stargli vicino la emozionava. Si rendeva conto che quello che stava facendo era pericoloso, e che poteva essere travolta da un'improvvisa ondata di passione. Ma sapeva pure che non voleva rinunciare a vederlo...

Richard disse:

«Sei stata molto leale, Shirley. Non mi hai mai detto niente di tuo marito.»

«Perché avrei dovuto?»

«Io però ho sentito parlare molto di lui.»

Shirley rispose:

«La gente è pettegola.»

«Lui ti è infedele e non credo che ti porti il rispetto che ti deve.»

«Sì, Henry non è un uomo devoto.»

«Non ti dà quello che dovresti avere... Amore, cura, tenerezza.»

«Henry mi ama. A suo modo.»
«Forse. Ma tu vuoi di più.»
«Un tempo non volevo di più.»
«Ma adesso sì. Tu vuoi... la tua isola, Shirley.»
«Oh! L'isola. Era solo un sogno a occhi aperti.»
«È un sogno che potrebbe avverarsi.»
«Forse. Ma io non credo.»
«Potrebbe diventare realtà.»
Una leggera brezza gelida spirava dal fiume fino alla terrazza su cui erano seduti. Shirley si alzò, stringendosi nel cappotto.
«Non parliamone più» disse. «Quello che stiamo facendo è da pazzi, Richard, una cosa stupida e pericolosa.»
«Forse. Ma tu non pensi a tuo marito, Shirley, tu pensi a me.»
«Io sono la moglie di Henry.»
«Ma è a me che pensi.»
Lei disse ancora una volta:
«Io sono la moglie di Henry.»
Continuava a ripeterlo come un dogma.

Quando rientrò a casa, Henry era spaparanzato sul divano. Indossava pantaloni bianchi di flanella.
«Penso di essermi stirato un muscolo.» Fece una leggera smorfia di dolore.
«Che cosa stavi facendo?»
«Giocavo a tennis a Roehampton.»
«Tu e Stephen? Pensavo che sareste andati a giocare a golf.»
«Abbiamo cambiato idea. Stephen si era portato dietro Mary e allora Jessica Sandys ha fatto il quarto.»
«Jessica? È quella brunetta che abbiamo incontrato da Archers l'altra sera?»
«Mmh, sì, è lei.»
«È la tua ultima conquista?»
«Shirley! Te l'ho detto, ti ho promesso...»
«Lo so, Henry, ma che cosa valgono le promesse? È lei. Te lo leggo negli occhi.»
Henry rispose stizzito:
«Certo. È come dici tu. Se ti piace immaginare le cose...»
«Se proprio dovessi immaginarmi le cose,» Shirley mormorò «mi immaginerei un'isola.»
«Perché un'isola?»
Henry si mise a sedere sul divano e si lamentò: «Mi sento tutto indolenzito».

«Faresti meglio a riposare domani, a trascorrere una domenica tranquilla, tanto per cambiare.»

«Sì, sarebbe bello.»

Ma la mattina seguente Henry dichiarò che il dolore gli era passato.

«Ci eravamo messi d'accordo per una rivincita.»

«Tu, Stephen, Mary e... Jessica?»

«Sì.»

«O solo tu e Jessica?»

«Oh, ci siamo tutti» rispose.

«Che bugiardo che sei, Henry.»

Ma non lo disse con rabbia. Anzi c'era perfino una sorta di sorriso nei suoi occhi. Stava ripensando al giovane che aveva incontrato alla partita di tennis quattro anni prima, e a quella sua indipendenza che glielo aveva reso così attraente. Era rimasto esattamente come allora.

Il timido giovane impacciato, che era venuto a farle visita il giorno seguente e che era rimasto ostinatamente seduto a parlare con Laura fino a quando lei era tornata, era ancora lo stesso che ora andava alla conquista di Jessica.

"Henry," rifletté "non è davvero cambiato per niente. Non vuole farmi del male, lui è fatto così. Può solo fare quello che vuole.»

Notò che Henry zoppicava un po' e d'istinto le venne da dirgli:

«Non dovresti andare a giocare a tennis... ieri devi esserti affaticato troppo. Perché non rimandi la partita alla prossima settimana?»

Ma Henry era deciso ad andare e così fece.

Tornò a casa verso le sei e crollò sul letto. Aveva un aspetto così sofferente che Shirley, preoccupata, telefonò al medico, nonostante le sue proteste.

8

IL POMERIGGIO SEGUENTE Laura aveva appena finito di pranzare quando squillò il telefono. «Laura? Sono io, Shirley.»

«Shirley? Cosa succede? Hai una voce strana.»

«Henry è in ospedale. Ha la polio.»

"Come Charles" pensò Laura, mentre la sua mente andava indietro di anni. "Come Charles..."

La tragedia, che lei era stata troppo giovane per capire, improvvisamente acquistò un nuovo significato.

L'angoscia nella voce di Shirley era la stessa che aveva provato sua madre.

Charles era morto. Sarebbe morto anche Henry?

Si domandò se sarebbe stato anche il suo destino.

«Paralisi infantile e polio sono le stessa cosa?» chiese Laura al signor Baldock.

«È il nome che si usa adesso, tutto qua... perché me lo chiedi?»

«L'ha presa Henry.»

«Povero ragazzo. E ti stai domandando se riuscirà a cavarsela?»

«In effetti... sì.»

«E tu speri di no?»

«Lei mi crede davvero un mostro.»

«Su dai, cara Laura... non dirmi che non ci hai pensato.»

«Talvolta si fanno cattivi pensieri» rispose Laura. «Ma io non desidererei mai la morte di nessuno... Non lo farei proprio mai.»

«No» concordò serio il signor Baldock. «Non credo che lo faresti ormai...»

«Cosa intende dire con "ormai"? Oh, non si riferirà per caso a quella vecchia storia della donna scarlatta?» A quel ricordo non poté trattenersi dal sorridere. «Comunque, sono venuta a dirle che per un po' di giorni non sarò in grado venirla a trovare. Nel pomeriggio prendo il treno per Londra e vado a stare con Shirley.»

«Te lo ha chiesto lei?»

«Naturalmente» ribatté Laura offesa. «Henry è in ospedale e lei è rimasta sola. Ha bisogno di qualcuno che le dia una mano.»

«Probabilmente sì, probabilmente. Giusto. È proprio la cosa giusta da fare. Non ti preoccupare per me.»

Il signor Baldock, come tutti i mezzi invalidi, provava un grande piacere ad autocommiserarsi.

«Mio caro, io sono terribilmente dispiaciuta, ma...»

«Ma Shirley viene prima di tutto! Va bene, va bene... in fondo chi sono io? Solo un noioso vecchio ottantenne, sordo e quasi cieco...»

«Baldy...»

Il signor Baldock improvvisamente sogghignò e socchiuse una palpebra.

«Laura,» disse «tu ci caschi proprio sempre. Sei il capro espiatorio di ogni lamento. Chi si compiange non ha bisogno che tu ci metta anche il carico della tua pietà. Ti assicuro che l'autocommiserazione è un'occupazione a tempo pieno.»

«Non è una fortuna che io non abbia venduto la casa?» disse Laura.

Erano passati tre mesi. Henry non era morto, ma ci era andato molto vicino.

«Se dopo i primi sintomi non avesse insistito per uscire e andare a giocare a tennis, la situazione non sarebbe arrivata al punto in cui è adesso» disse Baldock.

«È grave, vero?»

«Sì, è quasi certo che resterà invalido per tutta la vita.»

«Povero diavolo.»

«Naturalmente lui non lo sa ancora. E inoltre ci potrebbe essere una piccola probabilità che... ma credo l'abbiano detto solo per dare una speranza a Shirley. Comunque, ripeto, è davvero una fortuna non aver venduto la casa. È strano... ho avuto come un chiaro presentimento che non dovevo farlo. Continuavo a dire a me stessa che era assurdo, che il cottage era decisamente troppo grande per me e che, non avendo bambini, Shirley non avrebbe mai avuto bisogno di una villa in campagna. E poi avevo intenzione di accettare quel lavoro, la gestione della Casa dei bambini a Milchester. Ma la vendita non è andata a buon fine e ora posso interrompere ogni trattativa così il cottage sarà a disposizione di Shirley per trasferirsi con Henry quando uscirà dall'ospedale. E non sarà certo per poco.»

«Shirley la ritiene una buona soluzione?»

Laura si accigliò.

«No, per qualche motivo lei è piuttosto riluttante. Credo di sapere il perché.»

Alzò di scatto lo sguardo sul signor Baldock.

«Shirley può aver detto a te quello che a me non direbbe mai. Praticamente non le è rimasto più niente del suo patrimonio personale, non è vero?»

«Non si è confidata con me,» disse il signor Baldock «ma no, non penso che le sia rimasto qualcosa.» Aggiunse: «Immagino che Henry le abbia fatto fuori tutto quello che aveva».

«Ho saputo un sacco di cose da certi amici loro e anche da altre persone» raccontò Laura. «È stato un matrimonio molto infelice. Lui le ha prosciugato tutti i risparmi, non si è preso cura di lei, ha avuto continue tresche con altre donne. Anche adesso che è così malato non riesco a perdonarlo. Come ha potuto trattare Shirley in questo modo? Se c'era qualcuno che meritava di essere felice, quella era Shirley. Lei che era così piena di vita, di entusiasmo e di innocenza.» Si era alzata e camminava senza sosta per la stanza. Poi continuò cercando di controllare la voce:

«Perché ho permesso che sposasse Henry? Avrei potuto impedirlo o comunque ritardarlo in modo da darle il tempo di capire che tipo fosse. Ma lei era così impaziente... Voleva Henry a tutti i costi. E io desideravo che lei ottenesse ciò che voleva.»

«Su, dai, Laura.»

«No, è ancora peggio di così. Ho voluto dimostrare di non essere possessiva, e per questo motivo ho permesso che Shirley fosse infelice per tutta la vita.»

«Te l'ho già detto prima, Laura, tu ti preoccupi troppo di felicità e infelicità.»

«Non posso sopportare di vedere Shirley soffrire! Lei invece non ci fa caso, Baldy.»

«Shirley, sempre Shirley! È di te che m'importa, Laura. Da sempre. Sin da quando ti vedevo pedalare in giardino su quella tua biciclettina, solenne come un giudice. Hai un'autentica vocazione per la sofferenza, e non sei capace di curarla facendo ricorso, come fanno alcuni, al balsamo dell'autocommiserazione.»

«Che cosa m'importa? Non è mio marito che è stato colpito dalla polio!»

«Sembrerebbe di sì, a giudicare dalla tua reazione. Sai cosa vorrei per te, Laura? Un po' di sana felicità quotidiana. Un marito, qualche bambino disubbidiente e rumoroso. Sei sempre stata un po' melodrammatica... hai bisogno dell'esatto opposto se vuoi crescere. Non puoi farti carico delle sofferenze del mondo intero. Nostro Signore Gesù Cristo lo ha già fatto una volta per tutti. Non puoi vivere la vita delle altre persone per loro, neppure per Shirley. Aiutala, questo sì; ma senza preoccuparti troppo.»

Pallida in volto, Laura rispose: «Lei non capisce».

«Tu, come tutte le donne, trasformi ogni cosa in una tragedia in cinque atti.»

Laura lo guardò per un attimo in silenzio e poi si girò sui tacchi e uscì dalla stanza.

«Un vecchio pazzo, ecco quello che sono» si disse il signor Baldock ad alta voce. «Oh be', ormai è fatta e adesso non ci posso fare più niente.»

Ma la porta si aprì, e fu meravigliato di vedere Laura che attraversava di corsa la stanza per fermarsi davanti alla sua sedia.

«Lei è un vecchio demonio» gli disse e lo baciò.

Quando uscì di nuovo, il signor Baldock era lì ancora intontito che sbatteva le palpebre.

Ultimamente aveva preso l'abitudine di brontolare tra sé e sé e ora rivolse una preghiera al soffitto.

«Tienila d'occhio tu, Signore» disse. «Io non ne sono capace. E suppongo che provarci sia stata una presunzione da parte mia.»

Alla notizia della malattia di Henry, Richard Wilding aveva mandato a Shirley una lettera piena di frasi di circostanza. Un mese più tardi le aveva scritto di nuovo, chiedendo di rivederla. Lei aveva risposto:

«Non credo che faremmo bene a incontrarci. Adesso Henry è l'unica realtà della mia vita. Sono sicura che capirai. Addio.»

Al che lui le aveva scritto:

«Hai detto esattamente quello che mi aspettavo da te. Dio ti benedica, mia cara, ora e sempre.»

Con queste parole Shirley pensava che tutto fosse finito.

Henry sarebbe rimasto in vita, ma ciò che lei doveva affrontare erano le difficoltà pratiche dell'esistenza. Lei e Henry non avevano praticamente più soldi. Quando uscì invalido dall'ospedale, la sua prima necessità era la casa.

Laura era la soluzione più ovvia.

Laura, generosa e amorevole, aveva dato per scontato che Shirley e Henry si sarebbero trasferiti a Bellbury. Eppure, per qualche strano motivo, Shirley era molto riluttante ad andarci.

Henry, che aveva perso ogni parvenza dell'originaria spensieratezza ed era ormai un invalido amareggiato e aggressivo, le disse che era pazza.

«Non riesco a capire perché non sei d'accordo. Non c'è altra soluzione. Grazie al cielo Laura non ha venduto la casa. C'è un sacco di spazio. Possiamo avere un appartamentino tutto per noi, uno straccio d'infermiera e anche un fisioterapista, se me ne servirà uno. Non vedo che cosa stai aspettando.»

«Non potremmo andare da Muriel?»

«Questo è fuori discussione. Sai che ha avuto un ictus e probabilmente ne avrà un altro molto presto. È del tutto rimbambita e ha bisogno di un'infermiera che la curi, inoltre il suo reddito è stato dimezzato dalle tasse. Che cosa c'è che non va nella proposta di Laura? È lei che si è offerta, no?»

«Certo. E più di una volta.»

«Allora è tutto a posto. Perché non ci vuoi andare? Sai bene che Laura ti adora.»

«Lei mi vuole bene, ma...»

«D'accordo! Laura ti adora e invece io non le piaccio! Avrà ancora più soddisfazione. Si divertirà un mondo vedendomi trasformato in un inutile invalido.»

«Questo non devi dirlo, Henry. Sai che Laura non è fatta così.»

«Sai che me ne importa di com'è fatta Laura? Non me ne frega proprio niente. Ti rendi conto di quello che sto passando? Ti rendi conto di cosa vuol dire essere paralizzato, immobile, incapace di girarsi nel letto? A te cosa importa?»

«Lo sai che me ne importa.»

«Inchiodata a un invalido! Capirai che divertimento per te!»

«Non devi preoccuparti di questo. A me va bene così.»

«Tu sei come le altre donne, tutte contente di poter trattare un uomo come un bambino. Ora dipendo da te, e non mi sorprende che la cosa ti piaccia.»

«Di' pure quello che ti pare» rispose Shirley. «Lo so quanto è difficile per te.»

«Tu non ne hai la benché minima idea. Non puoi. Come vorrei essere morto! Perché questi dannati medici non mi fanno morire? È la sola cosa sensata da fare. Su, continua a rassicurarmi, a darmi lo zuccherino.»

«Va bene,» disse Shirley «come vuoi. Questo ti farà davvero impazzire: è peggio per me che per te.»

Henry le lanciò uno sguardo truce; quindi, suo malgrado, si mise a ridere.

«Mi hai beccato» commentò.

Un mese più tardi Shirley scrisse a Laura:

> Cara Laura,
> è molto gentile da parte da tua offrirci di stare da te. Non devi fare caso a Henry e a quello che dice. L'ha presa molto male. Prima d'ora non aveva mai dovuto sopportare niente e adesso è arrabbiato, infuriato contro tutto e tutti. È davvero orribile che una cosa del genere dovesse capitare a una persona come lui.

Laura le rispose immediatamente.

Due settimane dopo la sorella e il marito si trasferirono da lei.

Perché mai, si chiedeva Shirley, mentre Laura l'abbracciava con affetto, aveva esitato a venire qui?

Questa era casa sua. Era di nuovo protetta e accudita da Laura. Si sentiva ritornata bambina.

«Cara Laura, sono così felice di essere qui... Sono così stanca... così terribilmente stanca.»

Laura fu sconvolta dall'aspetto della sorella.

«Shirley, tesoro, ne hai passate troppe. Da oggi non ti dovrai più preoccupare.»

Shirley la pregò: «Non devi fare caso a quello che dice Henry».

«Può dire e fare quello che vuole. Come potrei offendermi? Deve essere terribile, specialmente per un uomo come lui, essere paralizzato. Lasciamolo sfogare finché vuole.»

«Oh, Laura, allora hai capito...»

«Sì, cara. Sì.»

Shirley fece un sospiro di sollievo. Fino a quella mattina quasi non si era resa conto delle sofferenze che aveva dovuto sopportare.

9

PRIMA DI LASCIARE DI NUOVO L'INGHILTERRA, Sir Richard Wilding passò per Bellbury.

Shirley ricevette il suo biglietto a colazione e lo fece leggere a Laura.

«Richard Wilding. È il noto viaggiatore?»

«Sì.»

«Non sapevo che fosse un tuo amico.»

«Sì. Vedrai che ti piacerà.»

«Potremmo invitarlo a pranzo. Lo conosci bene?»

«Per un certo periodo,» ha detto Shirley «ho creduto di essere innamorata di lui.»

«Oh!» esclamò Laura, presa alla sprovvista.

Richard arrivò un po' prima del previsto. Shirley era di sopra con Henry, e fu Laura ad accoglierlo e ad accompagnarlo in giardino.

Subito pensò tra sé: "Questo è l'uomo che Shirley avrebbe dovuto sposare".

Le piaceva la sua calma, il suo calore umano, la sua simpatia e la sua autorevolezza.

Oh! Se solo Shirley non avesse mai incontrato Henry, Henry con il suo fascino, la sua instabilità, la sua crudeltà latente.

Richard si informò sullo stato di salute dell'ammalato e, dopo le convenzionali domande e risposte, disse:

«L'ho incontrato solo un paio di volte. E non mi ha fatto una buona impressione.»

E poi le domandò a bruciapelo:

«Perché non le ha impedito di sposarlo?»

«Come avrei potuto?»

«Un modo lo si poteva trovare.»

«Davvero? Ne dubito.»

Nessuno dei due si stupì di quella intimità che era nata così rapidamente tra loro.

Lui aggiunse con tono serio:

«Potrei anche dirle, nel caso non lo abbia già indovinato, che amo molto Shirley.»

«Lo avevo immaginato.»

«Non che sia una buona cosa. Adesso lei non lascerà più il marito.»

Laura gli rispose freddamente:

«Si aspetta che lei lo faccia?»

«No. Se lo facesse, non sarebbe Shirley.» Poi chiese: «Pensa che lei gli voglia ancora bene?».

«Non lo so. Di sicuro prova per lui un'infinita pietà.»

«E lui come ha reagito alla disgrazia?»

«Non la sopporta» disse Laura, secca. «Non ha alcun tipo di resistenza o di forza d'animo. Si appoggia totalmente a lei.»

«Che maiale!»

«Dovremmo provare compassione per lui.»

«In un certo senso, lo compatisco. Però l'ha sempre trattata male. Lo sanno tutti. Lei forse lo ignorava?»

«Shirley non mi ha mai detto niente. Ovviamente alcune cose le ho sentite.»

«Shirley è fedele,» disse «fedele fino in fondo.»

«Sì.»

Dopo qualche momento di silenzio, Laura, divenuta di colpo severa, dichiarò:

«Sa che lei ha proprio ragione? Avrei dovuto impedire quel matrimonio. In qualsiasi modo. Shirley era così giovane e non aveva avuto il tempo di capire. Sì, ho commesso un errore madornale.»

Con voce commossa, lui le chiese:

«Si prenderà cura di lei, vero?»

«Shirley è l'unica persona al mondo a cui tengo.»

«Guardi, eccola che arriva.»

Entrambi osservarono Shirley mentre veniva verso di loro attraverso il prato.

Lui disse:

«È così pallida e sciupata. La mia povera bambina, la mia cara bambina coraggiosa...»

Dopo pranzo Shirley fece una passeggiata con Richard lungo la riva del torrente.

«Henry si è addormentato. Posso stare fuori per un po'.»

«Sa che sono qui?»

«Non gliel'ho detto.»

«È dura con lui?»

«Abbastanza. La cosa peggiore è che non c'è niente che possa fare o dire per aiutarlo.»

«Non ti dispiace che io sia venuto qui?»

«No, se sei venuto per dirmi addio.»

«Va bene, si tratta di un addio. Allora, non lascerai mai Henry?»

«No. Mai.»

Si fermò e le prese le mani tra le sue.

«Voglio dirti solo una cosa, tesoro. Se hai bisogno di me – in qualsiasi momento –, basta che tu mi dica "Vieni" e io arriverò, fossi pure in capo al mondo.»

«Sei tanto caro, Richard.»

«Allora addio, Shirley.»

La prese tra le braccia. Il corpo di lei, emaciato e stanco, palpitò di vita. Lei lo baciò selvaggiamente, disperatamente.

«Ti amo, Richard, ti amo, ti amo...»

Poi gli sussurrò:

«Addio. No, non mi seguire...»

Si liberò dall'abbraccio e tornò di corsa verso casa.

Richard Wilding, imprecando sottovoce, maledì Henry Glyn-Edwards e la polio.

Il signor Baldock era costretto a letto. Peggio ancora, aveva due infermiere intorno. E le detestava entrambe.

Le visite di Laura erano gli unici momenti felici della sua giornata.

L'infermiera in servizio si ritirò con discrezione e il signor Baldock raccontò a Laura tutte le sue mancanze.

La sua voce si levava in un acuto falsetto.

«Quella brutta impicciona! "Allora *come andiamo* stamattina?" mi ha chiesto. "C'è solo una persona qui" le ho risposto. "L'altra è una dannata scimmia ridens."»

«Non è altro che un maleducato, Baldy.»

«Bah! Le infermiere hanno la scorza dura. Non ci fanno caso. Mi ha minacciato col dito dicendo: "Cattivo, cattivo!". Vorrei tanto mandarla a quel paese!»

«Adesso non si agiti, che le fa male.»

«Come sta Henry? Fa sempre i capricci?»

«Sì. È davvero una carogna! Cerco di avere pietà di lui, ma non ci riesco.»

«Voi donne! Senza cuore! Vi commuovete se muore un uccellino o roba del genere e poi restate fredde come un sasso quando un poveretto soffre le pene dell'inferno.»

«È Shirley che fa una vita d'inferno. Lui rovescia tutta la sua infelicità su di lei.»

«Ovviamente. È la sola persona con cui si può sfogare. A che cosa serve una moglie, se non puoi prendertela con lei quando stai male?»

«Temo che le venga un esaurimento.»

Il signor Baldock sbuffò con disprezzo: «Non a lei. Shirley è una dura. Shirley ha grinta, Shirley ha...».

«È una situazione insostenibile.»

«Sì, posso immaginarlo. Ma d'altra parte, è stata lei a volerlo sposare.»

«Non sapeva che avrebbe preso la polio.»

«E questo le avrebbe forse impedito di sposarlo? Che cos'è questa storia del romantico cavaliere che è venuto qui a recitare un addio appassionato?»

«Baldy, come fai a sapere sempre tutto?»

«Tengo le orecchie aperte. A che cosa ti serve un'infermiera, se non per tenerti aggiornato sui pettegolezzi?»

«Era Richard Wilding, il viaggiatore.»

«Oh sì. Ha fama di essere una brava persona. Prima della guerra ha fatto un matrimonio sfortunato. Una vera sgualdrina. A guerra finita, ha dovuto sbarazzarsi di lei. Era veramente a pezzi, credo che sia stato un autentico idiota a sposarla. Questi idealisti!»

«È gentile. Una bella persona.»

«Hai un debole per lui?»

«Shirley avrebbe dovuto sposare lui.»

«Oh, speravo che tu potessi avere qualche mira su di lui. Peccato.»

«Io non mi sposerò mai.»

«Rieccola, la zitella!» commentò il signor Baldock senza alcun riguardo.

Il giovane dottore le disse: «Dovrebbe andare via, signora Glyn-Edwards. Ha bisogno di riposo e di cambiare aria».

«Ma, non posso assolutamente andare via» protestò Shirley.

«L'avverto, lei è molto debilitata.» Il dottor Graves parlava seriamente. «Se non sta attenta le verrà un grave esaurimento.»

Shirley si mise a ridere.

«Starò benissimo.»

Il dottore scosse la testa dando voce ai suoi dubbi.

«Il signor Glyn-Edwards è un paziente molto impegnativo» affermò.

«Se solo riuscisse un poco a rassegnarsi» auspicò Shirley.

«Sì, non trova pace.»

«Non è che forse dipende anche da me? Magari io lo faccio innervosire?»

«Lei è la sua valvola di sfogo. So che è difficile per lei, signora Glyn-Edwards, ma, mi creda, sta facendo un buon lavoro.»

«La ringrazio.»

«Continui con i sonniferi. È un dosaggio massiccio, ma suo marito deve riposare durante la notte, specialmente quando è sovraeccitato. Stia attenta però a non lasciargli le pillole a portata di mano.»

Il viso di Shirley divenne ancora più pallido.

«Non penserà che potrebbe...»

«No, no» il medico la interruppe subito. «Non è certo il tipo da farla finita. Sì, lo so, che a volte dice di volerlo fare, ma sono solo attacchi isterici. No, il pericolo con questo tipo di medicine è che potrebbe svegliarsi in stato di semi-incoscienza, dimenticarsi di aver già preso le pillole e prenderle di nuovo. Quindi stia attenta.»

«Senz'altro.»

Lo salutò e tornò da Henry.

Lo trovò di pessimo umore.

«So già che cosa ti ha detto... Tutto sta procedendo per il meglio! Forse il paziente è solo un po' agitato. Non è il caso di preoccuparsi!»

«Oh, Henry» Shirley si lasciò cadere su una sedia. «Non potresti qualche volta essere un po' gentile?»

«Gentile con te?»

«Sì. Sono così stanca, ma così stanca. Se solo cercassi di essere gentile almeno per una volta.»

«Non hai niente di cui lamentarti. Non sei un mucchio di ossa inerti come me. Scoppi di salute.»

«Pensi» chiese Shirley «che io stia bene?»

«Il dottore ti ha convinto a partire?»

«Mi ha detto che dovrei riposare e cambiare aria.»

«Immagino che lo farai. Una bella settimana a Bournemouth!»

«No, non ho intenzione di andare.»

«Perché no?»

«Non voglio lasciarti.»

«Che m'importa a me. Vai pure. A cosa mi servi?»

«Non mi sembra di esserti utile per niente» confermò Shirley con voce stanca.

Henry continuava ad agitare la testa.

«Dove sono le pillole per farmi dormire? Ieri sera non me le hanno date.»

«Sì, te le ho date.»

«No, non è vero. Mi sono svegliato e le ho chieste. L'infermiera mi ha fatto credere che le avevo già prese.»

«Era la verità. Solo che te ne eri dimenticato.»

«Vai al vicariato stasera?»

«No, se tu non vuoi» rispose Shirley.

«Oh, è meglio se vai! Altrimenti tutti dicono che sono un egoista. Ho detto all'infermiera che può andare anche lei.»

«Resterò qui.»

«Non è necessario. Laura si prenderà cura di me. È buffo... Laura non mi è mai piaciuta, ma, quando stai male, lei ha un effetto calmante. C'è una specie di forza in lei.»

«Sì. Laura è sempre stata così. Lei ti dà qualcosa. È più brava di me. Io ho l'impressione di riuscire soltanto a farti arrabbiare.»

«Sai essere molto irritante a volte.»

«Per esempio?»

«No, niente. Lascia stare.»

Quando lei era rientrata, prima di andare al torneo di carte del vicariato, in un primo momento aveva pensato che Henry stesse dormendo e si era chinata su di lui. Il pianto le salì alle ciglia. Non appena si girò per andare via, lui la prese per la manica.

«Shirley.»

«Sì, caro?»

«Shirley, non odiarmi.»

«Io odiarti? E come potrei?»

Lui mormorò: «Sei così pallida, così magra... Ti ho distrutta. Non potevo e non posso farne a meno. Ho sempre odiato ogni forma di malattia e ogni dolore, anche minimo. Durante la guerra pensavo sempre che avrei potuto tollerare di morire, ma che non avrei mai potuto sopportare di restare ustionato, sfigurato, o menomato.»

«Sì. Ti capisco...»

«Io sono un dannato egoista, lo so. Ma migliorerò... voglio dire che, anche se ormai il mio fisico non tornerà più com'era prima, cercherò di migliorare almeno psicologicamente. Potremmo ricominciare tutto da capo, se avrai pazienza. Solo, per favore, non lasciarmi.»

«Io non ti lascerò mai.»

«Io ti amo Shirley, davvero... Ti ho sempre amato. Non c'è mai stata nessun'altra all'infuori di te. In tutti questi mesi sei stata così buona, così paziente. So che mi sono comportato male. Dimmi che mi perdoni.»

«Non c'è niente da perdonare. Io ti amo.»

«Ci si può godere la vita anche da paralitici.»

«E noi ce la godremo.»

«Ma come, come?!»

Con un tremito nella voce, Shirley disse:

«Be', mangiare si può sempre.»

«E bere» aggiunse Henry.

Riapparve l'ombra del suo vecchio sorriso.

«Ci si potrebbe dedicare ai più complessi teoremi matematici.»

«Io preferisco i cruciverba.»

Lui aggiunse:

«Vedrai che domani farò il diavolo a quattro.»

«Sarei sorpresa del contrario. Per il momento non mi preoccuperei.»

«Dove sono mie pillole?»

«Adesso te le do.»

Lui le inghiottì docilmente.

«Povera vecchia Muriel» dichiarò all'improvviso.

«Com'è che ti è venuta in mente ora?»

«Mi sono ricordato di quando ti ho portato da lei la prima volta. Avevi un vestito giallo a righe. Sarei dovuto andare a trovarla più spesso, ma era diventata così noiosa. Ho sempre detestato le persone noiose e adesso sono io a esserlo.»

«No, non è vero.»

Laura chiamò dal piano di sotto: «Shirley!».

Lei lo baciò e corse giù per le scale, sentendo crescere dentro di sé un moto di felicità, felicità e una specie di trionfo.

Appena scesa dabbasso, Laura le comunicò che l'infermiera si era già incamminata.

«Oh, sono in ritardo? Dovrò fare una corsa.» E si precipitò giù per il viale girando la testa per avvertire:

«Ho dato io a Henry le pillole per dormire.»

Ma Laura era già entrata in casa e stava chiudendo la porta.

Parte terza

LLEWELLYN - 1956

1

LLEWELLYN KNOX APRÌ LE IMPOSTE lasciando entrare in quella stanza d'albergo la profumata aria della sera. Sotto di lui scintillavano le luci della città e, più avanti, si accendevano le luci del porto.

Per la prima volta da qualche settimana si sentì rilassato, in pace. Forse qui, sull'isola, avrebbe potuto prendersi davvero una pausa e pensare con la dovuta calma a se stesso e al proprio avvenire. Il futuro gli si mostrava chiaro nelle sue linee principali, ma se cercava di definirne i dettagli appariva sempre più indistinto. Era passato attraverso il tormento, il senso di vuoto, la stanchezza. Ma presto, molto presto, avrebbe potuto iniziare una nuova vita, una vita più semplice, meno impegnativa, quella di un uomo come tutti gli altri. Con uno svantaggio: l'avrebbe cominciata all'età di quarant'anni.

Si voltò a guardare la stanza – mobili spartani, ma pulita. Si lavò le mani e la faccia, disfece i suoi pochi bagagli e infine uscì, scendendo le due rampe di scale che conducevano all'atrio dell'albergo. Dietro il banco della reception un impiegato era intento a scrivere qualcosa; alzò lo sguardo per un istante, scrutò Llewellyn con gentilezza ma senza particolare interesse o curiosità, dopodiché si rituffò nel lavoro.

Llewellyn spinse la porta girevole e uscì all'aria aperta, dove il tepore della sera era addolcito da una venatura di fragrante umidità.

Non c'era nulla dell'esotico languore tipico dei tropici. Il tepore bastava giusto per rilassare la tensione e lasciarsi alle spalle i ritmi frenetici della civiltà. Era come se su quell'isola si potesse tornare a un'epoca antica e primordiale, un'epoca nella quale gli uomini gestivano le proprie occupazioni con lentezza, riflettendo debitamente sulle proprie azioni, senza fretta né stress, ma con la dovuta risolutezza necessaria per raggiungere i propri obiettivi. Un'epoca magari afflitta dalla povertà, dal dolore, dalle malattie, ma quanto meno non dalle crisi nervose, dalle convulsioni dell'ansia, dall'apprensione per l'indomani che sono invece delle costanti nelle società più avanzate. I volti duri delle donne in carriera, quelli spietati delle madri che ambiscono a una buona sistemazione per la propria prole, le facce grigie e scavate dei dirigenti d'azienda, sempre in lotta per non affondare e quelle ansiose e stanche delle moltitudini, costrette a combattere per un domani migliore o anche soltanto per conservare l'attuale tenore di vita: non c'era nulla di tutto ciò nelle persone che incrociò per la strada. La maggior parte della gente lo osservava di sfuggita, con uno sguardo educato che lo registrava come forestiero, e poi tornava a guardare altrove, riprendendo le proprie occupazioni. Camminavano con lentezza, senza premura. Forse stavano giusto facendo quattro passi all'aria aperta. E anche se erano indaffarati in qualcosa, non avevano alcuna urgenza. Ciò che non poteva essere fatto oggi sarebbe stato fatto domani; gli amici che li stavano aspettando da qualche parte avrebbero atteso un po' più a lungo senza contrariarsi.

Erano persone dignitose e gentili, pensò Llewellyn, poco inclini a sorridere, non tanto perché fossero tristi, bensì perché si dovrebbe sorridere solo quando si è divertiti da qualcosa. Il sorriso, da quelle parti, non era utilizzato come un'arma sociale. Gli si avvicinò una donna con un bambino in braccio, mendicando con un lamento meccanico e scialbo. Non capì che cosa gli disse, ma pensò che quella mano protesa e quella malinconica cantilena appartenevano a uno schema vecchio come il mondo. Le mise una monetina sul palmo. La donna lo ringraziò con identica meccanicità e si girò per andarsene. Il bambino le si era addormentato su una spalla. Era bello in carne, e il volto della donna stessa, benché piuttosto tirato, non sembrava particolarmente smunto o emaciato. Probabilmente, si trovò a pensare, non era davvero in difficoltà, ma mendicare era il suo mestiere, tutto qui, e lei lo svolgeva con la solerzia e la cortesia necessari a procurare di che vivere per se stessa e suo figlio.

Girò l'angolo e s'incamminò giù per il ripido viottolo che conduceva al porto. Incrociò due ragazze che risalivano in direzione opposta alla sua; stavano parlando e ridendo tra loro e, benché non si voltassero, era evidente che fossero ben consapevoli della presenza di un gruppetto di quattro giovanotti che camminavano dietro di loro a poca distanza.

Llewellyn sorrise tra sé. Quello doveva essere lo schema del corteggiamento adottato sull'isola. Le ragazze erano belle, di una fiera bellezza bruna che probabilmente non sarebbe durata più a lungo della loro giovinezza. Nell'arco di dieci anni, forse anche meno, avrebbero cominciato a somigliare a quell'attempata signora con l'andatura a papera che risaliva la collina al braccio del marito, vigorosa, allegra, e ancora piena di dignità a dispetto della grazia perduta.

Llewellyn continuò a scendere per quello stretto sentiero scosceso finché non sbucò in faccia al porto. Vide alcuni bar con ampie terrazze dove la gente, seduta ai tavolini, beveva alcuni bicchierini di una bevanda dal colore acceso. Davanti ai caffè una vera moltitudine di persone passeggiava su e giù lungo la strada. Llewellyn si accorse che anche in quell'occasione gli abitanti lo stavano registrando come straniero, ma dai loro sguardi non emergeva alcun segno di ulteriore o eccessivo interesse. Erano abituati ai forestieri. Arrivavano le navi e ne scendevano stranieri, a volte per qualche ora soltanto, a volte per restare un po' di più, anche se di rado qualcuno si fermava a lungo, dal momento che gli alberghi erano mediocri e avevano tubature che avrebbero necessitato di un bel po' di lavori. Una cosa si capiva: per gli abitanti dell'isola, i forestieri non erano un problema. Si trattava soltanto di estranei che non avevano nulla a che fare con la vita laggiù.

Il passo di Llewellyn diminuì impercettibilmente. Era solito camminare con ampie falcate, quelle di chi si sta dirigendo in un luogo ben definito ed è ansioso di arrivarci in un lasso di tempo ragionevole.

Ma adesso non aveva alcuna meta, e ciò era vero tanto dal punto di vista fisico che da quello spirituale. Ora era solo un uomo in mezzo ad altri uomini come lui.

E quel pensiero tornò a suscitargli una lieta e calorosa consapevolezza di fraternità, una consapevolezza che aveva sentito crescergli dentro nell'arido sperpero degli ultimi mesi. Era qualcosa di pressoché indescrivibile, un sentimento di vicinanza e di empatia con gli altri esseri umani, senza secondi fini, senza obiettivi, lontanissimo da qualsiasi forma di filantropia. Era una percezione di amore e amicizia che non dava né pretendeva nulla, priva dell'aspirazione di offrire o ricevere vantaggi di sorta da chicchessia. Lo si sarebbe potuto descrivere come un momento di amore in grado di raggiungere una più alta comprensione del mondo, infinitamente soddisfacente, e che, pur tuttavia, per intime ragioni legate alla sua stessa essenza, non sarebbe potuto durare.

Quante volte, pensò Llewellyn, nelle preghiere di ringraziamento aveva ascoltato e pronunciato le seguenti parole: «Il Tuo amore e la Tua misericordia verso tutte le creature»?

Anche un uomo poteva essere animato da quel sentimento, benché non potesse trattenerlo a lungo. E a un tratto si accorse che esisteva una compensazione, una promessa di futuro che non aveva ancora compreso. Per più di quindici anni si era tenuto a distanza da quel sentimento di fraternità per tutti gli altri esseri umani. Aveva vissuto in solitudine, consacrandosi al servizio. Ma ora, ora che la gloria e la spossante prostrazione erano terminate, poteva ritornare a essere un uomo tra gli uomini. Ora non gli era più richiesto di servire, soltanto di vivere.

Llewellyn svoltò l'angolo e si sedette in un caffè. Scelse un tavolo riparato, in fondo, da cui poteva vedere la gente che camminava per la strada, e dietro le luci del porto e le navi ormeggiate.

Arrivò presto un cameriere che, dopo aver preso la sua ordinazione, con voce gentile e musicale gli chiese:

«Lei è americano, vero?»

Llewellyn confermò.

Un largo sorriso illuminò il volto serio del cameriere.

«Noi qui abbiamo alcuni giornali americani. Glieli porto subito.»

Llewellyn trattenne un gesto di diniego.

Il cameriere uscì e tornò tutto orgoglioso portando due riviste illustrate statunitensi.

«Grazie mille.»

«Prego, si immagini, señor.»

Llewellyn notò che i rotocalchi erano di due anni prima. Anche questo gli fece piacere. Sottolineava la lontananza dell'isola dall'obbligo dell'attualità cui era sottoposto il resto del mondo. Qui almeno, pensò, non lo avrebbe riconosciuto nessuno.

Chiuse gli occhi per un attimo, ricordando tutti i vari avvenimenti degli ultimi mesi.

«Lei non è, forse...? Ma certo! E infatti mi sembrava di averla riconosciuta...»

«Oh, non mi dica, ma lei è il dottor Knox!»

«Lei è Llewellyn Knox, non è vero? Guardi, se lo lasci dire, non sa quanto mi ha addolorato sentire...»

«Lo sapevo che era lei! E insomma, che intenzioni ha, dottor Knox? La sua malattia è stata così terribile. Ho sentito che sta scrivendo un libro. Spero proprio di sì. Lei ha talmente tanti consigli da dare.» E così via.

Veniva riconosciuto ovunque: sulle navi, in aeroporto, negli alberghi di lusso e in quelli fuorimano, nei ristoranti, sui treni. Tutti lo interrogavano, gli dimostravano la loro solidarietà, lo ossequiavano... sì, quello era stato l'aspetto più faticoso. E le donne... donne con quegli sguardi servili, gli occhioni sgranati da segugio, con quell'abnegazione e quella capacità di adorare che solo loro hanno.

E poi naturalmente c'era stata la stampa. Perché lui faceva notizia ancora adesso. (Per fortuna, almeno questo non sarebbe durato a lungo.) Tante domande sfacciate, impertinenti. Quali sono i suoi progetti? Adesso lei cosa pensa di fare? Posso scrivere dunque che ha intenzione di...? Quale messaggio vuole lanciare?

Consigli, consigli, sempre consigli! Consigli ai lettori di una rivista specifica, un messaggio per il Paese, un insegnamento per gli uomini e per le donne, una morale per il mondo intero. Ma lui non aveva nessun messaggio da dare. Era stato semplicemente un messaggero, il che era una cosa molto diversa. Ma nessuno era in grado di capirlo.

Riposo: ecco di che cosa aveva bisogno. Tempo e riposo. Tempo per comprendere bene quello che era stato e quello che doveva fare. Tempo per fare un bilancio. Tempo per ricominciare, a quarant'anni, a vivere la propria vita. Doveva scoprire che cosa era accaduto a lui, Llewellyn Knox, durante i quindici anni in cui era stato impiegato come messaggero.

Mentre sorseggiava il suo bicchierino di liquore colorato, guardando la gente, le luci, il porto, pensava che quello sarebbe stato un ottimo posto per scoprire tutto ciò. Non gli serviva la solitudine del deserto, voleva continuare a vivere in mezzo agli altri. Per sua natura non era un eremita o un asceta. Non sentiva nessuna vocazione per la vita monastica. Aveva solo bisogno di scoprire chi e che cosa era Llewellyn Knox. Una volta compreso questo, avrebbe potuto andare avanti e riprendere in mano la propria vita.

Forse tutto era riconducibile alle tre domande di Kant:

Che cosa posso conoscere?
Che cosa devo fare?
Che cosa mi è lecito sperare?
Sapeva rispondere solo a una di queste, la terza.
Il cameriere tornò da lui e rimase in piedi accanto al tavolo.
«Vanno bene le riviste?» domandò con cordialità.
Llewellyn sorrise.
«Sì.»
«Non sono molto recenti, temo.»
«Non importa.»
«È vero, ciò che andava bene un anno fa va bene ancora oggi.»
Parlava con pacata sicurezza.
Poi aggiunse:
«Viene dalla nave? Il *Santa Margherita*, là fuori?»
Voltò la testa verso il molo.
«Sì.»
«Riparte domani alle dodici, giusto?»
«Forse. Non lo so. Può darsi che resti qui.»
«Ah, bene, è bello qui, vedrà. Ce lo dicono tutti i turisti. Allora resta fino a giovedì prossimo, quando arriva l'altra nave?»
«Forse mi fermo di più. Potrei rimanere un po' più a lungo.»
«Allora è qui per affari!»
«No, nessun affare.»
«Le persone di solito non si trattengono qui, a meno che non abbiano degli affari in corso. Dicono che gli alberghi sono scadenti e che non c'è niente da fare.»
«Immagino invece che ci sia da fare come da qualsiasi altra parte.»
«Per noi che ci viviamo sì. Abbiamo la nostra vita e il nostro lavoro. Ma non per gli altri. Anche se qualche straniero che si è fermato a vivere qui c'è. Per esempio Sir Wilding, un inglese. Ha una grossa proprietà che ha ereditato dal nonno. Si è trasferito sull'isola a scrivere i suoi libri. È un signore molto noto e rispettato.»
«Intende dire Sir Richard Wilding?»
Il cameriere annuì.
«Sì, si chiama così. Lo conosciamo da molti anni. Durante la guerra non è potuto venire, ma in seguito è tornato. È anche un abile ritrattista, sa? Qui di pittori ce ne sono molti. C'è un francese che vive in un cottage a Santa Dolmea, poi ci sono un inglese e sua moglie dall'altra parte dell'isola. Loro sono poveri. I quadri che dipinge il marito sono molto strani a vedersi, mentre lei fa sculture in pietra.»
A un tratto si interruppe e si precipitò verso un tavolo all'angolo, che aveva la sedia girata per indicare che era riservato. Prese la sedia e la scostò un po' indietro, facendo un inchino di benvenuto alla donna che era venuta a occuparla.

La nuova arrivata si sedette ringraziandolo con un sorriso, e il ragazzo si allontanò subito senza aspettare l'ordinazione. La donna appoggiò i gomiti sul tavolo e si mise a fissare il porto.

Llewellyn la guardò con un moto di sorpresa.

Come molte delle donne che si vedevano passeggiare per la via, indossava una sciarpa spagnola con fiori ricamati su fondo verde smeraldo, ma lei era quasi di certo inglese o americana. La sua bionda bellezza spiccava in mezzo agli altri avventori. Il suo tavolo era seminascosto da una florida massa di buganvillee color corallo che pendeva dal soffitto. Chi si sedeva lì doveva avere l'impressione di guardare il mondo o, meglio, le luci delle navi che si riflettevano sul porto, come se si trovasse in una grotta ricoperta di vegetazione.

La ragazza, perché tale la si poteva ancora considerare, restò pressoché immobile, con un atteggiamento di inerte attesa. Poco dopo il cameriere le portò il suo drink e lei lo ringraziò con un sorriso, ma senza parlare. Poi, tenendo il bicchiere con le mani a coppa, continuò a fissare il porto, sorseggiando lentamente la sua bevanda.

Llewellyn osservò gli anelli che portava alle dita, un solitario di smeraldo in una mano e una rosetta di diamanti nell'altra. Sotto lo scialle esotico indossava un semplice abito nero accollato.

Non prestava attenzione alle persone sedute intorno a lei, e nessuno di loro le dedicò più di un semplice sguardo senza interesse. Con ogni evidenza si trattava di una habitué.

Llewellyn si chiedeva chi potesse essere, incuriosito dal fatto che una giovane donna del suo rango restasse seduta lì da sola, senza nessun accompagnatore. Eppure lei pareva perfettamente a suo agio, con l'aria di chi sta seguendo la propria routine quotidiana. Forse qualcuno l'avrebbe raggiunta di lì a poco.

Ma il tempo passava, e la ragazza continuava a restare da sola. Ogni tanto faceva un leggero cenno del capo, e il cameriere le portava un altro drink.

Quasi un'ora dopo, Llewellyn chiese il conto e si avviò verso l'uscita. Passandole vicino, soffermò lo sguardo su di lei.

Sembrava indifferente sia a lui sia a tutto quello che la circondava. Fissava ora il bicchiere, ora il mare, e l'espressione assente che aveva dipinta sul viso non mutava. L'espressione di chi in quel momento si trovava altrove, molto lontano.

Llewellyn uscì dal caffè e imboccò la strada stretta che portava al suo albergo, e a un tratto fu colto dalla tentazione di tornare indietro, per parlare con lei, per avvertirla. Ma "avvertirla" di cosa? Perché gli era venuto in mente quel termine? Perché aveva la sensazione che quella donna potesse essere in pericolo?

Scosse il capo. Per il momento non sapeva cosa rispondere a se stesso e non poteva far nulla, ma era sicuro di avere ragione.

Due settimane dopo, Llewellyn Knox si trovava ancora sull'isola. Passava le giornate seguendo un programma fisso di attività. Camminare, riposare, leggere, ancora camminare, dormire. La sera, dopo cena, andava al porto e si sedeva in un caffè. Dopo un po' eliminò la lettura dalla sua routine quotidiana. Non aveva più nulla da leggere.

Adesso viveva solo con se stesso e sapeva che era esattamente la cosa giusta da fare. Eppure non si sentiva affatto solo. Si trovava in mezzo ad altre creature come lui, era tutt'uno con loro, anche se non parlava mai con nessuno. Non cercava il contatto, ma nemmeno lo evitava deliberatamente. Faceva conversazione con molte persone, certo, però senza mai andare oltre le frasi di rito e di cortesia. Tutti gli volevano bene, lui voleva bene a loro, ma nessuno desiderava invadere la vita degli altri.

Eppure c'era un'eccezione, in quell'esistenza di riservatezza. Continuava a interrogarsi su quella ragazza che aveva visto al bar, seduta al tavolo sotto la buganvillea. Sebbene frequentasse diversi locali nella zona del porto, più spesso si recava in quello scelto la prima volta, e in diverse occasioni vi aveva visto arrivare la ragazza inglese. Veniva tardi, si sedeva sempre allo stesso tavolo. Aveva scoperto che restava finché l'ultimo avventore se n'era andato. Per lui era un mistero, ma appariva evidente che non lo fosse per nessun altro.

Un giorno chiese di lei al cameriere.

«Quella señora seduta lì, la giovane, sa dirmi se è inglese?»

«Sì, è inglese.»

«E vive sull'isola?»

«Sì.»

«E viene qui tutte le sere?»

Il cameriere rispose tutto serio:

«Viene quando può.»

Era una risposta strana, pensò Llewellyn in seguito.

Non gli chiese il suo nome. Se il cameriere avesse voluto farglielo sapere, lo avrebbe detto da sé: "Si tratta della signora tal dei tali che vive nel tal posto". Ma dato che non aveva rotto il riserbo, Llewellyn ne dedusse che doveva esserci una ragione precisa.

Invece gli chiese:

«Che cosa beve di solito?»

Il ragazzo rispose in fretta: «Brandy». E se ne andò.

Llewellyn pagò il conto e salutò. Si fece strada tra i tavoli e sostò per un momento sul marciapiede prima di unirsi alla scia della folla serale.

Poi, improvvisamente, fece dietrofront e si diresse al tavolo con la buganvillea color corallo con il piglio deciso tipico degli americani.

«Le dispiace,» le disse «se mi siedo a parlare con lei per qualche minuto?»

2

LO SGUARDO DI LEI si spostò molto lentamente dalle luci del porto al suo volto. Per un attimo restò con gli occhi sbarrati, come confusi. Llewellyn poté percepire lo sforzo che stava facendo. Capì che tornava da molto lontano.

Si rese anche conto, con un improvviso senso di pena, di quanto fosse giovane. Non solo in termini di anni (a suo giudizio ne aveva ventitré o poco più), ma soprattutto dal punto di vista della maturità. Era come un bocciolo di rosa non ancora apertosi, il cui sviluppo naturale si è arrestato a causa di un'improvvisa gelata. Un bocciolo all'apparenza normale, ma che un giorno cadrà al suolo senza essere mai sbocciato davvero. Pensò che quella ragazza sembrava come una bambina smarrita, e al contempo aveva un'aria incredibilmente amabile. Gli uomini l'avrebbero trovata sempre affascinante, si sarebbero fatti in quattro per aiutarla, per proteggerla, per coccolarla. Sembrava destinata a un'esistenza piena di felicità, eppure eccola lì, seduta da sola con lo sguardo perso nel vuoto, forse a rincorrere con la mente un'epoca di felicità ormai perduta.

Spalancò su di lui i suoi profondi occhi azzurri.

«Come...?» disse, esitante.

Llewellyn restò in attesa.

Infine lei gli sorrise.

«Prego, prego, si accomodi pure.»

Lui si sedette lì accanto.

Gli chiese: «Lei è americano?».

«Sì.»

«È appena sbarcato?»

Spostò lo sguardo di nuovo sul porto. C'era una nave attraccata al molo. Ce n'era sempre una.

«Sono venuto in nave, sì, ma non con quella. Sono qui da un paio di settimane.»

«La maggior parte delle persone non resta così a lungo.»

Era un'affermazione, non una domanda.

Llewellyn chiamò il cameriere con un cenno e ordinò un curaçao.

«Posso offrirle qualcosa?»

«Grazie» rispose. E aggiunse: «Lui sa cosa prendo».
Il ragazzo fece un cenno col capo e si allontanò.
Per un po' rimasero seduti senza parlare.
«Suppongo che si sentisse solo» disse lei infine. «Non ci sono molti inglesi o americani da queste parti.»
Capì che la donna si stava chiedendo perché si fosse seduto con lei.
«No, non proprio» le rispose con prontezza. «Non mi sentivo solo, anzi. Sto scoprendo il piacere di starmene un po' per conto mio.»
«Una gran cosa, la solitudine, non è vero?»
L'impeto con cui parlò lo colse di sorpresa.
«Dunque è per stare un po' da sola che è venuta fin qui?»
Lei annuì.
«Allora forse la sto disturbando?»
«No, non importa» gli rispose. «Lei è un estraneo, non si preoccupi.»
«Capisco.»
«Non so nemmeno il suo nome.»
«Vuole saperlo?»
«No, preferisco che non me lo dica. E neanch'io le dirò il mio.»
Poi tentennò:
«Ma forse glielo hanno già detto. In questo caffè mi conoscono tutti.»
«No, non ne hanno fatto parola. Penso sappiano che lei preferisce non farlo sapere.»
«Sì, sono molto comprensivi. Loro, tutti loro, hanno uno splendido modo di fare. Si comportano bene non perché gli è stato insegnato, ma perché gli viene naturale. Prima di approdare su quest'isola non avrei mai creduto che la cortesia spontanea potesse essere qualcosa di così meraviglioso, di così... positivo.»
Il cameriere tornò con i loro due bicchieri, e Llewellyn pagò.
Osservò il bicchiere che la ragazza teneva tra le mani a coppa.
«Brandy?»
«Sì, il brandy aiuta molto.»
«L'aiuta a sentirsi sola? È per questo?»
«No, mi aiuta a sentirmi... libera.»
«Perché, non lo è?»
«Esiste qualcuno che è davvero libero?»
Rifletté sulle parole della donna. Le aveva pronunciate senza amarezza, senza alcuna vena di autocommiserazione. Aveva solo posto una domanda.
«L'uomo porta il suo destino attaccato al collo... è questo ciò che prova?»
«No, non direi. Non propriamente. Piuttosto mi sembra come se tutti avessimo un percorso già tracciato, come la rotta di una nave, che è necessario seguire con precisione. Finché restiamo nella scia, va tutto bene. Ma io mi sento come

una nave che all'improvviso è andata fuori rotta. E ho la sensazione di essermi persa. Non so dove sono, mi trovo in balia del vento e del mare, non sono libera, ma come presa nella morsa di qualcosa che non conosco, che mi frastorna... Sto dicendo un sacco di sciocchezze. Dev'essere colpa del brandy.»

Lui annuì.

«È anche il brandy, senza dubbio. Che effetto le fa?»

«Oh, mi porta lontano... Ecco, mi porta via...»

«E da cos'è che vuole andare via?»

«Da niente. Assolutamente niente. In realtà questo è l'aspetto perverso della situazione. Io sono una privilegiata. Ho avuto tutto.» Ripeté con voce asciutta: «Tutto... Oh, non voglio dire di non aver avuto anch'io i miei dolori e le mie perdite, ma non è questo il punto. Non desidero né rimpiango il passato. Non voglio riesumarlo e riviverlo di nuovo. Non voglio tornare indietro, ma neanche andare avanti. Voglio solo andare via, da qualche altra parte. Sto qui seduta a bere brandy ma tra poco sarò là fuori, oltre il porto e andrò sempre più lontano verso un luogo irreale che non esiste da nessuna parte. Come quando da bambini si sogna di volare... Leggeri leggeri, sospesi in aria...»

Il suo sguardo aveva in parte ripreso quell'espressione persa nel vuoto. Llewellyn rimase seduto a osservarla.

Poco dopo lei ritornò in sé con un leggero trasalimento.

«Oh, mi scusi.»

«No, non torni qui. Ora me ne vado» disse alzandosi. «Le dispiace se, d'ora in poi, una volta ogni tanto mi siedo qui a parlare con lei? Se preferisce di no, basta che me lo dica. Io capirò.»

«Anzi, mi farebbe piacere. Buonanotte, allora. Io resto ancora un po'... Capisce, non sempre mi è concesso andare via.»

Si rincontrarono dopo circa una settimana.

Non appena Llewellyn si sedette al suo tavolino, la giovane gli disse: «Sono contenta di rivederla. Temevo che fosse già partito».

«Non è ancora il momento.»

«E quando sarà arrivato dove andrà?»

«Non lo so, non ancora.»

«Vuole dire... che sta aspettando istruzioni?»

«La metta pure così, se vuole.»

«L'ultima volta abbiamo parlato solo di me, ma su di lei non abbiamo detto una parola» disse la ragazza in un bisbiglio. «Perché è venuto a stare sull'isola? C'è una ragione particolare?»

«Forse è la stessa per cui lei beve brandy... per andare via. Nel mio caso per andare via dalla gente.»

«Dalla gente in generale o da qualcuno in particolare?»

«No, non dalla gente in generale. Da coloro che mi conoscono o mi hanno conosciuto per come ero.»

«È successo qualcosa?»

«Sì.»

A quel punto la ragazza si sporse verso il suo interlocutore e gli disse con franchezza: «Allora lei è come me. È forse successo qualcosa che l'ha mandata fuori rotta?».

Lui scosse la testa quasi con veemenza.

«No, assolutamente no. Quello che mi è successo faceva parte della vita che mi era stata destinata. Aveva il suo significato e la sua ragione.»

«Ma allora quello che ha detto riguardo alle persone che...»

«Loro non capiscono. Sono dispiaciuti per me, vogliono riportarmi indietro a qualcosa che è ormai finito.»

Lei aggrottò le sopracciglia, perplessa.

«Non riesco a capire...»

«Avevo un lavoro» disse con un sorriso. «E ora l'ho perso.»

«Era un posto importante?»

«Non lo so» rispose pensieroso. «Perlomeno io pensavo che lo fosse. Ma non si può mai sapere ciò che è davvero importante, è tutto talmente relativo. Bisogna imparare a non fidarsi ciecamente del valore che si dà alle cose.»

«Così ha lasciato il lavoro?»

«No» disse ancora sorridendo. «Sono stato licenziato.»

«Oh!» sbottò lei presa alla sprovvista. «E se ne è dispiaciuto?»

«Sì, certo, ci sono rimasto male. Sarebbe dispiaciuto a chiunque. Ma adesso è tutto finito.»

La ragazza si accigliò vedendo il bicchiere vuoto, ma le bastò voltarsi perché il cameriere, già pronto in attesa dietro di lei, lo sostituisse con uno pieno.

A quel punto bevve un paio di sorsi e poi domandò:

«Le posso chiedere una cosa?»

«Sì, mi dica.»

«Pensa che la felicità sia molto importante?»

Lui si mise a riflettere qualche istante prima di rispondere.

«È una domanda molto difficile. Se le rispondessi che è di vitale importanza, ma che allo stesso tempo non importa affatto, penserebbe che sono un pazzo.»

«Può spiegarsi meglio?»

«Be', direi che è come il sesso. È di vitale importanza, eppure non conta così tanto. Lei è sposata?»

Aveva notato un sottile anello d'oro al dito.

«Mi sono sposata due volte.»

«Amava suo marito?»

Fece la domanda al singolare e lei rispose senza sottilizzare.

«L'ho amato più di qualsiasi cosa al mondo.»

«Quando ripensa alla sua vita con lui, quali sono le prime cose che le vengono in mente, i momenti che si ricorderà per sempre? La prima volta che siete andati a letto – o si tratta di qualcos'altro?»

All'improvviso la donna scoppiò in una risata, abbandonandosi a un incantevole momento di allegria.

«Il cappello!» disse ancora ridendo.

«Il cappello?»

«Già. Durante la luna di miele. Il suo gli era volato via per una folata di vento, e allora se n'era comprato uno caratteristico del posto, un ridicolo copricapo di paglia. Mi disse che a me sarebbe stato meglio, e così ce li siamo scambiati. Io mi sono messa in testa il suo e lui ha indossato il mio, un cappellino da donna. Appena ci siamo guardati siamo scoppiati a ridere. E allora si mise a convincere anche gli altri nostri compagni di viaggio a fare lo stesso, ci divertimmo tutti molto. "Ah, quanto ti amo!" mi disse...» La voce le si ruppe per l'emozione. «Non lo dimenticherò mai.»

«Vede?» disse Llewellyn. «Quelli sono i momenti magici, i momenti di comunione, di indimenticabile dolcezza. Non il sesso. Eppure se il sesso non funziona il matrimonio va a rotoli. Allo stesso modo il cibo è importante, non si può vivere senza mangiare, tuttavia, quando siamo ben nutriti, occupa molto poco i nostri pensieri. La felicità è uno dei nutrimenti della vita, ci induce a maturare, ci insegna molte cose, ma non è lo scopo ultimo dell'esistenza. E in sé non è mai pienamente soddisfacente.» Fece una pausa, poi con dolcezza le chiese:

«E lei, è la felicità che cerca?»

«Non lo so, so che dovrei essere felice. Ho tutto per esserlo.»

«Ma invece vuole qualcosa in più.»

«Al contrario, in meno» ribatté immediatamente. «Voglio meno dalla vita. Ho troppo... ho troppo di tutto.»

E aggiunse:

«È tutto così pesante.»

Restarono seduti in silenzio per qualche istante.

«Se lo sapessi...» riprese lei. «Se sapessi almeno quello che voglio davvero, invece di essere solo così negativa, così stupida.»

«Ma lei sa quello che vuole: fuggire. Allora perché non lo fa?»

«Fuggire?»

«Sì, che cosa glielo impedisce? La sua situazione economica?»

«No, non è questione di soldi. Ne ho il giusto, a sufficienza.»

«E di che si tratta, allora?»

«Ci sono così tante cose in ballo, non capirebbe.» Aveva le labbra contorte in un improvviso sorriso, mestamente ironico. «Sono come le tre sorelle di Čechov, che si lamentano sempre di non poter andare a Mosca e non ci vanno né ci andranno mai, quando sarebbe bastato recarsi in stazione, un giorno qualsiasi della loro vita, e prendere un treno! Proprio come me che potrei comprare un biglietto e imbarcarmi su quella nave là fuori, che parte stasera.»

«E allora perché non lo fa?»

La stava osservando.

«Lei pensa di conoscere la risposta» gli disse lei.

Lui scosse la testa.

«No, sto solo cercando di aiutarla a trovarla.»

«Forse non voglio davvero andare via. Proprio come le sorelle di Čechov.»

«Forse.»

«Magari la fuga è solo una delle tante idee che ho in testa.»

«Magari. Tutti nutriamo illusioni che ci aiutano a sopportare la nostra vita.»

«E la fuga sarebbe la mia illusione?»

«Io non lo so. Lei sì.»

«No, io non so niente, niente di niente Ho avuto tutte le opportunità, e ho preso la decisione sbagliata. Ma una volta presa bisogna mantenere la direzione, non è forse vero?»

«Non lo so.»

«Deve continuare a ripetermelo ogni volta?»

«Mi dispiace, ma è la verità. Mi sta chiedendo un'opinione su qualcosa di cui io non so nulla.»

«Le stavo chiedendo un criterio generale.»

«Non esiste alcun criterio generale.»

«Intende dire che non c'è niente di giusto o di sbagliato in assoluto?»

«No. Ma che cosa sia giusto e sbagliato in assoluto è al di là della nostra conoscenza e comprensione. Tutt'al più ne possiamo avere soltanto una percezione vaga.»

«Eppure sappiamo discernere tra ciò che è giusto e ciò che non lo è.»

«Secondo i canoni validi in quel momento e che ci sono stati insegnati da qualcuno. Oppure, andando oltre, secondo l'istinto. Ma la strada è ancora molto lunga. In passato furono molti coloro che morirono bruciati sul rogo, e non da sadici o da bruti, ma da onesti nobiluomini che credevano di essere nel giusto. Nella storia del diritto dell'antica Grecia si legge di un uomo che fu accusato di voler deliberatamente intralciare la giustizia per il semplice fatto che si era rifiutato di far torturare i suoi schiavi per interrogarli, cosa assolutamente tollerata dalle consuete leggi dell'epoca. Negli Stati Uniti ci fu un sacerdote serio e timorato di

Dio che picchiò a morte il suo amato figlio di tre anni perché si rifiutava di dire le preghiere.»

«Ma è orribile!»

«Ci pare orribile adesso, perché col tempo è cambiato il nostro modo di pensare.»

«E allora che cosa possiamo fare?»

Disorientata, rivolse verso di lui il suo bel viso.

«Seguire la propria strada, con umiltà e... speranza.»

«La propria strada, d'accordo... Ma se uno scopre che la propria è una cattiva strada?» Si mise a ridere. «Come quando, lavorando a maglia, a un tratto ci si accorge di aver perso un punto molto tempo prima! Ha presente?»

«Non saprei, a dire il vero non ho mai lavorato a maglia.»

«Va bene, ma perché non vuole dirmi cosa ne pensa della mia situazione almeno adesso?»

«Sarebbe solo la mia opinione.»

«E allora?»

«Potrebbe influenzarla... E ho l'impressione che lei sia una persona facilmente influenzabile.»

La giovane tornò a incupirsi.

«Sì, forse è per quello che va tutto storto.»

Llewellyn aspettò un poco, poi, con un tono posato ma deciso, le chiese: «Che cosa, concretamente? Cos'è che va storto?».

«Niente.» Lo guardò con la disperazione negli occhi. «Niente di niente. Ho avuto tutto quello che ogni donna può desiderare.»

«Sta ancora generalizzando. Lei non è "ogni donna". Lei è lei. Ha avuto tutto quello che voleva?»

«Sì, sì, sì! Amore, rispetto, soldi, lusso, buone frequentazioni, amicizie... insomma, tutto! Ogni cosa che avrei desiderato per me. No, il problema non sono gli altri.» E assumendo quasi un'aria di sfida, disse: «Il problema sono io. C'è qualcosa di sbagliato in me».

Stranamente si sentì rassicurata quando lui le disse con convinzione:

«Oh, sì. C'è qualcosa che non va in lei, su questo ci può scommettere!»

Allontanò il suo bicchiere di brandy sul tavolino e disse:

«Posso parlare di me?»

«Se vuole, prego.»

«Forse potrei riuscire a capire dov'è che è andato tutto storto. Credo mi potrebbe essere d'aiuto.»

«Sì, lo credo anch'io.»

«È stato tutto molto bello, molto normale... la mia vita, intendo. Un'infanzia felice, una bella casa. Sono andata a scuola, ho fatto le solite cose, e nessuno mi ha mai trattato male. Forse, se lo avessero fatto, sarebbe stato meglio per me. Può darsi che io sia stata viziata da bambina... ma in realtà no, non lo credo davvero. Quando sono tornata a casa, dopo aver finito il college, giocavo a tennis, andavo a ballare, frequentavo molti giovani della mia età, e come tutti mi chiedevo che lavoro avrei potuto fare... insomma, le solite domande.»

«Sì, sembra tutto abbastanza normale.»

«Poi un bel giorno mi sono innamorata e mi sono sposata.»

«E vissero felici e contenti...»

«No,» disse seria «non andò così. Lo amavo, questo sì, ma spesso mi sentivo infelice. È per questo che le ho chiesto se secondo lei la felicità è davvero importante.»

Fece una pausa per raccogliere le idee, poi continuò:

«È così difficile da spiegare. Da un lato non ero felice, ma dall'altro, per qualche strana ragione, andava tutto bene... In fondo era quello che avevo scelto, quello che desideravo. Non mi sono buttata alla cieca in una situazione avventata. Naturalmente avevo idealizzato mio marito, come spesso accade. Ora mi viene in mente che una volta mi svegliai alla mattina molto presto, verso le cinque, poco prima dell'alba. È un'ora fredda, un po' terrorizzante, non trova? Ecco, quella notte seppi, con assoluta sicurezza, come sarebbe stato il mio futuro. Fu come se mi fosse passato davanti agli occhi. Ed ebbi la certezza che non sarei mai stata davvero felice. Mi accorsi con chiarezza di quanto mio marito, pur con tutto il suo garbo e le sue buone maniere, fosse un uomo egoista e senza scrupoli, e al contempo ne subivo ancora il fascino. Era allegro, spensierato, e io, che ero ancora innamorata di lui, sapevo che non avrei potuto amare nessun altro uomo. E allora avrei preferito continuare a vivere infelice ma sposata con lui, piuttosto che essere ricca e riverita senza di lui. Pensai che con un po' di fortuna e di discernimento avrei potuto farcela, e accettai una volta per tutte il fatto che io lo amassi più di quanto lui non mi avrebbe mai amato. Mi sarebbe bastato a evitare di chiedergli più di quanto mi voleva dare.»

Riprese fiato, prima di riprendere il suo racconto:

«Naturalmente all'epoca non avevo così chiari in testa i termini della questione. Tutto quello che le sto dicendo in questo momento, mettendo le parole in fila una dopo l'altra, allora si limitava ad apparirmi come una sensazione vaga, dai contorni sfumati, eppure reale. Mi imposi di pensare a lui come se fosse un uomo meraviglioso, inventando ogni sorta di nobili cose per giustificare le sue azioni. Il fatto è che ormai avevo compiuto una scelta. Avevo avuto il mio magico momento di lucidità, in quel freddo mattino, uno di quei momenti in cui percepiamo con nettezza quello che ci aspetta e siamo ancora in tempo per decidere se tornare indietro o andare avanti. E io avevo scelto di andare avanti. Nonostante la tentazione di tornare sui miei passi, nonostante sapessi quanto sarebbe stato difficile e fossi spaventata da tutto questo, la mia decisione fu chiara.»

«E si è pentita?» le chiese con dolcezza.

«No, no!» rispose lei, risoluta. «Non ho nessun rimpianto, ogni minuto con lui valeva la pena di essere vissuto! Rimpiango solo la sua morte.»

A quel punto la rassegnazione era ormai scomparsa dai suoi occhi. Llewellyn pensò che la ragazza seduta davanti a lui non era più una creatura alla deriva che vagheggiava di andarsene in luoghi immaginari, bensì una donna viva, appassionata.

«È morto troppo presto» proseguì lei. «Com'è che dice Macbeth? "Più tardi doveva morire..." Ecco, è ciò che provo per lui.»

L'uomo scosse la testa.

«Tutti la pensiamo così quando muore qualcuno che ci è caro.»

«Davvero? Non saprei. Quello che so è che era malato, e sarebbe rimasto invalido per sempre. Non sopportava l'idea, diceva di odiare la vita, se la prendeva con tutti e soprattutto con me. Ma in realtà non voleva morire. Nonostante tutto, il suo desiderio era quello di continuare a vivere. Ecco perché la sua morte non mi dà pace. Aveva un vero talento per la vita, e gliene sarebbe bastata anche una a metà, anche un quarto, per godersela fino in fondo. Oh, odio il Padreterno per averlo fatto morire» esclamò alzando le braccia al cielo.

Poi si ricompose e guardò Llewellyn esitante. «Mi scusi, non avrei dovuto dire questo.»

Lui la rassicurò con molta calma: «È meglio odiare Dio che odiare l'umanità. A Dio non si può far male».

«No, ma è lui che può fare del male a noi.»

«Non è vero, mia cara. Siamo noi che ci facciamo del male l'un l'altro e feriamo persino noi stessi.»

«E facciamo di Dio il nostro capro espiatorio?»

«Così è sempre stato. Sopporta il nostro fardello, il fardello dei nostri risentimenti, del nostro odio, sì, e anche il fardello del nostro amore.»

3

LLEWELLYN AVEVA PRESO L'ABITUDINE di fare lunghe passeggiate durante le ore pomeridiane. Partiva dall'abitato e saliva per una strada ripida piena di curve che lo portava fino a un punto in cui la città e la baia sotto di lui, ammantate nella quiete del pomeriggio, apparivano irreali. Il consueto variopinto viavai in riva al mare si concedeva il quotidiano riposo dell'ora della siesta, e lungo le strade non c'era segno di passanti occasionali. Lassù sulle colline, gli unici esseri umani che Llewellyn incontrava erano i ragazzini che badavano ai greggi, canticchiando sotto il sole o magari seduti per terra, a giocare con qualche pietra. A ogni modo, non avrebbero impedito a Llewellyn di godersi la tranquillità del pomeriggio. Erano abituati agli stranieri che marciavano lungo i loro sentieri con la camicia aperta sul collo, sudando copiosamente. Sapevano che si trattava di scrittori o pittori, e anche se non erano numerosi avevano smesso da tempo di costituire per loro una fonte di curiosità. Poiché Llewellyn non era equipaggiato con il consueto armamentario di tela, cavalletto e album da disegno, lo avevano annoverato nel gruppo degli scrittori. Quando incrociava i pastori lungo il sentiero, questi gli rivolgevano un deferente «Buongiorno», nulla di più.

Passeggiava senza nessuna meta. L'osservazione del paesaggio non gli suscitava nessuna sensazione particolare. Era invece dentro di lui che stava pian piano prendendo forma e significato un sentimento non ancora del tutto chiaro e riconosciuto.

Il cammino lo condusse attraverso una piantagione di banane. Una volta all'interno di quegli spazi verdi, si rese conto all'improvviso che doveva abbandonare ogni concetto di scopo e direzione. Non aveva idea di quanto si estendesse la piantagione e di dove o quando ne sarebbe emerso. Poteva trattarsi di una piccola coltura, oppure avrebbe potuto continuare per chilometri e chilometri. Comunque, proseguendo per la sua strada, alla fine sarebbe emerso nel punto in cui conduceva il sentiero. Quel punto esisteva già, era già stato stabilito, e a lui non era data alcuna possibilità di intervenire per cambiarlo. Tutto ciò che poteva decidere era se seguire o meno quel percorso. Se proseguire o tornare indietro. Aveva piena libertà sulla sua scelta. Calpestò il terreno con passo energico, come a sottolineare la sua volontà di andare avanti, di viaggiare animato dalla speranza...

Poco dopo, con una repentinità che lo lasciò quasi sconcertato, si trovò già al di fuori della verde quiete del bananeto per sbucare su una collina brulla. Poco sotto di lui, a margine di un sentiero che procedeva a zigzag lungo la costa, c'era un uomo che dipingeva davanti a un cavalletto.

Il pittore volgeva la schiena a Llewellyn, che ne vedeva solo la possente muscolatura delle spalle, in evidenza sotto la sottile camicia gialla, e il grande cappello di feltro malconcio, calcato sulla nuca.

Llewellyn scese lungo il sentiero. Quando giunse al suo fianco, rallentò il passo e osservò con sincero interesse il procedere del lavoro sulla tela. Dopo tutto, se un pittore si era messo sul ciglio di un sentiero battuto, probabilmente non avrebbe avuto alcuna obiezione a essere osservato.

Era un dipinto molto sgargiante, tratteggiato a forti tinte con l'intenzione di attirare l'attenzione sull'effetto generale, piuttosto che sul dettaglio. Un'opera piacevole di buon artigianato, senza alcun significato profondo.

Il pittore girò la testa di lato e sorrise.

«Non dipingo di professione» gli disse con allegria quasi per giustificarsi. «Sono solo un dilettante.»

L'uomo avrà avuto tra i quaranta e i cinquant'anni, e aveva i capelli scuri appena venati di grigio. Era di bell'aspetto, ma ciò che colpì subito Llewellyn fu il fascino che emanava. Ne percepì all'istante la personalità magnetica, il calore e la vitalità coinvolgenti, che lo rendevano un uomo impossibile da dimenticare anche se incontrato una sola volta.

«È straordinario» disse il pittore «il piacere che ti dà spremere colori intensi e brillanti sulla tavolozza e poi trasferirli sulla tela! A volte sai quello che hai intenzione di fare, a volte non ne hai la minima idea, ma il piacere è sempre lo stesso.» Alzò lo sguardo verso di lui. «È un pittore anche lei?»

«No, no, passavo di qui per caso.»

«Ah» annuì l'altro. Poi stese una striscia di un inaspettato colore rosa sull'azzurro del mare. «Che mistero!» esclamò. «Avevo avuto l'intuizione che un po' di rosa ci sarebbe stato bene, e infatti è così. Inspiegabile!»

Abbandonò il pennello sulla tavolozza, sospirò, spinse sulla nuca il cappello logoro e si voltò leggermente di lato per vedere meglio il suo interlocutore. I suoi occhi si restrinsero a una fessura con improvviso interesse.

«Scusi tanto,» gli disse «ma lei non è il dottor Llewellyn Knox?»

Di primo acchito Llewellyn ebbe un moto di rifiuto, che però non si tradusse in un indietreggiamento vero e proprio. Riuscì infatti a ricomporsi subito e a rispondere con un tono inespressivo:

«Sì, sono io.»

Un momento dopo si rese conto di quanto fossero veloci le reazioni dell'uomo.

«Che stupido sono stato!» disse. «Ha avuto un problema di salute, non è vero? E suppongo che sia venuto qui per stare lontano dalla gente. Bene, non si preoccupi. Raramente gli americani vengono a visitare l'isola e gli abitanti locali non si interessano di nessun altro tranne dei propri cugini, dei cugini dei loro cugini e di nascite, morti e matrimoni dei loro famigliari. E non tenga conto di me, non faccio testo: io vivo qui.»

Llewellyn sgranò un poco gli occhi.

«Sorpreso?»

«In effetti sì.»

«E perché mai?»

«È solo che vivere qui... Ecco, non avrei pensato che qualcuno si accontentasse di ciò che offre il posto.»

«Capisco, e ha ragione. In origine non mi sono davvero trasferito. Mi era stata lasciata una grande tenuta da un mio prozio. Quando ne sono entrato in possesso era messa piuttosto male, ma pian piano sta cominciando a prosperare.» Poi aggiunse: «Mi chiamo Richard Wilding».

Llewellyn conosceva quel nome: viaggiatore, scrittore, uomo dai mille interessi e dalle ampie competenze negli ambiti più disparati, archeologia, antropologia, entomologia. Aveva sentito dire che non c'era nessun argomento che Sir Richard Wilding non conoscesse, pur senza pretendere di essere un esperto. A tutti i suoi pregi aggiungeva anche un accattivante tocco di modestia.

«Ho sentito molto parlare di lei, naturalmente» disse Llewellyn. «A dire il vero, ho anche letto e apprezzato parecchi dei suoi libri.»

«E io, dottor Knox, ho partecipato ai suoi incontri. Cioè, a dirla tutta a uno solo, quello tenuto all'Olympia, circa un anno e mezzo fa.»

Llewellyn lo guardò con una certa meraviglia.

«Mi sembra che ciò la sorprenda» disse Wilding, con un sorriso ironico.

«Francamente, è così. Mi domando come mai sia venuto.»

«Per essere sinceri, credo di essere venuto per sbeffeggiarla.»

«Questo mi sorprende già meno.»

«E mi pare che non la infastidisca neppure.»

«Perché dovrebbe?»

«Insomma, è un essere umano anche lei, e crede nella sua missione... o almeno così suppongo.»

Llewellyn accennò un sorriso.

«Sì, questo lo può supporre a ragione.»

Dopo una breve pausa, Wilding gli confidò con disarmante franchezza:

«Non può capire quanto sia interessante per me conoscerla di persona. Dopo aver partecipato alla sua conferenza, incontrarla è stata la cosa che ho più desiderato.»

«Avrebbe potuto farlo senza difficoltà, mi sbaglio?»

«No, certo, ha ragione. Ma per lei si sarebbe trattato di un obbligo formale! Io invece volevo incontrarla in un'occasione meno ufficiale, in cui, se voleva, poteva anche mandarmi al diavolo.»

Llewellyn sorrise di nuovo.

«Bene, adesso queste condizioni si sono realizzate. Non ho più nessun obbligo.»

Wilding lo scrutò con interesse.

«Così dicendo mi induce a chiedermi se si riferisce alla salute o a un cambiamento del suo punto di vista.»

«Direi piuttosto che è cambiata la mia funzione.»

«Le confesso che non la seguo.»

Ma Llewellyn non rispose.

Wilding allora cominciò a raccogliere la sua attrezzatura.

«Mi piacerebbe solo raccontarle cosa ho pensato di quell'incontro all'Olympia. E voglio essere sincero, perché non credo che lei sia il tipo di uomo che se la prende di fronte alla verità quando gli viene presentata senza volontà di offesa. Ecco, non mi è piaciuto per niente, né allora né oggi. Trovo detestabile oltre ogni dire l'idea di una religione di massa propagandata con l'altoparlante. È qualcosa che urta profondamente il mio modo di sentire.»

Notò il sorriso divertito che apparve per un attimo sul volto di Llewellyn.

«Lo trova un atteggiamento molto inglese? Le pare ridicolo?»

«No, lo accetto in quanto è la sua opinione.»

«Come le ho detto, quel giorno sono venuto per beffa. Ero preparato ad andarmene indignato.»

«Ed è rimasto per dare la sua approvazione?»

La domanda era ironica.

«No, certo che no. La mia opinione generale è rimasta immutata. Non mi piace vedere Dio trattato come un prodotto commerciale.»

«Anche in un'era commerciale come la nostra? Forse non doniamo a Dio i frutti che ogni stagione ha da offrirgli?»

«È una buona argomentazione, ne convengo. Ma quello che mi ha colpito è stata una cosa per me del tutto imprevista: l'evidenza della sua assoluta buona fede.»

Llewellyn lo guardò con autentica sorpresa.

«Credevo che si dovesse darla per scontata.»

«Dopo che l'ho incontrata, sì. Prima pensavo a una truffa, a un comizio remunerativo. Esistono truffe nei comizi politici, perché non anche in campo religioso? Basta trovare qualcuno con una buona parlantina, e lei sicuramente ce l'ha, e immagino che ci si possa ricavare un bel gruzzolo, se ci si dà dentro fino in fondo o si fa in modo che qualcuno lo faccia per noi. E tra le due, meglio la seconda, non è vero?»

Non si trattava davvero di una domanda, e Llewellyn disse semplicemente:

«Ci ho dato dentro fino in fondo.»

«Senza risparmiarsi?»

«Senza risparmiarmi.»

«Vede, dopo averla vista e sentita, questo è quello che mi incuriosisce: come ha potuto sopportarlo?»

Si mise in spalla le sue cose.

«Verrà a cena da me, una di queste sere? Mi interessa moltissimo parlare con lei. La mia casa è quella laggiù in fondo, la villa bianca con le persiane verdi. Ma se non ha voglia basta che me lo dica. Non ha bisogno di inventarsi una scusa.»

Llewellyn rifletté un attimo prima di rispondere:

«Verrò molto volentieri.»

«Ottimo. Se le dicessi stasera?»

«D'accordo, grazie.»

«Alle nove, allora. Non si cambi.»

E si avviò giù per la collina. Llewellyn rimase a osservarlo, prima di riprendere il suo cammino.

«Dunque va alla villa del señor Wilding?»

Il cocchiere della sgangherata carrozza era davvero interessato alla questione. Il suo veicolo fatiscente era un tripudio di fiori dipinti, e il cavallo era ornato con una collana di perline blu. Bestia, veicolo e cocchiere sembravano tutti allegri e contenti.

«Vedrà, il signor Wilding è molto simpatico» disse. «È uno di noi, qui non è considerato uno straniero. Don Estobal, che possedeva la villa e il terreno, era vecchio, molto vecchio. Alla fine aveva perso il lume della ragione, leggeva tutto il santo giorno, e di libri ne continuavano ad arrivare a ogni momento. Nella villa ci sono stanze tappezzate di volumi fino al soffitto. È incredibile che un uomo desideri possederne così tanti. E poi, quando è morto, tutti si sono chiesti: e adesso che ne sarà della villa, sarà messa in vendita al miglior offerente? Ma ecco che poi è arrivato il signor Wilding. Veniva qui spesso da ragazzo, perché la sorella di Don Estobal aveva sposato un inglese, e i suoi figli e i figli dei suoi figli venivano qui durante le vacanze scolastiche. Dopo la morte di Don Estobal la tenuta è stata ereditata dal signor Wilding, e allora lui è venuto qui e ha cominciato subito a mettere tutto in ordine. Chissà quanti soldi ha speso! E poi c'è stata la guerra, e lui se n'è andato per molti anni, ma diceva sempre che se non l'ammazzavano ritornava qui, eccome se ritornava... E infatti alla fine così è stato. È tornato due anni fa con la sua nuova moglie, e adesso vive sull'isola.»

«Allora si è sposato due volte?»

«Sì» rispose il cocchiere abbassando il tono di voce per riservatezza. «La sua prima moglie era cattiva. Certo, una gran bella donna, ma lo tradiva di continuo, perfino qui, sull'isola. Non avrebbe mai dovuto sposarla. Ma quando ci sono di mezzo le donne, lui non capisce più niente... si fida troppo.»

Poi aggiunse, quasi scusandosi:

«Un uomo dovrebbe sapere di chi avere fiducia, ma il signor Wilding no. Le donne non le conosce. E credo che non imparerà mai.»

4

Il padrone di casa attendeva Llewellyn in una sala dalla forma allungata e dal soffitto basso, con le pareti coperte di libri. Le finestre erano spalancate e da qualche parte, in lontananza, il mare mormorava dolcemente. Su un tavolino basso vicino al davanzale erano stati preparati due drink.

Wilding lo accolse con evidente piacere, e si scusò per l'assenza di sua moglie.

«Soffre di terribili emicranie» spiegò. «Speravo che la pace e la quiete della vita quaggiù le fossero di qualche giovamento, ma pare non abbia funzionato. E i medici non riescono a trovare una cura.»

Llewellyn espresse con educazione il proprio rammarico.

«Ha avuto una montagna di guai» proseguì Wilding. «Più di quanti una ragazza sola ne possa affrontare. E poi era così giovane... e lo è ancora.»

Leggendoglielo negli occhi, Llewellyn disse gentilmente: «Deve amarla molto».

Wilding sospirò:

«Troppo, forse, per quanto riguarda la mia felicità.»

«E per quella di sua moglie?»

«Neanche tutto l'amore del mondo sarebbe sufficiente a riscattarla per ciò che ha sofferto» disse con fervore.

Tra i due uomini c'era già uno strano senso di intimità che si era creato sin da subito, dal loro primo incontro quel pomeriggio. Era quasi come se il fatto stesso di non avere nulla in comune, né la nazionalità né l'istruzione, né lo stile di vita né la fede, li rendesse pronti ad avvicinarsi l'uno all'altro, privi di quelle difese che la diffidenza e le convenzioni sociali impongono. Erano due naufraghi su un'isola deserta, o alla deriva su una zattera, per un tempo imprecisato. Potevano parlarsi con franchezza, quasi con la stessa onestà dei bambini.

Poco dopo si sedettero a tavola. Fu una cena eccellente, molto semplice, servita alla perfezione. A tavola c'era del vino, che Llewellyn rifiutò.

«Se preferisce del whisky...»

Lui scosse il capo.

«Grazie, prendo solo dell'acqua.»

«Mi perdoni, è una qualche regola a cui si attiene?»

«No, in realtà è uno stile di vita a cui non ho più bisogno di adeguarmi. Non c'è più ragione, ora, per la quale non dovrei bere. Banalmente, non ci sono abituato.»

Appena sentì la parola "ora" Wilding sollevò di scatto la testa. Sembrava profondamente interessato. Stava per replicare, ma si frenò, in modo abbastanza palese, e iniziò a parlare di tutt'altro. Era un ottimo conversatore, e sapeva spaziare tra numerosi argomenti. Non solo aveva viaggiato a lungo, spesso in aree inesplorate del pianeta, ma aveva il dono di raccontare ciò che aveva visto e vissuto facendolo sembrare reale a chi lo ascoltava.

Se si voleva visitare il deserto del Gobi, o il Fezzan, o Samarcanda, bastava parlarne con Richard Wilding ed era come esserci stati davvero.

Non era tipo da mettersi in cattedra o da tirarla inutilmente per le lunghe. Era uomo dall'eloquio naturale e spontaneo.

Senza che ci fosse un legame diretto con il piacere che provava nell'ascoltarlo, Llewellyn si scoprì via via più incuriosito dalla personalità del suo interlocutore. Il suo fascino e il suo magnetismo erano innegabili, ma riteneva anche che fossero del tutto inconsapevoli. Wilding non si stava affatto sforzando di essere affascinante: gli veniva naturale. Per di più era un uomo eclettico, acuto, brillante senza essere spocchioso, un uomo interessato alle idee e alle persone tanto quanto ai suoi viaggi. Chissà cosa sarebbe accaduto se si fosse dovuto specializzare in una materia specifica. Ma forse era proprio quello il suo segreto: non aveva mai dovuto scegliere e non l'avrebbe mai fatto. Così aveva conservato la sua umanità, il suo calore, ed era rimasto una persona alla mano.

Eppure Llewellyn non era ancora riuscito a trovare una risposta alla propria domanda, una domanda semplice, quasi infantile: "Perché quest'uomo mi piace così tanto?".

La risposta non risiedeva in nessuno dei talenti di Wilding. Era qualcosa che riguardava l'interezza della sua persona.

Poi, all'improvviso, o così sembrò a Llewellyn, capì. Gli piaceva perché, nonostante tutte le sue doti, quell'uomo era fallibile. Aveva commesso un errore dopo l'altro, e ne avrebbe fatti degli altri. Il suo era uno di quegli spiriti sensibili che inevitabilmente si scontrano col mondo a causa dell'inaffidabilità del proprio giudizio.

Non era capace di un'analisi chiara, distaccata o logica delle situazioni e del prossimo. Era guidato piuttosto da una fiducia generosa e impulsiva, soprattutto nelle persone, condannata al fallimento perché basata sempre sulla sua bontà d'animo e mai sui fatti. Sì, quell'uomo era fallibile, ed era proprio questo che lo rendeva tanto amabile. Ecco qualcuno, pensò Llewellyn, che non vorrei mai far soffrire.

Intanto erano tornati nella biblioteca, e si erano accomodati su due ampie poltrone. Il caminetto era stato acceso, più per dare una sensazione di calore domestico che perché ce ne fosse reale bisogno. Da fuori si udiva lo sciabordio del mare, e nella stanza si era insinuato il profumo di una qualche pianta a fioritura notturna.

Wilding stava dicendo con disarmante semplicità: «Sa, la mia passione sono le persone. È sempre stato così. Capire come funzionano. Ma forse messa in questi termini suona troppo razionale, troppo insensibile».

«Non detto da lei. Si interroga sul suo prossimo perché le sta a cuore. È per questo che lo trova un tema interessante.»

«Sì, è vero.» Si fermò per un attimo, poi disse: «Se si è in grado di aiutare un altro essere umano, ecco, questa secondo me è la cosa per cui vale davvero la pena vivere».

«Certo, se» sottolineò Llewellyn.

L'altro si voltò di scatto a guardarlo.

«Mi sorprende una simile dimostrazione di scetticismo, specie da parte sua.»

«Non è scetticismo, è la semplice consapevolezza di quanto sia complicato ciò che lei si propone.»

«Lo trova così arduo? Tutti gli esseri umani vogliono essere aiutati.»

«Già, siamo spesso portati a credere che gli altri magicamente verranno in nostro soccorso là dove non sappiamo – o non vogliamo – arrivare.»

«Il segreto sono la comprensione e la fiducia» intervenne con entusiasmo Wilding. «Essere capaci di vedere il meglio nell'altro vuol dire fare appello alla sua parte migliore. E la gente reagisce in modo positivo se le si dà fiducia. L'ho sperimentato moltissime volte.»

«E quanto dura?»

Wilding trasalì, come se gli avessero toccato un nervo scoperto.

«Si può anche guidare la mano di un bambino alle prese con carta e penna, ma quando la si lascia quel bambino non sarà ancora in grado di scrivere da solo. Di fatto, averlo aiutato potrebbe averne ritardato l'apprendimento.»

«Sta cercando di demolire la mia fiducia nella natura umana?»

Llewellyn rispose sorridendo:

«Suppongo di chiederle solo di aver pietà della natura umana.»

«Spingere qualcuno a dare il meglio di sé vuol dire...»

«Vuol dire costringerlo a essere all'altezza di aspettative troppo grandi; e riuscire a non deludere qualcuno che pretende da te il meglio significa sostenere un peso enorme. E un peso eccessivo può spingerti al fallimento.»

«Allora» chiese Wilding, sarcastico «bisognerebbe aspettarsi sempre il peggio dagli altri?»

«Dico solo che il peggio va considerato come un'eventualità probabile.»

«E lei sarebbe un uomo di fede!»

«Cristo disse a Pietro che prima del canto del gallo l'avrebbe rinnegato tre volte. Conosceva la sua debolezza di carattere meglio di Pietro stesso, e non per questo lo amava di meno.»

«No,» disse Wilding con vigore «non posso essere d'accordo con lei. Anche se certo, ripensando al mio primo matrimonio...» fece una pausa. Poi continuò: «Mia moglie era, avrebbe potuto essere, una persona molto onesta. Ha frequentato cattive compagnie; aveva solo bisogno di amore, fiducia, comprensione. Se non fosse stato per la guerra...». Si interruppe. «Certo, la guerra ha causato tragedie peggiori. A ogni modo io ero lontano da casa e lei era sola, esposta a influenze negative.»

Fece un'altra pausa, prima di aggiungere in maniera sbrigativa: «Non gliene faccio una colpa. Vedo le attenuanti: è stata vittima delle circostanze. Ero distrutto, all'epoca. Pensavo che non sarei mai tornato l'uomo di prima. Ma il tempo guarisce le ferite...»

Fece un gesto con la mano.

«Per quale ragione le sto raccontando la storia della mia vita, proprio non lo so. Specie dato che sono ansioso di ascoltare la sua. Vede, lei è un soggetto completamente inedito per me. Voglio conoscere i suoi come e i suoi perché. Sono rimasto colpito quando l'ho vista a quel raduno, profondamente colpito. E non per il fatto che avesse stregato la folla, questo lo comprendo bene. Ne era capace Hitler. E anche Lloyd George. I politici, i capi religiosi e gli attori sono sempre bravi a farlo, chi più chi meno. È un dono. No, non ero interessato alla reazione che stava suscitando. Ero interessato a lei. Perché prendeva tutto così a cuore?»

Llewellyn scrollò la testa lentamente.

«Mi sta facendo una domanda a cui io stesso non so rispondere.»

«Di certo per un forte convincimento religioso» azzardò Wilding, lasciando trapelare un leggero imbarazzo che divertì l'altro.

«Intende dire la fede in Dio? È più facile messa così, non trova? Ma non risponde alla sua domanda. La fede in Dio può farmi inginocchiare a pregare nel silenzio di una stanza. Non giustifica ciò che mi chiede di spiegare. Perché cercare le luci della ribalta?»

Wilding, con una certa esitazione, rispose:

«Immagino che lo ritenga il modo migliore per fare del bene, per raggiungere quante più persone possibili.»

Llewellyn lo guardò con aria indagatrice.

«E, considerato come lo dice, io dovrei bermi il fatto che proprio lei non è un credente?»

«Non lo so. La verità è che non lo so. Sì, a modo mio credo. Voglio credere... Di certo credo nelle virtù, nella bontà, nella pietà per chi è sfortunato, nella temperanza, nel perdono.»

Llewellyn lo scrutò per qualche istante.

«Sì, la vita buona,» disse «l'uomo è buono. Certo, è più facile che arrivare a riconoscere Dio. Quello non è facile, tutt'altro, è qualcosa di difficilissimo, e può fare molta paura. E ancora più spaventoso è affrontare il fatto che Dio possa riconoscere te.»

«Paura?»

«Ebbe paura Giobbe...» Llewellyn tutt'a un tratto sorrise. «Sa, quel povero disgraziato non aveva la minima idea di cosa significasse ciò che gli stava accadendo. In un mondo fatto di regole e leggi chiare, di ricompense e punizioni elargite da Dio onnipotente secondo un rigoroso criterio di merito, fu scelto proprio lui. Perché? Non lo sappiamo. Forse per qualche recondita qualità che lo rendeva diverso dai suoi contemporanei? Magari la capacità di percepire alcune cose che gli era stata donata fin dalla nascita? A ogni modo, gli altri poterono continuare a essere puniti o ricompensati, ma Giobbe fu costretto a entrare in quella che a lui forse sembrò una dimensione parallela. Dopo una vita meritoria lui non fu ricompensato con greggi e armenti. Al contrario, dovette patire sofferenze infinite, perdere le sue certezze e vedere i suoi amici voltargli le spalle. Dovette resistere "nel seno della tempesta". E solo allora, forse perché era nato per essere una star, come diciamo noi a Hollywood, gli fu concesso di ascoltare la voce di Dio. E tutto questo per cosa? Perché potesse iniziare a riconoscere ciò che Dio era davvero. "Sta' fermo e riconosci in me il Dio onnipotente." Un'esperienza terrificante. La vetta più alta che un uomo abbia raggiunto finora. Certo, non durò a lungo. Come avrebbe potuto? E probabilmente lui combinò un bel pasticcio nel tentativo di descriverla, perché gli mancavano le parole adatte. Non si può usare un lessico terrestre per raccontare un'esperienza che è tutta spirituale. Chiunque abbia scritto il finale del Libro di Giobbe non aveva la minima idea di cosa significasse, ma fece in modo di infilarci un lieto fine con tanto di morale, come si usava all'epoca. Una grande dimostrazione di buonsenso da parte sua.»

Llewellyn si interruppe per riprendere fiato.

«Capirà, dunque,» proseguì «che quando dice che forse ho scelto le luci della ribalta per fare del bene, e raggiungere più persone, lei è completamente fuori strada. Non conta quanta gente riesco a raggiungere, e "fare del bene" è un'espressione priva del benché minimo senso. Che cosa vuol dire? Mettere al rogo qualcuno per salvare la sua anima? Può darsi. Bruciare vive le streghe perché sono possedute dal demonio? Ci sono ottimi argomenti a favore. Migliorare le condizioni di vita dei più sfortunati? In effetti, oggigiorno, pensiamo sia importante. Combattere la crudeltà e l'ingiustizia?»

«Sarà d'accordo almeno su questo punto, no?»

«Quello a cui voglio arrivare è che sono tutte questioni di condotta umana. Cosa è bene fare? Cosa è giusto fare? Siamo esseri umani e dobbiamo rispondere a queste domande al meglio delle nostre possibilità. Abbiamo una vita da vivere in questo mondo. Ma tutto ciò non ha nulla a che vedere con un'esperienza spirituale.»

«Forse inizio a capire» disse Wilding. «Credo che lei abbia provato qualcosa di simile nella sua vita. Com'è successo? Cos'è accaduto? Ha sempre saputo, fin da bambino che avrebbe...?»

Ma, colto da un ripensamento, non finì la domanda.

«O invece mi vuole dire...» continuò lentamente «mi vuole dire che non ne aveva la minima idea?»

«Non ne avevo la minima idea» rispose Llewellyn.

5

LA MINIMA IDEA... La domanda di Wilding aveva riportato Llewellyn indietro nel tempo. Molto indietro.

Lui stesso, da bambino...

L'aria di montagna, rarefatta e pulita, che gli solleticava le narici. I gelidi inverni, le estati calde e secche. La piccola e coesa comunità del paese. Suo padre, così alto, un gigante scozzese, austero, quasi arcigno. Un uomo giusto, timorato di Dio, di fine intelletto a dispetto della semplicità della sua vita e del suo mestiere, un uomo rigoroso e inflessibile, il cui affetto, anche se profondo e sincero, si percepiva di rado. I capelli neri di sua madre, originaria del Galles, la sua voce melodiosa che trasformava in musica anche il più banale dei discorsi... A volte, la sera, recitava in gallese il poema che suo padre aveva composto per la festa dell'Eisteddfod, tanti anni prima. Loro, i bambini, non capivano bene la lingua. Il senso delle frasi restava oscuro ma la musicalità della poesia risvegliava in Llewellyn una vaga nostalgia di qualcosa di sconosciuto. Era una sapienza strana e intuitiva quella di sua madre, non dominata dalla ragione come quella di suo padre: era un'innata e naturale saggezza.

Mentre recitava, i suoi occhi neri avrebbero scrutato lentamente i figli riuniti, per poi soffermarsi su Llewellyn, il primogenito, e si sarebbero colmati di apprensione, di incertezza, di un sentimento che somigliava alla paura.

Quello sguardo avrebbe reso irrequieto il ragazzino, che avrebbe chiesto, agitato: «Che c'è, mamma? Che cosa ho fatto?».

Allora lei avrebbe sorriso, un caldo, dolce sorriso, e avrebbe detto:

«Niente, tesoro. Sei proprio tale e quale a me.»

E Angus Knox si sarebbe voltato di scatto a guardare prima sua moglie, poi suo figlio.

Era stata un'infanzia felice, l'infanzia di un bambino normale. Non agiata, anzi, in realtà spartana sotto molti punti di vista. Genitori severi, una vita disciplinata. Tante faccende domestiche, i quattro fratelli minori da accudire, l'impegno nelle attività del paese. Uno stile di vita rispettoso di Dio, a volte un po' soffocante. Lui ci si era trovato bene, l'aveva accettato.

Ma poi aveva desiderato studiare, e suo padre l'aveva incoraggiato. C'era nel suo vecchio quella reverenza per l'apprendimento tipica degli scozzesi, e riponeva grandi speranze nel fatto che il figlio maggiore diventasse qualcosa di più che un semplice contadino.

«Farò tutto quello che posso per aiutarti, Llewellyn, ma non sarà abbastanza. Dovrai contare soprattutto su te stesso.»

E così aveva fatto. Spronato dai suoi insegnanti, era andato avanti ed era arrivato al college. Aveva lavorato durante le vacanze, facendo il cameriere negli alberghi e nelle colonie, aveva fatto i turni di notte e lavato montagne di piatti.

Con il padre avevano discusso del suo futuro. O il professore o il dottore, aveva deciso. Non aveva alcuna particolare vocazione, ma entrambe gli sembravano carriere a lui congeniali. Alla fine scelse Medicina.

E in tutti quegli anni, non c'era stato nemmeno un indizio che facesse pensare a una consacrazione, a una missione speciale? Ci pensò di nuovo, sforzandosi di ricordare.

C'era stato qualcosa... Sì. Se guardava al passato con la consapevolezza attuale, qualcosa c'era stato. Qualcosa che lui stesso non aveva capito all'epoca. Una sorta di timore: era il modo in cui ci era andato più vicino. Dietro la facciata di apparente normalità della sua vita di tutti i giorni c'era quella paura, quello sgomento che non comprendeva. Lo avvertiva più intensamente quando era da solo, e proprio per questo si era buttato a capofitto nella vita della comunità.

Era stato a quell'epoca che si era accorto di Carol. La conosceva da tutta la vita. Erano andati a scuola insieme. Carol aveva un paio d'anni meno di lui, una ragazzina goffa e di buon carattere, con l'apparecchio ai denti e un'indole timida. I loro genitori erano amici, e la bambina trascorreva un sacco di tempo con la famiglia Knox.

Dopo essersi diplomato, Llewellyn tornò a casa e guardò Carol con occhi nuovi. L'apparecchio era sparito, insieme ai suoi modi impacciati, per lasciar posto a una bella ragazza con la quale tutti i giovanotti facevano a gara per uscire.

Fino ad allora le donne non avevano avuto un ruolo significativo nella vita di Llewellyn. Aveva lavorato troppo e, soprattutto, era rimasto alquanto immaturo dal punto di vista dei sentimenti. Ma fu in quel periodo che la sua virilità si risvegliò. Iniziò a preoccuparsi del suo aspetto, a spendere più soldi di quanti ne avesse per acquistare delle nuove cravatte, e un giorno comprò una scatola di cioccolatini da regalare a Carol. Sua madre sorrideva e sospirava, come fanno le madri, all'idea che il suo bambino fosse diventato un uomo. Era arrivato il tempo in cui avrebbe dovuto rinunciare a lui per un'altra donna. Era troppo presto per pensare al matrimonio, ma se fosse successo, Carol sarebbe stata una scelta di suo gradimento. Di buona famiglia, beneducata, con un carattere dolce e in ottima salute: certo meglio di qualsiasi ragazza di città di cui non sapeva nulla. "Ma comunque non abbastanza per mio figlio" disse il suo cuore di mamma, e lei sorrise di se stessa pensando che doveva essere quello che le madri dicevano fin dalla notte dei tempi. Esitante, ne discusse con Angus.

«È ancora presto» disse lui. «Il ragazzo deve trovare la sua strada. Ma poteva andare peggio. È una brava figliola, anche se non è proprio una cima.»

Carol era bella e popolare, e si godeva la sua nuova vita. Seppur piena di pretendenti, mise presto in chiaro che Llewellyn era il suo favorito. A volte si faceva seria e iniziava a parlare con lui del futuro. Anche se non lo dava a vedere, era piuttosto sconcertata dalla sua indecisione e da quella che le sembrava una totale mancanza di ambizioni.

«Perché, Lew, di certo avrai un qualche tipo di piano per quando ti sarai laureato...»

«Oh, certo, mi troverò un lavoro. Ci sono un sacco di opportunità.»

«Ma non credi ci sia bisogno di specializzarsi al giorno d'oggi?»

«Sì, se hai una qualche vocazione. Io non ne ho.»

«Ma Llewellyn Knox, tu vuoi arrivare, non è vero?»

«Arrivare dove?» le sorrise prendendola in giro.

«Be', arrivare da qualche parte.»

«Ma vedi, Carol, la vita è questa: da qui a qui» e con il dito tracciò una retta sulla ghiaia. «Si nasce, si cresce, si va a scuola, si fa carriera, ci si sposa, si mette su casa, arrivano i figli, si lavora, la pensione, si invecchia, si muore. Così, da una tappa a un'altra.»

«Ma non intendevo affatto questo, Lew, e lo sai bene. Voglio dire fare carriera, farti un nome, avere successo, diventare un fuoriclasse e rendere tutti orgogliosi di te.»

«Mi chiedo che differenza possa fare» disse in modo vago.

«Direi che fa un'enorme differenza!»

«Credo che ciò che conta sia come fai il tuo percorso, non dove ti porta.»

«Non ho mai sentito niente di più assurdo. Tu non vuoi avere successo?»

«Non lo so, non credo.»

All'improvviso sentì che Carol era lontanissima da lui. Si ritrovò solo, completamente solo, e tornò a sentire di nuovo quell'antica paura. L'universo che si restringeva, sempre di più. "Non me! Qualcun altro!" pensò con una tale intensità da rischiare di pronunciare davvero quelle parole.

«Lew! Llewellyn!» La voce di Carol arrivava debolissima alle sue orecchie, da una distanza abissale, come da un altro mondo. «Che ti prende? Sei tutto strano oggi.»

Era di nuovo lì, di nuovo con Carol, che lo stava guardando con un'espressione perplessa e preoccupata. E a un tratto sentì un moto di grande tenerezza per lei. Lo aveva salvato, lo aveva riportato indietro da quella landa desolata. Le prese la mano.

«Sei così cara» disse. La tirò a sé e la baciò con gentilezza, con timidezza, e lei ricambiò.

Pensò: "Posso dirglielo adesso... dirle che la amo... che dopo la laurea ci fidanzeremo. Le chiederò di aspettarmi. Con Carol al mio fianco sarò al sicuro".

Ma le parole non gli vennero. Sentì come una grande mano che gli schiacciava il petto, che lo spingeva indietro, una mano che faceva le veci di un divieto, talmente realistica da spaventarlo. Si alzò in piedi.

«Un giorno, Carol,» tentò di dire «un giorno o l'altro io... io ti devo parlare.»

Lei sollevò lo sguardo e scoppiò a ridere, soddisfatta. Non aveva troppa fretta che lui arrivasse al dunque. Le cose le stavano bene a quel modo. Si compiaceva con innocenza infantile del suo momento di gloria, di tutti i ragazzi che la corteggiavano. Un giorno lei e Llewellyn si sarebbero sposati. Aveva sentito cosa c'era dietro quel bacio. Ne era certa.

E quanto a quell'assurda mancanza di ambizione, non se ne preoccupava più di tanto. Le donne delle sue parti erano consapevoli del loro potere sugli uomini. Erano loro a far progetti e a spingere i mariti a realizzarli – le donne e i bambini, che erano la loro arma più temibile. Lei e Llewellyn avrebbero desiderato il meglio per i loro figli, e quella sarebbe stata una leva sufficiente a spronarlo.

Llewellyn invece era andato a casa a piedi, turbato nel profondo. Che esperienza pazzesca era stata. Fresco di letture psicoanalitiche, si interrogò, pieno di dubbi. Aveva forse una fobia per il sesso? E perché mai? Cenò guardando fisso sua madre, e domandandosi imbarazzato se non c'entrasse qualcosa il complesso edipico.

Ciò nonostante fu proprio a lei che si rivolse in cerca di rassicurazioni prima di tornare al college.

Le disse, tutto d'un fiato:

«Carol ti piace, vero?»

"Ci siamo" pensò lei, sentendosi stringere il cuore. Ma replicò senza esitazioni:

«È una cara ragazza. Piace molto sia a me che a tuo padre.»

«L'altro giorno... volevo dirle...»

«Che la ami?»

«Sì, volevo chiederle di aspettarmi.»

«Se anche lei ti ama non è necessario, tesoro.»

«Però non sono riuscito a dirglielo. Non ce l'ho fatta a trovare le parole...»

«Non crucciartene troppo» lo rassicurò sua madre sorridendo. «In questo genere di situazioni la maggior parte degli uomini perde la lingua. Mi ricordo tuo padre, piantato lì, che mi guardava con aria torva, giorno dopo giorno, come se mi odiasse piuttosto che amarmi, totalmente incapace di spiccicare una qualsiasi frase che andasse oltre un "Come stai?" o "Che bella giornata!".»

Llewellyn, cupo in volto, spiegò: «Ma non è solo questo. Era come se una gigantesca mano mi trattenesse. Come se qualcosa me lo vietasse».

Soltanto in quel momento la donna capì quanto fosse profondamente angosciato. E gli rispose, piano:

«Può anche darsi che non sia la ragazza che fa per te. Lo so,» proseguì impedendogli di protestare «è difficile da capire quando si è giovani e il sangue pulsa forte nelle vene. Ma c'è qualcosa, dentro di noi, forse il nostro io più autentico, che sa cosa è meglio, e che ci salva da noi stessi e dagli impulsi che ci spingono verso ciò che non desideriamo davvero.»

«Qualcosa dentro di noi...» ripeté pensieroso.

Le lanciò uno sguardo disperato.

«Ma io non so assolutamente nulla di me.»

Tornato al college, Llewellyn non si lasciò nemmeno un secondo libero. Trascorreva tutto il suo tempo al lavoro o in compagnia degli amici. La paura si era affievolita. Si sentiva di nuovo sicuro di sé. Leggeva astrusi saggi sullo sviluppo sessuale degli adolescenti, ed era soddisfatto della propria capacità di autoanalisi.

Si laureò con lode, e anche questo accrebbe la fiducia in se stesso. Ritornò a casa con la mente sgombra dai pensieri e le idee chiare sull'avvenire. Avrebbe chiesto a Carol di sposarlo, e insieme avrebbero esaminato le opportunità che la laurea gli offriva. Provava un enorme sollievo ora che il futuro si dispiegava davanti a lui come una logica sequenza di elementi: un lavoro che gli fosse congeniale, per il quale si sentisse portato, e una ragazza che lo amava, con cui andare a vivere e mettere su famiglia.

Tornato a casa, partecipò a tutte le sagre locali, gettandosi nella mischia affollata del paese, ma anche nella folla lui e Carol erano una coppia, riconosciuta come tale. Di rado, o forse mai, si ritrovava da solo, e quando andava a dormire sognava Carol. Erano sogni erotici, che accoglieva con gioia. Andava tutto bene, era tutto normale, tutto come avrebbe dovuto essere.

Forte di queste certezze, fu colto di sorpresa quando un giorno suo padre gli chiese:

«Che c'è che non va, figliolo?»

«Che non va...?» disse.

«Non sembri in te.»

«Ma come, ma se non sono mai stato meglio!»

«Forse fisicamente starai anche bene...»

Llewellyn fissò a lungo suo padre, quel vecchio ossuto, riservato, dai profondi occhi sfavillanti, che stava annuendo lentamente col capo.

«Ci sono momenti» spiegò «in cui un uomo ha bisogno di stare da solo.»

Se ne andò senza aggiungere altro, e Llewellyn sentì di nuovo serrarsi la morsa di quell'illogica paura. Lui non voleva stare da solo. Era l'ultima cosa che desiderava al mondo. Non poteva, non doveva stare da solo.

Tre giorni dopo andò da suo padre e gli disse:

«Vado in montagna, in campeggio. Da solo.»

Angus annuì: «D'accordo».

I suoi occhi, quei fiammeggianti occhi da mistico, si posarono su suo figlio pieni di comprensione.

Llewellyn pensò: "Dev'esserci qualcosa che ho preso da lui, qualcosa che lui sa già, e che io ancora non capisco".

Rimase da solo in quella landa deserta per quasi tre settimane. E gli successero delle cose molto strane. All'inizio, comunque, trovò la solitudine piuttosto sopportabile. Il che lo spinse a chiedersi come mai ne avesse combattuto così caparbiamente anche solo l'idea.

Tanto per cominciare, arrivò a un'importante risoluzione su se stesso e sul suo futuro con Carol. Era vero che sembrava la cosa più logica e sensata, e gli ci volle un po' di tempo per rendersi conto che stava guardando alla sua vita dall'esterno, da spettatore più che da protagonista. Perché nulla di quell'esistenza pianificata con così tanta chiarezza sarebbe avvenuto davvero. Amava Carol, e la desiderava, ma non l'avrebbe sposata. Aveva qualcosa di più importante da fare, anche se ancora non sapeva cosa fosse. Una volta giunto a questa consapevolezza, attraversò un'altra fase, una fase che riusciva a descrivere solo come un grande vuoto, un immenso vuoto pieno di eco. In lui non c'era nulla. Lui stesso era nulla. E non temeva più nulla. Affrontando il vuoto, si era liberato della paura.

Durante questa fase non mangiò e non bevve quasi niente.

In certi momenti si sentiva un po' annebbiato.

Cose e persone facevano la loro apparizione come miraggi.

Già in un paio di occasioni aveva distinto con chiarezza un volto. Era il viso di una donna, che gli aveva provocato una straordinaria eccitazione. Aveva lineamenti bellissimi e delicati, le tempie incavate su cui si arricciavano i capelli neri, e occhi profondi, quasi drammatici. Una volta, sullo sfondo dietro di lei, aveva visto delle fiamme, e un'altra la sagoma scura di quella che sembrava una chiesa. Un'altra volta ancora, si era accorto a un tratto che era una bambina. A ogni singola apparizione aveva percepito la sua sofferenza. Pensava: "Se solo potessi aiutarla...". Ma al contempo sapeva di non esserne in grado e che l'idea stessa di poter essere d'aiuto era falsa, sbagliata.

In un'altra visione gli apparve una gigantesca scrivania di legno chiaro, lucido, dietro la quale stava seduto un uomo con la mascella forte e vigili occhietti azzurri. Era proteso in avanti, come se stesse per parlare, e teneva in mano un righello, gesticolando come a voler attirare l'attenzione su ciò che stava per dire.

Un'altra volta vide l'angolo di una stanza, ma da una strana prospettiva. C'era una finestra, attraverso la quale si intravedeva la sagoma di un pino ricoperto di neve. Ma un volto ostruiva la visuale tra lui e la finestra, un viso che lo osservava dall'alto, la faccia rosea e tonda di un uomo con gli occhiali. Poi, prima che Llewellyn potesse metterlo a fuoco, era sparito nel nulla anche lui.

Tutte quelle visioni, pensava Llewellyn, non dovevano essere che il frutto della sua fantasia. Sembravano del tutto prive di significato, ed erano visi e luoghi che non aveva mai visto prima.

Ma presto anche quelle vivide immagini scomparvero. E quel vuoto di cui era stato così consapevole smise di essere smisurato, di ingoiare tutto. Si addensò, acquistando un senso e uno scopo. Non si sentiva più un naufrago in quell'immensità. Al contrario, la accolse dentro di sé.

Fu allora che capì. Stava aspettando qualcosa.

La tempesta di sabbia arrivò all'improvviso. Una di quelle tempeste imprevedibili che si scatenano nelle regioni desertiche di montagna. Arrivò roboante, con un turbinio di nuvole di sabbia rossa. Sembrava un essere vivente. Finì di colpo, com'era cominciata.

Lasciò spazio a un silenzio palpabile.

Tutta l'attrezzatura da campeggio di Llewellyn era stata spazzata via dal vento. La sua tenda era volata a valle, roteando e agitandosi in mezzo alle correnti. Non gli era rimasto nulla.

Sapeva che adesso sarebbe successo qualcosa che aspettava da sempre. Aveva di nuovo paura, ma in maniera diversa dal passato, quando il suo era il terrore di chi si sforza di resistere. Stavolta era ricettivo, aveva fatto il vuoto dentro di sé, era una casa vuota, spazzata e adorna, pronta a ricevere la Presenza. Aveva paura solo perché, in tutta umiltà, sapeva di essere una creatura piccola e insignificante.

Spiegare a Wilding ciò che era accaduto dopo fu un compito arduo.

«Perché, capisce, non ci sono parole adatte. Ma sono certo di cosa è successo. Ho riconosciuto Dio. Per dirla in un modo comprensibile, è stato come se un cieco, che ha sempre creduto nell'esistenza del sole perché ne ha sentito parlare e ha avvertito il suo calore sulla pelle, all'improvviso potesse aprire gli occhi e vederlo. L'esistenza di Dio era qualcosa in cui credevo già da prima, ma da quel momento era diventata qualcosa che sapevo. È qualcosa che ho sperimentato in prima persona, qualcosa di indescrivibile. Un'esperienza terrificante per qualsiasi mortale. È stato allora che ho capito perché, quando si è manifestato agli uomini, Dio ha dovuto farlo assumendo una forma umana. Subito dopo l'evento, che durò in tutto solo qualche secondo, ripresi la mia strada e tornai a casa. Ci misi quasi tre giorni. Ero debolissimo, esausto, quando varcai la porta barcollando.»

Restò in silenzio per qualche istante.

«Mia madre era stata tremendamente in pena per me. Non riusciva proprio a capire. Mio padre immagino sospettasse qualcosa. Sapeva, quanto meno, che avevo vissuto un'esperienza importante. Raccontai a mia madre che avevo avuto delle visioni che non riuscivo a spiegare. "È un 'dono' che hanno nella famiglia di tuo padre" mi disse lei. "Ce l'aveva sua nonna, e una delle sue sorelle." Dopo qualche giorno di riposo e di pasti sostanziosi mi rimisi in forze. Quando si discuteva del mio futuro restavo in silenzio. Sapevo che tutto era già stabilito. Dovevo solo accettarlo – e l'avevo fatto. Ma cosa dovevo accettare ancora non lo sapevo.

«Una settimana più tardi ci fu un grande raduno di preghiera che si teneva nel vicinato. Una specie di missione di risveglio evangelica. Mia madre voleva andarci, e mio padre non si oppose, anche se non ne aveva molta voglia. Io andai con loro.»

Guardando Wilding, Llewellyn sorrise.

«Non era il genere di situazione che lei avrebbe trovato interessante, una mediocre pantomima, piuttosto melodrammatica. Non fece presa su di me. Ero abbastanza contrariato. Diverse persone si alzarono a dare la loro testimonianza. Poi mi arrivò un ordine, chiaro e inequivocabile.

«Mi alzai. Ricordo che si voltarono a guardarmi.

«Non sapevo cosa avrei detto. Non stavo pensando a nulla. Non stavo raccogliendo le idee. Le parole erano già lì, nella mia testa. A volte andavano troppo veloci, e dovevo accelerare per starci dietro, per pronunciarle prima che andassero perdute. Non so come descriverle ciò che successe. Se le dicessi che fu qualcosa fatto di fuoco e di miele avrebbe senso per lei? Le fiamme mi inseguivano, ma sentivo anche la delicatezza del miele, la dolcezza dell'obbedienza. Essere un messaggero di Dio è una cosa al tempo stesso meravigliosa e terribile.»

«"Terribile come esercito schierato."»

«Già, l'autore del Cantico sapeva bene di cosa parlava.»

«E... poi?»

Llewellyn Knox allargò le braccia.

«Ero esausto. Del tutto privo di energie. Credo di aver parlato per quasi tre quarti d'ora. Ritornato a casa, andai a sedermi vicino al fuoco che scoppiettava nel camino, così stremato da non riuscire a parlare né a muovere un dito. Mia madre capì e disse: "È quello che succedeva a mio padre dopo la festa dell'Eisteddfod". Mi diede un piatto di minestra e infilò delle bottiglie d'acqua calda sotto le mie coperte.»

Wilding sussurrò: «Lei ha ereditato tutto ciò di cui aveva bisogno. L'approccio mistico dal ramo scozzese, la poesia e la fantasia dai gallesi. Per non parlare, poi, della sua voce. E in effetti è davvero una storia piena di fantasia: la paura, la frustrazione, il vuoto, e poi un'improvvisa scarica di energia, e l'esaurimento delle forze».

Restò in silenzio per qualche istante, e poi chiese:

«Non vuole raccontarmi come finisce questa storia?»

«Non c'è molto altro da dire. Il giorno dopo andai a trovare Carol. Le dissi che non sarei mai diventato un medico, ma un predicatore. Le spiegai che avevo coltivato la speranza di sposarla, ma che a quel punto ero costretto a rinunciare all'idea. Lei non capì. Protestò: "Un dottore può fare del bene proprio come un predicatore". E io le risposi che il problema non era fare del bene. Avevo ricevuto un ordine, e dovevo obbedire. Lei ribatté che non c'era nessun motivo per non sposarsi, che non ero mica un prete cattolico. E io le dissi: "Tutto ciò che sono e che ho deve appartenere a Dio". Era ovvio che non potesse comprenderlo. Poverina, come avrebbe potuto? Erano parole che nel suo vocabolario non esistevano. Andai a casa e raccontai tutto a mia madre, le chiesi di prendersi cura di Carol, e la pregai di capire. Mi rispose: "Capisco fin troppo bene. Non c'è spazio per una donna nella tua vita". Poi scoppiò in un pianto dirotto e disse: "Lo sapevo, l'ho sempre saputo, che in te c'era qualcosa. Eri diverso da tutti gli altri. Ah, ma per una moglie o una madre è dura da accettare". Aggiunse: "Se avessi dovuto rinunciare a te per un'altra donna, be'... è la vita, e avrei potuto consolarmi tenendo in braccio i tuoi figli. Ma così... così ti perderò completamente". Tentai di rassicurarla, le dissi che non era vero. Ma in fondo sapevamo entrambi che aveva ragione. Non ci sarebbe stato spazio per altri legami.»

Wilding si agitò.

«Mi perdoni, ma mi pare un modo di vivere inaccettabile. Rinunciare agli affetti, all'empatia, alla solidarietà per gli altri esseri umani...»

«Ma non è di un modo di vivere che sto parlando! Io parlo dell'uomo che è stato prescelto, l'uomo che è qualcosa di più rispetto ai suoi simili, ma che è anche molto meno di loro. È così che deve essere, e lui non deve mai dimenticare di valere infinitamente meno degli altri.»

6

LE ULTIME PAROLE di Llewellyn avevano lasciato Wilding piuttosto sconcertato.

Con un lieve accenno di imbarazzo, disse: «È generoso da parte sua avermi raccontato tutto questo. Mi creda, non si è trattato per me di volgare curiosità».

«Questo lo so. Il suo interesse per il prossimo è sincero.»

«E lei è di una specie rara. Sono al corrente dei progressi della sua carriera, di cui ho letto sui giornali, ma non sono certo questi a suscitare la mia attenzione. In fondo, simili particolari non sono che fatti senza valore.»

Llewellyn annuì. La sua mente era ancora offuscata dai ricordi del passato. Si rammentò del giorno in cui l'ascensore lo aveva fatto salire fino al trentacinquesimo piano di un grattacielo. La sala d'aspetto, la bionda segretaria, alta ed elegante che lo aveva ricevuto per condurlo da un giovane tarchiato dalle spalle larghe, e infine il massimo santuario: l'ufficio del magnate. La superficie bianca e luccicante dell'immensa scrivania, l'uomo che si alzò a porgergli la mano per dargli il benvenuto. La sua mascella grande e squadrata, i piccoli penetranti occhi blu. Proprio come quelli che aveva visto quel giorno, nel deserto.

«È un vero piacere fare la sua conoscenza, signor Knox» aveva detto. «Credo proprio che il Paese sia pronto per un glorioso ritorno a Dio... ma bisogna fare le cose in grande... per ottenere risultati dobbiamo investire denaro... sono venuto a due dei suoi incontri... mi hanno veramente impressionato... li ha proprio conquistati, pendevano dalle sue labbra... è stato sensazionale... sensazionale, le dico!»

Dio e i grandi affari. Sembrava un binomio tanto assurdo? E perché mai? Se l'istinto per gli affari è uno dei doni che Dio ha dato all'uomo, per quale ragione non poteva adoperarlo mettendolo al suo stesso servizio?

Llewellyn non aveva avuto dubbi né scrupoli, perché quell'uomo e quella stanza gli erano già stati indicati. Tutto era parte del grande disegno tracciato per lui. C'era qualcosa di autentico in tutto questo? Un'autenticità elementare, magari un po' grottesca, come quella delle incisioni rupestri? Oppure si era trattato solo di avidità di fronte a un'opportunità di guadagno? Era questo ciò di cui Dio gli chiedeva di prendere coscienza? Llewellyn all'epoca non avrebbe saputo rispondere, anzi, era un interrogativo che non si era nemmeno posto. Sapeva soltanto che tutto faceva parte di un disegno che lo riguardava, e che lui non era che un intermediario, nient'altro. Un uomo al servizio di qualcuno.

Erano passati quindici anni... Dai piccoli raduni all'aperto dei primi tempi era passato alle sale lettura, poi ai palazzi dei congressi, infine ai grandi stadi. Si era trovato davanti a un numero smisurato di volti, volti indistinti che svanivano in lontananza e affioravano a schiere compatte. Volti in attesa, affamati di verità...

E il suo ruolo? Sempre lo stesso.

I nervi saldi, il contraccolpo della paura, il vuoto, l'attesa.

E poi ecco il dottor Llewellyn Knox alzarsi in piedi e cominciare a predicare, con le parole che venivano da sé, gli scorrevano nella mente e gli affioravano alle labbra... Ma non erano le sue parole. A lui apparteneva solo l'esaltazione, l'estasi nel pronunciarle.

(E in quello, naturalmente, si annidava il pericolo. Strano che non se ne fosse mai reso conto fino a quel momento.)

E poi c'era il dopo, le lusinghe delle donne, l'affetto degli uomini, quella sensazione quasi di collasso, di nausea mortale, la cordialità, l'adulazione, l'isteria.

Da parte sua, Llewellyn tentava di farvi fronte come meglio poteva, non più quale messaggero di Dio, ma da essere umano con tutti i suoi limiti, qualcosa di molto inferiore rispetto a ciò che vedeva la gente mentre lo fissava con gli occhi pieni di folle adorazione. Perché ogni virtù lo aveva ormai abbandonato, tutto ciò che dà dignità all'uomo si era prosciugato, lasciandolo come un involucro vuoto, esausto, malato, nelle fredde, nere e sterminate lande della disperazione.

«Povero dottor Knox» gli dicevano. «Sembra così stanco.»

Sì, era stanco. Sempre più stanco...

Era di costituzione forte, ma non abbastanza da reggere quella vita per quindici lunghi anni. Nausea, vertigini, tachicardia, difficoltà respiratorie, perdite di coscienza, svenimenti. In poche parole: era tanto sfibrato da rischiare l'esaurimento. Così era finito in un sanatorio sulle montagne. Adagiato nel letto, senza muoversi, lo sguardo fisso fuori dalla finestra sulle sagome nere dei pini che squarciavano l'orizzonte e, protesa verso di lui, una faccia rosea e tonda, con gli occhi aguzzi dietro allo spesso vetro degli occhiali, solenni come quelli di un gufo.

«Ne avrà per molto, dovrà avere pazienza.»

«Davvero, dottore?»

«Per sua fortuna è di buona costituzione, ma ha sottoposto il suo corpo a sforzi disumani. Il cuore, i polmoni, tutti gli organi ne hanno risentito.»

«Sta forse cercando di dirmi che morirò?» aveva chiesto con un lieve moto di curiosità.

«Certo che no! Adesso è fuori pericolo. Ma le ripeto: ne avrà per parecchio. Eppure vedrà che alla fine uscirà di qui in piena salute. Solo...»

Il medico aveva avuto un momento di esitazione.

«Solo... cosa?»

«Ecco, dottor Knox, deve capire che d'ora in avanti dovrà condurre una vita tranquilla. Niente più apparizioni in pubblico. Il cuore non reggerebbe. Niente palcoscenico, niente sforzi, niente discorsi.»

«Dopo essermi ripreso, però...»

«No, dottor Knox, per quanto a lungo possa riposare, la mia diagnosi non cambia.»
«Capisco, capisco... Mi sono logorato» aveva detto lui, pensoso.
«Proprio così.»
Logorato. Adoperato da Dio per i suoi scopi, lo strumento – umano e dunque fragile – non aveva resistito a lungo. Ora non serviva più a nulla. Era stato consumato, scartato, liquidato.
Cosa sarebbe successo in futuro?
Ma era davvero quello, il punto? Che ne sarebbe stato di lui?
E, dopo tutto, di chi stava realmente parlando? Chi era lui, Llewellyn Knox?
Era quanto doveva scoprire.

La voce di Wilding si intrufolò tra i suoi ricordi, come leggendogli nel pensiero.
«Posso chiederle quali siano i suoi piani per il futuro?»
«Non ne ho.»
«Sul serio? Spera, magari, di tornare a...»
Llewellyn lo interruppe subito, quasi aspro nella voce.
«Non tornerò indietro.»
«E allora, qualche altra attività nello stesso ambito?»
«No, no. Ho chiuso e basta. Non ho altra scelta.»
«È questo che le hanno detto?»
«Sì, e senza tanti giri di parole. "Niente più apparizioni in pubblico." I medici sono stati espliciti. Basta con il palcoscenico, le luci della ribalta e tutto il resto. Un taglio netto.»
«Si ritirerà da qualche parte? Certo, so bene che "ritirarsi" non è un'espressione che si confà a un uomo come lei. Ciò che intendo è fare il sacerdote in qualche parrocchia.»
«Ero un predicatore evangelico, Sir Richard, è molto diverso.»
«Mi scusi, credo di cominciare a capire soltanto adesso. Lei ha bisogno di ricominciare daccapo una nuova vita.»
«Esatto, una vita privata, come uomo.»
«E questo la confonde, la spaventa?»
Llewellyn scosse il capo.
«No, nient'affatto. Nelle settimane che ho passato qui, sull'isola, ho capito di aver scampato un grande pericolo.»
«Che genere di pericolo?»
«Non ci si può affidare al potere. Corrompe le persone dall'interno. Quanto a lungo sarei potuto andare avanti ancora senza che il vizio si insinuasse anche in me? E temo che avesse già cominciato a intrufolarsi, a corrodermi. Quando mi rivolgevo a quelle vaste folle, non stavo forse cominciando a credere che le parole che pronunciavo fossero mie, che fossi io a dare alla gente un messaggio, io l'unico a sapere cosa loro

dovessero o non dovessero fare? Capisce? Iniziavo a prendermi non più per un umile messaggero di Dio, ma per un suo diretto rappresentante. E in quella posizione, un uomo, celebrato dagli altri uomini, tende a porsi al di sopra di tutti!» Poi aggiunse, pacato: «Ecco, Dio, nella sua infinita bontà, ha ritenuto di dovermi preservare da questo».

«La sua fede, dunque, non ha mai vacillato a causa di tutto ciò?»

Llewellyn rise.

«La fede? È una parola senza senso per me. Crediamo forse nel sole, nella luna, nelle sedie su cui ci posiamo, nella terra su cui camminiamo? A che serve credere in qualcosa che conosciamo con ogni evidenza? E non pensi che io mi consideri vittima di una qualche disgrazia, perché non è così. Ho seguito la via a me destinata, e la sto seguendo ancora. Era giusto che io finissi qui, su quest'isola; è sarà giusto per me lasciare questo posto, quando verrà il tempo opportuno.»

«Intende dire che riceverà una nuova... come vuole chiamarla?... missione?»

«Oh no, no, nulla di così definito. Ma a poco a poco una certa via mi apparirà non solo preferibile, ma addirittura inevitabile. E allora mi muoverò in quella direzione e comincerò ad agire. Le cose si chiariranno da sole nella mia mente. Saprò dove andare e cosa fare.»

«Così? Tutto qua?»

«Proprio così. La veda in questo modo: è una questione di armonia. Un'azione sbagliata, e con "sbagliata" non intendo "votata al male", ma semplicemente "errata", si rivela subito tale, proprio come una nota stonata in un canto, o come un ballerino che cada durante la sua danza. È qualcosa che stride!» Poi aggiunse, ricordandosi a un tratto le parole di qualcun altro: «Se fossi una donna, direi che è come mettere un punto sbagliato lavorando a maglia».

«E che mi dice delle donne? Non vorrebbe forse tornare al suo paese dal suo primo amore?»

«Un finale romantico? La vedo dura. Del resto,» disse con un sorriso «Carol è sposata ormai da parecchi anni. Ha tre figli, e il marito ha un gran bel giro d'affari nell'immobiliare. Carol e io non eravamo fatti l'uno per l'altra. Si è trattato solo di una storia tra due ragazzini, tra noi non c'era nulla di profondo.»

«E non c'è stata nessun'altra donna in tutti questi anni?»

«No, grazie a Dio. Se ci fosse stata, se l'avessi incontrata...»

Lasciò la frase in sospeso, provocando in Wilding una certa perplessità. Wilding non poteva in alcun modo immaginare quale visione era sbocciata nella mente di Llewellyn: le ciocche di capelli neri, le tempie delicate e fragili, gli occhi tragici.

Llewellyn ne era sicuro, un giorno l'avrebbe incontrata. La donna che gli era apparsa in una delle sue visioni era tanto reale quanto lo erano stati la scrivania di quell'ufficio di tanti anni fa, o il sanatorio in cui aveva ripreso le forze. Lei esisteva. E se l'avesse incontrata nel periodo della predicazione, sarebbe stato costretto a rinunciarvi. Gli sarebbe stato richiesto di farlo. Ma ne sarebbe stato in grado davvero? Non poteva dirlo con sicurezza. La sua donna dai capelli neri non era Carol, non era un'avventura estiva o un giovanile risveglio dei sensi. Ma quella rinuncia gli era stata risparmiata, e adesso era libero. Quando finalmente si fossero incontrati, allora... Perché su questo non nutriva alcun dubbio: prima o poi i loro destini si sarebbero incrociati. Ancora non sapeva né come, né dove, né quando. Gli unici indizi di cui disponeva erano un battesimale di marmo in una chiesa e delle lingue di fuoco. Eppure sentiva che il momento si stava avvicinando, che non mancava molto. In quell'istante la porta tra le librerie si spalancò di colpo, tanto da farlo trasalire. Wilding si voltò e saltò in piedi con un moto di sorpresa.

«Tesoro, non ti aspettavo!»

Non indossava lo scialle spagnolo o il vestito nero a collo alto. Portava invece un abito impalpabile e svolazzante, di una pallida sfumatura malva, e fu forse quel colore a far sentire a Llewellyn la fragranza di lavanda che le donne di una volta lasciavano dietro di sé. Quando lo vide, la giovane si bloccò; con gli occhi grandi, quasi vitrei, lo fissò rivelando una tale assenza di reazioni da risultare pressoché sconcertante.

«Cara, la testa va meglio? Ti presento il dottor Knox. Dottor Knox, mia moglie.»

Llewellyn si fece avanti, prese la mano fiacca di lei e disse con garbo: «Molto lieto di fare la sua conoscenza, signora Wilding».

Lo sguardo spento della giovane assunse finalmente un'espressione più umana, mostrando un'impercettibile sensazione di sollievo. Prese posto sulla sedia che Wilding le mise davanti e cominciò a sciorinare una serie di convenevoli con una rapidità quasi innaturale.

«E così lei è il dottor Knox! Come tutti ho letto la sua storia, ovviamente. Che cosa strana trovarla qui, su quest'isola. Come mai? Intendo dire, cosa l'ha portata qui? Non lo trovi anche tu curioso, Richard?» chiese voltandosi appena verso il marito. E subito si affrettò a continuare, sempre in modo sconnesso:

«Insomma, voglio dire, di solito nessuno rimane sull'isola. Arrivano su una nave e se ne ripartono. Dove vanno? Me lo sono domandata spesso. Comprano un po' di frutta, quelle stupide bamboline e quei cappelli di paglia che fanno qui, poi tornano a bordo carichi e l'imbarcazione prende il largo. Dove se ne tornano? A Manchester? Liverpool? Forse Chichester. Magari se ne vanno a messa nella cattedrale con indosso un cappello di paglia intrecciata. Sarebbe da ridere, vero? La gente dice: "Non so se arrivo o me ne vado". La mia vecchia bambinaia lo ripeteva sempre. Ma è vero, non vi pare? È la vita. Chi può dire se siamo in arrivo o in partenza?»

Agitò i capelli e scoppiò in una risata improvvisa che la fece quasi barcollare sulla sedia. Llewellyn pensò: "Sta per avere un mancamento. Mi chiedo se Wilding ne sia consapevole".

Ma gli bastò una rapida occhiata per capire che quell'uomo, benché esperto del mondo, ignorava la reale condizione di sua moglie. Proteso verso di lei, aveva il volto acceso di amore e preoccupazione.

«Tesoro, ma tu hai la febbre. Non ti saresti dovuta alzare.»

«Mi sentivo meglio. Con tutte quelle pillole che ho preso... Attenuano i dolori, ma a dire il vero mi intontiscono.» Fece una risatina incerta e con le mani scostò all'indietro i biondi, lucidi capelli dalla fronte. «Non preoccuparti per me, Richard. Piuttosto offri qualcosa da bere al dottor Knox.»

«Tu cosa prendi? Un goccio di brandy? Ti farebbe bene.»

Fece una rapida smorfia:

«No, per me solo lime e soda.»

Wilding le porse il bicchiere e lei ringraziò con un sorriso.

«Di sicuro non morirai di cirrosi epatica» fece lui.

Il sorriso sul volto di lei si irrigidì un istante.

«Chi può dirlo?» disse.

«Te lo dico io, cara. E lei Knox, cosa beve? Un analcolico? O preferisce del whisky?»

«Brandy e soda, se è possibile.»

Gli occhi della donna erano posati sul bicchiere che Llewellyn aveva preso in mano. A un tratto disse: «Potremmo andare via. Cosa dici, Richard, ce ne andiamo?».

«Andarcene dalla villa, intendi? O dall'isola?»

«Sì, andare via, via da qui.»

Wilding si versò il whisky e tornò a sistemarsi in piedi dietro alla sedia di lei.

«Andremo ovunque tu vorrai, cara. Ovunque e in qualsiasi momento. Stasera stessa, se lo desideri.»

La donna emise un sospiro; un lungo, profondo sospiro.

«Sei così buono con me. Ma stai tranquillo, non voglio partire, certo che no. D'altro canto, tu come faresti? Proprio adesso che la proprietà ha ripreso a funzionare, tu devi badare agli affari.»

«Ma questo non ha alcuna importanza, tu vieni prima di tutto.»

«Magari potrei andarmene io, da sola, giusto per un po'.»

«No, no, lo faremo insieme. Voglio che tu ti senta accudita, che abbia accanto qualcuno, sempre.»

«Non crederai che abbia bisogno di un sorvegliante?» disse allora scoppiando a ridere, di un riso quasi incontrollato, finché, portando la mano alla bocca, non riuscì a frenarsi.

«Voglio che tu senta che ti sono sempre vicino» disse Wilding.

«Questo lo sento, oh, se lo sento.»

«Andremo in Italia, o in Inghilterra se preferisci. Forse hai nostalgia di casa.»

«No,» rispose lei «non andremo da nessuna parte. Rimarremo qui. A ogni modo non cambierebbe nulla, ovunque andassimo.»

Sprofondò un poco sulla sedia, lo sguardo cupo fisso davanti a sé. A un tratto alzò gli occhi sopra la spalla, in direzione del volto inquieto e disorientato del marito.

«Richard, Richard caro, sei davvero fantastico con me. Sempre così paziente.»

E lui, con voce dolce: «Tutto, purché tu capisca che per me niente è più importante di te».

«Lo so, lo so bene.»

«Speravo che qui saresti stata felice,» proseguì Wilding «ma mi rendo conto che su quest'isola ci sono ben poche distrazioni.»

«C'è il dottor Knox» disse lei.

Girò il capo in direzione dell'ospite e gli sorrise sbarazzina. Llewellyn non poté non pensare che allegra e incantevole creatura avrebbe potuto essere quella giovane.

Lei continuò: «E poi, quest'isola e questa villa sono un vero paradiso terrestre. Me lo dicesti tu una volta, e io ti ho creduto. Avevi proprio ragione, è un paradiso terrestre».

«Ah!»

«Ma io quasi non riesco a sostenerlo. Dottor Knox, non crede anche lei che per resistere alla vista del paradiso ci voglia un carattere forte? Come quello degli uomini benedetti da Dio, i vecchi saggi avvolti in candide vesti con corone d'oro sul capo davanti a un mare di cristallo. Corone d'oro offrenti dal cielo fino al mar... è un inno di lode, no? Mi sono sempre immaginata che quelle corone fossero pesantissime. Forse Dio permetteva che se le levassero proprio per via del peso. È duro portare una corona tutto il tempo, per quanto splendida sia. Si può averne abbastanza di qualunque cosa, non vi pare?» A quel punto si alzò dalla sedia. «Credo...» disse vacillante «credo che mi rimetterò a letto. Forse hai ragione, Richard, devo avere la febbre. Ma le corone sono così pesanti. Trovarmi qui è come aver realizzato un sogno, solo che adesso non sto più dormendo. So che dovrei essere altrove, ma non saprei dire dove. Se solo...»

E si accasciò di colpo. Llewellyn, che si attendeva che accadesse da un momento all'altro, riuscì a prenderla in tempo, e a adagiarla tra le braccia di Sir Wilding.

«È meglio riportarla subito a letto» disse secco.

«Sì, io chiamerò il medico.»

«Con una dormita le passerà» disse Llewellyn rincuorante, ma Richard Wilding lo guardò con occhi carichi di dubbi.

Assieme, i due uomini condussero il corpo inerme della giovane fino alla sua camera. La posarono delicatamente sul grande letto in legno intarsiato, con i suoi sontuosi drappi in broccato scuro. Dopodiché Wilding uscì in corridoio, chiamando a gran voce: «Maria, Maria! Presto!».

Rimasto nella stanza, Llewellyn si guardò attorno ed entrò nel bagno adiacente. Cercò qualcosa nell'armadietto a vetri e tornò in camera.

Wilding stava ancora chiamando, impaziente: «Maria!».

Llewellyn si avvicinò al mobile da toletta. Poco dopo Wilding irruppe nella stanza, seguito da una signora di bassa statura. La donna si precipitò subito verso il letto.

«Lei badi a mia moglie mentre io cerco un dottore.»

«Non è necessario, señor. So cosa fare, domattina starà meglio.»

Riluttante, Wilding lasciò la stanza scuotendo la testa.

Llewellyn lo seguì, ma si fermò sulla soglia.

«Dove la tiene?» disse.

La donna lo guardò sbattendo le ciglia.

Poi, quasi senza rendersene conto, posò lo sguardo sulla parete alle spalle di Llewellyn.

Lui si voltò. C'era appeso un quadro, un paesaggio dipinto alla maniera di Corot. Lo staccò dai chiodi. Dietro di esso trovò una piccola cassaforte a muro di vecchio tipo, di quelle che le donne usavano per tenerci i gioielli, ma a prova anche dei più moderni scassinatori. La chiave era nella serratura. Llewellyn aprì piano lo sportello ed esaminò l'interno. Annuì e richiuse. I suoi occhi incrociarono quelli di Maria con un cenno d'intesa.

Uscì dalla stanza e raggiunse Wilding, che stava giusto riattaccando la cornetta del telefono.

«Il dottore era fuori per un parto.»

«Credo che Maria sappia cosa fare» disse Llewellyn, pesando attentamente le parole. «Penso abbia già visto la signora Wilding in simili condizioni.»

«Ma sì, forse ha ragione. Maria è molto devota a mia moglie.»

«L'ho notato.»

«Le vogliono bene tutti. Lei ispira amore, amore e istinto di protezione. Gli abitanti dell'isola sono molto sensibili alla bellezza, specialmente a una bellezza che soffre.»

«E, a suo modo, questa gente sa essere sempre più realista di quanto non lo sia un anglosassone.»

«Sì, è possibile.»

«Non si sottraggono alla realtà.»

«E noi lo facciamo?»

«Molte volte, sì. Piuttosto, quella di sua moglie è una stanza molto bella, ma c'è una cosa in particolare che mi ha colpito. Nell'aria non si sente alcun profumo, perlomeno non del tipo che di solito piace alle donne. Si percepisce soltanto una fragranza di lavanda e di acqua di colonia.»

Richard Wilding annuì.

«È vero. Ormai associo l'odore di lavanda a Shirley. E mi fa ripensare anche a quando ero bambino, il profumo che usciva dal cassettone di mia madre. La biancheria soffice e candida, e quei sacchettini che confezionava uno a uno, limpidi, puri, con tutta la freschezza della primavera. Cose semplici di campagna.»

Sospirò e alzando gli occhi vide il suo ospite osservarlo con uno sguardo che lui non comprese.

«Ora devo andare» disse Llewellyn porgendogli la mano.

7

«E COSÌ È DI NUOVO QUI?»

Prima di parlare, Knox aveva atteso che il cameriere se ne andasse.

La signora Wilding rimase qualche istante in silenzio. Quella sera non aveva lo sguardo perso verso il porto. Al contrario, teneva gli occhi fissi sul fondo del bicchiere, che conteneva un denso liquido giallo oro.

«Succo d'arancia» disse lei.

«Capisco, un gesto per cominciare a cambiare.»

«Sì, fare piccoli gesti come questo aiuta.»

«Oh, senza dubbio.»

«Perché non ha detto a mio marito che mi aveva già incontrato qui?»

«Non credo gli avrebbe fatto piacere, e nemmeno a lei. Tanto più che non me lo ha chiesto.»

«E se l'avesse fatto, glielo avrebbe detto?»

«Sì.»

«Perché?»

«Perché è sempre meglio non complicare le cose.»

Lei sospirò.

«Mi chiedo se lei ci stia davvero capendo qualcosa.»

«Non saprei.»

«Capisce almeno che non posso ferirlo in alcuna maniera? Non vede quanto è buono? Quanta fiducia ripone in me? Come io sia sempre al centro delle sue attenzioni?»

«Sì, certo, lo vedo bene. Vuole proteggerla da ogni preoccupazione, da ogni male.»

«Però è troppo.»

«Sì, è troppo.»

«Ci si ritrova in situazioni da cui non si può più sfuggire. E allora si finge, giorno dopo giorno, tutta una finzione. Finché non si perde la pazienza e viene voglia di urlare: "Basta! Smettila di amarmi, di prenderti cura di me, smettila di stare in ansia, di assistermi, di sorvegliarmi!".» Stringendo i pugni disse: «Io vorrei tanto essere felice con Richard. Lo voglio sul serio! Ma perché non ci riesco? Perché devo arrivare ad ammalarmi per questo?».

«“Ravvivatemi con focacce d’uva, rianimatemi con cedri, perché io sono malata d’amore!” È questo che dice il Cantico.»

«Sì, esatto, quella sono proprio io. È tutta colpa mia.»

«Perché lo ha sposato?»

«Questa, poi!» sbottò sgranando gli occhi. «Ma è semplice, perché ero innamorata di lui!»

«Capisco.»

«Si è trattato, credo, di un’infatuazione. È un uomo dal grande fascino, ed è anche molto, molto attraente. Capisce cosa intendo, vero?»

«Capisco.»

«E poi è romantico. Una volta un vecchio signore a me caro, che mi conosce da tutta la vita, mi diede un consiglio. Mi disse: “Se vuoi avere una relazione con Richard, fallo, però non lo sposare”. Aveva ragione lui, su tutta la linea. Ma vede, io ero molto infelice finché Richard non è entrato nella mia vita. Fu come vivere un sogno a occhi aperti. Richard, l’amore, l’isola, la luna piena. Tutto ciò ha avuto un peso, e in fondo in questo non c’è niente di male. Ma oggi la donna che ero allora non c’è più. Di lei è rimasta solo la sognatrice, che continua imperterrita a vagheggiare qualcos’altro, e questo non va bene.»

Lo guardò dritto negli occhi.

«Potrò mai diventare quella che ero nel sogno? Mi piacerebbe.»

«Non se quella non era davvero lei.»

«Potrei andarmene, allora. Ma dove? Non posso tornare alla mia vecchia vita, ormai ho rotto con il passato. Dovrei ricominciare tutto da capo, e non so né dove né come. Ma comunque sia, non posso far del male a Richard. Ha già sofferto anche troppo.»

«Ha sofferto?»

«Sì, per quella donna che ha sposato. Era una poco di buono. Molto bella, e all’apparenza anche di buone maniere, ma completamente immorale. E lui non se ne rendeva conto.»

«Oppure non voleva rendersene conto.»

«Fatto sta che lei lo ha piantato di punto in bianco, e lui non se ne dava pace. Ma non ce l’aveva con lei, no, nei suoi confronti prova solo compassione. Piuttosto, malediceva se stesso, convinto di avere sbagliato in qualche modo.»

«È un uomo molto compassionevole.»

«È vero, ma mi chiedo se a volte non sia possibile esserlo troppo.»

«Sì, è possibile. Troppa compassione non permette di giudicare in modo obiettivo. Inoltre,» aggiunse «è a suo modo un insulto.»

«Che intende dire?»

«Che presuppone quanto implicito nella preghiera dei farisei: "Signore, ti ringrazio per non avermi fatto come costui".»

«E lei non prova pietà per nessuno?»

«Certo, sono un essere umano. Ma la cosa mi fa paura.»

«Che cosa rischierebbe?»

«Ciò potrebbe spingermi ad agire.»

«E che male ci sarebbe?»

«Le conseguenze potrebbero essere molto negative.»

«Per lei?»

«No, no, non per me, ma per l'altra persona.»

«E allora cosa si dovrebbe fare quando si prova pietà di qualcuno?»

«Rimettere costui alla sua sorte, nelle mani di Dio.»

«Suona terribilmente fatalista, persino inclemente.»

«Eppure è molto meno rischioso che cedere a una facile compassione.»

La signora Wilding si protese in avanti sul tavolino, verso il dottor Knox.

«E mi dica, per me non prova la minima pena?»

«Mi sforzo di non farlo.»

«Perché?»

«Perché dovrei piuttosto aiutarla a provare pena per se stessa.»

«Non crede che ne abbia?»

«È così?»

«No,» rispose adagio «non proprio. È soltanto colpa mia se le cose vanno storte.»

«Spesso è colpa nostra, sì, ma non è detto che sia il suo caso.»

«Mi dica lei cosa fare, allora. Lei che è un uomo saggio, che ha predicato davanti a tanta gente.»

«Lo sa lei cosa va fatto.»

Rimase a osservarlo un poco con un'espressione enigmatica, poi scoppiò in un'improvvisa e fragorosa risata.

«Ha ragione,» disse «lo so, e anche molto bene: devo lottare.»

Parte quarta

COME ERA NEL PRINCIPIO

1

PRIMA DI ENTRARE nell'edificio, Llewellyn sollevò lo sguardo.

Lo stabile era di un colore smorto come la strada in cui si trovava. Quel quartiere di Londra portava ancora i segni della guerra e nell'aria aleggiava una generale impressione di decadimento. L'effetto era deprimente. Llewellyn stesso si sentiva depresso, e d'altronde era venuto per un'incombenza dolorosa. Non che volesse fuggirne, ma era pienamente consapevole del fatto che si sarebbe sentito sollevato solo dopo averla assolta al meglio delle sue capacità.

Sospirò e scrollò le spalle, dopodiché si decise a salire i pochi gradini che lo separavano dall'ingresso.

All'interno dell'edificio c'era un gran viavai, eppure vigeva un'aria di ordine e disciplina. Lungo i corridoi ci si muoveva di gran fretta ma senza trambusto. Una giovane donna con una divisa di un blu spento gli venne incontro.

«Che cosa posso fare per lei?»

«Vorrei vedere la signorina Franklin.»

«Mi dispiace, questa mattina la signorina Franklin non riceve. Mi segua, la condurrò all'ufficio della sua segreteria.»

Insistette con garbo.

«È importante.» Poi aggiunse: «Se mi facesse la cortesia di consegnarle questa lettera...».

La giovane lo condusse in un'angusta sala d'attesa e se ne andò in tutta fretta. Cinque minuti dopo si presentò da lui una donna bene in carne, dal volto gentile e dai modi vivaci.

«Sono la signorina Harrison, la segretaria. Temo che dovrà attendere se vuole vedere la signorina Franklin. È con un bambino appena risvegliatosi dall'anestesia dopo un'operazione.»

Llewellyn la ringraziò e le pose alcune domande. La donna si infervorò e prese a parlare con entusiasmo della Fondazione Worley per bambini.

«È un'associazione molto antica, sa? Risale al 1840, quando fu fondata da Nathaniel Worley. Era il proprietario di un mulino» disse con foga. «Ma da allora le cose sono cambiate, ci sono stati numerosi eventi infausti: i fondi si sono assottigliati, gli investimenti hanno fruttato sempre meno, i costi non hanno fatto che aumentare. Naturalmente l'amministrazione aveva le sue responsabilità, sono stati fatti degli errori. Ma poi, da quando è diventata sovrintendente la signorina Franklin...»

Il volto le si illuminò e la velocità delle sue parole aumentò ancora.

La sua ammirazione per la signorina Franklin era evidente. La signorina Franklin ha ripulito le stalle di Augia, la signorina Franklin ha riorganizzato questo, ha migliorato quello e quell'altro, ha combattuto contro le autorità ed è riuscita a spuntarla... Altrettanto evidente era il fatto che adesso la signorina Franklin regnasse incontrastata nell'istituto, perché questo era quanto di meglio potesse accadere nel migliore dei mondi possibili. Llewellyn si chiese perché l'entusiasmo delle donne per altre donne dovesse sempre suonare così grossolano. Dubitò che l'efficientissima signorina Franklin gli sarebbe piaciuta. Doveva essere una specie di ape regina, che permette alle altre creature del proprio sesso di ronzarle attorno e di prosperare in base al potere che decide di accordare a ciascuna di loro.

A un certo punto la signorina Harrison lo condusse al piano di sopra, poi lo guidò attraverso un lungo corridoio, bussò a una porta, si fece da parte e con un gesto gli indicò di entrare in quello che doveva essere il sancta sanctorum dell'intero edificio: l'ufficio della signora Franklin.

La trovò seduta dietro la scrivania. Aveva un aspetto cagionevole e sembrava esausta.

Lui la guardò con un misto di soggezione e stupore, al che la donna si alzò e gli andò incontro.

«Tu...» bisbigliò lui in un sussulto.

Un moto di perplessità le increspò appena la pelle tra le sopracciglia, quelle sopracciglia dal segno fine che lui conosceva così bene. Era lo stesso volto, candido e delicato, con la stessa bocca grande e triste, gli stessi occhi scuri dal taglio inusuale, gli stessi ciuffi di capelli all'indietro che le partivano dalle tempie, trionfanti, come ali. Un viso tragico, pensò, eppure quelle labbra generose sembravano essere state disegnate per ridere, quel volto severo e orgoglioso avrebbe potuto trasfigurare in un'espressione di tenerezza.

«Dottor Llewellyn?» disse lei educatamente. «Mio cognato mi ha scritto che sarebbe venuto. È gentile da parte sua.»

«Immagino che apprendere della morte di sua sorella sia stato uno shock per lei.»

«Eccome. Era così giovane.»

Ebbe un tremito nella voce, ma riuscì subito a ricomporsi. "Ha un gran dominio di sé," pensò lui "si è educata all'autocontrollo."

Nell'abbigliamento della donna c'era qualcosa di monacale. Vestiva completamente di nero, se si eccettuava un tocco di bianco all'altezza del collo.

«Avrei preferito che capitasse a me» gli disse parlando lentamente. «Ma forse è qualcosa che ci auguriamo tutti quando muore qualcuno.»

«Solo quando si ama davvero molto... O quando si trova insopportabile la propria stessa vita.»

La donna sgranò i grandi occhi scuri. Osservandolo sconcertata, gli domandò:

«Ma lei è davvero Llewellyn Knox?»

«Lo sono stato. Ora mi faccio chiamare dottor Murray Llewellyn, il che mi risparmia molte parole di compassione ed è meno imbarazzante sia per me che per gli altri.»

«Ho visto le sue foto sui giornali, ma non credo che sarei riuscita a riconoscerla.»

«Lo so, la gran parte della gente non mi riconosce più. Ora ci sono altri volti che vanno per la maggiore. Io... mi sono ridotto un po'.»

«Ridotto?»

Lui sorrise.

«Non intendo fisicamente ma come importanza.»

Continuò:

«Come saprà, sono venuto a portarle alcuni effetti personali di sua sorella. Suo cognato pensa che le piacerebbe tenerli. Li ho lasciati in albergo. Se lo desidera può venire a cenare con me all'hotel, ma se preferisce glieli farò consegnare qui.»

«Mi farà piacere avere le cose di Shirley. Ma ora desidero che lei mi racconti tutto quello che sa di lei. È passato tanto di quel tempo dall'ultima volta che l'ho vista. Quasi tre anni... Ancora non riesco a credere che sia morta.»

«Capisco come si sente.»

«Voglio che mi parli di lei, ma la prego, non provi a consolarmi. Immagino che lei creda ancora in Dio. Ebbene, io no! Mi perdoni se la cosa le sembra irrispettosa, ma è quello che sento io, ed è meglio che lei lo sappia. Se Dio esiste, allora è ingiusto, e crudele.»

«Ingiusto e crudele perché ha permesso che sua sorella morisse?»

«Non dobbiamo discutere di questo, per favore, non si metta a parlarmi di religione. Mi parli di Shirley, invece. Ancora oggi non mi è chiaro come sia accaduto l'incidente.»

«Stava attraversando la strada ed è stata investita da un autocarro. È morta sul colpo. Almeno non ha sofferto.»

«È quello che mi ha scritto anche Richard. Credevo stesse tentando di risparmiarmi altro dolore, per premura nei miei confronti. Lui ha di questi pensieri.»

«Sì, lui sì. Ma non io. Può starne sicura, la verità è che sua sorella è morta senza soffrire.»

«Come è stato possibile che accadesse?»

«Era tardi. Shirley aveva trascorso la serata in uno dei caffè davanti al porto. Lasciato il bar, ha attraversato la strada senza guardare, quando da dietro un angolo è sbucato il camion che l'ha uccisa.»

«Era sola?»

«Sì.»

«E Richard dov'era? Perché non era con lei? Mi sembra così anomalo. Non pensavo che Richard la lasciasse andare sola nei bar di notte. Credevo che avesse intenzione di badare a lei, che se ne sarebbe preso cura.»

«Non può addossargli la colpa di quanto è accaduto. Lui la adorava. Vegliava su di lei in ogni modo. Manon sapeva che fosse uscita.»

Il volto della donna cambiò espressione.

«Ha ragione» disse con tenerezza. «Sono stata ingiusta, povero Richard.»

Poi si strinse le mani.

«Il fatto è che è una cosa così crudele, così ingiusta, così insensata. Dopo tutto quello che Shirley era riuscita a buttarsi alle spalle. E tutto soltanto per godersi tre miseri anni di felicità...»

Non la contraddisse. Si limitò a guardarla e le chiese:

«Mi scusi la domanda: lei amava sua sorella, non è vero?»

«Più di chiunque altro al mondo.»

«Eppure per tre anni non vi siete viste. Non l'avevano forse invitata a raggiungerli, più volte, senza che lei andasse mai a trovarla?»

«Ho avuto difficoltà a lasciare il mio lavoro, a trovare qualcuno che mi sostituisse qui.»

«Lo immagino, ma credo anche che non fosse un problema insormontabile. Perché non è voluta andare?»

«Ma certo che lo volevo, lo desideravo eccome!»

«Allora aveva qualche altra ragione?»

«Gliel'ho detto. Il lavoro...»

«Lo ama così tanto, il suo lavoro?»

«Se lo amo?» Sembrò sorpresa. «No, non è questione d'amore. Ma è un lavoro che vale la pena di fare. Fa fronte a una necessità. Questi bambini hanno bisogno di un aiuto che le loro famiglie non si possono permettere. Penso che quello che faccio sia utile, ne sono convinta.»

Aveva parlato con una franchezza d'animo che lo colpì.

«È sicuramente utile, su questo non c'è dubbio.»

«Non può immaginarsi in che stato ho trovato questa fondazione quando sono arrivata. Rimetterla in sesto è stata un'impresa improba.»

«È senz'altro una buona amministratrice, e si vede. Ha personalità, sa gestire la gente. Certo, sono sicuro che abbia fatto un lavoro assolutamente necessario e utile. È stato divertente?»

«Divertente?»

Lo osservò con occhi sbigottiti.

«Divertente, sì. Mica è una parola straniera. Può essere divertente, se li ama.»

«Amare chi?»

«I bambini.»

Con la voce venata di tristezza, gli rispose:

«No, non li amo, in fondo. Non nel senso che intende lei. Mi piacerebbe. Ma se lo facessi...»

«Diventerebbe un piacere, e non più un dovere. Era questo che stava pensando, non è così? E lei sente di aver bisogno di un dovere.»

«Perché dice questo?»

«Perché lo porta scritto in volto. E mi domando per quale ragione» e così dicendo si alzò quasi di scatto e si mise a camminare inquieto su e giù per l'ufficio.

«Che cosa ha fatto tutta la vita? È una cosa così sconvolgente, così straordinaria, conoscerla tanto bene e al tempo stesso non conoscerla affatto. È straziante, non so da che parte cominciare.»

La sua pena era tanto evidente che lei poté soltanto rimanere a guardarlo.

«Devo sembrarle matto. Lei non capisce, d'altronde come potrebbe? Ma io sono venuto fin qui, in questo Paese, per incontrare lei.»

«Per portarmi le cose di Shirley?»

Agitò la mano con impazienza.

«Certo, certo, questo è quello che credevo anch'io. Per sbrigare una faccenda che Richard non avrebbe mai avuto la forza di compiere. Ma non immaginavo, come potevo?, che avrei avuto a che fare proprio con lei...»

Si sporse verso la donna dall'altra parte del tavolo.

«Senta, Laura, prima o poi lo verrà a sapere comunque, quindi tanto vale che glielo dica subito. Tanti anni fa, prima che cominciassi la mia missione di predicatore, ho avuto tre visioni. Nella famiglia di mio padre c'è una tradizione di veggenti, e credo di avere ereditato anch'io questo dono. Le cose che ho visto mi sono apparse in maniera molto chiara, proprio come vedo lei in questo momento. Ho visto una scrivania in un ufficio e un uomo dalla mascella squadrata dietro di essa. E ho visto una finestra che dava su alcuni alberi di pino stagliati contro il cielo, e un uomo con la faccia tonda e rosea e l'espressione simile a quella di un gufo. In seguito, a tempo debito, ho vissuto quelle stesse scene nella realtà. L'uomo dietro la scrivania era il magnate che mi ha finanziato. Più avanti, mentre giacevo in un letto d'ospedale, ho visto quegli stessi pini coperti di neve, contro il cielo, e un medico con la faccia tonda e colorita, in piedi accanto al letto, mi annunciò la fine della mia vita da evangelista, della mia missione.

«Nella terza visione c'era lei. Sì, Laura. Lei. Un'immagine vivida, come la vedo ora. Solo più giovane di adesso, ma con la stessa tristezza negli occhi, lo stesso senso di tragedia dipinto sul viso. Nella visione che la riguardava non si trovava in nessun posto particolare, il contesto era indistinto. Ma molto vagamente, in quello scenario privo di consistenza, si intuiva una chiesa, e in fondo delle fiamme.»

«Fiamme?» domandò trasalendo.

«Sì. Le è mai capitato di trovarsi in un incendio?»

«Una volta, quando ero bambina. Ma la chiesa... che tipo di chiesa? Una chiesa cattolica, con una Madonna vestita di un manto blu?»

«Non saprei, niente di così definito. Non c'erano luci né colori. Solo un freddo grigio... Ah sì, certo, e un battesimale! Lei si trovava davanti a un fonte battesimale.»

La vide impallidire, portandosi lentamente le mani alle tempie.

«Le dice qualcosa, tutto ciò? Ha un significato per lei, Laura?»

«Shirley Margaret Evelyn,» prese a dire lei «nel nome del Padre, del Figlio e dello Spirito Santo...» Poi la voce le si smorzò e tacque per alcuni istanti prima di spiegarsi. «Il battesimo di Shirley. Io sostituivo la madrina. Tenevo in braccio quella piccolina, e immaginavo di lasciarla cadere sul pavimento! Volevo che morisse! Ecco cosa mi è passato per la mente allora. Le auguravo di morire. E ora... ora è morta davvero.»

Sprofondò il viso tra le mani.

«Laura, cara, ora capisco... Ma le fiamme? Anche quelle hanno un significato?»

«Ho pregato, sì, ho pregato. Ho persino acceso un cero. E lo sa per cosa? Perché Shirley morisse. E adesso...»

«Basta, Laura, non dica così. Piuttosto, mi racconti dell'incendio, che accadde?»

«Fu quella notte stessa. Mi svegliai, c'era fumo dappertutto. La casa era in fiamme. Pensai che le mie preghiere fossero state esaudite. Poi ho sentito la bimba che strillava con la sua vocina, e all'improvviso è cambiato tutto, tutto. A un tratto il mio unico desiderio è stato quello di salvarla. E così feci. La portai fuori, sull'erba, senza che si fosse fatta la più piccola scottatura. E mi accorsi che tutti i sentimenti che avevano animato la mia gelosia fino ad allora erano svaniti. Il bisogno di essere considerata, di venire per prima, era tutto sparito, lasciando il posto invece a un'ondata di amore per lei, un amore immenso. Un amore che non si è mai spento.»

«Mia cara... Oh, mia cara!»

Si protese di nuovo verso di lei sulla scrivania e con nuovo impeto le disse:

«Capisce, Laura... Ora, che sono qui...»

Fu interrotto dalla porta che si aprì.

Nella stanza irruppe affannata la signorina Harrison.

«Lo specialista, il dottor Bragg, è arrivato. È nella corsia A e ha chiesto di lei.»

Laura si alzò di scatto.

«Arrivo subito.»

La signorina Harrison si ritirò e Laura in tutta fretta gli disse:

«Mi perdoni, devo proprio andare. Se riesce a farmi mandare le cose di Shirley...»

«Preferisco che lei venga a cena da me. Alloggio al Windsor Hotel, vicino alla stazione di Charing Cross. Può venire stasera?»

«Temo che stasera non mi sia possibile.»

«Allora domani.»
«È difficile che possa uscire la sera...»
«Ma a quell'ora avrà finito di lavorare. Mi sono già informato a riguardo.»
«Ho altre cose da fare, impegni...»
«No, non è questo. Lei ha paura.»
«E sia, allora, ho paura!»
«Di me?»
«Credo di sì.»
«E perché? Pensa forse che io sia pazzo?»
«No, pazzo no. Non è questo.»
«Eppure mi teme. Come mai?»
«Desidero essere lasciata in pace, non voglio che il modo in cui ho impostato la mia vita... Oh, insomma! Non so nemmeno cosa sto dicendo. E adesso devo scappare.»
«Ma cenerà con me? Quando, domani? Il giorno dopo? Rimarrò a Londra finché non verrà.»
«Se è così... questa sera.»
«Aggiudicato!» Scoppiò in una risata, e di colpo anche lei si sorprese a ridere insieme a lui. Poi si rifece subito seria e si diresse a passi svelti verso l'uscita. Llewellyn le aprì la porta e si fece da parte per lasciarla passare.
«Windsor Hotel, alle otto. La aspetto.»

2

LAURA SI SEDETTE davanti allo specchio, nella stanza del suo piccolo appartamento. Sulle labbra aveva un sorriso sbieco, mentre studiava il proprio volto. La mano destra teneva un rossetto, e ora osservava la scritta incisa sull'astuccio dorato: "Mela del peccato".

Si stupì di nuovo dell'inspiegabile istinto che l'aveva portata, così all'improvviso, a entrare in quel lussuoso negozio dalle pareti profumate davanti al quale passava ogni giorno.

La commessa aveva tirato fuori una selezione di rossetti, provandoli per lei sul dorso della sua mano affusolata con le dita incredibilmente lunghe e le unghie laccate di un acceso rosso carminio. Un campionario di piccoli sbaffi di colore, rosa e ciliegia, scarlatti e ciclamino, alcuni indistinguibili gli uni dagli altri, se non per il nome, quei nomi che a Laura sembravano tanto stupefacenti!

"Luce di rosa", "Burro di rum", "Corallo velour", "Rosa sogno", "Mela del peccato".

Più che dai colori, era stata attratta dai nomi.

"Mela del peccato"... richiamava in modo suggestivo Eva, la tentazione, la femminilità.

Seduta davanti allo specchio, si truccò le labbra con cura.

Baldy! Ripensò a Baldy, a quando, tanti anni prima, le dava consigli davanti ai suoi fiori di convolvolo. «Non aver paura di essere donna. Issa la tua bandiera, vai a cercare il tuo uomo...» Questo le aveva detto, o qualcosa del genere.

Era quello che stava facendo ora?

"Sì, è proprio quello che sto facendo" disse tra sé. «Solo per questa sera, solo questa volta, voglio essere una donna come tutte le altre, che si agghindano e truccano per attirare un uomo. Finora non ne avevo mai sentito l'esigenza e pensavo che non l'avrei mai fatto. Anzi, credevo di non essere quel tipo di persona. E invece lo sono, dopo tutto. Solo non sapevo di esserlo."

Il ricordo di Baldy era talmente vivido nella sua memoria che quasi riusciva a immaginarselo lì, in piedi, dietro di lei, mentre annuiva con la sua grande testa pesante. "Bene così, giovane Laura" le avrebbe detto. "Non è mai troppo tardi per imparare."

Oh, il caro Baldy....

Era sempre stato accanto a lei, per tutta la vita. Baldy, il suo unico, vero, fedele amico. Tornò con la mente al capezzale di lui, un paio di anni prima. L'avevano mandata a chiamare, ma quando era arrivata il dottore le aveva comunicato che lui probabilmente era già troppo distante per poterla riconoscere. Si stava spegnendo.

Si era seduta al suo fianco, tenendogli stretta la mano rugosa, ed era rimasta a osservarlo.

Giaceva quasi immobile, borbottando e ansimando di tanto in tanto, come pervaso da una privata disperazione.

Aprendo gli occhi a un tratto, l'aveva guardata senza riconoscerla e aveva detto:

«Dov'è la bambina? Puoi mandarla a chiamare? E non mi venire a raccontare che per lei non è bene veder morire qualcuno. È tutta esperienza... E i bambini sanno affrontare la morte molto meglio di noi.»

Lei allora gli aveva parlato: «Baldy! Sono qui, sono io! Mi riconosce?».

Ma, chiudendo gli occhi, si era limitato a mormorare, sdegnato:

«Morire? No, non sto morendo. I dottori sono tutti uguali, degli uccellacci del malaugurio. Gliela farò vedere, altroché!»

Poi era ripiombato nel suo stato di dormiveglia, con quel mormorio che di tanto in tanto affiorava per segnalare che stava vagando con la mente tra i ricordi della vita.

«Dannato idiota! Non capisce nulla di storia...» Poi un'improvvisa risatina. E ancora: «Il vecchio Curtis e la sua farina d'ossa. Le mie rose, meglio delle sue, sempre».

Finché non aveva sentito pronunciare il suo nome.

«Laura! Dovrei comprarle un cane...»

Si era sentita scossa. Un cane? Quale cane?

«... e piantarla con tutti quei dolciumi stomachevoli. Piaceranno a lei, ma a me danno la nausea solo a vederli...»

Ma certo, le ricche merende con Baldy all'ora del tè! Erano stati momenti fondamentali della sua infanzia. E lui, quanto si dava da fare! Gli éclair, le meringhe, i macaron... Le venne un groppo in gola.

All'improvviso gli occhi di lui si aprirono e questa volta sembrarono riconoscerla. Le parlò con il suo tipico tono pratico e concreto: «Non avresti dovuto farlo, giovane Laura» le disse con aria di rimprovero. «Non avresti dovuto farlo. Porterà soltanto guai.»

E nel modo più naturale del mondo, girò appena la testa dall'altra parte sul cuscino e spirò.

Il suo amico...

Il suo unico amico.

Laura si scosse, tornò a guardarsi allo specchio e trasalì nel vedere il proprio volto. Forse per via di quella sottile linea di rossetto scuro, color porpora, che le tratteggiava la curva delle labbra? Continuò a esaminare la sua bocca, e si scoprì soddisfatta nel vederla piena, carnosa, tutt'altro che ascetica. Prese a parlare quasi ad alta voce, discutendo con qualcuno che era lei e al contempo non lo era.

«Perché non dovrei provare a essere bella, solo per una volta, solo per questa sera? Mi rendo conto che è troppo tardi, ma perché non dovrei provare a vedere come ci si sente? Solo per avere qualcosa da ricordare...»

«Che le è successo?» le chiese appena la vide.

Lei contraccambiò lo sguardo, tentando di celare l'improvviso pudico riserbo da cui si sentì pervasa. Per riprendere un contegno, prese a guardarlo con occhio critico.

Quello che vide le piacque. Non era più tanto giovane, e a onor del vero, conoscendo la sua età dai giornali, dimostrava qualche anno in più di quelli che aveva. Ma c'era in lui una fanciullesca goffaggine che la colpiva, al contempo tenera e curiosa. In lui la timidezza sembrava essere fusa con un grande ardore, un'espressività bizzarra e fiduciosa, come se il mondo e tutto il resto fossero per lui cose nuove, fresche.

«Non mi è successo nulla.» Lasciò che lui la aiutasse a togliersi il cappotto.

«Oh, eccome. È diversa da stamattina, molto diversa.»

Replicò brusca: «Solo un po' di trucco e di rossetto, ecco tutto!».

«Ha ragione, dev'essere quello. In effetti mi ricordo di aver notato che il colore delle sue labbra fosse più pallido rispetto a quello delle altre donne. Aveva un aspetto piuttosto monacale, direi.»

«Sì, immagino di sì.»

«Questa sera sembra incantevole, davvero. Anzi, lei è incantevole, Laura. Non la disturba, vero, che le dica queste cose?»

Scosse il capo in segno di diniego. «Non si preoccupi» disse, ma dentro di sé sentì una voce che gridava: "Continua a dirlo, ancora e ancora, non smettere mai!".

«Ho pensato di farci servire la cena qui nella mia suite, credendo che le avrebbe fatto piacere. Ma forse...»

Con un po' di apprensione la guardò, interrogativo.

«Mi sembra un'idea eccellente.»

«Benissimo, allora, e io spero che lo sia anche la cena, anche se ho ragioni per temere il contrario. Di solito non do grande importanza al cibo, ma vorrei che tutto fosse di suo gradimento.»

Lei sorrise prendendo posto a tavola, e lui chiamò il cameriere.

Le parve di essere come in un sogno.

Perché quello non era l'uomo venuto a trovarla quella mattina alla Fondazione. Era un uomo completamente diverso. Più giovane, inesperto, emozionato, insicuro e disperatamente desideroso di piacerle. A un tratto pensò: "Questo è ciò che era quando aveva vent'anni. Qualcosa che poi ha perso lungo la strada, e che è dovuto andare a recuperare nel suo passato".

Per un attimo fu travolta da una grande tristezza. Tutto ciò non poteva essere reale. Si trattava invece soltanto di una finzione, la velleitaria messa in scena di ciò che sarebbe potuto accadere se si fossero incontrati da giovani. Ma adesso era ridicolo, patetico, fuori tempo massimo. Eppure così dolce nella sua stranezza.

Iniziarono a mangiare. La cena era mediocre, ma nessuno dei due sembrò accorgersene. Stavano esplorando insieme la loro mappa dell'amore, del *Pays du tendre*. Risero e chiacchierarono, facendo poco caso a ciò di cui stavano parlando.

Infine, dopo che il maggiordomo servì il caffè lasciandoli soli, Laura disse:

«Lei sa un sacco di cose di me, o almeno, ne sa più che a sufficienza. Io invece non so assolutamente nulla di lei. Avanti, mi racconti.»

Llewellyn le parlò della sua infanzia, dei suoi genitori e della sua educazione.

«Sono ancora vivi?»

«Mio padre è morto dieci anni fa. E mia madre se n'è andata l'anno scorso.»

«Erano fieri di lei? Sua madre lo era?»

«Immagino che a mio padre la piega che aveva preso la mia missione non piacesse. Disapprovava l'idea di una religione troppo emotiva, ma credo avesse accettato il fatto che era la sola strada percorribile per me. Mia madre invece mi capiva molto meglio. Ed era orgogliosa della mia notorietà, come ci si aspetta lo sia una madre. Ma allo stesso tempo le faceva tristezza.»

«Tristezza?»

«Sì, per tutte le esperienze umane a cui ho rinunciato, e per il fatto che questa rinuncia mi isolasse dal resto dei miei simili. E ovviamente da lei.»

«Certo, lo posso capire» rifletté lei.

Continuò a raccontarle la sua storia, una storia che le sembrava eccezionale. L'intera faccenda era completamente al di là della sua esperienza diretta e in qualche maniera le suscitava una certa diffidenza.

«Ma suona tutto così venale» gli disse.

«Tutto il carrozzone, intende? Può dirlo forte.»

«Se solo riuscissi a comprenderla meglio. Mi interessa capire. Lei pensa, o pensava, che quello che faceva fosse davvero importante e utile, che ne valesse realmente la pena?»

«Per Dio?»

Fu presa alla sprovvista.

«No, no... non volevo dire questo. Intendevo... per lei.»

Lui sospirò.

«È così complicato da spiegare. Con Richard Wilding ci ho provato. Io non mi sono mai chiesto se fosse utile. Era qualcosa che dovevo fare e basta.»

«E se avesse dovuto predicare da solo nel deserto, sarebbe stato lo stesso?»

«Per come la intendo io, sì. Ma ovviamente non mi sarebbe venuto così bene» scherzò con un largo sorriso sulle labbra. «Un attore non può recitare in un teatro vuoto. E uno scrittore ha bisogno di lettori per i suoi libri, così come a un pittore serve qualcuno a cui mostrare le sue opere.»

«Ma quello che proprio non riesco a capire è che, messa in questi termini, sembra che il risultato non le interessi affatto.»

«Non ho modo di sapere quale sia il risultato.»

«Ma i grafici, le statistiche, il numero dei convertiti... Tutti questi dati sono stati scritti nero su bianco ed erano a sua disposizione.»

«Certo, lo so. Ma di nuovo stiamo parlando dell'organizzazione, di calcoli umani. Io non ho idea di quale sia il risultato che Dio ci richiede, o quello che ottiene. Mi ascolti bene Laura: se, tra i milioni di persone venuti ad ascoltarmi ci fosse stata anche solo un'anima che Dio voleva per sé, e se questo fosse stato il suo modo per riuscire a raggiungerla, allora questo sarebbe sufficiente a giustificare tutto il resto.»

«Mi pare un po' come usare un martello pneumatico per schiacciare una nocciolina.»

«È l'effetto che fa se utilizziamo le unità di misura che abbiamo a disposizione noi uomini. È questa la nostra più grande difficoltà. Applichiamo criteri di giudizio umani a Dio, valutiamo cosa è giusto e cosa è ingiusto, eppure non abbiamo la più pallida idea di ciò che Egli vuole da noi. Tutto ciò che possiamo sapere è che è molto probabile si tratti di qualcosa che l'uomo ha tutte le potenzialità di fare, ma a cui non ha ancora nemmeno pensato.»

«E quanto a lei? Cos'è che Dio vuole da lei, ora?»

«Oh, solo di essere un uomo qualunque. Di godermi la vita, sposarmi, mettere su famiglia, amare il mio prossimo.»

«E lei crede che riuscirebbe a farselo bastare?»

«Farmelo bastare? E cos'altro potrei volere? Cos'altro potrebbe volere chiunque al posto mio? In un certo senso, è come se avessi un handicap. Ho perso quindici anni di vita... normale. Ed è per recuperarli che avrò bisogno del suo aiuto, Laura.»

«Io?»

«Sa che voglio sposarla, vero? Avrà capito, deve averlo capito, che io la amo.»

Restò seduta a fissarlo, pallida in viso. L'irreale e gioiosa atmosfera in cui si era svolta la cena era svanita di colpo. Erano tornati loro stessi. Di nuovo prigionieri del presente che si erano costruiti.

Gli disse piano: «È impossibile».

«Davvero? E perché?» le rispose lui, senza tradire la minima preoccupazione.

«Non posso sposarla.»
«Le darò tutto il tempo di cui ha bisogno per abituarsi all'idea.»
«Non è questione di tempo.»
«Vuole forse dire che non potrà mai imparare ad amarmi? Mi perdoni Laura, ma ne dubito. In realtà penso che lei mi ami un po' già adesso.»
L'emozione la travolse come un'onda.
«Sì, potrei... credo di amarla...»
Le disse dolcemente: «Ma è meraviglioso! Oh, Laura, mia cara...».
Lei puntò una mano avanti, come a volerlo respingere.
«Ma io non posso sposarla. Io non posso sposare nessuno.»
Lui le lanciò uno sguardo perentorio.
«Mi dica cosa le passa per la testa. C'è qualcosa che non vuole dirmi?»
«Sì.»
«E cosa? Ha fatto un voto?»
«Ma no.»
«Mi perdoni, cara, dico sciocchezze. La prego, mi dica...»
«D'accordo, glielo dirò. Credevo che non l'avrei mai raccontato a nessuno.»
«Forse ad altri no, ma a me lo dirà senz'altro.»
Laura si alzò e andò vicino al caminetto. Continuando a dargli le spalle, con voce distaccata iniziò a raccontare la sua storia.
«Il primo marito di Shirley è morto a casa mia.»
«Lo so, sua sorella me lo ha raccontato.»
«Henry per dormire prendeva dei sonniferi, una dose molto forte. Quella sera Shirley doveva uscire, e quando era già fuori dalla porta mi gridò di avergli già dato le pillole. Io però, dopo averla accompagnata sull'uscio, ero rientrata in casa. Verso le dieci andai a chiedere a Henry se avesse bisogno di qualcosa, e lui mi disse che voleva le sue medicine. Era annebbiato e doveva essersi confuso, come spesso accade a chi prende quel tipo di farmaci. Andai a prenderli, e gliele diedi. Quella seconda dose l'ha ucciso.»
«E lei si sente responsabile?»
«Io sono responsabile.»
«Sì, tecnicamente.»
«Più che tecnicamente. In realtà sapevo che aveva già preso le pillole. L'avevo sentito quando Shirley me l'aveva detto.»
«E sapeva che la seconda dose sarebbe stata letale?»
«Sapevo che avrebbe potuto esserlo.»
E aggiunse, sottolineando le parole:
«Speravo che lo fosse.»
«Capisco.» I gesti di Llewellyn erano calmi, inespressivi. «Ma era incurabile, vero? Voglio dire, era condannato a restare invalido tutta la vita.»

«Non è stato un gesto di pietà, se è quello che intende.»

«E poi cos'è successo?»

«Mi assunsi tutta la responsabilità e nessuno mi accusò di nulla. Fu avanzata l'ipotesi che potesse trattarsi di un suicidio, ossia che Henry potesse avermi deliberatamente detto di non aver preso le pillole per averne una seconda dose. Tenendo conto dei suoi imprevedibili attacchi di rabbia e delle sue crisi depressive, i sonniferi non venivano mai lasciati a portata di mano.»

«E lei come reagì a quell'ipotesi?»

«Dissi che lo ritenevo del tutto improbabile. A Henry non sarebbe mai passata per la testa un'idea simile. Fosse stato per lui, sarebbe vissuto altri cent'anni, e Shirley sarebbe rimasta al suo fianco, sopportando il suo egoismo e la sua collera, sacrificando tutto per lui. Ma io volevo vederla felice, volevo restituirle la sua vita perché potesse godersela fino in fondo. Aveva incontrato Richard Wilding poco tempo prima. E si erano innamorati.»

«Sì, me l'ha raccontato.»

«In una situazione normale si sarebbe separata. Ma non avrebbe mai avuto il coraggio di lasciare quell'Henry, l'invalido, l'uomo malato che dipendeva da lei in tutto e per tutto. Anche se non lo amava più non l'avrebbe mai abbandonato. Shirley era leale. Era la persona più leale che io abbia conosciuto. Oh, riesce a capire? Non potevo permettere che gettasse alle ortiche la sua vita, che la lasciasse andare in rovina. Non importava cosa ne sarebbe stato di me.»

«Ma poi non le accadde niente di male.»

«No. Ma a volte... preferirei fosse andata diversamente.»

«Sì, immagino che lo abbia pensato. Ma di fatto non avrebbero potuto farle nulla. Anche se avessero capito che non si era trattato di un errore, se il medico legale avesse immaginato che il suo fosse stato un gesto di pietà – o di spietatezza –, non avrebbe avuto prove per dimostrarlo e non si sarebbe certo dato da fare per aprire un'indagine. Se avessero sospettato di Shirley sarebbe stata tutta un'altra storia.»

«Nessuno ha mai sospettato la verità. Quando Henry mi disse di non aver preso le pillole e mi chiese di portargliele era presente anche una cameriera.»

«Capisco, per lei è stato tutto facile. Molto facile.» La guardò dritta negli occhi: «E adesso come si sente quando ci pensa?».

«Io volevo che Shirley fosse libera di...»

«Lasci perdere Shirley. Stiamo parlando di lei, di lei e di Henry. Come si sente se pensa a Henry? Crede di averlo fatto per il suo bene?»

«No.»

«Grazie a Dio.»

«Henry non voleva morire. L'ho ucciso io.»

«E ne è pentita?»

«Vuole sapere se lo rifarei? Sì, lo rifarei.»

«Senza rimorsi?»

«Rimorsi? Certo che sì. So che è stato un atto malvagio. Vivo con questo peso da allora. Non c'è modo di dimenticarlo.»

«Ed è da qui che viene la decisione di darsi anima e corpo alla Fondazione? È questo il motivo che la spinge a impegnarsi per i bambini? Questa vita di sacrifici, di duri sacrifici, è il suo modo per espiare.»

«È il solo che ho.»

«E funziona?»

«Cosa intende dire? Cerco di aiutare il prossimo.»

«Non è quello che mi interessa. È d'aiuto per lei?»

«Non saprei...»

«Il suo scopo è punirsi, non è vero?»

«Credo di voler riparare a ciò che ho fatto.»

«E per chi? Per Henry? Ma Henry è morto. E stando alle voci sul suo conto, Henry se ne infischiava di quei bambini. Deve ammetterlo, Laura: non c'è modo di riparare.»

Lei rimase immobile per qualche istante, come svuotata di ogni vitalità. Poi gettò la testa all'indietro, le gote in fiamme. Gli lanciò uno sguardo di sfida, che scatenò in lui un repentino moto di ammirazione:

«È vero,» gli disse «magari ho sempre provato a negarlo, ma finalmente mi ha dimostrato che è impossibile. Le ho detto che non credo in Dio, ma in realtà ci credo eccome. So che ciò che ho fatto è male. Suppongo che, nel profondo del mio cuore, io sappia di essere dannata per l'eternità a meno che non mi penta sinceramente. E no, non sono pentita. Ho fatto ciò che ho fatto con lucidità, in piena consapevolezza. Volevo che Shirley avesse la possibilità di essere felice, e lo è stata. Sì, è stata felice, anche se so bene che non è durata a lungo. Tre anni sono pochi, ma per lei sono stati anni di appagamento. È morta troppo giovane, ma non importa, ne è valsa a pena.»

Mentre la guardava, Llewellyn fu colto dalla tentazione più forte che avesse sperimentato in tutta la sua vita. La tentazione di tacere, di non rivelarle la verità. Di lasciarle la sua illusione, che era tutto ciò che aveva. Lui la amava. E se la amava, come poteva ridurre in polvere l'armatura che difendeva il suo coraggio? No, lei non avrebbe mai dovuto sapere la verità.

Turbato, si alzò e andò alla finestra. Aprì le tende e rimase a guardare le strade illuminate della città.

Quando infine tornò a voltarsi, parlò con voce dura:

«Laura, lei sa come è morta sua sorella?»

«È stata investita...»

«Sì, però non sa perché è stata investita. Shirley era ubriaca.»

«Ubriaca?» ripeté lei, un po' confusa. «C'era stata una festa?»

«No, nessuna festa. Era sgattaiolata fuori dalla villa ed era scesa al porto. Lo faceva, di tanto in tanto. Se ne stava seduta in un bar a bere brandy. Non accadeva troppo spesso, in realtà. Di solito beveva a casa. Acqua di lavanda e eau de Cologne. Ne beveva fino a star male, fino a perdere i sensi. I domestici ne erano al corrente, ma non Wilding.»

«Ma cosa sta dicendo? Ma se Shirley non beveva mai! Non in questa maniera, almeno! E perché avrebbe dovuto?»

«Perché trovava la propria vita insopportabile. Si ubriacava per evadere.»

«È impossibile, non le credo.»

«E invece è vero, me lo disse lei stessa. Dopo la morte di Henry aveva perso la rotta. Ecco cos'era: una ragazzina smarrita e disorientata.»

«Ma lei amava Richard, e anche Richard la amava.»

«Richard la amava, certo, ma è sicura che lei ricambiasse il suo amore? Per lei si era trattato di un'infatuazione passeggera, nulla di più. Poi, certo, fiaccata dalla sofferenza e dal peso che aveva rappresentato il dover accudire quel marito invalido e iracondo, alla fine aveva accettato di risposarsi.»

«E adesso mi dice che non era felice. Non riesco ancora a crederci.»

«È sicura di conoscere sua sorella davvero a fondo? E, d'altronde, una persona non appare forse molto diversa se a guardarla sono altri occhi? In Shirley lei ha sempre visto la bambina indifesa che salvò dalle fiamme, bisognosa d'amore e di protezione. Ma ciò che vedevo io era una persona molto differente, anche se potrei essermi sbagliato a mia volta. Io vedevo una ragazza coraggiosa, amante dell'avventura, capace di incassare e di badare a se stessa, una ragazza che aveva bisogno di ostacoli da superare per dispiegare le ali del suo spirito ardimentoso. Era stanca e logorata, ma stava vincendo la sua battaglia, stava portando a compimento la missione che aveva scelto per se stessa: trascinare Henry fuori dal suo abisso di disperazione. Amava Henry, e lui era tutto ciò che desiderava. La sua era una vita difficile, eppure appassionata, piena di senso.

«Ma poi Henry è morto e lei è stata riportata indietro. Indietro, a una vita avvolta nella bambagia, fatta di eccessiva apprensione e di amore soffocante. Ha provato a combattere, ma non è riuscita a evadere. È stato allora che ha scoperto che bere la aiutava. Rendeva la realtà più sopportabile. E quando si diventa schiavi dell'alcol è difficile smettere.»

«Non mi ha mai detto di essere infelice. Mai.»

«Non voleva che lei lo sapesse.»

«E sono stata io la causa della sua infelicità?»

«Sì, povera cara.»

«Baldy lo sapeva» disse Laura lentamente. «Ecco cosa intendeva quando mi disse: "Non avresti dovuto farlo, giovane Laura". Mi aveva messo in guardia, tanto tempo fa. Non interferire... Perché pensiamo di sapere cosa è meglio per gli altri?» Poi, attraversata da un dubbio terribile, si voltò di scatto verso Llewellyn: «Non l'ha fatto apposta... Non è stato un suicidio, vero?».

«Non lo sapremo mai. È possibile. È scesa dal marciapiede proprio mentre passava quel camion. Wilding, in fondo al suo cuore, crede lo abbia fatto di proposito.»

«No! Oh, no!»

«Ma io non sono d'accordo. Ho di Shirley un'opinione migliore. È stata spesso sull'orlo della disperazione, ma non ci si è mai abbandonata. Credo fosse una guerriera, e che non avesse rinunciato a combattere. Ma non si smette di bere schioccando le dita come per magia. Ci si ricade di tanto in tanto. Credo che sia scesa da quel marciapiede che l'ha consegnata all'eternità senza avere la minima idea di cosa stesse accadendo o di dove stesse andando.»

Laura si abbandonò sul divano.

«Che cosa farò adesso? Che cosa farò?»

Llewellyn si avvicinò e le cinse le spalle.

«Mi sposerà, Laura. Ripartirà da zero.»

«No, questo non potrò mai farlo.»

«E perché no? Ha bisogno d'amore.»

«Ma io devo pagare. Per ciò che ho fatto. Tutti dobbiamo pagare per le nostre azioni.»

«Pagare, pagare... ma la sua è un'ossessione!»

Laura ripeté: «Tutti dobbiamo pagare».

«Sì, questo è certo. Ma, mia cara, lei non si rende conto che...» esitò, prima di servirle quell'ultimo boccone amaro di verità «per ciò che ha fatto ha già pagato qualcun altro. Shirley.»

Lei lo guardò inorridita:

«Shirley ha pagato... per ciò che ho fatto?»

Lui annuì.

«Sì, ed è una cosa con cui temo che dovrà imparare a convivere. Sua sorella ha pagato. E adesso che è morta, il debito è saldato. Deve andare avanti, Laura. Non le dico di dimenticare, ma di relegare il passato al posto che gli compete, nei suoi ricordi, non nel suo presente. Deve accettare il fatto che ciò che la aspetta non è una punizione, ma la felicità. Sì, mia cara, la felicità. Dovrà smettere di dare tutto agli altri e imparare a prendere qualcosa per sé. Dio ci riserva sempre delle sorprese. E adesso ciò che le sta offrendo, posso giurarlo, sono felicità e amore. Accetti questi doni con umiltà.»

«Ma non posso! Io non posso!»

«Invece deve.»

La attirò a sé.

«Io ti amo, Laura, e tu ami me. Non quanto ti amo io, ma so che anche tu mi ami.»

«Sì... Ti amo.»

La baciò. Un lungo bacio pieno di desiderio.

Quando si separarono, con una risatina incerta lei disse:

«Se solo Baldy potesse vedermi adesso... ne sarebbe felice.»

Sciogliendosi dall'abbraccio, Laura inciampò, rischiando di cadere.

Llewellyn la prese al volo.

«Attenta! Ti sei fatta male? Avresti potuto sbattere la testa sul marmo del caminetto.»

«Ma che sciocchezza!»

«Sì, sono sciocco. Ma sei talmente preziosa per me...»

Laura gli sorrise. Percepiva il suo amore e la sua apprensione.

Si sentiva voluta. Ed era quello che aveva così ardentemente desiderato da bambina.

A un tratto, in maniera quasi impercettibile, le spalle le si incurvarono un poco, come se un fardello vi si fosse posato sopra. Un fardello leggero, ma pur sempre un fardello.

E per la prima volta nella sua vita comprese e sentì il peso dell'amore.

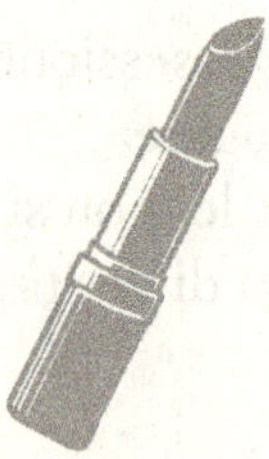

INDICE

PEFC

PEFC/18-32-03

Certificato PEFC

Questo prodotto è realizzato con materia prima da foreste gestite in maniera sostenibile e da fonti controllate

www.pefc.it